国家"双一流"建设学科"南京大学中国语言工
江苏高校优势学科建设工程"南京大学中国语
江苏省2011协同创新中心"中国文学与东亚

南京大学戏剧学科百年传统研究丛书

南京大学戏剧创作集 [上]

吕效平 编

南京大学出版社

图书在版编目（CIP）数据

南京大学戏剧创作集：上、下卷 / 吕效平编. —
南京：南京大学出版社，2023.10
（南京大学戏剧学科百年传统研究丛书）
ISBN 978 - 7 - 305 - 26206 - 7

Ⅰ. ①南… Ⅱ. ①吕… Ⅲ. ①戏剧文学-剧本-作品
综合集-中国-现代②戏剧文学-剧本-作品综合集-中
国-当代 Ⅳ. ①I230

中国版本图书馆 CIP 数据核字（2022）第 203610 号

出版发行 南京大学出版社
社　　　址　南京市汉口路 22 号　　　　邮　编 210093
出 版 人　王文军

丛 书 名　南京大学戏剧学科百年传统研究丛书
书　　名　**南京大学戏剧创作集（上、下卷）**
　　　　　　NANJINGDAXUE XIJU CHUANGZUOJI(SHANG、XIA JUAN)
编　　者　吕效平
责任编辑　谭　天

照　　排　南京紫藤制版印务中心
印　　刷　江苏扬中印刷有限公司
开　　本　718 mm×1000 mm　1/16 开　印张 62.75　字数 1035 千
版　　次　2023 年 10 月第 1 版　2023 年 10 月第 1 次印刷
ISBN　978 - 7 - 305 - 26206 - 7
定　　价　260.00 元

网　　址　http://www.njupco.com
官方微博　http://weibo.com/njupco
官方微信　njupress
销售咨询　(025)83594756

从吴梅到温方伊——南京大学戏剧学人
百年创作与中国戏剧

吕效平

南京大学戏剧学科首先是百年来中国戏剧学术与教育的重镇,但它从吴梅与卢前师徒,陈瘦竹、吴白匋、陈白尘及李龙云、姚远、赵耀民三弟子,到吕效平、高子文和二十一世纪的青年学子朱宜、温方伊、杨小雪、巨云鹏等,其创作之脉,除中国剧坛为"样板戏"所垄断的特殊时期外,未曾中断。本文拟讨论一百年来,南京大学戏剧学科师生的戏剧创作与同时期中国戏剧的关系。

百余年来的中国戏剧,概括地说,前半部分的主题,主要是"启蒙"与"革命",后半部分的主题,则先后为追求"现代化"的"改革"和歌颂"中国化"的"复兴"。吴梅与陈瘦竹的创作先后参与了民国前后的两种思想启蒙;吴白匋的剧作,对延安以来的革命戏曲做出了启发性的贡献;陈白尘及其三弟子的创作是改革开放"新时期"中国戏剧辉煌的代表之一;此后,南京大学戏剧学科师生的创作则与占主流地位的国营戏剧保持了距离,成为一个孤独的存在。

试论之。

一、启蒙与"悲哀为主"

中国学界曾经把中国的现代"启蒙运动"等同于发端"五四"的"新文化"运动,但是实际上中国走出农业文明、步入工业文明的现代启蒙运动早在鸦片战争之后就悄然发生了。辛亥革命前后,这个现代启蒙运动进入了一个高潮。

"五四"新文化运动既是辛亥前后启蒙的深化，更是这个启蒙的延续。辛亥前后现代启蒙的内容，包括汉民族意识和中华民族意识的觉醒，前者针对清朝统治阶级的压迫，后者针对西方帝国主义列强的侵略和瓜分；包括对工业文明生产方式和现代科学技术的学习；包括对立宪或共和制度的讨论与尝试；包括对女子平权的呼唤与实践；等等。其中一个重要的内容是提高被封建专制文化排斥于正统之外的小说与戏剧的地位，不但使之与诗、文平权，尤其肯定它们在民众精神革新中的积极作用，鼓吹它们服务于社会改良和社会革命的宣传教育功能。这一启蒙言论，颇负盛名的莫过于梁启超发表于 1902 年的《论小说与群治之关系》，他说：

> 欲新一国之民，不可不新一国之小说。故欲新道德，必新小说。欲新宗教，必新小说。欲新政治，必新小说。欲新风俗，必新小说。欲新学艺，必新小说。乃至欲新人心，欲新人格，必新小说。

梁启超这里的所谓"小说"，是包括戏曲于内的"通俗文学"概念。为一向被视为"小道末技"的小说、戏剧争取了崇高地位，既是早期中国现代启蒙运动的一项内容，也是它的一种策略手段。本来戏曲的文人写作，因其内容与形式的渐趋陈腐、无所创新，以及在庙堂的被边缘化和在城乡受到花部戏曲的强势竞争等原因，至清代中后期，已近沉寂，然而启蒙对戏曲文学的征用并为它提供了新鲜有力的内容，尤其是上海外国租界里的自由出版物，对通俗文学作品有着大量需求，并能将其迅速传播到城乡各地，也使作者获利，在辛亥之前重新激活了戏曲的文人写作，所谓"爱国之士，奔走呼号，鼓吹革命，提倡民主，反对侵略，即在戏曲领域内，亦形成了宏大潮流"[①]。阿英在《〈晚清文学丛钞·传奇杂剧卷〉叙例》（以下简称《丛钞》）中说：

> 晚清时期，以反对民族压迫、宣传革命为内容的戏曲作品是当时戏曲运动中的主要组成部分。此类传奇、杂剧，大部分取材于南宋、南明，所写

---

① 阿英：《〈晚清文学丛钞·传奇杂剧卷〉叙例》，《晚清文学丛钞·传奇杂剧卷》，中华书局，1962年，第 1 页。

　　人物，很多以文天祥、史可法、郑成功、瞿式耜、张煌言等为主。①

吴梅最重要的戏曲创作《风洞山》便被选入阿英这部《丛钞》，作为此类作品的代表之一。

　　吴梅（1884—1939）13 岁时作《风洞山》24 折，《中国白话报》第四期（1903年）和第六期（1904 年）先后刊出其《先导》和第一折《忧国》。21 岁时，"改定此本"，"费十二月之久"，"乐此不疲"。② 1906 年，由小说林社出版。

　　《风洞山》为 24 出传奇，写晚明抗清民族英雄瞿式耜于桂林"慷慨誓师，从容尽节"的故事。桂林风洞山仙鹤岭为瞿式耜就义处，是以为题。《风洞山》最初的创作动机，与晚清启蒙运动中再兴的戏曲创作"潮流"是一致的。在吴梅13 岁时所写初稿的《首折·先导》中，副末扮身为亡明遗民的风洞山华严寺住持，出场叙说创作动机和故事主题：

　　　　天哪！你为甚把个中国，归给异族之手？难道俺汉族应该有此劫数么？

　　　　你想我堂堂中国，不能够扫除异族，却还向他争宠献媚，中国人岂不羞死！

　　　　那些人民也该与祖国争口气，方才是个道理。③

少年吴梅在此表达的民族意识，表面上看是汉人针对清朝政府所抒发的感慨，实际上更是由当时帝国主义列强对中国的侵略、瓜分所激起的忧愤之情，他借说佛，谈印度的民族遭遇，并由此念及中国：

　　　　那法兰西国，便侵略他土地。其后英吉利通商互市，竟把全国的财产权利，归入英人掌下，印度从此亡却了。……俺老衲的身世，也眼见中国衰败，异族称雄，却是与佛子同一感慨。

---

　　① 阿英：《〈晚清文学丛钞·传奇杂剧卷〉叙例》，《晚清文学丛钞·传奇杂剧卷》，中华书局，1962年，第 1 页。
　　② 吴梅：《〈风洞山〉例言》，《吴梅全集·作品卷》，河北教育出版社，2002 年，第 213 页。
　　③ 吴梅：《吴梅全集·作品卷》，河北教育出版社，2002 年，第 258—259 页。

非但"感慨"，而且自觉于"启蒙"：

> 俺老衲唱曲，都为这些百姓，驯服异族之下，故此作这套曲，原为汉族
> 起见，你道是当真作乐么？
>
> 俺想世人，昏昏梦梦，俺老衲几副眼泪，万万感不动他，不如填套招国
> 魂的曲子，茶前酒后，歌唱几支，或者可以激动人心，也未可知。①

出于同样的激情，1904 年，吴梅还在《中国白话报》第 5 期上发表了板腔体的
"时事"小戏《袁大化杀贼》，叙地方官员歼灭依仗俄洋的叛匪事。戊戌变法失
败，吴梅"曾感六君子之狱，谱一传奇，曰《血花飞》"②，四年后改定此作，却因长
辈惧祸，被焚。1907 年，秋瑾遇害，吴梅再因"时事"作《轩亭秋》杂剧，《小说林》
第 6 期刊出其"楔子"。青年吴梅，"喜谈革新"③，与柳亚子等新思想文人多有
唱和，1912 年加入南社。

《风洞山》剧情核心，或曰高潮，为第 14 出《拒诱》、第 16 出《囚吟》和第 18
出《完忠》，叙瞿式耜与门生张同敞凛然就捕，慷慨斥敌和师徒二人囚中唱和明
志，岭上从容赴死过程。《拒诱》宾白多据史籍，所创唯曲。《囚吟》由瞿式耜
《浩气吟》8 首和张同敞和其韵 8 首构成，义薄云天。这种状写先烈情怀的情
节，最适合写一篇杂剧，既作传奇，还当有史，有悲欢离合。《长生殿》《桃花扇》
尽写宫廷、文武、士林、百姓和生旦情事，辨忠奸、颂真情，《风洞山》承其例，"通
本篇目"据瞿氏后人《庚寅始安事略》"以为排次"④：贪腐官员于元烨"有少女已
与王永祚有约，乃更嫁开国公赵印选……由是王、赵有隙，而卫国公胡一
青……从事独劳，心亦怏怏。当是时，桂林所特重者滇营三将，三将俱有私怨，
不肯协力以守封疆……而宣国公焦琏……呼应不灵，故房得从全州长驱直入，
莫有阻者⑤。剧中生、旦，王永祚子茀怀，于元烨女绀珠，皆"子虚乌有"⑥。在
清末忧愤于时事、欲"激动人心"、救亡图存的戏曲创作潮中，能够于慷慨悲歌

---

① 吴梅：《吴梅全集·作品卷》，河北教育出版社，2002 年，第 262、261 页。

② 吴梅：《蠡言》，《吴梅全集·理论卷（下）》，河北教育出版社，2002 年，第 1466 页。

③ 吴梅：《日记》，王卫民：《吴梅年谱》，《吴梅评传》，湖北教育出版社，2002 年，第 257 页。

④ 吴梅：《〈风洞山〉例言》，《吴梅全集·作品卷》，河北教育出版社，2002 年，第 213 页。

⑤ ［清］瞿玄锡：《庚寅始安事略》，《明清野史丛书第一辑：崇祯长编（外十种）》，北京出版集团文
津出版社，2020 年，第 195—196 页。

⑥ 吴梅：《〈风洞山〉自序》，《吴梅全集·作品卷》，河北教育出版社，2002 年，第 213 页。

外,遵从传奇体例,像《长生殿》《桃花扇》那样写历史动乱和特殊年代里的生旦情事者,吴梅可能是唯一的。定稿出版的《风洞山》并不如少年吴梅所作的初稿那样意在"激动人心",而是"惟以悲哀为主""长歌当哭":"桥山弓剑,古雅衣冠;荒土一抔,夕阳千古;兴亡离合,余亦不知其所以然也。"①自觉的启蒙主义者,多不肯称"不知其所以然",既如《风洞山》中英雄之死,也有"雷声凭空三震介。众仙引外(瞿式耜)、小生(张同敞)各神装上","外"道:"我瞿起田,可谓不负所学矣。"②视死如归、从容尽节固然令人感佩,但这不是世界的全部,天地不仁,历史往往并不偏爱和褒奖气节,因此才有"长歌当哭"或"鼓盆而歌"。《风洞山》起于启蒙,也是大于启蒙的,它与《长生殿》和《桃花扇》一样,是戏曲传奇中非常珍稀的悲剧作品。后来南大剧作的这两种精神——"长歌当哭"与"鼓盆而歌",可谓源自吴梅。

　　在剧作家、诗人、曲家三重身份中,吴梅首先是一个曲家,并在他自己的时代首屈一指,自然地,他也是一位杰出的诗人,其次才是剧作家。作曲之难,他引用挚友的话说:"娴于音律,艰于文字;娴于文字,艰于音律。"称自己创作《风洞山》时,"穷日之力,仅得三二牌,而至艰难之处……往往一字一音,至午夜而仍未妥者"。他自信满满地告诫同行:"《桃花扇》行世后,顾天石为之删改;《长生殿》行世后,吴舒凫为之删改,率皆流誉词林,传为美事。顾此本行世,雅不欲人之涂抹我文字,大雅君子,恕我狂也。"③

　　五十岁时,吴梅自选戏曲代表作南曲《湘真阁》《无价宝》两出,北曲《惆怅爨》五折,辑为《霜崖三剧》。其中《湘真阁》"在民国十七八年,上海苏州好几次扮演,很博得一时观众的彩声"④。北曲杂剧《惆怅爨》分别写白居易、杜牧、黄庭坚、陆游情感生活中的失意片刻,作者自道:"用力稍勤"⑤;"余致力北词,垂二十年,及作此曲,自谓可追元贤,脱稿读之……尚瞠乎后也"⑥。

　　1922年秋,吴梅先生自北京大学南下东南大学任教,是为南京大学戏剧学

①　吴梅:《〈风洞山〉自序》,《吴梅全集·作品卷》,河北教育出版社,2002年,第213页。
②　吴梅:《风洞山·完忠》,《吴梅全集·作品卷》,河北教育出版社,2002年,第248页。
③　吴梅:《〈风洞山〉例言》,《吴梅全集·作品卷》,河北教育出版社,2002年,第214页。
④　卢前:《中国戏剧概论》,世界书局,民国二十三年(1934),第210页。
⑤　吴梅:《〈霜崖三剧〉自序》,《吴梅全集·作品卷》,河北教育出版社,2002年,第322页。
⑥　吴梅:《〈惆怅爨〉自序》,《吴梅全集·作品卷》,河北教育出版社,2002年,第339页。

科的开端。① 从东南大学到中央大学，历时 17 年，②吴梅在此培养了卢前、王季思、唐圭璋等③几位极有成就的词曲学者，其中卢前（1905—1951）更以新旧体诗、词、曲的创作闻名，"少有江南才子之称"，"平生致力于曲，制作甚工"。④有北曲杂剧五折，为《饮虹五种》，作于 1926 年，即作者大学生活的最后一年。用现在的大学教学程序来理解，或为"毕业论文（创作）"。吴梅《序》称，"每一折成，辄就余商榷，余亦相与上下议论，击清溪之楫，邀笛步之歌"⑤；是为"导师"。

　　杂剧虽为"代言体"，可供场上扮演，本质上却是抒情诗。吴梅认为，《饮虹五种》的成就非常高："近世工词者，或不工曲，至北词则绝响久矣。君五折皆俊语，不拾南人余唾，高者几与元贤抗行。"⑥《饮虹五种》，《琵琶赚》写清宫乐师檀青流落江南，梦回圆明园焚难，感叹沧桑；《茱萸会》写众兄弟重阳之际，将设宴，尽手足之欢，却冷落了曾经恩养他们的寡嫂，经老仆仗义忠告，遂盛邀之，知恩图报；《无为州》记述无为知州蒋师辙"循良之绩"，"于家国政俗，隐寓悲喟"；⑦《仇宛娘》写留欧学子回国，替同学杨柳孙传递家书，目睹停妻再娶的惨剧；《燕子僧》记叙"诗僧"苏曼殊"既入空门，犹复痴心不断"，因此苦恼，问禅于遣凡和尚。《饮虹五种》不是为曲而曲、凭空杜撰，而是有感于生活，曲从衷来。乐工蒋檀青、知州蒋师辙都是近代的真实人物；宛娘故事出自作者的故乡南京，负心者杨仲子，是长作者 20 岁的音乐教育家，其叔祖柳门先生，⑧剧中竟以"杨柳孙"名之；卢前深爱苏曼殊的诗与人，19 岁编《曼殊说集》，剧中遣凡和尚及所称"凤娘""薇姑"都是集中言情小说《非梦记》里的人物。至于《茱萸会》，作者直陈"实际上谱我的家事"⑨。卢前的母亲，便是剧中那位"大奶奶"。老仆万苍头，净扮，九月初九，奋命"洒扫庭除，准备他们兄弟大张筵席"，想到故去

　　① 1928 年，国立东南大学易名为国立中央大学，1950 年易名为南京大学。

　　② 1937 年，抗日战争全面爆发后，中央大学西迁，吴梅先生也先后避难于广西、云南等地。国文系主任胡小石曾电召返校，先生以病因辞。1939 年 3 月 17 日，先生逝。

　　③ 任中敏、钱南扬均在就读北京大学时，成为吴梅先生弟子。

　　④ 吴宓：《空轩诗话》，《卢前诗词曲选》，中华书局，2006 年，第 294—295 页。

　　⑤ 清溪：流经南京的一条水系，入秦淮河。笛步：南京青溪桥右一地，旧为教坊所在。

　　⑥ 吴梅：《〈饮虹五种〉序》，《卢前诗词曲选》，中华书局，2006 年，第 273 页。

　　⑦ 吴梅：《〈饮虹五种〉序》，《卢前诗词曲选》，中华书局，2006 年，第 273 页。

　　⑧ 《记师山堂》："杨仲子先生住在玄武湖上……四壁贴到是友好的书画，横额是胡小石翁所书，'师山堂'三字本是他的伯祖父柳门先生前所用的题匾。"（《卢前笔记杂钞》，中华书局 2006 年，第 188 页。）

　　⑨ 卢前：《中国戏剧概论》，世界书局，民国二十三年（1934），第 210 页。

的"大爷","知人疼热,识世低高":

> 大家缘风雨飘摇,小书生独立支熬。想着他**走南园种麦耘苗**,转东堂
> 秤银分钞,不提防**返西方魂散魄消**,枉劳。这遭,尚留下**伶仃白发的当家
> 嫂**,兀自的不**侍奉他年老**,只想他**并臼衣裳事事操**,今日家宴呵,还消不的
> 您**一盏村醪**![1]

因之大哭,向"六爷"数落道:

> 自从**椿庭萎后萱花老**,可怜**失巢小鸟**,全亏了**这贤德的哥嫂**。
>
> 后来太爷太太相继下世,三爷四爷年未弱冠,五爷年始十五,您家不
> 过十三,可怜七爷才两岁,姑娘也还未嫁,男啼女哭,多亏大爷只手持门,
> 这八口之家,方寄一枝之托。家内操持,倘若没一个大奶奶,那还了得!
> 他外则柴米油盐,内则衣冠鞋履,早则天明而起,夜则三更而眠;及至男婚
> 女嫁,等到各自持家立户,方才罢手……记得当年七爷,还未脱乳,大奶奶
> 亲自哺他……
>
> 则羡他**少年忠厚慈祥貌**,则为您**一家儿琐屑心焦**,则怜他**平生辛苦谁
> 知道**? 守著**灯火寒宵**,望着**月黑天高**,那知道**受恩不报有儿曹,受恩不报
> 有儿曹**。毕竟**苍天有眼终明了,日月光,明明照**。似这等**管家健妇**,可不
> 是**雪里芭蕉**。[2]

不平之气,蘸满笔端,然不失敦厚,剧中"六爷"幡然悔悟,恭请长嫂并从此供养
于家中。吴梅赞他这位时年 22 岁弟子的杂剧作品,"高者几与元贤抗行"。王
国维说"元曲之佳处","一言以蔽之,曰:自然而已矣",[3]《饮虹五种》"几与元贤
抗行"者,即在于此。以《茉萸会》为例,身边事,真情感,如其口出,不加雕饰,
既酣畅淋漓,又本色自然。

《饮虹五种》当时有演出,有《〈罗兰度曲图〉记》云:"天津倡,号东方罗兰

---

① 卢前:《卢前诗词曲选》,中华书局,2006 年,第 280 页。
② 卢前:《卢前诗词曲选》,中华书局,2006 年,第 280—281 页。
③ 王国维:《宋元戏曲考》第 12 章《元曲之文章》。

者，姣，善歌。歌江南卢君冀野《饮虹五种》，其二曰《琵琶赚》《仇宛娘》。"①

卢前的南曲杂剧《课孙》(1930)、《窥帘》(1933)、《赐帛》(1933)，被称为《女惆怅爨》②，当然是因其仿吴梅《惆怅爨》写人生不得意时，然主人公均为古代女子，所惆怅者也非同乃师，曰家国，曰命运，曰贤愚。1937年，淞沪战事起，大学停课，卢前得暇作传奇《楚凤烈》，计16出。一年半后，吴梅在云南大姚避难中校阅该剧，作〔羽调·四季花〕代序，曲曰："……旧山川，新甲兵。乱离夫妇，谁知姓名。安能对此都写生？苦语春莺，正是不堪重听。倒惹得茶醒酒醒梦醒，花醒人醒月醒。"③乱离年代写乱离，一个月后，先生辞世，此曲遂成绝笔。

吴梅在东南大学和中央大学的弟子中，培养了一群戏曲作者，其中杰出者还有常任侠、孙为霆等。前者有《田横岛》杂剧，亦为在校读书时作，叹倭寇暴横，国耻未雪，倡唤起民众，共同奋斗；后者有《太平爨》，收单折杂剧三种，作于抗战时期执教中大时，"演太平天国时兵间之事……旨在褒正贬邪，廉顽立懦"④。

吴梅感叹晚清戏曲："又光宣之季，黄冈俗讴，风靡天下……才士按词，几成绝响……益无文学之事矣。"⑤如果没有二十世纪初的民主启蒙运动提高戏曲写作的地位并将其作为启蒙的工具，没有民主启蒙运动所赋予的新思想资源，便不会有世纪初传奇、杂剧创作出人意料的"宏大潮流"，以及延续到三四十年代的创作。如果是这样的话，传奇和杂剧这两个古典戏曲的文体，就会提前半个世纪终结。其终结与否，并不是看还有没有人使用它写作，而是看能不能够产生出像吴梅和卢前这样堪与前贤"抗行"的作家。《风洞山》《饮虹五种》《惆怅爨》和《女惆怅爨》是传奇、杂剧文体最后一次写作潮的结晶，标志着这个写作潮的最高美学境界。没有启蒙运动，就不会有吴梅在北京大学和东南大学、中央大学的教学，也不会有《风洞山》等作品的闻世。但是，像梁启超这些启蒙主义戏曲作者，对他们所使用的文体，"大概是'不知而为之'者居多"⑥，绝

---

① 详见左鹏军：《传统与变革：近代戏曲新论》，中山大学出版社，2018年，第109—110页。

② 1947年版《冀野选集》(1997年美国洛杉矶影印本)选《课孙》《窥帘》二剧，目录归"女惆怅爨选"之下。中华书局1944年版《文史杂志》第四卷第十一、十二期合刊载有《赐帛》，标题下有题"《女惆怅爨》之一"。

③ 王卫民：《吴梅年谱》，《吴梅评传》，河北教育出版社，2002年，第317—318页。

④ 孙为霆：《〈太平爨〉自序》，《〈壶春乐府〉详注》，陕西人民出版社，2020年，第209页。

⑤ 吴梅：《中国戏曲概论》，《吴梅戏曲论文集》，中国戏曲出版社，1983年，第166页。

⑥ 卢前：《中国戏剧概论》，世界书局，民国二十三年(1934)，第208页。

大多数同时代的启蒙主义传奇、杂剧作品，都没有达到吴梅和卢前的美学高度。吴梅和卢前是曲学和中国古典戏剧的大学问家，他们精通传奇、杂剧文体的写作规律与奥秘，虽然也尝试着做一些微调，但他们始终谨慎地遵循着"曲"的文体本质，以"元贤"和汤显祖、洪昇、孔尚任等几位该文体杰出的代表者为其创作目标，追求以达到他们的境界。更重要的是，他们处在中国中世纪走向终结、新世纪正在到来的时代，他们虽然使用古典文体创作，但对于中世纪的信心早已荡然，对新世纪却也深怀疑虑，因此往往能够跨越政治与伦理的边界，"长歌当哭"，表达人在"不知其所以然"的宇宙间的悲哀，达到古典戏曲作品罕见的悲剧高度。《风洞山》如是，《惆怅爨》如是，《琵琶赚》《窥帘》《楚凤烈》亦如是。

陈瘦竹（1909—1990）比卢前晚生五年，他回忆说，"1924年我考入在无锡的江苏省立第三师范学校……这是一个注重文史，比较守旧的学校，写作要用文言文。但在五四新文学运动的影响下，我在课外就爱读新文学作品，并且学写短篇小说"①。1928年，上海的左翼作家倡导"无产阶级革命文学"，陈瘦竹在无锡师范写下了他第一部正式发表的小说，"描写了被侮辱、被损害的农民终于愤而烧毁地主光先生的房屋"②。1929年春，因"国家主义派"执掌的校方"把接受新文学思潮、热衷于新诗、新小说创作的学生视为异端"，③陈瘦竹与校方发生冲突，退学离校。同年秋天，田汉率南国社来无锡演出话剧，演出剧目有《古潭的声音》《南归》《颤栗》《垃圾桶》《一致》《太湖的黄昏》。④陈瘦竹"第一次观看话剧就是在南国社来无锡公演《南归》等剧之时"⑤。可以想见，一个深受五四新文学影响、尝试写作"无产阶级革命文学"、正因反叛而失学的20岁的青年，第一次在剧场看见这些释放个性苦闷、宣扬阶级斗争的激情作品，该是怎样的震撼。差不多在卢前写作《女惆怅爨·课孙》的同时，陈瘦竹写下了独幕话剧《忆的幻灭》，1930年10月发表于《真善美》六卷六号。一目了然，这个戏是对《南归》《古潭的声音》，以及田汉其他"波西米亚"情调的戏剧之模仿：纯洁的爱情；热烈的恋人被迫分离；受煎熬的主人公都是美好和无辜的；音乐

①　陈瘦竹：《自传》，《陈瘦竹教授纪念集》，南京大学出版社，2022年，第5页。
②　黄丽华：《陈瘦竹传略》，《陈瘦竹戏剧论集》（下册），江苏教育出版社，1999年，第1658页。
③　黄丽华：《陈瘦竹传略》，《陈瘦竹戏剧论集》（下册），江苏教育出版社，1999年，第1658页。
④　参见董健《田汉传》，北京十月文艺出版社，1996年，第252页。
⑤　黄丽华：《陈瘦竹传略》，《陈瘦竹戏剧论集》（下册），江苏教育出版社，1999年，第1658页。

或诗；流浪者；大段的抒情对白或独白……在《忆的幻灭》里，年轻的女主人公结婚三年郁郁寡欢，日日思念自己的恋人；失去她的青年音乐家穷困潦倒，拉着小提琴四处流浪；音乐使他们重逢，深爱妻子的丈夫目睹他们的拥抱心都碎了……但田汉是一个诗人，陈瘦竹并不是：《古潭的声音》和《南归》都是无视生活真实的浪漫幻想，《忆的幻灭》是幻想了现实生活中的浪漫；《古潭》中的男女主人公双双坠潭，《南归》的女子追赶流浪的爱人去了，《忆的幻灭》中的流浪人离开了，留下一对结婚三年的夫妻。1938 年和 1939 年，陈瘦竹先后发表了抗日独幕剧《复仇》和三幕剧《起来吧，农人》的第一、第二幕。1940 年，陈瘦竹加入地处四川江安的国立剧专，及至光复以后进入中央大学任教，成为中国著名的现代戏剧理论家和教育家。他早年的那些戏剧写作经历想来一定会是他戏剧研究、评论和教学中一份独有的珍贵资源。

二、贡献于革命戏曲

吴白匋（1906—1992）早年毕业于金陵大学[①]文学院，追随老师胡小石、黄侃，得登堂入室；学诗于知名诗家胡翔冬。1949 年前，先后在金陵大学和四川、无锡的多所大学任教，写作旧体诗词；1949 年后，放弃诗词写作和大学教职，加入新政权的"戏曲改革"队伍，"改专从事戏曲，期为人民服务"[②]。1973 年，任教于南京大学历史系，"文革"后，任中文系教授，从事戏曲研究和教学工作。

吴白匋童年随长辈在天津、上海看过很多戏，包括谭鑫培的京戏和欧阳予倩的文明戏。19 岁，随票友父亲学京戏老生；27 岁暑假归家时，其父正延师学昆曲，"在旁哼会《游园惊梦》《折柳阳关》数折"[③]。次年，吴梅来金大开设南北曲课，"乃作旁听生"，"始终以师礼事之，常至其家谈曲"，[④]后经吴梅介绍加入"公余联欢社"昆曲组。31 岁，"第一次看《雷雨》，引起很大兴趣"[⑤]。抗战时，江津白沙的国立女子师范建校两周年，学生演《雷雨》，担任二导演之一，其后

---

① 1952 年，金陵大学撤销建制，其文理学院并入南京大学。
② 《吴白匋自撰年谱》，《吴白匋教授纪念集》，南京大学出版社，2022 年，第 324 页。
③ 《吴白匋自撰年谱》，《吴白匋教授纪念集》，南京大学出版社，2022 年，第 300 页。
④ 《吴白匋自撰年谱》，《吴白匋教授纪念集》，南京大学出版社，2022 年，第 301 页。
⑤ 《吴白匋自撰年谱》，《吴白匋教授纪念集》，南京大学出版社，2022 年，第 305 页。

又导《少奶奶的扇子》，并曾创作三幕四场话剧《笼鸟》，"写南京歌女生活"①。抗战后，在无锡江苏教育学院讲授"戏剧概论"课，执导学生演出《野玫瑰》《雷雨》《原野》《日出》《少年游》。

1953年，吴白匋任江苏省文化局剧目审定组组长，亲自主持整理和改写锡剧对子戏《秋香送茶》《双推磨》《庵堂相会》，并创作了扬剧小戏《袁樵摆渡》《赶山塞海》。1954年，任省文化局戏曲编审室主任，次年与人合作写成锡剧《红楼梦》。1956年，任省文化局副局长，直至"文革"爆发，此间主持集体整理创作的剧本有扬剧《百岁挂帅》、《金山寺（三折）》、《义民册》，昆剧《采红菱》、《活捉罗根元》，京剧《吴越春秋》、《耕耘初记》，并独自编写了扬剧《王昭君》。1979年，根据陈白尘《大风歌》改编出昆剧《吕后篡国》。

扬剧《百岁挂帅》由江苏省扬剧团演出，导演石增祥，1959年年初参加江苏省第三届戏曲观摩汇演时，②剧名为《十二寡妇平西》。③ 该剧曾在南京秦淮剧场上演，"连续二十多天场场客满，一票难求，甚至每天都有观众在门口等人退票"④。同年赴上海天蟾大舞台，据说"当时京剧四大头牌马连良、谭富英、裘盛戎、张君秋等也在附近的一个剧场演出，形成扬剧和京剧打对台的局面。结果，京剧主动停演一天，四大头牌一起来看扬剧"⑤。剧名后由"省委书记处书记许家屯亲自定为《百岁挂帅》"⑥，作为江苏省国庆十周年的献礼剧目晋京。首先在文联礼堂为首都文艺界专家演出，梅兰芳到后台祝贺。然后在长安剧院、吉祥戏院对外公演。10月进中南海怀仁堂，周恩来、刘少奇、朱德等国家领导人看了戏，又经周恩来推荐，在军委礼堂为军委扩大会议演出。全国剧协主席田汉撰文《女英雄"百岁挂帅"》，著名戏曲专家马少波撰文《扬剧多精品——谈〈百岁挂帅〉》，先后发表于《人民日报》。由海燕电影制片厂拍摄了舞台艺术

---

① 《吴白匋自撰年谱》，《吴白匋教授纪念集》，南京大学出版社，2022年，第315页。

② 参见《江苏举行三届戏曲观摩汇演》，《戏剧报》1959年2月15日，第35页。

③ 石增祥："这个戏写出后，首先得到省委宣传部和文化局领导的重视和鼓励，只是在剧名上要我们再研究一下，因为'征西'具有大国沙文主义色彩，后改为'平西'，但仍不理想。"［《石增祥文集（回忆录、随笔卷）》江苏凤凰文艺出版社，2014年，第121页。］

④ 凤凰新闻《纪录·大时代》之《晋京·1959年戏曲汇演纪实（第二集《变数》）》。

⑤ 扬州晚报：《〈百岁挂帅〉进京的前前后后》，《石增祥文集（戏剧、评论卷）》江苏凤凰文艺出版社，2014年，第94页。

⑥ 石增祥：《回忆录·艺海风云》，《石增祥文集（回忆录、随笔卷）》江苏凤凰文艺出版社，2014年，第121页。

片，全国热映。范钧宏、吕瑞明将其改编成京剧《杨门女将》，成为中国京剧院的长期保留剧目。1993 年，王季思编选《中国当代十大正剧集》，扬剧《百岁挂帅》入选。

《百岁挂帅》首先是那个时代社会精神面貌的结晶，又反过来激励着这个时代的既有精神。它把扬剧这个江苏和上海的区域小戏，带入北京，送上银幕，使之闻名全国。至今，它仍然是扬剧的第一大戏，集中体现着这个剧种顽强的生命力。它也是二十世纪五十年代"戏改"最具代表性的硕果之一，能在剧场演出至今。这就说明在"时代精神"之外，一定还有艺术上更为本质的东西。

《百岁挂帅》剧本修改于 1958 年 12 月至 1959 年 3 月之间，那正是一个浪漫主义的年代。它本源于一个名为《十二寡妇征西》的幕表戏，"已经有二三十年不演"[①]，因其"反侵略"的故事中体现着爱国主义的主题，故被翻出来整理演出。原剧名具有的消极浪漫主义色彩显然与那个充满乐观主义精神的时代并不吻合，因此改为"百岁挂帅"这个充满积极浪漫主义精神的剧名。吴梅少年时代那种对于异族侵略瓜分的忧愤，由于抗日战争的胜利和以美国为首的西方帝国主义势力退出大陆，尤其是不久前刚刚结束的"抗美援朝"战争，在全社会被一种昂扬乐观的爱国主义所取代：帝国主义亡我之心不死，但是我们必然战胜它。吴白匋总结说：

> 过去扬剧《百岁挂帅》的老路子由于时代限制，存在着一个主要缺点，即感伤有余，悲壮不足。例如，宗保阵亡消息传到杨家时，正值清明佳节，佘太君感叹过去，率领众儿媳赴家庙祭奠，闻耗以后，十二寡妇一起晕倒，恸哭不已。这样的场面只能引起观众消极悲观的情绪，不能振奋人心……用十二寡妇的题材编剧是条险路。险在哪里呢？即舞台上造成的客观效果可能和表达爱国主义的主观要求恰恰相反。因此，这出戏必须做到"化悲痛为力量"……随时注意到悲中见壮，由悲转喜。我们把清明祭祖改为替宗保祝寿……把大夫人挂帅改为佘太君挂帅……更好地突出爱国主义，加强浪漫主义色彩。[②]

---

① 吴白匋：《整理〈百岁挂帅〉的几点体验》，《无隐室剧论选》，江苏文艺出版社，1992 年，第 42 页。
② 吴白匋：《整理〈百岁挂帅〉的几点体验》，《无隐室剧论选》，江苏文艺出版社，1992 年，第 45 页。

吴白匋在这里与他的老师吴梅作《风洞山》"惟以悲哀为主"，"长歌当哭"，"兴亡离合，余亦不知其所以然也"的差异，首先当然是时代使然。吴白匋自觉地追求适应时代，表现时代；成为时代精神的传声筒是《百岁挂帅》当年能够走进北京、走进怀仁堂，走上银幕、闻名全国最重要的原因之一。

当然，"单纯的传声筒"肯定是行之不远的。田汉在剧评中写道："扬剧拥有许多名演员，如饰柴郡主的高秀英、饰穆桂英的华素琴等……高秀英唱的〔大六板堆字〕是她得意的唱腔，也是扬剧优秀的曲调，我以为很值得京剧等移植学习（京剧目前还缺少这样清楚有力地叙述故事的曲调）。"[1]周恩来也"向扮演穆桂英的华素琴说：'你很会演戏'"[2]。唱做和表演艺术的精湛使"传声筒"获得了新鲜活泼的生命。此外，由吴白匋主笔的编剧艺术同样功不可没。《百岁挂帅》最受称道的两场戏，是"寿堂"和"比武"，京剧《杨门女将》也承认"吸取了扬剧《百岁挂帅》中的'寿堂''比武'两场情节"[3]。"寿堂"一场，佘太君正率一众儿媳、女儿给身在边关的孙儿杨宗保祝寿，一派喜庆，突然得报宗保战死的噩耗，吴白匋总结说："如果再根据一般的生活经验，写她痛哭失声或晕倒位上，则她便是个极寻常的老太太，反而很不真实……因此，写她精神上受到极大震动以后，反而忍痛镇静，安慰下人，举起大杯向宗保亡灵进酒。"[4]这时，佘太君说的是："好孙儿……你不愧是杨门子孙，你对得起你祖父、对得起你父，也对得起我和你母、你妻。你，你要痛饮一杯！"为了证实这样描写的"真实性"，作者还举了《后汉书·范滂传》中，范母在儿子诀别时大义凛然的例子。但是显然，"真实性"在这里其实是失效的，真正有效的还是时代所浸淫的英雄主义、浪漫主义的精神。田汉告诉吴白匋："这场戏连我这个老戏油子都被感动了。"[5]不过，让田汉落泪之处并非佘太君"过人的坚强意志和豪迈的气魄"[6]，而是，当"小焦酒后失言……太君问：'怎么？'焦、孟跪下，柴郡主也跟着无言跪下的时候"[7]。满台张灯结彩、欢声笑语，焦、孟二将和母亲柴郡主、妻子穆桂英已知噩耗、悲痛欲绝，为不使年迈的太君猝然遭受打击，柴、穆婆媳于肝

①　田汉：《女英雄"百岁挂帅"》，《田汉全集》第十七卷，花山文艺出版社，2000年，第482页。
②　吴白匋：《谈〈百岁挂帅〉的定稿》，《无隐室剧论选》，江苏文艺出版社，1992年，第51页。
③　中国京剧院四团演出本《杨门女将·前言》，北京宝文堂书店，1960年。
④　吴白匋：《谈〈百岁挂帅〉的定稿》，《无隐室剧论选》，江苏文艺出版社，1992年，第46—47页。
⑤　吴白匋：《谈〈百岁挂帅〉的定稿》，《无隐室剧论选》，江苏文艺出版社，1992年，第50页。
⑥　吴白匋：《谈〈百岁挂帅〉的定稿》，《无隐室剧论选》，江苏文艺出版社，1992年，第46页。
⑦　田汉：《女英雄"百岁挂帅"》，《田汉全集》第十七卷，花山文艺出版社，2000年，第482页。

肠寸裂时强颜欢笑，终于被老太君窥出破绽：这才是田汉落泪之处。比较吴梅"长歌当哭"的悲哀浩叹，《风洞山》是"寂然不动"①，无所作为的抒情，《百岁挂帅》则是在当下的具体"人际互动关系"②中，行动着的人的心灵煎熬。前者是古典戏曲文体的追求，后者则是征服现代剧场的根本需要，是现代戏曲的文体要求。《百岁挂帅》是现代戏曲文本的一个较好范例：它不像古典戏剧那样单纯地表现人之"存在"，以及在这个"存在"里的道德状况，它要表现人之"行动"，表现具体"人际互动关系"中的心灵煎熬。"比武"一场，杨文广要保家卫国，替父报仇，争取参战的资格；他的祖母柴郡主念他是八房独苗，要为杨家留根；作为母亲，穆桂英则左右为难。这时候，比眼花缭乱的枪法更动人的是杨文广、穆桂英、柴郡主、七夫人、老太君，以及比武场上所有人的心灵煎熬。"接旨受命"和"着棋论战"两场戏无不应如是观。从"瞒耗"到"受命"，由"比武"到"着棋"，这是一部完全"由对人际互动关系的再现构成"③的戏，是一部描写人之行动的戏，戏剧主人公在"行动"和"人际互动关系"中的悲痛、委屈、仇恨、忧虑、焦躁、爱怜、欢欣等激情为剧场提供了极其充沛的审美资源。两百年前，黑格尔说："在东方，只有在中国人和印度人中间才有一种戏剧④的萌芽。但是根据我们所知道的少数范例来看，就连在中国人和印度人中间，戏剧也不是写自由的个人的动作的实现。"⑤黑格尔死后不到一百年，首先是在上海出现了第一座现代剧场，中国戏曲在进入现代剧场以后，实际上一直在沿着"戏剧化"（dramatization）的方向构建现代戏曲的文体，扬剧《百岁挂帅》是这一进程中的一个优秀范例。

三、辉煌年代的辉煌

《百岁挂帅》所体现的爱国主义和革命乐观主义精神作为中国戏剧的"主

---

① 黑格尔在论 drama 文体时说："戏剧却不能满足于只描绘心情处在抒情诗的那种情境，把主体写成只在以冷淡的同情对待既已完成的行动，或是寂然不动地欣赏、观照和感受。"（黑格尔《美学》第三卷［下册］，朱光潜译，商务印书馆 1981 年，第 244 页）

② 彼得·斯丛狄（Peter Szondi）说："戏剧只是由对人际互动关系的再现构成，它只关心在这个氛围里闪现的东西。"［《现代戏剧理论（1980—1950）》，王健译，北京大学出版社，2006 年，第 8 页。］

③ 彼得·斯丛狄：《现代戏剧理论（1980—1950）》，王健译，北京大学出版社，2006 年，第 8 页。

④ 黑格尔这里说的是作为现代戏剧的 drama，而不是作为一般戏剧的 theatre。

⑤ 黑格尔：《美学》第三卷（下册），朱光潜译，商务印书馆，1981 年，第 298 页。

旋律"持续到 1963 年。随着中苏两党、两国关系的恶化和"人民公社""大跃进"运动的失败,六十年代初,中国的国际国内环境比吴白匋主持创作《百岁挂帅》的时候,愈加严峻,在这种高压的氛围之下,《百岁挂帅》的爱国主义和敢于斗争的革命乐观主义更是戏剧创作的榜样。1961 年,曹禺、梅阡、于是之合作的历史剧《胆剑篇》即这种精神在更恶劣环境下的发扬光大。六十年代初,根据越王勾践卧薪尝胆故事写作的戏剧稿多达 100 余部。1964 年以后,《百岁挂帅》《胆剑篇》的戏剧主题,才被"反修、防修"的新主题所取代,代之而起的是《夺印》《年轻一代》《千万不要忘记》《霓虹灯下的哨兵》《雷锋》……革命精神持续亢奋,终于走向了自己的反面,所有这些戏剧被更"革命"的戏剧扫荡,剧坛只剩下了 8 部"革命样板戏"。

直至 1979 年,被迫辍笔十余年的两位老戏剧家,曹禺和陈白尘,同年上演了他们的历史剧《王昭君》和《大风歌》,轰动全国。

陈白尘(1908—1994)出身于淮阴城内的小商人家庭,初中毕业后去上海求学。曾追随田汉就读于上海艺术大学并参加他创办的南国社,后回到家乡因参加革命活动被捕,在狱中"正式"[①]开始了他的小说和戏剧创作生涯,二十世纪三四十年代以历史剧《金田村》《大渡河》和揭露现实黑暗的《岁寒图》《升官图》等剧闻名。"文革"前曾任中国作协秘书长、书记处书记和《人民文学》副主编等职。1978 年,应南京大学校长匡亚明之聘,任中文系主任。

陈白尘与匡亚明二十世纪三十年代结识于国民党苏州"反省院"中。陈白尘关于太平天国历史剧的写作,也与他们这段难友的经历相关。陈白尘回忆说:"记得最初介绍石达开这英雄人物给我的,是匡亚明兄,当时我俩共处'斗室',共卧一榻……亚明是个十足的石达开迷,每当其朗诵《答曾国藩诗》……的时候,满腔的悲愤似乎也借此发泄了。而我也逐渐被其传染,成为'石迷'。并允许他:'将来'一定写一部石达开的传记剧。"[②]《大风歌》剧本写定于 1978年,1979 年上演时,作者已是南京大学中文系主任。1980 年,陈白尘辞去系主任职务,创建"戏剧研究室",亲任室主任,同年改编创作了电影和话剧剧本《阿

---

① 陈白尘说,"有人问我:你的第一本书是什么,我羞于回答是 1928 年间写的那些'著作',却回答说是巴金先生为我出版的由狱中题材所编辑的《曼陀罗集》"。(《剧影生涯·亭子间里》,《陈白尘文集》[第六卷],江苏文艺出版社,1997 年,第 403 页。)

② 陈白尘:《历史与现实——〈大渡河〉代序》,《陈白尘文集》(第 8 卷),江苏文艺出版社,1997 年,第 307 页。

Q 正传》。

　　"文革"刚过，老剧作家曹禺、陈白尘同时推出他们的历史剧《王昭君》和《大风歌》，那时全国知识界、文化界、教育界以及普通戏剧观众为之欢呼的盛况是戏剧史上极少有的。这种欢呼的含义，远远超出了剧场。首先知识分子们被长期剥夺了写作的权利，身心饱受摧残，许多人因此失去了健康甚至生命，而两位闻名全国的老戏剧家不仅健在，还爆发出了喷薄的创作力，这是人们所欣慰的，他们再一次焕发青春的状态，也是当时全国知识分子群体的写照；其次，这欢呼也再一次表达了人们对"四人帮"法西斯文化专制的鄙夷与唾弃，表达了对即将到来的文艺创作春天的欣喜；再次，这欢呼中包含着对已故总理的深情思念。《王昭君》是周恩来六十年代嘱托曹禺创作的，被"文革"耽误下来；陈白尘说：1976 年清明人民悼念周恩来的运动激起了他久寂的创作冲动，事隔两年，《大风歌》"并没有描写 1976 年清明节天安门前的革命风暴……还是我打算在 1976 年清明节前献到天安门前的那朵小小的白花"[①]。该剧1979 年 2 月由浙江省话剧团首演于杭州，同年夏天，再由中央实验话剧院"连演近二百场而誉满京华"[②]。9 月，中国文联和中国剧协举行《大风歌》座谈会，"我国文艺界的老前辈夏衍同志亲自主持这次座谈会。会上济济一堂，来自文艺界、史学界、戏剧界及新闻出版单位的负责人、专家、知名人士和代表，约达七十人"[③]。剧本和实验话剧院的演出双双获得"国庆 30 周年献礼演出"一等奖。陆炜教授说："中国现代话剧史上有过不少剧作引起轰动，如 20 世纪 30年代夏衍的《赛金花》引起轰动，曹禺的《雷雨》引起轰动，40 年代初郭沫若的《屈原》引起轰动，1947 年田汉的《丽人行》引起轰动，1978 年宗福先的《于无声处》引起轰动，等等。这些轰动情况不一。而《大风歌》轰动的程度不亚于以往的任何一次，并且因为处在中国历史的转折关头而分量更足。"[④]

　　实际上陈白尘不但"文革"十年被迫停笔，自从 1948 年完成《乌鸦与麻雀》

　　① 陈白尘：《为〈大风歌〉演出致首都观众》，《陈白尘文集》（第八卷），江苏文艺出版社，1997 年，第 354 页。

　　② 陈白尘：《从〈大风歌〉演出本谈起——兼答南昌江野芹同志》，《陈白尘文集》（第八卷），江苏文艺出版社，1997 年，第 364 页。

　　③ 伯荣：《对历史剧的有益探讨——记〈大风歌〉座谈会》，《剧本》（月刊），1979 年第 10 期，第 89 页。

　　④ 陆炜：《"以古鉴今"历史剧的最后辉煌——重读陈白尘的〈大风歌〉》，南京大学出版社，《南大戏剧论丛》，第 14 卷第 1 辑，第 36 页。

的电影剧本初稿以后,他就没有以一个艺术家的个人身份完成过一部戏剧或者电影创作,《大风歌》在北京上演的时候,他痛苦地回忆:"二十八年来,我只好甘于做鲁迅先生所告诫的一个'空头文学家'。"①《大风歌》是激情之作,陈白尘说,完成这部戏"是近五十年写作生活中从未有过的大欢喜"②。创作的激情,一方面来自那个特定年代对周恩来的感恩与怀念。为什么"献在周总理灵前的一首诗"会是一部历史剧呢? 陈白尘初中毕业以后,没有再受过正规教育,他说自己摸索写历史剧时,感觉"有如荒漠",不知"路在何方","有幸得到总理的亲切教诲,才明确了历史剧的创作道路",所以这次为总理写作,"首先想到的便是写一部历史剧"。③ 创作激情另一方面来对"四人帮"的仇恨:"我抑制不住对于'四人帮'——这群披着人皮的禽兽、天安门冤案的元凶的怒火,我不能不鞭挞他们! 于是我从公元二世纪里找到一面历史的镜子,让这群野心家、阴谋家的嘴脸在他们的'祖师爷'吕雉身上得到曲折的反射。"④但是,周恩来所教予的历史剧写作和陈白尘正义的愤怒在这里却陷入了自身的矛盾:把历史作为现实政治斗争的工具,这种借古讽今的"影射"之术,在"文革"中"四人帮"使用频繁,中国政界、知识界深受其害,届时已经臭名昭著。因此,陈白尘又反反复复地强调:《大风歌》不是"影射",《大风歌》没有"影射"。在全国文联和剧协为《大风歌》举行的大型座谈会上,有人说,"白尘同志说他不是搞影射,正是欲盖弥彰","这句话说得大家哄堂大笑起来"。⑤ 重要的不是"影射"与否,而是:第一,"影射"本身并不是戏剧艺术,在"影射"以外,还有没有艺术;第二,"影射"是否公然篡改和歪曲了历史;第三,被"影射"对象的善恶,有的"影射"是诋毁,有的"影射"却是批判。

　　《大风歌》在中国历史剧中是首屈一指的,不仅因为它愤怒地鞭挞了特定的民族罪人,伸张了时代的正义。尤其是因为它极好地平衡了历史记载与艺

---

① 陈白尘:《为〈大风歌〉演出致首都观众》,《陈白尘文集》(第八卷),江苏文艺出版社,1997年,第353页。

② 陈白尘:《从〈大风歌〉演出本谈起——兼答南昌江野芹同志》,《陈白尘文集》(第八卷),江苏文艺出版社,1997年,第361页。

③ 陈白尘:《谈〈大风歌〉和历史剧》,《陈白尘文集》(第八卷),江苏文艺出版社,1997年,第356页。

④ 陈白尘:《为〈大风歌〉演出致首都观众》,《陈白尘文集》(第八卷),江苏文艺出版社,1997年,第354页。

⑤ 伯荣:《对历史剧的有益探讨——记〈大风歌〉座谈会》,《剧本》(月刊),1979年第10期,第90页。

术想象的关系：大处不违史实，细处或剑拔弩张，或催人泪下，不乏形象。由于生怕蹈入自己所恐惧的"影射"，陈白尘在史实处理上极为谨慎，他在剧本之首特别申明："本剧根据汉代伟大历史家司马迁所著《史记》并参考班固所著《汉书》有关篇章编撰。"情节大处，例如：刘邦死，吕后四日不发丧，郦商追问审食其；陈平受命捕杀樊哙，却把他带回朝廷交给吕后，因此得任郎中令，傅教惠帝；刘邦意欲废太子，换赵王如意而不成，吕后诛赵王，残害戚夫人为人彘；惠帝娶其姐鲁元公主女为皇后，被安排纳孕妃，接受吕氏后代为后；吕后欲立吕氏王，王陵以高祖白马盟拒之，陈平、周勃允之；吕雉死后，吕禄、吕产谋乱，吕禄女婿刘章告发，周勃、陈平斩诸吕，周勃夺兵权，行令军中"为吕氏右袒，为刘氏左袒"……都是《史记》和《汉书》上有记载的，据此构成了情节主线。而吕后之蔽于野心、强悍狠毒，吕须之贪婪无忌、愚蠢泼劣，陈平之成竹在胸、阴柔善谋，周勃之喜怒分明、厚重少文，王陵之耿介憨直……跃然纸上。

　　周恩来嘱托曹禺把历史上的悲剧形象王昭君改写成正剧，以利民族团结的政治之用。二十世纪四十年代和六十年代两次历史剧创作及其理论讨论的高潮，其中都有周恩来的影子。陈白尘说周恩来教他"明确了历史剧的创作道路"，并不是一句空泛的政治表态，周恩来所教导的历史剧创作道路，就是挖掘和表现"历史真实"，古为今用，服务于当前政治。曹禺创作的《王昭君》并不成功。《大风歌》的成功主要在于愤怒鞭挞了祸国殃民、正在等待审判的几个民族罪人，而所用历史事件，有根有据，充分地实现了周恩来的历史剧理想。然而，对《大风歌》的欢呼声未绝，便有青年学者批评道："以封异姓王为分裂，以封同姓王为永固一统江山，这显然是视刘皇帝为正统的封建正统观在作祟了。"①《史记》太史公曰，"惠帝垂拱，高后女主称制，政不出房户，天下晏然。刑罚罕用，罪人是希。民务稼穑，衣食滋殖"②，陈白尘显然故意忽略了司马迁对吕雉的正面评价，他所赋予陈平和周勃的正义性实际上很可疑。更不幸的是，在随后兴起的关于"实践是检验真理的唯一标准"的大讨论中，刘邦"白马之盟"的圣言，使人们联想到了"两个凡是"，筹拍中的电影也被叫停了。《大风歌》面对历史和现实的这种尴尬，并不是陈白尘个人的，所谓"历史剧"作品，无一例外都会遭遇这类困境。莎士比亚最好的"历史剧"《亨利四世》和《理查三

---

① 顾小虎、曾立平：《〈大风歌〉读后》，《文学评论》（双月刊），1980 年第 6 期。

② 司马迁：《史记·吕太后本纪》。

世》,实则最不配称为"历史剧",它们以福斯塔夫和理查三世这两个不朽的艺术形象垂名永世,而与"历史"并不相干。德国戏剧理论家彼得·斯丛狄(Peter Szondi)在定义"戏剧"(drama)时说:"在这里称作戏剧的只是一种特定的舞台文学形式。中世纪的宗教剧和莎士比亚的历史剧都不在此列。"①京剧《曹操与杨修》问世时,还自称"新编历史剧",现在早已改口称"现代京剧",曾经居于中国二十世纪戏剧桂冠的历史剧,二十一世纪几乎销声匿迹了。陆炜教授说:"《大风歌》是一座里程碑,也是一座纪念碑,是在中国现代史上发挥过巨大作用的'以古鉴今'历史剧的最后辉煌。"②信然,也不尽然,难道在"'以古鉴今'的历史剧"之外,还会有别的历史剧吗? 除非把《哈姆雷特》《麦克白》也看作历史剧。《大风歌》是中国历史剧最后的辉煌。

在欢迎陈白尘就任南京大学的会上,匡亚明校长对他说:"你培养的学生应该超过你,如果超不过你,那就是你的失败!"③中国当代剧坛三位重要的编剧,李龙云、姚远、赵耀民,是陈白尘在南京大学亲自指导的硕士生,他们的创作是陈白尘教授教育成果最直接的体现。

美国著名戏剧家贝克曾在哈佛大学主持一个名为"47 号工场"(47 Shop)的系列戏剧课程,专门培养剧作家,董健教授把陈白尘和他指导的编剧硕士生们也比作"47 号工场"。董老师概括陈白尘选拔和录取学生的原则是:"宁稚嫩而不俗,勿老成而平庸",具体地讲,就是"造就与时代、与人民血肉相连的有思想的人民剧作家,而决不去训练那种避开生活的暴风雨,单纯追求雕虫小技的'编剧匠'"④。李龙云得知陈白尘招收编剧硕士生的时候,入学考试已经结束了,他是凭借剧本《有这样一个小院》获得破格补考的机会。陈白尘专门请人去李龙云当时所在的黑龙江大学对他进行考察,他对去考察的人说:"如果是个名利之徒,就算了。"⑤李龙云是中国当代剧作家中最少"名利"之念,却把民族的苦难始终背在自己肩上的苦行者。这,也正是他与老师陈白尘最密切的

①　彼得·斯丛狄(Peter Szondi):《现代戏剧理论(1880—1950)》,王建译,北京大学出版社,2006年,第 5 页。

②　陆炜:《"以古鉴今"历史剧的最后辉煌——重读陈白尘的〈大风歌〉》,南京大学出版社,《南大戏剧论丛》,第 14 卷第 1 辑,第 39 页。

③　董健:《陈白尘和南京大学的"47 号工场"》,《戏剧报》,1983 年第 2 期,第 32 页。

④　董健:《陈白尘和南京大学的"47 号工场"》,《戏剧报》,1983 年第 2 期,第 30 页。

⑤　李龙云:《化作春泥更护花——怀念我的老师陈白尘》,《中国戏剧》(月刊),2003 年第 2 期,第 58 页。

精神联系所在。

　　李龙云（1948—2012）生长于北京城南平民聚集的古老胡同。他说过"如果说《小院》集中写了我的母亲的话，《小井》则是写了我的一家，尤其是我的父亲"①。"文革"开始的时候，他正在读高中，1968 年去黑龙江生产建设兵团，1972 年进入农垦师"毛泽东思想宣传队"任创作员，开始写作剧本和诗歌，1978 年考入黑龙江大学中文系，在那里创作了《有这样一个小院》，1979 年被南京大学录取，"黄昏于北平房教室"，"清晨于南大操场看台"，"深夜于中文系党总支办公室"②……写下了五幕话剧《小井胡同》，并以此毕业，获得硕士学位。

　　描述李龙云在中国当代剧坛的存在，回顾他所引起的争论，也许比赞扬他在剧场取得的成功更有意义。《有这样一个小院》是继《于无声处》之后，又一部描写 1975 年人民反抗"四人帮"的"四五运动"以及所受迫害的故事，有人批评它所描写的苦难，是"借灵堂，哭凄惶"，"难以避免地迎合了当前那种对四个坚持有所怀疑和动摇的错误思潮"③。《小井胡同》是一部意在学习《茶馆》和承继《茶馆》的作品，它的第一幕像《茶馆》一样描写了"旧社会"北京贫民的苦难生活。在《茶馆》止笔的地方，它又继续写了下去：第二幕描写"大跃进"年代的荒谬；第三幕描写"文革"初期北京平民的遭遇；第四幕是粉碎"四人帮"前夕，全剧的高潮，描写工人刘家祥在地震中被砸断了腿，医院拒绝治疗，单位停发工资，他被捕的女儿被押到家门口接受批判，他年迈的瞎眼师娘当街呼救，10 岁的外孙幻想和行动着，要救出母亲；第五幕描写粉碎"四人帮"后，饱经苦难的街坊们要在居委会改选时换上自己信任的人，当权和作恶十年的"小媳妇"说："政府一时耳根子软，右一点，政府不会右一辈子，早晚还要抓阶级斗争！"剧本 1981 年 5 月发表于《剧本》月刊。"1982 年春节刚过，陈老来北京主持全国剧本评奖工作"，"陈老离京不久，评委会的评选结果被人做了重大调整，陈老愤而辞职"。④ 1982 年 5 月 4 日，陈白尘在给李龙云的信里写道：

---

　　① 李龙云：《化作春泥更护花——怀念我的老师陈白尘》，《中国戏剧》（月刊），2003 年第 2 期，第 59 页。

　　② 李龙云：《乡土、母亲、畏天命及其他》，《剧本》（月刊）2007 年第 8 期，第 58 页。

　　③ 石丁：《"借灵堂，哭凄惶"的悲剧——写于两次看〈有这样一个小院〉的演出之后》，《人民戏剧》，1979 年第 6 期，第 26 页。

　　④ 李龙云：《化作春泥更护花——怀念我的老师陈白尘》，《中国戏剧》（月刊），2003 年第 2 期，第 60 页。

四月廿三日，我收到一封三人具名的来信……《小井》写了前十七年中的失误是事实，但它并没有反对党的领导，它只是从人民群众的感受方面来反映。要求它象《决议》一样去分析几分成绩几分失误，那是论文的事，不是一部文艺作品的职责。如果说这能算作《小井》的缺点，那也是很小的缺点，而它在整个作品中所反映的是作者及剧中人物对党的热爱！……我决不是为了一个《小井》，来信把文章专做到《小井》身上，把我看得太偏狭了。进京之前，我抱定的宗旨是：评奖工作是为中国推荐好的剧作家，而不是为了向党和国家报功……

陈白尘对李龙云说："我相信，你对这次评奖事会淡然处之……我自认为《小井》已是客观存在，人们是不会抹煞它的！"[①]1983 年 3 月 30 日，陈白尘在给李龙云的信里问道：

《小井》开排了没有？只要它不上舞台，我是不能瞑目的。[②]

同年 7 月 8 日，陈白尘在信里写道：

此信到达北京之日，应是《小井胡同》上演之时，特向你致以祝贺！

不管这剧本发表以后如何多灾多难，它终于在北京被搬上舞台，是标志着现实主义的胜利！也不管它的上座率如何、评价如何，它的演出是五光十色的北京舞台上的正气之歌！中国戏剧的革命现实主义传统不该中断，也绝不会中断，虽然它现在处于极为困难的境地。也正因为如此，《小井胡同》的演出，才弥足珍贵，值得祝贺！

它的演出应为振兴话剧作出贡献，也将使你和你的朋友们从苦痛和困惑中更振奋起来，为中国话剧事业奋斗终身！

我的祝词不应该仅仅向你发出。同样地，也是对导演刁光覃同志及

---

① 陈白尘：《关于话剧〈小井胡同〉的通信——给李龙云的信摘录》，《剧本》（月刊），1985 年第 1 期，第 79—80 页。

② 陈白尘：《关于话剧〈小井胡同〉的通信——给李龙云的信摘录》，《剧本》（月刊），1985 年第 1 期，第 81 页。

全体演员和舞台工作人员的祝贺！自然，也是对这剧本演出的幕后推动者 于是之同志的祝贺和感谢！

翘首北京，不禁神驰！尚此祝贺，并致敬礼！①

陈白尘翘首以盼的公演，临时被改成了 3 场"内部演出"。虽然没有人在演后的座谈会上提出反对意见，②《小井胡同》还是被"暂时"停演了。陈白尘在信中写道：

就连 XX 来信也说这剧本即使过了二十年，还是会迸发出光彩的，是禁不掉的！

总之，《小井》的前途是乐观的。否则，戏剧文学不松绑，不允许百花齐放，中国戏剧也没有前途了。③

1983 年 10 月，《戏剧报》发表杜高的批评文章，质问作者："年轻的诗人 ，你选择了这样一些生活的图画让我们看，为的是使我们得到什么样的历史教训呢？是想让我们悲叹这群微贱而又善良的小人物们，是怎样受着历史的愚弄吗？是想告诉我们他们从苦难的旧社会熬到了新中国，……并没有改变他们受苦的命运，他们的经历不过是从一个不幸到另一个不幸吗？"文章断言："观众就会告诉作者：不，历史并不是这样。"④文章发表前，陈白尘致信杜高，"希望他暂不发表"，表明"我认为《小井》尚未公演，此时凭空批判，实有落井下石之嫌"。⑤

1984 年 9 月 29 日，陈白尘给李龙云写道：

《小井》折腾了五年，是够呛的，但果元旦演出了，则毕竟是个胜利。你在修改剧本，有些改动是违心的，一定苦不堪言。你说你要保卫剧本的

---

① 陈白尘：《关于话剧〈小井胡同〉的通信——给李龙云的信摘录》，《剧本》（月刊），1985 年第 1 期，第 81 页。

② 参见王育生：《为〈小井胡同〉公演而作》，《戏剧报》，1985 年第 3 期，第 12 页。

③ 陈白尘：《关于话剧〈小井胡同〉的通信——给李龙云的信摘录》，《剧本》（月刊），1985 年第 1 期，第 82 页。

④ 杜高：《生活真实于理想光芒》，《戏剧报》1983 年第 10 期第 26 页。

⑤ 陈白尘：《关于话剧〈小井胡同〉的通信——给李龙云的信摘录》，《剧本》（月刊），1985 年第 1 期，第 82 页。

精华,是"保卫战",但它的演出,则是一场进攻战!进攻成功,是多少可以影响话剧不景气状态的。而且使人们知道,要话剧景气,不能靠什么一些小玩意儿,而是要靠货真价实的作品。这不是你我个人的事!青年一代剧作家中,应有一批中流砥柱。未来的戏剧创作,就要靠你们这一代人了。①

直到1985年春节,《小井胡同》终于得以公演。"看戏时观众不时捧腹大笑,笑声中包含着酸楚和眼泪……看来观众给《小井胡同》发放了通行证。"②由刁光覃执导的这个舞台版本一直演到1992年。2013年,北京人艺重排《小井胡同》,由杨立新执导,迄今,《小井胡同》已经在北京人艺演出了近百场。1993年,王季思编选《中国当代十大正剧集》(以下简称《十大正剧集》),《小井胡同》入选。

　　然而,王季思的入室弟子郭启宏却说:"我甚至很想请教季思师,这部作品的'戏骨'应该是悲剧的啊,它把尘世间人性的美好生生地撕碎给我们看,尽管它也给我们一个光明的预示。"③郭启宏是对的。编入这本《十大正剧集》的还有老舍的《茶馆》,虽然这部剧三幕写的都是苦难,但它的主题是宣告苦难的终结,宣告一个不再有悲剧的时代的到来,因此王季思非常正确地把它编入了《十大正剧集》。创作《茶馆》后第8年,就是《小井胡同》第3幕所描写的那段岁月,老舍像他笔下的王利发一样选择了终结自己的生命。《小井胡同》是对《茶馆》的承继,也是对《茶馆》的纠正:它承继了《茶馆》的现实主义,像《茶馆》一样成功塑造了"典型环境"和"典型性格";它像《茶馆》一样是一部"京味儿"话剧,一部语言艺术的杰作;但是,它在老舍的现实主义戛然而止的地方,把现实主义坚持了下去。李龙云是一个温情和多泪的诗人,在《小井胡同》里,他写自己的亲人、自己的街邻,他更多地写出他们的善良,就连没皮没脸的小环子也远不是残忍或恶毒的,剧中最催人泪下的地方并不是主人公们的苦难,而是他们的善良。唯一的恶,不属于北京的城南胡同,而是来自另一种文化的"小媳妇"。这可能来自一个北京胡同子弟有违现实主义的偏见。

　　①　陈白尘:《关于话剧〈小井胡同〉的通信——给李龙云的信摘录》,《剧本》(月刊),1985年第1期,第84页。

　　②　王育生:《为〈小井胡同〉公演而作》,《戏剧报》,1985年第3期,第12页。

　　③　郭启宏:《人格尊严的悲歌——李龙云和他的"小井"》,《艺术评论》,2013年第11期,第42页。

　　李龙云正是陈白尘在录取学生时希望寻找的"与时代、与人民血肉相连"的人，他是一个忧郁的思考者，时时感受着民族的苦难与善良，并要热烈地表现它们。他在世纪之交写下的《天朝上邦》三部曲是一部致敬鲁迅、描写民族百年精神史的伟大悲剧。李龙云的创作还有另外一脉，就是比较哲学、比较"抽象"地探讨"人"的本质，其代表作是《荒原与人》。在这类作品中，他超越了表象真实的现实主义，更多地使用表现主义的剧场手法，呈现人物的心灵。他的同行和旧日同事郭启宏说："我每为龙云遗憾，若此才、学、识兼具的剧作家，全中国所有舞台都应该为他开放，何以落得怀抱珠玑、惨澹以归？"①

　　李龙云有一封写给他的同门师兄姚远情深意切的信，祝贺他的毕业创作《下里巴人》在《剧本》月刊发表。在信中，他回忆他们的导师说："还记得吗？有一次在陈老家喝酒……我问陈老'如果再搞文化大革命怎么办？'陈老朗声笑着说：'我领着你们一块从长江大桥上跳下去！'很快，他的笑止住了，他正色对我们说：'我们才不告别生活呢！作家应该是生活的真正拥抱者……作家就是为最广大的人民而写作的，作家是从事下里巴人事业的人！'"②反思和控诉"文革"，是他们师徒三人在南京大学创作作品的共同主题，但他们又并不止于此，"拥抱生活"，写出底层人民的"下里巴人之歌"是李龙云和姚远毕业创作更为倾注情感的主题。

　　姚远1944年生于抗日陪都重庆，父亲是空军飞行员，在他出生前牺牲于训练事故，他的母亲是一位京剧演员，病逝于他满月前。抗战胜利后，姚远随祖父母生活于苏州，祖父去世后，读完小学，他随姑父母生活于南京。由于姑父在军区政治部工作，他经常有机会看到知名的前线话剧团的演出。他说："前线话剧团成了我的戏剧摇篮。"③1964年，姚远高中毕业时，因染肺结核，失去了上大学的机会，受到邢燕子、董加耕事迹的鼓舞，他选择了"插队"农村。从1970年直到考上研究生，他在高淳县锡剧团待了9年，先拉二胡、大提琴，而后作曲和编剧。

　　五幕话剧《下里巴人》就是姚远对自己江南水乡底层剧团生活的回忆、提炼和诗化。剧本描写了剧团从"文革"中期被恢复，到1978年"改革开放"前

---

①　郭启宏：《君子交不谄不渎——忆剧作家李龙云》，《中国戏剧》（月刊），2013年第1期，第56页。

②　李龙云：《致姚远的一封信》，《剧本》（月刊），1982年第6期，第95页。

③　姚远：《半路出家》，《剧本》（月刊），2008年第2期，第29页。

夕,这8年间的贫穷、荒谬、艰辛,也描写了人性的善良、正直、有担当和穿插其
中的爱情。它的价值在于:既真实又诗意。在那个极度贫困和粗鄙的环境里,
姚远没有奢谈艺术,大家聚到一起,就是为了逃避更贫穷,吃上一口饭。即便
能拉《茨冈》的小提琴手上官淑华,也一次都没有谈到艺术理想,她说"能有个
破庙收留我,已经万幸了";而另一位小提琴手,后来成为剧团音乐设计的黄
炜,李龙云断言,他身上有作者的影子,插队来到这穷乡僻壤,投奔剧团"只是
为了别让母亲为我再去成天糊火柴盒";后来成为剧团导演的丑角周阿鑫在剧
团被解散的日子里,"一个人挣工分,能养六口人? 逢集赶会……到茶馆、街面
上唱两段《小热昏》①,卖几块梨膏糖",被抓进"群专指挥部"②,办了三个月学
习班;武生学徒马大年全家8口人,从城里下放到生产队,被生产队嫌弃,"非
叫我出来找口活食";剧团的女台柱林慧兰,因为家庭出身问题、"生活作风"问
题、丈夫"五·一六"③问题,独自带着女儿"下放"农村……那个时代的荒谬是,
全国只允许演八个戏,唱个《双推磨》会有弥天大祸,一个吴侬软语的锡剧团要
演戏就得改唱豪迈铿锵的京戏;一个莫须有的罪名就能把人关押"审查"几年,
他的妻子也因此不能够演革命主角;"群专指挥部""五·一六"学习班遍布城
乡,那种每个人心中的恐惧,姚远是有深切体会的,他自己就差点被打成反革
命,押上台批斗……然而,上官淑华说:"咱们都是掉进了社会底层的人,好容
易找到这条破船,有个栖身之处,大家都处在一个挺可怜的位置上……把这条
破船搞翻了,只会比现在更可怜。"乐师冀玉良为了责任和爱情,从城市来到这
个底层剧团,呵护寡母孤女;武生马大年为了救戏和替师傅补过,丢了性命;他
的师傅冯少春见到来投奔剧团的大年的弟弟,一把将他抱在怀里,失声痛哭,
放弃了城市剧团的"调令",说:"让我把小年带出来……了了我这份债";落难
的老干部沙一烽更是对剧团百般呵护,与极左权力斗智斗勇……《下里巴人》
不是经典的drama结构,它接近于契诃夫:呈现出很多的生活场景,而不是集
中描写一个发展的戏剧行动。但它与契诃夫有一个本质的不同:契诃夫看不
到他的人物的生存价值,他的主人公们也都找不到这个价值,因此他的剧中人
是没有行动能力的,连拯救自己的事情也不肯去做;姚远不同,姚远坚信《下里

---

① 曾经流行于江浙沪一代的谐谑曲艺形式,俗称"买梨膏糖的"。
② 即"群众专政指挥部","文革"时一个维持社会治安、镇压"阶级敌人"的基层组织。
③ "文革"中期一个"莫须有"的"反革命组织"。

巴人》中他所热爱的那些人物都是真正有价值的,他说:"我要写他们! 中国戏曲发展史不应该再是艺人们的苦难史,他们为社会创造着光明、正义和幸福。光明和幸福理应有他们一份!"①因此,《下里巴人》中的零散生活场景实际上形成了一个总的行动:在艰难中挣扎,以求生存! 活下来! 而且要有尊严! 所以必然的,《下里巴人》不会是一部悲剧。

姚远几乎不写悲剧,就他影响颇大的《商鞅》(1989)一剧,其主人公遭遇的五马分尸也被搁置在秦帝国宏大功业的背景之上,只要秦帝国的功业不被否定,商鞅的价值便不会被"撕碎"。姚远的另一部戏《马蹄声碎》(1996),提出在极端险恶的情况下,为了革命的整体利益,能不能抛弃负伤、掉队的战友,这个问题实质上就是雨果在他的《九三年》中的问题:在革命的最高原则之上,有没有更高的原则——人道主义? 这部戏的原稿几乎就是悲剧,但在演出的时候,作为军旅作品,艺术的原则服从了"提高战斗力"的更高原则,被做成了歌颂革命英雄主义的正剧。

李龙云说:"我不敢说《下里巴人》能否流传下去,但《下里巴人》准确地描绘出了在那个特定的十年里,中国民间艺人们橄榄果似的生活!"关于"橄榄果似的",李龙云的解释是:"粗咬是涩的,细细品味,又感到酸甜苦辣五味俱全,余香满口。"②1982 年,《下里巴人》以《无情世界有情人》之名,由江苏省话剧团在南京演出,这个演出剧名虽然奇怪,倒也符合李龙云"橄榄果似的"一说。该演出获得当年"江苏省戏剧百花奖"优秀剧目奖和优秀演出奖。

命运曾经对姚远极端地酷烈,但有时候也出人意料地温情和幽默,1988年,姚远成为他称为"我的戏剧摇篮"的前线话剧团的团长,这一定是少年姚远坐在军区政治部礼堂看戏时,无论如何也不会想到的,在他的青年时期,就更是天方夜谭了。他卸任这个职务,是命运对他的又一次成全。现在,姚远早已是中国剧坛知名的军旅和非军旅剧作家。

1982 年,李龙云和姚远毕业并获得硕士学位。这一年,赵耀民从上海戏剧学院本科毕业,考入南京大学,也成为陈白尘的硕士研究生。赵耀民 1956 年生于上海,中学毕业后在一家灯具厂做机修工,1978 年秋考入上海戏剧学院戏文系。和他的两位师兄不同,从赵耀民的文章里找不到"为人民而写作"这样

---

① 李龙云:《致姚远的一封信》,《剧本》(月刊),1982 年第 6 期,第 94 页。
② 李龙云:《致姚远的一封信》,《剧本》(月刊),1982 年第 6 期,第 95、94 页。

的话。陈白尘和李龙云、姚远都拥有"启蒙主义"的情怀，心中有着坚定的价值追求，他们在精神上实际上是同一代人，赵耀民和他们却是"两代人"，相信价值在他是有困难的，他心中充满了怀疑，不大拥有"启蒙"的自信。不能说陈白尘没有意识到他们的"代际差"，他对赵耀民"最高的褒奖是这样一句话：'不错。但问题还不少！'"①如果说老师和兄长们被责任限制了精神自由的高度，赵耀民则因疏离责任，获得了更高的精神自由。总结 30 年的创作生涯，赵耀民说自己"以失败开始，以失败告终"，并宣称："我毫不羞愧地说，我是一个失败者。"②怀疑到自我，并不为失败而"羞愧"，这就是精神的自由！这是喜剧的本质。当代中国剧坛，我还没有发现谁比赵耀民拥有更自由的喜剧精神。

　　赵耀民回忆说："后来我知道，陈老录取我是因为他看到我'有写喜剧的素质'……当我表示自己底子差，难以跟龙云、姚远两位学长相比，恐怕会使老师失望时，陈老轻声而坚定地说：'不要比。你写喜剧。'很清楚，写喜剧，就是陈老收我为弟子的理由，也是对我师从他的要求。"③赵耀民的硕士毕业创作是十场喜剧《天才与疯子》。这部剧描写了中文系 77 级大学生任渺一举夺得五项知识竞赛冠军后，自问"这种死记硬背、浅薄无聊的知识有什么用？"决心"精专一门，成为一名真正的专家"；在"学术"经历失败后，他投入了"政治"；竞选失败和感受到从政的风险之后，他决心改做"文学"，经历了婴儿室之"生"和太平间之"死"，两场"生活体验"；然后他投入了"恋爱"；"爱情"也是丑陋的，他遇见宗教无法建立信仰，他想经商致富；求富犯了法，他被学校开除；最后，自焚被人用水置换了汽油，跳楼落入施工的保险网里，他的自杀也失败了。

　　1985 年《天才与疯子》发表于《钟山》杂志第 6 期，同年由上海青年话剧团排出，因审查通不过，未能公演。《天才与疯子》是一部喜剧，但它在中国喜剧里是一个异类；在中国话剧里，它找不到可以归顺的"传统"。中国剧坛或者对它进行"排异"，或者通过"误读"来收编它。中国话剧，一向骄傲于自己的"战斗传统"，可以说它是启蒙主义的产物。启蒙主义者是严肃的，坚信自己握有真理。他们的喜剧，也是严肃的讽刺和批判，例如，陈白尘的《升官图》和沙叶新的《假如我是真的》。他们不接受以更高的精神自由拒绝真理，消解严肃的

---

① 赵耀民：《难以忘怀的目光——送陈白尘、黄佐临两位恩师》，《文学报》，1994 年 6 月 23 日。
② 赵耀民：《三十年戏剧创作自述》，《南大戏剧论丛》，第 13 卷第 2 辑，第 104 页。
③ 赵耀民：《三十年戏剧创作自述》，《南大戏剧论丛》，第 13 卷第 2 辑，第 105 页。

怀疑主义喜剧。当年，批评家们费力地从赵耀民的这部成名作中寻找"严肃"的意义。他们说："任渺是剧本的主要讽刺对象"，"作者始终把他的讽刺注意力集中在任渺极端个人主义之中，便对一个二十二岁的青年几乎是不可幸免的弱点采取了不适当的嘲讽态度……"①他们又说，剧本"是对当代中国人的文化心理结构的反思与批判"，"任渺那以自我为中心而不顾及现实与社会的人生追求，导致其个人与环境、欲望与能力、思想与行为的脱节，而敷衍出那令人啼笑皆非的悲喜剧，最后竟是颓丧地走向人生末路"②。《天才与疯子》精神自由的高度是中国话剧难以企及的，它从根本上拒绝严肃，用"讽刺"和"批判"来谈论它，就像社会学的教条主义者用这两个词来讨论福斯塔夫一样，隔靴搔痒。任渺以《地球语和太空语的相互影响之点点滴滴》为学术论题，并不是表现他的学风缺陷，而是表达了他对一切学术的怀疑，就像米兰·昆德拉说"人类一思考，上帝就发笑"一样；他在爱情中的态度，非常接近福斯塔夫，他根本就没有信仰过爱情，从来就不是它的奴隶；他挣钱的方式和关于宗教的对话，都更接近于福斯塔夫；至于不屑于文学和政治，那本来就难度不大。然而，任渺毕竟年轻，他在品尝到拒绝任何严肃意义的精神自由所带来的现实痛苦时，还是缺乏福斯塔夫那样千箭不倒的"箭靶"精神，③他选择了福斯塔夫绝不肯做的事——自杀。作者借"上帝之手"阻止了他，让他"掉在网里，悬在半空，呼救声在夜空中颤栗"，把他的喜剧贯彻到底。任渺站在升降机上升向高空，他将从那里一跃而下，他说："啊，可怜的行星！当然，更可怜的是居住在那行星上的人。瞧，他们蛆虫般的蠕动着，自以为长着两条腿，就比其他动物高等。"这究竟是对任渺的讽刺和批判，是对他性格残缺的描写，还是展示他俯瞰人类的精神自由？曹禺当年也这样说过他的《雷雨》："我请了看戏的宾客升到上帝的座，来怜悯地俯视着这堆在下面蠕动的生物。……他们正如一匹跌在沼泽里

---

① 魏崴：《"嘲弄什么"和"怎么嘲弄"——评大型喜剧〈天才与疯子〉》，《上海戏剧》（月刊），1985 年第 6 期，第 8 页。

② 胡星亮：《新时期喜剧的审美流向》，《安徽大学学报（哲学社会科学版）》，1989 年第 3 期，第 80 页。

③ 18 世纪的英国评论家莫尔根（M.Morgan）评价福斯塔夫："他的天性中有那样多不可击破的东西，任何嘲笑都是无法摧毁他的；即使在失败中他也安然无事……福斯塔夫是这样的一个箭靶，我们把满满一筒利箭向他射完了，而他的性格的实质仍然完好无损。"[《论约翰·福斯塔夫爵士的戏剧性格》，《莎士比亚评论汇编（上）》，中国社会科学出版社，1979 年，第 116—117 页。]

的羸马,愈挣扎,愈深沉地陷落在死亡的泥沼里。"①于是,有自以为掌握了真理
的批评家出面教导他:你把悲剧的根源归之于人的卑微,是因为你不懂阶级斗
争的理论,是错误的。半个世纪以后,由当年的左翼批评家所执掌的中国剧坛
继续读不懂任渺,认为他把人类看成"蛆虫",是作者对"极端个人主义""自我
为中心"性格的讽刺与批判。《天才与疯子》是一部试图以高度的精神自由消
解一切严肃意义的喜剧,如果这样的喜剧不可接受,则契诃夫、迪伦马特、贝克
特都是不好接受的。一年以后(1986 年),《天才与疯子》获准公演,"在上海、江
苏等地连演 100 场,引起意想不到的轰动"②。

很多年前,我问长期生活在上海研究中国当代戏剧的法国学者卢逸凡:
"改革开放 30 年来,上海最好的话剧是哪一部?"他不假思索地答道:"《良辰美
景》。"当时,我和卢逸凡的看法一样。如今,改革开放 40 多年过去了,我仍然
认为《良辰美景》是这 40 多年来上海最好的话剧。《良辰美景》之好,不仅在情
节的丰沛,总是出人意料,而又合情合理;不仅在人物形象的鲜明和真实;不仅
在台词的性格化和诗意;不仅在戏剧情境总是有足够的张力;最重要的,还是
其精神自由高度的胜出,赵耀民表示,"《良辰美景》是一个含有诅咒和告别意
味的戏,对曾经看上去很美,现在演变成'人妖'似的,或行将就木的'植物人'
似的东西,所做的诅咒和告别";"此剧说的不仅仅是昆曲"③。作为一个喜剧作
家,对严肃的事物,赵耀民始终报以怀疑。

对于自己的喜剧不合中国话剧传统,赵耀民是有清醒认识的,他需要论证
自己喜剧的合法性,或者说在理论上给自己描述一个创作目标。为此,他提出
了"荒诞喜剧"的概念。首先,他认为中国话剧既有的喜剧传统和喜剧理论,不
能适应他的时代,因为它仅有的两种形式,讽刺喜剧"似乎突然患上了绝症",
不被允许了,歌颂喜剧虽然是唯一被允许的,"却存在着无法克服的局限性",
而且无论讽刺喜剧还是歌颂喜剧,都不能表现"不幸而可笑"的人。所谓"不幸
而可笑的人",换一种表述,即"日常生活的悲剧"。他认为,"当人被看作只是
一种偶然出生到这个星球并度过从生到死的若干岁月的动物时……悲剧的丧
钟就无可避免地被敲响了",人的这种缺乏意义的悲剧性存在,只好通过喜剧

---

① 曹禺:《〈雷雨〉序》(1936 年 1 月)。
② 丁罗男:《读解赵耀民》,《戏剧艺术》(双月刊),1999 年第 4 期,第 50 页。
③ 赵耀民:《三十年戏剧创作自述》,《南大戏剧论丛》,第 13 卷第 2 辑,第 107—108 页。

的形式来表达。"表层是完整统一的喜剧形式，深层则有一颗悲剧的心脏在跳动。荒诞喜剧由此而来。"①简言之，赵耀民的"荒诞喜剧"，就是以喜剧的方式，表达人类存在的价值有限，消解它的一切严肃性。《天才与疯子》是，《良辰美景》亦是。这其实就是"荒诞派"戏剧的核心。但是，赵耀民表示：不是！他说，在西方荒诞派眼里，"现实的荒诞是一种超自然的、不可认识更无法改变的绝对荒诞"。而"我们认为……现实的荒诞不管它暂时如何强大，归根到底只是历史发展的过渡状态，它不仅最终将被认识而且必将被改变，因而是一种相对荒诞"②。这种区分没有任何说服力。二十世纪八十年代，荒诞派在中国还被当作西方没落资产阶级的腐朽艺术，很显然，赵耀民区分"荒诞喜剧"与西方荒诞派的这些言辞，不过是一种策略、一种言不由衷的自保。

二十世纪，从粉碎"四人帮"到八十年代末，思想解放，中国戏剧进入了它的辉煌时代。陈白尘和他的"编剧三弟子"，为这个辉煌时代做出了重大贡献。

四、存在于边缘

1979 年 1 月 23 日，陈白尘交给匡亚明校长一份包含陈中凡、钱南扬、吴白匋、陈瘦竹、吴新雷、董健的名单，他说"如果把这些力量集中起来，成立一个研究所，再附上一个小型的实验剧团，则一定能为振兴和发展中国的戏剧事业作出一定的贡献"③。这个先后由陈白尘和董健担任所长的戏剧研究所后来培养了中国第一批硕士编剧和第一位戏剧学博士，产生了以《中国现代戏剧史稿》和《中国当代戏剧史稿》为代表的一批学术成果。直至 2007 年，它才有了自己的剧团——南京大学艺术硕士剧团。该团最初为校内社团，于 2013 年在南京市栖霞区民政局注册为"民办非企业单位"，2014 年在南京市栖霞区市场监督管理局注册为经营"戏剧制作和表演"的公司。2019 年，该剧团在北京、上海、天津、重庆、南京、广州、武汉、成都、杭州、厦门等地和校内演出《蒋公的面子》《国际饭庄》《米奇去哪里》《杂音》《进化》《世外》等剧合计 100 场。2023 年，除《蒋公的面子》在南京驻场和全国巡演以外，已有或将有保留剧目《故乡》《世

---

① 赵耀民：《试试这条路》，《剧影月报》，1985 年第 12 期。
② 赵耀民：《试试这条路》，《剧影月报》，1985 年第 12 期。
③ 陈虹：《匡亚明校长——读父亲的日记》，《炎黄文化》（双月刊），2022 年第 6 期。

外》《人间童话》等在上海、南京、苏州等地演出，新创剧目《子虚先生在乌托邦》也将参加阿那亚戏剧节。

　　南京大学艺术硕士剧团是一个基本靠票房收入维持其演出的剧团。它以戏剧创作的内容、以演出的票房方式，实践着自己关于"现代戏剧三特征"的认识。这三个特征是：现代戏剧是通过票房购买的艺术或娱乐的个人消费品；因此它是与观众的平等交流，而不是道德说教；它的默认形式是悲剧或喜剧，而正剧如黑格尔所说"没有多大的根本的重要性"①。跨过社会学、政治学、伦理学的边界，抒情地（悲剧方式）或者调侃地（喜剧方式）表现人性以及人之存在的有限性，争取票房的成功，是南京大学戏剧学科创作教学和实践的专业方向。

　　2006年，为纪念易卜生逝世100周年，吕效平率硕士生李耿巍、田川等创作了《〈人民公敌〉事件》。这个剧采用"戏中戏"的方式，讲述了淮河边城市的几个大学生，在暑假里排演易卜生的《人民公敌》，试图以此剧引起政府、企业、社会、民众对淮河污染问题的重视。在最初不知道《人民公敌》剧情的情况下，政府部门鼓励大学生们的戏剧演出，污染淮河的造纸厂提供仓库给学生排练，市电视台也借给学生摄像设备，答应在节目里播放演出；当得知这是一部与环境污染作斗争的戏以后，易卜生《人民公敌》中所描写的事件，竟然"镜像地"出现在当代现实中：政府持反对的态度，工厂要收回排练场地，电视台也撤回了设备和允诺。大学生们，有的因为要报考公务员，有的因为不再能上电视，有的因为看仓库的父亲面临下岗的威胁，纷纷选择退出排练，演出发起人李想疯狂地说服大家一定要坚持下去，他的理由是：虽然我们"早晚要放弃做自己"，"20岁不放弃，30岁也会放弃；30岁不放弃，40岁还是得放弃。可是我们毕竟才20岁啊！我们什么都还没来得及做！"这时，工厂派来的打手断了仓库的电，冲撞仓库的大门，砸碎仓库的玻璃，被玻璃划伤的大学生们缩在仓库一角，唱起了他们的主题歌。南京的一所高校也曾排演这个剧本，并请了中国剧协的一行专家来宁"会诊"剧本，剧协领导表示："在环境问题上，不可以把中国政府与150年前的挪威资产阶级政府相比较。"这个戏由中央戏剧学院导演系的在读硕士生张慧执导，在南大校内演出10场，学校的BBS"小百合"上，一周内涌现了近10万字的讨论。2006年8月，剧团赴京参加"第6届大学生戏剧

---

　　① 黑格尔：《美学》第三卷（下册），朱光潜译，商务印书馆，1981年，第294页。

节"，《北京日报》发表剧评称："今天的戏剧舞台上之所以没有《人民公敌》这样的作品，不是今天的中国不存在类似的问题，恐怕也不仅是我们的剧作家们缺乏易卜生的才华，而恰是由于戏剧界也正在演化为《人民公敌》里的那个小镇，甚至有过之而无不及，许多人都会在这出戏里看到自己的影子。"①迄今，南京艺术学院、东南大学、南京农业大学、南京体育学院、中央财大、南阳理工学院等十余所大学的学生剧团演出过这个戏，他们一般都会修改剧本，加进自己对生活的理解。

就像易卜生的《人民公敌》并不是一部关于环境保护的"社会问题剧"，而是如它的剧名所示，是一部表现和歌颂个人英雄主义的戏剧，《〈人民公敌〉事件》的主题，当然也不是讨论环境保护，它讨论的是青年人坚守还是放弃理想主义的问题。2014年，南京大学艺术硕士剧团再次排演该剧，这次演出对剧本做了重大修改，更多地表达了对于理想主义的怀疑，主创相信：我们真正的悲剧是，甚至理想主义也是天然残缺的，并深陷于道德困境。2014年版《人民公敌》还做了一个剧场艺术的尝试，由德国导演歌德思（Gerhard Dressel）按照表现主义的方法执导"戏中戏"部分，而吕效平按照现实主义的方法执导剧中大学生当代生活的部分。

2008年，南京大学戏剧学科第一届戏文专业本科生朱宜以十场话剧《长生》高分毕业，董健教授评价朱宜这个戏"兼有契诃夫和易卜生的味道"。董老师的意思是：《长生》既像易卜生那样揭露社会的问题，又像契诃夫那样焦虑于缺乏价值的生活。2014年，上海话剧艺术中心上演了经过修改的《长生》，这也是南京大学戏剧学科与中国国营戏剧的一次直接对话。朱宜的本科毕业剧本描写了泰斗级的老文学家默林，享有国家、社会和学术界的极高敬意，因老年生活的不堪：洗澡需要女婿帮忙，饮食得听女儿安排，无法与心爱的孙女对话，倾一生储蓄捐给地震灾区也远不及文学新秀的捐款多，还被社会各界，甚至孙女儿的老师们无尽地消费着，默林深深怀疑自己的生存价值，他哀叹："你们就这样把我制成标本悬挂着。我闻着自己的霉味，就是没力气动，心里真想死。"他的女婿一生研究他的创作，以"默学"权威，做到文学院院长，他的女儿问道："怎么会有一门职业是以研究外公为生的呢？所有人都对您充满尊敬。可是我却暗地里想了18年都没有想通。……这个人还是天天活在你身边的人，你

---

① 傅谨：《中国为何没有易卜生——由〈人民公敌事件〉想到的》，《北京日报》，2006年9月12日。

每天看着他穿衣吃饭,帮他洗澡,亲眼看他发脾气说蠢话,您真的从没有怀疑过自己事业的意义吗?"也许,董健教授从这里看到了万里亚舅舅的姐夫谢列勃里雅考夫。默林祖孙对生命意义的价值焦虑本身,即这部戏的诗意所在。2014年,朱宜修改的上海话剧艺术中心的演出本,却是以消除这种焦虑、重新建立生活的信仰为目标的。在演出中,默林走出了焦虑,他说:"如果有人能够闻到我们闻过的味道,听到我们听过的故事,记住我们念念不忘的东西,明白我们想明白的事情,接过我们的疑问继续往下追问……也许我们就能得救,就能通过这些人继续活下去,不至于全然坠入虚无。"最后,他还决定捐献自己的遗体。以对人性和人之存在的"有限性"的焦虑为剧场的诗意,还是以人搞得定世界的信心为剧场的诗意,这就是当下南京大学戏剧学科的创作与国营戏剧的区别所在。

2011年,朱宜以剧本《我是月亮》从美国哥伦比亚大学戏剧系毕业,获编剧硕士学位。目前这部戏在国内有过三个剧场版本:2011年刘阳执导的南京大学艺术硕士剧团版、2012年张慧执导的大门戏剧工作室版、2021年丁一滕执导的北京鼓楼西剧场版。《我是月亮》以角色的独白为主体,倾诉当代人内心的苦闷,5个独白者彼此之间的关系非常偶然,或是隔窗相望的邻居,或是路遇的明星,或是少年时代一起看过成人片的同学。这种偶然性的个体以独白方式排列的结构,给中国剧场带来了一种新样式。该剧本充满诗意,为非常多的青年观众所喜爱。2016年,由德国导演歌德思执导,南京大学艺术硕士剧团排演了朱宜的《特罗马克》,这个戏得到江苏省艺术基金"大型舞台艺术新作品项目"的资助。这是一部充满奇思妙想的戏,叙述了希腊英雄奥德修斯在10年特洛伊战争获胜以后,又过了10年仍未回家,他20岁的儿子出门寻找父亲,发现成人世界真相的故事。2017年,吕效平执导了朱宜的《杂音》。这是一部忧伤的悲剧:在纽约学习戏剧表演的中国姑娘李苏,为挣得演出机会,谎称自己与一部反华戏剧的女主角拥有同样的悲惨经历。她的父亲是一家大型国企的领导,退休后来到纽约,希望在白人精英区买房,靠近女儿养老,得知女儿的谎言后,愤怒之极,留下100万买房钱,后断绝和女儿的关系,凄凉回国。剧中中美两种不同价值观的交锋发人深思。2018年,刘阳在南京大学艺术硕士剧团导演了朱宜的另一部悲剧:《世外》。上海的中年中产人士在远郊湖边买了一栋别墅,希望在这里建立自己的精神家园,不久却铩羽而归。《杂音》《世外》都是南京大学艺术硕士剧团的保留剧目。

2012 年,本科生杨小雪以剧本《人间童话》高分毕业。2016 年,北京人艺购买这个剧本,由青年导演刘小蓉执导,做出小剧场版。《人间童话》是以"童话"的方式对"人间"的一次质疑:一个白领姑娘感觉不到自己职业的价值,对自己正在进行的恋爱缺乏兴趣,与远方的父母无法沟通,身处繁华都市的她深感孤独;一个青年建筑师梦想着浪漫爱情,却缺乏品味和金钱,一场失败的恋爱使他深陷自我的价值焦虑;一个来自乡村的饭店打工妹为了虚荣和金钱不惜出卖自己唯一的好友金鱼;一对老年夫妇无法对话、无法沟通,甚至对逝去的生活没有任何共同的回忆。白领姑娘吃夹竹桃叶死了;青年工程师被金鱼噎死了;乘火车旅行的老夫妻不知身在何处,也不知去往何地,被一片蓝色的湖水包围,连火车震荡的声音都似乎是录音机制造出来的,他们吃青番茄死了。作者进行了一次人生意义的探寻,非常遗憾,她没有找到任何意义。北京人艺的小剧场版,把这个戏第三幕寒凉彻骨的荒诞意境处理和置换成了搀扶前行、相濡以沫的人间温暖。杨小雪以她浪漫而轻盈的想象力给这个她所厌倦的灰色世界带来了鲜艳色彩:对于孤独的、难以交流的人来说,那棵说话的夹竹桃和那条说话的金鱼多么可爱！仔细体会,在这些浪漫想象里,还有孩童恶作剧般的残忍。2022 年,由王安邦执导,南京大学艺术硕士剧团制作这个戏并参加了乌镇戏剧节,同时在上海、苏州等地公演。该剧也会成为南京大学艺术硕士剧团的一个保留剧目。

《人间童话》中的世界是荒诞的,杨小雪不甘于现实主义。她是第一个以研究中国"后戏剧剧场"的论文毕业的博士。2019 年,在提交博士论文的同时,她还创作了自己的"后戏剧剧场"作品《冬蛰》。

2012 年,为庆祝南京大学建校 110 周年,戏剧学科做了一个"国际大学生戏剧节",邀请挪威奥斯陆大学学院和德国康斯坦茨应用技术大学的师生共同创作和演出了 5 个剧目,中国师生独立或参与创作的剧目,除《蒋公的面子》外,还有《谋杀歌谣》和《浮士德Ⅲ》。《谋杀歌谣》是在读本科生刘天涯创作的一个非常诗意和狂野的剧本,灵感来自"老尼克和坏种子《谋杀歌谣》专辑歌词",由留学的韩国博士生张姬宰导演。刘天涯还是《浮士德Ⅲ》剧本的主要执笔人,这个戏由南京大学艺术硕士剧团与康斯坦茨应用技术大学艺术创作部联手制作,意在接续歌德《浮士德的悲剧》第一部与第二部,分别展示了欧洲和中国的当代悲剧。《浮士德Ⅲ》先后在南京、康斯坦茨和加拿大瓦利菲尔德学院主办的国际戏剧节上演出。2013 年,刘天涯本科毕业后赴台北艺术大学攻读编剧硕士学位,与台湾地区艺术家共同创建了盗火剧团。2018 年她的剧本《米奇去哪里》,由南京大学艺术硕士剧团做成小剧场版,成为剧团的保留剧目,先后在南京、北京、杭州等地演出。刘天涯的《买四送一》《美丽小巴黎》《那边的我们》《姐妹》等剧也都由盗火剧团带来大陆演出。

　　《买四送一》是刘天涯的本科毕业创作,这个戏的全名是《资本主义悲剧·买四送一》,剧本包含一个"买四送一"的自我推销的广告:

亲爱的消费者,只要您一次性购买以下四件商品:

NO.1 新时代母亲的美丽宣言

NO.2 倒霉小编辑的悲惨末日

NO.3 自闭科学家的良知告白

NO.4 优雅贵妇的疯狂购物癖

我们就送你:

BONUS:直击女高中生死亡现场!

机不可失,时不再来,要买要快喔!

全剧由 5 段独白构成,独白者分别是一位美容医院的董事长、一位药物科学家、一位疯狂购物的全职太太、一位志愿试验新药的失业编辑和一个自杀的少女。刘天涯的作品,多以揭露当代社会和家庭生活的悲剧为主题,即所谓"资本主义悲剧"。"买四送一"的戏剧结构本身,也是对消费社会运转方式的戏仿和讽刺。这出"资本主义悲剧",也是一个家庭悲剧:医院董事长是一位 60 岁的老妇;药物科学家和药物的志愿试验人是她的两个儿子;有购物癖的太太是药物科学家的妻子,老妇人的儿媳;自杀的少女是药物科学家夫妇的女儿,老妇人的孙女。前 4 段独白里,没有戏剧"行动",是人物对自己生活状态和心愿的叙述,最后一段是少女的控诉和她的自杀"行动"。5 段独白互相印证,构成了一个家庭的历史及成员之间的病态关系。这种独白的和片段拼贴结构的形式,刘天涯显然是受到学长朱宜《我是月亮》的启发,但是,她以人物之间的家庭关系取代了《我是月亮》中人物之间纯粹偶然的关系,在揭示每一个悲剧性格的成因方面,另有一层深意。例如,叔叔失败的原因可以从他母亲与哥哥的歧视中窥见,妻子购物癖的成因可以从夫妻关系的冷漠中窥见,少女自杀的成因可以从她父母和祖母"物质化"的人格中窥见。这是一个新颖和精致的戏剧结构形式。我们从剧场购买的这个戏的 4 段成人独白，都是模拟和表现消费时代人之被"物化"的景象——他们或者全神贯注，或者被逼无奈地追逐着世上的物质，因为灵魂极度地荒芜和空虚，彼此——哪怕是亲人之间也无法沟通，缺乏精神联系的人成为孤独的个体，无目的、无意义地散落世界……老妇人曾经以"抽脂"整容过的大腿征服男性，如今她狂热地推销明码标价的鼻子、眉毛、眼睛、耳朵、嘴唇、牙齿、指甲、头发、眼睫毛和胸，还有玻尿酸，她要她的孙女儿"用高耸的鼻梁呼吸，用两条又长又美的腿走路，用有着丰满嘴唇和洁白牙齿的嘴巴喝红酒、嚼牛排……把名牌项链挂在被激光仪器修饰得修长纤细的脖子上……嫁入豪门，传递我的优良血统……"；药物科学家亢奋地宣传他那控制人类激素、神经和大脑，"使消费者，做出终其一生享受奢侈生活的决定"，为了研制这种提高人类购买力的新药，他放弃了自己全部的家庭生活，被禁足在实验室，最终获得整整 700 万的酬劳；他的妻子开始疯狂购买各种需要或者不需要的生活用品和奢侈品，"丈夫和女儿，他们开始变得更陌生了"，唯一亲近和疼爱的是她的狗；他的弟弟，职场失败后，为了获得 30 天每天 1500 元的报酬，成了他新药的志愿试验者，并以他疯狂盗刷别人信用卡的犯罪行为证实了其兄药物研制的成功。我们在剧场因为购买了以上 4 个片段而被赠送的那个片段，是一个 17 岁少女自杀前对这个资本主义消费时代的控诉和抗议，以及她吊在空中"许久地摆荡着"的尸体。这是一个既前卫又古老的悲剧：人类怎么可以沉溺于物质欲望而没有精神的信仰呢？然而，人类又怎么可能建立并非虚妄的信仰呢？2014 年《买四送一》由盗火剧团在台北首演。

在南京大学艺术硕士剧团的保留剧目中，《国际饭庄》是除《蒋公的面子》外演出场次最多和剧场反应最热烈的剧目。这是艺术硕士生巨云鹏 2017 年的毕业创作，灵感源自网上一篇关于高速公路施工队与地方公路局冲突的纪实报道。故事描写了承包高速公路施工队食堂的女民工冯仙儿，在施工队与地方公路局的冲突中摔倒，被公路局长在脸上踩了一脚，当其他受伤的工友都接受调解拿到不菲的补偿款时，冯仙儿却总是想起这些天"红歌赛"中所唱的《国际歌》，"不要说我们一无所有，我们要做天下的主人……最可恨那些毒蛇猛兽，吃尽了我们的血肉……"她为挽回从小到大几乎从未体验过的尊严，拒绝赔偿，一定要在公路局长的脸上也踩一脚。公路局长不得已躺到地上，她三次把脚高高抬起，都没有踩得下去。最后，公路局长自掏 30 万赔偿了冯仙儿，却被老婆告发,进了监狱。冯仙儿用这 30 万回乡开起了农家乐,取名"国际饭庄",还聘用了出狱后的局长。著名编剧过士行被邀请担任这篇硕士毕业创作的评审专家,他说:"这个剧本重新燃起了我对当代青年编剧的期望。"他认为,这个剧本的作者"很有阅历"。我想,他一定是指剧本中以现实主义的手法描写的底层社会生活的困窘和人性的阴暗。冯仙儿靠出卖身体,获得了承包食堂的机会,并且即将再包一间麻将馆,她的丈夫一直在默许甚至怂恿她这样做,项目部经理和办公室主任也都是十分油腻和粗鄙的男人。但是,年轻的编剧并没有从道德的层面贬低他们,他一面"世故"地描写他们的不堪,一面"温情"地擦去污垢,给我们看他们性格中对尊严和公正的渴望,看他们的善良与担当、幽默与智慧。巨云鹏的父兄从河北农村来南京谋生,他跟随他们,眼见他们二十余年的打拼生活,终于立足于都市。他在剧本里所表现的"世故"与"温情"应当是他自己的生活经历所教给他的。一个卑微、贫穷、被践踏的农村女青年,由一曲《国际歌》唱醒了做人的尊严感,不依不饶地为此抗争,这是一个浪漫主义的夸张想象,故事的结局也是喜剧性的。每一场演出,都会有几个观众拒绝接受这个结局,批评它断送了一个悲剧,妥协和轻佻了。巨云鹏和导演坚持把这个戏称作"黑色喜剧"。《国际饭庄》虽然是一个"行动整一"的戏剧故事,但它没有采用"戏剧体"的结构,而是通过"独立电影"的拍摄过程,让剧中人在"镜头"前叙述事件与心情,同时插入"戏剧体"的片段,展示有张力的戏剧情境,尤其是令人屏息和泪下的戏剧高潮。2018 年这个戏由艺术硕士生赖倩仪执导,她在剧场采用了夸张的想象与变形,以及各种语言、各种版本的《国际歌》。同年 11 月,《国际饭庄》参加"第七届天津青年戏剧节",作为开幕剧目演出。

　　2012 年,南京大学戏文专业三年级本科生温方伊做"学年论文",为贺 110 周年校庆,她写作了喜剧《蒋公的面子》。吕效平是这篇"学年论文"的指导老师和剧场导演。同年 5 月 15 日,该剧由南京大学艺术硕士剧团在鼓楼校区礼堂首演。后申请参加中国剧协主办的"第三届中国校园戏剧节",遭拒。2013年,《人民文学》第 6 期刊载了《蒋公的面子》剧本,并授予温方伊"《人民文学》之星"奖;同年,该剧被搜狐网和鲁迅文化基金评为"年度戏剧"。2014 年,该剧获江苏省委宣传部"五个一工程"优秀作品奖,同年获江苏省文化厅"舞台艺术精品工程"项目资助。2013 年 10 月 13 日,上海《新民晚报》发表朱光的长文,指责《蒋公的面子》和另外两个戏"忽悠观众'消费'本民族的苦难"①，《蒋公的面子》被禁止进入上海。迄今，《蒋公的面子》已经在南京、北京、上海、天津、重庆、广州、深圳、福州、厦门、合肥、杭州、南昌、长沙、武汉、南宁、昆明、贵阳、成都、济南、郑州、石家庄、太原、西安、沈阳、长春、哈尔滨等地和美国东西两岸 10 座城市上演了 462 场。扮演剧中教授的三位主要演员是南京大学戏剧学科培养的艺术硕士周雨、赵超和高仲玮。

　　1943 年，蒋介石在陪都重庆担任中央大学校长时，邀请中文系三位教授吃年夜饭，这使教授们很为难：要不要接受邀请，给蒋公个面子呢？这是在南京大学和中大校友中常常被提起的一个传说。吕效平建议温方伊将此传说写成一个喜剧，是基于两点考虑：其一，从教授们"独立之思想，自由之精神"的角度，回答钱学森的临终之问：为什么我们 60 年的大学教育没有培养出大师来？其二，与现行的国营戏剧观对话，尝试摆脱道德说教的工具身份，拒绝正剧，做出真正的喜剧来。上述第一点"考虑"，也可以说是一种"启蒙"的意识。但这一"启蒙"的目标与艺术创作的关系仅仅是偶然的：艺术硕士剧团不会每一部戏都讨论大学精神的问题，一旦囿于这个"启蒙"的目标，"启蒙"就会成为艺术创作的一个陷阱。启蒙主义戏剧，从狄德罗、莱辛起，都是黑格尔称之为"没有多大的根本的重要性"的正剧。莱辛那些悲剧，其实都是宣传资产阶级市民精神必将胜利的有限悲剧，不是真正的悲剧。因为，启蒙主义者总是相信自己找到了真理，而宣传"真理"的人是不肯做悲剧的，也不肯把悲剧性作为喜剧的内容，否则，他们的"真理"就会被打了折扣。如果囿于"启蒙"目标，《蒋公的面子》就会是这样的：教授们为了反对蒋介石担任校长，捍卫学术的独立与自由，克服一切困难和私念，与反动势力斗争到底，即使做出了牺牲，其精神价值也是永存天地、激励后人的。这样一来，它与当下国营剧团所做的那些工具性的道德正剧，还有什么区别呢？在中国话剧的第一个百年里，启蒙主义掌握了话语权，它给中国话剧带来的所谓"战斗传统"其实是一面双刃剑，从破除旧迷信到维护新迷信，纸面纸背，不过都是政治学和伦理学的工具。

　　上述第二点"考虑"，即与国营戏剧观对话，才是南京大学艺术硕士剧团创作的"绝对"目标，他们的每一部剧作都在尝试实践这一目标。很长时间以来，如果戏剧涉及人物的政治立场，例如，支持红军，还是支持白军；拥护抗日，还

---

① 朱光：《戏剧应如何表现特殊历史时期》，《新民晚报》，2013 年 10 月 13 日。

是怀疑或者反对抗日；赞成社会主义改造、人民公社，还是反对这些运动；……这些政治立场一定会是判断剧中人好坏的重要标准。《蒋公的面子》虽然正面地、集中地描写了三位教授对待蒋介石的政治态度，但是它跨过了政治是非的边界，使得教授们的政治态度在判断他们的正负价值时，完全失效了：卞从周并没有因为他支持蒋介石便成为在道德上低于另外两位教授的人，时任道也并没有因为他反对蒋介石便在道德上高于卞从周。这三位教授，没有一个能够成为我们的道德榜样：时任道反对蒋介石的独裁，不肯与之同席，鄙视拥蒋的同事卞从周，但他希望蒋介石能够帮助他保住自己惜之如命的善本书，尤其不堪的，是他为了要爱惜自己的面子，一面欺骗卞从周替他去游说蒋介石，一面却坚持强调他与卞从周的立场和人格的区别；卞从周拥护蒋介石，乐意赴他的宴席，他因此而被同事和学生鄙视，视他为蒋的走卒，为维护自己的面子，他就想方设法地说服左派和自由派的教授同行，实际上成了蒋介石的说客；夏小山不承认蒋介石这个校长，但这位"三月不知肉味"的美食家又想去吃宴席上的佳肴，他扭捏的真正原因是"才在课堂上跟学生说不承认蒋校长，你让学生怎么看我嘛！"道德判断在这里也失效了：每一位教授都陷入道德的困境，他们根本走不出来。《蒋公的面子》并没有描写道德选择的是非，而是描写道德选择的尴尬。而且主创认为，在中世纪的"上帝"死后，人获得了前所未有的自由，人生和人性中也就随之有了许多道德无能为力的时刻；这种"无能为力"就是人生与人性的悲剧性，也是人生与人性的喜剧性。只有这种悲剧性和喜剧性，才是现代戏剧的诗意所在。而在道德"搞得定"的范围内，戏剧是失效的，只能被当作教化的工具。

　　《蒋公的面子》描写了教授们"已意识到个人有自由自决的权利去对自己的动作及其后果负责"[①]的自由的精神状态，但是它没有把"自由"描写成人类的英雄行为，或者人类的出路，而是把它描写成一种荒诞的喜剧，教授们越是伸张自己的自由，越是深陷在"无能为力"的苦恼和滑稽的状态中，喜剧性就越强烈，同时悲剧性也更强烈。这是"自由"的真相，也是戏剧艺术的沃壤。

　　2019 年最后一天的下午，南京大学艺术硕士剧团在仙林校区的恩玲剧场试演出了高子文编剧的《故乡》。高子文现在是南京大学戏剧学科的教授，他说过："如果不是可以搞创作，我是不会选择这个职业的。"此前，他创作了剧本

---

① 　黑格尔：《美学》第三卷（下册），朱光潜译，商务印书馆，1981 年，第 298 页。

《这里的白天和黑夜》《污染与净化》，这两个戏都由艺术硕士剧团制作出来的，2013 年《污染与净化》曾赴德国康斯坦茨应用技术大学交流演出。高子文还曾为艺术硕士剧团导演过福瑟的戏剧《有人将至》，翻译过俄罗斯当代剧作《黑牛奶》并指导了学生的剧场创作。2021 年，作为对鲁迅小说《故乡》发表 100 周年的纪念，艺术硕士剧团制作了《故乡》的新剧场版，先后演出于阿那亚戏剧节和南京、苏州、上海、厦门等地。吕效平担任了这个戏的导演。

高子文是鲁迅的同乡，作为"汉语言文学"出身的知识分子，他非常熟悉和景仰鲁迅的作品与精神。在他的家乡，他们家族的高家祠堂在"文革"中被"造反派"烧毁了，改革开放后，当年烧毁祠堂的人又盖回了祠堂，并在里面做起了存放骨灰的生意。他最近回乡参加外婆的葬礼，极度地愤怒于他的外婆辛苦操劳了一辈子，到死在墓碑上都不能有一个属于自己的名字。他学习鲁迅，描写故乡的乡民。昔日的竹林和池塘，变成了高速公路；少年时攀过的水塔变成了工商银行；连凤凰牌自行车和上海牌手表都早已成了古董……但是鲁迅写过的那些困窘、愚昧和隔膜照旧。李家一家人为是否把爷爷的骨灰放入灵修塔发生了激烈的争吵；三叔自认骨气，鄙视违法乱纪的"暴发户"，靠木匠手艺养家，可自家盖房，大门却要靠买，承接的活也都是"暴发户"外包出去的，他为盖新房赘婿，借了高利贷，把临终的父亲养在猪圈边的小屋，逼迫在外读书的女儿回乡成亲，要给自己挣一个体面"儿子"；二叔残疾，供养一个读博的儿子，不堪重负，期盼儿子"字总有认完的时候，书总有着读完的时候"，羡慕儿子儿时的玩伴"瘌痢头"已经有了自己的儿子，给公司的副总开车，一年 8 万，整天打牌；大姑为了不分担父亲安葬的费用，退回了娘家给的戒指；大哥以亲近乡村权势为荣，满足于自己的卑微生活。在鲁迅的《故乡》里，"我"的生活是富足的，精神是完整的，心存启蒙理想，对乡亲们深怀怜悯。一百年后，高子文《故乡》里的青年读书人在经济上却要靠贫寒的父亲供养，为出国留学筹钱，他竟然要跟父亲签订一个借款合同，他的精神是残缺的，一面思考着人的本质和道德问题，一面粗暴地对待父亲，当自己即将逃离家乡、越洋留学的时候，对被逼留乡、为父母赘婿的妹妹说的，竟是一句"我从美国给你寄明信片"……倒是那个一向违法乱纪、儿子在哈佛读书、出门乘奔驰 600 的"暴发户"，占据了乡镇的道德制高点：他替父赎罪，盖起了祠堂；他办的工厂为乡亲们提供了工作机会；他帮助生活中遇到困难的亲友；他指责把父亲养在猪圈边的不孝行为；他懂得珍惜人才，不惜高薪征聘。高子文的《故乡》，是学习契诃夫戏剧文体的一个作品。2019 年，吕效平试图强调它的抒情性，用"表现主义"的手法在剧场中做出来，2021 年，他试图恢复使用"现实主义"的手法，把该剧做成一部喜剧。他对这两个版本都不满意，希望有一天剧团有机会聘用到专业出身的导演，再做一版能够在全国各地售票演出的《故乡》。

在淮河边演戏的大学生，曾经的文学泰斗，吃花、吃鱼和吃青番茄的人，资本主义时代的那一家祖孙三代，被《国际歌》唤醒或未曾唤醒的民工，爱惜面子的中央大学教授，鲁迅故乡的今日乡邻，他们或者是生活中的"失败者"，或者通过戏剧表现了他们生活中的"失败时刻"：南京大学艺术硕士剧团没有描写道德的成功，没有塑造道德的榜样，而是要把人类的道德困窘做成悲剧和喜剧。这就是南京大学艺术硕士剧团与国营戏剧的一个显著区别。二十一世纪来，他们宁肯蹲守在中国戏剧的这个边缘之地。

二十世纪八十年代，曾经是中国戏剧探索其形式多样性的年代。二十一世纪以来，世界戏剧的多样性愈加丰富了，南京大学艺术硕士剧团的作者们都很年轻，而且受到更好的教育，他们拥有更多的机会和更强的能力从世界戏剧中获得资源和灵感，因此，其形式的创新意识比较自觉。南京大学艺术硕士剧团的剧目，其形式创新的成色之高，或许可以看作它的另一个特点。

启蒙，而不囿于启蒙，如吴梅一百年前在创作《风洞山》时所说，"以悲哀为主"。所谓"桥山弓剑，古雅衣冠；荒土一抔，夕阳千古；兴亡离合，余亦不知其所以然也"，是为悲剧，是亦为喜剧。从吴梅到温方伊，南京大学戏剧学人一百年的创作，或可如此概括。

目　录

风洞山　计二十四出

吴　梅

吴梅(1884—1939),字瞿安,号霜厓,江苏长洲(吴县)人。著名曲学家,戏曲教育家。1917 年应北京大学聘,授古乐曲,为在大学讲堂教授戏曲第一人。1922 年,南归,任教于东南大学。1928 年,东南大学易名国立中央大学。1937 年"七七事变"后,逃难离校,1939 年卒于难中。

吴梅先生的戏曲作品有《袁大化杀贼》《轩亭秋·楔子》《落茵记》《镜因记(未完稿)》《双泪碑》《霜崖三剧》(《湘真阁》《无价宝》《惆怅爨》)等。1904 年,《中国白话报》刊出其《风洞山》《先导》及第一出《忧国》,后又费时 12 个月,完成此剧,1906 年由小说林社出版。

自　序

　　叙曰：思宗殉国，王业偏安；东南人士，痛雪国仇；竭忠尽智，碎骨捐躯；阁部而外，莫如临桂。新亭涕泪，故国河山；慷慨誓师，从容尽节；成仁取义，君子韪焉。秋斋寥寂，旧雨不来；摭拾遗事，衍为院本；以厕艺林，瞠乎后矣。绀珠、茝怀，子虚乌有；忧伤憔悴，至是而极。庾子山云："惟以悲哀为主。"嗟乎！嗟乎！桥山弓剑，古雒衣冠；荒土一坏，夕阳千古，兴亡离合；余亦不知其所以然也。风雨如晦，倏焉寡欢；略书鄙怀，长歌当哭。乙巳秋八月，呆道人题于奢摩陀室。

例　言

　　是编事实见瞿锡元所著《庚寅始安事略》。锡元为式耜后人，所言当有可信。余通本篇目，悉据此以为排次。

　　是编原始为汾阳王薇伯所促成，曾刊某报。后以排场近熟，乃改定此本。凡费十二月之久，始得蒇事，可谓乐此不疲焉。

　　洪昉思叙《长生殿》云："近人动写情词赠答，数见不鲜，余故力为更之。"拙作亦取此义，凡有碍风化，及前人所已发者，概从删略。

　　九宫旧谱，音律虽精，而字句鄙俚，不堪卒读。学者按谱填词，此种文字容易拦入笔端。余力避其艰涩粗鄙处，一以雅正出之，故通本词意浏亮，无拗折嗓子之诮。后有作者，可以为法。

　　此本脱稿后，刘子子庚曾为我点板，黄子慕庵曾为我评文，翻新出奇，多有余意所未逮者，什袭藏之，以为一时佳话。

　　旧本传奇中之引子，几于每出皆有，幽艳如玉茗，亦有此病。不知此种引子，最无道理，既不起板，亦不足动听，故叶谱尽去引子，良有以也。余填此词，引子可省者省之，不可省者仍之，或以诗词代之，面目一新，颇觉可喜。

　　少时与潘子养纯（承庠）论词曲甚契。养纯谓："娴于音律，艰于文字；娴于文字，艰于音律。"余曰："然则玉茗、凫公、伯龙、云亭、昉思又何说之辞？"自是以后，所论各异。今作此本，穷日之力，仅得二三牌，而至艰难之处，如〔雁鱼锦〕、〔香柳娘〕、〔巫山十二峰〕、〔九回肠〕、〔字字锦〕诸阕，往往以一字一音，至午夜而仍未妥者。乃思养纯之言不置焉。呜呼！泉路茫茫，谁待我范巨卿乎？

本朝词曲，可谓大备。顾如赵、蒋诸公，曾不一思瞿起田，此亦词场一恨事。岂当时有所忌讳，故不敢出之欤？而如史可法，则又现诸优孟之间，且入内廷也，此又何说之辞？至嘉道间，瞿菊亭谱有《鹤归来》一剧，可谓为举世所不为矣。然此君宗旨，以填词当立传，昭示子孙，故通本家事咸备，反不足以衬忠宣之忠荩。余所尤不喜者，其开场结尾处，以自己登场，以赐谥结穴，我不知何所用心，而为此狡狯技俩也，适成为俗籁而已。此作力更其弊，煞费苦心，至文字之纯疵，此在读者之何如，扬之可使在天，抑之可使入地，为龙为蛇，吾不知其变化矣。

《桃花扇》行世后，顾天石为之删改；《长生殿》行世后，吴舒凫为之删改，率皆流誉词林，传为美事。顾此本行世，雅不欲人之涂抹我文字，大雅君子，恕我狂也。呆道人识。

自题八绝句

唾月堆烟泪不波，青衫情味奈愁何！横磨剑与坤灵扇，恨事人间尔许多。
一树冬青吊国殇，牛车泥马指南方。汉官遗制无人识，窄袖蛮靴时世装。
枉说嫖姚大将台，昆明浩劫早成灰。沙虫猿鹤啼秋月，可有鹃魂入梦来？
戎马河山战一枰，哀丝豪竹不成声。上书未见庚申帝，苦费当时转六更。
一片降帆事可哀，中原谁筑蛰龙台？西曹铸就飞霜狱，十二金牛挽不来。
井水汤汤咽古愁，红牙且自按梁州。袜陵山色珠江月，不抵崖山一叶舟。
建安词笔荒唐甚，值得遗民带泪看。野史亭中秋草没，桂林云气胜临安。
十载填词苦耐贪，说龙诺虎亦前因。文章莫向西风哭，可道知音尚有人。

宣 意

（副末上）
〔满江红〕搔首呼天，怎消却胸中烦恼？问底事离宫卅六，乱生碧草。荆棘铜驼穷士泣，旌旗铁甲胡人笑。饮屠苏醉倒禄山儿，狂呼啸。　　滇营里，参谋少；玉门外，将军老。叹而今已矣，夕阳古道。日暮徘徊黄歇浦，天涯太息田横岛。感飘零，红粉与青衫，无人吊！

于绀珠殉烈湘清阁，瞿式耜尽节仙鹤岩。

王开宇祝发华严寺，杨硕父修墓风洞山。

第一出　游　湖

〔破齐阵〕（生巾服上，末扮院子随上，生）一个飘零身世，十分冷淡肝肠。〔齐天乐〕脱却青衫，撑开白眼，未改寒酸模样。（〔破阵子〕尾）宝瑟铜琶弹秋月，浊酒寒灯梦战场，宫鸦栖短墙。

　　花背残枝着地飞，客中身似柳依依。伤心一片珠江月，破碎秋光上短衣。小生姓王，名开宇，表字荩怀。父亲永祚，现拜宁远伯之爵，同赵印选、胡一青统领大军，驻扎榕江。家中止有老母一人，因此随父任所，免劳远念，就在省城内延安坊居住。与榕江相隔，止有百里，鱼雁往来，倒也便捷。

　　小生小时曾聘下于元烨小女绀珠为妻，只因满地兵戈，迟我数年琴瑟，这却不在话下。只是小生生于乱离之时，蒿目时艰，一筹莫展，回望故宫，燕云惨淡。况且他乡风景，触目伤心，却叫人怎生挣扎也。（泪介）

〔风云会四朝元〕〔五马江儿水〕羁人情况，萧萧鹤发长。况铜驼荆棘，更是惆怅。世之事，何扰攘？〔桂枝香〕问萧条故国，问萧条故国。〔柳摇金〕瓦砾荒寒，月满昭阳；禾黍高低，秋深江上。〔驻云飞〕一片凄凉象，嗏，古木朔风凉。〔一江风〕大好河山，破碎成何样！南渡野草香，西陵野花长。〔朝元令〕空剩我伤今吊古，悲悲切切，这般形状。

　　（末）相公不必烦恼，还是出去散心一会。（生）咳！你教我到何处去来？（末）城外西湖上湘清阁，相公从未到过，何不走一遭儿？（生）这却使得。（行介，到介，作上阁介）呀！是好风景也！（想介）我想杭州有个西湖，此地也有西湖。杭州的西湖，早经过了南渡兴亡之事；此地的西湖，倒也安然无事，只怕也免不来这些劫运也。（作玩赏景物介）

〔前腔〕凭阑凝望，天风满袖凉。算湖山风月，兀自无恙，日丽天气爽。念西泠景物，念西泠景物。桂子荷花，锦绣钱塘；玉笛琼箫，勾栏门巷，写不了风流帐。嗏，蟋蟀半闲堂。南渡江山，一例都抛漾。西湖呵，你虽僻处广西，只怕与临安一样。今日风光柔媚，却分外替你担愁也。梅花动晚香，桃花泛新涨。这风光旖旎，齐齐整整，依旧是太平形象。

　　莫说西湖，就是秦淮一水，在弘光时，何等风流，后来北兵一到，变做了一堆青草。(长叹介)咳!弘光啊!都是些烟花风月耽误了你也!

〔前腔〕秦淮秋涨,西风旧院荒。便莺花三月,有甚欢畅?往事劳梦想。叹南朝事业,叹南朝事业。血溅平原,骨掩沙场;鬼啸燐飞,鸟啼花放,不是中兴象。嗟,再莫问弘光《燕子》、《春灯》艳曲无人唱。离宫内摧残八宝妆,御床前凋零九华帐。单剩下荒烟蔓草,萧萧瑟瑟,没人游赏。

咳!你想今日的秦淮,如许衰败,恐怕数年以后,此地风景也与秦淮差不多了。(转念介)我想当今永历帝,远胜于弘光,或者半壁江山,可以保住,此地风景,也可以不罹兵革。(又念介)只是国势衰弱,却教我怎生不愁也。

〔前腔〕胡笳悲壮,边声下夕阳。道天涯游子,憔悴模样,引领思故乡。望南天洒泪,望南天洒泪。月夕花晨,分外凄凉;夜雨朝云,平添怊怅,愁与春潮长。嗟,烽火满潇湘,一个书生,半世遭魔障。穷途易感伤,浮生苦飘荡。对着这湖光山色,凄凄惨惨,愈增悲怆。

(杂上)爷!原来在此游耍。家中接了家书,老夫人要爷商酌哩。(生)如此归去罢。(作下阁介)

〔尾声〕沿堤残柳因风响,一抹里天空云旷。只我这万种愁思,好似百箭穿心,这却如何是好?便长爪麻姑,也搔不着我心中痒。

中年哀乐感琵琶,食肉诸公井底蛙。

铁笛一声明月小,隔篱开遍杜鹃花。

第二出　祭　花

〔甘州歌〕(场口设花十馀盆,旦淡妆同贴上。旦唱)〔八声甘州〕东风太狠,道海棠颜色褪了三分。花开花谢,撩乱几多春恨。轻衫已嫌罗袖薄,角枕难销珠泪痕。〔排歌〕长桥外,杨柳新,眉儿深浅画难真。阑干外,花草匀,漫天凉雨又黄昏。

〔虞美人〕银荷冷照江波浅,小扇还遮面。碧纱窗下绣鸳鸯,要作七襄云锦嫁衣裳。　胭脂淡晕梨涡腻,薄恨从头记。可知门外碧桃花,到底怎生攀折在谁家?奴家于绀珠是也。年方二八,体不胜衣。只是生小多愁,未解生人乐事。不幸老母早亡,终鲜兄弟。父亲元烨,现在瞿式耜处,掌理钱粮。家中止奴一人,因此随父桂林。奴家幼时,曾许与王开宇,闻他也是随父任所,所以不知音耗。这也不在话下。今日晚寒天气,小雨连绵,越叫人百般愁烦。茝娥。（贴）有。

（旦）你看亭处花枝，经了雨儿，更觉零落了。

〔前腔〕〔换头〕风光正暮春，又妬花风雨，零落谁问？残红铺地，犹剩那时风韵。莺啼已随春事歇，蜡照空留凉夜痕。愁滋味，酸也辛，〔指花介〕你花呵，闲庭凄苦耐愁魂。愁天气，寒又温，（自指介）便是我呵，闲闺凄苦奈愁人。

（掩泪介，拾花瓣置几上，堆成一团介）茝娥，你与我将酒儿来，待我祭一番花儿者。（贴酹酒，旦拜介）花呵，自古来只有吊你，葬你，痛你，惜你，没有过来祭你的，今日我于绀珠来祭你波。（小旦花神妆掩上）小仙花神便是。因于绀珠特地祭花，倒也一番佳话。只是他生来命薄，无可解免，为此来点悟他者。（散花瓣落地，结成"花梦"两字介。神掩下。贴）咦？小姐！这花儿结下两个大字来了！（旦起立看介）"花梦"！（打悲介）咳！花呵！花呵！你也是一场春梦，便人生一世，岂不是个梦呢？只我绀珠的梦，正不知甚时醒也！

〔前腔〕〔换头〕腰肢瘦几分，便梦儿长久，黄粱一瞬。年华如箭，人共好花都尽。痴情早同飞絮去，好事唯余残梦温。风和月，忙杀人，镜中花影认前因。生和死，都未真，水中明月是前身。

莫说人生是一场大梦，就是国家，也是这般结果。你看我朝的事业，大半归于乌有了，岂不可伤呢。

〔前腔〕〔换头〕凄凉杜宇魂，算秣陵宫阙，寒灰飞尽。铜驼垂泪，门外怪鸟依人。冬青树老霜露凉，锦带枝残蜂蝶恨。繁华梦，宫草春，玉钩斜畔野花新。休回首，风正紧，昭邱松槚闪寒燐。

（大哭介）国犹如此，何况乎人呢！也罢！茝娥，你将花朵打叠个包儿者。

（贴扫花持包介）花已打叠起了，天色已晚，小姐可进去也。（负包徐行介。旦）

〔馀文〕打花包，排花阵，晚来还作祭花文，（贴）不怕花儿先笑人。

（旦）莺花三月已凋伤，野草红心满地香。

（贴）一种闲情忘不得，春光容易断人肠。

第三出　阅　兵

（净领众军旧旗破甲上）一腔忠愤血，半壁大明朝。吾乃焦琏便是。职居参将，爵封开国公。愿为战鬼，耻作降王。现隶瞿式耜麾下。今日是大阅之期，本拟整顿军威，演习一通，为他日战死之地。不料粮台于元烨，克剥军饷，浪供挥霍，以致器械不齐，岂不可恨！幸而部下军士，都知大义，不致因些些小事，妄起争端。军士们！（众绕场介）有！（净）先至校场伺候者。（引众下。副末上）垂杨几树故宫云。（老旦上）匝地风吹九庙尘。（丑上）笑骂且由他笑骂。（中净上）朱衣骑马究谁人？（副末）下官吴炳。（老旦）下官吴贞毓。（丑）下官朱盛浓。（中净）下官朱盛涧。（合）我等皆明朝大人，现在桂林，帮瞿式耜守城。今日是大阅之期，阁部亲自看操，我们且在此伺候。（外袍笏引队上）

〔啄木儿〕雄心苦，遗恨多，末路英雄添个我。大汉家到此收场，要我做些生活，恁般壮心休磨挫。天生我来非轻可，半百年光愁里过。

城阙大旗红，斜阳感慨中。冬青留夜月，金石蚀秋风。白草仍荒土，寒鸦傍故宫。奇怀何处寄？酹酒碧翁翁！老夫瞿式耜，江苏常熟人也，官拜文渊阁大学士，兼吏部、兵部尚书，赐剑便宜从事。匈奴未灭，所痛者国事之日非；故国犹存，所幸者河山之未死。上年广州一破，车驾奔至梧州，幸老夫力争还銮，乃由平乐而还桂林。今年二月，清兵袭平乐、浔州二处，分攻桂林，车驾又至全州。老夫因桂林形势，大有可为，因此自请留守，叨蒙许可，主上隆恩，也算不可多得了。今日是阅兵之期，大小三军，已在校场伺候，急索去也。（副末、老旦、丑、中净各参见介。外）诸君可先至校场，老夫便来了。（副末等下。杂扮家童上）张同敞老爷在外边，要见大人。（外）有何事情？（杂）他说要到灵川去，特来辞行的。（外）如此，你领他到书房中去，请杨硕甫师爷陪伴一刻，待我阅兵回来相见罢。（杂下，外引队下。净、副末等各领兵同上，摆队介。外上，诸将打恭介。外）老夫统帅三军，前灭北虏，此次阅兵，非同小可，诸君不可怠慢，就此开操。（内起第一通鼓，众排阵介。外）

〔前腔〕军声壮，阵法多，半壁江山全仗我。（众舞刀介）闪电光剑影刀花，（内起第二通鼓，众换阵介。外）转眼阵图离合，（众射箭介。外）雁翎乱飞流星过。（内起第三通鼓，众收队介。外）将军本该沙场卧，（内鸣金，众退下。外）队是熊罴军鹳鹅。

（净）操演已毕，阁部有何吩咐？（外）军士们操演还好，只是旌旗鼓角，甚是破坏，这是什么意思？（净）阁部问及此事，小将不敢撒谎。自从于元烨管了粮台之后，军器粮饷，无一齐备。幸而不起争端，这就是阁部的洪福了。（外气闷介）咳！竖子几误乃公事。如此说来，那些军饷定被他侵克许多。但这等世界，就是铜山筑起，有何好处呢？

〔三段子〕臭铜几个，这般钱何须要它！臭名远播，这般人而今最多。咳！也怪不得他。你看满朝官儿，那个不像他来？做官本来声威大，黄金暮夜重包裹，怎怪他每偏好货。

（探子上）报，报，报！平乐、浔州，已被清兵攻破，桂林存亡，朝不保夕，请阁部区处！（外顿足介）呀！呀！大势去矣！你且退下。（探下。外）

〔归朝欢〕烽烟恶，烽烟恶，到今奈何？战和守，谁人担荷？肝肠断，肝肠断，到今怎么？家和国，谁人辅佐？桂林一隅今虽可，浔州平乐都残破，生死存亡一刹那！

且同到我衙内商量么。

中兴大业委尘沙，笳鼓辕门掩落霞。

平地风波何事急？春风又发战场花！

第四出　潜　师

〔忆秦娥〕（副净时服引众军执火把上）真无奈，三军转战连番败。连番败，这般模样，好生奇怪。

杀气连天末，朱明尚有人。攻城城不破，愧见背嵬军。自家孔有德便是，奉了主上之命，来取两粤，大军所至，纷纷投顺。现在到了桂林，遇着个瞿式耜，输了数阵。正在无可奈何之际，谁想陈邦彦攻打广州，咱每军士，腹背受敌。幸而城中未知此事，所以不曾大败。事到如今，只得偃旗息鼓，连夜归去。孩子每！（众）有！（副净）你每于附近地方，多设疑兵，多放枪炮，天已将明，就此启行罢。（众）得令。

（引众绕场下。内作连珠炮声介）

〔山坡羊〕（外冠带领众军上）困腾腾不坚牢的营寨，冷飕飕不经穿的衣铠，扑通通不耐烦的鼓鼙，苦煎煎活欠下的刀兵债。我瞿式耜闻警之后，深恨于元烨之误事，幸被丁魁楚参了一本,现已解职而去。因此部下军士,俱有喜色,出军对仗,连胜三阵。只是北兵尚未退去,不免巡城一遭者。旗帜开,阵儿先布摆。孤城困守如何耐?青鬓全随人事改。咳!最可笑者,前日北兵一到,城中官吏,逃走一空。悲哀,南朝人忒煞乖。(场设布城一座,外领众巡城,遥望介)疑猜,北朝兵不见来。

这也奇了!昨夜炮声不绝,今朝影迹无踪,北兵究在何处?(净焦琏引队唱凯歌上,见介)阁部洪福,北兵去也!(外)怎的就此肯去?(净)小将为了此事,率领众军,出城察看,三十馀里,不见一房。后来问了土人,方知陈邦彦攻打广州,所以引兵东去。(外)虽则如此,将来终有一番争战。据我看来,北人未必干休也。

〔水红花〕旌旗戎马定重来,望天涯心儿愁坏。(净)怎生是好?(外)老夫既守此地,生死共之,万一有变,有死而已,不可以成败论也。寒鸦枯木夕阳哀,不应该论人成败。目下北兵虽退,不可不为将来地步。且将后来情事慢慢地安排,(各下城介)旧时城郭未经灾也罗。

敢烦将军掩击一通,为邦彦分劳。(净)敢不效力,小将就此去也。(各分别欲下介)

　　(外)举目凄凉事已非,绿杨阴里子规啼。

　　(净)故家云树今犹在,淝水荒寒草木稀。

第五出　鸠　媒

(丑愁容上)事事讨愁烦,做官委实难。命中无福气,不必使习钻。我乃于元烨便是,前年在瞿式耜处,帮办粮台,讨个没趣,解职而归。上年巴结了何吾驺,依旧兴头起来,提督楚军。不想命运不济,楚地尽失,无可奈何,只得赶到行在,说些鬼话,欺蒙皇上。现在结下一个阔绰朋友赵印选,言言合意,事事投机,我老于的时运又来了。他有个儿子,唤做伯谈,将欲聘我小女。我醉后一时应允,怎奈小女已许王氏,为此狐疑不决,如何是好?

〔黑蟆序〕没法调停,甚来由叫我,背了前盟,硬将咱做出,赖婚行径。心惊,姻缘天作成,人谋终不能。莫相争,几寸红丝系住,万种恩情。(寻思徐行介)

〔前腔〕〔换头〕思省,此事难行,况孩儿身子娇薄,不可造次。倘孩儿知道,又要生病。料心中忧郁,生死难定。她母亲已死,年纪虽大,志节却好。零丁,年华虽长成,花开是女贞。倘若与他说明此事,还不知怎生悲切也。泪盈盈,只怕柔肠寸断,不忍来听。

（转念介，搔首介）只是这样阔人，肯来俯就，我老子的功名，又可开复了。这等看来，还是许与他为妙。（摇头转念介）呀！不妥！（闷坐介。中净扮媒婆上）〔西江月〕一副希奇面孔，几条狠毒心肠。齿牙伶俐不寻常，打扮风骚模样。

　　　　还有一桩长技，房中本事精强。夜来勾引少年郎，贴着肚皮不放。我乃媒婆，只因赵家公子，欲同于家联姻，央着老娘，前来说亲。来此已是，不免竟入。（作到介，见丑介）大人在上，小妇人拜见。（拜介。丑）你是何人？来此何干？

（中净）我奉赵大人之命，特地前来，为公子说亲。大人呵，这等亲事，委实攀得。况且我家相公呵！

〔锦衣香〕公子行，温柔性；才子行，风流品。天生旖旎风华，庞儿又整，多才多貌又多情。这般配偶，定是天成。谢牵丝月老，缔姻缘名士倾城。喜事今番定，三生福命。问谁人撮合？是咱媒证。

　　（丑）但小女已字王氏，此事怎生布置？（中净）王氏贫乏，且官职在赵氏属下，你改字赵氏，料他也不敢什么。想我赵家呵！

〔浆水令〕势虽低何人敢争，事虽难何愁不能！问君真个订鸳盟，做甚假腔，做甚行径？（丑）并非我装模作样，实因小女本性贞烈，若有不肯，反要费事。（中净凝思介）既然如此，吾有一计。你说王家公子，一病而亡，然后我来此地，只算另有亲事，怕他不从呢。攒圈套，混死生，怕道伊行犹不肯。（丑连点头介）妙极！（忽然愁容介）还愁怕，还愁怕，好事不成。聊将就，聊将就，妙计先行。

〔尾声〕婚姻算是今朝定，多谢媒婆来作证，且进去说说看，如今且去胡行。

　　（丑）只怕女儿争论，（中净）还仗阿爷帮衬。

　　（丑）但求阿爷做官，（中净）不管女儿倒运。

第六出　梦　惊

〔破齐阵〕（旦倦容，贴携烛同上。旦）〔破阵子头〕倦眼羞看归雁，回头笑指牵牛。〔齐天乐〕水浅风凉，天高露冷，正是新寒时候。〔破阵子尾〕月映纱窗愁多少，人卧璇闱梦逗留，风光交了秋。

　　我于绀珠，年华渐长，愁恨偏多。前日闻得王郎病故，父亲恐奴家悲悼，秘不使知。后来闻得父亲将奴许与赵氏。婚姻之事，父母作主，这也由他罢了。奴家自从祭花之后，一病恹恹，直至今日，光阴易过，早又是一番秋景。今日身子困乏，分外愁烦。侍儿，你扶我去睡罢。（贴）晓得。（置烛几上，扶旦伏几睡介。贴）天已不早，奴家也要睡了。（下。旦熟睡，魂出座介，四顾介）呀！这是甚所在呀？（遥指介）

〔雁鱼锦〕〔雁过声〕甚鸳鸯瓦鳞盖画楼？（绕场行介）背长堤，穿过红墙后。偏几树奈花都消瘦，这其间果清幽。广寒宫原许人游，珠帘齐上钩。（内作乐介，旦听介）呀！原来此地是玩的地方。消遣的是春花秋柳，受用的是歌裙舞袖。待我细听者。（内唱，旦听介）"姻缘错注了鸳鸯牒，三生的旧好难重结。不是我疼惜你碧桃花，都是这没主张的东风，把你来委落尘沙。你待埋怨煞谁来？只好埋怨你的爹和妈。"（旦）这词凄凉的紧，待我再听来。（内又唱介）"你莫说凄凉话，都为你这粉孩儿，弄得他跋扈将军胡厮打，乱纷纷不成天下。你一个人儿，倒会得胡嗑牙，哪晓得普天下的人儿，都把你来骂。"（旦）奇也！这是什么意思呢？（定神细听介。内又唱介）"你看故宫前栖满了乌鸦，你且莫去凭吊他。他是软丢答的帝王家，没来由被几个狠毒的人儿，丢掉天下。最伤心离宫三十六，但剩这破碎的鸳鸯瓦。你听一声声的胡笳，天哪！你尚兀自装聋哑。"（内作风起介，旦寒颤介，猛抬头介）咦？方才的歌舞楼台，被几阵风儿，吹得干干净净，好奇怪也。〔一犯渔家傲〕回头，云散风流，算内家词客飘零够。梨园故友，可知道大半人非旧。说来好痛心也！袜陵久将王气收，孝陵久闻杜宇愁，长陵久变荒丘。如此说来，那些蜃气楼台，自然几阵风儿，都要吹散了。参悟否？不过幻梦浮沤，把兴衰存亡一笔勾。没打紧数行伤心泪，没道理满腔家国忧。（生僧装上）一切有为法，露电如泡影。小娘子敢要参破这奥妙么？（旦望长老指点）（生）如此，你随我庙里来。（同行介，作入庙介。外、小生扮神，外蟒服玉带，小生巾服断臂上，端坐不动介。旦）长老，这是何神？（生指外介）这是目神。（指小生介）这是长神。（旦）怎么断臂呢？（生大笑介）且同你上山去。（作出庙介。外、小生各下。生、旦登高介，远望介。众扮军士混杀绕场下。小生王服乘舟挥泪，杂摇橹随上，绕场下。旦）这都是甚的道理？（生）天机不可泄漏，将来自然暗合，老僧去也。（旦）长老就么去？（生不理介，下。旦）教我如何猜法呢？（小旦仙装上）天风吹下步虚声，千万情由话不明。为报海棠春睡足，仙人未免太多情。姐姐，你参什么因由，还是同我走走罢。（携手同行介。小旦）姐姐，方才长老可知是何人？（旦）不知。（小旦）就是王开宇，怎的不知呢？（旦打悲介）咳！姐姐，你不知他死的了。〔二犯鱼家灯〕温柔，梦断琼楼，早三生拆散鸳鸯偶。镜里姻缘，香消粉褪，试问空王，为甚因由？天长地久，便梦中相见，可还能够？姐姐，你倒说就是他，岂不可笑呢？生前早已先分手，死后如何反聚头？（小旦大笑介）何尝死来？（旦疑介。小旦）你也不须疑虑，我与你看。（怀中出镜授旦介，旦照介，大惊介。小旦）可见些什么？（旦）只见一女子死在道旁，有个老僧，替他掩埋起来。（小旦）姐姐可晓得什么？（旦寻思介）〔喜渔灯〕兰因絮果难参透。丢抛下皮囊一个，未免遗臭。谢慈悲葬他，道空花幻尘齐罢休。大抵来落花风雨伤心绪，几曾有红颜长寿，终是粉黛骷髅。（小旦摇头介）不是这个意思。（旦）怎生推究？（小旦笑介）形形色色何能究？渺渺茫茫无可求。（丑扮于元烨微服上。猛虎跳上，衔丑下。小旦掩下。旦大骇介）呀，父亲被猛虎衔去了，这怎么处？（大哭介。仍伏几上，作醒众）啐，原来在此做梦，不知此是甚时候了？（内打五更介。旦）

〔锦缠道犯〕五更后，俏魂灵如今醒否？一枕赛仙游。待我把梦境想来。甚楼台歌舞，转眼都休。俊王孙天涯浪浮，痴公子夜台厮守，猜不破这根由。（想介）刚才醒来，如何大半忘却？再想也想不着了？（内擂鼓介。旦）你听城头鼓角声悲壮，不是愁人也要愁。

　　　天已将亮，且去再睡，梦中凶吉，明日再讲罢。

　　　几番喜惧断柔魂，翡翠衾寒认泪痕。

　　　千古江山如一梦，黄粱未熟不须论。

第七出　书　规

〔月云高〕（末扮胡一清上）〔月儿高〕埋愁无地，国事如儿戏。阅尽沧桑劫，短尽英雄气。西台铁如意，击碎可奈何！嗟余苦行役，蹉跎复蹉跎。人生不得志，玄赏寂山阿。茫茫家国恨，盛衰委逝波。何图兴亡事，今古乃同科。已矣勿复道，涕泪肆滂沱。下官胡一清是也。统领三军，力图恢复，同赵印选、王永祚称为滇营三将。不想王、赵二人，大起争端，下官实不知其细。后来知得王将军与于元烨，曾为儿女姻亲。如今于元烨又将爱女，另许赵氏，换个婚姻，使个连环计。因此他两个各怀私怨，置国事于不顾。下官分外焦灼，万一北兵知悉，乘虚而来，也是意中之事。摆下常山阵，飞下阴山骑。〔渡江云〕动地关山闻鼓鼙，只我一人，如何遮架得住？空则是血泪酸辛弹铁衣。

　　（长叹介）他们逍遥自在，独我一个人儿，担当大事，太觉不平。我也不管这兴亡的闲账了。（杂扮家童持书上）平乐焦将军有书在此。（末）取来。（杂递书与末科，末读介）"琏承阁部之命，援陈邦彦于广州。赖列圣之灵，平乐、阳朔，次第而定。北兵虽败，未必干休。琏故驻师平乐，为进退左右之地。北兵果由湖南而来，全州一隅，危而复安，梧州一隅，得而复失。当此之时，正臣下竭忠尽智之秋，岂可以私愤而废国家之大事！倾闻滇营中王、赵成隙，琏始疑之，继知于元烨背王氏之盟，受赵家之聘，行为诡谲，无所不至。曩在桂林，琏固深知其细者。而二君以儿女之事，自相攻击，是予敌人以可乘之端也。智如足下，何料不及此？愿足下鉴愚之诚，婉言以释二君之怒，而以国家为念，则天下幸甚。"（末）焦将军，你太多事了，我苦口极谏，他们只是不听，教我有甚法子呢？

〔前腔〕唇焦舌敝，再也休提起。只不知于元烨是甚的意思？拆散文鸳侣，另拣乘鸾婿。蓦地思量，此事诚何意？你说以国家为念，教我一人做得甚来？我如今呵，歇下烦愁担，踏上逍遥地，不管尘寰闲是非，把这个重担千斤交付伊。

　　看他们如何处置也。

　　李代桃僵事太奇，仓庚疗妒最相宜。

　　问渠湖上骑驴客，可记当年骑马时？

第八出　留　驾

〔卜算子〕（四旦内监妆束，引小生王服上。小生）痛哭小朝廷，百事多将就。长乐宫中蔓草愁，胡马西风吼。

　　涸辙穷途泪不干，可憎面目太辛酸。龙楼凤阁都抛却，梦绕荒山夜月寒。朕乃永历帝便是。自从广州一破，奔波逃避，无可安身。一至全州，两幸象州，上年以大臣力争，只得又还桂林。南安侯郝永忠，与瞿式耜为难，无可奈何，将郝军驻扎兴安。谁想北兵直犯灵川，郝军大败而还。如此情形，桂林万不可居，现已整顿辎重，即夕西走。咳！好不凄惨也！（升坐介。外冠带袍笏上）老夫瞿式耜，闻圣上因郝家兵败，不免惊恐，将欲弃此而去，待老夫谏诤一番者。（跪介）老臣瞿式耜见驾。（小生）免礼。（外）万万岁！（起立介）老臣闻得圣上西走，可是真的？（小生）南安侯兵败而归，此地恐不可守，因此即日西行，别图良策。（外）老臣以为桂林形势，大可作为，主上既来，生死共之。

〔上马踢〕舆图控上游，形势山川秀。东南险要区，本来容易守。底事仓皇，车驾蒙尘又，为甚来由？仔细思量，何苦风尘走！

　　（小生）只恐守不住来，反贻误朕躬。（外）陛下说那里话来！

〔胜葫芦〕我雪涕登坛报国仇，拼死更何忧！（小生）卿不过欲朕死社稷耳。古来天子蒙尘，也是有的。君不见走马岐山犹避寇，（长叹介）咳！帝王末路，何事苦淹留？

　　（掩泪介，外亦涕泣介。小生）东南大事，卿自当之。朕今去也。（外）陛下就要去么？既然如此，待老臣送驾。（跪介。小生同四旦下。外起立介，叹介）教我如何摆布呢？

〔皂罗袍〕一片孤城依旧，怕苍黄大劫，又起戈矛。风霜空抱杞人忧，江山愿为王孙守。死生有命，头颅尚留。盛衰递换，山河已休，问中兴建业谁能够？

　　独立难支大厦倾，合成众志作干城。

　　桃花马上衔杯笑，落日千山鼙鼓鸣。

第九出　庆　祝

（净引众上）乾坤板荡三千里，风雨荒寒十八滩。我焦琏，驻扎平乐，上月闻得桂林有变，主上西行，留之不住。北兵蜂拥而来，幸被阁部竭力杀退。不料三月中，李成栋投诚大明，将全广还我，无意之中，有这等喜事，真个料不及此。如今听说阁部上疏，定由广出楚之计，正是绝妙机会，未知主上允从与否？（笑介）我好喜也！

〔念奴娇序〕天心未死，仗擎天手段，着意经营。破碎金瓯重补缀，依旧天地安宁。果能趁此机会，克复故土，岂不是好！欢庆，花发西宫，莺啼上苑，官家几度好风景。（众合）惟愿取，重安九庙，天下升平。

　　待我焚香拜天，庆祝一番。左右取香来。（众设香案，净焚香拜介，唱）

〔前腔〕〔换头〕恭敬，焚香告禀。我想瞿阁部由广出楚之计，真乃巧妙。天呀！愿如今恢复中原，荆楚先定。圣祖神宗，还望你，天上为民祈命。垂听，齐晋东西，江淮南北，故家遗老望中兴。（合）惟愿取，重安九庙，天下升平。

　　（起介，转念介）只是王永祚、赵印选，近来颇不和睦，终非好事。（长叹介）咳！

〔馀音〕和衷共济祈公等，勠力同心敌北兵，方能够汗马勋劳报圣明。

　　一天星斗月如钩，新得滇南十二州。

　　自是君王多幸事，不然麋鹿又长洲。

第十出　入　关

〔菊花新〕（副净引众军鼓噪呐喊上）抡刀跨马竖旗幡，会见元戎奏凯还。踏破贺兰山，何况有貔貅十万！

　　自家孔有德，两至桂林，都被瞿式耜杀败。再想整顿军马，同他大战，怎奈李成栋将两广投降他每，咱家只得坚垒不动。恰好成栋已死，南雄、全州，又被咱每攻破。孩子们！

　　（众）有！（副净）前面是何地方？（众）前面是严关了。（副净）且住，我闻严关,为滇营三将所守,且慢慢去攻他。

(众)大人有所不知。滇营三将,各有私怨,不肯共守封疆,如今粮草俱无,俱入桂林分饷,关中空无一人了。(副净大喜介)妙呵! 天赐我成功也。如此且杀上去! (众)得令!

〔尾犯序〕(副净)谈笑下严关,喋血玄黄,大局糜烂。马到成功,把神州掀翻。(场设布城,挂严关扁额,副净引众进城介)呀! 果然是座空关了。我等在此,也无道理,前面便是榕江,并力杀将前去,劫他的老营!

(众绕场穿阵介。副净)此间是榕江了,怎么阒无一人,止存空寨在此? 难道闻我要来,都逃去了? 好奇也! 追赶,天上的将军怒发,地下的庸奴惊散。真奇事,追奔千里,侥幸是今番。

如今桂林,措手可得,不必攻打了。天色已晚,就在空寨中权宿一宵了罢。

(众)是。

霜压兜鍪夜气阴,曲肱为枕梦难寻。

回头月色明如昼,遥指孤城是桂林。

第十一出　独　叹

(生持灯上)寒云惨雾压危城,天地无情未厌兵。长啸一声万籁寂,江南愁杀庾兰成。我王开宇,同母亲寄居此地,闻得严关已破,省城危在旦夕,怎生是好?

〔皂罗袍〕短发西风无恙,叹东南半壁,换了沧桑。半阶明月影荒凉,一城刁斗声悲壮。家山何处? 迢迢故乡;兵戈满地,凄凄战场。这残山剩水徒惆怅!

我想榕江兵力不薄,如何北兵就会打破呢? (独坐寻思介)

呀! 不错! 父亲为着于元烨背盟一事,曾同赵氏理论一番,彼此各怀私怨,所以北兵一至,就是不可收拾了。咳! 想起我幼年下聘之时,本是他的母亲作主,如今他母亲已死,那父亲就变了卦,岂不可恨!

〔掉角儿〕〔序〕结姻缘文禽一双,缔婚眷聘钱百两。主婚人是君家老娘,负心人是你家堂上。幸而纯珠抵死不愿,虽已改字赵氏,所以尚未出嫁。到如今呵! 美娇娥写不了相思稿,俊王郎说不尽凄凉况,两个人一般模样。呀! 我错了! 这般世界,还要把儿女之情,消磨志气,我王开宇好没志气也! 乾坤板荡,谁来主张? 细思量,管甚的愁脂怨粉,这些闲账!

而今风声鹤唳,草木皆兵,万一省城不守,那就完了。

〔一封罗〕〔一封书〕寻思欲断肠，望中原逐鹿场。此番北兵之来，其势不小。你看他十万精兵都少壮。只我这一座空城怎抵挡？〔皂罗袍〕凄清无语，心中自伤。兴亡如梦，人间怎忙？问明朝结局如何样？

（内吹胡笳介。生）

〔尾声〕胡哨几阵连天响，惹得胡儿拍掌。咳！便是这一身，尚不知怎般收煞也！怕锦瑟年华不久长！

深夜愁心不易消，长歌短哭到明朝。

几根白骨归何地，仰看檿枪星斗高。

第十二出　愁　语

〔三叠引〕（旦同贴上。旦）前生定下愁烦种，竟做随鸦翠凤。薄命不须论，留下一场春梦。

奴家听了父亲之言，以为王郎已死，谁想都是父亲意见，因欲依附赵氏，为此瞒起家人，将奴改字。咳！父亲，我好恨也！

〔九回肠〕〔解三酲〕结声援将人搬弄，负盟言将我欺蒙。鸳鸯打夺团圆梦，把女孩儿活作磨舂。我仔细想来呵，既然是亲生父母多难靠，则这些恩爱夫妻更是空，徒悲痛！〔三学士〕将钢刀割断情魔种，饮西江洗涤心胸。我立志已坚，世缘早断，多谢月下老人，把我东拉西扯，到了这般地步，好不痛心也！浮沉一世风中絮，耽误三生月下翁。〔急三枪〕从今后蒲团上，莲台下，修真觉，悟禅宗。

（贴）小姐年华正少，何忽出此不祥之言？（旦）你那里知得。我前日一梦，早安排下我一世了。

〔巫山十二峰〕〔三仙桥〕自那日红楼一梦，闷葫芦有谁弄！我芳心自宝，把如来供奉。（贴）梦境不足为凭。〔白练序〕哀恸，总是空。况春梦难凭，吉与凶，休惊恐。小姐且自耐烦。笪娥想来，赵氏势焰熏天，必然倾败，待到那时节，小姐姻事，就可转圜了。冰山纵好，有时摇动。〔醉太平〕（旦摇头介）无用，高堂懵懂。就算他日可以转圜，我料王氏，谁来睬我？怕无人照管，倒变做断梗飘蓬。所以我一切不问，止求保全千金之体耳。坚贞自守，聊遮架怪雨盲风，重重。〔普天乐〕屠刀放下千金重，静守空闺将经诵。假情禅久已参通，幻昙花何劳下种。梵王宫，是咱末路行踪。〔犯胡兵〕晨钟暮鼓增悲痛，把尘缘断送。愿自今大发慈悲，化身超度众。（贴）如此说来，小姐是一定出家了。（旦）我何尝要出家来？呀！出家岂容易的？〔香遍满〕你只道是禅门广大，世人容易从。须知道莽乾坤，跳不出猢狲洞。(贴)如此说来,小姐是不出家么?(旦)我何尝不想出家来,但不知佛子许我否?〔琐窗寒〕问维摩是否相容?可晓得百尺灵山方寸中。但尘心未改,总是无功。(贴)小姐口中说得十分解脱,心中委实愁闷,这又何必呢!我看小姐呵,〔刘泼帽〕你参禅说法真虚哄,你背地里恨不穷,掩绣衾和愁拥。〔大胜乐〕镇日价两行泪涌。我看世上女子,稍有些不如意,便要修行奉佛。小姐,你为何也是这样呢?难道女儿情性,毕竟相同?(旦怒介)你倒讥讽我了。(贴)〔贺新郎〕劝娘行息怒休争讼,须不是暗讥讽。(旦)出家不出家,再也休提,终是我命分太薄,所以姻缘乖误。咳!〔节节高〕奇缘未许逢,问天公,人间恨事何纷总!奴想饮酒消愁,最是雅致,只女人家从来未有此举。我今日愁闷不堪,偏要痛饮一番,别开生面。呀!抱着个梨花瓮,衔了个白玉钟,那时把人间一切愁恨,消灭得干干净净,逃出个红尘笼。料杜康难得,与裙钗共。〔东瓯令〕胸中块垒尽消融,赢得醉颜红。

　　茝娥,取酒来!　　(贴应介。内喊杀介。众侍女奔上)小姐,不好了!城中兵士,自相残杀,北兵已将杀到了!(旦)父亲呢?(众)不知何往。(旦)啊哟!

〔尾声〕割不断骨肉情,禁不住干戈动,教我这乱离时世更何从?咳!我于绀珠不知流落何所也。只怕流落他乡哭路穷!

　　　　身世漂零可奈何,(贴)朱颜未老莫蹉跎。

　　　　滇中不少忧时客,(旦)将士谁提杀贼戈?

第十三出　省　师

〔粉蝶儿〕(小生扮张同敞,引众上)忧患馀生,惭愧煞书生戎马,苦伶仃劫运龙蛇。问皇天,呼后土,大明朝如何支架?泪如麻,到今有何方法!

　　铜帽棕鞋自在行,哥舒跨马瞰危城。大旗换却中原字,笳鼓分明塞外声。小生姓张,名同敞,表字别山。自灵川一路而来,听说桂林万分危急,怎地到了此地,寂无一人?(内吹胡笳介。小生)这声音甚近。(遥指介)城上又是无人,看这光景,是守不住了。不知吾师瞿式耜,到此如何摆布,待我进城一遭者。(指江介)只是江中,别无舟楫,怎生过去?

　　(转念介)只得泅水过江,然后进城了。(引众作泅水状介,下。外衣冠愁容上,副净扮童随上。外)

〔粉孩儿〕匆匆地换兜鍪,披铠甲,叹朱家事业,这般收煞。空城一座容个咱,众军官但保身家。问谁来守住危城?问谁来支起倾厦?

我瞿式耜，忍死艰难，为国效力，天命已去，人事徒劳。北兵长驱直入，赵印选、王永祚、胡一清，皆惧不出兵，桂林万万难守了。如今城中官吏，纷纷奔窜，禁之不住。咳！朝廷以高爵饵此辈，百姓以膏血养此辈，今日如此散场，真是意外之事。我想自古至今，谁无一死？偏是这班人儿，有那般腻烦哩！（独立长叹介。小生上，相见介。小生）事迫矣，将何策以免此难乎？（外）城存与存，城亡与亡。我自丁亥贼薄桂林，已拼一死，我今日得死所矣。你非留守，可以不死。（小生正色介）死则俱死耳，古人耻独为君子，先生顾不与门生同死乎？（外笑介）如此甚好。

〔红芍药〕生留守一世波查，死元戎万古荣华。也算是英雄的佳话，好名声本来无价。将来提起桂林死难诸公，只怕你我以外，便无多了。伤心但有你共咱，那降将军，难免后人嘲骂。就是老夫不死，天下事亦不可为矣！到而今怎样撑达！（小生）到此时有甚牵挂！

　　（外）是极。小奚！（副净）有！（外）你将我印绶敕书，星夜驰至行在，交还皇上，勿为贼人所得。（副净应声下，外）天色已晚，且张灯来。（杂摆几张灯介。外、小生对坐介，遥望介）你看城外，火光烛天，敢是北兵进来也！

〔耍孩儿〕烽火满天真恐怕，（泪介）我不能守住封疆，到了计穷力尽，却以一剑了事，这就是死有馀罪了！一死终无济，做忠臣作事先差。呀！也顾不得许多了，我尽我心而已。寻思，小朝廷凭着谁支架？好头颅就此轻抛下，寻一个收场罢！

　　（杂扮守城兵士上）阁部，不好了！清兵已围住各门矣！

　　（外）我早已知道，你且退下。（杂下。外向小生介）我两人死期近矣。（小生）孔曰成仁，孟曰取义，文天祥就是榜样了。

〔会河阳〕取义成仁，本来最佳，光明磊落报王家。丈夫埋骨山丘，何须害怕！说甚的无聊话。（长叹介）存亡生死，煞是难言。不想到了今日，区区北兵，尚是敌不过他。咳！汉兵猜不破清兵诈，汉人偏伏在胡人下。

　　（众时服，骑马上）此间是总督衙署，且进去将阁部出来。

　　（作入介）你两人快快见王爷去。

〔缕缕金〕同行去见王爷。（外大笑介）我两人坐待一夕矣！（众催介）就此同去，不要连累我每！（外）怎生连累你，底事苦催咱！（向小生介）

此番不要堕了志气。（小生）我平生高自期许，那有失节之理！正气凌河岳，不负却平生旧话，把一腔颈血溅黄沙。忠名震天下，忠魂满天下。

　　（外）如此，同你走罢。（向众中一人介）你先归去，教你王爷呵，

〔尾声〕安排采仗来迎驾,打叠房帏等待咱,然后我两人呵,携手同来教训他!

（小生）叠山歌哭文山死,两样情怀一样愁。

（外）今日偶然轮到我,任他百计不回头。

第十四出　拒　诱

（副净时服引众上）

〔引〕打破南朝,定危乱功臣元老。

　　咱定南王便是。桂林已破,瞿阁部早晚将到,且在此等着者。（南面高坐
　　介。众骑押外,小生上。小生）

〔步步娇〕万古纲常留忠孝,一死应该早。雄心守护牢,两颗头颅,怎算奇宝!
寻个好收梢,（指外介）领了先生教。

　　（见副净背立介。副净起立介）那一位是瞿阁部先生?（外）我留守阁臣瞿
　　式耜也。中国人不惯席地坐,城既陷矣,惟求速死耳!（副净）先生不必过
　　虑,事到如今,降了就好。

　　（外）这是那里说起? 留守者,留守封疆也。封疆已失,我便是个罪臣,那
　　有偷生之理。

〔沉醉东风〕送江山骂名怎逃,问天地罪名非小,却要我辞故国,拜新朝,那知我守志坚
牢。劝伊行,不烦开导,壮心已消,苦心暗焦,坚贞自守,不许君家再动摇。

　　如今别无他求,惟求速死耳。（副净）我在湖南,已知有留守在城中。我至
　　此地,即知有两公不怕死的。我断不杀忠臣,何必求死。甲申闯贼之变,
　　大清为先帝发丧,祭葬成礼,固人人所当感谢者。今人事如此,天意可知,
　　阁部毋自苦。今而后我掌钱粮,阁部掌兵马,无殊在明可耳。（外大怒介）
　　我为永历帝供职,岂为犬羊供职耶!（副净）我居王位,于阁部亦非轻。
　　（外）禄山、朱泚,皆自以为王,一何王之多也!

〔金娥神〕你本是鸡鸣狗盗,还说甚胙土分茅!（副净）阁部怎同我玩起来,我封侯拜爵,
汗马功绩高。因此圣眷重,你谅也知道。

　　况且我先圣之裔,势会所迫,已至今日,阁部何太执耶?

　　（小生冷笑介）你要算先圣后裔么? 我劝你不认的为妙。（副净）什么道
　　理?（小生）你呵!

〔月上海棠〕门第高,毛家父子堪依靠。为甚的要算先圣的苗裔起来? 况尼山风雨,久

已萧条。你想孔圣人的清苦,怎及那毛文龙的富贵呢!便是你**考宗支**,把**谱牒推敲**,怎比得**依声势**,将身家荣耀?定计应须早,两处徘徊,那就差了!

　　（副净大怒介）竖儒,怎敢揭吾短处!左右,将他绑下!（众绑小生介,小生挣脱介。众执小生臂,小生挣不脱介,臂断介。众向小生乱敲介,小生左目受伤介。外向副净介）此宫詹司马张同敞也。与我同来,当与我同死,尔等焉可无礼!

　　（副净佯惊介）原来就是张先生。（喝众住手介,向小生施礼介）适才冒犯,尚祈恕罪。（小生）何前倨而后恭也?（副净）二公皆聪明人,还是降了罢。

　　（小生长叹介）咳!

〔五供养〕半生潦倒,故国河山,满地枪刀。天心无定局,人事也徒劳。果然给我一死,就感恩不浅了。孤忠自矢,我钝司马,也黄泉含笑。做一个他乡鬼,也只为大明朝,把纲常名教一肩挑。

　　（副净皱眉介,向外介）阁部究竟如何?（外）你何苦如此,我是至死不变的。

〔玉抱肚〕坚持贞操,莽男儿忠心自宝。（副净）依阁部之言,只是要死,岂不可惜。（外）生死关不妨参透,戏文场就此收梢。可怜我**流离困苦太无聊**,不妨的为着朝廷吃一刀!

　　（副净）二公苦心,咱已知道,再不敢相强了。左右,取酒饭来,咱同二位爷,要欢叙一番哩。（向外介,又向小生介）

〔水红花〕你枯肠聊借酒杯浇,醉醇醪何妨谈笑。你欢场休把泪珠抛,荐佳肴,何须烦恼。可知悲欢无定,消长似春潮。二位呵!及时行乐,莫心焦也罗。

　　（外）犬豕之食,如何污我!（副净）阁部太使性了!

〔侥侥令〕心思多执拗,意气太粗豪。况且是酒食追陪无妨碍,可怪你书生忒絮叨。

　　既然如此,且将酒席撤去。（众撤席介。副净）左右,把二位押将进去,须要小心管待。（众押外、小生下。副净）咳!两个人可敬也。

〔尾声〕虽则是**擎天铜柱从今倒**,他万年自然声名好,试看这桂林城外将星高。

　　　　千古忠臣不肯降,孤怀苦节世无双。

　　　　岁寒松柏谁人识,岂是惺惺妆假腔。

第十五出　旅　吟

（丑上）送旧迎新生意好，晓风残月客心愁。自家店小二便是。天已将夜，不知有甚客来，且出去看看。（下）

〔新荷叶〕（生负行李上）白草黄沙战骨埋，好风景而今全改。青袍浣尽劫余灰，天涯又做伤心客。

〔前腔换头〕（老旦上）车马关山暮年哀，愁的是老人衰迈。一家骨肉莽分开，白头尚欠风尘债。

孩儿，自从桂林失守之后，我们走了数天，还不知你父下落，好生放心不下。（生）母亲且免愁烦。我想父亲未必殉难的。前面已是店家，暂且歇息罢。（老旦）甚好。（生）店家有人么？（丑上）来哉，来哉。头贰两房，已有人住，客人到叁号房里去罢。（生、老旦作入介。丑打叠行李介）如要茶水，可来唤我。（下。老旦）老身就要睡了。（下。生徐行四顾介）那边墙上有字迹几行，待我看来。（念介）"一寸眉峰锁，叹浮生风飘浪打，中宵兀坐。十八年来尘世梦，好事几番磨挫，待筑起愁城一个。旅店荒寒人不寐，写牢愁，门外风声大。思往事，泪珠堕。　家山遍地惊烽火。历关河，长途跋涉，家亡国破。红粉飘零成旧例，省得檀奴念我，到底是伤心结果。一片秋坟埋艳骨，鲍家诗凭仗谁人和？莲漏歇，五更过。调寄〔金缕曲〕。庚寅十一月，避难过此。旅馆灯昏，异乡梦短，感念夙昔，悲不自胜。惊岁月之逝波，伤美人之迟暮，飘蓬断梗，不复问人世事矣。为赋此解，想知音者不可得也。于绀珠题。"（惊介）呀！原来就是他做的，原来他也避难去了，好不可怜也。咳！想我与你呵！

〔刷子带芙蓉〕身世好伤怀，青衫贮愁，红粉多灾。一对夫妻，偏是两地分开，悲哀。（长叹介）有甚道理呢？军国事犹将倾败，姻缘事何必交代。〔玉芙蓉〕天下事正多感慨，你断肠人缘悭福薄枉多才。

只是你到了这般地步，谁来爱惜你呢？

〔渔灯映芙蓉〕（即〔山渔灯犯〕）谁系护花铃？谁筑藏花寨？古道风霜容易愁惫，堪怜你薄命桃花，硬派你飘零几载。敢则是命中牢注难更改，逃不过月害年灾。思量鲲生不才，带累你风泊鸾飘无栖止，我就是断肠，也悔不来。真无奈，是天公主宰。待我和他一首。〔玉芙蓉〕展霜毫，墨花浓处笔花开。

（写完念介）百结心头锁，舞金刀仰天而笑，披襟而坐。无可如何儿女事，总被姻缘磨挫。留下这愁人两个。毕竟男儿无大志，十年中恨事天来大。窗外月，又将堕。　　炉中兽炭消残火，梦燕云铜驼荆棘，金瓯已破。庾信年来词赋少，耐得凄凉故我。料不定怎生结果。浪迹他乡成底事，莽尘寰尚有知音和。哀乐事，等闲过。读绀珠壁间词，悲愤欲绝。因念我两人，少年订盟，中年迢隔，咫尺千里，情何以堪。况南天烽火，触目惊心，两地缠绵，有同情耳。依韵答之，不自知其言之哀也。天涯浪游生王开宇谨和。（泪介）这不过写其大略而已。

〔普天赏芙蓉〕泪成河，愁成块，填不满相思海。想我两人呵，不能够绣帏中弄粉调朱，倒变做茅店里吐恨含哀。生扭做镜里的恩和爱，单留下两首词儿无交待。且住，假若不见此词，那便知他心事。今日天假之缘，恰好两首写在一处，好巧也！写离情两样愁怀，歌《长恨》一般大才。（〔玉芙蓉尾〕）这苦衷情，不劳你粉墙笼起碧纱来。

呀！好痴也！我今日虽见此词，究不知他的下落。你不见现在的世界么？
〔朱奴插芙蓉〕旧城郭，早已是冰消瓦解；好世界，都变了尸林血海。似这般苦雨凄风惨时代，还不定那人何在！我想如今时势，除非到武陵源中，方可安然无事，跳出乾坤外，方能够刀兵不来。（〔玉芙蓉〕尾）则这避兵符，可曾先为你安排？

说到此处，不觉一阵酸心起来。咳！
〔尾声〕元龙豪气全衰惫，鬓丝儿星星已改，这叫做才子佳人一样哀。

又向旗亭唱竹枝，王恭不是少年时。

名花落溷谁怜惜，吩咐长藩好护持。

第十六出　囚　吟

（副末上）木落天高兵气寒，江豚拜月朔风酸。内城满地红心草，野老重来不忍看。在下姓杨，名艺，表字硕父。向在瞿阁部幕中，后来佯狂癫痫，落拓江湖。如今桂林已失，阁部誓死不降，并且张公别山，一同守节，却也难得之至。在下与别山在阁部处，曾有一面之缘，今闻他们绝粒几日，为此特具酒饭，以当野人之献，却也使得。院子！（丑扮院子上）有，有！（副末）酒席完备否？（丑）好了。（副末）如此你随我走来。（绕场同下。外、小生同上。外）
〔绛都春序〕吾生已矣！对胡儿痛哭，毫无奇计。困守樊笼，感慨悲歌终无济。

还望你同朝将士皆忠义,好再把乾坤扶起。滇中臣宰,江东父老,可知吾意?

别山,我与你被困以来,行将一月,绝粒四日,还是不死。坐困此间,终日无事,何不各赋数诗,以明素志。(小生)有理。(外)我就先做了。(小生)待门生依韵和之。(外)甚好。(拂纸取笔写介)

《浩气吟》

藉草为茵枕石眠,更长寂寂夜如年。苏卿绛节惟思汉,信国丹忱上告天。
九死如饴遣恤苦,三生有石只随缘。残灯一室群魔绕,宁识孤臣梦坦然。
已拚薄命付危疆,生死关头岂待商。二祖江山人尽掷,四年精血我偏伤。
羞将颜面寻吾主,剩取忠魂落异乡。不有江陵真铁汉,腐儒谁为剖心肠!
正襟危坐待天光,两鬓依然劲似霜。愿作须臾阶下鬼,何妨慷慨殿中狂。
凭加榜辱神无变,旋与衣冠语益庄。莫笑老夫轻一死,汗青留取姓名香。
年年索赋养边臣,曾见登陴有一人?上爵满门皆紫绶,荒村无处不青磷。
仅存皮骨民堪畏,乐尔妻孥国已贫。试问怡堂今在否?孤存留守自捐身。
边臣死节亦寻常,恨死犹衔负国殇。拥主竟成千古罪,留京翻失一隅疆。
骂名此日知难免,厉鬼他年讵敢忘。幸有颠毛留旦夕,魂兮早赴祖宗旁。
拘幽土室岂偷生,求死无门虑转清。劝诫烦君多苦语,栖迟叹我太无情。
高歌每羡骑箕句,洒泪偏来滴雨声。四大久拚同泡影,英雄到底护皇明。
岩疆数载尽臣心,坐看神州已陆沉。天命岂因人事改,孙谋争及祖功深。
二陵风雨时来绕,历代衣冠何处寻?衰病馀生刀俎寄,还欣短发尚萧森。
年逾六十复奚求,多难频经浑不愁。劫运千年弹指到,纲常万古一身留。
欲坚道力凭魔力,何事俘囚学楚囚。了却人间生死业,黄冠莫拟故乡游。

(小生读介)老师心事毕露矣,门生未免赘言了。(外)好说。(小生写完,外读介)

棱棱瘦骨不成眠,祖德君恩四十年。腰膝尚存堪作鬼,死生有数肯呼天。
叠山欲附文山烈,苏武休思汉武缘。蹈镬撩衣谈笑里,何须血泪更潸然。
异国凋零非故疆,首山一死尚留商。舌存不信乾坤去,臂断宁同儿女肠。
蛮语可怜原汉语,帝乡无路是愁乡。幽魂应变天边月,照见孤臣铁石肠。
连阴半月日无光,草荐终宵薄似霜。白刃临头唯一笑,青山在上任人狂。
但留衰鬓酬周孔,不羡馀生奉老庄。有骨可抛头可断,小楼夜夜汗青香。
四载危疆一个臣,城亡待死愧今人。将军不肯留犀甲,风雨惟闻啸碧磷。
列国衣冠何事改,九边财赋为谁贫?伤心列祖当年志,寸磔应丛九死身。

生当吾世遇非常，坐卧形容尽可伤。胡马夜嘶过百粤，老臣痛哭守残疆。

千年正气凭谁鉴，一死中原讵忍忘。不入耳言今古泪，幽怀欲诉孝陵旁。

凛然大节自平生，囊底无钱魄亦清。二烈双忠原有教，九朝七世岂忘情。

亡家骨肉皆冤鬼，多难师生共哭声。想见刀头空一切，长宵盼不到天明。

日日刀锥攒我心，岂真天意有升沉。命延一刻惭难负，论到千秋虑益深。

此地骨原堪朽腐，他时魂不待招寻。昨宵犹梦亡亲在，醒后唯留夜雨森。

忘生翻觉死难求，甲士相环任我愁。祭酒一身同腊尽，睢阳二子共名留。

已拚魂作他乡鬼，博得人称亡国囚。三百年来恩怨血，先皇应许得从游。

（掩泪介）妙极！妙极！（副末引丑挑担上）阁部久违了。

（揖小生介）别山兄！（外、小生）原来是硕甫兄。（副末）桂林一别，不料相见于此。小弟闻得二位绝粒已久，特具酒食，伏乞笑留。（外）故人之情，却之不恭。（丑挑担绕场下。副末）适闻二位吟哦怎的？（外、小生）独坐无聊，做了几首歪诗，名曰《浩气吟》，就此请教。（副末读介）二公忠心耿耿，就是文山《正气歌》，也不过如此。在下怎敢置喙呢！

〔前腔〕〔换头〕流涕人生到此，是万古传人，文山知己。（外）过誉了。我们沉沦狱底，借作诗以为消遣而已。短叹长歌，也不过自写牢愁悲身世。（副末）言重了，天地正气，复在于二公矣。你果然正气留天地，也不枉沉沦狱底。他日二公尽节之后，待我来收拾残尸，更造个坟儿埋瘗。

（外、小生）如此，多谢了。（副末）好说。（外）呀！我倒忘了！请问北兵作何举动？（副末）定南已至别郡城中，徐高、陈希贤重兵未退，若得一旅之师，可反正也。（外大喜介）好容易有此机会也。（草檄介）敢烦硕甫带去，叫我部下旧兵，星夜将檄飞递平乐焦将军处，勿得有误。（副末）当得效力。

夺转江山在此行，（外）吾身何必苦捐生。

（小生）凭将人力回天意，（副末）端赖将军神策兵。

第十七出　野　死

〔香柳娘〕（丑佩剑乘车装货物上）载行装万金，载行装万金。酒壶烟袋，匆匆就此随身带。趁轻车远行，趁轻车远行。防备乱兵来，腰间佩刀快。且归家数载，且归家数载。南朝已衰，功名安在！

咱于元烨,自从巴结赵印选,我的功名方才有些意思。不料桂林一破,赵家就此降贼。我老于也立脚不住,只得雇了几个车儿,带着小女,连夜逃难。这些家私,便可做下半世生活。你看女儿车子随后来也。

〔前腔〕(旦愁容乘车上)甚西风又吹,甚西风又吹。苦无聊赖,闲花野草都衰忿。奴家于绀珠,随父避难,水宿风餐,长途跋涉。前日旅店之中,曾填首词儿,题于壁上,不知可有人儿,替奴怜悯也。问知音几人,问知音几人。薄命女裙钗,风情更谁解?咳!脂粉飘零,烽烟狼藉,究竟为着甚来?是何人主宰,是何人主宰。长门草衰,长安棋败。

(丑)孩儿来了,正好趱行。(旦)爹爹!你看一带斜阳,数行杨柳,罩着烟雾,好不可爱!

〔前腔〕看斜阳半林,看斜阳半林。柳枝摇摆,晴烟罩住轻狂态。(众扮乱兵上)你每到那里去?留下财物来!(抢车中货物介。旦惊避车下,立鬼门前介。丑拔剑击众,众夺剑掷地介。丑气极介)啊呀!这数万家私,弄得干干净净了!叹吾生命穷,叹吾生命穷。辛苦半生来,家私尽倾败。怕穷途泪洒,怕穷途泪洒。时艰运乖,今番狼狈!

(众)这老头儿,絮叨叨的,如此可恶,不如杀了罢。(杀丑,推车下。旦抚丑尸大哭介)呀!爹爹呵!你好惨也!

〔前腔〕正飘零异乡,正飘零异乡。老人衰迈,今朝死得无交待。事已如此,只得将浮土浅葬于此了。(拾剑掘土葬介。丑掩下。旦)剩零丁女儿,剩零丁女儿。和泪筑坟台,幽魂竟何在?坟已葬好,待奴拜罢。(拜介)爹爹呵!受孩儿几拜,受孩儿几拜。(大哭介)烟霾雾霾,长眠千载。

(又一队北兵上,见旦介)天下有这等标致女子,献与主帅,岂不是个大功!(旦惊介。众)小娘子有何伤感,且同我每到营里去。(旦)我清白之身,岂肯从贼!(众)真个不从么?(旦)自然不从。(众拔刀胁旦介。旦)我不怕死,你来杀我,最好。(众)他既不怕死,不必杀他,我每动手罢。(硬拉旦下)

第十八出　完　忠

(四骑兵上)同为催命鬼,都是忍心人。我每是定南王麾下的骑兵,只为那南朝来的瞿、张二公,昨日忽然发了一条檄文,教他的部将来袭桂林,恰好被巡丁拿住,因此王爷大怒,特命我等给他一刀,倒是桩要紧公事。我想瞿、张二公,受了王爷如此恩礼,还不知感恩图报。今日钢刀已在脖子上,

看你显甚神通。（下）

〔锦缠道〕（外、小生同上。外）恨苍天，都是你心肠太偏，中兴竟难见。到今日活活地，一筹莫展。泥犁狱虽则是羁囚幸免，凄凉况早则是酸辛尝遍。别山，我这道檄文，已被敌人取去，看来是不免的了。只可惜十馀年心力，从此一败涂地。咳！辛苦向谁言？孤城一座，支持十四年。到此休留恋，（泣介）不由人自悲身世把泪珠溅。

　　（四骑提刀上）奉定南王命，请二位出去。（外）有何事情？（兵）檄文发觉了，王爷着实发恼哩。（小生大笑介）今日方是我两人死期也。（外）咱和你可以归天了。

〔普天乐〕飞上大罗天，走过森罗殿，向血花堆里完心愿。我和你幽冥之中，也不十分寂寞，谁知道致命黄泉，还有个伴侣周旋。翻共你常相见。自今后，莫向人间多留恋，泉台下和你消遣。（内作雷电风雨声介。外）啊哟！雷电啊，你也太多事了！自古英雄都要死，这收场底事惊动雷电。

　　（兵）二位就去，不要误了时刻。（外）且住！待我作首绝命词来。（磨墨拂纸写介）

〔古轮台〕擘吟笺，两行老泪落樽前。阅尽沧桑变，愁怀谁见？诉与人间，自把牢愁排遣。垂死光阴，有何系恋？把伤心词翰写连篇。忠心一片，末路英雄有谁怜？十年苦境，一场春梦，受了冰霜磨炼。甫能够一死对皇天，忠魂显。这断肠诗句留与后人喑。

　　（兵）诗已作好，可以去了。（外）且慢，待我拜辞皇上。

　　（同小生整衣冠，向南拜介）同你每去罢。（绕场行介。外）此间是何地方？

　　（兵）是仙鹤岩。（外向小生介）吾性爱山水，此间风景颇好，就和你死在此地罢。（小生）甚好。（兵押下斩介。雷声凭空三震介。众仙引外、小生各神装上。外）吾瞿起田，可谓不负所学矣。但是大好江山，多被他人占住，我瞿起田也无法恢复了。（登高遥望介）

〔馀文〕严关外，飞暮烟，经过了兴亡几遍？（小生）老师且免悲伤，我想今日老师忠义之声，流传万古，那普天下的人儿呵，才认得你视死如归的瞿起田。

　　（外）新亭谁洒周颙泪，（小生）明月深窥庚亮床。

　　（外）只有遗臣心不死，（小生）九原犹自忆君王。

第十九出　刺　焦

（丑持刀上）背起刀儿打起包，无明无夜瞎奔跑。明朝割下仇人首，始信咱家手段高。自家姓乌，名有，混名叫做冲天鸟，专会行刺打架。向在陈邦傅家爷门下，后来家爷降了定南王，咱家跟他同去。前日定南拿住瞿式耜的檄文，要差焦琏来攻城池，就把瞿式耜杀却。他心中还不舒服，说道：若能把焦琏一同杀掉，方是斩草除根。恰好家爷与焦琏，素来不睦，便对王爷说道：这却容易之至，只要差冲天鸟行刺，就是了。王爷大喜，就央咱家去做这勾当。一路上晓行夜宿，已至平乐。你看天色已晚，明月当空，前面旌旗隐隐，敢是营门了，且闪将进去。（下。内打三更介）

〔渔家傲〕（净引众将上）箫鼓辕门风露寒，血溅乾坤，杀气满关。对着这残山剩水空长叹。带累煞没揣的君王蒙难。我焦琏，镇守平乐，已有数年，怎奈桂林已破，瞿阁部陷入樊笼，几次要提兵去救，深恐此地有人袭取，所以不敢擅离职守。咳！我大明天下，一坏于贼寇，再坏于满夷，如今有甚布摆呢？（泪介）单则是流寇嚣张，惹动了胡儿造反，今日个煞鼓收场也不忍看。

（场设帐幔介。内打四更介。净）诸公且退，咱要睡哩。（众下。净携灯置几上，入帐睡介。丑上）等了半夜，声息方静，此时可以去了。（行介）

〔麻婆子〕四更四更天将晓，当头月已残。一步一步行将到，沿街露未干。此间是了。（四顾介）中军帐内，灯光隐隐，敢还不曾睡么？待我进去看者。（向内望介）原来是睡的了。（敛神蹑足悄步介）且把灯儿吹息来。（熄灯介。净作呓语介。丑惊伏几下介。净作鼾声介。丑起介）可以下手了。（内打五更介。丑怀中出出匕首，入帐割净首级出介）好了！功成业定是今番。（内击鼓吹角升炮介。丑）天将亮了，这怎么处？（仰首看介）只见疏星耿耿淡河汉，（内作风起介。丑）晓雾风吹散，（猛回头介，大惊介）呀：初日上东山。

（内）今早行在，有紧急公文，快与元帅商酌。（丑急介）那边有人来了，快走罢。（急走介。副净、末扮众将上，丑撞见介，副净）你如何在元帅帐中？（丑目瞪口呆介。末）必有缘故，且看元帅去。（揭帐介）呀！不好了！元帅被人刺死了！（丑浑身发抖介）二位爷饶命啊！（末）胡说！（副净）且慢，我每把元帅抬至里面，一面申奏朝廷，一面把这贼子，活祭元帅。（末）是极！众军士快来！（众军士上。末指丑介）元帅被他刺死了，你每把元帅收拾成殓，再把这贼子枷锁伺候！（众抬净尸押丑下。副净、末大哭介）

咳！谁料元帅，这般惨死也！

（副净）五丈原头草木深，大星夜落各惊心。

（末）出师未捷身先死，长使英雄泪满襟。

第二十出　入　海

〔紫苏丸〕（小生王服，乘舟。四内监摇橹，众军将扈驾同上。小生）轻舟万里愁千丈，旧江山夕阳闲旷。听江声疑似话兴亡。咳！从头细算沧桑账。

　　朕自桂林出走，便至南宁，如今桂林已失，瞿阁部已死，焦宣国又死。茫茫天地，教朕安身何处？（泪介）无可如何，只得向缅甸而去。好在是本朝属国，料缅王也不致十分冷淡。想起来好不凄惨也！

〔醉罗歌〕〔醉扶归〕一叠一叠愁模样，一日一日苦思量。帝子飘零最凄凉，捱尽了羁人况。（想介）倘若缅王见我狼狈，藐视我起来，如何是好？〔皂罗袍〕只怕是依人篱下，倒变得随人主张。就算是主人情重，怎禁得愁人恨长。空教我孤身海外难安放。（又想介）倘然缅王肯助我一臂，这是妙极了！〔排歌〕知痛热，关痛痒，我一番辛苦又何妨！

　　且住，想我十馀年中，心劳力竭，怎的皇天不佑呢？（大哭介，众亦大哭介。小生）这都是诸臣误我也！

〔醉归花月渡〕〔醉扶归〕庸臣误国多花样，争权树党乱朝纲。奔走私门太匆忙，宦官宫妾都依傍。只消北兵一至，便各鸟兽散，直恁可恨也。〔四时花中权〕仓皇，冰山已消没主张，铜山已坍没遁藏。今日单剩我一个人儿，有谁瞅睬？〔月儿高〕一舸斜阳流落恨，枉惆怅，禁受了风波险，总结了刀兵账。〔渡江云〕看今日扁舟风露凉，料旧日行宫花草荒。

　　你看大海泱泱，波涛滚滚，还淘不尽人间恨事也！

〔皂罗歌〕〔皂罗袍〕一片潮声悲壮，正扬帆渤海，濯足扶桑。风卷波涛半江凉，南朝事业都抛漾。（指南介）孝陵烟月，陪京已亡。（指北介）长陵风雨，燕京又荒。横揣咱王孙乞食成何样！〔排歌〕波光阔，川路长，领三千子弟向南方。（长叹介）咳！却教我怎样也？

　　泽国江山入战图，楼船南下泣穷途。

　　中原何处安身地，海峤谁陈赤伏符？

第二十一出 埋 忠

〔懒画眉〕(副末扮杨硕父上)枫叶松花几经秋,古木寒鸦行客愁。满山风雨叫鸺鹠,毅魄难寻究。止不过青史芳名千古留。

> 我杨硕父便是。瞿、张二公,殉节于仙鹤岩下。我已备下衣衾棺木,殡殓成礼,并在风洞山下,造个坟儿。今乃二公窀穸之期,迤逦行来,前面便是风洞山了。(行介)

〔前腔〕(末扮胡一青上)野服黄冠旧通侯,国破家亡满面羞,惭愧煞故家遗老吊神州。我胡一青,向在滇营中,与王永祚、赵印选齐名。不想王、赵成隙,我也禁之不住。后来北兵一到,王、赵二人就此降贼。在下只得隐姓埋名,做个乡村学究,将就度日。今日闻得杨硕父为瞿、张二公营葬,想起昔日之情,特地来风洞山前一拜。(见副末介。副末)尊驾何人?(末)在下胡一青,特来拜奠忠魂。(副末)原来就是卫国公,妙极!(末弹泪介。副末)怎么伤心起来?(末)你看二公,从容就死,那个不敬重他来?我也是厄运丁阳九,恨生死关头差一筹。

> (杂上)忍看天下事,同作墓中人。启爷,二位灵柩已登吉穴,待爷拜奠之后,就要封墓了。(下。副末)既然如此,待我等拜来。(同末拜介。副末)二公呵!想不到你葬身此地也!

〔前腔〕昔日里幕府追随运机谋,还记得剪烛西窗相款留,谁曾料一坏黄土葬君侯!今日里江山故国添僝僽,你可也环珮魂归月下游。

> (末)咳!可知我胡一青来拜你也!

〔前腔〕我草泽偷生苦淹留,却教我浪迹萍踪向何处投!真个是一钱不值此生休。怎及你死生结下同心友,向碧落黄泉作伴游。

> (杂上)墓已封好,请爷归去罢。(副末、末各依恋介。末)请问硕兄,目下作何计较?(副末掩泪介)小弟呵!

〔前腔〕对着这破碎山河易生愁,倒不如打叠行装归去休,省得我异乡身世感飘流。我卅年中耐得凄凉彀,君不见年少的人儿白了头。

> 请问卫国公如何计较?(末)说也惭愧,近年来授徒山中,藉以糊口,冬烘头脑,煞强如沿门托钵耳。

〔前腔〕破帽青衫耐穷愁,略比那乞食吹箫高一筹,把牢骚哀怨一齐丢。百样皆将就,做了个学究生涯没出头。

> (各大哭介。杂)二位爷,不必悲伤,耐烦些罢。(副末)如此,卫国公请。

（末）硕父兄请。

（副末）落伽山下营新墓，瓦砾场中吊内家。

（末）禾黍周京多感慨，无聊且种邵平瓜。

第二十二出　哭　母

（生孝服上）孤城归去已无家，辛苦谁怜失母鸦。漂泊天涯成底事，莫将遗恨诉哀筇。小生王开宇，同母亲避难至此，相依为命。谁想老年人，受了车马辛苦，竟至一病不起。小生只得变卖行李，草草成殓。因此赶还桂林，找寻父亲下落，把母亲灵柩，权寄厝于风洞山下，华严寺背后。今日天气清朗，且向母亲墓上，痛哭一番，有何不可。（挂华严寺扁介。生缓步绕场徐行介）此地就是，待我拜来。（大哭拜介）咳！母亲呵！

〔水红花〕你异乡身世感怀多，没腾挪，连番颠簸。你长途辛苦乱愁多，没延俄，今番结果。撇下孩儿一个，教我待如何？横躺着一腔哀怨在心窝也罗。

（再哭介）咳！为人一世，那个不死来？

〔金瓯线解酲〕〔金梧桐〕人生苦恼多，百岁昏昏过。恁地周遮，一死难逃躲。思量没奈何！〔东瓯令〕泪滂沱，便寿考康宁，也值什么！啊哟，母亲呵，倒不如你脱离苦海也。你看这人间岁月多磨挫，〔针线箱〕怎及你地下光阴自快活。咳！四海漂流，一身落拓。仔细想来，不如就在此地出家，反可以伴你坟墓也。〔解三酲〕向蒲团坐，空空色色，一世销磨。

有理，有理，且进去看长老来。

　　　　　纸钱飞不到泉台，一曲蒿歌谁解哀。

　　　　　天地茫茫无乐土，莲花座下踏云来。

第二十三出　辞　墓

〔摊破金子令〕（副末巾服上，丑扮院子挑担满贮祭品随上。副末）山空树古，推起黄昏月。风凄雨苦，又是清明节。冷卧泉台，万难宁贴。墓门松楸如许，几经霜雪。叹人生到此悲痛绝。在下杨硕父，前日将瞿、张二公葬好，也了我一桩心事。屡次将归，未得其便，光阴易过，早已三年多了。如今归计已决，特往风洞山来，向二公墓前拜别一番，有何不可。（行介）你看山势峨峨，佳城郁郁，光景大不似从前矣。风霜蚀碑碣，泥沙掩墓穴。华表摧折，石马倾跌。只剩得声声杜鹃啼怨血。

（作到介）院子，将祭品铺陈来。（丑铺陈介，副末拜介）二公呵，从此长
　别了。

〔夜雨打梧桐〕关山远，音问绝，蓦地与君别。却教我怎丢撇，忍把你坟儿抛撇。（泪
介）自恨飘蓬身世，受尽磨折，不及你长眠土中安顿些。咳！我飘荡半生，家中光景，久无
消息，不得不作归计耳。我心中苦况，凭谁分说？休怪我思家太切。漫伤嗟，看尽兴亡
事，今朝归去也。只是这般世界，教人如何排遣来。

〔金水令〕乾坤残缺，东南王气竭。家亡国破，老尽豪杰。问安身何处也？呀！也
顾不得许多了！怅望家山，烽火明灭。乡愁万种，旅思千叠。咳！而今一去从
此别。

　夜色已深，告辞了。（丑收拾担儿介。副末缓行回头望介）

　　咳！

　　　　五陵云气太荒寒，满目蓬蒿带泪看。

　　　　三尺孤坟明月里，忠魂夜夜望长安。

第二十四出　殉　烈

〔三叠引〕（旦愁容上）一生九死捱延尽，教我如何安顿！一个断肠人，试问有谁
怜悯？

　　奴家被劫以来，这些狗弟子，就把奴推入中军帐里，见他主将，方知就是定
南王孔有德。奴家历诉被难的情由，并说父亲惨死的缘故。他一切不管，
只问奴许字何人。奴就说是王开宇。他说巧极，你父亲可是于元烨么？
奴说正是。他又道：我闻你许与赵家了，却怎的王氏呢？奴说这是父亲一
偏之见，奴是至死不愿的。他也不来多嘴，就把奴押至城外西湖上湘青阁
内，紧紧看守，已有一月多了。奴家细问看守的人，原来赵印选久已降贼，
全家俱往北京，临行之时，叮嘱定南，寻访奴来，所以一见奴家，便问底细。
听得两三日前，定南已差将弁，赶至北京，不日有些纠葛。咳！我于绀珠
　一生好不苦也！

〔三仙桥〕注就今生苦运，恶姻缘胡斯混，经番要死，老天偏不肯。欲问天，天怎
问？料天公教我做了薄命人，折罚得我没来因，逼挣得我没躲遁。就是我廿馀载的
苦淹煎，也捱过十分，还只是不当真。又吹下西风一阵。（泪介）便流尽了泪珠儿，
谁晓得于绀珠的愁闷？

我想赵家是什么主见，苦寻着我来！

〔前腔〕欺负我没娘儿无人顾问，把一个软圈套将奴勾引。只道我女孩家孤身万里，到那时容易俯顺。这毒计儿直恁忍，撺掇我无端攒进了这风流魔阵。咳！敢则是今世作凡人，早则是前生种祸根，问不出阎罗底蕴。我看世上女子，有福的也是不少，偏我这般苦恼。呀！这苦乐不均平，大都里一般愤恨。都只为冤和孽割不断的牵缠，变做了于绀珠撇不开的愁闷。

记得我少时做了一梦，至今想来，一一暗合。梦中见父亲被猛虎衔去，如今果然惨死。其馀目、长二人，原是拆白谜，应在瞿、张二公身上。只有王郎换了僧装，不知是何道理。还有那老僧葬个女子，更是莫明其意。呀！莫非就是我于绀珠的结果么？咳！果然如此，也侥幸了。

〔前腔〕虽然是苦结局，伤心断魂，煞强如没收煞，飘茵随溷。伶仃苦况，梦儿中捱受尽，本来是苦裙钗无福分。咳！天哪！多谢你梦中关情照顾我流落人。没法谢天恩，萧条剩一身，也只是换不来这孤凄命运。猛思量究属为何因？料不定吉凶悔吝。惟望你老判官勾却了小魂灵，也省却了于绀珠没了结的愁闷。

且喜无人在此，待我将被难情形，略写一通。（把笔写完，读介）呀！好一篇小品文字，我于绀珠可以传矣。（藏入袖中介，四顾介）咦？今日为何看守的人，一个也不在此？奴家何不趁此机会，就此自尽。有理！（起立自缢介。四旦扮看守人上）呀！小姐吊死了！倘王爷知道，这怎处？（急介）不如把这牢尸，弃在荒凉地方，我每各逃走罢。（转念介）只是省城里头，万难藏躲，不如抛至风洞山华严寺背后，方可无事。（抬尸行介）到了。（弃尸于地下介）我们散场么！（分下）

（生上）小生王开宇，就在此寺出家，伴母坟墓。今日闻得寺后喧闹，只道乱兵经过，却无一人在此，奇也。（转身见尸介）呀！怎的一女人死在此地？（近前看介。尸身袖中露出纸角介，生取出看介，打悲介）这是绀珠，好苦也！（哭介，再看介）你被难情形，小生如何知道？咳！都是我耽误你来嚛！（再看尸，大哭介）

〔字字锦〕摧残割臂盟，打合伤心病；浮生过眼空，断送佳人命。不留停，是我误了卿卿。卿卿死，怎不为卿泪零。凄清！风尘憔悴，可怜飘荡半生。思量半生，半生愁光景。你听我这断肠声，你听我这断肠哭声。奈呼卿不应，问卿在那里？卿在那里？残魂剩魄，尸尸闪闪，潜潜等等。咱这里凄凄惨惨，孤孤另另，一样断魂行径。

且住！待我埋瘗起来。小沙弥何在？（众扮小沙弥上。生）你每把这女尸盛殓起来，就在寺后空地里埋瘗者。（众抬旦介。生再看尸，悲介）

〔满园春〕生时节，艳晶晶；死时节，冷清清，红颜自古多薄命。你每葬好之后，再竖块碑碣，上写烈女于绀珠之墓。坟台下，坟台下，和泪题铭旌，也好千年后流播姓和名。（众抬下。生）咳！天哪！直恁磨杀人也。折磨他一生，折磨咱一生。拆散姻缘，拆散姻缘。风僝雨僽，大古里一样飘零。

（猛念介）我想盛衰之理，气数使然。莫说一个人儿，跳不出生死的圈套，就是国家之事，也不免盛衰的罗网。（长叹介）我才悟出人间悲欢离合也。

〔前腔〕〔换头〕战场空，悄场散，下场头好梦初醒，止不过石火电光留幻影。婚姻事，兴亡事，只剩得夕阳古树凄凉景，归根儿哀乐总无凭。问前朝废兴，问前朝废兴。遍望河山，望遍河山，烟云惨淡，早则是换了情形。

〔尾声〕鸡虫得失原无定，今日里结局收场也哭几声，倒愁煞我风洞山中的行脚僧。

泪溅桃花冷血凝，斑斑红雨染吴绫。

野鸟巢稳南园树，风雪何人上茂陵？

据光绪丙午（1906 年）小说林社排印本

茱萸会杂剧

卢　前

卢前（1905—1951），字冀野，自号小疏，别号饮虹。南京人。毕业于东南大学，为吴梅先生得意门生，身兼诗人和曲作家、文学和戏剧史论家、剧作家多重身份。先后任教于金陵大学和中央大学。作有北曲杂剧，《饮虹五种》杂剧，南曲杂剧《女惆怅爨》三种和 16 出传奇《楚凤烈》。《茱萸会》为《饮虹五种》中一篇。

题《茱萸会杂剧》

花开次第一琼枯，有凤声清德不孤。偷洒茱萸当日涕，伤心何意到髫奴。
衡阳雁影晚秋多，小阁轻筵欲醉歌。过眼辛勤忘不得，深情片语托微波。

王　峒公讱

曾历沧桑旧主家，一弹指顷事堪嗟。感他无限伤心语，又看庭前唐棣华。
黄英绿蚁倍情融，点化潜移此理中。赢得江东才子笔，谱将遗事夜灯红。

秦艾三冰台

茱萸会杂剧　萧豪韵
正目　茱萸会万苍头流涕

（净扮万苍头上）苍头，苍头，知愁不知愁；老万，老万，依旧穷光蛋。自家老万的便是。自从来到常府上，算来已有二十八年半。生的生，死的死，聚的聚，散的散，老夫眼中看来，世上的滋味比水还淡。老万，您倒不如去做一个和尚了。闲话且慢，尚有事情要干。今天九月初九，奉了六主人之命，洒扫庭除，预备他们兄弟大张筵席，正好庆贺佳节。吖哈！一年一度重阳节，人世欢颜得几回？且拿起了笤帚，棒起了箕畚，咱向厅堂收拾去也。（下）

（末常有士上）好在故乡谋乐趣，每逢佳节换衣新。早开兄弟团圞宴，数尽茱萸少一人。在下常有士，金陵望族，世代书香。三岁而孤，四岁失恃，萍梗飘蓬，居然也能自立。且喜身在家园，尚无跋涉天涯之苦，今乃重九佳节，拟作天伦之叙。昨已分付老万，此时光景尚早，堂前还没洒扫，苍头何在？（净上）

〔北南吕一枝花〕咱依人苦一生，悔不抽身早。看遍了兴亡千载事，都向梦中抛。禁不住风雨飘摇，世态炎凉老，好一似长江东去潮。说将来一件件妙想天开，一个个心机异巧。

唉，老了，老了，朽木不可以雕，世上事也不忍心瞧。（相见科）六爷早安，今天起身恁早，老奴还没把堂前打扫哩。（末）此刻大约已有卯刻时分，您扫过厅堂，还要去请诸位老爷。（净）老奴未见吩咐，不知请那几位爷？（末）东宅的二爷七爷，北宅的三爷五爷，还有垂柳巷的四爷。咱系出同胞，长年疏阔，此番相聚，聊尽手足之欢。老万，您切莫忘记去者。（净）还有前面碧桃里的大奶奶呢。（末）俺每是兄弟会，大爷既已下世，何必请大奶奶。（净）这个……（末）这个怎么样？（净）这个自然从命。（末）对了，请了大奶奶便不好办了，还有二奶奶三奶奶多着哩。（净洒扫科）

〔梁州第七〕（净）俺且把厅堂洒扫，（掩泪科）不由俺珠泪潜抛。

（末问科）你为甚竟哭起来？（净）俺不似您哭不出的心肠木石翻欢笑。（末）为着什么事来？（净）

俺想起大爷来了。想着他知人疼热，识世低高；玉楼赴召，金谷难牢。（大哭科）大家缘风雨飘摇，小书生独力支撑。想着他走南园种麦耘苗，转东堂称银分钞，不提防返西方魂散魄消，枉劳。这遭，尚留下伶仃白发的当家嫂，兀自的不侍奉他年老，只想他井臼衣裳事事操，今日家宴呵，还消不的您一盏村醪！

（末掩泪科）（净）想老奴初来时，太爷还在。

〔玉交枝〕老人寿考，看遍侯门花草。一个个欢娱只觉春光早。有谁知命不牢，转眼繁华如影泡。自从椿庭萎后萱花老，可怜失巢小鸟，全亏了这贤德的哥嫂。

后来太爷太太相继下世，三爷四爷年未弱冠，五爷年始十五，您家不过十三，可怜七爷才两岁，姑娘每也还未嫁，男啼女哭，多亏大爷只手持门，这八口之家，方寄一枝之托。家内操持，倘若没一个大奶奶，那还了得！他外则柴米油盐，内则衣冠鞋履，早则天明而起，夜则三更而眠；及至男婚女嫁，等到各自持家立户，方才罢手，这十四年辛苦勤劳，为著什么来？记得当日七爷，还未脱乳，大奶奶亲自哺他。俺每奴婢，虽是山野蠢人，谈起来谁不肃然起敬。您把这大奶奶，怎么同旁人一样看待也？

〔乌夜啼〕则羡他少年忠厚慈祥貌，则为您一家儿琐屑心焦，则怜他平生辛苦谁知道？守著灯火寒宵，望着月黑天高，那知道受恩不报有儿曹，受恩不报有儿曹。毕竟苍天有眼终明了，日月光，明明照。似这等管家健妇，可不是雪里芭蕉。

您既量大容言，老奴也就冒死陈词。今日里诸位老爷虽不曾趾高气扬，非常得意，个个却都能自谋衣食，不是大爷大奶奶，何以有今日？大爷若不是为著操心过早，何至中途遽死？老奴放肆说一句话，大爷大奶奶也就算得是爷每的父母。俗话说长兄如父，长嫂如母，像大爷大奶奶这样看待您每，那有一点差迟？老奴寄食门下，三代于兹，妄言本不合理，不过骨鲠在喉，不得不吐。六爷聪明，当不见责。（末）老万，难得您秉心忠直，侃侃告俺。那时节俺年纪尚幼，所以事事模糊。您既把前情重新提起，俺心里很觉难受。（掩面科）我的先兄吓，我每负了您了！好，老万，您去到碧桃里请大奶奶，索性到俺这儿来住，让俺稍稍尽心，慢图补报。正是：深恩犹比天来大，几作天涯负恩人。苍头，您着人立刻前往。所幸路途甚近，咱便在此相候！（净）吩咐下次小的每，快请大奶奶来！（净）六爷呵！

〔骂玉郎〕您既然听我忠言告，是补过在同胞，想人生处世惟忠孝，况他是老年人，风烛光，更须要格外看承好。

（丑随老旦上）（老旦）老身盛氏，自人常门，垂三十年。不幸翁姑早逝，未获永远侍奉，此是俺生平恨事。那时节小叔小姑，无依无靠，煞是可怜。俺力薄能微，随先夫之后，以养以教，至今思之，犹觉未得鞠躬尽瘁，也是俺生平的恨事。如今先夫又逝，红尘事益复心灰，只儿辈尚能继承先志，努力攻书，近年谬负时誉，这可稍慰予心。俺一生只求两件事：上不愧于天，下不怍于人。其他还有什么想头呢？适才万苍头差人到俺家中，把俺接到此处，不知六弟与我有何话说。（末迎拜科）嫂嫂大恩，俺几负德。今早老万把从前事对俺说起，教俺好不伤感也。（老旦掩泪科）（净）大奶奶听禀：

〔感皇恩〕恰才的风木号啕，亏杀俺口舌牢叨，甫能够想当年，感深恩，万事请容包。现如今重阳佳节，谁不题糕？难得的会茱萸，邀老少，共登高。

（末）正是亏煞老万。（老旦）六弟此言，从何说起？那本是俺的分内之事，只恐愧见翁姑于地下耳。苍头，您又何苦饶舌！（净叩科）

〔采茶歌〕虽是老奴愚，也是他郎君好。幸他命儿中占定六阳爻，才见得家宅平安和气高，正好把花葶楼乐府唱今宵。

（末）吩咐安排家宴。（净）领命。（长叹科）早间不过六爷提起，奶奶的辛勤，谁人不知道？何须老奴说来。（末）嫂嫂请进后堂，一壁厢您还快请各位爷去。正是：不是茱萸兄弟会，谁来重话十年恩。（老旦、丑、末同下）

（净）俺这一场诉说，把六爷唤醒了，才知道迎养恩嫂。俺看世上负恩的人不少，有的是受恩不知，还有的是知恩不报，六爷还究竟是有良心的人也。

〔黄钟尾〕算乾坤忘恩负义的知多少，况更有绵里针儿笑里刀。说甚么知心好，刎颈交，到收梢，只认得鸦青钞。俺主人家还算是庸中佼佼。俺二十年两眼昏花，也看破的世情早。（下）

忆的幻灭

陈瘦竹

陈瘦竹（1909—1990），江苏无锡人，著名戏剧理论家，戏剧教育家。1933年毕业于武汉大学外文系，1940年任教于国立戏剧专科学校，1947年受聘于中央大学中文系，1960年任南京大学中文系主任。

陈瘦竹先生创作了独幕剧《复仇》（1938年）、三幕剧《醒来吧，农人！》（1939年）等剧本。独幕剧《忆的幻灭》是他青年时代的作品，发表于《真善美》1930年第六卷第六期。

人　　物　　亚平　珊丽　流浪者　女仆

时　　间　　深秋的黄昏

布　　景　　别墅里亚平的书房。精致可爱。左右有门。后有窗,月光皎洁,自窗
　　　　　　外射入。房内陈设,清楚可见。壁上有几幅西洋名画。钢琴一架,书
　　　　　　柜一只。亚平是廿五岁光景,性情很温柔,脸微有醉意,躺在沙发上。
　　　　　　珊丽,他的妻,年略轻些,很娇美,但眉目间隐有愁容,凝视窗外。

亚　平　　(懒懒的)珊丽,我酒喝得太多了!

珊　丽　　(缓缓地回过脸来)快乐也都只是你们的啊!

亚　平　　(笑)喔,喔,你又来了,伯陶原是请我俩同去的,你偏偏刚才不肯去,
　　　　　现在又在挖苦人家。是不是,孩子? 哦,我想起了,珊丽,你今天不
　　　　　去,那才是冤枉呢?

珊　丽　　(轻笑)难道我也像你们似的贪吃吗?

亚　平　　绝对不是。你是爱音乐的,啊,我从来也没碰到过,今天的怀娥铃真
　　　　　是动人极了。我相信,你听了定是会流泪的。

珊　丽　　(现出惊奇)奏的怀娥铃,谁?

亚　平　　谁也不知道他是谁? 一个流浪者,可怜的人! 谁也不知道他从何处
　　　　　来。正当我们喝得醉醺醺时,忽听得街上一声声悠扬的哀艳的音调,
　　　　　霎然将我们唤醒了,伯陶自己提议请他来奏一曲,大家赞成了……

珊　丽　　(很紧张地)你们看见了他没有?

亚　平　　立刻就来了。他穷得像乞丐似的,外衣又破又脏;他毫不客气地说,
　　　　　在奏乐以前,让他先吃东西,因为他已经饿了好久。可怜,他正是青
　　　　　年,为何弄得这样的狼狈,憔悴! 他苍白色的脸,富有英气的眼睛,给
　　　　　我留下了深刻的印象,引起我强烈的同情。他不多说话,吃罢,就奏;
　　　　　终于我们的心灵似就在这弦上颤动,真不知自身在何处了!

珊　丽　　(望了他一眼,缓缓地低下头来,沉思,呼吸很急促。)亚平……

亚　平　　(只在幻想刚才的一幕。)就我现在想来,也还觉得心灵在颤动! 音乐
　　　　　真是动人的艺术啊,不,这是说他,流浪的奏乐者太动人了吧,奏毕
　　　　　了,他独自悄悄地走开,谁也不知道他到何处去了……

珊　丽　　(努力地克服自己)你们打听了他的来历没有?(叹息)人生是永远地
　　　　　流浪,永远地奏着哀歌!

亚　平　（望着她寻兴地）亲爱的，我总觉得你是太伤感了，听了我的话，好好地怎的又难过起来！我们该是幸福者了，因为我爱你，你也……

珊　丽　（苦笑，避他的视线）幸福吗，当然，有了真挚的爱！但是，难道对于世上一切不幸的人，也许是为了找寻人生的幸福，追求爱情，而终身流浪，奏着悲歌的，能不有些儿同情吗？

亚　平　当然是，我也已说过了，我是无限地同情，并且使我起了眷恋他的同情。要是我再能见他的话……

珊　丽　（像有多少话哽在喉头，脸上现出说不出的愁苦。又深深地叹了声。但要掩饰自己的悲哀，立起来走了几步，无可奈何地走到钢琴旁。轻轻地按了几下，旋又凝思。）

亚　平　珊丽，好像悲哀永远如影子似的追随了你，你到底为了谁呢！我们结婚已有三年了，我是怎样真挚地爱你。你还记得在西子湖边度了蜜月，洒满了银光的水上，映着我俩快乐的双影。你爱好音乐，我送了你一架钢琴。你说你厌恶都市，我便伴了你到这乡村来。珊丽，为何我这样尽量地为了你的快乐努力，总讨不得你永远对我微笑！

珊　丽　（勉强打起兴来，走到他身旁，苦笑地提了他的手）亲爱的，我又何尝永远地哭脸对你呢？你不要多心啦，难道我忘了你的爱我吗？（努力说下去）你还不知道我吗？心灵里充满了无名的悲哀，但我悲哀的为谁，自己也不知道。许是我们太幸福了，总爱自惹烦恼。亚平，深秋原是多么因人兴愁的呢！分外是我们女子，分外是我。亲爱的，不要多心啦，我是你的：（有意亲近他，将头倚在他怀里。）

亚　平　（爱抚她的脸）珊丽，你真是个小孩子，一下子哭，一下子又笑了：是不是（他吻着她的头发）

珊　丽　（突又离开他，慢慢地问）亚平，你……还记得流浪者：是奏的什么调子？！

亚　平　（目光移向她）奏得太感动我了，几乎不允许你辨别是什么调子。珊丽……

珊　丽　（沉默着，无意地将手按钢琴）

亚　平　（从沙发上立起来，附在她背上。）珊丽，你弹一曲吧，好似我心上也充满了愁情似的。

珊　丽　（微惊）那么，弹《惜分飞》吧？

亚　平　可是太悲哀了……你为何总爱弹这一曲呢?

珊　丽　(不语,坐下调音时,女仆从左进。)

女　仆　太太,翠小姐请你过去吧,说是王太太、四奶奶、萍小姐都来了,在等你。

珊　丽　(忽然记起似的,站起来,对亚平)你知道,伯陶先生请我们去宴会,我所以不去的缘故吗? 啊,今天翠小姐约了些朋友在开茶话会呢。我早被约定了的,我可要去了……(转身对女仆)你去回翠小姐说,对她们不起,我换好衣服,马上就来,请她们不必劳等。

亚　平　你早些回来啊,独自在家怪寂寞的……

　　　　【女仆下,珊丽很不自然地一笑,下。

亚　平　(带着酒后的无力在踱步)喝了几杯酒宛如喝了几杯愁似的,为何满怀的烦恼呢。是流浪者的奏乐引起了我强烈的同情? 是珊丽无名的悲哀引起了我的感伤?(忽远远听得怀娥铃声,亚平侧耳;声渐近,亚平轻轻地走至右门口,向外怅望,时月白夜静,音乐声更近。亚平寻声下)

　　　　【舞台静寂,只闻台外怀娥铃声,继之语声。

　　　　【亚平同流浪者上。流浪者年二十三光景。脸,苍白憔悴,两眼含有英气,长发披肩,黑的破外衣。脚穿草鞋。手提怀娥铃。先望一望钢琴,后将怀娥铃放在钢琴上,不待亚平招呼,坐下。亚平也在旁坐下。

亚　平　你给我的印象太深了,我忘不了你;当我远远地听到你奏的声音,再也禁不住我出来找寻。

流浪者　(冷冷地)多谢你的好意。但是,在弦上我只想奏出我自己的悲哀,并不想感动别人丝毫。

　　　　【左门外黑影一闪,微闻响声。

亚　平　(对门口)谁啊……

　　　　【门外寂然。

亚　平　许是你的悲哀颤动了别人的心灵?! 为何人生要又这无限的悲哀呢!

流浪者　不,有了悲哀,才有人生。悲剧才是生命最高的意境啊。

亚　平　(迟疑地)恕我的冒昧,想你过去的生命中也尝经验过了多少不幸的吧?

流浪者　(深深地瞧亚平一眼,微笑,但不久就消失了。)许我是世上最不幸的人吧,但幸与不幸到底谁知道呢?! (忽然皱眉,沉思,叹息)自我情人离了我怀抱以后,悲哀的洪涛将我深深地埋葬了!

亚　平　是为了失恋吗?

流浪者　失恋,还不如说命运好些吧!(慢慢地)三年了,她离了我!不,她弃了我!从此我别了我的故乡,怀着碎了的心,鼓着生命最后之残力,向茫茫天涯奋飞。我爬过高的,高的山,我渡过深的,深的海。我独自彷徨在渺茫的沙漠,我独自踟蹰在荒凉的平原。在惨黯的黄昏,在月明的夜半;深林中我悄悄地奏着我的悲歌;有时惊醒了杜鹃,也再啼哭几声;有时引动了落叶,听得它别故枝的叹息。鲜红的泪汪满了我的眼,秋夜的霜凝断了我的弦。

亚　平　想当初她是怎样地爱过你,而你是怎样地快乐过的啦!要是不觉得讨厌的话,我请你告诉了我一切吧,你的话多么使我感动啊。

流浪者　现在我也不再稀罕人间的同情,我已是游离的孤独的流浪者!爱我的人,终久还弃了我……然而我又何必再埋怨她呢?谁知道她嫁了我,我终究能一辈子快乐吗?让过去的好梦,伴着理想的幻影,永远像镜花水月似的在我回忆中活着吧。在孤独的旅途中,饥寒交迫的辰光;我便含了泪儿,将回忆来重温,想起了她的身影,破了我的孤独;想起了她的爱,解了我的饥寒,这样,我得到了最大的安慰、最大的勇气。受难的教徒,只有怀念到无处缥缈的神才觉得了救,而我也只有在回忆中才真的得了爱……

亚　平　(渐渐低下头去,深为感动。无意地舒了口气)啊……
　　　　【左门外又有微响,并有轻的叹息;但房内两人并未注意到。

流浪者　(沉于过去的回忆中。从钢琴上拿下怀娥铃作欲奏状,说话时,放在膝上。)她是个有歌舞天才的姑娘,为了她,我决心想努力做个音乐家。在三年前的故乡,何处找不到我和她的游迹?你尝否看过白云在天空中流动,绿柳在春风里飘摇?你尝否听过婉转的黄莺,幽咽的清泉?那就是我,那就是她!

亚　平　但是,你们以后又怎样分离了呢?

流浪者　我是个无父无母的孤儿,为了要维持生活,我不得不暂时别了故乡。最不能忘的是那握别的一晚,她牵了衣哭着不让我走,我便对月深誓,永远地爱她,不久便归来伴她。含了泪,我们奏完了《惜分飞》曲,吻罢,我便上了征途。

亚　平　那么,以后,你归来时……

流浪者　我归来时,绿水依然,青山无恙;可是,我的爱人,却不见了……

亚　平　噢!

流浪者　听说,远地来了个富家郎,也爱了她,向她妈妈求婚,她妈妈终于将她
　　　　嫁了过去,而且一起搬到别处去了……

亚　平　那位姑娘怎样变了心呢?……那位富家郎知道了你和她的恋爱吗?

流浪者　那位富家郎是新从远处来的,我和她的恋爱,他没有知道。他太爱了
　　　　她,所以坚决地求婚,她妈妈因为他是富家郎,所以将女儿许了他。
　　　　谁知道她变了心没有?我知道了也有何用处呢?然我想,上天保佑
　　　　她,还是变了心的好些吧!忘了我的好些吧!要不然也只有苦恼罢
　　　　了。事情已到了这样无可挽救的地步了啊!

亚　平　(左门外又有响声,他望了下,不见什么动静。对流浪者)你这三年
　　　　来,碰到过她没有?听到了她的消息吗?

流浪者　(起立,摇头,将怀娥铃放下。缓缓地踱步,若在沉思)最初,我为了要
　　　　找她,才离了故乡。那时我想,我能再见她一面,只要再见她一面。
　　　　然而,我终于找不到她,因为谁也不能告诉我她的消息。后来,我自
　　　　己放弃了这要求,我宁可不见她吧。谁说我的失恋是不幸?谁说我
　　　　若娶了她是幸福呢?我决心不再想见她了,我何苦将我美好的回忆
　　　　打破,因为有了这回忆,我才有了生的安慰,生的勇气。我又何苦平
　　　　白地唤起了她心的创伤,而扰乱了她夫妻俩快乐的梦,使她的丈夫也
　　　　深深悲伤呢?我虽到处流浪,我再也不打听她了。然而我并没忘了
　　　　她,她或许是比什么都贴近些在我心头。

亚　平　但何处是你的终结?

流浪者　何处是我的终结?我不知道,我也不想知道。我到处流浪,能免于饥
　　　　寒,我也能快乐地生活下去了!萍水相逢的朋友啊,我感谢你的多情!
　　　　但我现在要去了,世界最大也是最小,许我们会在何处再见的吧?
　　　　【他提怀娥铃,奏着,徐徐而出,但亚平阻之。

亚　平　你到何处去?亲爱的朋友,你的话是多么使我难过呢?

流浪者　不,不,忘了我的话,你心上就可好的。人生原来是这样的啊!让我
　　　　走,到何处去,我不知道;但外面是旷野,是月明;啊,我要到月明的旷
　　　　野去!
　　　　【珊丽突然从左门入,满面泪痕,情不自禁,抱住了流浪者,含了哭声。

珊　丽　你还认得三年前弃了你的人吗?

【他俩如猛被雷击似的，都现出莫名其妙的样子。流浪者一边注视着她，一边渐渐退缩。亚平呆若木鸡。忽走近了她。

亚　平　（大声）珊丽……你，你……

珊　丽　（哭声）亚平……我辜负了你，我嫁了你三年……我没将我过去的恋爱……向你忏悔……我不敢：我还是爱他的……啊！亚平！我们是同床异梦，我的心是永远依恋着这可怜的流浪者。

流浪者　（手足颤动，但努力保持平静，沉默着。）

亚　平　（含泪抱珊丽）珊丽！那么你是从来没爱过我，我是枉疼了你三年啊……

珊　丽　你向我妈妈求婚……啊！因为妈妈迫着我，我又不忍使我唯一的妈妈伤心，所以才……我已尽了妇道，我也尝想努力爱过你，可是！他早已占了我的全心灵（走近流浪者）我离了你，也就是我的苦命啊！别后我从没听到过你的消息；我想你是恨我了吧……夜半听得吠声，深秋看着落叶，想我的爱人会来看我了吧？但是我的爱人，终于不尝来。我是世上最苦的人，我辜负了你的爱，也辜负了他的爱。今天听得他告诉我说有个流浪的奏乐者，我的心啊，裂碎了！后来我听得怀娥铃，那不是三年前我爱人常常在我耳畔奏的歌曲吗？你又走了进来，我忍不住要哭了啊！我伏在门口，听着，听着你所说的一切！

亚　平　（被一种强烈的感情所支配，无力地倒在沙发上）珊……丽……

流浪者　（眼光徐徐望着亚平，眼角有泪意。）

珊　丽　（惊视亚平。现恐怖状，倚在流浪者怀里。）你已不爱我了吧……你……

流浪者　（咽声，但强作平静。）珊丽……一切都成了过去，深深地葬在回忆之中。现在太晚了……我们……早已完了……你的丈夫是爱你的，你努力爱他，不要使他失望吧！让我俩永远沉醉在理想的世界里吧：那里是真的美，真的爱，真的人生！我们今天相见，是多么不幸呢，早三年就好了；让我们各自怀着过去爱的回忆分离吧……我走了……在人间永不再见了！

【流浪者提怀娥铃突右门出，珊丽大哭，阻之，流浪者不顾。

一九三〇，五。武昌

原作发表于《真善美》杂志 1930 年第六卷第六号

〔扬剧〕

百岁挂帅

吴白匋

吴白匋(1906—1992),江苏扬州人,生于书香世家,1927 年考入金陵大学历史系就读,曾受教于戏曲大师吴梅。1953 年后参与戏曲整理与改造工作,历任江苏省文化局戏曲编审室主任、文化局副局长。1973 年至南京大学任教,1978 年任中文系教授。先生主持整理改编的戏曲剧本,有扬剧《百岁挂帅》《义民册》《袁樵摆渡》、锡剧《双推磨》《红楼梦》、昆剧《活捉罗根元》等。

扬剧《百岁挂帅》根据扬剧传统剧目《十二寡妇征西》剧情梗概再创作,作者还有银州、江风、仲飞,1958 年由江苏省扬剧团在南京首演。次年应邀赴京演出后,由范钧宏、吕瑞明改编为京剧《杨门女将》。

人物表

佘太君　　　　　　　　　　四夫人（孟金榜）

柴郡主（六夫人）　　　　　　五夫人（马赛英）

穆桂英　　　　　　　　　　八夫人（蔡秀英）

杨文广　　　　　　　　　　杨　辉

七夫人（郝凤英）　　　　　　马　童

焦廷贵　　　　　　　　　　赛排风

孟定国　　　　　　　　　　四丫鬟

宋仁宗　　　　　　　　　　八女兵

八贤王　　　　　　　　　　四小太监

范仲华（安乐王）　　　　　　大太监

八　姐（杨春景）　　　　　　王　文

九　妹（杨春花）　　　　　　薛德礼

大夫人（花杰女）　　　　　　报　子

二夫人（邓九红）　　　　　　四番将

三夫人（耿玉金）　　　　　　八番兵

第一场

焦廷贵
孟定国 （内唱）

　　　　披星戴月奔帝京，

〔焦、孟二将趟马上。

（唱）　三关紧急报军情。

焦廷贵
孟定国 俺！

孟定国　孟良之子孟定国。

焦廷贵　焦赞之子焦廷贵。

孟定国　只因西夏王文犯境，

焦廷贵　宗保元帅阵前丧命！

孟定国　三关紧急。

焦廷贵　你我飞马报与圣上知道。

孟定国　就此马上加鞭！

焦廷贵
孟定国 （合唱）心急似火往前进，

　　　　耳边飒飒起风声。

　　　　一心早到天波府，

　　　　眼前快抵汴梁城。

　　　　但愿圣上早发兵和马，

　　　　与我宗保兄长报仇恨！

〔二人下。

第二场

〔天波府大厅，张灯结彩。

〔赛排风带众丫鬟上，摆寿筵。

赛排风　有请少夫人！

〔穆桂英上。

穆桂英　（唱）　红烛高烧耀眼明，

天波府内闹盈盈。

我夫宗保五十整，

桂英还是少夫人。

可笑我盘马弯弓手，

传杯摆盏忙不停。

太君说闭门庆寿好尽兴，

丫鬟们！你们侍候要小心！

有请婆母！

〔柴郡主上。

柴郡主　（唱）　杨氏八房存宗保，

他五十生辰在今朝。

张灯结彩排寿宴，

全家喜气满眉梢。

西北风云紧，三关路途遥，

娘与儿难得一堂共欢笑。

但愿我儿身健旺，旗开得胜早回朝，

向百岁太君献香醪。

桂英！酒席可曾准备停当？

穆桂英　俱已办好，请婆母查看！

赛排风　（上报）启禀夫人，府门有人求见！

柴郡主　嗯！……（看桂英）

穆桂英　（转对丫鬟）适才怎样嘱咐于你？……

赛排风　回少夫人，门外求见之人，并非别人，乃是焦、孟二位将军到此。

柴郡主　定是为宗保寿事而来。

穆桂英　快快有请！

赛排风　是。（向上场门）有请二位将军！

柴郡主　你速去后厅禀报太君，说我等就来。

赛排风　是。

〔焦、孟二将上。

柴郡主	贤侄哪里？
穆桂英	兄弟哪里？
焦廷贵 孟定国	参见夫人、嫂嫂！

〔郡主与桂英见焦、孟二人身穿素服，面带愁容，愣住。

柴郡主	你二人为何不在三关，身穿素服，面带愁容……
焦廷贵	这……
孟定国	
穆桂英	莫非是宗保他……
焦廷贵	这……
孟定国	
柴郡主	还不起来快讲！
焦廷贵 孟定国	（不得已）哎呀！夫人！嫂嫂呀！
孟定国	可恨西夏屡次兴兵侵犯边疆！
焦廷贵	是我陷入番营，被贼寇围困，宗保兄长为了救我，他……他！
柴郡主 穆桂英	他……他便怎样？
焦廷贵	（心中难过，说不出口）
孟定国	他中了敌寇穿心一箭，伤重身亡。

〔柴郡主闻言晕倒，孟定国急上前扶住。穆桂英虽勉强支持，但周身惊抖不止……。

穆桂英	（唱）	闻噩耗似泰山当头压倒！

〔柴郡主逐渐苏醒，与桂英对望。

柴郡主	桂英……
穆桂英	婆母……

〔穆桂英抢步跪在柴郡主膝前，柴郡主边扶边唱。

柴郡主	（唱）	我杨家只此一线也无有下梢！
穆桂英	（唱）	痛我夫出师未捷身先死，
柴郡主	（唱）	恨天地无情难问根苗。
穆桂英	（唱）	禀太君点兵将去把仇报，

柴郡主	（唱）	你、你、你不能莽撞把祸招！
		太君年迈你知道，
		若有长短，千斤重担谁来挑。
		此事一定要隐瞒好，
		也免得天波府地动山摇。

焦廷贵
孟定国　　啊！嫂嫂，夫人说得极是，还是暂时不禀的好。

　　　〔桂英默然。

柴郡主　　二位贤侄！不知宗保临终之时嘱咐些什么？

孟定国　　启禀夫人、嫂嫂！元帅临终之时，再三嘱咐我等，言道三关兵备不足，
　　　　　万一敌寇知道主帅已死，定要乘虚而入。

焦廷贵　　故而孟二哥传令，紧闭三关，免战牌高悬，兵丁一律不准穿孝。

柴郡主　　好！

穆桂英　　那如今你二人回返汴梁，关上由何人掌管？

孟定国　　元帅大印已交岳松兄弟看守。我二人此番赶奔回京，一来是回府报
　　　　　信，二来是急报当朝，请圣上早发兵马，以解三关之围。

穆桂英　　好！好！好！你二人速往金殿报讯。

焦廷贵
孟定国　　是。

　　　〔赛排风上。

赛排风　　启禀夫人，太君命我来说，请焦、孟二位将军，一同入席饮酒。

众　　　　这……

柴郡主　　好，好！（挥手令赛排风下）回到太君那里，你不要乱讲！

赛排风　　是。（下）

孟定国　　夫人，我二人怎能入席？

柴郡主　　你等不来，岂不叫太君疑惑。

焦廷贵
孟定国　　这……

柴郡主　　你二人速去更换衣巾，少时太君要问，就说为宗保庆寿而来。酒要
　　　　　少饮！

| 焦廷贵
孟定国 | 是。（同下） |

柴郡主
穆桂英　宗保！我儿夫！我，我好命苦啊！

〔后台笑声。

柴郡主　（唱）　一阵阵欢笑声刺我如刀，

穆桂英　（唱）　婆母啊！我实难入席尝酒肴。

柴郡主　（唱）　老太君若盘问我回答不了！

〔内声："太君走好，太君走好！"

柴郡主　桂英！太君她，她……已经来了！（替桂英擦眼泪）

穆桂英　唉！也罢。

（接唱）我只得拭去泪痕迎年高！

〔众夫人及八姐、九妹扶佘太君上。

佘太君　（唱）　为孙儿五十大庆摆酒筵，
　　　　　　　　百岁人四代同堂喜心间，
　　　　　　　　似这样花团锦簇我杨家少见，
　　　　　　　　只可惜宗保出征未回还。

柴郡主
穆桂英　见过婆母太君！

〔佘太君入座。

众夫人　是。

〔佘太君及众夫人同戴红色寿字绒花。

佘太君　咦！为何不见七娘和小孙儿文广来此！

穆桂英　想必七婶母还在花园教文广练武。

佘太君　还不快快命人找来！

穆桂英　是！（对赛排风）去至后花园请七夫人与文广小公子速来前厅！

赛排风　是。（下）

〔七夫人与杨文广上。

七夫人　（唱）　祖孙天天在一块，

杨文广　（唱）　练武忘记把寿拜。

七夫人　（唱）　迟来太君要见怪，

杨文广	（唱） 一切有我来担待。
	〔二人入内。
七夫人	参见 太君！
杨文广	太祖母！
佘太君	罢了！文广，今日乃你父生辰，为何不随同母亲在此准备，跑到哪里去的？你看你满头是汗！
杨文广	太祖母，我刚才同七祖母在后园比武，我一腿把她踢了个跟头。
七夫人	你胡说！我什么时候被你踢了个跟头？
杨文广	什么！你还不服，那你过来！
七夫人	来就来！
	〔七夫人与文广真的交起手来，太君及众夫人均觉好笑。
柴郡主	嗯！文广，太祖母面前休得放肆！
穆桂英	还不快去与七祖母赔罪！
佘太君	算啦，算啦！他二人俱是一样，谁也不怪。
	〔众笑，文广与七夫人也笑；柴郡主与穆桂英暗自悲伤。
	〔焦、孟二将上。
焦廷贵	（念） 脱去素衣裳，
孟定国	（念） 含泪入厅堂。
	我说兄弟，等下到了酒席筵前，你可别忘了……
焦廷贵	二哥，忘了什么？
孟定国	酒，酒要少饮。
焦廷贵	知道了。（二人进大厅）
焦廷贵 孟定国	孙儿叩见太君！
佘太君	免，见过众家伯母、婶婶。
焦廷贵 孟定国	是。侄儿参见伯母、婶婶！
七夫人	得了，快坐下来吃酒吧！
	〔焦、孟二人分坐两边。
佘太君	你二人不在三关，回来作甚？

焦廷贵 孟定国	这……

柴郡主　他二人乃是为宗保祝寿而来。

焦廷贵 孟定国	嗳嗳,宗保兄长因军务繁忙,不能回转,特命我二人回府祝寿。

杨文广　二位叔父,你们可曾为父帅带来寿礼?

焦廷贵 孟定国	这……

柴郡主　已……已在前厅摆好。(忙转话题)文广,还不速速与太祖母敬酒。

杨文广　是。(斟酒)祝太祖母再活一百岁,长生不老!

〔众笑。

佘太君　好。你焦、孟二家叔父,与你父患难相交,同守边庭,理应先敬他二人一杯!

杨文广　是。(文广敬焦、孟酒)

焦廷贵　(举杯在手不敢饮)我说二哥……

柴郡主　贤侄一路劳累,就只此一杯吧!

焦廷贵　好,只此一杯!(一饮而尽)

七夫人　什么只此一杯! 让我来。

　　　(唱)　你们二人好酒量,
　　　　　　七婶面前莫装腔。
　　　　　　小杯不够用大斗,
　　　　　　后面还有酒儿缸。

焦廷贵 孟定国	这……侄儿实在不敢饮了!

〔二人用目望柴,柴示意不要再饮。

七夫人　哦……

　　　(唱)　六嫂今天要大方,
　　　　　　让两个侄儿痛痛快快饮一场。
　　　　　　人逢喜事应欢畅,
　　　　　　代替宗保多饮几杯美酒浆。

焦廷贵 孟定国	这……
七夫人	我告诉你们这两个花鸡蛋，今天是你宗保哥哥五十大庆，太君早就吩咐，全家一定要尽兴，不醉不归。六嫂，你们说对不对？
众夫人	对、对。
柴郡主	（很僵地）嗳，嗳……
七夫人	快喝吧，小杯不过瘾，叫丫鬟换大斗来！
	〔七夫人刚要转身叫丫鬟，柴郡主怕真的把焦、孟二将灌醉，泄露真情，忙上前拉住，欲解其围。
柴郡主	七妹，还是叫文广先与众家祖母敬酒吧！
穆桂英	（帮柴郡主解围）对！文广，你还不速与众家祖母敬酒。
七夫人	哎，对了，我们怎么把桂英忘啦，应该叫文广先敬她才是。
众夫人	对，文广，应该先给你母亲敬酒。
杨文广	是，孩儿给母亲敬酒。
穆桂英	（强饮）快为众家祖母敬酒。
	〔文广刚要依次斟酒。
七夫人	文广，先别忙，你怎么不给父亲敬酒？
杨文广	父帅不在，如何敬呢？
七夫人	请你母亲代饮就是嘛！
众夫人	对，叫桂英代饮。
杨文广	母亲，这杯酒是孩儿给父帅敬的，请娘代饮。
众夫人	好，好。
	〔桂英接杯在手，珠泪盈眶。
穆桂英	（唱）　眼望着杯中酒珠泪满眶，
众夫人	（唱）　桂英她却为何举杯痴痴望？
穆桂英	（唱）　强忍住这热泪把酒来尝，（饮下，往后欲倒）
众夫人	（唱）　莫非她今天身体不舒畅？
穆桂英	嗳，嗳，没有什么，没有什么！
柴郡主	（掩饰地）桂英，怕是你今天过于劳累，刚才又喝了两杯空肚酒，有些醉了。文广，快扶你母回房休息一下。
杨文广	是。

〔文广扶桂英辞别太君出厅,桂英刚想把绒花摘下,忽发现七夫人在后注视,忙低头急下。七夫人后追,厅内其他人彼此凝望。

佘太君 （唱） 桂英儿身体强素有酒量,
　　　　　　焉能够一杯酒醉倒厅堂?
　　　　　　郡主她举止不定必有因,
　　　　　　焦孟将说话吞吐为哪桩?
　　　　　　莫非是三关出了不幸事,
　　　　　　这件事我倒要细问短长。

　　　　　郡主,桂英儿可是真的醉了?

柴郡主 嗳,怕是真的。

佘太君 不是有什么心事?

柴郡主 嗳,不会的,不会的。

佘太君 那你呢?

柴郡主 我么?……

佘太君 是啊! 适才在饮酒之中,你言语支吾,神情不定!

柴郡主 这……啊! 太君,我是怕两个侄儿,一路辛苦,酒吃多了要醉呀……

佘太君 是呀! 我正要问你,廷贵和定国这两个娃娃,平日素好饮酒,为何今日推三阻四,你也从中……

柴郡主 这……

佘太君 看你今日神情,莫非是……

焦廷贵 啊! 太君……

孟定国 你……

佘太君 廷贵你讲什么?

焦廷贵 没……没有什么……

佘太君 啊? 什么"没有什么"……

焦廷贵 这……

佘太君 还不与我快讲!

柴郡主 啊! 廷贵你胡说些什么! 想是酒吃多了。定国,你快送他下面休息去吧!

孟定国 是。

佘太君 且慢。……

柴郡主

孟定国　这……

焦廷贵

佘太君　焦、孟二将，我来问你，你二人不在三关，究竟回来做甚？

柴郡主　啊！太君，他二人实在是为了宗保寿事而来！

佘太君　为娘没有问你。廷贵！

焦廷贵　在。

佘太君　进前讲话！

焦廷贵　这……

佘太君　还不快来！

焦廷贵　是。

佘太君　我来问你，你二人不在三关，究竟回来做甚？

焦廷贵　为宗保兄长做寿而来。

佘太君　我再问你，宗保在三关之上，一切可好？

焦廷贵　这……

孟定国　（忙答）元帅身体康健，请太君放心。

佘太君　（斥孟）嗯！廷贵你讲，宗保他……他在三关之上，一切可好？

焦廷贵　元帅身体康健，请太君放心！

佘太君　你二人此番回京，可是你宗保元帅亲自差遣？

焦廷贵　正是宗保元帅差遣！

佘太君　必有家书带来……

焦廷贵　这倒无有。

佘太君　既无家书，那你临行之前，他又是怎样嘱咐与你？

焦廷贵　这……

佘太君　讲……

焦廷贵　他……

佘太君　他怎么样？

焦廷贵　他……他……他……

佘太君　讲……讲……讲……

焦廷贵　他他他……临终之时……

众　　　啊！（众惊起）

焦廷贵	
孟定国	（赶紧跪下）太君恕罪！

柴郡主　啊！婆母。（亦跪）

佘太君　这……（手中杯落下，凝望焦、孟和柴的面色，不觉流下眼泪，勉强压住悲痛，点点头逐渐镇静下来。慢慢地把绒花摘下，众夫人亦摘下，然后低声地）起来！起来！我……我明白了！郡主，你今晚身体不好，快些回房安息去罢！（挥手）

柴郡主　（忍着泪）谢太君！（欲下）

佘太君　且慢！（柴闻声停住）文广年幼，你不要与他多讲！

柴郡主　是。遵命！（回身，忍不住掩面哭下）

佘太君　儿媳们，酒筵未散，还得同饮一杯！（众饮介）八姐为换大斗来！

众夫人　母亲！你要保重些！（不敢斟酒）请回房休息去吧！

佘太君　八姐取杯斟上。（八姐取壶斟酒。佘太君举杯离座走到台口，众离座拥上）宗保！好孙儿，（举杯向空中）你今天五十生辰，为国尽忠，竟然不、不、不在……你不愧是杨门子孙，你对得起你祖父，对得起你父，也对得起我和你母、你妻。你、你要痛饮一杯！（洒酒）

众夫人	
八　姐	太君！我们要……
九　妹	

〔文广及七夫人冲上。

杨文广　太祖母！我要为父帅报仇！

七夫人　太君！我们要为宗保报仇！

佘太君　此乃国家大事，理应万岁作主！焦、孟二将！

焦廷贵	
孟定国	在。

佘太君　可曾将三关军情，报与圣上知道？

焦廷贵	
孟定国	孙儿还未曾上殿。

佘太君　嗯！这就不对了，三关盼望救兵，刻不容缓，二位孙儿，八姐、九妹，快扶为娘同上金殿，奏请圣上发兵。

杨文广　太祖母！发兵要报仇，不发兵也要报仇！

佘太君　（用手抚摸文广头）你回房安息去吧！

　　　　〔焦、孟二将前引，八姐、九妹扶太君自上场门下，七夫人、文广下，众
　　　　同下。

——幕　落

第三场

　　　　〔中幕前。

　　　　〔焦、孟前引，八姐、九妹扶太君上。

焦廷贵
　　　　启禀太君，来此已是午门。
孟定国

佘太君　上前启奏。

焦廷贵
　　　　哪位公公在？
孟定国

　　　　〔大太监上。

大太监　尔等进宫何事？

焦廷贵
　　　　现有军情，报与圣上知道。
孟定国

大太监　万岁正在后宫饮宴，尔等明日再来。

焦廷贵
　　　　啊！公公，怎奈三关危急，杨元帅阵亡，……
孟定国

大太监　（不耐烦地）说什么阵亡不阵亡，惊动圣驾，是你担待，还是我担待？
　　　　不传！（回身欲下）

佘太君　（上前）大胆！

大太监　（自语）谁呀？（转身一看，认出是太君，忙变笑脸）嘿……原来是你老
　　　　人家，长远没到你府上请安去啦，你贵体可好？

佘太君　（不理他）你速报圣上，就说老臣来朝。

大太监　是，是，是。就……就去。（下）

八　姐　哼！

九　妹　嗨！

　　　　〔大太监上。

八　姐　怎么样了。

大太监　（为难地）这个……这个……（转为媚笑）嘿……嘿……

八　姐　（生气地）什么这个那个的,快讲!

大太监　（上前低声地）老太君,万岁与众位娘娘,酒兴正浓,奴才连传两次,万
　　　　岁他……他……挥手……（不敢讲下去）

八　姐　敢是不见?

九　妹　你我何不亲自入内!

佘太君　嗯! 宫门禁地,不可造次!（眼望后宫,摇首长叹）唉! 算了! 算了!
　　　　（转身对焦、孟二将）焦、孟二将!

焦廷贵
　　　　在!
孟定国

佘太君　速去南清宫、安乐宫,报与两位王爷知道。

焦廷贵
　　　　是。（下）
孟定国

佘太君　八姐、九妹,随为娘回府!

八　姐
　　　　是。
九　妹

　　　　〔八姐、九妹扶太君下。大太监下。

　　　　〔中幕开。八贤王、范仲华分左右冲上。

八贤王　安乐王,你可知道?

范中华　皇叔,你可知道?

　　　　〔二人撞钟擂鼓。

　　　　〔大太监、四小太监引宋仁宗急上。

宋仁宗　何人击鼓鸣钟?

八贤王
　　　　启奏万岁,大事不好!
范仲华

宋仁宗　何事惊慌?

八贤王　西夏贼寇,攻打三关甚急,杨元帅为国阵亡!

范仲华　焦、孟二将回京求救。

宋仁宗　你等怎讲?

八贤王 范仲华	杨元帅为国阵亡，三关危急！
宋仁宗	啊呀！
大太监	适才佘太君亲来报信，奴才连传两次，万岁你……（模仿仁宗后官饮酒时，没有把话听清楚，就连连挥手的作）
宋仁宗	哇！

（唱）　骂声奴才太糊涂，
　　　　为何上奏不清楚。
　　　　险些把孤王大事误。
　　　　三关失西京破就难保东都！

皇叔！御弟！三关如此危急，这便如何是好？

八贤王	万岁就应速遣能将，发兵相救才是。
宋仁宗	但不知何人堪当此重任？
八贤王	依我看哪，除了杨家，别无他人可去。
范仲华	只是适才万岁已将太君怠慢，恐怕……
宋仁宗	恐怕什么？
范仲华	恐怕杨家不肯发兵！
宋仁宗	嗳！如今宗保已死，那天波府非孤即寡，哪有昔日的威风。皇叔，御弟，速与孤传旨，另选他人前去。
范仲华	我看传也无用，不会有人去的。
八贤王	他既然不到黄河心不死，那你就给他传传看。
范仲华	好……我说两班朝臣听者：今因杨元帅阵亡，三关危急！哪位愿领旨挂帅，平定西夏，镇守边庭？（不应）哪位愿往？哪位愿往？（仍无人应）咳！

（唱）　两班没有一人应，
　　　　俱是贪生怕死臣。
　　　　若是今天加封赏，
　　　　个个摇头摆尾把功争。
　　　　若是今天摆御宴，
　　　　个个舔嘴咂舌上龙庭。
　　　　真正国家有危难，

    呸！呸！呸！

    个个的颈项朝里伸。

  对不起皇兄，原旨退回。

宋仁宗 呀！

  （唱） 听说是两班朝臣无人敢领兵，

    不由得孤王我胆战心惊。

    事到如今我的主意不定，

    还望皇叔、御弟为孤想章程。

  （范仲华、八贤王不理）

  孤的好皇叔、好御弟，你们倒是讲话呀？

范仲华 我话都讲完了，你说杨家尽是老幼孤寡……

宋仁宗 难道除去杨家就别无他人么？

范仲华 有，有，有。

宋仁宗 你说？

范仲华 除去杨家，眼前只有一人。

宋仁宗 你说是谁？

范仲华 这人么……

宋仁宗 快讲！快讲！

范仲华 就是皇兄你。

宋仁宗 哦，嗳！御弟。国事紧急，你还开什么玩笑！

范仲华 那还只有杨家。

宋仁宗 嗳！呵，老皇叔，你为何坐在一旁不理不问啊？

八贤王 万岁！非是为叔坐在这里不理不问，分明是要解三关之围，只有杨
    家，但圣上却执意不信安乐王所奏，故而我也……

宋仁宗 啊！啊！老皇叔！如此说来杨家堪当此任？

八贤王 堪当此任。

宋仁宗 一战成功？

八贤王
范仲华 一战成功。

宋仁宗 好！内侍！

大太监 在。

宋仁宗　命你速去天波府，召佘太君上殿接旨。

大太监　是。

八贤王　且慢。

宋仁宗　老皇叔为何阻拦？

八贤王　万岁！你哪里知道呵！

（唱）　为破洪州我去把兵搬，

　　　　与寇准费过了万语千言。

　　　　我皇室对杨家多年冷淡，

　　　　难得她今日里百岁人为国事亲献丹心到君前。

　　　　在后宫你贪欢不与她相见，

　　　　岂不是冰雪上再把霜添。

　　　　她本是辞朝官无拘无管，

　　　　只能够用情商不能用诏颁。

宋仁宗　如此说来，不能下诏？

八贤王　不能下诏。

宋仁宗　老皇叔，你与杨家祖辈相交，还是你去太君面前卖卖老面子吧！

八贤王　还是万岁亲自前去的好。

宋仁宗　难道叫孤与她赔礼不成！

八贤王　想那杨家，历代保宋，东征西杀，南战北讨，立下了多少汗马功劳。但我皇家，听信谗言，只害得他家在两狼山一役，金沙滩一仗，死的死，亡的亡，仅留六郎延昭，又为国病死在洪羊洞口！如今宗保又在三关阵亡，他全家可算是为万民而死，为宋室而亡，万岁理应前去祭奠功臣，怎说赔礼两字！

范仲华　着哇！这才像话。

宋仁宗　自古道，君不祭臣，长不拜幼，难道这"纲常"二字……

范仲华　什么？事到今天，你还说什么纲常不纲常？难道祭奠功臣，也算违反纲常吗？难道他杨家就该死的吗？不怪杨家心寒，就是我也胆战！我看，我还是速去后宫，禀明太后，回我陈州乡下卖菜去吧！

宋仁宗　御弟，孤去杨家祭奠功臣，也就是了。太后面前还望御弟不要提起适才之事……

范仲华　敬酒不吃吃罚酒。

宋仁宗　老皇叔，我们走罢。

八贤王　这……

宋仁宗　为何又迟疑不行？

八贤王　屡次请杨家发兵都是我去说方说圆，这次恐怕不灵了！我看不如请
　　　　安乐王同去！

范仲华　事情不成，请我做个帮衬？（八贤王点头）好吧！看在山河的份上，你
　　　　耍龙头，我耍龙尾。

宋仁宗　如此摆驾天波府祖庙。（带好圣旨）
　　　　（唱）　且把圣旨袖中藏，
　　　　　　　　御驾亲临去吊丧。

八贤王　（唱）　但愿杨家遣兵将。

宋仁宗　摆驾！
　　　　〔八贤王、宋仁宗下。

范仲华　（唱）　蜡烛不点它不亮。
　　　　〔范仲华下。

——幕　落

第四场

　　　　〔杨家宗庙。
　　　　〔幕启，奏哀乐。
　　　　〔内白："太君回府。"
　　　　〔八姐、九妹扶太君上，郡主、桂英、文广从内迎上。

穆桂英　祖母，宋王可曾发兵？

佘太君　（不语）……

八　姐　真正气死人了！（扶佘太君归座）

穆桂英　（眼望九妹）姑母……

九　妹　那昏王正在后宫饮宴，不曾召见！

穆桂英　军情如此紧急，他还有心肠饮酒取乐！

八　姐　方才不是太君拦阻，我早已打进御花园去了！

九　妹　我杨家扶保他做甚？我们回火塘寨去吧！

佘太君　　（笑一笑）怎么还这样孩子气？

穆桂英　　祖母呀！

　　　　　（唱）　既然是与昏王不须较量，

　　　　　　　　　　发兵事我杨家自己承当；

　　　　　　　　　　请祖母点齐了合府兵将，

　　　　　　　　　　我立即脱麻衣更换戎装！

柴郡主　　且慢！

　　　　　（唱）　昏王他既然是不念老将，

　　　　　　　　　　我杨家又何必自动刀枪。

　　　　　　　　　　明天起文广弃武习文章，

　　　　　　　　　　把一座演武厅改做书房。

杨文广　　（唱）　祖母错把话来讲，

　　　　　　　　　　大丈夫岂能白白活一场！

　　　　　　　　　　我定要做一个顶天立地英雄将，

　　　　　　　　　　为国灭寇为祖增光！

佘太君　　尔等不必争吵！那宋王不为别人，也总要为他的江山社稷！岂有不
　　　　　发兵点将之理？点来点去，还是要来的哟！

　　　　　〔焦、孟二将上。

焦廷贵　　贤王将信报，

孟定国　　无人把兵交。

焦廷贵　　启禀太君，孙儿已将三关军情报于贤王知道，闻得圣上与贤王就要来
　　　　　此祭奠功臣！

柴郡主　　（一阵冷笑）吓！吓！

焦廷贵
　　　　　夫人为何冷笑？
孟定国

柴郡主　　哼！我杨家历代保宋，死了多少功臣，他宋王也不曾亲自来祭奠，今
　　　　　日前来，真是难得呀难得！

佘太君　　（一笑）郡主！少时圣驾前来，由你率领桂英、文广在此陪灵接驾，为
　　　　　娘身体不爽，我后堂养息一时。

穆桂英　　那发兵之事呢？

佘太君　　见过圣驾再议吧！

柴郡主　　是。

穆桂英　　是。

杨文广　　是。

　　　　　〔外喊："圣驾到！"

佘太君　　八姐、九妹，焦、孟二将，随我下去吧！

　　　　　〔焦、孟、八姐、九妹扶太君下。

柴郡主　　桂英、文广，随我接驾去者。

　　　　　〔仁宗、八贤王、范仲华上。

柴郡主　　臣柴氏接驾来迟，望乞开恩。

宋仁宗　　郡主乃孤的姑母，不必拘礼，请坐。

柴郡主　　谢万岁！（坐）桂英、文广上前见驾。

穆桂英　　是，臣穆桂英率子文广拜见吾皇万岁！

宋仁宗　　平身。

穆桂英　　万万岁。叩见贤王、安乐王。

八贤王
范仲华　　胜天侯，不必拘礼。

柴郡主　　不知圣驾到此，为了何事？

宋仁宗　　郡主！杨元帅乃我朝栋梁，为国尽忠，孤与皇叔、御弟特来祭奠。

柴郡主　　小儿有何德能，敢劳万岁亲来祭奠！

八贤王　　杨家世代功臣，理当如此！

穆桂英　　哪有君王拜臣之理！

宋仁宗　　既然如此，御弟代孤上香！

　　　　　〔桂英、文广退入灵堂。

范仲华　　是。（代燃香，躬身一拜）

　　　　　（唱）　我这里焚香炷宝鼎，

八贤王　　（唱）　不由得老泪纵横好伤心！

宋仁宗　　（唱）　杨元帅今日伤了命，

　　　　　　　　　孤王我失去擎天柱一根。

八贤王　　（唱）　从今后还有何人把兵领，

范仲华　　（唱）　怕的是此仇难报国家难安宁。

八贤王 范仲华	（二人同哭）杨元帅呀！
柴郡主	（唱）　万岁无有眼泪淋， 分明是想来搬兵不是悼亡灵。 我这里装作不知把话论。
宋仁宗	唉！杨爱卿呀！
柴郡主	（接唱）万岁呀，保重龙体要小心。
八贤王	如今三关军情紧急，贼兵正在围攻。郡主！你看如何是好？
柴郡主	贤君，我乃妇道人家，已到就木之期，怎能妄言国家大事。这军情紧急，自有万岁做主。
八贤王	郡主说哪里话来，想你杨家世代英雄，威震四海，今日之事，还要郡主拿个主意。
宋仁宗	是呀！要拿个主意。
八贤王	（走近柴）贤妹，你就说吧。
柴郡主	小妹从来不懂军情将略，兄长你该知道，我自幼生长宫中。
宋仁宗	皇姑，你既生长宫中，总得为孤着想！
范仲华	郡主，万岁爷都叫你皇姑，你怎能不管他的事！你就说吧。
八贤王	贤妹，你虽生长宫中，但在杨家数十年，难道真没主意？
柴郡主	这……
八贤王	军情将略，你虽不懂，难道杨家就没有懂的么？
柴郡主	啊呀！兄长呀！眼前杨家是无有人了！
八贤王	此话当真？
柴郡主	当真。
八贤王	果然？
柴郡主	果然。我儿宗保他已死了！（掩面悲泣）
范仲华	（走到灵前）杨元帅呀杨元帅！你家无人，你的大仇难报了！
杨文广	（忍不住冲出灵帷）安乐王，你说杨家无人，还有我文广呢！
穆桂英	（跟出来拉文广）文广！
杨文广	（挣脱穆手）祖母，想我杨家世代英雄，威震四海，区区西夏，何足挂齿！母亲若能兴兵出马，孙儿也愿随军前往，亲手杀敌！
柴郡主	嗯，大胆！万岁爷圣驾在此，哪能容你这等放肆！万岁！文广年幼无

　　　　　　　　知,惊动圣驾,望乞恕罪。

宋仁宗　文广要亲手杀敌,乃是正理,孤王不怪。

八贤王　请问郡主,文广今年多少年纪?

柴郡主　一十五岁。

八贤王　可曾习武?

柴郡主　（念）　年年边关紧,

　　　　　　　　　代代有人伤。

　　　　　　　　　杨家欲留后,

　　　　　　　　　弃武习文章。

八贤王　唉! 我好恨也!

柴郡主　老贤王莫非恨我?

八贤王　非也,想你杨家祖辈将才,如今到了文广一代,弃武习文! 岂不从此
　　　　断去杨家英名,父仇难报矣!

　　　　〔文广忍不住冲上前。

杨文广　（唱）　老贤王把话讲错了,

　　　　　　　　　虎父怎会生狸猫!

　　　　　　　　　自古英雄出年少,

　　　　　　　　　有甘罗十二岁拜相当朝;

　　　　　　　　　三国中小周郎谁不晓,

　　　　　　　　　火烧赤壁,八十三万曹兵无处逃。

　　　　　　　　　文广常承父母训导,

　　　　　　　　　立志要报国救民做英豪。

　　　　　　　　　杨家将怎容得外人耻笑,

　　　　　　　　　我情愿讨将令去把兵交。

柴郡主　文广,住口!

杨文广　祖母,请不必阻拦于我,方才万岁言道,亲手杀敌,乃是正理。

柴郡主　这……

范仲华　皇兄,何不将令交与文广!

宋仁宗　（看贤王)使得的么?

八贤王　使得的。

宋仁宗　如此孤王就……（欲拿出圣旨)

穆桂英 （冲上）万岁，臣穆桂英有话面奏。

宋仁宗 当面奏来。

穆桂英 三关紧急，乃是国家大事，不能听凭小小孩童。

柴郡主 万岁，断不能听信文广。

宋仁宗 胜天侯，你有什么良策，速速奏上。

八贤王 胜天侯，你既知道这是国家大事，想必早有良谋？

范仲华 着呀，你来得正好，要拿个主意。

穆桂英 三关紧急，就请万岁立刻发兵救应。

宋仁宗 兵是有的。

八贤王 有兵要有将，这统兵元帅呢？

穆桂英 这元帅么！

柴郡主 （急忙向桂英使眼色）要请万岁做主。

穆桂英 请万岁爷选拔真才！

范仲华 胜天侯，我看眼前倒有一人。

〔范仲华向桂英做手势，要她自荐。

八贤王 可惜她呀！

（唱） 可惜她十年来雄心尽丧，

　　　 可惜她把世代英名扔到一旁，

　　　 可惜她眼睁睁看生灵涂炭，

　　　 可惜她将夫仇付与汪洋！

　　　 如果那王文贼闻她这样，

　　　 定笑她老而无用鼠目寸光。

穆桂英 （唱） 奉劝贤王休激将，

　　　 我虽到半百之年精力强，

　　　 我岂是十年来雄心尽丧，

　　　 我岂把世代英名扔到一旁，

　　　 我岂肯眼睁睁看生灵涂炭，

　　　 我岂能将夫仇付与汪洋！

　　　 可惜我早被人弃在草莽。

　　　 现如今守妇道承顺高堂。

八贤王 （唱） 听桂英一番话我心中明亮。（转向郡主）

柴郡主　（急忙站起）桂英！

　　　　（唱）　这件事还得要由我主张。

　　　　　　　请问万岁！此番圣驾亲临,可是为祭奠我儿宗保?

宋仁宗　皇姑,孤是来祭奠功臣的。

柴郡主　可不是为了要杨家发兵?

宋仁宗　这个……

柴郡主　贤王、兄长,可不是为了要杨家发兵?

八贤王　这个……

范仲华　皇兄、皇叔,你们不要再这个那个的了！皇姑,老老实实对你说吧！

　　　　我们一来是祭奠功臣,二来是请你杨家发兵的。

柴郡主　万岁爷呀！

　　　　（唱）　你不提发兵事倒也罢,

　　　　　　　提起了我心中纷乱如麻。

　　　　　　　我有几句肺腑话,

　　　　　　　上奏万岁请明察。（堆字）

　　　　　　　想我杨氏,扶保皇家,辽邦打来,就往北打,夏邦杀来,就往西

　　　　　　　杀,马未离鞍,人不离甲,尽忠报国,从不顾家,想一想金沙滩

　　　　　　　头,李陵碑下,洪羊洞口,三关帅衙,哪一处没有杨家热血,染

　　　　　　　透黄沙,到如今天波府内,非孤即寡,太君百岁怎把帅挂,文广

　　　　　　　年幼怎知兵法,穆桂英阵中产子,早已身体不佳,年老力衰怎

　　　　　　　穿盔甲,望万岁体谅下情,怜恤孤寡,发兵大事,朝堂之上召集

　　　　　　　文武,另行筹划,（转下句）

　　　　　　　选派良将莫差杨家！

　　　　〔冷场。

八贤王　贤妹,事到如今,你还得以国事为重,勉为其难。

柴郡主　（无语）

穆桂英　我看此事重大,还要禀报太君做主。

八贤王　太君现在何处?

柴郡主　太君年已百岁,闻得宗保凶信,身体不爽,现在后堂养病,因此未来接

　　　　驾,还望万岁恕罪。

宋仁宗　老太君三朝老臣,年已百岁,不来接驾,孤王不怪;身体不爽,孤倒要

去探望于她，皇姑为孤领路。

柴郡主　（急忙阻拦）自古道君不拜臣。万岁！断断去不得。（柴边拦仁宗，边
　　　　摆手令文广速至后堂禀报太君）

八贤王　去得的。

范仲华　去得的。

宋仁宗　三朝老臣焉有不看之理，内侍摆驾。

佘太君　（内白）圣驾，不敢惊动，老臣来也。（文广扶太君上）

　　　　（唱）　赴国难报家仇理所应当，

　　　　　　　　何况那宋王爷亲来拈香。

　　　　　　　　但望他今后临朝能从远处想，

　　　　　　　　我不免借机会面谏一场。

　　　　臣佘赛花见驾，吾皇万岁！

宋仁宗　老太君平身，一旁赐座。

佘太君　谢坐。（坐，示意郡主、桂英、文广暂退）

宋仁宗　老太君，你的曾孙文广胆量过人，气概超群，真有大将之才，实是皇家
　　　　之幸。

八贤王　杨门之福。

范仲华　老太君教导之功。

佘太君　万岁、贤王，愧煞老臣了。

宋仁宗　三关危急，还望老太君为孤早做安排，消除外患。老太君，孤王早就
　　　　知道你一门忠心耿耿。

佘太君　万岁！

　　　　（唱）　万岁爷你对杨家过于夸奖，

　　　　　　　　倒叫我苦老婆不敢承当。

　　　　　　　　自古道十年树木百年树人，

　　　　　　　　想朝廷早定大计有主张。

　　　　　　　　汴京城禁军八十万，

　　　　　　　　培植了忠勇将千百成行。

　　　　　　　　万岁你圣明天子尧舜一样，

　　　　　　　　早识得谁人忠勇谁贤良。

　　　　　　　　想必是对番寇早有准备，

决不会遇急难手脚慌忙。

我杨家虽说是世代武将，

到今天心有余力量不强。

战死在沙场上我一家事小，

怕只怕外患深，国家败，百姓遭殃。

宋仁宗　这……（看八贤王）

八贤王　（感到内疚，摇摇头没有说话）

范仲华　皇兄、皇叔，你们怎么啦？（见他们没有话，急忙向太君）老太君！老太君（向太君招手）

佘太君　（装看不见）

范仲华　老太君！（拉太君离位，走到台口）我向你说几句良心话吧，他要像你说的那样，也不会来找你的。

佘太君　（装听不懂）啊！什么？

范仲华　（急起来）太君……别听他喊我皇兄御弟的，我可不姓赵，我姓范，叫范仲华，我是陈州乡下卖菜的。姓赵的对不起姓杨的，我知道，乡下人全知道，天下百姓也全知道。

佘太君　这些事儿早已过去，安乐王，你提它做甚？

范仲华　太君，你方才讲得对！"怕只怕外患深，国家败，百姓遭殃。"这抵御番邦的大事，几十年来，天下百姓，哪个不指望你杨家，相信你杨家！

佘太君　哦！

范仲华　老太君，你不要管姓赵的怎样，看在天下百姓份上，就此发兵吧！哪……哦，向你下跪了。（说着就要跪）

佘太君　（急忙扶住）安乐王，不必如此，老身早已决定发兵了。

范仲华　（急忙走向贤王）姓赵的……皇叔，杨家答应了。

佘太君　万岁！

（唱）　只要是对得起皇家对得起百姓，

　　　　我杨家一门战死也甘心！

八贤王　但不知何人挂帅？

佘太君　（唱）　我愿亲自把兵领，

　　　　　　　　虎头大印付老身。

　　　　　　　　百岁人提刀跨马上战阵，

要把那西夏狂寇一扫平！

宋仁宗　好呀！

（唱）　白发苍苍挂帅印，

千秋万世留美名。

但等他日奏凯歌，

孤定要接你到长亭。

太君接旨！（从袖内取旨）

佘太君　是。（接过旨后，看看贤王）万岁，原来圣旨是早已准备好的。

宋仁宗　内侍，摆驾回宫！

八贤王　告辞！

佘太君　送圣驾！

〔柴郡主、穆桂英、文广上。

宋仁宗　老太君免礼。

〔仁宗下。八贤王、范仲华与太君在门外对笑而后下。

佘太君　文广，唤二位叔父及众家祖母来见！

杨文广　是。

〔太君、柴郡主、穆桂英、文广回厅。

柴郡主　（指太君手里的圣旨）婆母，这……

佘太君　郡主，宋王虽令我等寒心，但三关危急，我家如不发兵，岂不被天下人笑骂！

柴郡主　这！……

佘太君　柴王功业，你夫你子英名，岂不付与流水？

柴郡主　这！……

穆桂英　婆母，任凭那王文多么凶猛，有儿媳与众家伯母同去，谅无差错。

柴郡主　这！……

佘太君　莫非你连老身也不相信了？

柴郡主　儿媳不敢。

〔众夫人，八姐、九妹，焦、孟二将，文广上。

众　　　参见太君。

佘太君　罢了。

众　　　适才圣驾到此，可是为叫我杨家发兵而来？

佘太君　正是。

大
二　夫人　太君可曾领旨？

佘太君　为娘已经接旨。

大
二　夫人　太君，儿媳有句言词，不知可当讲否？

佘太君　有话便讲！

大夫人　想我杨家为保昏王，壮男个个尽忠，如今这天波府内，老的老、小的小，依儿媳之见，还是不去的好！

七夫人　那宗保的冤仇，岂能不报！

八　姐
九　妹　这大好山河，岂不要沦落敌手！

二夫人　扶保山河，难道仅是我杨家的事不成！再说宗保已死，不能复生，我杨家前车之鉴甚多，为何还要受他人利用！

佘太君　众儿媳不要争吵，听娘一言：为国为家，事有轻重，他宋室江山事小，天下百姓事大！杨家男儿尽忠报国，天下重任，难道我们寡妇就不能承担？老身既已接旨，何必多言！

〔静场。

七夫人　但不知何人挂帅？

佘太君　为娘亲自挂帅。

三
四
五　夫人　太君年迈，还是我等前去！
八

柴郡主　要去一同前去！

七夫人　我说呀！

（唱）　你们不要争来不要抢，

　　　　征西的帅印交与我七娘。

　　　　我此去三关不带千军和百将，

　　　　只要焦、孟二侄儿和文广。

　　　　披上七郎当年的乌鳞甲，

　　　　　　拿出我那根八十一斤的丈八枪。

　　　　　　跨上千里追风马，

　　　　　　郝字帅旗迎风飘扬。

　　　　　　一阵锣鸣，三声炮响，

　　　　　　两军阵前，威风浩荡。

　　　　　　他来一个，我杀一个，

　　　　　　来两个，杀一双。

　　　　　　我定要活捉王文，把贼寇全杀光，

　　　　　　胜利捷报一日三传白虎堂。

杨文广　对，七祖母，就我们二人和焦、孟二位叔父前去！

柴郡主　胡说，你小小年纪，不谙兵法，如何能去！

七夫人　如此，就由我一人前去。

三

四夫人　七弟妹，你乃一员虎将，可惜不是帅才！

五

七夫人　（不服地）什么？

八　姐
　　　　我看帅才要数桂英。
九　妹

穆桂英　啊呀太君呀！边关万里，一路风霜，百岁高年，如何受得！理应孙媳
　　　　妇挂帅前往，为国灭寇，替夫报仇！

众夫人　着呀！请太君速将帅印付与桂英。

佘太君　哈哈哈，儿媳们，老身正因年迈，今后为国报效机遇不多，更应前去；
　　　　你们年纪不大，何必急在一时。

众夫人　（无语）……

佘太君　此番征西，事关国家存亡，老身不去，焉能放心得下！

众夫人　这……

柴郡主　既然太君意决，我等遵命就是。但不知何日发兵？

佘太君　明日清晨启行。

众　　　请太君发令！

佘太君　凤英、桂英听令！

七夫人 穆桂英	在!
佘太君	此番征西,命你二人,充作马前先行。
七夫人 穆桂英	是!
佘太君	玉金、金榜、赛英、秀英听令!
三 四 五 夫人 八	在!
佘太君	命你四人看守四营!
三 四 五 夫人 八	是!
佘太君	八姐、九妹听令!
八 姐 九 妹	在!
佘太君	命你二人帐前听用。
八 姐 九 妹	是!
大夫人 二夫人 柴郡主	太君,我三人呢?
佘太君	你三人么?……留在府衙看守文广。
大夫人 二夫人 柴郡主	这……
杨文广	不,不,太祖母我要去……非是孙儿夸口,此番前去,定会把仇人挑下马来。倘若不带我去,我就要哭死在父亲灵位之下的。
佘太君	这……

大夫人 二夫人 柴郡主	啊呀！太君呀！休要重武轻文，我等纵然不习兵法，也还能商议军情，押运粮草。
佘太君	也罢！既然儿媳都要跟随帐下，老身准口也就是了。花杰女听令！命你监守帅印。
大夫人	遵命！
佘太君	邓九红听令，命你执掌军法。
二夫人	遵命！
佘太君	郡主听令，命你执掌军令。
柴郡主	遵命！
杨文广	太祖母，还有我呢？
佘太君	你么？……
杨文广	太祖母，我要去！要去！祖母、母亲，你们倒是帮帮我呀！（哭）
柴郡主	文广，你小小孩童，怎能前去！
佘太君	冤家！……

（唱）　　郡主她一心要杨氏留根，
　　　　　桂英她在一旁暗自沉吟，
　　　　　文广他实年幼未经战阵，
　　　　　带不带倒叫我难以调停。

有了！
　　　　　何不叫她母子明日校场比输赢，
　　　　　桂英心意、文广本领都会看得清。
　　　　　儿若胜不怕那郡主不允，
　　　　　果真是武艺精我也放心。

儿呀！不必啼哭，明日校场点兵比武，只要你胜得你母，定带儿前去，如儿武艺不精，那少不得太娘不带你去了！

穆桂英 杨文广	这一……（文广看七夫人及焦、孟二将）

〔七夫人做手势，暗示文广先答应下来再想办法，于是文广勇敢向前。

杨文广	太祖母，孙儿遵命就是。
七夫人	太君，明日校场比武，我愿与他二人擂鼓助阵。

佘太君　时已不早，各自准备去吧！

众　　　是。

〔众拥太君下。

——幕　落

第五场

〔校场。八姐，九妹，三、四、五、八夫人起霸上。通名介。

〔八女兵，焦、孟二将，大、二夫人，柴郡主，马童扛金刀
引佘太君上，后有一老兵——杨辉手执大旗。

佘太君　（"点绛唇"）

百岁从军，执掌帅印，

威风凛。

众　　　（接唱）　海沸山腾。

佘太君　（接唱）　要把

众　　　（接唱）　中华振。

佘太君　（念）　丹心赤胆发萧萧，

惯战能征有略韬。

无敌英名谁不晓，

定教番寇望风逃。

本帅佘赛花。昨日庙前，是我命桂英与文广今日校场比武，时已不
早。郡主！

柴郡主　在。

佘太君　传七娘来见！

柴郡主　传七娘来见！

七夫人　（上）参见元帅！

佘太君　即刻命桂英、文广比武。

七夫人　是。元帅有令，桂英、文广即刻比武上来！

〔幕后桂英与文广同喊："来也！"二人至台心。

穆桂英　（念）　元帅传将令，

杨文广　（念）　母子比输赢。

| 穆桂英 | 参见元帅！ |
| 杨文广 | |

佘太君　罢了。

| 穆桂英 | 是。 |
| 杨文广 | |

佘太君　少时比武以三合为定，擂鼓上马，各自准备。
七夫人

杨文广　得令！
穆桂英

　　〔擂鼓声起。

杨文广　（唱）　领将令整盔甲同上金镫，（刚要上马）
穆桂英

佘太君　且慢，换假枪侍候！
女　兵　是。

　　〔众夫人对太君如此细心爱护桂英、文广均极敬佩，桂英与文广亦十
　　分感动。

　　〔穆桂英、杨文广双双换假枪上马。

杨文广　（唱）　杨文广
穆桂英　　　　　我的儿　在马上抖擞精神。

杨文广　（唱）　为出征我倒要施展本领。

穆桂英　（唱）　还是胜还是败我不断思寻。

　　　　文广！还不快快放马过来！

杨文广　来也！（急架住）母亲，你若不败在我手下，孩儿一人留在家中，岂不
　　　　要活活想煞娘亲！

穆桂英　当场不让子，举手不留情！

杨文广　母亲，看枪！

　　〔二人开打，初难解难分，太君暗暗称赞，七夫人，焦、马二将为之高
　　兴，郡主，大、二夫人紧张，三、四、五、八夫人注视。终因文广经验不
　　足，被桂英虚晃一着，把文广险些推倒，桂英忙上前要扶，但文广早已
　　立稳，桂英、文广对望，桂英无限欣喜。

　　〔桂英、文广二人下。

佘太君	（唱）	小文广虽暂败骁勇十分，
七夫人	（唱）	只急得郝凤英无有章程。
柴郡主	（唱）	但愿他连败三合遂我心，
佘太君	（唱）	叫七娘快擂鼓再比输赢。
七夫人		是。（对下）鼓打二通，桂英、文广上马！
穆桂英 杨文广		来了！
杨文广	（唱）	母亲智高枪法精，
穆桂英	（唱）	我儿武艺果学成。
		我本当带他去出征，
		怕只怕婆母难应承；
		我若是留他守门庭，
		怎能锻炼他为接代人！
		只是太君心意难测定……
七夫人	（唱）	打她个措手不及准能赢。

〔七夫人给文广使眼色，叫他趁桂英出神之际，出力胜她。

杨文广	（会意）	母亲！枪到！

〔桂英忙招架，但因她心已乱，又加文广出其不意，故桂英节节退下，七夫人盼文广得胜情急，虽时间已过，仍未停鼓，焦、孟二将亦乐，只是慌了郡主。

柴郡主	七娘，你还不停鼓？
七夫人	唔！唔！是。（停鼓）

〔桂英、文广二人下。

佘太君	（唱）	桂英分明心不定，
柴郡主	（唱）	不抵文广为何因！
佘太君	（唱）	莫非是儿有意来娘有心，
七夫人	（唱）	文广得胜太君应欢欣。
佘太君	（唱）	胜败未分你无须多问，
七夫人	（唱）	我看太君的棋势很难赢！
佘太君		胡说，还不催他二人最后一战，决定胜负！
七夫人		是。桂英、文广最后一合，决定胜负啊！

〔桂英、文广上。二人战最后一合，文广渐渐不支，架住桂英枪。

杨文广　母亲，难道你真的不叫孩儿为父帅报仇不成？

穆桂英　这……

杨文广　父帅你死得好苦哇！（哭介）

穆桂英　（唱）　娇儿连声呼唤父帅名，

　　　　　　　　桂英我肝肠寸断心如火焚。

　　　　　　　　自古道子报父仇是本分，

　　　　　　　　我今日怎负儿一片忠孝心。

柴郡主　桂英，你为何停枪不战？

穆桂英　这……咳！有了！

　　　　（唱）　叫文广速与我决战最后一阵，

　　　　〔二人又打，桂英边打边低告文广。

穆桂英　（唱）　快改用为娘的梅花枪胜败立分。

　　　　〔文广用梅花枪，桂英果败。焦廷贵、孟定国、七夫人大笑。

佘太君　笑什么？

七夫人　妈妈给儿子打下马来，还不可笑！

八　姐
九　妹　恭喜太君，贺喜太君！我杨氏门中又出了少年英雄，一员虎将！

佘太君　一员虎将？

众　　　一员虎将！

佘太君　少年英雄？

众　　　少年英雄！

七夫人　太君啊！当日穆柯寨上，桂英一枪，把六哥打下马来；今天文广也是
　　　　这一枪，把桂英打下马来。

八　姐　这叫作有其母必有其子。

九　妹　一代胜过一代！

众　　　一代胜过一代！

佘太君　好一个一代胜一代！哈哈哈。

　　　　（唱）　我杨家又出了英雄一代，

　　　　　　　　怎不叫百岁人喜在心怀。

　　　　　　　　带不带文广儿同去边寨？

柴郡主　（唱）　一切事情太君妥为安排。
　　　　〔太夫人、二夫人、柴郡主都笑。

佘太君　文广,焦、孟二将听令!
杨文广
焦廷贵　在。
孟定国

佘太君　命你三人看守大旗、金刀,保护本帅!
杨文广
焦廷贵　这……
孟定国

佘太君　嗯!……
杨文广
焦廷贵　孩儿遵命。
孟定国

佘太君　众将官!
众　　　在。
佘太君　今日出兵,非比寻常,要一同对天盟誓,祝告天地神灵,杨家列祖
　　　　列宗!
众　　　遵命。
　　　　〔吹牌子,摆香案。
佘太君　文广,取金刀过来。(接过刀,取一杯酒)金刀呀金刀! 当年在令公手
　　　　里取过无数番将首级,今天我来用你,你要助我一扫边尘。(用酒洒
　　　　刀,提刀,仰面向天)
　　　　（唱）　天地神灵听我讲,
　　　　　　　　杨家永世效忠良。
　　　　　　　　祝告公公靠山王,
　　　　　　　　我夫令公、众儿郎。
　　　　　　　　赛花两鬓如霜降,
　　　　　　　　英勇不减在佘塘。
　　　　　　　　要你们含笑在天上,
　　　　　　　　看天下大事我承当。

　　　　　天波府十二女将同把战场上，

　　　　　不平外患不还乡！

　　　祝告已毕，正好发兵！

　　　〔鼓角齐鸣，众列队下。

佘太君　（趟马，回看帅字旗，看到打旗老兵）杨辉，你也来了！

杨　辉　我跟随太君八十年，怎会不来。

佘太君　哈哈哈……

　　　〔太君亮架，马童、太君、杨辉下。

　　　　　　　　　　　　　　　　　　　　——幕　落

第六场

　　　〔八番兵、四番将引王文、薛德礼上。

王　文　（念）　日月无光杀气腾，

　　　　　　　　安排战马与精兵，

　　　　　　　　一心要夺三关地，

　　　　　　　　长驱直下汴梁城。

　　　某，西夏李王驾前灭宋大元帅王文。

薛德礼　副元帅薛德礼！

　　　啊！元帅，宗保老儿虽然死去，但三关屡攻不下，这便如何是好？

王　文　想那三关，兵备不足，只要久困其城，不消多日，定然粮尽援绝，岂不
　　　唾手而得！

　　　〔后喊："报！"报子上。

报　子　启禀元帅，天波府十二寡妇领兵直奔三关而来！

薛德礼　他……

王　文　但不知何人挂帅？

报　子　佘太君亲自挂帅。

　　　〔薛德礼闻言狂笑一阵。

王　文　副帅为何发笑？

薛德礼　尽是些老幼孤寡，岂不白来送死！

王　文　杨家虽然非孤即寡，但久经疆场，智高略广，不可轻敌。

薛德礼　这……

王　文　啊！副帅，你我何不趁其一路劳顿，明日就由副帅前去攻关，倘若杨家兵力雄厚，副帅可假意战败，将那老乞婆引进葫芦口来，管叫她也做了他乡冤鬼。

薛德礼　好，好，好！儿郎们！

众番兵　啊！

薛德礼　催军！

众　　　啊！

〔薛德礼带兵先下，王文后下。

〔战鼓响。

〔七夫人与薛德礼交战，薛德礼见七夫人十分勇猛，意战败，欲引七夫人入口。

七夫人　贼子你往哪里走！

〔七夫人正要追。

柴郡主　（后喊）七妹！七妹！

〔七夫人无奈只得停下。

柴郡主　七妹！太君有令，不许追赶，就地扎营。

七夫人　这……

柴郡主　七妹，天已甚晚，你我回营去吧！

七夫人　咳！

〔柴拉七夫人下。

〔更鼓响。

〔穆桂英带二女兵持灯巡营上。

穆桂英　（唱）　王文贼一计不成必把二计生，

　　　　　　　太君她命桂英巡查四营，

　　　　　　　为国家那顾得风吹雨淋。

〔桂英忽发现对面来了一人。

穆桂英　（忙问）什么人？

七夫人　（内唱）是七婶在帐外对月思寻。（上）

穆桂英　七婶母，如此深夜，为何还不安歇？

七夫人　桂英，你看今夜月黑风高，你我何不前去夜袭？

穆桂英　七婶母,日前王文败走葫芦口,分明是诱兵之计……

七夫人　难道你我就老死在这里不成?

穆桂英　这……

七夫人　难道宗保的冤仇就罢了么?

穆桂英　此话怎讲?

七夫人　适才焦廷贵对我言道,宗保他……他就被射死在对面的山岗之上!

穆桂英　啊!

〔桂英转身直冲山岗,七夫人想喊已来不及,决定回营披挂,独自前去夜袭。

〔桂英圆场上高丘,七夫人从下场门口下。

穆桂英　（唱）　登高丘招英魂酸风低扬,

　　　　　　　凝泪眼望中天孤月昏黄。

　　　　　　　十年来隔关山空劳梦想,

　　　　　　　今夜里未亡人才到你身旁。

　　　　　　　穆柯寨结良缘在那马上,

　　　　　　　破天门破洪州同试刀枪。

　　　　　　　你本是我杨家传宗虎将,

　　　　　　　你本是大宋朝驾海金梁。

　　　　　　　多少血多少汗流在多少沙场上,

　　　　　　　多少年多少月子代父帅守边疆。

　　　　　　　你一身是胆虎穴龙潭曾独闯,

　　　　　　　恨为妻多年解甲不能马前马后保元良。

　　　　　　　王文贼放暗箭大星殒丧,

　　　　　　　三尺土浸碧血万古姓名香。

〔一阵低沉的鼓角鸣声。

　　　　（接唱）　葫芦口一阵阵鼓角声悲壮,

　　　　　　　　你可知天波府全赴沙场,

　　　　　　　　看为妻镔铁浇成两肩膀,

　　　　　　　　保国家雪仇恨足可担当。

　　　　　　　　我定要

　　　　　　　　亲杀王文

　　　　　讨服夏邦

　　　　　尽心竭力

　　　　　教养文广

　　　　　叫他重显你的威名天下扬。

　　　女兵们!

众女兵　在。

穆桂英　速随本将大帐讨令者!

众女兵　是。(同下)

　　　　　　　　　　　　　　　　　——幕　落

第七场

　　　〔大帐内。

　　　〔杨辉持灯在前,柴郡主扶太君上,赛排风随后。

佘太君　杨辉,取过地理图。

杨　辉　是。

　　　〔杨辉进内取地理图又上。

佘太君　展开。

　　　〔杨辉与赛排风展图,柴郡主举灯在旁。

佘太君　(唱)　那王文诈败退入葫芦口,

　　　　　　　我按兵不动免祸忧。

　　　　　　　如今他以逸待劳据险守,

　　　　　　　是要学司马仲达困武侯。

　　　　　　　道远输粮缓,

　　　　　　　风狂雨雪稠,

　　　　　　　到寒冬我军攻占难持久。

　　　有了!

　　　　　　　倒不如示弱来骄敌,

　　　　　　　叫他恃胜乱出头,

　　　　　　　用精兵奇袭贼咽喉。

　　　桂英她到哪里去了?

〔桂英正来至帐外,听见太君呼唤。

穆桂英 （忙答）孙媳在此。

柴郡主 桂英,你今夜进帐,为何这样慌张?

穆桂英 婆母,适才儿媳登上那高丘……

柴郡主 那高丘怎么样?

佘太君 桂英!（用手制止后,又忙掩饰地）那高丘乃是兵家必争之地!

穆桂英 正是如此。太君!想我军长途跋涉,利在速战,何不就命孙媳前去……

佘太君 前去做甚?

穆桂英 为宗保报仇……

佘太君 这……

柴郡主 这……

〔文广边跑边喊上。

杨文广 太祖母!七祖母她……她独自率领本部人马夜袭去了!

佘太君 这……文广,你……你是怎样知道的?

杨文广 适才孙儿路过七祖母营帐,听守营兵士所讲。

佘太君 呀!

（唱）　我用兵八十年从来谨慎,

　　　　七娘她今夜里牵一发动我全身。

穆桂英 太君!

（接唱）　七婶母虽不该私自上阵,

　　　　　可借此打开这僵局层层。

佘太君 这……

〔报子上。

报　子 报,七夫人被围中箭,敌寇分打我军四营。

〔众惊。

佘太君 七娘伤势如何?

报　子 箭射左膀!（呈箭给太君看）

佘太君 （接看）西夏王文百发百中,哈哈哈……（交箭给桂英看）

〔众不解,桂英明白,因此亦笑。

佘太君 （唱）　桂英儿料事果聪颖,

　　　　　　看毒蛇出了洞我自有章程。

杨文广　太祖母,速速营救七祖母要紧。

穆桂英　那贼寇既已出洞,岂可任其猖狂?待孙媳前去……

佘太君　桂英呀!

　　　　(唱)　你平日用兵最冷静,

　　　　　　　　切莫要急报夫仇热血奔心。

穆桂英　这……

佘太君　郡主,速传八姐来见!

柴郡主　是。太君有令八姐来见!

八　姐　来也!

　　　　〔八姐上。

八　姐　母亲呼唤女儿,但不知有何差遣?

佘太君　你附耳过来。

八　姐　是,是,是。(离帐)

佘太君　郡主,即刻传令四营坚守,不许妄动。

柴郡主　是。太君有令,四营坚守,不许妄动。

　　　　〔后应。

穆桂英　太君,如今满营兵将,俱有差遣,为何偏偏不叫孙媳出战?

杨文广　是啊!太祖母,还有我呢?

佘太君　你们么?杨辉,将帐中灯火挑明,我要与少夫人着棋论战。

柴郡主　这……

穆桂英　这……

杨文广　这……

　　　　〔杨辉挑灯,摆棋。

佘太君　郡主,文广,你们也来助阵啊!

柴郡主　是。

杨文广　是。

　　　　〔太君先走。

杨　辉　小爵主,你看太君走的是"仙人指路",侯爷应的是"当头炮"。

佘太君　文广你倒是看呀。

杨文广　好,好。

〔文广口中答应，眼却不在棋上。

〔一探子飞奔进帐。

报　子　　报，三夫人，五夫人败阵。

柴郡主　　再探。

〔桂英不由自主地整了一下盔甲。

佘太君　　桂英，该你走了。

穆桂英　　（面露喜色，连忙跪谢）谢太君。

佘太君　　我是说该你走棋呀。

穆桂英　　这……唉！（只得又忙坐下，随便走了一着）

佘太君　　桂英！

　　　　　（唱）　你平常布局运子比我还稳练，

　　　　　　　　　怎会把一条车放到马嘴边。

穆桂英　　（接唱）　这时候战局是顷刻万变，

　　　　　　　　　对棋局岂能不意马心猿。

〔桂英把车撤回后又与太君拚车。

佘太君　　桂英！你怎么和我拚车？你想硬拼硬干呀！杨辉，能拚不能拚？

杨　辉　　拚不得。

佘太君　　对！

　　　　　（唱）　以柔制刚，绵里裹铁是此局关键！

穆桂英　　（唱）　老太君这句话有深意存焉。

〔一女兵飞奔进帐。

女　兵　　报，四夫人、八夫人败阵。

柴郡主　　贼寇离此多远？

女　兵　　已冲到大帐十里之地。

柴郡主　　再……再探，太君……

杨文广　　太祖母，仇人自来送死，孙儿有意前去……

柴郡主　　文广，你如此年幼，又不懂兵法……

佘太君　　是啊，还是跟随太娘学点棋法吧。

　　　　　（唱）　棋局如战局必须从全盘着眼，

　　　　　　　　　看得远算得清先要冷静一番。

穆桂英　（唱）　老太君原来是借棋指点，

　　　　　　　　　我怎能凭热血任意腾翻。

　　　　　文广！你也要用心学学呀！

　　　　　〔外面杀声大起。赛排风匆忙进帐。

赛排风　启禀太君，王文贼杀势凶猛，直扑大帐而来。

　　　　　〔柴郡主更惊。

　　　　　〔杨文广在旁摩拳擦掌，穆桂英这时却沉着起来。

柴郡主　太君，这棋不能再下了……

佘太君　赛排风，命你回报八姑，率领众将，用全力拖住王文。

赛排风　是。

佘太君　郡主！你来看这棋杀局已成。

　　　　　（唱）　他那里车马炮全力来犯，

　　　　　　　　　我圆士象贴身车保帅平安。

　　　　　　　　　但等他贪吃子兵力分散，

　　　　　　　　　我这里运长车直破重关。

　　　　　〔太君与桂英连走几步，被太君贴身车直冲到底，将死。

佘太君　哈哈哈，我们赢了。

穆桂英　哈哈哈，多谢太君教导，孙媳完全明白了！就请太君发令。

杨文广　太祖母，我也要随同母亲前往！

柴郡主　文广……

佘太君　郡主，不要再拦阻于他，为国灭寇，替父报仇，就在此刻。

柴郡主　只是你千万要小心，不可离开母亲左右！

杨文广　谢祖母。

　　　　　〔战鼓响。

杨文广　母亲，我们快走快走。

穆桂英　众三军！速速偃旗息鼓，随我敌后去者。

众女兵　是。

　　　　　〔桂英、文广带兵下。

　　　　　　　　　　　　　　　　　　　　　　　——幕　落

第八场

〔王文、薛德礼上。

薛德礼　儿郎们，快快与我杀进老乞婆的大帐。

众番兵　啊！

王　文　且慢，副帅，你连胜数阵，可曾见到那穆桂英？

薛德礼　这倒不曾。

王　文　不好。

〔敌探上。

探　子　启禀元帅，后军起火。

王　文　回军。

〔又一敌探上。

探　子　报，那穆桂英已经攻进葫芦口，断了大军归路。

薛德礼　上当！上当！

王　文　儿郎们！迅速与我杀出重围！

众番兵　啊！

〔王文带众兵下。

〔开二幕。

〔战鼓响，双方开打，薛德礼战死。

〔穆桂英与王文战斗，杨文广从后冲上，一刀将王文帅盔砍下。王文大惊，败走，文广追，桂英连连呼唤，亦追下。

〔王文将弓箭搭好，等侯文广追来。

〔杨文广追近，王文箭发，桂英赶上接住。望箭，怒不可遏，银枪颤抖，王文呆若木鸡。七夫人与众夫人齐赶来。

七夫人　王文，你射了我的左膀，我还有右手的钢鞭。

〔七夫人领先冲上，开打。文广在乱军之中如猛虎一般，将王文一刀劈死。

〔后喊："太君到。"

〔众夫人齐列两旁。

杨文广　太祖母，孙儿已亲手将仇人杀死。

佘太君 （接过金刀,唱）

这宝刀经良工千锤百炼,

杨文广 （唱） 保定了我杨家代代出英贤。
大夫人

二夫人 （唱） 莫笑我眼昏花难拈针线,
柴郡主

却也能施号令跃马军前。

穆桂英 （唱） 莫笑我多年来深藏庭院,

八女将 （唱） 却也能比八虎同闯幽燕。

众 （唱） 红日上旌旗,明霞照刀剑,

百岁元戎领兵将高唱凯旋。

——全剧终

大风歌[*]

陈白尘

陈白尘（1908—1994），江苏淮阴人，著名剧作家。1978年受匡亚明校长之邀，出任南京大学中文系主任；1980年，创建戏剧研究室，亲任室主任。代表作品有五幕历史剧《金田村》（1937）、《大渡河》（1943）、三幕剧《岁寒图》（1945）、三幕喜剧《升官图》（1945）、七幕历史剧《大风歌》（1977）、鲁迅同名小说改编《阿Q正传》（1980）等。

关于《大风歌》，陈白尘先生说："抑制不住对'四人帮'——那群披着人皮的禽兽、天安门冤案的元凶们的怒火，我不能不鞭挞他们！于是我从公元前2世纪的尘埃中找到一面历史的镜子，我要让这些野心家、阴谋家的嘴脸在他们的'祖师爷'吕雉身上得到曲折的反射。"（陈白尘：《我这样走过来……》，凤凰出版传媒集团、江苏美术出版社2008年版，第77页。）该剧1979年2月由浙江省话剧团首演于杭州剧场，同年夏，由中央实验话剧院连演近200场。

---

 * 本剧根据汉代伟大历史家司马迁所著《史记》，并参考班固所著《汉书》有关篇章编撰。

人 物 表

（本剧故事前后长达十五年之久，此表所列人物年龄，以初次出场之年为准。）

审食其（食其，读作异基）——约五十岁，吕雉宠臣，封辟阳侯。曾任典客，后任左丞相，迁太傅。

张　释——十八岁，吕雉所宠宦官，任中大谒者，吕雉封为建陵侯。

郦　商——约六十岁，汉高祖旧臣，封曲周侯，曾任将军、卫尉等职。

吕　雉——四十余岁，汉高祖刘邦妻，即吕后。刘盈即位，称太后。刘盈死后，称太皇太后，临朝称制。

吕　台（台，读作怡）——年近四十，吕雉长兄吕泽长子，封郦侯，吕雉封为吕王。

侯　封——年三十，吕雉信任之酷吏，任廷尉左监，后赐姓吕。

戚夫人——年近三十，汉高祖刘邦爱姬，赵王如意母。

鸣　玉——年十八，戚夫人近身侍女，即女巫。

佩　兰——年十六，戚夫人另一侍女。

刘　盈——年十七，刘邦与吕雉子，皇太子，即位为皇帝。

闳　孺——年十八，刘盈亲信之宦官。

吕　须——年四十余，吕雉妹，樊哙妻，吕雉封为临光侯。

吕　产——年三十七八，吕台弟，原封汶侯，吕雉使袭吕台为吕王，后又徙封梁王，但以梁为吕，故仍称吕王。

吕　种——年三十二，吕雉次兄子，吕雉封为不其侯，任中尉。

吕　禄——年三十，吕种弟，吕雉先封之为汉阳侯，后封赵王。

吕　平——年约三十，吕雉姐子，从姓吕，吕雉封为扶柳侯，任卫尉。

陈　平——年约四十，刘邦旧臣，封曲逆侯，任郎中令，迁左丞相，又迁右丞相。

侍从甲——陈平之侍从。

陆　贾——年四十余，刘邦旧臣，任太中大夫，托病辞官。

鲁元公主——年二十余，刘邦与吕雉长女，嫁张敖。

周　勃——年约五十，刘邦旧臣，封绛侯，官至太尉。

侍从乙——周勃之侍从。

四武将——周勃部下。

王　陵——年六十，刘邦旧臣，封安国侯，后任右丞相，迁太傅。

刘　泽——年三十余，刘邦堂弟，樊哙之婿，封营陵侯，任将军、卫尉，吕雉封为琅邪王。

曹　参——年过六十，刘邦旧臣，封平阳侯，继萧何任相国。

曹　窋（窋，读作触）——年约四十，曹参子，先封靖侯，任太中大夫，后袭平阳侯，迁御史大夫。

刘　章——年十五岁，刘邦长子齐王刘肥次子，吕禄之婿，封朱虚侯。

刘　揭——年四十余，刘邦旧臣，任典客。

匈奴使臣

少　帝——年三岁，刘盈假子。

独臂老人——年约六十，刘邦起义时老兵。

吕　通——年约二十，吕台之子，吕雉封为东平侯，迁燕王。

北军军士甲、乙、丙、丁、戊、己及其他若干人。

宦官、宫女、侍卫、卫士、众官、演百戏者、百姓、老人、南军军士各若干人。

第一幕

　　秦二世暴虐无道，民怨沸腾，陈胜、吴广揭竿起义，刘邦、项羽等群起响应。公元前 207 年，刘邦兵入咸阳，秦乃灭亡。其后楚汉相争。又五年，刘邦始统一中国，即皇帝位，史称高皇帝。

　　刘邦即位后，平定内外叛乱，又经七年战争，才天下初定。为永固国家统一，乃与大臣杀白马而盟曰："非刘氏而王者，天下共诛之！"但皇后吕雉勾结羽党樊哙，欲杀害刘邦爱子赵王如意及其母戚夫人，进行叛乱。刘邦乃召绛侯周勃、曲逆侯陈平受诏床下，令陈平即于军中斩樊哙，而令周勃代樊哙征伐卢绾。

　　汉高帝十二年（公元前 195 年）四月，刘邦病重，吕雉强迫刘邦离开戚夫人，由未央宫迁居其所居之长乐宫中。

第一场

　　〔是年四月丁未日下午，在长乐宫永寿殿西厢。

　　〔永寿殿西厢连带殿外西阶。殿上寂无一人，只有《大风歌》齐唱声自前殿方向随风飘来,时断时续。

〔殿下,宦官多人搬运大冰块急趋而过,另一列卫士持戈执戟与宦官
交叉前进,均紧张沉默,静寂无声。

〔审食其从殿后转出,神色紧张,挥手示意,宦官与卫士便加速步伐
前进。

〔大谒者张释从西阶慌张奔上。

张　释　(紧张、低声)郦商闯宫,说要见你!

审食其　(顿足、低声)这时候!——说我不在!

张　释　他说急如星火,非见不可!

审食其　(摊手)此时此地,如何见他?

张　释　也是。但郦商像有急事……

〔郦商已气喘吁吁踏上西阶。

审食其　(无从回避)原来是曲周侯郦将军驾到!失迎!

郦　商　辟阳侯!冒昧闯宫,恕罪,恕罪!

审食其　(让进西厢)请坐!不知将军有何紧急大事?

〔张释下殿,挥手令宦官、卫士退去。郦商看在眼里。

郦　商　叩问皇帝龙体可曾康复?

审食其　(暗惊)皇帝今日大愈。听,正在前殿饮酒作乐。

〔《大风歌》声随风飘来。

郦　商　唔。那皇帝为何不回未央宫?

审食其　吕皇后还不放心。

郦　商　(进逼)宫中为何又戒备森严?

审食其　为防万一,不得不然。

郦　商　宦官搬运冰块,又作何用?

审食其　皇帝素来怕热……

郦　商　(愤然)辟阳侯,你好善忘:如今才是四月!(不觉呜咽)听说皇帝已
　　　　(跪倒)驾崩三日,你还瞒我?

审食其　(跃起)噤声!

郦　商　(低声)小儿郦寄听皇后之侄吕禄所说,难道是假?

审食其　(颓然)吕禄?谣言!

郦　商　吕禄还说：吕皇后秘不发丧，是准备乘奔丧之时，要杀尽开国元勋，文武老臣，也是谣言？

审食其　（外强中干）谣言！谣言！

郦　商　小儿郦寄和吕禄是至交好友！

审食其　（改变语调）郦将军，你不该轻信流言蜚语……

郦　商　请问：皇帝派陈平、周勃前往燕地，令斩樊哙首级回报，也是流言蜚语？

审食其　那是恶人造谣，说樊哙将军要杀赵王如意，阴谋造反！

郦　商　皇后如杀尽大臣，岂非证明与樊哙同谋？

审食其　两者都是谣言！

郦　商　（目视审食其，无语，继而叹息）审侯！审侯！周勃和陈平率二十万大军在外，灌婴将军十万大军驻守荥阳，朝中一旦有事，他们联合齐楚八国，进攻关中，长安城池尚未修筑，恐怕足下死无葬身之地！

审食其　（被击中要害）郦将军，郦将军，说哪里话来？

郦　商　（起身，慨叹）皇上东征西讨，十二年来才打下这一统江山，难道就付之东流？——告辞！（拱手，下）

审食其　郦将军！（追下）

〔西厢后侧帷幔突然打开，现出盛怒的吕媭。右有吕台，左有张释，后有宦官、宫女各四人，拥着她急步冲出。她长袖一挥，宦官、宫女急退两侧。吕台、张释亦后退。

〔吕媭默无一语，在殿中往返急走。

〔审食其奔上殿来，见状也垂手侍立。冷场。

吕　媭　（突然止步）大事未成，消息透露！无能！无能！

吕　台　（低声）姑母，请息怒。立刻杀死郦商灭口！

〔吕媭不语，目视审食其，审食其默然。

吕　台　郦商的儿子郦寄，也该杀！

吕　媭　那，先杀你兄弟吕禄！

〔吕台立刻低头垂手，张释以手势令宦官、宫女退。

〔此时殿下又出现卫士和宦官，往来如织。

吕　媭　（注视殿下良久，向张释指殿下）撤！

张　释　是！（急趋下殿）

吕　台　（大惊）姑母？

吕　雉　（昂首向天，轻声一笑）我要改弦更张，立刻发丧！

吕　台　（惊慌）三天来所定大计，难道就此罢手不成？

审食其　消息透露，是一着错，全盘输，再不悬崖勒马，我等要一败涂地！皇后
　　　　之见，圣明圣明！

吕　台　郦商是虚言恫吓，辟阳侯你休中他奸计！周勃、陈平、灌婴虽然手握
　　　　重兵，但都在数千里外，焉能飞回长安？

审食其　如今消息透露，陈平、周勃等人还会自投罗网？

吕　台　陈平、周勃等人不除，岂非养虎遗患？

吕　雉　（冷笑）我倒喜欢养虎！韩信、彭越不是两条猛虎？

审食其　（谄笑）陛下确有降龙伏虎之才！

吕　雉　（目止审食其）准备诏书！

　　　　〔审食其捧象笏，取笔记录。

吕　雉　第一，即日诏告天下，为大行皇帝发丧。第二，令诸侯王以及在外将
　　　　帅，各守疆土，不奉诏书，不许前来长安！

审食其　（点头）这是安定人心之策。如有谣言，不攻自破！

吕　雉　要另派专使，阻拦陈平，令他前往荥阳，不许返回长安！

吕　台　让陈平去荥阳，与灌婴同掌兵权？

审食其　（击掌）妙！没有诏书，陈平也要去荥阳！

吕　雉　（会意一笑）第三，大赦天下，赏赐文武百官！——请萧相国立刻
　　　　下诏！

审食其　遵旨！（急趋出殿）

吕　台　（低声）姑母，扶吕灭刘大计，就此罢休？

吕　雉　（微笑）如此安排，正是扶吕灭刘长久之计。你要好生磨炼，与审食其
　　　　和衷共济，才能掌握朝廷大权！

吕　台　是！

吕　雉　立刻宣皇太子来长乐宫奔丧；让两宫举哀，为皇帝准备大殓！再，
　　　　（顿）宣侯封来见！

吕　台　是！（拜辞下殿而去）

　　　　〔张释由殿之后室以漆盘捧汤上。

张　释　（跪献）陛下劳累，请进参汤。

吕　雉　（眉开眼笑）孩子，让小宦官送来就是。

张　释　（献媚）小臣怎能放心？陛下背酸不？（举拳捶背）

吕　雉　（饮汤，感到舒适，便斜倚在张身上）将来我要封你为侯！

〔审食其上，张释止拳，对审食其一笑。

审食其　启奏皇后：侯封在殿外候宣。

吕　雉　（向张释）宣他进来。（问审食其）诏书发出？

审食其　萧相国立刻发出。（央求）皇后，郦商有罪……

吕　雉　（起身，注视审食其良久）郦商老儿，狂妄之至！但既是你至交好友，且饶他一死！

审食其　（急忙下跪）叩谢皇后圣恩！

吕　雉　（以手止之，笑）殿上无人，何必装腔作势？

张　释　（窃笑，向殿外叫）宣侯封进殿！

〔侯封急趋上殿，远远下跪。

侯　封　小臣侯封叩见皇后陛下！

吕　雉　（怒喝）侯封！你责在巡查，却让郦商闯宫，该当何罪？

侯　封　（叩头不已）小臣死罪！死罪！罪该万死！

吕　雉　从今以后，禁止郦商与大臣来往！如敢违抗，提郦商首级和你狗头来见！

侯　封　（连连叩头）小臣不敢！

吕　雉　（对审食其指侯封）让他到未央宫走一遭！

侯　封　（乖觉地讨好）小臣刚从未央宫巡查回来，戚夫人对这边宫中之事，全不知晓……

吕　雉　（脸色一沉）废话！（向审食其）贤卿，带他去办！

审食其　（惶恐地）是！（挥手对侯封）下去！

〔审食其与侯封下殿去。张释一挥手，宦官、宫女上。

张　释　（搀扶吕雉）陛下劳累三天，请回寝殿休息！

吕　雉　（温柔地）孩子，从此更难休息了。（刚欲跨步）

〔《大风歌》声又随风飘来。

吕　雉　（仰首向天，对空挥手）从今以后，不许再唱《大风歌》！

〔暗转。

第二场

〔在未央宫戚夫人所居之寝殿中。

〔戚夫人手仗短剑,正与侍女鸣玉及佩兰在殿中且歌且舞。歌曰:

  "大风起兮云飞扬,

   威加海内兮归故乡。

   安得猛士兮守四方?"

〔宫女四人,侍立于后,也低声和之。

〔一曲方罢,戚夫人愁眉深锁,泫然欲泣,鸣玉、佩兰急扶之归就宝座。

〔戚夫人手抚短剑,侧耳倾听,远处《大风歌》声随风飘来。

戚夫人 (念)"安得猛士兮守四方?""安得猛士兮守四方?"……十二年前,皇
        帝响应陈胜、吴广,在沛县举兵起义,身经数百战,才得统一天下。但
        去年英布造反,皇帝年过五十,还得亲自出征,因此在回沛县与父老
        饮宴时,不禁慷慨悲歌:"安得猛士兮守四方?"……

佩 兰 皇帝常说:"赵王像我,赵王像我……"如何说没有猛士?

        〔鸣玉目止佩兰,然后示意令宫女去殿外。

鸣 玉 说话当心!

戚夫人 我儿赵王如意英武果敢,确实很像皇帝。但正因此,便遭奸人忌妒!

鸣 玉 (低声)皇帝已派陈平、周勃去斩杀樊哙,夫人放心!

戚夫人 (起立,远眺)曲逆侯陈平何时归来? 何时才能归来?

鸣 玉 燕国离长安有数千里之遥! ……

戚夫人 (激动)我和皇帝倒近在咫尺,而远如天涯! 我儿如意身居赵国,又远
        在数千里外! 我孤苦无告,怎不盼陈平将军早日回朝?

鸣 玉 (向外张望,然后低声)皇帝已立下诏书,改立赵王为皇太子,夫人何
        必多疑?

戚夫人 诏书藏在皇帝身边,还要等陈平将军回朝,面授机宜。

鸣 玉 可见皇帝身在长乐宫中,心在未央宫里。夫人尽可宽心!

戚夫人 皇帝饮宴,一向由我侍候。今日为何不召我前去?

佩 兰 皇后捣鬼!

鸣 玉 两宫相隔,往返不便,夫人如何去得?

戚夫人　（微微一笑）孩子，别安慰我！皇帝健在，我母子可以无忧，刘氏江山
　　　　也可以无虞。但是万一——（她摩挲短剑，停了一下，改口）当年我随
　　　　皇帝东征西战，与项羽争天下，皇帝赐我此剑防身。我曾对皇帝发誓
　　　　说："如遇敌人，便以它杀敌；如果不免，便以身殉国！……"（以剑入
　　　　鞘，纳入怀中）

　　　　〔狂风骤起，《大风歌》声高昂，但立刻又戛然而止。

戚夫人　（侧耳倾听，不觉惊呼）歌声为何中断？

　　　　〔雷声隐隐，风声凄凄，殿前梨花飞舞，落英满阶。

鸣　玉　夫人，风大，请回！

戚夫人　（却迎风走向殿外，仰视天空，徐徐下拜）苍天！保佑皇帝龙体健康，
　　　　万寿无疆！

　　　　〔鸣玉和佩兰也随同下拜，同声祝祷。

　　　　〔两名宫女由殿外奔上。

宫　女　（惊呼）夫人！不好！

　　　　〔丧乐声起，接着传令声由远而近："皇帝驾崩，全宫举哀！"

戚夫人　（一跃而起，大叫一声）陛下！（晕厥）

　　　　〔鸣玉、佩兰及宫女呼唤："夫人！夫人！"

戚夫人　（悠悠醒来）是梦？是真？

　　　　〔传令声由近而远。另两名宫女慌张奔上。

宫　女　夫人！有人来！

　　　　〔侯封已率二宦官昂然上殿。

侯　封　（面南而立，打开诏书，昂声）戚夫人接诏！

戚夫人　（惊疑而起）诏书？（不愿下跪）

侯　封　（迫不及待，高声念）皇帝诏曰："废戚夫人为奴，囚禁永巷！此诏！"

戚夫人　诏书是假！不接！

侯　封　（虚弱地）胡说！

戚夫人　难道是皇帝亲笔？拿来我看！

侯　封　（收起诏书，冷笑）皇帝驾崩，皇后作主，由不得你！（喝令宦官）拔去
　　　　头发，钳上铁钳，着上赭衣，拖进永巷！

　　　　〔宦官正欲上前动手。

戚夫人　休得碰我！鸣玉，取丧服来！让我先为皇帝服丧！

〔鸣玉急入殿后。戚夫人拔去头饰，一一掷之于地。鸣玉取缟衣出，与佩兰同披于戚夫人身。

戚夫人 （抚二人之手）孩子，（示怀中）放心！（向侯封）走！（昂然下殿去）

〔暗转。

第三场

〔数日后，在长乐宫前殿西厢。

〔长乐宫前殿中庭，陈放刘邦梓宫。这儿是中庭之侧西厢。所有帷幔均加素采。丧乐与号哭之声混成一片。

〔宦官、宫女各四人急上，分侍两侧；张释扶吕雉缓步上。吕雉铁板着脸，刘盈仍啜泣。各人均着丧服。

吕　雉 （就座，面色阴沉，注视刘盈良久）盈儿，你身为皇太子，整日价哭哭啼啼，全无丈夫气概，何以君临天下？

刘　盈 （止哭）父皇晏驾多日，诸侯王尚未前来奔丧，何以慰父皇在天之灵？叩请母后恕罪！

吕　雉 诸侯王守土有责，焉能随意入朝？待先皇帝梓宫奉安之日，自然宣召他等前来。

刘　盈 孩儿知道。但父皇所生八男一女，最钟爱者是姐姐鲁元公主和弟弟赵王如意，请求母后：让他二人先期入朝奔丧才好。

吕　雉 你对赵王如意倒很有手足之情？

刘　盈 孩儿与如意自幼相处，所以很是思念。

吕　雉 （变色，又冷静地）既然如此，先宣如意入朝就是。

刘　盈 谢母后！

吕　雉 闳孺，太子即将登基，你好生侍候太子读书，勿再悲伤！

闳　孺 遵旨！（扶刘盈下）

吕　雉 （低声问审食其）陈平有无消息？

审食其 探马回报：陈平既未去荥阳，也未回长安！

吕　雉 他能上天？再探听明白！

审食其 是。（低声）真个宣赵王如意入朝？

吕　雉 （冷笑）岂不更好？——快去查探陈平下落！

审食其　（点头会意）是！（下）

〔正殿上又传来哭声，吕雉皱眉，张释向外张望。

张　释　启奏皇后：舞阳侯樊哙夫人前来哭奠。

吕　雉　（厌烦）她又来做甚？

吕　台　樊哙生死不明，也难怪三姑母。

吕　雉　（起立）告诉她：樊哙必死无疑，这笔账以后再算。如今要办大事！

　　　　（引张释及宦官、宫女等下）

　　　　〔吕须由吕产、吕种、吕禄、吕平四人拥上。

吕　须　（大哭大闹）樊哙冤枉！樊哙冤枉！……

吕　台　三姑母！请安静！皇帝晏驾，皇后也很悲伤！

吕　须　她死丈夫悲伤，我死丈夫活该？

吕　台　姑母别烦恼！姑父冤枉自会水落石出！

吕　须　樊哙冤不冤枉，她皇后心中明白！不杀陈平，死不甘心！

吕　产　不杀尽陈平这班老臣，我吕氏永无出头之日！

吕　禄　先杀陈平！

吕　种　先杀陈平，再杀周勃！

吕　须　这才是我的好侄儿！替你姑父报仇！

吕　台　诸位老弟！皇后在此，休得闯祸！

吕　产　大哥，皇后心思，我岂不知？（笑）你我先斩后奏！

诸　吕　（群起附和）先斩后奏！

　　　　〔吕雉急步掩上，张释率宦官、宫女随上。众惊惶肃立。

吕　雉　（默然扫视众人，稍停）禄儿！

吕　禄　（上前）姑母！

吕　雉　（大喝）吕禄！

吕　禄　（跪下）皇后！

吕　雉　你知罪不？

吕　禄　（战栗）侄儿……不……

吕　雉　你可认识郦商儿子？

吕　禄　他名郦寄，是侄儿至交好友。

吕　雉　是你对他言讲：谁要谋杀满朝文武大臣？

吕　禄　（叩头不已）侄儿罪该万死！罪该万死！

吕　雉　（怒）你敢捏造谣言？——推出斩首！

吕　台　（跪下）皇后息怒。侄儿教弟无方，请恕吕禄年幼无知！

诸　吕　（均跪求）皇后开恩！皇后开恩！

吕　雉　皇太子尚未登基，你等便想造反？是欺太子懦弱？还是欺我年老无能？

吕　须　（坐立不安）姐姐休要责备侄儿，是我要为樊哙报仇！

吕　雉　（冷笑）陈平去斩樊哙，是奉先皇帝诏旨。三妹今日进宫，究竟是向先皇帝吊丧，还是向先皇帝算账？

吕　须　（悼悼）妹子不敢！樊哙死得冤枉，皇后姐姐明白！

吕　雉　我不明白！樊哙造反是真，则死有余辜；造反是假，朝廷自有处置！（对众）起来！

诸　吕　（起）谢恩！

　　　　〔审食其匆匆上。

审食其　启奏皇后：陈平毫无消息，想必已去荥阳！

吕　雉　陈平已去荥阳，和灌婴手握十万兵马，你等谁敢前去杀他？吕禄，吕产，谁去？

吕　禄　侄儿不敢！

吕　雉　空嚷空叫，酒囊饭袋！今后胆敢胡言乱语，擅自行动者斩！下去！

诸　吕　是！

　　　　〔诸吕邀吕须，吕须悼悼然下。诸吕随下。

吕　雉　陈平果去荥阳？

审食其　（丧气地摇头）没有确实消息！（低声）恐怕他重返燕国，和周勃勾结一气！

吕　雉　（压低声音）那可不妙！（命令）一定要探听明白！

　　　　〔审食其刚要转身。

　　　　〔前殿传来谒者高唱声："曲逆侯陈平回朝奔丧！……"

张　释　（紧张）陛下！陈平回朝！

审食其　（惊疑）陈平回朝？

　　　　〔诸吕又拥上。丧乐声起，有号哭声。

诸　吕　陈平回朝？

吕　雉　（震惊）他敢于回朝？（向审食其）传侍卫！（向诸吕）你等后边待候！

　　　　　（向张释）宣陈平来见！

　　　　　〔审食其、张释及诸吕均退下。

吕　雉　（以手叩额，往返急走）怪事！怪事！……

　　　　　〔八名侍卫执戟上，向吕雉敬礼，侍立。吕雉端然入座。

　　　　　〔张释引陈平由前殿中庭上，陈身着丧服，手持旌节，虽然风尘满面，
　　　　　　却端庄肃穆。

陈　平　（放下旌节，匍匐在地）曲逆侯臣陈平奔丧来迟，死罪死罪！

吕　雉　（悲声）皇帝驾崩，事出意外！贤卿回朝奔丧，足见一片忠心！不知贤
　　　　　卿是径由燕国回来，还是由荥阳转道而归？

陈　平　臣惊闻先皇帝晏驾，便径奔长安，未去荥阳。

吕　雉　（怒）朝廷诏书，令你前往荥阳，却擅回长安，该当何罪？

陈　平　臣受先皇帝知遇之恩，粉身碎骨，无以为报！因此甘冒死罪，回朝奔
　　　　　丧！今日既回长安，死而无憾！

吕　雉　（故作威严）先皇帝令你去斩杀樊哙，樊哙首级何在？

　　　　　〔诸吕在帷幔后隐现。

陈　平　（镇静地）樊哙将军有罪，应由朝廷明正典刑，臣不敢擅自处斩！樊哙
　　　　　将军囚车现在宫外，候诏旨发落！

吕　雉　（惊起）樊哙未死？（立刻又做作地）陈平大胆！你敢违抗先皇帝
　　　　　诏旨？

陈　平　小臣不敢！想樊将军是开国功臣，朝廷贵戚，应由皇帝亲自发落。如
　　　　　今皇帝驾崩，请皇后作主！

吕　雉　（由嗔而喜）贤卿深明大义，我错怪贤卿了！（向张释）赐座！

陈　平　（起身，取旌节献吕雉）天子符节，谨还朝廷！

吕　雉　（令张释）接过旌节。贤卿请坐。

陈　平　谢坐！（坐下）叩问皇后陛下：先皇帝晏驾之时有何遗诏？

吕　雉　（叹息）先皇帝晏驾之时，曾谆谆嘱咐于我，说萧相国百年以后，曹参
　　　　　可以为相；曹参以后，王陵、贤卿都有安邦定国之才，可以重用！皇太
　　　　　子即位以后，全仗贤卿等辅佐！

陈　平　（欠身）臣驽钝之才，不堪重用。此次返来，但求委臣以宿卫之职，以
　　　　　便保卫两宫！

吕　雉　（迟疑）贤卿鞍马劳顿，可先同邸休息！

陈　平　（坚决）皇太子一日不即位，臣一日不敢回家！

吕　雉　贤卿何必如此？

陈　平　先皇帝晏驾多日，朝内朝外，惶惶不安，臣有隐忧！

吕　雉　依贤卿之见呢？

陈　平　择吉奉安先皇帝梓宫，太子登位，才是安邦定国大计！

吕　雉　贤卿所论极是。（向张释）请萧相国草诏：拜曲逆侯陈平为郎中令！

陈　平　（拜）谢恩！

吕　雉　（起身）皇太子忠厚有余，威武不足，贤卿虽是郎中令，实居太傅之位，
　　　　令其多多读书、练武，以便早日登基！（向张释）引曲逆侯去拜见
　　　　太子！

陈　平　臣拜辞！

　　　　〔陈平随张释下。

　　　　〔审食其、吕台、吕须及诸吕由帷幔中出。

吕　须　皇后姐姐，你拜陈平为郎中令，是何居心？

吕　雉　陈平不杀樊哙，难道要我恩将仇报？

吕　须　陈平诡计多端，你相信于他？

吕　雉　（笑）我不屑跟庸碌之人打交道！（亲热地）三妹，妹夫樊哙还在囚笼
　　　　里，赶快接他回家团聚！

吕　须　樊哙到底有罪无罪，请说明白！

吕　雉　事出有因，查无实据，宣告无罪，恢复爵位！

吕　须　可他原来官居太尉，就不官还原职？

吕　雉　（思考、安抚）三妹，先皇帝已将太尉官职授予绛侯周勃，如何再夺还
　　　　与他？妹夫樊哙如今也不宜抛头露面，先在侯邸休息再说。——你
　　　　女婿刘泽现居何官？

吕　须　是空头将军！

吕　雉　（向审食其）拜刘泽为卫尉，保卫皇宫！

吕　种　（忙说）卫尉一职，掌握南军，关系重大！……

吕　产　（察言观色）无妨！刘泽虽是刘家人，可是三姑母女婿！

吕　须　（感激地看吕产一眼）产儿说得是。（向吕禄一瞥）姓吕就一定可靠？

吕　雉　产儿，送三姑母回去团聚！（亲热地）三妹，姐姐心中有数！

吕　须　谢皇后！（挥诸吕下）

吕　雉　（向吕台及审食其）准备安葬长陵，让皇太子早日登基！令诸侯王一
　　　　体入朝，参与大典！……
　　　　〔吕须又旋风似的进来。

吕　须　姐姐！（从怀中掏出一卷帛书交给吕雉）还你。是小殓时从他内衣里
　　　　搜出之物，（含笑）性命攸关，好生收起！

吕　雉　（略一展视帛书，大惊）谢谢你，三妹！
　　　　〔吕须一笑，下。

吕　台　何物？

审食其　是诏书？

吕　雉　（将帛书交他，狠毒地）你看他临死都没忘记！

审食其　（接过帛书，与吕台展阅，大惊）果然要立如意！

吕　雉　（冷笑，命令）立刻烧掉！

审食其　是！（投向火中）

吕　雉　派专使去到赵国，叫如意立刻入朝，以除后患！
　　　　〔暗转。

第四场

　　　　〔五月末，在陈平府邸中。
　　　　〔晚，陈平秉烛独坐。几上置七弦琴，他正陷入沉思，随手拨琴，渐渐
　　　　成调，奏起《大风歌》来。
　　　　〔侍卫甲蹑步上，欲启禀，见状退下。

陈　平　（一曲未罢，喟然长叹）“安得猛士兮守四方”！猛士安在？猛士安在？
　　　　（起而徘徊，又默然归坐，手捻长须，凭几退想）
　　　　〔侍从甲领陆贾上，欲启报，陆贾笑止之。侍从甲下。
　　　　〔陆贾就另一几前坐下，随手取一棋子，陈平未觉。

陆　贾　（一笑，将棋子重重布棋盘上，砰然一声，同时假咳）咳……

陈　平　（大惊而起）陆大夫！几时到此？失迎失迎！

陆　贾　（大笑）有惊大驾，还请恕罪。但足下深夜独坐，苦思冥想，所为何事？
　　　　〔陆贾走向琴案，随意坐下，拨弄琴弦。
　　　　〔侍从甲捧酒尊、酒爵上，为二人舀酒后，退。

陈　平　（举爵）陆大夫，请！

陆　贾　（调整琴弦，漫应之）请。

陈　平　（更大声点）请饮酒，陆大夫！

陆　贾　（不应，却闭目奏起《大风歌》曲调来）……

陈　平　（惊）大夫！

　　　　〔陆贾不理，继续奏曲。陈平以手捂住琴弦。

陆　贾　（视陈微笑）为何？此曲奏不得的？

陈　平　（诚恳）大夫深夜下访，定有见教，敢请直言无隐！

陆　贾　（起身，严肃地）足下忧虑重重，莫非是因皇帝仁慈懦弱，吕氏专横跋扈，国家社稷，岌岌可危？

陈　平　（跃然而起，深深拜揖）知我者足下！但足下何以教我？

陆　贾　下官有一事不明：高皇帝驾崩，皇后秘不发丧，欲杀尽满朝文武老臣。当时满城风雨，人人自危。而足下此时既可与太尉周勃班师回朝，又可以取荥阳大军回师长安！……

陈　平　（苦笑）而在下却送樊哙回朝，又被封为郎中令！因此遭受老臣唾骂，而足下也不免生疑了？

陆　贾　吕氏阴谋篡权，人所共知……

陈　平　吕后野心，早在高皇帝洞察之中，尚且隐忍未发，我等臣子要讨伐吕氏，岂非师出无名？

陆　贾　高皇帝授命足下斩杀樊哙，是要改立赵王如意为太子，这不是名正言顺？

陈　平　改立赵王如意，高皇帝已下决心。但是陆大夫、陆大夫！下官受命之时，并不知遗诏何在？

陆　贾　（惊起）足下未受遗诏？

陈　平　否则，我何至被老臣唾骂？被足下怀疑？（不禁泪下）

陆　贾　（激动）足下忧虑重重，其故在此！（抓住陈手）下官冤屈足下，请求恕罪！

陈　平　（诚恳地注视）足下忠于高皇帝，何罪之有？人生难得者，知己！来来来！坐下痛饮一番！

　　　　〔二人入座，陈平奉酒。

陆　贾　（饮酒）如今足下只身回朝，有如深入虎穴，将何以应付危局？

陈　平　高皇帝晏驾以来，吕氏专制朝政，皇帝虽然即位，徒居空名；她口称重用老臣，其实扶植诸吕势力，妄图一旦时机成熟，变刘氏江山为吕家天下！

陆　贾　她是要扶吕灭刘！

陈　平　不仅如此，高皇帝设白马之盟，非刘氏不得封王。其意在于巩固一统江山，免于分裂之祸！吕氏如果篡权，势必天下大乱，春秋战国之祸，岂不将重现于今日？（顿）但她如今罪恶未彰，又处处以皇帝为护符，遂使我等对她无从下手，也下不得手！（叹息）陆大夫！我可是孤掌难鸣！

陆　贾　（激动）足下差矣！先朝老臣，人人忠于汉室，个个切齿吕氏，何至孤掌难鸣？

陈　平　（欣然）是！是极！

陆　贾　足下如能在朝中联络老臣，在外联络周勃、灌婴诸位将帅以及刘氏诸王，共保汉室，则高皇帝手创之一统江山，又何至于被吕氏篡夺？

陈　平　（大喜）足下所见，正中下怀！可是朝中好办，朝外可难！

陆　贾　（沉思）唔。

陈　平　齐、楚八国都远在数千里外，灌婴将军常驻荥阳，太尉周勃还在讨伐卢绾，此等大事，如何联络？而又有何人可以前往联络？

陆　贾　足下岂无心腹之人？

陈　平　（摇头）人才难得！非有胆有识，且有舌辩之才者，不足以担此重任！

陆　贾　（目视陈平，忽然一笑）倒有一人，但未知足下可信任否？

陈　平　（惊喜）此人是谁？

陆　贾　在下陆贾，如何？

陈　平　足下现任太中大夫，岂能随便出朝？

陆　贾　（决然）足下认为陆贾可用，明日便称病辞官！

陈　平　这、这，如何使得？`

陆　贾　吕氏所忌者，正是先朝老臣和在下这等舌辩之士，我正想归隐山林。如今辞官，对她是除一眼中钉，而我以无拘无束之身，岂不正好为足下游说四方？

陈　平　（热泪盈眶）足下能肩此重任，真是社稷之福！请受下官一拜！（下拜）

陆　贾　（还拜）高皇帝统一四海，平定天下，黎民百姓，仰望太平，国家也正应

休养生息。而吕氏阴谋篡权，你我老臣，岂能坐视不理？足下有志匡
扶汉室，下官愿为足下效犬马之劳！

陈　平　（执陆贾手）那，陆大夫何时出朝？先往何处？

陆　贾　明日辞官，后日出朝。先访周勃、灌婴，然后前往齐、楚各国，遍访诸
　　　　侯王！

陈　平　行程万里，大夫辛苦了！

陆　贾　吕氏阴险，未必相信于你。赵王如意处境尤其艰险。足下在朝又何
　　　　尝安全？

陈　平　（苦笑）她时时想杀我辈老臣，但又要我等老臣为她撑持朝廷，所以还
　　　　可以虚与委蛇（读作意），相安一时！至于赵王如意，自当加以保护！

陆　贾　多加小心才是！

陈　平　（献酒）大夫出朝，关山万里，风险处处，千万珍重！

陆　贾　（接酒）足下在朝，如陷虎口，应付周旋，更须当心！

陈　平　（举觞，一饮而尽）匡扶汉室！

陆　贾　（饮尽）同心协力！

陈　平
　　　　（同）除吕安刘，永固统一！
陆　贾

　　　　　　　　　　　　　　　　　　　　　　　　　——幕　落

第二幕

　　吕雉既囚戚夫人，三次宣赵王如意入朝。赵国丞相周昌知其阴谋，抗不奉
诏。吕雉乃先使周昌入朝，不令返国，再使人召赵王如意前来长安。

第五场

　　〔七月初，晨，未央宫寝殿前树荫下。
　　〔树荫下张设地毯，上置二几，几上各有卷轴。陈平坐几前授书；刘盈
　　正襟危坐，凝神听讲；闳孺侍立；宦官、宫女后侍，打扇。

刘　盈　（正听得出神）古人之中兄弟友爱者，还有何人？

陈　平　（指卷轴）还有伯夷、叔齐故事。

刘　盈　师傅请讲！

陈　平　商朝有一孤竹君，生有二子：长子名伯夷，次子名叔齐，兄弟二人，甚是友爱。孤竹君临死之时，想传位于次子叔齐……

刘　盈　（更注意起来）嗯。

陈　平　但叔齐说："伯夷是长子，应该由伯夷继承父位。"

刘　盈　（更有兴趣）伯夷又如何说？

陈　平　伯夷则说："立叔齐为君，是父亲之命。父亲命，不可违。"伯夷不肯就位，便逃往深山而去！

刘　盈　（欣然拍卷轴）好！好！

陈　平　（看一眼阌孺，点头）叔齐见伯夷让位，便也逃走。兄弟相推相让，都不肯就位，双双奔向西方而去。这便成为流传千古之佳话！

刘　盈　（深思）伯夷可敬可佩！我可以学他！

陈　平　古今时势不同，学古人也不可泥古不化！

刘　盈　何谓泥古不化？

陈　平　兄弟双双逃走，置国家社稷于不顾，也未免迂腐！

刘　盈　依师傅之见呢？

陈　平　（看着刘盈）依臣之见，一人为君，一人为臣，相友相爱，岂不更好？

刘　盈　（遐想）高皇帝当年欲立赵王如意为太子，可惜我还不懂这段故事！

陈　平　（连忙拜倒在地）小臣之意，决不在此！陛下天性仁慈，但能懂兄弟友于之道，便足以孚高皇帝之望！

刘　盈　（扶起陈平）师傅请起！我当爱高皇帝之所爱！

陈　平　今日授书，即止于此！臣拜辞！（目视阌孺，下）
　　　　〔刘盈目送陈平远去。阌孺挥令宦官、宫女下。

阌　孺　（猛然跪倒在地）陛下既爱赵王，请救赵王一命！

刘　盈　（惊起）赵王怎的？谁敢谋害于他？

阌　孺　（伏地不起）小臣不敢直言！

刘　盈　恕你无罪，讲！

阌　孺　（起身）今日中午赵王便到长安……

刘　盈　此乃大喜之事，何故惊慌？

阌　孺　（顿足）戚夫人早被打入冷宫！赵王投奔何人？

刘　盈　（惊慌，坐下）有此等事？如此怎生是好？

闳　孺　如今能救赵王者,唯有陛下!

刘　盈　(跳起)赵王今日可到长安?

闳　孺　午时可到灞上,除非陛下亲自前去……

刘　盈　拼我一死,也要保护如意! 罢! 将他接进未央宫,与我同出同进、同食同寝,看谁奈何于他! 摆驾!

闳　孺　陛下! 小臣陪陛下轻车简从,悄悄前去!

刘　盈　快去准备!

　　　　〔闳孺奔下。刘盈焦躁不安,徘徊树下。

　　　　〔内声:"鲁元公主驾到!"

刘　盈　(惊喜)呀! 姐姐来了?

　　　　〔鲁元公主引二宫女急步而上。刘盈迎上前去。

刘　盈　姐姐!

鲁　元　(倒身下拜)参见陛下!

刘　盈　(伸手挽扶)何必行此大礼? 姐姐!

鲁　元　(抚其手)你我姐弟,也不能忘却君臣之礼。

刘　盈　难道就不讲姐弟之情?

鲁　元　姐姐不敢放肆。

刘　盈　(邀鲁元入座)是太后旨意?

鲁　元　(挥手令宫女退去)弟弟,请坐!

刘　盈　姐姐入朝一月有余,不来未央宫,可是太后不许?

鲁　元　弟弟,你我且叙叙离别之情。

刘　盈　(低头沉思)姐姐可记得当年在沛县不? 你割麦,我拾穗,是何等自在? (鲁元不语)还有楚汉相争之时,兵荒马乱,母亲被俘,幸亏夏侯婴叔叔救我二人脱险,你护我,我爱你,又是何等亲热?

鲁　元　(点头)是啊。(但又沉默下来)

刘　盈　姐姐! 我恨不得再做田舍郎!

鲁　元　弟弟! 何出此言?

刘　盈　此次诸侯王入朝,对我冷淡异常;姐姐你,也不敢前来看我;而赵王如意又……(咽下)谁愿坐此皇帝宝座!

鲁　元　(默然看着刘盈,又伸手抚摩他)弟弟,如意入朝,你和他也少见为是。

刘　盈　(惊问)这是为何?

鲁　元　虽是兄弟，也不要忘记君臣之份！

刘　盈　又是太后旨意？

鲁　元　（吞吞吐吐）是姐姐为你着想。（岔开）姐姐明日离朝，太后中午在鸿
　　　　台赐宴，弟弟也来？

刘　盈　（惊讶）今日中午在鸿台赐宴？弟弟为何不知？

鲁　元　（更加慌乱）许是姐姐记错……

　　　　〔内声："请鲁元公主驾返长乐宫！"

　　　　〔鲁元公主二宫女急上。

刘　盈　（恨恨）太后管得好严！

鲁　元　体谅姐姐。今晚有暇，再入宫参见。

刘　盈　（断然）那，今晚弟弟在未央宫为姐姐饯行！

鲁　元　（迟疑）这是为何？

刘　盈　（愈益兴奋）让我对你们吐吐胸中郁闷！

鲁　元　（更加怀疑）弟弟，你是打算……

　　　　〔闳孺在树后出现，摆手示意。

刘　盈　（闪躲）知道姐姐几时再来？

鲁　元　（拜辞）姐姐准来！（转身，暗暗抹泪，率宫女下）

刘　盈　姐姐早来！

闳　孺　（低声催促）陛下！车驾备好，快去灞上！

　　　　〔暗转。

第六场

　　　　〔近午，在长乐宫鸿台之上。

　　　　〔鸿台高入云霄，可以俯瞰长安全城以至城外长陵。台上殿堂敞亮，
　　　　凉风习习。殿上大开筵席：上边三席是吕雉居中，鲁元居右，吕须居
　　　　左。下设六席，分列左右：右边是吕台、吕产、吕平；左边是审食其、吕
　　　　禄、吕种。但审食其席空着。张释侍立于后，宦官、宫女轻挥羽扇。

　　　　〔数宫女在筵前舞蹈。吕氏兄弟欢呼喧哗。鲁元公主闷闷不乐。

　　　　〔吕雉击几止喧，立刻舞止乐停。

吕　台　（向吕雉点头会意）今日皇太后为鲁元公主赐宴饯行，（举爵邀诸吕）

我等敬祝鲁元公主一路顺风！

诸　吕　（同声）祝公主一路顺风！

鲁　元　谢诸位表兄、表弟！

吕　台　（再举爵）祝妹夫宣平侯张敖加官晋爵！

诸　吕　祝宣平侯加官晋爵！

鲁　元　谢表兄、表弟！

吕　雉　公主，盈儿即位，普天同庆，今日又为你饯行，为何闷闷不乐？莫非因女婿张敖革去王位？

鲁　元　（避席谢）皇太后圣鉴：张敖得罪高皇帝，理应削去王位，焉敢心怀不满？

吕　雉　那就开怀畅饮！我会在你儿女身上补偿。

鲁　元　谢皇太后恩典！

吕　须　公主，让姨母也（举爵）为你奉酒。

鲁　元　姨母！不敢当！

吕　须　你儿女都未带来，他们多大年岁？

鲁　元　女儿刚满十岁，儿子方才六岁。

吕　须　（饮酒）祝你女儿嫁得好女婿！

鲁　元　（饮酒）谢姨母！

吕　台　三姑母莫非有意做媒？

吕　须　确有此意，未知鲁元公主赏脸不？

鲁　元　姨母言重！长者之命，焉敢不从？

吕　须　（大喜）一言为定！（转向吕雉）皇太后也赏脸不？

吕　雉　（故意作态）三妹之意是……

吕　台　三姑母之意，莫非想为皇帝册立皇后？

吕　须　正是！一个十七，一个十岁，年龄相当！

鲁　元　（知道上了圈套）不可！不可！皇帝是她舅父！

吕　须　（大笑）此乃常事，有何不可？

鲁　元　（向吕雉哀求）太后，使不得！女儿和皇帝是同胞手足！

吕　雉　（板着脸）……

吕　须　（拖开鲁元）好公主，你叔父刘泽还不是做我女婿？

吕　禄　对！让皇帝叫你岳母就是！

吕　台　（制止吕禄。向鲁元）公主不必担心。刘氏诸王和我吕氏兄弟原是姑表兄弟，皇太后已将我等女儿都许配给刘氏诸王为后，如何再论班辈？

吕　产　（马上接口）我女儿嫁给梁王刘恢，（指吕台）大哥女儿嫁给淮阳王刘友，（指吕平）他女儿嫁淮南王刘长……

吕　种　（抢说）我女儿嫁燕王刘健。我等不都做了岳父？

吕　禄　（也赶热闹）我，也打算把大女儿嫁给赵王如意！

吕　雉　休得胡扯！（视空位，向张释低语）

　　　　〔张释下。

吕　须　你还不懂，公主？这江山是我们吕刘两家的！

鲁　元　我女儿年纪太小……

吕　雉　（厉色）公主！你和皇帝虽是姐弟，但别忘记君臣名分！

吕　产　（冷眼旁观，一跃而起）皇后已定，何必多言！恭喜皇太后！恭喜鲁元公主！

吕　台　（举爵向诸吕大呼）皇太后为皇帝册立皇后，是朝廷之喜，社稷之福！你我向皇太后贺喜！（一饮而尽，跪拜）恭祝皇太后万岁！万万岁！

　　　　（朝贺乐起）

诸　吕　（跪拜）恭祝皇太后万岁！万万岁！

　　　　〔吕须按鲁元同时跪拜。

吕　雉　（才得意一笑）罢了。

　　　　〔诸吕归座时，张释慌张上。

张　释　侯封前来启奏：皇帝私自出宫，不知何往！

吕　雉　（脸色骤变）审食其去灞上可曾回来？

　　　　〔审食其气喘吁吁，从鸿台下奔上，直扑吕雉前拜倒在地。

吕　雉　（喝问）如意何在？

审食其　臣迎至灞上，正遇赵王如意，刚欲接来长乐宫，不料皇帝驾到……

吕　雉　（起立）盈儿去到灞上？

审食其　皇帝不许小臣过问，将赵王如意强行接走，同乘一车，直奔未央宫而去！……

吕　雉　（猛然踢翻几案）他，不是我儿子！（冲向殿外，叫）传侯封！

　　　　（奔下鸿台）

〔乐声顿止。

〔张释、审食其、吕须及诸吕均追吕雉而下。宦官、宫女慌忙追出。

〔鲁元环顾左右,只剩下随身两名宫女在殿外侍立。

鲁　元　(茫然若失。走向殿外,攀住玉石栏杆,向北瞭望,手指长陵)那?……

一宫女　那是高皇帝长陵,公主。

鲁　元　(失声痛哭)父皇!父皇!救救弟弟!救救女儿!

另宫女　公主,请回宫!

鲁　元　(转身向西瞭望)……

一宫女　(指)那是未央宫。

鲁　元　(引颈而望,低声呼唤)弟弟,可怜弟弟!姐姐不能再来探望你
　　　　了!……(伏栏杆而泣)

〔暗转。

第七场

〔片刻后,在永巷中。

〔幽暗永巷尽头,是一狭小天井。

〔戚夫人秃顶无发,裹以素巾;身穿赭衣,但外披缟衫;颈钳铁钳,铁链
垂地。她在天井中手捧春杵,艰难地春米。

戚夫人　(疲乏已极,以拳击腰,仰望天空,喃喃自语)如意,我儿!你在何
　　　　处?……为母被囚永巷,你可知晓?……相隔三千里,儿呀,你可知
　　　　晓?(且春且唱):

　　　　　　子为王,母为虏,

　　　　　　终日春薄暮,常与死为伍!

　　　　　　相离三千里,当谁使告汝。

〔在戚夫人重唱时,永巷门开,一道强烈光线中,两个人影背光而入:
原来是鸣玉和佩兰,二人喜形于色。

鸣　玉
　　　　(同声)夫人!
佩　兰

〔鸣玉抢过春杵,为戚夫人春米。佩兰放下竹簟,盛饭。

〔戚夫人见之欣然。继续歌唱。歌毕。

佩　兰　（捧饭）夫人！快快进餐！

戚夫人　（摇头）即使山珍海味，也难以下咽，孩子！

佩　兰　（忍不住）夫人！奴婢有天大喜事奉禀！

戚夫人　（无动于衷）喜从何来？

鸣　玉　（沉着地蹲于戚夫人膝前）夫人，请莫心慌，真是大喜！夫人日日夜夜思念之人回来了！

戚夫人　（惊起，怀疑地）他、他、他，如意回来了？……可是诳我？

佩　兰　奴婢亲眼所见，千真万确！

戚夫人　他一人进京，还是和周昌丞相同来？

鸣　玉　周昌丞相听说早已进京，赵王是单身入朝。

戚夫人　（惊慌）如意他单身入朝？那、那，可凶多吉少！

鸣　玉　夫人！是皇帝亲自接来！

戚夫人　（不信）说甚？

鸣　玉　皇帝亲去灞上迎接！赵王和皇帝同乘一车，同进未央宫，是奴婢等亲眼所见！

戚夫人　是皇帝亲去灞上迎接？他和皇帝同车进宫？（不禁泪如泉涌）苍天有眼，高皇帝有灵！如意果然来了！我儿他果然来了！

佩　兰　夫人要保重身体，快请用饭！

戚夫人　（接过饭，一边流泪，一边笑问）如意，他一定长得英武魁伟，和高皇帝一般了？

鸣　玉　是！是！赵王身体魁梧，英俊得很！

戚夫人　噢，我儿！（似有所见）我儿！为娘在盼望你呀！（张手，饭碗堕地，惊醒，推开鸣玉，发怒）你等诳我！如意回朝，为何还拘我于永巷之中？
　　　　〔一声巨响，永巷铁门大开，几个人影匆匆奔来——侯封和四个宦官上。
　　　　〔全场默然。

侯　封　（温和地）戚夫人大喜！

戚夫人　（冷眼不语）……

侯　封　夫人日夜想念赵王，赵王今日回朝，特来报喜！

戚夫人　（眼睛一亮，仍然不语）……

侯　封　你等通风报信来了？

鸣　玉　赵王进宫，谁人不知，谁人不晓？何需通风报信？

佩　兰　难道不能为夫人送饭？

侯　封　（笑）可以，可以。（向戚夫人）夫人想见赵王不？

戚夫人　（侧目不语）……

侯　封　（故作温和）夫人难道无母子之情？

戚夫人　（愤然）有！

侯　封　太后如果开恩，让你见赵王一面……

戚夫人　如果她还有人心……

侯　封　但皇太后说，得先挖去你的双眼！

戚夫人　挖去双眼何关，我有双耳，可以听到他言语！

侯　封　再熏聋你的两耳！

戚夫人　（怒）我还有嘴，可以叫唤他！

侯　封　药哑你的喉咙！

戚夫人　我有双手，可以摩抚他！

侯　封　再砍断你双手、双脚！

戚夫人　我还有一颗母亲之心，可以疼他！

侯　封　（奸笑）好，成全你心愿。（向宦官喝令）带走！就一样、一样动刑！

宦官等　（大声）是！

戚夫人　（面向侯封）这也是高皇帝遗诏？这是你主子吕雉阴谋！

侯　封　大胆！敢称皇太后圣讳？

戚夫人　（指着侯封）高皇帝曾经告我：说你主子吕雉要篡夺刘氏江山！

侯　封　（暴跳如雷）拖走！

　　　　〔宦官一拥上前，冷不防戚夫人从怀中抽出冷剑，向一宦官猛刺。侯
　　　　封跳上去夺剑，摔之于地，与宦官拖戚夫人下。

戚夫人　吕雉！吕雉！我变为厉鬼也不会饶你！

　　　　〔佩兰伏地痛哭。鸣玉急将地上剑藏之怀中，双目如火。

　　　　　　　　　　　　　　　　　　　　　　　　　　　　——幕　落

第三幕

　　惠帝元年(公元前 194 年)12 月,大尉周勃讨平卢绾叛乱,率领二十万得胜之军,即将班师回朝。

第八场

　　〔某日晚,在长乐宫温室殿中庭。

　　〔吕雉踞坐宝座之上,与吕产、吕禄、吕种、吕平作樗蒲戏。吕须、吕台、审食其在吕雉之侧旁观。

　　〔殿上灯烛辉煌,炉中炭火熊熊。宫女在捧酒进场。

吕　禄　（对吕雉所掷之木大呼）卢! 卢! ……卢! 姑母赢了!

吕　雉　（大喜）禄儿叫得好!

吕　禄　是姑母福气高!

吕　产　（笑）禄弟今儿可聪明!

　　　　〔诸吕大笑。吕种掷木。审食其在吕雉耳边低语。

吕　雉　（一惊）谁? 周勃? ……（又转平静）怕什么?

吕　须　（急问审食其）周勃这煞神回来了?

吕　台　他带多少人马?

审食其　大军二十万! 还有俘虏数万人!

吕　须　当年周勃和陈平一起去捕杀樊哙,此人该杀!

吕　雉　（横之以目）你又来!

吕　台　他率领二十万得胜之军回到长安,不能不防!

吕　产　（在听）该姑母掷了!

吕　雉　唔。（随手掷木,再掷,边在思考）

审食其　太后,可记得当年陈平投奔高皇帝之时故事?

吕　雉　（在思考中,又掷一木）唔。

吕　禄　（对木大呼）卢! 又赢了十四彩! 姑母!

吕　雉　（一笑,起身）我还没输过! （向审食其）宣陈平进宫!

审食其　（欣然）是! （急下）

吕　产　姑母,是想试一试陈平?

吕　雉　（不理）你输了？

吕　产　（笑）没有姑母福气高。

吕　雉　你们吕氏兄弟……

　　　　〔张释率小宦官捧莲羹上。小宦官分送诸吕。

张　释　（亲献吕雉）陛下请用莲羹！

吕　雉　（捧羹，忽问）可曾送给皇帝？

张　释　（会意）那边宫中，照例都送两份。

吕　雉　（一边吃，淡淡地）可曾吃？

张　释　皇帝都和赵王同吃。几个月来，皇帝和赵王食则同案，睡则同榻，同
　　　　出同进，寸步不离！

吕　雉　（看看诸吕）兄弟相爱，应当如此。

张　释　皇帝出去打猎，有时天冷未带他去，还生气！

吕　雉　唔！冬天打猎，当心着凉！（暗示）不去更好！（转向诸吕）你们兄弟
　　　　可不如他们！

吕　台　是！侄儿一定友爱诸弟！

吕　雉　禄儿很是憨厚，只是贪图游乐。产儿聪明伶俐，可是锋芒太露！……

吕　产　（躬身）姑母教训，侄儿终身不忘！

吕　雉　吕种志大才疏，吕平则胆小如鼠！……

吕　种
　　　　　　是！
吕　平

　　　　〔审食其匆匆上。

审食其　陈平立刻就到。太后单独见他？

吕　雉　（向诸吕）你们留下。（看吕产）我倒要试一试你们！

　　　　〔审食其邀吕须下，张释与宦官收拾殿堂。

吕　须　（转身）姐姐！我可告诫你！陈平、周勃二人……

吕　雉　（板脸）我知道：将二人杀掉！可痛快？

吕　须　（负气）我不说！（与审下）

　　　　〔声："曲逆侯、郎中令陈平宣到！"

　　　　〔吕雉端坐宝座。诸吕各选择位置坐下。张释侍立。

张　释　（唱）宣曲逆侯陈平进殿！

　　　　〔陈平应声而上，趋前跪拜。

陈　平　　曲逆侯臣陈平叩见皇太后！

吕　雉　　贤卿请坐。

陈　平　　谢坐！（扫视众人，坐下）皇太后深夜召唤，有何旨意？

吕　雉　　有件小事。太尉周勃即日班师回朝，应该如何封赏，皇帝和我都觉无
　　　　　例可援，所以请贤卿前来计议。

陈　平　　（玩味其言，又环顾众人）此等大事，皇太后何不请三公九卿同来
　　　　　计议。

吕　台　　萧何相国卧病不起，御史大夫赵尧年少气盛，三公都难商量。足下为
　　　　　郎中令，可算九卿之首！

吕　产　　曲逆侯当年为高皇帝六出奇计，平定天下，今日岂不能为皇太后出谋
　　　　　划策？

陈　平　　（一笑）是。是。臣以为此次周勃讨伐卢绾，平定燕国之乱，一破于下
　　　　　蓟，再破于上兰，三破于沮阳，三战三捷！克服上谷一十二县，右北平
　　　　　一十六县，辽东二十九县，渔阳二十二县，共计七十余县！俘获大将、
　　　　　丞相、太尉、御史大夫等多人，杀敌数十万众，卢绾只身逃入匈奴！这
　　　　　确是盖世功勋，当今无双！

　　　　　〔众默然。

陈　平　　（捻须环顾，摇头）至于如何封赏，实在无例可援。未知皇太后之见是
　　　　　赏赐金银，还是增加封邑？

吕　产　　曲逆侯号称足智多谋，岂无其他良策？

陈　平　　（叹息）难！难！难！

吕　产　　加官晋爵就是，有何难处？

陈　平　　请问足下，周勃官至太尉，已位列三公，如何加官？

吕　产　　再进爵位，又有何不可？

陈　平　　周勃已封为绛侯，食邑万户，而高皇帝与大臣曾有白马之盟曰："非刘
　　　　　氏而王者，天下共诛之！"又焉能封他为王？官，无可再加；爵，无可再
　　　　　进！所以难！难！

吕　台　　如此说来，那岂不又是功高而赏薄，使周勃怨恨朝廷？

陈　平　　那、那、那，只好请皇太后赐以特殊恩宠：在太尉班师之时，令满朝文
　　　　　武前往郊外迎接。

吕　雉　　（点头）嗯。

陈　平　此外,朝廷可以大设庆功酒宴,亲自慰劳太尉。再者,还可大赦天下,
　　　　犒赏三军,使军民同乐,普天同庆!

吕　雉　嗯,这都可以。

吕　种　(好不容易找到机会,忙问)再请教曲逆侯:周勃班师回朝,其所率二
　　　　十万大军应该如何处置?

陈　平　(眼睛一亮)那倒容易!

吕　种　留在长安,拱卫皇宫?

陈　平　(笑)长安有北军驻守,皇宫有南军拱卫,何必再要二十万大军?

吕　产　那调往荥阳驻守?

陈　平　荥阳已有灌婴将军雄兵十万,足以屏障关中。

吕　平　那到底如何处置?

陈　平　全都解甲归田!

吕　种　怎么? 都回去种田?

　　　　〔诸吕面面相觑。吕雉微笑。

陈　平　解甲归田,乃高皇帝生前遗训,请皇太后明鉴!

吕　雉　(故意做作)确是高皇帝遗训! 贤卿不愧是先朝老臣!

陈　平　(下拜)小臣放肆,太后赦罪! 夜静更深,臣请拜辞!

　　　　〔陈平昂然退出,诸吕瞠目结舌。

　　　　〔吕须和审食其从东厢奔出。

吕　须　陈平花言巧语,讨好卖俏,不能信他!

审食其　(对吕须)当年陈平投奔高皇帝之时,周勃曾骂过陈平。

　　　　〔诸吕在纷纷议论:"不可信!""诡计多端!""真是反复乱臣!"

吕　雉　(一挥手)你们不是陈平对手! (叹息)你等想掌权,还得跟他学!
　　　　下去。

　　　　〔吕产、吕禄、吕种、吕平躬身退出。

吕　雉　(对吕须)陈平有用! 他的计策可行! (向吕合)让文武百官都去灞上
　　　　迎接周勃!

吕　台　是!

吕　雉　慢! 准备法驾! 我和皇帝也去灞上!

吕　台　(惊)迎接周勃? 太后! 未免太过? ……

审食其　(乖觉地)太后是和皇帝同乘一辆辇车?

吕　雉	不许声张！
审食其	那我今晚就去灞上，先见周勃如何？
吕　雉	（微笑）只有你懂我的心思。
吕　须	（疑惑）姐姐，你是想……
吕　雉	（打断她）三妹，你有事可干！让那煞神回朝之前，先断了念头！——去找侯封！替我斩草除根！
吕　须	（恍然）唔！

〔暗转。

第九场

〔次日晨。长安郊外灞上，驿馆旁。

〔驿馆旁设乐棚，乐师正奏凯歌之曲，钟鼓齐鸣。

〔周勃身着铠甲，威风凛凛，率四员将校及侍从乙上。一面"周"字大纛由卫士高举着，随上。

〔审食其从后边赶来。

审食其	（躬身）太尉，除萧相国以外，满朝文武，全来迎接！
周　勃	哦！

〔文武大臣从对面鱼贯而来。周勃急步迎上去。郦商上。

郦　商	（激动地）曲周侯郦商，恭迎太尉胜利归来！
周　勃	呀呀！老将军！不敢当，不敢当！
郦　商	老夫满腹心事，就盼太尉回朝！
审食其	（上前）曲周侯，请进驿馆休息！

〔郦商见审食其，无言而下。王陵上前。

王　陵	安国侯王陵，恭迎太尉班师回朝！
周　勃	（大喜）呵呵！王老将军你也来了？身体可好？
王　陵	没死，就好！还可和你打几回合！
周　勃	（捧须大笑）好，好，好！
审食其	请安国侯驿馆休息！

〔王陵一笑下。刘泽上前。

刘　泽	营陵侯刘泽，恭迎太尉凯旋！

周　勃　　（拍其肩）原来是老弟！可好？

审食其　　刘泽将军如今任卫尉之职！

周　勃　　哦！你掌管南军？

刘　泽　　是，太尉麾下！

周　勃　　好，好！拱卫皇宫，甚是紧要！稍停细谈细谈。

　　　　　〔刘泽下。陈平上前。

陈　平　　（热烈地）曲逆侯陈平，迎接太尉班师回朝！

周　勃　　（淡淡地）哦，陈将军。

审食其　　曲逆侯如今升任郎中令，位列九卿！

周　勃　　原来高升了？难怪！难怪！

陈　平　　（惊异，欲下）……

　　　　　〔忽然欢呼声起："皇帝陛下万岁万万岁！皇太后陛下万岁万万岁！"
　　　　　同时朝乐齐作。

审食其　　（故作惊讶）原来是皇帝、皇太后前来迎接太尉！

周　勃　　（大惊。挥令四武将、侍从乙同下）接驾！

　　　　　〔百官欢呼。郦商、王陵、刘泽也由驿馆出，奔下。

陈　平　　（久立未动，思考）这是为何？这是为何？（猛然惊醒）呀！

　　　　　〔陈平迎着欢呼声急下。

　　　　　〔八卫士持戟上，四宫女、四宦官前导，刘盈牵周勃之手，款步而上。
　　　　　张释扶吕雉及宫女、宦官随上。审食其、闳孺后随。

刘　盈　　……萧相国卧病在床，留侯张良辟谷修仙，先朝老臣无多，早盼太尉
　　　　　凯旋！

周　勃　　高皇帝晏驾，老臣远在边疆，未许奔丧。但不知高皇帝临终之时……

吕　雉　　（早想超越刘盈，此时便与周勃并行，接过话头）先皇帝临终之时，曾
　　　　　谆谆嘱咐于我说："能安刘氏天下者，必周勃也！"（做悲哀状）我和皇
　　　　　帝是孤儿寡妇，今后朝廷政事，全仗太尉作主！

周　勃　　（不知所对）唔，唔，不敢！

　　　　　〔审食其窜步上前。

审食其　　请二位陛下进馆休息！

　　　　　〔吕雉昂然抢前一步，先刘盈而入驿馆。周勃愕然。
　　　　　〔刘盈仍携周勃手同进驿馆。宦官、宫女随下。

〔闳孺正拟跨进驿馆，陈平急上，牵衣止之。

陈　平　请留步！

闳　孺　郎中令，何事惊慌？

陈　平　赵王何在？

闳　孺　还在宫中酣睡！

陈　平　（顿足）赵王危矣！请皇帝火速回宫！

〔暗转。

第十场

〔当刘盈车驾回宫之时，在未央宫里……

〔未央宫寝殿前。刘盈读书处几案仍在，但树叶凋落，北风萧瑟，寂然
无人。

〔殿门掩闭，忽然微启，侯封潜出。他四顾无人，向殿内示意，吕须出。
二人分途向殿后溜去。

〔钟鼓齐鸣，乐声大作。

〔声：“皇帝陛下返驾回宫！”

〔刘盈面色惨白，在闳孺及宦官、宫女拥簇下急步奔上。

〔稍后，刘泽亦率卫士多人奔上。乐止。

〔闳孺回顾刘泽，挥手示意。然后与刘盈等冲进殿门。

刘　泽　（命令）把守所有宫门！搜！

〔刘泽指挥卫士分头搜索，然后率二卫士跟进殿去。

〔稍间。声：“皇太后陛下驾到！”

〔张释及宦官、宫女拥吕雉缓步上。审食其、吕台随上。

〔吕雉止步，注视殿上；审食其、吕台亦注视殿上。然后相顾无语。吕
雉拟在几前就坐。

〔吕须神色慌张，由殿后奔上。吕雉等大惊。

吕　须　（跪拜）迎接皇太后陛下！

吕　雉　（低声）你还在此作甚？

吕　须　（低声）诸事完毕，但宫门已闭。

〔声：“曲逆侯、郎中令陈平觐见皇帝陛下！”

〔众人一惊。

吕　雉　陈平进宫?

吕　须　有鬼!（起身)

　　　　〔陈平手捧卷轴奔上,见吕雉,急趋前跪拜。

陈　平　臣陈平叩见皇太后!

吕　雉　贤卿灞上刚回,又匆匆进宫,有何紧急大事?

陈　平　臣奉太后之命,每日进宫为皇帝授读诗书。（示卷轴)

吕　雉　哦,贤卿是皇帝师傅,教授有方!

陈　平　太后过奖! 是皇帝天资过人!

吕　须　郎中令过谦! 自从赵王如意来朝,皇帝与他相亲相爱,岂非郎中令教
　　　　授有功?

陈　平　（扫视吕须及众人,笑)皇帝忠厚仁慈,是由于高皇帝自幼教导!

吕　雉　（急于收场,目止吕须,笑)贤卿可谓善于辞令! 但今日皇帝疲乏,郎
　　　　中令不必授读。

陈　平　是。……

　　　　〔寝殿门大开,殿中传出号啕痛哭之声。闳孺奔出,向吕雉脚下拜倒。

审食其　（故作紧张)闳孺,何事惊慌?

闳　孺　（哭)启奏皇太后,赵王被人谋害身死!

吕　雉　（大怒)是谁下此毒手? 左右宦官何在?

闳　孺　宦官二人也被匕首刺死,弃尸殿后!

吕　雉　（向吕台、审食其)搜查后宫,追捕凶手!

　　　　〔吕台、审食其奔上寝殿。

吕　雉　闳孺! 皇帝何在?

闳　孺　皇帝正呼天抢地,抱尸痛哭!

吕　雉　你去侍候皇帝要紧!

闳　孺　是。（哭向寝殿而去)

吕　雉　（向陈平)贤卿,赵王被害,是刘氏不幸!

陈　平　（一直默默注视,不动声色)是小臣失职!

吕　须　郎中令足智多谋,这谋杀赵王如意凶手,究是何人?

陈　平　（看着吕须)凶手么?（向吕雉)臣身为郎中令,掌管未央宫,赵王被
　　　　害,嫌疑重大。请皇太后（向前挺立)将臣交付廷尉,严刑审问!

吕　雉　　贤卿何出此言？我深信贤卿忠于朝廷，他人（目视吕须）之言，不必介
　　　　　　意！你我且去殿上……
　　　　　　　〔刘泽由殿内出，卫士手捧一壶随之。吕台、审食其稍后跟出。同奔吕雉。

刘　泽　　（跪拜）卫尉臣刘泽叩见皇太后！

吕　雉　　（不免一惊）刘泽将军，可曾搜宫？

刘　泽　　寝殿内搜出酒壶一把，内有毒酒，赵王如意确系被毒而亡。宦官二
　　　　　　人，系被匕首捅胸杀死！

吕　须　　（急）可曾搜出凶手？

刘　泽　　（才见到吕须）拜见岳母。后宫搜得一人，身怀匕首，形迹可疑，已经
　　　　　　拘捕！

吕　须　　（惊）他是何人？

刘　泽　　是廷尉左监，名叫侯封！

吕　须　　侯封胆敢谋逆，立即斩首示众！

吕　雉　　慢！侯封何敢谋逆？要追出主谋之人！

刘　泽　　侯封狡猾异常，不肯吐实！

吕　雉　　要严刑拷问！（向陈平）郎中令，侯封交你审讯！

陈　平　　（躬身）宫中发生谋逆大案，臣身为郎中令，应当引嫌回避！

吕　雉　　刘泽将军，由你审讯如何？

吕　须　　那，他是卫尉，也应该避嫌！不如由辟阳侯审讯！

吕　雉　　既如此，那，辟阳侯，你去审讯侯封！刘卫尉，你封锁宫门，追查主犯！
　　　　　　郎中令，你去宣告文武大臣，入朝吊丧！吕台，你去料理赵王如意丧事！
　　　　　　　〔四人躬身退下。

吕　须　　（低声）姐姐，为何不乘机拘捕陈平？

吕　雉　　（责难）你！倒管管你女婿刘泽，他为何如此卖力？

吕　须　　事前不敢告诉他。……
　　　　　　　〔闳孺扶刘盈由殿中出，宦官、宫女随后，向吕雉走来。

刘　盈　　（如痴如呆木然跪下）皇太后开恩！

吕　雉　　（温和地）陛下起来，凶手已经捕到，一定要追出主犯，为赵王如意申
　　　　　　冤，不要过分悲伤！

刘　盈　　（仍直跪不起）太后开恩！

吕　雉　　明天辍朝一日，让全朝文武大臣亲临祭奠，以国王之礼安葬于长陵之

旁,你可满意?

刘　盈　(依然不起)太后开恩!

吕　雉　给如意加谥号为赵隐王,如何?

闳　孺　陛下! 皇太后陛下问话!

吕　雉　(薄怒)为何不言不语?

闳　孺　(推刘盈)陛下! 陛下!

刘　盈　太后! 请开圣恩! 赵王如意多次求见戚夫人,未蒙太后恩准,如今如意已死,儿皇应去永巷之中拜见戚夫人!

吕　雉　(惊)你要见她?

刘　盈　儿皇是代替如意弟弟前去一见。

吕　雉　(怒)不见为好!

刘　盈　(坚决)一定要见!

吕　雉　一定要见?

刘　盈　从今以后,百事依从太后。只求一见戚夫人,死而无憾!

吕　须　(对吕雉,狠毒地)让他见见也好!

吕　雉　(思考之后,切齿,点头)你,领他去!

刘　盈　(起身)谢太后圣恩! (拔步便走)

吕　须　随我来!

〔吕须引刘盈下。闳孺忙率宦官、宫女追下。

〔审食其、吕台先后上。

审食其　(低声问)去看"人彘"?

〔吕雉注视刘盈去路,不答。张释向审点头。

吕　雉　(向吕台)告诉鲁元公主,令她立刻送女儿进宫!

吕　台　册立皇后? 她女儿年纪还小,恐怕……

吕　雉　(含怒)我怕没有孙子!

审食其　(向吕台微笑)后宫美女甚多,何必管皇后年纪?

吕　台　(恍然,向吕雉)是,立刻告知鲁元公主!

吕　雉　(转身)回宫! (向审食其)赵玉驾薨,你去告知周勃!

审食其　(会意)是。

张　释　(向外高唱)皇太后陛下驾返长乐宫!

〔吕雉率张释、吕台、审食其下,宦官、宫女拥下。

〔一阵纷乱声。闳孺及二宦官搀扶半昏迷状态之刘盈上，二宫女惊恐万状，呼号相随，跟跄而上。

一宫女　可怕可怕！是何怪物？是何怪物？

另宫女　无手无足，无眼无耳，难道是人？

　　　　〔吕须微笑上。

吕　须　这似乎是人，又似乎是猪，它叫作"人彘"！

闳　孺　（愤然）皇帝已经受惊！

吕　须　不必惊慌！其实她还是人，皇帝不是要见戚夫人？

刘　盈　（大叫一声）天！……（昏厥）

闳　孺　陛下！陛下！（捏其人中）陛下醒来！陛下醒来！

　　　　〔在纷乱中，吕须缓步下。

　　　　〔陈平由树后上，奔向刘盈，扑倒在地。

陈　平　陛下！陛下！臣未能保护赵王，死罪！死罪！

刘　盈　（悠悠醒来）师傅！师傅！惨无人道！千古未有！此乃禽兽行为！

陈　平　陛下！且请忍耐！忍耐！

刘　盈　请告皇太后！我无面目再治理天下！……

——幕　落

第四幕

　　刘盈因病不问朝政，一年有余。吕雉乘机弄权，扶植诸吕。但惮于老臣威望，萧何逝世后，仍以齐国丞相曹参继任相国。

第十一场

　　　　〔惠帝二年（公元前193年）秋某日，在曹相国府邸。
　　　　〔曹参与陈平、陆贾对坐饮酒，曹窋侍立。

陈　平　……曹相国，自从萧相国逝世，不觉已过数月，朝廷……

曹　参　（佯作醉意）如今九月，天高气爽，正好饮酒！请！

陈　平　自从赵王如意被害，皇上不问朝政，颇好酒色……

曹　参　（岔开）酒,酒乃人间一宝,不可不饮! 足下可知酒系何人所造?

陈　平　（笑）世人都说杜康造酒。

曹　参　不然! 夏禹王之时,就有仪狄造酒之说。

陆　贾　（大笑）曹相国莫非在著作《酒经》?

曹　参　（也笑）而仪狄据说还是个女人!

陆　贾　所以酒与女人难以分开……

曹　参　（警惕,马上避开）但下官只管饮酒,不谈女人!

陈　平　（突击）今年齐王刘肥入朝,皇太后又以毒酒谋害……

曹　参　（闪躲）齐王刘肥也善于饮酒……

陈　平　下官是说齐王被太后谋害之事……

曹　参　（佯醉）下官只管饮酒,不管女人之事!

　　　　〔曹窋一旁向陈平示意。

陈　平　（正色）曹相国! 今日下官与陆大夫拜访,想有所请教!

曹　参　要谈饮酒之道,则请先连饮三爵!

曹　窋　父亲! 二位叔父特来请教,大人为何只顾饮酒,不谈正事?

曹　参　（怒）父辈在此,休得开口!

曹　窋　（不屈）高皇帝驾崩,大人继任相国,却日夜饮酒,何以安邦定国?

曹　参　（大怒）朝廷大事,非你所知! 回宫侍候皇帝去!

曹　窋　（跪）今日皇帝责问孩儿:大人不问朝政,是否欺皇帝年幼? 皇帝如此询问,孩儿不敢隐瞒!

曹　参　（起身）你胆敢私议朝政? ——拿家法来!

陈　平　相国息怒! 既是皇帝垂问,世兄又身为太中大夫,焉能说是私议朝政? 请恕世兄之罪!

曹　参　（只得下台）且饶你这遭! 取好酒来!

　　　　〔曹窋起身下,陆贾向之微笑。

陆　贾　来来来,相国请坐。你我还是饮酒!

曹　参　（拱手）老夫酒后失言,尚请恕罪。

陆　贾　下官此次周游全国,刘氏诸王和文武大臣,对皇帝安危甚为关切! 因此大胆请教:皇上既然垂问相国,相国将何以回答?

曹　参　下官也要请教二位:当今皇帝比高皇帝如何?

陈　平　皇帝仁慈而懦弱,难比高皇帝圣武。

曹　参　再请教：曹参比萧相国又如何？

陈　平　（笑）论宰相之才，曹相国自有不及萧相国之处。

曹　参　（击掌）可不是！高皇帝平定天下，统一中国；萧相国制定法律，安邦
　　　　定国。皇帝但能谨守高皇帝基业，下官能遵循萧相国遗规，岂不天下
　　　　太平？又何必多问朝政？

陈　平　（笑）曹相国可谓"无为而治"！

曹　参　（大笑）足下又何尝不是黄老门徒？请饮！（大饮）
　　　　〔曹窋捧酒上，为各人酙酒。

陆　贾　在下还要请教，在皇帝与相国之上，还有一人……

曹　参　（大惊，急忙）已经说过，下官不过问女人之事！

陆　贾　（笑）可是那女人要过问朝廷之事，奈何？

曹　参　（举起酒爵）你我恭而敬之，敬而远之！（沉重）二公，如今天下初定，
　　　　人心思治！

陈　平　可是她便乘此时机，阴谋篡位，一统江山，岂不又将分崩离析……？

曹　参　（以手止陈平。但沉思不语）……
　　　　〔三人都注视他，等待他。

曹　参　……此人老谋深算，时机远未成熟，她还不敢！

陈　平　（低声）但未雨绸缪，我辈能不及早防备？

曹　参　（思考）老夫老矣！为何不与"吹鼓手"商量？

陆　贾　相国是指太尉周勃？

陈　平　（点头）高皇帝曾说："能安刘氏天下者，必周勃也！"没有他，焉能成其
　　　　大事？但下官两次拜访，都避而不见！

陆　贾　在下一再游说，太尉以我为儿戏！

曹　参　高皇帝说他"重厚少文"，是不喜爱你等书生。（又断然地）但水滴石
　　　　穿，难道他是石头不成？

陆　贾
陈　平　（恍然）敬谢相国指教！（拜）拜辞！

曹　参　（回礼）老夫醉矣！酒后之言，不必当真！
　　　　〔暗转。

第十二场

〔同日,在大尉周勃府邸庭院中。

〔院中铺地毯,设几,几上置一排箫及一剑鞘。

〔四武将正在一一弯弓搭箭,向院落深处试射。周勃戎装挂剑,立于庭中观看。家兵家将多人围观喝彩。侍从乙引刘泽、刘章上,正欲启报,天空忽有孤雁哀鸣。

侍从乙　启禀太尉:……

周　勃　(仰望天空)取弓箭来!

　　　　〔侍从乙急取弓箭递上。

武将一　(心有不忍)是只孤雁! 可怜!

周　勃　(取弓搭箭,注视空中)免得她守寡! 看——(一箭射去)头!

　　　　〔众人齐声喝彩。

武将二　神箭! 果然射中雁头!

周　勃　管它什么解甲归田! 你等练武要紧!

四武将　是!

　　　　〔从人丛中走出刘泽、刘章。刘章抢前跪拜在地。

刘　章　拜见太尉爷爷!

刘　泽　大将威风,不减当年! 太尉!

周　勃　(大笑。问)谁家娃娃?

刘　泽　是齐王刘肥次子,名唤刘章。

　　　　〔四武将及家兵家将等退去。侍从乙捧酒上,继下。

周　勃　(端详)倒和赵王如意一个模样! 是刘家的好种子!

刘　章　叔父赵王如意和戚夫人惨遭杀害,今年父王入朝又……

周　勃　(挥手制止)别说! (然后坐于几前,取排箫在手,捺住怒气,徐徐吹起哀乐来)

　　　　〔刘泽、刘章坐下,低头默哀。

周　勃　(放下排箫)你祖父高皇帝以赵王如意托我,而我班师回朝之日,如意便遭横祸,我如何对得起高皇帝?……

刘　章　(怂激)吕后欲杀尽刘氏子弟,是人为刀俎,我为鱼肉。如今曹相国终

　　　　　　日饮酒，不问朝政，王陵将军不掌大权，灌婴将军远在荥阳，环顾朝中文武，能安刘氏天下者，除太尉以外，尚有何人？

周　勃　娃娃！（取箫予之）吹！

刘　章　（茫然）吹箫？

周　勃　你也平平气！——你想造反？

刘　章　爷爷适才不是射杀孤雁，说免她守寡？

周　勃　（冷笑）她，何尝守寡？

刘　章　她与审食其秽乱宫廷，正可以……

周　勃　（挥手制止）别说这！

刘　泽　皇上近来颇思振作，倒是时时顶撞太后。

周　勃　唔？

刘　泽　今年他父亲齐王入朝，皇帝以兄弟之礼相待；太后却暗置毒酒，意图杀害齐王。皇帝得知，极为震怒！

周　勃　唔。（又转问刘章）你如今身居何官？

刘　泽　他原随齐王刘肥来朝，太后谋害齐王未成，便留他在朝，作为人质，现在宫中宿卫，但见他英勇过人，又且年幼，有意以吕禄之女嫁他！

刘　章　我是龙子龙孙，岂娶猪狗之女？

周　勃　（笑）你叔祖是樊哙女婿，所娶也是猪狗之女？

刘　章　（窘）孩儿失言，叔祖恕罪！

刘　泽　（笑）如果不是樊哙女婿，我焉能任卫尉之职？

周　勃　着！该学你叔祖，娶吕禄之女为妻！他是卫尉，掌握南军；你也要手握兵权！娃娃，能安刘氏天下者，不是我，是（拍剑）它！……

刘　章　谨遵太尉爷爷教训！

周　勃　可是皇帝……到底不比赵王如意，难！

刘　章　那，刘氏江山……？

周　勃　一要看，二要等！……娃娃，我周勃还没死！

刘　泽
刘　章　（同时拜倒在地）为刘氏宗庙社稷，叩谢太尉！

　　　　〔周勃扶起二刘。侍从乙上。

侍从乙　启禀太尉：郎中令陈平求见！

周　勃　（断然）不见！

侍从乙　还有陆贾大夫……

周　勃　（怒）不见！

〔侍从乙快快下。

刘　泽　太尉，陈平足智多谋，陆贾能言善辩，定有所为而来，为何不见？

周　勃　此等书生，专会鼓唇弄舌，不可相信！

刘　泽　听说陈平曾保护赵王如意……

周　勃　（愤然）如意为何被害？

刘　泽　那是太后和我岳母吕须阴谋！

周　勃　他投靠吕氏，出谋划策，反复无常，绝不可信！

刘　章　听说太尉二十万大军被解甲归田，正是陈平之计！

刘　泽　唔？……

周　勃　（稍停）可笑陆贾还说他胸怀大志……

〔侍卫乙奔上。

侍卫乙　启禀太尉：陈平、陆贾见刘卫尉车马在门，一定求见！……

〔声："郎中令陈平驾到！陆贾大夫驾到！"

周　勃　（向刘等）说我不见书生！（慌忙避入室内）

〔侍卫乙迎出，陆贾、陈平急趋而上。

刘　章　（迎上）失迎！失迎！太尉不在……

陆　贾　（看看二人，一笑）太尉不在府中？

刘　泽　郎中令、陆大夫见谅：太尉有病在身，不能见客！

陆　贾　（大笑）太尉之病好治：书生一去，其病自愈！

刘　泽　（赧然）太尉确实是……

陈　平　请刘卫尉转禀太尉门下官：今日冒昧闯府，恳求恕罪。改日当再专诚
　　　　拜见！（向陆贾示意）二位将军，我等告辞！

〔刘等愕然。

〔暗转。

第十三场

〔惠帝三年（公元前192年）春，在未央宫前殿。

〔殿上连丹墀部分。刘盈中坐偏右，吕雉中坐偏左。曹参、周勃、王
陵、陈平、郦商、刘泽及审食其、吕台、吕产、吕禄等分列两侧。张释、

阉孺及宦官等后侍。刘揭引匈奴使臣上，令使臣立丹墀下。刘揭进殿。

刘　揭　（拜倒在地）典客臣刘揭启奏二位陛下：现有匈奴使臣奉冒顿（读作墨独）单（读作禅）于之命，前来下书。

刘　盈　匈奴既有国书，为何不交曹相国启奏？

刘　揭　冒顿单于来书，要请皇太后陛下亲启。（献帛书）

吕　雉　（欣喜）冒顿来书与我？（视张释）

〔张释接帛书。

吕　雉　念！可是又进贡骏马，还是骆驼？

张　释　（看）冒顿单于说，他是"……孤偾之君，生于沮泽之中，长于平野牛马之域……"

吕　雉　（得意）也是实情。可他到底进贡何物？

张　释　他说他"数至边境，愿游中国。……"

吕　雉　（惊）他"愿游中国"是何意思？

张　释　（阅书，为难）陛下，冒顿来书无礼之至，不必再读！

吕　雉　（难以下台）有甚无礼之言？念！

张　释　（吞吞吐吐）冒顿他……他……（摇头）小臣不敢！

使　臣　（高声）闻说汉朝高皇帝驾崩，皇太后守寡，咱单于愿和皇太后二人成亲！

〔群臣大惊。

吕　雉　（怒）使臣无礼！绑出斩首！

张　释　遵旨。（向审食其示意，然后向殿外）将匈奴来使绑了！

〔二侍卫上，挟使臣下。使臣大嚷。

审食其　（出奏）皇太后陛下息怒。两国交兵，尚不斩来使，况且……

刘　盈　（盛怒）住口！冒顿丑类，羞辱皇太后，斯可忍，孰不可忍！将来使斩首！

王　陵　（跃起，向刘盈拜倒）臣王陵以为高皇帝起兵以来，战无不胜，攻无不克，但生前以匈奴未灭，引为奇耻大辱！今冒顿单于胆敢侮辱中国，臣愿以十万人马，横扫匈奴！

刘　泽　（也向刘盈启奏）当年高皇帝远征匈奴，曾被围于白登，确是中国之耻！臣愿随王陵将军讨伐匈奴！

吕　台　请教王陵将军：高皇帝当年以三十万大军亲征匈奴，还遭白登被围之耻;今日王将军仅以十万人马便欲横扫匈奴,难道足下武功高于高皇帝?

吕　产　王陵有欺君之罪!

周　勃　(愤然)娃娃!匈奴是狼是虎?你如此惧怕?白登被围,是误中匈奴之计,岂是汉军战败?

刘　揭　当年蒙恬北伐匈奴,二十年间匈奴不敢南犯,中国人岂怕匈奴?

刘　盈　(更加兴奋)高皇帝白登被围之耻未雪,今日又羞辱我皇太后,此仇不报,枉为中国皇帝!请皇太后允许儿皇与王陵将军亲征匈奴,以雪奇耻大辱!

吕　雉　(不免心慌,看看曹参、陈平)陛下想御驾亲征,其志可嘉。但兹事体大,群臣可以从长计议。

〔审食其推郦商说话,郦商摇头。

吕　雉　郦老将军,你以为如何?

郦　商　老臣年老力衰,征伐之事,无能为力!

吕　产　(急忙开口)臣以为匈奴有如禽兽,听其好言不足喜,听其恶言也不必怒。冒顿来书,可以置之不理!更不必讨伐!

吕　禄　(也强出头)听说当年娄敬说过:如果汉朝以公主下嫁单于,单于便是汉朝女婿,生下太子,便是汉朝外孙;岂有外孙而敢反抗外祖父者?臣以为可以用公主和亲。

刘　盈　(怒)一派胡言!汉朝公主岂可下嫁匈奴?

审食其　(冷嘲)陛下年轻,有所不知:当年高皇帝也曾与匈奴和亲,岂能说是一派胡言?

刘　盈　(张口结舌,不知所对)果有此事?

吕　雉　高皇帝曾经征伐匈奴,也曾经与匈奴和亲。曹相国,依你之见,今日应当如何才是?

曹　参　(在闭目养神,跪起答道)匈奴,是可伐而又不可伐;和亲是可行而又不可行!全在二位陛下圣断。

王　陵　岂非废话!

陈　平　曹相国所说是至理名言。匈奴,原是夏后氏之苗裔,所以高皇帝曾与之和亲,结为兄弟之邦。……

审食其　言之有理!

陈　平　但是，如果匈奴称兵作乱，则又必须加以讨伐，而和亲则又不可行！所以曹相国说，匈奴是可伐而又不可伐，和亲是可行而又不可行！其道理在此。

周　勃　（大笑）郎中令！你难道和我同行，也是吹鼓手出身？

陈　平　太尉，此话怎讲？

周　勃　你吹得比我好听！

陈　平　（也大笑）太尉取笑！

王　陵　（向陈平）休作空谈！我且请问：你到底是要讨伐匈奴，还是与匈奴和亲？

陈　平　冒顿来书，羞辱太后，是中国之耻。和亲之说，目前断断不可！

王　陵　是出兵讨伐？

陈　平　冒顿既然来书挑衅，朝廷便应调兵遣将，以备万一！如果匈奴胆敢侵犯，便当迎头痛击，大张挞伐！

周　勃　用何处兵马以防御匈奴？

陈　平　荥阳大军可以调遣！

吕　台　（大叫）那何以保卫关中？

陈　平　还可以调灞上屯军！

吕　产　长安空虚，朝廷又何以自保？

〔吕雉怒视吕产、吕台。

陈　平　长安城自有北军拱卫。

刘　盈　（又兴奋）那、那、那，马上调灞上屯军前往边疆！

吕　雉　（大声叹息）可惜！可惜！太尉二十万大军都已解甲归田！否则……

周　勃　嘀嘀！

陈　平　（一笑）嘿嘿！

吕　雉　（见机就收）周太尉、王将军，忠勇为国，力主抗击匈奴；曹相国、郎中令，深谋远虑，也都极有见地。冒顿狂妄无礼，必须大张挞伐，以伸天威！至于调动何处兵马，还需从长计议。（目视张释）

张　释　（高唱）退朝！

〔大臣们都跪拜而退。

刘　盈　太后！灞上屯军应该马上调往边疆！

吕　雉　（起身，怒目以视）你！

刘　盈　还有匈奴使臣应该立即正法！（闳孺牵袖止之）

吕　雉　（不理，挥袖而去）回宫！（引张释等向殿后下）

审食其　皇太后已经发怒，陛下何必多言！（追吕雉下）

〔刘盈木立。闳孺扶之向殿后下。

〔大臣们已走下丹墀。王陵、周勃在前，陈平、曹参在后。

陈　平　（抢前向周勃）太尉，请留步！

周　勃　下官也打算解甲归田，不做太尉！（掉首而去）

王　陵　（回顾曹参）曹相国，足下确是相国之才！

曹　参　王将军休得取笑！

王　陵　可谓老奸巨猾！（大笑而去）

〔陈平、曹参相视苦笑而下。

〔闳孺扶刘盈由殿后又转出。宦官宫女后随上。

闳　孺　（苦劝）陛下，请回后宫休息！

刘　盈　（苦闷、烦躁）我闷！闷得慌！（立于丹墀瞭望）

〔审食其由殿后出，见刘盈，悄悄绕道下阶而去。

刘　盈　（转身见审食其，顿然怒起，大喝）审食其，回来！

审食其　（只得转身回来，勉强嘀咕一声）陛下。

刘　盈　何处去？

审食其　（也没好气）释放匈奴使臣！

刘　盈　（更怒）不许释放！

审食其　（昂然）是奉皇太后之命！

刘　盈　（急不择词）你、你，你狗仗人势！

闳　孺　（急忙助威）你路遇皇帝，胆敢不行跪拜之礼？

审食其　（理屈）臣失礼，请陛下恕罪。（勉强下跪）

刘　盈　（大叫）卫尉何在？与我拿下！

〔四名侍卫奔上，将审食其按倒在地。刘泽闻声奔上。

刘　泽　（向刘盈跪拜）卫尉刘泽叩见陛下！

闳　孺　（慌了）陛下！……

刘　盈　刘卫尉！将他关进诏狱！严刑拷问！

刘　泽　（向侍卫）拖下去！

〔暗转。

第十四场

〔此时，在长乐宫永寿殿后室。

〔吕雉暴怒地在室中往来急走。吕台、吕产、吕禄肃立听她责骂。吕须在几旁听张释低声讲述经过。几上置笔墨及帛。

吕　雉　……无能！无能！你们都无能！连审食其也无能！……（愈加生气）匈奴单于欺负我，这班大臣欺负我，连儿子也敢欺负我，谁都欺负我！而你们只会胡说八道！给我丢脸！……周勃、王陵多威风！曹参、陈平多狡猾！……

吕　须　姐姐别生气，周勃、陈平本不可信！

吕　雉　连你女婿刘泽也跟随起哄！郦商老狗却不发一言！

张　释　陛下息怒，适才朝廷之上，大臣们并未占上风，太后何必动怒？……

吕　产　（急忙抢话）正是！太后说出解甲归田之计，这句话便有千钧之力！

吕　台　（接口）周勃、陈平果然更加不和！

吕　禄　是是是！散朝之时，周勃、王陵都骂陈平、曹参！

吕　雉　（余怒未消）他们不和？他们都心向刘盈！刘盈这不孝之子，才敢爬到我头上来，你们可懂？

〔众默然。吕种慌忙奔上，向吕雉拜倒。

吕　种　启禀太后：审食其前去释放匈奴使臣，路遇皇帝，皇帝不许释放，已将审食其拘拿，交卫尉刘泽严刑审讯！

吕　雉　（暴怒，大叫）盈儿！他想死？

吕　须　姐姐息怒！我去命令刘泽释放审食其！

吕　雉　不用！

吕　台　先救审食其性命要紧，太后！

吕　雉　（眼珠一转，凶狠地）让他自己释放！（向吕须）你只告诉刘泽：立刻封锁未央宫，不许任何大臣进出！（顿）不许他损伤审食其一根毫毛！（顿）否则，叫刘泽提头来见！

吕　须　是！刘泽不敢！

吕　雉　然后，去释放匈奴使臣，代我慰问！

吕　须　遵旨！（急下）

吕　雉　（向张释）回信冒顿单于,说我允许和亲!

张　释　是,（就几舒帛,不敢下笔）太后?

吕　雉　（冷笑）就说:我年老色衰、齿摇发秃、行路艰难,不能亲自侍奉单于,
　　　　　请用公主和亲……

　　　　〔张释看看诸吕,诸吕相顾。

吕　台　太后! 如此措辞,未免太……

吕　雉　（命令）写! 盈儿怕我丢他脸,为娘的偏要丢他脸! 写! 写! 宁愿向
　　　　　冒顿单于叩头,也不让儿子放肆! 写!

张　释　是! 是! 小臣写,写!

吕　雉　（怒从心起）他不是我儿子! 我没有儿子! 我不要儿子!
　　　　　（又一转眼珠）吕台,去到诏狱,将侯封放出来!

吕　台　（不知所措）是,是。太后,侯封此人声名太坏……

吕　产　大哥,又有何不可?

张　释　（急忙上前扶吕雉入座）陛下保重龙体!（一边为之抹胸平气）太后息
　　　　　怒。小臣有一言启奏。

吕　雉　（果然气平下来）你有何说?

张　释　（低声）太后可以不要皇帝,焉能不要孙子?

吕　雉　（击中要害,更平静下来）鲁元公主女儿不中用!

张　释　小臣倒有一计。

吕　雉　你说!

张　释　（看一眼诸吕,附吕雉耳）……

吕　雉　（脸色渐变,微露喜色）嗯,嗯,鬼主意! 你快写信!

　　　　〔诸吕面面相觑。张释伏几写信。

吕　雉　（徐徐起立,环视诸吕）看你等谁有造化。各自回去,将自己最宠爱之
　　　　　姬妾送进宫来!

吕　台　（还不解）是。

吕　产　太后,怀孕一二个月,是否更好!

吕　雉　算你聪明! 告诉吕氏兄弟,快! 今晚就送进宫来!

吕　种　（恍然）侄儿有一妾,已经有孕在身……

吕　雉　少废话! 快去!

吕　产　侄儿等拜辞!（邀诸吕下）

吕　禄　（还问吕种）送给谁？

吕　雉　台儿留下！（问张释）信？

张　释　（捧上帛书）陛下过目。

吕　雉　（看，交吕台）另选一名宫女作为公主，叫匈奴使臣准备迎接！不得有误！

吕　台　遵旨！侄儿拜辞！（下）

张　释　（扶吕雉）太后辛苦，请榻上歇息！

吕　雉　（半倚其身而行）闳孺，你有把握？

张　释　小臣言语，他不敢不从！

吕　雉　他依你之计而行，赏他黄金五百两；否则……

张　释　小臣要他脑袋！（扶她上榻，为之按摩）

　　　　〔吕须上，见状，蹑步下。

吕　雉　（抚其手）孩子，你可比审食其聪明懂事！

张　释　太后过奖！（笑问）今夜晚审食其不在，谁侍候陛下？

吕　雉　（一笑）你！

　　　　〔暗转。

第十五场

　　　　〔次日晨，未央宫寝殿前。

　　　　〔树枝低垂，鸟语声喧，几案如旧，寂无一人。

　　　　陈平捧卷轴上。四顾，惊异。欲坐，又起。

　　　　〔殿上门开，传出妇女笑谑声。只见宫女进进出出，川流不息。陈平惊顾，打算回避。闳孺从殿中出，见陈，急趋下。

闳　孺　皇帝有事，今日无暇读书，请师傅回邸。

陈　平　今日无暇，明日如何？

闳　孺　（低头）难说。

陈　平　殿上何人？

闳　孺　（赧然）皇太后昨夜新赐美女十人。

陈　平　哦！……听说皇帝昨日拿下审食其？

闳　孺　（更忸怩）师傅不必多问！

　　　　〔殿上声："宣闳孺！"闳孺转身而去。

〔刘揭匆匆上。

刘　揭　郎中令在此?

陈　平　刘将军何事匆匆?

刘　揭　(低声)太后释放匈奴使臣,又用公主和亲,天明以前,已送使臣出城!特来启奏皇帝,赶快追回!

陈　平　(摇头)不必启奏,皇帝已经……

〔曹窋急步而上。

曹　窋　郎中令! (低声)审食其已被释放出狱!

陈　平　(叹息)果然不出所料! 鲁莽从事,鲜克有终!

刘　揭　(恨恨)吕氏岂不更将猖狂?

陈　平　曹相国都已知晓? 有何指教?

曹　窋　家父劝告郎中令:从此善于饮酒,静待水滴石穿!

陈　平　(点头)只有等待水滴石穿! (将卷轴置于几上)

刘　揭　郎中令! 为何?……

陈　平　(摇头叹息)皇帝! 皇帝! (仰望天空)知子莫若父。高皇帝! 高皇帝! 确有先见之明! (泪下)只可怜赵王如意……

——幕　落

第五幕

　　刘盈从此纵情酒色。吕雉遂大权独揽。但曹参逝世后,她仍不得不以王陵为右丞相,陈平为左丞相,继又以曹窋为御史大夫,周勃仍居太尉之职。

　　惠帝七年(公元前188年)八月,刘盈悒郁而死。吕雉乃立刘盈假子为少帝,由她"临朝称制",俨然以女皇自居矣!

第十六场

〔吕后元年(公元前187年)初,在未央宫前殿中庭。

〔王陵、周勃、陈平、曹窋、审食其、郦商、吕台、刘泽、刘揭等三公九卿分左右跪于中庭两侧。吕禄、吕产、吕种、吕平及刘章等百官则跪于两侧之后。静寂无哗。

〔突然朝乐大作,张释自殿后引吕须抱少帝上,分左右立。

张　释　（赞礼高唱）太皇太后陛下升殿！

〔八名宫女前导，八名宦官后随，拥出吕雉来。她容光焕发，仪态万方，端然升坐。吕须抱少帝立于其侧。

张　释　（唱）文武百官拜！

百　官　（拜。高呼）太皇太后万岁！万万岁！

张　释　（唱）起！

吕　雉　（用手一挥）……

张　释　（唱）赐座！

百　官　谢座。（坐下）

吕　雉　（俟朝乐止，傲然自得地说出第一个字）朕，（稍停）朕临朝称制，全仗先朝老臣辅佐。论功行赏，应以高皇帝开国元勋为首！高皇帝曾封列侯一百余人，朕（顿）以为此一百余人应该按其功勋，排列次序，以定朝位，并藏于高祖之庙。其后世子孙，承继侯位，代代相传，以至于万世！

王　陵　（跪起）臣等谨谢圣恩！

吕　雉　至于孝惠皇帝在位之时，其有功之臣，也应封赏。朕以为少府阳城延修筑长安城有功，拟封为梧侯；齐王刘肥驾薨，其次子刘章宿卫有功，拟封为朱虚侯；众卿之意以为如何？

王　陵　臣奉诏！

吕　雉　（急忙又说）还有冯无择、吕产、吕禄、吕种、吕平，也都是有功之臣，拟都一一封侯，众卿以为可否？

〔群臣默然，周勃与王陵相顾。陈平向曹窋微笑。

吕　台　（只好出头）臣以为可！

吕　雉　如此，一体封侯！

〔吕产、吕禄、吕种、吕平等出班跪拜。

吕产等　臣等叩谢太皇太后圣恩！（然后退回原位）

〔群臣窃窃私语。

张　释　（高唱）各位大臣，有事可出班启奏！

审食其　（高声应答）臣启奏！（走出班列，向上跪奏）臣审食其谨奏：今日太皇太后封赏两朝文武功臣，恩泽广被，臣等肝脑涂地，无以为报！因思太皇太后当年佐高皇帝平定天下，功在社稷；今日临朝称制，德配唐、

虞！而吕氏祖先至今尚未追封,于情于理殊为不合！臣敢冒死罪,叩请太皇太后陛下,对吕氏先人予以追封！（退回班列）

〔大臣们交头接耳,窃窃私议。

〔审食其推郦商,郦商辞谢。

张　释　郦商将军有何启奏？

郦　商　（跪起）臣,臣,臣郦商以为:慎终追远,是人之常情。追封先人,也,也是人情之常……

吕　雉　（只得接口）慎终追远,朕岂不知？但先考吕公,先兄吕泽、吕释之,生前都已封侯,今日应如何追封才是？

吕　产　生前既已封侯,如今当然晋封为王！

审食其　（急忙接应）臣以为可以封王！

王　陵　（早在准备,大声叫喊）不可！

〔大臣惊顾。周勃独岿然不动。陈平则捻须微笑。

审食其　有何不可？

王　陵　（跃身而起）你可曾参与白马之盟？高皇帝当年与大臣杀白马而盟誓:"非刘氏而王者,天下共诛之！"异姓封王,有背高皇帝盟誓！

曹　窋　（以笏指之）审食其违背白马之盟,犯有欺君之罪！

刘　揭　（怒目）审食其知法犯法,其罪当斩！

审食其　（沉着应战）诸公之言差矣！高皇帝白马之盟,是为防止异姓称王,造反作乱。而太皇太后先考吕公,非他姓可比！

吕　种　难道死人也能造反作乱？笑谈！

曹　窋　然则死人封王,又所为何来？

吕　产　因为我吕氏先人与高皇帝共平天下,功盖天地！

曹　窋　下官只听高皇帝曾说,开国功臣,以萧何位居第一！……

吕　台　（马上打断）不必争论过去功劳！如今太皇太后临朝称制,是一国之主！太皇太后祖先应否追封,是有关宗庙大事,与我吕氏子孙无关！至于高皇帝白马之盟,原是防止叛乱,与此事是风马牛不相及！

审食其　而白马之盟是对生者而言,并非说死者不可封王！

吕　雉　二人所说,倒也有理。诸位（目视陈平等）老臣以为如何？

〔一片沉默。

吕　雉　（不免着急）高皇帝白马之盟,朕未参与其事……

〔陈平注意，向曹窋目语。

吕　雉　但朕之父兄，竟因此而不能追封，朕岂能（涕泣而道）不悲痛万分？"哀哀父母，生我劬劳！"朕如何报父母养育之恩！……（大哭）

〔诸吕都大声痛哭起来。

〔少帝却拍手大笑。吕须打他，大哭。

吕　雉　（怒）下去！

〔吕须悻悻然抱少帝下。

陈　平　（徐徐起身）陛下请勿悲伤。

吕　雉　（如同得救）左丞相何以教我？

〔周勃、王陵等都向陈注视。

陈　平　高祖皇帝当年设白马之盟，禁止异姓封王，其意在于永固一统江山，避免分裂之祸。所以说："非刘氏而王者，天下共诛之！"先朝老臣都曾参与白马之盟，是断断不能违背！臣陈平受高皇帝知遇之恩，誓死遵守盟约，刘氏以外，谁敢封王，臣决与天下共诛之！

吕　雉　（莫知深浅）唔。

〔王陵、周勃等大臣都屏息而听。诸吕怒视。

陈　平　至于陛下，当年既未参与白马之盟，今日又临朝称制，是否遵守白马之盟，全在陛下自行决断……

吕　雉　（点头）嗯，嗯。

〔王陵已忍耐不住，欲起。周勃却阻止他。

陈　平　吕氏祖先如何追封，我等外臣更不必过问。

吕　雉　（决然）既然如此，吕氏先人封王之事，由朕自负其责！

王　陵　（还是忍不住跃起）左丞相！你可知道：此例一开，活人便会引以为例，你将成千古罪人！……

周　勃　（跃起，阻拦王陵）嗨嗨！活人谁敢称王？韩信、彭越不都砍掉脑袋？

〔陈平惊视周勃。

吕　雉　（强笑）正是！

周　勃　得！得！宁教死人受封，也免教我等活人受罪！

吕　雉　（大喜）太尉快人快语！如此，追封先考吕公为吕宣王，先兄吕泽为悼武王！

〔诸吕哄然而起。拜倒在地。

诸　吕　谢太皇太后圣恩！

张　释　（乘机高唱）退朝！

百　官　（跪拜）太皇太后万岁万万岁！

　　　　〔吕雉匆匆退入殿后，张释、宦官、宫女随下。

　　　　〔百官纷纷下殿而去。

王　陵　（拦住周勃、陈平）二公都曾参与白马之盟，将来如何见高皇帝于
　　　　地下？

陈　平　王丞相，在朝廷之上面折廷争，我等不如足下，但为安定刘氏天下计，
　　　　足下未免……

周　勃　封他几个死人，何必大惊小怪？

王　陵　（对周勃）追封死人，是为活人开路！你不懂？

陈　平　王丞相！请听下官一言……

王　陵　我不听你花言巧语，下官明日辞官，归隐山林！（下）

陈　平　（追）王丞相！……（叹息）无怪高皇帝说："王陵太戆！"

周　勃　好个王陵！比我还戆！

陈　平　（回顾周勃，欲语）太……

周　勃　（感觉狼狈，转身不理而去）……

陈　平　（微笑，摇头，注视其后影）……

　　　　〔暗转。

第十七场

　　　　〔当日下午，在太尉周勃府邸。

　　　　〔周勃在堂上独自吹箫，沉思。刘泽、刘章上，相顾，默然就座。周勃
　　　　略一颔首，吹箫如故。

　　　　〔武将一、二轻步上，刘泽示意他们坐下。

周　勃　（看看他们，徐徐起立，悬箫于架）有何话说？

刘　章　（忿忿然）适才下诏：升陈平为右丞相，审食其为左丞相；王陵明升暗
　　　　降，迁任太傅。太尉可曾知道？

周　勃　（平静地）嗯，嗯。

刘　泽　王丞相辞官而去，归隐山林！太尉也知道？

周　勃　知道！

刘　章　今日朝廷之上，陈平是卖身投靠，奉承吕氏！

刘　泽　他连曹窟、刘揭都不如，实出于下官意料！

周　勃　（笑，向刘章）你是指桑骂槐？（指地上酒坛）可曾看见？

武将一　卑职等正在纳闷，她为何赐太尉御酒？

刘　章　（惊起）赐太尉御酒？

周　勃　还有黄金千两！

刘　泽　（惊）太尉都受下了？

周　勃　为何不受？

刘　章　（窘极）太尉！太尉！莫开孩儿玩笑！

周　勃　（正色）有话，直说无妨！

刘　章　孩儿以为：白马之盟不可违背！

刘　泽　今日太尉在朝廷之上，为何允许她封王？……

武将一　她将得寸进尺，永无止境！

武将二　我等要除吕安刘，岂非更难？

周　勃　我问你等：如何捕捉飞鸟？

武将一　张设网罗！

周　勃　如何擒拿猛虎？

武将二　挖掘陷阱！

周　勃　白马之盟，正是擒拿雌老虎的一口陷阱！可懂？

　　　　〔各人正瞠目结舌，侍从乙奔上。

侍从乙　启禀太尉：陆贾大夫又来求见。——还是挡驾？

周　勃　（随口而答）不见！

侍从乙　是！（摇头而下）

周　勃　回来！（看看众人，挥手令进内室。向乙）请！

　　　　〔刘泽等退入内室，侍从乙欣然下。

周　勃　（搔头）此人又来做甚？（箕踞而坐）

　　　　〔陆贾已飘然而上。周勃侧目视之。

陆　贾　（一揖）世外闲人陆贾拜见太尉。

周　勃　（并不起迎）陆大夫，你又为陈平来做说客？

陆　贾　（自己坐下）不然！不然！下官已与陈平绝交！

周　勃　（大笑）有此等事？却是为何？

陆　贾　（微笑）下官口干舌苦，点酒未尝。太尉，（指酒坛）此酒可赏饮否？

周　勃　（高叫）取酒来！取好酒来！

〔侍从乙已捧酒上，向陆微笑献酒。

陆　贾　（捧酒大饮）陈平，陈平，（叹息）果然是反复小人！

周　勃　何以知之？

陆　贾　当年他投奔高皇帝之时，我等不都说他是反复乱臣？

周　勃　那倒不足凭信。是我等听信谣言！

陆　贾　赵王如意被害，陈平不敢审问侯封，嫌疑重大！

周　勃　此事是吕氏姊妹阴谋，与陈平倒也无关！

陆　贾　听说当年太尉班师回朝之时，陈平曾经献计……

周　勃　嗯！嗯！果有此事！

陆　贾　陈平曾说，太尉已官无可加，爵无可进。

周　勃　这倒还可！

陆　贾　不然！太尉功高盖世，应该晋爵封王才是！

周　勃　（惊）陆大夫！你岂不知高皇帝有白马之盟？

陆　贾　（微笑）当年韩信、彭越不都曾封为楚王、梁王？

周　勃　（跃起）陆大夫！你是咒骂老夫？（忽然醒悟）你！还是为陈平做
　　　　说客！

陆　贾　果然，果然！

周　勃　（怒）你为何不提二十万大军解甲归田之事？

陆　贾　（大笑，捧酒大饮）这才是太尉真心实话！请太尉息怒，容下官道来。

周　勃　你说！你说！

陆　贾　自从高皇帝起兵以来，十五年间连年战争，全国人口，死伤过半，土地
　　　　荒芜，民生凋敝。太尉平定卢绾之乱，完成高祖皇帝一统之局，黎民
　　　　百姓，人人仰望太平。朝廷正应减轻赋税，免除徭役，奖励耕作，休养
　　　　生息，天下才能长治久安。陈平使二十万大军解甲归田，是为国家社
　　　　稷着想，何尝是为吕氏？此其一。

周　勃　（沉思无语）……

陆　贾　其次，正因太尉拥二十万得胜之军返回长安，吕氏恐惧万分。如果陈
　　　　平不提解甲归田之计，让太尉拥兵自卫，则吕氏猜忌日深，即使太尉

不封王位，也将不免于韩信、彭越下场！太尉，太尉！阵平是为太尉着想，又何尝为吕氏出谋划策？

周　勃　（说不出话）这，这，这……

陆　贾　下官前次周游全国，诸侯王和先朝老臣都有除吕安刘之志，只可惜朝廷之上将相不和，难成大事！

周　勃　（激动）你说甚？

陆　贾　我曾向太尉游说，而太尉以我之言为儿戏；陈平多次求见太尉，太尉都拒之于门外，这岂非是令亲者痛而仇者快？

周　勃　（顿足，击掌）走！走！走！

陆　贾　何处去？

周　勃　去见陈平，登门谢罪！

陆　贾　（笑）那倒不必！陈平已在外等候多时了！（击掌）陈丞相，请进！

〔侍从乙引陈平上。

周　勃　（跳上前去，抱住陈平）陈丞相！……

陈　平　（抱住周勃）太尉！

〔二人相抱而泣。刘泽、刘章及二武将轻步上。

周　勃　（后退，袒出右臂，向陈平拜倒）周勃武夫，一再无礼，谨向足下肉袒请罪！

陈　平　（还拜）太尉耿耿忠心，何罪之有？

〔刘泽、刘章率二武将亦向陈平下拜，陆贾暗下。

刘　泽　刘泽等无知，一向错怪长者！

陈　平　（扶起周勃及刘泽等）下官精诚未至，不能取信于人，罪在陈平！

〔陆贾引曹窋、刘揭及二大臣上。

周　勃　（惊叫）诸公为何驾临？失迎！失迎！

曹　窋　下官等闻说周太尉与陈丞相握手言欢，特来祝贺！

刘　揭　将相和睦，乃社稷之福，国家之幸！……

周　勃　惭愧呀，惭愧！……

陆　贾　（向外）取酒来！

〔侍从乙与侍从甲欣然捧酒，应声而上。

〔刘泽等与曹窋等相互拜见。

陆　贾　（一手携周勃，一手携陈平）你二人今日在朝廷之上，一唱一和，早已心心相印,为何还要我从中撮合?(大笑)可怜我陆贾几乎跑断双腿!
〔众大笑。

刘　章　原来太尉和丞相,都在设置陷阱,擒拿猛虎;小将愚昧,方才明白,但
　　　　不知何时才能捉住雌老虎?

陈　平　诸吕封王之时,便是吕氏灭亡之日!

刘　泽　吕氏狡猾异常,如果她迟迟不跳进陷阱,奈何?

周　勃　那就等!等!等!狗,能不吃屎?

陆　贾　尝闻"天下安,注意相;天下危,注意将!"今日将相调和,则国家安危,
　　　　全在太尉和丞相掌握之中!我等既都有除吕安刘、巩固一统之志,便
　　　　应乘此良机,歃血为盟!

众　人　正是!

陆　贾　(向侍从乙)可曾准备?

侍从乙　(微笑)早已备好!(与侍从甲下)

陈　平　且慢!既然歃血为盟,必推盟主!如今国家社稷处于危急存亡之秋,
　　　　非有猛士,不足以安定天下,永固统一!高皇帝临终之时,曾说"能安
　　　　刘氏天下者,必周勃也!"我等应共推太尉为盟主!(说罢,倒身下拜)

众　人　(一齐拜倒)请太尉为盟主!

周　勃　这、这、这!(回拜)老夫有僭了!如此,(抱起一只酒坛)我们便以此
　　　　酒歃血为盟!
　　　　〔乐声大作,侍从乙和甲率家丁抬几案祭品上。

　　　　　　　　　　　　　　　　　　　　　　　　　　　　——幕　落

第六幕

　　周勃、陈平交欢,吕雉不能无所顾忌。吕后元年(公元前 187 年),作为试
探,先封外孙张偃为王;次年,封刘盈诸假子为王,而乘机封吕台为吕王。不数
月,吕台死。吕后四年,吕雉幽杀少帝,另立假子刘弘为少帝,并封诸侄吕更始
等为侯,其妹吕须及宦官张释亦晋爵封侯。周勃、陈平均伪听之。吕后七年
起,吕雉遂肆无忌惮,大施扶吕灭刘之计;先后逼死赵王刘友、梁王刘恢、燕王
刘健,并夺其国,而封吕产为梁王(改称吕王),吕禄为赵王,吕台之子吕通为燕
王。吕产、吕禄且留长安以掌朝政。但为掩人耳目,乃拉拢刘泽,亦封之为琅邪王。

第十八场

〔吕后八年（公元前 180 年）四月某日，长陵附近。

〔渭水之滨，长陵在望。大路两侧，松柏参天。路之尽头，隐隐见渭桥。路上行人来往。

〔一女巫上。她头披黑纱，掩着面目，手持布帘，上面写着两行隶书：“专捉妖魔鬼怪，善能求神降福。”

女　巫　（手摇小鼓，一边呼唤）专捉妖魔鬼怪，善能求神降福！……专捉妖魔鬼怪……

〔行人望望她，女巫向河滨走去。

〔一群老人且歌且行上。他们有的断臂，有的缺足，有的挎着旧腰刀，有的披着旧战袄，十来人。他们唱道：

“口加口，难开口，魑魅魍魉遍地走！

口咬口，口难开，王孙冤死实堪哀！

口对口，口难张，丞相饮酒无主张！

口背口，张口难，太尉一出天下安！”

〔在歌声中，有马蹄声止。老人们唱着缓步走向河边去。

〔周勃、陈平、陆贾三人缓步上，侧耳倾听，默然相顾。三人都已须发斑白，身着常服。

〔侍从甲、乙稍后上，随老人们走向河边。

陆　贾　太尉，丞相，可曾听清？“口加口”，是吕字，他等在诅咒诸吕！

陈　平　惭愧，惭愧！

陆　贾　“太尉一出天下安！”可见人心所向！

陈　平　除吕安刘，此其时矣，太尉！

周　勃　（断然）立即调动各处兵马！

〔侍从甲、乙奔上。

侍从乙　启禀太尉：桥上有北军驻守，禁止老人们过河！

侍从甲　还不许老人唱歌！

〔老人们歌声又起，但夹有呵斥声。

周　勃　（怒）北军胆敢如此？

　　　　〔老人们匆匆上，还在唱着："口加口……"女巫随上。

　　　　〔四个北军军士追上。呵止："不许唱！"

北军甲　（揪住为首的独臂老人）住口！

老　人　为啥？

北军丁　（忙向北军甲赔礼）请原谅！他是我爹！

北军甲　你不知吕王有令？——禁唱歌谣！

老　人　《大风歌》不许唱，咱唱唱歌谣也犯禁？（向北军丁）三儿！你们北军就干这种勾当？

周　勃　老人家，别生气。（向甲）他们都随高皇帝平定天下，立过汗马功劳！不要禁止他们！

老　人　嘿嘿！当年咱们造过反，还怕什么女王男王！走！（率老人们下，又唱起来。女巫看看周、陈，亦随下）

北军甲　（对周勃）请问老人家，你是……

侍从乙　不必问，去吧。

　　　　〔北军乙、丙示意北军甲、北军丁，向河边退去。

周　勃　（向北军丁）三儿，你要好生保护父亲！

北军丁　（感激地）是！是！（下，不断回顾，退进松林）

侍从乙　太尉，祭品都已齐备，就去长陵？

　　　　〔马蹄声急，有人呼喊："太尉！"众人回顾。

　　　　〔刘章、刘泽急步奔上，气喘吁吁。

刘　章　太尉！请火速回城，朝中有变！……

陈　平　朱虚侯，慢慢道来。

刘　章　孩儿妻子吕氏说，今晚宫中要大宴群臣……

陈　平　所为何事？

刘　章　说是为燕王吕通赐宴饯行，其实是因为连封吕氏三王，明知老臣不服，今晚筵席之上，要试探太尉和丞相动静；如果违抗，便要动手，以树吕党威风！

周　勃　（大笑）要杀你我？好！

陈　平　只为吕通赐宴，不为琅邪王饯行？

刘　泽　（尴尬地）吕须拉拢我，名为封王，其实是夺我南军！……

陆　贾　不仅如此。琅琊原为齐国之地，封足下为琅邪王，正是挑拨刘氏诸王不和，从中取利！

刘　章　老狐狸已连杀刘氏三王，以后便要对齐王动手！

刘　泽　那……下官辞去王位！

周　勃　（笑）老弟！正因你近年来急躁不安、动摇不定，吕须才拉拢于你！琅琊王位不必辞。

陈　平　吕须诡计多端，倒不能不防！

刘　泽　下官正是为此而来：她要我今晚在宴会之上，不闻不问，置身事外，便有好处！——此中必有文章！

周　勃　原来如此！——南军还在你手？

刘　泽　尚在我掌握之中！

周　勃　今晚，让我指挥！（向陈平）陈丞相，我等老臣都内穿铠甲，暗藏武器，全去赴宴！

刘　章　（兴奋）准备厮杀？

陈　平　要强迫这个女人动手！

陆　贾　太尉，在下不能赴宴。为防万一，我想先去荥阳，拜见灌婴将军；再去齐楚各国，准备起兵响应，如何？

周　勃　好！今晚便行！（向陈平）你我回城！

陈　平　太尉且慢，祭品已备，尚未拜奠！

周　勃　呀！正是！（决然）不必再去长陵，你我就此拜祭高皇帝！

　　　　〔女巫引老人等返来。

女　巫　（指示）那不是太尉？丞相？……

老　人　（跌足）正是！正是！……

　　　　〔周勃、陈平、陆贾同向长陵跪拜。刘泽、刘章随之跪拜，侍从甲、乙亦慌忙拜倒在地，女巫及老人们也都纷纷下跪。

　　　　〔暗转。

第十九场

　　　　〔当晚，在长乐宫前殿。

　　　　〔长乐宫前殿灯火辉煌，耀如白昼。

　　　　〔殿上最高五席：吕雉居中，右为吕产、吕通，左为吕须、吕禄。稍下，右侧是刘泽、周勃、陈平、曹窋、刘揭五席;左侧是审食其、郦商、刘章、吕种、吕平五席。两侧之后,还有文武大臣及吕氏子侄辈席位,其中并有侯封。张释在吕媭案旁打横侍候。宦官、宫女环立吕媭之后。

〔演百戏者先在幕前过场,现进殿演技,音乐齐奏。

〔吕媭目扫群臣,若有所思。张释奉丹丸,吕媭服之。审食其注视吕媭动静,吕须亦频频侧顾。

〔刘章注视周勃、陈平,他们与刘泽谈笑自若。

〔百戏演毕,刚要退场,侯封由后座窜出,以马鞍置地,在鞍上"拿大顶"。群臣中有人哄笑。

吕　媭　(不禁一笑)侯封,你所演何戏?

侯　封　(翻身拜倒)小臣此戏名为"马上封侯"。

吕　媭　(笑)倒也吉祥,但何以名为"马上封侯"?

侯　封　(指鞍)此乃马上;小臣名叫侯封,颠倒过来,岂非是封侯?

吕　媭　(大笑)你也想封侯? 朕先赐你姓吕!

侯　封　(匍匐在地)小臣从此便是吕氏子孙,叩谢太皇太后圣恩!(从刘泽之旁退回后座去)

陈　平　(向侯封)将来你还要改姓,最好姓王!(目视刘章)

　　　　〔周勃等哄笑。刘章一跃而起。

刘　章　(向吕媭)启奏太皇太后:今日朝廷大宴,应该秩序井然! 请派人监酒才是!

吕　媭　(点头)朕便派你监酒!(视陈平)以免胡言乱语!

刘　章　臣系将门之子,请准臣以军法监酒!

吕　媭　(一想)军法监酒? 倒也新鲜! 赐剑!

刘　章　(从宦官手中接过剑来,高声)朱虚侯刘章,奉太皇太后之命,以军法监酒! 请听军令:今日太皇太后赐宴,臣等感荷圣恩,请各位大臣举爵为太皇太后寿!

群　臣　(起立举爵)太皇太后陛下万岁! 万万岁!

　　　　〔吕媭得意一笑,举酒略饮。

　　　　〔吕禄微笑向吕须点头,吕须不理。

刘　章　(见大臣就座)诸位大臣:请再斟酒满爵。燕王明日离朝就国,请举爵

　　　　　为燕王贺！

群　臣　　（举爵）为燕王贺！

吕　通　　（举爵答礼）敬谢诸位大臣！

　　　　　〔吕须向吕雉示意，吕雉目语吕产，吕产向吕通点头。

吕　通　　（下座，屈膝）启奏太皇太后，臣前往燕国，心在朝廷！（目视周勃、陈
　　　　　平）朝中一旦有事，当提十万雄师，驰返长安，保卫圣驾！今日筵前无
　　　　　以为寿，愿舞剑以娱陛下！

吕　雉　　（欣然）好！赐剑！

　　　　　〔吕通接剑时，陈平向刘章点头，审食其看看他们。

　　　　　〔吕通挥剑欲舞，刘章挺剑而出。

刘　章　　且慢！燕国与匈奴为邻，请燕王谨守边疆，朝中之事，有文武大臣，尽
　　　　　可放心！素闻燕王剑法高强，小将愿陪燕王同舞！如何？

吕　禄　　好！好！（吕须止之）

吕　通　　愿领教！

　　　　　〔钟鼓齐鸣，管弦起奏。刘章已与吕通对舞。刘章处处在护卫周勃、
　　　　　陈平一方。吕产向吕雉点头微笑，吕雉注视不语。吕禄左顾右盼，喜
　　　　　形于色，吕须报以白眼。

　　　　　〔刘章转守为攻。吕通只有招架。吕雉连服丹丸。

审食其　　（突然起身）……

吕　雉　　（便喝）且住！

　　　　　〔刘章、吕通各收剑止舞，四目相对。乐止。

吕　雉　　你二人都不愧为将门之子！赐酒！

　　　　　〔宦官捧酒分献二人。

刘　章
吕　通　　（同声）谢太皇太后！（互相敌视而退）

审食其　　太皇太后，今日……

刘　章　　左丞相，监酒令在此，——太皇太后今日赐宴，一为燕王就国，一为琅
　　　　　邪封王。请各位大臣斟酒满爵，为琅邪王贺！

周　勃
陈　平　　（首先举爵）敬贺琅邪王！

群　臣　　（欢呼）敬贺琅邪王！

〔吕产目视吕媭,吕媭不语。吕禄向吕媭举爵,吕媭不理。

刘　泽　(举爵一饮而尽)敬谢各位大臣!(离席向吕媭躬身)臣明日就国,远离长安,但朝廷一旦召唤,也当发琅琊全国兵马,以保卫刘氏宗庙社稷!……

吕　媭　(拟制止)刘泽!

刘　泽　(故装不理)臣老矣,也愿效燕王舞剑,以娱陛下!(向吕通索剑)

吕　媭　琅邪王年老……

周　勃　休得称老!(跃起)老夫在此!你休学那项庄舞剑!(抽刘章之剑在手)来来来!

刘　泽　太尉,你我对舞?

周　勃　不必学他们少年!你我应学高皇帝当年在沛县之时,且歌且舞!(一挥手)《大风歌》。

〔周勃与刘泽挥剑。乐师奏《大风歌》曲。

〔吕媭手取丹丸,突然变色,丹丸落地。

周　勃
刘　泽　(且舞且歌)

　　　　"大风起兮云飞扬,
　　　　威加海内兮归故乡!
　　　　安得猛士兮守四方?
　　　　安得猛士兮守四方?"

〔陈平、曹窋、刘揭、刘章相继击节和之。

〔郦商激动不已,也忍不住放声歌唱。

〔殿上老臣都引吭而歌,声震屋宇。

〔吕媭默然瞪视。吕产对吕通耳语,吕媭搔耳挠腮,吕种、吕平不知所措。

审食其　(向吕媭注视,吕媭颔首。审食其起立大呼)且住!

〔周勃、刘泽收剑止舞,乐止。

吕　媭　(忽然作欲泣状)不闻此歌久矣!足见先朝老臣对高皇帝一片丹心!赐酒!

〔二宦官捧酒分献周勃、刘泽。诸吕瞠目结舌。

| 周　勃 | （同举爵）谢太皇太后陛下！（饮，归座） |
| 刘　泽 | |

审食其　启奏太皇太后：今日双重喜庆，可宣女乐上殿，歌舞祝贺！

刘　章　左丞相，军法如山，勿干酒令！（转对吕媭）太皇太后既不爱刀光剑
　　　　影，小臣愿为陛下唱一曲《耕田歌》！

吕　媭　（冷然）你生在帝王家，焉知耕田之事？

刘　章　臣父少年时在沛县务农，所以也略知一二。

吕　媭　（不悦）嗯……

刘　章　请听其词，词曰："深耕穊种，立苗欲疏……"

吕　媭　唔，种庄稼是不宜太稠，还内行。

刘　章　（继续念）"非其种者，锄而去之！"

吕　须　（怒）刘章！"非其种者"，是何意思？

刘　章　稻种之中，难道没有稗子？

吕　产　（喝问）谁是稗子？

　　　　〔审食其欲起身。

吕　媭　（大笑）这是比喻，朝廷之上难道没有坏人？陈丞相，周太尉，以为
　　　　然否？

陈　平　（恭敬地）是！是！太皇太后深解歌中奥妙！

吕　须　谁是坏人？

吕　产　又如何"锄而去之"？

周　勃　违背高祖皇帝遗训之人，便该与"天下共诛之！"

吕　媭　（更大笑）周太尉，如今也弃武学文？（企图收场）监酒令！再饮酒一
　　　　通，尽兴而散！

刘　章　（高唱）请听酒令！请各位大臣再斟酒满爵，饮酒务尽！军令如山，违
　　　　令者斩！（举爵一饮而尽）

　　　　〔群臣举爵尽饮。刘章举目四顾。侯封潜逃离席。

刘　章　（大叫）不许逃席！（提剑向后座奔去）

　　　　〔吕产、吕须及诸吕均起立眺望。吕媭不动。

　　　　〔一声惨叫，全场愕然。

　　　　〔刘章提剑上，以巾拭剑。

吕　须　（怒喝）刘章胆敢在殿上杀人！

刘　章　（向吕媭）启奏陛下：侯封中途逃席，已按军法斩首！

吕　媭　（惊呼）是侯封？

陈　平　就是吕封！

吕　须　既知姓吕，你等敢杀吕氏子弟！

吕　种　（拔剑而起）谁敢杀我吕氏兄弟？

〔吕产及诸吕都拔剑而起。

周　勃　（向殿外猛喝一声）南军何在？

〔审食其突然起立张望。张释向吕媭耳语，目视四周。

吕　媭　（笑问）周太尉意欲何为？

周　勃　（笑答）刘章既在殿上杀人，能不叫南军前来保驾？

吕　媭　（忍）军令如山，违者当斩！朕令刘章为监酒令，他铁面无私，应该嘉
　　　　奖！侯封犯法，理当斩首！

刘　章　谢陛下！

〔诸吕归座。

周　勃　（向外）南军退下！

〔吕媭突然左肋剧痛，以手抚之。张释急忙搀扶，吕媭挥手，挺身。

张　释　（高唱）罢宴！

〔暗转。

第二十场

〔七月某日下午，在长乐宫永寿殿后室。

〔帷幔深垂，暗淡无光。吕媭躺于榻上，张释、审食其侍奉在侧。

吕　媭　（呓语）狗！黑狗！……如意！如意！你来做甚？走开！

张　释　（呼唤）陛下！陛下醒来！

吕　媭　高皇帝又来做甚？……那是侯封所为！……侯封该杀！……

审食其　拿定神丸来！

张　释　（以丸药纳吕媭口）陛下服药！

吕　媭　（吞药）打鬼！打鬼！（逐渐含糊）打，打……

审食其　（试吕媭额）已经退烧。（走开）

张　释　陛下！陛下！（不应。走向审食其）医药无效。听说宫外有一女巫，

善于捉鬼，是否请来一试？

审食其 （愁眉深锁）姑且一试。但是，当前要事，还在（指吕雉）遗诏未立。万
一……

张　释 还犹疑未定：她偏爱吕禄，吕须则看重吕产。

审食其 （警告）吕产当权，你我休矣！要快立遗诏！

〔吕产、吕须上。吕须径奔吕雉，审食其跟过去。

吕　须 （轻唤）姐姐！姐姐！

审食其 临光侯，刚刚睡熟。

吕　产 已经退烧？

张　释 但刚才还说胡话，想请女巫捉鬼，吕王之意如何？

吕　产 可以。

〔张释看看审食其，下。

吕　产 （向审食其）左丞相，文武大臣现在都已进宫，要向太皇太后请安，请
教如何对付？

审食其 太皇太后龙体尚未康复，如何能见？

〔吕须在吕雉怀中摸索。

吕　产 他等是来探听虚实，可也不能示弱！

吕　雉 （被吕须惊醒）水！汤水！

吕　须 （缩回手）哦，汤水在此！姐姐！

吕　雉 张卿？哦，三妹？你寻找何物？

吕　须 此处还痛么？

吕　雉 （挣扎起身）似乎减轻些。张释何在？

〔吕产、审食其已围过去。

审食其 张释……立刻就来。

吕　产 姑母大愈了！托天之福！文武大臣都进宫叩安！

吕　雉 （坐起）周勃、陈平可曾进宫？

吕　产 也在殿外侍候！

吕　雉 （愤然，欲下榻）他等是盼我死！宣他等进宫！

审食其 陛下，不可！保重圣躬要紧！

吕　产 姑母精神甚佳，见见也好！

〔张释奔上，急趋榻前搀扶。

张　释　孩儿在此,陛下!

吕　雉　(倔强地)宣文武大臣进殿! 让他们看看我不会死! (奔向铜鉴理装)
　　　　〔张释为之整衣。

吕　须　(向吕产)你去! (转身助吕雉打扮)

吕　产　摆驾! (下)
　　　　〔宫女、宦官齐上侍立。审食其在一旁沉思。
　　　　〔声:"太皇太后陛下宣文武百官进殿!"

吕　雉　(振作精神,面现红光,扶张释)走!
　　　　〔宫女、宦官拥吕雉等下。审食其看看吕须,亦下。
　　　　〔众声:"太皇太后万岁! 万万岁!"
　　　　〔吕须立刻奔向吕雉卧榻,在枕下、褥下、榻下,到处搜查,一无所获。
　　　　又揭地毯寻找。吕产上。

吕　产　可曾搜到?

吕　须　(愤愤)到处无有!

吕　产　她焉能不立下遗诏?

吕　须　(狠毒)定然藏在张释手里! 此人不除,必有后患!

吕　产　此人是她心腹,如何下手?

吕　须　他和审食其一气,要扶吕禄!
　　　　〔吕禄匆匆奔上。

吕　禄　三姑母,太皇太后因何召见群臣?

吕　须　(板下脸)你又和郦寄去游荡?

吕　禄　郦寄,郦寄,他父亲……

吕　须　果然又是郦寄! 赵王,吕氏江山尚未到手,你不该……
　　　　〔众声:"太皇太后万岁! 万万岁!"
　　　　〔审食其先奔上,准备宝座。张释扶吕雉上,宫女、宦官上,随即退入
　　　　帷幔之后。吕产、吕禄、吕须上前迎接。

吕　雉　(以手抚腋,坐下,冷笑)我要让他们一个一个死在我手! (向审食其)
　　　　草诏!

审食其　(立取手笏及笔)是!

吕　雉　以吕王吕产为相国。……以吕平为未央宫卫尉;以吕更始为长乐宫
　　　　卫尉。两处卫尉所掌南军,全归相国吕产统率!

吕　产　（跪拜）叩谢太皇太后圣恩！

吕　雉　以赵王吕禄为上将军。以吕种为中尉，掌管北军；北军归上将军吕禄
　　　　统率！

吕　禄　（跪拜）叩谢太皇太后圣恩！

审食其　（书写毕）陛下圣明！周勃军权全被剥夺！

吕　雉　看他还敢放肆？

吕　须　周勃好办，陈平难治。姐姐，应夺去陈平右丞相之职！

吕　雉　（怒）你怕陈平？

吕　须　（不让）姐姐当年如听妹子之言，杀死陈平，何至今日？

吕　雉　（正触心病）你！！（大叫）气煞我也！（晕厥）
　　　　〔张释、审食其、吕禄齐声叫唤："太皇太后！"忙作一团，扶之上榻。吕
　　　　须、吕产也上前搀扶。

吕　雉　（又呓语）鬼！鬼！打鬼！……如意走开！如意走开！……
　　　　（叫唤不停，但渐低微）

张　释　（试其额）又发烧！

审食其　定神丸。（取水）所请女巫可到？

张　释　（以丸药纳吕雉口）早在殿外侍候。

吕　禄　快快请来！
　　　　〔张释奔出。吕须饮吕雉水。
　　　　〔吕产、吕禄相对无言；吕须、审食其欲语又休。
　　　　〔张释引女巫上，女巫以黑纱蒙面，目视吕产等。

张　释　她说阳气太盛，鬼怪不敢出现，请退。
　　　　〔吕产、吕禄、审食其退出。吕雉呻吟。

吕　须　（冷眼注视）宫中可是有鬼？
　　　　〔女巫摆手，轻步向阴暗处作搜索状，在吕雉榻旁止步。

张　释　有？
　　　　〔女巫不答，退后数步。举手向天，口中念念有词。久之，突然扑倒在
　　　　地。吕须一惊。

张　释　是鬼魂附体。

女　巫　（徐徐起立，乘势作舞姿，口作童声）母亲，快来！

吕　须　（恐惧）你是谁？

女　巫　（以女声答）母亲来也！（且歌且舞）

　　　　子为王，母为虏，

　　　　终日舂薄暮，常与死为伍！

　　　　相离三千里，当谁使告汝？

吕　须　（惊问）你是谁？

女　巫　我乃赵王如意是也！现与母亲戚夫人前来讨还命债！吕媭！吕媭！

　　　　还我母子命来！（扑向吕媭）

　　　　〔吕须吓作一团。

张　释　（上前拦阻）赵王饶命！休得上前！

女　巫　（大叫）吕媭！（向前扑）还我命来！还我命来！

吕　媭　（惊恐而起）如意饶命！如意饶命！

　　　　〔吕产、吕禄、审食其奔入。

　　　　〔女巫探怀出短剑，径奔吕媭。吕产捉住她扭打。

　　　　〔吕禄、审食其、张释急扶吕媭上榻。吕媭仍叫："饶命！""饶命！"不

　　　　已。宫女数人上。

吕　须　（壮胆）她是刺客！（去捉女巫）

女　巫　（以短剑刺吕产、吕须不中）躲开！

吕　产　（捉住女巫之臂）你是谁？

女　巫　（左手揭去头上黑纱）我是戚夫人宫女鸣玉！

吕　产　（冷笑）果然是刺客！（呼唤）侍卫！

鸣　玉　（大叫）你残害戚夫人，谋杀赵王如意，又逼死刘氏三王，阴谋篡位！

　　　　全国百姓恨不得食汝之肉，寝汝之皮！……

　　　　〔侍卫四人上，以戈指鸣玉。

吕　产　（拖鸣玉出）拖出去严刑拷问！

鸣　玉　（对侍卫）走！（忽然转身，以短剑自刎）戚夫人，鸣玉来也！……（倒

　　　　于室外）

　　　　〔侍卫下。

吕　产　（走向吕媭）太皇太后平安无恙？

张　释　服下定神丸，又安睡了。

吕　须　吕王，女巫身后定有指使之人，应当追查！

吕　产　张卿，女巫何人所荐，何人指使，应请你追查明白！

张　释　（一惊，镇定）是。我去追查。（看看吕雉和审食其，下）

吕　须　宫中发生逆伦大案，（低声）张释嫌疑重大！应该连他一起追查才是！

吕　产　左丞相，请你与赵王一同去追查明白，如何？

审食其　（微笑）按理张释绝不至于参与逆谋。但吕王既然怀疑于他，倒要问
　　　　个水落石出。不过吕王应该亲自参与才好！

吕　产　（笑）二位先请。

审食其　（向吕禄）赵王。

吕　禄　（摇头，不悦）岂有此理！（同审食其下）

　　　　〔吕须趋吕雉榻前试探，摇之不醒。

吕　须　快去！要搜查张释身上！

吕　产　（拖她到一边，示吕雉，低声）让我只当相国不成！要她另立遗诏！

吕　须　（回顾吕雉）我自有办法！（耳语）……

吕　产　（面现笑容）那我拜三姑母为皇太后！

吕　须　（走向西厢）低声！这边来！

　　　　〔吕产、吕须同下。

吕　雉　（在榻上转动）水！……水！……

宫女一　（捧水上前）太皇太后！

吕　雉　张释！张卿何在？

宫女一　奴婢不知。

吕　雉　（撑起）审食其！审卿何在？

宫女二　奴婢不知。

吕　雉　（惊起）何处去了？人都何处去了？

宫女一　（捧水）陛下请饮！

吕　雉　（狂饮、回想）是梦？适才朕做何事？何人来过？

宫女二　奴婢一概不知！

吕　雉　（振作精神，下榻，宫女一、二扶之）那边！（走向铜鉴，自顾其影）朕还
　　　　没老！（挥开宫女，整衣，对鉴而笑）你，还不能死！陈平、周勃还在，
　　　　你不该死！吕产、吕禄都无能！无能！十五年前安排，你要重演！陈
　　　　平、周勃等等都要一网打尽！你！不会死！江山应该姓吕！……

　　　　　　　　　　　　　　　　　　　　　　　　——幕　落

第七幕

　　吕后八年(公元前 180 年)七月辛巳,吕雉死,诸吕欲作乱,废刘氏而自立。太尉周勃、丞相陈平乃邀齐王刘襄、楚王刘交、琅邪王刘泽举兵起义。颍阴侯灌婴亦以荥阳大军与齐王等连兵而西,共讨诸吕。吕党恐惧万分,谋乱愈急。

第二十一场

　　〔九月庚申日,傍晚,在周勃府邸。
　　〔侍从乙进室点燃灯火。周勃、陈平在案上书写,低声密谈。郦商在向陆贾诉说。刘揭与武将一及其他大臣三四人也围案而坐,进行商讨。空气紧张。

郦　商　……十五年前,死去的那女人秘不发丧,老夫曾劝审食其住手。所以他今日访我,说要报答当年之情。他说他有机密大事,要和太尉面谈。

陆　贾　审食其惯于见风使舵。(笑)郦老将军可以告诉于他,只要他离开吕党,太尉自会饶他一死!

周　勃　(插话)他有话可告陆大夫!(又与陈平低语)

侍从乙　启禀太尉:长安城十二城门提早关闭,并增加北军把守,禁止出入。

周　勃　(并不抬头)知道了。老夫不出长安城!(令侍从乙下)

郦　商　(对陆贾)据小儿郦寄说,吕禄还是动摇不定……

陆　贾　让郦寄世兄告诉他:如果他交出将印,离开长安……
　　〔武将二奔上。

武将二　启禀太尉,朱虚侯刘章已被吕禄看管,不得出门!

周　勃　(抬头,视陈平)是吕禄看管他?

刘　揭　吕禄欺软怕硬,光劝不行!要动武!
　　〔曹窋匆匆上。

曹　窋　太尉,丞相!吕产刚才匆匆进入未央宫,与卫尉吕平窃窃私语,恐有阴谋!

陈　平　可听到说甚言语?

曹　窋　只听得吕平唯唯诺诺,说南军万无一失!

陆　贾　莫非吕产要提前动手?

〔众人注视周勃，周勃不语。沉默。

〔刘章奔入，他衣衫撕破，面有伤痕。

刘　　章　（喘息未定）太尉！大事不好！吕产、吕须已定明日早朝动手！

陈　　平　朱虚侯，你且坐下，慢慢道来！

刘　　章　我妻子今日进宫，听说吕须和吕产商量，他等要在起义大军兵临城下
　　　　　之前，先对太尉、丞相、文武老臣来个一网打尽……所以我妻子才帮
　　　　　助我跳墙逃出，前来报信。

陈　　平　（笑）还是十五年前老办法！

刘　　章　不然！吕须已经封锁长安城门，任何人不得出入。明日早朝之时，除
　　　　　在朝上逮捕大臣，还要派北军挨户捉拿，不使一人漏网！

周　　勃　嗬嗬！你也跳墙了？

刘　　章　齐、楚、琅琊和灌婴大军几时才能到达长安？

陆　　贾　估计行程，要三天以后。

刘　　章　那、那，岂不危急万分，太尉？

　　　　　〔除陈平、陆贾外，余人都面面相觑。

周　　勃　（微笑问）娃娃，依你之计该当如何？

刘　　章　（讷讷）太尉是我等盟主，身系天下安危！……应该离开长安，去统率
　　　　　起义大军！

周　　勃　（怒）你要我逃去？

曹　　窋　太尉一去，满朝文武岂不人心涣散？不可！不可！

刘　　章　（委屈）太尉！孩儿之意是：我等手中无一兵一卒，不能坐以待毙！

周　　勃　谁说无一兵一卒？

陈　　平　（笑）太尉胸中自有数万甲兵！

周　　勃　（挥去长袍）南军、北军都被吕党夺去，难道你我不能夺回？这叫作
　　　　　"置之死地而后生"！如今（以双臂作环抱势）齐王等兵马眼看围困长
　　　　　安城，吕党是狗急跳墙，要（再作环抱势）把我等关在城里，杀个干净！
　　　　　（大笑）哈哈，你我不能在长安城里（又作环抱势）再把吕党围在未央宫里？

刘　　章　围住未央宫？用何处兵马？……

陈　　平　（笑）时机已到，就请太尉颁布军令！

周　　勃　那就请听军令！——御史大夫曹窋！请与他们二位（指武将一、二）
　　　　　在寅时以前赶到未央宫，以铁锁锁住司马门，不许南军出宫，更不许

吕产进宫。静待援兵,再杀吕产! 不得有误!

曹 窋 谨遵军令!

周 勃 典客刘揭将军! 你与郦寄去找吕禄,夺取上将军之印,寅时以前送到
北军大营! 不得有误!

刘 揭 遵令!

周 勃 (看看刘章)朱虚侯刘章将军,请立刻进宫,同符节令纪通借天子符节
一用! 不得有误!

刘 章 (不悦)遵令。太尉,孩儿别无差使?

周 勃 (笑)倒有一项差使,无人承担? 不知你敢也不敢?

刘 章 赴汤蹈火,孩儿不辞!

周 勃 (笑问)不带一兵一卒,随我前去夺取北军! 你可敢?

刘 章 (欣然)愿遵军令!

周 勃 你我夺得北军,再去攻打南军!

陈 平 (提醒)太尉,请勿忘记吕须!

周 勃 呵呵! 不能忘记这个女人! 就请陈丞相和各位大臣,率领家兵家将,
老弱残兵都可以,在寅时以前团团围住长乐宫,隔断它与未央宫来
往;然后活捉吕须,归案法办!

陈 平 遵令!

〔暗转。

第二十二场

〔次日凌晨,在北军大营。

〔北军大营,营门紧闭。黑暗中隐约见北军军士甲、乙、丙、丁等持戈
挺立。忽闻马蹄声急,隐现火光。

北军甲 (举戈)来者何人?

北军乙 (喝令)止步!

〔周勃身着铠甲,头戴金盔,昂然而上。侍从乙手举火炬前导;刘章全
副戎装,捧天子旌节,摇摆示意。

北军甲 (上前阻拦)北军大营重地,不得前进!

刘 章 (上前一步,喝声)天子符节到!

北军乙　　请问将军何人？

刘　章　　太尉到此！开门迎接！

北军丁　　（上前见周勃）原来是太尉驾到！

周　勃　　三儿？你父亲可好？

北军丁　　谢太尉！（向北军甲）开门！

北军丙　　（也欣然）开门！

北军丁　　（向侍从乙）太尉到此重掌北军？

　　　　　〔侍从乙笑而不答。

周　勃　　吕种可在军中？

北军丙　　正在军中！

　　　　　〔营门大开。北军甲、乙暗下。

北军丁　　太尉请进！

周　勃　　你等带路！

　　　　　〔周勃、刘章、侍从乙随北军丙、丁在黑暗中前进。黑暗中现出第二重
　　　　　门。北军戊、己上前阻拦。

北军戊　　中军重地，不得前进！

北军丁　　太尉驾到！开门！

北军己　　太尉深夜到此何干？

刘　章　　太尉奉天子符节到此！命吕种前来迎接！

北军戊　　请退后，容禀报中尉！（进门，欲关门）

刘　章　　（推门而入）让开！（请周勃进）

北军己　　（拔剑）你胆敢闯营？！

刘　章　　（手起剑落，北军己倒地）去！

　　　　　〔北军戊奔去，大嚷："周勃闯营！周勃闯营！"

　　　　　〔立时号角声起。黑暗中有几支火炬飞奔而来。

周　勃　　（向北军丙、丁）你等且躲开。

　　　　　〔北军丙、丁退入暗中。吕种率将校四人上。

吕　种　　（大喝）何人在此喧哗！

刘　章　　太尉奉天子符节到此！吕种还不上前迎接？

吕　种　　（不敢上前）军中只听将令！不知太尉到此何事？

　　　　　〔此时起，号角之声不停，北军军士持戈挺戟四面纷集，火炬照耀犹如白昼。

刘　章　现奉皇上诏书,由太尉掌管北军!

吕　种　(环顾北军,不觉胆壮)上将军吕禄不在军中,不敢奉命!

刘　章　你敢违抗朝廷?

吕　种　(更胆大)太尉既然接管北军,想有上将军金印?

一将校　上将军之金印何在?

刘　章　(笑)上将军之印么(正欲拔剑)……

吕　种　(也准备拔剑)……

〔刘揭大叫:"上将军金印到!"双方惊顾中,刘揭手捧金印及绶带上。

刘　揭　(向周勃献印绶)上将军印绶在此!

周　勃　(大声问)吕禄何在?

刘　揭　逃出长安。

周　勃　速去追捕吕禄!

刘　揭　得令!(转身急下)

〔吕种惊疑,将校相顾,北军骚动。

刘　章　(大声)上将军金印在此,吕种交出北军!

吕　种　(纵声大笑)交出北军?金印也罢,天子符节也罢,都可伪造!如今朝
廷是吕氏掌权,北军只听相国吕产之命,我问你刘章,可有吕相国命
令?(跳上高台,大嚷)周勃、刘章是阴谋造反,北军将士们!与我拿
下!拿下!拿下!

〔四将校迟疑向前,北军将士微微前拥。

周　勃　(大吼一声)敢!(赤手拨开北军将士,跃上高台)

〔刘章、侍从乙也跨步上去。吕种惊退一步。

吕　种　(外强中干)你们?!

周　勃　(向众)试问北军将士:朝廷,究竟是刘氏之朝廷,还是吕氏之朝廷?
北军,究竟属于朝廷,还是属于吕氏私党?

〔将士议论纷纷。

北军丁　太尉说得对!朝廷姓刘!……

北军丙　(在另一处)北军属于朝廷!

吕　种　(干号)朝廷由吕氏作主!

周　勃　(喝止吕种)我不问你!(转向将士)吕氏专权,阴谋篡位,周勃奉命讨
伐诸吕,北军将士愿助刘氏,愿助吕氏,各听自便!(挥袖袒露左臂)

　　　　　愿助吕氏者,可右袒;愿助刘氏者,请如我左袒!

北军丁　（首先左袒）我左袒!

　　　　　〔北军将士纷纷高举左臂,一片声:"左袒! 左袒! ……"

刘　章　（将吕种推下高台）下去!

　　　　　〔吕种被淹没在北军戈矛森林中。

周　勃　（大呼）北军将士! 齐去未央宫!

　　　　　〔暗转。

第二十三场

　　　　　〔此时,在未央宫司马门前。

　　　　　〔未央宫北阙内,司马门外,一片广场。司马门被巨锁锁住。曹窋戎
　　　　装,巍然当门而立,武将一、二分立两旁。另有侍从八人,鹄立于后。

　　　　　〔声:"吕王、吕相国驾倒! 打开宫门!"

　　　　　〔曹窋正视前方,屹立不动。

　　　　　〔诸吕四人拥吕产上,侍卫十余人后随。

吕　产　（怒问）宫门为何不开?

　　　　　〔曹窋怒目而视,无人搭理。

吕　产　卫尉吕平何在?

　　　　　〔吕平由阙外狼狈奔上,扑倒吕产脚下。

吕　平　卫尉吕平迎接吕王!

吕　产　为何不开宫门?

吕　平　（战战兢兢）宫门已被曹窋封锁,不得进去! 长乐宫也被陈平等人围
　　　　住,进去不得! 吕王,吕王! ……

吕　产　（怒喝）吕禄何在?

吕　平　吕禄弃印逃走,周勃已夺去北军! 吕王吕王,大势已去! ……

吕　产　（踢倒吕平）无用之人,坏我大事! 砸开宫门,放出南军!

　　　　　（挥手进攻,率诸吕、侍卫奔向曹窋）

　　　　　〔吕平跟去。

曹　窋　（喝令）止步!

吕　产　曹窋! 打开宫门!

曹　窋　奉命禁止百官出入！

吕　产　你开也不开？（抽剑）

曹　窋　（抽剑）头可断，血可流，宫门不可开！

吕　产　看剑！（一剑刺去）

武将一　（早已抽剑在手，隔去吕产之剑）吕产！住手！

〔吕产及诸吕围攻曹窋等三人。吕平率侍卫企图砸门，八侍从挥戈迎敌，但侍卫人多，已有人前去砸锁。

曹　窋　（正声东击西，指南打北，杀得兴起，忽地跳出圈外，大叫）紧守宫门！

（奔去杀死侍卫一人）

〔双方奔向宫门，厮杀重新开始。

〔刘章声音大叫："吕产住手！太尉来也！"刘章随声而上。

吕　产　（不由一愣）刘章！你这孽子！（挥剑直取刘章）看剑！

刘　章　（哈哈大笑）你想送死！（猛劈一剑）

吕　产　（招架不住，连连后退）刘章！刘章！你何苦如此？

〔周勃率北军上，身后竖起"周"字大纛。

周　勃　"非刘氏而王者，天下共诛之！"

吕　产　（闻声胆落，虚晃一剑，向东侧朝房逃去）吕平，走！（下）

刘　章　吕产！哪里逃？（追下）

〔吕平、诸吕及侍卫纷纷逃窜。武将一、二等追下。

周　勃　（大笑）御史大夫！不必追赶！打开宫门！宣抚南军！

曹　窋　遵令！（率侍从开宫门）

〔周勃率北军多人，当宫门而立。

〔武将一、二缚吕平、诸吕等次第上。

周　勃　（向宫内大呼）南军将士！愿助刘氏者，请如北军左袒！

〔宫内南军欢呼："左袒！左袒！……"拥至宫门。

〔刘章缚吕产上。刘揭缚吕禄由左阙上。北军将士缚吕须随上。

〔稍后，陈平与陆贾由左阙谈笑而上。百官随后分由左右阙欢笑上。

武将一　启禀太尉：吕氏党羽，除格杀以外，全都逮到！（推诸吕跪下）

刘　章　启禀太尉：吕产捕到！（推吕产跪下）

刘　揭　启禀太尉：吕禄追到！（推吕禄跪下）

陈　平　太尉，吕须业已拿到，归案法办！

〔北军将士推吕须下跪，吕须不跪。

〔陈平，陆贾，曹窋，刘章，刘揭，武将一、二已分列周勃两侧。文武百官分翼立于阶下。

周　勃　吕产、吕禄，还有那个女人吕须，你等阴谋篡位，罪恶昭彰，现今归案法办，还有何话说？

〔吕禄低头不答。吕产抬头看看，叹息一声。

吕　须　可惜十五年前，太皇太后不听我之劝告，否则你等也无今日！

周　勃　你承认十五年前就阴谋造反？

吕　须　何谓造反？

陈　平　你与樊哙当时准备杀害赵王如意和戚夫人，不是造反？

吕　须　有何凭据？

陈　平　高皇帝有遗诏立赵王如意为太子，可你交给你姐姐焚毁，有无其事？

吕　须　（一惊）何人作证？

陈　平　你还要当事人对质不成？

〔从文武大臣身后走出审食其来，吕须一见他，双腿瘫软。

周　勃　（怒喝）全都推出斩首！

〔南军、北军、文武大臣欢呼。诸吕被北军推下。

周　勃　（向众）诸位大臣，全军将士！吕氏结党营私，谋害赵王如意，逼死刘氏三王；违背白马之盟，私封吕氏为王，阴谋篡位，使汉室江山陷于分裂！幸赖各位诸侯王及灌婴将军高举义旗，满朝文武老臣及南军北军将士勠力同心，诸吕之乱已平，江山重归一统！足以告慰高皇帝在天之灵！（已泣不成声）……

陈　平　（继续其词）当今少帝并非刘氏子孙，实是吕氏之后，应当驱逐出宫！代王刘恒，是高皇帝之子，仁孝宽厚，宜立为皇帝，以继承高皇帝之基业！请诸位大臣同去高庙，叩求高皇帝在天之灵，保佑中国猛士如云，守卫四方，保佑汉室江山，永垂一统！

〔《大风歌》声起，响彻云霄。

——剧终

一九七七年九月十八日初稿
一九七八年十月二十九日七稿

看不透

马维干

马维干　1958 年出生于安徽和县。1978 年春,作为现役军人考入南京大学中文系,1982 年本科毕业后,考上研究生,师从陈瘦竹教授,1984 年毕业,获文学硕士学位。曾任解放军八一电影制片厂副厂长。代表作有电影故事片《歼十出击》《喋血孤城》,电视剧《小哨所》《北京地铁》,长篇小说《和你一起飞》《血染木棉花更红》。

独幕喜剧《看不透》由学生剧团于 1980 年在校内演出。

人物表

贾　宏,男,二十五岁,某毕业班班长。
龚晓清,男,二十四岁,同学。
赵　霞,女,二十四岁,同学。
唐喜亮,男,二十三岁,同学。

【大学毕业分配前夕。某日傍晚。

【赵霞家。正面的墙上有一窗,窗的两边贴有两幅山水画,上方有一
　　诗抄。"疾风知劲草,板荡识诚臣。勇夫安识义,智者必怀仁。"左面
　　有一写字台和两张座椅。写字台上放有台灯、书本和一只高脚盘。
　　写字台的左后方靠墙角处有一书架。右面有一对沙发和一个茶几。
　　右侧有一房门通向里屋。

【幕启。贾宏身背一装满东西的拎包走进。他衣着讲究,善于言谈,
　　举止大方,严肃而认真,语调略带官腔,口头禅"绝对"。贾宏见室内
　　无人,将拎包放在写字台上,拧亮台灯,从拎包内拿出橘子放在高脚
　　盘上。环顾室内,然后蹑手蹑脚地走近房门,向里窥探。

【唐喜亮上,衣着整洁美观,活泼天真,爱开玩笑,手拿一封信喊"贾
　　宏,北京来信"跑上。

【贾宏未听见,仍在窥探。

唐喜亮　（大声地)何许人也! 白日里竟敢偷偷摸摸,做什么勾当!

　　　　【贾宏连忙转身,见唐喜亮,尴尬而又尊严地整了整衣服,责备地指
　　　　里屋。

唐喜亮　噢,对不起。请班长阁下饶恕。

贾　宏　（责备地)逗什么! 唐……

唐喜亮　（连忙打断)慢!

　　　　【贾宏"定格",保持原姿势不动。

唐喜亮　（对观众)鄙人姓唐,名喜亮,号乐天。此乃赵老师家也。这位贾宏,
　　　　乃我班之班长也。鄙人到此,特为班长阁下送信,顺便探听探听毕业
　　　　分配的消息。（对贾宏)贾宏,北京来信。

【贾宏拿过信,急忙拆开,看信。

【唐喜亮走近房门,也窥探里屋。

【贾宏越看越得意,唐喜亮凑近,贾宏连忙收起信。

唐喜亮　看你那得意劲,什么好消息?

贾　宏　(将信放进衣袋)这……绝密。

唐喜亮　绝密?绝密者,乃绝对不能公开之事也。情书乎?噢,绝密,有意思。
　　　　(指里屋)贾宏,听到什么消息没有?

贾　宏　你就整天打听这些,我是来找赵老师研究班里工作的。

唐喜亮　噢,辛苦了。贾宏,(神秘地)听说这次分配……

贾　宏　怎么?

唐喜亮　没什么,听说……小道消息,没什么。今天……(欲说,又觉不妥,连
　　　　忙改口)天气真好啊。

贾　宏　小乐天,什么消息?

唐喜亮　分配的消息。

贾　宏　(敏感地)分配的消息?

唐喜亮　噢,没什么,小道消息。

贾　宏　小道消息?(思索)喜亮,说出来批批,也让大家受受教育嘛。

唐喜亮　这小道消息传出来不大好吧。

贾　宏　快说吧,这也没外人。

唐喜亮　(神秘地)听说这次分配,我们班有两个好名额,最好的。不知是真是
　　　　假。小道消息,别当真。又听说,这好名额,唉,谣言,有赵霞一个,还
　　　　有一个……

贾　宏　当真?

唐喜亮　没错。不,小道消息。

贾　宏　赵老师给他女儿一个?

唐喜亮　你想,赵老师在我们系主管毕业分配,他女儿的分配还不……噢,
　　　　谣言。

贾　宏　你怎么知道的?可靠?

唐喜亮　可靠!不,谣言!不过刚才……

贾　宏　刚才怎么啦?

唐喜亮　不过刚才(欲说,又改口)……刚才天快黑了。

贾　宏　又逗了，喜亮，这件事不要再传了。第一要绝对保密，第二不要轻易相信。

唐喜亮　我是不太相信。

贾　宏　我是绝对不信，纯属造谣中伤。

唐喜亮　赵老师不是那种人。

贾　宏　喜亮，这次毕业分配你有什么想法？

唐喜亮　我随便。

贾　宏　喜亮，毕业分配是件大事，关键的一步将决定人的一生命运，我们绝对不能马马虎虎，要慎重对待。

唐喜亮　请阁下放心，鄙人一定服从分配。

贾　宏　真的？别口是心非，到了关键时刻就露原形。

唐喜亮　贾宏，我可不是那些口是心非的伪君子，不信？我可以起誓，（很虔诚地）苍天在上，我唐喜亮，男，现年二十三岁，应届大学毕业生。鄙人起誓，毕业分配，坚决服从，死不反悔，起誓人，唐喜亮。

贾　宏　别成天嘻嘻哈哈的。

唐喜亮　贾宏，我喜亮在正经事上可是认认真真、从不含糊的。

贾　宏　好！喜亮，无论如何，我们都是绝对坚持一个原则，绝对服从分配，注意，绝对！至于这个谣言，我们绝对不能掉以轻心，还有一个……我得……喜亮。

唐喜亮　（立正）有！

贾　宏　托你办点事。

唐喜亮　请吩咐。

贾　宏　代我买两条烟，前门，不，凤凰。再买两瓶酒，最好的。（给钱）

唐喜亮　这……

贾　宏　我自有用场。快去快来。我和赵老师……还有事，麻烦你了。

唐喜亮　不敢当，能为班长阁下效力，荣幸，荣幸。（欲出）

贾　宏　慢！喜亮。那两个名额的事要绝对保密，绝对！

唐喜亮　放心，不过你也别当回事。Bye Bye（再见）。

　　　　【唐喜亮下。

贾　宏　（若有所思）两个？最好的？难道真的？不会错，赵老师主管毕业分配，赵霞的分配一定最好，绝对，还有一个？还有一个？要是能和赵霞……这……绝对,就这么办?(思索,从衣袋里掏出那封信)可这北京的……先不管它。(仍将信放进衣袋)两个,还有一个好名额,还有一个……

【赵霞上,她衣着朴素自然。性格开朗朴实。

赵　霞　贾宏。

贾　宏　(仍在思索)还有一个!

赵　霞　(回顾身后)还有一个? 没……还有谁呀?

贾　宏　噢,赵霞,你回来了。没什么,我……我在……算习题,两个减一个还有一个。

赵　霞　这有什么好算的。

贾　宏　学问可大啦,陈景润不就是靠一加一等于二起家的?

赵　霞　怪不得你一直是班上的佼佼者,将来名传天下的时候,可别忘了我们这些老同学哟。

贾　宏　你放心,绝对不会。不过,你有什么可别忘了我们啦。

赵　霞　苟富贵,无相忘。(见写字台上的橘子,拿起一个)贾宏,吃个橘子。

贾　宏　不……不。

赵　霞　今天怎么客气起来了,吃一个。(抛给他)

贾　宏　不……那是……

赵　霞　爸爸买的。

贾　宏　不……那是……是我买的。(将橘子仍放在盘上)

赵　霞　(不解地)你买的?

贾　宏　听说赵老师……嗯……身体不太好。

赵　霞　我爸爸可没病没灾的,很好。

贾　宏　赵老师最近忙于毕业分配,太辛苦了。

赵　霞　是啊,有些同学整天来磨嘴。

贾　宏　这些人最讨厌,只顾个人贪图享乐,不顾国家利益。也不顾你爸爸的贵体,噢,你看,(站起,指窗上方的诗抄)"疾风知劲草,板荡识诚臣"。关键时刻最能考验人,我们国家还不够发达,作为一个党员,我真是心急火燎,恨不得一口气把祖国吹上去。当务之急是人才,因此,我们应该绝对服从"四化"的需要,将自己的一切献给祖国。我是绝对不考虑个人利益的。

赵　霞　我也是这样想。

贾　宏　我们志同道合，太好了。赵霞，日月如梭，光阴似箭，弹指一挥就要毕业了。

赵　霞　是啊，流光总易把人抛，黄金般的学生时代就要结束了。可是，认真检查一下自己，真惭愧，简直学得太少了。唉，到了工作岗位上……

贾　宏　你一贯谦虚好学，不知满足，真是令人敬佩。赵霞，我敢预言，你一定成为第二个居里夫人。

赵　霞　那你呢？

贾　宏　你说呢？

赵　霞　第二个……

贾　宏　谁？

赵　霞　莫里哀。

贾　宏　莫里哀？我以为是第二个居里呢，莫里哀是戏剧家。

赵　霞　你在学术上很有成就，又会演戏，贾宏，上次演莫里哀的《伪君子》，你演……叫什么名字的？

贾　宏　答尔丢夫。

赵　霞　对，答尔丢夫，就是伪君子，演得妙极了，简直像真的一样。我肯定你将来一定既是物理学家，又是戏剧大师。

贾　宏　你真会开玩笑。大学生活……

赵　霞　简直充满诗意，太美了。我们一起学习，共同研究，互帮互学，亲如手足……

贾　宏　是啊，赵霞，想古时，梁山伯祝英台同窗共学三载……

赵　霞　可结果是个悲剧，我不喜欢悲剧。

贾　宏　原来完全可以成为喜剧，可偏偏出来个祝员外。我喜欢喜剧，赵霞，我们……噢，最近……想些什么？

赵　霞　想得很多，即将告别的大学生活，几年来朝夕相处的老师和同学，还有……

　　　　【贾宏急切地望着赵霞，等待着。

赵　霞　还有未来的道路。

　　　　【贾宏失望地摇了摇头。

赵　霞　我真想做首诗，"同学相别举金杯，问一声何时再相会，鲲鹏百里展翅

高飞,翱翔在祖国江南塞北"。(沉浸在诗中)

【贾宏出神地盯着赵霞,赵霞见状,不自然地打量自己。

贾　宏　太美了。

赵　霞　是啊,真情织成的诗篇是最美的。

贾　宏　我是说……你这身衣服真是太美了。

赵　霞　我这衣服?再普通不过了,还美?

贾　宏　这叫自然美、朴素美,是你使它生了光辉,赵霞,我们在一起几年了,我真的……

赵　霞　真的什么?

贾　宏　我……我爱你,绝对!

赵　霞　我……

贾　宏　赵霞,我相信你也一定是爱我的,只不过……赵霞,我爱你爱得好苦呀,人家说爱情是甜蜜的,可我却一直苦苦地想你、爱你,不,一想到你,我就感到特别的甜。

赵　霞　真的?

贾　宏　老天在上,绝对绝对。答应我吧,现在就答应,亲爱的,你真是太美了。我,你是了解的,有学问,有志气,思想品德好,全班,不,全系都对我特别信任。

赵　霞　可……太突然了。

贾　宏　赵霞,我亲爱的,我们的结合既有可能,又有必要,它是不可抗拒的客观规律,我们在一起太好了,将来我们一起学习,共同研究,创造美好幸福的生活。我们一定能成为第二个居里和居里夫人,我们将携手获得诺贝尔奖,将用我们的名字命名一个个科学定律!啊,伟大、美好、光辉的贾宏和赵霞定律,将要使全人类,不,将要使全宇宙为之震惊!啊!(沉浸在幸福的幻想中。)

贾　宏　噢,赵霞,我给你带了件好东西。

【贾宏从挎包里拿出一件色彩鲜艳的时髦上衣。

贾　宏　赵霞,看,多漂亮,自然美再加上装饰美,(将衣服在自己身上比试)锦上添花,美上加美,简直是美不胜收。

赵　霞　贾宏,爱情可不是礼物能买到的。

贾　宏　这是我的一片心意。最时髦,跑了几家店才……噢,我还给你买了条围巾。

　　【贾宏将上衣放在写字台上,从挎包内拿出一条鲜红的大围巾。

贾　宏　赵霞,你戴上这围巾,再穿上这件衣服,真是绝代美人,简直要气死凤
　　　　凰,羞死牡丹。试试吧,赵霞。

赵　霞　不,不,贾宏,我……

贾　宏　不好? 我看挺好的。

　　【贾宏捧着围巾追赵霞。

赵　霞　(害羞,责备地)贾宏,看你。

贾　宏　这也没外人,别不好意思,戴上吧,亲爱的,好,我戴给你看。

　　【贾宏围上围巾。

　　【赵霞止不住大笑。

　　【龚晓清急匆匆走进。他戴着深度眼镜,衣着朴素,略显得不整洁。
　　不善言谈,有时表达自己的思想都显得困难,常词不达意,三句话说
　　不出就脸红,略有点口吃,在急躁或讲到"我"字时更为明显。见赵霞
　　笑,不知所措地打量自己,整了整衣服。又见一男青年(贾宏背对着
　　他)围着红围巾,好奇地推了推眼镜,凑近看。

　　【赵霞见龚晓清,示意贾宏拿下围巾,贾宏误以为要他向右站,右移。
　　赵霞再次示意,贾宏左移。龚晓清在贾宏身后随着贾宏的移动而左
　　右打量,仍看不到正面。

赵　霞　(和龚晓清打招呼)龚晓清。

　　【贾宏连忙拿下围巾,围巾一角把龚晓清眼镜碰掉,龚晓清连忙扶住,
　　凑近细看。

贾　宏　(尴尬地)龚……龚晓清。

龚晓清　噢,是……是贾宏,你……

贾　宏　(尴尬地将围巾放在写字台上)我……我……正在排演节目。

龚晓清　噢,在演戏,装……装得真像,有两下子。你演吧,我……我找赵
　　　　老师。

赵　霞　什么事? 晓清。

龚晓清　换工作。

贾　宏　换工作?

龚晓清　对,和赵老师换……换工作。

赵　霞　（疑惑地）和我爸爸换工作？

贾　宏　你要当教师？！

龚晓清　是啊。

　　　　【贾宏退后几步，打量龚晓清。龚晓清不知所措地整了整衣服。

贾　宏　（不禁发笑）龚晓清，你也不想想，你这结结巴巴，三句话说不出就脸
　　　　红，你怎么能当教师，搞技术工作还可以。

龚晓清　我……我也是这么说，当教师，简直是开玩笑，我……我找赵老师
　　　　换换。

贾　宏　怎么回事？

龚晓清　听说，我……我……

赵　霞　别急，慢慢说。

龚晓清　分我……我当教师。我要换工作。

赵　霞　原来这样，我以为……

　　　　【赵老师在里屋喊赵霞。

　　　　赵老师的声音：赵霞。

赵　霞　（应声）哎。龚晓清，贾宏，你们坐一会儿。（向里屋走去。）

贾　宏　（连忙拦住）赵霞，一定要和你爸爸说说。还有一个……

赵　霞　什么还有一个？

贾　宏　我是说还有一个好名额。噢，赵霞，请你爸爸向系领导反映反映，我
　　　　俩一定分在一起，你到哪儿，我到哪儿，誓死不分！

　　　　【赵霞微笑点头。走进里屋。

贾　宏　千万千万！太好了，这下分配不成问题了。（和迎面而来的龚晓清撞
　　　　个满怀。）

龚晓清　不成问题？说得轻巧，让我……我当教师，简直是大问题。

贾　宏　晓清，你分在哪儿？

龚晓清　本市。

贾　宏　留在本市多好，柏油马路，高楼大厦，楼上楼下，电灯电话，别换了。

龚晓清　我……我不是要这些。

贾　宏　晓清同志，当教师不很好吗？教师是人类的灵魂，噢，是什么来着？
　　　　总之，很光荣，责任重大啊！

龚晓清　这我……我知道，可你看我，像个教师的坯子吗？

贾　宏　什么？坯子？

龚晓清　不，是……是材料。要误人子弟的。

贾　宏　我看很好嘛，晓清。

龚晓清　贾宏，听说我……我们班这次有两名……

贾　宏　(连忙制止)小点声！你也听说了？不要相信，谣言！

龚晓清　没错。

贾　宏　(若有所思)原来这样，怪不得……就算是真的吧，我们班只有两名，大家都要去，我们应该发扬共产主义风格，应绝对服从分配。况且，组织上已有了打算。

龚晓清　已经算好了？

贾　宏　是的，一加一等于二。

龚晓清　一加一等于二？

贾　宏　对，一名是赵霞，另一名……

龚晓清　我……我……

贾　宏　怎么是你呢？

龚晓清　……

贾　宏　噢，那里条件最艰苦。

龚晓清　我……我知道。艰苦更需要人。我……我去艰苦，别人就甜了。

贾　宏　龚晓清同志，什么时候你也学会这一套了？要服从分配嘛。

龚晓清　我不是不服从，只是情况……

贾　宏　谁没个特殊情况？都要根据自己的要求分配，国家不是乱了吗？

龚晓清　贾宏，这我……我知道，可是能不能换换，我……我实在不能当教师。

贾　宏　定下来怎么换呢？这也不是搞买卖、做交易，好挑肥拣瘦。

龚晓清　我……我并不是挑肥拣瘦，据说那两个名额最艰苦，不过是搞技术工作，正合专业，而且……

贾　宏　晓清同志，希望你听听老朋友的劝告，不要贪得无厌，分在本市还嫌差？难道非要分在天津、南京、上海、北京这些大城市不可？在本市条件很好嘛。

龚晓清　那里条件更……

贾　宏　更什么？龚晓清同志，我们都是党员，怎么能跟党讲条件？越是艰苦的地方越需要人，况且你分得并不差。你别瞪着我，说来说去，你是

要换个更舒服的地方,大城市,好的工作单位。龚晓清同志,我们应
先天下之忧而忧,后天下之乐而乐,可不能整天"我我我"地只顾自
己,不顾……

龚晓清　正是这样,我才要到艰苦的地方去,今天,"天下忧"的是我……我国
还没有摘掉落后的帽子,这帽子就靠我……我们这一代去摘。

贾　宏　说得好!

龚晓清　而且,而且要换一项富强的。

贾　宏　(鼓掌)看不透,你还有点水平,当教师,绝对!

龚晓清　不,实在不行。(欲进里屋)

贾　宏　(连忙拉回龚晓清)怎么又变卦了? 也不能自己去要啊,作为党员,应
该天南海北任党栽,哪里需要哪安家。

龚晓清　那也得看栽什么树,我做技术工作不更合适吗?

贾　宏　我知道,可名额有限,我们应该让更需要的人去。

龚晓清　那赵霞能去,我……我为什么不能去?

贾　宏　赵霞身体不好,应该照顾在大城市。

龚晓清　对,那我……我身体很好,更要去。

贾　宏　你! 我不让你去!

龚晓清　我……偏要去!

贾　宏　你去? 你去不砸锅了!

龚晓清　(不解地)砸锅? 我……我……带碗去! 条件差,不怕!

贾　宏　(不解地)带碗?!

龚晓清　太晚?! 不晚,趁现在还没定下来,还来得及,我……我找赵老师。

　　　　【龚晓清欲进里屋,贾宏连忙拉住他。

　　　　【唐喜亮上,手里拿着买来的烟和酒。

唐喜亮　拉拉扯扯,成何体统?

贾　宏　来,小乐天。

唐喜亮　怎么回事?

贾　宏　不服从分配,无理取闹。

龚晓清　我……我……

　　　　【赵霞从里屋走出。

赵　霞　嘘,小点声。爸爸正和系领导在谈话。

贾　宏　系领导也在？

龚晓清　系领导在？更好。

　　　　【贾宏将龚晓清按在座椅上，顺手拿了个橘子塞在他手里。

贾　宏　吃个橘子，压压火气。

赵　霞　（见唐喜亮手里的烟酒）小乐天，你也研究烟酒啦？

唐喜亮　这……是贾宏的。

贾　宏　喜亮，帮帮忙，做做晓清的工作。（接过烟酒）

唐喜亮　晓清，怎么回事？

　　　　【龚晓清向唐喜亮低声解释。

赵　霞　你买这些干什么？

贾　宏　送给我……你爸爸。（将烟酒放在茶几上。）

赵　霞　在哪学会这一套？

贾　宏　这是给……给……老丈人的见面礼。礼轻情意重。

赵　霞　去！

贾　宏　赵霞，那事怎么样？

赵　霞　（微笑地）猜猜看。

贾　宏　他们赞成？

龚晓清　我不赞成。

　　　　【贾宏瞪了他一眼。

贾　宏　分在哪儿？

赵　霞　猜猜。

贾　宏　留校？北京科学院？

　　　　【赵霞摇头。

贾　宏　南京？天津？上海？

　　　　【赵霞大笑。

贾　宏　太好了。

赵　霞　为什么尽想大城市？偏把你分到农村。

贾　宏　什么？我分到农村？

赵　霞　怎么？不能去？

贾　宏　在哪儿？

赵　霞　嗯……你们县。

贾　宏　什么？我们县？那你……

赵　霞　我分得太理想了。

贾　宏　在哪儿？

赵　霞　保——密。

贾　宏　保——密？你真的扔下我不管？不行，我不能去。

唐喜亮　分在哪不能去？

贾　宏　赵霞，为什么把我分在家乡？

龚晓清　贾宏，哪里需要哪安家嘛。

贾　宏　去！赵霞，你没和你爸爸说我们……不能分开？

唐喜亮　贾宏，你也要绝对服从哟，可别打着手电，只照别人，不照自己呀。

贾　宏　谁不服从分配？我有特殊情况……

龚晓清　（模仿贾宏）"谁没个特殊情况？都要根据自己的要求分配，国家不
　　　　是……"

贾　宏　你！赵霞，我不能离开你，亲爱的，您是我的希望，您是我的力量，您
　　　　是我的生命。世上可以没有一切，可是不能没有您。亲爱的，我是多
　　　　么地爱你，一步也不能离开你，分开了，我将无法生存。赵霞难道
　　　　您……

唐喜亮　（莫名其妙）怎么回事？转眼之间……

赵　霞　贾宏，你……别激动，听我……

贾　宏　不，答应我，我们誓死不分。

赵　霞　贾宏，原谅我，刚才……开了个玩笑。

贾　宏　玩笑？

赵　霞　看你急的。

贾　宏　我太爱你了。

唐喜亮　贾宏，你们俩……

贾　宏　我和赵霞……是……在一起。

唐喜亮　在一起？

贾　宏　永远……

唐喜亮　（终于明白）好，祝贺你们。太好了，吃糖，吃糖。

赵　霞　小乐天，别……

龚晓清　（拉唐喜亮在一侧）喜亮，怎么回事？

【唐喜亮指贾宏和赵霞，示意是一对。

【龚晓清走近赵霞，仔细打量，又走近贾宏，仔细打量。

龚晓清　嘿，明白了，原来……唉，贾宏……我……嘿嘿，吃糖。

贾　宏　嘿嘿，吃糖，刚才你觉悟真高啊！一个玩笑你们就原形毕露！龚晓清，想翻案报复？趁机捣乱？办不到！你也不想想，我贾宏怎么可能像你那样不服从分配，无理取闹呢？以小人之心度君子之腹。

龚晓清　贾宏你怎么能这么说？

贾　宏　小乐天，你也不错呀，乘人之危，幸灾乐祸，梦想！聪明人尽干蠢事，你也不看看我是谁，我贾宏，难道会那样？基本常识都不懂。（模仿唐喜亮）"贾宏，你也要绝对服从哟，可别打着手电，只照别人，不照自己呀"，哼哼，我就是要照照你。

唐喜亮　请阁下原谅，我们也是……玩笑玩笑。

贾　宏　所以说"疾风知劲草"呀，关键时刻最能考验人，不过也别紧张，轻松点，轻松点，改了就好嘛。

唐喜亮　本来就没有紧张。

赵　霞　晓清、喜亮，这次分配只有两名……

贾　宏　因此，希望你们发扬共产主义风格，名额有限，我们只能绝对服从，组织上分给谁就是谁，不要……总之，个人服从组织，服从"四化"的需要。

赵　霞　我和贾宏……

贾　宏　赵霞，等一下。龚晓清、唐喜亮同志，希望你们从大局出发，从国家利益出发，要正确对待。

龚晓清　我……我……

贾　宏　不要过分地苦恼和伤心，应该为我们的幸福而高兴。

唐喜亮　苦恼？我苦恼干什么？我不苦恼，不伤心，也不高兴。

贾　宏　嗯？

唐喜亮　噢，高兴，高兴。

贾　宏　赵霞，把好消息说出来吧，让大家为我们的幸福而欢呼鼓掌。

赵　霞　我们分在新疆……

贾　宏　（一惊）什么？

赵　霞　新疆电机厂。

贾　宏　（大惊）新疆?! 电机厂?!（思索）噢,我绝对服从,党员嘛,应该到最艰苦的地方去。

唐喜亮　新疆太好了,晓清。

龚晓清　是啊,我就是来争这个名额的。新疆新建了一个大型现代化的电机厂,特别需要技术人员,正合我们专业。可惜。

贾　宏　那儿条件可艰苦啦,当然,我们不怕,共产党员刀山敢上,火海敢闯。晓清,看我们服从分配,滴水不漏,可有些人分在本市还嫌差,无理取闹。

龚晓清　贾宏,有话直讲,何必……

贾　宏　龚晓清、唐喜亮同志,希望你们以赵霞同志为榜样,像我们那样,绝对服从分配,到祖国最艰苦最需要的地方去。（凑近赵霞）赵霞,你真会开玩笑。

赵　霞　贾宏,不是玩笑,是真的。

贾　宏　谁会相信? 我们分在新疆? 开玩笑! 不过,这样好做工作,真有你的。

赵　霞　贾宏,我们真的去新疆。

贾　宏　真的?

龚晓清　全系只有两名,太少了,真可惜。

贾　宏　打什么岔。赵霞,真的去新疆? 电机厂?

赵　霞　千真万确。

贾　宏　不开玩笑?

赵　霞　你怎么啦?

贾　宏　不好改了?

龚晓清　定下来怎么好改? 这也不是搞买卖做交易。

贾　宏　去! 没法挽救了?

唐喜亮　怎么? 还挽救?

赵　霞　贾宏,新疆太好了,古往今来有多少诗歌赞美新疆。（唱《新疆好》）"我们新疆好地方啊,天山南北好牧场,戈壁沙滩变良田,积雪融化灌农庄……"

贾　宏　赵霞! 我说你聪明一世糊涂一时,新疆,那是什么鬼地方? 哼,那戈壁滩、那大沙漠,还不把我们这两个明珠给埋没了。

龚晓清　贾宏，那儿可是……可是早穿皮袄午穿纱……

唐喜亮　抱着火炉啃西瓜。

贾　宏　什么时候了，还在玩笑。赵霞。

赵　霞　贾宏，我们是去建设，又不是去享福，条件差，正需要我们去改造。

唐喜亮　你是党员，又是班长，组织上把这好名额给你，应该高兴。

贾　宏　高兴？就是你这个造谣分子作怪。党员怎么啦？党员就应该……倒霉。

龚晓清　怎么能说倒霉？应该说……对，天南海北任党栽。

贾　宏　天津、南京、北京、上海，哪里需要哪安家。

赵　霞　什么？

唐喜亮　天津？南京？北京？上海？都是大城市，真行。

龚晓清　贾宏，怎么能这样？况且……

贾　宏　况且什么？

龚晓清　况且……况且什么来着？反正不能只顾个人贪图享受。贾宏，我们这一代不是享福的一代，而是建设的一代。

贾　宏　无产阶级专政的社会主义国家，我们不享福谁享福？难道让资产阶级去享福？!

唐喜亮　贾宏，你不是常说，我们，是社会主义大学生，不是商品，对待工作不应讨价还价，挑肥拣瘦，你忘了？我可是记忆犹新啊！

贾　宏　谁讨价还价？什么工作我不在乎，哪怕扫马路也行，只要在城市。我宁愿在北京扫广场，也不去新疆当厂长！

唐喜亮　木头眼镜——看不透，看不透，海水不可斗量，人不可貌相啊！

赵　霞　贾宏，我也去新疆，我们可以互帮互学，共同创造美好的未来。

贾　宏　美好的未来都给你断送啦！我的赵霞同志！

赵　霞　你！……况且我们的专业……

贾　宏　专业有什么用？我不去，工厂就关大门？名额有限，（指龚晓清、唐喜亮）应该让更需要的人去，发扬共产主义风格嘛。

赵　霞　贾宏，看我的面上，去新疆吧，你不是要"在一起"吗？

贾　宏　可你爸爸怎么会……唉，快换换吧。

赵　霞　我不换！我坚决去新疆！

贾　宏　那你别牵累我！我不能去！我要分在最需要我的地方，国家不能再浪费人才了。

龚晓清　国家需要是多方面的,况且,你和赵霞分在一起,这不很好吗?

贾　宏　我们根本没那回事!

唐喜亮　那你刚才……

贾　宏　(忙制止,推唐喜亮至另一侧)唐喜亮,你想想,学校明文规定,在校学生不准谈恋爱,我身为班长,又是党员,怎么会……只不过她多心罢了。

赵　霞　(惊愕)啊?!

唐喜亮　(惊)什么? 她多心?!

赵　霞　贾宏! 卑鄙! 你……你……给我……出去!
　　　　【赵霞拿起写字台上贾宏买的衣服和围巾,愤然砸向贾宏,跑出。

唐喜亮　木头眼镜——看不透,看不透!

龚晓清　你疯了,你胡……胡说些什么?!

贾　宏　谁胡说? 我本来就有了对象。

唐喜亮　什么?!

龚晓清　在哪儿?

贾　宏　北京。不信?(从衣袋里掏出信)有信为证。
　　　　【唐喜亮抢过信,贾宏欲夺,龚晓清拦住,贾宏将衣服和围巾放在写字台上。

唐喜亮　(看信)什么? 这家伙为了分配,在北京找了对象。

龚晓清　(拿过信看)啊?!
　　　　【贾宏抢回信。

龚晓清　你……你太卑鄙了。

贾　宏　谁卑鄙? 你懂什么? 不在北京找对象,我能分到北京吗? 我不分到北京,那不是……

龚晓清　什么?

贾　宏　那不是我国的巨大损失?!

唐喜亮　你在北京找对象,怎么又和赵霞……

贾　宏　怎么? 爱情,爱情你们懂吗? 爱情也应服从"四化"的需要!

龚晓清　这……

贾　宏　这叫作服从需要,择优录取。

龚晓清　什么？爱情还择优录取？你怎么……贾宏，为人要诚实，要说老实话，做老实人。

贾　宏　诚实？诚实几个钱一斤？书呆子！

唐喜亮　真看不透，贾宏，党培养你多年，又有几年的大学教育，你怎么会变……

贾　宏　变了是不是？不错，党培养我多年，但并不是在真空，而是在社会中，我是在社会中长大的！不错，我受了几年的大学教育，可是社会给我的教育更多！

龚晓清　可党和人民并不希望你这样，也不允许你这样！

贾　宏　我也不愿意这样，可不这样不行！我难道不想做个诚实的人吗？可是，诚实，诚实意味着毁灭自己！多少人不就是吃亏在"诚实"二字上吗？我叔叔，正因为诚实，"文化大革命"期间，讲了几句真话，可是，却闯了大祸，几句诚实的话几乎使他丧命！就是现在，又有几个人诚实？大家都裹着层漂亮的外衣，你看不透我，我看不透你，即使相处多年的老朋友，平时互相信任、推心置腹，关键时候，他的言行，也会使你大吃一惊，使你似乎从梦中惊醒，"原来是这样，看不透"。

龚晓清　这是不正常的病态，它必须消灭，也一定会消灭。

贾　宏　书呆子。

唐喜亮　可是，这种病态，你不但不加以反对制止，反而起劲地学习和模仿。看，这么多礼物，又是衣服，又是烟酒，送人情，开后门，吹牛拍马，这些难道你一点也不感到可耻？我都为你惭愧。

贾　宏　我也惭愧，可我惭愧的是我没有学到家，所以失败了。送人情，开后门，吹牛拍马，这是不正之风。可它却像夏天的凉风，给人带来幸福和享受。谁不渴望能有这点风？谁拒绝它，就会感到闷热和不自在！我表哥，插队七年了，却始终未能上来，于是，他不得不硬着头皮模仿别人的诀窍，买了几十块钱的礼物，可是，被拒绝了，那位主任大人笑着说："哈哈，你也来这一套？！平时不烧香，急时抱佛脚，我们不吃那一套！"可是我，平时不断地烧香，急时也抱佛脚，可是，我烧错了香，抱错了脚，这位赵老师不是佛，却是个不通情理的怪人！

龚晓清　也许你们认为怪，只有一个独生女儿，不让她分在大城市、好的工作单位，却偏要分在遥远的新疆。怪吗？是有点怪。可怪得可敬、怪得可佩,他们——才是真正的榜样和老师。

贾　宏　是可敬可佩,但不可学。他们毕竟是少数,少数是要服从多数的,不服从,那只好去碰壁。我不能让我去碰壁,毁掉自己。

唐喜亮　可耻!

贾　宏　也许可耻,不过,可耻的人多了,大家也就不以为然了。同志,请记住,可耻到了极点也就是光荣。

龚晓清　什么?!

贾　宏　物极必反嘛。

　　　　【唐喜亮、龚晓清大笑。

贾　宏　(冲着他俩)你们笑什么?嘲笑吗?(对观众)你们也笑什么?! 为什么不同情我?你们也是一群怪人! 我不能得到重用,"四化"难以实现,你们就高兴了,是不?我早就看透了你们,我不准你们笑! 我不准……

龚晓清　(连忙拉住贾宏)贾宏! 真是疯了,这是演戏,怎么好对观众大喊大叫?

唐喜亮　(对观众)对不起,诸位饶恕,触犯大家,对不起。快,闭幕!

　　　　【唐喜亮、龚晓清劝阻贾宏。

　　　　【幕急拉。

贾　宏　(怒喝)慢! 戏还没完!

　　　　【幕急拉回。

贾　宏　(对观众)我要请大家评评,我,为什么得不到重用?为什么不能分在大城市?为什么不能过上美满幸福的生活?难道真的错了?不! 我是正确的,绝对! 这是悲剧,悲剧,大悲剧! 同志们,你们应该放声大哭,哭吧,同志们! 你们笑什么?你们究竟笑什么?! 别笑,你们笑我,可是,你们呢?你们也不看看你自己!

　　　　【幕急闭。

剧　终

1979 年 12 月

〔话剧〕

小井胡同

李龙云　编剧

　　李龙云(1948—2012)，北京人。1968 年"上山下乡"，去了黑龙江生产建设兵团。黑龙江大学中文系 77 级本科生，本科二年级时，因其话剧作品《有这样一个小院》，被陈白尘教授破格录取为南京大学中文系研究生，1982 年毕业，获文学硕士学位，毕业作品为五幕话剧《小井胡同》。此后，代表作品有《荒原与人》《叫我一声哥，我会泪落如雨》《万家灯火》《天朝上邦(三部曲)》等。

　　《小井胡同》发表于《剧本》杂志 1981 年第 5 期；1983 年，由北京人民艺术剧院排出，刁光覃执导，但审查未经通过，仅做了三场"内部演出"。直至 1985 年，得以公演。2013 年，北京人艺再次排演该剧，由杨立新执导。

［老街坊们都说，小井要是有个会说书的该有多好……］

人　物　表
（人物年龄以第一次出场为准）

滕　奶　奶　穷苦的武术名师滕凤山的孀妻。戊戌年间降生在北京，是小井胡
　　　　　同一块历史的碑石。

水　三　儿　男，三十多岁，世袭的引车卖水者。跟滕凤山学过武术，师徒有生
　　　　　死之交。

吴　　　七　男，三十来岁，国民党警察巡长。油，胆小怕事，但心眼好。

毕　　　五　男，四十岁，人贩子世家，其父老毕五在前清时垄断着往紫禁城输
　　　　　送太监的事业。心狠手毒，坏。

刘　家　祥　男，三十多岁，十四岁进电车厂跟滕凤山学手艺，但也打过鼓儿，做
　　　　　过小买卖。

刘　　　嫂　三十来岁，小名凤珍，刘家祥妻。正直，有点迷信，心软，但嘴上厉
　　　　　害，不怕事儿。

疤拉眼大哥　十八岁，小名"大启子"。大杂院里穷孩子们的靠山。十来岁时
　　　　　失去父母，开始自谋生计，靠画糖人为生。

二　　　妞　八岁，刘家祥的姑娘，大名叫刘桂英。疤拉眼大哥最知心的小
　　　　　朋友。

小　结　实　五岁，刘家祥的养子，一对被枪杀的共产党人的遗孤。刘嫂怕拉扯
　　　　　不大，抱到庙里许了愿，得个法名叫"僧保"。

马　德　清　男，四十五岁，"魏宅"的老家仆，慈眉善目。

七　十　儿　男，十六岁，"魏宅"买来的一个孩子，在人寿保险公司保着险，准备
　　　　　养大成人后杀死，借以讹诈巨额的保险金，后成为马德清的义子。

许　　　六　男，三十多岁，以织袜子为生的小手工业者。胆小，老实，窝囊。

春　　　喜　二十多岁，从良的下等妓女，许六的续妻。心眼不坏，但常常被病
　　　　　态心理所折磨。

小　妮　儿　九岁，许六前妻之女。后被刘家祥夫妇要走，改名刘桂芝。

石　掌　柜　男，三十多岁，开粮店的小商。精明，世故，有点自私，但心眼不坏。

石　　　嫂　三十来岁，石家内掌柜的。一个字不识，却自以为聪明，常被别人

当枪使。

杨 半 仙　男，四十来岁，改卖年画的测字先生。

小 环 子　男，二十五岁，卖假药的。馋，懒，不要脸。

小 力 笨　男，十七岁，石家的小伙计。正派，没野心。

小 媳 妇　姓周，二十多岁，小力笨之妻。依仗权术，最终爬上了居委会主任的宝座。

陈 九 龄　男，二十多岁，石掌柜的师侄，被抓去的国民党伙夫。没文化，对社会上的大是大非分不太清，嘴特别好说。

九 嫂 子　二十多岁，陈九龄之妻。心好，本分，少言寡语，遇事没主意。

小　　曹　男，二十来岁，小井的"管片儿"警察，后升为所长。善良，耿直。

大 牛 子　陈九龄之子。一九五四年生人，"七〇届"。有一批朋友分在火葬场。

增　　福　男，二十五岁，石掌柜的侄子。菜市场卖鱼的。老实，不会说瞎话。

大　　马　男，二十岁，街道合线厂的红卫兵。一九七六年成为工人民兵。表面看缺点心眼，实际是"光往里傻，不往外傻"。

小 六 九　男，一九六六年生人。二姐（刘桂英）的儿子，刘家祥的外孙。

小　　宋　男，合线厂的红卫兵。工人民兵。

"都一处"饭庄的伙计　男，三十来岁。

国民党兵甲、乙　都三十来岁。

大牛子在火葬场的朋友甲、乙、丙　都是男的，二十来岁。膀大腰圆，浑身力气。

红卫兵甲、乙　都是男的，十五六岁。

四川来京串联的红卫兵　两男一女。

卖油的老乡　男，五十多岁。

换房者甲、乙　亲哥俩，都三十多岁。

市场管理员　男，二十来岁。

公安局的武装警察甲、乙　都是男的。

小媳妇的侄子　"区爱国卫生运动委员会"工作人员。

第一幕

时 间	民国三十八年(一九四九年)一月二十一日。

时   间　　民国三十八年(一九四九年)一月二十一日。
　　　　　　北平和平解放前夜。
　　　　　　农历,今天是腊月二十三,俗称"小年下"。晚饭前后,恰是申时尾,
　　　　　　酉时初——灶王爷即将升天的时刻。

地   点　　北平。小井胡同。

出场人物　　刘家祥,吴七,刘嫂,小结实,二妞,杨半仙,水三儿,许六,春喜,
　　　　　　毕五,滕奶奶,小环子,马德清,七十儿,石掌柜,石嫂,小力笨,
　　　　　　陈九龄,疤拉眼大哥,"都一处"饭庄的伙计,国兵党兵甲、乙

场   景　　这是一条南北走向的小胡同。往右走,出胡同南口,可以奔娘娘
　　　　　　庙;往左走,出北口,好像是小市。胡同的腰部,由于凹进去一块,
　　　　　　于是闪出了一片长片形的小空场,同时,使胡同的腰部出现了一小
　　　　　　段南北墙。舞台选的恰恰就是胡同这个腰部。可别小看了这片小
　　　　　　空场! 太平年间,每逢冬夜,卖馄饨的、卖老豆腐的、卖灌肠的……
　　　　　　哪个做小买卖的走进小井,不得在这儿撂撂挑子,吆喝几声呢?!
　　　　　　到了夏天,空场上长的那棵老椿树,可给老街坊们造了福喽! 它那
　　　　　　大伞似的身板儿,洒下那么大片的树阴凉儿。人们端着粥碗,凑到
　　　　　　树底下,诉说着一天的穷苦和委屈……
　　　　　　正中是七号。这是个典型的大杂院。院里住的都是贫苦的下层市
　　　　　　民:织袜子的、开电车的、画糖人的……唯有房东石家开着个小小
　　　　　　的粮店,算作小康人家。可这阵子也不行了,库里就剩了半袋子杂
　　　　　　合面。大杂院门的顶端,用青砖瓦片砌成的"五瓣花"的门楼已经
　　　　　　很破旧了。门板上早年间刻下的对子:"处事留余地,存心居自
　　　　　　安",由于风吹雨淋,早已模糊不清,院里,迎门一堵砖砌的破影壁。
　　　　　　偏右,闪出来的那段南墙上还有个小门。门虽小,气派可不含糊!
　　　　　　门楣上,一个小洗脸盆儿那么大的搪瓷灯伞闪着蓝光。门框上挂
　　　　　　着个小小的木牌牌,上书:魏宅。包着铁皮的门板上生满了铁锈。
　　　　　　要不是冬天,能看到它满身的青苔。这是魏宅的后门。看来主人
　　　　　　多少年没打开过它了。可这些日子,魏宅的小门开开了! 八路军

把个北平城围得铁桶一般,魏宅乱了阵脚,整个小井胡同也是人心浮动。都说傅作义跟八路军已经挂上了钩,可大前天夜里却又响了一宿的枪!谁知道仗还打不打呢?!不远处,临时修起的天坛机场上,飞机像苍蝇似的飞起来,落下去,加上来空投物资的运输机,整天嗡嗡声不断。八路军的大炮专往飞机场上干,不许跑!小井的老街坊们,就在这个背景下迎来了腊月二十三。可谁还有心过小年呢?穷人们心里有一股说不清的滋味,苦日子总该熬到头了吧?!他们盼着八路军快点进城,但又最好别动枪动炮的——北平是古都啊!

〔幕启:飞机嗡嗡声渐渐远去了。透过隐隐沉下去的炮声,从胡同北口飘来了卖关东糖的苍凉叫卖声:"约糖!约关东糖!"接着南院响起了一阵祭灶的爆竹响。但稀稀拉拉,不成气候。少顷,爆竹响停了。
〔刘家祥左手掐着从灶龛上揭下的灶王爷纸像,右手拎着火筷子走出院门。这位火上了房都不带着急的主儿,这些日子可真沉不住气了,肚子饿得你作不过主来!
〔警察巡长吴七手里捏着一小打大红的纸片子,从胡同南口走来。

刘 家 祥　（一眼看见了吴七）七爷!七爷!（凑过去）不是说傅作义跟八路军拉上手了吗?!怎么大前儿个夜里齐化门外又溜溜地响了一宿的枪呢?

吴　　七　（往四周瞅瞅,压低嗓门）那是自来水厂,208 师兵变!跟傅作义掰了……

刘 家 祥　这帮孙子……

吴　　七　刘大哥,您还没听说呢,八路军怕傅作义压不住茬子,叫打开西直门,派两个纵队进城,归傅作义指挥……

刘 家 祥　多么仁义!那么傅作义呢?

吴　　七　傅作义能含糊吗?这回动真的了!（捂住半拉嘴）把 208 师给灭啦……
〔此时,从胡同北口隐隐传来了一个哑嗓有板有眼的哼唱声。唱词是北平俗曲——"门神灶",曲调用的是老年间的"太平歌词":
"腊月二十三,送神上天。

祭的是人间的善恶言。

当家人跪倒，

手举着香烟……"

〔(吆喝)"画儿来，卖画!"测字儿先生杨半仙穿着个短撅撅的破棉袄从北口走来。他一只手捂着冻红了的耳朵，一只手抓着卷厚厚的年画。

吴　　七　怎么着? 杨半仙，不测字儿啦?

杨　半　仙　(用袄袖子抹抹鼻涕)吴巡长，您圣明，这年头，阔主不信命，信这个! (伸出右手，用拇指与食指拢成个圆圈儿)美钞! 大头! 穷主呢，兜里镚子儿没有。刘大哥，拉兄弟一把，来张年画! 杨柳青的，地道的卫抹子……(把画打开)您来这张! 《庆乐丰年》……

刘　家　祥　庆乐丰年?! 嘿嘿，我这肚子里都是豆腐渣……

杨　半　仙　……这张，您瞧瞧这张! 《他骑骏马我骑驴》……

刘　家　祥　(端详着年画)瞧这小驴儿! 腿上这肉多瓷实! 七爷，我怎么琢磨，都觉着这条小驴儿它不够我吃一顿的……

杨　半　仙　什么话呢! 得，您比我饿! (卷起画)刘大哥，我服您了!

(细着嗓哼唱着走下)

"……当家人跪倒，手举着香烟。

不求富贵，不求吃穿。

好事儿替我多说，坏事儿替我隐瞒……"

(杨半仙的声音渐渐远了)

刘　家　祥　七爷，头午您猜我奔哪儿了? 我奔了趟北海! 万一他们空投不准，飘过来一袋呢?

吴　　七　这么兵荒马乱，您真能打哈哈……

刘　家　祥　咱们拿杂合面窝头当块金砖，人家(指指小门)拿美国洋面当黄土扬着玩……

吴　　七　洋面?! 刘大哥，您说什么呢! 人家，"便宜坊"的什锦火锅，苏式盒子，"仿膳"的栗子面小窝窝头……

刘　家　祥　凭什么?! 七爷，凭什么他们吃香的喝辣的，咱们肚子饿得山响?! 八路军也真沉得住气! 小钢炮对着城门一支，大梯子一竖! 北平，早拿下来了……

〔街门一响，刘嫂怀里抱着刘丫头，手里领着小结实走出院门。

刘　　嫂　（对小结实）慢着，乖！瞅着道儿。（一抬头）哟，吴巡长……（一眼看见了刘家祥手中的灶王爷）有在大街上祭灶的吗？你必得出个箍眼儿！让我说你什么好！

刘 家 祥　没听见打炮吗？房塌了砸死我！

刘　　嫂　你甭心眼攥得小酒盅似的！八路军的炮弹长眼睛，不炸穷人！

吴　　七　刘嫂，您这是……

刘　　嫂　上娘娘庙，给我们小结实许个愿……

刘 家 祥　你净出么蛾子！（指着刘嫂怀里）明明是个小子，偏叫"刘丫头"！生给扎一耳朵眼儿！想一出是一出……（压低了嗓音）再说，人家小结实不是咱自个儿生的，命不像咱们刘家这么不济……

刘　　嫂　大腊月的，我不跟你吵秧子！吴巡长，您知道，（低声）这孩子没爹没妈。我心里难受……愣说人家是八路！给……怎么揍儿了（突然想到）吴巡长，听说这孩子是您从监狱里抱出来，搁胡同口的？

吴　　七　（急了）刘嫂！刘嫂！别介呀！您别这么说呀！好嘛，（手在脖子上一抹）您这不是要我的吃饭家伙吗？（慌忙举起手里的片子）得，我这还有正经事儿。丁局长，丁大头的老太太七十大寿，我得去敛份子……

刘 家 祥　（急了）又出份子？

吴　　七　他妈的，临走还得来个"爆余"，再撸一把。在街上拣个老太太，弄到家里硬说是他妈，办七十大寿！大杂院里一撒片子，谁敢不出份子？谁敢！儿子是208师的营长，跟军统勾着……坐蜡的事儿，都是我的……（把一张片子塞到刘家祥手里）

刘　　嫂　吴巡长，我们不跟您过不去。（对丈夫）甭理他这碴儿！接着他！（叫）二妞！二妞！……你把二妞找回来，别让拍花子的拐走。小结实，乖，跟妈走……（对刘）不预备点草节儿、料豆儿吗？神马吃什么？灶王爷像你似的，上哪儿都腿着？你不是祭灶呢，你是糊弄我呢！

吴　　七　刘嫂，男不拜月，女不祭灶，走您的……

〔刘嫂领着小结实往南口走去。

〔一阵水车轧地的"吱喽吱喽"响声中水三儿戴着磨肩，脚上系着搭布,拉着水车从北口走来。水三儿的名字像他的职业一样,也是世袭的。传他这辈儿,人们只知他姓马。此人豪爽仗义,身高力大,加上受过滕凤山的真传,使他练就了过人的功夫。特别是他的钩子,誉满九城,人称金钩马。他身后拉的那种水车,解放初期还可以看到。车身是个椭圆形的大木匣子,匣后底部有个放水的塞子。

水 三 儿 (取下水桶,放好水,挑到院门口,冲院里喊一嗓子)水!

(眼睛近视,伏在门垛子跟前儿,掏出石笔,在蜘蛛网似的记号上又添了一道)

吴 七 水三儿,水钱也涨吗?

水 三 儿 (指指砖垛子上的白道儿)您瞧见了吗? 一挑水一道儿。老街坊们穷得连水钱都挤不出来了! 瞧着这一片片的鸡爪子我都想哭! 这是怎么话说的……(进院)

〔许六身穿一件六成新的藏蓝布大褂走出院门。但大褂太小,箍在身上紧紧巴巴的,不管怎么抻、拽,底下还是露着一截"耍了圈"的破棉袍,特别是脚下那双旧毛窝,更透出一股藏不住的穷气。

许 六 (指指院里)刘大哥,您给我听着点儿,我们小妮儿在炕上躺着呢。我乘着天黑,省得让人瞅见……

吴 七 您这是……(明白了)得,也好,省得您老想着六嫂子,难受……

刘 家 祥 许六,不弄份执事、响器?

许 六 (凄然一笑)您别寒碜我了,领个从良的……

刘 家 祥 那也得让老街坊们接接呀?

许 六 甭接,她也来。论说呢,她是我个远房的表妹,您见过。她呀,就贪着我老实,非跟我不可……

吴 七 六爷,您这叫走了桃花运……

许 六 吴巡长,您这不是打我脸吗! 您说我们招谁惹谁了? 好好的缕着坛根儿开个小袜子铺,告诉修飞机场,拆房。我们小妮儿她妈那脾气,瞒不了您,沾火就着! 把命搭上了……(又要掉眼泪)

吴 七 六爷,我招您伤心了……

许 六 不是那么话说,您哪! 我,就凭我许六,小妮儿她妈过世不到俩月,我从黄花院里领个从良的……我不是人! 孩子小啊,什么都甭说了……得,刘大哥,您受累……(下)

吴　　七　　唉！家家有本难唱的曲儿。我还得去敛份子……

刘 家 祥　　（走到椿树下，左手掐紧灶王爷的脖子，右手的火筷子指着灶王爷的鼻子）还用我说什么吗？你可都听见了。警察局长拣个老太太，大伙就得送份子。肚子里一下子豆腐渣，得去修飞机场！（越说越气）告诉你说，我这点关东糖可都是从牙缝里挤出来的。到天上说几句人话，别他妈顺嘴胡扯！（"嚓"地划着洋火，点着纸像）你要真有灵验，就给傅作义带个话儿：刘家祥说了，他要再打，他是孙子！我跟你说这些有什么用！（用火筷子狠狠地搅一搅纸灰）滚！上天！（气哼哼地转身进院）

　　　　　　〔滕奶奶身穿青市布裤子、蓝士林褂子出现在胡同北口。她的丈夫滕凤山跟北京有名的义贼"燕子李三"学过武术，后到电车厂当工人，因领工人闹事，被枪杀在窑台儿。她三十几岁开始守寡，膝下无儿无女。但人穷志不短，靠做用人为生。人贩子毕五满脸堆笑，手里托着一套叠得非常整齐的缎子衣裤，紧跟在滕奶奶身后走来。

毕　　五　　……（央告着）老太太，老太太，您穿上，穿上。三十六拜都拜了，可就差您这一哆嗦了……

滕 奶 奶　　（威严地）当老妈子，用不着这么打扮我！到底怎回事儿，说！

毕　　五　　……这么说吧，请您去啊，借您这个人使使……啧！还不明白吗？！您滕老太太，一点就透的主儿啊！没见吴巡长四处撒片子吗？丁局长明儿的飞机票，办七十大寿缺个老太太……

滕 奶 奶　　拿我当他们家老太太使？

毕　　五　　要不怎么说您有造化呢！全北平城有这么便宜的事没有？就看着您的气色好！穷，可带着股豪横劲儿，谁不知道滕二爷跟"燕子李三"学过武术，杀富济贫！滕二爷活着那阵儿……唉？您别走啊（追上去）您去享半天清福，完了事呢，咱们娘儿俩二一添作五，衣裳归我，首饰是您的……

滕 奶 奶　　（"哗啦"把手里的几件首饰摔在毕五身上）滚！老太太不那么下三烂！给丁大头当妈？我要有他这路缺德儿子，一落草就掐死他！

毕　　五　　啧！给脸不要脸不是！（要翻脸）知道毕五是干什么的吗？

滕 奶 奶　　你跟你爸爸一路货！拐卖人口，私设……

毕　　五　　（打断）告诉你，老毕五，七品，管着刑慎司，专往紫禁城输送太监！

给丁大头当妈？你没他妈这个命！（弯腰拣着地上的假手饰）滕凤
山，一个臭开电车的，领工人闹事……实话跟你说：毕五，一个片
子，绑！窖台儿……

滕　奶　奶　好小子！闹了归齐是你打的黑枪……（扑上去抓毕五的脸）
　　　　　　〔此时，水三儿挑着水桶走出院门。

毕　　　五　怎么着？想动劲儿？（伸手抓住滕奶奶的两只腕子）！我还真没细
端详过你。隔着头二十年，你必是个顶俏实的小娘儿们……（一眼
看见了水三儿，手松开了）水三儿？三爷……

水　三　儿　（搁下水桶）你还认识我？

毕　　　五　（被逼得往后退着）谁不认识您呢？！这条水道是您的，世袭……

水　三　儿　（威严地）我骂你几句？

毕　　　五　别！别介！您骂起来，四六联，长短句，三天三宿不带重样的。您
这嗓门话匣子似的，我呛不住……

水　三　儿　撅过来，我踢你两下！

毕　　　五　（带着哭腔）三爷！别介呀！您是滕二爷的真传，您这腿铁棍子似
的！谁不知道您"金钩马"呀！我值不得您一踢……

水　三　儿　（打雷似的）扇！自个儿扇自个儿的嘴巴！（见毕五开始抽自己的
嘴巴）使劲！滚！

毕　　　五　（临走忘不了地上的首饰）假的，假的也有用项。（下）

水　三　儿　师娘！您这么满世界给人当老妈子多孽障！我起小就没娘，师父
救过我的命，我养着您……
　　　　　　〔刘家祥从院内走出。

刘　家　祥　谁？师娘！您打门口过怎不进门呢？

滕　奶　奶　你拉家带口的也不够嚼谷……

刘　家　祥　师父是为大伙把命搭上的。再不够嚼谷，也不能短了您的嘴……

滕　奶　奶　甭打咕！你歇班俩多月了，弄着群孩子。三儿！我跟着你……

刘　家　祥　三哥，那，那师娘可就交给您了。（对滕奶奶）等缓过这阵儿，我让
二妞去接您……得，我先去迎迎凤珍。
　　　　　　〔水三儿拉着水车，三人同时往胡同南口走去。
　　　　　　〔疤拉眼大哥肩挑着画糖人的挑子，手领着二妞从北口走来。这种
画糖人的，现在已看不到了。挑子的一头是个炭火架着的铁勺，勺

中有蜜状的糖汁；另一头是个方形木柜，柜面上画满了各种鸟兽器皿的图形，中央一个转针。小孩儿花一分钱可转转针一次。针指到何物，画糖人的便用热糖汁为你画出何物。疤拉眼大哥与二妞走上舞台之前，刚与别人打过架。幕外小孩儿的唱骂声还在响；他们在拿疤拉眼大哥的生理缺陷取笑："……疤拉眼儿，去赶集，买个萝卜像个梨，咬一口，胡辣地……"

疤拉眼大哥　（放下挑子，抹抹嘴角的血）二妞，下回别惹他们。那是"正德和"的少掌柜的，家里开着金店……

二　　妞　我没惹他们！疤拉眼大哥，你的嘴让他们打破了，都怨我……

疤拉眼大哥　不要紧，你看！（用破袄袖子在嘴上一抹）不破了吧？

二　　妞　疤拉眼大哥，你什么时候才给我画那个灯笼呢？老没工夫吗？

疤拉眼大哥　二妞，你是个乖孩子。你看，孩子们拿一分钱，上我这儿一转，什么都没转着，我就给他一小块糖。可要是一转，转上个凤凰、灯笼伍的，不是得用我好些糖吗?! 我这一天就如同白干，就得挨饿。二妞，你有妈，我谁都没有。谁疼我呢？二妞疼我……

二　　妞　疤拉眼大哥，你什么时候才能吃顿饱饭呢？

疤拉眼大哥　你听，城外头不是打炮了吗？（小声地）八路军一进城，穷人就能吃饱饭了。（坐在柜后，开始用几根铁丝编个罩子）年头是得改啦！街上净是抢吃的。这不，卖白薯的黄大爷让我帮他编个铁罩子。（猛然想到）哎，他给了我两块烤白薯。（从座下取出）二妞，给你一块。

　　　　　〔二妞接过白薯笑了。

疤拉眼大哥　甜吧？二妞，你这么机灵怎不让你妈送你上学呢？金鱼池东边，金台书院，门脸儿可大了……

二　　妞　上学得给校长送戒指，蒲包……

疤拉眼大哥　噢！那是上不起。

　　　　　〔杨半仙嘴里哼唱着他的"太平歌词"又转回来了。他走到二妞跟前。

杨　半　仙　（盯着二妞的白薯，咽了口唾沫）吃什么呢？二妞？（咬了咬牙，"啪"地往二妞的白薯上啐了口唾沫）

二　　妞　干什么你?! 白薯脏了，你赔我！（把白薯扔在地上）

杨 半 仙　（拣起白薯,掸掸土,大口吃了起来）

疤拉眼大哥　你说你这么大个人,抢孩子口吃的……

杨 半 仙　（眼一翻)我不要脸嘛!

疤拉眼大哥　（把自己的白薯递给二妞)二妞,不哭!（不知怎么哄二妞才好,
　　　　　　随手从地上拣起个蜗牛)二妞,你听我给你唱:"水牛,水牛,先出犄
　　　　　　角后出头嗬嗨!"

二　　妞　冬天水牛是死的……

疤拉眼大哥　啊,对,水牛也怕冷。（从兜里掏出几个烟盒叠成的三角)二妞,
　　　　　　给你! 三角。《骆驼》的、《哈德门》的、《老刀》的……（挑起担子哄
　　　　　　二妞进院)
　　　　　　〔卖假药的小环子,怀里揣着一把醋壶,袂袖子里掖着一把筷子,满
　　　　　　面春风地走来。他的衣裳又油又脏,胳膊上搭着一件破旧的美国
　　　　　　夹克。在他身后,一位"都一处"饭庄的伙计不远不近地跟着他。

小 环 子　哟! 杨半仙!

杨 半 仙　嗬! 小环子!

小 环 子　（旁若无人)你猜今儿我奔哪了?"都一处"! 马莲肉、晾肉面筋、三
　　　　　　鲜烧卖……嘿! 东西,地道! 我憋了多少日子啦!

杨 半 仙　就您这身打扮?

小 环 子　我借了件褂子呀!（抖搂开衣裳)美国夹克! 这年头,看出来没有?
　　　　　　先落挂好下水再说! 靠他妈卖假药连豆汁都喝不上……（从怀里
　　　　　　掏出个醋壶)"都一处",老字号! 瞧瞧,醋壶都是景德镇的……

"都一处"伙计　（往前凑了凑)您让我跟到哪儿拿钱呢?

小 环 子　八路军快进城了,听见没有? 改朝换代,不都得乐乐吗?（一拍胸
　　　　　　脯)这是正经照顾主儿? 甭那么认识钱!

伙　　计　有您这样的照顾主吗? 吃完饭抬屁股就走,临完了还抄我们一把
　　　　　　醋壶、掖走我们一把筷子?!

小 环 子　（拍着伙计的肩膀)这么着得了,今儿个呀,算你请我,明儿个呢,我
　　　　　　请你! 咱哥俩奔丰泽园。再不,"又一顺",手抓羊肉? 你点字号。
　　　　　　喷? 不放心不是?!（从怀里掏出一个玻璃的小纸盒,上系红绸条)
　　　　　　你带着这盒人参……

伙　　计　（抓过小盒,看都不看就撇在了地上)人参?! 少玩这套! 香菜根

　　　　　　　儿！香菜疙瘩！（劈手夺过醋壶）算我们掌柜的倒霉！（转身下）

杨 半 仙　（轻轻一脚把小盒踢开）得，我又学会一招。（下）

　　　　　　　〔小环子弯腰拣他的"人参"。

　　　　　　　〔刘家祥夫妇领着小结实从南口走来。

　　　　　　　〔吴巡长肩膀上搭着一打袜子从北口走来。

吴　　七　您来双袜子穿？（看清是刘家祥）哟！刘大哥！（缩回手）

刘 家 祥　撒片子带卖袜子？

吴　　七　就这一回。再干，不是人养的，一帮大兵把绒线铺给抢了，我拣了
　　　　　　　一打袜子。说瞎话是孙子，都是穷挤的……孩子事办完了？

刘　　嫂　我看那老道许是饿迷糊了。在小结实脑袋上摸了摸，告诉赐个法
　　　　　　　名叫僧保，就给打发回来了，糊弄人。

小 环 子　（看见了小结实，眯缝着眼睛凑了过来，话里有话地）哟！小结实长
　　　　　　　这么高啦？！（狡诈地瞧瞧吴七）

吴　　七　（要溜）得，刘大哥，忙您的……

小 环 子　（一把抓住吴七的胳膊）七爷，您别走啊？！（笑里藏满讹诈）七爷，
　　　　　　　您胆儿可够大的？！吃着锅里占着碗里的……您把小结实搁胡同
　　　　　　　口那阵儿，他也就三四岁，啊？

吴　　七　（惊慌地）你，你打算怎么着？

小 环 子　您真是饱汉子不知饿汉子饥！您不得有份意思吗？（用眼睛又瞄
　　　　　　　瞄刘嫂）

刘　　嫂　小环子！就算是这回事！有能耐，你就施展！我是锱子儿没有。
　　　　　　　你小子逮缝儿就下蛆，阎王爷要不是打盹，他不会给你披上张人
　　　　　　　皮！小结实，走！（进院）

小 环 子　都是久在街面上混的主儿，但分有辙，我不办绝户事儿……

吴　　七　这么着，你来两双袜子使，行不？（递过袜子）这是怎么说话的……
　　　　　　　（下）

小 环 子　（接过袜子）刘大哥，瞧您的啦！您管我顿抻面吧？！您那么给我弄
　　　　　　　包花生仁呢……

刘 家 祥　（抬腿往院里走）我那儿，耗子药兴许还有几包……

小 环 子　（紧跟在刘家祥身后）您别那么说呀！（进院）您哪能……

　　　　　　　〔南墙上，魏宅的后门"吱喽"一声开了，老仆马德清提着个灯笼，走

出院门。

马 德 清　（举灯照着门槛）三少爷，迈门槛儿。（搀扶着七十儿走出小门）

七 十 儿　（一身公子哥打扮，但目光中充满惊恐）马爷，您送我上哪儿？

马 德 清　上老姑奶奶家呀！

七 十 儿　（声音在颤抖）您冤我！您领我上坛根儿……（突然"扑通"跪在了马德清面前）

马 德 清　您干什么？哪有主人给奴才下跪的？

七 十 儿　刚才我都听见了，他们干吗要弄死我?!

〔马德清"扑"地吹灭了灯，匆忙关上了魏宅的小门。

七 十 儿　当着外人的面儿，我是三少爷，可关起门来，我是最下等的奴才……就您一人对我好……

马 德 清　起来！你起来！听话！我都告诉你。

〔七十儿站起身。

马 德 清　把你买进魏宅那天，不是抢开了吃了一顿吗？还记得这档子事吧？魏秃子跟大伙说，你是他老儿子，刚从苏州接来，（七十儿点头）客人里头有个天津侉子……

七 十 儿　顶大俩眼珠子?!

马 德 清　对！就是他！那是人寿保险公司的经理。吃着饭魏秃子就给你在保险公司保了险。月金五万，保到六十岁。你爸爸，魏秃子这个老王八蛋后天的飞机票，今儿个晚上让我领你到坛根儿。（从怀里掏出一个纸包）就用这块槽子糕……你一死，明儿早上他们就到保险公司，明白了吧？

〔七十儿"扑通"又跪下了。

马 德 清　七十儿！起来，别让我着急。（哆哆嗦嗦地从怀里掏出一卷票子）这点钱，你带着。走！快走！

七 十 儿　您呢？

马 德 清　甭管我，我另有奔头。（深情地盯着七十儿）我马德清半截入土的人了，没有家小。日后你要有个出头之日呢，惦记着回来看看我……

七 十 儿　（突然叫了一声）爸爸——

马 德 清　走！快走！

〔两人分南北不同方向下。

〔石家内掌柜的出现在大杂院门口。一双裹过又放开的半大脚，驮着石嫂微胖的身子。她心地善良，但遇事"血活"，一点小事不闹得满城风雨便觉着对不起谁，她最大的苦恼是一生不曾生育，绝户。

石　　嫂　（望望四下里没人，往前挪了两步，嘴里轻声嘟囔着）黑小子，白小子，坐在炕上吃饺子。（嗽了嗽嗓子）黑小子，白小子……

〔石掌柜从院内走出。这也是个好心的小商人，对穷人、对老街坊们，谁家揭不开锅时，他都会赊给你三斤五斤的杂合面，并赔上几句让人舒坦的安慰话。

石　掌　柜　（几步走到石嫂身边）今儿刚几儿呀？叫孩子都是三十晚上！大节下的给人添堵……

石　　嫂　我这不是先练练吗?! 德性！

石　掌　柜　成天修飞机场，挖战壕。这心，老提溜到嗓子眼上！有孩子？鸡都他妈下不了蛋……

石　　嫂　命！绝户！你们石家上辈子准办过缺德事！打过门那天我就跟你说过，这院子晦气！明儿许六再弄个从良的窑姐儿来，有喜也得让她冲喽……

〔此时，路灯"唰"地灭了。

石　掌　柜　得，又他妈停电了，你磨叨，磨叨！我不比你烦?! 开粮店的，眼看着就得吃豆腐渣……

石　　嫂　赖谁啊？好容易发上一盆面，几个臭当兵的，生在炉子上给贴着吃了……

石　掌　柜　把兵住在老百姓院里，我恨不得活埋了他们！

〔国民党兵甲、乙手里拎着一个大号的发面盆走出院门。

兵　　甲　石掌柜！要调防了。您待弟兄们真不含糊！弟兄们还真是舍不得走。官差不自由啊！没办法！（举起手里的面盆）带着它，算留个纪念。明儿见！

石　掌　柜　（立刻装出笑脸）明儿见！老总，明儿见！（见大兵已走远）发面吃了，连盆都带走！（咬牙切齿地）明儿见？明儿八路军进了城都刷了你们！（猛然想到）怎么又换防呢？（对妻子）小力苯在家吧？

石　　嫂　在。（对院内喊）小力苯！小力苯！

〔石掌柜家最得宠的伙计小力苯手里拿着半拉窝头，一边系着大襟上的扣子,一边从院内跑出。

小 力 苯　师娘,叫我?

石 掌 柜　小力苯!这日子口儿,你怎不在柜上盯着呢?瞧这劲头,八路军一时半会儿进不了城。咱们得留点后手!你到柜上盯住喽!他就是给一车金豆子,那包杂合面也不能出手!记住啦?走!马上!

〔国民党伙夫陈九龄身穿又脏又破的下等兵军装,从南口走来。

陈 九 龄　(嗓门顶大)师叔!师婶!

石 掌 柜　小九?你他妈还穿着这身老虎皮哪?

陈 九 龄　我们掌柜家的两个伙计,非去一个不可!(小声地)师叔,邓宝珊、张东荪从西直门出城了!

石 掌 柜　张东荪?

陈 九 龄　燕京大学的教授啊!傅作义的代表……

〔远处传来隐隐的炮声。

陈 九 龄　又开炮了。小力苯!去年那拨米,我们处长让补的发票呢?

小 力 苯　(递过发票)师哥,老规矩:一百五十斤一包的按一百八十斤开的;十万块钱一包的开成十二万……

石 掌 柜　小力苯,再往宽了开点,小九不也有点落头吗?!

陈 九 龄　那哪成啊!

石 掌 柜　八路军快进城了!

陈 九 龄　八路军才不许贪污、揩油呢!

石 掌 柜　唉!你糊涂蛋!那你们处长这是怎么开的?

陈 九 龄　那当然了,人家是处长,谁不想吃点好的、喝点好的,您说对不对?师婶?

石　　嫂　凭什么许他不许你?问问他!

陈 九 龄　师婶,您真会疼我。我活腻歪了?一拍手枪,军法处!闹着玩的?

〔众人进院。

〔小力苯往胡同北口走去。

〔从良妓女春喜跟在许六身后从胡同南口走来。当走到老椿树下边时,春喜犹豫地站住了。

许　　六　(无可奈何地)……你这会儿后悔还不晚……我穷,穷得一个屋子四个旮旯儿……

春　喜　（真挚地）穷，我不怕。只要离开那个地方，我就算是个人了……可
　　　　是，你得给老街坊们透个话儿，谁也不许小瞧我！谁要是揭我的短
　　　　儿，我可什么都干得出来……

许　六　你放心，除了刘大哥一家子，没人知道。（走到院门口，转回身）往
　　　　后，是事儿我都是依着你，可有一样……你得待我们小妮儿好……

春　喜　用我起誓吗？我也是从小没妈。我今年才二十四，日后准能生养。
　　　　多了不要，就要一个小子。一儿一女，多么好呢！
　　　　〔小环子用洋火棍儿剔着牙缝，走出院门。

小 环 子　许六？六爷……这是，（凑到春喜面前，辨认出）哟！这不是春喜
　　　　吗？（手往大腿上一拍，嗓门顶大）从良啦？嗬！啧！有意思……
　　　　六爷，明儿，明儿往后，我就得干瞧着啦！……

许　六　（不知所措地）小环子！小环子！……
　　　　〔满院的人闻声涌出院门。

小 环 子　（兴奋得手舞足蹈）六爷！您真是好眼力！春喜，春喜那真是另有
　　　　一股劲儿！（眯着眼，摇着头，赞叹连声）啧！啧！……

刘 家 祥　小环子！你是人不是！
　　　　〔刘嫂慌忙走过去劝慰春喜。
　　　　〔石嫂双手叠在前襟上冷冷地盯着春喜那紧身旗袍。

刘　嫂　许六！你怎那么窝囊？你没长手吗？抽他！抽他兔崽子！

小 环 子　（嘻嘻笑着把脸伸到春喜面前）对！大妹妹，抽！你这小手往我脸
　　　　蛋上掴这么一下，小环子对得起你，半年不洗脸……
　　　　〔春喜哭着奔进院门。

许　六　（伸出他那从没打过人的手，凑到小环子面前，使了半天劲，但巴掌
　　　　最终掴在了自己的脸上）许六，你怎这么没骨头啊！人家骑到你脖
　　　　子上拉屎，你都不敢挪挪地方……（蹲在地上掉眼泪）
　　　　〔众人拉着许六进院。

小 环 子　别介，六爷，别介呀！（嘻嘻笑着往南口走去）
　　　　〔小结实一个人咬着手指头，怯生生地站在院门口。
　　　　〔毕五手里举着串糖葫芦，从北口走来。

毕　五　来！小结实，来呀！糖葫芦，白海棠的……
　　　　〔小结实被引到侧幕，接着侧幕里传来了毕五咬牙切齿之声："小兔

　　　　　　崽子！来吧,你!"

　　　　　　〔水三儿从南口过来,听到了小结实的哭嚷声。

水 三 儿　(对着大杂院内狂喊)刘嫂！刘嫂！小结实让拍花子的拐走喽！老
　　　　　　街坊们,小结实让拍花子的拐走喽！

　　　　　　〔院里人除石嫂和春喜外全跑出院门。许六跟在大家身后。人们
　　　　　　正要追赶,突然从左边的侧幕里传来了"哗哗"的流水声。

水 三 儿　(站住了)谁把我的塞子拔啦！操他穷舅舅的,谁把我水车的塞子
　　　　　　拔啦！小环子！你站住!(追下)

石　　嫂　(从院内风风火火地跑出)许六！许六！春喜喝了取灯儿啦！春喜
　　　　　　喝了取灯儿啦！

　　　　　　〔春喜披头散发地从院内奔出,抓住许六的胳膊。

春　　喜　我受不了啦！我喝了！喝了取灯儿啦！我想活,可这个世道,不让我
　　　　　　活……

许　　六　(手足无措,跺着脚)不能喝！取灯儿那东西不能喝！

众　　人　(惊慌地)快！灌！灌肠子！

　　　　　　〔人们七手八脚地把许六、春喜拖向院里。

　　　　　　〔霎时,舞台上一片宁静。

　　　　　　〔远处又一次传来了嗡嗡的飞机声和解放军的炮声。

　　　　　　〔稀疏的爆竹响和卖糖瓜的吆喝声更加苍凉。

　　　　　　〔突然,路灯"唰"地亮了,随着幕外一串清脆的叫卖声,小力笨矫健
　　　　　　的身影闪进了小井胡同。小力笨的喊声像一阵春雷炸响在北平的
　　　　　　上空,"看报！看报！看《平明日报》《华北日报》！看傅作义将军发
　　　　　　表文告:北平和平协议签字生效！看报！看报!"

　　　　　　〔小井胡同的老街坊们纷纷出街门。

　　　　　　〔小力笨胳膊上搭着报纸,臂系"工人纠察队"的红袖章,对老街坊
　　　　　　们柔和地笑着。

石 掌 柜　(惊喜交集)小力笨！合着你是,您是……

　　　　　　〔不知哪家的公鸡,不分时辰地叫了起来。一声鸡啼,引得满城的
　　　　　　雄鸡齐唱。

　　　　　　〔隆隆逝去的飞机声……

　　　　　　　　　　　　　　　　　　　　　　　　　　——幕 落

第 二 幕

时　　间　一九五八夏末秋初。黄昏。

　　　　　　解放了，为了保住咱们的好日子，疤拉眼大哥和小力苯扛起枪上了朝鲜。陈九龄在北平守军接受整编之后，脱下了那老虎皮，领了份安家费，回到了小井胡同……一晃，九年过去了。老街坊们赶上了"大跃进"的一九五八年，这是一个特殊背景下产生的年代，是个梦幻般的美好的年代。这一年里，出了多少轰轰烈烈的事啊：打麻雀、炼钢铁、吃食堂、扫盲、房屋公有、志愿军归国……整个夏秋，小井都沉浸在一片狂热之中。人们被那明天仿佛就能出现的共产主义吸引住了……

地　　点　北京。小井胡同七号。

出场人物　刘嫂、二妞、刘家祥、石掌柜、许六、滕奶奶、小媳妇、九嫂子、石嫂、小妮儿、春喜、小曹、吴七、马德清、陈九龄、小环子、水三儿、小力苯、七十儿、公安局的武装警察甲、乙

场　　景　这是一座普普通通的大杂院。

　　　　　　正对观众的，是两间东房。一间住着刘家祥一家；一间住着陈九龄夫妇和他们的大牛子。靠着许六家的南墙山是街门，门里那个砖砌的破影壁早就拆掉了。透过不大的街门，可以看到小井胡同空场里那棵大伞似的老椿树和偶尔过往的行人。

　　　　　　院里的南房只有一间半。一间住着许六夫妇和他们的小妮儿，剩下的半间堆放着疤拉眼大哥留下的一些东西。疤拉眼大哥入朝作战已有八年了。东房与南房虽说都较矮小，但因经过修缮，显得并不寒碜。北房住的是石家。石家是房东，住房自然要宽敞一些。遗憾的是：房子好像是哪位大家主的过厅改成的，表面看前廊后厦、四梁八柱，可总让人感到房子不规矩、不受看。北房与东房之间有个小小的夹道通往里院。说是里院，实际上仅有两间不大的东房。屋里平时堆放着石家用不着的杂物，也有人说里边存放着石家的"底儿"，有几件"硬头子物"。

　　　　　　大杂院里，早已不再用水三儿来卖水。贴着刘家的北墙山，在夹道

口新安了个自来水龙头。

胡同里偶尔传来剃头挑子悠闲的"唤头"声,以及清脆的"桑葚儿,多给——"的叫卖声。整个大杂院的气氛,让人感到干净、轻松、和美。

往远处看,天幕上,是刚刚落成不久的一所中学,红砖楼壁上,是一条大标语;但由于标语的前半条隐进了侧幕条里,我们仅能看到它的后半截:"教育与生产劳动相结合"。

〔幕启:学校里正在教唱当时最流行的歌曲《毛主席来到咱农庄》。清脆悠扬的童声齐唱飘进院里。

〔大杂院里,正在召开居民小组会。刘嫂、石掌柜、许六,诸人散坐在小凳、马扎上。两位我们在第一幕中没有见过面的新人物也坐在人群里。那个低眉敛首、手中纳着鞋底子的女人是陈九龄的妻子,人称"九嫂子";另一位嘴角含笑,很有心计的小媳妇姓周,是小井胡同正在升起的一颗可怕的新星……

〔那个年代,开会之前时兴唱歌。今天教唱的是《社会主义好》。已然长成大姑娘的二妞站在廊子前面,做今天的教歌员。

〔半晌,学校里的歌声停住了。

二　　妞　（抖抖手里的歌篇）听听! 人家唱得多整齐! 石大爷,我说您一句,您别不爱听。您呀,词儿也对,调儿也对,可就是不是一块儿的。末了一句应该是:（唱）"全国人民大团结,掀起了社会主义建设高潮,建设高潮!"

石　掌　柜　姑娘,我比你急!（试着哼哼着）:"……建设高潮,建设高潮!"（词儿跟调怎么也弄不到一块儿去）我这嗓子,它像截儿小烟筒似的,别不过弯儿来。真要是卖东西还凑合。（喊）别加塞儿嗨! 二妞,你就……

二　　妞　您又来了! 解放都九年了,还二妞呀、刘丫头呀……

石　掌　柜　桂英! 刘桂英! 石大爷下回再不长记性,你叫石大爷的小名儿:小歪子。

刘　　嫂　（站起身）桂英,今儿就教到这吧! 上边说了,头"十一"呀,这个歌大伙都得唱会了。头午,片儿上开会,大伙兴许都听说了。（从兜里掏出块小白布)炼钢献宝这事呢,咱们七号得了白旗。根儿就在春起整风那阵儿煮了夹生饭,院里不团结,大伙都瞧见了,(指指身边的小媳妇)整风领导小组给咱们派了个人来:街道合线厂的负责人,有文化,丈夫是志愿军。(对小媳妇)小周,你站起来,让大伙瞅瞅!

〔小媳妇站起身,把自来水笔斜插在大襟上,向大家笑着。

〔冷眼一瞅,她属于那种还没脱净农村那点土味儿的小娘们儿。实际上,她身上蕴含着惊人可怕的能量,谁也不曾料到,在日后的年月,她会给老街坊们带来那么惨重的灾难。她平时说话不多,瞅准了机会才来那么两句,可话一出口,不是说到你的心坎儿里,就是捅进你的肺管子!但在今天,在五八年,在她自身的资本攒足了之前,她温驯得像只小绵羊。

刘　　嫂　咱们院,人多,齐齐了不容易。他九嫂子,小九呢?

九嫂子　跃进去了。又盖十大建筑,又砌小高炉。忙。

刘　　嫂　石嫂呢?石嫂没来?

九嫂子　昨儿她跟我要了股五色(shǎi)线,许是奔娘娘庙拴娃娃去了。

〔此时,就见远处的天空里,突然闪出了一片红光。接着,胡同里传来了报喜的锣鼓声。

〔人们纷纷往街门口涌去。

石掌柜　准是大井!大井出钢了!刘嫂,刘大哥怎还不回来?明儿得跟他说说,不能光顾厂子那头!缺了刘大哥,咱们小井没主心骨!(外边的锣鼓声又加上"二踢脚")瞧瞧,大井跑前边去了不是?

小媳妇　大井上去了,小井怎么办?老街坊们,咱们七号不能老拖着小井的后腿,得赶紧想主意……

石掌柜　是啊(急得直搓手)这不是要人的好看吗?(焦急中一眼看见了街门上的镳吊儿)嗨!怎么把它忘了!(走上去就要往下卸)

〔刘家祥满面红光走进院门。

石掌柜　刘大哥就等着您了!怎么样?周口店那现场会怎么样?

刘家祥　我从鲜鱼口绕过来的。前门那边游行哪!各民主党派、无党派人士,李济深、沈钧儒、郭沫若……社会主义改造促进大游行,拥护"大跃进"!(从兜里掏出个纸卷儿)这是土法炼钢现场会材料。不用焦炭,不用电,不用耐火砖,照样炼钢!市委说了,小土为主,城乡结合,用最快速度建一批小高炉。

石掌柜　怎么办吧,刘大哥,听您的!

刘家祥　你们大伙先合计着,我先垫口东西,晚半晌儿还得奔厂子。厂子里出了个刘介梅,一块儿罢工的工友,不学习,腐化了,能不拉他一把吗?

石掌柜　(羡慕地)啧!真够您忙的……

刘家祥　六十多人的车间,当个工会宣传委员,上管马列主义,下管扑克象棋,事儿杂……(把材料递过去)石大哥,现在的关键,是找铁!

许　六　……这儿有个镣吊儿。(走上去要卸)

刘　嫂　唉!那能有几两铁!许大哥,还是得在土炮上打主意……

刘家祥　土炮?!哪有土炮?

刘　嫂　是这么回事:昨儿个石大哥提了个头,咱们间壁啊,是前清的炮局,屋子底下兴许埋着土炮。可要是挖炮呢,就得扒房……

　　　　〔正说着,就听从邻院传来了人们竖梯子、扒房的喊声。接着,砖头瓦块落在地上发出"哗哗"的响动。

石掌柜　听听!五号动手了!这事我也是听别人说。这点破南房呢,是我的。可为了"大跃进",就是割我身上一块肉,我要是眨巴一下眼睛,那叫我跟政府二心。(为难地)可这南屋里,一间住着许六一家子,那半间搁着他疤拉眼大哥的东西,眼看着志愿军就归国了……

刘家祥　石大哥,这回可是政府用着咱们了!能含糊吗?不能含糊!人都得有点良心。从打记事起,见过这么好的政府没有?!"三反""五反",镇压反革命,枪毙毕五,公安局帮咱们登报找小结实……

石掌柜　刘大哥,这些年这事儿,都在石瑞丰心里搁着。头解放那阵子,咱们就瞧着国民党不是揍儿。可共产党怎么好,光听城外头来人哄嚷,咱们可没见着。解放这九年,政府一步一个脚印儿,哪样不是替咱们想?耳听为虚,眼见为实……

许　六　政府对咱们,那是没的说,可扒房这事儿,得细合计合计,不能有枣没枣都打一竿子。

九嫂子　刘婶,还是先到房管局看看蓝图!这屋子底下要是安过下水道,就不能有土炮。没下水道呢,兴许有门儿……

〔邻院扒房的响动更大了。有人在喊："躲开！躲开！一、二、三，拽！拽！……"

〔石嫂满面春风地奔进院门。

石　嫂　哟！开会哪！

刘　嫂　又奔娘娘庙啦？

石　嫂　娘娘庙早扒啦。我听吴七说，油篓胡同有个四十八岁的娘儿们添了个大小子。落草就八斤半！我去访访……我今年三十九，（扳着手指头）还有九年的盼儿……

石掌柜　想儿子快想疯了。你就是搬庙里去，也他妈有不了儿子！（一半真急，一半表白自己）大伙都在这儿跃进，你倒好，满世界玩去，一脑瓜子个人主义！

石　嫂　你不个人主义！吃早点，油饼白浆都不干，你得挖上勺子糖！

石掌柜　自打公私合营，敲锣打鼓参加了革命，我就……

石　嫂　参加革命？你连个工会会员都不是！

石掌柜　（碰上了"二百五"的媳妇，只好接着嚷）那是组织考验！领导上信任咱们！多大个粮店！偏让石瑞丰管账！我个人主义？抗美援朝，要不是我有小肠串气，早跟小力笨、疤拉眼大哥一块上去了！这事儿瞒得了别人瞒不了刘大哥！

石　嫂　你还跟人刘大哥比？刘大哥是群英会代表！你比别人就怕死！

刘家祥　二位！二位！

石掌柜　怕死？枪毙毕五那天，我去了没有？

石　嫂　你去了，谁没去啊？你不就站在圈外头看着吗？

〔就听许六家的屋门"咣"地被推开了，但只听屋门响，不见人出来。

小媳妇　（小声向刘嫂）谁呀？

刘　嫂　春喜。打整风跟石嫂撕破了脸儿，两人一直不过话。

（转对许六）甭言语！不是冲你！

〔许六屋中。春喜"啪"地拧开了收音机，里边的歌声传出来："年年我们要唱歌，比不上今年的歌儿多……"

石　嫂　（脸一耷拉，对许六屋中甩过句闲话）找不自在就说话！谁也甭想压谁一头子……

石掌柜　你少搭茬儿！

石　　嫂　　住街坊还是闯光棍？小井快搁不下她了！

许　　六　　（只好站起身，往自家屋门口靠过去两步）你小声点行不行？这儿
　　　　　　商量事呢……

〔屋内收音机"哗"的一声，反倒更响了。

〔此时，许六的女儿小妮儿颈系红领巾，手里拿着几张《北京晚报》
走进院门。

小妮儿　　刘大妈！刘大妈！大井出钢，区长都来啦！拿着大红花……（说得
　　　　　　高兴，手里的报纸"哗"地掉在了地上）哎呀！我光顾看出钢了，报
　　　　　　纸忘了卖了。这勤工俭学……我妈又得打我……（要哭）

石掌柜　　小妮儿，别哭！晚报好卖，倒给石大爷！石大爷包圆了。（从兜里
　　　　　　掏出一把硬币，往小妮儿手上倒）接着！二分、四分、六分……

〔春喜"呼"地冲出屋门，几步奔到众人面前，手指头剜着小妮儿的
鼻子尖。

春　　喜　　（厉声）把钱给人家！乖乖地给人家！听见没有！

〔小妮儿老老实实地把钱倒回石掌柜手里。

石掌柜　　（苦笑着）您对我们两口子怎么这么大劲头……

春　　喜　　现眼的玩意儿！（狠狠地在小妮儿的屁股上打了几巴掌，边打边拽
　　　　　　咧子）我叫你满世界跑去！你跑蟠桃宫、跑娘娘庙，跑到哪儿你也
　　　　　　是吃货！养个鸡还能下蛋呢，养你干什么？你一点好心眼都不
　　　　　　长……

〔石嫂"呼"地站起身，被刘嫂一把按住。

刘　　嫂　　你别找碴儿。

刘家祥　　小妮儿她妈，这可就是你的不是了。照这样下去，你得落了后。你
　　　　　　到街面上看看！你这后勤不坐劲，许大哥跃进都不踏实！再说，孩
　　　　　　子勤工俭学大跃进去了，你这么又打又骂的，搅得四邻八家不
　　　　　　安……

石　　嫂　　（发现民心可用，甩开刘嫂凑上去）刚才你冲谁拽咧子呢？

春　　喜　　冲谁拽咧子？！这儿没你说话的份儿！

石　　嫂　　我怎没说话的份儿？！你把话说开喽！

春　　喜　　盐打哪儿咸？醋打哪儿酸？甭架着秧子欺负我一个人！

小媳妇　　（威严地咳嗽一声）咱们七号的问题，不是一天两天了。整风不光

没整出团结，倒整出了疙瘩。一个院上不去，就拖了区里的跃进！咱们这个会，就是补课，有话摆到桌面上……

春　　喜　从我过门那天，她就嫌我晦气。说我不叫春喜，叫冲喜，冲了他们石家的喜！你们石家那喜在哪儿呢？！春天街道整风，自我教育，我在会上说了句：石嫂，（手一指房檐下的燕窝）你不该为了这窝燕子就反对轰麻雀……

石　　嫂　谁反对轰麻雀？！那是一群性命儿！轰得老燕子不敢落脚喂食，小燕子就得饿死！

春　　喜　那你就骂我绝户？！人在气头上，话不好听，我回了她一句，不定谁绝户呢！好，你就真办开了绝户事儿。你跟我们小妮儿怎么说的？当着大伙，说！

石　　嫂　（理屈嘴不软）孩子这么大了，不用别人说，她什么都懂……

春　　喜　懂？都是你教的！（伤心地）我跟许六九年了，我是没生养，怨我吗？你们两口子，肚里那盘小九九谁不清楚！出主意扒房，哼！街面上刚哄嚷十五间以上的私房交公，你们那房整十五间！割你一块肉不嚷疼？会说的不如会听的！（一巴掌抽在小妮儿身上）屋去！往后我天天揍你！

〔派出所小曹身穿警察服走进院门。

小 媳 妇　今儿个这事，咱们不算完！

刘　　嫂　小妮儿，先去洗洗脸。照理说，石嫂不该给人一家子分生。可春喜你虐待这孩子，不是一天两天了。

〔春喜、许六、小妮儿进屋。

石 掌 柜　曹同志，您给断断……

小　　曹　石大爷，您哪，把心搁在肚子里。房子不是交公，是代管！听明白了没有？老街坊们，第三批归国志愿军已经到了。（对小媳妇）您的房子，（指指夹道）就安排在里院。我跟石大爷说好了！五号那间太小。最可爱的人嘛！您说是不是这么个理儿？

石 掌 柜　看怎么说了！容易吗？！脑袋掖在裤腰带上，一把炒面一把雪。那是国家的功臣！（对石嫂）咱们那间屋子你还得再归置归置……

〔石嫂进里院，小媳妇嘴里说着："我去看看房子。"随着跟进了里院。

二　　妞　　曹同志,这批归国的有疤拉眼大哥吗?

小　　曹　　他没个大号,不好打听。

刘　　嫂　　头两年还有讯儿,这几年……想起来我这心里就憋个大疙瘩。

　　　　　　〔昔日魏宅的老仆马德清走进院门。

马 德 清　　(进门就嚷)在这儿哪! 瞧我这顿找。曹同志,您的电话,段上
　　　　　　来的。

小　　曹　　马大爷,这阵子您干得可真不含糊! 老街坊们这表扬信成打子地
　　　　　　往我这儿递。看电话,外带着扫街! 瞧这小井,老跟镜子面儿似
　　　　　　的……

马 德 清　　(脸红了)您别这么说呀!"大跃进"嘛,都得伸把手……

小　　曹　　我走啦! 老街坊们,还得铆把劲儿啊! 湖南又放卫星啦! 一亩稻
　　　　　　子打一万五,小孩子在上头打滚漏不下去! 刘嫂,废铜烂铁还得再
　　　　　　凑凑。让各院把耗子尾巴赶紧交上来,上头根据数字好评比……

刘　　嫂　　(掏出个小纸包)耗子尾巴收上来了。许大哥三根儿,石大哥四根
　　　　　　儿……

石 掌 柜　　哎? 刘嫂,我记得我交的是六根啊?!

刘　　嫂　　(笑了)是六根儿,里头有两根儿是干雪里蕻缨儿……

石 掌 柜　　是吗? ……谁掺进去的?

小　　曹　　得,我去接电话。(下)

石 掌 柜　　(脸红了)嫂子,是有两根儿雪里蕻。我是怕评比又让五号把咱们
　　　　　　比下去。

刘 家 祥　　石大哥,咱们可不能来虚的,这跟旧社会不同。您以前开个小粮
　　　　　　行,虽说是劳动人民,可多少有点剥削。这经济上呢,就多少学了
　　　　　　点……

石 掌 柜　　那是啊! 您上过党校。单牌楼往北,贡院……

刘 家 祥　　那回是孙定国讲课。中国除了杨献珍、艾思奇,就属他了。他能冤
　　　　　　咱们吗? 敢情这雇伙计里头还有剩余价值! 咱们历史上有这么点
　　　　　　情况,改造起来就得比别人多下点功夫……

　　　　　　〔石嫂在里院喊:"瑞丰,你不搭把手吗?"

石 掌 柜　　刘大哥,打这儿往后,我踩着您的脚印走!(进里院)

马 德 清　　(凑到刘家祥面前)大兄弟,我那儿子来信啦!(掏信)这两天就回

来！我先跟大伙垫个话儿。他回来，必上咱们七号来打听，让孩子们到合线厂喊我一声。

刘 家 祥　马大哥，您这儿子，真给您争气！那么兵荒马乱的，逃出北京城不说，还参了军，当了记者……

刘　　嫂　这半年多没讯儿，甭说您，大伙心里都七上八下的。前一阵儿，不少文化深的人都出了错儿……

马 德 清　这儿没外人，跟你们老公母俩说句过心的话。有儿子跟没儿子，另是一弓劲！不怕您笑话，我二叔，前清那阵儿在宫里当差，老公。临了，我给他过了继。我呢，在魏宅当了半辈子的下三烂，没有家小。谁想到临解放、临解放了，我收下这么体面个儿子！让您说，我这心里什么劲头？天天就跟驾着云似的，美！（低声）石大哥来了，（大声）得，回头见！（下）

〔石掌柜夫妇抱着一些乱七八糟的东西与小媳妇同时走出里院。

石 掌 柜　齐啦！

小 媳 妇　石大爷，您受累了。（对大伙）整风补课这事儿，对上边的意见也得抓紧提。（试探地）我听说呀，三号有个短期临时户口，小曹也给补了三十斤粮票，再有呢，我瞅着这小曹呀，多少有那么点架子，说官僚吧，又够不上……（停住看人们的脸色）

刘　　嫂　（嘴对着心）你那是跟他处的工夫短，小曹这孩子，实诚！

小 媳 妇　（话赶紧往回收）就说呢！大伙也都这么说。非让咱们提意见，怎么办呢！我这也是听别人瞎反映。刘大妈，街道上这摊还得您打头阵，我当小菜碟儿，得，房子有了，我搬东西去了。（下）

〔人们各回各的屋。

〔陈九龄穿着一身建筑工人的工作服，帽子抓在手里，神采飞扬地走进院门。

陈 九 龄　（进门就嚷）大牛子他妈！大牛子他妈！师叔，师婶！

〔石掌柜、刘家夫妇、九嫂子停住了脚步。

九 嫂 子　又干吗?!（对刘嫂，嗔怪地）您瞅！这么大人了，没正形儿！

陈 九 龄　今儿个这会，开得痛快！痛快！我得喝两盅。

石 掌 柜　什么会？

陈 九 龄　向领导交心的会啊！（连说带比画）全公司，两千多号人！你是历史问题、现行问题,只要是干过对不起政府的事儿,自个儿说!交心!(捂住半个嘴)不瞒您说,这建筑部门,人杂!净是折箩!谁说完了,主任过来,拍肩膀!厂长、握手,鼓励!我干瞧着眼热,没的说了!(羡慕地)主任拍肩膀!闹着玩的!陈九龄,露脸的时候瘪茄子啦?什么话呢!没有?编!上!

石 掌 柜　你上去说啦?

陈 九 龄　那还有假吗?!打从学徒起,真的、假的,只要是不是人的事儿,云山雾罩,说!什么民国三十六年电车厂罢工抓了五个人,黑名单,陈九龄开的……

刘 家 祥　真是你开的?

陈 九 龄　没影的事!(只顾说)好,陈九龄台上一站,满堂彩!主任过来,拍肩膀!先进!这会开的,痛快!

九 嫂 子　有往自个儿脑袋上扣屎盆子的吗?一会儿警察就得来抓你!你怎这么二百五?!(急得直拍大腿)

刘 家 祥　明儿个,起个大早,赶紧奔厂子。是一说一,是二说二,先进,咱们是得争,可咱们得实事求是!

陈 九 龄　有那么悬吗?别逗了!我先眯一觉再说。(进屋。九嫂跟进屋,对陈九龄责骂着)

　　　　　〔滕奶奶拄着拐杖走进院门。

滕 奶 奶　凤珍!凤珍(凑到刘嫂面前,神秘地)是说七号得了白旗吗?(从怀里掏出个小布包)我这儿有你老祖留下的一个小铜佛。(里三层外三层地打开)我们院动员我好几回了,我没舍得交。你拿着!算你们七号交的!非把他们比下去不可……

刘 家 祥　师娘,您可真会向着咱们!一个小铜佛能有几两呢?

滕 奶 奶　瓜子不饱是人心!你说话就让我不爱听……

　　　　　〔从许六房中,又一次传来了春喜打骂孩子的声音。

春　　喜　打今儿起,我不是你妈!治不了你,我不姓我这个姓儿!

　　　　　〔许家的屋门"咣"的一声推开了。小妮儿疯了似的跑了出来,滕奶奶慌忙把小铜佛藏到怀里。

小 妮 儿　刘大妈!刘大妈!您,您收下我吧……我妈又让我跪搓板呢!("扑通"跪在了刘嫂面前,抱住刘嫂的双腿,叫了一声)妈!

〔春喜追出屋门。

许　六　（拉着春喜）你有完没完?! 有完没完?!

春　喜　你给我屋去!

小妮儿　我就不屋去。

春　喜　我是你妈，我就得管你!

小妮儿　你不是我妈，我妈早让国民党打死了……

刘　嫂　小妮儿，站起来!（对春喜）疖子熟了就得挤! 孩子管我叫妈，你也听见了。这不是一天两天了，我疼她。你这么虐待她，到底打的什么主意?!

春　喜　大伙刚才都听见了。孩子，我是不打算要了。眼珠子还指不上呢，指着眼眶子?! 整风、自我教育，不该把我的香火绝了……都是她妨的! 没她我准生养!

滕奶奶　凤珍! 这孩子咱们要了。你要再敢动她一指头，咱们就找个地方说说去!

春　喜　孩子拉扯这么大，不是气吹的! 两千斤煤球、三袋白面。

滕奶奶　还要什么? 给! 都给!

许　六　（急得直拍腿）不能这么办! 不能这么办!

春　喜　（话已出口，没台阶下，另找辙）孩子你们领走! 可有一条：你们刘家得搬出这个院! 看着自个儿的孩子管别人叫妈，我受不了!

〔大杂院里突然静了下来。

小妮儿　刘大妈，妈! 答应她，答应她! 咱们搬!

刘家祥　（走到春喜面前）他婶，咱们好聚好散。我这是跟您商量，您搬出去成不成? 再者说，炼钢、挖土炮，您这房正好要扒。也算是对咱们的小井跃进出了把力……

〔恰在一片僵局之时，胡同里传来了买破烂的打鼓声。小环子穿着一身很脏旧的衣服出现在街门口。他肩挑着俩筐，后筐上盖着块破灰布，耳朵上夹着半截烟卷，手里拿着一面比铜钱略大的小鼓，一边"咯咯"地敲着，一边走进院门。

石掌柜　哟! 小环子?

小环子　（昔日的神气劲儿早已不见，有气无力地）师叔……

石掌柜　（凑过去）怎么着，爷们儿? 刑满啦?

小 环 子　（不满地）您哪，哪壶不开提哪壶……

刘 家 祥　你这是，打鼓儿啦？

小 环 子　（把筐往地上一放）我还能干什么呢？斗败的凤凰不如个鸡。什么
　　　　　都甭说了！凭我小环子，管个财政部，白玩！而现今，我成了擦桌
　　　　　子布，哪儿脏往哪儿支我。（把扁担横在俩筐中间，坐在扁担上。
　　　　　取下耳朵缝里的半截烟卷，掏出火柴，"嚓"地在鞋底上划着、点上）
　　　　　刚出来那阵儿，夹个青布包，打软鼓儿。哪月也弄上两份俏实买
　　　　　卖！（来了点精神）碰上唐宋名画、青州古砚，拿拿他们的老赶，给
　　　　　他说个一钱不值，白占地方，一倒手，就是成打的票子。唉！现在
　　　　　完喽！全民炼钢，专收破铜烂铁……老街坊们都好吧？（一抬头）
　　　　　别跟看猴似的围着我嗨！

春　　喜　（拨开众人，平和地）小环子！

小 环 子　春……六，六嫂子……（怯生生地站起身）

春　　喜　你来干吗？

小 环 子　跃进计划，小井这片我包，一个礼拜两趟……

春　　喜　你过来！过来，过来呀！我这儿有点破烂……

小 环 子　哪儿呢？（二二糊糊地凑了过去）

春　　喜　（猛然抡圆了胳膊，"啪啪"地扇开了小环子的嘴巴）都是你们这些
　　　　　王八蛋！不是你们，我没有今儿个！

小 环 子　（捂住脸）这是怎么说话的！（抹嘴）都流血了……劲头真不小……

春　　喜　许六，孩子归他们！咱们搬！搬家（双手捂住脸，哭着跑进屋里。）

许　　六　（嚷着）小妮儿她妈，咱们不能搬！小井的街坊不错……

小 环 子　你说我招谁惹谁了？！真不知哪块云彩有雨。（挑起筐）
　　　　　〔水三儿身穿白布围裙，胳膊上戴着蓝布套袖走进院门。九年不
　　　　　见，他已成了走街串巷的流动售货员。他的围裙上印着"小井商
　　　　　店"的字样。左胳肢窝里夹着长方形的大木鱼，右手提着一只
　　　　　布鞋。

水 三 儿　（一把拦住小环子）你等等！（转对门外喊）他在这儿呢！吴七，你
　　　　　进来！进来！甭怕他！

吴　　七　（左手抓着个黑布围裙，右手拿着个钉鞋的拐子）我不怕他！我把
　　　　　钉鞋的拐子都带来了……

水 三 儿　（走到小环子面前，举起那只鞋）小环子！有没有你这么坏的？你
　　　　在土站上拣这么只四处穿帮的破鞋……吴七，他怎么跟你说的？

吴　　七　他跟我说："吴大哥！您给我前后包头，前后掌儿，挂弯子。您怎么
　　　　结实怎么给我弄。"到今儿俩多月了，闹了归齐他不来取……您要
　　　　是送来一双，我们还能拿去委托，您搁这一只……

小 环 子　吴大哥，说句过心的话，我是想让您练练手艺。群英会，五行八作
　　　　都出了能人，就缺个缝鞋的，咱们哥儿们，这么些年了……（想往
　　　　外溜）

水 三 儿　春喜喝取灯儿就是你闹的，今儿让你认识认识金钩马！（左腿一
　　　　扫）这叫"坡跤"！（小环子慌忙闪过，水三儿伸腿挑起小环子的右
　　　　腿）这叫钩子！

众　　人　三哥，不能动手！
　　　　〔水三儿真不愧是金钩马，小环子脆脆当当地扔在了地上。

水 三 儿　吴七，让他拿钱！少一个子儿，我劈了你！（一抬头看见许六）许
　　　　六，你告诉春喜，她那口气，我替她出了。可打这往后，她要再敢虐
　　　　待小妮儿，我就把孩子接走！

小 环 子　（掏钱）我今儿出门没挑好日子。

石 掌 柜　小环子！你都不如个吃屎的孩子。今儿早上话匣子广播，说几个
　　　　孩子在幼儿班"过家家"玩，那个装爸爸的孩子说："今儿风大，我不
　　　　上班了"，另外几个孩子一块儿嚷："他不爱劳动，不要这样的爸爸，
　　　　不要这样的爸爸……"

小 环 子　不是说"人人为我"吗？

刘 家 祥　还有下半截儿呢？"我为人人"呢！新社会哪点对不起咱们？那天
　　　　我从十三陵工地回来，说买双鞋吧，脚太脏，不敢试。人家服务员
　　　　打来水，生按着给我洗了脚。那是"内联升"啊！解放前咱们连进
　　　　都不敢进……

小 环 子　我有日子没洗脚了，"内联升"几点关门？

石 掌 柜　我告你说，就为让人洗回脚，买双鞋，不值！

小 环 子　（挑起筐）洗完脚我再把鞋退了啊！（下）
　　　　〔吴七也要往外走。

刘 家 祥　吴大哥，为当巡警那点事儿，别背包袱。你有成绩，大伙知道。你

　　　　　救过小结实的命……

吴　　七　刘大哥,话不在多少,有您这么句话,我心里热乎!

　　　　　(下)

　　　　　〔滕奶奶、刘嫂领着小妮儿走进刘家。

石　　嫂　(羡慕地望着刘嫂的背影)唉!命!家无梧桐树,引不来凤凰鸟。

　　　　　〔小媳妇怀里抱着床被子,身后跟着一个穿旧军装的人走进院门。

小媳妇　就这院儿。

志愿军　(放下手里网兜,四下里看着)说了半天是这啊!这是我们掌柜的家。

　　　　　〔石家夫妇闻声转回身。

志愿军　石大爷!

石掌柜　谁?哟!小力笨!

石　　嫂　咳!闹了归齐是小力笨!(喊)刘嫂!小力笨回来啦!

　　　　　〔刘家祥夫妇滕奶奶与二姐同时奔出屋门。

石掌柜　(端详着小力笨)好!好!小力笨!有出息!大侄女,你们小力笨,不是凡人!八路军一进城,好,(对小力笨)您可真帅!"啪",拿出个小本,北平各家粮行的仓库、存粮,门儿清!合着您是地下党!在我这学了两年徒,风雨没漏!您这功夫,瓷实!

小力笨　我算什么地下党?!外围!在共产党里我也是小力笨。哟!这是二姐吧?长这么高啦?

二　　姐　您知道,疤拉眼大哥回来了吗?

小力笨　二姐……(辛酸地摸着二姐的肩膀)疤拉眼大哥,他,他早牺牲了……

众　　人　啊?

小力笨　(心情沉重地从怀里掏出个小布包)刚到朝鲜那阵儿,我们凑到一块儿就聊起小井的老街坊们。疤拉眼大哥说,小井就是我的家。我没爹没娘,可我有个小妹妹,叫二姐。二姐这孩子,甭提多么体贴人了……可我欠二姐一个灯笼。几儿打败了美国人,回到小井,我必带给我们二姐这个小灯笼……(说着打开布包,拿出一个飞机残片做成的小灯笼。灯笼异常精巧,闪着银光)这是他拿美国飞机的碎片儿给你做的……

〔二姐开始抽泣。

小 力 苯　……他还说，二姐喜欢三角。你看，这是他给你拣的朝鲜烟盒、美
　　　　国烟盒……（如数家珍似的翻动着）留着吧，二姐，记住疤拉眼大
　　　　哥……

〔二姐珍重地接过烟盒、灯笼。

小 媳 妇　（掏出手绢，擦着眼角）别看我没见过疤拉眼大哥，可我常听大伙念
　　　　叨。人哪……就讲比说是我们小力苯死了，你这么一想，鼻子准
　　　　酸，眼泪儿准下来……

石 掌 柜　别紧着难受了……小力苯，到屋里歇会儿……

小 力 苯　不啦，我先得到房管局去报个到。

〔小力苯走出院门。其余人除刘家夫妇和滕奶奶外，各自回到自己
　　　　屋中。

滕 奶 奶　（望着走进里院的小媳妇）凤珍，你可长住了眼！我瞅这个小娘儿
　　　　们，不是个省油的灯！甭看她满嘴的过年话儿，脚底下使扫堂腿的
　　　　尽是这号人！

刘 家 祥　师娘，咱们不能随便猜忌人……

刘　　嫂　她发点豆芽菜都张罗着给老街坊们分分……

滕 奶 奶　我不如你们？谁是什么变的，我一眼就看他个底儿掉！你往后
　　　　瞧吧！

〔娘儿仨进屋。

〔马德清的义子七十儿提着一个蒲包走进院门，他身穿军装，但领
　　　　章帽徽都不见了。

七 十 儿　（站在院门口）借光，马德清在这儿住吗？

　　　　（九嫂与刘家祥闻声同时从自家推门走出。

刘 家 祥　您是……

七 十 儿　我是马德清的儿子，七十儿。

刘 家 祥　噢！知道！知道！您在这儿坐坐！他九嫂子，你跑一趟！

〔九嫂子小跑着奔出院门。

七 十 儿　大叔，您贵姓？

刘 家 祥　免贵姓刘，刘家祥。

七 十 儿　您就是刘大叔！（异常热情地站起身）我爸爸信里老提您。这些

年,多亏了您的照顾……

刘 家 祥 咳!老街坊了。提不着这个,这回不走了吧?

七 十 儿 (羞惭地低下了头)还得走,刘大叔,您不是外人,不瞒您说,我在鸣放那阵儿犯了错误……

刘 家 祥 (身不由己地站了起来,脱口而出)右派?

七 十 儿 (说开了,反倒轻松了)其实我……我……(听到院外匆忙的脚步声)您可千万别告诉我爸爸!

〔马德清与九嫂子健步如飞地走进院里。

马 德 清 哪儿呢?我儿子在哪儿呢?

七 十 儿 爸爸!

〔小媳妇空着手从里院走了出来。

马 德 清 (满脸皱纹都笑开了)七十儿!过来,过来见见!这是刘大叔。(自豪地)瞧瞧,这就是我那儿子!党员,记者。这回,就是说出大天来,咱们爷俩也不分开了!

七 十 儿 爸爸,暂时还得分开……

马 德 清 怎么?

七 十 儿 我调工作了。去北大荒,支援边疆建设……

马 德 清 好!(无所谓地)你上哪儿,我跟你到哪儿!

七 十 儿 别!爸爸。您别!

马 德 清 我都半截入土的人了,离了你我活不了!刘大哥,把我那点东西拿给我!(突然意识到周围有人,伏在刘的耳边)把我那点东西拿给我!

刘 家 祥 马大哥,您不能脑门子一热就走,还是先让七十儿到那边打个前站,落下脚呢,再来接您……

马 德 清 那也成。(抚着儿子的肩膀,哈哈地笑着)儿子体面,爸爸脸上就有光。(办展览似的)论人品,没得挑;论政治,党员!到哪儿都叫人瞧得起。明儿娶了儿媳妇,我就在家抱孙子了!刘大哥,咱先说好了,不管到了哪儿,喝喜酒,我都把您接去!您可一定得到!

刘 家 祥 一定!一定到!

〔马德清父子走出院门。

小 媳 妇 (始终疑惑地看着眼前这一切)刘大叔,不是说马德清的儿子是军人吗？

刘 家 祥　……哟！我跟他们爷儿俩老街坊了，人性不错啊！这孩子小时候挺苦的。怎么会……

小 媳 妇　老街坊归老街坊，亲不亲，阶级分。您是老工人，咱们得注意自个儿的立场。

刘 家 祥　（答非所问）哟！豁！今儿我怎么觉着这浑身上下揪揪巴巴的，不得劲儿……（进屋）

〔派出所小曹走进院门。

小 媳 妇　（亲昵地）小曹，刚才呀，我帮你收集了几条意见。我说出来，你可别往心里去……

小　　曹　那是啊！无则加勉嘛！

小 媳 妇　有人说呢，小曹有个亲戚，虽说是短期临时户口，也给补了三十斤粮票，还不是朝里有人……

小　　曹　这是没影的事啊，您说我多冤！

小 媳 妇　就说呢，我当时就批评了他们！

小　　曹　谁？到底谁这么说？不是咱听不进批评，这……

小 媳 妇　（眼瞄瞄刘家）谁说的，我能告诉您吗？我一说，您一听。咱们哪儿说哪儿了。小周不能在老街坊中间拴扣子……

〔两名公安局的警察走进院门。

警 察 甲　曹同志，哪屋？

小　　曹　（指指陈九龄家）东屋。

警 察 乙　（走到门口）陈九龄！陈九龄同志！

〔陈九龄趿拉着鞋，睡眼惺忪地走出屋，九嫂子尾随其后。

警 察 甲　您就是陈九龄？（"啪"地行了个礼）

陈 九 龄　（受宠若惊，手也往帽檐上揶了揶）不错。砌土高炉？单位里说，家里窄憋……

警 察 乙　我们是分局的，请您去核实一下情况。

陈 九 龄　噢！唉？凭什么带我？你们头顶国徽，代表政府。你跟街坊四邻打听打听，陈九龄办事丁是丁、卯是卯，说话嘴对着心……

警 察 甲　我们也知道您说话嘴对着心。我们找您核实一下您在交心会上的发言。

陈九龄　噢！那发言啊？那黑名单可不是我开的！

九嫂子　（急了）二位同志，我们这口子，他半膘子！嘴好胡嘞嘞……

小　曹　人命关天的事。您得去一趟说清楚了。

陈九龄　（对妻子）谁半膘子？你呀，什么都不懂。人民政府不会错拿好人。陈九龄打当兵那阵儿就冲天上开枪。这点事儿，说清楚了就回来，（一伸胳膊）您请！

〔警察甲、乙领陈九龄下，九嫂子追出。

小　曹　（对涌到院里的街坊们）大伙别乱！公安局的敌伪档案里，查出过个陈九龄，有人命。可小九的历史上呢，没这段儿，上边怕是重名，一直没动他。到底怎回事，还说不准。可不论出了什么事儿，咱们小井的"大跃进"不能耽误。上面研究了，为了钢铁翻番，土炮，挖！房子，扒！住家户的生活问题，段上保证解决！

石掌柜　干！搬东西！（走进疤拉眼大哥的屋子，转身拿出了那个铁勺）这是疤拉眼大哥画糖人的勺子，他人不在了……（不知怎样处理）

〔人们的心里"咯噔"一下子。

小媳妇　（接过铁勺）疤拉眼大哥要活着，也会把它献出来！再贵重的东西，为了"大跃进"，咱们也不能含糊！

〔此时，就听隔壁的房子"哗啦"一声倒了。有人在嚷嚷："土炮！土炮！土炮露出来啦！"人们在欢呼。

刘家祥　五号可走在咱们前边了！咱们七号的白旗，这回非拔了它不可！

滕奶奶　小曹说的对！想跃进，就得豁得出去！（从怀里掏出她的小铜佛，最后又用手绢擦了擦，放了铁勺里）

二　妞　（捧着疤拉眼大哥带回的小灯笼，走到铁勺面前，真挚地）疤拉眼大哥，你不会埋怨我吧?！你死了，是为了国家。二妞把灯笼献出来，也是为了咱们国家。（把灯笼轻轻地放进铁勺）

〔大杂院里突然静了下来，只有金属相碰的声音在叮当清脆地响。

〔小力苯手里拿着个纸卷奔进院门。

小力苯　曹同志！您看这蓝图。南屋底下还真挖过下水道。土炮要埋呢，也就是在北屋底下……

石掌柜　什么？北、北房……

〔大街上骤然又响起一阵报喜的锣鼓声、鞭炮声。有人在喊："小井出钢喽！小井出钢喽！"

石 掌 柜　（咬了咬牙）拆！把房子拆了！挖完土炮，政府给咱们盖高楼！老街坊们，干！

小　　曹　对！吃食堂，盖高楼！共产主义，眼面前儿的事了！

〔远处，土高炉工地的大喇叭里，又在播放那首《年年我们要唱歌》：

"……年年我们要唱歌，

比不上今年的歌儿多。

全国一起大跃进，

开山劈岭改江河。

……"

〔小井居民沉浸在对共产主义的憧憬中。

——幕　落

第三幕

时　　间　一九六六年九月初。早半天。

虽说节令已到夏末秋初，可整个北京城却仍像泡在一片狂热的大海里。这么说吧：就如同不知起哪儿猛地刮来了一股热乎乎的大风，没有一个人能顶得住，也没有谁想去顶，都得顺着风往前轱辘。街面上，也不知怎么回事，仿佛是一个装满沉渣的大锅忽地扣了过来。人们呢，人们也让人琢磨不透。就说小井的老街坊们吧，心里明明都揣着个小兔子，恐怕那股火烧到自己家里；可又像胸口塞着小火盆儿，烧得人身不由己地东窜西蹦，撺着高的去打倒这个、挤兑那个。但凡有资格的，都希望自己的子女能戴上个红箍……人们为着个说不大清的真理，而闹腾开了……

地　　点　北京。小井胡同七号。

出场人物　九嫂子，刘嫂，石掌柜，小曹，大牛子，石嫂，刘家祥，小媳妇，吴七，滕奶奶，二妞，马德清，陈九龄，小环子，水三儿，小力笨，小六九，大马，小宋，增福，红卫兵甲、乙，四川来京串联的红卫兵甲、乙、丙

场　　景　与上一幕相比，院里没什么太大的变化。

这是早晨五点多钟，胡同里的路灯还亮着，家家都还挂着窗帘。闹

了三个多月了,人们真够乏的了。大杂院仿佛睡着了,还没醒过来……从不远处的马路上传来了稀稀拉拉的自行车车铃声和头班公共汽车的喇叭声。

街门虚掩着,好像有人起早出去过。

胡同对面那所中学,已经成了来京串联的红卫兵的临时接待站。大楼的玻璃碎了几块。楼顶上,新装了一只高音喇叭。楼壁上潦潦草草地刷着两条大标语。一条是:"只许左派造反,不准右派翻天";另一条是:"撼山易,撼红卫兵难"。

一切都沉浸在宁静中,只有北京站隐约叮咚的钟声在小井胡同上空飘荡着。

〔幕启:院外的路灯"唰"地灭了。

〔突然,学校楼顶的高音喇叭响了起来:"首都红卫兵军校八·一八毛泽东思想宣传站,现在开始战斗!"接着,放音乐。可能应该是放《东方红》,但由于装反了唱片,喇叭里播出的,是一首用地方曲调谱制的流行语录歌:"我们共产党人,好比种呀子,人民好比……"

〔喇叭里,一个女学生的声音:"哎!哎!不对,不对,安反了,那面儿,那面儿……"

〔音乐停。片刻后,曲子又响了。这回是《东方红》的前奏曲。但歌词还没出现,曲子突然又断了。一个男学生的声音:"哎?怎么又不响了……"女学生匆忙的声音:"关上!先关上!""啪"的一声,喇叭不响了。大杂院里恢复了宁静。

〔片刻后,街门"吱呦"一声被推开了。九嫂子手里提着个空网兜,慌慌张张地走进院里,径直奔到刘家窗根下。

九　嫂　子　(小声地)刘嫂,刘嫂!还没起哪?快起来!(声音在发抖)
　　　　　　〔刘家的窗帘拉开了。

刘　　嫂　(边系着大襟上的纽扣,边走出门)怎么了你?说话都不是正经动静儿……

九　嫂　子　可了不得了!胡同口打人哪!跪着好几个,头发都剪了,脑袋打得花瓜似的,……我可看不了……

刘　　嫂　谁家?

九 嫂 子　小楼上那家！说是地主兼资本家。（想了想）吴七恍惚也跪在里头……菜我都没买，吓死我了。（抹了一把脑门子上的汗）刘嫂，您说我可怎么办哪？（吓得要哭）

刘　　嫂　啧！你怎么啦？你这孩子怎这么不听劝呢？！虽说小九在监狱里，可他是他，你是你！"十六条"上写得明明白白的，不唯成分，你甭那么搁不开。

九 嫂 子　这两天，我这眼皮子老跳，刘嫂，小九是您眼瞅着长大的。电车厂那黑名单真不是他开的……

刘　　嫂　这点事儿，街道上都清楚！天底下重名重姓的有的是。可这阵儿说不清……话说回来，也没他这么二百五的……

　　　　　〔说话间街门口出现了两个红卫兵。他们穿着发白的旧军衣，胳膊上戴着红箍。

红卫兵甲　（进门就喊）门口这对联是谁贴的？

红卫兵乙　（嗓门顶大）啊？对联是谁贴的？

　　　　　〔说着两人进了院。

　　　　　〔几乎家家都偷着掀起窗帘的一角往外看，但没人敢出来。

红卫兵甲　怎没人言声啊？！

　　　　　〔半晌，石家的屋门"吱"的一声开了，石掌柜手里拿着一卷写好的大字报和两张房契，战战兢兢地走出门。

石 掌 柜　（嘴皮子直哆嗦）是我写的，您哪。

红卫兵甲　横批上写的"兴无灭资"，错了！不破怎么立？改过来！"灭资兴无"！先破后立！

　　　　　〔两红卫兵转身往门外走去。全院的人都松了口气。

石 掌 柜　（心由嗓子眼回到肚子里，追着红卫兵的屁股）噢！对！您说得对！太对了！不破怎么能立呢？瞎掰！我麻利儿就改……

　　　　　〔红卫兵走远了。

刘　　嫂　（指着石掌柜手里的东西）您这是？……

石 掌 柜　我写的大字报。房子交公。房契，送房管局……决裂！（话不知怎么说）观念私有，决裂！……

刘　　嫂　瞧您吓得，嘴直拌蒜……

石 掌 柜　我先改改这副对子……（回屋）

九 嫂 子　刘嫂,我这心里头还有块病,这十来年给合线厂打线,剩的那点零头,我都攒了起来,凑凑巴巴给大牛子织了个线裤。(用下巴颏指指夹道)那小姑奶奶管着合线厂,万一抄家抄出来,不又是漏子吗?!

刘　　嫂　(猛然想到)哟! 我那儿也有点儿。(汗下来了)那不赖咱们呀,往回交他们不要!

九 嫂 子　到时候说不清啊……

刘　　嫂　扔了! 扔了不结了! 你甭跟惊了枪的兔子似的。他妈的,我这心里也胆儿突突的。(边想主意,边自言自语)小妮儿出去"破四旧"去了,刘丫头根本不着家。(小声)大牛子在家吧?

九 嫂 子　在! 他够不上红卫兵……

刘　　嫂　让他背个书包,就手把我那点也捎上。远远的,扔城外头去……

　　　　　　〔九嫂子匆忙回到自家屋里。

　　　　　　〔街门口响起了一阵叽里咕噜的四川话。

　　　　　　〔派出所小曹领着几个来京串联的红卫兵从街门过。红卫兵是两男一女,他们背着书包,卷着旗子,看来是刚下火车。

红卫兵男　(一口四川话)接待站在啥子地方哟!

小　　曹　前边就是了,红卫兵军校,条件差点,您将就……

红卫兵女　条件有啥子好坏! 革命嘛! 毛主席几号才接见?

小　　曹　三五天的事儿,有讯儿我必通知您……

　　　　　　〔红卫兵走了,但四川话还在响。

刘　　嫂　曹所长! 曹所长! (迎上去)

小　　曹　(走近院门,手在脸前摇得像"拨浪鼓"似的)别! 刘嫂! 别! 您千万别再叫我所长! 我靠边站了。现在专管安排红卫兵的住处……

刘　　嫂　(压低嗓门)吴七挨打哪?

小　　曹　是啊! 家给抄啦! 伪警察呀! (小声地)一家子哭得泪人儿似的。遣送还乡! 河北省青龙县,苦地方……

刘　　嫂　谁领去的红卫兵?

小　　曹　谁? 还有谁! (伸出小拇指,嘴往夹道一努)还是滕奶奶有眼,五八年就瞧着她不地道! 刘嫂,知人知面不知心! 刚来小井那阵儿,多喜兴的小媳妇! 见人不乐不说话。小嘴儿,那叫甘甜。到我当了

  所长，真拍得我晕晕乎乎的……这些日子，她疯了！领着人打吴七哪……（见石掌柜手里端着墨盒、毛笔走出屋门）

小 曹　（赶快提高了嗓门）石大爷！房子腾好了吧？大串联，高潮在后头。学校、旅馆、澡堂子里都住满了，连中南海都住进了红卫兵。中央首长夜里亲自给盖被货。报上说了，这是毛主席的客人，实在不行就得往住家户里安排……

石 掌 柜　曹同志，放心！政府用咱们的房，那是看得起咱们！石瑞丰绝不含糊。昨儿夜里倒腾了一宿。住人，现成！

小 曹　好！石大爷，有您的……

  〔小曹出门，下。石掌柜去改街门上的对联。刘嫂走回自己家中。

  〔大牛子背着个鼓鼓囊囊的书包，被九嫂子送出屋门。

刘 嫂　（推开自家屋门，伸出头）大牛子！过来！

  〔大牛子进刘嫂屋。

  〔刘家祥趿拉着鞋、端着盆洗脸水，走出屋，来到自来水管子跟前儿。

刘 家 祥　（发现水池子边上有两匹黑布）哎？这是谁的两匹布？

  〔九嫂子、刘嫂听到动静都走出屋门，看着布发呆。

  〔石掌柜闻声也走了过来，手里的墨盒在不断抖动。

刘 家 祥　（搁下盆，抱起布）"金鹿"牌的？年头不少啦！石大哥，昨儿夜里您腾屋子，是你们丢的吧？

石 掌 柜　哎哟！刘大哥！哪儿能够呢！我那点底儿您还不清楚吗？这些年早垫进去了。

石 嫂　（早就在屋内偷看着一切，此时破门而出）刘大哥，这节骨眼上，说话可得丁是丁、卯是卯！这是人命关天的大事！我们不是趁落儿的主，老街坊们心里明镜儿似的。

  〔小媳妇十分沉稳地从街上走进院。

刘 家 祥　没人要，我扛回去。（摸着布）做裤衩儿？太厚；做鞋面儿？几儿才能穿坏呢？

小 媳 妇　（冷笑了两声）咱们这个院，说句不好听的话：庙小神灵大……您把布搁这儿！（眼盯着布）它是从别的院飞来的？！家里存着这么多布，到底是什么主儿？谁吃过剥削饭，谁自个儿心里不清楚吗？！

当年,我们小力苯学徒那阵儿,吃饭摔个碗,好! 让使笊篱吃! 多王道……

石 掌 柜 大妹妹,(给长一辈!)我是雇过一两个伙计,可这布真不是我的。我算小商,是你们红五类团结的对象。我那点历史,刘大哥清楚。刘大哥是老工人,根子正……

小 媳 妇 根子正? 根子正不能吃一辈子! 不能唯成分! 这么大个运动,那么欢使的人窝在家里,能没问题?!

刘 家 祥 嗯? 这里有我? 大侄媳妇,我那点事儿,您不搭把手儿,我自个儿真不一定说得清……

小 媳 妇 说不清? 您连杨献珍的课都听过! 您说不清? 您懂"合二而一"! 您"上管马列主义,下管扑克象棋"! 哼! 生把马列主义跟扑克象棋撮一块儿去了……

刘 家 祥 (嬉笑怒骂)噢! 这是政治方面,经济方面呢?

小 媳 妇 经济上您就那么干净吗? 您抱着整盒子的"敌敌畏"满街撒,告诉人工会仓库里有的是……

刘 家 祥 (急了)大侄媳妇,平心说,那点"敌敌畏",我一瓶都没偷着喝过!

小 媳 妇 (把布夹起)这事儿,非掰扯清楚了不可! (进里院)

刘 家 祥 得,又是个漏子……

石 嫂 (对石掌柜)你还不去给增福打个电话! (脸对着刘嫂,实际冲里院甩话)我呢,快五十的人了,开不了怀儿了。瑞丰他大哥,要给我们过继个侄子。(索性站到夹道口)看看我们这个侄子,就知道我们是什么主了。

刘 嫂 (打开自家屋门)大牛子! 乖,让你受累了。(对石嫂,想说瞎话却编不圆)我们二妞不是生了吗? 今儿出院,我给那"小不点儿"做了个斗篷。(嘱咐大牛子)麻利儿就回来……

〔大牛子背着鼓鼓囊囊的书包奔出院门。吴七被合线厂的两个红卫兵大马、小宋押着走进院门。

吴 七 (带着哭腔喊着)老街坊们! 说句公道话吧!

〔大杂院中所有的人,包括里院的小力苯夫妇都走了出来。

吴 七 我是当过国民党警察,可"公安六条"上写着:军、政、警、宪、特,"警"是指警长以上,我是巡长,我不够线儿。再者说,我救过八路

　　　　　　　军的孩子的命……

小　媳　妇　空口无凭,孩子呢? 孩子哪儿去了!

吴　　　七　我给搁在刘嫂门口了。我知道刘嫂心善,必能收养他。我当时胆
　　　　　　　小,我混蛋,要知道有今天,我脱了裤子当袄也把他拉扯成人……

小　媳　妇　甭废话,人呢?

吴　　　七　让拍花子的拐走了……

大　　　马　兴许就是你给谋害了! 你是双料的! 走!

刘　　　嫂　等等,小结实是让拍花子的拐走了! 水三儿亲眼得见,滕奶奶也知
　　　　　　　道这个事儿。

　　　　　　　〔二妞怀里抱着“小不点儿”,搀着滕奶奶走进院门。

滕　奶　奶　凭什么斗吴七! 小结实确实是吴七给抱回来的。年头乱,拍花子
　　　　　　　的拐走,保不齐的事儿。毕五枪毙了,毕五得留下口供! 政府有底
　　　　　　　子。把吴七轰走,家里孩子大人怎么过?

小　媳　妇　滕奶奶,话不能那么说! 一个旧警察,救好人的命,说得过去吗?!
　　　　　　　小结实是烈士的后代,丢了? 丢哪去了? (眼瞄瞄刘嫂)为什么自
　　　　　　　己的亲生儿女不丢?

　　　　　　　〔二妞怀里的“小不点儿”“哇”的一声哭了起来。

小　媳　妇　吴七不光这一件事! 他还有现行问题! 小宋,押走!

　　　　　　　〔大家谁也不敢再说话。

吴　　　七　老街坊们,只要大伙有这么几句公道话,吴七就算没白活,吴七给
　　　　　　　大伙鞠躬了……

小　媳　妇　大马,你上我这儿来一下。

　　　　　　　〔小宋把吴七押走。

　　　　　　　〔小力苯始终皱着眉头看着眼前这一切,后随小媳妇、大马走进
　　　　　　　夹道。

二　　　妞　妈,这孩子不能老叫“小不点儿”,得有个正名。

刘　家　祥　早不来晚不来,纯粹是添乱。我看就叫“添乱”得了……

滕　奶　奶　你少废话! 我这心里别提多闹得慌了。我今年六十九,就叫他小
　　　　　　　六九吧。

　　　　　　　〔九嫂子、刘家祥、滕奶奶、二妞都回到自家屋里。

　　　　　　　〔一辆平板三轮车停在院门口。水三儿手里拎着一篮子鸡蛋走了

进来。

水 三 儿　二姐她妈,鸡子儿我奔来了。你告诉二姐,这是伏天的蛋,搁不
　　　　　住……有事儿言声。(转身要走)

　　　　　〔石掌柜走进院门。

石 掌 柜　(满脸装出来的喜悦与轻松,一甩手)三哥,刘嫂,我那房契交了!
　　　　　这人要是一成了无产阶级呀,心里间甭提多轻快、豁亮了……(猛
　　　　　然意识到四周无人,凑过去,小声央告着)嫂子,你把那两匹布认下
　　　　　吧!那布是我的。您出身历史没渣儿,刘大哥是工人,这阵儿工人
　　　　　长行市。我雇过伙计,吃过剥削饭……小姑奶奶说了,没完……

刘 　 嫂　其实我也是菩萨过河……(狠了狠心)行,我替你……

石 掌 柜　您拉我这一把,我一辈子忘不了您这点好处。

水 三 儿　(不以为然地)布在哪儿呢?我认!回头我替你认下!头解放,钱
　　　　　毛,谁有俩子儿不换成东西?!有布不犯法!(边走边说)没什么大
　　　　　不了的!(出院)

　　　　　〔看电话的马德清走进院门。

马 德 清　(有意大声喊)石大哥!石大哥!您的电话!(见石大哥往夹道努
　　　　　嘴,心领神会,蹭到院里边,嘴对着夹道,大声喊)石大哥!您的电
　　　　　话!是您空司那个侄子来的,说一会儿就来看您。就这么个意思。
　　　　　赶情您还有个当解放军的侄子!

石 掌 柜　是啊!谢谢您了,真让您受累了。

　　　　　〔马德清转身要走。

　　　　　〔大马肩扛着那两匹黑布,跟在小媳妇身后走出夹道。

小 媳 妇　马德清!你等等!

马 德 清　您叫我?

小 媳 妇　叫你。(平和地)你有文化,上边的政策你都懂。

马 德 清　我懂……

小 媳 妇　报上说的好:"文化大革命",就好比是两军打仗,不是你吃了我,就
　　　　　是我吃了你,没有中当间儿那条道儿……

马 德 清　那是啊!左派、右派么……

小 媳 妇　你那点事儿,我们都掌握。说吧!

　　　　　〔马德清开始用袖子抹脑门子上的汗。石掌柜、石嫂也开始抹汗。

小媳妇　你到底站在哪一边？！

马德清　我……我说，我都说喽……（看看石掌柜）大兄弟，对不住你了……
　　　　（转对小媳妇）刚才那个电话是假的，……是石大哥让我说的……

石　嫂　（猛地扑上去砸了石掌柜一拳，责骂道）都是你！吓得胡出主意！
　　　　（转身奔进自己屋，哭了起来）

小媳妇　（一愣，不明其详，但旋即镇定了下来）慢点！说清楚了！

马德清　……昨儿晚上，石大哥跟我说：这年头，要是有个当兵的亲戚在家
　　　　里晃上半天，准能把门面戳起来，省得街道上老疑惑家里的成
　　　　分……

石掌柜　（接过话茬儿）马大哥，底下的，让我自个儿说。自个儿说，罪过兴
　　　　许小点……我呢，有个侄子，是菜市场卖鱼的，今年二十。我让他
　　　　借身军装，今儿个晌午到我这儿吃顿饭……

大　马　（忍不住"扑哧"乐了，对马德清）傻帽儿，问的你不是这档子事儿！

马德清
　　　　（同时）啊？
石掌柜

小媳妇　大马！你少多嘴！马德清，你还有一样东西没拿出来！

马德清　东、东西？什么东西……

小媳妇　再点你一句，五八年，你那个右派儿子临走之前，你嚷嚷着要跟去。
　　　　你对刘家祥说了一句……还用我往下说吗？

刘家祥　（一直在背着手瞧热闹，一下子明白了）哟！大侄女，您可真是好记
　　　　性（玩世不恭）马大哥，您是有件东西！您还想蒙混过关？！（冲小
　　　　媳妇一竖大拇指）大侄女，你这回可真逮着大个的了！（转身进屋）

马德清　（被刘家祥的恶作剧搞误会了，爆发了）这年头，人都他妈靠不住
　　　　啊！（蹲在了地上）

刘家祥　（手里捧着一个杏黄缎子包着的小木盒从屋内走出）瞧瞧！瞧瞧！
　　　　马大哥，他们要的是您这点儿宝贝……

小媳妇　大马，接过来！

马德清　（忽地站起身，手剜着刘家祥的鼻子尖）二妞她爸，咱们这么些年的
　　　　老交情了。可我真没想到，你这么没骨头。你不仁，我也不义！那
　　　　天你说："这'文化大革命'，就仿佛是一家子不打算过了。老大从
　　　　掌柜的那弄来一把切菜刀，老二从掌柜的那抽出一根擀面杖。哥

俩,打！往死了干！不下毒手是孙子……"（气得直哆嗦）

刘家祥 （见弄假成真,也急了）马大哥,马大哥！您怎么啦?！我这是跟他们打个哈哈,您怎么跟我动真的啦?

马德清 你打哈哈?！（抢过包袱,抖抖嗦嗦地打开）老街坊们都知道,我二叔在宫里当太监。出了宫靠什么过? 他从药司里偷了这么一箱子秘方子。轮到我,也是一辈子没有家小,收个养子,成了右派。（指着箱子）我指着它过一辈子！（拿出药方子抖搂着）这都是钱！ 是我的棺材本儿！

刘家祥 这是怎么话说的！（冲小媳妇）干脆说吧！凭这打子药方子,你能把马德清怎么着? 东西是我收的,我兜着！

小媳妇 （毫不示弱）你兜着? 就凭刚才马德清揭发的那段话,你自个说说,你是什么问题?！

大 马 反对"文化大革命"！ 现行！

马德清 （冷静了下来,开始后悔）我,我岁数大了,记性不大好。他那天说的,兴许不是这么个意思……

刘家祥 马大哥,您甭后悔。（转对小媳妇仍是嬉笑怒骂）大侄媳妇,你不就是要寒碜寒碜你刘大叔吗? 我比你急！ 地富反坏怎么就一样也摊不上呢? 当个工会宣传员,还是他妈不脱产的……走资派? 不够大儿啊！ 就没有我合适的帽儿！ 我呀,干脆！ 走资兵！ 怎么样? 你刘大叔,不笨！ 嫌不系统是不是? 咱们这么办:我呀,把我这点儿问题,都写在纸上,贴在胡同口。你看怎么样?

小媳妇 （无言以对,对马德清）你先回去！
〔马德清下。

刘家祥 来干脆的！ 摇头不算点头算！ 不言声儿就是同意了?！ 就这么办啦！（进屋）

石掌柜 我呢?
〔恰在此时,石掌柜的侄子,假解放军增福穿着身军装走进院门。

增 福 二叔！ 忙哪?（见石掌柜不吭声,接着往下演）部队战备这么紧张,好不容易才请了半天的假。首长说,您二叔不就是到咱们部队来过的那个老同志吗? 人很老实啊。（很不自然地摘下帽子）我婶呢?（擦脑袋上的汗）

大　　马　（凑过去）您是哪个部队的？

增　　福　空司的……

大　　马　（嗅了嗅鼻子）我怎么闻着你这身上一股咸鱼味儿呢？海军吧?!
　　　　　　〔石嫂猛地冲出屋门。

石　　嫂　增福！快跑！他们全知道啦！

小 媳 妇　往哪儿跑?!

大　　马　空司的？菜市场卖鱼的！平常卖东西就给小分量，现在又冒充解
　　　　　　放军！哪儿偷来的这身衣裳？说！

增　　福　（拿石掌柜撒气）都是您？净出么蛾子。实话都说不利落，偏让我
　　　　　　说瞎话。就刚才那几句，昨儿我练了半宿。这两天，不是找错了
　　　　　　钱，就是看错了秤……

小 媳 妇　大马，甭跟他瞎耽误工夫。把他送回去，交他们单位处理。
　　　　　　〔增福随大马下。

石　　嫂　（骂石掌柜）你比谁都精！好容易过继个儿子，让你给送进去了。
　　　　　　怎么跟大哥交代?! 您说！怎么交代?!

小 媳 妇　大伙都看见了。咱们这个院，斗争多复杂?! 明的、暗的、里边的、
　　　　　　外头的……简直是个小"三家村"！
　　　　　　〔小媳妇走出院门。
　　　　　　〔刘家祥拿着张大纸条子从屋内走出。

刘 家 祥　石大哥，您给我听听！（念条）"刘家祥，男，五十岁。平时好打哈
　　　　　　哈，解放前差点入了一贯道，这儿一括弧，听说道徒得吃素，走半道
　　　　　　又回来了。一年见不着四两肉，吃素。括弧完了……"

石 掌 柜　刘大哥，我这心里闹得作不过主来，您还有心思打哈哈……
　　　　　　〔谁也没想到，陈九龄突然出现在院门口。他身穿一套皱皱巴巴的
　　　　　　屎黄色的裤褂，光着脚穿双矮腰的绿球鞋。

陈 九 龄　（兴致勃勃，嗓门顶大）师叔！您好啊！师婶！

九 嫂 子　（奔出屋门）你，你怎么回来啦?! 老天爷，你真会挑日子！

刘　　嫂　小九，你怎么回来啦？

石 掌 柜　跑回来的?! 快去自首！

陈 九 龄　跑回来的？哪儿的话呢！陈九龄到哪儿都是好样的！离刑满还有
　　　　　　一年，往外跑？不干那路傻事！咱们是造反派轰回来的！政府都

听造反派的,陈九龄不听造反派的? 开玩笑!

〔派出所小曹走进院,人们习惯地叫着"小曹""曹所长"。

陈 九 龄　小曹? 怎么着? 当所长啦? 行啊! 你记住了,人哪,到哪儿都光出好心眼,别出坏心眼。光许别人对不起咱,不许咱们对不起别人……

小　　曹　小九,你怎么回来的?

陈 九 龄　造反派轰回来的! 这还能冤你吗? 那边乱了套了,都轰跑了,不跑不答应……

小　　曹　你说的,也许是实话。这么着:你呀,先跟我到派出所照个面儿。咱们这边呢,出函跟新疆那边联系联系,看看怎么回事。在有讯儿之前呢,你得住在拘留所里。

陈 九 龄　那还不好说! 陈九龄到哪都是好样的。

〔陈九龄与小曹正要往外走,小环子搭讪搭讪地走进院门。他倒背着双手,脸上一副志得意满的神情。他的上身穿着件该洗的灰褂子,下身是条很旧的旧军裤,配上那顶国防绿的帽子,显得那么不搭调。

小 环 子　哟! 小九?!

陈 九 龄　小环子!

〔众人议论着:"小环子?!"

小 环 子　(转着圈地打量陈九龄)一身儿屎黄?! 怎么着? 爷们儿! (看看小曹,明白了)跑出来的! 是不是? (戏弄地)无产阶级专政,天罗地网,像个大筛子,哪儿跑?!

刘 家 祥　(不凉不酸地)天罗地网? 筛子眼还是大! 稍微改改尺寸,就不会让你小子在筛子外头活得这么有滋有味的……

陈 九 龄　小环子,人哪,得往正道上走。你呀,早晚非犯错误不可……

小　　曹　陈九龄,少说两句吧! 咱们走吧!

陈 九 龄　走。(话非说完不可)小环子,你不犯是不犯,只要犯错误,就小不了……

小 环 子　走啦? 不送! 有工夫来吧! (乐了)

〔陈九龄随小曹下。

小 环 子　(不屑一顾)这小子,肚子里都是屎。(转对刘)刘大哥! 您哪,这么

　　　　　　大岁数，白活！您压根儿就没找准过庙！谁能想到，小环子还会有
　　　　　　这步好运？杨半仙要不是病死了，我真想让他再给我测个字
　　　　　　儿……（从裤子兜里掏出个皱皱巴巴的红箍来）您瞧瞧……

刘　家　祥　你？小环子！就凭你，入了红卫兵？！

小　环　子　（把红箍掖进兜里）红卫兵能要我吗？！我有前科，屁股上打着记
　　　　　　号。我入的是"红外围"。（神采飞扬）刘大哥，我告诉你一本真经，
　　　　　　人活着，得自个儿合适。想合适，就免不了出点小错。是这么个理
　　　　　　儿不是？！可您记住了，咱不往圈外头闹！到什么时候，小环子都
　　　　　　是内部矛盾。内部矛盾，有人敢挤兑，跟他没完！

石　掌　柜　（敞怀穿个对襟小褂）你今儿个这是……

小　环　子　我来找小力苯。运动初期，他是我们工作组的。凭他！捏我？！小
　　　　　　环子是软柿子？！姥姥！北大，张承先撤了！我非给他上点眼药不
　　　　　　可。（冲夹道喊）小力苯！（猛然想到，问刘）他媳妇在家吗？

刘　家　祥　不在。

小　环　子　不在？不在我先等等。（坐在石家廊子下，跷起腿，点上支烟）
　　　　　　〔此时小媳妇左手拎着大牛子的书包，右手拉着大牛子的手，走进
　　　　　　院门。

小　媳　妇　（把大牛子领到刘嫂与九嫂子面前）大牛子！乖！自个儿说！

大　牛　子　（往后退缩着）说什么？！我说什么来的？我什么都没说……

小　媳　妇　乖！刚才你怎么说的？不是你妈让你把线扔护城河里吗？！好好
　　　　　　的线，为什么扔呢？！想当红卫兵就得跟家里划清界限……

大　牛　子　……我背着书包跑到龙潭湖，我老觉着后边有人跟着……我爸爸
　　　　　　是国民党兵，我不该帮他们干事……

小　媳　妇　好！好孩子！哼！对社会上革命小将的行动，有些人真是心惊
　　　　　　肉跳！

九　嫂　子　……我不是心惊，我昨儿个着凉了，身上冷……

刘　　　嫂　这点线，是这些年打线的零头。每回交活，你们合线厂都不收。这
　　　　　　原本没什么藏着掖着的……
　　　　　　〔正说着，小宋肩扛着那两匹黑布，大马手里抓着一打子封条走进
　　　　　　院门。

大　　　马　石瑞丰！（气势汹汹地）石瑞丰！

石 掌 柜　（腿开始筛糠）……干什么？抄、抄家？

大　　马　（伸手去抓石掌柜的胸口，一下子抓出了挂在里边衬褂上的黑布牌
　　　　　　牌。牌子大小如烟盒，上书白字"小业主"）把牌儿挂里头了?!嫌
　　　　　　寒碜?!嫌寒碜当初别吃剥削饭哪?!

石 掌 柜　我，我怕它脏了……

大　　马　把套褂扒喽！（对小媳妇）现在就抄吗？
　　　　　〔就听街门外有人大吼一声："闪开喽!"接着，就见水三儿分开围观
　　　　　　的人群大步奔进院门。

水 三 儿　（且嚷且进）干什么？你们干什么？存着几匹布就成了资本家？还
　　　　　　有没有王法?!实话告你说：布是我的！有话跟我说！

小 媳 妇　你的？

小 环 子　（把烟在鞋底上蹭灭，起身）哟！这不是金钩马吗？还是这么抱打
　　　　　　不平！你也不翻翻皇历。（凑上去，翻翻地上的布，站起身，掸掸手
　　　　　　上的土）不错！这布是水三儿的！时传祥是粪霸，你是水霸！这些
　　　　　　年，水三儿就没断了往废品站扛布，都是虫哂过的，金鹿牌……
　　　　　〔众人："小环子！你胡诌。"
　　　　　〔大马、小宋一下子扭住了水三儿的胳膊。

水 三 儿　（运足了气，一抖腕子，大喝一声）开！（将两人甩出去老远）真动
　　　　　　手，你们再有俩也不是个儿！（手指着小媳妇）可惜了小力苯，那么
　　　　　　厚道个孩子，娶了你这么个混账媳妇！

小 环 子　（听到"小力苯"三个字，眯缝起眼睛看看小媳妇，明白了。转身冲
　　　　　　夹道里边就喊）小力苯！王宝德！王宝德同志！
　　　　　〔小力苯自夹道内走出。

小 力 苯　小环子?!（厌恶地皱起眉头）

小 环 子　我说在单位找不着你呢，躲家来了……

小 力 苯　你天天到单位去闹哄，大伙都办不了公。工作组的方向路线是错
　　　　　　了，可并没把你怎么着啊！

小 环 子　今儿咱们不谈这个。（义正词严地）今儿我就问你一句话，你到我
　　　　　　们废品公司，是搞革命还是搞破鞋?!

小 力 苯　（急了）你满嘴胡诌什么？

小 环 子　（咬上就不撒嘴）甭装傻充愣！你跟食堂做饭的那个大姑娘，天天

谈到夜里两三点！那姑娘长得是不错，可你有家、有爱人！同志，你是国家干部啊！现在怎么办？那姑娘吃东西就恶心，满世界找山里红……

小 力 笨　（跳到黄河洗不清，气得直喘粗气）你、你……

小 媳 妇　（奔到小力笨面前）好啊，你……

小 力 笨　（浑身是嘴也说不清）没这么回事！没这么回事！

　　　　　〔小媳妇捂着脸奔进夹道。

小 环 子　（装傻）这是？这是你爱人？（后悔似的）早知道是你爱人……啧！这事闹的……我也是太气愤……

小 力 笨　（指小环子）好！小环子！我算服了你了！你行！你行！（转身去追妻子，合线厂的红卫兵也随着奔进里院）

石 掌 柜　（凑过去）小环子，真有这事儿？

小 环 子　（"嚓"地点着烟）没影的事。我今儿先掰一块给他尝尝……

石　　嫂　报应！该！

刘 家 祥　小环子，你小子合着逮谁咬谁！

　　　　　〔派出所小曹大步流星奔进院门。

小　　曹　石大爷！老街坊们！可了不得了！马大爷挺了！快！我听了听，好像是痰！痰厥！

水 三 儿　快去弄个平板三轮！

　　　　　〔全院的人忙乱地涌出院门。

　　　　　〔人们吵吵着："快！别耽误了！"

　　　　　〔这同时，从里院传来了小媳妇伤心的哭嚷声："好啊你！小力笨！你这个没良心的东西！"

　　　　　〔事情也巧，学校楼顶的高音喇叭恰在此时"哗哗"地响了起来。

喇 叭 里　（似乎正在转播《红旗》杂志一九六六年第十二期社论。但由于大杂院里一片嘈杂，加上喇叭本身时强时弱的噪音，我们仅能断断续续地听出几处字眼）……这场……运动……势必……灵魂深处……问题……"破四旧""立四新"……

　　　　　　　　　　　　　　　　　　　　　　　　——幕　落

第四幕

时   间　一九七六年十月八号。晚半天。

"四人帮"已经被抓起来了,但消息还没有在北京城里传开,没有传进小井胡同。就连"四人帮"手下那群人,也都还蒙在鼓里,还在折腾。

地   点　北京。小井胡同七号。

出场人物　石嫂、九嫂子、刘嫂、二妞、滕奶奶、小妮儿、刘家祥、石掌柜、许六、小媳妇、老曹、水三儿、大马、小六九、吴七、小力苯、大牛子、公安局的武装警察、大牛子在火葬场的朋友甲、乙、丙

场   景　这个秋天,好像比往年来得早。院门口的老椿树过早地枯黄了,落叶在秋风里飘滚,发出"哗哗"的响声。它那发秃的枝杈,气势险恶地铺压在院子的上方。

太阳灰蒙蒙的,云彩像沉重的铅块,像巨大的碾盘从高空压下来,压向小井人们的心头。

唐山丰南大地震刚过去两个月。胆小的居民,仍住在防震棚里。但不少人已不再相信"震情简报",不就是个死吗?! 他们打国庆节搬回家后就没再挪出去。地震使院子的门楼变得残破不全,夹道口的院墙塌出个一米来宽的大口子。房前屋后,随处可见加固山墙用的沙槁。刘家的东房,塌了一堵大山墙。几块塑料布和油毡纸凑凑合合地遮挡着风雨。院里的墙壁上,散乱地贴着"人定胜天"的小纸条和花花绿绿的地震知识宣传画。诸如:"地震时为什么会喷沙冒水""自然灾害也有两重性"云云。时过境迁,纸条在风中翻卷着一角。

远处,中学大楼的楼壁,裂出一道不大显眼的长缝子。原来那条竖着刷写的"坚持深入批邓,促进抗震救灾"的大标语,好像是被匆匆忙忙地涂抹了下去,换上了"继承毛主席的遗志,将无产阶级文化大革命进行到底!"但因这条最新标语是横写的,前几个字隐在侧幕条里,我们仅能看到标语的后半截:"……遗志,将无产阶级文化大革命进行到底!"

不知是谁，把一个用不着的旧钢精锅盖，挂在了廊子上，可又不能把它拴紧喽！锅盖轻飘飘的，风一吹它就发出"吱—嘎—吭—铛"的响声，真逗得人心烦！天灾人祸，大伙肝火正盛，眼珠子上浮动着血丝。锅盖的响动烦得人浑身刺痒，真恨不得蹦着高儿痛痛快快地骂几嗓子！但人们还是忍过来了，人们把仇恨深深地埋在心里，等待着，用他们所能采取的措施抗争着……

〔幕启：院子里很静，只有那个锅盖在风中磕碰着廊柱，发出"吱吱嘎嘎"的响动。从北屋石家的收音机里，隐隐飘来了杨春霞教唱《杜鹃山》的声音："家住安源萍水头，三代挖煤作马牛……"

〔半晌，刘家的屋门开了。九嫂子抱着一床新被套和一份叠好的被里被面走出屋，往自己家走去。石嫂胳膊上戴着黑箍，手里提着个点心匣子走进院门。

石　　嫂　（迎上去）他九嫂子，你这是？……

九　嫂　子　……我帮刘嫂点忙，给刘丫头和小妮儿做结婚的被货。

石　　嫂　（猛然发现九嫂子臂上的黑纱不见了）老天爷！你怎么把箍儿摘了？

九　嫂　子　有戴着孝箍帮人办喜事的吗？再说，都一个月了……

石　　嫂　今儿个八号！明儿个才一个月呢！没听说上礼拜花市有一家娶媳妇的，让工人民兵给砸啦？！伟大领袖过世不到一个月，娶媳妇？！真会挑日子……

九　嫂　子　刘嫂没打算办！就说是旅行结婚。她也是强打精神……（同情地）二妞让他们抓走了，姑爷离婚了，刘大叔的腿又砸折了住在医院里，您说……

石　　嫂　黄鼠狼专咬病鸭子！话说回来，要不是那小姑奶奶冒坏，把防空洞挖在刘嫂屋底下，房子震不倒！我真怕刘嫂有个好歹的，这些日子她眼睛老发直……

九　嫂　子　她主要是想六九！法院把孩子断给了他爸爸，这不是摘了刘嫂的心尖子吗？！姑爷办事也绝，一个猛子调回了包头……

〔廊子上的锅盖又在响，石家的屋门"哐"地被推开了，石掌柜手里拎着个半导体收音机，气丧丧地奔出门。

石　　嫂　（接着九嫂子的话茬儿，猛然想到）今儿我在五路汽车上，看见陶然亭门口立着个小孩。跟小六九长得分毫不差，我心说，能是他吗？

九 嫂 子　许是您眼离了……

石 掌 柜　（无名火在心里阴燃着。劈手拽下那个锅盖，扔在煤堆上）弄这么个王八盖子，偏他妈挂这儿吵人！（转对石嫂）你听风就是雨！包头到北京，千数来里地。一个十来岁的孩子……

石　　嫂　我没跟你说话！（摸着九嫂子怀里的被面）线绉的？！照说刘嫂娶媳妇，我也该帮点忙。可我插不上手，绝户。不像你，全福人儿……

石 掌 柜　你甭这儿胡嘞嘞！小九给定成畏罪潜逃，至今关在监狱里，他九嫂子算什么全福人儿？！（没发现刘家的屋门开了，刘嫂走出屋，还在说）结婚就是喜吗？！刘嫂是眼泪泡着心！小妮儿跟刘丫头插着队，结了婚孩子就扎那回不来啦……（一眼看到了刘嫂，语塞）

石　　嫂　（迎上去）刘嫂，大喜……

石 掌 柜　（也身不由己地凑过去）刘嫂，大喜……（脸上的笑比哭都难看）

刘　　嫂　（凄然一笑）同喜，同喜……

石　　嫂　刘嫂，您得往宽了想。咱们这孩子，老实。毛主席一挥手，孩子们下乡了！几儿毛主席再一挥手，咱们这孩子就回来啦……

石 掌 柜　你让我说你什么好？！净是淡话！（捧着半导体，嘟嘟囔囔地往屋里走）毛主席过世都快一个月了……挥手？！……

〔九嫂子自觉无趣，抱着被货回屋。

石　　嫂　（话没说圆，赶快找辙。举起手里的点心匣子）刘嫂，医院我就不去了，我给刘大哥装了个匣子……

刘　　嫂　（不过意地）又让您花钱……

石　　嫂　说什么呢？仨瓜俩枣的。

刘　　嫂　石大哥，您帮我瞧瞧这封信。（从兜里掏出封信）小妮儿上商场了，刘丫头换布票去了……

石 掌 柜　（接过信）包头来的！兴许是您那姑爷……

刘　　嫂　离了婚了，还算什么姑爷……

石 掌 柜　（打开信）刘嫂，是您那姑爷！信上说，六九从二号早上离开家，一直没回去！问问上这儿来没有？

刘　嫂　啊？

石　嫂　我说什么来的！我在陶然亭看见那孩子，兴许就是六九！

石掌柜　（不爱听）你又来了！刘嫂，咱们六九心重，打二妞抓起来，孩子神经就有了毛病，他一个人能跑到北京？！让我说，先往包头挂个长途，问问怎回事……

〔刘嫂要哭。

〔此时，刘桂芝——小妮儿手里拎着小空网兜走进院门。

小妮儿　妈……

刘　嫂　（抬起头）回来啦！煤油炉呢？

小妮儿　（胆怯地）我没买……妈，您别生气。我们插队这些年，年年家里给我们贴钱……能省两个就省两个。人家当地人，多少辈子没有煤油炉，也过来了……我跟刘丫头的事，老街坊们吃块糖就行了，不用办……

刘　嫂　（固执地）好孩子，依着妈，不给你们预备齐了，我对不住你亲爹亲妈……

〔此时就听街门一响。谁也没想到，小六九身穿一套很脏的衣服走进了院门。他的口袋里鼓鼓囊囊的，不知塞着些什么东西。

石　嫂　（一眼看见了六九）六九？

刘　嫂　（惊讶地）六九？！

小六九　姥姥！（一下子扑到刘嫂怀里，哭了）

刘　嫂　（心里无限酸楚）好孩子！别哭！（蹲下为孩子擦眼泪）你怎么跑这来啦……

小六九　（一边啜泣着，一边倔强地）我没哭！我才不哭呢！我坐火车来的。一查票，他们就把我轰下去，我就等下辆，再上来……（说话间不小心，兜里的东西"啪"地掉在了地下，露出了一个眼镜和一长串钥匙，慌忙去拣拾）

刘　嫂　（拣起眼镜）眼镜？

小六九　……给我妈带来的。我妈判作业离不开这个眼镜。

刘　嫂　这么大串钥匙，干吗使的？

小六九　（一把抓过来，揣在胸前，不语）……

石　嫂　六九，刚才你是不是在陶然亭来的？

小 六 九　（非常惶恐）您怎么知道的?！石奶奶您可别给我说出去,说出去,
　　　　　我就不能救我妈了……

众　　人　救你妈?

小 六 九　（坚定地）救我妈! 我妈是好人! 我知道监狱在哪儿! 陶然亭西
　　　　　边,自新路……（举起那串钥匙）姥姥,我攒了这么些钥匙……

石　　嫂　好孩子! 别胡说八道!（对刘嫂）瞧孩子脑袋上这汗! 虚。瑞丰,
　　　　　快去沏碗糖水……

　　　　　〔石掌柜匆匆进屋。

石 掌 柜　（在屋门口）小六九,上石爷爷这来! 嗨! 你把孩子领过来!

　　　　　〔石嫂领着六九跟在丈夫身后走进屋。

　　　　　〔刘嫂与桂芝也欲往石家走去。

　　　　　〔许六手里拎着个中号果筐走进院门。算起来,我们已经有十八年
　　　　　没见他的面了。他已变成年近六旬的老人。

许　　六　（内疚,气短,胆怯地跟刘嫂打招呼）刘嫂……

刘　　嫂　许六? 你怎么来啦?！桂芝! 你爸爸来了。过来! 叫,叫呵! 这孩
　　　　　子,叫你爸爸!

许　　六　（动情地）小妮儿,你哪怕骂爸爸两声呢? 别不理爸爸……爸爸窝
　　　　　囊……

小 妮 儿　（心也软了）您又是偷着来的?！

许　　六　（从兜里掏出个小纸包）小妮儿,你跟刘丫头结婚,爸爸给你们买了
　　　　　两双袜子。爸爸让你们天天踩在脚底下,心里多少踏实点儿……

小 妮 儿　我听不了您这话……

许　　六　爸爸不是不惦记着你。我瞧着,她也有点后悔……（对刘嫂）嫂子,
　　　　　我想跟您商量商量,让小妮儿迁我那边去住几天……

小 妮 儿　干吗? 我不去!

许　　六　你听我说呀!（对刘嫂）街面上不少插队的都办回来了,小妮儿要
　　　　　算我那头的人呢,就成了独生子女,能办困退……那边我都疏通好
　　　　　了,只要这边街道上盖个戳儿就齐啦……

小 妮 儿　您甭打这个主意。我一天也不回去! 妈,您可不许答应啊!（甩手
　　　　　进屋）

许　　六　啧!（无可奈何地）耍小孩子脾气! 嫂子,（举起手里的果筐）我,我

　　　　　打算在这边上点供,可是,我,我不知话该怎么说……

刘　　嫂　许六,为孩子们的事我也走了不少脑子。可这阵儿,我顾不过来。
　　　　　像你说的那样,先把小妮儿办回来,倒是个办法。小妮儿听我的,
　　　　　你甭急。可有一样,咱们一分钱的供也不上!

　　　　　〔此时,吴七穿着一身很破旧的衣服走进院门。

吴　　七　刘嫂。哟! 这不是六哥吗?! 可有日子不见了……

许　　六　可不是,搬走十八九年了。您这是……

吴　　七　(苦笑)我是进京上访的,火车站、天坛、马路牙子……四海为
　　　　　家……

刘　　嫂　(对吴七)大兄弟! 我说话,你可别多心。这阵儿,我也钱紧,可我
　　　　　有粮票,我能接济你。(对屋内喊)桂芝! 桂芝! 给你吴大叔拿点
　　　　　粮票……

吴　　七　(急忙拦阻)别! 嫂子,别! 今儿个我不是为这个来的……

许　　六　你?

吴　　七　(从兜里掏出一个红纸包——里面装的是钱)刘嫂,不是要娶儿媳
　　　　　妇吗? 吴七,吴七给嫂子道喜了……吴七不能忘了嫂子……(激动
　　　　　得热泪纵横,鞠了个躬)

刘　　嫂　(眼圈红了)大兄弟! 大兄弟! (力辞)你可不能这么办! 你比我
　　　　　难! 你跑九城,去给人家崩苞米花儿,拉扯着一群孩子……我帮不
　　　　　上你,心里就够难受的了,你还……

吴　　七　嫂子,嫂子,别难受……日久见人心! 吴七能活过来,全仗着看见
　　　　　了嫂子那片心,看见了老街坊们那片心。这十来年,小井人们的交
　　　　　情,金子都买不来! 嫂子你,你眼面前儿是个大坎儿。甭瞒我! 刘
　　　　　大哥在医院里,咱们二妞让他们押着……嫂子,你要再不接着,吴
　　　　　七,吴七可给你跪下啦……

石 掌 柜　(猛地破门而出)刘嫂! 收下! 收下! 收下吧! (激动地拉住许六
　　　　　和吴七的手)两位兄弟,今儿个晚半晌儿都在我这儿! 这些日子,
　　　　　石大哥有一肚子的话,要找俩过心的人说说……

吴　　七　石大哥,不啦! 孩子们在胡同口干活呢。改天,改天我必来……
　　　　　(告辞出院)

　　　　　〔许六被石掌柜拉进屋里。

〔刘嫂手捧着吴七那包用汗水和泪水换来的票子,站在院里发呆。

〔派出所老曹搀扶着年近八旬的滕奶奶走进院门。十年不见,滕奶奶虽已双目失明,但人还硬朗。她左手拄着拐杖,右手端着一碗黄澄澄的小米,一边急切地往前摸着,一边喊着小六九的名字。

滕　奶　奶　是说六九回来了吗?

老　　　曹　您慢点,小米洒了! 滕奶奶,您别老八板儿。这一套,不管用……

滕　奶　奶　(固执地)怎不管用呢! 我不如你们?! 孩子就是清明那阵儿吓着了,消消惊就好了……(眼看不见)六九! 六九! (喊)凤珍! 凤珍!

刘　　　嫂　师娘,我在这儿!

滕　奶　奶　六九呢? 水三儿说他瞧见六九进院了……(叫)六九! 六九!

　　　　　　〔石嫂领着六九从屋内走出。

石　　　嫂　滕大妈! 六九在这儿!

小　六　九　(一下子扑到滕奶奶怀里)老祖!

滕　奶　奶　(双手在六九的头上摸着、摸着)宝贝儿! 宝贝儿! 老祖的心尖子,你可回来了……(手在颤抖)没娘的孩子……(不知怎样疼爱才好,一边摸着孩子的脑袋,一边数说着民谣)胡噜胡噜毛,吓不着,胡噜胡噜手,吓不走……

　　　　　　〔老曹眼里闪动着晶莹的泪花,走到六九跟前。

老　　　曹　(蹲在六九面前,细心地给孩子扣着胸前的纽扣)
　　　　　　〔人们看到,老曹的手在微微地抖动。
　　　　　　〔六九搀扶着滕奶奶走进屋里。
　　　　　　〔老曹心情沉重地走到刘嫂面前。

老　　　曹　(看看院里没外人,抓起刘嫂的手把一卷票子塞到刘嫂手里)刘嫂! 桂芝跟刘丫头结婚,(指指自己的警察服)我身份不同,正日子我就不来了。我呀,就这么点意思,十块钱……大嫂,不许驳我的面子……(话不由己)您拿着这几块钱,我心里多少踏实点。大妹妹的事,我使不上劲儿,老觉得没脸见老街坊们……(哭了)

刘　　　嫂　老曹,别介,好孩子,别这么说……
　　　　　　〔老曹突然伏在刘嫂的耳边,小声地叽咕了几句什么。

刘　　　嫂　(有如五雷轰顶)啊?! 真的?!

老　　　曹　(用力抓住刘嫂的双手)大嫂! 大嫂! 您可挺住了! 您不能……

〔夹道里传来了小媳妇的咳嗽声。

老　　曹　刘嫂，我先走了，有事儿就言声儿……（下）

〔小媳妇从里院走了出来，十年不见，她比过去更加成熟老练了。

小　媳　妇　刘嫂，听说六九跑回来啦?! 一会儿街道要在咱们院开个会，批斗反革命分子。您最好给六九挪个地方……

刘　　嫂　批斗反革命分子，孩子碍哪门子事呢?!

小　媳　妇　让您挪呢，就有挪的道理。我一说，您一听，挪不挪，在您……

〔此时，一辆平板三轮车走进了小井。水三儿擦抹着脑门子上的汗走进院门。他冲院里粗重地吼叫了一声："过来几个人! 搭把手!"说完转身立在了院门口。

水　三　儿　（仿佛在指挥别人搬运什么娇贵的东西）兄弟，慢! 慢着! 千万别磕在门框上……（不满地埋怨着）嘖! 真是的! 隔着头二年，这点事儿我一个人全办了……（边说边倒退着走进院门）

〔水三儿身后，吴七吃力地背着刘家祥迈过门槛儿。院里人听到水三儿的喊声，许六、石掌柜、刘桂芝等几个人同时涌到院门口。大伙七手八脚地把刘家祥往屋里抬。

滕　奶　奶　（听到了动静）谁呀? 抬什么呢?

石　掌　柜　三哥，怎么抬回来了?

水　三　儿　医院说，没有四百块钱的押金，手术不给做。我说，他是工人，公费医疗，可医院说，厂子里早递过话了：刘家祥不算工伤，工资都不发……

刘　　嫂　凭什么?

滕　奶　奶　家祥那伤口都化脓了，再耽误就残废了……

小　媳　妇　（不卑不亢）是这么回事：电车公司上街道来过了。我们没添枝没加叶，以实求实地反映了情况，"天安门事件"那几天，刘家祥，一天不拉，搁下饭碗就奔广场。他拐拉的小井多少人去闹事?! 就说刘嫂您，还不是从过小年就往纪念碑端饺子?! 不错，刘家祥的腿是地震砸折的，明说了吧，他要是腿不折，照样抓起来!

刘　　嫂　没钱，不能治病。连工资都不发，还让不让人活?

小　媳　妇　新社会不会饿死一个人! 你不是还在粘苍蝇拍吗?

刘　　嫂　可你们街道把我的苍蝇拍给掐了……

小 媳 妇　不是让你改锁扣眼了吗?!

刘　　嫂　你明明知道我的眼睛不好,偏这阵儿给我换活……

　　　　　〔防震指挥部的大喇叭突然响了起来。喇叭里播放的是当时最流行的那首"反潮流"的曲子。

　　　　　〔工人民兵大马手举着个半导体喇叭从院门口经过。

大　　马　各居民小组注意! 各居民小组注意! 批斗反革命分子大会改在小井七号院里举行! 各向阳院请赶快把人组织好! 请赶快把人组织好!

小 媳 妇　(冷笑一声)你有困难? (脸对刘嫂,眼瞄着吴七)你不是还有粮票供着上访的人吃吗?! (转身走进里院)

　　　　　〔许六提着自己的果筐想跟进夹道。

吴　　七　(一把拦住)许大哥! 咱们真就栽在她手里?! 不能给她递软话儿!

许　　六　(轻轻拂开吴七的手)吴大哥,为了孩子,我不要脸了……(走进夹道)

　　　　　〔大牛子飞似的奔进院门。

大 牛 子　妈! 妈! 滕奶奶! 我听说,批斗大会,批斗的是我二姑……

滕 奶 奶　啊?! 是二妞!

九 嫂 子　谁说的?

大 牛 子　胡同里都嚷嚷动了,都这么说。

刘　　嫂　娘,是这么回事。刚才,小曹都、都跟我说了……

滕 奶 奶　(怒发冲冠)他们知道家祥躺在炕上,知道刘丫头要成家,可他们,偏到你眼面前来斗你的孩子。他们的心不是肉长的! 他们是从石头缝里蹦出来的! ……

　　　　　〔这时,刘家的屋门"吱呕"一声开了。小六九站在屋门口,像大人一样神情严峻地望着人们。泪水在孩子的眼眶里浮动着。

刘　　嫂　(突然伏在滕奶奶肩头哭了起来)

滕 奶 奶　凤珍,甭哭! 哭不是能耐! (自己早已老泪纵横)哭不能把他们的心哭善喽! 我这眼睛,就是这几年掉泪掉瞎的……咱们家祥,多么老实巴交的工人! 二妞,走道连个蚂蚁都不踩,小六九,才多大点呀,让他们给吓出毛病来了。挤兑急了,我、我什么都干得出来……

〔从刘家的屋里，突然传出了一个大老爷们儿呜呜的哭声！啊！是刘家祥！这个一向善良幽默的汉子痛哭失声了！

〔一种无限惶恐的感觉猛地袭上了刘嫂的心，她一下子抱住了滕奶奶的胳膊，喊了起来。

刘　　嫂　师娘！我心里没主心骨了！一会儿他们就把二姐押来啦！不能让二姐看见六九呵，儿是娘的心头肉，二姐看见六九这样……

滕 奶 奶　（急了）水三儿！水三儿！你领着六九躲躲这儿！让六九跟咱们娘俩走！

水 三 儿　（从屋门口领过六九）六九，好孩子！跟三爷去吧，三爷那有小人书……

小 六 九　（看到了水三儿眼角的泪花）三爷，你哭啦？！

水 三 儿　（低下了头）没有，三爷长这么大，没掉过一次眼泪……

小 六 九　我姥爷说，三爷是滕老祖的徒弟，是铁汉子……

水 三 儿　（抬起头）三爷是铁汉子！六九跟三爷在一块儿，谁要敢动六九一根汗毛，三爷就把这罐子血倒给他们！

滕 奶 奶　凤珍！凤珍！钱，你甭上愁，我去操持。为了给家祥治腿，我、我得舍出我这老面子！你可别笑话师娘……

水 三 儿　（急了）妈！您要干吗？！用不着您，有大伙呢！您要再有个好歹，水三儿……（难过得说不下去了）

滕 奶 奶　妈能干什么？妈打算……妈的主意拿定了！（决绝地）水三儿，领好了六九，你扶着我，走！

〔人们簇拥着滕奶奶、水三儿、小六九走出院门。

〔许六手里提着果筐，低着头从夹道里走出来。

石 掌 柜　（迎上去）怎么着？不行？！

〔许六摇了摇头。

〔石掌柜劈手夺过果筐，扔在廊子上。

石 掌 柜　（咬牙切齿）丫头养的，不让人过了！（像狼似的背着手，在原地转着圈想主意。一眼看到了大牛子，眼睛一亮）大牛子！你过来！

〔大牛子凑了过来。

石 掌 柜　你那天说，你有几个朋友分到火葬场啦？

大 牛 子　（点头）啊。

石 掌 柜　你跟他们过得着吗？

大 牛 子　过！铁哥儿们！

石 掌 柜　（一把抓住大牛子的手）你屋来，我跟你说个事！（又拉住许六）你也来！（三人走进北屋，院里仅剩下吴七、刘嫂、石嫂、九嫂子）

石　　嫂　刘嫂，我看咱们干脆把街门锁上，全走！给他来个空城计……

刘　　嫂　（摇摇头）不，我得看看我们二妞……

　　　　　〔喇叭里反潮流的曲子更加起劲地演奏着。大马的半导体喇叭又在哇哇地响。胡同里传来了"嘟嘟"的哨声和"开会喽！开会喽！"的喊声。人们纷纷涌到院里。

刘　　嫂　（一把抓住桂芝和九嫂子的手，急切地）孩子们，当着那些人的面儿，谁也不许掉眼泪！听见了吗？

　　　　　〔刘嫂决绝地抹了抹眼角，下了决心。

　　　　　〔石掌柜对大牛子咬着耳朵，送大牛子出了街门。

　　　　　〔小媳妇听到哨声，手里拿着个纸卷从里院走出。

　　　　　〔公安局的一名警察和工人民兵大马以及派出所老曹，押着二妞走进院门。大杂院里，一片宁静。

二　　妞　（走到刘嫂面前，平静地）妈！

刘　　嫂　二妞，你要是妈的儿，不许掉眼泪儿……

二　　妞　我记住了。妈，六九呢？

刘　　嫂　你奶奶抱走了。

二　　妞　奶奶好吗？

刘　　嫂　好……

二　　妞　妈，有一句话，您得告诉六九。他妈不是反革命！也别让他埋怨他爸爸，他跟我离婚，是没法子……

石　　嫂　二妞！妞子……（动了感情）你瞅，你往四下里瞅瞅！老街坊们，哪个人眼角不是潮乎乎的？！你把脑袋抬高点！不丢人，孩子！走到这步，不丢人！小井的老街坊们知道你……

　　　　　〔一片宁静之中，突然从街上传来了一个老人撕人心肺的喊声。呵！是滕奶奶！老人的喊声嘶哑、急切、悲壮！像惊雷炸响在小井胡同的上空："老街坊们……"滕奶奶跌跌撞撞地摸到了大杂院的门口。只见她的满头银发被吹散开，在空中飘动着。她右手拄着

　　　　　拐杖，左手端着个竹篦子，一边颤抖着手臂在眼前摸着，一边走进
　　　　　了院门。
　　　　　〔所有在场的人都惊呆了，大杂院里死一样的静。

滕 奶 奶　（站在院门口，喊着）老街坊们！小井胡同的老街坊们！刘家祥的
　　　　　腿给砸折了！刘家祥的姑娘为悼念周总理让他们抓走了！刘家、
　　　　　刘家揭不开锅了，老街坊们，看在滕奶奶的老面子上，帮刘家迈过
　　　　　这个坎儿吧……
　　　　　〔人们瞠目结舌，在死一样的沉静中，只能听到低低的啜泣声。

滕 奶 奶　（自言自语）这是几号？这是几号？这个院怎没人言声儿？（急切
　　　　　地往前摸来）
　　　　　〔二妞刚要叫："奶奶！"刘嫂一把捂住了女儿的嘴。

滕 奶 奶　（仍在自语）没人言声？没人？
　　　　　〔刘嫂擦擦自己的眼角，轻轻地走到滕奶奶面前，掏出吴七和老曹
　　　　　送来的红纸包，放在了滕奶奶的篦子里。接着，从口袋里摸出仅有
　　　　　的几枚钢镚儿，撒在篦子里。在令人窒息的宁静中，只有钢镚儿落
　　　　　下的清脆响声，在叩击着人们的心灵。

滕 奶 奶　你是谁？怎不言声？全小井，没有我不认识的人。姑娘，可不许告
　　　　　诉刘家！我们凤珍，好脸儿……（手往篦子里一摸，一惊）你给这么
　　　　　多?!（老太太扔开拐杖，一只手在刘嫂的头上摸着、摸着）你是谁
　　　　　家的媳妇？你能活一百岁！我替刘家祥、替刘家祥一家、替我们小
　　　　　六九给你磕个头……（说着，"扑通"一声跪在了地上）
　　　　　〔满院的人再也控制不住了，齐叫："滕奶奶！"

刘 　 嫂　（凄楚地）师娘！（跪在了滕奶奶面前）

滕 奶 奶　（震惊）啊?!你是凤珍?!
　　　　　〔老太太手里的竹篦子"哗"地扣在了地上。

滕 奶 奶　（内疚地）凤珍，别埋怨娘……娘知道你脸皮儿薄……娘是怕咱们
　　　　　家祥的腿……
　　　　　〔水三儿疾步奔进院门，慌忙去搀扶滕奶奶。

水 三 儿　妈！妈！您别这样！您这样让大伙儿心里折过子……
　　　　　〔九嫂子帮滕奶奶把竹篦子拣好。人们：石掌柜、许六、老曹，甚至
　　　　　大马都把口袋中的钱放在了竹篦子里。小力笨走上前，也往篦子

里搁钱。

滕 奶 奶　（回绝水三儿）三儿，你甭管！他九嫂子，你扶着我！扶着我走！

〔九嫂子拗不过滕奶奶，扶她出了门。

〔街面上重又传来了滕奶奶悲凉的喊声。

小 媳 妇　这会，不能开了。（对警察）请你们先把人押走。

〔此时，谁也没料到，小六九疯了似的奔进了院门，他口中叫着："妈！妈！"扑了上来。

二　　妞　六九！妈在这儿，妈想抱抱你……（想抱孩子，但手上戴着铐子）

水 三 儿　（先是惊呆了，旋即明白过来，抱起小六九，凑到二妞面前）亲！六九！亲亲你妈！

〔六九的小嘴在妈妈的脸上用力吻着。

小 六 九　（举起手中的眼镜）妈！您的眼镜，判作业时得使。（接着，他伏在母亲的耳边，小声地诉说着什么）

二　　妞　（惊慌地）别！好孩子！别！听妈的话，不能那样……

警　　察　（心情沉重地）走吧！

〔突然，小六九用力搂抱住了警察的两只胳膊，嘴里狂喊着："妈！快跑！你快跑！"警察并不去挣脱，仅是同情地看着孩子。

二　　妞　六九！听话！快撒开！等着妈，妈早晚会回来。

〔六九困惑地撒开了手，扑在水三儿怀里哭了。

警　　察　（仍是沉重地重复着）走吧……

〔二妞被押走了。

〔水三儿领着小六九追出门去，在院门口望着……

〔小媳妇刚欲进里院，吴七几步追了上去。

吴　　七　（手剜着小媳妇的脸）明说了吧！你就是为了要占我那几间房，才把我撵走的。这阵儿，你的侄子还住在那儿。我要告你！一辈子告你！我崩苞米花儿跑遍北京城，我有嘴……

小 媳 妇　（刻毒地）我真后悔！当初借着那个乱劲儿我应该把你们都轰走！

〔胡同里突然传来了汽车喇叭声。一个二十多岁的小伙子，耳朵上夹着根过滤嘴烟卷，一边退着步，一边扬着手臂指挥着倒车："倒！倒！好咧！"汽车刹车声传来的同时，一辆车身上漆着蓝白道的火葬场运尸车停在了院门口。接着，指挥倒车的小伙子和另两位年

　　　　　轻人大步进院门。三个人都是膀大腰圆，浑身力气。

甲　　（从兜里掏出一个卷了边的破脏本，翻动着。嗓门像大喇叭似的）这儿是小井胡同七号吗？

石 掌 柜　（迎上去）七号，不错，您哪！你们是……

乙　　火葬场的。（大拇指往肩后一翘）拉尸车！

甲　　（仍是低着头翻本）谁叫王宝德？

小 力 苯　（疑疑惑惑地）我，我叫王宝德……

甲　　你给火葬场打的电话？

小 力 苯　没有呵！我们没死人，打的哪门子电话呢？

甲　　（又翻翻本）你媳妇周淑英在哪儿？

小 媳 妇　我就是！

甲　　你就是？（上下打量着）怎么又站起来啦？（大拇指往肩后一翘）上车吧！

小 媳 妇　我凭什么上车?! 我没死！

小 力 苯　这是怎么说话的……

乙　　（一把揪住了小媳妇的脖领子）没死人你们打电话叫车……

甲　　（逼到小媳妇面前）少废话！你叫周淑英不是？拉的就是你！上车！

丙　　（跟上）甭跟她啰唆，死活拉她走！

小 力 苯　这几位同志，我们确实没打过电话……

甲　　（斩钉截铁）不可能！（拍着那个小脏本）门牌、号数、性别、人名都没错儿！

乙　　跟火葬场开玩笑，没门儿！（指着小媳妇的鼻子）我们这车，没跑过空趟儿！油钱、工钱，哪儿出?! 是死是活得拉回去一个！多少正经死者拉不过来，你们这儿拿人要着玩儿！

小 力 苯　这几位同志，这么办：该多少钱，我们出！我们交钱还不成吗？你们几位受累了……

甲　　交钱？噢！不拉你们的人收你们的钱？那叫为人民服务吗?! 有话，跟我们头去说！（吼叫着）上车！

乙　　（指着小媳妇）早就听说你在这片顶霸道！告诉你，逢年过节就来拉你！哥几个！（大声）起！

〔甲、乙、丙七手八脚地把小媳妇架了起来。小媳妇喊叫着、挣扎着,但毕竟拧不过几个小伙子。

小 力 笨　(追到妻子面前)我倒霉就倒在你身上!这些年,我算看透了你!你真不是东西!你把老街坊们都给我得罪了!(一甩袖子)拉走吧!拉走!我不管!我不要了,咱们离婚!(气得走进夹道)

〔火葬场的车,响着喇叭开出了小井。

〔石掌柜"嚓"地划着根火柴,点上支烟。眯缝着眼睛望着移动的车身。

吴　　七　(对许六)许大哥,小井真出了高人啦!这回非给她撂高粱地里不可!你说,咱们怎么就想不到呢……

〔大牛子十分激动地跑进院门。

大 牛 子　石爷爷,听说了吗?!听说了吗?!(强控制住自己,伏到石掌柜耳边神秘地轻声诉说着)

石 掌 柜　(脸上出现了异乎寻常的激动,嘴角的肌肉在抽动)啊?!

〔人们从大牛子与石掌柜的脸上看出:大牛子带来了令人震惊的喜讯。

〔大牛子伏在水三儿的耳边诉说着。

〔小井人民,一传两、两传三……到处是叽叽喳喳的耳语声。

石 掌 柜　(声音在发抖)大牛子!你说的,是真的?!

大 牛 子　那还有假?您听!

〔远处,隐隐约约传来了爆竹声和锣鼓口号声。

〔鞭炮声、锣鼓声越来越响、越来越响……

石 掌 柜　(眼眶中忽地涌出一股泪水,喊声比天都大)大牛子!给石爷爷打酒去!

〔就听刘家的屋门"咣"地被推开了,刘家祥拖着一只断腿,倚着门框站在屋门口。他先是想笑,他脸上的肌肉抽动着,但最终却呜呜地哭了起来。边哭边喊叫着:"三哥!三哥……"

水 三 儿
吴　　七　(几乎同时喊道)大牛子!给爷爷们打酒去!
许　　六

〔锣鼓与鞭炮声响彻云霄。

〔大杂院里的人们沉浸在一种远涉苦海、爬上堤岸的狂喜之中。

——幕　落

第五幕

时　　间　一九八〇年夏末。黄昏。
　　　　　小井居民委员会即将改选，"民意测验"后的第三天。一晃，又是四年。人家说北京城有五脏六腑、七十二经络，我们这条小胡同就够得上一根细筋、一截儿小拇指头……前年腊月，上边刚开了个"三中全会"，下边的街面上马上就开始哄嚷：敢情那"真理"的标准在"实践"哩！这下可捅着根儿了！瞧这二年！名不见经传的小井简直像个二婚的大老爷们儿！它又一次沉浸在醉人的眩晕和喜庆之中。过去的酸甜苦辣，毕竟成了过去……

地　　点　北京，小井胡同。

出场人物　刘家祥，石掌柜，水三儿，小环子，七十儿，石嫂，大牛子，吴七，小媳妇，陈九龄，刘嫂，九嫂子，小妮儿，老曹，小六九，许六，春喜，小力苯，卖油的老乡，换房者甲、乙，市场管理委员会的小伙子

场　　景　落日的余晖给整个小井胡同染上一层橘红。白天热了一天，这会儿刚刚凉快下来。晚饭之后，手脚勤快的人把凉水泼洒在街面上，胡同显得格外干净清爽。偶尔飘来一阵儿小风，带着股湿乎乎的凉快劲儿，让人感到那么舒坦！
　　　　　小空场里，那棵大伞似的老椿树，像小井胡同一块历史的碑石，像一位饱经沧桑的老者，依旧精神矍铄地竖立在那里。它那枝叶繁茂的树头，为半条胡同洒满浓荫，固执地庇护着小井的老街坊们……忙碌了一天的人们，手提着马扎、小凳，陆陆续续走出街门，坐在树荫凉里聊天、解乏。表面看，人们的心情像往常一样平静，其实，心里都在惦记着居委会改选的命运——"民意测验"，已经三天，上边怎么还不见回话呢？
　　　　　与第一幕时相比，胡同显得顺眼多了：柏油小路代替了坑坑洼洼的土路，加之地震震坏的院墙与门楼早已经过修缮，看着很齐整……但又总让人感到，胡同好像比以前窄了，上山下乡的孩子们差不离

都办回来了,屋子不够住,房前屋后不得往外接吗?偏厚子、小厨房,像雨后的小蘑菇似的顺着胡同的墙根儿蹿起了一长溜儿……是窄了。

自打阳历年起,"小井要搬迁"的喜讯就像一股子春水涌进了小胡同,滋润着一片片干渴的心。喜讯给人们带来了多么大的欢腾和希望呵!它简直像是一只孩子的小手,轻轻地抚搂着老街坊们的心坎儿……但随着时间的推移,人们心里又犯开了嘀咕,那喜讯仿佛是一朵祥云,它在小胡同的脑瓜顶上飘了一阵子,在老街坊们心头留下一道希望的余波,要飘走!要消失……能吗?不能吧?

不知什么时候,"小井胡同"的搪瓷牌子挪到了小空场里,红底白字的新牌替代了老年间蓝底白字的旧牌。牌上的红漆那么醒目!它镶在古旧的小胡同里,像是在素朴的山水画中贴上了一块红胭脂。淘气的孩子们给红牌子摔上了一块块的"胶泥瓣儿",用"绷弓子"绷出了一朵朵的白瓷花……于是,这胭脂似的新牌子很快就被古老的小胡同吸收了、溶化了,溶化到足以承担它三四十年的丰富内涵……

"魏宅"的后门早已堵死。七号——大杂院里,高矮不一地新竖起几根电视天线。讲究的,用的是那种多单元抗干扰的线组;凑合的,用一根钢筋接成个封闭的扁圆。顶不顺眼的,是五十年代残留下来的一种矿石收音机的天线。它简单到不能再简单——一根竹竿子捆着个破旧的铁笊篱,直插在半空里。人们好像是有意把它保留了下来,以记载时代的变迁。

不远处,仿佛是从胡同南口飘来了电吉他和琵琶齐奏的一支流行乐曲。典型的时髦西洋乐器和古老的中国民族乐器合奏,显得不大搭调。但曲子很轻松,没有让人不舒服的感觉。

胡同北口,早年间的小市,时隔三十年变成了新辟的自由市场。"嗡嗡"的人声从那里隐隐传来。背着口袋,提着秤、挎着鸡蛋篮子的农民,偶尔吆喝着从舞台上走过。他们打算在奔澡堂子投宿之前,把剩下的那点农副产品打发出去。市场很活跃:虾、螃蟹、活鱼、鸭梨、"一品五香面儿"……东西全,成色也地道。

整个气氛,让人感到一种苦斗后的安闲与疲乏;一种新的希望的复苏与萌发。

〔幕启：七号好像也在盖小房，贴着刘家的后墙山新挖了一圈地基。麻捣、二齿子、灰槽子散乱地扔在那里。

〔电线杆子跟前的路灯下摆着个棋盘。年过花甲的水三儿坐在"红方"的位子上，眼盯着残局正在苦思对策。他一边轻轻地哼唱着《空城计》："……我有琴童人两个，我是又无有埋伏又无有兵……"一边有板有眼地摔打着手里的棋子儿。"黑方"的位子上没有人，只是摆放着一个空马扎，看来对手是临时有事离开了。

〔石掌柜手捧着半导体收音机，眯缝着眼靠在帆布躺椅里，正在欣赏刘兰芳的《岳飞传》。今天播讲的段子是："东窗下秦桧夫妻设计，风波亭岳飞父子归神。"石掌柜身边的小凳上，放着个茶杯。

〔刘家祥穿着双拖鞋，胳肢窝里夹张小报，手里端着个茶缸子走出院门。

〔收音机里的《岳飞传》告一段落。女播音员："传统评书《岳飞传》，今天就播讲到这里……"

石掌柜　（"啪"地闭掉了半导体，睁开眼睛往四下里一撒眸，想找个知己的人聊聊听书的感想。一眼看到刘家祥）刘大哥，刘大哥！（欠起身）这朝里要是出了奸臣哪，你再有能耐的人，也施展不开！（指着半导体）岳飞，岳鹏举，就凭那杆枪？！……听着这段书，我心里堵得慌……

刘家祥　那还用说吗？到什么时候，奸臣当道也太平不了。您甭说这么大个国家，小井小不小？（伸出小拇指）出了这么个……"四人帮"那阵儿，好劲！（坐在棋盘边的马扎上）

石掌柜　刘大哥，说真的，我真想给咱们政府写封信。叫他们上边立个章法。让有能耐的人都施展开喽！中国，有的是能人……

刘家祥　是要改章程！（举起手里的《参考消息》）您瞧，您瞧这小报上！石油部长给撸了！

水三儿　撸得好！草菅人命，该撸！瞧这劲头儿，上边这回下狠碴子啦！要不怎么连居委会都让大伙选举了呢……

石掌柜　他三大爷，您坐过来，坐过来！（端起杯子，腾出小凳）我这正想找俩过心的人掂对掂对。(见水三儿没动,凑过去,小声地)您给我个底,这回,(伸出小拇指)她这个主任,真能下了驾吗?

刘 家 祥　(满不在乎地)真是的! 您有什么不托底的? 这是大伙选的! 噢,选了不算? 合着拿大伙耍着玩儿? 那还叫什么民主啊?

石 掌 柜　(又转回来了,脑袋摇得"拨浪鼓"似的)刘大哥,我截您一句,这事儿(斩钉截铁)难说! 三天了,上头为什么还不见回话呢? 我再问您一句:要不是老曹亲自在这儿坐镇,选举不得泡了汤?! 刘嫂,就凭刘嫂能上得去? 他三大爷,有这么一说没有?

〔小环子晃晃悠悠地蹬着一辆破平板三轮,嘴里哼哼唧唧地唱着:"幸福不是毛毛雨……"走了过来。他脑袋上扣着一顶皱皱巴巴的小白帽,一件仿着公家售货员做的白褂子既不浆又不烫,皱皱巴巴地箍在身上像是一捆咸菜。他的左胸口居然也托人绣上了"保障供给"几个小红字。身后的三轮车上扣着个顶大的玻璃罩子,罩子里摆着整盆的凉粉。看见下棋的,他停住了"幸福不是毛毛雨",用起哄的口吻喊着:"拱! 拱嗨! 拱边卒!"下了车。

水 三 儿　(接着石掌柜的话茬儿,不好生驳)你要那么说,倒也是,不批下来嘛! 心里老是个事儿……

石 掌 柜　(赞同地)结了!

小 环 子　这就如同涨工资。只要钱没搁进您兜里,您就先别自个儿哄着自个儿乐。小井搬迁,打去年腊月横就哄嚷,哪儿呢? 那搬迁在哪儿呢? (顺手偷走了水三儿一匹马)

水 三 儿　(大近视眼,没看见,不爱听)你甭这儿瞎打岔! 给你个竿儿你就爬过来了。(转对石)他石大叔,话得两头说。不是"四人帮"那阵儿啦! 小媳妇,她捣不了蛋!

刘 家 祥　(赞同地)对喽! 这话对! (伸手从小环子上衣兜里摸出水三儿那匹马,摆在棋盘上)小环子,(玩笑)你小子这阵子可够忙活的! 告诉你说,悠着点劲! 不定哪天又拉你小子资本主义尾巴! (与水三儿朗声大笑)

小 环 子　(比谁都明白)您还真别拿实话当瞎话说,我是见好就收……

刘 家 祥　石大哥! (递过《参考消息》)踏踏实实地看您的小报! 七点不是开会吗? 老曹一到,就全明白了……

小 环 子　老曹？您还提老曹？刘大叔，不是我跟您扳杠，（伸出小拇指）小娘
　　　　　们儿，不是善碴子！她下来了，可老曹，老曹要调走！贬到天堂河，
　　　　　看犯人……

〔几个老头心里"咯噔"一下子。

石 掌 柜　（更坐不住了）我说什么来的……

刘 家 祥　咳！您听他的?！小环子，撒尿和泥的主儿！

小 环 子　啧！信不信在您。这半年，小环子没说过瞎话！

〔人们心里都有几分疑惑。

〔此时，刘嫂提着个暖壶走出院门。

〔小空场里突然静了下来。

〔刘嫂径直走到水三儿面前，为水三儿续上水。

水 三 儿　（憋不住了）二妞她妈，你这主任什么时候升堂，头一道官司可就是
　　　　　吴七！吴七那户口，吴七那房……

刘　　嫂　三哥，平心说，我还真有点打怵……

刘 家 祥　（不爱听）啧！又来了不是?！……

石 掌 柜　（急了）嫂子，大伙儿好容易有了这点盼儿，咱们可不能打退堂鼓！
　　　　　本来人家那边劲头就顶大，您再一含糊……

刘　　嫂　石大哥，不瞒您说，为这档子事，我这几天没怎么合眼。别看居委
　　　　　会这个衙门比芥菜籽儿都小，可它一手托百家。再者说，小媳妇上
　　　　　上下下都有人，我底子又那么薄，就解放初期扫盲那阵子扫了一下
　　　　　子……

小 环 子　大婶，您怎那么死心眼儿?！咱们干不坏还干不好吗？甭说这么个
　　　　　居委会，他就是派我上联合国，今儿晚上通知我，明儿早上我就敢
　　　　　走！小媳妇的气您还没受够？我告您说，进了金銮殿头一道买卖
　　　　　就是把小兔崽子拾掇了！这叫为民除害……

刘 家 祥　（见刘嫂仍是不松口）二妞她妈，你是顶明白的主啊！多少该办的
　　　　　事儿卡在居委会那个戳儿上！吴七，吴大哥一天两趟去上访站，你
　　　　　不是不知道！小媳妇把人家撵走，占了人家房，凭什么不给人家
　　　　　腾？上边有文件啦！一家四口，户口报不上，（指着院门口）挤在咱
　　　　　们那个防震棚里，那是厨房！

石 掌 柜　（伸出小拇指）居委会的官印成了她们家的手戳儿，大事小事她跟

咱们过不去。(手指着院门)我那一间半南房,打许六搬走没赁过人,“文化大革命”,造反有理,她愣在我这儿造出个“红医站”……就连生孩子要个指标、换季分个炉子票她都看人下菜碟儿!刘嫂,(实在不知怎样表达自己的愿望才好)你,你真的用石大哥给你鞠个躬吗?(拉开了架势)

刘　嫂　别!石大哥!您别!我听你们的劝,晚上开会再说。可偏偏在这日子口儿,老曹要调走……(进院)

〔小胡同里又一次静了下来。

〔胡同北口,卖香油的吆喝声正由远而近飘来。随着喊声的移动,一个油贩子推着辆自行车从舞台上穿过,自行车货架子上挎着两个柳条编的油篓。油贩子操着浓重的河北乡音吆喝着:“打香油噢!”那种单调的叫卖声凭空为人增添了几分烦躁。

〔小环子不知趣地替水三儿往前蹽了步马。

小环子　怎么着?刘大叔?走啊!别相面嘿!(用手摸摸对方的老将)要凉!(学着日本电影《追捕》的插曲唱了起来:“车没啦!你的车没啦——车没啦,你的车没啦——我的马,我的马踩住了你的车……”

刘家祥　(一股无名火拱上脑门儿,“哗啦”一下子把棋盘抚搂了)去去去!没人这他妈哄你玩!

〔小环子掸掸屁股上的土,站起身。

小环子　嗨!怎么碴儿?至于吗?大不了不就丢个马吗……

〔推起车,唱着“车没啦——”下。

刘家祥　(为老曹要调走的消息始终在烦恼,嘟嘟囔囔地)改选,改章程,改章程讲究喊里咔嚓。(心里开始烦。站起身,瞧哪儿哪儿不顺眼,对着挖了一半的沟槽子)这叫他妈干活呢!拨一拨,转一转……(冲院里喊)大牛子!大牛子!

〔大牛子耳朵上夹根烟卷,光膀子穿件建筑工人的工作服,脚底下一双拖鞋,懒沓沓地扛着个梯子走出院门。

刘家祥　(气囔囔地)你扛梯子干什么?

大牛子　(嘴对小井胡同的搪瓷牌)缕着后山盖房,不得把人家这牌子起下来吗?

刘　家　祥　趁天没黑还不赶早夯地！人都请好了，明儿这房怎么盖？地基不
　　　　　夯瓷实喽，盖出房子猴顶灯，山墙下沉！

大　牛　子　您跟我火什么？

刘　家　祥　我这是教育你！给别人干活更不许糊弄！吴七这间房一起来，只
　　　　　要报上户口，搬迁就有他一单元。（失望地）你不如你爸爸！你爸
　　　　　爸帮朋友办事没让我这么着过急。（越想越急）瞧你那双鞋，像干
　　　　　活的样儿吗？卖秫秸哪？！你老站那儿！

大　牛　子　挤对我，就会挤对我！（忙乱中拖鞋掉了一只）
　　　　　〔陈九龄抱着个抬夯走了过来。

陈　九　龄　（喊着）大牛子！大牛子！接爸爸一把。（见大牛子没动）这小子，
　　　　　真他妈豁出你爸爸去了……

大　牛　子　您那么有能耐的主儿，还用别人接？！砸槽子得用蛤蟆夯，您生给
　　　　　换个抬夯来……

陈　九　龄　小子，我早看出来了，你瞧不起你爸爸……

大　牛　子　我敢瞧不起您？您到哪儿都是好样的！这叫盖房？刨个坑儿，往
　　　　　上垒砖头，这纯粹是砌鸡窝！要什么没什么，铅坠儿、担子板、水平
　　　　　仪……

陈　九　龄　靠水平仪？小子！那不叫瓦匠！靠眼！还担子板儿、铅坠儿？我
　　　　　给你借他妈个原子弹来，你也盖不起这间房！活儿好活儿赖是咱
　　　　　们这片心，你心没在这儿！早奔天坛北门了！那儿有人等着你！
　　　　　你爸爸知道那是什么滋味。小猫子抓心似的，对不对？！浑身发
　　　　　热，对不对？！我明跟你说，那丫头，不行！光双眼皮儿就拉了两
　　　　　回，快他妈拉成花卷了！那不是过日子的主儿！

大　牛　子　您有完没完？有完没完？

陈　九　龄　看不起你爸爸？儿子！你爸爸上过新疆！新疆，去过吗？新疆还
　　　　　得奔西！

大　牛　子　（揶揄地）那是伊拉克。

陈　九　龄　甭这儿打马虎眼。差一点才是伊拉克呢……

大　牛　子　我问您，您上新疆干吗去了？嗯？说呀？

陈　九　龄　干吗去了？建设兵团！军垦！

大　牛　子　军垦？军垦一人发身屎黄，还打上号？

陈 九 龄　我们那叫兵团！兵团就得发黄衣裳！怕人跑喽，就得有号！（发现不对）嗯？谁跑了？告诉你说：陈九龄到哪儿都是好样的！种菜，一眨眼，菜秧都冻死了，陈九龄栽啦？什么话呢！和泥，捏成小窝窝头，（连说带比画）太阳一下山，一棵小苗一个，嗨，扣起来！到我走那天，大个子队长抱着我脖子哭了……

大 牛 子　（不爱听他爸爸山哨，转对刘家祥）爷爷，我跟您说实话吧！这活儿，干不干不吃劲！我听说呀，咱们这小房，要吹！

刘 家 祥　谁说的？

大 牛 子　"区爱委会"不是有小媳妇一个侄子吗？她上那儿给咱们捅了……

刘 家 祥　捅了又怎么的？捅了也得盖！你甭这儿找辙……（大牛子嘟嘟囔囔地辩解着）

　　　　　〔吴七左手提着个中号塑料桶，里边满满一下子啤酒；右手拎着个特号草包，里边装着切面、木耳、黄花、豆腐泡等打卤用的作料，急急忙忙地走了上来。

　　　　　〔人们纷纷凑了上去。

刘 家 祥　怎么样？今儿个怎么说？

吴 　 七　今儿没白跑，我把根儿捯清楚了。我那户口，上访站批给了市里，市里已经通过区里批给派出所了。东西现在就在派出所。按手续，派出所送给居委会取个旁证材料，然后一层一层盖上章发回青龙县，就办准迁证……（举起草包）小九！把东西拿进去！我这就得奔派出所……（陈九龄与大牛子进院）

水 三 儿　你得吃口东西啊！明儿不成吗？

吴 　 七　明儿？拖过明儿就悬！上访站说了，遣返人员的户口，月底冻结……我这几天，又奔户口，又忙房，急得我满嘴燎泡，嗓子都哑了……

刘 家 祥　
石 掌 柜　（同时）吴大哥，让他们跟个人去？

吴 　 七　不用！（站住了）不用了。刘大哥……几儿我把户口落上，我请客。咱们老哥儿四个喝一顿……

　　　　　〔大伙儿的眼圈红了。

刘 家 祥　（不敢再看吴七）喝一顿！喝一顿……你落下户，我们老哥儿几个给你接风，喝一顿……

吴　七　　（感激与酸楚涌上心头）刘大哥，甭难受。你们对得起吴七。你把二妞、六九她们娘儿俩轰进防震棚，反倒给我盖新房。二妞复婚了，姑爷的对调眼看就办成了，我能落忍吗？再者说，我有房，我那房是解放后买的，三十五匹大五幅布！那是我一个汗珠摔八瓣挣来的！这回要不把她告下来，我"吴"字倒着写！（下）

〔小环子骂骂咧咧地推着车又转回来了。

小 环 子　　……小娘们儿，真他妈不是东西！"文化大革命"，我给她上了点眼药，她记我一辈子！（从口袋里掏出个脏卡片儿）领这么个执照，填他妈六回表。还要检查身体，抽血？就我这样的，抽两罐子血还不得变成瘪臭虫？（擤了擤鼻涕，往褂子上抹抹）不是挤对我吗？我他妈一分钟都不让你踏实！（从兜里掏出一卷黄纸条子）刘大叔，念念！给你们老哥儿几个念念！

刘 家 祥　　（接过条子，念）换房启事？！户主，周淑英……？

小 环 子　　小媳妇。（掏出支烟）

刘 家 祥　　（接着念）现住小井胡同，北房三间，面积四十二米。因工作单位在海淀，括弧，丈夫在丰台，括弧完了。来往交通不便，想在海淀、丰台一带换房。面积、采光、上下水道……所有条件全不计较。因我上中班，有同意对换者，务请于夜里十点至十二点到小井三十七号接洽……

小 环 子　　您再看看底下那行小字儿！

刘 家 祥　　（念）星期日全天在家，昼夜接待。

小 环 子　　（把条子收回）往城里换三间大北房，谁不眼热？小子！我有的是工夫！丰台、海淀、东西城，哪儿人多我往哪儿贴。到夜里十点就有人来砸门！小王八蛋，甭想睡一宿踏实觉。

〔换房者甲、乙上。看长相，二位好像是哥俩。听口音是从京西来的。甲推着辆水管架子自行车，货架子上夹着个旧饭盒，乙左手举着个黄纸片儿，右手拿着个摔得只剩半片镜片的眼镜，异常疲乏地走进小井。

乙　　　　（走到七号门口，站住了。看来是个大近视眼，他低下头，鼻子几乎贴在纸片上看着上面的字儿，又抬头望望大杂院的门牌。

甲　　　（停下车,胳膊肘支在车座子上）老四,那是几号?

乙　　　（看着门楣上的牌子）哥! 看不清!（举起破眼镜,透过那半片镜片儿望着）好像有个七字。

甲　　　（有点不耐烦了）条上写的是几号? 我记得是三十七号!

小 环 子　（明白了,凑过去）二位,怎么个意思? 闻什么呢?

甲　　　师傅,借光,三十七号在哪儿?

小 环 子　你找姓什么的吧?

乙　　　周,周淑英。

小 环 子　噢! 认识! 认识!

甲　　　（忙给小环子递过火）不瞒您说,我们打海淀来。（举过条子）找这位周同志,联系换房的事儿……

小 环 子　噢!（眼珠子一转）哎呀,你要是昨儿来嘛……

甲　　　（火燎了屁股似的）今儿怎么啦?

小 环 子　今儿倒是也不晚,你就是得绕点远儿。胡同拐弯挖沟呢。这么着吧:（手往北一指）你顺这儿往北,穿过自由市场,见口一直奔东,扎到底,过俩红绿灯。多会儿瞧见一溜儿垃圾桶,您就往南拐。记住喽,什么时候看见天坛东门,您再下车细打听……

乙　　　（不住地点着头）照您这么说,道儿不近哪。（拍着破饭盒）我们哥儿俩下了夜班没住脚,（举举破眼镜）道上还出了点错儿……

小 环 子　反正你这么说吧,您脚下快点蹬啊半个钟头的道儿。

甲　　　老四,三十六拜都拜了,就差这一哆嗦了。走! 上车!
　　　　〔乙蹿上甲的货架子,随着一片急骤的自行车车铃声,两人飞出了小井胡同。

刘 家 祥　（被小环子弄迷糊了）你小子这是?

小 环 子　我支他们哥俩绕着南城转一圈儿! 把他们肚子里那点火拱上脑瓜顶儿! 见了小媳妇的面儿,她要敢说没换房这回事儿,这哥俩能把她吃喽!

刘 家 祥　（手指头点着小环子的脑门儿）你呀! 小环子! 你他妈,你,你真是个人物! 明儿哪儿开个缺德学校,你能当校长!

小 环 子　刘大叔,亏你学过合二而一。您这么看人,这叫缺少马列。年轻的时候,谁也免不了跑几步瞎道儿。小环子,有知识! 开会、学习、新长征,不许随地吐痰、买油饼要排队,保持咱们那点斗争性,去掉咱们那逮谁咬谁的毛病,小环子懂! 小环子也在进步! 治小媳妇,不应该吗?

〔马德清的儿子七十儿从北口走来。

小 环 子　(羡慕地看着七十儿那身知识分子打扮)怎么着? 大记者! 落实政策补您多少钱? 我那天替您算了算,(五指伸开,一反一正翻了一番)这个数,打不住! 怎么样? 娶媳妇吧! 早知道这样儿,我当初也他妈当右派,看错了一步! ……带家伙儿没有? 装点凉粉……

七 十 儿　(笑了)不啦! 不啦! 大热天,你挣两钱儿也不容易……

小 环 子　不容易? (站起身,得意地笑了)大记者,(拍拍破平板三轮的车座子)瞧见没有? 干别的不行,讲赚钱,小环子顶他们俩! 瞧见没有? (拍着胸口上的小红字儿)小环子,有知识! 新长征路上的个体商贩! 说真格的,要不是小媳妇卡着我,我能买飞机!

〔石掌柜突然在远处发现了什么,使劲咳嗽了一声,大家停住了议论。

(小媳妇领着刚才那个油贩子从南边走来。油贩子推着空自行车,眼睛乐成了一条缝。

小 媳 妇　(亲昵地)甭用开条,我领你去,他必得安排你住下。省得您去蹲澡堂子……

油 贩 子　……大侄女,我那点油,成色是差点劲。不行你就落个价儿……

小 媳 妇　二叔,甭用落价儿,我能给您打发出去。刚才我跟街坊们都说了……二叔,说白了吧! 这三两天之内街道要改选。借帮您卖油这个碴口儿,我也想试试我说话到底还算不算数! (一眼看到了七十儿)哟! 这不是马保国同志吗? 又上我们小井扎根串联来了?! 您给报社写的那篇稿子能不能让我们瞧瞧?

七 十 儿　当然可以!

小 媳 妇　虽说您给我们居委会封成是彻头彻尾的假典型,可我们想知……

七 十 儿　假典型不是谁封的,是你们自己走出来的。这些年小井居委会都干了些什么,你们自己清楚:六六年马德清的死,居委会有责任;"文化大革命"中,陈九龄确实是造反派轰回来的,你们却给监管部门写信,说他潜逃来京破坏"文化大革命";为了霸占吴七的房子,

你们居然强行把人家遣送还乡……据小井居民的反映,这届居委
会几乎所有的干部,都趁着混乱挤占了别人的好房……

小 媳 妇 你眼中的小井居民指的是谁? 不就是吴七、二姐、陈九龄这帮子人
吗? 我们小井居委会好赖算一级组织,你开了三回座谈会,可连个
招呼都不打。你眼里根本没有这个居委会!

七 十 儿 打不打招呼,找什么人座谈,那要看工作需要。作为报社的记者,
我们只负责如实地向上级反映情况。你如果有什么话要讲,我们
同样可以带上去。

小 媳 妇 (无言以对,转对小环子)你怎么又跑这边来了? 市场管理委员会
不是给你们划片了吗?

小 环 子 ……我上厕所,起这儿路过。

小 媳 妇 你老有辙。你检查身体没有? 等我有了工夫咱们再谈。

〔小环子推起车,把大拇指伸到七十儿面前,拉着七十儿下。

小 媳 妇 (看着刘家新起的地基)刘大叔,您这是帮吴七盖的房? 您真是帮
忙帮到底,做人做到家! 照说呢,街里街坊的,困难嘛,大伙儿都该
搭把手。可我听说呀,吴七那户口报上报不上吃不准。我这两天
忙,忘了通知您了,上边规定:从昨儿起,不许再盖小房。您这地基
得填。还有呢,您那个防震棚正堵着防空洞,咱们“五七”厂打算把
防空洞改成仓库,您那棚得扒……

刘 家 祥 (软硬不吃)大伎媳妇,我这是跟您请示:依您看我住那几间房是不
是也扒喽?

小 媳 妇 我可是一片好心!

刘 家 祥 那是! 那是! 没您这片好心,小井这些年不会这么热闹。您等等
再走! 我记得我那咸菜缸底下好像压着个当年红卫兵的箍儿。
(站起身)我给您找找,找找您戴上! 戴上威风……

小 媳 妇 (恼羞成怒)刘大叔,您可真是个爱乐的主儿,今儿晚上您可不许
哭。听说呀,咱们那个曹青天调走了,难受得我一宿都没合眼……
(转对油贩子)二叔,咱们走!(两人下)

〔小媳妇那板上钉钉的口吻弄得人们心里更加疑疑惑惑。

〔吴七从胡同南口沮丧地赶了过来。

吴 七 三哥! 刘大哥!(声音在发颤)我那户口,悬了……

石　掌　柜　怎么呢？派出所怎么说？

吴　　　七　派出所说，材料早到居委会了。东西压在小媳妇手里。那户口，眼
　　　　　　看就过日子了……（要哭）四年，溜溜四年啊！该花钱的地方，我都
　　　　　　花到了，状，我也告了，两份状子，石沉大海……

刘　家　祥　吴大哥，您坐下，坐下听我慢慢说。您这户口、房子，小媳妇不一定
　　　　　　卡得住。吴大哥，我不是给您宽心丸吃，上礼拜五，我找了一帮人
　　　　　　又拟了份状子，托老曹递上去了。只要老曹那儿不翻车，事情就许
　　　　　　有门儿……

吴　　　七　（急得手背拍着手心）我的刘大哥，您还没听说吗？老曹贬了，贬天
　　　　　　堂河啦……

刘　家　祥　我也听说了，可我怎么琢磨，怎么觉得不能！那不能……
　　　　　　〔石嫂与九嫂子每人手里拿着个空油瓶子站在院门口。听到老曹
　　　　　　要调走，两人缕着墙根儿想溜过去。

石　掌　柜　干吗去？你！

石　　　嫂　（自知理亏，站住了）主任的一个本家弄来桶香油，自由市场上没卖
　　　　　　出去，让大伙儿去分分……

水　三　儿　好油怎么会卖不出去?! 不定他妈兑了多少米汤！

石　　　嫂　没兑多少，不，刚才我买了一瓶，闻着味儿挺正的。是小磨上出
　　　　　　的……
　　　　　　〔刘嫂拎着个油瓶子走出院门。

刘　　　嫂　石嫂！您看看！这是您买的香油！（举起瓶子）一斤油，一支烟的
　　　　　　工夫分成好几层！您怎那么怕她？

刘　家　祥　嫂子，您真让她欺负住了！（急了）您怎那么大头？真是死虎有余
　　　　　　威……

石　　　嫂　不是那么话说，刘大哥，免气！电视机咱们都买得起，还在乎这两
　　　　　　钱儿吗？哪怕买来就倒土筐里呢，免气！再说，明儿增福结了婚，
　　　　　　大事小事还不是得求人家居委会……她这主任真要是下了驾，咱
　　　　　　们何至于……小姑奶奶，比黄世仁他妈都厉害！

吴　　　七　弄桶假油，胡同里一喊，谁敢不买？谁敢？我想起那年间撒片子来
　　　　　　了……刘嫂，这居委会改选，万一要是闪咱们一下子，吴七可就没
　　　　　　盼儿了……（失望地进了院）

刘家祥　（对石嫂）嫂子，你横是听说改选没批下来，心里打鼓，是不是？人
　　　　受一口气，佛受一炷香！（将军）石大哥长这么大，我就没见他怕
　　　　过谁！

石掌柜　（骑虎难下，合眼撒手）我说，嗨！今儿你要买了这点油，我就把电
　　　　视机砸喽！

刘　嫂　她们欺负人欺负出圈儿去了！理不公的事儿，我着不份儿！石嫂，
　　　　咱们得去找他！

石　嫂　刘嫂，别！两三块钱的事儿，别！再说，你又赶上居委会交印这个
　　　　节骨眼儿……

刘　嫂　当主任，我管；不当主任，该管的我也得管！

陈九龄　上小井卖假油，真他妈会挑地方！刘嫂，我给您保驾！咱们娘儿俩
　　　　走！（跟在刘嫂身后去找油贩子）
　　　　〔小媳妇送走了油贩子，从北口走了回来。

石　嫂　（壮了壮胆儿，迎了上去）主任，不是讲计划生育吗？我们增福今年
　　　　三十四啦，想要个指标儿……

小媳妇　没有房子，怎么批您指标呢？

石掌柜　您看，这"红医站"，什么时候能给我们腾出来呢？

小媳妇　（软硬不吃）你们不是自个儿要把锁撬了吗？这事儿得经法院
　　　　了……

石　嫂　（抱孙子心切）没撬！我们那是气话！说撬，没撬……

小媳妇　跟你们说多少回了，国家有困难。"四人帮"破坏十年，一时半会儿
　　　　不能都解决……（试探地）再者说，居委会要改选了。我这个主任
　　　　也是有今儿个没明儿个的人了……

石　嫂　哪能那么说呀，没功劳还有苦劳呢……

小媳妇　石大叔，您是见过世面的人，石嫂，您也这么大岁数了。咱们不能
　　　　就看二指远，得往远了瞧，民主是得讲，可民主不能没边没沿儿！
　　　　照眼下这么弄下去，不都乱了套了吗？使牲口还得拴个嚼子呢！
　　　　甭说这么大个国家了。政府一时糊涂，右一点，政府不能一辈子糊
　　　　涂，右一辈子。政府早晚还得抓阶级斗争！马德清的儿子上蹿下
　　　　跳，说小井居委会是假典型，单凭这一条儿，就该把右派帽子再给
　　　　他戴上！石嫂，长住了眼，居委会这印，还得交给靠得住的人……

〔吴七、刘家祥、水三儿走出院门。

〔吴七眼珠子上浮动着血丝，迎了上去。

吴　　七　你等等！等等！我那房，你到底打的什么主意？说明白吧！

小　媳　妇　（毫不示弱）你的房？你是谁？你户口在青龙县，我小井居委会，三百一十九户，没有你吴七这一户！

吴　　七　我的户口是你们给迁走的！你们得给我上上！

小　媳　妇　你的事儿归上访接待站管！

吴　　七　上访站？（掏出个条子）上访站一个月之前就批给了派出所，派出所批给了你们居委会！

小　媳　妇　（略一思索）这么着吧：我让居委会给你查查。真要有这么回事儿，下月月初我给你报上去……

吴　　七　下月月初？遣返人员户口落实截止到这月月底！你对我吴七，真是赶尽杀绝呀！我告你说，吴七早就豁出去了！大不了我回青龙县！有吴七在北京，你就甭想踏实了！

〔换房者甲、乙耳朵根子通红，满脸是汗走了过来。

甲　哪位是周淑英同志？

小　媳　妇　我就是……

甲　（递过黄纸条子）我们从海淀来，是来找您联系换房的……

小　媳　妇　（气不打一处来）又是来找我换房的！昨天夜里十一点砸我屋门的是不是你？！（劈手抓过纸条子，撕碎，脸对吴七，咬人似的）我在小井住定了！他就是给我两单元我那房也不换！

甲　嗨？你这人怎回事儿？不换房你满世界贴条子？告诉你，我们是从京西来的！下了夜班两顿饭没吃！刚才一个摆小摊的，又把我们发天坛东门去了！

乙　（逼上去，抖搂着那副还剩一条腿儿的破眼镜）为进城，我差点让汽车轧死！好容易找着你了，你告诉没这么回事儿！你这叫扰乱治安！我是请假来的，这月的奖金白扔了！（劈手抓住了小媳妇的脖领子）咱们找个地方说说去！

小　媳　妇　你们二位等等！（转对吴，误认为条子都是吴七贴的）吴七！好！你真有办法！见天见夜里有人来砸我的门！幸亏了你没户口，你要是有了户口……哼！明说了吧，回函压在我手里，只要我这个主

　　　　　　任一天不下驾,我就一天不能放一个旧警察进北京!

吴　　七　你,你,(怎么解气怎么说)真应了那句俗话了,二婚没好货! 小力
　　　　　　苯离了你,那是他长了眼睛! 那是你缺德缺的! 不进北京城? 我
　　　　　　上法院去告你!

小 媳 妇　你去告! 吴七! 我接着你! 法院也得先上我这居委会来调查!
　　　　　　〔水三儿怒火在心中阴燃着,情不自禁地要往下脱小褂。

刘 家 祥　三哥,不能动手!

石 掌 柜　他三大爷,好男不跟女斗!
　　　　　　〔恰在此时,陈九龄、小环子和市场管理委员会的一个小伙子押着
　　　　　　油贩子,跟在刘嫂身后走了过来。

刘　　嫂　(一手拦住水三儿,一手拉住吴七)大兄弟,你沉住了气。你吃、住
　　　　　　在我这儿,钱不够了,我让二姐她爸跟三哥去补差,也饿不着你。
　　　　　　听嫂子的,你再忍几天……

吴　　七　几天? 嫂子,我一天也忍不了了! 我这就上派出所!(一跺脚,走
　　　　　　出了小井)

油 贩 子　(对刘嫂,满口大姐)大姐、大姐,我那油是兑了米汤。我下回再这
　　　　　　么干,养活孩子让他又聋又瞎,外带着罗圈腿……

小 环 子　上他妈这儿卖假货? 告诉你,我卖假药那阵还没你呢! 你那两下
　　　　　　子,我把你卖河南去,你都不知道,你还得帮我点票子! 你信不信?

油 贩 子　那是啊! 点票子,当然点票子!

管 理 员　(脚下一双拖鞋,胳膊肘下边套着个红箍,始终不抬头,翻动着手里
　　　　　　一个破纸夹子,"刷刷"地写着罚款收据)剩下那油在哪儿呢?
　　　　　　("刷"撕下张收据)今儿先罚你十五! 拿钱!

油 贩 子　师傅! 师傅! 您不能这么办! 您哪能这么办哪? 您哪怕就把我当
　　　　　　成个屁,给我放了得了!

管 理 员　跟我贫是不是?("刷"又撕下一张)态度不好! 三十! 剩下那在哪
　　　　　　儿呢?(推推搡搡把油贩子带走了)

小 媳 妇　(眼珠子红了,但强忍怒火)刘嫂,为了改选,您可真下工夫了。没
　　　　　　想到,您这么会收买人心。怪不得小井上上下下都随着你们刘家
　　　　　　的眼神办事!

刘　　嫂　小井老街坊们的心不是什么东西能买下来的。这些年胡同里的大

小变故，他们亲眼看见了。"四人帮"那阵儿，你领着红卫兵抄家打人，你轰走吴七，气死了马德清，批斗二妞，霸占吴家的房子。"公安六条"上明明白白地写着警长才轰，吴七是巡长！可你们至今卡着吴七的户口，不给吴七出那份旁证材料！

小媳妇　依"公安六条"，吴七是不够大，当初轰他，面儿是宽了点儿。可小结实丢了，这可是实实在在的！孩子至今没下落，案子悬在那儿。您别忘了，"公安六条"可是上头用红笔画了圈的！

刘家祥　凡是画了圈的就不能动？凡是"文化大革命"定的就不能翻？这话我听着可有点耳熟！拨到一块儿一共是两"凡是"！甭管他谁定的，你得拿到老百姓里头试试。合适的接着使，不合适的，就得往下剔！（指着墙上残存的红海洋）就说墙上刷的这红海洋，那上边写的什么斗争为纲，它净出乐子，照样得往下擦……

小媳妇　"阶级斗争是纲"你都敢反，刘家祥，你胆儿也太大了！

吴　　七　（使劲拉刘的袖子）刘大哥！刘大哥！您……

石掌柜　别一着急，说冒了！

刘家祥　冒不了！这阵子我在厂子天天掰扯这点事儿。（对小媳妇）你甭吓唬我，你那是蒙事！

小媳妇　吴七的问题，我是按政策办的。我现在好赖挂着主任这么个名儿，只要让我干一天，我就一天不能放一个旧警察进北京。真要是改选了，换了别人，别人怎么办，那是别人的事儿。我就不信你们刘家能养吴七一辈子！

刘　　嫂　我是不能养吴家一辈子！可小井居委会，政府也不会让你霸一辈子！今儿咱们把话说到这儿了，我就明告诉你：周淑英，你闹不了几天！小井的老街坊们受够了你们的祸害。我就不信政府不听大伙的，我就不信你还能一手遮天！

刘家祥　小结实那点事儿，你咬不住吴七！小结实他丢在我们刘家手里。你甭看你嗓门顶大，你心虚！大伄媳妇，备不住头八月节你就得搬出小井，你信不信？你信不信吧？

小媳妇　（心虚嘴不虚）刘家祥、刘凤珍，我也明告诉你们：政府一时耳根台子软，入了旁门左道，政府不会糊涂一辈子。政府有政府的打算，政府得让大大小小的疖子都鼓出来，疖子熟了才能挤！小井闹事，你们刘家是总根子。你们那点事儿一笔一笔都记在我心里。头八月节搬出小井？不用八月节，今儿晚上你就得填了这地基，扒了那防震棚！（拂袖而去）

刘家祥　（举起刚才剔牙用的小镜子，对着小媳妇的背影用力甩过胳膊）我，我他妈照你！

〔众人都以为刘的镜子要出手，见此状不由得"哄"地笑了。

〔一个卖手套的二道贩子，肩上搭个旧麻袋，嘴里吆喝着："有手套的买！"从舞台上穿过。宁静之中，这种单调的吆喝声似乎为人们增添了一种压抑感。

〔人们的心里都有几分沉重，谁也不再说话。七点快到了，几乎所有我们见过面的小井人民都陆陆续续地走出了街门。他们拿着马扎板凳，来关心自己的命运，来倾听小井居委会改选的最后结果，小环子帽子抓在手中，第一次丢掉了他那嬉皮笑脸的神情，站在人群里。陈九龄、小妮儿、大马、小宋、七十儿、小力苯……都来了，可惜，滕奶奶不在了。

〔谁也不曾料到的是，春喜提着个点心匣子跟在许六身后从北口走来。二十多年不见，春喜也已变成五十多岁的老太太。她走进小井，但当她看到眼面前的老街坊时，又犹豫了。

许　六　……走啊！刚才不是说得好好的吗？

石　嫂　（最先认出）你？春喜！（不记旧仇）大妹妹，你怎么来了？

刘家祥　春喜？（走过去）你，亲家母，您怎么有工夫来啦？

春　喜　来看看老街坊们。刘嫂，当初，我真不该……我想我们小妮儿了，我受不了了……

刘　嫂　（拉着春喜的手）春喜，这是小妮儿。她跟刘丫头都办回来了。小妮儿！过来！叫！（命令的）叫妈！

小妮儿　（走到春喜面前，低下了头）……

春　喜　小妮儿，好孩子，妈对不住你。这些年，我一直想来，可又……今儿个，当着大伙的面儿，你叫我一声，脆脆当当地叫我一声妈，我就是马上死喽，也闭上眼了……

小妮儿　……妈！

春　喜　哎！好孩子，许六，咱们走吧！

刘　家　祥　（与众人死命相拦）别走呵！大老远来去，哪能走呵！

石　　嫂　春喜，别走！我这人，刀子嘴，豆腐心。小妮儿一叫你妈，我这鼻子
　　　　　　特别酸。老街坊了，那阵儿干吗你咬我、我咬你的？也赖我……

春　　喜　石嫂，这些年，说不清赖谁。我像做了场梦，就觉着浑身上下乏，乏
　　　　　　透了……

　　　　　　〔小媳妇和她的侄子以及几个不明真相的区"爱委会"的小伙子，红
　　　　　　箍套在胳膊肘以下，风风火火地走了上来。

侄　　子　谁叫刘家祥？（凑到刘家祥面前）你那个防震棚，是你自个儿拆，还是
　　　　　　我们动手？（不由分说涌进了院子）

　　　　　　〔整个小井突然静了下来。只有电吉他和琵琶的弹奏声隐隐飘来。
　　　　　　〔恰在此时，收音机里传来了"嘟、嘟"的报时的钟声。七点到了。
　　　　　　〔北京站隐约叮咚的钟声又在小井上空飘荡着。
　　　　　　〔远处，突然传来了吴七激动而又沙哑的喊声："开会喽！开会喽！
　　　　　　老街坊们！老曹来啦！到小学开会去喽！"随着喊声，吴七急如星
　　　　　　火地从北口奔了过来。
　　　　　　〔小井的老街坊们纷纷涌出街门，往南口的小学校涌去。石嫂、九
　　　　　　嫂子、陈九龄、二妞、小力苯……就连许六、春喜也纷纷往南涌去。
　　　　　　〔舞台上仅剩下了水三儿、刘家祥、石掌柜、吴七等四个老头。
　　　　　　〔刘嫂最后从院内走出。

吴　　七　老哥儿几个，老曹来啦！诸位，老曹是要调走，可老曹不是受贬，是
　　　　　　提拔了！提到局里当科长了！

众　　人　（惊喜地）真的？

吴　　七　那还有假，（指指自己刚才上场的方向）老曹来了！

　　　　　　〔派出所老曹手里拎着个公文包，怀着无限惜别的心情从北口走
　　　　　　来了。

石掌柜　刘家祥
　　　　　　　　　（同时迎上去）老曹！老曹！怎么着？听说要把您调局里去？
水三儿　吴　七

老　　曹　刘大爷、三大爷，小曹就是来跟老街坊们告辞来啦……（他深情地
　　　　　　望着小井，望着朝夕相处的老街坊们）当年，刚来小井那阵儿，大伙
　　　　　　都叫我小曹，可不是吗？那阵儿我才这么高。哪个嫂子、大婶没给
　　　　　　小曹补过袜子、拆过棉袄？滕奶奶，滕奶奶把我当成亲孙子，吃口

什么差样的,都得给我留点儿……可小曹,小曹给大伙儿干什么了……(眼圈红了)

刘　　嫂　老曹,别这么说……

老　　曹　二十多年了,越处,越跟老街坊们过心。上哪儿找小井这样的老街坊?人这么好,心这么善……(激动地哭了)

刘 家 祥　老曹,你什么样,大伙心里清楚。调到局里,是大喜的事!小井这会儿不还是你管吗?老街坊们再舍不得让你走,也得高高兴兴地送你走……

众　　人　对!

老　　曹　小曹惹大伙伤心了。(破涕为笑)几位大爷,去开会吧!啊?居委会改选的事儿,上边有了回话了。支持咱们的民主选举,(走到刘嫂面前)大嫂,打今儿个起,您就是咱们小井居委会的负责人了。

〔大伙拍巴掌。吴七把两只手伸到刘嫂面前用力鼓着掌。

吴　　七　(实在难以控制自个儿的情感)嫂子,嫂子……(他突然捂住脸蹲在了地上,抽抽搭搭地哭了起来)

〔几个老头"哗"地围上,纷纷劝慰。

刘　　嫂　大兄弟!大兄弟……

〔小媳妇的侄子挟着捆油毡,跟在小媳妇身后走出了院门。

〔水三儿迎了上去,一把揪住了小媳妇侄子的脖领子。

老　　曹　三大爷,撒开!撒开他们!他们不是要拆那防震棚吗?让他们拆吧!该拆!老街坊们早就不该住防震棚了。老街坊们!咱们小井搬迁的事定下来了!

〔众人几乎不相信自己的耳朵,连老曹自己都哽咽了。

〔小媳妇领着她的人气丧丧地走了。

〔小六九飞奔而上。

小 六 九　姥爷!姥爷!法院来人啦!

刘 家 祥　法院?

小 六 九　来了好几个!把小媳妇的门给封啦!法院说,她丈夫那单位给她房了,她愣不搬。还说,三天之内,她不给吴爷爷腾房,公家动手……您听!

〔此时,从胡同南口隐隐传来了小媳妇撒泼的哭声。

〔小井胡同几乎所有的老街坊都跟在老曹身后往南涌去。

〔舞台上仅剩下了刘家祥、石掌柜、水三儿、吴七四个老头。四个老头都已是年逾花甲的老人了。

〔小胡同里彻底地静了下来，安静到了人们的心里。

〔北京站隐约叮咚的钟声从来没有像现在这样清晰地飘荡在小井上空。石掌柜、水三儿、刘家祥纷纷拿起自己的躺椅、小凳、杯子……准备把东西送进院里，去开会……

〔吴七仍在啜泣。

石 掌 柜　（似乎不大相信眼面前的事，嗓音有几分沙哑）他三大爷！改选跟搬迁的事儿，都定啦？

刘 家 祥　（声音在颤抖）是吗？定啦？三哥？

水 三 儿　定了吗？

〔刘家祥、水三儿、石掌柜三个人转到吴七面前。

刘 家 祥　（扶住吴七的肩膀）吴大哥，吴大哥！（掏出块手绢儿，递过去）你不是说，几儿你落上户口，咱们老哥儿几个喝两盅吗？你起来，起来！吴大哥，你是三喜呀！户口落下了，房子还给咱们了，明儿一搬迁咱们还住上了高楼！啊？

吴 　 七　……是啊，这回，咱们齐啦！什么都有了……

刘 家 祥　（感慨万千）是啊，什么都有了，都有了……可是，可是我师娘没了……

〔老人们心里"咯噔"一下子。

刘 家 祥　……（声音开始哽咽）三哥，师娘要是晚走二年，她老人家不定怎么高兴呢……她一准又得哼两句太平歌词……（泪水涌满眼眶）

水 三 儿　……师娘会说：三儿，几儿搬迁，你得把小井这块牌子给我带走……咱们北京城，不能没有小井的字号……（擦着眼角）

石 掌 柜　他三大爷，刘大哥！二位……今儿咱们这是怎么啦？这么喜兴的日子口儿，咱们得乐……（眼角潮湿了）

刘 家 祥　乐……乐……

水 三 儿　我们哥俩这就是乐……

石 掌 柜　……我呀，一听搬迁，就想起了五八年。还记得吧？那年，西院说咱们地底下埋着土炮，我一咬牙，告诉，房子扒喽！扒喽明儿咱们住高楼……

刘 家 祥　还真不含糊!

石 掌 柜　不含糊!那些年啊,生怕别人说咱们落了后,是事儿就想抢到头
　　　　　里。敢情这人哪,脑瓜子一热就容易冒,两腿蹦着走道儿,脚下就
　　　　　断了根,着着实实地闪一下子,还得往回找……那阵儿我就想住高
　　　　　楼,你说!(自嘲地笑了,笑得泪花四迸)
　　　　　〔四个老头同时大笑。

刘 家 祥　没搬迁啊,盼搬迁。临到搬迁了,还真有点舍不得……

吴　　　七　那是啊!故土难离嘛!

刘 家 祥　打这么高就在这条小胡同里爬。一晃,奔七十的人了。经多少事
　　　　　吧!啊?人家说呀,北京城有五脏六腑七十二经络。咱们小井就
　　　　　够得上一根细筋、一截儿小拇指头。这些年,乐子大啦!三十年,
　　　　　溜溜三十年,小井这点乐子,还真有点嚼头。三哥,是这么个理儿
　　　　　不是?

水 三 儿　那还用说吗!咱们中国,是古国。可古国要不正经过日子,光出乐
　　　　　子,照样完。历史上蒙古、清朝两回进了关,可那怎么说是咱们的
　　　　　少数民族,如同没出五服的叔伯兄弟。要是再闹?啊?这回可好
　　　　　了!这回咱们往正道上奔啦!您瞧出来没有,上边这一着一着的
　　　　　棋,多地道!

石 掌 柜　(抢话)三哥!三哥!这国际上啊,也有势利眼!财大,气才粗。往
　　　　　联合国一站,跟外国人一边高,说话才占地方。咱们中国,照眼面
　　　　　前儿这么弄下去,甭说他妈小霸,就是大霸、老霸,它也不敢小瞧咱
　　　　　们!中国人,不含糊!

刘 家 祥　敢情!不含糊!石大哥,可话说回来了。国家富强,不是上下嘴唇
　　　　　一碰就出来了。得真干!别看咱们老哥儿几个退休了,真到国家
　　　　　用得着的时候,照样能伸把手!

吴　　　七　退休退休赶上了小井盖高楼。什么时候小井动工,咱们老哥儿几
　　　　　个都得来补差,有这么一说没有?

水 三 儿　补差!一准来补差!哟!有日子没碰泥瓦活儿了。这浑身上下揪
　　　　　揪巴巴的不得劲,(伸了伸胳膊)不知还能不能抻得动……

刘 家 祥　(一眼看到了墙角的抬夯,目光霎时明亮了起来)三哥,咱们试试?

水 三 儿　试试？

吴 七
　　　　　试试！
石 掌 柜

　　　　〔四个老人围到了抬夯面前，每人扯起了绳子的一角。

　　　　〔刘家祥领夯，水三儿、吴七、石掌柜三人合号子。

刘 家 祥　（嗓音高亢）一座大楼哎！

吴 七

水 三 儿　（合）高又高哎！

石 掌 柜

刘 家 祥　（接唱）没有窗户啊！

吴 七

水 三 儿　（合）那是烟筒啊！

石 掌 柜

刘 家 祥　（接唱）为什么不冒烟儿哎？

吴 七

水 三 儿　（合）那是坏烟筒哎！

石 掌 柜

　　　　　…………

　　　　〔刘家祥突然笑了，几个老头同时笑了。他们笑得弯下了腰，笑得
　　　　松开了手儿，笑得岔了气儿，笑出了眼泪儿……

刘 家 祥　……哈哈哈哈，三哥，缓缓，缓缓！底气跟不上了……

石 掌 柜　看怎么说了！岁数啦！

　　　　〔远处，小媳妇的哭声更加清晰。

　　　　〔舞台上老头们的笑声更加清脆爽朗。

刘 家 祥　三哥！师娘怎么说来的？到什么时候，北京城也不能没有小井的
　　　　　字号！（扶正了梯子）几位老哥哥，扶我一把！

　　　　〔吴七、水三儿、石掌柜三个人扶住梯子，刘家祥颤颤巍巍地爬上了
　　　　梯子。

吴 七

水 三 儿　刘大哥，慢！别磕着！慢！

石 掌 柜

刘 家 祥　……(扭回头)三哥,咱们小井,要是有个会说书的该有多好……

〔舞台上显得那么静,静到能听见几位老人的心跳声,静到能听见起牌子时灰砂撒落的沙沙响声。

〔远处的电吉他与琵琶的合奏更响了。这次,中国琵琶奏主旋律,电吉他在伴奏。乐曲显得那么协调,含蓄,深邃……

〔刘家祥捧着小井胡同的搪瓷牌子,正从梯子上一步一步走下来。一束光打在了"小井胡同"的牌子上,打在刘家祥的身上、脸上。一种极其复杂的情绪涌上了他的心头,一粒明亮的泪珠正在涌出他的眼角,滚向他的腮边……

——幕徐落·全剧终

五幕话剧

下里巴人

姚　远

姚远　1944 年出生于重庆，长于南京。1964 年，作为"知识青年"下乡，去了高淳县永宁人民公社，1970 年进了高淳县锡剧团，1979 年考为南京大学中文系研究生，师从陈白尘教授，1982 年以五幕话剧《下里巴人》毕业，获文学硕士学位。曾任南京军区前线话剧团团长。话剧代表作品还有《商鞅》《沦陷》《马蹄声碎》《"厄尔尼诺"报告》《陀螺山一号》等。

《下里巴人》发表于《剧本》杂志 1982 年第 6 期；同年，由江苏省话剧团首演于南京东风剧场，导演周特生。

人物表

（以出场先后为序）

少女甲、乙

卖鱼者

老　芮——某县剧团食堂炊事员

沙一烽——某县文教局副局长

裘船生——某县剧团团长

周阿鑫——某县剧团演员

黄　炜——某县剧团乐队提琴手

小　兰——林蕙兰之女

上官淑华——女，某县剧团乐队提琴手

马大年——某县剧团演员

冯少春——某县剧团演员

林蕙兰——女，某县剧团演员

庄月娟——女，某县革委会政工组组长

华美芳——周阿鑫之妻

冀玉良——某县剧团乐队司鼓

花经理——邻省某县剧场经理

马小年——马大年的弟弟

剧团演员、琴师、学员若干

上官淑华　（幕前）开场铃已经响过了。和观众一样，我也正等待着大幕徐徐拉开。每到这个时刻，我心里总惴惴不安：台下能有多少观众呢……　也许，今天又来得很少。是的，现在喜欢看戏的人越来越少了，可我却愈来愈爱上了这块小小的天地。有时候，连我自己都奇怪，命运为什么要这样来安排。……那还是在普及样板戏的年月里，我正提着琴匣走向一个偏僻的小市镇……（隐去）

第一幕

〔盛夏某日。

〔一个破旧的祠堂改成的县剧团团址。左侧是两扇包着铁皮、钉着大钉的大门。高高的门槛，大门上贴着的"坦白从宽，抗拒从严"的对联，虽经一番洗刷，还依然清晰刺目。大门外不远处是一个水埠，时而有白的或赭灰的船帆露出河岸，缓缓乘风滑过。右侧是由十分宽敞的头进大厅改建的宿舍，有过道通往里院。靠大门有一小间屋被当作传达室。

〔幕启：老芮赤着膊，吊着个白饭单，下巴颏上还兜着个口罩，斜靠在门边的小竹椅上打盹，手里一把破芭蕉扇无力地搭在腿上轻轻地扇动着。竹椅边的骨牌凳上，搁着茶杯和暖瓶。里院传出锣鼓声、刀枪碰击声、不甚老练的喊嗓音。过路的行人被这多年未闻的喧闹声吸引了过来，好奇地张望着院子里练功的演员们。农村少女甲、乙偷偷地沿着墙根想蹭进大门。

老　芮　（睁开了眼）嗨，出去！

少女甲　嘻嘻，看看嘛！

老　芮　不行，领导要批评的。听见没有？

　　　　〔少女甲、乙只好又蹭了出来。

少女乙　（撇着嘴）唔！一点也不好看。

少女甲　哎！不好看！不打脸，也不穿花衣服。（可还是不走）

　　　　〔一个卖鱼的农民歇下了鱼挑子。

卖鱼者　（掏出一根香烟，递给老芮）师傅……

老　芮　你抽，你抽。（接烟）

卖鱼者　这班子不是说散了吗？

老　芮　散不散，还不在政府一句话。

卖鱼者　一年到头，社员也就是看个回把戏，热闹热闹，哪能不让唱戏呢！

老　芮　（开口想说，冒出来的却是一串咳嗽声）喀儿……

卖鱼者　马上排啥戏？

老　芮　（往门外张望着）《沙家兵》。

卖 鱼 者　(恍然)哦！阿庆嫂、胡司令，还有刁三德……对，好看！锡剧？

老　　芮　京戏。

卖 鱼 者　老锡剧班子还能唱京戏？(向里张望)

老　　芮　(掸了掸营营乱飞的苍蝇，指鱼挑子)几个钱一斤？

卖 鱼 者　扫扫脚，算五角一斤。

老　　芮　(认真地)三角五。

卖 鱼 者　什么年头了？青菜秧还一角一斤呢！

老　　芮　照顾你噢！看这天，鱼晒臭了还有个屁价钱！做生意不在这一回，
　　　　　剧团一恢复，五六十人吃饭，还怕没你的钱赚？

卖 鱼 者　(爽快地)行！剧团的交易，一句话！

　　　　　(挑担进了里院)

　　　　　〔少女甲、乙也想乘机跟进去。

老　　芮　哎，出去！没看见领导来了？(一瘸一拐地跟了进去)

　　　　　〔少女甲、乙一愣，嬉笑着跑了。

　　　　　〔裴船生陪着沙一烽从里院走了出来。裴船生，中等个儿，胖墩墩
　　　　　的，一件圆领汗衫紧绷绷地箍在身上。在他面前，沙一烽显得格外
　　　　　的"小巧玲珑"。人说这叫五小全福相——小鼻子、小眼、小嘴、小
　　　　　手、小脚。可惜他似乎并不全福。靠这副"相"，依然没逃出被下放
　　　　　的"厄运"，从大城市的高级干部层屈尊到这小小的县城出任文教
　　　　　局长，还是副的。名义上是第二把手，但以抓权的本领来论，只能
　　　　　轮到倒数第一把手。满脸刀刻般的皱纹，说明他是个喜欢操劳烦
　　　　　神的人。虽然如此，五十多了依然十分精神。

沙 一 烽　(带着浓重的河南乡音)急啥哩？船到桥头自然直。江青同志说过
　　　　　哩，非驴非马，就让它非驴非马。(摇头失笑)唉！京剧！好在观众
　　　　　也听熟了。先把架子搭起来，戏唱起来，上了路就好了。招考的通
　　　　　知都发了吧？

裴 船 生　时间不等人哎！沙局长，现在不是光差阿庆嫂一个。就算招来了，
　　　　　人一来就能上台？跟上面说说，再延迟个把月……

沙 一 烽　不行！要不为新县委成立，政工组肯下那么大决心来重新组建这
　　　　　个团？有书记夫人坐镇，往哪儿挂个电话就等于是县委书记开口！
　　　　　可不能坐失良机。赶快把下放艺人的名单开给我。明天我就

　　　　　　　　下乡。

裴 船 生　　是喽！

沙 一 烽　　哎，你也动员大家把这环境打扫打扫。你自己看看，（指大门上的
　　　　　　　　标语）这哪像个剧团？毛骨悚然！

裴 船 生　　剧团散伙的时候贴的。触目惊心！唉……（下）
　　　　　　　　〔电话铃响。沙一烽顺手抄起电话。
　　　　　　　　〔老芮嬉皮笑脸地把卖鱼者从里院推了出来。

老　　芮　　算了，算了，常来常往了就是亲眷。五六分钱的交易，你还计较？

卖 鱼 者　　话不能这么说。手里差一分，你戏票也不会卖给我。这是一笔整
　　　　　　　　数哎！

老　　芮　　（威胁地掏出一张拾元纸币）钱我有，找得开？（继续与卖鱼者纠
　　　　　　　　缠）

沙 一 烽　　（对电话里大声喊着）请你大点声，我这里听不清！（对老芮）别闹
　　　　　　　　了行不行！差多少？

老　　芮　　五分！快走，快走吧！没看见领导打电话！

沙 一 烽　　（掏出硬币递给卖鱼者）我这儿有。（对电话）喂……你怎么这个
　　　　　　　　态度！
　　　　　　　　〔卖鱼者下。

老　　芮　　沙局长，跟乡下人打交道，不能这么实在。（从扣在腰带上的钱包
　　　　　　　　里掏出五分硬币，交还沙一烽）

沙 一 烽　　（恼火地冲电话喊着）你要找谁，我帮你找谁，你问我名字干啥！
　　　　　　　　〔裴船生手执名单上。见沙一烽正对电话发火，只得伫立一旁。

沙 一 烽　　（激怒地）你管我是谁？告诉你也不认识，岂有此理！……谁？（一
　　　　　　　　愣，放下电话）

裴 船 生　　（看着沙一烽脸上古怪的表情）找谁？

沙 一 烽　　（大声地）找沙局长！

裴 船 生　　（莫名其妙）……

沙 一 烽　　（对着里院空喊）沙局长、沙局长，政工组庄组长电话！（转回来重
　　　　　　　　新抄起电话，口气尽量缓和地）喂——是我。刚才？大概是个卖鱼
　　　　　　　　的吧……跟他生什么气，人都走了……大家都很努力，哎，我的意
　　　　　　　　见还是要抽调一部分老艺人回来……哪里，哪里，一切还得靠革委

会正确领导。好……再见！

老　　芮　别忙！（抢过电话）庄组长，我是老芮啊，听说老汪同志要当书记了……喂喂……庄组长！（依旧心满意足地放下电话）总机挂掉了。（不识相地）沙局长，你还会唱滑稽戏嘛！喀儿……

沙一烽　（悻悻地）把口罩戴起来！一个炊事员，也给我讲点卫生！

　　　　〔老芮快快地拉上口罩。

　　　　〔公路上汽车鸣笛驶过。

沙一烽　（看了看表）老裘！（接过裘船生手中的名单）我上汽车站去接那个拉小提琴的。你通知一下乐队，请大家一块儿来听听！

裘船生　噢。

　　　　〔沙一烽下。

老　　芮　啐。（狠命扯下口罩）对我发火算什么！有本事去对庄组长耍态度！

裘船生　碰上这个年头罢了，搁在前两年，沙局长是堂堂市委宣传部部长，十二级！她庄月娟算老几？

老　　芮　货卖当时！人家丈夫马上是县委书记了，你十二级又怎么样？不过是文教局副局长，照样吃酸！在汪书记面前，说不定还抵不上我老芮自在。

裘船生　跟你比，你现在是"皇亲国戚"嘞！（径自练起唱来）"想当初，老子的队伍……老子的……"要命的！老都老了，还来学京戏！（颓丧地坐下，发着愣）你说的那个小丫头还没来？

老　　芮　唉，等了一晌午了！

　　　　〔街上传来小贩拍着木箱卖冰棒的声音："棒冰呃，棒冰——"又有板有眼地唱了起来："红太阳，当空照，革命形势无限好！红旗处处飘，棒冰也做得好。香蕉橘子赤豆棒冰各有各味道，吃到嘴里热气消，化到肚里觉悟大提高。先吃一根抓革命，再来一根促生产。坚决打击帝修反小赤佬！"

老　　芮　像是阿鑫的声音嘛！

裘船生　（出门巡视，兴奋地大叫）阿鑫！

　　　　〔周阿鑫背着一个大冰棒箱上。

裘船生　（欣喜地）阿鑫！

周　阿　鑫　船生！

裴　船　生　快！坐、坐、坐。

老　　　芮　哈哈，唱得不错！生意怎么样？

周　阿　鑫　（热情地打开冰棒箱）来，吃两支，来！混到这一步，也叫没办法哟！来吃呀！

老　　　芮　分把钱的赚头，不容易，收起来吧！

周　阿　鑫　嘻哟，也不在乎这点儿。

裴　船　生　（沏茶）喝茶，喝茶，你是老茶客了。（将冰棒放回箱子）还能混混吗？

周　阿　鑫　今天是头天，礼拜六才从学习班出来。

裴　船　生　你进啥学习班？

周　阿　鑫　（苦笑着）群众专政嘛！

裴　船　生　为啥？

周　阿　鑫　一分钱工资不带，下到生产队。我老婆——美芳那副身体，她能下田？靠我一个人挣点工分，能养六口人？逢集赶会，熬点梨膏糖带着，到茶馆、街面上唱两段《小热昏》，卖几块梨膏糖。

裴　船　生　也亏你想得出。

周　阿　鑫　“面皮老老，肚皮饱饱”。好！让工作队看见了，正好“群专指挥部”开张，“叭喀”，搭进！（伸出手指）三个月——剧团真恢复了？

裴　船　生　喏！《沙家浜》动手了！

老　　　芮　《沙家兵》！

裴　船　生　浜！

老　　　芮　鬼知道，“兵”啊“浜”的。（蹒跚出门）

周　阿　鑫　（急切地）我这事，有指望？

裴　船　生　沙局长巴不得你们回来。

周　阿　鑫　沙局长？

裴　船　生　省里下放的，不记得？省戏校的沙校长。

周　阿　鑫　哦，他！要我们回来？

裴　船　生　可是户口不动，只按临时工算。不知你愿意不愿意？

周　阿　鑫　（怔住）……唱了三十年的戏了……落个临时工？（拍打着沉重的大门）走的那天，我在这儿说过："我姓周的再要踏进这门槛，就是

<blockquote>孙子王八蛋!"</blockquote>

裘 船 生　你要不情愿,我也不勉强你。来了也是唱京戏。

周 阿 鑫　拗不过这命! 船生,六张嘴嗷!

裘 船 生　来吧,阿鑫,趁这要人的当口先回来……

周 阿 鑫　哎。拉小提琴的要不要?

裘 船 生　只缺一个,可沙局长要介绍一个来。

周 阿 鑫　(失望地)喔。我们村上一个知识青年,会拉。能帮上点忙?

裘 船 生　那得看谁拉得好。人呢?

周 阿 鑫　到县中找同学去了,马上就来。(热心地)小提琴拉得真不错,高中
　　　　　生,人,没话说,本分!

裘 船 生　你懂?

周 阿 鑫　当然。我蹲学习班那几个月,全亏了他。分粮、分草、种自留地、挑
　　　　　水都是他来帮忙。你说我有啥报答人家的? 这小伙子……真不
　　　　　错! (见门外来人)哎,黄炜。说曹操,曹操到!
　　　　　〔黄炜上。塑料凉鞋,西装短裤,上穿件领子被搓洗得很大的圆领
　　　　　汗衫,手里提着个阴丹士林布口袋,袋里装的是把不太值钱的小提
　　　　　琴。他耸起左肩,用汗衫袖子抹去嘴角边的汗珠,似乎有些惶惑地
　　　　　望了望这扇大门,跨进了高门槛。老芮也好奇地跟了进来。

周 阿 鑫　来,来,来。这是船生阿伯。

黄　　炜　喔,船生阿伯。

裘 船 生　哎,不要客气。坐、坐!

老　　芮　现在是团长,裘团长喽!

周 阿 鑫　哦! 哈哈……黄炜,有指望!

黄　　炜　喔,(站起身来)裘团长!

裘 船 生　瞎说,瞎说。我这个团长不顶用。听阿鑫说,你小提琴拉得不错?

黄　　炜　不,刚学。拉得不好。

周 阿 鑫　(辩解地)谦——虚!

黄　　炜　不,确实还不怎么会拉。

周 阿 鑫　哪个说的! (与黄炜耳语一阵)你是男子我是汉,放大胆子比个高
　　　　　低,我看你不错,准能考取。来,先拉一段让裘团长听听!

裘 船 生　(急摆手)我不懂,对牛弹琴。等沙局长来吧!

〔小兰怯生生地走了进来。

小　　兰　芮家阿伯！

老　　芮　呵，来啦！你妈呢？

小　　兰　妈不让来，我偷着来的。（不时向里院望着）

老　　芮　不让你来？啐！看看去，喜欢不喜欢这里？还有什么行当比唱戏
　　　　　热闹的！

〔小兰欢悦地向里院走去。

周 阿 鑫　谁家的？

老　　芮　我们村上下放户的。你说这政策，都是城里有行当的，干吗也一齐
　　　　　轰到乡下去呢？

周 阿 鑫　这叫打扫卫生。

裘 船 生　不懂！

老　　芮　（指小兰背影）看看怎么样？

裘 船 生　模样不错。

老　　芮　聪明噢！那天我回去，一进村，不知打哪儿飘来两句滩簧。我一
　　　　　听，这不是《双推磨》吗？是戏匣子？跑到屋后油桐林子里一看，
　　　　　哈，是她！真的，我也算是个内行，可真还没见过唱得这么好听
　　　　　的！晌午，我碰见她妈，夸了她两句。好！倒害她挨了两巴掌。

裘 船 生　为啥？

〔老芮凑到裘船生耳朵上叽咕了几句。

裘 船 生　喔！啧、啧！（怜惜地向小兰背影望去）可惜！

周 阿 鑫　为什么呢？

老　　芮　（比手势）这个，"五·一六"。

周 阿 鑫　哼，学习班！船生哎，你是没看见！徐鹏飞的话："歌乐山下渣滓
　　　　　洞，十八般刑法样样全！"一角八一斤的辣椒酱，不兑水呀，就往鼻
　　　　　子眼里灌。你招不招？说我是美国特务也得招。

裘 船 生　（不齿地）不是也瞎招？总要讲点骨气！

周 阿 鑫　骨气？熬了个七死八活，（指门上标语）还落个"抗拒从严"！好汉
　　　　　不吃眼前亏，反正共产党不会冤枉一个好人，只要落个"坦白从
　　　　　宽"！真要残废了，谁管你？

裘 船 生　这年头，政治不好关心噢！

周 阿 鑫　我又没关心政治，是它要来关心我！关心了三个月，肚皮谁关
　　　　　心了？

老　　芮　就是！（指指里院的小兰）喏，把个当家的抓走了，剩下这娘儿俩怎
　　　　　么办？船生，好歹弄个饭碗给她端端吧！

裘 船 生　先唱点听听。

老　　芮　小兰，小兰！
　　　　　〔小兰上，还不住地扭头朝里看着。

老　　芮　你瞧！真喜欢唱戏哟！

裘 船 生　好看吗？

小　　兰　好看。

裘 船 生　喜欢唱戏？

小　　兰　（点了点头）喜……欢。

裘 船 生　听说你会唱？

老　　芮　别不好意思，唱段给裘团长听听。

小　　兰　我妈知道要骂。

老　　芮　不怕！我回去不说，谁知道？唱吧！裘团长要是看中了，你就能来
　　　　　了。到这儿，不比在乡下放牛强？
　　　　　〔小兰还在犹豫。

裘 船 生　老杨！拿把胡琴，有人来考。
　　　　　〔一琴师手持二胡，上。

琴　　师　唱点啥？

老　　芮　《双推磨》！

琴　　师　《双推磨》？

裘 团 长　（看了看周围）唱就唱吧！

琴　　师　哪段？

小　　兰　我就会"黄昏敲过……"
　　　　　〔琴师拉起了过门。

小　　兰　（唱）"黄昏敲过一更鼓，房内走出我苏小娥，婚后两年丈夫死……"
　　　　　〔裘船生听着听着，手里摇着的扇子停了下来。院子里的嘈杂声渐
　　　　　渐停息了。演员们穿着破旧的由旧戏衣改制的练功服、乐队队员
　　　　　们抱着乐器陆续走了出来，倾听着小兰那虽稚嫩却又轻柔优美的

　　　　　唱腔。小兰从未经历过这样的场面，她忸怩地停下不唱了。

　　　　　〔众人兴奋激动地议论着。

裘　船　生　唱呀！往下唱！

　　　　　〔小兰低着头。

周　阿　鑫　（赞叹地）吧！啧、啧！跟谁学的？

小　　兰　……姆妈。

裘　船　生　你妈叫啥？

小　　兰　（惶惑地）……

裘　船　生　（问老芮）她妈叫啥？

老　　芮　叫……小兰家娘嘛！

裘　船　生　（欣喜地）你妈唱过戏？

小　　兰　（欲言又止）……

裘　船　生　啧！小丫头！（亲切地）小兰，等会儿有个沙局长来，到时候你再唱
　　　　　一遍给他听。不要怕。他一听，你就能上这儿来唱戏了。好吗？

小　　兰　妈不让。

裘　船　生　你跟妈妈说呀！你说，我能上这儿来唱戏，也能减轻妈妈的负担。
　　　　　爸爸又不在……

　　　　　〔小兰眼圈一红，抽抽搭搭哭了起来。

裘　船　生　哎，别哭，我去跟你妈说。好吗？

　　　　　〔小兰点点头。

裘　船　生　唉！（抬头）唔？来了！（迎出门去）

　　　　　〔传来了沙一烽嘟嘟囔囔的声音："到了，到了，我的个妈！"声到人
　　　　　到，一手抓把黑色纸扇，一手提起了裤子直往里扇风。在他身后跟
　　　　　着上官淑华。上官淑华衣着简朴，短发齐耳，落落大方。她左手提
　　　　　着个小提琴盒，右手拿了块手绢在面颊旁轻轻地挥动着，避开众人
　　　　　的目光，微蹙着两道细细的、直掠往鬓角而去的长眉，抬头仔细地
　　　　　察看着这陌生的环境。看样子，她完全没想到，这个剧团竟是如此
　　　　　破败，而且这里居然还有一群"奇装异服"的文艺工作者。

裘　船　生　沙局长，来了两个考剧团的。

沙　一　烽　喔！（发现冰棒箱）好！来，来，来！我说街上怎么连个卖冰棒的都
　　　　　没有。（掏出钱）来两支。

〔周阿鑫打开箱子，拿出冰棒。

沙 一 烽　（抓过一支就往嘴里送，另一支递给上官淑华）来！上官淑华！

上官淑华　不，我肠胃不好。

沙 一 烽　不要紧！有钱难买六月泻，泻了败火！唔？她不吃，谁吃？

周 阿 鑫　（接过又搁进箱子里）不吃就算了。

　　　　　〔沙一烽付钱。

周 阿 鑫　算了。一根冰棒，不值几分钱！

沙 一 烽　嗯？吃一根就不要钱？

周 阿 鑫　不，我……

裘 船 生　沙局长，他是我们团下放的老演员周阿鑫。

沙 一 烽　哦？卖冰棒了？……别着急，啊？我们正在努力解决。夫妻俩都是这个团的吧？老裘跟你谈了吗？先回来再说，要紧的是别离开舞台。以后，总会有说法，政策能开多大口，我们就使多大劲儿。啊？

周 阿 鑫　哎！（感激地）谢谢您，沙局长！

沙 一 烽　唉！谢什么噢！五四年吧？我们把流浪的艺人都安置了下来，把你们从戏花子变成了人民的文艺工作者。可现在呢？又把你们变回去了。在茶馆里卖过唱吧？

周 阿 鑫　喔，那是我觉悟不高，对不起……

沙 一 烽　（拍了拍周阿鑫的肩膀）知道，知道。在乡下，一家六口，难哪！

周 阿 鑫　（鼻子一酸）沙局长……

沙 一 烽　好了！重打锣鼓重开台。会好起来的，老百姓少不了你们！来，把钱收下。

周 阿 鑫　不，沙局长，这……（接钱）

沙 一 烽　老周，谁不愿意大大方方的？得看什么时候！给练功的同志们一人两根。这么热的天，冷饮费又卡住不批。去吧，多退少补。

周 阿 鑫　……哎！（背起箱子走进里院）

　　　　　〔众人嬉笑着跟下。

沙 一 烽　谁来考？

裘 船 生　喏，这个叫黄炜，拉小提琴的；还有这个，叫小兰。刚听她唱过。

沙 一 烽　（有兴趣地）怎么样？

裘　船　生　（暗地伸出大拇指）不错！

沙　一　烽　哦！老旦哪花旦？唱的哪段？

裘　船　生　《双推磨》，味道来得好！

沙　一　烽　是吗？……《双推磨》？那不是锡剧？

裘　船　生　呃……是啊。

老　　　芮　沙局长，你不懂哎，锡剧好！乡下社员就爱听锡剧，京戏……（被裘
　　　　　　船生在背后捣了一下）嘿嘿……

裘　船　生　老芮，你先带小兰进去玩玩。

　　　　　　〔老芮携小兰入内。

沙　一　烽　我的个裘团长，你自己看看，外面挂的是京剧团牌子。我知道老演
　　　　　　员改唱京戏有困难；群众爱听锡剧。不管用！县革委会一、二、三、
　　　　　　四、五把手，都说京剧好，咋办？一元化领导！唉，连唱戏也一元
　　　　　　化了。

裘　船　生　（倔强地）那就别叫我当团长。唱了几十年的锡剧，当京剧团团长，
　　　　　　算个什么名堂！

沙　一　烽　就你一个党员，你不当谁当？派几个工宣队来，你们受得了？这都
　　　　　　是废话！现在得赶紧找几个能唱唱京剧的。春来茶馆老板娘还不
　　　　　　知在哪里，你倒在这儿，啊？"招降纳叛"？

裘　船　生　那你叫我怎么办？我到哪里变去？

沙　一　烽　哈哈，老裘还有点脾气？好！听听，听听。别埋没了人才。

裘　船　生　（又神采飞扬起来）你听听就知道了。嗓子甜呐！不是我瞎说，好
　　　　　　好培养能赶上梅兰珍。

沙　一　烽　好了，好了，又是锡剧！哎，小……那个小什么，嗐！上官淑华，还
　　　　　　有你，先准备准备。马上让团里同志们听一听，不用紧张。啊？
　　　　　　（与裘船生边说边下）

　　　　　　〔上官淑华打开琴盒，取出一把做工十分精巧的小提琴。将琴往脖
　　　　　　子上一夹，弓子往琴弦上轻轻一搭，顿时响起了和谐的弦音。黄炜
　　　　　　呆了。他被这把富丽的琴和对手从容不迫、老练的风度弄得局促
　　　　　　不安。半晌，他强作镇定地从布口袋里取出了自己的琴。真寒酸！
　　　　　　四个弦轴，三个黑的，一个白木的，而且要长一些，大概是出自黄炜
　　　　　　自己的手工；那把弓子，可怜极了，夸张一点儿说，恐怕不超过二十

根弓毛,还是黑马尾的。他也把琴往颈项中笨拙地一夹,从口袋里摸索出一块碎松香,狠命地擦着。谁知一下竟把琴给捣掉下来,"通弄"一声,惊动了上官淑华。

〔黄炜从地下拾起提琴,仔细察视。

上官淑华　摔坏了?

〔黄炜冷冷地瞧了上官淑华一眼。

〔上官淑华拉起了练习曲。

〔黄炜开始调弦。他想偷偷地找音,却冷不防"呜"的发出一声怪响。

〔上官淑华觉察到了,停止了练习,给了黄炜一个长长的空弦音。

黄　　炜　哪根弦?

上官淑华　当然是 A。

黄　　炜　喔!

〔上官淑华继续拉琴。

〔黄炜很快调好了音。踌躇一下,便挑了一段他所会的曲子中最难的:《红色娘子军》中第二场清华独舞的一段。上官淑华停止拉琴,聆听着。

〔黄炜发觉了,也停了下来。

〔上官淑华只好又拉起琴。凄婉动人的旋律把黄炜引到草原,他仿佛看见了浓重的夜色中一堆堆燃起的篝火,篝火边栖息着一群流浪的汉子和姑娘们。随着阵阵热风飘来了女歌手哀怨的吟叹:"世界呵,你别抛弃我,生活啊,我爱你……"一个大跳后,紧接着是一串高把位上准确有力的华彩。黄炜震惊了。

黄　　炜　什么曲子?

上官淑华　没听过?

黄　　炜　没有。

上官淑华　《茨冈》。

黄　　炜　《茨冈》? 哦,你拉得真好。(呆呆地看着她那把神奇的提琴)

上官淑华　你拉得不也挺好吗?

黄　　炜　我说的可全是真心话。

上官淑华　我也不是讽刺你……是这样的,一个中学生也能衷心地夸奖一个

　　　　　　低年级的小学生……你别误会……

黄　　炜　　不，是这样。

上官淑华　　你学多久了？

黄　　炜　　半年。可能，我并不是这块料。

上官淑华　　不，你左手条件很好。（伸出自己的左手）你看，比我好。节奏、乐
　　　　　　感都不错，真的。

黄　　炜　　我是插队的。我只是为了别让母亲为我再去成天糊火柴盒。她已
　　　　　　经辛劳了一辈子了。

上官淑华　　……但愿我们俩都能成功！

黄　　炜　　（有点丧气地低下头，一丝茫然的笑靥牵动着嘴角）你拉得这么好，
　　　　　　干吗考这个团？

上官淑华　　（沉默片刻）能有这个破庙收留我，已经万幸了。拉过"开塞"吗？

黄　　炜　　什么？喔，没有。

上官淑华　　"霍曼"呢？

黄　　炜　　……我是从《北风吹》学起的。
　　　　　　〔上官淑华深沉地看了黄炜一眼。
　　　　　　〔沙一烽内声："来吧！都来听听！哎，大家都来关心关心。老冯！"
　　　　　　〔沙一烽、裘船生、冯少春率众人上。

沙一烽　　（对裘船生）怎么样？就在这儿吧！老冯，这边坐。

冯少春　　我不懂，边上站站吧。

沙一烽　　嗬，市京剧团的挂牌儿武生，可不能慢怠喽！（拍着裘船生的肩膀）
　　　　　　一个光杆党员，一个独种京剧行家，这个团就靠你们这哼哈二将
　　　　　　哩。是不是，老裘？

裘船生　　是哎，是哎。哦，不，主要靠冯老师。
　　　　　　〔冯少春虽谦恭却又十分得意地坐下。

沙一烽　　谁先来？小伙子开头炮！乐队同志注意啊，我可是外行！

裘船生　　小黄，来吧！

黄　　炜　　（踟蹰不前）沙局长，这儿只需要一个？

沙一烽　　是的。
　　　　　　〔黄炜夺拉下头。

周阿鑫　　怎么了？黄炜，拉呀！

黄　　炜　不,我不行……别浪费大家时间了。

〔众人诧愕。

周　阿　鑫　沙局长,……是个知识青年,……谋个行当不容易,拉得不错,您……

〔马大年从大门口风风火火地闯进来。他穿着一条屁股上打了补钉的长裤,裤腿卷到了膝盖上,上身穿一件背心,脚上穿了一双几乎成了灰黄色的白色厚底破篮球鞋。左手提着一件灰布衬衫,右手用草帽拼命地扇着。

马　大　年　是在考试吗? 我也是来考的。喔,介绍信。(从衬衣口袋里掏出一张揉绉的纸)哪位是领导?

〔裴船生接过看一眼,递给沙一烽。

沙　一　烽　你考什么?

马　大　年　(大大咧咧地)看你们需要吧!

沙　一　烽　哦? 那也得看你会些什么呀!

马　大　年　(瞥见黄炜手里的琴)我先试试这个。嗯——《打虎上山》。行吗?

沙　一　烽　(觉得有意思)啊? 试试吧!

马　大　年　(很严肃地摆好姿势——弓箭步,然后撅起嘴,模仿起圆号的旋律)嘟——嘟嘟嘟——嘟嘟嘟嘟——(抖起弓子奏了一段小提琴间奏)嘟——嘟嘟嘟——(又抖起弓子来了一段。过门一完,突然声嘶力竭地放声唱了起来)"穿林海……"

〔大伙再也忍不住了,"哗"的一声哄堂大笑起来。沙一烽欲笑不能,只得扭过脸去,用力地扇起扇子。冯少春上前拍打着被笑懵了的马大年。

冯　少　春　伙计,醒醒,跟你说话! 哎,跟哪个师傅学的?

马　大　年　广播里,广播里不是这样的?

冯　少　春　走错门了吧? 在那头!

马　大　年　干吗?

冯　少　春　上陶瓷店哪。这儿不是锯碗锯大缸的地方。

马　大　年　(梗起脖子)不好你就说不好,我再来别的嘛!

冯　少　春　别的? 你还会什么呀?

马　大　年　会的多呢,得看你们需要。

冯　少　春　需要翻筋斗的。行吗？

马　大　年　行！要什么样的？

冯　少　春　嗬，（打量着，真有了兴趣）会什么就来什么吧！

马　大　年　哼！看看……（轱辘一下，来了个前滚翻起立）

冯　少　春　完了？

马　大　年　还有。（后滚翻起立）行吗？

冯　少　春　（哭笑不得）这也叫筋斗？会撒尿的都会这个。

马　大　年　（火了）你要什么样的，你说嘛！

冯　少　春　说了，你也得行啊！

马　大　年　你能来，我就能来！

冯　少　春　哟嗬！跟我较劲儿？走一个！（说完一个踮步，"唰"，虎跳前扑，身
　　　　　　轻如燕，落地无声）

　　　　　　〔众人一起鼓起掌来。

冯　少　春　（嘲弄地）能来吗？

马　大　年　（覆水难收，一咬牙）开弓没有回头箭。怕什么！（收了收裤腰带）

沙　一　烽　哎，算了，这不能闹着玩。

马　大　年　让开！（腾腾地向前一个冲刺，进了里院）

　　　　　　〔里院传来"通"的一声。后果可料。

　　　　　　〔又是一阵哄笑。冯少春等冲进去，把马大年拖了出来。

沙　一　烽　你看看，你看看。

　　　　　　〔马大年两眼向上翻着，众人七手八脚地为他捶背、揉胸，连沙一烽
　　　　　　也急得直给他扇扇子。

沙　一　烽　老冯也是的，明知他不行就别逗他嘛。喝口水。（向众人）还笑？

冯　少　春　（见马大年缓过气来）好了，好了。哎哟，我的小太爷！（为他拭去
　　　　　　脸上的虚汗）你这不是拿命玩儿吗？

周　阿　鑫　（感慨地）唉，为个饭碗欧！

　　　　　　〔马大年往地下一蹲，抱头哭了起来。

沙　一　烽　怎么了？哪里不好？

马　大　年　队长天天骂我，说我是笨蛋。他嫌咱一家八口人下去拖累了生产
　　　　　　队，非叫我出来找口活食。听说这儿招生，我就来了。呜……要是
　　　　　　摔坏了……呜……怎么办，呜……呜……

〔还在嬉笑的人们,收起了脸上嘲讽的笑容。

周 阿 鑫　又是个下放的。

冯 少 春　(歉疚地)怪我!怪我!(掏出烟来,递给马大年)来!

〔马大年抹着泪,摇了摇头。

冯 少 春　(将烟点着了递了过去)也算咱们有缘!(拍拍马大年的肩膀)没事
儿。学筋斗哪能不挨摔呢?上我屋去,我那儿有伤药,给你服点
儿。走!(搀起马大年)沙局长,小伙子有股冲劲儿,不消一年,我
冯少春包他出筋斗。沙局长,收了吧!

沙 一 烽　……先去休息,回头再商量。

〔众人让路。冯少春、马大年下。

老　　芮　沙局长,小兰她家也是下放的,您也收了吧!

沙 一 烽　(叹了口气)下放的,我都收得了吗?

老　　芮　我兄弟也是当队长的。先来知识青年,接着下放干部,跟着又是下
放户,生产队也受不了。

沙 一 烽　接下去吧!

老　　芮　小兰,来,唱给这位老伯伯听。这老伯伯心肠好哎!别怕,唱!

小　　兰　(唱)"老古说开出门来七件事,无钱怎能把日脚过……"(唱着唱着
哽咽起来,她似乎从这段唱词里朦胧地体验到了人生的艰难,热泪
盈眶)

〔林蕙兰上。她在门口听见了小兰熟悉的嗓音,一步闯了进来。

林 蕙 兰　(厉声地)小兰!

小　　兰　妈!

林 蕙 兰　谁让你上这儿来的?

〔小兰委屈地看了一眼母亲,低下头。

老　　芮　呀!小兰家娘,是我看着……

林 蕙 兰　还不快跟我走!

〔小兰伫立不动,泪珠顺着她的面颊滚下。

林 蕙 兰　听见没有!(上前拉小兰的手)

〔沙一烽若有所思地注视着林蕙兰。

〔林蕙兰发现了沙一烽,一愣,随即背过身去,扯起小兰的臂膀。

〔冯少春上。

林　蕙　兰　　走啊！

小　　　兰　　（执拗地向后退缩着）妈，我不！

林　蕙　兰　　你……

小　　　兰　　我要唱戏。妈，让我自己养活自己。

林　蕙　兰　　（心酸了）小兰，这不是咱们待的地方。走，跟妈回去，我养活你。
　　　　　　　　走啊！

小　　　兰　　妈！

林　蕙　兰　　（扬手要打）小兰！

沙　一　烽　　（突然站了起来）林蕙兰！

林　蕙　兰　　（怔住）沙校长！您……（回过身，垂下了眼睛）您还认识我？

沙　一　烽　　你看看，你看看。你也上这儿来了？

林　蕙　兰　　（欲言无语）……

沙　一　烽　　十多年没见了！（指小兰）你的孩子？来、来！（环视）老裘，有地
　　　　　　　　方吗？

裘　船　生　　上我屋里去！（对林蕙兰）你是原来"雅韵班"的小花旦吧？

沙　一　烽　　一点不错，省戏训班第一批学员。老学生了。你看看，到这里碰上了。

裘　船　生　　我跟她师傅也是老熟人。快，里边请。当年，"雅韵班"第一次进上
　　　　　　　　海……（边说边领沙一烽、林蕙兰、小兰同下）

冯　少　春　　是她呀！"小花旦"，嘿！

周　阿　鑫　　"小花旦"？后来怎么一直没见她唱戏呢？

冯　少　春　　（神秘地）喏！私生子！嗨，闹得满城风雨。自个儿又要面子，一咬
　　　　　　　　牙，走了。这底细，我一清二楚。

周　阿　鑫　　哦……（随冯少春边谈边下）

　　　　　　　〔众人陆续散去。场上只剩下上官淑华与黄炜。

上官淑华　　真是个口渴的世界。

黄　　　炜　　（收起提琴，阴沉地凝望着门外的烈日蓝天）……再见！

上官淑华　　你就这么走了？

黄　　　炜　　到别处再找水去。

上官淑华　　等等……从目前来说，我拉得确实比你好。托江青的"福"，现在到
　　　　　　　　处都要小提琴，我可以到别的剧团试试。而你，过了这村，就没这
　　　　　　　　个店了。真的，我说的都是真心话。

黄　　炜	你以为你的道路真比我宽阔？
上官淑华	我只希望社会上能为每一个人都安排一个适当的位置，不要你争我夺。

〔沙一烽、裘船生陪同林蕙兰母女走了出来。

林蕙兰	沙校长，想想这些年，真对不住您的培养。
沙一烽	我也有责任。你回去考虑一下，我是希望你能来。你说呢，老裘？
裘船生	欢迎！太欢迎了！就是缺一个阿庆嫂，你要能来，再好也没有。
林蕙兰	我再想想。
沙一烽	我等你的答复。
林蕙兰	沙校长、裘团长，我走了。小兰……
小　兰	（懂事地）沙伯伯、裘伯伯，再见。
沙一烽	再见，再见。回去让她唱！哎？孩子大了，也有她自己的兴趣嘛。
林蕙兰	哎。走，小兰。

〔林蕙兰、小兰下。

沙一烽	（看看林蕙兰的背影，踱了回来。右手在空中不知划着什么字）时也，运也，命也！哎？老裘，这话有道理吗？
裘船生	（不知其所以）啊？
沙一烽	怎么样？上官，就剩你了。
上官淑华	我，不想考了。
沙一烽	怎么了？
上官淑华	（指黄炜）他拉得不错。
黄　　炜	不，不，沙局长……
上官淑华	沙局长，大家都为生存而挣扎，我不希望在挣扎中伤害别人……这样占取唯一的小提琴名额，我不愿意。
沙一烽	（手指又划动起来）……僧多粥少，怎么办呢？……试试，也许能变通呢？

——幕　闭

| 上官淑华 | （幕前）不知沙局长是怎么变通的。这天来考的人，无一例外地都端上了一碗粥。剧团就在这种年月里，由这样一群人构成的。他们，不，我们，就这样汇集在黯淡的舞台上，用自己的辛酸写下了中国戏剧发展的又一页。（隐去） |

第二幕

〔距前场一月后的一天。演出之前。

〔剧场后台化妆室。桌上散乱地放着化妆品、镜台之类。靠墙有几只衣箱。一根拉起的麻绳上悬挂着《沙家浜》剧中所用的各式服装。

〔幕启：剧场门口的乐队正锣鼓齐鸣高奏乐曲，迎接着代表进场。

〔刘副官——周阿鑫手里抓着一叠伪钞利索地数点着；黄炜在桌边写着红绿标语；身穿匪兵服的马大年念着锣经、练着开打动作；林蕙兰已经穿上了阿庆嫂的服装，口中念念有词地温习着第一场中的身段。小兰为她打着扇。

小　兰　妈，你口红还没点呢。

林蕙兰　哦，真的。（坐到镜前，仔细地点唇、描眉）

〔裘船生身穿胡传魁服装，全身披挂，满头大汗地上。

裘船生　（看了看墙上的自鸣钟）听！锣鼓响了，代表们进场了。你还没写完？

黄　炜　马上就好。

周阿鑫　不过是来看场戏，还敲锣打鼓的，值当吗？

裘船生　你呀！三个月学习班白蹲了！党代表、军分区吴司令都来，声势不造足喽？看见沙局长了吗？

周阿鑫　没有。

裘船生　（将周阿鑫拖到角落里）跟你老婆打声招呼，叫她准备一下，说不定今晚上阿庆嫂得她上。

周阿鑫　开什么玩笑！

裘船生　嘘！“运动办”来了三次电话了，（用下巴颏指指林蕙兰）说她是“五·一六”家属……（与周阿鑫不约而同地看了看正在用心化妆的林蕙兰）

周阿鑫　这不是兜头泼凉水嘛！

裘船生　偏偏沙局长又不来！（向林蕙兰走去）蕙兰，天这么热，马虎点算了。

林蕙兰　哪能呢。虽说今天不是卖票,可总得对得起观众。

裘船生　(不由地叹了口气)唉! 黄炜,传一传话,戏完了别走,吴司令要上台和大家一起照相。

马大年　(停下动作)真的?

裘船生　反派没分儿! (抽起烟来)

马大年　(失望地)哦! 哎,黄炜,我来这段给你看看:"司令结婚,请来皇军,叫我站岗,唉……"你看哪!

黄　炜　看了。让你演匪兵再合适没有!

马大年　(自得其乐)真的? 唱戏! 嘿嘿……我妈高兴死了,她说我们兄弟四个,就是我最有出息!

黄　炜　是吗?

马大年　当然! 裘团长,我进步不少吧?

裘船生　冯老师的徒弟嘛,还有话说?

周阿鑫　好好练吧,下本戏杨子荣是你的。

马大年　真的?

裘船生　嘿嘿……

黄　炜　(收拾起写好的标语)走吧! 赶快去贴起来。

马大年　(兴奋地)你歇歇,我一个人去,快得很! (下。出门后立即响起了五音不全的导板:"穿林海——")

〔众人哄笑了起来。

裘船生　别拿老实人开心。

周阿鑫　小伙子,真实在。

小　兰　妈,你怎么了?

林蕙兰　(急忙拭泪)没啥。

裘船生　蕙兰,你……

林蕙兰　十多年了……没想到今天又登场……心里……

周阿鑫　不容易……不容易! 这么热的天,起早摸黑地练,不减当年哪。蕙兰,没你这阿庆嫂,咱这台《沙家浜》,真还站不住。

裘船生　唉! ……黄炜,看看去,沙局长来了,叫我一声。

〔上官淑华愤愤地提着琴匣上。黄炜欲下止步。

上官淑华　裘团长! (将手里捏着的一小卷钱掼在桌上)

裴 船 生　怎么了？

上官淑华　为什么扣我这工资？

裴 船 生　（看了看工资单）喔！上星期你请假不在。庄组长的老太爷去世，我们送了两幅挽幛。把大伙名字都开上了，表表心意。一人五角钱，扣的就是这。

上官淑华　她的父亲死跟我有什么关系？要我来表这份孝心！

周 阿 鑫　这眉眼是做给活人看的。上官，咱还去送殡了呢。借着死人拍马屁呗！

裴 船 生　马屁？什么话！我也是没办法！剧场、电影队一送，新华书店、文化馆都跟着送，单单我们不送？行吗？大家一凑份子，名单往上一开，也显得诚心一点，换回点领导的关心，五角钱就在里头了。

上官淑华　这是我的劳动所得，强迫我纳贡，我不情愿。

周 阿 鑫　上官，别那么顶真。你是年纪轻，没吃过亏。强迫，明知是强迫，你也得做出真心诚意的样子来。现在，做梦不强迫，可我还怕梦话让人听了去。

裴 船 生　算了吧，啊，上官？

　　　　　〔马大年从通向舞台的门洞里走上，紧张地对上官淑华摆着手。

上官淑华　不，违背我人格的事，我就是不做。钱得还我！

裴 船 生　这……好，我帮你出了。（翻口袋找钱）

上官淑华　您别误会，裴团长，问题不在这五角钱。（把工资往裴船生面前一推）我要我第一次劳动所得的全部。（欲下）

　　　　　〔黑乎乎的门洞里，传出一个女人的声音："别走！"随即从暗影中闪出一位干部模样的女人，这就是大家久仰的政工组长——庄月娟。她手背在身后，颇有姿态地迈着一当上首长便不学自会的步法，慢悠悠地向前走来，铁青的脸上挂着一丝干涩涩的笑容。

周 阿 鑫　庄组长！

　　　　　〔众人面面相觑。只有上官淑华面无惧色。

庄 月 娟　老裴，我父亲去世，没特意通知剧团吧？

裴 船 生　没有。

庄 月 娟　也没说让你们送挽幛吧？

裴 船 生　当然没有……

庄 月 娟　说过要每人摊钱吗?

裘 船 生　没有,没有,绝对没有。

庄 月 娟　那何苦搞得大家这么不愉快呢? (掏出钱包)扣了她多少钱?

周 阿 鑫　(一直紧张着,赶紧插话)庄组长,五角钱,小意思。

裘 船 生　小姑娘,不知轻重。她是跟我怄气。庄组长,原谅了,原谅了。

上官淑华　(胸脯激烈地起伏着)不!

庄 月 娟　这不是还你了嘛! (将钱往桌上一拍)哦,(走向林蕙兰)你也凑了
　　　　　一份吧?

林 蕙 兰　(急忙做出笑容)呵,我和小兰都……

庄 月 娟　(将钱摔给林蕙兰)拿去!

林 蕙 兰　(惶恐地)不! 庄组长,我是真心诚意,人都有父老双亲,这点孝敬
　　　　　之心……

庄 月 娟　挽幛上的名单我都没在意,不是你们这么一闹,我还真糊里糊涂让
　　　　　人钻了空子呢! (看了看周阿鑫)回头有了零钱,也退给你!

周 阿 鑫　不忙,不忙……哦,不用……

庄 月 娟　(鄙夷地)小丑! (见上官淑华脸上挂着两行泪珠)这也值得淌眼
　　　　　泪? 还给你了,还委屈? 真是!

上官淑华　眼泪不一定代表委屈!(抓起纸币,撕得粉碎,把工资一拿,下)

黄　　炜　上官!(追下)

马 大 年　乖乖,有种!

　　　　　〔庄月娟回头,马大年已不见人影。

庄 月 娟　谁?

　　　　　〔静场。

庄 月 娟　谁? ——"运动办"提的问题,你们是怎么研究的?

裘 船 生　沙局长一天没见人,我们定不下来!

庄 月 娟　老裘,别忘了自己是共产党员! 你来一下!(与裘船生同下)

　　　　　〔周阿鑫拾起被撕碎的纸币。

周 阿 鑫　白搭了,全白搭了!(猛地抽了自己一嘴巴)多嘴!

小　　兰　(望着失神的母亲)妈——(抽泣)

林 蕙 兰　怨妈自己……咱跟别人不一样。别哭了,快开演了。

　　　　　〔马大年上,伸头向里看了一看,向门外招了招手。沙一烽上。

马大年　（拾起碎钱）喏！

沙一烽　（看一眼，走到林蕙兰面前）收起来，收起来！上官说得不错，劳动
　　　　所得，愿怎么花怎么花！买斤肉把它吃喽，别把它当回事！走，走，
　　　　上外边凉快凉快去，这么热的天，别中了暑。
　　　　〔林蕙兰、小兰、周阿鑫、马大年等下。裘船生上。

裘船生　哎哟！沙局长，找您一天了。

沙一烽　有事？

裘船生　"运动办"一天来三次电话。刚才庄组长又……

沙一烽　又是林蕙兰的事吗？林蕙兰怎么了？本人出身是艺人，下放前是
　　　　民办厂的工人。虽说父亲是戏班班主，可她是养女，也是从小受剥
　　　　削的！进团名单不是她庄月娟审查的？

裘船生　庄组长说我们隐瞒了她丈夫的情况。

沙一烽　她丈夫有结论了？隐瞒？不理她！

裘船生　庄组长正在剧团办公室等您，您去一下吧。

沙一烽　好不容易躲了一天，我还送上门去？（看了看表）没多少时间了。
　　　　吴司令一到，戏还能不开场？

裘船生　事后查起来，我……

沙一烽　要查先查我，你怕啥哩？

裘船生　（无可奈何，欲下，突然神色骤变）沙局长，来了。

沙一烽　谁？

裘船生　庄组长！

沙一烽　紧张啥？咱俩男子汉，怕她一个婆娘？坐下。（正襟危坐）
　　　　〔庄月娟上，见沙一烽在场，笑盈盈地跨进门来。

庄月娟　哟，沙老在这儿嘛！

沙一烽　嗯？哦，庄月娟同志，来得好，来得好！正要向你请示一些问题。

庄月娟　沙老是革命老前辈了，别客气。您参加革命那会儿，我还是个毛丫
　　　　头呢！

沙一烽　落后啦，只好多请示，少犯错误。

庄月娟　（掩饰不住的得意）您真是，以后我们多商量吧。

沙一烽　老裘，给庄部长端把椅子过来。

裘船生　（端椅）庄……呃，庄组长升部长了？

庄 月 娟　哪儿呀,还没宣布呢! 先别这么叫。

沙 一 烽　也就是这两天的事了。青胜于蓝哪,不是"文化大革命",真把你埋
　　　　　没了。

裘 船 生　就是哎! 组长算个啥名堂,政工组、勤务组,居民小组也是个
　　　　　组……

沙 一 烽　(制止地)干革命嘛……

庄 月 娟　就是,革命倒不在称呼大小。其实政工组倒把过去党委各部都包
　　　　　括了。唉,能力不够啊,少管点也好。沙老,商量什么事啊?

沙 一 烽　哦,对。那个,那个什么……

庄 月 娟　林蕙兰。

沙 一 烽　不,(有意胡扯)……林集公社中学校长的爱人,半个月前得肝病死
　　　　　了。当时因为县里火葬场刚建,宣传也不够,再说天热,路又远,运
　　　　　送不方便,第二天就地掩埋了。后来汪书记检查工作到那儿,发现
　　　　　了这事,狠狠批评了他,命令社员把尸首挖出来送火葬场。结果挖
　　　　　出来之后,人已经臭了,没人肯运又不敢再埋,暴尸荒野,防疫站的
　　　　　同志意见很大……

庄 月 娟　(不耐烦起来)老裘,林蕙兰的事你向沙局长汇报过了吗?

裘 船 生　(不知如何措辞)我……

沙 一 烽　(含糊地)汇报过了,问题不大,就照这样吧!

庄 月 娟　哦,那好,那好。(起身欲走)

裘 船 生　(急了)沙局长,这……照哪样啊?

　　　　　〔沙一烽故意沉默。

庄 月 娟　怎么……还没定下来?

　　　　　〔裘船生顿时明白了沙一烽的用心,窘住了。

沙 一 烽　定是定下来喽。不过——江青同志亲手扶植的样板戏,保证艺术
　　　　　质量,也是路线问题吧!

庄 月 娟　沙老,这是为党代表演出,上级党委的首长又亲自来观看演出,还
　　　　　要和大家合影留念,不能不考虑影响。

沙 一 烽　她丈夫不是还没有结论吗?

庄 月 娟　如果不是"五·一六",会受审查吗?

沙 一 烽　唔……(捋起胡子来了)

〔墙上的自鸣钟敲响。

沙一烽　（急起身）哟，时间到了。吴司令来了吗？快去看看。

庄月娟　（似稳坐钓鱼台）老汪在招待所陪着他，等我这边的电话呢！沙局长……

〔沉默。

沙一烽　没排 B 角吧？老裘。

庄月娟　排了。我问过贴标语的那个小鬼了。

沙一烽　这戏，总得让吴司令看了满意才好。

庄月娟　是哎，反革命家属来演革命英雄，怕吴司令更不满意吧！

沙一烽　（为难地）……

庄月娟　我看可以定了吧！裘团长，通知华美芳准备。派个人等在门口，吴司令一到，马上开演！

裘船生　沙局长？

沙一烽　庄部长不是已经指示了吗？

庄月娟　哦，没等沙局长同意就发号施令，真还不太恭敬呢，啊？（矜持地捋了捋头发，打了几声哈哈，下）

〔华美芳、周阿鑫闻声上。

华美芳　（一口苏州腔）沙局长，弗来事呀，我……喔哟，咯弗要急煞人哉！

周阿鑫　沙局长，让美芳来唱，当然是领导看得起我们。可是您看看，这副身体像个肉店的老板娘，哪像……

华美芳　杀傸个千刀！身体呐夯嘞？吃粥吃咯！还肉店老板娘！碰着傸个赤佬！

周阿鑫　哎呀，你……

沙局长　（事到如今，不得不如此）美芳同志，大胆地演吧。上次你们响排，我看了。你排得还不错嘛！

华美芳　（心里有点甜蜜蜜地）喔哟，沙局长，傸是抬举我哟。我呢，（忸怩作态）喉咙一直蛮好咯，就是记性不来事。

沙一烽　不要怕！尽力唱好喽！非同小可啊，地区第一把手吴司令都来看你的戏喽！

华美芳　噢，咯么，我去准备！（喜滋滋地颤动着身躯到门口高喊）林蕙兰——

周 阿 鑫　（将眼一瞪）叫什么？算让你唱回戏了！贱胚！

　　　　　　〔林蕙兰上。

华 美 芳　骂啥人？我要唱咯，领导决定咯！

林 蕙 兰　怎么了？

裘 船 生　蕙兰，实在对不起。刚刚，领导决定……阿庆嫂先让美芳唱了……

林 蕙 兰　（如雷轰顶）哦……（缓缓地颤抖着手解开上装衣襟）那好，那……
　　　　　　更好。（急速扒下衣衫，捂住脸，奔下）

　　　　　　〔华美芳抓住衣服愣在那里，看着消失在门外的林蕙兰，又回身看
　　　　　　着在场的人的表情。

周 阿 鑫　看啥？还不换衣服去！看你今晚上唱成什么腔调！十三点！

　　　　　　〔华美芳乖乖地走了。

周 阿 鑫　沙局长，就她这样。能唱阿庆嫂？

沙 一 烽　你咋知道她不能唱？

周 阿 鑫　她那点三分三，我心里清清楚楚。

沙 一 烽　你当我不清楚？

　　　　　　〔沙一烽"唰"地抖开折扇，折扇撕成两半，顺手把扇摺出大门。

　　　　　　〔裘船生、周阿鑫互相叹了口气。下。

　　　　　　〔小兰上，见沙一烽烦躁地在屋内转圈，悄悄地拾起地下的扇子，蹲
　　　　　　到沙一烽面前。

小　　兰　沙伯伯。

沙 一 烽　嗯？小兰……你妈呢？

小　　兰　（递过扇子）……不让我妈唱了？

沙 一 烽　今晚上先不唱……你……会唱样板戏了吗？

小　　兰　我妈一吃过晚饭就来化妆了。白天还练了一天的台词……别这么
　　　　　　伤妈的心，沙伯伯，您就让她唱这一回……

沙 一 烽　（掏出手绢，拭去了小兰的泪珠）……让你妈来。

　　　　　　〔小兰下。

沙 一 烽　"昔时横波目，今作流泪泉"呀，唉……

　　　　　　〔少顷，林蕙兰上。她的发髻尚未取下，身上着了一件青竹布水衣。
　　　　　　大概由于疏忽，那双皮底缎面绣花鞋依然穿在脚上，这身特殊的衣
　　　　　　着，衬着她那黯然的神态，益发显出舞台生涯所赋予她的动人

　　　　　气质。

林　蕙　兰　沙局长,您找我?

沙　一　烽　(依旧踱着步)眼光放远点! 丈夫的问题,总会审查清楚的。

林　蕙　兰　要是让您为难,我还是回乡下去。

沙　一　烽　这不是票友下海,说来就来,说走就走。培养一个好演员不容易!
　　　　　这是一项事业,同志! 当初戏校为你花了多少心血,特意请来名师
　　　　　指点。结果呢? 嫁了人就不唱戏了。你这样对得起国家的培
　　　　　养吗?

林　蕙　兰　沙局长,您当我愿意……当时实在顾不得。我,肚子里已经有了小
　　　　　兰,怕丢人,爸爸才帮我找了一个军官。

沙　一　烽　什么? 小兰? ……在戏校已经……

林　蕙　兰　(低头)……

沙　一　烽　谁? ……是姜焯光?

林　蕙　兰　……是。

沙　一　烽　那你当时咋不说哩?

林　蕙　兰　怎么说? 组织上就是因为我那个爸爸,才不批准我跟他结婚。有
　　　　　了这事,他不得受处分? 我怕这事一闹出来,影响他的前途。

沙　一　烽　(回忆)姜焯光,就是那年调走的?

林　蕙　兰　走了之后,就再也没来过信。他真的把我忘了。

沙　一　烽　唉……不说这些了。既来之,则安之。能演什么,就演什么,多把
　　　　　精力放在孩子身上。好演员不是太多啊,是太少!
　　　　　〔马大年上。

马　大　年　沙局长,吴司令到。

沙　一　烽　开始!

马　大　年　是,开始! (奔入前台)
　　　　　〔开场铃响。幕前曲奏起。灯暗。

　　　　　〔灯复亮。沙一峰站在黑洞洞的门口,破折扇又成了他练字的笔,
　　　　　在黑暗里不住地划着、划着。
　　　　　〔周阿鑫端着一个大茶缸正在饮茶。
　　　　　〔台上传来了华美芳不伦不类、尖厉而颤抖的唱腔:"……我也好烧

开水迎接亲人。"

〔周阿鑫"噗"的一声，一口茶全喷了出来。裘船生自舞台下场处上。

裘 船 生　（把帽子一摔）什么名堂！今天我要是不中风就算天照应！"烧开水迎接亲"，唱"幕表"了！

周 阿 鑫　"春来茶馆"嘛，嘿嘿……你放心，她唱的，台底下要有人能听得懂，也算是好功夫！

沙 一 烽　少说怪话！（烦躁地转过身来）自己老婆在上面唱，你还幸灾乐祸的！

　　　　　〔马大年上。

马 大 年　沙局长，看戏的往外走喽！

沙 一 烽　把大门锁起来！不看完不准走！

马 大 年　是。（下）

　　　　　〔冀玉良风尘仆仆，手提旅行袋上。

冀 玉 良　同志，请问……

裘 船 生　哟，这不是冀老师吗？

周 阿 鑫　呵，市锡剧团的！坐，坐！（顺手端过一个凉茶杯）喝茶。

冀 玉 良　谢谢！（接过）

　　　　　〔台上传来刁小三的喊声："站住！"

周 阿 鑫　哟，我得上了。（急下）

裘 船 生　有事来？

冀 玉 良　呵，找个人。（见沙一烽）……沙校长？

沙 一 烽　你是……

冀 玉 良　冀玉良啊！您的学生，打板鼓的……

沙 一 烽　啊呀，老了，老多了！

冀 玉 良　三十八了。

裘 船 生　冀老师，失陪了，下来再谈。

冀 玉 良　您忙。

　　　　　〔裘船生急下。

冀 玉 良　沙校长，您怎么上这儿来了？

沙 一 烽　我怎么就不能来？打倒、下放，解放、使用。"时刻听从党召唤"！

冀 玉 良　您也受了苦了。

沙 一 烽　这！下放人员中的"贵族"。有事？

冀 玉 良　看看林蕙兰。

沙 一 烽　啊，对。老同学，应该关心关心。你，知道她丈夫的消息吗？

冀 玉 良　就为这来的。到了乡下，又赶到这里……（心情沉重地提起旅行袋）放出来了，人，就在这里。

沙 一 烽　（一惊）怎么死了？

冀 玉 良　自杀了。等我知道，人，都烧了。

沙 一 烽　那怎么不通知家属，不通知这里组织？

冀 玉 良　谁说得清！幸亏那里也有个老同学，才托人把骨灰弄了出来。

沙 一 烽　你了解她丈夫吗？

冀 玉 良　那会儿，是部队的军官。

沙 一 烽　奇怪！部队结婚审查比地方还严，她父亲复杂得很，部队怎么批的？

冀 玉 良　看着林蕙兰年轻漂亮，硬闹着要结婚。就为这，受了留党察看处分，复员了。一结婚，发现有了小兰，大闹一场，搞得满城风雨，逼得蕙兰只好离开了剧团。

沙 一 烽　……唉！

冀 玉 良　人倒不坏。日子长了，都将就了。可是每到不顺心……蕙兰就得受点气。

沙 一 烽　干什么工作的？

冀 玉 良　一个汽车修配厂的车间主任。

沙 一 烽　（怀疑地）是"五·一六"吗？

冀 玉 良　难说。夺权以后，一派要解放他，可他倒到另一派去了。结果中央一表态，这派败了。下放、抓"五·一六"都轮上他了。

沙 一 烽　一自杀，更弄不清喽。

冀 玉 良　说是自杀，谁知道啊！

沙 一 烽　演出完了再说吧——有孩子了吧？

冀 玉 良　这年头，一个人好啊。说不定有什么三差两错的，也不至于牵累别人。

沙 一 烽　还打光棍？

冀　玉　良　……有蕙兰的戏吗？

沙　一　烽　本来是她的阿庆嫂，撤了。

冀　玉　良　往后，唉……

沙　一　烽　（踱了回来）……开台容易收场难呵！

冀　玉　良　您说今天这戏？

沙　一　烽　何止是这场戏……

冀　玉　良　（感慨万端）……

　　　　　　〔忽然场内观众一阵阵哄笑。

沙　一　烽　怎么回事？

冀　玉　良　（听了一会儿）阿庆嫂把胡司令念成吴司令了。

沙　一　烽　要命！（急下）

　　　　　　〔小兰上。

小　　兰　玉良阿叔？

冀　玉　良　小兰，……真让你唱上戏了？

小　　兰　嗯。

　　　　　　〔冀玉良小心翼翼地将旅行袋放到衣箱边上。林蕙兰上。

小　　兰　妈，你看谁来了？

林　蕙　兰　玉良？你怎么会上这儿来的？

冀　玉　良　看看你们。这么大事，也不告诉我。

林　蕙　兰　来了就排戏。（惨然一笑）一个月……一本正经……像真的一
　　　　　　样……想想都不是滋味儿。

冀　玉　良　待着吧，总比在乡下强！

林　蕙　兰　托人打听了吗？

冀　玉　良　……托了。没消息。

林　蕙　兰　要拖到什么时候，真害死人了。

冀　玉　良　（欲言又止）……

　　　　　　〔华美芳上。周阿鑫急跟上。

华　美　芳　（端起茶杯见水没了，气急败坏）哪个杀千刀的啊？（"乒"地一摔）
　　　　　　人家喉咙像着火，存心来捉挟我啊！

冀　玉　良　喔，刚才，我喝了……

华　美　芳　出去出去！倷是啥人？到后台瞎窜！

周 阿 鑫　市锡剧团的冀师傅。哇啦哇啦！冀师傅，我老婆，别见怪！

华 美 芳　喔——自家人弗认得自家人哉。吃吃、吃光仔俚。弗碍，弗碍！

周 阿 鑫　哎。哎，你再说说看，胡——司令！

华 美 芳　（使劲念）吴——司令！

　　　　　〔沙一烽上。

沙 一 烽　要命！胡司令，胡——

华 美 芳　吴司令，吴——

周 阿 鑫　胡——胡——胡！我的祖奶奶！

华 美 芳　吴——吴——吴！还不对！

周 阿 鑫　（咬牙切齿）没见过你这么笨的人！

华 美 芳　（一屁股坐下，吼叫起来）改弗过来哉！要死么只好去死，咯样弗要
　　　　　逼煞人咯！（大襟上扣子又绷散了）

　　　　　〔庄月娟火冒三丈地上。

庄 月 娟　什么意思？没听见观众在笑？老是吴司令、吴司令的。

沙 一 烽　南方人，胡吴不分！唉！

周 阿 鑫　再说一遍！胡司令！

华 美 芳　（腮帮子鼓动数次，依然无效）吴——司令！

周 阿 鑫　（恨极，劈脸一巴掌扇了过去）生这张嘴只会吃饭！

　　　　　〔华美芳顿时号叫起来。

沙 一 烽　老周！不像话。打就打过来了？

华 美 芳　（把身上衣服扒了下来）啊——呀，姆妈哎！咯叫唱戏啊，咯赛过进
　　　　　"学习班"喲！弗能唱哉呀，姆妈哎，咳咳咳……（跺脚）

庄 月 娟　一个当演员的连个字都学不会，吴司令、吴司令的？台底下坐的就
　　　　　是吴司令，你这不是存心……

沙 一 烽　那咋办？他如果也姓胡，《沙家浜》还不能唱了？

庄 月 娟　（语塞）……

　　　　　〔冯少春、马大年上。

冯 少 春　哎哟，姑奶奶，怎么在这儿闹开了？这不把胡司令、刁参谋长晾台
　　　　　上了？

沙 一 烽　跟乐队打个招呼。

　　　　　〔冯少春下。

华 美 芳　（对镜一照，看见脸上的大巴掌印，又呼号起来）我咯面孔，啊哟……

沙 一 烽　（抓起衣服）林蕙兰，穿起衣服，上！

林 蕙 兰　我？

沙 一 烽　救场如救火。快！

庄 月 娟　不行！任何情况下都得坚持原则。

沙 一 烽　（把衣服一摞）那你来处理！

庄 月 娟　（一怔）我是把关的！不是来处理具体事务的！（下）

　　　　　　　〔台上传来裴船生拉长声的唱腔："似这样——"

沙 一 烽　成事不足，败事有余！林蕙兰，上。

　　　　　　　〔林蕙兰披上衣服，冲了出去。马大年随入。

周 阿 鑫　（冲华美芳）回头再跟你算账！（跟着上了前台）

　　　　　　　〔华美芳忽然止住了哭声，转身钻入幕后。剧场内一阵骚动，接着
　　　　　　　又显得特别的安静。

　　　　　　　〔林蕙兰的道白洒脱自如地嵌入抑抑扬扬的行弦声中。沙一烽这
　　　　　　　才松弛下来，四肢无力地向椅子上一靠。

　　　　　　　〔小兰迫不及待地向门外跑去。

沙 一 烽　有烟吗？

冀 玉 良　有。（掏出一包带嘴的烟）

沙 一 烽　（抽出一支，撕去嘴子）唉！

冀 玉 良　哎？过滤嘴！

沙 一 烽　不过瘾！（点着后深深地吸了一口）

冀 玉 良　沙校长……

沙 一 烽　唔？

冀 玉 良　我上这儿来，您收吗？

沙 一 烽　到这个团？

冀 玉 良　……孤儿寡母的，我也能有个照应。

沙 一 烽　……户口一动，回去就难了。

冀 玉 良　小兰才开科，得有个好琴师。我虽是个半吊子，可比这儿的强。吊
　　　　　　坏了嗓子，一辈子就完了。我来了，常给她说着点，兴许是块好材料。

　　　　　　　〔台上传来了林蕙兰虽带浓厚江南味儿却又十分婉丽清畅的行腔：

　　　　　　　　"我必——呃须，察言观色——把他防……"

　　　　　　　　〔台下爆发起一阵掌声。周阿鑫兴奋地从前台奔上，伸出了大拇指。

周 阿 鑫　沙局长，满堂彩！你听，你听听！

沙 一 烽　（无表情地）唔……

　　　　　　　　〔冯少春，马大年上。

冯 少 春　（试嗓）"一青松呃——"（又清了清嗓子）水！

马 大 年　噢！（从角落里捧出一杯晾好的茶）

冯 少 春　沙局长，回头您瞧台上的。走，大年！（系上皮带与马大年下）

　　　　　　　　〔沙一烽凝神地盯住台口。

周 阿 鑫　沙局长，不容易啊，您累了吧？唉！

　　　　　　　　〔华美芳捂着腮帮子，哭丧着脸上。

华 美 芳　侬个赤佬！咯记耳光我弗能白吃。

周 阿 鑫　是我逼你？我不也是让人逼的嘛！这是样板戏，亲爱的！揉揉！

　　　　　　　　（伸手在华美芳脸上揉了一通，又匆匆下）

华 美 芳　十三点！（似乎是温暖地笑了。下）

沙 一 烽　（一丝苦笑）十三点……有点"十三点"也不错！

　　　　　　　　〔小兰飞跑上。

小　　兰　玉良阿叔、沙伯伯，你们不去看，我妈妈唱得真好！

沙 一 烽　（强颜欢笑）去看，去看！小丫头！（下）

　　　　　　　　〔小兰从衣箱边的一只藤篮里取出一只精致的细瓷茶壶来，走到茶
　　　　　　　　桶前灌满水。

冀 玉 良　又用上这把壶了。

小　　兰　唔。妈一直舍不得丢。

冀 玉 良　这还是你妈过生日，我送她的。

小　　兰　我怎么不知道？

冀 玉 良　你？那时候还没你呢。一转眼，你都这么大了。哦，我给你带好东
　　　　　　　西来了。

小　　兰　我看。

冀 玉 良　（慌忙起身）哎，别动，让我来拿。

小　　兰　嗤，不看，我也知道。

冀 玉 良　你知道啥？

小　　兰　话梅！老规矩了。玉良阿叔,除了妈,就你最疼我了。(一颗话梅含到嘴里,露出了甜甜的微笑)

冀 玉 良　小兰,玉良阿叔也上这儿来,好吗?

小　　兰　真的?那我才高兴呢!

冀 玉 良　我要是来了,就天天带你喊嗓练功。干上这行了,就得正经下苦功。到时候可别说我不心疼你噢!

小　　兰　(做了个鬼脸,撒娇地)你不会的。
　　　　　〔林蕙兰下场了。后台一阵道辛苦之声。

小　　兰　妈!(捧起茶壶递给母亲,又忙替母亲打扇)

林 蕙 兰　听着怎么样?南腔北调的。

冀 玉 良　早知今日,何必当初呢?

林 蕙 兰　自个儿也做不了主啊。哎,小兰,把妈衣服里的钱拿出来。
　　　　　〔小兰取钱交给林蕙兰。

林 蕙 兰　前些日子也多亏你。现在好了,先把这些拿去。以后……

冀 玉 良　这又何必呢!留着吧,该给小兰添点衣服了。我一个人,放着也是放着。
　　　　　〔林蕙兰悄悄把钱递给了小兰。

小　　兰　妈,玉良阿叔要上这儿来。

林 蕙 兰　上这儿?干吗?

冀 玉 良　咱们这一辈子,也就只能这样了。可孩子呢?总还得图个前程。我来了,跟你凑合着,兴许能把她戏路开得扎实点儿。

林 蕙 兰　哪能为了她,让你……再说,能在这待多久,谁能料啊?

冀 玉 良　(戚然)这……
　　　　　〔突然小兰一声惊呼——旅行袋已被她打开。

小　　兰　妈,死人!骨……骨灰盒!

冀 玉 良　小兰,你……

林 蕙 兰　骨灰盒?谁的?……是他?他死了?

冀 玉 良　自杀了。我……专为这事来的。

小　　兰　(惊恐地)谁?妈,是谁呀?
　　　　　〔林蕙兰痴呆了。

冀 玉 良　蕙兰!蕙兰!

小　　兰　妈——妈！

　　　　　　〔裘船生、周阿鑫上。

裘 船 生　（兴高采烈）哈哈，这嘛，才叫唱戏。

　　　　　蕙兰，辛苦辛苦！

　　　　　　〔林蕙兰伏倒在桌上哭了起来。

裘 船 生　怎么了，怎么了？

小　　兰　爸爸死了……

　　　　　（周阿鑫欲下，遇沙一烽上。

周 阿 鑫　沙局长，蕙兰她……

沙 一 烽　（走到林蕙兰身边）本来想演出完了再告诉你的，可是……

林 蕙 兰　沙局长，老天爷凭什么这样报应我！往后，我就是跳黄河也难洗清
　　　　　了……

小　　兰　（被林蕙兰的悲恸感染）妈——呜……

　　　　　　〔庄月娟神情严肃地上。

庄 月 娟　老裘——

　　　　　　〔沙一烽将旅行袋口拉上。

庄 月 娟　这演的又是哪一出？刚才在台上还眉飞色舞的，怎么又凄凄惨惨
　　　　　的了？

　　　　　　〔场上只听见林蕙兰的呜咽。

沙 一 烽　（向冀玉良伸手）烟！（烟卷在手中抖动着）

　　　　　　〔冀玉良为沙一烽点着了烟卷。

沙 一 烽　庄组长又有何公干？

庄 月 娟　乌七八糟，还像个革命文艺团体吗？

　　　　　吴司令、老汪他们都走了。

沙 一 烽　遗憾。庄部长也很扫兴吧！·

庄 月 娟　确实，没想到一个革命老同志会让这样的人，在一千多名党的代表
　　　　　面前神气活现、哗众取宠。真不可理解。

沙 一 烽　不理解的是你们的见解，竟和一千多名代表的掌声那么不一致！

庄 月 娟　那是他们不明真相！老裘，刚才决定了，剧团从明天起停止演出，
　　　　　下乡整顿学习。

沙 一 烽　谁决定的？

庄 月 娟　县委！

沙 一 烽　县委？县委在哪里？今天党代会刚刚开幕,旧县委砸烂了,新县委还没诞生,哪来的县委？

庄 月 娟　那就是县革委会！

沙 一 烽　(震怒)县委！县革委会！成了你家锅碗瓢勺了,抓过来什么就是什么！你还要不要党的组织原则、方针、政策？这是给你们家唱堂会来了？要唱就唱,不唱就得滚？这是人民的文艺工作团体,是党的事业,是属于全县六十万人民的,你懂不懂？才当了几天芝麻官,就跑到我面前耀武扬威！

庄 月 娟　(浑身发抖)沙局长,你倚老卖老得也太过分了！

沙 一 烽　是的！碰上个不识货的,不吆喝两声还不行哩！

庄 月 娟　老裴,我再说一遍,剧团明天就下乡,关门学习,开展运动！

裴 船 生　……噢！

沙 一 烽　噢什么！封了我这个"弼马温",那就不是个摆设。没我的同意,哪儿也不去！

庄 月 娟　……好！县委会上再说！(下)

裴 船 生　……沙局长……

沙 一 烽　怕啥！新县委委员也有我一个！
　　　　　〔僵持中,风雨效果大作。锣鼓铿锵,乐声激昂。

林 蕙 兰　沙局长,我走,让我走,别为我连累了大家！

沙 一 烽　(抑制着怒气)这不是为哪一个。蕙兰,这是文艺工作者的基本权利,是任何人都无权剥夺的！
　　　　　〔《沙家浜》第五场的演员下场了。
　　　　　第六场抑郁沉重的幕间曲奏起。

冀 玉 良　蕙兰,咬咬牙,做人好比做戏,不唱到了,总不甘心哪！

沙 一 烽　挺过去。想想那些为你鼓掌的观众,演员是为他们生活的！
　　　　　〔林蕙兰看看周围一双双善良同情的眼睛,坐到镜前,用团团脂粉掩去了面颊上的道道泪痕,缓缓起身,向黑压压的舞台深处走去。
　　　　　〔少顷,音乐声中传来林蕙兰强制悲痛的道白声,她似借阿庆嫂之口,在向观众哀哀泣诉着这人间的不平。

　　　　　　　　　　　　　　　　　　　　——幕徐闭

上官淑华　（幕前）戏就这样唱完了。剧团没为新县委的成立锦上添花，自然
　　　　　也就再也得不到他们的青睐。从此，电影《舞台姐妹》中的画面常
　　　　　在我面前出现了——一叶扁舟、破旧的衣箱、行包上坐满了男男女
　　　　　女。所不同的只是"噗噗"作响的柴油机代替了那些"吭唷"吟啸的
　　　　　纤夫。我们就是这样成年累月地在外漂泊着。冬去春来，转眼就
　　　　　是两年……（隐去）

第三幕

　　　　　（两年后的冬天。清晨。
　　　　　〔邻省某县剧场的院子里。四周高大建筑的遮挡，使这里显得十分
　　　　　阴冷，只有一缕阳光越过院墙，照射在剧场办公室兼经理宿舍的窗
　　　　　户上。窗前有一小小的花坛。
　　　　　〔幕启：黄炜缩起头颈，凝神听着上官淑华演奏《茨冈》。小兰和林
　　　　　蕙兰一前一后抬着满满两桶洗净绞干的八路军服装，走进了大门。
黄　　炜　林老师，（忙去接过担子）这么大早就去洗服装了？
林蕙兰　早就该洗了，难得碰上个好天。再不赶早就耽误晚上的演出了。
黄　　炜　让我来！
林蕙兰　不用！喔，小兰，快，谢谢黄炜阿舅。
小　　兰　谢谢黄炜阿舅。
黄　　炜　（苦涩地笑了）不用谢！（与林蕙兰下）
　　　　　〔上官淑华抓起小兰的冻得通红的手。
上官淑华　冷吗？
小　　兰　不！
上官淑华　（将小兰的双手塞进自己的衣襟）来！暖一暖！
小　　兰　唔。你喜欢我吗？淑华姐……
上官淑华　（失声笑了起来）叫我淑华姐？可你又叫黄炜阿舅。我跟他同
　　　　　岁的。
小　　兰　我不喜欢叫你阿姨！淑华姐，你拉，我来唱，好吗？
上官淑华　唱什么？
小　　兰　《双推磨》好吗？

上官淑华　小兰……我真可怜你。

　　　　　　〔小兰黯然。突然她抽回自己的双手,转身走开了。

上官淑华　小兰!

　　　　　　〔冀玉良挟着胡琴上。

冀　玉　良　上官,早啊?

上官淑华　哦,冀老师,您早!

小　　兰　玉良阿叔,今天这么冷,您不多睡会儿?

冀　玉　良　惯了,到时候就醒了。光着脖子不冷?

小　　兰　妈说,草台班常露天唱,嗓子得顶得住风呛,别娇惯自己。

冀　玉　良　妈呢?

小　　兰　晾衣裳去了。

冀　玉　良　(望了望里院)又洗那么多,唉……走吧。(偕小兰下)

　　　　　　〔黄炜上,默默地注视着这一老一少的背影。

黄　　炜　两年多了,天天如此。

上官淑华　没吃够这行的苦嘛!

黄　　炜　谁不是在缝隙中寻找希望呢?

上官淑华　一辈子就这样?匆匆忙忙地来了,又匆匆忙忙地走了,没在一个地
　　　　　　方安安定定地住过十天。就这样消耗我们的生命。

黄　　炜　一切存在都在消耗,生命总在消耗中完成,只看你怎么消耗它。

　　　　　　〔黄炜对上官淑华注视良久,拉起琴。

上官淑华　你拉的是什么?

黄　　炜　我写了一首歌。

上官淑华　你会作曲?

黄　　炜　不会。可是实在想写。愿意看看吗?

　　　　　　(掏出一个小本本递给上官淑华)

上官淑华　(随着琴声低声吟唱)

　　　　　　　　过五湖,走三江,

　　　　　　　　琴声伴我走四方。

　　　　　　　　我想对你说,别这样忧伤……

　　　　　　　　(将本子还给黄炜)拿去吧!

黄　　炜　写得……不好?

上官淑华　不好。歌是写给大家唱的，可你……

黄　　炜　这，确实是为你写的……

上官淑华　我已经感觉到了。

黄　　炜　从第一次见面，我……两年多了……

上官淑华　我们都冷静点。爱情是个陷阱，别让我们陷在这儿，以后想抽身都
　　　　　难了。

黄　　炜　我以为你很勇敢……

上官淑华　不，现实比我强大得多，这是个容不下个人情感和意志的世界。

黄　　炜　可这并不妨碍……

　　　　　〔窗户突然打开了，伸出了剧场花经理睡眼惺忪的脑袋。

花 经 理　行了吧？我都明白了，你还不明白？

　　　　　〔黄炜和上官淑华一惊。上官淑华转身往门外走去。

黄　　炜　你……

花 经 理　我，我怎么的？这不是公园！在人家头顶心上"叽叽咕咕"。我皮
　　　　　肤过敏，知道吗？肉麻当有趣！（拉上了窗户）

　　　　　〔马大年上。

马 大 年　黄炜，师傅来过这儿没有？

黄　　炜　没有。

马 大 年　哦，那还好。唉，哪天要能舒舒服服睡个早觉就好了。

　　　　　〔黄炜默默地下。

　　　　　〔马大年奇怪地看着黄炜，突然急急忙忙地砸起"蹾子"来。

　　　　　〔冯少春手里提着藤鞭上。

马 大 年　（嘴里数着数，不停地翻着）二十三，二十四……

　　　　　〔冯少春静静地看着马大年，冷不丁地照着马大年屁股就是一
　　　　　藤鞭。

冯 少 春　还二十三、二十四，你是给我练的？功夫练就了，在你自个儿身上，
　　　　　我带不走！还想蒙我？昨晚上在台上走的那叫什么？你也算是冯
　　　　　少春的徒弟！

马 大 年　师傅，看我今天晚上的。

冯 少 春　今儿晚上，演给鬼看！

马 大 年　怎么？

冯 少 春　你没见昨儿晚上场子里，连鸟枪都打不着人。才第二天哪！

马 大 年　难怪！戏不好！这种戏，我也会编。

冯 少 春　你比江阿姨还能！练你的吧！

马 大 年　噢！（又翻了起来）

冯 少 春　（喊嗓）"啊——"，"好妈妈——"

〔林蕙兰手端空茶缸上。

林 蕙 兰　您早啊，少春。

冯 少 春　哟，您哪？小兰呢？

林 蕙 兰　跟玉良吊嗓去了。

冯 少 春　啊，玉良待小兰真比亲闺女还上心哪！

林 蕙 兰　（提防地）您待大年还不一样吗？师傅嘛！（出门去）

冯 少 春　……唔，真不愧是个开茶馆的，说出话来滴水不漏，佩服，佩服！
　　　　　（向马大年）瞧见没有？人家那师傅，天天是热豆浆、油条。你呢？

马 大 年　我去买来。（欲下）

冯 少 春　（掏出钱）拿着钱！

马 大 年　（接过）噢！（下）

〔剧场花经理端了个老式漱口缸，揉着眼睛，从一扇小门里走出来。

冯 少 春　花经理，您也起这么早？

花 经 理　早！小的才闹完，大的又来嗷嗷叫！能睡吗？（漱了漱口，又刮舌
　　　　　苔）

冯 少 春　（拾起块瓦片朝大门口扔去）畜生！

花 经 理　干什么？

冯 少 春　那条狗！大清早地对着门口伸着舌头，哈喇子直淌，直恶心人！

花 经 理　这么大冷天，有狗伸舌头的吗？

冯 少 春　说的是，谁知这老狗犯了什么毛病！
　　　　　（扬长而去）

花 经 理　（朝大门口看了一眼，又伸出舌头。猛地，瞪起眼朝着冯少春去的
　　　　　方向）王八蛋！（打了个恶心）哦儿——臭卖唱的！老子过的桥都
　　　　　比你走的路多，跟我来这套！
　　　　　（裘船生、周阿鑫提暖瓶、茶杯、小凳上。）

周 阿 鑫　怎么的了，花经理？

花 经 理	到我面前指鸡骂狗？谁是老狗？愿在这儿唱就唱，不愿唱的滚蛋！
裘 船 生	喔，我一定批评，一定批评。
花 经 理	太不像话了。
裘 船 生	（掏出烟敬花经理一支）阿鑫，泡茶。
花 经 理	（将烟卷转了一圈，眯起眼看看，又递还给裘船生）甭客气。
裘 船 生	（堆着笑脸）花经理，今天票卖多少？
花 经 理	今天的票？昨天的票还有九百来张呢！裘团长，咱们呢，巷子里扛毛竹，直来直去。你们这叫京戏？唱不叫唱，做不叫做，空心筋斗还没实心筋斗多。赵勇刚马鞭子没到，日本鬼子地上打个滚就跑了！啊？像这样打仗，抗日战争还用了八年？老百姓还用得着跑反？
裘 船 生	是的，是的！我们一定改进。
花 经 理	（鄙夷地）改进！下个码头是哪儿啊？
裘 船 生	接码头的还没回音，恐怕……
花 经 理	非唱到敞开大门都没人进再收场？
	（下）
裘 船 生	阿鑫，怎么办？下逐客令了。
周 阿 鑫	你是一团之长，共产党员。你服从党，我服从你。你说向东我不向西，你说唱京剧我不唱锡剧，你吃不上干的，我跟你喝稀。
裘 船 生	（火了）你来当这个团长试试看！
周 阿 鑫	我要能当团长，还要你共产党员干啥？党员嘛，"革命智慧能胜天""时刻听从党召唤"！听哎！林蕙兰——扒下来；上官淑华——批判；沙局长——揭发！你这么听上级的话，上级还能不包你场场客满？
裘 船 生	（触到痛处，暴跳如雷）你叫我怎么办？我愿意？下级服从上级是党章规定。你懂不懂？
周 阿 鑫	我不懂。人家沙局长都没你懂。
裘 船 生	他是高干！两年了，县里啨动他一根筋了？我们算老几？一个不当心就像吃豆腐一样吃掉嘞！你想想，沙局长能在这儿待一世？他一走我们靠谁？
周 阿 鑫	靠谁？几十年混过来了，靠的是唱戏。凭的是良心。有福同享，有

难同当！从来不靠巴结哪个过日子！

裘 船 生　空话！就是跑江湖还不得拜老头子、认干爹？没人撑腰你唱个屁！

周 阿 鑫　你反动！你拿社会主义当旧社会？

裘 船 生　这……所以要靠党领导、靠上级支持嘛！

周 阿 鑫　那你还跟我商量点啥？钞票在观众的口袋里，你叫党号召他们交出来嘛！

裘 船 生　你……（语塞，无名火起，吼叫着）妈的！我当初要跟新四军走喽，现在至少当个参谋长，不至于干这个鸟团长！孬种！（怒冲冲地下）

〔小兰围着一条新围巾走进门。冀玉良随上。

小　　兰　妈——（下）

冀 玉 良　阿鑫，老裘跟谁发火？

周 阿 鑫　跟我！发火，发什么火！剧团不上座，活该！观众捧的是角儿。哪个角儿脸上也没写着成分！政治挂帅，快把脖子挂起来了。

冀 玉 良　裘团长也挺为难的。

〔林蕙兰端豆浆、油条上，感觉到这是有关她的谈话，便欲埋头走开。

周 阿 鑫　要是活着嘛，还能打离婚，划清界限。死了，怎么划？背一辈子？……哎，老冀，你是个厚道人，好事做到底，干脆把她弄过来，怎么样？

林 蕙 兰　阿鑫！

周 阿 鑫　哟……

林 蕙 兰　都是四十开外的人了，……你不该拿我当你下酒的菜。身边的是非已经够多了，你别再说这些，让我过两天太平日子吧。（下）

周 阿 鑫　这、这，我也是为你，为咱这剧团！

〔静场。小兰端豆浆、油条上。

小　　兰　玉良阿叔，您吃早点！

冀 玉 良　呵……

小　　兰　（将手里的钱交给冀玉良）玉良阿叔，这是围巾钱。

冀 玉 良　这是干什么？

小　　兰　妈说的。

冀 玉 良　小兰，这是玉良阿叔送给你的。

小　　兰　妈说要给你。

周 阿 鑫　（恨恨地）哎呀！我是黄鼠狼的屁囊．开口就臭！真犯了邪了！（下）

冀 玉 良　小兰，这是我……（难以解释）把钱拿走，别伤了玉良阿叔的心。

小　　兰　（执拗地）不！

冀 玉 良　（佯嗔）你要再这样，我就把围巾退喽！

　　　　　〔小兰摘下围巾，塞给冀玉良，返身就走。

冀 玉 良　（动怒）回来！你……你把这豆浆也端走！端走！

　　　　　〔小兰怔住了。她从未看到冀玉良发过这样大的脾气，眼泪一下就
　　　　　落了下来，抽动着嘴，端起豆浆。

冀 玉 良　（心酸地）小……兰！是玉良阿叔不好，玉良阿叔向你赔不是，听见
　　　　　吗？别哭了，啊？

　　　　　〔林蕙兰闻声上。

林 蕙 兰　小兰……（接过小兰手中的豆浆）这么大姑娘了，不怕人笑话！
　　　　　回去！

　　　　　〔小兰拭泪下。林蕙兰转身欲下。

冀 玉 良　（抓起围巾）蕙兰！我疼这孩子不是这两年的事了，你这是何必呢！

林 蕙 兰　这些闲言碎语，不管好心、坏心，谁知又会生什么灾？人多嘴杂，万
　　　　　一得罪了谁，人家想拿这条整你，就有口也难分辩。一个人清清白
　　　　　白的不好？你真不该冒冒失失地来这儿，这不是断送你自己嘛！

冀 玉 良　四十了，无家可成、无业可立，有什么可断送的！（俯身取琴）

林 蕙 兰　（接过围巾，将豆浆放到了冀玉良身边）豆浆要凉了。

　　　　　（冀玉良埋头拉起琴来。周阿鑫上，见状佯作未见。林蕙兰下。）

周 阿 鑫　（感叹地）人哪！真琢磨不透！（唱起锡剧《双推磨》来）"豆浆味道
　　　　　甜津津……"

　　　　　〔冀玉良信手为周阿鑫伴奏着。

周 阿 鑫　（接唱）"吃到嘴里甜到心。
　　　　　（夹白）我在张家做了十多年长工，
　　　　　（接唱）热腾腾的开水也难吃到，嫂嫂你待我好恩情。"
　　　　　（怀念地）锡剧哎！会唱的不让唱，让唱的不会唱，要命的样板
　　　　　戏噢！

〔裘船生上。

裘　船　生　（一肚子火）哪个,哪个唱的?

周　阿　鑫　（不示弱地）我! 唱锡剧犯王法了? 业余爱好行不行? 这点自由给不给?

裘　船　生　我不给你自由? 饭碗不给你自由。天地这么大,我们怎么走不了呢? 唱不好京戏没饭吃,自由!

〔门外吵吵嚷嚷。上官淑华脸色苍白,闯进门来。

上官淑华　裘团长! 马大年跟流氓打起来了。

裘　船　生　怎么搞的?

周　阿　鑫　（高喊）来人哪,有人跟剧团打架了!

〔周阿鑫与裘船生奔出大门。华美芳、黄炜等人闻声赶来。马大年进门,身上的衣服只剩一丝布筋吊在肩上。

〔门外叫骂声不绝。

华　美　芳　（挺身而出）嘴巴里清爽点! 你们不学《毛选》的呀?

〔门外飞进一物。

华　美　芳　（急挡）喔哟哇! （拾起物欲还击）啊哟喂,大饼晼! （听见门外一阵哄笑）小赤佬,有娘养无娘管咯?

马　大　年　打!

〔裘船生与周阿鑫急忙将大门关上。

裘　船　生　你怎么打起架来了?

马　大　年　他们调戏妇女! 你问上官。

上官淑华　这群小流氓知道我是剧团的,拦住我说:票子卖不掉了吧……

马　大　年　哎,还说,妹妹,送两张来,我们给你捧捧场。

〔门外哄骂声又起:"快滚吧! 破剧团! 唱戏呢,开堂子都没人上门。"

黄　　炜　（拉开大门）走! 要打就大打!

马　大　年　对! 揍扁了他们。

〔众人急拦阻。

周　阿　鑫　算了,算了! 强龙不压地头蛇。

〔花经理上。

花　经　理　干啥? 吃饱了? （对裘船生）开门!

裴 船 生 （迟疑着）算了，花经理。

花 经 理 打开！打开！

〔门开了。

花 经 理 （朝门外轻蔑地笑着）呵？来——（突地把眼一瞪）来啊！进来一对打一对，打死了不偿命！三天不睡稻草铺，骨子里发痒了？瘪三！滚！

〔门外人声远去。

裴 船 生 （抹了一把汗）哦，到底是花经理！一帖药！

花 经 理 嘿，三教九流，什么人没会过？对付不了，也不会端这碗饭！

〔窗内电话铃响。花经理入内。少顷复出。

花 经 理 裴团长，长途。

裴 船 生 哦，恐怕接码头的有消息了。（急进屋接电话）

（人们聆听着。不一会儿，老裴抹着汗从屋里出来。）

花 经 理 裴团长，怎么说法？

裴 船 生 花经理，下个码头还没接到。您是老江湖了，这剧团的难处……

花 经 理 （厌烦地走开）裴团长，我要是开旅馆，当然欢迎各位长住此地。这是剧场！你们不唱了，我可要接别的班子。（进屋，门砰然而合）

马 大 年 （冲到门口）上你的臭当！你说过包我们十天客满的呢！

〔花经理一下把门拉开。

花 经 理 包你娶媳妇还包你养儿子？啐！（进门）

马 大 年 你……

上官淑华 大年，把衣服换下来，我给你补补。

马 大 年 不用。随它去。

华 美 芳 去吧，弗要冻坏哉！

〔上官淑华、马大年下。

冀 玉 良 客大欺店，店大欺客。

冯 少 春 不怪人家说，走遍江湖没见过这么操蛋的班子！光靠我一人撑得住吗？不是吹的，我们那团一出来……

周 阿 鑫 你们那团？你还有哪个团呐？不是操蛋的人也到不了这个操蛋的班子来。

冯 少 春 我操蛋？打听打听去！老子下放是他妈的自找。这可好，黄鳝拱进了笼,进退无路。

裘 船 生　说这些都没用。把戏唱好是真家伙!

周 阿 鑫　没法唱好。江北驴子学狗叫,能像吗?

裘 船 生　那你说怎么办? 你拿出办法来!

周 阿 鑫　(吼了起来)我要唱锡剧!

〔窗子里又探出花经理的头,手里抓着电话。

花 经 理　喝醉了? 要试嗓子走远点!

〔众人愕然地瞧着花经理。

花 经 理　(听电话)喂,是。喔,宋部长……是,马上就来。(放下话筒,匆
匆下)

〔冀玉良不由地又拉起锡剧的过门。

周 阿 鑫　(苍凉地唱起《方卿跌雪》)
"……害得我饥寒孤苦在今朝。手已僵,足已麻,浑身冰冷心已
焦……"

裘 船 生　(一跺脚)唉!(转身走开)

〔沙一烽一步跨进了门槛。

冀 玉 良　(一眼发现沙一烽,站起)沙局长!

众　　人　(惊喜地)沙局长!

周 阿 鑫　沙局长!(扑了上去,使劲握住沙一烽的手,眼睛不住眨巴着)您,
来得真是时候啊!

沙 一 烽　辛苦了,同志们!(与众人一一握手)

〔华美芳端了一张板凳过来。

〔裘船生不由自主地往后退缩着。

华 美 芳　沙局长,倷坐呀! 长远弗看见倷哉,真咯牵记得来。现在看见倷
来,心里厢是暖热得来!(扑簌扑簌地掉眼泪)

沙 一 烽　怎么了,华美芳同志?

华 美 芳　倷弗晓得,我伲勒外头,不叫唱戏,叫受气哟!(抽抽搭搭哭了起来)

沙 一 烽　……常年奔波在外,很艰难哪! 辛苦啊,同志们。我就是来慰问你
们的。我一直在乡下搞工作队,也没顾得上来关心你们,可没撤我
的职,总还得管呐! 临来前,我又上大院里去了一趟,家属们都很
好,叫你们在外边放心,有的还烧了菜,让我给你们捎来,可惜我带

不了。我说我把你们的心意带到了吧！瞧，这是他们的信。你老伴的，你女儿的，你的，还有谁的？都拿去分给他们吧。都在问我，剧团什么时候回来？我说，他们在外边辛苦，省吃俭用的为了你们，好好备点年货，等他们回来好好过个团圆年！嗯？怎么？都想家了？闹情绪？（掏出一包"大中华"，稀里哗啦扯开分发着）抽烟！

裴 船 生　（歉疚地）沙局长，我……我对不住您……我干不了这鬼差使！我……（蹲下哭了）

沙 一 烽　别这样，老裴！做人，难哪！能对付的尽量由我去对付。你们只管唱戏！

裴 船 生　沙局长，唱不下去了……

沙 一 烽　连你这个头头也这么灰溜溜的？

裴 船 生　你不了解这里情况，沙局长！

沙 一 烽　了解，怎么不了解！下了车，我先上的县委。不就是不上座吗？想办法让它上座就是了。逢山开路，遇水架桥。活人还能让尿憋死？
　　　　　　〔花经理上。

花 经 理　哪位是沙局长？

沙 一 烽　我就是。你贵姓？

花 经 理　喔，沙局长！免贵姓花。

沙 一 烽　好，花经理，剧团来添你的麻烦了。

花 经 理　哪里哪里，场团一家嘛！小地方，条件差，不到之处还请大家多包涵！

沙 一 烽　干剧场你是老经验了，剧团初来乍到，还得靠你多指点。

花 经 理　不错的，我亲自接来的嘛！刚才宋部长特意叫我去，为你们剧团做了些安排。沙局长，（敬烟）县委李书记是您老部下？

沙 一 烽　是的。多年的老战友了。

花 经 理　怪不得！县委对你们剧团很重视啊。为了两省人民的友谊，一定要让你们胜利而来，胜利而去！

沙 一 烽　那全靠你花经理多支持喽！

花 经 理　这样，我把我们的安排向您汇报一下。今、明、后三天，分别由县机关、工代会和教育部门包场。而后呢，离这儿三十里，有十万民工正在围湖造田大会战。县委让我把剧团带到那里去。条件嘛，要差点喽,露天演出。但是这样么,一来给学大寨的民工鼓舞士气;二来,贫下中农也能看到日思夜想的样板戏。有意义哎! 只好让大家辛苦点了!

沙 一 烽　同志们看看呢?

裘 船 生　(忙不迭地)很好,很好!

花 经 理　那我们就这样定了?

沙 一 烽　谢谢你。我一来,同志们都说花经理精明干练。果真如此啊!

花 经 理　(谦恭地)过奖,过奖! 你们谈,你们谈! (下)

　　　　　〔众演员雀跃欢呼,奔走相告。

裘 船 生　沙局长,我真不敢相信……

沙 一 烽　有啥不信的? 老战友一句话,问题就解决。兴这一套嘛!

裘 船 生　想不到沙局长有这么大的面子。

沙 一 烽　小看人。早告诉我要上这儿来,我来打前站不就没问题了? 当团长的不知道调动群众积极性还行?

裘 船 生　嘿嘿……

　　　　　〔众人开心地笑了。

沙 一 烽　往后怎么办噢? 我可没那么多老战友!

裘 船 生　沙局长,这京剧……

沙 一 烽　(拿出几份报纸)湖南演出了花鼓戏《沙家浜》。可见地方戏还是能唱。别人能改,我们就不能改?

冀 玉 良　刚才大伙还在说这事,咱这儿搞京剧的,就少春一人是科班。能改锡剧,那可强多了。

冯 少 春　(反感地)哼,谁能改,谁改。我反正改不了!

沙 一 烽　先议论议论吧,争取团里有个统一的意见。

裘 船 生　那,我让大家讨论讨论。走。(与众人同下)

　　　　　〔林蕙兰托了一叠洗净的衣服上。喊住了冀玉良,把衣服交给他。冀玉良接过,下。

沙 一 烽　(注视着冀玉良的背影,对林蕙兰)怎么样,有什么困难吗?

林 蕙 兰　没有,挺好的。

沙 一 烽　……没什么新打算?

林 蕙 兰　喔,没有,没有,孩子都这么大了。

沙 一 烽　后面的路还长着呢。……老冀是个好人！

林 蕙 兰　不，不，这年头，谁还有这心思。（下）

沙 一 烽　唉，人哪！

〔花经理出。手中提着块水牌，上书"今明后三天——满"。

花 经 理　沙局长！（亮水牌，谄媚地笑着）全满！

沙 一 烽　（划着火柴点烟）这就是当今社会。啼笑皆非！

——幕　闭

上官淑华　（幕前）生活就是这样，它常常给人以虚假的满足，让人们兴奋，为它忙碌。终于，锡剧改成了。因为沙局长找到了尚方宝剑——毛主席说，地方戏移植样板戏好。艺人们欣喜若狂地实现了自己的夙愿，又一次重打锣鼓重开台了！

（隐去）

第四幕

第一场

〔某天上午。

〔县影剧院舞台。

〔幕启：台上的锣鼓刚刚停息，武戏排练至一段落。场上一个持双刀的青年演员和持枪的青年演员正在休息。台上一张方凳上摊着一本剧本，旁边是一个暖瓶和一杯茶。周阿鑫正给这两个演员说戏。马大年在旁聆听。裘船生端着两茶缸水送到青年演员面前。

〔华美芳抱着一叠说明书上。

华 美 芳　船生，说明书来哉。看看，呐夯？我一讲是锡剧，印刷厂卖力得弗得了。昨日夜里厢加班印出来的。

裘 船 生　（念）革命现代锡剧《洪城第一枪》——怎么印上"锡剧团"了？

华 美 芳　唱锡剧不印锡剧团？

裘 船 生　今天晚上是试验演出。要上级看过戏，点了头，我们才能正式改名。你这里先印好了，县委一看，不显得我们目无领导？

华 美 芳　花样也实在多！毛主席说咾，地方戏就是好！呐夯？金口！

裘 船 生　金口，银口，还得要土地老爷松口！

　　　　　〔幕侧传来乐队不耐烦的催促声。

华 美 芳　（将说明书往裘船生手中一塞）随便侬！我已经两包香烟贴脱哉！

马 大 年　美芳阿姨，我看看！

华 美 芳　十三点！弗是侬咾，看点啥！

周 阿 鑫　（将华美芳推下）走，走！接着往下来。开始！

　　　　　〔马大年似乎有些忐忑不安地下。

　　　　　〔"急急风"起。两演员对打，持刀者追持枪者下。

周 阿 鑫　（嘴里学枪声）叭！叭叭……

　　　　　〔女兵追击出场。

周 阿 鑫　走！

　　　　　〔演员甲上场起飞腿，落地后猫腰等待。没有人上场。演员乙已从
　　　　　侧幕冲出，见状停住。锣鼓也停了下来。

周 阿 鑫　怎么回事？

演 员 甲　冯老师不知上哪去了。

周 阿 鑫　你看看，一改锡剧，他就这样了。

裘 船 生　老冯！老冯——

　　　　　〔冯少春声："在这儿呐！"只见冯少春肩上搭着件褂子，嘴里叼着根
　　　　　牙签，趿着鞋从台下往台上走来。

裘 船 生　老冯，该你的了。

周 阿 鑫　你上哪儿了？这么些人在等你。

冯 少 春　出恭！限制吗？

裘 船 生　（调解地）来吧，来吧！

　　　　　〔周阿鑫忍住气往台角上走去。冯少春把褂子一甩，往上场门边一站。

周 阿 鑫　开始。

　　　　　（锣鼓声起。演员甲重走了一遍。）

冯 少 春　（口中念念有词，吊儿郎当地）旋趴虎——（从演员甲身边绕了过
　　　　　去）往左一滚。起身，一下，两下……

　　　　　〔演员乙见冯少春在敷衍着，也只得停了下来。

　　　　　〔锣鼓声又停息了。

周　阿　鑫　冯大哥，晚上就演了。正格地来一遍行吗？

冯　少　春　正格地？没见过！您说戏的时候不就是这么来的吗？

周　阿　鑫　我……冯大哥，当初不是没请您。您就因为改了锡剧硬较着劲儿不干，我才鸭子上架的。何必跟我过不去呢？

冯　少　春　哪儿的话！来遍给我看看，导演嘛！

周　阿　鑫　您知道我是唱丑的，非得拿我这手？

冯　少　寿　你是唱丑的，我呢？我就该打下手？

裘　船　生　老冯！实在是团里人手不够。再说，过"三险"，换个生手，怕上了台出纰漏。先委屈您几天，怎么样？

冯　少　春　别客气了！改锡剧，咱嘴皮子笨，学不了"叽叽喳喳"这鸟叫，只能对付着干这行呗！

裘　船　生　辛苦您，再排一遍，心里好有个数。

冯　少　春　不就是过个"三险"吗？（拾起衣服）台上见！（把衣服往肩上一搭，扬长而去）

周　阿　鑫　不为你，今天都不用排！

　　　　　　〔华美芳也忿忿不平地冲过来。

华　美　芳　（朝着冯少春的背影）咯叫啥态度！咯是歪风邪气！

裘　船　生　（强忍下火气，对众人）刚才沙局长来电话，上级都来人了，要我们一定打好这一仗。为了咱剧团的前途，大家努把力吧！休息了，准备晚上演出。

　　　　　　〔众人向四处络绎走散。

华　美　芳　团长也弗管管，倷是瞎起劲！（点着裘船生的鼻子）咯种团长，欺软怕硬！

周　阿　鑫　滚！要你插什么嘴！

华　美　芳　咦！十三点呀，我是帮倷呀！碰着个赤佬……（嘟嘟哝哝地下）

周　阿　鑫　船生，下回你另请高明！（下）

　　　　　　〔上官淑华提着琴匣上，见状站住。

上官淑华　裘团长，（递上块小毛巾）看您脸上的汗……领导一个剧团真不容易。

裘　船　生　（总算出了口气）哦，谢谢你。怎么办？我又不能"另请高明"。

上官淑华　美芳阿姨的话也有点道理，应该开展点批评，为的是大家嘛。

裘　船　生　　将心比心吧！谁都有谁的难处。(下)

　　　　　　　　〔马大年上,遇见上官淑华忽然神情有些异样。

上官淑华　　大年,跟你说句话。

马　大　年　　说……说什么?

上官淑华　　刚才你在吗?

马　大　年　　在,我在那儿。

上官淑华　　你师傅这样好吗?

马　大　年　　哦,师傅……当然,当然不好。

上官淑华　　咱们都是掉进了社会底层的人,好容易找到这条破船,有个栖身之
　　　　　　　处,大家都处在一个挺可怜的位置上,争这点高下,有什么意思呢!
　　　　　　　把这条破船搞翻了,只会比现在更可怜。

马　大　年　　是,一点不错,我也是这么想的。

上官淑华　　那你该说说冯老师。

马　大　年　　我? 他是我师傅。

上官淑华　　正因为是你师傅,你说他会听的。

马　大　年　　好,我试试。

　　　　　　　　〔上官淑华欲下。

马　大　年　　……上官,信你看了吗?

上官淑华　　喔,你不说,我都忘了。(拿出信)

马　大　年　　哦,你……(慌忙逃下)

上官淑华　　(疑惑地看着马大年,又看看信封)内详?(拆开信急速地看了几
　　　　　　　行,又看了看数页之后的署名)该死!

　　　　　　　　〔黄炜上,手里端着个带有浅色尼龙丝套的旅行杯

黄　　炜　　上官,(淡漠地)你的杯子忘在那儿了。

上官淑华　　哦……(忙不迭地接过杯子,将信纸散落地下)

　　　　　　　　〔黄炜帮她捡起,不由地停住了手。

上官淑华　　(一把夺了过来)别人写来的。

黄　　炜　　哦,对不起。(欲下)

上官淑华　　黄炜……

黄　　炜　　嗯。

上官淑华　　……我祝贺你。

黄　　炜　祝贺我什么？

上官淑华　你的音乐设计……挺成功的。真没想到！

黄　　炜　谢谢。

上官淑华　没想到你对地方戏会产生感情，并且投身进去了。

黄　　炜　生活只留下这条通道，我只能一步一个脚印地走下去。人并不是注定只能干什么。我和你一样不愿意白白地消耗生命。

上官淑华　不，不一样了……这两年，你为什么不来劝劝我呢？

黄　　炜　……人，贵有自知之明，总不能……

上官淑华　即使不能跨越那一步，你也应该……你对我太冷淡了。你不觉得这是心胸狭窄吗？

黄　　炜　也许是。

上官淑华　以后呢？

黄　　炜　（上官淑华的眼神使他心中漾起一股热流）……不知道。这分寸很难掌握。

上官淑华　（动情地）我毕竟是女的，在这些事上常常会犹豫或者拿错主意……别去掌握什么分寸，只要我们真心相待。

黄　　炜　上官……

　　　　　〔林蕙兰、小兰上。

林　蕙　兰　黄炜，哟，你们有事？

黄　　炜　不，没事。

林　蕙　兰　小兰这段唱，我想再改一改，来跟你商量商量。

黄　　炜　行。马上弄吗？

林　蕙　兰　不用，你们先谈，我们就在后台。

　　　　　（走了几步）上官，黄炜这次搞的唱腔真不错，团里人都在夸他。咱们这班人要是齐心搞下去，真能搞出好戏来！

小　　兰　淑华姐！（调皮地做了个鬼脸，与林蕙兰同下）

上官淑华　我帮你把琴带回去？

黄　　炜　不好拿吧！

上官淑华　你拿着这茶杯。（提着黄炜的琴匣）

黄　　炜　谁编的套？

上官淑华　我自己。喜欢吗？

黄　　炜　　喜欢。

上官淑华　　那就给你吧！

黄　　炜　　谁给你的信？

上官淑华　　不相干的，你别问。

　　　　　〔黄炜笑笑，下。

　　　　　〔上官淑华正欲下，马大年上，一照面，都愣住了。

马大年　　信……唔，你看过信了？

上官淑华　　看过了。

马大年　　你，笑话我了？

上官淑华　　没有。谁都有这权利，没什么可笑的。

马大年　　我实在忍不住，就写了。可是刚一丢进邮筒，我就后悔。跟邮局说
　　　　　了半天请他拿出来……他们不肯。

上官淑华　　（拿出信来）那我可以还给你。

马大年　　（接过信，心凉了）没有一点可能？

上官淑华　　没有。真的，一点也没有。（欲下）

马大年　　我以为你对我印象不错。

上官淑华　　是不错。可跟这完全是两回事。

马大年　　（深深地埋下了头）唔。

　　　　　〔上官淑华似乎有些同情地望了望马大年，下。

马大年　　（看着手里的信，忽然不知哪根神经短路了，猛地向侧前方一串跪
　　　　　步，双手向空中一伸，"凄楚"地）党——代——表！（顺势倒在地
　　　　　下，不动了）

　　　　　〔黄炜上。

黄　　炜　　（诧异地）大年、大年，怎么了？

马大年　　（忙收起信，慢慢坐起）没什么，心里有点闷。

黄　　炜　　（递过杯子）喝口水？

马大年　　（捧住杯子，指杯套）谁给编的？

黄　　炜　　呃……上官淑华。

马大年　　（抚摸着）真好看。

黄　　炜　　（看着马大年的脸色）陪你上医院看看？

马大年　　不，不用。一切都过去了。

黄　　炜　那，我先走了。（下）

〔幕内声："大年——大年！"

〔马大年闷声不响地坐着。冯少春上。

冯少春　吧？喊你怎么不理人呐？

马大年　没力气。

冯少春　让你打的洒呢？

马大年　（不耐烦地）放你床头上了。

冯少春　唉！现在就咱爷儿俩是贴心的了。看你师傅受人气，也不疼疼我。

马大年　你还会受气？

冯少春　瞧瞧，（掏出一份说明书）导演——周阿鑫，作曲——黄炜……这不，别人名字全上了，连林小兰都像模像样是个角儿了。咱呢？"匪兵、特务等——本团演员"。呸！本团演员！

马大年　"不为名，不为利，一心唱好样板戏。"

冯少春　你知道虾子打哪头放屁？"唱得好是吃戏饭，唱不好是吃气饭！"你呀！

〔庄月娟拿个硬壳本本上。

庄月娟　小马！

马大年　哎！

冯少春　哟，庄部长，好久没见了！

庄月娟　这剧团姓了沙了，我还来干啥？唉，老汪昨天还说，可惜了，往后再看不到冯少春的戏了。老冯，当局者迷，旁观者清。一改锡剧，你说你能干啥？

冯少春　咱老百姓有啥办法。要是当初不办这京剧团，我冯少春还到不了这地步。

庄月娟　（微妙地）啊——怪不得！这事啊，到这儿还没算完！（递过硬本本）小马，又到月头了，真不好意思。

马大年　噢，买煤啊！

庄月娟　可不是。两个小孩当兵的当兵，上大学的上大学，连个跑腿的都没有。你说我们这种困难谁能体谅，为这点事还得到处求人。（打着哈哈下）

冯少春　这年头，谁顾谁呀？看着，我非把这锡剧搅黄了不可！

〔林蕙兰、小兰上。

马 大 年　你这就不对！改锡剧是为了大家。

冯 少 春　一边趴着去！

马 大 年　你听着。咱们呢，是不是？都掉进了社会的底层，好容易才找到这个破船。是不是？大家都处在一个挺可怜的位置上，啊？偏要争这点高下有什么意思呢？把这破船搞翻喽……

冯 少 春　你这是跟谁说话？我是你师傅！

马 大 年　就是师傅才该听徒弟的话。

冯 少 春　滚！中了邪了！唱戏吃的是英雄饭，我冯少春大江大湖里闯过来的，今天还能栽在这沟里？

林 蕙 兰　少春，大年的话有道理，咱都落到这个地步……

冯 少 春　我们爷儿俩的事，你少掺和。

林 蕙 兰　……小兰，咱们走。

冯 少 春　落到这个地步！我冯少春是按着革命路线下来的，什么地步？跟你们比？

林 蕙 兰　少春，我可是一片好心。

冯 少 春　啐！好心！我可不是冀玉良，让你那片好心骗得像傻驴似的绕着你转。

林 蕙 兰　你……

马 大 年　师傅！

小 　 兰　你，你唱不上主角就这样，你下流！

林 蕙 兰　小……兰！

冯 少 春　我下流？我一没养私孩子，二没勾引别人，我下流？呸！

小 　 兰　你造谣！

马 大 年　师傅，你怎么能这样？（拉起冯少春就走）

〔冀玉良急上。

冯 少 春　想踩着我的肩膀上去……呸！

〔马大年推着搡着架走了冯少春。

小 　 兰　妈——（倒入林蕙兰怀中伤心痛哭）

冀 玉 良　怎么了？

林 蕙 兰　……小兰，打饭去吧。

〔小兰拭泪，悄悄伫立一旁。

冀 玉 良　是少春说了些什么？

林 蕙 兰　该死的姜焯光，他害得我好苦啊！

冀 玉 良　他，来了。

林 蕙 兰　谁？

冀 玉 良　姜焯光。

林 蕙 兰　他怎么会来的？

冀 玉 良　沙局长请省里派人来看戏，谁知道把他派来了。也许，是想借这机
　　　　　　会看看你。……蕙兰，你们就重圆了吧。听沙局长说，省里对他挺
　　　　　　器重。

林 蕙 兰　不！他这个没心肝的，我还图他什么？

冀 玉 良　……唉，总得为小兰图个前途。

林 蕙 兰　玉良，回你的团去吧。戏里说得好，寡妇门前是非多，何必让你担
　　　　　　这个名声。

冀 玉 良　不，怨我……这些年，我老忘不了咱年轻的时候。那时候，领导上
　　　　　　让我改学打鼓，我真厌得慌。成天"吧嗒吧嗒"地，吵死人。可是自
　　　　　　从跟你配上了戏，这板儿，这鼓箭子，就那么称手，那锣鼓点下得那
　　　　　　么是地方，我都迷上了。打那儿起，我才觉得咱祖宗传下来的这些
　　　　　　戏，一招一式，一个家伙点儿，真就是那么绝，那么妙。我这颗心，
　　　　　　也就这么牵上了，跟着你走了……可是……

林 蕙 兰　（感动地）玉良，……怪我当初没长眼睛。（不由自主地把头靠在冀
　　　　　　玉良肩上）

〔小兰目睹一切，愣住了，在她看来，冯少春所说的一切都被证实
　　　　　　了，她伤心地哭了。

小　　兰　（跺着脚）妈——（扑到林蕙兰怀中）妈，我不……你们别这样，别这
　　　　　　样嘛！（号啕大哭）

林 蕙 兰　（落泪）小兰！

冀 玉 良　（惊惶失措，窘迫万分）小……兰！

〔灯暗。

第二场

〔当夜。

〔剧场舞台上场门侧。

〔舞台上灯火通明,戏正演到铁军在江西大旅社门口起义。台上铁军官兵整齐地欢呼:"起义啦,起义啦!"紧接着切光。台侧一演员奋力拉上大幕。演职员往来穿梭抢场。

〔沙一烽上,正遇上这节骨眼。那矮小的个子在忙碌的演员中跳过来跳过去,躲闪着往来的景片与人群。

沙 一 烽　别乱,别乱!哎,善始善终!观众反映不错,别快天亮了还尿了炕。

〔众人哄笑。

〔裘船生巡视了一番,向对面乐队举起手,下。以《少共国际师歌》为主旋的幕间曲奏起。大幕又拉开了。拉幕的演员把绳子一甩,聚精会神地注视着台上,少顷,端起枪冲上台去。

〔老芮将白饭单吊在脖子上,一只口罩兜在下巴上,正哈开嘴,踮着脚,饶有兴趣地看着台上演出。

沙 一 烽　老芮,夜餐做好了?(掏出烟来)

老　　芮　喔,沙局长!(猛地把口罩往嘴上一捂)做好了,做好了。烂面条。

沙 一 烽　抽一根?

老　　芮　(受宠若惊地又把口罩扯了下来)您抽,您抽。(为沙一烽和自己点着烟)乖乖,"牡丹"嘛!

沙 一 烽　气管不好,只能抽这个。

老　　芮　(深吸了一口)喀儿……喀儿……(咳得弯下了腰,依然认真地)哦,您气管也不好!喀儿……麻……黄素,一吃就灵。(顺手抹去咳出的眼泪)嘻嘻,沙局长,舞台两侧不准抽烟!

沙 一 烽　噫!你这老芮,你咋不早说哩!(忙把烟掐了)

老　　芮　(嬉皮笑脸地)根把根,没关系。沾您的光,局长!

沙 一 烽　不行!掐喽!

老　　芮　(遗憾地咂了一下嘴)哦。是!(掐了烟,夹在耳朵上)

沙 一 烽　老芮,你跟汪书记是亲戚?

老　　芮　(颇有光采地)这您也知道?

沙 一 烽　（打趣地）县委书记的亲戚！别哪天把你得罪喽！

老　　芮　沙局长也会说笑话。怎么，您有事要找他？

沙 一 烽　要真是亲戚，以后剧团碰上什么难过的坎儿，你也得多说两句，省得让我去坐冷板凳。

老　　芮　这行！其实我也不常跑动。我是这怪脾气，你越当官我越不去巴结。哎！不过，团里有事，我去找找倒也没什么，我又不谋私利。

沙 一 烽　什么亲呐？

老　　芮　也说不上什么亲。他的老婆是我兄弟媳妇。

沙 一 烽　（并没明白过来）噢……兄弟媳妇？庄部长是你兄弟媳妇？

老　　芮　（也没算过账来）嗯？庄部长？不是！

沙 一 烽　那汪书记不成你兄弟了吗？

老　　芮　（自己也掉进了迷魂阵）汪书记是我兄弟？没那么亲吧！

沙 一 烽　（困惑）……

老　　芮　汪书记呢，原来是咱乡指导员。后来呢，上级看这小伙子麻利，就提拔他当了区长。俺那个兄弟媳妇呢，原来就是他的老婆，没文化，跟不上形势，你懂吧？就离婚离掉了。组织部老部长呢，就出面介绍了刚参加工作的庄同志，就是现在的庄部长。后来呢，我那兄弟找不着老婆，就把他那个老婆娶过来了！是这么个亲戚，你懂了吧？

沙 一 烽　懂、懂、懂！

老　　芮　他那个大儿子现在管我叫伯伯。您要有事我照样找他。

沙 一 烽　算了，算了！还是不麻烦你的好！

老　　芮　咳，谈不上麻烦不麻烦的！

沙 一 烽　好，好。再说，再说。

老　　芮　那我得回厨房了。您也来吃点？（拾起沙一烽随手扔掉的烟）沙局长，您烟掉了。

沙 一 烽　（只得收起烟。望着老芮蹒跚而去的背影，摇了摇头）唉，这个老芮！

　　　　　〔裴船生上。

裴 船 生　（笑眯眯地）沙局长，戏怎么样？

沙 一 烽　不错！哎？这跟老《八一风暴》差不多嘛。

裘 船 生　就是《八一风暴》的本子哎。我们光改了个名儿。

沙 一 烽　南昌剧团也没改?

裘 船 生　改了!于部长亲自坐镇的。面目全非。

沙 一 烽　(急了)那你们怎么不照那本子演呢?

裘 船 生　戏全改没了,演出来不上座!大家讨论说,就照《八一风暴》排,有
　　　　　问题再说。

沙 一 烽　那也得先跟我打声招呼啊!

裘 船 生　本子不是送给你审查了吗?

沙 一 烽　咳,我当是于会泳亲自定的本子,还看他干啥!

裘 船 生　那你看看这戏有没有什么问题?

沙 一 烽　我看着没问题的戏多呢,都能演?(从侧幕往台下看了看)老裘啊
　　　　　老裘,你的胆子又忒大了啊!

裘 船 生　那……不听群众吧,说我巴结领导,听了群众吧,又……

沙 一 烽　算了!戏都快完了。

　　　　　〔后台有人喊,"裘团长!"裘船生欲下。

沙 一 烽　算了。说明书别卖,字幕上人物表也别打,就这么糊涂演、糊涂看!

裘 船 生　噢。(下)

沙 一 烽　(手指又在空中划了起来)聪明难,糊涂亦难,难得糊涂啊!

　　　　　〔小兰身穿铁军服装,持手枪下场。

沙 一 烽　小兰,今天好像不高兴嘛!

小 　 兰　沙伯伯……(看看身后,欲言又止)

　　　　　〔这时,冯少春上。

沙 一 烽　哎,老冯!明天上午有空吗?

冯 少 春　您有事?

沙 一 烽　没啥,咱聊聊!(下)

冯 少 春　(怏怏地扫小兰一眼)哼!(掉头便走)

　　　　　〔马大年着铁军服,系红领结上。

马 大 年　师傅,快上了。

冯 少 春　知道!(下)

　　　　　〔上官淑华拿着弓子擦着松香上。马大年将帽檐一压,闪到暗处。

　　　　　〔上官淑华走到小兰身边。

上官淑华　小兰,第四场你唱冒了,知道吗?

小　　兰　知道。冒得厉害吗?

上官淑华　还好。小兰,上午你跟你妈都哭了?（试探地）你不喜欢冀老师?

　　　　　〔小兰不语,扭身下。上官淑华愕然。马大年从衣帽钩下的黄挎包
　　　　　里,取出一个新的旅行杯和一团白色尼龙丝,走到上官淑华面前。

马　大　年　上官……

上官淑华　嗯?

马　大　年　能帮我也织个套儿吗?

上官淑华　我织的并不好,干吗你不去找……

马　大　年　我,只是想留个纪念。就求你这一次,以后再……

上官淑华　织个套并没什么,我也是学着玩。可现在,你有这意思……当然我
　　　　　并不怪你。大年,找别人吧! ……我帮你找个织得更好的。

马　大　年　（失望地）不,不用了。（将东西又收进挎包,瞥了一眼上官淑华,下）
　　　　　〔冯少春上,从兜里掏出个小酒瓶,又往嘴里丢了颗花生米,喝起
　　　　　酒来。

上官淑华　冯老师,您……

冯　少　春　你多什么事儿?

　　　　　〔上官淑华下。少顷,周阿鑫着敌团长服上。小兰、马大年随上。

周　阿　鑫　老冯,你这也太过分了吧!

冯　少　春　找沙局长汇报去! 啐,山中无老虎,猴子也来称大王! 碍你的眼,
　　　　　把我挤走啊!

周　阿　鑫　你……

　　　　　〔马大年一把夺过冯少春的酒瓶。

冯　少　春　干什么?

马　大　年　酒是我买的。（扔出窗外）

冯　少　春　拣回来!

马　大　年　师傅!

冯　少　春　拣不拣?（欲下）姓冯的没在人面前栽过!

马　大　年　师傅,上戏了!

　　　　　〔"乱锤"骤起。匪兵逃下。大开打即将开始。

周 阿 鑫　好你个冯少春！你是有意在这节骨眼上要人好看！

　　　　　　〔台上杀声震天,紧锣密鼓,催趱得人心如焚。

马 大 年　师傅,你听听!

周 阿 鑫　别管他!看他有胆量不上!

冯 少 春　(转身瞪起血红的眼珠)老子就不上了!你把我怎么的?(扒下衣服,团在手中)

　　　　　　〔裘船生、沙一烽闻声赶来。演员乙已在幕边候场。马大年拾起地下的匪兵帽。

沙 一 烽　老冯,你这是干什么?

冯 少 春　狗急了还得跳墙。这锡剧团我待不了!

演 员 乙　(焦急地)裘团长,到了。上不上?

马 大 年　师傅,你还有点戏德吗!

冯 少 春　你少啰唆!

裘 船 生　(听着"急急风"声声催人,心急火燎)小兰,鹞子翻身,加个过场!

　　　　　　〔小兰从下场的战士手中夺过双刀,走鹞子翻身,出场。

　　　　　　〔乐队意识到这边出了问题,收"急急风"改"撕边"——"嘟……"声声撕扯着在场人们的心。

　　　　　　〔"撕边"完,场上"急急风"又起,加催了一码。

马 大 年　师傅——

　　　　　　〔冯少春见已成僵局,心里也发了毛。

马 大 年　(恨极)我来!(一把夺过冯少春手中衣服,往身上一套)

裘 船 生　大年,你没走过!

冯 少 春　大年,你……

马 大 年　(推演员乙)上!

　　　　　　〔演员乙一个筋斗翻上了场。

冯 少 春　(追上叮嘱)大年,"旋趴虎"下来往左滚……

　　　　　　〔马大年像旋风一样冲了出去。

　　　　　　〔众人紧张地拥上观看。

冯 少 春　(抓住侧幕,手不住地颤抖着)大年,往左,往左!

　　　　　　〔只听场上"通"的一声,对面演员甲的筋斗上场了。忽然,众人失声叫了起来。冯少春转身捂住眼睛，一屁股坐倒在地下。

〔台下一阵骚动。乐队锣鼓乱了。

周 阿 鑫　……哦，起来了，起来了！

〔锣鼓转"马腿"。从人们不断转移的目光和神态，似乎可以看见马大年在台上正挣扎着进行一段拼搏。

〔少顷，马大年拖着枪，从台上歪歪倒倒地走了下来。他一进场，众人急忙上去扶住。演员甲紧跟下场。

沙 一 烽　小马！觉得怎么样？

演 员 甲　大年哥，踩得狠吗？

〔马大年说不出话来，摇了摇头。

沙 一 烽　跟我来。打电话要县医院！（与演员甲同下）

裘 船 生　要紧吗？

马 大 年　不要紧。是……我自己，恍范儿了。（推开众人，独自往前走了几步。忽然，一捂肚子，一头栽倒在地）

〔众人围上，帮马大年松开衣扣。

裘 船 生　（泪水夺眶而出）大年——

马 大 年　（睁开了眼睛，艰难地笑笑）……戏……（头一歪，一汪鲜血涌出嘴角，将胸前染得一片通红）

冯 少 春　（扑倒在地，追悔莫及地大哭）大年！

裘 船 生　（轻声呼唤着）大年啊，大年……

沙 一 烽　（走到马大年身边，蹲下）大年同志！〔台下传来了观众的掌声，这是以血和汗搏来的最珍贵的慰藉。

〔光渐收。

上官淑华　（上场）当亲爱的观众带着满意的微笑进入梦乡的时候，我们却含着热泪聚拢在医院的手术室旁。所有的人都伸出了臂膀，想用自己的鲜血挽救大年的生命。血，一注注地流进了大年的血管，可这些滚热的血还没走完它应走的路程，就从那破裂的肝脏中涌出来了……只有我一个人知道，大年是带着什么样的遗憾……离开了人间。（退下）

第三场

〔翌日。

〔为马大年临时布置的灵堂。

〔室内摆着同志们自己精心制作的花圈。正中拉着一幅布幔,布幔上悬挂着马大年头戴新四军军帽的剧照。照片上的马大年依然是那样傻乎乎地向大家笑着。前面一张桌子上,放着叠得整整齐齐的、被鲜血染过的铁军服装、红领巾和铁军军帽。照片两旁悬挂着沙一烽亲笔书写的挽联:"哭大年同志,烛灯烨罷骶殷壮哉映尔丹心碧血,涕泪泫笙管暗痛乎失吾璞玉浑金。沙一烽敬挽。"

〔大幔后安放着马大年的遗体。幔内传出阵阵嘤嘤的哭声。人们正在向马大年的遗体告别。

〔幕启:裘船生挪动着呆滞的步子从大幔内走出。周阿鑫上。

周 阿 鑫　船生,庄部长来了。

〔裘船生下。众人陆续走出,站到一边。上官淑华从马大年的挎包里拿出一个带有白色尼龙丝套的旅行杯,周阿鑫从口袋里取出茶叶罐往里搁着茶叶,林蕙兰往里沏上了开水,然后由上官淑华端端正正地放到了桌上。

上官淑华　大年!……请你原谅我……我不该拒绝你最后这点小小的要求……现在,这,都已经迟了。但愿你在这时候,还能感受到大家的一点温暖。……大年,我们大家都会永远记住你的。

〔沙一烽心情沉重地走上。他站在马大年的遗像前,想说什么,可什么也说不出来,只是深深地鞠了一躬。

〔青年演员甲搀扶着冯少春上。一夜之间,他似乎老了许多,双眼深深地凹陷着。他的左手托着右臂,失神地迈着步子,跨进灵堂,泪水哗哗地顺着他的面颊流了下来。他羞愧悔恨地望着面前的领导和同志们,深知自己铸下了一个什么样的大错。

冯 少 春　……大……年!

沙 一 烽　老冯,再看上一眼吧!

冯 少 春　(浑身痉挛地)不!大年,……师傅,没脸见你……(一下跪倒在马大年的遗像面前)大年!你再骂我,再骂我几声吧,你的师傅没戏

　　　　　　德,你的师傅不是人!……大年! 我这罪,一辈子都赎不清啊!
　　　　　　我,我恨,……我悔,可这……要能换回你来,哪怕抽干了我身上的
　　　　　　血呢!

演 员 甲　　大年哥! 我……(痛哭失声)

沙 一 烽　　(拍了拍演员甲的肩膀,上前扶起了冯少春)大……年,傻乎乎的,
　　　　　　啊? ……不,不是这样。临死前,他是那样看着我。淳朴、忠厚啊!
　　　　　　心里没一点弯弯绕。(泪珠顺颊滚落)……为了我们的观众,为了
　　　　　　我们的锡剧……(忽而激昂地)这是为了集体利益和艺术事业的光
　　　　　　荣献身精神! 在医院里,同志们都毫不犹豫地伸出了自己的臂膀,
　　　　　　希望能用自己的鲜血挽救大年同志的生命。在这个年头,好像谁
　　　　　　都不信世上还会有雷锋,可是我看到了。只要是为了改变大家命
　　　　　　运的共同事业,同志们照样不吝惜自己的生命和鲜血。可是,我没
　　　　　　把工作做好……

　　　　　　(门外传来裘船生苦苦恳求的声音:"庄部长,这事得我负责,庄部
　　　　　　长……"庄月娟手里扬着文件上。裘船生随上。

庄 月 娟　　(气愤愤地)我们都调查过了。《洪城第一枪》的本子从哪儿搞来
　　　　　　的? 冒名顶替,开样板戏的玩笑! 欺骗县委! 出了那么大的事故
　　　　　　还要包庇隐瞒!

沙 一 烽　　庄月娟同志……

庄 月 娟　　请你出去一下。我们要在这宣读县委的通报,也算是对死者尽到
　　　　　　我们的责任。

裘 船 生　　沙局长!

庄 月 娟　　别再喊局长了,你又不是没看文件。

　　　　　　〔大家一下愣住。

庄 月 娟　　(念)"县委文件。关于县剧团 21 日晚重大政治事件的通报和对原
　　　　　　文教局副局长沙一烽的处理决定……"

冯 少 春　　(一下扑到沙一烽面前)沙局长! 我害了大年、害了您,我对不起全
　　　　　　团的上上下下,我该死啊……(泣不成声)

沙 一 烽　　老冯!(将冯少春拉到裘船生和周阿鑫面前,将他们三人的手紧紧
　　　　　　握在一起)好自为之吧! 这一摊子……记住,别辜负了大年同志的
　　　　　　一腔鲜血。

庄 月 娟　沙一烽,请你出去!

沙 一 烽　老裘! 送大年同志!

上官淑华　等等! 乐队的同志们,让我们好好地送送他。

　　　　　〔上官淑华及乐队数人下。冯少春扑向马大年的灵柩。少顷,上官
　　　　　淑华持乐器上。

　　　　　〔悲壮的《葬礼进行曲》奏起。人们托着马大年的遗像、遗物,肃穆、
　　　　　庄严地向门外移动着。顷刻,悲壮的乐声响彻了这小小县城的
　　　　　上空。

　　　　　〔庄月娟被孤零零地撇在这里。

　　　　　　　　　　　　　　　　　　　　　　　　　　——幕　闭

上官淑华　(幕前)不知是懦弱还是刚强,当时发生的一切使我负气离开了这
　　　　　个剧团。不久,在我们全家奔走之下,我终于病退回到了那个抛弃
　　　　　过我的城市。可是,一旦我踏进了都市的大门,却渐渐发现,我像
　　　　　是个受了别人莫大恩赐的累赘,到处接受着人们怜悯或嫌恶的目
　　　　　光。我倒更想念祠堂里的一切了,他们如今在哪儿呢? 还会像从
　　　　　前一样到处漂泊吗? 那天,我接到了黄炜的来信……(隐去)

第五幕

第一场

　　　　　〔几年以后。

　　　　　〔剧团宿舍,大天井里。迎面是祠堂偏殿改成的宿舍。宿舍前有一
　　　　　株古柏斜穿入屋内,又钻出房顶伸向苍天。石灰墙斑斑驳驳,露出
　　　　　了已开始风化的青灰砖。右侧是通往大门的门廊——当年剧团进
　　　　　行招考的地方。左侧通向里进的排练场。那里正在响排,传出阵
　　　　　阵悠扬的丝弦声和冷冷的几锤锣鼓声。

　　　　　〔幕启:远处,县广播站的喇叭里飘来郭兰英的歌声:"对面的大山
　　　　　里,下来了游击队……"

　　　　　〔冯少春从大门边上,几年不见,他显得苍老多了。灰白的头发整

齐地向后抹着。当年剽悍的神态已全然从他身上消逝，他微微佝着背，腋下挟着个纸包，手里拿着行李和一张纸片，走到院中站住，怔怔地看着。少顷，又抬起头来十分眷恋地环视眼前的院落。

冯 少 春　（无限感慨地）八年了，别提它了。
　　　　　　（步上台阶走到林蕙兰的房门前，犹犹豫豫地敲了敲门，迟疑地）蕙兰……（听着内院传出的琴声）都排戏去了！……锡剧！（一丝苦涩的笑）听惯了，倒也入耳了。（重重地叹息）唉！
　　　　　　（走到柏树前，抚摸着光滑无皮的树干）有你也可，无你也罢呀！走了……该走了！（抹了抹眼角边渗出的泪水，吃力地挪动着步子）
　　　　　　〔老芮声："来人哪！来人哪！"少顷，老芮一人拖着一块特大的广告牌上。上面写着："今起上演大型传统锡剧《秦香莲》，幕前加演荣获省会演一等奖剧目《母女情》。"

老　　芮　（从广告牌后伸出头来，嘴上叼着半截烟卷。袅绕的青烟熏得他眯瞇着一只眼睛。抹了抹沁满汗珠的脑门，看了看空无一人的院落，突然扯起嗓门）抓小偷啊！（见无反应，恼火地）当真打倒"四人帮"，贼都不要防了？

冯 少 春　怎么了，老芮？

老　　芮　（嘟哝着）院子里连个看门的都不留。地富分子摘帽，小偷没摘帽子哎。来，搭一把。
　　　　　　〔冯少春上前帮着老芮将海报移至墙边靠稳。

老　　芮　人家文化馆邢老师辛辛苦苦画了三天，为什么？帮咱锡剧团扬名哎！就这么甩在百货公司门口没人管。让人搬回家去呢？唉？拆拆卸卸，一口大橱的料！这点木料批来容易？

冯 少 春　不是派了小丁他们去扛了吗？

老　　芮　啐！现在的小年轻，哼！指望他们？
　　　　　　（在海报前一跛一跛兴味无穷地欣赏着）怎么样？嗯？有点气派！"一等奖"几个字太小！

冯 少 春　剧团总算翻了身了。

老　　芮　阴沟里的石头还有翻身之日呢！是不是？刚才，我把这块广告牌拖回来，哪个见了不问长问短的？"剧团在省里得了奖？帮我们县里出风头了嘛！"嘿！我就说："省委书记都来看了戏，闪光灯'咔嚓

咔嚓'的。广播电台都收了音,马马虎虎的?"哈……街上人都让我
说得一愣一愣的。

〔青年演员甲、乙上。

演 员 甲　瞧,在这儿!

演 员 乙　谁扛回来的?

老　　芮　我!

演 员 乙　你瞎忙活什么呀! 谁让你扛回来的?

老　　芮　咦? 公家的财产让你们瞎撂? 正经木料做的,就……

演 员 甲　咳! 裴团长让我们挂百货公司门口,你知道不? 我们才从二楼窗
子里翻到檐口上,你就把它扛跑了。瞎耽误工夫!

老　　芮　啐,你当我容易啊? 拖着一条腿把它弄回来……

演 员 乙　老芮!

老　　芮　有! 怎么的?

演 员 乙　真不理解!

老　　芮　干吗?

演 员 乙　你尽干些断前绝后的事儿,你居然还有儿子! 走吧,再扛一回!

冯 少 春　咳! 没大没小的!

演 员 乙　(嬉皮笑脸地)唱戏的论什么老少! ……冯老师? 您上哪儿?

冯 少 春　……走了! 原单位调我回去了!

老　　芮　哎哟! 怎么说走就走?

演 员 甲
演 员 乙　冯老师! 大伙儿还在排戏呢,你不能就这么走啊!

老　　芮　(夺下冯少春手中的行李)不行! 这叫什么话! 小丁,告诉里面
一声!

〔演员甲欲下。

冯 少 春　(急阻)别去! 一则耽误大家排戏;二来,我也想图个清静。谁也不
用送!

（欲下）

老　　芮　哎,哎! 咱这班子里没这个规矩! 当初上官走,咱们哪个不是送得
眼泪哗哗的,是这番情谊! 快去啊!(推演员甲、乙下)旁的不说,
你要瞧得起我老芮,今儿晚上,我弄两个菜,咱们喝一盅!

冯少春　老芮，您的心我领了，那边团里正等着我……

老　芮　等着你？扯淡！把你撂在这儿七八年，也没见哪个来问过你，还差你这一天半天？老实说，不是党的政策，他们还想得着你？不用忙！

冯少春　（觉得老芮的话虽不中听，倒也实在，苦笑着）……这，倒也是。可……唉！不是这儿的人了……

老　芮　老冯！我老芮没文化，可并不糊涂啊。这些年，团里一改锡剧，我也替你难过。人走时，马走膘……谁不想轰轰烈烈地受人抬啊？再说，自打大年一死，你也心痛，自己亲手带的徒弟呐！
　　　　〔冯少春被说到痛处，捂住脸，蹲了下来。

老　芮　哎，你别……别这么的。毛主席老人家说的，有错改了就是个好同志嘛，是不是？大伙心里清楚，这二年，都说你冯少春变了一个人。

冯少春　别说了……我心里有愧！

老　芮　（振振有词）谁对谁愧？唱锡剧的唱京戏，唱京戏的唱锡剧。一个个都跟吃错了药似的，拿着大顶走路。世道不对！话说回来了，要不是江青这么一折腾，兴许咱俩还没这段缘分。
　　　　〔林蕙兰、裘船生、冀玉良、小兰，偕演员甲、乙等急上。

众　人　老冯！冯大哥！少春！

林蕙兰　少春，大伙儿刚才还说这事，知道你要走，是喜事儿，都说要好好送送你，就是不知道你哪天启程。你要是这么瞒着人悄悄地走了，不把大伙儿的一片心给辜负了吗？

裘船生　老冯！

冀玉良　少春，再留个两天。你这一走，虽说不远，可大伙都成年价唱戏，难得再遇上。咱们也共事七八年了，不好好聊聊？

冯少春　我冯少春这些年不明事理，得罪了大伙，只望大家别往心里去。往后，有用得着我的地方，我少春绝无……

裘船生　老冯，这些话该我们说。我是个直心肠。不管怎么说，你老冯还是咱团的有功之臣。咱亏待你了，老冯，多担待点吧！（紧紧握住冯少春双手）

冯少春　（泪水夺眶而出）谢谢了，谢谢各位！我……我冯少春知足了！（埋头向门外走去）

冀 玉 良　（急拦阻）冯大哥！

　　　　　　〔华美芳声："阿鑫——"急上。

华 美 芳　闹猛得唻！裴团长！好消息来哉！

裴 船 生　什么好消息？

华 美 芳　沙局长又官复原职哉！

众　　人　谁说的？

华 美 芳　我听见咯！我到县委送票去，看见组织部老部长送沙局长出来，老部长是客气得弗得了。（学）"沙老是老革命了，前两年对你的处理很不妥当，以后，还希望沙老多多指导我们的工作。"沙局长微微一笑，一声不响握握手就走哉。庄部长也立在旁边，一张面孔，的角四方，像块苏打饼干，一点奶油气也吭没哉。哈……

　　　　　　〔众人欣喜。

林 蕙 兰　少春，你瞧！这么高兴的事，你不在这儿多扫兴。今天就别走了，保不准沙局长还想送送你呢！

冯 少 春　不……不……大年让我葬送了，沙局长为我背了黑锅。还有……我，实在对不住大伙儿……

华 美 芳　喔哟！多想脱咯！这笔账嘛全要记在"四人帮"头上。

老　　芮　（不以为然）嘿嘿，这话听得耳朵里又要起老茧了，连汪书记都拿这话当山歌唱。我们老百姓做错点事，还知道于心不安，他们呢？

演 员 乙　（存心吓唬）哟，庄部长……

　　　　　　〔老芮浑身一哆嗦，紧张地向门外望去。众人哄笑了起来。

演 员 乙　（拍着老芮的肩膀）他们不是你的亲戚吗？

老　　芮　（又嬉皮笑脸地）别逗了！什么亲？过去我是寒碜他！叫他别忘了共产党的干部不能学陈世美。我哪天巴结过他了？真是的，看了《秦香莲》，我就想到我那个兄弟媳妇。

林 蕙 兰　真的，少春。今儿晚上是我头一回上大戏，不看看再走？

冯 少 春　（低下头去，嗫嚅着说不出话来）……唉！后会有期！我车票都买了。

裴 船 生　（夺过车票）小丁，帮冯老师退喽！说什么也得再住两天。明天，剧团又招考新学员了。还得请你当主考官！

　　　　　　〔演员甲接过车票与演员乙同扛广告牌下。

冀 玉 良　冯大哥，你要再不听，大伙可就不高兴了。

冯 少 春　我……（从腋下取出纸包）事到如今，我也不怕丢人现眼了。（打开纸包，露出两条崭新的软缎被面）

冀 玉 良　（惊异地）这干啥？

冯 少 春　蕙兰、老冀，你们俩……耽搁到今天，有我一份儿罪过……三番五次想拿出来，可就怕找不着个台阶儿。今天，你们要是不记我的过，你们就收下，巴望你俩早点把事办了，也算了了我这块心病！

冀 玉 良　这……（不由地看了看林蕙兰）

林 蕙 兰　（猝不及防）哟，少春，你……亏你想得出！

裴 船 生　哈哈！想得好！老芮，今晚上弄它几桌，一为老冯饯行，二为庆祝沙局长解放，三为老冀、蕙兰办喜事，咱们聚它一餐！

老　　芮　三个指头捏田螺，稳稳当当！

裴 船 生　小兰，还不帮你妈接过去！

〔小兰涨红了脸，忽然一头冲进屋里，掩上了房门。

〔众人愕然。

林 蕙 兰　小兰，小兰！

冀 玉 良　（尴尬地走到房门口，轻轻叩着门）小兰，小兰……听我说，小兰，我知道你心里想啥。你大了，你只愿意我是你的好阿叔，不愿意……小兰，我不想，真的，我不想。可是，这是人家冯老师临走前的一片心。

〔林蕙兰心中像泼翻了五味瓶，无力地掩面坐在台阶上。

林 蕙 兰　少春，难为你的这片情意，可我……

〔众人面面相觑。冯少春手里的被面滑落在地上。他使劲捶了一下头，迅速地提起旅行包，向门外走去。

裴 船 生　老冯，冯老！（急忙捡起被面）

〔门猛地打开了。小兰也捧着一个纸包走出来。

小　　兰　冯老师，冯老师！（眼里闪动着泪花）冯老师，您别误会。我是替妈高兴。我知道妈的心思，可我总怕别人说闲话，是我不好。玉良阿叔也一直盼着这天。（从裴船生手里接过被面）冯老师，（哽咽着）谢谢您了。折腾了半辈子，他们该有个家，过上一段好日子了。（走向冀玉良）玉良阿叔，是您、是大伙儿把我拉扯大了，能唱戏了。

这是我用省里会演得的奖金买的毛线,亲手替您打的。总算我也能报您的恩了。跟妈结婚吧!以后,我一定好好孝顺你们俩!

林蕙兰
冀玉良 小兰!

〔冯少春的脸上终于绽现出一丝宽慰的笑容。众人释然。

华美芳 (揉着胸口)喔哟!一口气到现在刚刚透出来!小兰啊,不作兴咯,心脏病推板一点让你吓出来!

〔小兰破涕为笑。忽然门口一阵吵嚷声。演员甲、乙抬着海报,在一片混乱中把正和周阿鑫争辩着的庄月娟挡进了天井。

演员乙 (佯作正经)不要挤!不要挤!庄部长的鞋子!

演员甲 肃静——

演员乙 回避——

〔门廊里有人乘兴作乱,"升呃——堂——!"众人起哄:"哦——"

庄月娟 (气急败坏地)你们想干什么?

〔尖声怪气的声音:"想唱戏——"

裴船生 怎么回事,怎么回事?

庄月娟 不像话!又想搞打砸抢哪?你们眼里还有党的领导吗?

周阿鑫 庄部长,排一本戏不容易,您总得让我们明白,为什么撤销了这次演出!

众 人 演出撤销了?为什么?

庄月娟 这是剧场的事,你们不会去问剧场吗?

周阿鑫 剧场经理说是您的指示!

庄月娟 我不清楚!

〔黄炜从人群中走出。

黄 炜 庄部长,既然你代表党的领导,干吗躲躲闪闪的呢?如果你有不准上演的根据,你就应该理直气壮地宣布!

裴船生 庄部长,这是中央文件上规定开放的剧目。

庄月娟 那以后还要不要地方主管部门把关呢?事前你们请示过谁了?

裴船生 在省里会演,我们抓紧机会赶排的。

庄月娟 谁出的主意?会不会有人别有用心?

演员乙 (恶作剧地)是老芮!

〔又有人起哄了："对！是老芮！"

老　　芮　（大吃一惊）我？

演 员 甲　对！他说他跟汪书记是亲戚，要大义灭亲！

庄 月 娟　亲戚？

老　　芮　这……你们……喀儿，这不是坑人吗？

演 员 乙　你说没说过，汪书记老婆是你兄弟媳妇？老实交代！

　　　　　〔门廊里哄声大起："坦白从宽，抗拒从严！""打倒老芮！""老芮烧饭
　　　　　不戴口罩！"

庄 月 娟　老芮！你造什么谣！

老　　芮　哎呀！　庄部长，你信他们瞎说！

演 员 乙　你还不老实！（向众人）他说过没有？

　　　　　〔众人齐声呼应："说过！"

老　　芮　（惊愕失声，拼命辩解）我……嗨！我说什么了？庄部长，您不用多
　　　　　心。"日间不做亏心事，夜半敲门心不惊。"汪书记跟陈世美情况不
　　　　　一样！

　　　　　（方寸已乱）不是，我是说坏事反正变了好事了，不然我兄弟还不一
　　　　　定娶得上老婆……

　　　　　〔门廊里哄笑着鼓起掌来了，然而在场的几个老实人却被这群年轻
　　　　　人肆无忌惮的戏谑惊呆了。

庄 月 娟　（神色骤变）你，你简直是……

老　　芮　（魂飞胆丧，向门廊里的人群连连拱手作揖）爷爷，爷爷哎！你们饶
　　　　　饶我，这不是推……喀儿，推我下油锅吗？

　　　　　〔沙一烽急上。

老　　芮　沙局长，您可来了！（涕泗交流）这帮爷儿们可把我坑了。我闯了
　　　　　大祸喽！

　　　　　〔众人哄笑更甚。

沙 一 烽　（厉颜正色）闹什么，闹！

　　　　　〔顿时肃静了下来。

庄 月 娟　简直是不像话、不像话！搬走！

　　　　　〔演员甲、乙挪开了挡住庄月娟视线的海报牌。

庄 月 娟　老裴，明天到部里来一下。

周 阿 鑫 　庄部长,这《秦香莲》……

庄 月 娟 　就是不准演!(下)

裘 船 生 　(抹着头上的汗珠,对着门廊里)开心啊!笑啊!解决问题了?这
　　　　　　是想搞垮剧团!

沙 一 烽 　同志们哪,不能光顾心里痛快!有了觉悟,敢抵制不正确的领导是
　　　　　　好的,可是要识大体,斗争要有理、有利、有节!该散了吧?

老 　 芮 　(可怜巴巴地)沙局长,今天我可实在是冤枉啊!

沙 一 烽 　这点冤枉可没法给你平反。你就断了这门亲吧!

演 员 乙 　(依旧玩世不恭地拍着老芮的肩膀,伸出大拇指)老芮!英雄啊!

老 　 芮 　去,喀儿……这叫什么事儿!(下)

周 阿 鑫 　这戏算是白排了!

沙 一 烽 　干吗白排?没停妻再娶的县委书记多呢,不能上别的县演?"百花
　　　　　　齐放"那么容易?你们不是唱过《十二月报花名》吗?花开也得跟
　　　　　　着月份牌儿走!当真那么自由,想怎么开就怎么开?

黄 　 炜 　沙局长,我们就只能这样逆来顺受?

裘 船 生 　您就不能撑撑咱们的腰?

沙 一 烽 　心有余,力不足了。我现在已经不是此地的人了。

裘 船 生 　您不是落实政策了吗?

沙 一 烽 　落实了。撤销了处分,鉴定上一片赞扬之词,然而,全部档案送省
　　　　　　委组织部,工作重新安排了。
　　　　　　〔静场。

黄 　 炜 　沙局长,"道高一尺,魔高一丈"。

沙 一 烽 　关键在于你把谁看成"道",把谁看作"魔"。社会的发展不可能有
　　　　　　截然不同的今天和昨天。历史用它五千年的影响潜移默化着我
　　　　　　们,同样,我们也在潜移默化着历史。

裘 船 生 　(指着海报)沙局长,您看,剧团能有今天不容易。我们正盼望您好
　　　　　　好地领着咱干一场,可您……

沙 一 烽 　咱们这个团,真可谓惨淡经营、甘苦备尝啊。原想和大家一起再奋
　　　　　　斗一段时间,争取一个更好的局面。可是天不从人愿,欢迎的欢
　　　　　　迎,"欢送的"要欢送,只能离开大家了,"人间反复成云雨,凫雁江
　　　　　　湖去又来"。八年哪,风风雨雨,挣挣扎扎,可到底今非昔比了。你

们不再是形单影只的孤雁，而是个能够经得起阴晴反复的雁阵了。我们的国家在变，党的方针在变，同志们的精神也在变。同志们，好好地把这个团经营下去。让这儿的老百姓说起这个团都伸出大拇指，这，就算我没在这里白干一场，也没辜负大年同志的一腔鲜血！

华美芳　（突然惊叫）喔哟！侬……侬是啥人？

　　　　〔门廊口站立着一个袖佩黑纱的青年。大家被震慑住了。这不是马大年吗？

冯少春　（拨开人群，吃力地挪动着步子，走上前去）……大年？

沙一烽　呵，（迅速上前握住了青年的手）今天就来了？

青　年　刚从城里来。

沙一烽　你是老几？

青　年　老四。我叫小年。

华美芳　喔！大年的阿弟。啊哟，像是像得来，推扳一点我拨俚吓煞！

沙一烽　明天，剧团不是招考新学员吗？他算是我推荐的。走的走，来的还来嘛！（发现臂上黑纱）这是怎么的了？

马小年　（眼圈一红）……自从大哥死了，我妈就病恹恹的。上半年，妈听说下放户能动了，来回跑了几个月。好容易把家搬走，才回城没几天，她就……

华美芳　喷、喷……

马小年　妈临死还拉住我手，不放心我。她说，你三哥年纪不小了，先让他回来，以后再替你想办法。刚好，收到您的信要我来考剧团，妈说她放心了。她让我见到您，一定要给您磕个头。说完她就咽气了。——沙局长，谢谢您，每个月还往我们家捎钱。

（下跪）

沙一烽　（急忙扶起）快别这样。我……惭愧！（看着在场的人）是谁干的？老——冯！小年，这就是你大哥的师傅，冯老师。钱，一定是他捎的。

马小年　（走上前，对着眼眶里噙满泪水、嘴唇不停颤动着的冯少春，深深鞠了一躬）冯老师！

冯少春　（一把搂过马小年，紧紧抱住）……大年！师傅对得起谁啊！（痛哭失声。猛地,扑向裘船生,摇撼着)老裘! 让我把小年带出来,带出来! 了了我这份儿债,你们就让我,老裘……我留下了!

〔众人动容,潸然泪下。

〔灯暗。

——幕 闭

上官淑华 (幕前)虽然我和他们距离那么遥远。可是一滴滴晶莹透明的泪水同样在洗刷着我的心灵。也许这才是生活中真正的甘甜。这种甘甜孕育于昨天的患难中,产生在今天的相知里。从此,我再不希冀于虚妄的明天,哪怕它真的比蜜还要甜。真正的生活永远是在今天。我的心飞向了他们,又仿佛和他们在一起奋翔往来于江湖之间,永远在风雨中探求,建设着人间最纯洁的天地——舞台——那沟通人们心灵的美的境界。(隐去)

第 二 场

〔距前场数天后,近午。

〔剧团附近的水埠。岸上还有些未装船的景片和戏箱,河里停泊着一艘机帆船。

〔幕启:船头人影晃动,正忙碌着上下装船。一队新学员穿着整齐的练功服列队上了船。黄炜扛着戏箱上。裘船生从船头跨上岸,帮黄炜卸箱装船。

〔沙一烽、小兰、周阿鑫正向远处翘首盼望。

裘 船 生 齐了没有?(对剧团处高喊)没上船的上船喽!

〔华美芳跨上岸来。

华 美 芳 蕙兰! 林蕙兰!

周 阿 鑫 叫什么! 人家两口子登记去了!

华 美 芳 喔! 哈……蛮好! 旅行结婚!

〔内声:"等等——"老芮一跑一颠地上。他左手提着一刀肉,右手拎着小半麻袋米;淘米箩、菜篮子一前一后地挂在肩上,里面的炊具碰得"叮哐"直响。突然一只笊篱掉了出来,黄炜帮他拾起笊篱,接过麻袋,一同跨上船去。冯少春、马小年上。冯少春手上斜挎着马大年的黄挎包，马小年帮他提着网袋、暖瓶。

冯 少 春 （将黄挎包取下）小年，这，该给你。

马 小 年 不，您自己留着，我有。

冯 少 春 这不是我的，是你大哥的。四年了，天天陪着我。每到一个码头，都挨着我。我知道，他离不开大伙儿。（从包里取出旅行杯）到一个新台口，先给你哥泡上杯茶。

马 小 年 唱戏的都喝茶吗？

冯 少 春 都喝，哪能离得开这三江五湖的水呢。

马 小 年 冯老师，上船吧！

冯 少 春 你哥……他从来都叫我师傅。

马 小 年 师傅！

冯 少 春 ……哎！……大年！（跟跄上船）

〔上官淑华奔上。

上官淑华 沙局长——

沙 一 烽 上官？你怎么来了？

上官淑华 沙局长、裘团长，我又回来报到了。收吗？

沙 一 烽 这为啥？

上官淑华 这里有我的事业，我何必在家里待业呢？我熟悉这里，喜欢这里的一切！

黄 炜 上官！

裘 船 生 上官？（向船上呼唤）上官来喽！

〔周阿鑫、华美芳等上。他们相互亲切地招呼着。

华 美 芳 啊哟！跑江湖咯命！十三点！

上官淑华 剧团又要出发了？（忽然发现了手托旅行杯、酷肖马大年的马小年——与当年马大年在舞台边的神态竟是那样相似）呵，你……

华 美 芳 弗要吓！大年咯阿弟——小年！

上官淑华 ……真像，太像了。

华 美 芳 这是上官淑华，你要叫老师。

马 小 年 （恭敬地）上老师！

上官淑华 不！我是你大哥的朋友，你就叫我淑华姐吧！

马 小 年 是，淑华姐！

上官淑华　（感情地）小年！

小　　兰　淑华姐！

上官淑华　小兰！

　　　　　〔小兰与上官淑华耳语，亲切地依偎着。众人开心地笑着。

沙 一 烽　老裘，收不收啊？

裘 船 生　嘻嘻……

　　　　　〔老芮举着收音机在船头上高喊。

老　　芮　大伙儿听呐！（跳上岸来）

　　　　　〔收音机在响着："……播送锡剧《母女情》。编剧——沙一烽等；导
　　　　　演——周阿鑫；作曲——黄炜。故事说的是……"

华 美 芳　喔哟，哈哈……阿鑫！死赤佬，上仔电台哉！

周 阿 鑫　活宝！

　　　　　〔电台声音在继续："……剧中人，母亲由林蕙兰扮演；女儿由林小
　　　　　兰扮演。"音乐声。

周 阿 鑫　来了，老冀——（奔下）

　　　　　〔众人目光向远方眺望。

　　　　　〔少顷，冀玉良、林蕙兰上。

小　　兰　（扑向冀玉良）玉良阿叔！

华 美 芳　咦？戆囡啊！要喊爹爹哉！

冀 玉 良　（激动地）不！就叫玉良阿叔，我听着更贴心！

沙 一 烽　（小心翼翼地掏出两朵绢花）就在船上进行吧？我这个主婚人，可
　　　　　当不成喽！

裘 船 生　（猛地站起身来，大喝一声）上船！

　　　　　〔上官淑华走向观众。

上官淑华　我终于把自己交给这项事业了。假如，人生是一根琴弦，那就把它
　　　　　绷紧在这项事业的琴体上，让生活之弓来磨炼吧！在这不断的磨
　　　　　炼中，它将完成它的生命，发出它对生活的奏鸣，构成这人世间多
　　　　　彩的乐章。再见了，祝福我们吧，同志们！我们的命运，是和你们
　　　　　紧紧相连的！
　　　　　（岸上、河下依依惜别。帆樯沿着河岸滑动了。

沙 一 烽　同志们！前途珍重！

〔从船上传来了他们的歌声：

　　"过五湖，走三江，

　　青山绵绵水苍茫。

　　终年尽为他乡客，

　　浪影萍踪到四方。

　　处处家，年年唱，

　　声声曲曲情意长。

　　去一程，撒下千般爱和恨，

　　来一路，美的花朵倍芬芳，倍芬芳！"

——幕徐闭·剧终

天才与疯子

赵耀民

赵耀民　1956 年出生于上海。1982 年本科毕业于上海戏剧学院,考为南京大学中文系研究生,师从陈白尘教授,1985 年以十场喜剧《天才与疯子》毕业,获文学硕士学位。话剧代表作还有《原罪》《亲爱的,你是一个谜》《闹钟》《午夜心情》《良辰美景》《长恨歌》《金大班的最后一夜》《志摩之死》等。

《天才与疯子》发表于《钟山》杂志 1985 年第 6 期。同年,由上海青年话剧团首演,不久即停演;1986 年仍由上海青年话剧团公演,导演张应湘、杜冶秋。入选德国《格雷高世界戏剧大全》第 14 卷。

时　　间：一九八○年。有人说这是七十年代的结束，也有人说这是八十年代
　　　　　的开始

地　　点：上海

人　　物：任渺，大学生，二十二岁

　　　　　肖剑，大学生，学生会干部

　　　　　郑彤，女大学生，学生会主席

　　　　　郑恭夫，副教授，七十岁，郑彤之父

　　　　　汪不凡，大学团委书记

　　　　　"尸体"，下台干部

　　　　　咪咪，"尸体"之女

　　　　　"拜　论"
　　　　　"达芬奇"　　咪咪的求爱者
　　　　　"贝多芬"

　　　　　马经理

　　　　　张牧师

　　　　　穿风衣的不速之客

　　　　　提黑包的神秘男人

　　　　　其他配角

小丑致辞

〔音乐声中，小丑登台。

小　　丑　（行礼）晚上好！（行礼）观众诸位，大驾光临，莅临指导，有失远迎；
　　　　　后会有期，不胜荣幸……（行礼）请别见怪俺说话颠倒阴阳，实在是
　　　　　俺心里有点儿紧张。倒不是俺没见过世面，杂技场马戏棚俺常来
　　　　　常往；也不是俺没什么名气，百花奖万花奖俺也再三谦让。只是今
　　　　　儿个上了这高贵的话剧舞台，吃不准俺那点看家本事派不派用场，
　　　　　再说俺是头一回干编剧这行，闹不清这方面有些什么名堂。好在
　　　　　眼下为了搞活剧团经济，不讲究那许多条条框框。演员打本子，时
　　　　　髦、风光；话剧加杂耍，创新、吃香。只求大伙儿坐到终场，也就算
　　　　　帮了俺的大忙。若肯赏光，拍几下巴掌；若叫冤枉，下回别上当；若

要嘲笑,俺倒不慌。您越笑俺,俺越得意扬扬,这就叫小丑的肚量、作家的自我修养。罢罢罢,长话短说,一字顶俩。趁这大幕还没拉开,借着灯光俺先把丑话明讲:来看思想的,俺害您白赶了一趟;来看苦戏的,俺免了您把手绢儿弄脏;来看爱情的,俺辜负了您那一小段柔肠。凡此种种,请多多原谅。说到底,俺只是个台上小丑,舞文弄墨,逢场作戏,不抱坏心肠;要是爹不争气娘不帮忙,做了个台下小丑,那才叫丢人现眼,脸上无光!

(隐去)

第一场 有名鼠辈

〔浦江大学礼堂。晚上。

〔乐池奏出舞曲。舞台骤亮:大会主席台。已在台上就座的有汪不凡、郑彤、肖剑等。大会工作人员在调试扩音设备。几名记者、摄影师、录像师在台前忙碌。一切就绪后,郑丹站起来走向话筒。舞曲声止。

郑　彤　浦江大学"解放思想、坚持实践、振兴浦大、振兴中华、从我做起、从现在做起百科知识有奖竞赛"授奖大会现在开始!(台上台下爆发掌声)先请校团委书记汪不凡同志讲话。(掌声)

汪不凡　共青团员同志们、同学们:这个……学生会主席郑彤同学要我讲几句,没有准备,讲不好。今天的会,校党委很重视,团市委也很关心。在座的还有许多兄弟院校的领导同志和学生代表,电台、电视台和报社都派来了记者,我代表大家向他们表示欢迎!(掌声)这个……我不想占用大家很多的时间,因为会后还要举行舞会。当然,我们要求同学们坚持跳健康活泼的、美观大方的、加强团结增强体质的、引导人积极向上的集体舞。下面,就请学生会宣传部部长肖剑同学主持授奖仪式。(掌声)

肖　剑　这次"百科知识有奖竞赛",共分文、理、综合三大类,每一类又包含许多单项比赛。现依次公布获奖名单并当场授奖。(拉开一长卷纸,念)一、"世界重要纪念日、节日及古今中外历代名人生卒年月三十秒抢答",一等奖:中文系七七级任渺;二、"世界各国各地区地名及经纬度位置三十秒抢答"，一等奖：中文系七七级任渺；三、"世界货币名称及人民币与外币兑换比例三十秒抢答"，一等奖：中文系七七级任渺；四、"中国历史朝代、皇帝年号与公元对照三十秒抢答"，一等奖：中文系七七级任渺；五、"辩证唯物主义及历史唯物主义基本原理用法六十秒抢答"，一等奖：中文系七七级任渺。任渺同学囊括上述五项比赛的一等奖，成绩卓著，举校无双，荣获本届竞赛"金牌"。（掌声，惊叹声）现在，向任渺同学颁发奖品和奖金一百元。（掌声，哄叫声）请任渺同学上台来领奖！

〔乐队奏起舞曲。人们期待着，半晌不见有人上台。

汪 不 凡　怎么回事？

肖　　剑　请任渺同学上台来领奖！

郑　　彤　请任渺同学上台来领奖！

〔还是不见人影。会场秩序开始紊乱。舞曲中断。

肖　　剑　（焦急地）任渺！任渺！……

汪 不 凡　肖剑，任渺不就是你班上的吗？

肖　　剑　是啊，我早就通知他了，还派了四个同学去请他……

汪 不 凡　怎么？他这么难请？

肖　　剑　唉，汪老师，你不明白。（朝台下）同学们，别吵，听我解释一下。任渺同学是我的好朋友，我很了解他。他这人学习上非常刻苦，整天一个人躲在防空洞里看书、写作，为此还得了个雅号："灰老鼠"。他还奉行"三不主义"，有人说就是不吃饭、不睡觉、不拉屎。不过我本人不同意这个解释。任渺是人不是神。他的"三不主义"是：不娱乐、不见客、不开会。

汪 不 凡　这样的同学要引导。

肖　　剑　我们找他谈过好几次，效果不大。所以今天我派了四个大力士去，只要他还活着，就把他拖来；就是他死了，也要把他抬来！

汪 不 凡　这样的工作方法不可取。

郑　　彤　我看任渺的奖品先由肖剑代领一下，会接着往下开。

记　　者　哎，不行，我们还等着给任渺同学照相呢。

肖　　剑　那就照我背影吧，我们两个头差不多。

记　　者　这怎么行？新闻的生命是真实！

肖　　剑　　那……(绝望地朝台下喊)任渺！任渺！妈的，"灰老鼠"！

〔从入口处传来人声："来了，来了！"四位大个子学生喊着号子，抬一床铺，穿过会场，向台上跑去。床上，任渺和衣而卧。他全身的衣服一律是深灰色的，就连脚上那双圆头皮鞋，也因久日不擦而成了灰色。此时，他头枕着书和卡片，脚垫着书和卡片，身围着书和卡片，怀里还抱着一册夹有许多卡片的书在酣睡，睡得就像俗话所说：死过去了一样。由于他不会打鼾，就更像了。大个子们把床铺稳稳当当放在主席台中央。

肖　　剑　　真死了？

大个子甲　　(擦汗)不管死活，抬来就是。

大个子乙　　是睡着了。治学治得太累了。

大个子丙　　我们怕叫醒他反而要多费手脚，这样干脆。

郑　　彤　　多亏你们劲大，这么重的铁床……

大个子丁　　床倒不重，这些书和卡片太重。

汪不凡　　快叫醒他！

记　　者　　等等，先拍张照！

〔记者们忙着拍照，录像。众人喊任渺名字，喊不醒他；继而推他、打他、揉他、拧他，均告失败。

汪不凡　　(蹲着，凑着任渺耳朵，苦口婆心地)任渺同学，请你醒醒。你这样做影响不好，你是共青团员吗？……

肖　　剑　　你这样做思想工作没用。让我来。(他蹑手蹑脚走近床铺，伸出两根手指夹住任渺怀里的书轻轻一抽)

任　　渺　　啊！(幡然猛醒，挺身坐起)

〔众人包括肖剑在内都吓一大跳。待他们定下神来，发现任渺已在埋头读书了。

肖　　剑　　(一把夺下任渺的书)别看了！

任　　渺　　(瞧着他，怔怔地)为什么？请加注解。

肖　　剑　　这儿在开授奖大会……

任　　渺　　开会？我不去！(又拿起另一本书看。书中滚出半个冷馒头。他捡起来，啃食)

郑　　彤　　(把茶杯递向他)这么硬的馒头，啃得动？

任　　渺　（头也没抬）啃不动也得啃，做学问不硬着头皮啃它个几万本书还成？

郑　　彤　真是治学治得没治了。

　　　　　〔一群记者蜂拥而上，围着任渺。

记 者 一　我是《青春报》记者。任渺同学，请您谈谈……

记 者 二　（把话筒伸到任渺鼻子前）我是电视台的，我在组织实况转播……

记 者 三　（握任渺的手）我是电台的。请您……

记 者 四　让开，让开，我给"五项全能冠军"拍张标准像。

任　　渺　天哪，怎么这么吵？你们都是哪儿来的？都给我出去！（环顾四周）奇怪……（迷迷糊糊地）我在哪里？这问题常叫我困惑不安、胆战心惊……遗忘是潜意识受压抑的缘故，回忆应当首先突破"审查制度"。西格蒙·弗洛伊德，一八五六年生，一九三九年死，虽不能解决全部问题，可也自有他一定的道理……我刚才突然想起了什么……呵，思想被闪电照亮，又马上坠入黑暗……

汪 不 凡　任渺同学，你听我说。

任　　渺　啊，我认识你！你叫汪不凡，没错吧？

汪 不 凡　没错。

任　　渺　什么风把你给吹来啦？

汪 不 凡　东风。"知识竞赛"的东风。

任　　渺　我参加过知识竞赛。它是我治学计划的一部分。

肖　　剑　老弟，你得了五项第一！

任　　渺　才五项？太少了！没弄错吧？

肖　　剑　没错。这些是你的奖品和奖金。

任　　渺　（琢磨着手中的金牌）这是什么玩意儿？

肖　　剑　"金牌"。

任　　渺　不可能吧？金的比重是十九点三，像这样的体积，应该……我数学不好。

肖　　剑　不是真金，是镀金的。

任　　渺　假的？（生气地）做学问最忌的就是掺假。我这人最大的特点就是真诚。这种假货我不要！（扔了"金牌"）看，还一闪一闪地发光，真无耻！

肖 剑	这一百元可是真的人民币。
任 渺	真的我要。等等,汪不凡,我问你:一个人对待名利的正确态度,是不是争名第一,夺利第二?
汪 不 凡	我很难说这种态度是正确的。
任 渺	我认为是这样。我决定了,把这笔钱捐给学校,设立"任渺奖学金",奖给学习成绩优异者。 〔掌声雷动。记者们又忙成一团。
汪 不 凡	任渺同学,你的这种精神是很好的,但是……
任 渺	但是,根据我的学习成绩,我毫无疑问应当得到首批"任渺奖学金"。难道不是吗?
汪 不 凡	我很难否认这一点。
任 渺	那我就收下了。不过,我必须申明,我参加比赛可不是为了得奖。
记 者	是为了"振兴浦大、振兴中华",对吗?
任 渺	不对,是为了振兴我自己。
汪 不 凡	这并不矛盾,"从我做起"嘛。
任 渺	从你做起?不,不,我要从自己做起。我认识到我是个使命在身的人,除了去完成那个使命,我没有任何其他活着的理由。
记 者	请问这是什么使命?
任 渺	具体的我也不便与你说。反正我有一种沉重的使命感和历史意识,不过有一点我可以先透露给你,我这个人将来是会出名的。不是昙花一现,而是随着时间的流逝,名声会越来越大。请相信这一点吧!
记 者	我很愿意相信。但我想了解一下现实中有没有迹象能证明你刚才对自己的预言。
任 渺	这个嘛……我对现实一向不大在意。现实这个东西流动性太大,虽然我们可以用"模糊数学"的原理去大体上把握它,但结果往往总是出人意料。我注重的是理论。只有当我埋头于书本和卡片中,我才觉得浑身上下每个毛孔都是充实的。(取过一叠卡片,像捻扑克牌一样捻着,取出一张甩桌上)看,约翰·沃尔夫冈·冯·歌德,一七四九年生,一八三二年死,在悲剧《浮士德》中说:"生命全是灰色,理论之树常青。"

郑　　彤　你记错了。歌德是说："理论全是灰色，生活之树常青。"

任　　渺　是吗？这可以商榷。如果你对，那就是歌德错！

肖　　剑　是你这个"卡片专家"错了。

记　　者　看来，任渺同学，你做学问还不够严谨，不够深入。

任　　渺　（撕掉那张卡片）好吧，告诉你们：我任渺现在已经不搞什么"百科知识"了。哼，这种死记硬背、浅薄无聊的知识有什么用？我要精专一门，成为一名真正的专家！

记　　者　你打算专门研究什么？

任　　渺　（跪在床上，在卡片堆中扒拉着）我研究……研究……无可奉告！学术界的事一披露到新闻界，那就什么都完啦。（找到一堆卡片）啊，我研究语言学！我发现了一个相当棒的研究课题，它具有学科的开创性、现实的针对性以及历史的延续性。八十年代，是信息爆炸、知识更新的伟大时代，是我们这一代人开发新知识、创立新学说、构筑新体系的黄金时代，我任渺是决不会辜负这个时代的！
　　　　　　〔台下传来一片嘘声。一群人齐声呼叫："灰老鼠！灰老鼠！……"哄笑声起。

郑　　彤　大家安静……

任　　渺　（气愤地）老鼠怎么啦？老鼠是世界上最值得讴歌的动物！首先，老鼠是真的。它是什么样就什么样，不逛时装店，也不进美容院；它想干什么就干什么，即使干了坏事，也从不把坏事说成好事。其次，老鼠是善的。为了猫类的生存，它默默地贡献着青春；就是对于人类，它也功德无量。你们知道吗？全世界有多少实验室在拿老鼠做试验？离开了老鼠，科学将停滞不前！最后，老鼠是美的。你们看它那娇小玲珑的身段、那臀部的曲线、那流线型的尾巴、那敏捷的动态……这一切是多么符合经典美学的观念！难怪古代《诗经》中就有"硕鼠硕鼠，无食我黍"的优美诗篇。至于美国人沃尔特·狄斯耐在"好莱坞"创造的米老鼠的美丽形象，更是家喻户晓，深入人心。综上所述，集真善美之大全于一身者，非鼠莫属！
　　　　　　〔切光。

第二场　说破天地

〔教授楼。一月后的一天上午。

〔郑恭夫的书房：书"墙"林立，纵横密布，甬道曲折，犹如迷宫。郑
恭夫鼻架眼镜，手执放大镜，胸挂望远镜在其间穿梭不息，忽隐
忽现。

〔任渺捧着一大沓手稿，在郑彤的带领下上。

任　　渺　真没想到，郑恭夫教授就是你爸爸。

郑　　彤　（半开玩笑地）要不要我给你开开"后门"？

任　　渺　（正经地）不用！我自信我这篇论文是打得响的。我也相信郑教授
　　　　　是有学术良心的。

郑　　彤　那你自己进去吧。我失陪了。（下）

任　　渺　请便。（轻轻叩门）

〔郑恭夫没听见。他正聚精会神地调节着望远镜的焦距，在书"墙"
上找书。

〔任渺重重敲门。

郑　恭　夫　请进。

任　　渺　（推门而入，九十度鞠躬）郑教授好！

郑　恭　夫　副教授。

任　　渺　郑教授……

郑　恭　夫　副教授！我是副教授。

任　　渺　郑副教授好！

郑　恭　夫　你好。你是哪位？

任　　渺　我是中文系七七级学生任渺。

郑　恭　夫　你有什么事？

任　　渺　郑教授。

郑　恭　夫　副教授。

任　　渺　郑副教授，是这样：从这个月起，我专攻语言学，普通语言学。现在
　　　　　完成了一篇论文。您是权威，所以今天特意来请您拜读……不，
　　　　　不，请您指教！

郑恭夫 （高兴地）你有志于语言学的研究，很好。语言学非常重要，随着信息论的发展，它将越来越重要。可以断言：语言学是现代科学发展的前沿阵地，大有可为。

任　　渺 这我知道。

郑恭夫 你的论文是什么题目？

任　　渺 （捧上手稿）《地球语和太空语的相互影响之点点滴滴》。

郑恭夫 （用放大镜照着看）"地球语"？"太空语"？什么意思？

任　　渺 在没有找到更好的名词以前，我就暂时先用"地球语"这个词表示地球人的语言；用"太空语"这个词表示太空人的语言。本文是我国比较语言学方面为数不多的开山之作之一。

郑恭夫 现在什么都搞比较，赶时髦。

任　　渺 郑教授差矣！

郑恭夫 副教授。

任　　渺 "比较"，Comparative，作为一种研究方法，并不是什么新鲜东西。从亚里士多德时代起，比较就是哲学思辨和一切学问的基础了。

郑恭夫 我问你：地球上一共有多少种语言？而你又懂得几种？

任　　渺 这个我不管。我搞的是"总体研究"，general study，注重质的共性，不强调类的差别。

郑恭夫 我再问你：自然界到底存在不存在"太空人"？如果这目前还没有定论，那么，又何来"太空语"？

任　　渺 "太空人"当然存在！

郑恭夫 你见过？

任　　渺 这……郑副教授，我曾有幸拜读过您的一篇大文：《仓颉造字说之点点滴滴》。我想，您老一定是亲眼见到过活在三千多年前黄帝时代的仓颉同志吧？

郑恭夫 仓颉是确有其人，我有考据学上的根据。

任　　渺 您有考据学的根据，我有逻辑学的道理。试想，既然地球上有人，那为什么别的星球上不能有人？

郑恭夫 我有史书为证，你呢？拿什么书为证？

任　　渺 等我这份手稿出版，我就以它为证

郑恭夫 那你就拿去出版好了。（交还手稿，撇下任渺，干自己的事）

任　　渺　（尾随其后）可是我想请您审阅一下，最好再给写份推荐书。

郑　恭　夫　你"点点滴滴"了这么多，我哪有工夫看？

任　　渺　不多，才三十万字。要不，我念给你听？

郑　恭　夫　很抱歉，我没时间。（穿梭不息）

任　　渺　（紧追不舍。絮絮地）那我就提纲挈领，给您讲讲！首先是绪论部
　　　　　分，其次是导论部分，再接下去是前言，以后还想请您写篇序言。
　　　　　在引论部分，笔者开门见山，提出论点：太空语决定地球语，地球语
　　　　　反作用于太空语；二者既对立又统一，并在一定条件下互相转化。

郑　恭　夫　辩证法倒运用自如！

任　　渺　在第一章里，笔者将作家的虚构手法和史家的春秋笔法熔于一炉，
　　　　　提出了一个大胆的科学假说：在远古时代，地球上本无语言。大约
　　　　　到了公元前两千年前，太空人才第一次涉足于我们这个星球。他
　　　　　们是在地球的东部着落的。但由于地球由西向东自转的缘故，使
　　　　　太空人立足未稳，一跤跌到了地球的西部，迸出一声惨叫，又发了
　　　　　半晌牢骚。于是，地球东部民族瞧见了太空人鞋帮上的文字，而西
　　　　　部民族则听到了太空人说话的声音。这就是东方象形文字和西方
　　　　　拼音文字的起源。

郑　恭　夫　要不要叫我女儿给你沏壶茶，你捧着到城隍庙说去？

任　　渺　不必客气。刚才，我向诸位介绍了太空语决定地球语的情况，接下
　　　　　来让我们进一步探讨地球语反作用于太空语的问题。威廉·莎士
　　　　　比亚，一五六四到一六一六年，曾经赞叹道："人，万物的灵长、宇宙
　　　　　的精华！"确实，人类自有了语言文字后，便不停地通过无线电波、
　　　　　人造卫星、宇宙飞船等工具向太空散播信息。例如，前几天美国还
　　　　　向太空寄出一盒录音磁带。顺便提一下，据说其中还有中国的昆
　　　　　曲呢。对于这些信息，太空人当然不会无动于衷。然而这种地球
　　　　　化了的"太空语"，对太空人来说，就像是密码一样难懂。为了破译
　　　　　这些密码，太空人派出了无数飞碟，开始劫持地球人。国内外许多
　　　　　著名学者、科学家和普通人的神秘失踪，就是这个原因。这真是我
　　　　　们做梦也想不到的。

郑　恭　夫　你不是白日做梦都想到了吗？

任　　渺　我是说一般的人想不到。您别打岔，注意力集中！据那些被释放

回来的人说，他们被劫后一般都被送到太空语言学院，按各人专长分别讲授地球语中的各个语种。现在，太空人已经将这些众多的语种抽象归纳成一种语言，即地球人的思维符号。然后，他们运用这套符号，创造了思维传感的方法，使太空语成为能随意地同地球上任何一种民族交流的真正的、名副其实的太空语。正是：

　　　空中一跌声犹在，地下千人失影踪。

　　　日月昏昏谁辨识？说破天地惊煞侬！

郑 恭 夫　你的假说确实大胆。简直胆大包天！

任　　渺　本人信奉胡适博士的治学方法："大胆假设，小心求证。"

郑 恭 夫　适之先生若九泉有知，只好被你气得再死一次。

任　　渺　不至于此！人怎么可能连死两次？

郑 恭 夫　"大胆假设"嘛！

任　　渺　但我还"小心求证"来着。瞧，后面几十章都是。从各个角度，用不同方法……

郑 恭 夫　你就免开尊口吧！（一拐弯不见了）

任　　渺　郑教授，不，副教授、郑副教授……（寻觅，也不见了）
　　　　　〔郑走出书"墙"，在一张沙发上坐下，记卡片。
　　　　　〔内传来任渺的叫声："郑教授……"

郑 恭 夫　副教授。什么事？
　　　　　〔任渺的声音："我，我绕不出来了！"（碰撞声）

郑 恭 夫　别乱闯！告诉我，你左边是本什么书？
　　　　　〔任渺的声音："《山穷水尽》。"

郑 恭 夫　听着：你往西走，到《逻辑学概论》，往北拐，见《口吃的矫正》，再朝南一直走，穿过《尔雅》《小雅》《广雅》《埤雅》《骈雅》和《通雅》，紧接着向东拐，迈三步，见《柳暗花明》，就……

任　　渺　（出现）出来了！像进了迷宫一样。

郑 恭 夫　要进得去，出得来。

任　　渺　哎，郑教授……

郑 恭 夫　副教授。（扬扬手中的一叠卡片）要搞语言学。这些都是最基本的操作规程。

任　　渺　我也做卡片的。（掏出一大沓卡片，放在手里捻着）

郑　恭　夫　（捻着卡片，抽出一张甩在桌上）这你有吗？

任　　　渺　（也甩出一张）有。

郑　恭　夫　（又甩出一张）这个呢？

任　　　渺　（也甩出一张）有。

　　　　　　　〔两人一来二去甩了七八次。

郑　恭　夫　（甩出一叠）这些，你都有？

任　　　渺　（怔怔地）没有，你出。

郑　恭　夫　我出？你以为我在跟你打扑克？（离开）

任　　　渺　郑教授……

郑　恭　夫　副教授。

任　　　渺　您看，我是一匹真正的千里马，只是现在由于环境的关系才变得瘦
　　　　　　弱不堪，使您无法欣赏我的英姿……（摆了摆心目中设想的"英
　　　　　　姿"）要是您推荐我出国深造，我保证……

郑　恭　夫　哦，你愿意出国？

任　　　渺　愿意？天！只要能让我出国，就是把我杀了绞了剁成肉泥，我
　　　　　　也干！

郑　恭　夫　不知阁下看中了哪个国家？

任　　　渺　随便！

郑　恭　夫　莫三鼻给怎么样？那里的土著语言倒是大有研究的天地。

任　　　渺　（横一横心）我去！当然，我不想在那儿长住。我要想法子讨个酋
　　　　　　长的女儿做老婆，用她的钱去巴黎大学攻读博士学位；然后再甩掉
　　　　　　那黑女人，娶个美国亿万富翁的遗孀，去哈佛大学继续深造，然
　　　　　　后……

郑　恭　夫　行了，行了。先不忙高瞻远瞩、畅想未来。要出国，首先得有推荐
　　　　　　书。你允许我对你下几句评语吗？

任　　　渺　不胜荣幸之至，我屏息收腹，洗耳恭听。

郑　恭　夫　你这人有些小聪明……

任　　　渺　岂敢，岂敢。

郑　恭　夫　也有几分歪才……

任　　　渺　不才，不才。

郑　恭　夫　笔头子、嘴皮子倒也怪伶俐的……

任　　渺　过奖，过奖。

郑　恭　夫　只是，你有点像"七个铜板放两处"……

任　　渺　什么意思？

郑　恭　夫　不三不四！（离开。消失在书"墙"里）

任　　渺　（慢慢收拾着手稿，深沉地叹息）千里马常有，伯乐不常有啊！
　　　　　　〔郑彤上。

郑　　彤　谈得怎么样？

任　　渺　不，不怎么样。你爸爸，对我的论文……还是欣赏的。啊，不瞒你
　　　　　说，恕我直言，令尊大人的学术思想很保守。他高寿多少？

郑　　彤　七十了。

任　　渺　天，（低语）还是个副教授……难道他的今天就是我的明天？像一
　　　　　张书签，一辈子被夹在书堆里……（大声地）算了，我不治这份
　　　　　学了！

郑　　彤　为什么？你是很有才华的。

任　　渺　这我知道，你父亲也不得不承认。可我不甘心做一张"书签"，我要
　　　　　做能容纳天底下所有"书签"的皇皇巨册！

郑　　彤　爸爸常说，搞语言学是需要有牺牲精神的。
　　　　　　〔任渺凝视着她，半晌不语。

郑　　彤　你在想什么？

任　　渺　你很有风度？今晚学校放《生死恋》，一起去看好吗？

郑　　彤　很抱歉。我晚上要去青联开会。

任　　渺　啊，我忘了，你是当官的。不过你很有风度，这在干部队伍中是不
　　　　　多见的……

郑　　彤　你说什么呀！

任　　渺　（感叹地）唉，语言学是一门死学问。告辞了。（出门。下）

郑　　彤　再见。

郑　恭　夫　（突然出现）这人是"歪嘴吹喇叭"。

郑　　彤　什么意思？

郑　恭　夫　一股邪气！
　　　　　　〔灯灭。

第三场　重新设计

〔防空洞内。当晚。

〔墙上零乱地贴有"全国地图"、"世界地图"、萨特、基辛格、拿破仑等人的肖像。最引人注目的是六个斗大的草字："不超人,毋宁死!"任渺仰卧在床上吸烟。除了袅袅上升的烟雾外,一切都是静止的。

〔他猛然挺身而起,扔了烟头,抓起桌上的论文手稿,发狠地撕……又突然泄了气似的扑倒在床上,神经质地抽搐着身体,不知是在哭还是在笑。他又翻身坐起,脸色平静,仍不知是哭过了还是笑过了。他冲了一杯麦乳精,慢慢地喝着;又打开了录音机,响起港台歌星欧阳菲菲的歌声。

任　　渺　(突然兴奋,和着歌声边扭边唱)

"吼!吼!吼!跳个迪司科,

你看他多么快活!

吼!吼!吼!跳个迪司科,

他忘了人间还有什么是忧愁……

摆摆手,摇摇你的头,

所有烦恼都从你的脚下流走……"

(关了录音机,精疲力竭地坐下,低垂着头。半晌,于沉思中渐渐抬起头来)天上,没有星空;地下,没有烛光。我,迷路了……"中国革命向何处去"? 我,迷惘了……(突然转入轻松随便的语调)看来做学问没什么大油水可捞,还不如(半念半唱)"改换门庭投靠威虎山"。目标不变,不超人,毋宁死! 道路却应当重新设计。对,再做一次"自我设计"。(站起,铺稿纸于桌上,庄严地)"真的勇士,敢于面对惨淡底人生"!(大喝一口麦乳精,奋笔疾书)

〔肖剑出现在门口的台阶上。

肖　　剑　灰老鼠!

任　　渺　(头也不抬)干吗?

肖　　剑　你不是想算命吗? 现在正有一位会算命的朋友来找我。(走下

台阶）

〔一位穿风衣的男青年出现在门口。

任　　渺　来得正是时候，请！

肖　　剑　这是我的一位熟人，刚从北京来。

来　　客　（快步走下台阶，上前热烈地抓住任渺的双手。目光灼灼，直视着他）你就是所谓的任渺吧？久仰，久仰！

任　　渺　不客气。床上坐吧。（递烟）

来　　客　（歪起脖子欣赏墙上的草字）"不——超人，毋宁死"。好书法！大有"扬州八怪"郑板桥的遗风。（品味着）唔，有气魄！"生当作人杰，死亦为鬼雄"嘛！奇怪，像你这样一位抱负出众、气度超凡的壮士还要算命？

任　　渺　我过去从来不想算命。

来　　客　是不相信？

任　　渺　正相反。太相信了，所以不敢算，害怕。

来　　客　有意思。

任　　渺　人生就像一部情节片，知道了结尾还有什么可看的？

肖　　剑　尽管这样，大多数人还是急于想知道结尾。

来　　客　这就叫好奇心。怎么样，现在就给你算？

任　　渺　我需要的不是传统意义上的算命，而是一种以现代科学思想为指导的"自我设计"。

来　　客　这我知道。科学本身就是一种手段。不过我可得提醒你：对于本民族传统的东西不要全盘否定。这里面也有科学，不全是迷信。

任　　渺　这我也略知一二。说到底，科学与迷信到底有多少质的差别？现在西方流行用电脑算命，所谓"第三次浪潮"是也。科学是为迷信服务的。

来　　客　盖了！警句，惊世骇俗的警句！啊，瞧你的面相、头型，就是大人物的面相和头型。不是一般的大人物，而是非凡的大人物。这样的大人物要几十年，甚至上百年才出那么一个半个的。

任　　渺　（得意地）不见得，不见得。

来　　客　没错！当然，现在你只是具备了那种伟大人物的素质，要真成为这样的人物，还取决于你选择什么职业。

任　渺　这正是我现在感到迷惘的问题。你看,我该干什么?

来　客　你搞学术肯定没门儿!

任　渺　这我已经意识到了。

来　客　你应当搞政治!

任　渺　政治?(连连摇头),我不搞政治。想当年我也参加过红卫兵,满脑子无产阶级专政下继续革命的思想。现在回想起来,真有一种被破坏了贞操似的耻辱感……不,我厌恶政治。

来　客　你对自己并不了解。你所谓的厌恶,其实就是喜欢,只不过每个人用词不一样罢了。你天生是块当政治家的料!只要你肯投身政界,一定会成为像林肯、甘地、希特勒这样叱咤风云的人物,至少也比基辛格强!

肖　剑　那些人物都是由时势造成的。

来　客　现在正是造就伟大政治家的时势!(取出一大捆油印刊物,往床上一摊)看看这些民间刊物,你们就明白了。

任　渺　这类刊物我翻过一两本,没多大意思。一本正经的。

来　客　问题就在这儿。现在看起来热闹,其实只是一盘散沙,还没有产生出一位既有理论深度又有组织才能的领袖人物。而我坚信,这样的领袖人物是一定会应时代的需要而产生的。今天见了你之后,我就更深信不疑了!

任　渺　(不由得对自己肃然起敬)我?(郑重地翻开油印刊物,看了几眼。庄严地)最近北京的局势怎么样?

肖　剑　刚说你要当政治家,马上就摆开架势啦?

任　渺　你少插嘴!

肖　剑　嗬,还是个暴君呢!

来　客　哈哈。北京嘛,老样子。每年这个时候风沙刮得厉害。不过,吃"全聚德"烤鸭的照样吃,跟外国人睡觉的照样睡,捧西太后的照样捧,批朦胧诗的还在批。

任　渺　(痛心疾首的样子)中国人的"国民性"呀……呸,这样的中国人!

肖　剑　(拍他一下后脑勺)别装腔作势了,来,我也给你算一卦。(拿起一本《成语词典》)

任　渺　(心事重重地)你凑什么热闹?

肖	剑	我这法子可灵了，是八十年代最新科学，按"控制论"原理设计的。你随便指定这本《成语词典》的一页，再随便指定第几条。我翻给你看，那条成语就是你的命。
任	渺	我试试。嗯……七百十五页。
肖	剑	第几条？
任	渺	嗯……第五，不，第六条吧。
肖	剑	（翻开一看）呃……换一条吧？
任	渺	干什么？不换！
肖	剑	我劝你还是换一条。
任	渺	真啰唆！（夺下词典自己看，气得把词典扔掉）去他妈的！
来	客	什么成语？
肖	剑	"一命呜呼"。
来	客	（淡淡一笑）这是我们每个人的命运，差别只在于时间。所以，时间是宝贵的。我必须走了，还要去看几位朋友。（欲下）哦，对了，我想顺便打听一下：你们学校的"竞选"搞起来了没有？北京的许多高校都在搞。
任	渺	竞选什么？
来	客	区、县人大代表。
任	渺	这有什么可"竞"的！"芝麻绿豆"官。
来	客	一点点儿来嘛，你今年二十几？
任	渺	二十二。
来	客	如果今年你能当上区人大代表，三年后又争取当上市人大代表，再过三年，混进全国人大，那么，不出十年，也就是在你三十五岁以前，你就有希望爬上委员长的宝座了。
任	渺	真的？
来	客	假不了！当然，这要看形势如何，当局允不允许群众搞自由竞选。北京现在搞得很热闹，你们学校呢？
肖	剑	过几天也要搞，现在正在酝酿。打算开个竞选演讲会。
来	客	（对任渺）抓住这个机会吧！
任	渺	我对演讲不大在行。如果说，我的思想、文笔、口才当一个政治家是绰绰有余的话，那么，我的姿势和风度似乎还稍有欠缺。这主要

是我一直忙于做学问,无暇顾及这些枝枝节节⋯⋯

来　　客　问题不大,可以训练。

任　　渺　没人教。按说上政治课的老师应当讲点演讲学,可我看他们还不如我。

来　　客　我教你! 其实很简单。你看看。(跳到床上,拉开架势)"同胞们!"这是慷慨激昂的。"同胞们!"这是哀婉动情的。政治家无非是这两手,由此再生出种种花样。(跳下床)

任　　渺　(跳上床,模仿)"同胞们!""同胞们!"

来　　客　对,就这样。你一学就会,真是天才。今天由于时间关系,我只能先教你这两副基本面孔,其他还有不少小动作、小手腕你就自己慢慢琢磨吧。譬如像"行如风,坐如钟,站如松,卧如弓",像"骂人不板脸,打人不露拳,放屁不吱声,杀人不见血",等等。名堂多了!

任　　渺　等一下,让我记在卡片上。

来　　客　(看表)算啦,以后有时间我寄些资料给你吧。我必须走了。

任　　渺　知道我的地址吗? 请一定把资料寄来!

来　　客　(走到门口)放心。这是我应尽的使命,也是我毕生的荣幸。请你坚信我的预言:中国之未来,将把玩于你的股掌之间!(撩起风衣,昂首阔步下)

肖　　剑　(压低嗓门对任渺)当心,这人神经不正常。(跟下)
　　　　　〔任渺对肖剑的背影啐了一口,关上门。他兴奋躁动,坐立不安,抢拳挥臂,击掌拍额,练习着各式各样刚美的或柔美的演讲动作。

任　　渺　(上蹿下跳着)同胞们! 同胞们! 同胞们! ⋯⋯
　　　　　〔灯渐灭。

第四场　崭露头角

　　　　　〔梯形大教室。一周以后的白天。
　　　　　〔正面黑板上一行大字:"区人大代表竞选演讲会"。
　　　　　周围墙上贴有花花绿绿的竞选标语、竞选者的介绍文字、照片等。
　　　　　讲台前,一些学生在抢话筒。话筒终于落到一位研究生手里。

研　究　生　本人是哲学系研究生,中共党员。历任团小组长、团支部委员、团委书记、党小组长、党支部委员、党总支副书记……

〔观众席中传出嘈杂的人声……

人　　声　别讲这些，墙上都贴着！

人　　声　你是否因为精神空虚才参加竞选？

研　究　生　不，我的学业很紧张，我的家庭很美满，我们夫妻关系很好……

人　　声　请直截了当地谈你参加竞选的动机！

研　究　生　我认为这次竞选区人大代表是探索实践具有中国特色的社会主义的伟大尝试。作为一名立志改革的共产党员，我愿做这样一名实验对象。

人　　声　如果你当选了，你将干些什么？

研　究　生　全心全意为人民服务！具体地说，为全校九千多名师生员工服务。

人　　声　再具体些！

研　究　生　食堂的伙食要改善，澡堂的设备要改造，考试的方法要改革，教材的内容要更新……

〔一名小个子学生夺下话筒。

小　个　子　你发言时间超过了。（对台下，大叫）我是化学系二年级学生。我不是共产党员！我不相信马克思主义！我现在宣布退出共青团！

〔人群骚动。

〔肖剑上前，夺下小个子的话筒。

肖　　剑　算了，回去背你的化学分子式吧！同学们，就在半小时以前，我们中文系七七级的任渺同学宣布参加这次竞选！现在，我受竞选人的委托，以"任渺竞选委员会"秘书长的身份，向大家介绍任渺同学的履历。（读一份"文件"）"任渺，男，一九五八年七月十七日生于河南省郴子县朝阳沟……"

人　　声　叫竞选人自己出来讲话！

人　　声　反对文牍主义！

人　　声　打倒官僚政治！

〔任渺出现在会场入口处。他扫视全场，气度凛然。

任　　渺　肃静！

〔人声果然平息。众目睽睽。

〔任渺神情自若，举止潇洒，穿过整个会场，登上讲台，接过肖剑手里的话筒。

任　　渺　我，就是任渺！

人　　声　知道你是！

　　　　　　〔哄笑声。

任　　渺　（宽容地微微一笑，并不慌乱。举起双手，示意全体安静）我，虽然目前还不是中国共产党的一名成员，但，我愿借此机会告诉大家：我准备在适当的时候加入这一组织。（对研究生）请您向贵党转达我的这一决定，并祝同志们工作顺利！对于贵党，我向来是充满敬意的。（转而对全体，动感情地）同学们哪，建党可不容易呀，别说你们，就连我也不行啊！

人　　声　见你的鬼！

任　　渺　我对我心中叛逆的魔鬼束手无策！（停顿）今天，我演讲的题目是：《"人权"与"自由选择"在吾国的可能及 diversity① 之点点滴滴》。（运了运气）同胞们！（想了想，换一种姿势和语气）同胞们！为了深刻地、透彻地、通俗地讲清这个题目，请允许我先引进"存在主义"哲学的两个基本概念：一谓存在，一谓本质。存在者，存而在也；本质者，本之质也。存在与本质，孰先孰后？存在乎？本质乎？法兰西圣人萨特氏曰："存在先于本质。"此乃是也！

人　　声　打倒文言文！

人　　声　"五四"新文化运动万岁！

任　　渺　那好，我用英文讲。Ladies and gentlemen！

　　　　　　"To be，or not to be，that is the question：

　　　　　　Whether'tis nobler in mind to suffer，

　　　　　　The slings and arrows of outrageous fortune，

　　　　　　Or to take arms against a sea of trouble，

　　　　　　And by opposing end them?..."②

人　　声　哈姆雷特成小丑啦！

----

　　① 差异。多样性；变化。

　　② 女士们、先生们！"存在，或不存在，那是一个问题：默然忍受命运的暴虐的毒箭，或是挺身反抗人世的无涯的苦难，在奋斗中结束一切，这两种行为，哪一种更高贵？……"

人　　声　　"灰老鼠"，滚下去！……

任　　渺　　（勃然作色）恐吓和辱骂决代替不了战斗！（克制地）好吧，我先把论点摆出来：本质存在于存在之中，存在是本质的存在形式；存在是本质的存在，本质是存在的本质；没有没有本质的存在，也没有没有存在的本质；存在决定本质，本质反作用于存在，二者既对立、又统一，并在一定条件下互相转化。

　　　　　　〔台下人群中飞起一只"黑板擦"，正击中任渺的额头。他痛叫一声，抱头蹲下。人群大哗。任渺站起，举着一只染有血迹的手掌。

任　　渺　　看！这就是我为民主流的血！

　　　　　　〔台下一片嘘声。

　　　　　　〔汪不凡、郑彤上。

郑　　彤　　同学们，大家快去大礼堂看电视！卫星转播实况：中国女排对日本女排！

　　　　　　〔人声沸然，渐渐消失在外。郑彤下。

汪 不 凡　　（见任渺独自一人在揉着额头）怎么，你头上起了个包？

任　　渺　　是一个包，而且是一个不小的包！

汪 不 凡　　（掏出手帕替他包扎）总算崭露头角啦！先扎一下，马上再去医院看看。

任　　渺　　妈的，狗屁竞选！老子不参加了！

汪 不 凡　　不想当政治家了？

任　　渺　　中国的民众愚不可及！

汪 不 凡　　解放思想不是搞资产阶级自由化，不能违背"四项基本原则"。

任　　渺　　哎，汪老师，瞧您，说哪儿去了？我没说要自由，也没反对原则嘛。我刚才还申请入党来着。这不，我还打了份书面报告哩！（把一张纸塞给汪）

汪 不 凡　　（不接）行了。我知道你是怎么申请的。走吧，先去医院看一下伤，完了马上到学校保卫部来一趟！

任　　渺　　去保卫部干吗？我又没偷东西！

汪 不 凡　　谁说你偷东西了？是公安局找你！

任　　渺　　公安局？我、我又没犯法！刚才……这不说"言论自由"吗？

汪 不 凡　　瞧你这副熊样。刚才的英雄气概跑哪儿去了？

任　　渺 不、不跟您开玩笑！这事怎、怎么开、开得起玩笑？

汪 不 凡 公安局的同志们是想找你了解一下那个北京人的情况。他不是给你算过命吗？

任　　渺 他、他怎么了？

汪 不 凡 他已经被逮捕了。

任　　渺 犯、犯了什么罪？

汪 不 凡 反革命罪、出卖国家机密罪、盗窃国家经济情报罪、贿赂罪、渎职罪、诽谤罪、诈骗罪、妨碍公务罪、伪造证件罪以及流氓罪……

任　　渺 妈呀……

汪 不 凡 公安局的同志们希望你能协助他们尽快查清他的全部犯罪事实，以便将案卷移交检察机关，提起公诉，依法给予严惩！

任　　渺 啊……啊……

汪 不 凡 我先走一步，他们在等我。你马上来（下）

任　　渺 （沉默。徘徊）政治，可怕的政治，你，像一部钢浇铁铸的机器，冰冷、坚硬、有力。这里，不存在温情的庇荫，更没有幻想的余地。一颗肉做的灵魂，一旦卷入你的飞旋，就立刻被扭曲、被撕裂，血肉模糊、面目全非！只有那些冷血的铁腕人物，才能稳操住你的手柄，将世界按他们设计的图纸加工改制……唉，可我偏偏是个天生的谦谦君子，文质彬彬，脉脉含情；多愁善感，优柔寡断；温良敦厚，笑容可掬。我不配搞政治。呵，人生的"巴士"已经驶过二十二个车站，却还没确定一条运行的路线；伟大的"自我"已经发育了二十二个春秋，可直到今天还一无成就。我怎么还好意思每天往鼻子底下的那个洞里填啊塞的，也不知道那么多的大白菜都上哪儿了。（沉痛地捂起脸）

〔一群女生走进教室。她们发现任渺，不约而同地返身就走。其中一位嘀咕了句什么，大家一起哄笑，渐渐远去。任渺恨恨地望着她们的背影。

任　　渺 一群蠢货！十个女人中有九个是蠢货，把这九人的愚蠢集于一身者，便是那第十个。我记得这是哪位大文豪的话。呵，文学家多聪明！至少比女人聪明。要不然，怎么会有那么多的妇女同志爱好文学呢？（突发奇想）对了，为什么我不搞文学呢？我有这方面的气质！（搓着双手，跃跃欲试）我要写诗！诗最容易叫姑娘们动情……可惜稿费少了些，美中不足。要不写小说？对着墙上的臭虫斑点信口胡说，美其名曰"自由联想""意识流"的心理探索……可这类玩意儿影响不大，竞争太凶，很难成为头牌货。还是写剧本？呸，那东西最要不得！除非写电影剧本，赚大钱得大名，还可带来爱情。啊，伟大的电影剧本……可我没"后门"，不知该打哪儿钻营。不管怎么样，文学我是搞定了，作家我是当稳了。它既不像治学那样默默无闻，也不像政治那样什么都当真；既可幻想，又得实惠，名利双收，实在最对我胃口。（停顿。以一种务实的口吻）搞创作，首先要深入生活，我可不搞乌七八糟的"现代派"，这玩意儿在中国吃不开，我要往现实主义的康庄大道上迈！（决心已定）那就让我冲出大学的樊篱，去经受生活的砥砺，尝一尝生的悲欢，悟一悟死的真谛。（朝半空中伸出双臂）艺术的缪斯，快来拯救我这颗不安的灵魂吧！

〔灯灭。

第五场　生

〔医院妇产科。三天后的下午。

〔婴儿室：整齐地排列着几十张摇篮，一名女护士在巡视。

〔任渺上。他脖子上挂着一架照相机，手指间扣着一本活页簿。

任　渺　（拂着脑袋）剃了个头，真爽快！（拍三下后脑勺）新剃头，标志着我除旧更新、脱胎换骨、跨上人生的新旅程。（回首，恋恋地）剃头店的那位女理发员在我心中留下了不可磨灭的印象。她被职业的疲倦压迫着，眼睛中却流露着对生活的无限渴望。我欲救她，又无能为力。相反，还要在这压力上添加我的一份。她仔细地剃着我的头，小心推敲，反复端详，直到完美。等我的处女作问世后，我一定要吩咐出版社在扉页上印上题词："献给一位未名的女理发员。"处女作，就是要为处女而作。

〔女护士抱起一婴儿，出门。

任　渺　同志……

女 护 士　请等一下。

　　　　　〔一"爸爸"上,张开双臂迎向女护士。

"爸　爸"　啊! 这是我的孩子吗?

女 护 士　恭喜你得了个儿子!

"爸　爸"　(接过婴儿,笑口难合)生男生女一个样,一个样。谢谢! 太谢谢
　　　　　了! 万分感谢! 我想给他取名为"谢医"!

女 护 士　瞧这孩子,脑袋真大。将来准当上科学家。

"爸　爸"　培养他当医生!

女 护 士　瞧他的手心,将来准发财。

"爸　爸"　发了财办医院!

任　　渺　(凑上去)瞧这孩子,he! 你们看,he he! 真是,he he he he……

"爸　爸"　(不悦地)你"嘿"什么?

女 护 士　小心细菌传染!

"爸　爸"　(瞪了任渺一眼)神经病! (下)

任　　渺　奇怪,鲁老夫子的办法也不灵。(拦住女护士)同志。

女 护 士　你有什么事?

任　　渺　简单地说吧,是这样:目前,我正在酝酿一个大型的创作计划,需要
　　　　　到这儿来下生活。

女 护 士　"下生活"? 你原来在生活上面?

任　　渺　这是我们作家的行话,请您别介意。

女 护 士　(肃然起敬)您是作家?

任　　渺　嗯,差不离儿。不是今天就是明天。

女 护 士　我能为您做什么呢? 作家同志。

任　　渺　是这样:我的创作计划十分宏伟,是写一部上下集的电影剧本……

女 护 士　(欣喜地)是宽银幕的吗?

任　　渺　是的,是的。彩色遮幅式宽银幕。可能的话,还想搞成立体的。

女 护 士　太好了,太好了,我儿子最爱看立体电影……是外国的吗?

任　　渺　不,是国产的。国产彩色遮幅式宽银幕上下集立体故事片。反映
　　　　　一个人从出生到死亡的全部生活经历,带有自传性质。

女 护 士　(入迷地)啊! 啊! 有杨在葆吗?

任　　渺　这……我并不认为杨在葆能胜任这样一个角色。要是抽得出时间

　　　　　　的话,我打算自己主演。

女 护 士　（敬畏地）哦……对不起。我能帮您什么吗?

任　　渺　我需要在这儿深入生活。我打算住一段时间,大概五十六天吧。
　　　　　　怎么样?

女 护 士　（立刻恢复了职业的口吻）我们妇产科是从来不收男同志住院的。

任　　渺　能不能通融一下呢?

女 护 士　那您得找院长去说。

任　　渺　我最讨厌同当官的打交道!（推婴儿室门）这里面是什么?

女 护 士　（拉上门）这是婴儿室。闲人莫入。

任　　渺　护士同志,如果住院实在不行的话,那至少得允许我对产妇以及新
　　　　　　生儿进行采访。

女 护 士　采访产妇,也许领导上会为您提供方便,但新生儿是不准采访的。
　　　　　　这是院规,您最好去找院长谈。对不起,我还有工作。（下）

任　　渺　这些人,什么事都往领导身上推。"大锅饭"吃惯了!（四顾无人。
　　　　　　溜进婴儿室）啊,这么多摇篮,这么多宝贝。（巡视着）真是生机盎
　　　　　　然!我曾在某处见过一个权威的统计数字,平均一秒钟,全世界就
　　　　　　有三个婴儿出生。唉,真不懂。宇宙空间,浩瀚无际,干吗都要涌
　　　　　　到这个世界上来呢?不过,这对我倒是件好事。创作讲究题材新
　　　　　　颖。这个地方一般人进不来,我今天可算是独得秘方。瞧,这些孩
　　　　　　子一人一个模样,足够我写一部《百儿图》。（拍照）可惜这些小人
　　　　　　物都没有讲话的能力,不然我真想问问,他们在出生时,最强烈的
　　　　　　感受是什么?

婴 儿 甲　（啼哭）喔哇!

任　　渺　说什么?尽管我研究过语言学,但对你这种语言,说实话,还不太
　　　　　　熟悉。

婴 儿 乙　喔哇!

任　　渺　可怕?哈哈!的确,你赤条条、一无所有,来到这陌生的、充满敌意
　　　　　　的世界上,怎么会不感到可怕呢?允许我给你照相吗?点头默许
　　　　　　了?好,谢谢!（拍照）

婴 儿 甲　喔哇,喔哇!

任　　渺　可怕,可怕!呵,人生是一幕悲剧,一开头就注定了。

婴 儿 甲　喔哇,喔哇,喔哇!

任　　渺　天哪,可不能让这小子再哭了,叫护士听见就麻烦了。(抱起婴儿
　　　　　甲,哄拍着)噢,噢,世界固然可怕,但我们既然已经介入,就必须坚
　　　　　强地活下去。世界并不为我们而存在,它什么也不会为我们准备。
　　　　　一切只有靠自己的奋斗,去争、去抢、去夺,必要时还要去偷、去骗。

婴 儿 乙　(啼哭)喔哇!

任　　渺　糟了,又来一个,我可只有一双手。

婴 儿 乙　喔哇!

任　　渺　苦啊! 是的,我知道你们很苦,但必须忍受。别哭了! 人活着就是
　　　　　为了含辛茹苦。

婴 儿 丙　(啼哭)喔哇!

任　　渺　要命! 这位先生也来凑热闹。(走向那摇篮,伸出手指,警告地)
　　　　　嘘,别哭!

婴 儿 丙　喔哇!

任　　渺　对,没啥! 您很勇敢,是位强者。别哭!

婴 儿 丙　喔哇,喔哇!

任　　渺　没啥,没啥! 哼,唱高调。别哭了!

婴 儿 丙　喔哇,喔哇,喔哇……

任　　渺　够了! 想入党? 没门儿。我自己还没入呢?

婴 儿 丙　喔哇……

任　　渺　(发怒地)住口! 官迷! 告诉你:我任渺决不会写你这个"高大全"!

婴 儿 甲　(在任渺怀里,)喔哇……

任　　渺　(轻柔地哄拍)噢,别怕,别怕。我不是骂你。你是弱者,我爱弱者,
　　　　　我要用我的笔一辈子为弱者说话!(从裤袋里摸出个橡皮奶头,朝
　　　　　婴儿甲嘴里一塞)别怕,我们有奶,有奶便是妈。(惊叫)妈呀,尿了
　　　　　我一身。(把婴儿甲放回摇篮,抹着身上的尿迹)把我照相机都尿
　　　　　湿了。

婴 儿 甲　喔哇!

任　　渺　不怕? 咳,你说得倒轻巧。这相机是我用奖学金买的,整整一百元
　　　　　哪! 算了,我也不忍心过多地埋怨你,不知者不怪。让我们和和气
　　　　　气地分手吧。(来到另一张摇篮前)嗬! 这位小宝贝的表情生动极

了。想必是在大便，不是小便。嗯，大便，看来你是干大事业的。（为其照相）

婴 儿 丁　（啼哭）喔、喔、喔哇！

任　　渺　可怜。小小年纪，口吃这么厉害。不知道你莫名其妙地来到这个世上，最大的愿望是什么？

婴 儿 丁　喔、喔、喔哇！

任　　渺　成、名、成家？哈哈！好极了！我与你同怀此心，真是"人生得一知己，足矣！"我多想紧紧地拥抱你啊！可我们俩都是有身份的人，应当学会控制自己的感情。再说你身上的那股气味，也妨碍我们深交。

　　　　　〔其他摇篮也传来"喔哇"声，此起彼伏。

　　　　　〔任渺来回跑着，忙着拍照。

任　　渺　来啦，来啦，给你拍，也给你拍，厚此薄彼不应该。……哎呀，你们怎么都挂着牌子？拿掉，拿掉！你们是人，不是商品！好，来啦，来啦，糟，只剩一张胶片了。还有这么多人没拍。（搔搔头皮）有了，拍张集体照！（从摇篮里一个个抱出婴儿，排列在地板上。婴儿们一起啼哭）无伴奏童声大合唱，气势磅礴（把几张摇篮垒起，爬上去，俯拍）

　　　　　〔女护士闯进门来。

女 护 士　天哪！来人啊！

　　　　　〔一群"爸爸"涌上。

"爸　爸"　出什么事了？

女 护 士　不得了，他把婴儿全搞混了！

　　　　　〔"爸爸"们大惊，争先恐后扑向婴儿们，抢挑男婴。挑到男婴，抱了就下。

女 护 士　（四处阻拦）你们不能光挑男的！

　　　　　〔不一会儿，地板上剩下一堆女婴。

"爸爸"甲　（蹲在地上，不死心地还在翻来拣去）实在挑不出了，全是女的。

"爸爸"乙　这些都不是我的！

"爸爸"丙　也不是我的！我的儿子给别人抱走了！

"爸爸"丁　（冲着护士）我要向法院控告你们医院！

女 护 士　（指着还站在高处的任渺。抽抽搭搭地）都是这位……作家干的！

"爸爸"甲　揍这混账小子！

　　　　〔"爸爸"们纷纷撩袖捏拳，团团逼近。

任　　渺　住手！（拉开架势）同胞们！你们错了！你们重男轻女，封建顽固，
　　　　愚昧反动，罪大恶极！（深情地）同胞们，你们看哪，这些女孩子，多
　　　　好的女孩子？水汪汪，绿油油，纯洁得就像那百合花一样。贾宝玉
　　　　早就说过：女儿是水做的，男儿是泥捏的，合起来是水泥的。水做
　　　　的干净，泥捏的肮脏。小贾说得可有多好啊！你们为什么都不要
　　　　干净要肮脏？（声泪俱下似的）罪孽啊……你们不要，我要，我全
　　　　要。我就是贾宝玉，爱天底下一切女孩子！（跳下摇篮，抽出绑在
　　　　腰上的一个特大型号的塑料袋，鼓起腮帮子使劲吹开）来，哪位师
　　　　傅帮忙给装一下？

"爸爸"乙　（接过塑料袋，冷不防往任渺头上一套）打！

　　　　〔"爸爸"们一哄而上，拳脚相加。任渺抱头鼠窜，嗷嗷乱叫，情急智
　　　　生，佯死躺下。

女 护 士　（阻拦着）别打啦，再打要抬火葬场去了，还是由"作家协会"去处理
　　　　他的问题吧。

　　　　〔突然，任渺一跃而起，夺门逃下。

"爸爸"们　（齐声）追！

　　　　〔切光。暗转。

　　　　〔医院太平间门口。地下放着一副担架。追赶声中，任渺逃上。他
　　　　跌了一跤，照相机掉了。他没觉察，径自跑到担架前，往上一躺，用
　　　　一块白布蒙住全身。

　　　　〔两个醉醺醺的勤杂工从太平间里抬出一具尸体，置于担架上。他
　　　　们抬起担架。

工 人 甲　一眨眼工夫，重了好多。死人长肉长得真快！哈哈……

工 人 乙　死人就比活人重。快走吧！

工 人 甲　急什么？火葬场不会关门。哈哈……

　　　　〔"爸爸"们追上。

"爸爸"甲　同志，看见一个小青年跑过去吗？

工 人 甲　小青年？死的还是活的？

"爸爸"乙　算了！晦气。

"爸爸"丙　他们喝醉了。

　　　　　〔"爸爸"们下。

工 人 甲　醉？他们说我们醉了，听见吗？

工 人 乙　醉鬼抬死鬼，正合适。

工 人 甲　哈哈……

　　　　　〔任渺使劲顶了一下压在身上的尸体。

工 人 乙　你抬稳一点儿，老弟。

工 人 甲　我好像听到死鬼直哼哼呢，哈哈哈哈！

　　　　　〔两人抬担架下。

　　　　　〔运尸车飞驰而去……灯灭。

第六场　死

　　　　　〔火葬场停尸房。紧接前场。

　　　　　〔室内潮湿阴暗。透过气窗孔糊着的白纸，一束微弱的白光停留在
　　　　　中间的一张停尸床上。任渺终于顶起了身上的尸体，滑下停尸床。

任　　渺　（揉肩摩背，连连啐口）倒霉！倒霉！倒霉！遭活人打不算，又给死
　　　　　人垫背，没想到下生活还这么艰苦，呸，这作家真不是人当的。妈
　　　　　的，照相机也丢了，采访本也没了，如果再写不出东西，捞不回稿
　　　　　费，我简直要气死了，干脆就不出这个门，把我送去烧了算！可现
　　　　　在社会上有些人今天批这个，明天批那个，批判文章的稿费加起来
　　　　　比作家拿得还多，这说得过去吗？（连打几个喷嚏）一股瘴气，真像
　　　　　到了阴间，鬼气森森的。（突然害怕起来）妈呀，还是让我赶快离开
　　　　　这儿吧……（摸索着）门在哪儿？（脚下踩到一团软东西，吓得半
　　　　　死）哇！（野猫叫）不要脸的野猫！发情啦？（拉门）糟了，门反锁
　　　　　了。设计得倒也合理，死人不需要出去散步透气。（仰视高处的气
　　　　　窗口）要是我能把自己变成一只野猫就好了……我在犹豫，是否就
　　　　　暂时留在这里，体验体验死人的生活，也许今后再也没机会活着光
　　　　　顾此地。嗯，有理。（壮起胆子，环顾室内）只有一具尸体。这年头
　　　　　真叫太平盛世，生得密死得稀，大大增强地球的表面压力。（轻轻

抚摸着尸体,感慨万千)刚刚还在产房,现在又到停尸房,难道这就是从生到死的距离？呵,生死无常,活着没趣!

〔尸体打了个嗝。

任　　渺　啊!

〔尸体又放一屁。

任　　渺　又打嗝又放屁的,这老头准是被活活气死的。

"尸　体"　(长叹一声)气煞我也! 气煞我也!

任　　渺　啊,碰上大头鬼啦! (逃开,趴在一张空床上,用白布蒙住自己,身体直哆嗦)

"尸　体"　(慢慢坐起来,伸懒腰,打哈欠,紧接着又是几个喷嚏,想掏手绢,发现换了衣服,拉出每个口袋,空空如也)这班强盗! 连张手纸也不放过。(只好用袖子抹了下鼻尖,伸手去摸台灯开关,摸了个空,从床上跌下)哎哟……

任　　渺　(魂飞魄散)哎……哎……

"尸　体"　又换病房了？ 乱弹琴! (摸索着)护士长! 护士长! (摸到任渺床前,以为是自己的床,爬上欲躺)

任　　渺　(惨叫)哇! 哇……(乱踢乱蹬)

"尸　体"　(吓得直滚下来,略一定神,大喝)谁在杀猪?

任　　渺　(呻吟不已)哦……哦……

"尸　体"　(细细审视)打摆子？ (大怒)不像话! 这样严重的传染病人竟敢放在我的病房里。护士长……人都死绝了？ 连个灯也没有。(渐渐看清周围的景象)这哪像个高干病房？ 别说"空调",连扇像样的窗都没有,简直像火葬场的停尸房。这群势利小人,我刚下台,就这样对待我,气煞我也! 说到底,还是不能没有权啊。(一把掀去任渺身上的白布)喂! 你! 什么人?

任　　渺　(连滚带爬地缩到一个角落里)我……

"尸　体"　看你这样,不会是什么负责同志。或许你父亲是负责同志？ (稍缓和地)你父亲是干什么的？

任　　渺　做、做工的……

"尸　体"　做工的？ (严厉地)你是小偷？ (逼近他)

任　　渺　(逃)不! 不!

"尸　体"　（追）你是反革命，想谋杀我？

任　　渺　不！不！

"尸　体"　你站住！放老实些。老子革命一辈子，再凶恶的阶级敌人也见过。快交代，是谁派你来的？为什么搞谋杀？

任　　渺　谋杀？你……不已经死了吗？

"尸　体"　我死了？见鬼！

任　　渺　是鬼？（又想逃）

"尸　体"　站住！不许动！老子是鬼还能站着跟你小子说话吗？

任　　渺　（渐渐镇静下来）你没死，他们怎么送你到这停尸房来呢？

"尸　体"　什么，什么，你说这儿是停尸房？

任　　渺　是啊。

"尸　体"　（突然害怕地）啊，你是鬼！（逃）

任　　渺　（追）我不是鬼！

"尸　体"　（爬上床，用白布蒙头）饶了我吧……

任　　渺　（去扯他白布）我和你一样，是人。

"尸　体"　活人还是死人？

任　　渺　活人！欢蹦乱跳的大活人！

"尸　体"　（放下白布）我是彻底的唯物主义者。就算你是鬼，老子也不怕！

任　　渺　我倒害怕你是鬼。我明明看见他们把你从"太平间"抬出来。

"尸　体"　他们把我送"太平间"了？好哇，这帮暴徒，残酷斗争，无情打击！噢！气煞我也，气煞……（倒下）

任　　渺　你怎么了？又死了？

"尸　体"　（突然悲从中来，老泪唏嘘）呜……呜……

任　　渺　（像哄拍婴儿一样）噢，别哭，别哭，世界是可怕的……

"尸　体"　（哭诉）他们说我是"凡是派"，罢了我的官，还要我写检讨……我气得跑到"白屋顶"，喝了一夜酒……

任　　渺　跑屋顶上喝酒干吗？想自杀？

"尸　体"　不。"白屋顶"是本市最有名气的西菜馆，那儿的"奶油辣根牛舌"做得最地道。

任　　渺　是吗？什么时候我也去尝尝。

"尸　体"　（又哭起来）……我一边喝酒，一边回想我这几十年来的政治生涯，真是……越想越伤心,呜呜呜! 越想越气愤,呜呜呜!

任　　渺　拉警报干吗?

"尸　体"　……"文革"初期,我被打成"走资派";"文革"后期,我被打成"民主派";现在,他妈的又说我是"凡是派"。我这一辈子怎么就活该倒霉呢? 呜呜呜……

任　　渺　别伤心啦,想开点。"风派"人物就是有两种嘛,一种老走运,一种老倒霉。这也是没办法的事儿,算啦,看淡一些。

"尸　体"　政治生活不顺利倒也罢了,政治斗争本来就是严酷的嘛,可家庭生活总该和睦一些吧? 共产党人也是人嘛。

任　　渺　怎么,你们夫妻感情不好?

"尸　体"　好个屁,就在我最苦恼的时候,她却撇下我"出国考察"去了。唉,还是我过去的乡下老婆好啊,前两天还给我寄大红枣来呢!

任　　渺　是啊,老婆就像鞋一样,越旧穿着越舒服。自然,破鞋另当别论。

"尸　体"　呜呜呜! 呜呜呜!

任　　渺　算啦,不值得为女人伤心。在你这个年纪,该靠儿女了。儿女们待你怎么样?

"尸　体"　(捶着床板)强盗! 流氓! 无赖! 恶棍! 骗子! 小偷! 酒鬼! 赌徒……

任　　渺　你骂谁,你骂谁? 嘴巴放干净点儿!

"尸　体"　骂我儿子、女儿、媳妇、女婿、孙子、外甥……

任　　渺　他们怎么得罪你啦?

"尸　体"　我在"白屋顶"酒喝多了,加上肚里又有气,心脏病突然发作,被送到医院抢救。后来就什么也不知道了。你说我是被人从"太平间"抬出来的?

任　　渺　千真万确! 这我一辈子也忘不了。

"尸　体"　这就清楚了,他们以为我死了。这帮不肖子孙巴不得我快去见马克思。

任　　渺　为什么?

"尸　体"　你这傻小子,这还不清楚? 分遗产! 老实说,打进城以后,我是慢慢攒下了一笔钱,加上补发工资,也算是一份相当可观的财产。我这人不贪财,我知道这东西生不带来死不带去。叫我寒心的是,他

　　　　　们就这么等不及！

任　　渺　也许他们并没有这个意思。

"尸　体"　不，我知道！我在昏迷前听到他们在我的病房外争吵……这群畜
　　　　　生！呜呜呜……（突然地）你有烟吗？

任　　渺　有。不好。（递烟给他）

"尸　体"　有就行，好不好我无所谓。（点烟，深深地吸一口，满意地）不知有
　　　　　多少天没闻到烟味了。妈的，他们收拾得真干净。我小舅子在抬
　　　　　我上救护车时，把我衬衣口袋里的两包"三五"全拿走了。哼，他以
　　　　　为我不知道！（吸着烟，精神抖擞起来，倒背着手在房内踱方步）
　　　　　唔，这儿的工作太不像话，是哪个火葬场？

任　　渺　不知道。怎么啦？

"尸　体"　这种简陋的停尸房让我住？我虽然被撤了职，级别还在嘛。叫我
　　　　　同你这样的人住一间房，睡一样的床，成何体统？

任　　渺　（自尊心受到伤害地）你他妈的有什么了不起？告诉你，现在强调
　　　　　落实知识分子政策……

"尸　体"　（打断地）再落实政策也不能叫我们这些人吃亏！不能搞绝对平均
　　　　　主义。就是出趟差，这差旅费的标准还不一样咧，何况是去死？
　　　　　唉，记得去年常委会讨论分工时，谁也不愿意管民政局那一摊子。
　　　　　早知今日，当初我就该挑起这副担子，好好整顿整顿！

任　　渺　你想怎么整？

"尸　体"　第一步：建立和健全死者的档案制度，详细记录每个死者的家庭出
　　　　　身、本人成分、政治面貌、社会关系等情况；第二步：贯彻和加强死
　　　　　者的户口管理制度，对常住户口的死者发给"身份证"，临时户口则
　　　　　必须严加控制，任何死者不得随意调动、进出；在这两步的基础上
　　　　　就可以实施第三步：按死者不同的行政级别分别把停尸房划分为
　　　　　超等、特等、头等、二等、三等……十八层等级。

任　　渺　那你就该下第十八层！

"尸　体"　谁说的？我该上第十一层。我行政十二级，离休以后还可以升
　　　　　一级。

任　　渺　（关切地）行政级别一共有二十四级，等而下之的那些人怎么办？

"尸　体"　暂时只好住通铺，等以后财政情况好转了再慢慢加以调整。

任　　渺　幸亏你下台了。

"尸　体"　(被触及痛处)你！对了,你还没有交代:你是什么人？到这儿来干什么？

任　　渺　(不无骄傲地)我是来深入生活的。

"尸　体"　你未免入得太深了吧？这么说,你是作家？

任　　渺　差不离儿,不是明天就是后天。

"尸　体"　发表过什么作品？要注意社会效果！

任　　渺　我正在构思一部大型电影剧本。

"尸　体"　没发表过作品？

任　　渺　你不懂！我这人不单纯追求作品数量,而比较注重生活积累,主张"厚积薄发"。不像有些初出茅庐的轻薄小子,生活底子单薄得像冰激凌纸杯的底子,而脑袋瓜却像掉在油桶里的西瓜,滑得抓不住,今天一个构思,明天一个提纲,所谓的作品出得比拉肚子的人上茅坑还勤快,不成气候。哼！

"尸　体"　你神气什么？别说你这样的小文人,就是赫赫有名的大作家,也都归我管！

任　　渺　归你管？你算哪路货？

"尸　体"　没下台前我是宣传部部长！

任　　渺　部长？部长算什么,就是不犯错误,到年龄还不是照样下台？作家可以当到死,死了更值钱。(庄严地)不,作家不会死,他的生命可以通过作品而永远延续下去！

"尸　体"　(一声冷笑)想得美！你出得了出不了作品,当得成当不成作家,还得由我这个宣传部部长说了算。

任　　渺　你不是下台了吗？

"尸　体"　这……你甭管,说不定哪一天风向一变,我又上去了。难说！

任　　渺　你总不能捆住我的手不让我写吧？

"尸　体"　干吗要捆你呢？哈哈,这种做法太愚蠢了。我才不会对你"横加干涉"呢。

任　　渺　那我就可以写！

"尸　体"　(不怀好意地笑着)可以写,可以写,就看你怎么写。(双手往停尸床两端一撑,身体略微前倾,像是站在一张大办公桌后面)说吧,你

　　　　　　　想写什么？

任　　渺　你审问我？

"尸　体"　不是审问，是审查。你不把创作计划先报给我，由我审查批准，到
　　　　　　时候就怕辛辛苦苦地写成后又通不过，无效劳动，多可惜？文艺创
　　　　　　作是一种十分艰苦、万分复杂的脑力劳动，谁说我不体谅作家们的
　　　　　　甘苦？说吧，大胆地说。内部审查不对外，就是毒草群众也不
　　　　　　受害。

任　　渺　我想写一个人从生到死的全部经历……

"尸　体"　什么人？革命导师？

任　　渺　不。

"尸　体"　革命烈士？

任　　渺　不。

"尸　体"　劳动模范？战斗英雄？

任　　渺　不，不，都不是。

"尸　体"　那还有什么人？

任　　渺　嗯，严格地说，是以我自己为原型，带有自传性质……

"尸　体"　不行！"自我表现""现代派"，枪毙！（一拍床板）

任　　渺　要枪毙我？

"尸　体"　枪毙这个电影剧本。

任　　渺　你不让我写？

"尸　体"　写了没人拍，所以劝你别写。还有别的吗？

任　　渺　那我就少拿点钱，写话剧剧本。我想写一部讽刺喜剧，讽刺官僚主
　　　　　　义，特权思想……

"尸　体"　放肆！"攻击社会主义，歪曲党的领导"。枪毙！（一拍床板）

任　　渺　那……我写历史题材，和现在无关。我打算写一部历史剧，写汉朝
　　　　　　的事，刘邦与吕后的斗争……

"尸　体"　且慢！"篡改历史，影射现实"，枪毙！（一拍床板）

任　　渺　算了，算了，老子不写剧本了，老子写小说！现在写剧本的人都在
　　　　　　改行写小说，我何必一头撞在南墙上，在一棵树上吊死？我写长
　　　　　　篇，反映一代青年人在"文革"中的遭遇……

"尸　体"　够了！"伤痕文学""灰调子"，枪毙！（一拍床板）

任　渺　我写……我写……（苦苦思索）

"尸　体"　写什么？

任　渺　干脆这么办：你让我写什么，我就写什么。

"尸　体"　（满意地）唔，这才像句话，指导思想对头。

任　渺　你说吧，可以写什么？

"尸　体"　（竖起一根食指，严重地）听着！其实很简单，一句话：除了你自己想写的以外，其他都可以写。

任　渺　（玩味地）除了我自己想写的以外，其他都可以写……（跷起大拇指，恭维地）妙！妙！

"尸　体"　（捋着胡茬子，得意地）哈哈哈哈……

任　渺　（迎合地）嘿嘿嘿嘿……

　　　　　〔门突然打开，工人甲、乙上，见他们盘膝而坐，拊掌大笑，不由得瞠目结舌，毛发倒竖，僵立片刻后，一起瘫软在地。

"尸　体"　怎么样？你还当不当作家了？

任　渺　不当了。至少在你死以前，我再也不想那档子事了。

"尸　体"　啊，门开了。我们走吧，我要回去找那群不肖子孙算账！

　　　　　〔两人把昏倒在门口挡住去路的两名勤杂工抬到停尸床上，叠在一起，然后下。

　　　　　〔暗转。

　　　　　〔绿化地带，有一幅巨大的电影广告：《生死恋》。任渺漫步上。

任　渺　又回到生机勃勃的太阳底下了，一墙之隔，两个世界，人生真是变幻莫测。富贵如浮云，权势又怎样？看看那些阳光底下的人们，无论坐车的、骑车的、步行的，不管穿红的、戴绿的、着破的，别看他们南来北往、东跑西赶，似乎各有各的方向，到时候都得去一个地方：火葬场。这样一想，个人奋斗还有什么意义？为了成名成家、出人头地，我准备茹苦含辛、刺股悬梁，必要时也打算咬牙切齿、摩拳擦掌，大干他娘的一场，然而这一切只不过是为了将来付之一炬，不免叫人心灰意冷，犹豫彷徨。（伫立，仰视广告）《生死恋》，人生的缩写，生命的三步舞。我任渺出生入死，已经走了两步，只差没进化尸炉，却还没尝到恋爱的妙处。就像吃鱼只吃一头一尾，白白丢弃了中间那段大好的肉身子，保持童贞固然可敬，辜负青春终觉可

悲。(漫步)呵！草叶发光，花瓣芬芳，树木葱郁，万物兴旺，连小鸟
儿小虫子也在鸣唱。大自然的秀色充满着诱惑，难怪那出身高贵
的杜丽娘甘愿堕落。(抬尖了嗓门唱)"袅晴丝吹来闲庭院，摇漾春
如线……"

〔不远处，传来几声野猫叫。

任　　渺　　"连猫儿都在叫春，何况俺们是人？"张春桥这老风流，问得深沉。

〔任渺凝视着广告上那对热恋的情人，久久不忍离去……

〔灯渐灭。

第七场　恋

〔"白屋顶"西菜馆，当晚。

〔楼厅：用屏风围着的雅座上，咪咪在进餐。马经理上。他在屏风
外停下，从裤袋里掏出块皱巴巴的黑纱戴上，然后走进屏风。

马 经 理　咪咪，今天的"奶油辣根牛舌"还可以吗？

咪　　咪　还行，马叔叔，我爸生前一直说，这道菜就数你们"白屋顶"做得
地道。

马 经 理　这话不假，你爸在这方面也算得上是个专家。(沉痛地)想不到他
突然逝世，真是一大损失，一大损失噢！(揉眼角)

咪　　咪　(嚼着牛舌，抹抹眼泪)我爸的命真苦，是给气死的。

马 经 理　啊呀，咪咪，你怎么连黑纱都不戴？

咪　　咪　我这衣服料子叫别针一扎就完了。再说，戴那东西吃饭怪碍事
的……可我心里悲痛着呢！我……(哽咽)

马 经 理　要节哀自重，节哀自重，你还年轻……

咪　　咪　(好容易咽下嘴里的牛舌)马叔叔，这牛舌如果再稍稍嫩一些就
好了。

马 经 理　我给你再去烧烧！

咪　　咪　不行，那味道就变了。

马 经 理　唉，你爸爸在世时就爱吃这个，几乎都是我亲手给他做的。那天晚
上，都怪我不好，陪他喝那么多酒，我不知道他心脏有病啊！

咪　　咪　这怎么怪你呢？全怪那些把他赶下台的人！什么叫"凡士派"？我

爸可从来不搽"凡士林"。

马 经 理　这种事你不懂,也不需要懂。记得你爸爸每次带你来吃饭,都是坐
在这个位置……看你现在孤孤单单的一个人坐这儿,真叫我心酸。

咪　　咪　(伤心地)呜呜呜……

马 经 理　啊,别哭了,别哭了。以后,马叔叔会好好照顾你的。(小心翼翼
地)咪咪,你的那些朋友呢?

咪　　咪　我今天不要他们来陪我,我想清静清静。整天看他们几张脸,真腻
透了。

马 经 理　是啊,你可要加倍小心。那些小青年,一个个油头小光棍似的。
"拆白党"的料。

咪　　咪　什么叫"拆白党"? 民主党派吗?

马 经 理　不是,"拆白党"就是流氓。他们缠住你不放,还不是因为你继承了
一大笔遗产?

咪　　咪　难道就没人真心爱我,爱我这个人本身吗?

马 经 理　不,不,我不是那个意思。你这么漂亮,会没小伙子爱? 马叔叔只
是看你身边围着的人太多太滥……

咪　　咪　不广开门路,又怎么择优录取?

马 经 理　也是,也是。如果你信得过你马叔叔,我身边倒有一个合适的……

咪　　咪　不,我不要别人介绍,我要自己认识。真正的爱情都是自己碰
上的。

马 经 理　也是,也是,好啦,我要忙了。当了个小小的经理,就由不得自
己啦。

咪　　咪　你去吧。

马 经 理　(欲下又止)咪咪,要是你觉得孤单,我就叫我儿子来陪陪你,他就
在对面玩具店工作,是干部编制。

咪　　咪　不,不要。我宁可一个人。要是来点音乐倒很好。

马 经 理　啊,巧极了! 我儿子会拉小提琴,别人都管他叫"多分贝"。

咪　　咪　是贝多芬。

马 经 理　啊,对! 不得了,那是外国的音乐大师傅!

咪　　咪　不,不要。我宁可听录音机。

马 经 理　那好吧。(下)

〔响起抒情的轻音乐，咪咪舒适地靠在椅背上，微阖双目，欣赏音乐。她已稍稍地带有醉意了。

〔任渺上。他东张西望，来到咪咪桌前。咪咪懒洋洋地瞟了他一眼。任渺呆呆地望着她。

任　　渺　（指指对面的座位）可以吗？

咪　　咪　（鼻孔里透出一个音）嗯。

〔任渺小心翼翼地在她对面坐下，朝她做了一个可掬的笑容。可她没有反应，只是恹恹地倚在那里听着音乐，任渺背着她，扮了个鬼脸。

〔马经理上。

马 经 理　咪咪，这音乐还行吗？要不，还是叫我儿子来给你……（发现任渺）你怎么坐这儿？外面有空位子。

任　　渺　（也朝他做了个可掬的笑容）我喜欢这儿，这儿雅致，幽静。我想这种情调对我的消化系统比较适宜。

马 经 理　不行，你……

咪　　咪　（突然地）算了，马叔叔，我没什么。

马 经 理　（只得作罢，对任渺，没好气地）你要什么？

任　　渺　（低头看菜单）这么多菜！（用手指点着）奶油汤、奶油蘑菇汤、奶油龙须菜汤、奶油……

马 经 理　你喝这么多汤？

〔咪咪笑出声来。

任　　渺　（又朝她可掬地一笑，对马经理）你看呢，来些什么？

马 经 理　问我？这顿饭谁吃？

任　　渺　（灵机一动）这样，照她的样来一份。

马 经 理　牛舌也要？

任　　渺　是不是"奶油辣根牛舌"？

咪　　咪　啊，你也爱吃那道菜？

任　　渺　（不正面回答）这道菜就数"白屋顶"做得地道。

咪　　咪　你也这么说？

马 经 理　这有什么大惊小怪的呢？"白屋顶"是全市最有名的西菜馆嘛。

任　　渺　是啊，是啊，不过我在怀疑，牛舌那玩意儿好吃得了吗？

咪 咪		好吃,地道的英国菜!
任 渺		那要得。我就爱吃英国菜。据《西菜菜谱大全》上介绍,英国菜是以原汁原味、滋味清淡著称。
马 经 理		要不要酒、面包和咖啡?
任 渺		要,都要。(对咪咪)您也来点儿酒?
咪 咪		(爽快地)行。
马 经 理		(对咪咪)哎,我说……
任 渺		(拉了一把马经理)喂,你听我说! 两瓶啤酒,一斤面包……
咪 咪		面包我不要。
任 渺		那就半斤面包,两杯咖啡。
咪 咪		你常来这儿吗?
任 渺		对,哦,不。我们大学在郊区,平时学业繁重,难得进城。
咪 咪		(精神一振)你是大学生?
任 渺		(矜持地)再有一年就毕业了。
咪 咪		(望着他)啊……
马 经 理		一共是九块九毛九,半斤粮票。
任 渺		(吓一跳)多少?
马 经 理		九块九毛九。
任 渺		你,你再算一遍看看。
马 经 理		怎么,我算错了? 你自己算。
任 渺		(看账单)我算算。乡下浓汤,八毛;鸡蛋色拉,一块五;印度咖喱鸡,五块……哎呀,我的算术从小就没学好,算不清。一共多少? 九块九毛九? 三个九? 这么巧?
马 经 理		(欲发作)你这人……
任 渺		(慌忙抬起手)好,好,就按你算的给。(浑身上下掏口袋,掏出几张卡片)这玩意儿现在一点不派用场。(撕了扔掉)糟糕! 我想起来了,今天出门时急急忙忙地换了件衣服,钱包没带。(拿出一张钞票)看,只带了五块零钱。
马 经 理		开什么玩笑!
任 渺		不急,不急,划掉几个菜吧。(欲划)
咪 咪		不用了,我请客。

马 经 理　咪咪！

任　　渺　你……

咪　　咪　（把一张十元钞票给马，对任）粮票你有吗？

任　　渺　（怔怔地）有……

马 经 理　有就快拿来！

任　　渺　啊，给。

　　　　　　〔马经理下。

任　　渺　（渐渐镇定下来）真叫我过意不去，还是一人出一半，这五块钱……

咪　　咪　你这人真讨厌，交个朋友嘛。

任　　渺　朋友？

咪　　咪　你干吗把眼珠子瞪着我，像开大炮一样？

任　　渺　你很美！

咪　　咪　一般化。

任　　渺　不一般。在我有史以来二十二年的岁月里，还从未遇见过你这样
　　　　　　的美人。你的美不仅仅停留在事物的外部，如五官的排列组合上，
　　　　　　而且深入事物内部，如内分泌的分布……

咪　　咪　（皱眉）什么话。

任　　渺　真心话，我这人最大的特点就是真诚。

　　　　　　〔马经理端酒菜上。然后下。

咪　　咪　你就别拍马屁，吃牛舌吧。

任　　渺　（举杯）Cheero！

咪　　咪　什么叫"切喽"？

任　　渺　"Cheero"就是"干杯"，我说的是英文。

咪　　咪　英文我也会。（用古怪的发音）This is a cap. That is table. She is a
　　　　　　man，he is a woman①我说得对吗？

任　　渺　对，对。你的发音带有澳大利亚英语的口音，非常标准。（咪咪高
　　　　　　兴得格格地笑）啊，真是千里有缘来相会。

咪　　咪　讨厌，谁跟你有缘？

任　　渺　总不见得有冤吧？算我自作多情。（嚼牛舌）

_____

　　①　这是一只杯子，那是一张桌子。她是一个男人，他是一个女人。

咪	咪	你在大学里学什么？
任	渺	中国语言文学。
咪	咪	（双目发亮）文学？
任	渺	还有语言学。
咪	咪	太好了，我非常非常爱好文学，我读过许多许多古今中外世界十大名作！（嚼牛舌）
任	渺	我们情投意合。
咪	咪	讨厌，你说什么？
任	渺	我说我们志同道合，你读过哪些名著？
咪	咪	许多许多！基度山的《恩仇记》，马什么的《茶花女》……对了，我最最喜欢的是《红与黑》。
任	渺	司汤达的。
咪	咪	不，不是"斯巴达克"，是《红与黑》。噢，我最最喜欢的是《安娜·卡列尼娜》！
任	渺	我也很欣赏《红与黑》，我崇拜于连。（深情地）"……八月的太阳燃烧着天空。岩石下面的田野里，有无数的蝉子在歌唱。当它们歌唱疲乏了休息的时候，于连便立刻沉入无边的寂静里……"（沉浸在那种意境里，半晌不语） 〔音乐：轻柔的慢板。
咪	咪	（抒情地）啊，渥伦斯基！安娜·卡列尼娜！这音乐多美啊……
任	渺	这牛舌不够嫩。
咪	咪	就是，骗骗人的。
任	渺	你怎么不上大学？凭你的天资，读到博士研究生问题不大。
咪	咪	你还不了解我。我平时的确很聪明，可一碰上考试就不聪明了。我觉得，考试是最最束缚我智力的发展了。
任	渺	是啊，是啊，中国的考试方法必须改革。
咪	咪	上不上大学我无所谓。我要自学成才。
任	渺	有志气！真正的大人物都是自学成才的，尤其是文学家！像高尔基、马克·吐温、曹雪芹、李白、杜甫、屈原……这些人都没有大学文凭。
咪	咪	中国的大学有什么好读的？我爸要送我出国留学去！

任	渺	出国？留学？
咪	咪	（信口胡诌地）对，我爸解放前是大资本家，解放后是大干部。我家在国外有许多许多亲戚朋友。
任	渺	去哪个国家？千万别去莫三鼻给！
咪	咪	谁去那鬼地方？我去美国。
任	渺	（神之往之）呵，美国，你真美……
咪	咪	别拍马屁！美国……
任	渺	美国再美，也没有你美！
咪	咪	哎，你怎么把啤酒往汤里倒？你醉了？
任	渺	我心醉了！（凝视着她）
咪	咪	（也凝视着他）你真会拍马屁。

〔音乐：万般缠绵的旋律，牵肠挂肚。

任	渺	谈了半天，还没敢请教你的芳名……
咪	咪	人家叫我咪咪……
任	渺	呵，冰凉的小手……

〔四目相睇，鼻息渐粗。
〔音乐突然走了调。最终一声哀叹，哑了。
〔马经理上。

马 经 理	（冲着任渺）快！快吃，马上关门了！咪咪，你也早点回家休息吧，小心着凉。
咪 咪	我就走。
任 渺	我送你回去。顺便一起蹓蹓马路，看场电影。
马 经 理	别管闲事啦，咪咪有汽车送！（下）
任 渺	那我陪你坐车回去，行吗？
咪 咪	你不怕浪费时间吗？
任 渺	不怕，我可不是书呆子。在这类事情上，花时间不能吝啬。
咪 咪	好吧，我先离开一会儿。
任 渺	去哪儿？请允许我陪你……
咪 咪	（摇摇手绢）不，不用。
任 渺	（懂事地）那就原谅我在此恭候。

〔咪咪站起离开座位，一瘸一拐地下。

任　　渺	瘸子?(紧追几步)真是瘸子!瘸得这么厉害!(跌坐在椅子里)……造物主啊,你真恶毒!多好的一个妞:慷慨大方,富有修养,最难得的是她钟情于我。这真可惜!(停顿。内心斗争着)算了!走吧。我还傻坐着干吗?我可不指望以"心灵美"的名义挤上报纸版面。走吧,算我脸上长了双眼,脚下没长鸡眼。走吧,白吃了一顿西餐,不能说不上算。(欲下)
	〔楼下传来呼声:"咪……咪!""拜伦"手执一卷纸,奔上,与任渺撞了个满怀。几乎是同时,楼下又传来呼声:"咪……咪!""达芬奇"臂夹一卷布,奔上,与任渺撞了个满怀。还没来得及分辨,楼下又传来呼声:"咪……咪……!""贝多芬"扛着一把小提琴,奔上,与任渺撞了个满怀。任渺火起,把他一推,他刹不住脚,又抱住"达芬奇","达芬奇"把他一甩,他又抱住"拜伦"。
"拜　伦"	(甩开他)"贝多芬"先生,您真是礼貌周到,跟我们来这一套外国礼节。
"贝多芬"	原来是"拜伦""达芬奇"二位,你们怎么也知道咪咪在这儿?
	〔马经理上。
马 经 理	(对儿子)你这傻小子,早该来了!我去下面关照一下,不许再放人进来找咪咪。(下)
咪　　咪	你们都来找那个瘸子?
	〔三人连正眼都不瞧他,把他晾在一边。后者愤愤不平地瞧着他们。
"拜　伦"	(对"贝多芬")你们父子同谋!
"达芬奇"	无耻之尤!
"贝多芬"	你们何必不高兴呢?我们都是为了一个共同的目标,走到一起来的嘛。我这人向来豁达大度,别人都以为情敌是不共戴天的死仇,而我却认为情敌是心心相印的知友。试想:他们的爱好与追求是那么一致,还能不是好朋友吗?
	〔突然,窗外扔进一束鲜花,正砸在任渺头上。
任　　渺	(从花束中抽出一张纸片,念)"我把我的心连同这束花一起,抛在您的足下了,亲爱的咪咪!你忠诚的'卡洛索'。"
"达芬奇"	(一把夺过花束,扔出窗外)让这颗臭烘烘的心进阴沟洞吧,咪咪是

　　　　　　我的情人！

"拜　伦"　你这是一厢情愿，单相思。咪咪是我的意中人！

"贝多芬"　说到"意中人"，我相信，你们的意中人就是咪咪。至于咪咪的意中
　　　　　　人嘛，只能是——

"达芬奇"　　谁？

"拜　伦"　　

"贝多芬"　我！

"达芬奇"　胡说！

"拜　伦"　八道！

任　　渺　（再也忍不住了）住口！

　　　　　　〔三人惊愕地瞪着他。

任　　渺　咪咪是我的！

三　　人　你的？

任　　渺　对，我的，我想通了，这妞儿虽然行走不便，但她老子却健步如飞，
　　　　　　手眼通天。若是借着她的拐杖，搭上那条"热线"，留学美国，也许
　　　　　　就在眼前。再说，小妞的脸蛋确实不错。美，其实具有不同种类。
　　　　　　有崇高、滑稽、优美、壮美，健全的美、残缺的美，嗯，关键就在这里：
　　　　　　残缺美。既然维纳斯可以失去两条胳膊而不失其美，那么咪咪又
　　　　　　为什么不能失去一条腿？何况她的腿只是稍稍有点短缺。她不仅
　　　　　　不失其美，而且唯有如此，才更显出她楚楚动人，惹人爱怜之阴柔
　　　　　　之美。我一定要拿稳主意，瞅准时机，冲破陋习，张开双臂，去迎接
　　　　　　我的维纳斯：咪……咪……

　　　　　　〔内传来咪咪的应声："来啦——"上。

咪　　咪　（从容不迫地）现在你还打算陪我回家吗？

任　　渺　当然！（接过她的包，挽起她的手臂）走！（两人欲下）

三　　人　（齐声）咪……咪……

咪　　咪　（回头）你们怎么又来了？讨厌！（对任渺）真没办法。

"拜　伦"　我来向你献首诗。

"达芬奇"　我来向你献幅画。

"贝多芬"　我来向你献一部小提琴曲。

"拜　伦"　为了写这首诗，我熬过了三个不眠之夜！

"达芬奇"　为了画这幅画,我整整一个星期没吃东西!

"贝多芬"　为了创作这部小提琴曲,我从娘胎里一出来就开始构思!

　　　　　〔停顿。窗外响起了舒伯特的《小夜曲》:

　　　　　　　"我的歌声穿过黑夜,

　　　　　　　向你轻轻飘去……"

咪　　咪　"卡洛索"又唱开了,真讨厌!

"拜　伦"　我去把他赶走!

"达芬奇"　对,揍他一顿!

咪　　咪　谁要你们多管闲事?

"贝多芬"　这二位就是脾气暴躁,心胸狭小。我看不如请他进来。

咪　　咪　不。他一进来,就不会天天在我窗外唱"小夜曲"了。

"达芬奇"　就是,"贝多芬"尽出馊主意!

"拜　伦"　怎么说呢?这位仁兄有点儿酸!

咪　　咪　行了,行了,你们三个别再"三角恋爱"、争风吃醋了。(对任渺)我想在这儿再坐一会儿,把他们的诗啊画啊音乐啊弄出来看看,请你这位名牌大学的学文学的大学生评论评论。你是内行,你的话我绝对信服。(款款而至沙发前,斜倚半躺其上,长时间保持着这一种典雅的姿态)

任　　渺　我万分荣幸!

咪　　咪　(对三人)你们就开始献艺吧。

　　　　　〔三人踊跃响应,乱作一团。

咪　　咪　哎呀,讨厌讨厌讨厌,真——讨——厌!(停顿。问任渺)你说,先来什么?

任　　渺　在文艺批评史上,最早受到理论家重视的是诗,就先来诗吧。

"拜　伦"　(得意地)大诗人"拜伦"遵命。(展开诗稿,朗诵)

　　　　　　　"我是你床边上进口的录音机,

　　　　　　　每天夜里放着疲惫的歌;

　　　　　　　我是你头顶上发昏的吊灯,

　　　　　　　照你在爱情的洞房里蜗行摸索……"

"达芬奇"　我敢打赌,这诗是抄来的!

"贝多芬"　要不就是他用一个著名诗人的名字发表在什么刊物上的。

"拜　伦"　（继续）"我是干瘪的臭虫，

　　　　　　是失宠的小狗，

　　　　　　是维尼龙的乳罩，

　　　　　　把丝绳深深，

　　　　　　勒进你的肩膀；

　　　　　　—咪咪呵！"

"达芬奇"　黄色下流！

"贝多芬"　格调不高。

咪　　咪　你的诗什么题目？

"拜　伦"　题目是《咪咪啊，亲爱的咪咪》。

"达芬奇"　肉麻无耻！

"贝多芬"　不够含蓄。

咪　　咪　（对任渺）你认为怎么样？

任　　渺　这是一首剽窃之作。剽窃的是福建著名青年女诗人舒婷的作品：

　　　　　《祖国啊，亲爱的祖国》。

"达芬奇"　我早就说了！

任　　渺　不过经他一改，那就不成其为诗了。

咪　　咪　是什么？

任　　渺　是屎，一堆疯狗屙的烂屎。

"拜　伦"　什么？

"达芬奇"　有眼光！

"贝多芬"　精辟！

咪　　咪　你评论得对。我们别再谈什么诗了。绘画和音乐，你看先来哪样？

任　　渺　在艺术发展史上，绘画比音乐和诗歌产生的早一些，先来绘画吧。

"达芬奇"　大画家"达芬奇"遵命。（选定一个适当的位置，慢慢拉开画布）

"拜　伦"　噢，这是什么？噢，这叫画吗？噢，这是我的咪咪吗？噢……

"贝多芬"　这位大师的本事在于：把明珠画成煤球，把凤凰画成瘟鸡。

咪　　咪　你把我的表情画成是哭还是笑？

"达芬奇"　是笑，神秘的微笑、永恒的微笑。很显然，这一点我是受了《蒙娜丽

　　　　　莎》的影响。

咪　　咪　你老是画我的半身像，以后给我画全身像。（向任渺）你觉得怎

么样？

任　　渺　(走向那幅画,伸手一揭,把一张《蒙娜丽莎》的印刷品从画布上揭
　　　　　　了下来)"达芬奇"先生,以后你再作画时,用糨糊粘得牢一些! 这
　　　　　　张一毛五分钱的印刷品就只好当废纸卖啦。

"达芬奇"　你?

"拜　伦"　好眼力!

"贝多芬"　深刻!

咪　　咪　(沮丧地)怎么都是冒牌货? 还是来听听"贝多芬"从娘胎里一出来
　　　　　　就在构思的小提琴曲吧。

"贝多芬"　(稳重地)它是我的代表作,我整个创作期的高峰。反映了处在上
　　　　　　升时期的资产阶级……

咪　　咪　少噜苏,快拉吧。

　　　　　〔"贝多芬"从琴盒中取出提琴,一甩头发,抖抖外套,又沉吟良久,
　　　　　　如痴发呆;突然双肩一耸,一支优美而又流畅的小提琴曲从他的手
　　　　　　指间倾泻而出,出人意料,举座震惊。

任　　渺　(由衷地)真是力作,杰作,精品,神品!

咪　　咪　(非常得意,又不无担心)你这评论家,不是"骂杀",就是"捧杀"。
　　　　　　别再捧他了,他已经开始飘飘然了。

　　　　　〔任渺围着正在纵情演奏的"贝多芬"转了两圈,趁其不备,突然一
　　　　　　把夺下小提琴。奇怪的是,音乐仍延绵不断地从小提琴中涌出。

任　　渺　(把"小提琴"放在桌上,对"贝多芬")你这样听录音机不是更省力
　　　　　　些吗?

咪　　咪　怎么,这是录音机?

任　　渺　(在"小提琴"的一根"弦"上一按,音乐止)是啊。想必是这位先生
　　　　　　利用他职务的方便,把他店里内部试销的玩具样品带来让我们开
　　　　　　开眼界的。(问"贝多芬")是吗?

"贝多芬"　是的。

"拜　伦"　精辟!

"达芬奇"　深刻!

任　　渺　(欣赏着玩具提琴)真不错,这玩意儿多少钱?

"贝多芬"　九十九块九。两用的,既可以当玩具,又可以当录音机……

咪　　咪　（生气地）都是骗子！你们这算是爱我吗？

"拜　伦"　（嚷着）听我说，咪……咪……

"达芬奇"　咪……咪……听我说！

"贝多芬"　听我，咪……咪……说！

咪　　咪　哎呀，讨厌讨厌讨厌，真——讨——厌！（停顿）你们这算是真心爱我，爱我这个人本身吗？

三　　人　（齐声）是的。

咪　　咪　（望着任渺）你怎么不说话？

任　　渺　（深沉地）当一群丑陋而又无知的癞蛤蟆竖起脖子向那飘逸于云海间的白天鹅哇哇乱叫的时候，我，一个白天鹅的真正崇拜者，决不应当开口！面对一切美的客体，我们只能以静默、以静默来表达内心的感受。咪咪，既然我们来到巍峨悲壮的圆明园遗址，面对夕阳，在苍茫中潸然泪下；凭吊残梁，在巨影下伫立沉思；既然我们来到妩媚秀丽的苏州园林，信步曲径，于闲适中神思逍遥；倚坐茅亭，在清风里静观反省，咪咪，既然这一切都是真实，那么此时此刻、此情此景，我又怎能不默默无言、郁郁寡欢？爱情，绝不是一个可以高谈阔论的题目。哪怕它早已溢满于我的胸腔，压迫着我的心脏、哽咽住我的喉管，堵塞了我的鼻腔……咪咪，请你注意我的双手，它们禁不住簌簌地发抖：请你再看我的双眼，那断线的珍珠欲下又止，徘徊逗留……（以衣袖拭眼角）

咪　　咪　（感伤地）哦，任渺……（递手绢给他）

"达芬奇"　臭老九！

"拜　伦"　大学生多如狗，研究生绕街走，有什么稀罕！

"贝多芬"　你们看他，剃的是什么头？

　　　　　〔突然，马经理惊慌失色地奔上。

马 经 理　咪咪！不得了，我碰上鬼啦！

　　　　　〔"尸体"上。

"尸　体"　老马，别怕，听我解释！

咪　　咪　（见"尸体"）啊……（昏厥）

任　　渺　（急忙扶起咪咪，对"尸体"）你这人怎么回事，把我吓得半死还不够，又跑来吓唬我女朋友。

"尸　体"　她是我女儿。

任　　渺　啊?

咪　　咪　(醒)爸爸,你没死?

"尸　体"　哼,你巴不得我快死!

咪　　咪　噢,爸爸……(扑过去)

"尸　体"　(推开她,冷冷地)我尸骨未寒,你就在这里寻欢作乐。你们这群不
　　　　　肖的子孙!(扬起手臂,打算拍案,见菜盘)牛舌!(捞一根牛舌丢
　　　　　进嘴里,嚼着)

咪　　咪　(递叉给他)爸爸……

马 经 理　啊,太幸福了! 太幸福了! 我从来没相信过您会死。

"尸　体"　(对咪咪)哼,你听着:我是来找你算账的! 从今天起,我每个月给
　　　　　你三十块生活费,其余一概不管。我百年之后,一切财产全部捐献
　　　　　给国家,你们一个子儿也甭想捞着!

咪　　咪　(发急)爸爸……

马 经 理　啊呀,老部长啊,快别这样说,孩子懂什么呢?

"尸　体"　老马,你别插嘴。这是我的家务事。

任　　渺　(急切地)那,那她能去美国吗?

"尸　体"　去美国? 哼,盖完了房给我跳窗走!

任　　渺　什么意思?

"尸　体"　没门!

咪　　咪　呜呜呜! 呜呜呜……

马 经 理　(扶着"尸体")好啦,好啦,您别发火,到里面坐,我给您去做菜去。
　　　　　(推"尸体"下)
　　　　　〔"尸体"挣脱开身子,跑到桌边端起菜盘吃着牛舌,这才跟着马经
　　　　　理下。

咪　　咪　完啦,我全完啦,呜呜呜……

"拜　伦"　算我瞎了四只眼。

"达芬奇"　算我倒了八辈子霉。

"贝多芬"　算命的说过,瘸子的命就是不好,坎坷不平。

"拜　伦"　咪咪,不管世界上发生了什么事,我写给你的情诗只会有增无减。
　　　　　为此,我马上回去添写诗行。(下)

"达芬奇"　咪咪,我这人丢三落四,记性不好,这完全是艺术家的个性。为了不忘记你交代的任务,我这就回去画你的全身像。(下)

"贝多芬"　咪咪,如果你现在拄着拐杖,沿街乞讨,那么,就让我用琴声来为你伴奏吧!为此,我必须赶快回家,练练指法、弓法,以备急需。(下)

任　　渺　这三个无赖,倒会花言巧语、卖弄噱头。可我是个堂堂正正的男子汉,光明磊落,实话实说。瘌丫头,你竖起耳朵好好听着:你请我吃了顿西餐,请允许我以十分的感激来代替十块钱,付清你的这笔账。另外这五块钱,算是我给你的小费,请你笑纳。那么,咪咪小姐,恕我告辞。但愿在我有生之年,不会与你再见!(下)

咪　　咪　(抬起泪眼)再见!呜呜呜……

〔窗外,传来"卡洛索"的歌声:

　　"往日的爱情已经永远消失,

　　幸福的回忆,像梦一样……"

〔灯渐灭。

第八场　浪子回头

〔教堂边的公园,礼拜日上午。

〔长椅上,汪不凡与郑彤正坐着交谈,从背后教堂敞开的窗户里,飘出基督徒们的唱诗声:

　　"普天之下万民万众,

　　齐声赞美圣子圣灵……"

郑　　彤　听,那是什么歌?

汪 不 凡　是赞美诗。基督徒们在做礼拜。

郑　　彤　呵,真好听!

汪 不 凡　我有一个好朋友在神学院读书,将来准备当牧师。我们经常一起交流经验……

郑　　彤　我爸爸希望你今年考研究生。

汪 不 凡　我又何尝不想呢?要摘掉"工农兵学员"的帽子也只有走这条路,可领导上不一定同意呀。现在政工干部太少……

郑　　彤　我今年想考。凡,我们一起考吧?

汪 不 凡　你能留校,就别考了。

郑　　彤　我爸说,不是研究生毕业的,以后很难在高校立足。

汪 不 凡　好吧,我再找组织上谈谈。

郑　　彤　等今年考取了研究生,我们就结婚。

汪 不 凡　要考不取呢?

郑　　彤　(粲然一笑,轻轻地)一样!

汪 不 凡　那就这样吧,我去上一下厕所。(下)

　　　　　〔郑彤一人坐在椅子上,沉浸在幸福的畅想中。任渺上,他低着头,
　　　　　　专心致志地剥着手中的一个花蕾。

任　　渺　(自言自语)空的,什么都是空的! 看你装模作样、含苞欲放的样
　　　　　　子,起先还真叫我上当,以为你这芯子里会有什么好东西,可等到
　　　　　　把你一片片剥完,天哪,原来是个空壳,一场空欢喜!(扔了花蕾,
　　　　　　抬头看见郑彤,惊喜地待了片刻)

　　　　　〔郑彤发现了他,欲回避。

任　　渺　郑彤!

郑　　彤　啊,是任渺。

任　　渺　你怎么在这儿? 太巧了!

郑　　彤　啊……我、我有点儿公事,去青联开会,路过这儿……

任　　渺　星期日还开会? 你会真多,学校应该给学分才是。(坐到她的身
　　　　　　边,兴奋地)啊,今天天气真好,像这样的天气,不到公园里来玩玩,
　　　　　　真太冤枉了。

郑　　彤　你怎么在这儿?

任　　渺　我? 嗯,我出来深入生活。

郑　　彤　搞什么创作?

任　　渺　还没定。也许不搞了,没意思。现在搞创作难啊!

　　　　　〔沉默。传来唱诗声。

郑　　彤　(没话找话地)那儿在做礼拜……嗯,你上哪儿去?

任　　渺　不,不上哪儿……我就想跟你一起聊聊。(吐露心声地)我觉得一
　　　　　　个人要做成一件事真难!

郑　　彤　(心不在焉地)是啊……

任　　渺　难! 有许多你意想不到的情况。你想象得很好,结果呢? 满不是

那么回事！说心里话，我现在总觉得有什么东西在同我作对，万事不如意。我简直快要信上帝了。

郑　　彤　上帝是不存在的。

任　　渺　难说！这你可把话说得太绝了，许多大科学家都信上帝呢。

郑　　彤　是吗……

任　　渺　确实如此。也许还是康德说得对，他认为即使没有上帝，也要假定有个上帝存在，不然人类彼此之间就缺少了互相沟通的基础。你说呢？

郑　　彤　啊？什么？
　　　　　〔沉默。

任　　渺　你真有风度，真的。我不敢说你长得很漂亮，漂亮不等于美，有的姑娘脸蛋儿很漂亮，可……怎么说呢？我总觉得她们似乎都太……太"写实"了一点。是的，太实了。我喜欢虚一些的姑娘，"写意"一些的。

郑　　彤　我不太懂你的话……

任　　渺　就像你这样，给人一种朦朦胧胧、若即若离的印象。好像是真实的，却又仿佛是虚幻的，虚实相间，浑然一体，人们只能望着你，而不敢太接近你，生怕你会一溜烟儿地消散……

郑　　彤　你把我看成鬼魂了。

任　　渺　我们去看电影好吗？儿童艺术剧场在放《狐狸的故事》。

郑　　彤　这电影我已经看了。

任　　渺　我看了四遍，还想再看。这是我最喜爱的一部电影。大自然的威严、生存竞争的残酷、命运的神秘感……写尽了！每当我苦恼的时候，就会想起这部电影。

郑　　彤　（心烦意乱地）画面很美……你还不去吗？票不好买吧？

任　　渺　好买。还记得里面的解说词吗？"漫长的冬天，孤独的回忆，在人生的旅途上，我们含泪向前……"

郑　　彤　我想走了。（欲下）

任　　渺　我送送你。

郑　　彤　不，不……
　　　　　〔停顿。

任　　渺　郑彤,我现在,是多么需要安慰呵!

郑　　彤　(难堪地)不……

〔汪不凡上,没瞧见任渺。

汪 不 凡　(对郑)等急了吧? 没办法,排队。(去挽郑胳膊)

郑　　彤　(急忙躲开)我在和任渺谈话!

汪 不 凡　(发现任)任渺同学,你好!

任　　渺　(冷冷地)好。

汪 不 凡　(尴尬地)啊,我和小郑同学有点儿公事,去团市委开会……

任　　渺　(讥讽地)不是去青联?

汪 不 凡　啊?

郑　　彤　青联、青联也去,在一起的……

任　　渺　(深深地盯了郑彤一眼,然后,高傲地)你们忙,请便吧。

汪 不 凡　再见!(看着郑彤,诧异地)你怎么了?

郑　　彤　(轻声地)没什么。走吧。(两人下)

任　　渺　(阴沉地注视着他们远去)办公事? 哼,一对伪君子!(颓丧地倒在长椅上)

〔唱诗声传来,悠扬空灵。

任　　渺　(坐起)啊,上帝,也许只有你才能给我安慰吧?

〔唱诗声由远及近,一群做完了礼拜的教友们上。他们有的在唱诗,有的在谈"上帝显灵"的"见证",有的则在大声地或默默地祷告。任渺走进人群,东看看,西听听。

一 女 人　……那时我得了肺癌,不肯开刀,只是坐在家里做祷告,读《圣经》。一天夜里我睡得正熟,忽然觉得胸口被谁抓了一把。第二天我去医院拍片检查,发现肺部的白点子没了,钙化了。是耶稣治好了我的病。

众 教 友　阿门! 赞美主!

一 男 人　说到耶稣治病,我也有个见证:我的一位朋友得了风湿性关节炎,求医吃药、针灸、气功都无效。我劝他信耶稣试试,果不其然,他信了几个月耶稣,竟行走如常了。

众 教 友　阿门! 赞美主!

一 教 徒　啊,张牧师来了!

〔张牧师上，他身穿黑色呢子中山装，手捧《圣经》。女青年们以唱诗声迎接他。

张　牧　师　（等唱诗声告一段落）同道的兄弟姐妹们，我代表本区基督教"三自"爱国委员会，向大家宣布一个特大喜讯：在党和人民政府的亲切关怀下，在工人阶级的大力支持下，《圣经》新译本问世了！

众　教　徒　阿门！

张　牧　师　这是我们宗教生活中的一件大事。我们要认真学习新"圣经"、深入领会新"圣经"、坚决贯彻新"圣经"、大力宣传新"圣经"。需要《圣经》的同道们，现在可以去教堂传达室排队，依次购买。

众　教　徒　赞美主！（羊群般蠕动着下）

任　　渺　（敬畏地）张牧师。

张　牧　师　小弟弟，我能帮你什么呢？

任　　渺　我想入教，您看……行吗？

张　牧　师　粉碎了"四人帮"，我们基督徒也得到了解放。信教不分先后，我们欢迎你！

任　　渺　张牧师，我是真心实意，皈依上帝。现实生活太令人伤心、太叫我失望了？我太……（哽咽）

张　牧　师　是啊，是啊，现实和理想之间是有距离的。嗯，我们坐下来谈好吗？

任　　渺　（抹抹眼角）好的。

张　牧　师　（按摩双膝）我的腿有关节炎，站得时间一长就酸疼得厉害。

任　　渺　张牧师，我有些关于灵魂方面的问题，要向您请教。

张　牧　师　让我们共同讨论、互相学习吧。

任　　渺　张牧师，为什么我想做什么事，就做不成什么事？总好像有一种力量在同我作对。

张　牧　师　也许，是你对自己要做的事还没有充分了解吧。当我们的心田里还未播下信仰的种子、还未照射到主的光辉时，我们只能在黑暗中盲目地行动。

任　　渺　这么说，有了信仰，了解了自己要做的事，就一定能做成吗？

张　牧　师　嗯，那也不见得。老实说吧，我们面对的现实太强大了，而我们自己太渺小了。人的欲望是无限的，而能力是极其有限的。

任　　渺　怎么可以使我强大起来，征服我所面对的现实呢？

张 牧 师　这是办不到的。小弟弟,这个现实是上帝创造的。孩子,你怎么可能征服上帝所创造的任何一种事物呢?

任　　渺　不见得!比方说我能捏死臭虫。这臭虫不也是上帝创造的吗?

张 牧 师　你或许碰巧真能捏死一只臭虫,可你捏得死这世上所有的臭虫吗?

任　　渺　照这么一说,是上帝在同我作对?

张 牧 师　不,孩子。上帝在考验你,向你显示奇迹,显示它的力量,使你相信它的存在。

任　　渺　相信?我这人很难真正地相信什么。即使信了,也信不长久。您说这又是为什么?

张 牧 师　那是因为你总想从信仰中捞到些什么好处,而真正的信仰,需要的是付出,甚至是牺牲。

任　　渺　牺牲?张牧师,我不是一概反对为某种信仰做出点牺牲,也不是一点儿也不肯付出。可如果是为付出而付出,那……您懂我的意思吗?说实话,我就不信,您信仰上帝是为了付出!

张 牧 师　我没说"为了付出",我是说"需要付出"。

任　　渺　啊……我好像有点儿开窍了。

张 牧 师　孩子,你性子太急,要好好磨炼磨炼。

任　　渺　我懂了,说得形象一点,信仰好比"放长线钓大鱼"。就像一个人口袋里的钱,他拿了这钱该怎么花?是吃光喝尽,还是去投资经营?我说得对吗,张牧师?

张 牧 师　你还是性子太急。要知道,"方便面"快固然快,味道总不如"三鲜两面黄"。

任　　渺　(思索地)唔……

张 牧 师　(伸出一只手掌)到主耶稣基督的怀抱里来吧,信耶稣吧!

任　　渺　我这就信。不过,还是请您先告诉我,信耶稣有什么好处?

张 牧 师　(翻开《圣经》)有人问耶稣:我们抛弃了一切跟随你,能得到什么呢?耶稣回答说:今生有百倍,来世得永生。

任　　渺　来世到来世再说。今生的"百倍"是指什么?

张 牧 师　改变你的人生观、价值观。弃恶行善、除旧布新。"百倍"可用一字概括,那就是"爱"。

任　　渺　我不想过早谈恋爱。

张 牧 师　爱国家、爱集体、爱家人、爱亲友,也爱仇视你、欺骗你的人。总之,
　　　　　要爱一切人。

任　　　渺　我有时连自己都不爱,还爱别人? 哼。

张 牧 师　爱别人,也就拯救了你自己。

任　　　渺　（失望地）是啊,是啊。原来"百倍"就是这个。算了,我不信耶稣
　　　　　了。耶稣算什么呢? 不就是那边地摊上摆着的光身子男人,两毛
　　　　　钱一个。

张 牧 师　那是异教徒干的,是亵渎圣灵。我们基督教新教禁止偶像崇拜。

任　　　渺　没想到你们也闹派性。

张 牧 师　（又翻开《圣经》）耶稣说:你们跟随我,但知道我是谁吗? 我,就是
　　　　　道路! 我,就是真理! 我,就是生命! 孩子,跟耶稣走吧,你会得到
　　　　　真理和新生……

任　　　渺　太玄乎! 不错,有时候我也热衷于谈论玄学,不过那是在我确认这
　　　　　样做没什么坏处的时候。我这人喜欢幻想,但也讲究实惠。您如
　　　　　果非要我信耶稣,那您一定得具体地、实实在在地说出信耶稣的好
　　　　　处。我刚才也观察了一下,人们到教堂来,也无非是想借助于耶稣
　　　　　的权力为自己办事,治病、分房、就业、解决夫妻分居两地、帮助大
　　　　　男大女婚姻恋爱……说到底,人都是因为自私的需要才来找信
　　　　　仰的。

张 牧 师　（威严地）不要再说下去了! （停顿。缓和地）你问我,橘子有什么
　　　　　好吃的? 我只能回答你:橘子是甜的,很好吃。但究竟怎么个好吃
　　　　　法,还必须由你亲口去吃。吃一吃吧。

任　　　渺　吃什么? 耶稣吗?

张 牧 师　不要拿什么都开玩笑。当一个人心目中没有任何神圣的东西时,
　　　　　这个人便永远不会被人理解。他将痛苦终身,在孤独中默默地死
　　　　　去。因为世界上所有的人为了跟从上帝,都抛弃了他。

任　　　渺　哼,我倒要看看,是世界上所有的人抛弃我,还是我抛弃所有的人!

张 牧 师　（站起）你是一个危险分子。还有什么问题吗?

任　　　渺　问题当然有,不过我已经不指望你能为我做什么了。如果仅仅是
　　　　　为信仰而信仰的话,你们的这种信仰还远不如我过去的信仰来得
　　　　　高明。可我连那个都看透了,还会相信你们这个吗? 我现在没有

信仰也活得下去,如果真像你说,存在就是上帝的话,那么按照黑格尔那德国鬼子发明的三段论推理:存在是上帝,我存在,我就是上帝。每个人都是他自己的上帝。

张 牧 师　你中毒太深了! 西方资产阶级那一套!

任　　渺　听你的口气,像个里弄党支部书记。

张 牧 师　孩子,你要多读《圣经》。

任　　渺　《圣经》我倒有兴趣翻翻,可我没那书。

张 牧 师　教堂门口有卖。五块钱一本,精装的。

任　　渺　这么贵? 我没五块钱。付小费了。怎么,连《圣经》也卖? 上帝也要人民币?

张 牧 师　你真的没有钱?

任　　渺　我看看。(掏遍所有口袋,凑齐一把分币)一共才一毛三分。对了,用粮票换可以吗? 全国粮票!

张 牧 师　孩子,我把我自己用的这部《圣经》送给你,它日日夜夜伴随了我五十年……

任　　渺　(嘀咕)骗人! 这么新……

张 牧 师　你一定要好好诵读,细细领会神的恩典。

任　　渺　(接过《圣经》)那你自己呢?

张 牧 师　我可以再领一本。愿上帝早日来到你的心中,阿门。(下)

任　　渺　没门! 我心中就是空房再多,也不会给他一个平方。(翻着《圣经》)这么厚一大本。我哪有时间看? 现在可不是过去,我没那份做学问的雅兴。(抬起头来,若有所失地)唉,我到底搞什么好呢?
　　　　　　〔众教徒们捧着《圣经》,三三两两上。

老　　妪　(翻着书页)我原来是文盲,信耶稣后,识字了……

老　　翁　数量太少,我没买上。

任　　渺　我这儿倒多出一本,让给你吧。

老　　翁　太好了! 喏,五块钱给你。

任　　渺　十块一本。

老　　翁　十块钱?

任　　渺　这有什么讨价还价的,你不要就算。真是,一点儿都不虔诚!

老　　翁　我要,我要。(给十块钱。捧着《圣经》)感谢主! 赞美主! (离去)

任　渺　（拍拍钞票）感谢主！赞美主！

老　妪　（贴近任渺，嘶哑地）要信耶稣！我们这些人现在低人一等，将来进
　　　　天堂就高人一等了。信耶稣的进天堂，不信耶稣的下地狱。（离去）

任　渺　进天堂？那是死了以后的事。我今年才二十二岁，不急。现在我
　　　　先要充分享受不信耶稣的好处，等将来吃不下、玩不动时，再去沾
　　　　信耶稣的便宜。这样，活着快活，死了升天，两全其美。就像列
　　　　甫·托尔斯泰那老滑头一样，年轻时尽情堕落，到晚年再良心"复
　　　　活"；更不必说本民族有的大军阀，杀了一辈子人，临了眼看自己也
　　　　要被杀，便来个放下屠刀，立地成佛。这实在是最合理的人生哲
　　　　学。再会吧，教堂，等我离休后，再去那里安享晚年。（下）
　　　　〔在平稳沉静的唱诗声中，灯渐灭。

第九场　先富起来

〔流动的街景。当天下午。

〔任渺在拥挤不堪、喧嚣不已的街上行走。背景处的画面随着他的
步行的速度移动着。

任　渺　真是民贱如蚁！大家都像蚂蚁一样，迎面碰一下触角又各自绕开，
　　　　分头匆匆去寻食。是啊，都在为这张嘴奔忙。（被人撞了一下）你
　　　　眼瞎了？

人　声　呵，对不起！

任　渺　劝你再戴副眼镜！（继续走）我也在为这张嘴奔忙。这十块钱怎么
　　　　花？值得好好想想……（撞了别人一下）

人　声　哎唷！你这人……

任　渺　Sorry！哦，对不起。（等她走远）臭美！也不看看自己长得什么
　　　　样。（继续走）再去"白屋顶"吃一顿？算了，再碰上那瘸腿就没趣
　　　　了。况且那儿的菜不实惠，还是去吃中菜，民族化。怎么我现在老
　　　　想吃呢？买书吧，一直想搞套《资治通鉴》。十块钱不够。算了，不
　　　　做学问，不搞政治，也不写历史剧，这套书就没什么用了。买穿的，
　　　　打扮打扮，不能老让别人叫我"灰老鼠"。看，街上哪个人穿得不比
　　　　我强？连扫马路的工作服也比我的漂亮。尽管这些人的脑袋统统

加在一起，也不及我的千分之一强！"绣花枕头一包草"，我这只"海绵枕头"还能不绣花？（在皮鞋店的橱窗前站住）买双皮鞋。要牛皮的，真正牛皮，牛皮大王，实行"三包"。不够，买一只也不够。（继续走）妈的，什么都涨价！这女人屁股真大。（在一家大百货商店的橱窗前停下。这是一个布置得富丽堂皇的橱窗，陈列着全套高档家具及家用电器、照明设备。一对蜡制的男女时装模特儿脸上挂着僵硬的笑容）呵，这才是真正的生活！（久久地观赏橱窗，心迷神往）

〔一身摩登装束的"贝多芬"骑一辆鲜红的摩托车上，见了任渺，停下。

"贝多芬" 哈罗！

任　　渺 （怔怔地）叫我吗？

"贝多芬" （摘下防风墨镜）不认识了？你这位堂堂名牌大学学文学的大学生。

任　　渺 啊，是你，"贝多芬"。

"贝多芬" 啊哈，别叫这名了，我已经不玩音乐了。怎么，要结婚了？打算买家具？

任　　渺 不，不，我还没到晚婚年龄。我是在看那套西装，真不错！

"贝多芬" 你很识货。那是"全毛一身泥"，"赔了侬"的手艺。

任　　渺 （酸溜溜地）看，这两个蜡人比我们真人穿得好、住得好，这世界真是毫无道理。

"贝多芬" "人生一世，吃穿二字"。这两个蜡人不能吃，就这样也算半个人。我们如果吃得差、穿得孬，光透气没钱花，连半个人都算不上，白活一世。

任　　渺 这是资产阶级人生观！

"贝多芬" 现在就是资产阶级吃香！看，来来往往的人，谁不是涎着脸看这橱窗，眼红得要命。

任　　渺 呸！我就不羡慕他们。他们物质尽管丰富，精神却一无所有。我是一个知识分子！

"贝多芬" 嘘！现在的行情你不是不了解，知识分子有什么？只有一根尾巴。就是翘上了天也屙不出一个铜板。

任　　渺　　唉，世风日下，人心不古。

"贝多芬"　行了，别冒酸气了。老弟，我对你素来是敬重的。上次在"白屋
　　　　　顶"，我一眼就看出你其貌不扬、不同凡响，是个机灵鬼。我劝你还
　　　　　是别学那劳什子文学了，和我一样，做生意去。先富起来再说！

任　　渺　　先富起来？

"贝多芬"　对，先富起来！

任　　渺　　（思索着）先富起来……嗯，有道理。既然我现在一时还不知道该
　　　　　搞什么事业，闲着也是闲着，不如先富起来再说。经济基础决定上
　　　　　层建筑，上层建筑反作用于经济基础，二者既对立又统一……

"贝多芬"　你在嘀咕什么？

任　　渺　　啊，你说得对，我决定先富起来。富了还怕不能出人头地？我要当
　　　　　个大实业家！听说盖"锦江饭店"的人原来只不过是个女戏子……

"贝多芬"　造"金陵饭店"的人原来只是个擦皮鞋的。

任　　渺　　我比他们那时候总要强得多！我要干一番大事业，等赚够了钱就
　　　　　创办一所大学。能够与哈佛、牛津、剑桥、耶鲁相媲美的大学……，
　　　　　就用我的名字命名：任渺大学。下设文、理、工、农、医、艺术六个学
　　　　　院。再设立每笔数额为一万元的任渺奖学金……

"贝多芬"　说到钱，容我插问一句，你现在有多少本钱？

任　　渺　　（有些沮丧地）不多，才十块钱。

"贝多芬"　嗯，是少了些。

任　　渺　　不过我可以想办法再弄点。

"贝多芬"　多是多的打算，少有少的干法。

任　　渺　　怎么个干法？你替我出出点子！（讨好地）你很聪明，也很有风度。
　　　　　其实上次在"白屋顶"我并没意思要跟你争那瘸子，我就是把她弄
　　　　　到手也打算让给你的。

"贝多芬"　咳，快别提那瘸子了。

任　　渺　　她怎么了？

"贝多芬"　她跟"达芬奇"结婚了。那小子替她画了张全身的裸体像，她就嫁
　　　　　给他了。臭货！

任　　渺　　她没钱，"达芬奇"会要她吗？

"贝多芬"　嗤，你还真相信她老子的鬼话？我们俩都太性急啦！

任　　渺　（不无惆怅地）是啊，太性急了……

"贝多芬"　算了，别去想它了。其实也没什么，我现在自己也赚了不少钱，富起来了！（拍拍摩托车）看，刚买的，日本"雅马哈"！

任　　渺　（摸着摩托车，眼红地）你在做什么生意？

"贝多芬"　（神秘地）大买卖！得，等你赚了钱，就到我这儿来投资，咱们合伙干。

任　　渺　可我现在怎么干？

"贝多芬"　（皱起眉头想了一会儿）对了，据我了解，现在市面上塑料小碗紧俏，供不应求，你可以干那个。

任　　渺　叫我上哪儿去弄塑料小碗？

"贝多芬"　啊，有了。你看见斜对面那家五金店没有？

任　　渺　看见了。可五金店不卖饭碗呀？

"贝多芬"　听我说下去嘛！你这人，性子比我还急。

任　　渺　啊，你说，你快说！

"贝多芬"　那儿刚到一批处理品：抽水马桶里的塑料浮球，才五分钱一只。你用十块钱套购它两百只，说不定大批量买还可以便宜些，然后你自己再稍微加工一下，一个球就可以变成两只碗，每只卖两毛钱。

任　　渺　（思忖着）马桶？饭碗？两者既对立又统一，并在一定条件下互相转化……

"贝多芬"　对，转化，就这个意思。这样干一次你就连本带利有了八十元；然后，再套购它一千六百只，再加工、卖出，第二次就有了六百四十元；第三次得五千一百二十，第四次四万零九百六十，第五次三十二万七千六百八十，第六次……

任　　渺　等等，等等，有这么多吗？

"贝多芬"　你自己算嘛！

任　　渺　我数学不好。

"贝多芬"　错不了！这样十次、一百次、一千次地干下去，你还愁富不起来？亿万富翁啊！

任　　渺　亿万富翁？我？

"贝多芬"　不假！只要你有恒心，不半途而废；也要放机灵点，别让公安局找你麻烦。

任　　渺　（兴奋躁动，解衣挽袖）啊，成了亿万富翁，我第一个愿望就是去周

　　　　　游世界！看看巴黎的埃菲尔铁塔,尼罗河边的狮身人面像。春天去
　　　　　瑞士,夏天到夏威夷海滩,秋天去威尼斯,冬天到阿姆斯特丹……

"贝多芬"　别忘了,富了来找我,合伙干!

任　　渺　啊,我上哪儿找你?

"贝多芬"　我住在先富路万元里,一问就知道。电话号码:417174,很好记:死
　　　　　要钱要钱死。(跨上摩托车)快看! 五金店门口挤满了人,一定又
　　　　　在买抽水马桶的球了。

任　　渺　(浑身绷紧地)噢!

"贝多芬"　还不快奔? 去迟了没货! 拜拜!(一溜烟儿下)

　　　　　〔任渺也来不及与他道别,冲上马路,跳跃栏杆,向五金店方向
　　　　　奔去。

　　　　　〔一声尖锐刺耳的刹车声。

　　　　　〔司机发怒的声音:"你干什么?"

任　　渺　先富起来!(又往前奔)

　　　　　〔又一声急刹车声,接着又是一片自行车倒地声,吵嚷声,一民警上。

民　　警　(拉住任渺,举手行礼)同志,请站住。

任　　渺　(忙还个礼)我不是军官……你有什么事? 走,边上去谈,别妨碍
　　　　　交通!

民　　警　你乱穿马路,扰乱了交通秩序,违反了治安管理条例,请跟我走。

任　　渺　跟你走? 那不行。我有急事,马上要去赶火车。家里来电报,奶奶
　　　　　死了!

民　　警　那你必须罚款。

任　　渺　既然必须,那就罚吧。多少?

民　　警　十元。

任　　渺　这么贵?

民　　警　嫌贵就跟我走。行政拘留三天。

任　　渺　不,我罚款!(把钱交给民警)反正不是我的钱。

民　　警　不是你的钱?

任　　渺　是我的! 怎么不是我的? 做生意的本钱全在这儿了! 倒霉……
　　　　　(民警给他收据,行礼,下)还真讲礼貌。(撕了收据)该死的交通秩
　　　　　序!(快快地走着)抽水马桶、塑料小碗,多好的计划……流产了!

　　唉,钞票、钞票,我现在才真正体会到你的重要,真恨不能马上跌一
　　跤,拣到个金元宝。唉,钱啊,钱啊……
　　〔一个提黑包的男人上,神秘地打量着任渺,任渺发现后,也不安地
　　打量他。两个人在原地转了两个圈。神秘的男人下。

任　　渺　看什么? 有什么好看的? 老子脸上又不长花。哦,也许是电影厂
　　的导演,想找我去拍电影。(吐了一口唾沫)哼,我才不干那种下三
　　烂的勾当呢!
　　〔一小贩推水果车上。

任　　渺　肚子早已空空,还是先来点吃的。喂,有什么卖?

小　　贩　各种新鲜水果。

任　　渺　水果,那是饭后消食吃的,岂可充饥? 嘻,穷讲究!(摸出一把分币
　　交给小贩)全在这儿了,随便给吧。

小　　贩　才一毛三?(给了根香蕉)拿去吃吧。(下)

任　　渺　(坐在街沿上,剥香蕉)妈的,还是烂的。真是"虎落平阳遭犬欺"!
　　(两口吃完,把皮一扔)连回学校的车钱都没了。老办法,混!(欲走)
　　〔内传来追赶声:"抓抢劫犯啊……"任渺循声望去,顿萌一念。

任　　渺　来得正好!(摆开拦截的架势)
　　〔改了装的"贝多芬"夹一黑包仓皇逃上。

任　　渺　站住!

"贝多芬"　(把帽子压压低)滚开!

任　　渺　包里是不是钱? 分我一半就放你走! 或者我们合伙做生意,那儿
　　有卖抽水马桶……

"贝多芬"　快让我过去,大学生!

任　　渺　啊,是你?"贝多芬"!

"贝多芬"　嘘!

任　　渺　那就更好商量了。你把钱全部给我,让我先富起来……

"贝多芬"　你小子不要命了!(拔出匕首)

任　　渺　啊,我不拦你!(趴倒在地)
　　〔"贝多芬"急欲绕开他逃,不料一脚踩在香蕉皮上,仰天一个大劈
　　叉,黑包从他手中飞起,正挂在树梢上。他爬起身来,跳了几次,够
　　不上包。追赶声迫近,他逃下。

〔任渺爬起身，不慌不忙地解下裤带，甩上树梢，再往下拉，把黑包取到手。打开，取出一叠又一叠的人民币。

任　　渺　　（颤声地）啊，天哪！这么多……这么多！（全然不知罩裤已滑落至踝部，兴奋地数着钱）

〔追赶声逼近。

任　　渺　　（猛然醒悟）快逃！（欲奔，脚被裤子绊住，一个狗吃屎摔到地上，怀里还紧搂着钱包）

〔追赶者们上。

追赶者一　　（扶起任渺）受伤了没有？啊，牙磕掉了！（替他抹去血迹）

追赶者二　　（拿过黑包）同志，太感谢你了！这儿是我们全厂职工的工资啊！

追赶者三　　保卫国家巨款的英雄！

追赶者四　　同歹徒作殊死搏斗的勇士！

追赶者五　　我是《青春报》记者，请您谈谈……

追赶者六　　我是电台通讯员，请您讲讲……

追赶者三　　我是剧团编剧……

追赶者四　　我是文化宫写小说的……

追赶者七　　我是电视台的，请大家让一让，我给英雄拍张"标准像"！（镁光灯闪了好几下）

〔任渺急忙提起裤子。

〔那个提黑包的神秘男人又出现在任渺面前。

男　　人　　请问您叫什么名字？

任　　渺　　任渺。你是电影厂的吗？

男　　人　　能否请您谈一下事情经过？

任　　渺　　当然可以！（眉飞色舞地）说时迟，那时快，只见一道白光嗖地向我飞来。我定睛一看，不好，是把匕首！在这千钧一发之际，我不慌不忙，抽出腰上的皮带。猛听得"刷"的一声，又听见"当"的一响，匕首被皮带劈落在地，真是金蛇戏银珠，青龙斗白虎。如果你用慢镜头拍下来，那才叫精彩！闲话休提，言归正传，那厮失了兵器，乱了阵脚，扭头想逃，呸，休想！我早有准备，在地上埋伏了香蕉皮。这时我卖了个破绽，就地一倒，逼着他绕开我身体，正中我计，一脚踩在香蕉皮上，顿时……（踩到了香蕉皮，仰天一个大劈叉）

追赶者一 （扶起他）不必往下说了，我们都看见了。您需要好好休息！

任　　渺 （提着裤子）没事儿。

男　　人 （从树上抽下皮带）请您再告诉我，您既然这样英勇机智，又早有准备，那罪犯为什么还是跑了呢？

任　　渺 （束着裤子）你不懂。这叫好汉不打落水狗，武松不打死老虎，想当年关云长华容道上放曹操，"西安事变"我党力争和平解决，都是一个理：义气！

追赶者五 请您谈谈您当时首先想到的是什么。

任　　渺 （裤子束好，信心十足）我想起了黄继光挺身堵枪眼，董存瑞舍身炸碉堡，罗盛教破冰救少年，杨根思……你知道杨根思怎么死的吗？

小　　贩 （突然冲上）骗子，他是骗子！

男　　人 怎么回事？

小　　贩 你们都别信他的鬼话！我亲眼看见他半途打劫，想和那个坏蛋分赃，还说合伙做生意，捣卖抽水马桶……

　　　　　〔追赶者们围向小贩。

追赶者三 揭发骗子的英雄！

追赶者四 维护正义的勇士！

追赶者五 我是《青春报》记者，请您谈谈……

追赶者六 我是电台通讯员，请您讲讲……

追赶者三 我是剧团编剧……

追赶者四 我是文化宫写小说的……

追赶者七 我是电视台的，请大家让一让，我给英雄拍张"标准像"！（镁光灯闪了几下）

任　　渺 （被冷落在一边，愤愤地）羊肉没吃着，反惹一身羊膻气！

　　　　　〔神秘的男人故意把黑包放在地上，挤进人堆，听小贩讲话。任渺的目光一下子便停留在那黑包上。

任　　渺 今儿个干脆一不做，二不休。既然已经惹上了羊膻气，倒不如瞅准机会，来它个顺手牵羊！（装模作样地围着人群转两圈，趁人不注意，拿起黑包就走）

男　　人 （在人群里）站住！

　　　　　〔任渺撒腿就逃，他窜上马路，跳跃栏杆。

〔一声尖锐刺耳的刹车声。接着是一片自行车倒地声，吵嚷声。任渺仍往前审，一闪脚，跌倒在马路中央，又一声急刹车声。

民　　警　（行礼）同志，请站起来！

任　　渺　（爬起）我罚款……

〔男人上，一手搭在任渺肩上。

男　　人　跑什么呢？看看，多危险？差几公分就见阎王了。

任　　渺　我、我把包还给他们！

男　　人　急什么呢？看看，包里是什么？

〔任渺打开黑包，男人迅速从包里取出一副手铐，干脆利索地将任渺铐住。

任　　渺　啊……

男　　人　（向民警出示证件）我是公安局刑警队的。请给我叫辆车。

〔追赶者们拥上，围住侦察员。

追赶者三　智擒罪犯的英雄！

追赶者四　维护法制的勇士！

追赶者五　我是《青春报》记者……

〔灯灭。

第十场　自由意志

〔大学校园。三个月后的晚上。

〔全校张贴各种文告的"舆论中心"。背后是新建的尚未竣工的图书馆大楼，边上有台旧升降机。任渺站在"布告栏"前的高处，向一群学生发表演讲。

任　　渺　同学们！同胞们！三个月前，由于一个偶然发生的、纯属误会的事件，我遭到了公安机关的拘捕，并被无理关押了三个月。正当我恢复自由，准备投入紧张的学习生活的时候，学校当局却非法开除了我的学籍。为此，我向学校当局提出强烈的抗议！这是迫害，惨无人道的迫害！我向全校师生呼吁，向全国人民呼救……

〔汪不凡、郑彤、肖剑等上。

汪 不 凡　任渺，请你立即停止这种胡闹的行为！

任　　渺　我有言论自由！我于昨日下午照会学校当局,限他们在二十四小
　　　　　时内撤销开除我学籍的错误决定。现在时间已过,请你答复吧！

汪 不 凡　按照校规,在校学生触犯国家法律、法令,就要受到处分。你的要
　　　　　求是无理的,学校坚决予以驳回！

任　　渺　好啊,好啊！你们非要把我往绝路上逼,那就这样吧！我死给你们
　　　　　看！我以死来抗议！(向全体同学)同胞们！你们大家都看见了,
　　　　　我,一个二十二岁的青年,有抱负、有才华的青年,今天不得不用自
　　　　　己的手来结束自己的生命。(突然哭了起来,边哭边把一张纸往布
　　　　　告栏上贴)这是我最后的遗言。满纸愤怒言,一把糊涂泪。都云作
　　　　　者疯,谁解其中味？大家好好看看吧！

汪 不 凡　张贴大字报是违法的,快揭下来！

任　　渺　谁敢？(拎起一只汽油桶)

汪 不 凡　你想干什么？

任　　渺　我要自焚！以愤怒的烈火向你们抗议,让全世界都知道！谁敢上
　　　　　来拉我,就让他和我一起化为灰烬！

郑　　彤　任渺,你冷静些！

汪 不 凡　你要对自己行为的后果负责！

任　　渺　那就让我的骨灰来负责吧！(把汽油往身上浇)把我的骨灰撒到校
　　　　　长办公室去吧！

郑　　彤　任渺！任渺！不凡,快抓住他！

汪 不 凡　住手！任渺,你疯了？

任　　渺　再最后问一句:学校撤不撤销错误决定？

汪 不 凡　这是办不到的！

任　　渺　好！(掏出火柴)

　　　　　〔人群开始骚动。

汪 不 凡　准备灭火机！

　　　　　〔几个学生扛灭火机上,围住任渺。

郑　　彤　这太可怕了！(推开人群,走向任渺)

任　　渺　不许上来！

郑　　彤　任渺,你听我说……

任　　渺　不！不听你说！不许上来！

郑　　彤　（几乎是恳求地）任渺！

任　　渺　不！不！你再上来，我就点火！……（擦燃火柴）

郑　　彤　任渺，你听我一句话吧！

任　　渺　（饱噙泪珠，摇着头）晚了，一切都晚了！同学们、同胞们，永别了！
　　　　　（将火柴往身上点。火柴熄了，他又划一根火柴，一碰到身上，又熄
　　　　　了，如此几次）
　　　　　〔人群又骚动起来。

一　学　生　（喊）他往身上倒的是水！
　　　　　〔人群大哗。哄笑。
　　　　　〔任渺看着汽油桶，呆若木鸡，狼狈不堪。

一　学　生　（把一块肥皂塞给他）给，香皂，干脆洗个澡吧。
　　　　　〔大家笑着散去。

汪　不　凡　（对郑彤）去向党委汇报一下。

郑　　彤　你先去吧。
　　　　　〔汪不凡下。郑彤与肖剑走近仍在发呆的任渺身边。

郑　　彤　任渺……

任　　渺　（猛一把揪住肖剑的脖领子）肖剑！是你干的吗？

肖　　剑　（挣脱）对，是我干的。

任　　渺　你！为什么要这样干？

肖　　剑　不能看着你走极端。既然劝你劝不住，我只好把汽油换成水。

任　　渺　你这样做使我成了小丑！明白吗？小丑！

肖　　剑　你已经是个小丑了。

任　　渺　什么？你再说一遍！

郑　　彤　任渺！肖剑，先别说了。

肖　　剑　不，我要说！我要告诉他真相，他已经使我失望透了。是的，任渺，
　　　　　你是一个小丑！就算你今天死成了，还是一个小丑。大伙儿最多
　　　　　在饭厅里，或者晚上熄灯后躺在床上，拿你这个死鬼做谈话资料，开
　　　　　开心，助餐催眠，就这样十天半月，也就没味了。你说，你值得吗？你
　　　　　不是号称"大丈夫必有一死，不流芳百世，便遗臭万年，总要在历史上
　　　　　留下点痕迹"吗？你留下了什么呢？什么也没有，连个零都不是！

任　　渺　住口！你滚，从现在起，我不再承认你是我的朋友。我们断交！

肖　　剑　我无所谓,我对你腻透了!（欲下,又回头）"灰老鼠",你会后悔的!
　　　　　（下）
　　　　　〔任渺抱头痛哭。

郑　　彤　（轻轻地）任渺……

任　　渺　走开!我不要你来可怜我。

郑　　彤　我并不可怜你,你完全是咎由自取。一个人为什么要别人来可怜自
　　　　　己呢?跌了跟头,爬起来继续走就是了。重要的是要吸取教训,
　　　　　看清方向,不走老路。要跟着集体走!

任　　渺　（止住了眼泪,冷笑地）集体?哼,集体,这个空洞的概念我无法
　　　　　把握!

郑　　彤　怎么是空洞的呢?你听见远处传来的歌声吗?那是"五四"营火晚
　　　　　会的歌声。那就是集体,你再看这幢新建的图书馆大楼,它已经从
　　　　　一片荒地上崛起了,是谁创造了这个事实?是集体。对我们每个
　　　　　人来说,集体最实在、最具体、最亲近,它犹如一张大网,疏而不漏,
　　　　　不让我们中任何一个人掉下去。

任　　渺　（更尖刻地冷笑着）你真是个地地道道的集体主义者。怪不得美国
　　　　　还搞什么"集体性交",英文专有名词叫什么来着?Group!

郑　　彤　（愤怒地）你……我走了!（下）
　　　　　〔任渺阴郁地注视着她走远,然后走进高楼的阴影中,久久不动。

任　　渺　（仰视高楼）这座大楼至少有五十米高吧?一个净重为六十公斤的
　　　　　自由落体,它的加速度是每秒多少?不必计算就可以知道,它从那
　　　　　顶上掉到地上,不仅改变了物理形状,也改变了化学性质。啊,永
　　　　　别了,天!再见吧,地!原谅我暂时地离开你一下,很快我就会归
　　　　　来,来亲吻你的胸膛;尽管它坚硬、冰凉、潮湿、肮脏!
　　　　　〔走进升降机,启动。升降机剧烈振荡了一下。背景处的景物渐渐
　　　　　下沉……

任　　渺　我在高升!凭借着机器的力量,我在高升。这升降机稍稍有点老
　　　　　式,钢丝绳也微微有些颤震,但这无妨,我确实已在高升,摆脱了地
　　　　　心的引力,穿越过尘世的迷蒙,向着另一世界飞升……啊,但愿是
　　　　　天堂!如果为时未晚,耶稣,现在,我愿抓住你的脚后跟。（俯视）
　　　　　地平线在下沉,地面在延伸。地球被我一脚蹬开,骨碌碌地滚远

了，啊，可怜的行星！当然，更可怜的是居住在那行星上的人。瞧，他们蛆虫般的蠕动着，自以为长着两条腿，就比其他动物高等。哼，站在太空人的高度，我看不出有什么区分。那一排排房屋，唤起我童年金色的记忆：那时我正患着痢疾，每次去医院化验大便，就拿着像它一样的火柴盒子。（仰望）我在高升！速度啊，你改变着空间的位置，也改变着人的价值。今我已非故我，我体内的细胞在不停地破灭、生成。现在我可以跟身边的星星拥抱，与对面的月亮接吻。不过我不想如此轻薄，既然我是一名太空人。是的，太空人！看，那不远处发亮的是什么？绝对不是吊车上的灯，而是飞碟，我的专乘！阿基米德曾经夸口说，只要给他一个支点和一根足够长的杠杆，他就能撬动地球。呸，这算个球！我将宣告：只要给我一个足够的空间，我就能重造宇宙！啊，奇迹，美轮美奂，光耀无际！创造吧，太空人，尽情地创造这奇迹吧！我不见怪。我愿这样一直高升，永远高升。……

〔升降机又剧烈振荡了一下，停住了。

任　渺　不动了？看来中国人的不彻底性，连太空人也在所难免。

〔走出升降机，来到屋顶上，星空凛然，大风呼啸。他缩颈抱肩，惶然四顾。

任　渺　啊，这儿就是我从人间跃入天堂的跳板，从这一世界进入那一世界的中转站？

〔被一根凸出的钢筋绊了一跤，慌忙爬起。

任　渺　不，不，不要如此匆忙！你已经把二十二年的岁月虚掷，又何必吝啬这最后一点点时光？生命啊，生命，只有到了向你告别的一刻，才显出你沉重的分量。

〔在大风里畏葸地踯躅。

任　渺　在我看来，世上的事大致可分两类：一类是只说不做的，譬如理想啦、信仰啦；一类是只做不说的，譬如偷窃啦、通奸啦。无论哪一类，它们都不是人的自由意志的体现。因为，不敢说或者不想做，都是环境强迫的结果。生存，就是不自由。只有一件事，可以逃避这无尽的折磨，那就是自杀。只有这件事，体现了人的自由意志，为不自由的人提供了解放的出路。（兴奋地）今天，我总算能够按照自己的意志做成一件事了！

〔来到屋顶边缘，往下窥探，忙缩回头。

任　　渺　说来容易做来难，这下面毕竟没有垫上足够的海绵。这么看来，自杀也只能归入只说不做的那一类？也许，毕竟实践是检验真理的唯一标准。不过，这好像又陷入了实证主义的泥坑。怎么办？

〔仰望夜空

任　　渺　星空呵，神秘、永恒的苍穹！你，犹如一个巨大而又沉重的问号，亿万年来，悬挂在世人的心中。在你漆黑的面具背后，是否藏着答案，要到世界末日才公布于众？可我等不到那个时辰了……在这最后关头，请你告诉我：我是谁？我在哪里？我要干什么？

〔谛听着，唯有风声。

任　　渺　我是谁？我在哪里？我要干什么？

〔绊倒。他惊恐地望着天空，天空中隐隐传来轰鸣声，夜幕上闪烁着一圈光点。

任　　渺　是飞碟！是太空人！（跃起）啊，我不能死，我不能毁灭，应当毁灭的是这个地球，而我，必将得到太空人的拯救。

〔轰鸣声越来越近……他脱下外套，向空中挥舞。

任　　渺　太空人，我在这儿，带我走吧！我懂得你们的语言，带我离开这个星球吧！

〔向光点奔去……失足，下坠。他双手死死抓住楼板的凸出部位，支撑起脑袋；肌肉扭曲的脸。终于，渐渐不支……

任　　渺　算了！

〔双手一松，下。

〔一架飞机越过屋顶上空，轰鸣声震耳欲聋……

〔切光。

〔一束聚光停留在高楼边的一张施工保险网上，任渺掉在网里，悬在半空，呼救声在夜空中战栗："救命啊——救命——"湮没在飞机的轰鸣声中。

〔灯渐灭。全剧终。

长 生

朱 宜

朱宜 1986 年出生于上海，2004 年考入南京大学中文系，为该系戏文专业第一届本科生。2008 年毕业，毕业创作为话剧《长生》。同年考入美国哥伦比亚大学戏剧系，攻读编剧专业艺术硕士学位，2011 年以话剧《我是月亮》毕业并获得学位。代表作品还有《异乡记》《特洛马克》《杂音》《世外》等。

2014 年《长生》由上海话剧艺术中心首演，导演蒋维国。首演时作者对剧本做了较大改动，这里发表的是作者的本科毕业原作。

人物：

老头——默林。80 岁。体态极其衰老。

老太——老头的妻子。79 岁。体态极其衰老。

女人——默燕妮。老头老太的女儿。49 岁。体态有些臃肿的中年妇女。

男人——沈志军。50 岁。女人的丈夫，老头老太的女婿。戴眼镜，平凡老实的中年男子。

少女——默飞。17 岁。老头老太的外孙女，女人男人的女儿。

主播——女。电视台新闻主播，有时兼主持人或采访记者。精干、犀利的职业女性形象。

第一场

［一束灯光打在新闻主播身上，舞台其他地方暗］

新　闻　再过几天我们就将迎来新中国最伟大的文学家、思想家、革命家默林
主　播　先生的八十华诞。党和国家领导人，以及中国作家协会会长，各高校的专家学者都向默老表达最真挚的生日祝福，祝他健康长寿，晚年幸福！默老的家人也正在积极地为默老筹备生日庆祝。默老先生的女婿沈志军教授是著名的默学研究专家，今天《人民日报》专版上发表了他名为《横眉冷对千夫指，俯首甘为孺子牛——向默林先生致敬》的文章。默林先生的一生是为中华民族的生存和发展挣扎奋斗的一生，他用自己的笔坚持社会正义，反抗强权，保护青年，为人民呼喊，充满了斗士的精神，被毛主席誉为"中国最硬的骨头"。

下面播报社会新闻。家乐福继"抢油踩踏事件"后，又出现万人抢购特价鸡蛋……

［主播身上的灯光渐渐暗下。舞台中央灯光亮起］

［老头坐在椅子上。两边是男人和女人］

女　人　爸，求您啦。

老　头　我不去！

女　人　爸，别闹了，您自己想想，有多久没洗啦？

老　头　我不去！

女　人　都快 80 的人了，比飞飞还不懂事！

老　头　我不去！

女　人　爸！您可别把您的斗士精神用来跟我闹！每次洗澡都求半天，您今天是不洗也得洗！（给男人使眼色）

男　人　爸，洗干净了多舒服啊，您想，总不能让来拜寿的领导闻这味儿吧，对吗？

老　头　不是下个礼拜才过生日吗，下个礼拜再洗好了。洗一次特累。

男　人　上个月您就这么说了，非要拖到这个月。您任性，我们做子女的可不能不孝。您想，当年阶级斗争多严酷，您都挺过来了，还怕这洗澡水吗？

　　　　〔老头想想，被说动，配合着起身〕

男　人　来，我扶您起来。（一边卷袖子）您放心，像上次一样，还是我来帮您洗，保证累不着您。

　　　　〔老头一吓，跌坐回椅子〕

老　头　不洗了，不洗了！谁要你帮忙！

女　人　自家女婿，有什么见外的。

老　头　你妈知道，我一直都是 Gentleman。这像什么样子，以前家里的小丫鬟想帮我脱下大衣我都别扭。一个大老爷们，现在反倒洗个澡想自己来都不行。

女　人　这不是您行动不方便嘛。上次帮你洗不是好好的吗？

老　头　什么好好的，我躺在那儿，想想一个人连自己洗澡都要靠别人，小孩子都比我强，可外面还在天天把"为人民呼喊""伟大革命家"的花圈送进来。

男　人　是花环。爸，没有的事儿。老人都是这样。

老　头　等你变成我这样，换你上下脱光，一身老皱皮地给别人搓，看你心里什么滋味！

女　人　爸！

老　头　让开！你们这些不肖子！（挣扎着颤颤巍巍起身，走进浴室）我自己洗，我就不信，老了你们就能把我当废物。走开，不要扶！

　　　　〔男人女人无奈而发愣地站在一边，看着老人〕

女　人　越老脾气越臭。

　　　　〔他们侧耳听浴室的动静。还是一片寂静。过了好一会儿，浴室里传

来老头颓丧的声音]

老　头　志军,你进来一下。我……跨不进浴缸。

[男人连忙进去。水声响起]

第二场

[舞台中央的椅子上坐着老太,穿着拖鞋。老头趿着拖鞋颤颤巍巍地
出来]

老　太　你也洗好啦?

老　头　(生闷气地)唔。

老　太　孩子们不错啦,他们不管你你早就臭死了。

老　头　我不是气他们,我是跟自己生气。自己不争气,老成这样。

老　太　那些人来拜寿都说是祝我们俩八十大寿,把我也拉进去了。我才
七十九!

老　头　这有什么差别呢?

老　太　差别就在于一个是八十多,一个是七十多。

老　头　省省吧,六十岁之后,人统统不分性别了。大家不比谁年轻漂亮了,
都比谁长寿富态,你全赢了。

老　太　去你的! 我再老也要漂漂亮亮的。

老　头　你在干什么?

老　太　涂指甲油。

老　头　瞎折腾,腐朽堕落,资产阶级的一套!

老　太　当年是谁跟对楼国民党军官的资产阶级小老婆猫腻不清?

老　头　哎哎,你这人!

老　太　她不就是比我年轻那么十来岁,腰细那么一点,你就眼花了。

老　头　哎哎,你这人!

老　太　哼,党和人民不跟你计较那些风流账,我可都给你惦记着!

老　头　都几十年前的事了,你怎么还,让孩子笑话咱们老不正经。不过,那
时候可真是……

老　太　什么女诗人、女学生、小护士……统统"默老师、默老师"。

老　头　读者的信不回影响不好。

老　太　当年你跟那女诗人朦胧诗一来一往那个热闹啊，我还记得那句话，"我的月亮只有在记忆中才是全圆的"，是啊，我跟你过了大半辈子，熬成了黄脸婆，你居然就去跟红颜知己倾吐这种话……

老　头　嘘！让孩子听见像什么话。你总是不听我解释。

老　太　有什么好解释的，你是多情文人，我是糟糠之妻。

老　头　你看你、你看你，咱们都快到头的人了，还扯这些有的没的。

老　太　就是快到头了，心里才老泛起这些事，一想就心里难受。

　　　　　［沉默］

老　头　（讨好地找话题）我今天看电视啊，上面说澳洲有个一百三十岁的长寿老人，透露他的秘诀是每天只吃一个新奇士橙。（老太不搭腔）你说那不得饿死啊？是吧？不过一百三十岁呢！以后咱也试试每天只吃这个。（老太还是没反应，老头沉默了一会儿）……其实，我真不想活那么久。

老　太　（抹了下眼泪，伤感地说）我也不想活那么久，老到——你都不喜欢我了。

老　头　（难为情地）谁说的。

老　太　四十岁之后你就不正眼看我了。

老　头　我这辈子只正眼看过你一个，其他人我都是斜着眼偷偷瞄的。而且，跟我比你一点也不老。

　　　　　［隔了许久］

老　太　不害臊。

　　　　　［男人女人上］

女　人　爸妈，刚洗完澡这样可得着凉，快把袜子穿上。

　　　　　［老头老太在彼此对话时听力没有问题，一旦和子女说话，就会耳背。］

　　　　　［女人给老太穿袜子］

老　太　哎，哎……我的指甲油还没干呢。

女　人　（不管三七二十一地给老太穿上了袜子，一边嘀咕）八十岁的人了，还在跟飞飞一样摆弄这些小姑娘玩意。（大声凑在老太耳边）保暖更重要知不知道？

［老太茫然地"啊"和点头］

男　人　（大声）爸妈，我们来跟您二老请示一下寿筵的菜单，不满意的我们
　　　　　再改。

老　头　（不感兴趣）这个你们随便张罗张罗吧，不用来问我们。对了，飞飞爱
　　　　　吃什么就点什么！

女　人　爸，这是您的寿筵。桌上全是肯德基，您能吃吗？

老　头　好吧好吧。

男　人　那我说菜名了啊，您看行不行。凉拌西红柿。

老　头　啥？

男　人　（凑到老头耳边大声）凉拌西红柿！

老　头　（吓一跳）一听到这个菜我就做噩梦。天天吃这个。

男　人　那清炒豆苗吧？

老　头　（张开嘴）上次缠在牙上的还没弄下来呢。

男　人　那清炒藕片？

老　头　啥？

男　人　（大声）清炒藕片！

老　头　不要不要！我就剩几颗牙，每回吃藕，上面一个个洞就往牙上套，太
　　　　　复杂了。

男　人　凉拌黄瓜怎么样？

老　头　我咬不动啊。

男　人　哦，对对，那爸您觉得什么菜比较适合您的牙口？

老　头　冰糖肘子就很好嘛。

女　人　吃不动蔬菜倒能啃肘子！

男　人　（打断）大家别脸红别脸红，好好说、好好说。

老　头　我们哪会脸红！天天都是这些蔬菜，吃得我和你妈脸都绿了！"三年
　　　　　困难时期"那会儿都比现在吃得好！

男　人　爸您别动气，您还想吃什么？尽管告诉我们。

老　头　我……想吃盐水鸭啊，好久没回南京看看了，真想那个味儿啊。

女　人　爸，医生关照了，高血压和糖尿病，盐水鸭又肥又咸，不能吃。

老　头　那红烧肉行吗？毛主席最爱吃红烧肉！

女　人　红烧肉更不行了，您有那么严重的高血压和糖尿病，红烧肉里面又有

糖，又有肥肉，浓油赤酱的，嘴瘾过了，这血糖马上就上去了。要忌口！

老　头　我难得过一次生日嘛。

女　人　是啊，要好好注意饮食才能一直延年益寿嘛。

老　太　那我血糖没那么高啊，你点一份就当给我吃好了。

女　人　妈，您的血糖也在超标的边缘了，更要注意！

老　头　红烧肉都不让吃了，这日子还有什么意思啊。那……一小瓶二锅头，就一小瓶。（求救似的）志军阿，咱爷俩好久没一起喝酒啦。

　　　　［男人神情尴尬］

女　人　爸！酒是绝对不行的，您肝一直不好，就是那时候天天下班和系里那帮老师喝出来的。

老　头　不能喝酒算什么中国文人。哈哈，志军啊，我还记得当年我面试你博士生的最后一个问题就是，白酒一顿能喝多少？

男　人　对对，我当时就懵了。我过去就喝啤酒，对白酒一点也没概念，就瞎比画了一下，我说，大概能喝这么一瓶吧。（比画了一个啤酒瓶大小）

老　头　哈哈，我一看高兴坏了，后继有人啊！结果呢第一次喝，一杯就把你给放倒了。

男　人　不过当了您的学生后，酒量和学问一样那都是突飞猛进啊。

老　头　哈哈，还是和我差远啦，不信咱再试试！

女　人　不行，不能喝！（对男人）你还净煽风点火。

老　头　混账，你妈那时候都不管我，现在你倒管起我来了。

男　人　爸，您别生气。等您病好了，我陪您喝它个痛快。

老　头　这些病怎么可能好呢？烹羊宰牛且为乐，会须一饮三百杯……志军啊，咱们只有等下辈子才能一起喝上一盏了。好了好了，（对老太生气地）都没有选择的余地，还费事来问我干什么！随便他们安排了！

老　太　你是说不过他们的，你就放弃吧。

女　人　您就放心吧，都交给我们了！

老　头　等等，只有一条，饭后水果里坚决不许有橙子！就是那种很新奇的橙子，不许有！

女　人　好好。爸，您现在越来越挑剔了。对了，酒咱们还是要准备的，可是不是给爸喝的，还有那么多客人呢——市长和作协主席到时候都要来贺寿，更别说那些电视、报纸的新闻记者了，到时候我看，至少得摆三桌吧。

老　太　又有那么多人，真讨厌。

老　头　就是，好好的自己人吃顿饭，关他们什么事。

男　人　爸，这是大家对您的崇拜啊。

老　头　每次进门就是握手，一握手就有大白灯对着我闪啊闪，那些人我一个都不认识，我也不相信他们有多认识我。

女　人　那大白灯怎么不冲我闪啊？爸，那是光荣啊，您现在看什么事都用批判的眼光。

老　头　好了好了，有没有我认识的，我那些老哥们有没有请？这些年的笔会和研讨会我都没去参加，走不动啊，和那帮哥们好久没见啦。

男　人　(拿出单子)我给王主任发了请柬，张教授也发了，还有胡教授、吕教授、杨教授、马教授……

老　头　那个老杨，我不爱见他！

男　人　这……

女　人　爸，都二十年过去了。这些老事还提他干吗？

老　头　当年就是他讨好上级，出卖我们这些老同事，批斗起来那个叫卖力，含沙射影，含血喷人！"文革"结束又马上见风使舵，讨好新上级。人品极差，我不愿见他！(剧烈咳嗽起来，子女忙拍背和端水。)

老　太　他后来也上门来赔礼道歉过，算啦。

老　头　那是因为他看我又被承认了，有了些权力，才又一次地见风使舵。我默林不稀罕！老韩被他活活气死了，你忘记了吗？

老　太　他后来写给你的那些信我一封封都看了，他还是真心忏悔的。

老　头　真心忏悔又怎么样，人都死了！

老　太　我们没被他气死，这不也快了吗？算了，大家都是快到头的人了，给他个机会吧，他这些年一定也不好过。

老　头　(沉默了一会儿)那就请吧，但我不要和他握手，不然记者一拍照，又要写什么蠢话出来。

男　人　爸……杨教授的夫人收到请柬后打电话来说……杨教授三个月前中风，现在全身瘫痪，只能在家卧床，不能来赴宴了。

老　头　(愣了愣，随即)那正好不用见他了！

男　人　爸,他的夫人说,她把您的请柬念给杨教授听,杨教授躺在那儿不能说话也不能动,但是流眼泪了。

老　头　(沉默了一会儿,对女儿)到时候吃完饭分寿桃的时候也送一份去他家吧。

女　儿　好。

老　头　还有谁啊?

男　人　还请了华明中学的校长和语文教研组组长。

老　头　什么?

男　人　华明中学的校长和语文教研组组长!

老　头　请他们来干什么,认都不认识。那些中学老师最讨厌了! 只会把我的文章往反封建反资本主义反帝国主义上套,把孩子都教傻了,教条主义! 其实我反的人里面就包括这种! 难怪飞飞考试成绩老上不去,我看哪,不能怪飞飞。

女　人　爸……这是飞飞学校的校长和老师。

老　太　啊呀,(对老头)是飞飞的老师啊。

女　人　他们几个月前就跟飞飞说了,希望来给您祝寿,到时候合个影,您再给题个词,放在学校的橱窗里多光荣。这不是又要到招生和教育局视察了嘛。

老　头　我又不是广告模特。

女　人　爸……

老　太　老头子,你犟头倔脑我可不管,但这可是飞飞的事! 你不请他们,我请! 反正记者都写是我俩的八十大寿了。

女　人　爸,您可是最疼飞飞的……

老　头　好了好了,把飞飞的老师安排在上座吧。(小声嘟囔)题词的时候我就要批评一下他们的教育方式。

老　太　死老头子,你可别给外孙女惹麻烦!

老　头　(没脾气)我知道,我知道。

女　人　爸,还要请谁,您说。

老　头　那个那个……(凑近女儿)你小时候常抱着你玩的,还教你背古诗的叶阿姨——也寄张请柬给她。

老　太　(掐了老头一把)你还要寄信给那个女诗人!

老　头　啊呀,你看你想的,不就是寄张请柬嘛,你看我们都请了那么多人了,大家都是朋友,不请她伤感情的。

老　太　是啊,伤"感情"!

老　头　哎哎,你这个女人,又来,怎么跟你说不通呢。

老　太　我是说不通,你的感情那么丰富,跟她一说就通!

老　头　孩子们都在呢,你这人。

老　太　你怕什么,孩子们可都知道!哼,还以为瞒得住呢,你那点花花事儿,连《当代文学》《收获》《万象》编辑部的人都知道!(对志军)是不是?

男　人　(尴尬地)这个……妈,您……爸……我不知道。

老　太　那些人把你的情史都当中国当代文学史的考据来研究了,你让我的脸面往哪儿搁!

女　人　好了,爸妈,一急血压又高了,七老八十了谁稀罕知道这些事,又不是陈冠希张柏芝。

老　太　你太小看你爸了,你爸是徐志摩呢。

男　人　(书生气)唔,叶女士的文学修养和性格和林徽因的确有几分神似。

老　太　好啊,她是才女,我是乡下老婆!

女　人　(对丈夫)胡说什么呢!添乱是不是?

老　太　不许请!她要是来了我就不去了。

老　头　哎哎!你这老太婆,八十岁了还发那么大的醋劲。

女　人　(急忙对爸妈)好了好了,别争了,叶阿姨已经走了!
　　　　〔老头和老太都怔住了〕

老　头　走到哪儿去了?

女　人　叶阿姨几个月前就去世了。过年的时候新闻里报道……

老　头　你说什么?你怎么不跟我说!

女　人　我是怕您太难过,大过年的,说这个……

老　头　你连这个都不跟我说!

男　人　燕妮也是好心——
　　　　〔老太轻拍着老头的背〕

老　头　(颤抖着)她……她……

女　人　她是寿终正寝,在美国的公寓里去世的。

老　太　她……什么叫寿终正寝……她比我们小十来岁呢。

女　人　小十来岁那也七十了，人过七十古来稀，叶阿姨去的时候据说很平静。

老　头　我连最后一面也没能见她。

老　太　就这么去了……就这么去了……是啊……人过七十古来稀。

老　头　我们八十的却还活着。

女　人　爸妈，您二老这样长寿，是大福啊。

老　头　就我们还留在这儿……（流泪）

老　太　老头子……

老　头　（尴尬地抹眼泪）我一时情绪崩不住。你看，你又要生气了。

老　太　老头子，过两天我陪你去扫墓。她也算是我的老姐妹了。

老　头　（拍拍妻子的手）好。

男　人　爸……那您还想请什么人？

女　人　（小声对男人）别再问了！这些年，爸妈那把年纪的人都走得七七八八的了，待会儿再问出什么来，老人家又要伤心。

老　头　别管谁谁了。活着的，还能动的，都给我请过来！就剩这最后一个机会互相瞅两眼了。

老　太　都请来，都请来。

女　人　好，那就按爸妈的意思，多摆几桌，大家热闹热闹。志军，回头请柬都赶紧发出去吧。

男　人　好。

老　头　这就去！越快越好！再晚指不定就来不及了。

女　人　干吗那么着急啊？

男　人　爸，我知道您的意思，现在时间就是生命。

老　头　（悲伤地点点头，无力地摆了摆手）快去吧。

第三场

男　人　那我去写请柬了。

女　人　等下。你可别真的谁都请啊。

男　人　什么？

女　人　人来太多就吵了，空气也混浊，对爸妈身体不好。

男　人　这是爸妈的一片心意，你不能擅作主张。

女　人　我擅作主张？幸好我做了主张，要不然，按爸的脾气没准这八十大寿就不过了。那还了得！

男　人　虽然这话也对……可——

女　人　好了好了(沉吟着)还是都请吧。不然爸一看人那么少，还以为他那帮老朋友都过世了，一下子急火攻心起来更不得了。你看一个叶阿姨就让他那么伤心。

男　人　叶阿姨的事你的做法我那时候就不同意，不应该连这事都瞒着爸爸。

女　人　你懂什么！今天都是没办法了才说出来的，幸好没出什么事。你也不是不知道，妈一听"叶阿姨"三个字保管急，爸一听这消息血压肯定立马往上蹿。

男　人　那是爸妈应该知道的事，你不应该剥夺他们的权利。爸是那么有个性的一个人，你看现在被你管得有多难受。

女　人　你懂什么！我这样是实实在在地孝顺。搞文艺的哪个没个性？你看看叶阿姨，子女就是太顺着她心思了，才由得她一个人住在公寓里，自己想吃什么吃什么，想干什么干什么。换了我要是她女儿，保管她再多享十年的福！

男　人　(小声)我看反而是折寿。

女　人　你说什么？

男　人　没什么，我写请柬去了。

女　人　哎。(叫住男人)可别再忍不住抽烟了！

　　　　［男人不情愿，又不明显表露出来］

女　人　一会儿我给你泡杯茶来。

男　人　茶我自己泡吧，飞飞快回来了，你把她房间窗户打开通通风吧。

女　人　哦对对，这倒是。都周五了。

　　　　［男人下］

　　　　［女人在女儿房间收拾。飞飞放学回家。她穿着吊带衫和热裤，但那是一股青春气息，并不使人感到暴露或妖艳］

少　女　妈，我们老师是不是给你打过电话了？

女　人　你怎么又穿成这样！

少　女　我跟他们说不好不好，他们居然还打电话过来了。

女　人　你看看你还像个学生吗？每次夏天一到，你这两个袖子就越来越短、越来越窄、越来越细……到后来索性没有了。你在学校里这样穿，同学老师怎么看！

少　女　好啦，怎么了嘛，现在不穿难道等变成老太婆再穿？妈，我问你，你是不是答应了？

女　人　当然答应了，你怎么对老师这么没规矩。

少　女　啊呀，外公呢？外公肯定不会答应的。

女　人　外公还要请他们坐上座呢。

少　女　真是讨厌！每次校庆、新年晚会、校际评比都要把外公拉出来秀！现在连外公过个生日都不放过！

女　人　那也是你的光荣啊。

少　女　这是外公光荣又不是我光荣，再说外公也不觉得这是什么光荣。你不知道，我现在走在学校里，随时都会有人指着我说"快看快看，这是默林的孙女"。我又不是什么动物给人看的！

女　人　呵呵，他们还搞错了，你是外孙女啊。

少　女　拜托，我难道跑过去跟他们说，不好意思，默林是我外公，我之所以也姓默是因为我爸是上门女婿！

女　人　乱喊什么呢！我告诉你，你老师给我打电话还跟我说了一件事，你想瞒我们的吧。

少　女　什么事啊。

女　人　拿出来。

少　女　什么啊？

女　人　这件事情你也敢自作主张！

少　女　什么啊？没有啊！

　　　　［男人听到声音过来］

男　人　又吵什么哪？消消气消消气！飞飞阿，回来啦？呵呵，路上热不热啊？

女　人　她哪儿热了，她穿得那么凉快还会热吗？

少　女　有本事你也穿啊，自己没法穿还不让人家穿！

男　人　呵呵，你妈妈要是穿成这样不成笑话了吗？好了好了，妈妈也是为你好。我看看，嗯，飞飞这么穿是好看。

女　人　你还瞎惯着她！她老师打电话来，说她的志愿表本科一个也没填！

男　人　哦哦,飞飞啊,这是为什么呢? 这么大的事,你也应该和爸爸妈妈商量一下。

女　人　这还有商量的余地吗? 把志愿表拿出来!

男　人　飞飞,你现在成绩不好没有关系,但是要有自信,再怎样也不能不填啊。只要填了就是有希望的,凭外公在学界的影响力,你要是真的努力了,就算差几分,也不是那么绝对的。来,把志愿表拿出来。

女　人　默飞! 你懂不懂,现在的人要是没上过大学,那在社会上简直是没办法生存的!

少　女　谁说没办法生存?

女　人　你把书包给我!

少　女　不给!

男　人　飞飞听话。

女　人　你不给我就自己拿了!

少　女　不给!

男　人　别动手别动手⋯⋯

　　　　　〔女人一把抢过书包,翻了起来〕

少　女　哎! 你怎么乱动我东西!(心虚)哎,你、你别乱翻⋯⋯

　　　　　〔女人找出志愿表,少女要去抢,女人把她挡开,拿着志愿表看起来〕

女　人　什么! 你看看你女儿! 你看看!(把志愿表给丈夫)

男　人　专科一志愿——南湖职校咖啡烘焙和西点制作;专科二志愿——西科职校导游;专科三志愿——

女　人　别往下念了! 你看看这都是些什么东西!

男　人　飞飞啊,你是开玩笑的吧?

女　人　你记不记得从小我是怎么教育你的? 每次我带你去餐馆,我——

少　女　我当然记得,每次去餐馆,你不管人家听不听得见都指着那些服务生对我说"看看,都是念不好书的人来干这种工作的"。

女　人　对啊,你难道要变成那种人吗!

少　女　什么那种人? 不要以为自己是知识分子就看不起别的职业好不好,你知不知道你这样说的时候,我都觉得很难为情,不是为他们难为情,是为你啊!

男　人　怎么能这样跟你妈说话! 好了好了,大家少说一句。飞飞啊,爸爸妈

　　　　妈阅历比你深，你还是应该听我们的。这样好不好，这些呢，你照填，就当填着玩，爸爸妈妈也不阻止你。但本科志愿一定要填上！我看，第一志愿就填外公的母校吧，国立中央大学，怎么样？外公作为校友和终身教授，学校一定会特别照顾家属的，中文系好不好？你不是也喜欢写点诗什么的吗？中文系，爸爸也是系里的在职教授，更保险。好不好？

少　女　不好！

女　人　不好也得好！就这么定了！

男　人　你别急啊，对孩子要慢慢教育。

女　人　还慢慢？你看她都胡闹成什么样了。就这么定了，以后你懂事了，总有一天会感激父母的！

少　女　你们不能逼我！这是我自己的志愿，不关你们的事！我不想待在这个家里了，把包还给我！

女　人　你这个人都是我生出来的，还敢说不关我们的事！

少　女　把书包还给我！

女　人　都快高考了你还要出去玩！

少　女　反正我也不想上什么大学！

　　　　〔在争抢中包里掉出一包东西。女人捡起，大怒〕

女　人　你居然抽烟！小小年纪居然抽烟！你看看你女儿！（把烟给丈夫）

少　女　（气怯了）没……没有。

女　人　你都堕落成什么样了啊！

少　女　爸爸也抽，难道爸爸也堕落……

男　人　我……

女　人　谁说你爸爸抽了，他早戒了！是不是？

男　人　对对。

女　人　（对女儿）你快要变成流氓阿飞了！（越说越激动，中气越足）

少　女　你小点声，别说外公，我们听了血压也要高上去了。

男　人　飞飞，不许跟妈妈顶嘴，小孩子怎么可以抽烟！

女　人　（怒对丈夫）大人也不可以！你别瞎掺和！

男　人　好好，我不说话。

女　人　越来越不像话了！十七岁的小姑娘抽烟！你知道这是什么性质的事

情吗！啊？这包烟没收！以后我定期检查你的书包！如果再发现，我，我就……（一拍桌子壮声势）打死你！

男　人　好了好了，女儿都那么大了，怎么打啊。飞飞以后不会了对吧？

　　　　〔少女闷闷地走开〕

女　人　回来！一星期就回家一次也不知道去给老人打个招呼，越来越没规矩了。不许出去，给我去陪外公外婆聊天！外公外婆多疼你……

少　女　有什么好聊的啊，我和他们、他们和我都没什么话说，每次都尴尬。

女　人　小时候你成天缠着外公给你讲故事，现在一星期回家一次还说没话说。你不知道外公外婆在家多想你。

少　女　他们太老啦，他们说话我听不懂，我说话他们别说听懂了，能听清就不错了。每次我都只好傻笑。

女　人　什么话！要是以后我和你爸也老了，看样子你是肯定也嫌弃我们的，要把我们送到养老院去啦。

少　女　我可不敢，你中气那么足，养老院看到你也吃不消。你一尖叫别的老人就是中风也飞奔出来，就是健康的也大小便失禁了。

女　人　少废话，陪外公外婆聊天去，给我陪满一个小时，开饭叫你！

少　女　有什么好聊的……（一边说，一边下去）

男　人　听话，去吧去吧。你不知道有多少人抢着想跟你外公说句话呢。

女　人　（朝着少女）再让我发现你抽烟！（突然看到丈夫手里拿着那包烟，一把没收过来，对着丈夫）看我对你不客气！

　　　　〔少女下〕

女　人　对了，刚才……什么叫"呵呵，你妈妈要是穿成这样不成笑话了吗"？

男　人　啊？

女　人　你刚才说"你妈妈要是穿成这样不成笑话了吗"是什么意思，还"呵呵"。

男　人　哦，你说刚才啊。

女　人　你，你真的觉得我穿吊带的话很可笑吗？

男　人　你还记着这个，我随口说的。也的确是嘛，你又不是飞飞这样的年轻女孩了，五十岁的人了，难不成还真的想穿这个？

女　人　不不，没什么。我去做饭了。（正要转身，停了停）我今年四十九。

　　　　〔两人下场。灯转稍暗。老头上场〕

第四场

［两束灯光分别打在记者和老头的身上，舞台其他地方暗。老头坐着，神情和姿势带着高龄老人特有的迟钝和疲态。主持人穿着职业套装，手拿话筒，气质精干，口齿伶俐］

主持人　（手按着监听耳麦）哎，光往这儿打点，好，可以了，话筒 check 过了吗？化妆师，默老先生的妆怎么还没化好？老人斑不用统统盖起来的啦，这样更自然啦，又不是上次做刘德华。快点啦。OK，OK，我不催你，我知道今天收工不会晚，老爷子不用问很久的啦。好了？OK？把他请进来吧。（马上换上职业笑容和标准普通话）

　　　　　亲爱的观众朋友们。今年 3 月的政协会议上"两会"期间，山东省政府相关部门提出在济宁建设中华文化标志城的提案，得到了几十位院士的联名倡议支持，同时也引起了许多争议。今天我们请到了伟大的文学家、思想家、革命家默林先生，让我们来听一听他的真知灼见。默老先生，您好，请问您对这件事是赞成还是反对？

老　头　什么？

主持人　呃……（大声）默老先生，就是在孔子故乡建造中华文化标志城，来弘扬中华民族几千年的灿烂文化！

老　头　哦哦，弘扬中华民族灿烂文化是好事啊。

主持人　默老先生十分赞同这一创举，真令人感佩，八十高龄的默老先生依然对祖国怀有深深的爱和责任感。是的，因为弘扬中华民族灿烂文化，推动祖国文化复兴正是每一位炎黄子孙的——

老　头　那个……得花不少钱吧？

主持人　（尴尬）呃，是啊，不过也不能这么说……

老　头　要用多少钱啊？

主持人　预算三百个亿。

老　头　不能这么搞！

主持人　呃……（尴尬，不知道该怎么说。手按监听耳麦。小声）哦，我知道了。（恢复音量）修中华文化标志城，乍一看有些奢侈，尤其是跟很多下岗工人吃不上饭、不少山区孩子上不起学、大量流动人口无法就医等联系起来考虑……

老　头　三百个亿啊,不能这么搞!

　　　　　［照着老头的光束被关闭］

主持人　(不理会,继续说)可是泱泱大国,如果对自己文化的千秋大业,连这
　　　　点钱也不舍得花,反而让同样花费不菲的迪士尼之类的洋文化符号
　　　　遍布神州,委实说不过去。默老先生对这一创举的支持,正反映了老
　　　　一辈知识分子们对祖国的一片拳拳赤子之心。谢谢您观看今天的节
　　　　目,我们明天见!

　　　　　［照着主持人的光束暗下］

　　　　　［场上灯亮起］

　　　　　［老头手拿一张报纸和一把放大镜,看得很吃力］

老　太　别看了,你瞧你费力的。

老　头　我就是现在新闻了解得太少,才会被龟孙子们蒙! 以为我老糊涂了,
　　　　想糊弄我! 三百个亿啊! 我要看,我不看我这心里不放心啊!
　　　　(咳嗽)

　　　　　［少女落寞上。老头老太看见外孙女眉开眼笑］

老　太　飞飞啊。

老　头　啊呀,是飞飞。

少　女　外公,外婆。

老　头　来来来,快坐下。我们家飞飞真乖啊。

老　太　外婆想死你了。

　　　　　［老头老太握着飞飞的手,疼爱地摸摸她的头。一时互相没什么
　　　　话说］

老　太　学校里还住得惯吗?

少　女　还好吧。

老　头　飞飞真乖。

　　　　　［少女对老人礼貌地傻笑。又彼此无语］

老　头　来,你给外公念念报纸。

少　女　好。(拿过报纸)"迎端午冠生园食品厂以两百公斤巨型粽子创吉尼
　　　　斯世界纪录"。

老　太　啊哟哟,那么大啊,是肉粽还是赤豆粽?

少　女　　是蛋黄馅的耶，哇，好多蛋黄！

老　头　　你别打岔！飞飞，要挑国家大事念。

少　女　　"胡锦涛主席参观横滨中华学校亲切地听华侨孩子背唐诗"。

老　头　　这事小也不小……但我指的不是这种大事。再念一个，最好是国际的。

少　女　　"美七旬老翁中9700万巨奖"。

老　头　　这算什么大事！都七十岁了要那么多钱干什么？好好念。和中国发展有关的。

少　女　　"美副财长在主题演讲中表示次贷危机不会对中国产生大影响"。

老　头　　啥叫美副财长？

少　女　　就是美国财政部副部长。

老　头　　哦哦。那啥叫次贷危机？

少　女　　这个我也不知道……我看看，哦就是，"长期良好的信贷关系、非常优惠的信贷条件以及稳定的市场，比较低的利率以及低的通货膨胀利率，鼓励投资者追求更多的回报。为了回应这些需求，金融服务市场创造了各种复杂的新型产品，这些产品分散风险，而且降低了借款成本"。

老　头　　一大堆我也不懂。不过，对中国怎么会有大影响呢？那人说肯定不会吗？

少　女　　啊呀，外公，现在的这些玩意您是弄不明白的，复杂得很呢！

老　头　　（失落地）哦，哦。
　　　　　［沉默了会儿。少女闷闷不乐的样子］

老　头　　飞飞，你不用陪着外公外婆了，去做功课吧。

少　女　　没关系，我还是陪着你们吧。（看看刚才母亲下场的方向）
　　　　　［又是相对无话］

老　头　　来，那外公给你讲个故事吧，你小时候最喜欢听外公讲故事了。外公从那时候就知道咱们家飞飞也是个喜欢文学的，以后一定会接外公和爸爸的班！

少　女　　（礼貌地）那您讲吧。

老　头　　从前有一个皇帝，喜欢美丽的衣服，到处找裁缝来为他做新衣。有一天来了两个陌生的裁缝，你猜猜！他们跟皇帝说什么？

少　女　（敷衍地）猜不出来。

老　头　（察觉到了外孙女的无聊，尴尬地笑了笑）这个外公是不是讲过很多遍了？

少　女　再听一遍也无所谓。

老　头　外公再给你讲一个别的吧。从前鸡妈妈生了许多小鸡，可是里面有一个长得特别丑——

少　女　是鸭妈妈。

老　头　（尴尬）你看我这记性，呵呵，外公老了，讲故事也不行了……

少　女　外公，您再讲一个吧，我想听的。

老　头　好！那外公再来讲一个。从前有个女孩，很贫穷，没有人帮助她，她只有一些火柴。平安夜，她又冷又饿……

　　　　〔老头的声音渐渐轻下去，变成背景。少女内心独白〕

少　女　从前有个女孩，很不快乐，没有人来理解她。她只有一包烟。她又悲伤又无助，好像掉进了一个冰窖里，好冷啊。于是她点了一根烟，当她把烟雾吞下去的时候，仿佛把悲伤也吞掉了一小块。看着微红的火星，她觉得自己仿佛暖和一些了，心里也平静了。

老　头　啊呀，一支点完了。

少　女　她就又点起了一支。烟雾中，她轻轻地飘了起来，仿佛看到自己不再被围困在这里，看到自己已经拥有了向往的生活。她闻到了咖啡的香气，看到在小小的咖啡馆里，有一个快乐的她在忙碌。

老　头　这一支也熄灭了。

少　女　她连忙又点燃一支。她的思维开阔起来，她不用再重复习题册里的标准答案，她是自由的，她坐在咖啡桌前，写着心爱的诗歌。大家围坐在一起听她念诗，然后，他们终于真的明白了她是谁。她就是她，不是外公的"孙女"。

老　头　她又点燃了一支。

少　女　她又点燃了一支。

老　头　她又点燃了一支。

少　女　她又点燃了一支。就剩一支了，她小心地靠近以取暖……最后她在幻想里幸福地死去了，死于尼古丁中毒。

　　　　〔老头已经睡着，少女欲走，老头突然惊醒〕

老　头　飞飞，这个故事好不好听？

少　女　太好听了，外公。

　　　　［老头满足地笑了］

第五场

男　人　爸又不肯做寿了。

女　人　怎么回事？他又犯什么倔脾气了？

男　人　爸说……没意思。

女　人　什么没意思？

男　人　爸说觉得活着没意思。

女　人　昨天才刚给爸颁了"人民作家"，全中国有几个人能有这样的荣誉？这么活着还没意思？爸真是老糊涂了。

男　人　就是颁完"人民作家"后不对劲的。爸一个人在那儿坐了好久，最后对我说"志军啊，这个荣誉今天颁给我，我心里有愧啊"。

女　人　愧什么？（突然紧张）你是不是把那些报纸给爸看了？我再三叮嘱你不要——

男　人　我当然没有！

女　人　幸好没看见，不然爸不知道气成什么样了。

男　人　是爸把报纸拿给我看的。

女　人　什么！爸怎么会看到？

男　人　谁知道呢，大概是你的新闻审查制度百密一疏。

女　人　天哪，那爸不得气死，我得赶快看看去。

男　人　才没有呢，爸一点也没有气的意思，反而连连说很赞同。（书生气）我真是佩服他的胸怀呀！

女　人　胡说八道！爸是老糊涂了！真是胡来！国家都颁给爸"人民作家"了，那帮人还要兴风作浪！重写文学史？他们有什么资格，爸写"激流三部曲"的时候他们还没识字呢！

男　人　不是重写，文学界是在发展的，离爸最后一本书发表也都有十年了，那么多新人都涌了出来，大家观念也都不一样了，长江后浪推前浪嘛。我看，这中国当代文学史是有必要重新梳理一下的。

女　人　可他们点名说要重估默林价值啊,这算什么意思! 你可要出来说句话! 还有你学界的那些老朋友,爸的那些老朋友,都赶紧发动起来保护爸爸。写文章,把他们给驳回去!

男　人　你不要激动嘛,爸都没有那么激动,爸还叫我作为默林文学院院长代表他表个态,表示支持,让年轻人们放手去做这个"中国当代文学新史"的项目。

女　人　你敢! 爸奉献了一辈子,如今老爷子年纪大了,写不动了,就说他跟不上时代。我们做子女的怎么能眼睁睁地看着爸到老突然被"重估价值"、被否定推翻。爸真是糊涂了,你可别糊涂。我告诉你,这寿是非做不可的。咱们还要往风风光光里做! 让那些人看看,咱爸是什么身份。全国人民都盼默林健康长寿,一天活着就照亮中国文坛一天,国宝级的人!

男　人　那你自己去跟爸说吧。

女　人　你去,好好说说他。

男　人　你去。

女　人　你去。

男　人　我怎么能说他,我,再怎么样他都是我老师。再说……我说话没力度啊。

女　人　他现在不爱听我说的,你去好好哄他,每次一哄他就听了。

男　人　他不是不爱听你说,是你一点自由也不给他。爸好歹也是个学界泰斗,你不能像对囚犯一样对他。

女　人　我哪儿像囚犯一样对他了,我为他查阅老年人饮食的书籍,帮他制定健康菜谱,帮他规律作息时间,避免他看到刺激心脏的新闻。现在辛辛苦苦为他张罗做寿。我哪儿做错了? 老人就跟小孩一样。小孩子最难带的就是三五岁那会儿,腿脚还没长结实,可又爱瞎跑,什么事都不懂,又满脑子冒主意。早些年爸身体坚实,脑子清楚那会儿还不那么让人操心。说句不像话的,要再过几年,真的躺着动不了,说不清话了,倒也省事了。就是现在最让人头疼。要是由着他性子来,早出乱子了!

男　人　我有时候看着爸生闷气的样子,心里特别难受。你说咱们以后也会有这一天的吧? 咱们女儿会不会也不让我抽烟、喝酒,吃红烧肉呢?

女　人　我早就不许你抽烟喝酒了！怎么？你还在偷偷抽？

男　人　唉，长恨此身非我有！到时候不知道你吵起来还是不是这样能说，说起来还这样中气十足。

女　人　我中气十足？我喜欢吗？你们现在一个个都对我的话爱听不听，我不多说几句，声音不大点，你们是一句都听不到的了。你、飞飞，还有爸妈，一个个都是这副样子！

男　人　你少说两句，说得越多，越跟没说似的。

女　人　我说了，你们听进去我就不说了。喏，我再说一遍：一，你要坚决反对那些重写文学史的东西！二，这个寿一定要做！

男　人　（感叹）唉，你从来不看他的书，你不了解你的父亲。

女　人　你以为你当个默林文学院院长就足够了解我爸了。我做了他四十九年的女儿，我告诉你，爸现在就是在折磨自己，他不知道这也是折磨我们。爸其实这些年心里头难受着呢，不然也不会脾气那么坏。过去爸不是这样的，自从写不出东西后脾气就越来越倔，脑子也不清楚了。他不知道给别人造成多大的压力！

男　人　我看爸脑子还是很清楚的。

女　人　那是因为你脑子不清楚了。你怎么不明白呢？（看丈夫还是不明白）你看看那老蒋，呕心沥血研究了一辈子鸳鸯蝴蝶派，到退休都没机会在上台面的研讨会上发一次言。而你年纪轻轻出版了那么多专著——你不想想为什么？还不是因为你研究的是默林。

男　人　对，爸是了不起，我研究他的著作时间越长，就越发现他如同汪洋大海。（书生气）令人一生都学习不完啊。

女　人　你别稀里糊涂的，这事你要有点危机感啊！

男　人　好啦，呵呵，瞧你夸张的。默林本人那么大年纪了还那么有风度，我们怎么能那么小家子气呢。

女　人　你以为你是默林啊？你只是个研究默林的啊！爸爸再怎么样都已经是功成名就了，可你不行啊，你是搭在爸爸这条船上的呀，爸要是地位下降了，你会跟着掉价的！由着他们搞，说不定过两年默林文学院都关了。你这院长上哪儿去？

男　人　（一愣）你说得……好像我离开了爸就没价值了似的。

女　人　你要明白，爸这块金字招牌，就是你的价值啊！

男　人　话不能这么说……我不光只是默林文学院长,我还是博导,我自己也
　　　　带博士生的。一届届培养了那么多学生们呢。

女　人　你博士生的专业方向不都是默学研究吗?

男　人　(努力想证明)我还管行政,一个学院井井有条,那么多老师学生对我
　　　　都很服气。

女　人　不是默林女婿你能那么快升到副局级?

男　人　(被逼着脱口而出)我自己也搞创作的!

女　人　你那点创作算得了什么啊! 这么多年怎么都没见发表啊?
　　　　〔男人被刺痛,半天不说话。女人感到自己有点过分了〕

女　人　(口气和缓)你瞧,说爸的事,我们俩怎么吵起来了。

男　人　我没事。

女　人　我不是那个意思,我的意思是……

男　人　别说了,我没事,没事。我们商量祝寿的事吧。

女　人　是我说得过火了,我的意思是虽然你……

男　人　(受不了,爆发)好了! 我不会支持那个文学新史的! 求求你别说了!
　　　　我们不要再谈这个了!
　　　　〔房间剧烈地晃起来。两人惊叫。原来是地震了〕
　　　　〔暗场〕

第六场

　　〔场上灯亮起〕
　　〔老头拿着报纸和放大镜,抹眼角。老太在一旁安慰。女儿女婿上〕

男　人　爸,您怎么了?

老　头　(指着报纸,眼眶发红,哽咽)四川地震了。

老　太　天哪,天哪!

老　头　死了好多人。好多人还没有救出来。

男　人　爸,您保重身体。

老　头　你看看,有一个小娃儿,好不容易被救出来了,可他的爸爸妈妈都已
　　　　经被压死了。(剧烈咳嗽)

女　人　(抹眼泪)爸,您要保重身体。

老　头　你说人的生命怎么会那么脆弱呢？

男　人　爸，您别担心，国家已经在以最快的速度派最优秀的部队赶去营救。

老　头　我怎么能不担心呢？国家出了这么大的事。我这心里……

女　人　爸，我和志军已经捐款到红十字基金会了，家里的棉被也捐了两条。
　　　　志军已经预约了献血。

老　太　那么多人就这么一下子就走了……你说，我们这两个老东西，命可真
　　　　是长得没完没了……

男　人　妈，您不能这么说，就是因为生命脆弱，我们活着的才应该更好好地
　　　　活着。

老　头　（沉思着，突然下了决心）燕妮，把我衣箱底下的存折拿过来。

女　人　爸……

老　头　拿过来！

女　人　那可是您……

老　头　拿过来！

女　人　妈……

老　太　燕妮，给你爸去拿来。

男　人　爸，这些年来您一直给希望工程捐款，您那点积蓄也剩得不多了。

　　　　〔女人去取来存折〕

老　头　给我。

　　　　〔老头拿过存折，珍爱地看着封皮，然后豪迈地交给女婿〕

老　头　你马上去银行，统统捐给灾区。

女　人　这可是您那么多年来一笔笔积攒下来的国务院特殊津贴。

老　头　捐掉！

女　人　这里面可有十万呢！

老　头　我也弄不清有多少了，总之统统捐掉。

男　人　爸……要不，您再想想，这可是您和妈存了几十年的钱啊。

老　太　我们都老成这样了，留着还有什么用，享受也享受不动了，这些钱是
　　　　国家给我们的，今天就用这个方式还给国家吧。

老　头　你们一直以为这钱是我们老两口用来当棺材本的吧。

老　太　死都死了，躺个好地方也不能成仙。

老　头　这钱本来是想留着给飞飞以后深造的。可是没想到今天国家受了这

么大的难,这钱应该用在刀口上。(剧烈咳嗽)

女　人　(流着眼泪)爸……

老　头　再多说一句,你就不是我默林的女儿!

女　人　好。我马上就去。

男　人　爸……

老　头　你还要说什么?

男　人　爸……二十年前,我跟导师真是跟对人了!

　　　　　[暗场]

　　　　　[两束灯光分别打在主持人身上和老头、女人身上,舞台其他地方暗。
　　　　　主持人单独坐着,老头和女儿坐在一起。女儿看上去精心打扮过,但
　　　　　衣服不太合身,神情举止有些紧张。主持人穿着职业套装,手拿话
　　　　　筒,气质精干,口齿伶俐]

主持人　几天前,我国四川省汶川县发生 7.8 级大地震,造成了巨大伤亡和财
　　　　产损失。从白山黑水到雪域高原,从西北边陲到万里海疆……全国
　　　　各地各族群众通过各种方式,深切悼念四川汶川大地震中不幸遇难
　　　　的同胞。

　　　　　[老头眼睛又红了]

主持人　今天我们很荣幸地请来了伟大的文学家、思想家、革命家默林先生来
　　　　为我们谈谈他的感想。

老　头　(激动地握住话筒)汶川的同胞们,千万要挺住! 我们和你们在一起!
　　　　不管遇到什么困难,党和国家都会和你们一起共渡难关! 要好好活
　　　　下去! 中国加油!

主持人　真是太感人了! 默老先生尽管八十高龄了,依然怀着对祖国热烈的
　　　　爱,不愧是中华民族精神的代表! 是的,在此我们所应做的就是为逝
　　　　者默哀,为生者祈福。祝他们早日渡过难关。当然,由于此次的大地
　　　　震给灾区造成了巨大的人员伤亡与财产损失,各大企业公司和各界
　　　　名人纷纷慷慨解囊,支援灾区人民。默老,您也一定捐款了吧?

女　人　是的,我们捐了。

主持人　我可否冒昧地问一句,默老捐款的数字是多少?

老　头　(摆手)这个没什么好说的。

主持人　默老先生在中国在世作家学者中享有最高荣誉,广大观众和读者对

这个问题总是有些关心的。

女　人　（连忙）父亲得知地震的消息后就捐出了十万人民币。

老　头　（谦虚，带着责怪地对女儿）这有什么好说出来的。

主持人　（大声地）默林先生为此次四川大地震的捐款数额为十万人民币。真
　　　　是慷慨大方，不愧为一代文坛泰斗！

老　头　不不，为国家分忧是一个中国人应尽的责任。

主持人　不过默老先生，您是否知道，在这次赈灾捐款中，"80后"的文坛新秀
　　　　们捐款也非常踊跃。郭敬明也捐了十万，听说韩寒捐款二十万。地
　　　　位越高，责任越大。作为一位德高望重的老前辈，您反而没有晚辈们
　　　　捐得多，对此您有何看法？

　　　　〔老头愣住了〕

女　人　（尴尬）这个……不能这么说……这都是我爸积蓄了几十年的存
　　　　款啊。

　　　　〔老头喘气声加粗〕

主持人　默老，您别激动，您年纪大了，别激动。哦，对了，全国上下都知道，下
　　　　周就是默老的八十大寿了。我在这里祝默老健康长寿！

女　人　（一边忙着给父亲拍背，一边回答）谢谢，谢谢。

主持人　那寿筵之类的都已经筹备好了吧？

女　人　是的，我们都已经为父亲安排好了，一定让父亲高高兴兴地过一次生
　　　　日，谢谢关心。

主持人　但是默女士，不知您有没有想过，在这个举国一片哀痛的时刻，办这
　　　　样喜庆的活动，是否有些不太合适呢？

女　人　（愣了一下，局促地）这个……

主持人　这会不会有些不太合时宜呢？

女　人　这个……我倒没想过……

主持人　这的确令人为难啊！八十岁生日一生只过一次，可这样大的灾难，也
　　　　是百年不遇！多少人失去了生命，多少人失去了亲人，多少人失去了
　　　　家园！难道一生为人民呼喊的默林先生，到老了反而置民生于不顾，
　　　　在举国哀悼的时候自己大开宴席，庆祝自己的高寿吗？

女　人　（又急又窘）不不，您怎么能这么说？我们的请柬可都已经发出去
　　　　了呀！

主持人　让我们来看这样一条新闻。汶川的一对新婚夫妇,地震当天下午正在甜蜜地准备晚上的婚宴,谁知宾客还未到来,鞭炮还未响起,地震就吞没了他们的生命。默女士,这对年轻夫妇的生命和默老先生的八十大寿相比,分量更轻吗?那些没能参加他们婚宴的宾客们,之前难道没有收到请柬吗?

老　头　(一阵剧烈地咳嗽,用手帕包起咳出的痰)我不做寿了,我不做寿了。

女　人　(急)爸,怎么能不做呢?您别一时冲动……

老　头　我本来就不想过这个生日。咱们这寿筵也取消了,别说了。

女　人　怎么这样呢,哎,这、这……

主持人　默老先生真是深明大义!相信电视机前的观众朋友们一定会支持默老先生的决定的!好,感谢默老今天来到演播室接受我们的采访!(鼓掌)

　　　　〔主持人继续说,女人扶着父亲黯然起身下场。灯光仍然是两束照在远处〕

主持人　灾难是无情的,爱——是永恒的!灾难是暂时的,爱——是永久的!我们有亿万双手和亿万颗心筑起爱的城墙,什么灾难都会退却!

　　　　胡润百富地震捐款排行榜揭晓!

　　　　明星名人赈灾捐款排行榜揭晓!

　　　　精彩节目不要走开!广告之后为您现场连线姚明!

　　　　〔两束灯熄,全场灯亮〕

　　　　〔主持人接电话〕

主持人　主任,是我错了,连累您了。我这不是想给收视率立功吗?观众就爱看这个……我想着,刘德华章子怡的也不肯来上我们节目,地方台的小明星又不够分量。这默林不是分量又足,架子又小嘛。对对,您批评得对……是我幼稚!是我找错对象了……对对,幸好没播出幸好没播出!是我昏了头,我涮谁也不应该涮他这身份的……主任,您别担心别担心,默老倒是没动气,老实人嘛,知识分子……我们干这活儿也不容易啊,你说还能找谁呢?对对对,流行文化可以随便搞,经典文化绝对不能搞!还是局长有水平!……我一定会好好给默老全家道歉!您放心……对对对,这生日一定得过!……对对对,我也担不起这责任。好,好……对……那您看,下次我们找于丹、易中天总可以吧？哦，那行。啊？余秋雨也可以？太好了！

［暗场］

第七场

［老头坐着，手里拿着信。女儿在给他洗脚］

女　人　这个寿现在您是非做不可了。您看，这不是咱们的家事了。政治局、文化部领导都写信来了。

老　头　我想想觉得那天那个主持人说的是有道理的，那么多人在受难，我怎么还能庆祝自己长寿呢？

女　人　那是那个臭女人在糊弄您呢。想起来我就气，她算是什么意思！现在她被上头说了吧？

老　头　不不，其实是有道理的。这个寿，我不想做。

女　人　爸，现在已经不是您想不想的问题了。我都已经给您都念过一遍了。（拿过信）您听听，"默老先生，对于XX台主持人在上次节目中对您表现出的不尊重，我们已经做了严肃处理。请您千万不要放在心上。您的健康长寿就是全国人民的心愿，请您一定不要取消原定的生日庆祝活动，尤其是在这样的特别时刻——祖国需要一个全民敬重的文化偶像，来增强民族的凝聚力，只有您才能够担负起这样的角色。作为'人民作家'，您一生为人民书写，党和国家都希望您能够晚年幸福。所以请您千万过一个愉快的生日，祝您生命之树长青，艺术之树长青，精神之树长青"。

（高兴）这遍够清楚了吧？爸，这是国家大事了。这信上的话搞得我都有点紧张了。有面子吧？您就高高兴兴地过吧，我要给您体体面面地办！

［老头沉默］

女　人　怎么了，怎么不说话了？哪儿不舒服？

老　头　他们是好心啊，可是我觉得真没意思。

女　人　怎么又没意思了？您面子这么大，领导那么尊敬您，上次那女人说的话，您就别太放心上了。

老　头　我过期了。我自己知道。

女　人　说什么呢您?

老　头　你们和他们统统都知道。我闻着自己的霉味,就是没力气动,心里真想死。

女　人　爸,不是这样的。

老　头　教书我早就不行了,写东西那字我看一会儿就眼花了,别说修身齐家治国平天下了,就连给外孙女讲个故事我都讲不好啊。

女　人　爸,老人都这样。

老　头　(哽咽)我不能这样! 那不是我啊!(激动地脚盆里的水花都溅了出来)

女　人　小心,坐好了坐好了。

老　头　(叹气)你妈妈怕老,我常笑她,其实我更怕。

女　人　别瞎说,爸,您长寿着呢。

老　头　你不懂,我不是怕死。有时候,我甚至情愿早点走掉算了。封建主义、帝国主义、资本主义、"四人帮",这些我统统都可以打倒,只有"老"这玩意儿,我怎么也抗争不了,抗争得越久,你就越没力气。人的一生,你说是太短,还是太长了呢?

女　人　爸,你别想这些费精神的玩意了。照我说,有一天就享受一天。您今晚呢就好好睡,明天早上一觉起来就是您的八十大寿了。其他的事,就交给我们操心!

老　头　(无精打采地)好吧。

第八场

[女人风风火火地指挥工人往台上搬花篮]

女　人　哎哎,这边这边,这个抬到这边来。啊哟,师傅辛苦了。谢谢谢谢!这个往边上放一点。阿亚,这个要往中间放点。这里位子留着,说不定等会儿还会有人送来呢。辛苦了辛苦了!
　　　　[花篮摆满了家中。一派喜气。舞台上还有个屏风]

女　人　志军呢? 志军!(匆匆忙忙跑下台)
　　　　[男人一边打领带,一边上台]

男　人　什么事啊?

女　人　　（匆匆忙忙回到台上）好了没有啊？来来，我来帮你。（打完领带后，
　　　　　　看到丈夫的皮鞋脏了）啊哟，你的鞋怎么脏成这样！自己也不知道
　　　　　　啊！来来，快脱下，我去擦。天哪，这鞋脏成这样，被别人看到不知道
　　　　　　笑话成什么样子了！你可是堂堂大教授啊。快脱下！啊呀，有什么
　　　　　　好扭捏的，已经来不及了！我们做主人的总不能迟到吧。
　　　　　　［男人脱下鞋，女人一把拿过］
女　人　　快点给我。好了好了，你自己其他快点准备吧。我马上就擦好。（一
　　　　　　边说，一边下场）爸妈那儿你再看看需要什么。快去。
　　　　　　［男人穿着袜子站在台上。不知该怎么办。想了一会儿，脱下袜子，
　　　　　　光脚跑下了场］
　　　　　　［老头老太互相搀扶，蹒跚上场］
老　太　　燕妮——燕妮啊？
老　头　　志军，燕妮人呢——
老　太　　这人都到哪儿去了？
老　头　　大家都忙着呢，你这不是添乱吗！
老　太　　我怎么知道这关键时刻，口红就用完了呢。你总不见得让我就这么
　　　　　　去见人吧，难看死了！燕妮啊，快点，把你的口红借妈用用。
老　头　　七老八十了，谁看你啊。
　　　　　　［老太白了老头一眼］
老　头　　啊——"女人啊，上帝给了你一张脸，你还要为自己再造一张脸！"
老　太　　男人啊，上帝给了你一个女人，你还要为自己再找别的女人！
老　头　　（一下子瘪了）好好的喜庆日子，又要跟我扯这个。好了好了，我怕
　　　　　　你。燕妮啊——燕妮——
　　　　　　［两人一边喊，一边下场］
　　　　　　［女人一边戴耳环，一边匆匆忙忙地上台］
女　人　　飞飞！飞飞！人呢？好了没有啊？要出门了！（说着从另一头走出去）
　　　　　　［舞台上的屏风后少女闪出来，丢掉一个烟头］
少　女　　好了。
　　　　　　［女人又跑上场。一看少女穿着一件无领无袖的抹胸上衣，一条超短
　　　　　　牛仔裙，一下子勃然大怒］
女　人　　外公八十大寿，你穿成这样！你知不知道等会儿都有些什么人来吃

饭！你知不知道廉耻！

少　女　总比你好。

女　人　我怎么了？

少　女　你有什么资格，你看你穿的这什么颜色。

女　人　这个粉红色挺好看的呀，我一直最喜欢这个颜色了。

少　女　您都五十岁的人了！穿这颜色不觉得奇怪吗？

女　人　(不安地摆弄自己衣服，没主意地问女儿)那你说我穿什么好？

少　女　像您这种年龄的女人就穿得端庄一点吧，别老爱买这种花里胡哨的
　　　　衣服，我记得你有件灰色的套装就挺好。

女　人　(不服气)那件，你难道让我穿得像个老太婆一样吗？

少　女　您不就……

女　人　你说什么？你外婆那种才叫老太婆！

少　女　好了好了，妈我跟你说，你这年纪，要装嫩就穿白色的吧。

女　人　什么叫装嫩啊，你这是在跟你妈说话吗？

少　女　我是你女儿，所以才会这么跟你说的，别人看到不说，心里肯定要偷
　　　　偷笑你的。

　　　　[女人越来越局促]

少　女　还有你看，你腰围都那么大了，手臂和屁股的肉都那么多了，干吗还
　　　　老穿这种裹得紧紧的衣服啊。

女　人　(局促地把衣服往下拉平)这衣服去年买的，穿着还正好。我一向是
　　　　穿38码的啊，40码的穿不惯。

少　女　你那是不肯面对现实，就是40码的身材干吗老骗自己？中年妇女
　　　　了，该遮的就遮，该藏的就藏吧。还有你这鞋……

女　人　(受不了了)好啦好啦!!不要说了！快进去把这件衣服给我换掉。

少　女　凭什么……

女　人　快给我进去！

　　　　[少女不情愿地到屏风后面去。女人站在屏风前朝她说话]

女　人　一会儿会有很多人来，你说话举止都要注意着些。首先，看到领导要
　　　　有礼貌，这个我也不用教你了吧。

少　女　(不耐烦地)哦——

女　人　最关键的是，肯定会有许多记者来。他们问你问题，你一定要回答得

体，知不知道？

少　女　哦——

女　人　你不知道那些记者啊、媒体啊，他们问的问题有多刁钻古怪。外公他们是不敢乱问的，我们就说不准了，要是你回答得不妥当，有的被他们念一辈子的了。外公的面子都要丢尽了。

少　女　哦——

女　人　我问你，你最崇拜的人是谁？

少　女　你！

女　人　别胡闹，好好说。

少　女　梁朝伟！

女　人　胡闹，快来不及了。

少　女　我的外公，因为他不仅是一名优秀的作家，更在做人上指引了我——

女　人　你接下来想进什么大学？

少　女　我什么大学都不想进。

女　人　（大怒）你敢这么说！好好给我说！志愿表上是怎么填的！

少　女　我想进国立中央大学——

女　人　那你大学毕业后想从事什么职业？

少　女　我想在咖啡馆做招待生。

女　人　你说什么？

少　女　我想在咖啡馆做招待生。

女　人　你是不是疯啦？

少　女　我才没有疯呢。你想想，还有比这更美的职业吗？

清晨我来到咖啡馆，推开玻璃门，用喜力啤酒的小瓶子盛满清水来擦拭原木的咖啡桌，在每一张桌子插上一枝马蹄莲。我打开了电唱机，轻如薄纱的音乐就弥漫在整个咖啡馆里。接着，第一位客人就进来了。先生，请问您要点什么？意式浓缩，好的。我打开咖啡机，是蒸汽式的那种，嘶——地一下，你可以感受到气流疾速穿过每一颗粉末，然后，咖啡的浓香就起来了。不客气，先生。他坐在那儿，喝咖啡，看最新的报纸，我坐在吧台后面，阅读诗集。

慢慢地，人渐渐多起来了。这样的忙碌我也觉得很愉快。一杯拿铁，好的，卡布奇诺，好的，摩卡，要不要加奶油？每一个名字都代表着一种奇妙的组合。屋子里咖啡的香气渐渐浓起来了。我就放下诗集，和有趣的人聊聊天。他们知道许多有意思的事，他们中有些人从远方来，会告诉我一些我从来没听说过的见闻。我不会记得他们每个人的面容，但我会记得他们脸上喷出咖啡的热气，哈哈大笑。他们中也许会有人偷偷送我玫瑰花，我会矜持地收下，再给他的咖啡打个折。

到了午夜，那是最好的时候。橘红色的吊灯把每个人照得是那样可爱。他们围坐着谈论文学、音乐，或者明天的天气。而我趴在原木的桌上，写下心里冒出来的诗句……

女　人　那你的生活怎么办？

少　女　这就是我的生活啊。

女　人　我是说你不能一辈子就做一个服务员。

少　女　为什么不能？

女　人　那像什么话，我们家世代书香，都是劳心者，而你却自甘堕落做劳力者。

少　女　我还写诗啊。

女　人　谁来给你出版？

少　女　我不需要出版啊，我把它们和许多风景照一起贴在咖啡馆的墙壁上。

女　人　这种职业没地位的！我们从小到大就苦心教育你，你到现在怎么会有这种想法呢？而且成绩差得简直不像我们亲生的！天哪！

少　女　什么叫有地位的职业？

女　人　就像你外公这样、你爸爸这样，高级知识分子、专家学者，受人景仰。至少也要像你妈这样，重点大学毕业，有一份稳定、体面的工作。飞飞啊，我们都盼着你接外公爸爸的班啊！

少　女　好啊，那我可以干什么呢？做第二代默学研究专家吗？

女　人　那是再好不过的了！学术地位崇高，你又是默林的家属，有着别的学者无法比拟的权威性。

少　女　就像爸爸一样？

女　人　对啊！就像爸爸一样！多好！

　　　　［少女不作声］

女　人　穿好了没有，快点，我们做主人的迟到像什么样子。

［少女从屏风后面走出来，脸上都是眼泪。身上的衣服还是和之前一样的］

女　人　你怎么还没换！来不及了要，你别想就这样出门。哭什么哭，现在知道自己成绩真的离国立中央大学有差距了吧？

少　女　我不想去了。

女　人　不想去哪儿？国立中央大学还是吃饭？

少　女　都不想。

女　人　你敢！说你几句就闹脾气。这个节骨眼上别给我添乱！外公过生日，外孙女不去，像什么话。我们大家都准备好了，就差你了。

少　女　我不想跟一大堆莫名其妙的人见面，回答我根本不想回答的问题。你去问问外公外婆，你以为他们真的想去吗？

女　人　你这是什么意思？外公外婆老糊涂了，想去不想去他们自己也弄不清。

少　女　你以为爸爸也真的想去吗？

女　人　你这是什么意思？他为什么不想去？

少　女　你当然不会考虑别人的感受，你只知道自顾自地张罗，上电视见领导，和和睦睦的一家，多有面子啊！

　　　　［男人匆匆忙忙地上台］

男　人　好了没有啊？好不容易说服爸了，你们再拖下去说不定他又说不去了。

女　人　谁说不去！

男　人　（见女儿眼睛红红的）啊哟，宝贝女儿，谁又欺负你啦？

女　人　谁敢欺负她啊，你又护着她！都是我不好，都是我不对！

男　人　这是怎么啦，好好的？

女　人　她说不去了。

男　人　啊呀，不去怎么行，外公要生气的啊。

少　女　爸，您那么多年来就是这样！

男　人　怎么又扯到我了？

少　女　您对外公永远是一副卑微的姿态。

男　人　什么话！再说外公是我的导师、我的岳父，也是我事业的全部。

少　女　在这个家里不是怕外公就是怕妈妈，全听别人的，爸，您活得太窝囊了!

女　人　你不用挑拨离间!

男　人　(尴尬地笑)没想到爸爸给你这样的印象啊。

少　女　(冷冷地笑道)怎么会有一门职业是以研究外公为生的呢? 所有人都
　　　　对您充满尊敬,可是我却暗地里想了十七年都没有想通。怎么可以
　　　　把一生的事业都寄生在别人的事业上呢? 这个人还是天天活在你身
　　　　边的人,你每天看着他穿衣吃饭,帮他洗澡,亲眼看他发脾气说蠢话,
　　　　您真的从没有怀疑过自己事业的意义吗?

男　人　(愣住了)飞飞,你怎么能这样想? 我一直以为有一天你也会继承爸
　　　　爸的事业。

少　女　我不会的。爸爸,虽然外公这一生的成就很宝贵,但我的一生也宝贵
　　　　得很。

男　人　你的意思是我在浪费生命?

少　女　您不觉得吗? 你们都不觉得吗?

女　人　胡说什么! 爸爸不知道多受人尊敬!

少　女　好吧,我当上了第二代默学专家,默林文学院第二任院长。请问,那
　　　　以后我的丈夫也做上门女婿,我的孩子也跟我姓默吗?

男　人　(受到伤害)飞飞……爸爸有点认不出你来了。

少　女　爸爸,我问你,那么久以来,你有没有,哪怕一瞬间,有没有不那么确
　　　　信过? 哪怕一瞬间!

男　人　不确信? 默学的思想核心就是"对生活的坚信、对事业的坚持",我做
　　　　外公著作的研究三十年,怎么会不确信呢? "啊——长夜中的明灯,
　　　　就是你心中那时刻不曾熄灭的信念! 它鞭策着你,保护着你,指引着
　　　　你,向那遥远而未知的——"

少　女　(打断)爸爸,那不是你,那都是外公的,你把这一切都搞混了……你
　　　　把自己也放在里面搞混了。现在你们还要把我也拖下去继续浪费
　　　　生命!

女　人　怎么能这样说爸爸的工作!

少　女　爸,你有没有想过,如果你不做现在这份工作的话,你会做什么?

男　人　我大学里就开始做默学研究了,后来跟着你外公读博,毕业了留校教
　　　　的也是这个,一直都很顺,还真没想过这问题。

少　女	你也不是生下来就认识外公的，每个人都会有一些最初的理想。除了研究默林，您就真没别的想干的事吗？（试图启发）比如当飞行员？比如拍电影？
男　人	默学研究还是挺有意思的，你以后会知道的。你外公很伟大啊。
少　女	要是这世界上没有默林，那你该怎么办呢？
男　人	这世界上怎么能没有默林呢！那太、太不可想象了！不光文学史，连中国近现代史说不定都要改变了。
少　女	有什么不可以想象的，你努力想一下啊，如果没有默林，你现在会干些什么？
男　人	我……现在……可能在研究巴金吧。
少　女	（失望地）爸！你就非得靠研究别人过活吗？
男　人	对了，我可能也会搞点创作！
少　女	（兴奋）你现在也可以啊！我支持你！
男　人	（有些兴奋）我是有尝试着写一些，以这些年中国的变迁为背景，反映新时期的时代洪流，名字就叫"新激流三部曲"！
少　女	非常好啊！虽然……名字有待商榷。
男　人	但是……我感觉……不太会成功的。
少　女	为什么不会！
男　人	我不知道这个世界没有默林会是什么样子，但是幸好是有的，我看了你外公的著作，再看看自己写的，才意识到自己需要努力的还有很多，才意识到自己的渺小！于是我就拼命看、拼命想、拼命学，可是……仿佛看得越多，觉得自己越发渺小了……我想我这辈子是没有希望成为默林了。
少　女	而这时候你突然发现你积累的研究正好够做一名默学专家了。
男　人	是啊，（自嘲地笑）也算是柳暗花明又一村了吧。
少　女	（失望）爸，我情愿你不是什么默林文学院院长，我情愿你还在艰难地创作小说，哪怕不成功，哪怕默默无闻，而不像现在这样是什么大教授、社会名人，默林的上门女婿！
女　人	你给我闭嘴！
少　女	我不想也变成这个样子！你们总是喜欢把自己把别人一大堆人绑在一起，走一条路。我只是想要一点自由，能不能给我一点自由！我求

你们了！

女　人　你想做什么？你说的那种工作赚一点点钱能养活谁啊！

少　女　我自己啊。

女　人　太没有保障了！万一你生病了怎么办？买不起房了怎么办？你以后孩子的学费怎么办？你怎么养老？

少　女　我不要那么多保障！我可不想那么远，我不要用一生的快乐去换这些很久很久以后才需要的保障。我不要像你们一样一辈子活得那么安全。

男　人　飞飞，你现在太年轻，你还不懂人生有多长，爸爸妈妈不舍得让你孤军奋战。等你渐渐老了，没力气了，被许许多多东西套住了，你才会知道，它长得超出你现在的想象。

少　女　我就是因为知道这个才不愿再浪费。人真正能享受生命的时间有多长，为什么你们老是要剥夺！我看到外公外婆心里就难受，那也叫活着吗？我要是变成了这么老，我情愿赶快死掉。

女　人　你怎么能说这样的话！你这个不孝子！（一个巴掌掴在少女脸上）

少　女　你知不知道，我更不要变成你这个样子！我不要发胖到每件衣服穿起来都那么可笑！我不要老了还买粉红色桃红色翠绿色的衣服让人笑！我不要脸上不停地长皱纹不停地抹面霜不停长皱纹不停抹面霜！我不要开口就跟吵架似的还说个没完！我不要逼着别人干不想干的事！我不要让父母丈夫孩子看到我都讨厌！我不要进入更年期！我情愿在此之前就死掉！

　　　　　［女人愣住了］

女　人　（颤抖着）你说什么？

男　人　飞飞，快给妈妈道歉！

女　人　（颤抖着眼泪落下来）你说什么？

　　　　　［少女有点胆怯，但倔强着不开口，由于情绪激动，身体也在不停地颤抖］

男　人　（对女儿）你懂什么！等你到了你妈的年纪就知道你妈的辛苦了！

女　人　飞飞，你不知道你有多么骄傲，有时候你的尖刻就像一把刀一样扎在我的心里。你的眼睛里容不进一粒沙子，这怎么可以？你不明白，这怎么可以！（说不下去了）

如果可以，每个女人当然希望永远停在你这个年龄。我还记得生完你的第二天，我在浴室照镜子看到自己，那一刻我近乎崩溃，我的身材完全被毁掉了。作为一个女人，我无论如何都无法接受这样的变形。我在里面关了两个小时，号啕大哭。但是当我给你喂奶，捧起你的小脸，我什么都不介意了，我告诉自己，这一切都是值得的。然后我看着你一天天长大，仿佛我的生命和希望都注入了你的身体。而今天你来跟我说，如果你以后这么胖情愿死掉——你不知道，你有多残忍。

男　人　默飞，快给你妈道歉！

女　人　（摆摆手，继续说。语调平静了点，但哽咽着）你才十七岁，以后有大把大把的好时光，整个世界接下来都是你的，你知道的。你为什么要这样急？急着穿那些衣服、急着离开我们、急着提醒我们时间已经不多了。你再等一等又有什么关系？再稍微等一等又有什么关系！就当是妈妈求你……

少　女　妈……

女　人　志军，有时候我也想细声细气地说话，可是我自己控制不了，我说着说着就……我也知道自己现在不可爱。你的眼里现在只有这个宝贝女儿了。呵呵，哪儿有妈吃女儿的醋的。

男　人　哪儿的话，燕妮，咱们现在就去吃饭，快把眼泪擦了。

少　女　妈，咱们这就出门吧。

女　人　你们都不想去，我干什么一个人还兴致勃勃的呢？（整个人如同失去了力气）你们是对的，我今天才发现，这件事的确太没意思了。

少　女　妈你别哭了，你哭得我也想哭。

男　人　燕妮，我们都是要去的。

女　人　志军，我不会再逼你做你不想做的事了。

男　人　不是这样的！

女　人　（看了看他）这么多年来委屈你了。（消沉地走下场）

男　人　燕妮！不是这样的！
　　　　过去我的确从没想过这件事。可这阵子，我突然想，这世界少了默林不行，可少一个默学研究专家也许无所谓的吧。这个念头老缠在我脑子里，快把我逼疯了。我也不是没担心过会被人一辈子说上门女婿,索性当初一负气也就……可是那样,我也就没有你和飞飞了呀。

少　女　爸……

男　人　不管怎么说,一想到这么多年我的收入养这个家,让你和妈妈衣食无
　　　　忧,一大家子平平安安的,我就觉得要是少了我这个默学研究专家还
　　　　是很有所谓的。一切就都有意义了。

　　　　［男人也走过去拉住妻子劝慰］

少　女　妈,我们今天要高高兴兴地去吃这顿饭,今天是个喜庆的日子。

　　　　［老头老太互相搀扶着蹒跚上场］

老　头　好了没有啊? 女人家出门就是婆婆妈妈。

　　　　［女婿忙上前扶］

男　人　好了好了,我们这就要出门了。

少　女　是啊是啊,都准备好了。

女　人　(偷偷快速地擦了擦眼睛,笑着对两老人)是啊,让爸妈久等了,咱们
　　　　这就出门。

老　太　好了好了,走吧。

　　　　［一家人热热闹闹地出门］

　　　　［走到门口,突然停下了。老头在原地僵立了一会儿,慢慢地倒了下
　　　　去。家人尖叫］

　　　　［暗场。救护车声］

第九场

　　　　［医院走廊。女人和老太坐在长椅上］

女　人　妈,你喝点水吧。

老　太　(伤心的声音都变了)我怎么喝得下呢。你爸还在里面躺着!

女　人　您在这空着急也没用啊。

老　头　你说你爸会不会有事?

女　人　妈,您问过多少遍了。爸肯定不会有事!

老　太　他要是敢抛下我先走,看我饶得了他……(忍不住就哽咽了)

女　人　妈,您别瞎想。

老　太　往日他没让我少生气,可这会儿记起的全是好处。

女　人　是啊。

老　太　（紧张地）你说，会不会全怪我上次那话说坏了？

女　人　什么话？

老　太　就是上次地震之后，我说我和你爸的命可真是长得没完没了……

女　人　妈，这您也信！亏您还是老共产党员呢。

老　太　我说错话，怎么报应在他身上呢？燕妮啊，妈这心里太慌了。

女　人　这里是全市最好的医院，最好的主任医师在给爸开刀呢。再大的病
　　　　也会给看过来的。

老　太　我和你爸平时老觉得活那么长没意思，可到了这会儿，一想到……燕
　　　　妮，你爸千万不能有事啊！

女　人　妈，您别瞎想了

老　太　这次他要是好了，他过去做的那些花花事儿，我以后全不跟他计较
　　　　了，再也不翻他老账了。只要能好！

女　人　（又好笑又感动，握着老太的手）妈。

　　　　［老太拍拍女儿的手］

女　人　妈，您睡一会儿吧。一有消息我就叫醒您。

老　太　我怎么睡得着呢。

女　人　您一定要保重身体啊，别爸好了，您又倒下了，到时候爸也像这样操
　　　　心您。

老　太　好吧，你可一定要叫醒我啊！

　　　　［老太闭上眼睛斜卧在长椅上。女人坐在一旁］

　　　　［过了会儿，老太睁开眼睛看了一会儿女儿］

老　太　燕妮，你有心事。

女　儿　妈您怎么还没睡？

老　太　志军是个老实人，爸妈都放心他的。

女　儿　看您想到哪儿去了。

老　太　呵呵，都是让你那风流老爸给影响的。那你有什么心事，跟妈说。

女　儿　这会儿就是在担心爸爸啊。

老　太　不像。不光是这个。

女　儿　我觉得，飞飞这两年仿佛都和我没那么亲了。

老　太　傻丫头，胡说。

女　儿　你不知道现在的女孩子嘴巴有多厉害,一张口能噎死你。

老　太　你以为你十七八岁的时候逊色了? 你比飞飞还厉害呢!

女　儿　我哪会!

老　太　你那时候正出落得是花一样的年纪,又要求进步,剪一头齐耳短发,一身军装,英姿飒爽。你知不知道你回来指着我的鼻子骂什么? 你骂我像个地主婆。哈哈。我当时心里可不比你现在好受多少。你爸还护着你。真是气得我啊!

女　儿　天哪,我真这么干了? 我一点都不记得了。

老　太　你们这些小姑娘啊,狠着呢。不过我一点也不怪你,我知道你总会慢慢明白事理的。你现在不是长大了吗? 我当时也不好,骂你弄得不男不女,其实我得承认,那么穿确实挺好看。

女　儿　妈,真的是这样吗?

老　太　就是这样的,过几年你就明白了。

女　儿　过几年我也彻底老了。

老　太　傻丫头,真的到了那个时候你反而都不怕了。不要急,你们都太急了,妈也是。日子长着呢,慢慢就什么滋味都咂摸出来了,你以为这日子是白过的啊。

女　人　妈,您心里其实什么都知道。

老　太　(得意)那当然,不然怎么能在这个死老头子身边待了六十多年呢。你们以为这是个容易活儿吗?
　　　　［女人笑］

老　太　还有……燕妮啊,我有种感觉,飞飞这孩子和你和志军都不太一样……她身上有些东西,不太一般,我也说不上来……倒是,有点像你爸。

女　人　(意外)就她这死丫头……(寻思着,有了笑意)就她这死丫头!
　　　　［少女突然冲了过来,上气不接下气。女人和老太一下子高度紧张］

少　女　外公……外公他……手术成功了! 脱离危险了!
　　　　［暗场］

第十场

［病房里，一家子围在老头身边］

女　人　爸，您吓死我们了！

男　人　没事就好，没事就好！谢天谢地！

少　女　外公，等您休息好了，我给您念好多好多报纸！

老　太　（喜极而泣）臭老头子，吓死我了，我还以为你赶不及要过去找那个女诗人了呢！

［老头发出微弱的声音。大家都安静下来凑过去听］

老　头　我想……我想……

大　家　什么什么？嘘！"我想"——什么？

老　头　我想吃——

少　女　外公说他想吃！

女　人　爸，您想吃什么您尽管说！

老　头　我想吃——

［大家都努力地把头凑过去］

男　人　想吃什么？

老　头　我想吃……

女　人　什么？您慢慢说，不着急——慢慢说——

老　头　我想吃……新奇……新奇士橙！新奇士橙！

国家"双一流"建设学科"南京大学中国语言文学艺术"资助项目
江苏高校优势学科建设工程"南京大学中国语言文学"资助项目
江苏省2011协同创新中心"中国文学与东亚文明"资助项目

南京大学戏剧学科百年传统研究丛书

南京大学戏剧创作集 [下]

吕效平 编

南京大学出版社

脏 爪

或如何拍一部了不起的纪录片

赵秉昊 著　淡豹 译

赵秉昊　1988 年出生于河南郑州,2006 年考入南京大学中文系,2010 年以剧本《微观世界》毕业于戏文专业,同年考入美国哥伦比亚大学戏剧系读研,2013 年毕业,获硕士学位。代表作品有话剧剧本《脏爪》、电影故事片《热带往事》(编剧)。

《脏爪》2015 年获首届"全球泛华青年剧本创作竞赛"二等奖,发表于《戏剧与影视评论》杂志 2015 年第 5 期。

穷山恶水,悍妇刁民。

——中国谚语

与恶龙缠斗过久,自身亦成为恶龙;凝视深渊过久,深渊将回以凝视。

——弗里德里希·尼采

人物表

陶冶,24 岁,男,新近从大学毕业

"老板",58 岁,男,酒庄经理

瘦子,15 岁,男,工人

疤脸,15 岁,男,工人

马叶,14 岁,女,工人

本剧发生于如今的中国西部地区,一家位于新疆维吾尔自治区的葡萄园和酒庄。酒庄名字从未出现。各场具体地点、时间,如下所示:

第一场,"老板"的办公室,夏末初秋的某个上午;

第二场,砖房,当天晚些时候;

第三场,砖房背后,当天夜里;

第四场,葡萄园,几天后;

第五场,砖房,两天后;

第六场,"老板"的办公室,一周后。

短暂的中场休息,宴会厅,五天后。

第七场,宴会厅,当天晚上;

第八场,地窖,当天夜里;

第九场,地窖,午夜时分。

第一场

【办公室里,灯亮着。一张桌子,两把椅子,一叠纸。

【悬挂于天花板的吊扇正在旋转,摆在桌子上的一架电风扇也开着,但陶冶似乎仍然难以忍受屋内的热浪。他不断擦拭前额的汗。老板比陶冶年纪大得多,他穿着一件不合身、颜色古怪的西装,衬衫没有掖进裤子里。他坐在桌子后,面对陶冶。

【**片刻静默**。

陶　冶　我的意思是，假如你可以在真正的丛林里生活，那在混凝土的丛林里生活有什么意义呢？——在政府和媒体眼中，农村贫困、落后，而城市化是必要措施。我认为他们大错特错。他们这是有意回避事实，这个国家人口基数庞大，尤其是受压迫的底层工人、农民阶级数量众多，伴随着如此沉重的负担，那条所谓的基准线我们永远也达不到。历史已经无数次证明，我们的精神植根于土地，而政府却坚持将所谓"人民的"土地卖给房地产开发商，或拿去发展制造业，就好像那能有益于人民——好像那样就能根除农村的贫困问题。——我们没有未来。这就是我的看法，无论过去这些年我们赚了多少"热钱"，怎样自以为"这条东方巨龙已经醒来"了。我们没有未来。（**停顿**）对不起——您刚才问什么？

老　板　我只是问你这一路坐车顺利吗。

陶　冶　还行。（**停顿**）我是说，不怎么样。一路上都不怎么样。有只鸡在我鞋上拉屎，而且——这儿的人——好像在公众场所大小便一点儿都不害臊。

老　板　没错。都是垃圾。（**停顿**）所以，陶冶，你已经毕业了？电影学院，是吧？

陶　冶　总算毕业了，六年。信吗？

老　板　你？我信。——你爸怎么样？

陶　冶　还行，我猜。我不知道。我们最近没联系。

老　板　咋了？

陶　冶　他想给我买辆卡宴。

老　板　卡宴？

陶　冶　就是保时捷 SUV。二奶专座。大烟囱。

老　板　——啥？

陶　冶　空气污染到这程度——我现在已经改吃素了。保护地球。

老　板　我没听明白。有啥关系？

陶　冶　关系是我根本不想要新车。我不想用他的信用卡。不想要他的海滨别墅、他的游艇、他收藏的古董莱卡相机、他的用人，他的私人秘书——那秘书的红脸蛋儿就像长了脓包的猴屁股。我不想要他的公司。我不想要他的生活。

老 板 （呛了口水）嗬……嗬……倒回去点儿。你说公司咋回事儿？

陶 冶 他要退休了，要把公司留给我。

老 板 他的公司？你知道这酒庄是公司的一部分，对吧？而我是这儿的
经理——

陶 冶 无所谓。我不会要这个公司的。

老 板 （在想）好。好。（停顿）所以你拒绝了你爸，因为他想把公司交
给你——

陶 冶 加上一台耗油量大得出奇的车。这有什么意义？我又没有中年
危机——

老 板 嗯，一台值钱的车，加上一大笔钱——

陶 冶 还有股票。还有他的秘书——

老 板 股票。股份。钱和女人。这些东西你一点儿都不想要？你反倒来这
儿，来"学"摘葡萄。

陶 冶 还有酿酒。不过，是，你说得对。

【停顿。

老 板 你他妈的疯了吗？

陶 冶 怎么了？

老 板 我是认真的。

陶 冶 这是为了拍一部纪录片。

【他拿出一架摄像机，开始录。

老 板 纪录片？这他妈搞什么？关掉。现在就关掉。你这是给电视台拍？

陶 冶 不不。

老 板 要是的话，你看——（他把桌面上的文件全扫进了抽屉，锁上）我的生
意可都是干干净净的。

陶 冶 我不是给电视台拍的。

老 板 那是给政府？工商局？农业部？发改委？粮油司？打假办？计生
委？妇联？哪个？！

陶 冶 不是，我不是——

老 板 （对着镜头）我没做过假账。交税从来没晚过一天。我不支持任何形
式的"疆独"，对党的领导绝对忠心。作为一个党龄二十五年的老党

　　　　员，我还自己抓过一个暴徒，他想在我卡车里放炸弹——

陶　冶　我跟政府一点儿关系也没有。

老　板　真的？

陶　冶　我以为我在电话里已经说明白了。我刚从大学毕业，现在还没读研究生。我想改变一下生活的节奏。你知道的，让手上沾点儿土。（**骄傲地；手指摄像机**）至于拍这部纪录片的原因，我是对酿酒业有特殊兴趣，因为，你知道，看到这个国家的新兴中产阶级往红酒里加雪碧或可乐，简直太可笑了。

　　　　【略微放松下来的老板正要打开一瓶家庭装可口可乐。

老　板　哪里可笑？

陶　冶　（**注意到了**）没什么可笑的。

　　　　【停顿。老板直接对着瓶口喝可乐，又打了个响亮的嗝。陶冶想说些什么，老板又打了个嗝。

陶　冶　李叔——

老　板　叫老板。

陶　冶　什么？

老　板　在这儿——你得——叫——老板，要是你想在这儿干活。

陶　冶　好的。

老　板　好的，然后呢？

陶　冶　好的，老板。（**停顿**）摘——唔——摘葡萄难吗？

老　板　无论什么人，只要长了眼睛、手、肩膀，就能摘葡萄。猴子都能摘葡萄，其实猴子摘得还更好呢。看到我的肩膀了吗？

陶　冶　看到了。

老　板　你看到了什么？

陶　冶　头皮屑？

老　板　（**当没听见**）看这肩膀宽的。这是干活儿人的肩膀。

陶　冶　对，对。

老　板　看到我的手了吗？

陶　冶　看到了。

老　板　你看到什么了？

陶　冶　看这手宽的！

老　板　这手厚实、粗，而且还——

陶　冶　是，当然了。

老　板　给我看你的手。

陶　冶　要看手相？

老　板　就看看。

陶　冶　看见什么了？

老　板　（**抬起头，把他的手推开**）又白又软，一按就出痧了，跟桃子似的。

陶　冶　那——那怎么样呢——老板？我在这儿干活的事儿？

老　板　说实话？

陶　冶　说实话。

老　板　说实话，现在这时候，无论什么人，只要会抠鼻子，我都雇来摘葡萄
　　　　了。今年我们收成好，但这些人看不上摘葡萄这活儿。

陶　冶　那我的纪录片怎么办？

老　板　什么怎么办？

陶　冶　我可以拍吗？

老　板　你到底打算拍什么？

陶　冶　唔——我还不知道。可能拍着拍着就知道了。

老　板　我他妈不管你电影那些破事，只要你别把我酒庄给炸了。你平时自
　　　　己干吗，跟我一点儿关系没有。（**停顿**）还有件事，我要付你工资吗？

陶　冶　显然得啊！你看，整个这件事的关键是，我，一个城里来的富家子弟，
　　　　在田里白手劳动，挥汗如雨，播撒青春和鲜血——我就打个比方。

老　板　血，你是能看到不少。

陶　冶　什么？

老　板　好吧。欢迎。

【**快速换景。**

【**陶冶以为会面已经结束，但当他离开时，老板走到他面前，向自己的
手掌心吐了口唾沫，又向陶冶伸出手。陶冶愣了一下，有些犹豫地也
冲自己的手心吐了一口唾沫。他们握手。**

第二场

【旧砖房中，灯亮着。

【这是座很小的梯形砖房。屋内，有三面墙贴满报纸，第四面墙上有一扇门，挂着木制门闩。房屋中心是炕，炉灶口关闭着。床上有一张小炕桌。

【一个十几岁的男孩子坐在桌边，正在一张纸上写写画画。画完，他拿出塑料袋中最后一块糖，吃掉，把塑料袋翻了个面儿，贪婪地舔舐沾有糖的塑料袋内侧。他个子不高，胖得很，眼睛圆而无神，长着削肩膀。他说话声音大而空洞，类似于卡通人物。假如他不是总把嘴张得那么大，他的脸倒算得上好看；不过，那样的话，他大概也不会显得这般迟钝。他穿的衣服对他来说太紧了。他是"瘦子"。

【另一个男孩子走进屋子。他简直是第一个男孩子的反面，瘦，动作敏捷灵巧，眼神不安分，一张脸棱角分明。他穿着个白背心，不合身的大号长裤，像是从谁那儿偷来的似的。他走路快得如同乘着风。他是"疤脸"。

疤　脸　我操，太热了。

　　　　【他走到水桶前，舀了一勺水，浇到头上。

瘦　子　就是。

疤　脸　又着了场火，更热了。

瘦　子　又着火了？

疤　脸　大爆炸。炸得那叫一个厉害。知道吧？血糊里拉的。

瘦　子　你当时在那里？

　　　　【疤脸又舀了一勺水浇头。

疤　脸　没。我跑了。

瘦　子　噢，也是。

　　　　【疤脸走到挂在墙上的镜子前，细看脸上的粉刺，弄了弄自己那精心修剪过的半像男人、半像男孩的胡子。

疤　脸　（边挤粉刺边说）还不行，这颗还没长熟。（退后一步，看着镜子中的自己)我看起来怎么样?

瘦　子　(**没抬头**)帅呆了。

　　　　【**疤脸走到瘦子身边,故意弄乱他的画。**

疤　脸　我问你个问题,你得注意了,得听得真真儿的,回答得说实话。懂了吗?(**停顿**)瘦子,你再说一遍,我看起来怎么样?

瘦　子　你——你帅呆了。

疤　脸　好。

瘦　子　是又得去葬礼了吧?

疤　脸　是啊,自打上回炸完,死的越来越多,堆成山了。下次你也来参加吧。给钱多着呢。

瘦　子　葬礼太难受了。我不愿意难受。

疤　脸　你有毛病吧你?要是哪个没孩子的老狗倒霉,意外翘了辫子,找人去演他儿子,演完就拿钱,你他妈的当然去演啊!你他妈的得把嗓子哭哑,去把死人身上的土啊血啊臭气啊统统洗掉,懂了吗?你给那些都没人样的脸上涂上粉,塞上棉花。懂了吗?要讲专业,这就是专业。你把掉下来的胳膊腿儿啊给缝回去,找个圆的玩意儿塞到他眼眶里当眼珠子用——(**呕吐**)——呵,操,行吧,对。不行。太恶心了。不行,不行,我再也不想摆弄那些眼珠子都没了的混蛋玩意儿了,至少今天绝对不干。(**把自己控制住**)——不过嘛,这事儿还能让你弄弄寡妇。

瘦　子　你弄过寡妇?

疤　脸　(**难以令人信服地说**)对。

瘦　子　可你是去葬礼上演儿子的。

疤　脸　老女人的奶子才叫甜哪。

瘦　子　可你是去演儿子的。那就像是弄你自己的——

疤　脸　咱俩可没那种问题,对吧?没爹没娘,孤——儿。

瘦　子　(**有点不高兴**)别那么叫我。我不爱听。

疤　脸　不爱听也是真的。

瘦　子　老板知道你拿着他给你的钥匙偷偷跑出去吗?

疤　脸　(**威胁他**)不知道。你最好一个字儿也别说!

瘦　子　哦。

【停顿。瘦子心情有些低落。

疤　脸　喂，哥们儿。（停顿）哥们儿？看我给你带来什么了。

【他拿出一枚戒指。

瘦　子　你从哪儿弄来的？

疤　脸　就从那租拖拉机的小气鬼指头上撸的。记得他吧？死了。眼瞅着他七零八落地要送进去火化了，我就给它撸下来了。嘿嘿，动作快。疾如闪电。（把戒指扔给瘦子）拿着玩儿吧。放咱们那个盒子里，知道吧？

瘦　子　妈呀，够大的。是真黄玉吗？

疤　脸　废话。

瘦　子　能值多少钱？

疤　脸　 起码半亩地吧。五头羊。我也不知道。够大玩儿一场的，够找个——找个老婆。

瘦　子　你才十五。

疤　脸　已经在找了。

瘦　子　你哪儿都去不了。

疤　脸　怎么不行？

瘦　子　老板让我看着你点儿。

疤　脸　我带你一块儿走。真的，哥们儿，我带你一块儿走。（停顿）你想，咱们去哪儿都行，干啥都行。咱俩只要再多攒点儿本钱就行了。

瘦　子　今年年景挺不错的，葡萄收成好。

疤　脸　摘葡萄能赚几个钱哪？你那木头脑袋不会数数儿吗？

瘦　子　我不是木头脑袋，疤脸。

疤　脸　你也不精。（停顿）我跟你讲咱俩下一步怎么办。咱俩把老板的摩托车偷来，骑到镇上去，那儿有啥咱俩就偷啥，偷完就跑。要是咱俩愿意，还可以去人家里抢东西。那么多空房子，谁都不会知道。拿完就跑。嘿，那儿都乱成一锅粥了，这时候咱俩可得上啊。

瘦　子　去帮忙？

疤　脸　去和人一块儿抢。过节啊！轰！难道你不激动吗，瘦子？不会吧？咱俩的机会可是来了。我的心跳得可快啊——

瘦　子　要是叫人看见怎么办？

疤　脸　嘿嘿,所以咱们得带上老头儿那杆猎枪。打他们,娘的。谁挡咱们的
　　　　道儿,就开枪打谁。

瘦　子　你认真的?

疤　脸　当然。怎么样,一块儿上吧? 瘦子? 一块儿上?
　　　　【瘦子在想。他拿出另一大袋糖,紧张地吃了起来。

瘦　子　我不知道,疤——
　　　　【门闩被抬起来了,他们不得不中断谈话。陶冶走了进来。

陶　冶　你们好。(停顿)我猜,我是住这儿吧。室友?(停顿)好。好。我还
　　　　没有过室友……从来都没有。哦,有保姆。那是几岁来着?……嗯,
　　　　那不能算。上学的时候我自己住外面。(停顿)我是——我很期待和
　　　　你们一起劳动。

疤　脸　(冷淡地)你他妈谁啊?

陶　冶　陶冶。我刚来——

疤　脸　你是新来的剪摘工?

陶　冶　是吧。广袤西部的一条小鱼。(自言自语)沙漠里的一条鱼。(停顿)
　　　　那是洗手间? 淋浴房在哪儿? 谁给我们洗衣服? 吃饭是几点啊? 先
　　　　跟你们说一声,我不吃肉。不过最关键的是,你们——多大啊? 我可
　　　　以问吗——

疤　脸　行了。打住吧。你可赶紧——打住吧。

瘦　子　他这是——说什么呢,疤脸?

疤　脸　他已经把我搞得头疼了。

陶　冶　(拿出摄像机)我能问你们几个问题吗?

疤　脸　你问的已经够多了。
　　　　【瘦子抢过摄像机,在手里把玩。

瘦　子　厉害,我还从来没见过这种玩意儿呢。

陶　冶　小心点!
　　　　【瘦子和疤脸在一人投,一人接。

疤　脸　想要就来抢?

陶　冶　这不是玩具。

瘦　子　我看当玩具挺好的啊。

陶　冶　二位,停! 停! 这玩意儿也不便宜。

【瘦子和疤脸的眼睛都亮了起来。他们停下来。

疤　脸　瘦子，你听到人家说什么了。还给人家。

【瘦子不情愿地把摄像机交给陶冶。

陶　冶　谢谢。

【静默。

疤　脸　你东西放那儿就行。我们打扫过一遍。

陶　冶　所以你们知道我要来？

瘦　子　是啊，老板告诉我们了。他说，"有个怪了吧唧的小孩要来跟你们一起摘葡萄。他要拍电视还是怎么着。好好照顾他，不过你们当心，什么该说什么不该说，你们心里有数。尤其是你，瘦子"。他就指着我说的。

陶　冶　是吗？

疤　脸　（打断）你脑仁儿还没葡萄大。能不能闭嘴？

瘦　子　怎么？我说错了什么吗？

陶　冶　没有。

疤　脸　你说呢？！

【停顿，看着彼此。

陶　冶　接着说。

疤　脸　赶紧闭嘴。

【停顿，瘦子很困惑。

陶　冶　（拿出笔记本）你在这儿打工多久了？

疤　脸　（同时）别说了。

瘦　子　疤脸，我也开始头疼了。

疤　脸　你饶了他吧。这个葡萄园人人都知道他是个傻子。（对瘦子说；此时瘦子正摇头，作出"不，我不是"的口型）你不是还得去把明天用的箱子刷干净吗？

瘦　子　哦，对。疤脸，谢谢你提醒我。

【疤脸把他送出去，关上门。他透过窗户向外看。

疤　脸　不好意思了，他不是故意要冒犯你的。

陶　冶　不是冒犯。我真的只是——

疤　脸　他就是老板的一条狗，没错，但他不是坏人。你也不想得罪他，因为

吧,你知道,他有时候——(**一根手指在自己头顶的空气中转来转去**)
犯傻,胡来。

陶　冶　好吧。(**停顿**)那,我们明天就开始干活?

疤　脸　对啊。

陶　冶　能和你们一起干活,我真的很兴奋。

疤　脸　这不就是个破葡萄园嘛。

陶　冶　当然,当然。这是个葡萄酒庄,但是它代表这个一团乱的世界。既得
　　　　利益者和有钱人把市场经济粉饰成唯一的发展道路,他们让你和像
　　　　你这样的人日子过不下去。我的意思是,你喝过你自己生产出来的
　　　　葡萄酒吗?哦,我想到哪里去了,你还是个十几岁的孩子。你当然
　　　　不能——

疤　脸　不,我不喝。我也喝不起。

陶　冶　你看,对吧。你喝不起。就算再过十年,你赚得比今天多了,你还是
　　　　喝不起,因为酒的价格会上升,而像你这样的穷人会因为通货膨胀而
　　　　利益受损。另一方面,你也根本无法改变自己的生活,因为你没有机
　　　　会接受良好的教育;以你狭窄的视野和无知的心灵,你也不可能想要
　　　　放下赚钱的活计去读书。不好意思。我不是说"你",我是说"你"这
　　　　个大概念。我是说——

疤　脸　没什么不好意思的。我不知道你这是说什么,也他妈根本无所谓。

陶　冶　(**拍拍疤脸的后背**)你会懂的,有一天你会懂的。我来到这儿,就是来
　　　　帮助你们的。

　　　　【**疤脸看着陶冶,握了握他另一只手。疤脸紧紧攥住陶冶的手,用尽
　　　　自己那种青年工人的手劲,直到陶冶的脸上现出明显的痛苦神情。**

瘦　子　(**自后台**)疤脸!

疤　脸　干吗?

瘦　子　来啊。帮个忙!这些篮子沉得要命!

　　　　【**沉默。**

瘦　子　(**继续**)疤脸!你来不来啊?

疤　脸　马上!

　　　　【**疤脸欲离开。陶冶检查床铺。**

陶　冶　(**向四周看**)等等。这儿只有一张床。

疤　脸　（**向外走**）是啊。我们都睡一张床上。

瘦　子　疤脸！

陶　冶　不错。一张床。共产主义——

疤　脸　（**出门**）我说了我就来！（**自后台**）你这个傻子！这轮子是拿来推的，不是拿来扛的！

　　　　【**快速换景。**

第三场

　　　　【洗澡间位于砖房背后。它几乎不能算是个房间，更像是暂时搭的棚子。里面当然也没有淋浴设备，只有一个装满热水的陶瓷大缸，上面浮着一只水瓢和一个小盆。

　　　　【这时已经是夜晚了，外面有些冷。

　　　　【瘦子和疤脸都光着身子。他们肤色相同，都黝黑，泛着栗色亮光，只有臀部白得像蛋壳。他们严格遵照西部的"洗澡程序"：先打湿身体，再涂肥皂，再浇水冲净只不过他们洗得很慢。他们边洗边唱歌，说悄悄话，嬉戏打闹着。

　　　　【陶冶走了进来。他身穿睡衣，手拿一袋洗漱用品。他脱掉衣服，但还穿着内裤。他仔细把睡衣折好，放在一个架子上，又把袋子里的东西一样一样拿出来，有洗面奶、沐浴露、洗发水、身体磨砂膏，各种各样的乳液，等等。陶冶把它们摆成一排。

瘦　子　来啊，来，水挺热。你运气不错，来这儿第一天就赶上洗澡了。好好儿洗个澡吧，明天咱们就一块儿摘葡萄喽。来啊，来。到我边儿上来。

陶　冶　多久能"赶上"一次洗澡？

疤　脸　俩礼拜一次。

陶　冶　（**低声说**）杀了我吧。现在就杀了我吧。

疤　脸　什么？

陶　冶　没什么。（**停顿**）那，你们平时都这么洗澡？挺有意思的——

　　　　【瘦子在角落找到一瓶醋，往疤脸头上倒了点儿，又倒出一些揉搓自

　　　　　己的头发。陶冶观察着。

瘦　子　准备好了吗？

疤　脸　开始吧。

瘦　子　好。瘦子就要把这些小玩意儿给捻碎喽。

疤　脸　（**冲着陶冶说**）你他妈到底在看什么哪？

陶　冶　你们这是长了虱子还是什么？

疤　脸　你就是这么看我们的？我们就是一伙脏兮兮的长虱子的家伙，啊？
　　　　一群没教养的狗？
　　　　——我们可不是——

陶　冶　小孩。没教养的小孩，应该是。

疤　脸　我们可不是那样的。

陶　冶　那你长虱子了吗？

疤　脸　长了。但那是上一个盖你那床被子的家伙传给我们的。

陶　冶　我的天。

疤　脸　可是这儿每个人都长虱子。

瘦　子　真的。这儿每个人都长虱子。

　　　　【瘦子边说边梳着疤脸的头发，他找到一只虱子，用手把它捏死。

疤　脸　干得不错嘛。

瘦　子　哈哈，谢谢。

　　　　【陶冶下意识用手梳理自己的头发。

疤　脸　你要愿意，瘦子也可以帮你抓抓啊。他这两只手厉害着呢。

瘦　子　瘦子的两只手厉害着呢。

陶　冶　不用了，谢谢你。

疤　脸　他也可以帮你搓背。

瘦　子　瘦子可以帮你搓背。

　　　　【两个男孩走向陶冶，想抓住他。陶冶躲开了。

陶　冶　求你们了，二位。不必了吧。

瘦　子　怎么啦？

疤　脸　你想跟我们一伙儿，对吗？

陶　冶　对，不过——别人碰我我不舒服。

瘦　子　可总得有人给你搓背啊。有些地方你自己看不着、够不到。

疤　脸　来吧，咱们都是男的。

　　　　【他们抓住他，扒掉他的内裤。

陶　冶　我只是——真的——这不行——停下来，求你们了！二位——二位——

疤　脸　哥们儿，该扎个猛子喽。

　　　　【他们把他举起来，扔进水缸。

陶　冶　这是意图谋杀，要判——（自水下）——判——判——（从水中钻了出来）判刑的。

疤　脸　我自己都想跟你一块儿跳进去哪。

陶　冶　（入水，又从水中抬起头来）那你和我换，好吗？

瘦　子　我们就是和你闹闹。我们就是和你闹闹。

　　　　【瘦子边说着，边把陶冶的头按进水中。

疤　脸　憋气，憋上六十秒我们就是朋友了。

瘦　子　对，对。六十秒就行，我们就一辈子是兄弟。

　　　　【片刻静寂。

疤　脸　瘦子，你在数了吗？

　　　　【停顿。

瘦　子　没有哪。

　　　　【停顿。

疤　脸　那你数数，行吗？

　　　　【停顿。

瘦　子　行。（冲水中大声喊）放心。我在数啦。（稍过片刻停顿，然后缓慢地开始）一——二——三——

　　　　【此前不久，马叶已经走进了洗澡间，站在远处看着他们。是个十几岁的女孩，穿着成人的衣服，脸上化了浓妆。很难辨认出她的年纪。她烫了卷发，染成栗色。她肤色颇深，左眼球是假的。

马　叶　你们要是真想把他杀了，那还得再使点儿劲。

　　　　【她的声音把两个男孩都吓了一跳。

疤　脸　操！你可把我吓死了！

　　　　【瘦子用手捂住自己的下身，疤脸无所谓地走来走去。

瘦　子　我们就是跟他闹闹！

马　叶　（一副调情的样子）你好啊，瘦子。

瘦　子　（**尴尬地**）好，马叶。

马　叶　你们干好玩儿的事，从来都不叫我。

疤　脸　反正你自己也会来。

马　叶　老头子找你呢。他让我盯着点儿你们。

疤　脸　老板总找人盯着我。不过他找你来干这活，这还挺有意思。

瘦　子　疤脸！这么说话太坏了。

疤　脸　怎么，因为她只有一只眼睛？她就是只有一只眼啊，对不对啊？

瘦　子　对不起。疤脸不是有意的。

马　叶　你对我真好，瘦子。

疤　脸　你是干吗来了？

马　叶　没什么事。今天洗澡，对吧。我也得洗澡。

疤　脸　别瞎扯了。你洗过了，瘦子都看到了。你就是来看那个新来的家
　　　　伙的。

马　叶　你们看他都看够了。该轮到我了，新来的也得摘摘我的葡萄了。

瘦　子　她说什么哪，疤脸？葡萄不都是公司的吗？

疤　脸　随便你试，但是他不会要你的。他不一样。

马　叶　不一样？你跟老板不一样吗？还是让他自己做主吧。

瘦　子　（**冲水底的陶冶喊**）别动。不然又得从头数起啦！

马　叶　这么晚了。你哪儿也不去吗，疤脸？谁都喜欢刚从水里出来，干干净
　　　　净的小男孩儿啊。

瘦　子　你要去哪儿？

疤　脸　不干你的事。（**对马叶说**）那你干吗到这儿来？今天不是发工资的日
　　　　子吗？油田上那些工人今天都该进城来了。

马　叶　这位可是比谁都油呢。（**冲他走近一步，对他耳朵以威胁的口吻说
　　　　道**）你别挡我的道，不然我就说出去。
　　　　【**停顿**。

疤　脸　（**对瘦子**）咱们走吧。（**对马叶**）行嘍，现在这好水都是你的了。你要
　　　　能洗，就洗吧。
　　　　【**两个男孩向外走，瘦子仍旧很困惑。他不断地问："她说什么哪？疤
　　　　脸。你这是非要去哪儿？"**
　　　　【**马叶等待他们完全走出视线。她走到大缸前，用手敲敲它。**

【陶冶从水中一跃而出，猛烈地呼吸着。

陶　冶　他们走了？你——你是谁？他们走了？

马　叶　对，他们走了。

【陶冶奋力向缸外爬。马叶扶住他，看到他的裸体。

马　叶　我知道我们这儿的人都挺野的，不过你学得挺快嘛。

陶　冶　对——对不起。他们——他们在跟我闹。（**拿起一条大浴巾，把身体包裹起来；打喷嚏；咳嗽**）——假如真的只是闹就好了。我上中学的时候，学校里那些恶霸，家里都是些工人，长得倒是又高又壮，体育好，都打篮球的——就因为这个，他们能进那所学校——可是都笨得很——整天找碴儿，惹的全是知识分子家庭的孩子——我裤子呢？——你知道吧，爹妈都没文化，在工厂里干活，还能指望他们什么呢？他们的孩子还能知书达理吗？他们每天就是找碴儿欺负那些身体不如他们强壮的同学。但等着吧，等他们进大学，或者再等十年。那些混蛋会给那些从前被他们逼到墙角的同学当司机。——我的裤子呢？！——令人作呕的少年时代。我知道怎么对付恶霸，配合他们，得配合着。

马　叶　不过得先保住性命，对吧？

【她找到了他的裤子。

陶　冶　谢谢你。

马　叶　你上过大学？

陶　冶　是的。

【他向她索要裤子。

马　叶　我不是笨蛋。兴许没你那么聪明，但我懂的也不少。

陶　冶　你懂什么？

马　叶　比如，要我说啊，你看起来像一尊希腊雕塑。

陶　冶　谢谢。

马　叶　没夸你。

陶　冶　不是？

马　叶　你那个玩意儿太小了。

【她笑起来。

陶　冶　什么？

马　叶　我开玩笑呢。

陶　冶　真的？

马　叶　（**摇着头**）不是。（**停顿**）那个雕塑。大卫。你不知道他？

陶　冶　知道，但是——

马　叶　你不像他？

陶　冶　我不知道。

马　叶　我见过。你就是像他。

陶　冶　你去过意大利？

马　叶　我像去过意大利的人吗？没有。在电视上见过。

陶　冶　哦。（**紧张地**）你——嗯，你喜欢艺术？

马　叶　喜欢雕塑。

陶　冶　真的？

马　叶　雕塑都光着身子。

　　　　【**停顿。捡起一条毛巾，擦干他的后背和头发。陶冶试着躲开。**

马　叶　咋了？（**片刻沉默。望着他的眼睛**）你眼睛周围也一圈儿黑。

陶　冶　什么意思？

马　叶　你不知道那是什么意思？男娃带着黑眼圈起床，我就知道他们前一
　　　　天晚上在被子底下干了什么。

陶　冶　你是说——

马　叶　哦没事儿，没啥好害臊的。

陶　冶　我不是那个意思——

马　叶　那只是说明我该给他们换床单了。

陶　冶　我不是——我没——你得把我衣服还我。

马　叶　你找的人就是我。

陶　冶　什么？

马　叶　你问谁负责给你们洗衣服。

陶　冶　没错。——但是——

马　叶　我也给你们做饭。早上做一次，晚上做一次。你现在饿了吗？

　　　　【**陶冶想穿上他其余的衣服，但马叶把它们拿走了。**

陶　冶　谢谢——但是你能让我先把衣服穿上吗？

马　叶　到我屋来吧，我给你吃的。

陶　冶　把衣服还我！你来这儿是要干吗！你到底是要干吗！

　　　　【静寂。

马　叶　哎呀，哥，你咋呼啥呢？我就是来拿你的脏衣服的。你以为呢？

陶　冶　抱歉，你看——

马　叶　我忙着呢，不能整晚上等在这儿。还得赶紧把那些脏家伙的床单洗
　　　　了，脏得都黏起来了。快点。你到底给还是不给我？

　　　　【她手指毛巾。

陶　冶　哦——我自己洗这个吧。

马　叶　害什么羞啊。

　　　　【她用手拽陶冶的毛巾。陶冶无奈之下，只好随了她。

马　叶　男孩儿，脏兮兮的小男人。

　　　　【二人下场。快速换景。

第四场

　　　　【几天过去了。葡萄园上亮着灯。
　　　　【反复播放着的是老板极具能量的讲演。他的声音充满热情，很像人
　　　　们会在机场或火车站听到的那种励志讲话。成群结队摘葡萄的工人
　　　　已经厌倦了这种激励，并未对此多加注意。

老　板　（录音）在这些混蛋葡萄干巴之前只剩四个星期时间把它们都摘下
　　　　来。四个星期！你们还等什么？！这是一场战役！生死之战。这你
　　　　娘的就是一场战争！每一箱葡萄都等于你们的梦想、你们的希望，以
　　　　及你们对生活的掌控。你们还等什么？！在这个葡萄园里，我们都是
　　　　兄弟姐妹；我们彼此相连！我们只有彼此了。把过去忘掉吧，只想你
　　　　光明的未来。每摘一箱，你拿十块钱工资。想想钱！你的口袋里就
　　　　能多出十块钱了。你们只剩四个星期了！四个星期！！

　　　　【陶冶慢慢走着，心不在焉地从一株葡萄走到另一株，摘着葡萄。瘦
　　　　子和他一起。老板的声音渐渐减弱。

陶　冶　（几乎是自言自语）能闻见吗？奶牛的味儿。它们冬天应该在哪里？
　　　　会有保暖的牛栏，好让奶牛待在里面吗？它们在想什么呢——它们

看到我的时候？它们知不知道它们的夏天要到头了？它们会记得在广阔无边的草场上自由奔跑的童年吗？真的,它们的脑子里都寻思什么呢？它们曾经期待过什么吗？

瘦　子　嗯,等着挤奶,到最后,给宰了。

陶　冶　但是它们难道不会害怕吗？我是说,它们一定见过自己的朋友和亲人被带去黑屋子,出来时就变成了牛肉。或者当它们还年轻,还有繁殖能力的时候,有些肮脏的手曾经靠近它们,揉它们的肚子,从它们的乳头里挤出乳汁,它们会不会纳闷——"那些直立行走的动物是什么啊？他们干吗要喝我的奶呢？"或者,这些牛只是站在那里,在纯粹虚无中反刍。

瘦　子　(对此毫不留心;一边剪葡萄藤,一边数数)一根棒棒糖,两根棒棒糖,三根棒棒糖。我刚才摘了三根棒棒糖了。

陶　冶　而我们又在想什么？我的意思是,我们真的需要牛奶吗？甚至,我们知道牛奶从哪儿来吗？

瘦　子　从母牛那儿来。

陶　冶　是,那个我知道。但是——

瘦　子　牛到了发情的时候,就拱啊拱啊拱,就生啊生啊生小牛,牛妈妈就有奶了。

陶　冶　但假如那些牛不产奶呢？或者产奶太少了,还不够喂它自己的小牛犊的。或者就停止产奶了呢？

瘦　子　养牛的人就再让牛受孕,一次,一次,完了再来一次。

陶　冶　(总结式地)我们操牛。

瘦　子　用公牛的种。

陶　冶　我们操牛。

瘦　子　(仍旧毫不留心)牛啊,羊啊,骆驼啊。

陶　冶　这样做是错误的。

瘦　子　我什么讲错了？

陶　冶　我们操牛,只为了得到牛奶。(弯下腰,感到不舒服)呃——不人道——呃——真恶心——是错的——这不公平——对,不公平——我以前觉得——觉得他们卖的、我买的每样东西都承载着它自身的历史,现在我认为,这是一种彻底悲惨的历史。

瘦　子　这哪儿有问题啊？（**停顿**）你是处男吧？问题是不是出在这儿？

陶　冶　这是整个社会失调的一个完美例子。"我们需要牛奶吗？"是一个问题，而"我们如何得到牛奶？"是另一个。我并不像普通素食主义者同情动物那样同情穷人。关键是，富人坐在有空调的房间里喝着咖啡或者红酒，但他们完全不知道这些饮料从哪里来或者是怎样做出来的，而穷人则在工厂中干活拿最低工资或者在地里劳动，而且他们都不真正拥有那些土地，穷人受着罪，因为食物结构太单调而营养不良，可笑的是那恰恰是富人减肥时采用的办法。简单机械的劳动，是的，他们整天从事简单机械的劳动，没有时间和机会去思考。或者，他们是不是压根就不思考？但是，三十年前我们可不是这样。我并不是认为我们应当回到人人都为了所谓的公平和正义而挨饿的过去。那会是灾难，我敢肯定，但是，我们来假想一种更大的灾难吧：假如再过三十年，未来的社会仍旧还和今天一样，我的孩子仍旧喝着你的孩子酿的酒。你和我究竟哪里不同？文凭？出身？或者多年关于爱国的思想品德课？不是，这些都不是原因。我们全都是在树根边上趴着的流浪狗，蜷着身子舔着自己长满脓包的肛门。这是毫无意义的悲剧循环，没有结束的时候。对不起，我跑题了。（他挠了挠身体，看到自己肩膀上的擦伤）看我啊，我真的是跟桃子似的，一按就破。

瘦　子　（**大喊**）疤脸！疤脸！

　　　　【**沉默。他等着。**

疤　脸　（**自台下**）你又要干吗？！

瘦　子　清凉油！新来的这家伙屁眼儿擦伤啦！

陶　冶　不——我不是说那个。

瘦　子　你能给他拿点儿吗？！

疤　脸　（**自台下**）来喽！

瘦　子　马上就帮你处理伤口，哥们儿。

　　　　【**停顿。**

陶　冶　崽子。

瘦　子　是的呢，疤脸是个好崽子，他就是看起来像个混球。他对朋友又实在又热心——

陶　冶　你们都是孩子，却在葡萄园里工作，摘那些操蛋葡萄。对不起，我通常是不说脏话的。可是这种简单机械的劳动——要把我逼疯了。在他妈的葡萄园里摘操蛋葡萄。香烟、饼干、口香糖,所有这一切。问题不在于只有老天知道多少双手曾经摸过这些东西,而是,现在这些东西就像是在提醒我这种工作是多么毫无意义。(停顿)如果我在这里干活,我会跑。我会高声叫,"兄弟姐妹们,跑吧！奔向幸福和自由"——

瘦　子　(**想**)操你妈个葡萄。

陶　冶　(**微笑**)对。

瘦　子　操他娘的工厂。

陶　冶　是的,工厂,当然。而且你恨这些。

瘦　子　我恨死了。葡萄梗总扎疼我。

陶　冶　但你还在干这些活。为什么?

瘦　子　现在是摘葡萄的季节啊。

陶　冶　我是说,你为什么要干这些活?

瘦　子　因为葡萄熟了。要是不摘,葡萄就烂了。

陶　冶　不,你还是没明白。我重新说一遍,为什么你,一个人,始终在做你并不喜欢做的事,从主观上来说?

瘦　子　(**想了下**)因为现在是摘葡萄的季节啊。(**停顿**)葡萄熟了,你一串一串摘,送去工厂,离这儿不远,然后你把葡萄破皮去梗,压汁,发酵,再进橡木桶陈着,然后——

【**陶冶叹气。停顿半晌。**】

瘦　子　啥?你不想听?你来这里不是学酿酒的吗?

陶　冶　不是。我现在已经不知道自己为什么来这儿了。

【**疤脸拿着一小瓶清凉油走了进来。他往自己手掌上倒了一些,搓搓手,把瓶子扔给瘦子。**】

疤　脸　(**对陶冶说**)脱裤子！咱们看看你屁股哪儿擦伤了。

陶　冶　擦伤的是我的肩膀。

疤　脸　哦。那,你还等啥啊?操,你那倒霉肩膀不会自个儿长好的,我可不愿意这么好的清凉油倒在手里,白白浪费掉。

【**陶冶犹豫了一下,但很快让步了,肯让疤脸擦揉他的肩膀。他脱下T恤,不再为在大庭广众之下赤裸身体而害羞。**】

疤　脸　晒得不错嘛。这儿的太阳跟婊子似的，但能把你晒出工人应该有的颜色。

陶　冶　（**停顿**）确实挺舒服的。谢谢你。真的，谢谢你。

疤　脸　那是我们该做的。我们使劲干活，好好玩儿，相互照顾。

　　　　【静默。这时天近黄昏，阳光闪耀在他们的脸上，又悄无声息地改换了方向，不像早些时候那么热了。陶冶站起身，向阳光走去，风大了一些，吹过他的头发，吹干了他脊背上的汗水。他向远处望去，望着山峦灰色的轮廓。

陶　冶　这里很漂亮。

疤　脸　什么很漂亮？

陶　冶　这儿的一切。野莓子。湖水。已经死去一千年但仍旧矗立的树，树干弯曲，遍体鳞伤，但——仍然——仍然坚持着。不倒下。死了的胡杨。这片沙漠，干旱但富饶的土地。你不觉得吗？

　　　　【停顿。

疤　脸　这儿就是个粪坑。你知道什么地方算得上漂亮吗？路那头的老包买的那块地。老包本来是个打包的，把所有机器和拖拉机都卖掉了，换了两块地。我到现在也不知道他怎么能买得起，但反正他找到了法子。八成是这些日子土地便宜了吧。嘿，那叫一个漂亮！他弄了个房子，开始种葡萄了。搞来一个女人，估计现在正造小人呐。

陶　冶　那就是你想要的生活？一块地再加一个女人？

瘦　子　嗯对。那就是他想要的生活。

陶　冶　那你就应该追求它。

瘦　子　他正在追求呢。

疤　脸　瘦子，你今天是吃药了，一个劲儿说话，还是怎么着？

瘦　子　但那就是你想要的。

疤　脸　行吧，但是我得不到啊。我又没有钱，又没有个有地的爹，什么都没有。瘦子和我正在攒钱哪，但也压根没戏，而且我们也走不了。就算能走成，老板也会拿起他那杆猎枪，追我们，直到抓住为止。你知道他是什么样的人。

瘦　子　但是，疤脸，你有钥匙。

疤　脸　你到底是吃了什么药？！（**停顿。这让瘦子多少沉默下来了**）对，我是

　　　　有钥匙,但我不知道能去哪儿。而且还有这个家伙——(指着瘦子;
　　　　这时瘦子已经心不在焉了,正在吃糖果,那是他在疤脸没有留意他的
　　　　时候从自己衣服侧兜里拿出来的)要和他一起出门,那才叫一个难。
　　　　没错,他干活是把好手,跟头牛一样壮。但只要哪个人冲他笑一下,
　　　　跟他说"瘦子啊,跳进河里去吧",我操,他就真能跳,就算是冬天,冷
　　　　得像冰窖。我没法带他一起走。要是我走了,他也会试着逃跑的。

　　　　【陶冶向疤脸走近了一步,拿出一个小记事本。

陶　冶　他是因为——? 他身上发生过——?

　　　　【他用手指着自己的脑袋,但立即意识到这样做不恰当。

疤　脸　他逃跑了。老板把他抓回来,说他从摩托车上摔下去了,撞伤了头。
　　　　没人知道到底发生了什么,反正他傻了,从那以后,他光会抓东西吃。
　　　　他现在就是这副模样,一个没脑子的大个儿。(回头看瘦子)你这个
　　　　傻子,别吃了。越吃糖,越有毛病。

　　　　【停顿。陶冶叹气,在笔记本上写字。

陶　冶　假如有什么我能——我愿意。我想帮忙。

疤　脸　真的?

陶　冶　什么都行。我说话算话。其实,你们能不能在这儿稍等一小会儿?
　　　　我得去拿点东西。

　　　　【他骤然离去。

瘦　子　疤脸,我从来都没有逃跑过呀,对吧?

疤　脸　没有。

瘦　子　我也没从老板的摩托车上摔下来过。

疤　脸　你要是真能摔一跤倒好了,兴许能治好你脑子的毛病。

瘦　子　疤脸,我没明白。

疤　脸　我听说城里人就是这么教育孩子的。睡觉前给孩子讲个狗屎一样的
　　　　故事,孩子就能睡着了,睡得香,做梦,让他们干什么他们就干什么。
　　　　这个小孩也该听几个操蛋故事了。

瘦　子　可是没人给咱们讲过故事。

疤　脸　(停顿)没有。因为我们自己就是屎一样的故事。

　　　　【陶冶带着摄像机回来。他把机器架在一块石头上,设置成自动拍照
　　　　模式。

陶　冶　好了。现在是一个有历史意义的时刻，到我旁边来吧。我们拍张合影，我们三个。青年工人。在田里劳动。赤手空拳。摘葡萄。这就是"愤怒的葡萄"。

【他拿出一本书。闪光灯亮起来。

疤　脸　什么的葡萄？

陶　冶　没什么，没什么。

【此前，老板已经来到这里，一直待在角落观察着他们。

老　板　行啊，你们这些娃子还挺会玩儿的。

【瘦子和疤脸站起来。

瘦　子　老板。

疤　脸　没事儿吧？老板。

【老板在数箱子。

老　板　天黑之前得再装五十箱。你们这些蠢货知不知道，要是今天结束以前数目不够，我得少赚多少钱？得找你们这些傻子算账？知道吗，你们要是不把我的机器塞满他妈的葡萄，你们这群垃圾就给我滚到别的葡萄园找活儿干去！

【老板说话时，瘦子和疤脸绕开葡萄箱，躲去角落。陶冶手中拿书，坐下。

疤　脸　是，老板。

瘦　子　马上，老板。

【他们离开。老板目送疤脸出去。陶冶假装没有看见老板，开始读书。

老　板　喂。

陶　冶　（眼睛仍在书上）什么？

老　板　刚才你们几个在干啥？

陶　冶　休息。我还在休息。

老　板　休息？他妈的休什么息？

陶　冶　我刚才累了。完事了吗？

【他站起身，要离开。

老　板　你手里是什么？

【他看了眼书的标题。

老　板　（继续）你平时都看这种玩意儿？

陶 冶 是啊。

老 板 孩子,你看这种书,是能感觉好受?开心?

陶 冶 这么说吧,这些书能给我头脑中已经存在的那些各种不同的想法一个解释,或者一种确认。

老 板 首先你就不应该看这书,这种破玩意儿让你怀疑。

陶 冶 您反对这些书的具体原因是什么?

老 板 什么反对?没有。我只是很清楚我不赞成它们。它们能教你怎么摘葡萄摘得更快?它们能教你怎么管理有一百名员工的公司?知识分子、艺术家、社会批评家都是他妈的一帮猴子,只知道哗众取宠。他们就是坐在那儿,重复那些谁都知道的事,以为自己是老天爷,装得还不像。他们痛恨一切事情,痛恨所有人。他们管这叫反思,其实不过是搞搞他妈的小资产阶级情趣。

陶 冶 你嘴巴干净点儿。

老 板 不好意思。是,中产阶级。

陶 冶 我不是来这儿听你抱怨连天的。

老 板 但是,自从你来我这他妈的葡萄园,你除了抱怨就什么都没干过!

陶 冶 这不是你的葡萄园。

【停顿。

老 板 没错。这倒是没错。

【陶冶又欲离开。

老 板 (继续)你爹来电话了。

陶 冶 他有什么事?

老 板 他只是问问你怎么样。

陶 冶 那好。请转告他我还没死呢。

老 板 他问我,你是不是真对酿酒感兴趣。

陶 冶 是,我非常感兴趣。事实上,每个人都会对我在这里记录下来的故事感兴趣。我很好奇,你的老板究竟是否知道你在这里经营的是多么肮脏的生意。(停顿)行了,你我都清楚我在说什么。

老 板 我也没办法。

陶 冶 他们还是孩子。

老 板 他们不是孩子,在这儿就不是!他们是工人。面朝黄土背朝天。(停顿）要是你觉得他们不应该在这儿，那他们该去哪儿？我问你，他们该去哪儿？你会把他们带到你家里去？不会吧。你出钱给他们上学？不能吧。我告诉你，你能像皇帝一样赏给他们自由，但是他们根本不知道怎么用。当然他们会享受那么一段时间，放个假，但很快他们就会回来，一个跟着一个，因为他们不知道还能去找谁。不回来的那些就会成为少年犯，或者站街，或者吸毒，最后落到监狱里，不然就死了。死得那叫一个惨。你以为他们爹妈跟他们有区别吗？你以为他们当初为什么会落到这儿来的？你觉得这帮家伙纯洁无辜，不干坏事儿？你分明知道你是错的，你那些昂贵的精装书根本不会告诉你这些。我做的是干净生意，不论你信还是不信。我能雇他们，已经是我大发善心。这些人就是垃圾，对你来说也是，你根本受不了再跟他们在一起待上三个礼拜。（**迈近一步**）我建议你还是收拾好东西，赶紧走人。

陶　冶　我很适应这里。

【他再次试图离开。

老　板　等等。

陶　冶　干什么?!

老　板　你是个聪明孩子。你给我把这些葡萄的数目清点一下吧。

陶　冶　（**数箱子**）五，十，十五——我想统共有五十五箱左右。

老　板　不。我想要你数的是葡萄，一、颗、一、颗地数。这里有一支笔、一个本子，你要是想把数字写下来帮助自己点数，那就写。我要的是葡萄的精确数字。明天早上再见。

【快速换景。

第五场

【砖房。几天后。

【过去几天，陶冶都睡在一张肮脏的橄榄绿色军用窄吊床上。他正在屋内擦眼镜，这时门闩打开了。是马叶。不断推门，但门自内侧锁着。

马　叶　（**自后**）操，怎么回事儿啊？！

　　　　【陶冶想从吊床上下来，但他动作笨拙地摔到了地上。

陶　冶　真他妈——

　　　　【他露出疼痛的神情，也因为自己说了半句脏话而羞愧。

陶　冶　（**继续说；一瘸一拐地走着**）我来了——

　　　　【他打开门。

马　叶　你们什么时候开始锁门啦？

陶　冶　想有一点儿隐私。

马　叶　要不是忙着自己找乐子，干吗要锁门？黑眼圈儿——

陶　冶　不是——（**停顿**）行吧，你来是有什么事？

马　叶　瘦子在吗？

陶　冶　不在。

　　　　【她环顾四周。

马　叶　那他在哪儿？我找不见他。

陶　冶　对不起。这我帮不上忙。

　　　　【停顿。

马　叶　我可以在这儿睡个午觉；这儿真是又舒服又安静。（**她坐下；停顿**）我
　　　　脚疼。你能不能看一眼？

陶　冶　我不会看。

马　叶　但真的好疼啊。

　　　　【陶冶不理她。

马　叶　（**继续**）别弄那个机器了，跟我说话吧。（**停顿**）你宁愿跟机器说话，也
　　　　不跟活人说话啊？我能干机器干不了的事儿，你知道吗？（**停顿**）我
　　　　玩儿过你的机器了，根本不好玩。

陶　冶　（**抬头**）你动我摄像机了？

马　叶　我不能动吗？它就放在那儿啊，你又没藏起来。

陶　冶　你不应该动。

马　叶　（**更具挑逗性**）你看见我留在里面的照片了吗？特意给你摆的姿势。
　　　　你喜欢吗？

　　　　【他走向她。

马　叶　现在你可算注意我了。（**停顿**）你是从很远的地方来的吗？

陶　冶　是。

马　叶　哪儿？

陶　冶　很远的地方。

马　叶　你来的第一天跟老板谈话，我听见了。你好像是个大人物呢。

陶　冶　你听见什么了？

马　叶　你去过很多地方。你认识很多人。你在拍电影。我会演戏，你知道吗？

陶　冶　你会？

马　叶　这没什么大不了的，就是装成别人呗。

陶　冶　你现在就是在装别人。

马　叶　这就是真正的我。（停顿）给我讲讲你打哪儿来好吗？

陶　冶　为什么？

马　叶　你跟那些男孩子讲些地方，对吧？你问他们愿不愿意去别的地方。干吗不能给我讲，问我同样的问题呢？——是因为我是女孩吗？

陶　冶　那里真的就和所有其他——大城市一样。那不是因为——

马　叶　我哪儿都没去过，没有。（停顿）给我讲吧。

陶　冶　好吧。（**他带着强烈的厌恶之情开始讲**）有楼，大楼，密密麻麻的高楼；楼那么高，你从中间走过时觉得自己渺小，没安全感；你多少总要步行的，因为汽车都堵在路上；空气的味道糟糕透了，随时都有股焦味儿，仿佛所有东西都在着火。人，成千上万的人，都面无表情。他们看起来都紧张、不安，都像是急着要上哪儿去似的。是去哪儿？这些人又住在哪儿，生活是什么样子？你忍不住纳闷。一个城市怎么能容纳下两千万人口呢？他们是不是过得像猪一样？在泥里？毫无隐私，也没有尊严？

马　叶　（**闭着眼睛，想象着；兴奋地**）真的吗？真的有很多人吗？

陶　冶　很多，多极了。

马　叶　哇。那真是——那真是太厉害了。

陶　冶　你是不是没听懂我的意思？

马　叶　我当然懂！我就没见过那么多人！走在街上，人们走过去，我看见他们，而他们也能看见我！（**停顿**）在这儿没人能看见我，我就像是透明的。

陶　冶　对不起。

马　叶　你对不起什么呀?

陶　冶　所有事情。

马　叶　真傻。

陶　冶　你的脚怎么了?

马　叶　撞到椅子上了,没什么的。

陶　冶　让我看看。

　　　　【她分开双腿。

马　叶　你以前摸过女人的脚吗?

陶　冶　我有个妹妹。

马　叶　可我不是你妹呀。我是吗?

　　　　【她用另一只脚撩开陶冶的衬衫,缓慢地用脚踏着陶冶衬衫下的胸膛。陶冶推开她。

陶　冶　你不是。

马　叶　哎哟!

陶　冶　(站起身)你想干什么?

马　叶　我就是来找瘦子的。我觉得他可能想见我。

陶　冶　他不在这儿。

马　叶　说不定你也想见我呢。可是你不能,或者不愿意来我的屋子看我。

　　　　【她轻轻抚摸自己的肚子。

陶　冶　见你干什么?

马　叶　为什么男人总是对我又热又冷的?根本摸不准。老板说你们男孩子不应该和我在一块儿。你们也不能来看我,我也不能来看你们。

陶　冶　他也许是对的。

马　叶　为什么你不能来见我?!(停顿,她感觉到肚子疼痛)我从来都见不到任何人!

陶　冶　他们是男孩子,你是女孩。

马　叶　我是这儿唯一一个女孩!我孤单得不得了。

陶　冶　这是因为你们目前正处在一个很麻烦的年纪——

马　叶　麻烦什么?我们难道不是一样的吗?你告诉那些男孩子说我们都是一样的。结果我又不一样了——

陶　冶　我不是那个意思。

马　叶　那你是什么意思？

陶　冶　你本来应该在——在学校里。在福利院，在哪里都行，就是不应该在这里。

马　叶　哦好。那就完美了。

陶　冶　是的。

马　叶　我就有人一起玩儿了？

陶　冶　也许吧。

马　叶　校长和那些男老师就会来找我了？

陶　冶　是的——等等，什么？

马　叶　所有那些男孩子就都会来找我了？

陶　冶　不是这个意思。

马　叶　那是什么意思？我又不爱学习。

陶　冶　意义在于你到现在这个年纪本来应该懂很多事了，可是你不懂。你在这里浪费时间，洗衣服，做饭——

马　叶　我要是不做饭你们就该饿死了——

陶　冶　和那无关。你什么都不知道，你甚至不知道地球围着太阳转，或者太阳系内有九大行星。

马　叶　八个，是八个。

陶　冶　哦，对。你是对的，八个。

马　叶　（**扭动着身体**）我在电视上看到了。怎么样？我知道的多着呢。那个小可怜的降级啦。谁都不喜欢它，结果它就降级了。它太小了，没法给自己作主。

【**抱住双臂，向前屈身，好压住腹部的疼痛。**

马　叶　（**继续**）告诉你，我也能出人头地。我说不定真能出名呢。有一个大篷车马戏团来过镇上，我认识了其中一个演员——叫大汉，能空手碎石什么的。说我可以演蛇和蝎子的节目。我也不喜欢那些破冷血动物，但我觉得这个我能做。把另一只眼睛蒙住，就看不着它们了。可观众还是能看到我啊。我还给自己起了个艺名呢——蝎子女，酷吗？（**停顿**）我还给自己设计了好几种姿势呢。给我拍照吧，我就表演给你看。

【她按着腹部。

陶　冶　怎么了？

马　叶　没怎么着。

陶　冶　脚不舒服？

马　叶　不是脚。

【陶冶走到她身边，看到她腿上的伤口。

陶　冶　谁——啊这谁干的？天啊。

马　叶　让我心烦的不是那个。

陶　冶　但是——

马　叶　我很好。你别碰我！求你了！操，我流血了。

【血自她两腿之间流下来。

陶　冶　啊，我的天——

【他抓了一条毛巾，想止住血。

马　叶　大概你是对的，我应该离开这儿。在葡萄园干活能有什么前途？我
应该去别的地方，随便什么地方。

【陶冶站起身。

陶　冶　我去叫救护车。

马　叶　坐下！你谁也不叫！我在和你讲事儿呢！我从来见不到任何人，也
没有任何人有机会见到我。我告诉你，你要干什么。你要拿起来你
那他妈的照相机，给我拍他妈的照片。你要拍部关于我的电影，你要
把那他妈电影给别人看。（她喘息着，身体颤抖）我要离开这个混蛋
地方，你得帮我。无论老头子说什么、做什么，你都得帮我。听明
白没？

陶　冶　你必须告诉我发生了什么事，谁对你做了这些。

马　叶　摘葡萄季节要结束了，而且——而且那些葡萄多好看哪，它们都要变
成酒了，卖到远方去。离这儿很远的地方，很远很远，你家在的地
方。——妈的。（捂肚子）你在干什么！打开你那架他妈的相机！

【陶冶颤抖起来。

陶　冶　我——我——

【他开始摄像。马叶拼命在痛苦中挤出笑容。

马　叶　（站在砖床上；对摄像机说）大家好哇——我的名字是——马——

马——

【她倒下来。

陶　冶　（抱住她）我操，操，操！

【他冲去门口。

马　叶　我觉得——我好像是——怀上了。

【陶冶僵住了。灯灭。

第六场

【一周后。老板办公室已经尽毁，只余桌子和两张椅子。老板戴一个小蓝牙耳机，很有活力又不耐烦地在电话上讲着生意。他轻拍耳机以控制它，一拍，耳机就"哔"地响一下。陶冶走进来。

【老板对电话讲话，有时陶冶以为这是在对自己说话。

老　板　（哔）不，你听我说。上次我信了"你的人"，结果我引火烧身——（哔）你打电话给你爹了吗？你已经跟他谈过了，对吧？你跟他谈过了——

【陶冶摇头。

老　板　（哔；大声讲话）放屁！

陶　冶　我没有给他打电话！

老　板　（哔）不是跟你说话。

陶　冶　噢——要是现在不方便，我待会儿再来。

老　板　你说不方便是什么意思？方便。最方便、最好的时候。（手指耳机）看到这个了吗？世界上最小的蓝牙耳机。操他妈小日本真是天才。想卖我酒桶，把这个给我当——你懂不懂？当然，这不能算是回扣。但是你看我在干吗？我把他们那边静音了——（哔）今年好得不能再好。对。我们屁股就坐在他妈的一座金矿上啊。没错，我们要庆功，和往年一样。——当然，欢迎参加。没错，阿里嘎多。（哔）不可能。操蛋——小日本。再过一千年也不行。

陶　冶　庆什么功？

老　板　为丰收。为新的酒标。我的新酒标。（哔）喂？——我无所谓，他妈

的让他在市长办公室里面接我电话。——要是那样就行了,我干吗
不直接去翻电话号码本查完电话就打? 他是个骗子! ——你说"现
在在这里做生意太危险了"是什么意思? 你死个球去吧,操你妈!
(哔)不好意思,是位顾客。

【他把酒倒进酒杯。

老　板　(继续)尝尝看,好喝。去年的赤霞珠,每一滴都跟仙露似的。

陶　冶　不,我不用。我真的只是——想和您聊聊关于——

老　板　(哔)什么?

陶　冶　最近那件事。

老　板　(纠正他)事——故! 行,行,当然。我知道你担心,我也担心,幸好没
　　　　人打电话找警察。你知道那得花我多少钱吗? (哔)喂? 哎哟,局长
　　　　夫人啊——

陶　冶　我打电话叫警察了。

老　板　(哔)你怎么? (哔)喂,等一下。

陶　冶　但是没人接电话。

老　板　所以我没什么需要担心的吧? (哔)说话。

陶　冶　然后我就去公安局了。

老　板　公安局? 你他妈的疯了吗? (哔)对不起,我的局长夫人哟——我当
　　　　然不是说您。什么,谁告诉我的? 谁住在疯人院里? 你住在疯人院
　　　　里? 不,不——别告诉局长大人——

【哔。对方把电话挂断了。

陶　冶　我还能怎么办? 这里有个十四岁的女孩怀孕了,又流产了,因为每天
　　　　她每天得连续干十二个小时的活。

老　板　她十八岁,她一直都是十八岁。看着我的嘴,十、八。跟我念。十、
　　　　八。她一生下来就是十八岁。

陶　冶　您行了吧? 您真觉得警察来的时候没有怀疑吗?

老　板　来的时候? 他们来过了? (哔;摘掉耳机。在陶冶张口回答问题之
　　　　前)操。我的心脏。你让我犯心脏病了。

陶　冶　我把他们赶走了。

老　板　(哔)你为什么要这么对我?

陶　冶　他们问我:"她是被强奸了吗?"我说:"我不知道。她不肯说。"他们

问："那你想怎么样？"我说："请你们展开调查。"他们就说他们忙着搜
查恐怖分子。所以我说："那我是不是应该给你们领导打电话？"然
后——然后他们生气了。一个警察拿出来警棍，威胁要打我，还有一
个让我给他们报销汽油，出钱赔偿他们的时间。您能相信吗？

【老板深呼吸。

老　板　我能。（哔）他们有没有关闭工厂？

陶　冶　没有。

老　板　他们有没有打你？

陶　冶　没有。

老　板　他们有没有拿根警棍戳进你菊花，把你屎都搅出来，用手铐把你铐起
　　　　来带走？

陶　冶　我不是罪犯。

老　板　他们最后撤了吗？

陶　冶　撤了，我威胁说要给我在媒体工作的朋友打电话，曝光他们，他们就
　　　　走了。但你猜真实情况是什么？

老　板　你没有在媒体工作的朋友。

陶　冶　我没有在媒体工作的朋友。

老　板　所以问题解决了。从这件事，你学到东西没有？

【停顿。

陶　冶　嗯，但是——

老　板　那就好。你吹牛了。把牛吹得圆圆的——做生意的首要技巧。（他
　　　　把耳机重新戴上；哔）给我接市长办公室。

陶　冶　但是我——

老　板　（挥手）好的，我等。

陶　冶　（开始起身）大概我应该回头再来。

老　板　坐下。（哔）你知道我是谁吗？你知道我都认识谁吗？你到底知不知
　　　　道我能干什么？

陶　冶　您看，在这件——好，先暂时叫它事故吧，虽然我很怀疑——在这件
　　　　事故后——

老　板　你怀疑？操，我不是告诉你别读那些书了吗——

陶　冶　假如警察什么都不做，我想我得做些什么。我和你之间的区别比你

和猴子之间的区别还大。因为我是个行动派。

老 板 （哔，哔）不，不。我能听清，一点问题没有。你只是没给我，我想要的
东西。

陶 冶 我不太确定我知道——你在说什么。

【老板直视陶冶的眼睛。

老 板 我想要什么就去干。你们这些人他妈的都不知道怎么去想要一个东
西——无论是天才还是要饭的——你们他妈的都是阳痿。

陶 冶 我不明白——

老 板 （哔，哔，哔）做生意的，官员，军阀，宗教领袖，诗人，艺术家，漂亮女
人，宠坏了的小孩。所有那些专门做梦的人。愚蠢的动物有它们自
己的优点。它们能赢。它们想到什么就去做，就赢。行动派。世界
上其余那些人，普通大众，无非是乱七八糟、无组织、情绪化、脆弱、空
洞、没救的可怜虫。他们坐在背景里，一排根本不重要的棋子，等着
伟大的棋手去挪动。

陶 冶 不，不！不是这样。我无法接受——

老 板 没跟你说话。

陶 冶 噢。

老 板 （哔）你把他们骗过去了。那些警察。

【陶冶看着别的地方。

老 板 （继续；打着响指）喂！喂！你好啊！

陶 冶 对不起。嗯，当时情况复杂。我做了我必须做的事。

老 板 你掩盖得非常好。要是我，也会和你做得完全一样。不过我不会像
你那样大动干戈地给他们打电话。（停顿）行了，我这是在表扬你。

陶 冶 我今天不是为这来的。

老 板 （哔）真是个事儿妈。

陶 冶 您说什么？

老 板 什么？

陶 冶 什么？（停顿）您能不能——我只需要五分钟时间——

老 板 （哔）对不起。继续说。设计得怎么样了？名字呢？（说拙劣的法语）
Les Champs d'Or。（停顿，缓慢地）不是。Leeeesss—Chaaaampsaa
DDDDD'OOOOr（停顿）我上哪儿知道这是什么意思。我又不会说

他妈的法语。

陶　冶　就五——您还是这里的经理。什么？这是您的责任——

老　板　——等一下。（哔）给我接市长办公室行吗？等等，什么？你他妈的
　　　　是谁？你他妈的浑身长毛的大个儿？（**向陶冶**）你信吗？送了五十瓶
　　　　最好的雷司令白葡萄酒，都没法跟市长说上句话。以前送礼办事多
　　　　简单，还便宜。现在那些好说话的老家伙都他妈去哪儿了？

陶　冶　假如您不介意——我会特别感谢您的——

老　板　（**哔**）呵，她一分钟前还在这里。——真他妈，自由？狗屁玩意儿！
　　　　（**哔**）倒霉玩意儿——（**哔，哔，哔**）我操这什么毛病！

　　　　**【陶冶站起身，走到桌子另一边，冲老板没有戴蓝牙的那另一只耳朵
　　　　吼去。**

陶　冶　（**大喊**）您行不行！我只需要五分钟。我觉得。不，我认为我对这件
　　　　事有发言权，而且您别再说脏话了！周围都是孩子！

老　板　（**哔哔哔哔哔哔哔哔哔**）操！我耳朵！

陶　冶　真的。我只需要五分钟。

　　　　**【停顿。老板很生气，但多少有点慑于陶冶的暴怒。他拿出耳朵里的
　　　　蓝牙耳机，重重地拍了一下。**

老　板　操蛋小日本。（**停顿；他看着陶冶**）假客气的混球儿，又小气又爱耍花
　　　　招。（**停顿**）我知道这帮人。背后肯定在玩把戏，黄鼠狼给鸡拜年。

陶　冶　他们没做错什么。你别发脾气——真的，我现在只是想谈谈马叶的
　　　　事儿。

老　板　她怎么了？

陶　冶　她需要补充营养，需要照顾。她现在不能再干活了。

老　板　不能干活了？什么意思，她干不了活了？

陶　冶　她连十分钟都站不稳，脚肿得像气球一样。

老　板　那可不好。她脚可不能肿，对吧？假如她把脚往头顶方向掰，能好些
　　　　吗？我老娘要穿紧身裤的时候，就得那么掰。

陶　冶　她需要休息。

　　　　【停顿。

老　板　两天。

陶　冶　两天？

老　板　我只能给这么多假。

陶　冶　医生建议,根据她的身体情况,她得卧床两周。

老　板　庸医,庸医!根本不知道怎么治。

陶　冶　你知道?

老　板　干活儿的人都很结实的。你能看见我肩膀吧?

陶　冶　哦,行了吧。我看够了你的肩膀了。

老　板　我离了她不行,庆功晚会还需要她呢。

陶　冶　假如就是找个女服务员的话,我想肯定可以——

老　板　我们需要的可不只是个服务员,比那复杂多了。马叶这种女孩子,你
　　　　不要小瞧她,你不知道她都能干什么。

　　　　【**稍过片刻**。

陶　冶　你是不是——是不是——

老　板　我是不是怎么?

陶　冶　不,我不应该——

老　板　说吧。你想知道什么?你就说吧。我给了你五分钟时间。

陶　冶　您有没有——您没结婚。您在这里是一个人——

老　板　我要工作啊——

陶　冶　每个人都有需求,我也有——

老　板　我可没看出来你有。

陶　冶　您只有五十五岁,五十六——

老　板　是啊,我这辈子最好的时候。经济正——

陶　冶　但那就是——

老　板　怎么?

陶　冶　你有没有,呃——?

老　板　我有没有搞她?你要问这个?

陶　冶　对不起。

老　板　你不就是想知道这个吗?

陶　冶　我宁愿不知道。

老　板　(**愤怒地**)但你还想知道。操。为了你的破纪录片。我有没有对一个
　　　　小姑娘伸手?这就是你想求证的吧?你的相机呢?你不想录下来
　　　　吗,一个操蛋变态跟你坦白他犯罪了?噢,可真会是部好电影啊。

陶　冶　不是这样，但——

老　板　这不就是你布的把我撺走的局吗？玩儿得不错。我都快佩服你了，
　　　　皇太子。

陶　冶　你在说什么？

老　板　别装傻了。那不就是你一直以来的计划吗！

陶　冶　什么计划？我没有计划。

老　板　你这个王八蛋。

陶　冶　你再说一遍!?

老　板　你这个小狗崽子——操——操蛋玩意儿。你他妈以为自己是谁？——
　　　　跑来这儿——拍照片——你——你一看就有问题——你根本不在乎
　　　　这个地方，你还想要我的"Les Champs d'Or"。

　　　　【由于老板法语发音拙劣：

陶　冶　你的什么？

老　板　Leeeesss——Chaaaaampsaaaa d'OOOOr！你他妈的以为自己是谁！

陶　冶　嗨，嗨，冷静点儿。

老　板　少来教我冷静！少来——你这个操蛋操你妈的玩意儿——你就是公
　　　　司派来的探子，对不对？我已经在这儿耗了自己的大半辈子，现在你
　　　　们要把我撺走。你收集了所有那些材料——好对付我？

陶　冶　什么材料?!

老　板　是，我是雇童工，因为你们上面的人让我节约成本！

　　　　【老板从桌子里拿出一把猎枪。陶冶吓坏了。

陶　冶　哇——哇——您这是干什么？

老　板　你想撬走我的工作？你想撬走我的工作，除掉我。看着我!!!

陶　冶　好，好——把它放下吧。

老　板　你也无非是靠你父亲那双脏手赚的钱生活。你利用其中每一分钱，
　　　　你多爱这些钱啊。你坐的是特快列车，但你压根儿没买票。你是
　　　　帮凶！

陶　冶　以前我不知道这些。我以前是孩子。

老　板　你知道！孩子什么都知道！

陶　冶　您把枪放下吧。您神智不清楚了。

老　板　我估计这会是你拿来对付我的另一件事？

陶　冶　你侵犯了一个小女孩。

老　板　我只是照顾她。我爱这些孩子。

陶　冶　你是罪犯！一个变态。

老　板　(**枪上膛**)你想怎么样?!

陶　冶　请您——

老　板　你想怎么样?!(**停顿**)你他妈回答！而且不许撒谎！你想怎么样?!
　　　　想要我的葡萄园？你要是撒谎,我保证在你这张漂亮脸蛋儿上搞出
　　　　个洞来。

　　　　【**用枪指着他。**

陶　冶　(**恐惧**)好！好！求您别开枪。(**停顿**)必须要改变,必须得改变。人
　　　　们得知道有像这样的地方！我得结束这种情况。无论公司,还是我
　　　　爸都做不了任何事。但您可以在我做所有这些事之前离开。我向您
　　　　保证。您带上足够退休后用的钱,走吧。我保证不会有人追捕您。
　　　　我向您保证。(**停顿**)假如为了疏通水管,我得把自己的双手伸到下
　　　　水道里,那么我想我也只能这样做。

　　　　【**长时间停顿。**

　　　　【**老板准备放下枪。**

老　板　好吧。谢谢你的诚实——假如你以为我会向你开枪,那你——

　　　　【**枪意外走火。二人都惊呆了。**

　　　　【**天窗玻璃震动。停顿。一根木头房梁掉了下来。在它砸下前的那
　　　　一秒,陶冶把老板推开了。**

　　　　【**老板趴在地上,双手护头。他在哭,但突然他又笑了起来。难以分
　　　　辨他是在笑还是在哭。**

　　　　【**静寂。**

　　　　【**陶冶把猎枪拿走,帮老板翻身。**

老　板　我甚至连一根枪都弄不好。现在连一根枪都弄不好,以前我很会玩
　　　　儿枪。以前我打大雁和野鸭,但现在不行了。

陶　冶　这,别打。那是濒危物种。

　　　　【**稍过片刻。**

　　　　【**老板拿出一瓶家庭装可口可乐,喝了下去。打嗝。一连串的响嗝。**

老　板　我从来没碰过那个女孩。你相信我吗？你能相信我吗？

陶　冶　我……我不知道。(**停顿**)我刚才给您的条件仍旧有效。

老　板　你开出那个条件，自己一定很难受吧。

陶　冶　那是为了更多人的利益，对吧？现在我能理解了。

　　　　【陶冶拿过可乐瓶和红酒，喝了下去。

　　　　【瘦子手拿一根棍棒跑了进来。一边跑，一边喊。

瘦　子　恐怖分子！恐怖分子！(**看到二人坐在地板上**)老板，我听到枪响了。
　　　　你受伤了吗？

　　　　【疤脸跟在他后面进来。

老　板　没有。

瘦　子　他们在哪儿？

陶　冶　谁？

疤　脸　暴徒！那些坏人。

陶　冶　只有老板和我在这里。我们刚才有点小争执。

　　　　【瘦子帮助老板起身。

瘦　子　真是这样？

老　板　你们最好听他的，现在这里归他管了。

瘦　子　那是什么意思？疤脸瘦子，闭嘴吧。

老　板　酒怎么样？

疤　脸　都一桶一桶放进酒窖了。

老　板　酒窖门锁上了吗？

疤　脸　我亲手锁的。

老　板　好。把钥匙交给陶冶。

疤　脸　老板，什么意思？

老　板　钥匙交给他。

疤　脸　但是——

老　板　你没听见我说话吗？交出去。

疤　脸　(**不情愿地**)是，老板。

老　板　这么个小东西就能开门，真有意思。无论你多强大，都得有把钥匙才
　　　　能开门。这是唯一有意义的，现在这是唯一有意义的。

　　　　【他拿着可口可乐瓶离开。

　　　　【静寂。

【瘦子正要再问"那是什么意思？"但他看见疤脸用口型对他说"你闭嘴吧"。

疤　脸　那，我们得收拾行李吗？

【停顿。

陶　冶　呃？

疤　脸　我们得收拾行李吗？我们该离开了，对吧？

陶　冶　是这样，我想——

疤　脸　怎么回事？你改变主意了？你明明说好的。

瘦　子　对。我也听见了，你说好的。

陶　冶　什么都没变。我仍旧会帮助你们，无论怎样——（停顿）你们看见那些云彩了吗？飘在天上的云彩？那就是我们。我们无牵无挂。我们年轻，没有什么好失去的。那么，我们干吗不赌一场？

疤　脸　你是要干什么？

陶　冶　这只是——只是——你们这样没问题。我的意思是，你们在这里都待了好几年了。那为什么不能再在这里多待几天呢？四五天？

瘦　子　你在说什么啊？什么多待两天？到处都有坏人在放火，汽车站、火车站——

陶　冶　那样的话，待在这里兴许更安全。

瘦　子　你在说什么啊？疤脸，他在说什么啊？

疤　脸　聪明人有主意了。

陶　冶　你们需要钱，对吗？我不能不教你们打鱼，直接把捉来的鱼喂给你们。去哪里找更好的投资者呢？你们在这个葡萄园干活，其实等于投资自己的未来，这样仍旧不对——但是，糟糕的时代就需要糟糕的办法。为庆功晚会，公司会付给你们一大笔钱，对吗？

疤　脸　哦，是啊。每年就这一次，我们能拿到按小时算的工资。多多的。

瘦　子　那我们留下来？疤脸？我们是要留下来吗？

陶　冶　再待几天就行。我会去问我爸。我去和他谈——请他给你们发奖金，因为你们酿酒酿得这么好，这样你们俩就能攒下一笔钱去——去干什么都行。

疤　脸　好像不错。

【瘦子爬上椅子，透过玻璃破裂的天窗望向远方。

瘦　子　　你说的就是那些云彩吗？跟大棉花糖似的。我只要使劲看，就能看
　　　　　到我们以后要买下来的那一小块地。

陶　冶　　要敢于有梦想，瘦子，敢于做梦。

瘦　子　　（提高声音）对，我能看见我们要买的那一大块土地了！那么大！够
　　　　　养一千头羊呢。

陶　冶　　你们想干什么都行，我也就能拍出来一部了不起的纪录片。所有人
　　　　　都会知道我的名字。

瘦　子　　一千头羊！一千头牛！成亩成亩的葡萄，到处都是。

陶　冶　　（对自己说）我只需要一个有力的结尾——要有趣，意味深长。想想
　　　　　吧，弱小的童工酿造出价格高昂的葡萄酒，为那些虚伪的混蛋暴发户
　　　　　服务。多讽刺啊！多么强烈的对比！我只要再多拍几个小时的素材
　　　　　就够了，会是一部了不起的纪录片。

　　　　　【停顿。

疤　脸　　瘦子，你听见他说的话了。咱们回去为庆功晚会干活吧。

　　　　　【男孩们要离开。

陶　冶　　等等，你们，还好吧？

疤　脸　　是，我们很好。老板。

陶　冶　　你说什么？

　　　　　【停顿。

疤　脸　　我说，我们觉得您的计划很好，老板。

　　　　　【疤脸和瘦子出门。陶冶叹气。

　　　　　【短暂的中场休息

　　　　　【这是五天后。晚上。

　　　　　【休息期间，疤脸和瘦子（或舞台助理）在舞台中心安装了一个巨大的
　　　　　玻璃台。他们肩扛一箱箱葡萄倒到玻璃台上。葡萄是预先去茎的，
　　　　　可能其中有一些已经破裂，滴着汁液。

　　　　　【观众的新座位区围绕着玻璃台。

　　　　　【强烈建议观众于此时走到舞台边，仔细观察酿酒的第一步骤。这很
　　　　　像参观葡萄酒庄。也建议观众用手，甚至赤脚，去尝试压碎葡萄。

第七场

【当天晚上。

【办公室已经彻底改造成了宴会厅。老板站在麦克风前方,对观众讲话。他又穿上了那件不合身、颜色怪异的西装。

【他没有平时那样精力充沛、声音洪亮。但随着演讲接近尾声,他的声音才恢复活力。

老　板　女士们,先生们,朋友们,本地或远道而来的尊贵来宾们——局长夫人,您好! 您还好吧? ——在过去几年,能迎接各位来到我们葡萄园,是本人的荣幸。遗憾的是,今晚是我们最后一次举办这样的活动。我们在二十五年前第一次来到这座沙漠边上的荒山,那时我根本不敢想象有一天我们能够在污秽中建起一座宫殿。但我们成功了;我们赤手空拳地建起了一个奇迹,我们建造了一个家。我们中间的每一个人都是英雄。

直到最近我才注意到,生活中出现了巨大改变。今天早晨我听说了一个令人悲痛的消息:昨晚,有人在老包的谷仓纵火,干燥寒冷的风把火苗吹向了他新建的房子;他和家人没能逃出来。老包是个了不起的人物,先是勤劳肯干的农民,之后干给人打包的活儿,终于成功了,拥有了自己的生意。我们的酒窖也是在老包的帮助下建造的,我们都为他的死感到痛心。

这不再是个和平的世界了,需要承认,我们中无人可以幸免。四处都是暴徒。他们想要的只是利润。他们想发财,又不想付出劳动。他们只是抢,抢完再抢。他们有什么? 嗜血的武器,毫不留情的自私心灵。

悲剧已经发生。是的。悲剧每时每刻都在发生,而我们能做什么? 我在问你们,我们究竟能做什么? 很多人或许会反对,甚至反感我们为丰收举办这样的庆功晚会。你们当然会感到悲伤。不住在这里的人会问:“你们怎么还能住在那里? 你们每天都做什么?”什么也不做,我猜。我们没有什么能做的。我们像以往一样生活着。

节目开始前，我想和大家分享一个故事。

在我小的时候，冬天比现在冷得多。大地开裂，沟壑有几米长，风像刀片一样刮着，似乎能把人吹成两半。有个年老的瘸子在我住的那条街上卖热包子。他年纪大了，腿又瘸，有时他会在街上绊倒，篮子里的热包子就一个接着一个地滚出来。路过的行人就去捡包子，这边老人还在爬起来，还在把缀满补丁的破裤子上的泥擦下去，那边行人已经吞掉包子，向前走了。他就站起来，擦掉身上沾的泥，数篮子里还剩多少个包子。然后他就会喊："这么冷啊！地都裂开了，吞掉了我的包子啊。"他从来没有责怪过路人。他知道，假如是其他人跌倒，他也会对他们做同样的事。邪恶并不是从拥有包子的那些人中生长出来的，邪恶的是没有包子的人。是我们，斗得你死我活的我们。

然而，如今我们有包子了。我们不再挨饿了。要我说，只剩下一件事情该由我们来做了。活着——

【他张开双臂，震耳欲聋的音乐响起来。

【聚光灯下，穿着游泳衣的马叶走上舞台，有些羞怯地用脚趾碰触葡萄。她跪下来，在葡萄堆中翻滚，用自己的双手、双脚、身体压碎葡萄。她剧烈颤抖着。

【角落里的陶冶一直在用摄像机拍摄这怪诞的场面，虽然他憎恨它，恨它的每一个细节。

【老板退场。

老　板　（录音，自后台）酿酒业中，有很多人认为，用手和脚压碎葡萄能为最终生产出来的葡萄酒带来香味，那特殊的香气来自人的身体。直到今天，意大利和西班牙的酒庄，以及大家所在的我们这个酒庄，仍旧遵循这种传统，好为我们忠诚的顾客酿出最好的酒。我们找来本地十四到十六岁的女孩，只找处女，请她们把圣洁的身体献给葡萄。这是我们精益求精提高产品质量的证据。看看她吧，她自从十一岁就生活在这个葡萄园，成长期间从来没有接触过男性。看看她洁白无瑕的皮肤。要是大家愿意，可以摸摸她。我们耗费了巨大精力去保持她的完美、让她远离所有伤害，正是为了给大家带来最极致的葡萄酒体验。

【老板对碾压葡萄和酿酒方法的介绍，几乎淹没在台下来宾的欢呼声中。晚会"贵宾"（观众）为新奇体验而异常兴奋。

【砖房的灯亮。介绍酿酒方法期间，老板坐在床上，看着疤脸。疤脸就站在他面前，正一件接一件地脱衣服。老板用手抚摸疤脸的胸膛和大腿。灯灭。

【老板的声音渐渐隐去。

【疤脸和瘦子上场，都只穿着内裤。

老　　板　（声音自场后）噢，今年我们迎接了更多女性贵客，为她们，也为有特殊需要的男来宾，这次我们的表演增加了一项。

【两个男孩子不太胆怯，但动作笨拙。

【疤脸摔倒了。人们大笑。他看起来很尴尬，跑了下去。瘦子跟着他。

【一位"贵客"往马叶仅足蔽体的丁字裤中塞了一张百元钞票，又拍打她的大腿。这激怒了陶冶。

【陶冶向舞台跑去，用拳头猛打"贵宾"的脸，"贵宾"还手。

【尖叫。音乐。笑声。一片混乱。

【两个戴面具——是传统卡通人物的面具，如孙悟空、奥特曼——的男人走了进来。他们穿喷洒农药的工人通常穿的那种连身塑胶服，还戴着变声器。

【其中一个男人举着老板那把猎枪，枪口对准大家。另一个男人手举长斧。他们是疤脸和瘦子。

瘦　　子　别……别……不要……

疤　　脸　（响亮地）都别动！

瘦　　子　是！我们是恐……恐……恐怖……！

疤　　脸　恐怖分子！

瘦　　子　不要……不要……不要动。

疤　　脸　你怎么结巴了？

瘦　　子　我不知道，控制不住。

疤　　脸　操。行吧。（停顿）我们是什么人？

瘦　　子　恐……恐……恐怖……！

疤　脸　恐怖分子！我们是来干什么的？

瘦　子　干坏事。

疤　脸　对！

　　　　【瘦子用长斧对着"贵宾"（观众）。

瘦　子　你们要还想活命，就把钱、卡、珠宝首饰都放进这个口袋。

　　　　【他试图从观众中一个男人/女人那里拿一个袋子/提包。

瘦　子　（继续）给——给我！

疤　脸　（以枪指着观众）枪在谁手里？枪在谁手里！

瘦　子　（听到了观众的话）什么？恐怖分子不抢劫？

疤　脸　胡说八道！

瘦　子　对。胡说八道。

疤　脸　我们当然抢劫。人们睡觉时我们就袭击他们；我们拐来小孩卖掉；我
　　　　们炸翻建筑，烧掉人家的房子；我们在大庭广众下撒尿——

瘦　子　我们可以杀人！

疤　脸　（对一位"贵宾"；**此处由演员临场发挥，以下对话只是一种可能性**）今
　　　　天来这儿高兴吗？你从哪儿来？

贵　宾　……

疤　脸　真的？真不错！我从来没去过那儿。在这儿过得愉快吗？你可得记
　　　　着多吃梨，我们产的梨也相当有名，不光葡萄。梨跟马的蛋蛋一样
　　　　大。你吃了吗？

贵　宾　没有。

疤　脸　想尝尝吗？

贵　宾　想。

疤　脸　所以你想尝马蛋？

贵　宾　……

疤　脸　开个玩笑。但是，假如我让你吃马的两只蛋蛋，你怎么办？

贵　宾　……

疤　脸　你得吃。为什么？因为我有枪，你要是不吃，我们就杀了你。

贵　宾　……

疤　脸　我能摸摸你吗？你的皮肤看起来真好。

贵　宾　不行。

疤　脸　　干吗不行？刚才我还看见你摸那个女孩了。

贵　宾　　我没摸。

疤　脸　　你说没有，可我看见你摸她了。

贵　宾　　没有，我没摸。

疤　脸　　我说你摸过她。为什么？因为我们有枪。懂了？你笑什么？你觉得
　　　　　这挺有意思是吗？那我能摸你吗？

贵　宾　　不行。

疤　脸　　你以为这不是真枪？我告诉你这就是把真枪。我说的，你最好信。
　　　　　要是我说想摸你，你就闭上嘴，把屁股挪过来。我们是恐怖分子，我
　　　　　们是坏蛋。你不想跟我们对着干。

瘦　子　　（**大喊**）对！你不想跟我们对着干！

疤　脸　　现在恐怖分子想要你所有的储蓄卡和密码。

　　　　　【躺在地上的陶冶欲给警察打电话。

瘦　子　　混蛋！

疤　脸　　什么？

瘦　子　　混蛋要给什么人打电话。

疤　脸　　警察？

　　　　　【瘦子踢陶冶。

疤　脸　　你惦记那些看门狗了是吗？你想给他们打电话。咱们听听他们说了
　　　　　什么吧。（**停顿**）听见了？占线。那咱们再拨一次，怎么样？（**等待**）
　　　　　占线。明白了吗？我们恐怖分子刚占领了狗窝。别这么伤心。今年
　　　　　年景不错，对吗？咱们庆祝吧。庆祝！

　　　　　【疤脸用枪柄把陶冶打得失去意识。

　　　　　【二人索要观众的随身物品。

瘦　子　　真好玩儿。我们可真是坏孩子。

疤　脸　　坏人。

瘦　子　　对，对。我们是男人，大人。

　　　　　【老板进来。他满脸是血，一瘸一拐。

老　板　　你们这些王八蛋。是我把你们带到这个地方的。我养大你们。你们
　　　　　这些混蛋，他妈的袭击——

　　　　　【枪响。老板倒下。

【静寂。瘦子看着疤脸。

疤　脸　咋了?

瘦　子　他话还没说完,你就开枪了。

疤　脸　说的话跟屎一样。

【他唾了老板一口。瘦子看着疤脸。

疤　脸　又咋了?

瘦　子　那些人,他们在看。

疤　脸　（对观众,大声、愤怒地）你们还在这里干吗?! 看不到我手里有枪吗?!

【人群散去。

【灯光逐渐昏暗,两个戴面具的人把陶冶捆绑起来。

第八场

【灯光照在酒窖入口处的廊房。

【这是密闭的房间,地呈斜面。有两扇门,一扇通向葡萄园,一扇通向酒窖。仍然无意识的陶冶被捆在椅子上。

【瘦子和疤脸把面具戴在额头上,露出脸来。疤脸在绝望地翻找着什么。瘦子张着嘴巴,正吃牛轧糖,咀嚼声响亮。

疤　脸　操,也不在这儿。（停顿）老天啊,你是不是一辈子都吃不饱?

瘦　子　我错了,但我紧张,牛轧糖太好吃了。给,你也尝尝。

【疤脸瞪着瘦子,没有动。

疤　脸　你紧张。真的? 你一个傻子,还紧张?

瘦　子　你在说什么呀?

【他又拿起一块糖。

疤　脸　把那个给我! 你要把我逼成神经病了。

瘦　子　啊? 我什么都没做啊。（稍过片刻）疤脸,我们把他杀了。我们把老头子杀了。

疤　脸　是我杀的,你光在那里看着。

瘦　子　可是这不好玩,对吧? 他本来还在动,一秒钟后他就不动了。眼珠子都掉出来了，又大又圆的眼珠子。你以前知道人眼珠子有那么大，那么圆吗？我简直吓死了。疤脸，他会来勾我的魂的，我知道；我睡觉的时候他会来找我的。疤脸——

疤　脸　嘘！别叫我名字！尤其现在没开变声器，别说。

瘦　子　但那本来也不是你的真名字呀。你的真名字是——

疤　脸　（凶恶地）嘘！闭嘴吧你。我们好不容易才到了今天。你最好注意点儿，不然——

瘦　子　我不想惹麻烦，真的，我不想惹麻烦。我绝对不会跟警察说一个字——

疤　脸　他们抓住你之前，我会先把你舌头割掉的。对。你舌头是我的。

瘦　子　绝对不说，我保证。永远一个字都不说。求你千万别割掉我的舌头。我舌头只有这么小一点儿——

疤　脸　是吗？但这小舌头没让你少说话啊。要是你脑子能大点儿就好了——你知道我们这是在干什么吧，啊？

瘦　子　知道。我们要拿回钥匙，从这个大嘴巴那儿拿。然后拿酒，然后想办法让大嘴巴把我们送到巴扎去。不过，疤脸，你以前为什么不学开车啊？

疤　脸　一嘴胡话。你为什么不学开车？什么都是我做。你就在那里待着玩，没完没了吃糖。

瘦　子　对不起，我是你的拖累。对不起，我是这么大一个拖累。

疤　脸　（停顿；声音突然变柔和）胡说。谁告诉你，你是拖累了？有你在这里，我就不用一个人上路。你明白吗？你要替我望风，知道吗？

瘦　子　嗯，我保证。我保证替你望风。（停顿）再把计划给我讲一遍吧。

疤　脸　你不是刚讲过。

瘦　子　不，再之后的计划。

疤　脸　我们会赚一大笔钱，然后我们就走。我们去山的另一边买一块土地，能望得见喀纳斯湖的。离那些垃圾一样的烂人远远的，离这些乱七八糟远远的。

瘦　子　可是，我还以为我们就是垃圾一样的烂人，我们就是乱七八糟。

疤　脸　（微笑着）你喜欢这样的生活，对吧？

瘦　子　好像挺喜欢的。你呢？

疤　脸　嗯，我也喜欢。他们怕我们，因为我们坏，我们干坏事。

瘦　子　而且我们会有钱的。

疤　脸　我们就能买东西了。嗯？摩托车。溜冰鞋。衣服。

瘦　子　噢，还能买糖！

疤　脸　不行，不许买糖。你看看自己那一嘴烂牙。

瘦　子　到时候我就可以镶一嘴金牙了。

疤　脸　哦，操，可以。

瘦　子　然后我想吃多少糖就吃多少。

疤　脸　不过第一步，我们得拿到钥匙。

瘦　子　好，好。（**停顿**）疤脸？

疤　脸　咋了？

瘦　子　我知道别人怕我们，但我自己也怪害怕的。

疤　脸　嗯，那就别怕。别人知道你害怕，他们自己就不怕了。你能不能装出一副吓人的样子？（**停顿；瘦子作出表情**）好。找个什么东西把他的嘴堵起来。什么都行，省得他叫。

瘦　子　什么意思？找什么？

疤　脸　什么都行。你这个傻子。

　　　　【**瘦子脱掉袜子，塞进陶冶嘴里。疤脸打开水管，往陶冶身上浇水，好弄醒他。陶冶呻吟。**

　　　　【**过了一刻，陶冶才真正恢复意识。令人意外的是，陶冶既没有挣扎也没有尖叫，他只是在沉重地呼吸。**

疤　脸　行了，小破孩。你有我们想要的东西，拖拉机钥匙和酒窖门钥匙。钥匙交出来，我们就不伤害你，放你走。（**稍过片刻**）奇怪。都被捆起来了，还一点儿都不出声。你能不能保证不尖叫，也不拿你那些长篇大论教育我们，弄得我头疼？

　　　　【**陶冶点头。疤脸取出塞在陶冶嘴里的袜子。陶冶深呼吸，咳嗽。**

　　　　【**沉默。**

疤　脸　你不会喊吧？

陶　冶　我以前从来没有被挟持过，所以我不知道如何处理这种局面。所谓人，不过是他此前一切记忆的总和——

疤　脸　（**枪口对准他**）我说了别教育我们！

　　　　【**停顿。**

陶　冶　你信不信都行，但这并不是第一次有人拿枪对准我的头。我也不认为你会真的会开枪。

疤　脸　是吗？告诉我为什么。

陶　冶　我来到这里后学到的，我应始终怀着最坏的恶意。

疤　脸　看看你那张蠢脸。

陶　冶　我无法看到自己的蠢脸。

疤　脸　（**生气地**）你干吗不害怕？你应该害怕。我们多他妈的吓人啊。我们好不容易弄来那些操蛋面具，还有变声器，还有大斧头，还有锤子，都他妈是上网买的，专门找一个叫"恐怖分子用品商店"的地方买的，我正拿着这把枪对准你那操蛋脑袋，你干吗不害怕？

　　　　【他扇陶冶耳光。

陶　冶　因为你他妈的激怒了我，你这个傻逼！

瘦　子　好啊！会还嘴了！

疤　脸　不错嘛！嗯？嗬，还会骂人了。咱们做个交易吧，怎么样？你根本不在乎这些操蛋葡萄酒，对吗？你只在乎你那个电影，你的梦想。行，我们正好也有个梦。我们得出趟远门，我们也该看看这世界是什么样儿了。好好爽一把。你知道，这就是交易。我们帮你拍点儿特别有意思的镜头，你拿它发财，拿它出名，随你。你只要坐直就行，动都不用动。就靠在椅子上坐好，好好享受吧。我们把那两个操蛋面具戴上，干点儿再有意思不过的事。你的电影观众肯定爱死这些了。行了吧？（**停顿**）我去拿摄像机。瘦子，把那个玩意儿找来。

瘦　子　疤脸，你说什么？你说什么哪？

疤　脸　我说去把那烂玩意儿找来。怎么？你对那婊子有什么特殊感情啊？（**头顶着头**）快点，哥们儿，我之前跟你说什么了，嗯？我之前跟你说什么了？

瘦　子　（**停顿**）你说，"女人如衣服，兄弟如手足"。

疤　脸　对，就是。那谁是你兄弟？

瘦　子　（**不情愿地**）你，你是我兄弟。

疤　脸　那你还在等什么？

　　　　【瘦子退下。

疤　脸　（**继续**）这会非常有意思的。

陶　冶　你打算干什么？

疤　脸　放轻松，行吗？坐好，别动。

陶　冶　假如你们是在做游戏的话——

疤　脸　你看这像游戏？呵，不会吧。这太严肃了。过去，在镇上的广场，有些晚上会放电影。我们带小凳儿去，坐下看。最开心的时候，看过多少香港黑帮片呵。长斧头，棍子。砸碎脑袋。嗯？我不过是想砸碎几个脑袋。你喜欢吗？那些电影。

陶　冶　不喜欢。

疤　脸　你喜欢，从你的眼神就能看出来。你上过电影学院，对吗？你肯定喜欢。除了这些，哪儿还有什么电影？（**停顿；他等着**）没心情说话啊？待会儿你肯定想发表评论。评论一下我给你拍的镜头，也是我们留下的一点纪念。告别礼物。（**他用鼻子吸了一下**）操，你闻到了吗？空气里这发酵的酒味儿，真让我兴奋。

　　　　【**马叶和瘦子走了进来。**

疤　脸　（**继续**）对，对。我们应该为这个喝杯酒。

马　叶　你想怎么样？

疤　脸　你不是总想跟我们一起玩儿吗？现在我请你来了。

马　叶　我正忙。老板没了，我得收拾东西。

　　　　【**她要走。**

疤　脸　（**枪口对准**）别着急。

瘦　子　哇，哇，疤脸，枪可没长眼睛。你不是常说这句话吗？

疤　脸　瘦子，你喜欢这个婊子，是吗？

瘦　子　你说什么呢，疤脸？

疤　脸　怎么，害羞了？偷偷看她洗澡的时候倒是不害羞呵。

瘦　子　不，不。不是真的，我从来没有——

马　叶　别欺负他了。你想怎么样？

疤　脸　（**对瘦子**）把裤子脱了。

瘦　子　为什么啊，疤脸？这么冷。

疤　脸　闭嘴，让你干什么你就听话！

马　叶　没事的。没事的。

　　　　【**瘦子脱掉裤子。**

疤　脸　**（向马叶）** 该你了。

陶　冶　你这是干什么？

马　叶　不是第一次了。

　　　　【马叶脱掉裤子。

陶　冶　你这是干什么？！你这是干什么？！

疤　脸　嘘——不就是帮你拍电影吗？不就这么拍吗？演员都现成。

　　　　【他拿出陶冶的摄像机，放到地上。

疤　脸　**（继续）** 好。这样应该行，我见过你拍。我们来看看，唔——开始吧。你站那儿。你，站这儿。行吧？弯腰。快点。弯腰！

瘦　子　我害怕，兄弟。哥们儿？我害怕。我们之前没说过要这么干呐。

马　叶　没关系，乖。没关系，就听话吧。

疤　脸　你听见她说什么了。

陶　冶　别这样。停！停！

疤　脸　**（对陶冶）** 要是你害怕，我在这儿和你一起。

　　　　【他转过身，站到陶冶身后，拥住陶冶的双手。

疤　脸　**（继续）** 老头儿在晚会上说什么来着？表演开始之前？噢，对，他说——为了活着。

马　叶　**（对瘦子耳语）** 放松一点。必须得听他的，他疯了。你要是不干，他会开枪打你的。必须得干。没事的。

瘦　子　怎么会没事？这样不对，这样不对。

马　叶　闭上眼睛，我也闭上眼睛。想象一下以前，你躺在屋顶上，看着黑夜。有星星，那么多的星星。正眨着眼睛，像一千只眼睛。

瘦　子　全都看着我。

马　叶　不。那是许愿的星星，是让你许下愿望的。告诉它们你想要什么，就会梦想成真的。

疤　脸　喂，你们俩在那儿说什么？说荤话呢？要他妈的是荤话，你们最好大声点儿。

瘦　子　我不行，我不行。

马　叶　没事的，放松。

　　　　【停顿。

瘦　子　不。不。不。不。不行。

疤　脸　怎么着？

瘦　子　（哭）我不行。告诉你了我不行。

　　　　【疤脸放开陶冶，走向瘦子和马叶。

疤　脸　软蛋。让你跳河你都跳，让你干一个婊子你不行。白痴。

瘦　子　别那么叫我。疤脸，你知道别人那么叫我我难受。

疤　脸　什么？白痴？蠢蛋？木头脑袋？傻子？智障？——

马　叶　别欺负他了，我的天啊——

疤　脸　蠢货？傻大个儿？傻子？

马　叶　你他妈的真是混蛋——

疤　脸　蠢驴？猪头？傻瓜？

　　　　【陶冶在哭泣。

瘦　子　别说了。

疤　脸　你想让我停下来？你他妈的倒是给我看看你不是我说的这样。鸡崽
　　　　儿？畸形？怪人？没用的？一坨屎？你他妈的是个怪物！

瘦　子　别说了！

　　　　【瘦子推开疤脸。

疤　脸　行，接着来啊。生气了？这么多年里别人管你叫废物、叫孤儿，对吗？
　　　　有人得付出代价。他发现我们住在车库里，把我们带到这儿来。我
　　　　们在这儿干活，摘他妈的操蛋葡萄。晚上他把我们锁在他房间里，给
　　　　他跳舞。我给他跳舞，谁来补偿？（**他的头顶着瘦子的头。**）
　　　　谁该付出代价？

瘦　子　他已经付出代价了，现在他已经死了。

疤　脸　不够。他们全都得付出代价。

瘦　子　咱们走吧，疤脸。咱们手里钱够多了，咱们就离开这个地方吧。

疤　脸　不可能。这些酒得归我们。我们摘的葡萄，我们酿的酒。他妈的这
　　　　个葡萄园该归我们，拿不到钥匙我绝对不走。（**面对陶冶**）要让一个
　　　　人付出代价有多难哪？

　　　　【他疯狂地吻陶冶的嘴唇。陶冶挣扎。

　　　　【然后疤脸向后退了一步，枪口对准马叶。

疤　脸　我真他妈的爱你啊，哥们儿。但你得把我的钥匙给我，有这钥匙我就
　　　　能打开酒窖。打开我梦想的世界。现在。

陶　冶　别这样——请你——别这样。

【静寂。他把枪上膛。

马　叶　让我跟他谈谈吧。

疤　脸　什么？

马　叶　让我跟他谈谈吧。我给你拿钥匙。

瘦　子　对。让她去谈谈吧，求你了。就让她试试看。

【稍过片刻。

疤　脸　十分钟。（边走出去边说）傻子，跟我来。你把给你的机会浪费了，现
　　　　在归这姓陶的了。

【疤脸和瘦子下场。

【马叶找到一个角落，在地上坐下。

马　叶　这一整天跟疯了似的，是吧。（停顿）你没什么要说的？（停顿）别想
　　　　跑，他会开枪的。

【马叶给陶冶松绑。

马　叶　（继续）真的？不演讲了？不讲那些什么饥寒交迫的牛啊之类的了？
　　　　你真的什么都不打算说？

陶　冶　我不知道说什么。我现在是哑口无言。

【陶冶找到一瓶盖满灰尘和霉点的酒，把它砸开。

陶　冶　喝一点儿吧。（停顿）看我在干什么啊，让一个十四岁的小孩喝酒。

马　叶　没什么，我又不是没喝过。（喝酒）真好，暖和。我就需要这个。

陶　冶　你现在，呃——你还好吗？

马　叶　嗯。我知道瘦子不会对我怎么样的。他真是个好人。他爱我。自从
　　　　我搬进来他就用自己的手臂保护我。但是疤脸——

陶　冶　我低估了他，他太让我意外了。我低估了你们所有人，对吗？

马　叶　你根本没看见我们。我们一直都在这儿，可你看不见。在你眼里我
　　　　们是一群完全一样的羊，分辨不出区别。你看不出哪只是哪只。不
　　　　是你的错，因为你不是羊。（停顿）你干吗不把钥匙给他？现在天都
　　　　晚了。我累了，我也得去收拾行李了。如果你早把钥匙给了他们，现
　　　　在他们兴许什么都弄完了，都已经把钥匙还给你了。

陶　冶　这不是钥匙的问题，从来就不是钥匙的问题。

马　叶　那是什么问题？

陶　冶　问题是——问题是——我不知道——**（停顿）**这么多年，长大的过程
　　　　中，我见过很多奇怪的事、疯狂的人、可怕的罪行——儿女活埋了父
　　　　亲。绝望的人拿一把瑞士军刀就去抢银行。他还成功了。五次。学
　　　　生游行呼吁政府向另一个国家开战。漂亮姑娘玩自拍。丑姑娘自
　　　　拍。警察屠杀平民。平民点火烧警车。**（停顿）**鬼。我见过许多的
　　　　鬼。**（停顿）**但我一直想，好吧，等我长大了，世界就会不一样，它会变
　　　　得更好。因为孩子是纯洁的，孩子有潜力。假如我能长成一个好人，
　　　　其他孩子也可以。我是个好人，真的。但是，这些，今天这些？你告
　　　　诉我——

马　叶　天真的很晚了。

陶　冶　那又怎么样？我们今晚本来也去不了其他地方了。

马　叶　你确实是个好人。

陶　冶　这还有关系吗？

马　叶　我喜欢你，你喜欢我吗？

陶　冶　哦这——对不起。

马　叶　对不起什么？

陶　冶　我只是很抱歉，我只是非常抱歉。看到你和瘦子，你们控制不了自己
　　　　的生活。**（停顿）**是他吗？你知道，那个父亲。

马　叶　什么父亲？

陶　冶　你流产的那个孩子的父亲。

马　叶　你还在想这件事，我都已经不管它了。

陶　冶　假如是他的，那我就不认为——怎么说呢——我想反正这也不重
　　　　要了。

马　叶　不重要了？

陶　冶　还有什么重要呢？几个小时前，这个葡萄园里刚有人被打死。

马　叶　孩子是谁的都有可能，说不定是那个死人的。

陶　冶　我不认为是他的。你没告诉我——

马　叶　可能是你的。

陶　冶　什么？

马　叶　你也可能是孩子的父亲。你知道，可能是你。

陶　冶　这不好玩，现在也不是拿这个开玩笑的时候。

马　叶　是你先提起来的。(**停顿**)在这儿没什么可干的,只能干活,老头子也
　　　　不让任何人来看到我。但是,你猜怎么样? 我到底还是让男人来看
　　　　我了,而且他们干的可比看我多多了。真有意思,他们来看我,但是
　　　　旁边有别人的时候,他们就装得好像跟我一点儿关系都没有,就好像
　　　　我是灾星似的。你不觉得我是灾星吧?

陶　冶　不。——你是说——

马　叶　我老姑妈以前就说我是灾星,说是我弄死了我爸妈。不过老头子来
　　　　了,把我带到这儿来。老头子说,我对他有用,他永远都不让我走。
　　　　要是我能走,我兴许能做出点儿事情来呢。你知道吧? 现在老头子
　　　　死了,可我还待在这儿。

陶　冶　假如我把钥匙给他们,你答应我,你不和他们一起走。

马　叶　我走我自己的,各走各的。

陶　冶　答应我你会好好照顾自己。

马　叶　我会的。我一直都把自己照顾得挺好。

陶　冶　好吧——

马　叶　就告诉我钥匙在哪儿都行。我去跟他们说,然后这一切就结束了。
　　　　把钥匙给他们,开车把他们送去巴扎。

陶　冶　什么?

马　叶　什么?

陶　冶　你说什么?

马　叶　我说把钥匙给他们。

陶　冶　对。钥匙,两把。你刚才说"把他们送去巴扎"。

马　叶　怎么了?

陶　冶　你在这里的时候,他们从来没提起过巴扎。

　　　　【**稍过片刻**。

马　叶　那有什么要紧的?

陶　冶　当然要紧。(**停顿**)骗子。

马　叶　行吧,我操,听着。妈的。(**停顿;她声音变化了**)脱裤子。

陶　冶　你们这帮人解决任何事情的方法都是"脱裤子"吗?!

马　叶　脱裤子,赚钱,喝酒。这几样都能帮人渡过难关,基本都有用。操。
　　　　脱完裤子,你想要什么都行。孩子那事儿不就是这样。

陶　冶　告诉我孩子是怎么回事。

马　叶　根本没有过孩子！

陶　冶　我看见你出血了。

马　叶　你没看清楚。

陶　冶　我带你看医生了。

马　叶　哦,哈,我舔了几口。

　　　　【抚摸他的大腿。

马　叶　男人都一样。嘴里说不要,身体说要。你喜欢我吗?

陶　冶　别碰我。

马　叶　你挺喜欢我的,我注意到你看我的眼神了。我脸蛋儿挺好看的,你知道。不然咱们再开一瓶酒吧,我知道男人干这个之前爱喝酒。这儿有什么? 美乐? 霞多丽? 这些词真好玩儿。这些词以后再也没用了。你喜欢我吗?

陶　冶　我不喜欢你,你们哪个我都不喜欢。我不喜欢这个地方,不喜欢这儿的天气。这些树、石头、沙漠。这么干,这么热。白天热,夜里冷。我不喜欢自己待在这儿。我不喜欢这里的人。我不喜欢任何地方的人。你们都一样。自私,残忍,疯狂。我厌恶你们,你们所有人。你是个婊子。

　　　　【稍过片刻。

马　叶　(冲门口方向喊)疤脸! 停下来。疤脸! 你他妈的停下来。疤脸! 他知道了! 这个人已经疯了。

陶　冶　我诅咒你,你们所有人。祝你们全成下水道里的耗子。永远流浪,找不到家。祝你们抬头看夜空时永远看不到星星。祝你浑身淤青,永远无法康复。希望你们永远找不到一个愿意碰你们的人。没有一个人爱你们。没有一个人在乎你们。祝你们一辈子都清醒,喝再多酒都无法麻醉自己。祝你们想思考,但一辈子都没脑子。永远在琢磨为什么,但永远找不到答案。祝你们早死。祝你不得好死。祝你们在十八层地狱里受折磨,永世不得翻身。

　　　　【疤脸冲进来。瘦子跟在他身后。

疤　脸　咋了?

马　叶　他知道了。

疤　脸　他知道什么了？

陶　冶　我全都知道了。

　　　　【停顿。

疤　脸　妈的。(停顿)你他妈的到底给不给我钥匙?!

陶　冶　除、非、弄、死、我。

　　　　【马叶走上来，想要夺走猎枪，但瘦子制止了。他从身后抱住她。

瘦　子　不，不——嘘——

　　　　【他盖住她的眼睛，想让她安静下来。

瘦　子　(继续;唱着歌)

　　　　月儿明，风儿静，

　　　　树叶儿遮窗棂，

　　　　小宝贝，快快睡，

　　　　睡梦中露笑容。

　　　　(停顿，仍然盖着她的眼睛)你不是坏人。

马　叶　我有一次剥了一头胡狼的皮。

瘦　子　但你不坏。

疤　脸　她坏。

马　叶　他说我是婊子。

瘦　子　他坏。他会觉得对不起你的。

马　叶　我把那头胡狼的头砸碎了，到处都是血和脑浆。

疤　脸　你也得有点儿胆量，兄弟。

马　叶　你要保护我，瘦子。

疤　脸　听这个。

马　叶　胆量，得用胆量!

疤　脸　对。

马　叶　胆大包天。我们就得那样生活。

疤　脸　胆量，你得有胆量。

　　　　【瘦子拿过枪。

瘦　子　(对陶冶)说，说"对不起"。

疤　脸　现在，我给你望风。

马　叶　我们给你望风。

陶　冶　你不需要这么做的，瘦子。你是个好孩子。

瘦　子　**（哭泣）**我不是，我不是。**（停顿）**你比我还要傻。**（停顿）**把钥匙给他们，你这个傻瓜！

马　叶　杀了他，现在就杀了他。

　　　　【灯暗。极长的停顿。

　　　　【子弹卡在了枪膛中。"啪"！

第九场

　　　　【时间过去了。午夜。

　　　　【谷仓或者民房着火了，远处火光明显。透过窗户能看到红色。陶冶和这伙人都尚不知道着火的事。

　　　　【瘦子仍然在哼唱着摇篮曲，不过如今唱得更温柔了。他给陶冶脸上、手臂上的伤口涂抹龙胆紫药水。

瘦　子　朝你开枪了，真对不起。

陶　冶　子弹没打出来。

瘦　子　对不起，我还想把你淹死。

陶　冶　没事。你不是故意的——

瘦　子　对不起，我还想给你下泻药。

陶　冶　你确实给我下泻药了。

瘦　子　噢，我以为我没有。对不起，我不是想害你。

陶　冶　我知道。你只不过是——

瘦　子　傻。我只不过是傻。

陶　冶　不，你不是。

瘦　子　你舒服一点儿了吗？

陶　冶　这是什么？

瘦　子　紫药水，加清凉油。这是万灵丹，我记得在家里我爸爸以前就是这么说的。你会好起来的。涂了这个，就一个伤疤都不会留下。

　　　　【紫药水装在一个葡萄酒瓶中。

陶　冶　他没说准。你看额头上就有一个伤疤。

瘦　子　哦,对。

陶　冶　你真名叫什么?

瘦　子　瘦子。

陶　冶　不,你的真名。

瘦　子　我不记得了。

陶　冶　你又不瘦。为什么叫瘦子?

瘦　子　最开始我叫疤脸,因为,你看我脸上有个疤。疤脸叫瘦子,因为他瘦。
　　　　我们十岁那年,他说:"嘿哥们儿,咱俩互相送生日礼物吧。"我们又没
　　　　钱买礼物,所以我们交换了名字。

陶　冶　所以你是疤脸。

瘦　子　是。

陶　冶　(微笑)真像个小坏蛋的名儿。

瘦　子　是,那个名字很配他。

陶　冶　他对你是坏影响。

　　　　【瘦子停下手中的动作。

瘦　子　不,他不是。他是好朋友。他是我兄弟,照顾我。我自己也没那么
　　　　好,我还傻。而且别在我面前说他的坏话,那样太差劲了。我爸爸说
　　　　那样差劲。

陶　冶　你有个爸?

瘦　子　我也得从哪儿生下来,对吧? 我也不是石头里蹦出来的,或者一个鸡
　　　　蛋自己裂开生的。得有人孵蛋。嗯,我有爹妈,他们死了。

陶　冶　对不起。

瘦　子　我八岁那年死的。我爸爸活着的时候说:"想要扬名立万,就得把自
　　　　己全心交出来。得全交出来。"多有意思,他一辈子都没扬名立万过。
　　　　他是挤奶工人,他爹也是,他爷也是。我猜他们都是好人,没杀过任
　　　　何人。当时,那可能算是一种好品质。现在大概也是。我不知道。
　　　　(吃糖)那啥,我饿了。你要不要吃? **(停顿)**不过有天清早,我爸爸正
　　　　要去给他喂的两头牛挤奶,却发现它们在篱笆外面,叫人给杀了,内
　　　　脏流得到处都是。在路的另一头,有一伙十几岁的年轻人醉倒在那
　　　　里。身边是啤酒瓶子,还有半锅牛肉汤。他们不应该喝酒的。**(他从
　　　　瓶子里喝了一口)**不,任何人都不应该喝酒。但是我爸爸很生气,把

那些人吼醒了，说："那是我儿子的学费！你们这些混蛋！"那些男孩把他打了一顿。他什么都没做，脑门淌着血回了家，把我打了一顿。第二天，他喝了些烈酒，拿一把屠刀把邻居家的男孩杀了。（**吃糖，再喝酒**）要不要？

陶　冶　你刚说过任何人都不应该喝酒。

瘦　子　没错。但谁在乎呢？

　　　　【停顿。陶冶拿过瓶子。

　　　　【疤脸冲进来。他后面跟着马叶。

疤　脸　哦，是啊。给他治伤，你他妈的给他擦药。我们先弄伤他，再把他治好，这算哪门子的恐怖分子？

马　叶　愚蠢的恐怖分子。

瘦　子　子弹卡在枪膛里不是我的错。（**用口型向陶冶示意**）对不起。

疤　脸　什么都不是你的错，对吗？

马　叶　好长的一天啊。我在这儿打个盹儿，行吗？这里又暖和又舒服——我真有点儿累了。

疤　脸　你要打盹儿？现在？你该干的活儿干完了吗？我不明白。他就在那儿，你干吗不干了他，然后把那他妈的钥匙拿来给我。我不明白，你以前不是挺会这套的吗——

马　叶　别说混蛋话。我把什么都收拾好了——

疤　脸　没用。你们所有人，全没用。五小时后巴扎就要开始了，我必须得拿到一个摊位。他妈的顾客就要来了。我的摊位。中午吃一顿肉饭，然后我可就走人喽。坐公共汽车，不然就坐火车。我最他妈喜欢火车了。

　　　　【他边说边发抖。很难确定究竟是药物作用使他激动，还是纯粹的兴奋。

瘦　子　休息一会儿吧，好吗？就是几桶酒，不是什么大事。咱们都休息一会儿吧。到了早上，陶冶就可以开卡车把我们送到汽车站了，你会送我们吧，陶冶？我们不带酒了。

陶　冶　（**向疤脸**）你们没地方可以逃过去的——或者藏身——

疤　脸　哟，哟，是啊。没地方，因为我根本不会藏啊。撤了，直接撤。

陶　冶　你干吗不直接杀了我呢？你有斧头，对吗？我看见了。它在哪儿呢？

你干吗不像你说过的那样直接把我头砍掉呢？(**停顿**)这不容易,对吗？不像开枪。只要扣一下扳机,子弹就会射穿我的身体。杀人可没那么简单。斧子朝我脖子砍下来的时候,你会感觉到我的脉搏在跳。脉搏很弱,但你会感觉到它,穿过冷的斧刃和热的鲜血跳动的脉搏。(**停顿**)杀个人也不容易。我敢打赌。

【**稍过片刻**。疤脸把手放在陶冶背上抚摸。】

疤　脸　　脊梁骨。都不知道你长了脊梁骨。

瘦　子　　玩够了没有!别老是拿腔作调地玩了!烦死了,让我头疼,你们两个都是。

陶　冶　　(**向瘦子**)这不关你的事,你只是受了利用。就是这样,受利用。一个木偶。(**向马叶**)你也是。

马　叶　　什么?我怎么着你了?这么说我——

陶　冶　　你知道你是的。

瘦　子　　闭嘴,快闭嘴吧——

马　叶　　我得再喝一杯。

疤　脸　　对。你是对的。有酒喝的时候就得快喝。

【他把一个酒桶龙头砸掉,用一只杯子接酒,全部喝光。又接了一杯,递给马叶。她没接。停顿。】

疤　脸　　(**继续**)怎么了啊?这是个晚会。喝吧!跳啊。

【他抱着马叶站起来,逼她喝酒,然后和她跳舞。】

疤　脸　　太阳升起来我们就走,阳光照亮麦子的时候。Les Champs d'Or. 你们都不知道这是啥意思吧!叫他妈的金色的田野。我们一点儿痕迹都不会留。但是有一天,我们会起来的,像巨人一样。杀光富人,喂饱穷人,就像真正的英雄。我们会拿走属于我们的东西,联合起来。兄弟姐妹,受压迫的人。联合起来,斗争下去。

【他把紫药水倒进玻璃杯。这和酒的颜色相同。】

【疤脸拿出一把小刀,割自己的手指,血滴进玻璃杯。】

疤　脸　　(**继续**)我们得做我们一直想做的事。我们,孤单的人,歃血为盟;从今天往后,我们永远在一起,无论穷还是富,我们穿刀山下火海,好日子一起过,坏日子一起过;从今天往后,我们在一起。

【疤脸用刀割马叶的手指,她的血滴下来。他把刀交给瘦子,瘦子犹

【豫着，但最终按吩咐做了。他把玻璃杯递给瘦子。

疤　脸　（继续）喝了它，兄弟。里面有我们的血，喝下去，我们就是一个人了。

　　　　【稍过片刻。

疤　脸　（继续）为了自由！

　　　　【瘦子喝了下去。

马　叶　这可怎么办？他全给喝了。我可没有更多的血了。

疤　脸　好兄弟，真是好兄弟。

　　　　【他给陶冶松绑。

疤　脸　（继续）你可以走了。

　　　　【稍过片刻。

陶　冶　就这么完了？

疤　脸　怎么？你还想让我们给你签个名？

　　　　【陶冶离开，又转身回来。

　　　　【稍过片刻。

陶　冶　能把摄像机还给我吗？

　　　　【稍过片刻。疤脸找到摄像机，拿出其中的存储卡。他把摄像机交给
　　　　马叶。

疤　脸　相机是我们的了。你拿走那个——那个什么玩意儿。你那个小东西。

陶　冶　我的命。

疤　脸　嗬，真的。

　　　　【他把存储卡扔到地上，用脚踩了上去。

　　　　【陶冶后退到门门口。他打开门，看到远处的火光。

疤　脸　（继续）再多喝点儿，天亮前再喝点儿。我召唤那些迷路的孩子，他们
　　　　在沙漠里流浪，但他们未来不用再流浪了。火光就是信号。他们在
　　　　来这里的路上。我是——我们是，和他们一起的。盾牌和警棍都阻
　　　　挡不了我们。子弹和手榴弹都阻挡不了我们。我们会踏遍这里的每
　　　　一寸土地，拿回本来属于我们的东西。我是——我们是，恐惧之王。
　　　　（停顿；看见陶冶仍在那里）你怎么还在这儿？你他妈的究竟为什么
　　　　还在这儿？你没看见火吗？他们来了。你没听见他们在叫喊吗？
　　　　【稍过片刻。瘦子扔下玻璃杯，他的整个身体都在颤抖。他眼睛翻
　　　　白，发出含混的呼噜声，口吐白沫。他扔下玻璃杯。

疤　脸　　咋回事？瘦子。拿不住杯子？

　　　　　　【停顿。

马　叶　　不是，不是。有问题，你这个混蛋——

　　　　　　【陶冶迅速跪下。他探测瘦子的呼吸，又检查玻璃杯。

陶　冶　　你给他喝什么了？

马　叶　　起来，你这个蠢货，起来。

陶　冶　　你他妈的究竟给他喝什么了？

疤　脸　　血啊。

陶　冶　　你他妈的给他下毒。

马　叶　　啥意思？

陶　冶　　意思是你们他妈的坏透了……

马　叶　　我什么都没干。起来——救救他，求你了。你知道怎么救他，对吗？
　　　　　你什么都知道——

疤　脸　　我给他喝了我的血。

　　　　　　【马叶一直念叨着相同的话"救救他，求你了"，一遍又一遍。

　　　　　　【这时，警笛响起，能听见人们叫喊，玻璃砸碎，有人尖叫。

　　　　　　【疤脸跑到窗前，向外看。

疤　脸　　他们来了，他们来了。

　　　　　　【一声枪响。马叶尖叫。

马　叶　　（害怕地）我不干了，我不干了。老天哪，我不干了。得打电话叫救
　　　　　护车！

　　　　　　【她想逃走，但疤脸抓住了。陶冶在试图打电话。

疤　脸　　跑不掉的，你还不明白吗？

　　　　　　【爆炸。马叶歇斯底里地哭起来。

马　叶　　（喃喃自语地唱着 Mai-A-Hee 的歌，是"我不害怕"之意）

　　　　　MAI-A-HEE，MAI-A-HU；

　　　　　MAI-A-HO，MAI-A-HA-HA；

　　　　　MAI-A-HEE，MAI-A-HU；

　　　　　MAI-A-HO，MAI-A-HA-HA。

疤　脸　　哦，看哪。瘦子真喝醉了。

陶　冶　　电话打不通。（对疤脸）你他妈的究竟干了什么？

【他把手机砸向墙壁，它碎成一片一片。

陶　冶　（继续）好吧，我们开车。

疤　脸　去哪儿？

陶　冶　去找个操蛋医院。找诊所，找兽医。你用他那操蛋万灵丹把他杀了。

　　　　【他在木桶下找钥匙。

陶　冶　（继续）我们走吧。帮我把他抬到卡车里。

疤　脸　这就是钥匙？真就是这些？酒窖钥匙也在里面吗？

陶　冶　你要是还敢在卡车里搞这套，我他妈的绝对会杀了你。抬起他的腿。

　　　　【他帮瘦子站起来。

陶　冶　别光站在那儿，来帮忙！

疤　脸　说得简单。

陶　冶　什么？

疤　脸　你知道这件事里最伤害我的是什么？你总是可怜我们中间最坏的那个。先是那个小婊子，然后是这个傻瓜。看看他。醉鬼，蠢货。看他唾沫从嘴角流下来。没有我，他根本什么都不是。你怎么不可怜可怜我？我照顾你。我给你机会离开。我是最可怜的一个，为什么你反而最恨我？（停顿）现在你走，走吧。把钥匙留下，你走吧。

陶　冶　他要死了！

疤　脸　这不是死！这是重生。

　　　　【疤脸踢瘦子的胃，极凶狠地踢着。

疤　脸　醒醒，你这个畜生，醒醒。操你妈。醒、过、来。

陶　冶　住手！住手！

　　　　【稍过片刻。

陶　冶　拿去吧。钥匙拿去。住手。

　　　　【马叶跑了出去。

　　　　【静寂。

　　　　【瘦子咳嗽。他吐出来黏液和液体，深紫色、几近黑色的液体。

疤　脸　最、后、一、击。

　　　　【陶冶扔下钥匙。

陶　冶　求求你。

　　　　【瘦子再次呕吐。他用手势请疤脸停下来。

疤　脸　好了。

瘦　子　（呕吐）好了——

　　　　　　【停顿。

瘦　子　苦啊，真苦。

疤　脸　还想喝水吗。

　　　　　　【他朝瘦子扔了一瓶水。瘦子喝完整瓶水，打嗝。

疤　脸　感觉怎么样？

瘦　子　简直太吓人了！我觉得心脏有一会儿已经不跳了。

疤　脸　（向陶冶）他现在可以去马戏团演怪物了。

瘦　子　（跟着大笑）我可以去马戏团演怪物了。（停顿）不过我不是怪物。

疤　脸　身体壮，壮得和牛一样。不错，好兄弟。

瘦　子　我很不错。

陶　冶　骗子，骗子——

瘦　子　他在说什么哪？疤脸？他在说什么呐？

疤　脸　他说你是骗子。

瘦　子　可我不是骗子。我都不知道怎么撒谎——

疤　脸　（捡起钥匙）该走了。

瘦　子　马叶去哪儿了？

疤　脸　走了。她什么也不懂，婊子。你准备好了吗，该去拿酒了吧？

瘦　子　嗯，我好了。

疤　脸　（在通往酒窖的铁门前）天哪，我等了这么久了。操，这股味道——我
　　　　闻到了希望的味道。

　　　　　　【他打开酒窖，走进去。

瘦　子　（微笑着）就是这样，对吧？你自由了，可以走了，我们也自由了。

疤　脸　（声音自后）瘦子！

瘦　子　啥事？（对陶冶）那事没关系，真没关系，不太疼。我得听疤脸的话，
　　　　他让我喝的。

疤　脸　瘦子？操，这玩意儿太大了。快来！

瘦　子　我来了。（对陶冶）照顾好你自己，好吗？谢谢你。（瘦子要走）

陶　冶　为什么？

瘦　子　为所有事情。

【他走进酒窖。

【几秒钟后，瘦子推出一个巨大的橡木桶，比通常的酒桶要大许多。它架在轮子上，疤脸坐在酒桶顶上。

疤　脸　你他妈的怎么还在这儿？烦死了，快走。你最好在我们回来以前消失掉。

【瘦子依旧唱着那首摇篮曲，他很快乐。他们离开。

【陶冶独自站在舞台上。

【极长的停顿。

【马叶自台下尖叫。

马　叶　（自台下）不，不。求你了，千万别。

【巨大的爆炸声。窗户全部碎裂。一条人腿飞上舞台。

【陶冶跑出去。

【静寂。

【过了一会儿，他与浑身是血的马叶一起走回来，她靠在他手臂上。

【他把马叶放下。马叶手指着什么东西。

【陶冶把瓶子里剩余的紫药水涂在马叶身上，这染紫了他的双手。

陶　冶　嘘……这是万灵药，什么病都能治。你会好的，你会好的。

马　叶　（低声耳语）我的眼睛，我眼睛。

【陶冶找到了马叶的眼珠。它滚在地上。

马　叶　没有它我就看不见人，别人也看不见我。

【她不再动弹了。

【静寂。

陶　冶　我的手是干净的。我的心是干净的。

【全剧终。

人间童话

杨小雪

　　杨小雪　1989 年出生于辽宁抚顺，2008 年考入南京大学文学院，2012 年毕业于戏文专业，毕业创作为话剧剧本《人间童话》。2013 年考入法国斯特拉斯堡大学艺术学院，读舞台艺术研究专业，2015 年以论文《梅特林克戏剧中的东方思想》毕业，获硕士学位。2016 年考回南京大学文学院读博，2019 年以论文《中国后戏剧剧场研究》毕业，获博士学位。现为浙江传媒学院文学院讲师。戏剧代表作品还有剧本《无常》《动物园里有什么》和"后戏剧"剧场作品《冬蛰》。

　　《人间童话》2016 年由北京人艺首演于该院小剧场，导演刘小蓉。

1 吃花的人

女　人　这又是怎么了？

花　　　隔壁的虎刺梅掉下去了。

女　人　隔壁那个孩子总是闯祸。

花　　　我想不是那孩子干的。

女　人　谁知道呢？也许是擦玻璃的时候碰掉了。

花　　　我认为也不是那样。

女　人　你认为？你倒真是一盆有思想的花。

花　　　我认为那盆虎刺梅想翻窗子回家，不小心失足掉下去了。

女　人　哦，很精彩的猜想。你能回到桌子上吗？我需要你安静一会儿。

花　　　当然。你还好吧？

女　人　有问题吗？

花　　　今天你看起来不太一样。你换了衣服，跟你出门时的衣服不一样了，你还洗了头发。

女　人　哼，你知道的可真多。

花　　　有柠檬水吗？

女　人　你不能在晚上喝柠檬水。

花　　　你想知道邻居的虎刺梅是怎么掉下去的吗？

女　人　不想。

花　　　其实，我倒是很想告诉你他是怎么掉下去的。

女　人　我对这个不感兴趣。

花　　　你这么说我有点伤心。我超级聪明，可是没人愿意跟我说话。

女　人　我有很多工作要做，我不想听一株聪明过头的夹竹桃分析一盆虎刺梅的死因。

花　　　可是自从你回来你什么都没做，除了把你买的东西一样一样拿出来，再一样一样放进去。

女　人　我……

花　　　我看见你买了柠檬水，我很想喝一小杯，就一小杯……

女　人　我想安静一会儿。

花　　　但是为什么你买了这么多酒？你以前从来不喝酒的。

女　人　你知道为什么我要养一盆夹竹桃而不是一只猫吗？因为植物不会
　　　　叫，也不会思考。但我不明白，为什么你会是一株爱唠叨并且胡思乱
　　　　想的夹竹桃！

花　　　我只是好奇……

女　人　请你安静！否则我就收回柠檬水。

花　　　我觉得你有点……忧郁。非常明显……能跟我说说吗？现在你可以
　　　　收回我的柠檬水。

女　人　忧郁……不……邻居的虎刺梅是怎么掉下去的？

花　　　我认为他想从你卧室的窗台爬到隔壁阿姨的窗台，结果一脚踩空就
　　　　掉下去了。

女　人　为什么他会在我的窗台上？

花　　　最近他总是喜欢趁你不在溜过来。

女　人　哈！一盆喜欢偷偷爬到我窗台上来的虎刺梅！

花　　　在你跟你的未婚夫去挑选戒指的时候。

女　人　你要我相信一盆虎刺梅会爬墙过来，就像小伙子从姑娘的窗子进去
　　　　偷情？

花　　　完全正确。

女　人　那么接下来你就会说那个私会的姑娘就是你了？

花　　　这就是我想说的。

女　人　谢谢你，花。没错，我今天是有点忧郁，谢谢你给我讲了这么个可爱
　　　　的笑话。

花　　　我是认真的。当然，没人会把一株夹竹桃的话当真。

女　人　全世界都在恋爱！连我的夹竹桃都在跟隔壁的虎刺梅恋爱！

花　　　我非常爱他！

女　人　一株植物，居然高谈阔论着爱情！

花　　　请你把我送给邻居吧！

女　人　这太荒唐了。我不会随便把我的东西送给别人。

花　　　以爱情的名义……

女　人　可那盆虎刺梅已经摔下去了，摔得粉身碎骨。

花　　　　但是隔壁还有一盆含羞草。

女　人　　你不会也爱上了那盆含羞草吧？

花　　　　我爱上他了！

女　人　　水性杨花！

花　　　　我是花啊！不让我水性杨花我还能干吗？

女　人　　可是那盆虎刺梅刚刚从我的窗台掉下去！

花　　　　他是花啊！花盆不就是用来往楼下摔的吗？

女　人　　你就没有一点同情心吗？

花　　　　拜托！我们这些花早晚都会死掉，我们会因为浇水不够而渴死，会被摘走变成干尸，会生病而死，也会被任性的姑娘扔下去……就像人也早晚会因为各种原因死掉一样。

女　人　　可是我们有同情心……

花　　　　那是因为你们活得太久啦，所以你们不知道应该在有限的时间里做该做的事。谁知道我哪天会摔下去？

女　人　　这算什么理论！花和人的逻辑完全不一样，不管你怎么说，我都不会把你送给别人的。你是属于我的。

花　　　　什么东西是属于你的呢？在自欺欺人这一点上，人类真是登峰造极了。

女　人　　难道你不是属于我的吗？我从市场上买到你，给你浇水，把你放在阳光底下……

花　　　　可我依然不属于你，我属于泥土、空气、阳光，我属于……

女　人　　我的花、我的工作、我的未婚夫、我的生活，这一切都不是属于我的……这让我感到恐惧。

花　　　　你怎么了？

女　人　　没什么，我只是有点……

花　　　　你非常悲伤！我想这是一种病，我在网上查过，这叫忧郁症。

女　人　　网络把人变傻了，却把花变聪明了！

花　　　　是的，超级聪明，因为每天待在房间里很无聊。今天我读完了整本《匈牙利语字典》，这是我学会的第九门语言了，可是总没有人跟我说话。我还顺便读了本《费曼物理学讲义》，是本挺好玩的书，如果你有时间也可以读读。

女　人　读点书对你有好处。

花　　　即使这样我也无法像你那样生活，因为我是绝对孤独的。你知道我
　　　　有多羡慕你每天早晨去上班的样子吗？

女　人　是的，工作意味着社会关系，人们必须有点社会关系，否则会没有安
　　　　全感。我憎恨这份工作，我每天在杂志上堆砌毫无意义的文字，而不
　　　　是我想象中的发表观点……可我不能没有这份工作！

花　　　你最近不是升职了吗？

女　人　可是看看我得做些什么！主编要求我用半本杂志的版面写关于《浴
　　　　血黑帮》的内容！你看过那部电影吗？据说好评如潮，可我却觉得它
　　　　烂得一塌糊涂！

花　　　我下载到了那部片子，简直就是一坨屎！我不明白为什么网上竟然
　　　　看不到一个差评。

女　人　我确实不能继续工作了。

花　　　我就知道出了什么事，你不可能穿着这样一身不搭配的衣服从公司
　　　　回来。我超级聪明。你辞职了？

女　人　还没有，可我应该那么做。

花　　　是的，你该那么做！

女　人　变成一个没有工作的女人？

花　　　我是一株没有工作的花！生活是有点单调，但这没什么。况且，一旦
　　　　有了家庭，就要为数不清得家务事操心了。

女　人　家庭？

花　　　你快结婚了，看，你可以不用再穿土气的职业套装了。但是以后你还
　　　　有很多事情要做，挑选窗帘，做精致的点心，给你的孩子读睡前故
　　　　事……

女　人　我要结婚了……

花　　　快给我讲讲你们是怎么挑选结婚戒指的？我想那一定非常幸福！我
　　　　可从来都不会经历这样的事！

女　人　让我想想……

花　　　哪里能买到结婚戒指？他们摆在货架上，就像超市里一样吗？

女　人　不，那是个珠宝店。没有超市那么大，没有那么多的货架。

花　　　是呀，闪闪发光的小玩意们需要更多的空间安放它们的光芒。

女　人　柜台前面有一排精致的高脚凳，它们都是透明的，女人们可以优雅地坐在上面挑选首饰。

花　　我相信你坐在那里一定非常的优雅！

女　人　柜台上还摆着一只透明的花瓶，里面有长着绿色大叶子的水生植物。

花　　我多希望自己是珠宝店柜台上的一盆花。

女　人　我也希望自己是一盆植物，什么植物都好。

花　　别开玩笑了，然后呢？你从那些美丽的小东西当中挑中了一个吗？

女　人　没有……它们都很漂亮，我不知道应该选哪个好。

花　　那你们是怎么挑选的？

女　人　我的未婚夫选择了一枚戒指，他觉得很漂亮。

花　　所以你们买了那枚戒指，戴在手上，然后亲吻对方！你们很快就会结婚了！

女　人　我们很快就要结婚了……

花　　然后你就不用再熬夜完成主编交给你的任务了。

女　人　是的，我不用再熬夜写稿子了，我甚至不用再见到主编了！

花　　你可以花点时间做自己喜欢的事。

女　人　我想学习编织帽子，在博客里写点自己的观点，还有我喜欢读书……

花　　你尽管做自己想做的事，不用再费力气赚钱了。

女　人　是的！我只需要挑选窗帘，做精致的点心，给孩子读睡前故事。

花　　你们会有一个可爱的孩子。

女　人　这一切都那么美好，让我想狂喊高呼，生活！

花　　能让我看看你的戒指吗？

女　人　什么戒指？

花　　你刚刚买的戒指啊。

女　人　刚刚……等一下。

花　　怎么了？

女　人　我……暂时还不想说关于戒指的事。

花　　我明白，我不能随随便便地看高贵的戒指。我们说到哪儿了……你们会有一个可爱的孩子。

女　人　我想狂喊高呼，生活！

花　　你会拥有更多的花！

女　人　是的！如果我闲下来，一定会养更多的花。水仙、山茶、茉莉、绿萝、
　　　　仙人掌……

花　　　然后你就会把我送给邻居阿姨了。

女　人　不，我需要你。

花　　　你会有一个男人的陪伴，你不是孤独的……

女　人　可我依然孤独！

花　　　我就知道，你不会结婚的。

女　人　我会结婚的！

花　　　你们刚才根本就没有买戒指。

女　人　可是刚才我已经说过了……

花　　　你根本不敢提怎样戴上戒指。而且你一直都没解释你的衣服跟头发
　　　　是怎么回事。我超级聪明。

女　人　那是因为……后来我们没买。

花　　　发生了什么？你们走到水晶般的柜台前……

女　人　我坐上精致的透明凳子……

花　　　柜台上还摆着一只透明的花瓶。

女　人　里面有长着绿色大叶子的水生植物。

花　　　然后他挑了一枚很漂亮的戒指，你却没有买？

女　人　我没有买。

花　　　那你做了什么？

女　人　我抄起那个花瓶，往他的脑袋上狠狠地砸过去！

花　　　什么？

女　人　那些绿色大叶子飞出来，到处都是水。我的衣服弄湿了。

花　　　你的未婚夫怎么样了？

女　人　血从他的头上渗出来，他满头都是血！

花　　　我的天啊！

女　人　他晃了晃就倒下去了，然后他死了。

花　　　你杀了他？

女　人　是的！

花　　　你会被抓起来的！

女　人　所以我换了衣服，这样他们就不知道是我干的了。

花   可是珠宝店的老板和那里的顾客都知道！

女　人   哦，对了，所以我顺便把他们都杀了。

花   总会有人问你，你的未婚夫到哪儿去了。

女　人   我再也不会去上班了，以后我哪儿也不去，谁都不会找到我。

花   你竟然会做这样的事！可是你为什么要这么干？

女　人   因为我憎恨我的未婚夫！

花   憎恨！除了在童话和电影里，我几乎没听说过这样的词。

女　人   没错，我恨他。

花   为什么你会恨他？那可是你要结婚的人！

女　人   但是我恨他！

花   他究竟做了什么让你恨他，甚至杀死他？

女　人   他什么都没做，就跟平常一样，他的笑容很温柔，他挑中了一枚戒指，
          戴在手指上。

花   我不明白。

女　人   我也不明白！很多事情我都不明白！可是如果换种说法，你一定会
          觉得这天经地义。比如我憎恨我的工作，仅仅是因为它无聊并且无
          聊的没有止境，所以我憎恨它。

花   我经常看到人们在网上说憎恨自己的工作。可是说到人……

女　人   说到人一切就完全不同了是吗？是的，如果你憎恨一个人，那么他可
          能谋杀了你的父亲，抢劫了你的工资或者是发动了战争……绝不可
          能是因为一个人无聊就憎恨他，这是应有的礼貌。可为什么不能呢？
          抛开礼貌不说，为什么我就不能因为要与一个无聊的人共度余生而
          憎恨这个人呢？从理论上来讲，我可以！我可以憎恨珠宝店的老板，
          因为他为了卖出一枚戒指而称赞我的美貌，这实在令我恶心。事实
          上我在这座城市里微不足道，我因此而憎恨珠宝店的老板！我憎恨
          我所有的同事们，因为她们每个人都有一个丈夫或者男朋友，每次听
          到她们的谈话我就觉得我必须得恋爱！我恋爱了，她们如愿以偿，然
          后她们又邪恶而愚蠢地告诉我我的男朋友是多么优秀，让我觉得我
          必须得结婚。我因此而憎恨她们！我憎恨我所有的亲戚，他们对我
          嘘寒问暖，他们旁敲侧击地探听着我的工资和我的情感，然后大言不
          惭地放肆批判我，事实上他们根本不认识我。我因此而憎恨我的亲

戚们！我可以憎恨这个城市，即使我住在这城市的一小块土地上——确切地说是悬在四十五米高半空中的一个水泥盒子里，很多人甚至连这么一小块空间都没有，但我依然憎恨这个城市，因为我每天必须看见的人群而憎恨它，因为我必须呼吸的污浊空气而憎恨它！我甚至可以憎恨这个世界，我有太多的理由憎恨它不是吗？如果我可以的话，我就用硫黄铺满整个地球然后点燃它！

花　　世界末日！

女　人　我可以那么做是不是？我是说……我有理由那么做！如果这种仇恨成立的话，就算我毁灭整个世界都只是一次复仇。所以我杀了他！

花　　你杀了他！

女　人　我需要喝点东西。

花　　柠檬水？

女　人　我要喝点酒。

花　　我可以再来点柠檬水吗？

女　人　当然可以。你觉得怎么样？

花　　味道很浓，感觉就像新鲜的柠檬。是我喜欢的那种。

女　人　我是说这件事。

花　　什么事？

女　人　我杀了我的未婚夫。

花　　干得漂亮。

女　人　你真的这么认为？

花　　我是花啊！你该不会相信一盆花的见解吧？

女　人　但是你超级聪明！说实话，你怎么认为的？

花　　干得漂亮。

女　人　你能说得详细点吗？

花　　干得非常漂亮。

女　人　就这些？如果你是我，你会这么做吗？

花　　如果我是你，我会这么做的。但我只是一盆花，我什么都做不了。

女　人　但我可以做点什么！

花　　这多么令我羡慕。你创造了一个非常漂亮的悲剧。

女　人　谢谢！这感觉真是太好了。

花　　　但是我想知道，你会怎么跟你的父母说这件事。

女　人　告诉他们我不会结婚了。

花　　　他们不会相信的。

女　人　那又怎样，反正已经没有人跟我结婚了。

花　　　如果他们追问你原因，你会告诉他们事实吗？

女　人　当然不会，他们会吓坏的！别担心，他们在很远的老家，什么都不知道。

花　　　可是如果他们到这里来呢？

女　人　他们不会来的，如果我不结婚，大老远的要坐三十个小时的火车，他们来干什么呢？

花　　　但是他们已经在路上了。

女　人　他们不会在路上的……等一下，你刚才说什么？

花　　　他们已经在路上了。

女　人　你怎么知道？

花　　　今天早上你走之后他们的电话留言。

女　人　这不可能！他们为什么不打我的手机……我关机了……这可怎么办……留言说什么？

花　　　没什么，非常简单地告诉你他们在路上了，来帮你准备婚礼。

女　人　不！我已经跟他们说过不要来得这么早。

花　　　听起来他们好像完全没把你的话当回事，他们非常高兴。

女　人　为什么他们从来都没有听过我说话，从来没有！

花　　　这真奇怪，说实话，如果这种事情发生在我身上，我绝对不能忍受。

女　人　这当然让人无法忍受，奇怪的是我忍受了二十几年！

花　　　那是我奶奶的奶奶的奶奶还活着的时候！

女　人　我说"我吃饱了"，他们一定会继续把菜放在我的碗里；我说"我不喜欢音乐，我想学游泳"，他们却把我送去上钢琴课；我说"我讨厌粉红色"，他们却把我的房间漆成粉红色，还搭配了粉红色的被子和枕头。好像他们有选择性失聪的毛病！而这一切，我竟然通通接受了！

花　　　所以你必须像他们要求的那样结婚了？

女　人　我以为只要离开他们，生活在遥远的地方，我就可以自己做主了。可现在我觉得这不现实，我依然在按照他们希望的样子生活，我按照所有人说的样子生活,他们或许关心我,或许不关心,但我从来没有给自己做主! 更加可悲的是,我压根儿不知道给自己做什么样的主! 一旦我想想自己到底要什么,脑子里就一片空白!

花　　可是你已经决定做一个独立的人! 从今天开始。想想你刚才说的话吧,你杀了人,生活整个都不一样了,你必须同旧生活决裂!

女　人　我多希望是这样! 改头换面,在死亡的面前狂喊高呼!

花　　但这不是事实,你刚才说的是谎话。

女　人　你怎么知道?

花　　因为我超级聪明。你的手是干净的,你没有杀任何人。

女　人　不能算假话,我没必要对你撒谎,我只是真的很想那么说!

花　　那么事实到底是什么?

女　人　我们去了珠宝店。

花　　水晶般的柜台、透明的凳子、闪着光的首饰,然后呢?

女　人　柜台上有一个透明的玻璃花瓶……

花　　里面长着大叶子的水生植物。然后呢? 他挑了一个戒指吗?

女　人　是的,他挑了一个戒指。

花　　你做了什么?

女　人　我抄起柜台上的花瓶,用花瓶底部砸了他的头。

花　　结果呢?

女　人　我忘记了这是一个装着水的花瓶,花瓶里的水全都洒在我的头上,那些绿色的大叶子也盖在我的头发上和肩膀上,我浑身湿漉漉的冷得要命,而且那样子一定可笑极了!

花　　那真是非常时髦的打扮。

女　人　他的头上被撞出了一个小洞。他站在那儿,眼睛瞪得大大的,像个木头人。

花　　他没死? 当然,一只花瓶是不能砸死人的。

女　人　有那么一段时间,谁都没动,珠宝店里所有的人都没动,时间仿佛凝固了。突然,他回过神来,伸出一只手拉住我……

花　　谢天谢地,那个可怜的人还活着。

女　人　他好得很。可是被他一拉,我提着电脑的手松了,我的电脑掉下去摔坏了,里面装着即将出版的杂志中我负责的那部分内容。

花　　　那是你升职以来的第一个任务！

女　人　是的！我没办法去跟主编解释这到底是怎么回事。

花　　　那就别解释了，既然你没杀任何人，你可以光明正大地辞掉那份工作，也可以理直气壮地拒绝结婚。你不是已经做好准备改变生活了吗？

女　人　可那只是些愚蠢的幻想。我怎么能辞职呢？我厌恶这工作可必须靠这个养活自己，我也不喜欢我的未婚夫，但他是多么爱我啊！我没有理由不跟他结婚！况且我的父母已经在路上……

花　　　你刚才说你憎恨你的未婚夫！

女　人　我多希望我憎恨他！我多希望我有足够的理由支持自己离开他！

花　　　那么你究竟为什么突然要用花瓶砸他？

女　人　因为他挑了一枚戒指并且试戴在手上。

花　　　这算什么理由？

女　人　你还记得吗？我们当时正坐在水晶般的柜台前，透明的高脚凳上，柜台里华丽的首饰和干净的大叶子水生植物……

花　　　没错。

女　人　他把钻石戒指戴在手上，伸出手，钻石在他的手指上闪光。

花　　　这有什么不对头吗？

女　人　很不对头。我看到他的指甲，很久没剪的指甲黑乎乎的，就那么不知廉耻地放在那个闪着光的柜台上！我在看着他，珠宝店的老板也盯着他的指甲看，珠宝店里的人都在看着他，而他竟然毫无察觉地就那么让所有人看着！

花　　　只是因为他的指甲？这有点……荒唐！

女　人　可事情就是这样的！在此之前我是有点讨厌他，他这人有点无聊，长的也一般，没什么吸引人的。可是另一方面，他人很好，诚实又体贴，并且有一份很有前途的工作，最重要的是他深深地爱着我！可是当我看到他脏兮兮的指甲，我突然觉得自己好委屈，好像周围的人都在回头看我，我突然十倍地讨厌他……我不知道这是怎么回事！

花　　　你因为这个憎恨他？

女　人　不，我不敢用这个词，它只能存在于我卑微的、不为人知的想象里。

花　　　是的，这个词需要勇气。

女　人　而我没有那种勇气。我得修好电脑,低三下四地跟主编解释,然后连夜赶稿子——理论上我能这么做。然后我要向我的未婚夫道歉,并且继续容忍他的长指甲——理论上我也可以做到。这样在我父母到达的时候他们会看见,我有一份稳定的工作,并且要结婚了,一切都跟他们设想的一样!

花　　这可真要命,我只要想想就会觉得浑身像脱了水一样,幸好我是一盆花。

女　人　我懂得很多道理,却难以判断这些道理的是非对错。照这么看来,一盆花比一个人幸福得多,因为不必判断这个纷繁复杂的世界。(摘下花的一片叶子吃掉)。

花　　嘿!我是有毒的!

女　人　我既不能与一切决裂,又不能放下自尊乞求怜悯。

花　　停下!这很危险!你会中毒的,这是致命的毒!

女　人　由于我们的卑微,生命只能是一场闹剧。唯有义无反顾地了断,才能让生命有意义。

花　　听我说,你还年轻,作为一个人来说。生活很辛苦这我知道,我深深地同情你,我会留下来陪着你的,请你不要这样……

女　人　就像一盆随时会被丢出窗子的花,死亡也是偶然(她不动了)。

花　　(静默)愿神明了却她的孤独。

2　吃鱼的人

鱼　　　考试又涨价了!简直跟抢钱一样!

服务员　什么考试?

鱼　　　不知道。今天上午我听到两个女孩说的,她们当时就坐在那张桌子上。这个考试好像很重要,很多人都在考。

服务员　她们是那么说的?

鱼　　　是的,只要想出人头地,都得考一考。

服务员　这么厉害!到底是什么考试呢?

男　人　酸汤鱼头!

服务员　不好意思,我们没有鱼了。考过了以后就能出人头地吗?

鱼	嘿嘿，我不知道。我只是一条金鱼而已，根本不会思考。我每天无聊地坐在这儿听着人们讲着无聊的故事，聊以娱乐。可要是问我怎么想，你还是省省吧。
男　人	红烧黄花鱼！
服务员	不好意思，我们没有鱼。您可以试试我们这儿的干锅牛蛙，很好吃的。（对鱼）这真奇怪，我跟你一样，每天都待在这个餐馆里，可是我从来都没有听到过什么好玩的事。
鱼	因为你有工作嘛，你把精力都集中在了点菜、上菜、结账这些事情上。而我无所事事，唯一的乐趣就是听听人们在说些什么。
服务员	我整天在餐馆里忙忙碌碌的，直到要打烊的时候才能闲下来吃口晚饭。这算是什么生活？
鱼	可是起码你有点事做。我呢，整天只能在一个小小的鱼缸里游来游去，与世隔绝。这又算是什么生活？
服务员	我比你好不到哪儿去，只不过生活在一个大一点的鱼缸里而已。说实在的，每天这个时候听你说说那些好笑的事，是我一天中最快乐的一段时间了。
鱼	我也是！只有在这个时候才能有人听我说说话。你真是个好人，谁愿意听一只鱼絮絮叨叨呢！
男　人	干炸带鱼！
服务员	对不起，先生，我们没有鱼。今天所有的鱼都卖光了！今天大家还说了些什么？
鱼	那部电影。
服务员	什么电影？
鱼	最近最火的电影——《浴血黑帮》。
服务员	是部好电影吗？
鱼	据说是我们国家迄今为止投资最大的一部电影了！所有人都去电影院看了这部电影！
男　人	醋熘鱼片！
服务员	没有！我们什么鱼都没有！（对鱼）你记得他问过几次了吗？
鱼	这次之前有三次。
服务员	是不是我每次都说没有？

鱼　　　是的。

服务员　那么为什么他还一直要鱼呢？你觉得他是不是一个聋子？

鱼　　　很有可能。

服务员　这世界上真是什么样的人都有！那电影讲的是什么故事呢？

鱼　　　故事发生在民国时期……

服务员　啊！我最喜欢民国的故事了。谁演主角？

鱼　　　就是你最喜欢的明星！不仅是主角，连所有的配角也全部都是大明
　　　　星哦！

服务员　一定很好看！

鱼　　　他们还说这电影用了最先进的技术，一流的布景和妆发，甚至还创立
　　　　了一种全新的蒙太奇法则！

服务员　什么叫蒙太奇？

鱼　　　不知道，他们就是这么说的。

男　人　蒙太奇就是电影剪辑。

鱼　　　原来就是剪辑啊。

服务员　原来他不是聋子！

鱼　　　也许他是个电影导演。先生，打扰一下，请问您是电影导演吗？

男　人　不，我是个建筑师。

鱼　　　可您却知道什么是蒙太奇？这可太了不起了！我还以为您是电影导
　　　　演呢！

男　人　我的未婚妻是电影杂志的编辑。小姐，也许您还记得我，我曾经带我
　　　　的未婚妻来这儿吃饭。

服务员　不好意思，我真是一点都记不起来了。

鱼　　　我记得！两个月以前，您也是穿着这件衣服，一点儿都没变。我也记
　　　　得您的未婚妻，她很漂亮。

男　人　我想吃一条鱼。

服务员　我们这里真的什么鱼也没有，全都卖光了。您听懂了吗？

男　人　这里不是还有一条鱼吗？

服务员　哪儿？

鱼　　　哪儿？

男　人　你。

鱼　　　他说的是我？

服务员　是的，他说的是你。

鱼　　　您疯了吧？

服务员　抱……抱歉……但您……真的疯了，哈哈哈！

男　人　我必须得吃一条鱼。

鱼　　　这是今天我听到的最好笑的笑话！

服务员　这真是太有趣了！

鱼　　　时间不早了，你该早点回家了。

服务员　是的，我们该打烊了。

男　人　我要吃一条鱼！

服务员　不好意思，您可以去别的餐馆吃，我们这儿没有鱼，而且我们打烊了。

男　人　我是这里的顾客，而你居然要把顾客赶出去！我会投诉你的，我是认
　　　　真的！

鱼　　　他生气了！哈哈！他要投诉你！

服务员　投诉我？

男　人　老板在哪儿？我要告诉他！你明天就不用上班了。

鱼　　　先生，您生气的样子真可爱！

服务员　闭嘴，别再说了。（对男人）对不起……我不该那么……没礼貌，请您
　　　　不要投诉我。

男　人　你是个服务员，为顾客服务是你的责任。

服务员　我知道。

男　人　而且，你总该记得我的。你难道不应该更加热情地招待回头客吗？
　　　　那天这家餐馆里只有我们两位顾客，你还记得吗？你还为我们点上
　　　　了两只蜡烛。

服务员　实在对不起，我真的一点儿都记不起来了。

鱼　　　我还记得。这位先生让你点上两只蜡烛，但是那天我们没有蜡烛，你
　　　　去隔壁的杂货店买的。

男　人　是的，你们这家餐馆总是要什么没什么。现在，能在桌子上摆点
　　　　花吗？

服务员　当然可以。

男　人　就摆上次我们在这儿吃饭的时候摆的那种花。

服务员　请问……是什么花？我不记得了……

男　人　我不知道那是什么花，是粉红色的。

鱼　　　是狐尾百合，绝对是。

服务员　哦，有的有的。我这就去拿。

男　人　还有蜡烛，今天你们有蜡烛吗？

服务员　有的！

男　人　这一切就像回到了过去！多奇妙啊，我花几千块钱可以租一间公寓
　　　　待上一个月，可以花两块钱在公交车上租一个座位待上半小时，也可
　　　　以花几百块钱在不属于我的地方租一张桌子和两把椅子，租一段浪
　　　　漫。当一切都不再是从前的样子，只要一束花和一抹烛光，我又能租
　　　　到一段回忆。

鱼　　　您说的我一点儿都不懂，可是我觉得您说的美极了。

服务员　这些花和蜡烛合您的意吗？

男　人　非常好，谢谢你。现在，请你把那条鱼交给厨师，我要吃一条鱼。

服务员　我不能让你吃掉那条鱼。

男　人　顾客就是上帝。

鱼　　　上帝总是犯傻。

服务员　你不能对这位先生出言不逊，你会害我被炒掉的！

鱼　　　可你不能让我被炒掉啊！我是一条金鱼啊，金鱼不是用来吃的。你
　　　　见过有人吃金鱼吗？

男　人　今天我必须得吃一条鱼。

服务员　也许您吃了之后会生病的。

男　人　就算是生病我也得吃一条鱼。

服务员　先生，请您放过那条可怜的鱼吧。他知道很多事情……

男　人　一条鱼知道很多事情有什么用呢！鱼就是食物！

鱼　　　我是一条金鱼！不是你的食物！我的宿命是在鱼缸里游来游去——
　　　　一直到死，我不能被人吃掉！

服务员　您看他多漂亮啊，您看他游动的姿态多灵活！您怎么能忍心吃掉他
　　　　呢？我听说鱼的记忆只有三秒钟，可是您看这条鱼，他的记忆力比我
　　　　好得多。他们假装忘却只是对于别人的愚蠢不屑一顾而已！

男　人　你的意思是说我很愚蠢？

服务员　我不是那个意思……

男　人　你居然来教训我？

服务员　我没有……

男　人　我知道你们这种人！乡下来的小丫头，没读过什么书，对这个世界一
　　　　无所知，活在城市的小角落里……

服务员　我并非一无所知，我知道一种人人都要参加的考试，我知道那部电
　　　　影……

男　人　你们到处都找不到工作，因为既没有文凭也没有技术，只能在餐馆里
　　　　端端盘子，拿着少得可怜的工资，住在跟别人合租的小公寓里，每天
　　　　累得半死还要看所有人的脸色……

鱼　　　您不能这么侮辱人！这太恶毒了！

男　人　最要命的是烂透了的品位和该死的虚荣心！你们穿着花枝招展却廉
　　　　价的衣服，可笑的发型，山寨手机里塞满了低俗的流行歌曲。你们精
　　　　心打扮却只能跟同样没什么地位也没什么钱的人约会，因为有素质
　　　　的男人只要看你们一眼就唯恐避之不及！

服务员　说够了没有？

男　人　我要吃一条鱼！

服务员　您听好了，您爱投诉就投诉去，您要是有本事把我们这个店砸了我请
　　　　您砸！但是，我，请，您，现在就给我滚出去，老娘不伺候了！滚！

鱼　　　干得漂亮！

服务员　哼！

鱼　　　你也别生气了，要不我再讲点好笑的事好不好？

服务员　就说说那电影吧。我们说到哪儿啦？

鱼　　　蒙太奇。

服务员　对了，蒙太奇就是电影剪辑。那这部电影有什么特别之处呢？

鱼　　　这部电影里的人物好多啊！但是电影时长有限，他们就发明了一种
　　　　叫作"幻灯片剪辑法"的……

　　　　〔男人低着头抽泣着。〕

服务员　他怎么了？

鱼　　　你快去看看他。

服务员　我不敢靠近他！

鱼　　　要不我们报警吧？

服务员　我看还是直接叫救护车比较好。

鱼　　　这个时候医院下班了吧？

服务员　救护车是二十四小时都有的。

鱼　　　那救的都是快死了的人，给他叫救护车太奢侈了吧。还是报警吧。

服务员　他又没干坏事，不能找警察抓他。

鱼　　　他这样待在这儿不走，我们也没法儿打烊。

服务员　说的是啊。到底是叫救护车还是叫警察呢？

鱼　　　叫警察吧，医院的人都冷冷的，态度不好，我有点害怕。

服务员　警察脾气大，我也有点怕。

鱼　　　那怎么办啊？

服务员　要不扔硬币吧。

鱼　　　你有硬币吗？

服务员　没有。

鱼　　　收银柜里一定有。

服务员　但是我不能从收银柜里拿钱，这违反规定！

鱼　　　先生，您有硬币吗？我们需要扔硬币来决定把你交给医院还是警察！

男　人　不管我怎么努力，所有的人都看不起我。我原以为他们看不起我是
　　　　因为他们更加尊贵的身份，可是现在连服务员都瞧不起我……

服务员　他这是怎么了？

鱼　　　看来你伤害了他的感情啊！

服务员　是他先侮辱我的！

鱼　　　可是你看他那副样子……

服务员　先生，你还好吗？

男　人　不，我一点都不好，我觉得人生没有意义。我还是死了算了。

鱼　　　您别这样，您活得好好的。

服务员　况且要死也别死在我们店里。

男　人　我不该说那种话，小姐，我道歉。

服务员　这也没什么大不了的，只是您得知道，虽然我拿着少得可怜的工资，

住在跟别人合租的小公寓里，我跟您依然是平等的。

男　人　人与人之间应该是平等的，可事实上没有人瞧得起我。

鱼　　　这下我明白了，您一定是被别人欺负了，于是您必须得欺负低一等的
　　　　人来证明自己是有地位的。

服务员　您可真无聊。但是我得承认您说得对，虽然您粗鲁无礼，而有的客人
　　　　彬彬有礼，但是我清楚得很，你们打心眼里都是看不起我的。

男　人　我真傻，我还以为不管怎么样，总有一些人是尊敬我、喜爱我的。可
　　　　是连您都可以不屑一顾地把我从餐馆赶出去。

鱼　　　那完全是因为您的无理要求！

男　人　无理要求？如果一个富翁在这家餐馆吃饭，你们一定会满足他的任
　　　　何无理要求，因为他付得起！

服务员　我不会让任何人杀了那条鱼的。

男　人　我可以付给你7520块来买那条鱼！我连最便宜的戒指都没买成，但
　　　　对于一条鱼来说，这可是高价了。你还会不许我吃掉那条鱼吗？

服务员　我当然……您不会给我那么多钱的！

男　人　我当然不会，我付不起那么多。我买得起烛光却买不起晚餐，能拥有
　　　　未婚妻却不能拥有爱情！

鱼　　　烛光？晚餐？未婚妻？爱情？

服务员　您是说一个女人背叛了您？为什么会这样？

男　人　答案是显而易见的，因为我不是什么出类拔萃的人才，也没有什么
　　　　钱。我觉得自己实在没有什么招人喜欢的。

鱼　　　别这么说，您犯傻的时候挺可爱的。

男　人　偏偏是在我们挑选结婚戒指的时候……当然了，原因我大概能猜得
　　　　到。在那些闪闪发光的首饰当中，我挑了最便宜的一枚。

鱼　　　她就是因为这个要离开您？

男　人　要不然还能因为什么呢？就是在我挑选了那枚最便宜的戒指、戴在
　　　　手上的时候……

服务员　她是怎么说的？

男　人　她什么也没说。

服务员　那你怎么能确定？

男　人　可是你知道她做了什么吗？你肯定不能想象！

鱼　　　她做了什么？

男　人　她当着珠宝店里所有人的面，拿起一个花瓶砸在我头上！

服务员　这太过分了！

鱼　　　她怎么能那么做！

男　人　当时我眼前一片空白，但我能感觉到周围所有人的目光！我甚至能感觉到那些并不存在的嘲笑和同情……

鱼　　　她这么做简直太奇怪了！

男　人　哼，我一点都不觉得有什么奇怪的。像她那样的优秀女孩子，怎么会爱上我呢？为了把她留住，我每次都带她去最好的餐馆吃饭，为她慷慨出钱。可是面对珠宝店里那些戒指，我突然发现它们太贵了，我只能买得起最便宜的。

服务员　这个势利的女人！

男　人　以前她一定以为我非常有钱，这下她发现了！

服务员　您本来不应该装作有钱，如果一个女人爱的是您的钱，那她肯定不是真心爱您的。

男　人　我知道，可她是我深爱的女孩，我不能忍受被她蔑视！

鱼　　　多么痴情的人啊！

服务员　您这样做不值得！您不该把她当作结婚的对象！

男　人　我是那么爱她！她答应跟我结婚的那一天是我这辈子最快乐的一刻。就在这家餐馆，就在这张桌子上，摆着这样的烛光和这样的花，那时候她多美啊！

鱼　　　我看见了，她非常漂亮、温柔，并且有点害羞。

服务员　您向她求婚了？

男　人　我们吃了鱼。

鱼　　　能不能别老提这茬。

男　人　我鼓起勇气对她说，亲爱的，嫁给我吧……

鱼　　　哈哈！不是这样的！我记得当时的情景，不是您说的那样。

男　人　难道我会记不清楚吗？这可是铭记一生的事情！

鱼　　　我想您没记清楚。那一天的情形是这样的：你们吃着饭，说了一些无聊的话，直到她突然说，爸爸妈妈希望我们尽快结婚。您目瞪口呆地抬起头，甚至把筷子掉在了地上。

男　人　胡说。鱼只有三秒钟的记忆，怎么可能记得两个月前的事！

服务员　（对鱼）你安安静静地待在那儿好吗？别插嘴。（对男人）然后呢，她
　　　　答应了您的求婚？

男　人　当然，她毫不犹豫地答应了！

服务员　多么感人啊！

男　人　还是当时的餐馆、当时的桌子、当时的烛光、当时的花。可是，当时的
　　　　人已经不在了。

服务员　您这么说我都快哭了。

男　人　小姐，您愿意与我共进晚餐吗？

服务员　共进晚餐？您和我？

男　人　是的，我知道这有点唐突。您愿意行行好为我做这件事吗？

服务员　我……只是一个服务员。我不是您的未婚妻。

男　人　可是您愿意帮助我纪念一段已经逝去的爱情吗？

服务员　我从来没见过像您这样痴情而浪漫的男人！

男　人　请您坐下来，让我最后一次地回忆起她吧！在这以后，我将把她从我
　　　　的记忆中完全抹去！

服务员　我愿意！

男　人　亲爱的，你看起来真美。

服务员　呃……谢谢。

男　人　你想吃点什么呢？

服务员　我已经吃过一碗打卤面了。

男　人　既然这样，我来点菜好了。我要吃一条鱼。

鱼　　　哈！他们演得还挺像那么回事！

服务员　哦，我们没有鱼……

男　人　可是亲爱的，我们真的需要吃一条鱼，因为鱼又好吃又营养。

服务员　是的，又好吃又营养。可是没有鱼了……

男　人　我相信他们还有一条鱼。亲爱的，我一定会让你吃到鱼的。为了你，
　　　　我什么都愿意做！我会付 7 520 块钱来买他们的最后一条鱼。

服务员　哦！他们还有最后一条鱼！看！多新鲜！

鱼　　　你们可以去当职业演员了！

男　人　既然这样，我们就吃这条鱼吧！

鱼　　　嘿！你不是来真的吧？

服务生　拜托,这可是第一次有人邀请我在这么好的餐馆吃饭!

鱼　　　那也不能把我给煮了呀!老板会骂你的!

服务生　明天我会再买一条金鱼的。

鱼　　　喂!你……你还想听听关于电影的事吗?或者我给你讲笑话,或者
　　　　讲点感人的故事……

服务生　不好意思,这位先生想要吃一条鱼。

鱼　　　你们不能这样做!先生!您说没有人喜欢您、敬仰您。可是您还记
　　　　得吗,我说过您很了不起,因为您知道蒙太奇是怎么回事儿!我还说
　　　　过您很可爱!您记得吗?

男　人　那又怎么样呢?你只是一条鱼而已。

鱼　　　先生,您完全疯了!(对服务员)你也疯了吗?

服务生　我很清醒。

鱼　　　也许他的生活是比你好那么一点,可他毫无魅力!只有毫无魅力的
　　　　男人才会对餐馆的服务员颐指气使!毫无魅力的男人会寄希望于用
　　　　钱捆住女人的心!毫无魅力的男人会在失恋后推说这是因为自己没
　　　　有钱!毫无魅力的男人会整天想象着别人都瞧不起他!这是个可
　　　　怜虫!

服务生　听着,现在你跟结婚戒指一样值钱,没有鱼这么贵!你应该心满意
　　　　足了。

鱼　　　我的价值用不着你们这些可怜的人类定位!我只是一条金鱼而已,
　　　　每天孤孤单单地在鱼缸里游来游去直到死亡,我不比任何东西更高
　　　　级,我可以被任何东西鄙视,没有人愿意听我说话!可这又能怎么样
　　　　呢?蔑视,孤独,禁闭,这些都没有阻止我的快乐!而你们却挣扎着
　　　　从相互索取中得到快乐!这简直是可怜……

　　　　〔服务员把鱼拖进厨房。〕

男　人　我是多么爱你!在几十亿人拥挤喧嚣的世界上,不会有一个人比我
　　　　更爱你,不会有一个人比我更加关心你、照顾你,不会有人像我这般
　　　　忠诚而纯粹。这是多么疯狂而愚蠢的爱情!可是现在我知道了,爱

　　　　情不是万能的，我们还需要一枚闪闪发光的钻戒，一种闪闪发光的、现实的生活。为什么我要挑那枚最便宜的戒指……

服务生　这是您的鱼。

男　人　谢谢，坐下来我们一起吃吧。

服务生　哦，你的指甲好长！

男　人　不好意思，我太忙了，都没有注意到修剪指甲。好在有品位的女人不会这么无聊地把目光集中在我的指甲上。

　　　　〔男人把整条鱼吞进去，他呛住了，他痛苦地抓着自己的喉咙挣扎了两下，然后不动了。〕

服务生　你不要紧吧……先生！先生！您还没有付账！

3　吃青番茄的人

母　亲　快把你的东西收拾一下，还有五分钟我们就要下车了。

父　亲　法国总统大选……唔，前任总统是够讨厌的！

母　亲　你说我们是不是该去车门等着？

父　亲　又是地震和海底火山喷发，幸好没有造成死亡。

母　亲　还是去车门那里站一会儿吧，省得下车时手忙脚乱。

父　亲　两个年轻人骑自行车到莫斯科！哈！这太有意思了！

母　亲　可是坐在过道的那位女士睡着了，我们要出去就得吵醒她……

父　亲　他们穿过了西伯利亚吗？不，不可能，他们不会走那条路的。没错，他们不是从那边过去的。我知道西伯利亚是什么样子的……

母　亲　但如果我们还没来得及下车，车就开走了该怎么办？

父　亲　制作人声称《浴血黑帮》将成为最卖座的国产片。看起来这个制作人能未卜先知呢……

母　亲　打扰别人睡觉真是失礼。你快把旁边的那位女士叫醒，我们可要下车啦！

父　亲　嗯，讲的是民国时期的故事……

母　亲　她睡得可真沉啊！天还大亮着，她就睡着了。不过已经九点钟了，天还没黑,真是奇怪!

父　亲　我觉得这故事纯粹是瞎扯。我不相信啊!

母　亲　当然了,坐在火车上那么长时间,很容易睡着的。

父　亲　这故事究竟有什么意义呢? 我实在不理解!

母　亲　大家都累了。对面的三位旅客也都睡着了,他们看起来要去很远的地方呢。

父　亲　票房已经过四亿? 四亿应该是很多的钱,可到底是多少呢? 我没有概念啊! 我可从来没有过那么多钱!

母　亲　看他们睡得那么沉,我也有点困了。要不是火车就要到站了,我也挺想眯一会儿。

父　亲　制片人宣称此片将挑战十亿票房……哦,照这么看还差得远。这么多人已经去看过了,怎么一点评论也没有呢? 评论在哪儿? 我一定是老眼昏花没看清楚。啊! 电影! 我想我已经有几十年没看电影了。我简直快要不相信电影院的存在了!

母　亲　就快到了! 我们得赶紧到门口等着。

父　亲　我小时候的那些电影多好看啊! 虽然老是只放那么几部电影,我看了一遍又一遍。为了一场电影走一个小时的路,多么美好的记忆!

母　亲　行啦,听我说,我们得拿好行李到门口等着!

父　亲　什么? 你说什么?

母　亲　到车门旁边等着!

父　亲　等着? 等什么?

母　亲　等下车!

父　亲　我们要下车了吗?

母　亲　是的,还有不到五分钟我们就到站了。

父　亲　不急不急。那是个大站,车要在这一站停很久呢,我们来得及下车。这电影到底怎么样呢? 半本杂志都在说这部电影,可是一句也没提这电影到底好还是不好。

母　亲　哼,你倒是不着急。一会儿手忙脚乱错过了下车,我看你怎么办!

父　亲　现在的电影院是什么样的呢?

母　亲　(望向窗外)看哪,前面是一片湖。

父　亲　我们小镇子里唯一的电影院已经关门十几年了,真想不到居然还有人在看电影！一部电影居然有十亿的票房！

母　亲　过了这片湖，大概就到站了吧？湖水是深蓝色的，旁边的山顶上好像有一撮雪。是我看错了吗？

父　亲　真是难以想象！有那么多人愿意花钱去看这样一部电影，我们那儿却连个电影院都没有。也许我们应该搬到城里住。

母　亲　喂！我在跟你说话！别再看那些乱七八糟的杂志了！

父　亲　哦，我们到哪儿了？

母　亲　一个湖！

父　亲　湖？什么湖？让我来看看地图……

母　亲　别看啦！反正还有几分钟我们就要下车了，还是快把你的那些破纸收起来吧。

父　亲　可是你看看，外面是一个湖，哪有车站的影子？别着急，等看到了站台再收拾也不迟。

母　亲　你总是这副样子，迷迷糊糊、懒懒散散。这样的生活究竟有什么意义！

父　亲　别什么都扯到我身上，是你太没耐心了。再等等吧，如果无聊的话，你可以读读杂志。下车的乘客总是把他们的报纸和杂志丢在车上，有人甚至留下了他的录音机，磁带还在转着，但没有声音，我想是盘空带子。

母　亲　我不看杂志。

父　亲　这本《看世界》挺不错的。嗯……《听音乐》，这个我看不懂。这个是关于篮球的……我也看不懂……哦，还有这一本我不知道是关于什么的，里面只有女孩子的照片……

母　亲　我不需要。唉，这湖可真大呀，现在我已经看不到那座头顶有一小撮雪的山啦。连岸边的砂石也看不到了，只能看到深蓝色的湖水。

父　亲　我不明白这是怎么回事，可是所有的报纸和杂志都有写到那部电影。连这份关于政治的报纸也是。

母　亲　别再说什么电影了！我们能不能说点有用的？

父　亲　所有的报纸和杂志都在说这部电影，这说明这电影很重要。

母　亲　我觉得它一点都不重要！不管有没有这么个电影，我们的生活都没有一点儿改变！

父　亲　但也许这个国家会有点改变。

母　亲　这不关我们的事！我们得说点真正重要的事，迫在眉睫的事！

父　亲　哪有什么迫在眉睫的事？

母　亲　当然是孩子！咱们的女儿要结婚了！

父　亲　我也是这么想的，我脑子里想的都是闺女。

母　亲　你才没有！你满脑子想着那个什么破电影！

父　亲　我在想那些电影报道是不是她写的。

母　亲　她干吗要写电影报道？

父　亲　因为她是做这个工作的。

母　亲　什么？写文章的？

父　亲　是的。

母　亲　不！你根本不知道她是干什么的！她不是写文章的，她把拍好的电
　　　　影片段组合在一起。

父　亲　那是剪辑。她是文字编辑，不是电影剪辑。

母　亲　你记错了！她跟我说过的，她在电脑上用软件剪辑电影。

父　亲　那是她上学时候的事啦！现在她在杂志社工作。

母　亲　根本不是这样！

父　亲　你完全没搞清楚状况！

母　亲　你老糊涂了！

父　亲　你才老糊涂。明明还有一段日子，你却非得这么早出发。

母　亲　可是我们得早点见到她。

父　亲　说的好像你从来没见过她一样。

母　亲　可我已经很久没见过她了。

父　亲　胡说，过年的时候她不是回来过了吗？

母　亲　是呀，可我最近总是做噩梦，好像要再也见不到她了。

父　亲　那都是胡思乱想……

母　亲　不对！今年过年的时候她没回来！

父　亲　你的脑子坏掉啦，她不是每年都回来的吗？

母　亲　按理说她应该是回来了，她每年都回来的，但我怎么也想不起来今年
　　　　她回来过了。

父　亲　她回来过……她……真奇怪，我也想不起来了。

母　亲　我简直不能相信她没回来！咱们好好想想。

父　亲　我记得我把所有的房间都打扫了一遍。

母　亲　食物都是我买的。

父　亲　灶台太久没擦，我费了好大劲儿，把它擦得亮闪闪的。

母　亲　我怎么记得灶台没有人打扫过。

父　亲　我明明打扫过。

母　亲　可我做红烧鱼的时候注意到灶台上油乎乎的，根本没人擦过。

父　亲　你记错了，今年没吃红烧鱼。女儿不爱吃鱼。

母　亲　胡说，她很喜欢吃鱼，只是不爱挑刺。所以咱们一起去买了刺少的
　　　　鳕鱼。

父　亲　我不记得咱们一起去过市场……等等，你好像根本不在家！

母　亲　你这是什么话，要是我不在家，我会在哪儿？

父　亲　不知道，但我真想不起来你那段时间做了些什么，你一定是去了别的
　　　　什么地方。

母　亲　我在家！一定是你不在家，因为我也想不起来你做了什么。

父　亲　这太荒谬了！

母　亲　你不在那儿！我确定你不在！

父　亲　明明是你不在家。你总是这样，不讲理！

母　亲　我跟你完全没法沟通！

父　亲　没法沟通可不是我的错，我一向很讲理的。

母　亲　算了吧。都是因为你的道理，咱们的孩子吃了多少苦……

父　亲　她一直很优秀，她过得很好。

母　亲　过得好？哼，你认为她过得好……我早就该跟你离婚才对。要不是
　　　　为了咱们的孩子……

父　亲　一大把年纪了，离什么婚呀。

［一阵沉默，父亲开始吃一只青番茄。］

母　亲　别吃人家的青番茄。

父　亲　是一位乘客留下的，他早就下车了。

母　亲　但青番茄是有毒的，你吃了会中毒。

父　亲　死不了。你也吃一个定定神吧。

母　亲　我可不吃。都怪这该死的火车,车厢里太闷了,你的脑子都闷坏了。

父　亲　你说什么就是什么吧。很快就到站了。

母　亲　时间已经过了,怎么还没到?

父　亲　大概是晚点了吧。

母　亲　是不是我们坐过站了?

父　亲　不可能! 火车从来没停过,你看外面,还是那片湖。

母　亲　湖水是深蓝色的,但天是浅蓝色的。

父　亲　不对,天是浅灰色的。

母　亲　浅蓝色里带一点灰。

父　亲　不对,是浅灰色里带一点蓝。

母　亲　你是色盲。

父　亲　你才是色盲,你根本看不出来粉红色。

母　亲　你真够惹人讨厌的。为什么我跟一个讨厌的人一起生活了大半辈子?

父　亲　总好过孤孤单单的一个人吧。

母　亲　要不是因为你,我就不会沦落到现在这个地步。都怪你,我们非得不停地转火车,本来早就该到了。

父　亲　这能怪我吗? 我不知道铁路究竟出了什么问题,火车站就在我们家门口,可我们竟然买不到直达的火车票! 我们只能一次又一次地转火车。可是如果没有我,你连家门都不敢出。

母　亲　他们到底把火车票都卖给了谁?

父　亲　我不知道呀!

母　亲　我感到毫无希望! 咱们应该坐飞机的。

父　亲　我觉得坐火车也不是什么坏事。想想看,咱们去了许多地方,咱们在旅行!

母　亲　旅行? 咱们的孩子就要结婚了,可你却满脑子想着旅行?

父　亲　结婚的事情还没有说准呢,有的是时间。

母　亲　怎么没说准,我们不就是去参加婚礼的吗?

父　亲　反正我是去看闺女的,不是去看婚礼的。

母　亲　摊上你这样不负责任的父亲,咱家女儿也是够倒霉的! 你根本不知道她在做什么工作，不在乎她住在什么样的房子里，也不关心她的婚礼。

父　亲　你倒是只关心婚礼，却不怎么关心她跟谁结婚。

母　亲　一个做建筑师的小伙子，这不是挺好的吗？

父　亲　可她真的喜欢那个男孩子吗？

母　亲　差不多就行啦，人总要结婚的。结了婚就能安定下来，结了婚就不会随随便便地离开一个地方。

父　亲　要我说，结婚也并不是那么重要的。

母　亲　总好过孤孤单单的一个人吧。

父　亲　可她还太年轻了。

母　亲　她不年轻了。再不结婚，她就会变成没人要的老姑娘了。

父　亲　什么叫没人要？她很优秀！她不需要任何人。

母　亲　她生活得太辛苦了！

父　亲　她总是说她过得很不错。

母　亲　那是她报喜不报忧！

父　亲　你怎么知道？

母　亲　我就是知道。我有这种感觉，我还能感觉到她又要一声不吭地离开我们了……

父　亲　可你总得讲道理呀。

母　亲　她本来可以有更好的前途！要不是……

父　亲　你的期望太高了！要我说，她现在这样过得很好，她有自己的事业，我听说她养了花。你记得吗？她小时候总是特别喜欢养花的，能养一盆花的人应该是幸福的。

母　亲　你这算什么道理？能养一只猫的人才是幸福的。

父　亲　猫毛容易引起过敏。

母　亲　许多花也会引起过敏啊，有的花还有剧毒呢。

父　亲　总之还是安安静静的植物最好。

母　亲　我看还是养猫最好。

父　亲　猫总是野心勃勃，它想占领你的房子！但植物只需要一点水，就郁郁葱葱地长起来了。说不定还能结出好吃的果子。

母　亲　不是这么个理！养花……等等，养什么不重要，重要的是，她本来可以进入最好的大学,成为一个大人物,但她现在跟所有的普通人一样过得很辛苦。

父　亲　这都是你想象出来的!简直不可理喻!

母　亲　我跟你讲不清道理。

父　亲　跟你说话根本是种煎熬。

母　亲　我还不愿意搭理你呢。

父　亲　那你就别跟我说话。

母　亲　我看就这样最好,咱们就这么静静地坐着等火车到站,谁也不要跟谁说话。

父　亲　就这么办,谁先搭话,谁就是老年痴呆。

[一阵长长的沉默,父亲开始吃第二个番茄,母亲不断地望向窗外。]

母　亲　车怎么还没停?怎么晚点了这么长时间?……太阳变得苍白了,太阳底下还是那片湖,湖水的颜色更深了,我看不到陆地……好像火车行驶在湖中间!……可我们早就该到站了呀,我们不会是坐过站了吧?站台在哪儿?……我们在哪儿?喂,你倒是说话呀!我们这是在哪儿?

父　亲　你是老年痴呆。

母　亲　别再说那些没用的了!我们这是在哪儿?

父　亲　我们在火车上。

母　亲　但火车在哪儿?

父　亲　火车在铁轨上。

母　亲　铁轨在哪儿?

父　亲　铁轨在大地上。

母　亲　不对,铁轨在湖上!

父　亲　你在发什么神经,铁轨怎么会在湖上?

母　亲　你自己来看啊!外面什么都没有,只有湖!

父　亲　啊!这湖可真美!

母　亲　我觉得很可怕!这湖太大了,像大海!

父　亲　只不过是一片湖而已,过了这片湖,就该到站了。

母　亲　可我们早该到站了。

父　亲　火车晚点了。别着急，你要是觉得害怕，咱们就把窗帘拉上吧。

母　亲　那就把窗帘拉上吧。

父　亲　你要不要吃个番茄压压惊？

母　亲　你怎么又在吃青番茄？

父　亲　因为我觉得很好吃。

母　亲　青番茄有什么好吃的，一定又酸又涩。

父　亲　我喜欢吃酸的。

母　亲　可电视上说青番茄是有毒的！

父　亲　少吃一点也没关系。

母　亲　 别吃了，别再吃了！我不知道……但如果是致命的毒，我可怎么办呀！

父　亲　你不用担心我，我心里有数。

母　亲　我才不管你的死活，可你要是死了，咱们闺女可就结不成婚啦！就算以后结婚，婚礼上也得出现父母双方才体面……

父　亲　你就光想着把自己的孩子嫁掉！行了行了，为了这场婚礼，我死不了的。

母　亲　可我有预感，有不好的事情要发生了！

父　亲　又是你的预感！人要是都凭着预感办事，一辈子就浑浑噩噩地过去了。

母　亲　你才是浑浑噩噩地过了一生。

父　亲　我认为自己过得不错。

母　亲　是吗？可我觉得你的生活糟糕透了，所以我们这个家也糟糕透了。

父　亲　你这么觉得？我做了什么让你不满意的事吗？我愧对这个家庭吗？

母　亲　你没有尽到做父亲的责任，咱们的孩子本应过上更好的生活。

父　亲　又是这一套！

母　亲　她本应该进入最好的大学。

父　亲　她后来读的那个也不差，不用非得什么都争最好的。

母　亲　差远了！

父　亲　那也是没有办法的事，她考试没发挥好嘛。

母　亲　要是她重新考一次，保证好得多。

父　亲　那可不一定。

母　亲　你总跟她说："够好了，够好了。"要是按照我的意思，她本来应该重新
　　　　考一次的。

父　亲　可她不愿意再考一次呀。

母　亲　她不愿意的事情多了！这时候咱们得尽做父母的责任。

父　亲　这些事情不必再提，反正现在她已经毕业了。

母　亲　可她过得不好！

父　亲　又是你那些荒谬的预感！

母　亲　我的直觉一向很准。

父　亲　是吗？那你怎么没预感到她会在考试之前突然失踪呢？

母　亲　你倒好意思提这件事！都是你教给她的那一套，把她的脑子都教
　　　　坏了！

父　亲　那件事明明是因为你……

母　亲　哪个做父亲的会跟自己女儿炫耀当年离家出走逃火车票穿过三个
　　　　省？你为什么总要跟她说这些？

父　亲　因为那是我一生中最好的日子，我觉得自己是自由的！

母　亲　自由就是不负责任！她也跟你一样。

父　亲　就算我不跟她说那些，她也会走的，因为她需要安静一段时间。

母　亲　可她伤了我的心！当我拿着礼物在校门口等她，结果整整一个下午
　　　　也没等到。

父　亲　我知道。那天是她的生日，我们把生日礼物送到寄宿学校。记得吗？
　　　　我跟你一起去的。

母　亲　然后我听说，她前一天还好好的，然后就消失了。这都是你的错！

父　亲　可她说是因为……

母　亲　我们只有一个孩子！

父　亲　这件事不能怪我……

母　亲　你害了我们唯一的孩子，害了她的一生！

父　亲　没那么严重……

母　亲　她差点嫁不出去！

父　亲　不是我的错！

母　亲　你别想推脱责任！

父　亲　她就是这样说的！她在电话里对你说，她太紧张，不想见我们，你完
　　　　全没有听进去她的话。

母　亲　可过生日总得去呀。

父　亲　可是如果你听了她的话，如果我们那天不去寄宿学校，她也就不会躲
　　　　起来了。

母　亲　但……这不是出走的理由啊！

父　亲　她是哭着说的！

母　亲　但是为什么呀？我们去送生日礼物，这又不是什么坏事！

父　亲　也许这件小事让她崩溃了呢？

母　亲　她在想些什么呀？

父　亲　我不知道她在想些什么，但我们什么都没想，我们只是按照习惯和老
　　　　规矩度过每一天，我们不应该这样生活。

母　亲　不对，不是这么回事，是你记错了。她从来没那么说过！

父　亲　你得面对现实。

母　亲　可我不知道现实是怎么回事……我觉得可怕！

父　亲　别再谈论这件事了，我相信她现在是幸福的。

母　亲　我觉得可怕！她又要走了，像上次一样离开，一句话也没留下……

父　亲　现在一切都过去了，别再疑神疑鬼……

母　亲　一定是她出事了！也许她忘记关好煤气，也许她换灯泡的时候从凳
　　　　子上跌下来了，也许有人闯进了她的住处，也许她被谋杀了！我们得
　　　　去救她！

父　亲　根本不可能！

母　亲　我看不到她的婚礼了！

父　亲　放松，放松！你太紧张了，其实什么事都没发生。整个世界都跟往常
　　　　一样。

母　亲　整个世界都跟往常一样，不断有人死去！

父　亲　别胡思乱想了……

母　亲　（突然站起来，目瞪口呆地环顾四周）除了我们，整个车厢的人都在
　　　　睡觉。

父　亲　他们累了。

母　亲　他们睡得好沉，一动不动，跟死了一样。

父　亲　他们只是睡着了,毕竟这旅途太长。

母　亲　这车厢太安静了。

父　亲　因为现在是晚上,虽然太阳还在天上。

母　亲　空气太闷……我有点喘不过气来。

父　亲　别激动! 深呼吸……

母　亲　我不能呼吸了! 这车厢就像一只巨大的棺材! 我得把窗帘拉开。

父　亲　对,对,把窗帘拉开吧。

母　亲　火车不动了!

父　亲　不,不,火车还在向前走着。

母　亲　我感觉不到火车在开着,火车停了!

父　亲　没有停,没有停。

母　亲　看呀! 外面的景物一动都不动了。

父　亲　那是因为湖太大了,湖水太静了,看起来就像没有动一样。再说,太阳也有点暗了,什么都看不清。你仔细听听,车轮和铁轨之间还有摩擦声呢,"咔嚓咔嚓——咔嚓咔嚓——"火车一直在往前走着。

母　亲　可它要去哪儿呀?

父　亲　就要到站啦。过了这片湖,我们就下车。

母　亲　但是这片湖没有个尽头呀。

父　亲　所有的湖都是有尽头的,再等等吧。

母　亲　我怕等不及了,她要离开了,她再也不会回来了。这里太闷了,我不能呼吸!

父　亲　别着急,咱们马上就下车。

母　亲　这车窗怎么打不开呀?

父　亲　用劲儿!

母　亲　我怎么也打不开呀!

父　亲　我来帮你。

母　亲　车窗关得死死的!

父　亲　可能是坏了吧。

母　亲　那就把车窗砸开,我要下车!

父　亲　别无理取闹了!

母　亲　可是我得出去! 我要淹死在这片深蓝色的湖水里了。

父　亲　你要是出去才会淹死呢。

母　亲　为什么我们的生命如此悲哀呀？

父　亲　因为你总是在想一些乱七八糟的事。别再胡闹了！别胡思乱想，别念叨那些奇怪的预感，别砸窗子，别动，别想着离开！就静静地坐在这儿等着下车！

[母亲安静下来，静静地坐了一会儿，然后慢慢闭上眼睛。父亲开始吃第三只番茄。]

父　亲　我们有一个女儿，她在十七岁那年消失了。后来我找到了她。可我是怎么找到她的？我想我乘火车穿过了三个省，然后把她找到了。我是在哪儿找到她的？我不记得了。我想我是把她找回去了吧？我们有一个女儿，她在十七岁那一年突然消失了，我记得我走了很远的路，终于找到了她。可是我找到她了吗？我记得我有一个女儿，但她后来好像失踪了，我有很长时间没见过她了。等等，我是有过一个女儿吗？我不记得了，然而我似乎养过一只猫，后来它跑丢了。不过这都不重要。我只是清清楚楚地记得，曾经有什么东西，最后终于消失了。

你还记得吗？咱们曾经养过一只猫，后来它跑丢了。你睡着了吗？看呀，太阳只剩下一点点光，那光线是软绵绵的，天空是灰色的。我们经过了一片大湖，这湖可真大呀。火车还是没有到站。湖水是深蓝色的，我想外面没有风，所以水面一动也不动，仿佛凝固成了一种颜色很深的冰，只比黑色稍微浅一点点。要不是听见车轮与铁轨摩擦的有规律的声音，我会以为这辆火车原地没动。"咔嚓咔嚓——咔嚓咔嚓——"车厢里真安静啊，乘客们都沉默地睡去了。我听不到他们呼吸的声音，他们像冰冷的石头，我只能听见自己呼吸的声音，还有"咔嚓咔嚓——咔嚓咔嚓——"

[他打开车窗，把吃剩的番茄蒂扔到窗外。]

我想,现在我大概是孤孤单单的一个人了吧。火车还在行驶,窗外深蓝色的湖水好像在朝我扑过来,不,我大概是眼花了,没有风,湖是宁静的,太阳是冷的。这火车开得真平稳呀,所有的乘客都稳稳当当,一动不动,好像一幅画。可是我已经对这样美丽的黄昏不感兴趣了,我也不再关心杂志上讲了什么社会新闻,也不担心是不是错过了车站,也不在乎错过婚礼……反正我们正朝着一个似乎正确的方向行走,而这条路永远没有尽头。然后有一天,我就要这样死去了。我不知道该做什么,最好是自己躺进一只铁皮箱子里安安静静地看风景。

[他按下录音机的停止键,火车"咔嚓咔嚓"的声音戛然而止。]

这里可真安静啊。

——剧终

蒋公的面子

谨以此剧纪念南京大学建校 110 周年

温方伊

温方伊　1990 年出生于南京。2009 年考入南京大学文学院戏文专业，2013 年以描写山西教案的三幕剧《福音》毕业；同年留本院读研，2016 年以根据金宇澄同名小说改编的剧本《繁花》毕业，获艺术硕士学位；2022 年以论文《"现代性"视域下的粤剧城市化与商业化(1912—1956)》毕业，获博士学位，留校任教。戏剧代表作品有《蒋公的面子》、《繁花》和根据王蒙同名小说改编的剧本《活动变人形》。

喜剧《蒋公的面子》为温方伊的本科"学年论文"，亦为庆祝建校 110 周年而作。2012 年 5 月 15 日，由南京大学艺术硕士剧团首演于鼓楼校区礼堂，吕效平教授导演，剧中三位教授的扮演者分别为周雨、赵超、高仲玮。剧本发表于 2013 年《人民文学》第 6 期。该剧为南京大学艺术硕士剧团保留剧目。

人物

夏小山——男,50 岁,国立中央大学教授

时任道——男,50 岁,国立中央大学教授

卞从周——男,45 岁,国立中央大学教授

老年夏小山——男,74 岁,大学教授

老年时任道——男,74 岁,大学教授

老年卞从周——男,69 岁,大学教授

时太太——女,45 岁,时任道的妻子

【舞台一侧,墙上贴着"横扫一切牛鬼蛇神"。时任道坐在屋子里埋头写检讨。忽然门开了,夏小山走了进来。时任道拿着纸笔条件反射般的跳起,低头对着夏小山。

老年时任道　就快好了,马上就写好了。

老年夏小山　是我,任道。

老年时任道　夏小山？你怎么来了？

老年夏小山　我就关你楼上。

老年时任道　谁让你来的？他们？

老年夏小山　他们……都不见了。早晨起床,一个也不见了。半夜里闹,你听见了吗？

老年时任道　听见了。闹什么？

老年夏小山　我也不清楚。你没出门看看？

老年时任道　我不敢。躲还来不及呢。

老年夏小山　听说城南的"红总"要来攻打文革楼。

老年时任道　那咱们怎么办？

老年夏小山　我们怕什么呀？到谁手里还不都是牛鬼蛇神。

老年时任道　怎么不怕,你快回房去。让他们看见又要说我们订立攻守同盟,就更说不清楚了。

老年夏小山　我就问你一句话。

老年时任道　　不行，你出去。

老年夏小山　　就一句。

老年时任道　　不听，不听！让革命小将看见。

老年夏小山　　现在没人，我就一句。

老年时任道　　……

老年夏小山　　57 年你被打成右派，与我无关。你我虽然不和，但我从来不揭发任何人。

老年时任道　　这都几句了，出去。

老年夏小山　　那一句不还没说到吗？

老年时任道　　我不敢留你，快走吧。

老年夏小山　　你不要挟嫌报复。我什么时候和蒋介石吃饭了？

老年时任道　　谁说你和蒋该死吃饭了？我只交代咱们收到过蒋该死的请帖。

老年夏小山　　什么？

老年时任道　　蒋该死不是当过咱们的校长吗？

老年夏小山　　蒋介石就当了一年中央大学校长，有半年我都不在中大。

老年时任道　　他请我们吃过饭。

老年夏小山　　他什么时候请我们吃过饭？

老年时任道　　他要来当校长的时候，1943 年春节。

老年夏小山　　他为什么请我们几个中文系的教授吃年夜饭？

老年时任道　　因为他来当校长，几个教授就想去西南联大，他搞不定。

老年夏小山　　这没道理啊。那他应该请全体教授，为什么单请我们几个呢？

老年时任道　　谁让你是夏小山呢？

老年夏小山　　我从没听说过这件事，我那时候在昆明。

老年时任道　　你明明在重庆。

老年夏小山　　我在云南大学兼课。

老年时任道　　你只兼课半年，1 月份就回来了。

老年夏小山　　……

老年时任道　　你赶紧走吧。

老年夏小山　　是吗？

老年时任道　　是。

老年夏小山　　这事关系到我的政治生命，可不能瞎说。

老年时任道	我记得很清楚,"历史反革命"卞从周说席上有火腿烧豆腐,极力劝你去。
老年夏小山	火腿烧豆腐?
老年时任道	西字号老正兴的。
老年夏小山	西字号老正兴哪有这道菜。
老年时任道	卞从周说宴席的主厨是西字号老正兴的屠长义。(看夏小山摇头)你吃的宴席太多了。
老年夏小山	我吃的宴席再多,也不会弄错哪家馆子哪道菜。
老年时任道	这道菜他不常做。
老年夏小山	屠长义我太熟了。都知道他鱼做得好,他做什么豆腐啊?
老年时任道	是这道菜,也许厨师我记错了,可卞从周就是用火腿和豆腐引诱你去赴宴。
老年夏小山	引诱?
老年时任道	谁不知道你是个美食家。
老年夏小山	这在实际上是不可能的,我当时根本不在重庆,我记得那年春节在昆明过的,轰炸的时候,我邻家还被炸塌了。
老年时任道	那是 1942 年。42 年春节你是在昆明过的,43 年是在重庆。
老年夏小山	是吗?
老年时任道	一点印象都没有? 当时是在茶馆,我们讨论蒋介石请客的事。卞从周还随身带着请帖。
老年夏小山	我肯定没有参与。
老年时任道	怎么没有? 你想一想,二十四年也没那么长。
	【舞台中间亮,是一个茶馆的一角。墙上贴着"空袭无常,贵客茶钱先付;官方有令,诸位国事莫谈"。中间是一张旧木方桌和三把藤椅。
老年时任道	当时国立中央大学在重庆松林坡,全是临时搭建的竹筋泥巴房子。周围有不少饭铺、茶馆。你那时候天天坐修竹茶馆。
老年夏小山	是。
老年时任道	重庆的茶馆很多是这种藤椅。墙上都贴着"空袭无常,贵客茶钱先付;官方有令,诸位国事莫谈"。
老年夏小山	对。

【夏小山上场。他稍长的花白头发整齐地梳在脑后，穿着蓝色长衫，围着灰色围巾。他背微驼，举止潇洒。他走到桌子旁坐下，从怀里掏出一本书看起来。

老年时任道　这是你。

老年夏小山　我。

【时任道快步上。他穿着老旧，看上去很严肃。

老年夏小山　这是你。

【时任道看到夏小山的时候停下脚步，稍稍愣了一下。正准备转身，夏小山也看到了他。老年夏小山和老年时任道下场。

夏　小　山　过年好。

时　任　道　过年好。

夏　小　山　今天是什么风，竟把你吹到茶馆来了？

时　任　道　许你每天来坐着，我来一天就不行？

夏　小　山　有事？

时　任　道　会个朋友。

夏　小　山　哦。

时　任　道　天真够冷的。

夏　小　山　比昨天还冷。

时　任　道　是啊，越来越冷。

【夏小山继续看书。

时　任　道　试卷出好了？

夏　小　山　试都不考了，还出什么卷？

时　任　道　顾校长这一甩手，学校乱七八糟，考试都要拖到年后。昨天学生又跑到行政院去请愿。

夏　小　山　没有用。

时　任　道　学生闹一闹，局面也许会扭转。

夏　小　山　顾孟馀这次是下定决心了。不是身心俱疲，也不会称病不出。

时　任　道　校长难当。

夏　小　山　罗家伦长校十年，离校的时候连惜别会也没举行一个。人走后，才都想起他的好来。如今又是这样。

时　任　道　可是蒋来当校长也太……

夏 小 山	蒋公当校长当多了,就以为什么学校的校长都能当。
时 任 道	一个杀过学生的人来管教育,简直胡来。
夏 小 山	以蒋公的学识,当军校校长尚可,当大学校长……呵呵。
时 任 道	他来长中大,中大不是变成党校,就是军校。独裁者眼中,哪有"自由学术之空气"。
夏 小 山	我不担心"学术自由",不懂学术的人想干涉他都不知如何干涉。
时 任 道	你有收到帖子吗?
夏 小 山	什么帖子?
时 任 道	蒋请客的帖子。
夏 小 山	收到了。
时 任 道	去吗?
夏 小 山	你去吗?
时 任 道	谁会给他这个面子。
夏 小 山	爱戴蒋院长的人还是有的。
时 任 道	像卞从周这种御用文人。
夏 小 山	他还没到这个地步。
时 任 道	我是没见过家里挂着老蒋墨宝的教授。
夏 小 山	那可是他的"镇馆之宝"。
时 任 道	他就差把屋子命名为"蒋公馆"了,这种人是怎么混进中大的?
夏 小 山	他学术还算好的。
时 任 道	(冷笑一声)那是蒋介石的看法,所以才会请他做太子太傅。
夏 小 山	是真的吗?
时 任 道	千真万确。教太子读书这事,要瞒着就好好瞒,要显摆就好好显摆。像他这种话里瞒着,话外显摆着的,最没意思。
夏 小 山	心乎爱矣,却又畏人之多言。
时 任 道	说那么好听。和他聊过一次,就知道他是什么货色,他还不识趣,每次碰到他都要过来攀谈不休。

【夏小山笑。

【卞从周上场,他一头黑发,穿着比时任道略好些,看上去利落精神。

| 卞 从 周 | 夏先生,过年好。(时任道起身欲走)时先生!时先生也坐起茶 |

　　　　馆了？

时　任　道　　楼之初约我。

卞　从　周　　哦？真巧，我正要找他呢。哎，正好夏先生也在这里，怎么样，一
　　　　会儿楼先生来了，来两圈？

夏　小　山　　（抬起头）好啊。

时　任　道　　不会打重庆麻将。

卞　从　周　　谁打重庆麻将。等等啊，幸亏我在这存着一套。（下）

夏　小　山　　（收起书）正闷呢，打几圈。

时　任　道　　（走）不与这种人打交道。

夏　小　山　　（拦住）嗳，不妨碍打麻将。

时　任　道　　我真是理解不了这种说客。

夏　小　山　　这些年牌技有长进吗？

时　任　道　　（摇头）我还从没在茶馆打过麻将。

夏　小　山　　过去我们雀战都是在你家，时太太牌技好，脾气更好。

时　任　道　　十多年前的事还记得。

夏　小　山　　记得。拜你所赐，我还凑成过双七对啊。

　　　　【卞从周拿着一个盒子上场，放在桌子上。

卞　从　周　　（打开盒盖）喏。

夏　小　山　　（拿起一个麻将牌仔细看）象骨的。

卞　从　周　　象骨镶竹片。可惜了盒子，原本是老花梨木的。因为太重，又占
　　　　地方，流亡的时候只好割爱了。

夏　小　山　　你逃难还带着麻将！

卞　从　周　　路上无聊，可以解解闷。

夏　小　山　　你把书籍字画丢在家里，却带着麻将。

卞　从　周　　我女儿还带着洋娃娃呢。逃难我没有经验。

夏　小　山　　这种经验还是少点好。

卞　从　周　　洗洗牌？多日不见，时先生瘦了一圈，病了？

时　任　道　　后方这现状，没病的也看着像有病。

夏　小　山　　你找楼之初是公事吗？

卞　从　周　　不算公事。（从怀里拿出一个信封）刚收到的帖子，找楼先生商
　　　　量商量。

夏　小　山　还随身带着啊。

卞　从　周　顺手。

时　任　道　看来卞先生要赴蒋院长的宴会了。

卞　从　周　时先生不是也接到帖子了？

时　任　道　你怎么知道？

卞　从　周　没带吗？

时　任　道　不顺手，没带着。

卞　从　周　去吗？

时　任　道　年夜饭我从来都是和家人一起吃，就不打扰蒋院长了。

夏　小　山　莫谈国事。

卞　从　周　这哪里算国事。

夏　小　山　蒋院长、蒋院长的，怎么不是国事？（向台下瞥了一眼）都朝咱们看好几眼了。

卞　从　周　（看着同一个方向，皱着眉头，叹气）也太小心了些。

时　任　道　这年头不怕太小心，就怕不小心。（向同一个方向看了一眼）隔墙耳？

夏　小　山　顺风耳。在学校里也常遇见这位。

时　任　道　原来是他，天宫的顺风耳也不见得这么勤快。

卞　从　周　如今奸伪分子多了，顺风耳自然也勤快了。

时　任　道　胡闹。什么叫奸伪？"皖南事变"后，政府连装都不装了。

卞　从　周　胡闹不胡闹，他们也是要吃口饭的。前阵子不是有几个土木系的学生被抓了吗，就在静心茶社。

夏　小　山　是什么原因呢？

卞　从　周　举行秘密会议。

时　任　道　我们也在举行秘密会议，说不定哪天把我们也抓了。

夏　小　山　国事已不可问，我辈且打麻将。

卞　从　周　夏先生接到蒋公的帖子没？

夏　小　山　看来蒋任校长已成事实。

时　任　道　并非不可挽回。

卞　从　周　难道还要挽留顾校长？

时　任　道　自然。蒋如何当得了中大校长。

卞　从　周　顾校长只怕是留不住。这些年中大易长，也不知闹了多少风波。罗校长离校前，中大已是多事，又是助教罢教，又是学生上书。好不容易顾校长做出点成绩，学校眼见着走上正轨。这才一年多，又要易长。蒋公任校长，若是能稳定学校，也未尝不是一件好事。

时　任　道　好事？中大的自由空气已经很少了。

卞　从　周　蒋公有多少精力来管中大，说不定他长中大之后，中大更自由也未可知。

时　任　道　他想管的东西，哪个自由了？白日做梦。

卞　从　周　自由是相对的。相较之下，教育已然很自由了。

时　任　道　几十年书教下来，只觉得大学教育最不合理。这个"自由"岂不是太失败了？

卞　从　周　教育合不合理是多方面的问题，不能都推到自不自由上。现在的人就是太讲求自由了，才造成了所有的不合理。

时　任　道　造成所有的不合理的，不是太讲求自由，是太讲求道德廉耻上的自由，而思想与言论太少自由。

卞　从　周　"自由"不是万能灵药，也不是几天就能实现的。

时　任　道　不是几天，是几十年。

夏　小　山　蒋公是几十年如一日。

时　任　道　没见到一点进步。

卞　从　周　怎么没有进步？政治上，不是越来越开放吗？

夏　小　山　说着教育，别提政治。

卞　从　周　政府在教育上很尽力了，蒋公对知识分子向来都是敬重的。战时这么艰难，教育经费也从没断过，教授都有补贴……

时　任　道　支持教育是政府的职责。他敬重知识分子，该关的照关；重视教育，该党化的照党化……

卞　从　周　中国有中国的国情，太自由了不是好事，何况现在是战时。政府在进步，关押的政治犯不是放出来了许多吗？陈仲甫先生出狱的时候，时先生不也去接了吗？

夏　小　山　教授都给补贴，可几年来补贴不变，薪金不变，物价涨了几十倍。

卞　从　周　不能指望政府什么事情都能万全……

时　任　道　何况一个腐败的政府。

卞　从　周　政府虽然腐败,却总是一年比一年进步。

夏　小　山　(不耐烦)莫谈国事,莫谈国事。

卞　从　周　蒋公任校长,必行教育长制,校长不过是个名头。他也只可能来训几次话,视察几次,又不会主持事务,有什么关系?

时　任　道　关键就在他任命谁做教育长,若真是复旦校长吴南轩,那中大岂不毁了! 被清华赶出来的党棍,中大凭什么接收?

卞　从　周　罗家伦不也是清华赶出来的,中大不就接收了? 罗校长对中大的功劳……

时　任　道　这不一样。

卞　从　周　我倒认为大可不必担心,就算真是吴南轩,他在中大也坐不住。蒋公再专断,也还不至于糊涂到不顾全校师生的抗议吧。

时　任　道　他已经糊涂到要做中大校长了。

卞　从　周　他做校长在学术上是不太适宜,但在行政上很适宜。

夏　小　山　蒋公政躬太忙,中大之事就不必操劳了。

卞　从　周　蒋公操不操劳也不是我们说了算的。我们就算不满,蒋校长照样以全校师生热烈欢迎的态度上任。

时　任　道　以前的校长,师生不满意还可以赶走。将来呢?

卞　从　周　为什么这么悲观? 学生听说这件事都欣喜若狂啊。

时　任　道　欣喜若狂?

卞　从　周　因为出人意表。

时　任　道　果真出人意表。你说的是三青团的学生吧。

卞　从　周　蒋公出任校长确实也显示了中大全国最高学府的地位。

时　任　道　罗斯福不是哈佛的校长,丘吉尔也不是剑桥的校长,哈佛还是哈佛,剑桥还是剑桥。

夏　小　山　好了,好了。既不能改变现状,多说也无益。

卞　从　周　话说回来,两位给不给蒋公这个面子? 蒋公做不做校长是一回事,我们去不去赴宴是另一回事。

时　任　道　卞先生对蒋公的拥护,我等望尘莫及。你去就行了。

卞　从　周　蒋公作为抗战领袖,民众当然要拥护。在这点上,我们有差别吗?

时	任	道	是你的领袖，不是我的领袖。
卞	从	周	时先生还有别的领袖？
时	任	道	……
夏	小	山	楼之初什么时候来？
时	任	道	……
夏	小	山	我宁愿失恋，也不要三缺一。
卞	从	周	从没和时先生打过，牌技如何？
时	任	道	都不记得上次和牌是哪年了。
卞	从	周	手气不好？
时	任	道	牌技不精。
夏	小	山	这是实话。
卞	从	周	楼之初我是佩服，我就没见他赔过。
夏	小	山	棋艺也是一绝，一般人比不上。
卞	从	周	夏先生也比不上？
夏	小	山	比不上。
卞	从	周	他的立身处世之道，曰：能吃、能喝、能玩。
夏	小	山	三句不离吃饭，我都自愧弗如。
卞	从	周	你听说过没有？楼太太还是学生的时候，楼先生追她，在她的作业里夹了封情书。结果楼太太在下次作业里写道："我很敬慕先生，可是讨厌先生好吃，我不愿与你恋爱。"
夏	小	山	后来怎么样？还是跟着他到处吃了。
卞	从	周	听说他家以前的大厨也是不一般。
夏	小	山	你说他家那个姓徐的师傅？手艺确实好，七年前我在他家吃过一次。他的清炒虾仁是一绝，清甜可口。独特之处在于浆汁，甜而不腻，是他独创，不外传。
卞	从	周	这次蒋公请客，听说掌灶的是西字号老正兴的屠长义，要做火腿烧豆腐。
夏	小	山	火腿？
卞	从	周	他得了一只金华火腿。
夏	小	山	这里还有金华火腿？
卞	从	周	收藏有年了，道地的金华火腿。

夏	小	山	怪不得。屠长义轻易不做这道菜,不得好火腿,便不出味。
卞	从	周	数年烽火,金华火腿怕要绝迹了。
时	任	道	牛肉面都吃不起,何况金华火腿。
卞	从	周	这次正好去吃。
时	任	道	我不能为了猪腿不顾人脸。
卞	从	周	说得好。可惜吃不到他的"镇灶之宝"。
时	任	道	又不是没吃过金华火腿。
夏	小	山	六年不闻此味矣。
时	任	道	穷有穷的吃法。金圣叹说:"豆腐干与花生米同嚼,有火腿味。"试试何妨?
夏	小	山	试过。
卞	从	周	如何?
夏	小	山	只嚼出豆腐干味与花生米味。
卞	从	周	想来也是不能。豆腐干与花生米若能嚼出金华火腿的味道,谁还买火腿?我敢打赌,楼先生就是为了这道火腿烧老豆腐,也一定是要赴宴的。
时	任	道	你肯定输。
卞	从	周	楼先生以前也是西字号老正兴的常客啊,他会错过品尝家乡味的机会?
时	任	道	楼先生不是那种只看菜不看人的人。
卞	从	周	当然不是。可是要看是什么人啊——蒋公。楼先生就算对蒋公有微词,也会顾及蒋公的面子。
时	任	道	未必。
卞	从	周	你不了解他,楼先生并不像他表面上看上去那样潇洒。去年学生反对孔祥熙,罢课游行。楼先生对此虽然不发一言,可暗地里也让几个他喜欢的学生去劝说同学复课。他不喜欢孔祥熙,可是支持政府。
时	任	道	还好他没说"不忍不教而诛之"。
夏	小	山	不说也罢。
卞	从	周	(有些尴尬)这话说得是欠妥,我说完就后悔了。
时	任	道	由不得你不后悔,难不成你还真要让政府去诛杀不复课的学

生吗？

卞　从　周　　可是劝学生复课也是为了学生。这几年，课停了又停。刚开始
　　　　　　　是轰炸，跑警报；后来是易长，罢课；去年又是"倒孔"，游行。学
　　　　　　　生最重要的还是读书。罢课、上街要是真为了学校、为了国家也
　　　　　　　就罢了，要是为了逃课、凑热闹，那岂不是得不偿失？耽误自身，
　　　　　　　也对不起父母。

时　任　道　　照你这么说，学生关心国家还成了坏事了？

卞　从　周　　关心国家是好事，可政治上的事，学生能知道多少？他们都是难
　　　　　　　得的人才，来中大是来学文化的，传承文化才是他们现在的使
　　　　　　　命，什么年代、什么国家都不能没有文化啊。

时　任　道　　中国的文化不仅是书本里的，也是精神上的。若中国的人才都
　　　　　　　一心只读圣贤的古董，两耳不闻窗外的时事，那才是坏事。

卞　从　周　　没说不让他们闻，只是不想让他们问。

时　任　道　　不问，那闻有何用？

卞　从　周　　就是问，也不能随意胡闹。

时　任　道　　只许州官放火，不许百姓点灯？

夏　小　山　　（拿着张牌）这里面嵌的是玉？

卞　从　周　　是玉。现在甚至有学生提出"非校长问题解决后，不参加考试"。
　　　　　　　考试拖到年后已经是最后的底线了，还以关心学校命运为借口
　　　　　　　逃避考试，恶劣至极。

时　任　道　　青年人血气方刚，一时收不住很可以理解。

夏　小　山　　这东西哪里来的？

卞　从　周　　买的。这就是胡闹。听上去是挺有道理，实际上是胡闹。

时　任　道　　学生中有几个胡闹的人是难免的。教师中不也有一心"活动"的
　　　　　　　人吗？

夏　小　山　　这东西花了大价钱吧。

卞　从　周　　年轻的时候买的，那时候不懂事。在这东西上费钱，真不值。以
　　　　　　　前想卖又舍不得。现在想卖点钱换柴米油盐，又卖不出去了。

夏　小　山　　楼之初怎么还不来？

时　任　道　　不来了，散了吧。

夏　小　山　　再等等，码码牌吧。十几年没在一张牌桌上了。

卞 从 周	据说梁启超曾发明三人和五人麻将,若是推广开来,他对中国又多了一大贡献。
时 任 道	四个人雀战,足以让中国人废寝忘餐。若是三个人、五个人都能打,那岂不是夜以继日、遍地雀声?
卞 从 周	这话倒很像胡适之。他说中国的男男女女把光阴葬送在这麻将牌上,麻将算得八股、小脚、鸦片以外的第四害。
夏 小 山	那是他不会打麻将。他每打必输,当然说麻将有害。若麻将为第四害,那他陪着夫人上牌桌,岂不是相当于亲自给小脚夫人缠脚?
卞 从 周	这话你下次当面对胡适之说。
夏 小 山	他在大洋彼岸忙得很,哪还顾得上麻将。
卞 从 周	胡适之真是进退自如的人。
夏 小 山	胡适做了几年驻美大使,怎么样?还不是一有机会就辞了,文人终究做不了政治。与其政治、学问两耽误,还不如一心问学。
卞 从 周	政治需要文人。
时 任 道	若将文人比水,政治比砚。清水洗砚,砚台才能再用。若水染为墨,那砚台不净,水亦不净。
卞 从 周	清水与墨相溶,若不能相溶,又怎么会有墨汁,怎么写得出字?夏先生怎么看?
夏 小 山	我?我宁愿当养鱼池水,与笔墨纸砚不相往来。楼之初还不来?
时 任 道	可能不来了。
卞 从 周	(对夏小山)你觉得楼先生会不会赴宴?
夏 小 山	我不知道。
时 任 道	他不会。
卞 从 周	他会。
时 任 道	绝对不会。
卞 从 周	为什么不会?
时 任 道	他看不上的人,他绝不结交,更何况政界的人物。真正是"天子呼来不上船"。
卞 从 周	他是皮相上的"自由主义者",骨子里的"集权主义者"。你不要看他平日狷介自高,名士做派。其实他和政界很多人都有交情,

他的弟妹还是某次长的千金。蒋公做校长的消息出来后，你听他说过一句话吗？没有。"君子讷于言而敏于行"，他聪明得很。

时　任　道　　他不会去。

卞　从　周　　我们打赌。

时　任　道　　好啊。赌什么？

卞　从　周　　渡口的牛肉面。怎么样？

时　任　道　　不好。

卞　从　周　　一瓶仿绍？

时　任　道　　买不起。

卞　从　周　　你说怎么赌？

时　任　道　　你输了，就帮我个忙。

卞　从　周　　时先生也有事要帮忙吗？

时　任　道　　……

卞　从　周　　什么事？

时　任　道　　等你认输我再说。

卞　从　周　　我赢了呢？

时　任　道　　你赢不了。

卞　从　周　　我赢了，时先生就去赴宴。

时　任　道　　你赢不了。

卞　从　周　　时先生这么自信？

时　任　道　　我懂楼之初。

卞　从　周　　夏先生给我们做个见证。

时　任　道　　说定了。

卞　从　周　　楼先生肯定去。夏先生，为了火腿烧豆腐，去不去？

夏　小　山　　金华火腿。

卞　从　周　　道地的金华火腿。

夏　小　山　　金华火腿烧豆腐。

卞　从　周　　金华火腿烧豆腐！

夏　小　山　　菜倒是其次。蒋公若是以行政院院长之名请我，我还愿意给他这个面子；可他以校长之名请我，我既不承认他是校长，又怎会去赴他的宴？

卞	从	周	院长、校长不过名称而已,有区别吗?
夏	小	山	行政院院长请客与中大校长请客,能一样吗?
卞	从	周	还不都是蒋中正。
夏	小	山	若是蒋校长处理校务,也是要由中大校长蒋中正呈请教育部长陈立夫审批,陈立夫转呈行政院长蒋中正再批。怎么一样呢?
卞	从	周	这只是个笑话。
时	任	道	你也承认这是笑话。
卞	从	周	学生间的笑话而已。
时	任	道	你直说自己想去不就行了。
卞	从	周	我可没这么说。
时	任	道	心里是这么想的。
卞	从	周	不是,误会了。我是知道夏先生爱吃豆腐,不是说小山先生有"三好"吗? 读屈原的《楚辞》,听董娘的大鼓,吃六华春的烧豆腐。
夏	小	山	如今六华春的烧豆腐吃不成了,董娘的大鼓也经年未听了,只剩下《楚辞》能常伴左右。
卞	从	周	六华春的烧豆腐吃不成,老正兴的烧豆腐有兴趣吗?
夏	小	山	还是那句话,蒋公以院长之名请我,我还愿意去尝尝鲜;以校长之名请我,我还真不大好意思去。
卞	从	周	这是什么道理? 你去不去赴宴,蒋公还是要当校长。又不是你不去,蒋公就不是中大校长了。
夏	小	山	他有当校长的自由,我也有不承认的自由嘛。
卞	从	周	楼先生也是能吃能玩,可他"入太庙,每事问"。这次蒋公请客,他说不定还会在席上提建议。
夏	小	山	不关我事。
卞	从	周	金华火腿烧老豆腐关不关你事?
夏	小	山	这是原则问题。
卞	从	周	不做官、不入党是原则,不抽烟、不讨小老婆是原则。不陪校长吃饭谈得上原则?
夏	小	山	不陪不配做校长的校长吃饭是原则。
卞	从	周	在小山先生眼中,还有配做大学校长之人?

夏　小　山　　学人尚不入我眼，况一武夫？

卞　从　周　　蒋公不是一介武夫。再说，无论如何，民族危亡之际，我们都要团结在抗战领袖周围。

时　任　道　　按你的说法，不去赴宴就是破坏抗战了。

卞　从　周　　我可没这么说。怎么样？

夏　小　山　　我只问学术。

卞　从　周　　大学校长的任免从来不是一个纯粹的学术问题。

夏　小　山　　不纯粹是学术问题，也主要是学术问题吧。蒋公在学界久负名望吗，愿投身于学术吗？主持校务能保持不问党派、大公无私吗？

卞　从　周　　我说过，他做校长在学术上不很适宜，可行政上很适宜。中文研究所不是缺资金吗？

夏　小　山　　还活得下去。

卞　从　周　　蒋公任校长已是不可逆转，与其饿死于首阳山，不如做点实事，从蒋校长那里为师生谋利。你这个主任以后总免不了与校长打交道。

夏　小　山　　以后再说。

卞　从　周　　为什么？

夏　小　山　　我不喜欢蒋公。

卞　从　周　　这才是实话。

时　任　道　　这里只有你是无条件地拥护蒋啊。

卞　从　周　　我从不会无条件地拥护某人。

时　任　道　　条件太好找了。希特勒身上也能找到。

卞　从　周　　是，可我不会拥护希特勒！就像我也不会拥护斯大林一样！

夏　小　山　　（收麻将牌）别说了。

卞　从　周　　我没有任何官职，从未参加也不会参加任何政治活动。那些对本人的侮辱，请时先生别信。赴宴这件事，原本不算个事。可是话说到这个地步，我去了岂不是正中某些人的口舌！

夏　小　山　　（四顾）清者自清，浊者自浊。这里说话不方便。楼之初也不来，去找找？

【老年时任道和老年夏小山上场。茶馆区灯暗。

老年时任道　　他还是去了。

老年夏小山　　我记得你从来不坐修竹茶馆。

老年时任道　　我那天是去找你，不想碰到卞从周。

老年夏小山　　不，不。肯定不是这样。火腿烧豆腐根本不是西字号老正兴的菜。

　　　　　　　　【沉默。

老年夏小山　　（唱昆曲《长生殿·弹词》〔一枝花〕）不提防余年值乱离，逼拶得歧路遭穷败。

老年时任道　　你干什么？唱这种"四旧"的东西。别唱了，有人来了。

　　　　　　　　【门突然开了。老年夏小山和时任道都吓了一跳。老年卞从周上场。门"砰"的关上。老年卞从周比夏、时二人年轻，看上去却更老朽。

老年时任道　　卞从周？

老年卞从周　　你们走不走？

老年夏小山和老年时任道　　走？

老年卞从周　　看守我的两个革命小将说"好派"要来攻打文革楼。"屁派"的人都撤退了，我们也暂时自由了。走不走？

老年时任道　　造反派说让我们回家了吗？

老年卞从周　　没有。

老年时任道　　那我们还是不要乱说乱动。

老年夏小山　　要不我们回家看看再来？

老年时任道　　你们走吧。我已经没有家了。

老年卞从周　　（对老年夏小山）你走吧，你不过是学术权威。

老年夏小山　　反动，反动学术权威。

老年卞从周　　那也是人民内部矛盾，我还是留下陪任道吧。

老年时任道　　我右派帽子63年已经摘了，你还是历史反革命。

老年卞从周　　可我没戴过帽子啊。

老年夏小山　　我们都是牛鬼蛇神，还分什么三六九等啊。我走了。

　　　　　　　　【老年夏小山走到门口。踌躇。

老年夏小山　　你记得蒋介石当中大校长的时候吗？

老年卞从周　　啊。

老年夏小山　　1943 年春节他请我们吃过饭吗？

老年卞从周　　你们？

老年夏小山　　我们三人，还有楼之初。

老年卞从周　　啊。

老年夏小山　　有这事？

老年卞从周　　有这事。

老年夏小山　　你没记错吧？

老年卞从周　　我记得很清楚。

老年时任道　　我说的没错。

老年卞从周　　年夜饭。

老年时任道　　没错。你一个人去吃了。

老年卞从周　　三个人。

老年时任道　　什么？

老年卞从周　　三个人。

老年夏小山　　三个人？

老年卞从周　　你，我，他。

老年时任道　　胡说。你老蒋的宴席去多了，记差了。

老年卞从周　　我们三个人都去了。不然你的书是怎么运到重庆的？

老年夏小山　　书？

老年卞从周　　他留在桂林的书。

老年时任道　　那些书我都卖给了中大图书馆。

老年卞从周　　那是书运到重庆后的事，你为了给孩子治病才卖的。中大图书馆总不会花钱买远在桂林的书。

老年时任道　　我不记得了。

老年夏小山　　我绝对没去。如果我和蒋介石一起吃过饭，我一定会记得。

老年卞从周　　你去了。我说席上有八仙鳜鱼羹，你就去了。

老年时任道　　什么鳜鱼羹，是火腿烧豆腐。

老年卞从周　　火腿烧豆腐？不是，那次宴席上没有这道菜。

老年时任道　　是西字号老正兴的名菜。

老年卞从周　　瞎扯，西字号老正兴哪有这道菜，这是上海老正兴的菜。那天吃的是刘庆祥自创的八仙鳜鱼羹。

老年时任道	从来没有听说过。
老年卞从周	由于鳜鱼丝、云腿丝、笋丝、冬菇丝、陈皮丝等在羹中呈现八种不同的颜色，所以叫八仙鳜鱼羹。我也只吃过那一次，刘庆祥病死以后，这道菜就失传了。
老年夏小山	我没吃过这道菜。
老年卞从周	你吃的名菜太多了。
老年夏小山	我吃的名菜再多也不可能忘。这道菜我确实没吃过，不知道你在哪个宴席上享用过，记错了地方。
老年卞从周	不可能。我记得，我们在修竹茶馆……

【茶馆区灯亮。

夏　小　山	（对卞从周）好了，好了。你家里方便吗？请卞太太陪我们打两圈？
卞　从　周	家里三个孩子，叽叽喳喳地吵，实在不方便。
夏　小　山	是怕夫人发怒吧，那我们就不麻烦卞太太了。
卞　从　周	她哪里是我的太太，简直就是我的奶奶。您那里……
夏　小　山	我那里实在……（摇头，看向时任道）
时　任　道	我……
夏　小　山	你太太脾气好。
时　任　道	最近不太好。
卞　从　周	总比我家那位奶奶好。不如我去找楼先生，如果找到了，就不用麻烦时太太上牌桌了。
夏　小　山	（对时任道）我们一起去？
时　任　道	（犹豫）我先回家。
卞　从　周	我收拾一下。
时　任　道	（有些慌乱）先走了。

【时任道下。

夏　小　山	别说气话。他就是这脾气。
卞　从　周	您和他是老友？
夏　小　山	我们是同庚、同学、同事。两江师范学堂毕业，十几年前在金大是同事，现在又是同事。
卞　从　周	可时任道来中大这半年，也没看到你们来往。

夏　小　山　他离开金大的时候，我们绝交了。

卞　从　周　什么缘故？

夏　小　山　一点误会。

卞　从　周　误会？

夏　小　山　聪明人总不免倨傲。

卞　从　周　过于倨傲，才美亦不足观。还是小山先生恂恂如，有古人风。

夏　小　山　恂恂如不敢说。只是如今饮冰食蘖、敝衣穿履，形容潦倒，看上
　　　　　　去倒还真有古人风。

卞　从　周　一箪食，一瓢饮，在陋巷，不改其乐。

夏　小　山　亦不堪其忧也。三月不知肉味矣。

卞　从　周　子未可往乎？

夏　小　山　你呢？

卞　从　周　我是断断去不得了。

夏　小　山　他有他的立场，你何必去迁就他？你不去，怎么向蒋公交代？

卞　从　周　大不了说我身体不适。

夏　小　山　这未免太不给蒋公面子了。

卞　从　周　不给又怎么样？

夏　小　山　蒋公子总是你的学生啊。

卞　从　周　为什么问我？难道我去你就去？

夏　小　山　那你为什么问我？

卞　从　周　随便问问。

夏　小　山　我也是。

卞　从　周　你到底去不去？

夏　小　山　你让蒋公把请帖上的"中大校长"改为"行政院长"，我就去。

卞　从　周　怎么可能？

夏　小　山　怎么不可能？

卞　从　周　我现在就去说。

夏　小　山　真的？

卞　从　周　开个玩笑。

夏　小　山　……

卞　从　周　为什么一定要改呢？

夏 小 山	（笑，叹口气）昨天我才在课上对学生说我不承认蒋校长。
卞 从 周	原来。
夏 小 山	你让学生怎么看我嘛。
卞 从 周	（笑）鱼我所欲也，熊掌亦我所欲也。二者不可得兼。
夏 小 山	你这人。

【夏小山和卞从周下。茶馆区灯暗。

老年夏小山	我绝不会为了一道菜去会蒋介石。
老年卞从周	你就是为了一道菜去会了蒋介石。谁不知夏小山好吃。
老年夏小山	再说，鳜鱼羹我吃过多少次，怎么会为了这道菜赴宴？
老年卞从周	八仙鳜鱼羹你没有吃过，刘庆祥的。
老年夏小山	我从未尝过刘庆祥的手艺。
老年时任道	我说了是火腿烧豆腐。
老年卞从周	是八仙鳜鱼羹。
老年夏小山	根本没这事。

【沉默。

老年时任道	革命小将还会不会回来？
老年夏小山	怎么一点动静都没有？
老年卞从周	会不会真打起来？听说，五楼顶上堆的都是硫酸和核矿石。
老年时任道	核矿石？
老年卞从周	放射性！造原子弹的！
老年时任道	不会吧？
老年卞从周	不是说了"听说"吗？红卫兵也是兵，兵不厌诈。
老年夏小山	你们走不走？
老年时任道	没人说让咱们走啊。
老年夏小山	腿是你自己的啊。
老年时任道	我人都不知是谁的了，还腿？
老年卞从周	（对老年夏小山）你不是说了你走的吗？
老年夏小山	我当然要走，你把事情说清楚了我就走。蒋介石没有请过我，我也没有吃过火腿烧鳜鱼。
老年时任道	请过。
老年卞从周	你吃的是八仙鳜鱼羹。

老年夏小山　咱们都是几十年的老同事了，你们什么时候也学会了血口喷人？

老年卞从周　为了劝你去吃饭，我还在茶馆跟你们打麻将了。

老年夏小山　我们是在茶馆聚过，可肯定不是商量这件事。

老年时任道　就是这件事。

老年夏小山　不是这件事。

老年卞从周　那是哪件事？

老年夏小山　不记得了。

老年时任道　少数服从多数。我们说的就是这件事。

老年卞从周　后来我们就去了他家打麻将、吃饭。

【舞台中间灯亮，茶馆变为时任道家，木桌不变，周围摆着四把木椅。墙上挂着一幅字"自来自去堂上燕，相亲相近水中鸥"。

老年卞从周　你家离修竹茶馆不远。我记得我到你家的时候，你家里只有你一个人。

【卞从周拿着麻将盒上，敲门。时任道开门。老年三人下。

卞　从　周　时先生。

时　任　道　小山呢？

卞　从　周　夏先生路上饿了，先吃碗抄手，过会儿来。

【沉默。

时　任　道　你怎么不和他一起吃？

卞　从　周　我夫人的军令，不许我在街上乱吃。

时　任　道　所谓将在外，军令有所不受。

卞　从　周　立过军令状了。

【沉默。

时　任　道　楼之初呢？

卞　从　周　楼先生今早去成都了，老夫人病危。蒋公的宴席他是去不成了。（顿）时先生有什么吩咐？

时　任　道　小山吃对了，我这里就只有（学重庆口音）炒米糖开水。

卞　从　周　先生生活竟如此清苦。这哪里像是过年？

时　任　道　我不会卖文。有小山、壮翁在，我卖字也难得开张。靠教书，八斗学问也换不来一斗米，待客自然只能泡米花了。

卞　从　周　（指着墙上的字）这是……

时 任 道	卖字不成，且自娱。
卞 从 周	"自去自来堂上燕，相亲相近水中鸥。"（背诗）"清江一曲抱村流，长夏江村事事幽。自去自来堂上燕，相亲相近水中鸥。老妻画纸为棋局，稚子敲针作钓钩。但有故人供禄米，微躯此外更何求？"同是避乱寓居于蜀地，我辈不如杜少陵啊。
时 任 道	卞先生喜爱字画吗？
卞 从 周	喜爱，喜爱不起了。
时 任 道	想必收藏颇丰。
卞 从 周	知其必不为己物矣。
时 任 道	你的书籍、字画都存在南京？
卞 从 周	不提也罢。我在蓝家庄房中的几万藏书，已皆为煨烬矣。带出来的几箱珍本也永沉扬子江底，数十年的心血毁于一旦。"或者天意以余菲薄，不足以享此尤物耶？"（顿）国家罹难，几本破书算什么？
时 任 道	虽然如此，仍是爱惜如护头目。我比你还幸运些，我的藏书，大部分在南京家中。其余的，一部分在金大图书馆被毁；一部分随金陵女大迁出，一路丢失，仅剩下清儒别集十几种；还有十箱书寄到老家，由舍弟保存。老家沦陷后，舍弟带着这十箱书辛苦辗转到桂林，居然只丢失了一箱。现在，这九箱古籍还在桂林。
卞 从 周	那真是大幸啊。
时 任 道	但是，去年舍弟患疟疾离世，我的藏书就由他的独子保管。舍弟常年奔波，儿子缺乏管教。不久前，听说我这个"贤侄"，平日里只知道出入雀馆，还卖起了我的书。
卞 从 周	您打算怎么办？
时 任 道	趁他还没把我的那些书赌光，把那九箱书运到重庆来。
卞 从 周	好啊。
时 任 道	可桂林实在远了些，又是战乱之中。
卞 从 周	学校帮忙吗？
时 任 道	顾校长现在称病不出。
卞 从 周	找总务处。
时 任 道	找了，人家迟迟不回复。也是，这是私人书籍，学校为什么管？

卞　从　周　找教育部。

时　任　道　我不与他们打交道。

卞　从　周　为什么？

时　任　道　我不受陈立夫的人情。

　　　　　　　【沉默。

卞　从　周　您这联多少钱？

时　任　道　这不卖。

卞　从　周　我有两把扇子要写扇面……

时　任　道　你还有钱找我写扇面？

卞　从　周　我有稿费。

时　任　道　我忘了，你给《中央日报》写文章。我是穷儒穷到底，不像你还有
　　　　　　　生财的手段。

卞　从　周　生什么财？糊口而已。后方通货膨胀，奸商囤积居奇。这点稿
　　　　　　　费也快不够柴米钱了。

时　任　道　好歹你世事洞明，人情练达，这种文章我是不会做的。

卞　从　周　我也不会做。世事炎凉，人情冷暖倒见过些。你在桂林还有别
　　　　　　　的亲友吗？

时　任　道　问题就是没有能帮得上忙的。

卞　从　周　你儿子……

时　任　道　我儿子赚的那点钱还不够他养家的。

卞　从　周　尊夫人或许有办法，不妨和她商量。

时　任　道　她有什么办法。

卞　从　周　女人家的脑子比男人活。

时　任　道　没办法。

卞　从　周　我也是爱莫能助啊。

时　任　道　你办法多。

卞　从　周　我有什么办法？

时　任　道　你有办法。

卞　从　周　强人所难。

时　任　道　再容易不过。你去赴宴，在席上对蒋公说两句，解决了。

卞　从　周　啊。你说也一样。

时	任	道	不一样。你可是蒋家的西席,蒋公子的恩师啊。
卞	从	周	我只是……
时	任	道	在我这儿就别谦虚了。
卞	从	周	我去吃年夜饭,对蒋公说书的事。
时	任	道	哎。
卞	从	周	不去。
时	任	道	你想别的办法。
卞	从	周	我没有办法。
时	任	道	那就赴宴去。你今天就留在我家吃晚饭。
卞	从	周	这算什么? 报偿?
时	任	道	地主之谊是要尽的。我让你办事,却连客都不请一次,卞太太岂不是要埋怨我?
卞	从	周	这事我可不会对她说。
时	任	道	也好。女人的神经最是不能刺激,很多事还是瞒着些好。
卞	从	周	她们瞒着我们的事比我们瞒着她们的事多得多,她们的神经比我们更能忍受刺激。不幸做了对贫贱夫妻,凡事也只能她瞒我,我瞒她,都装着糊涂。不然,这等生活的重压如何挨得过去。
时	任	道	事瞒得了,票子瞒不了。每次发薪,一看到那些全新、号码连着的票子,就要抱怨这个月通货又膨胀了多少,下个月物价又要涨多少。
卞	从	周	时太太呢?
时	任	道	她出去买菜了。
卞	从	周	你还真请我吃饭哪! 你还有钱请客?
时	任	道	我不欠人情。
卞	从	周	谁想得到楼先生跑成都了呢? 愿赌服输,不欠人情吧。
时	任	道	今天留过饭,等事情办成,我就不再谢你了。
卞	从	周	有必要吗? 我们不过是对政治的见解不同。
时	任	道	道不同不相为谋。
			【沉默。
卞	从	周	我要回去请我老婆示下。
时	任	道	我太太会去告诉的。

卞　从　周　席上说归说，事办不办得成我不能保证。

时　任　道　说很多都是明代刻本，我那本《文选纂注评林》可是初刻原版，难得的善本。文枢堂的《水经注》四十卷齐全，也很难得。还有元代珍本，清人手稿。其中，有鱼山先生的真迹……算了，说得太仔细老蒋也听不懂，就说我那明刻《丁卯集》可是孤本，刊刻极精湛，极罕。

卞　从　周　啊，啊，我知道怎么说。

时　任　道　我二十余年节衣缩食，才有了那藏书十万卷，在南京，我敢说无人能及。尽数毁去，已是剜心刺骨。那九箱书原本就是珍藏，如今更是珍中奇珍，无论如何也要保住。如果我有一点办法，我早就亲自去桂林剐了那个小畜生，把书运过来。

卞　从　周　我懂，我懂。几天不见，先生看着憔悴不少，估计就是为了这事吧。

时　任　道　书乃是我的身家性命。

卞　从　周　小山先生当年也是这么说。我还记得他刚接到书楼被炸毁的消息的时候，号啕大哭，痛不欲生。谁知道他去渡口连吃两碗牛肉面，回来就神色自若、行动如常了。怪吧，真怪，可也是真正的名士做派、魏晋风度，就是装的，也没人能比他装得更像。书是尤物，却也是身外之物。（看时任道没有反应，有些尴尬）听说先生正在看冯友兰的"贞元三书"，如何？

时　任　道　"贞元三书"？气死人。冯友兰这几年也不知道研究的什么哲学，思想混乱，前后矛盾。把北大的精神糟蹋得体无完肤，竟然还说是"为北大寿"。他给北大的这份寿礼就是裹了糖衣的毒药。我正在写一篇纠正的文章，身为老北大人，我是绝对不能接受他的这种胡言乱道。

卞　从　周　先生的话未免过激了。我看了《新理学》，见解独到。

时　任　道　超脱实际谈真际，是观念论的见解。

卞　从　周　哲学确实是谈真际的学问，冯氏也并没有切断实际与真际的联系。

时　任　道　他根本不懂唯物史观，他只是把唯物史观当作公式套用，这恰恰犯了机械与形式论的错误。把马克思的话断章取义，加以曲解，就变成了他的辩证逻辑。

卞　从　周　这是你对他的偏见。

时　任　道　偏见？对就是对，错就是错。辩证法不是万能公式。黑格尔就是把辩证法当作概念自身的发展法则，故把三段法化成一个普通公式。但事实上，如果一切现象嵌入三段法的公式中，就未必能说明事物之发展。

【夏小山拿着一瓶酒上。

卞　从　周　冯友兰的观点是他对唯物史观的理解。你一味地把他的每个词与马克思的相对应，以至于你机械地理解冯氏的观点。

时　任　道　机械的不是我的理解，而是他的表述。他就是这样写的，我自然这样理解。

卞　从　周　而且这和三段法不是一回事。

时　任　道　在机械论的错误上，是一样的。我们把辩证法三定律分别来看……正好小山也来了。所谓矛盾统一律，说明生物学上生命的现象是生与死的统一。这是说：活人的体内含有死的因素。然而活人还是活人，他不可能同时是个死人。形式逻辑中的同一律，矛盾与拒中律，仍有它相对的地位，不是绝对无用的。

夏　小　山　（小声）这是？

卞　从　周　（小声）批冯友兰的"贞元三书"。

时　任　道　（拿麻将牌）如说四条与四条，幺鸡与幺鸡是相对的；四条与幺鸡，四条，幺鸡，是绝对的。然而绝对之中不能不容相对存在。活人体内含有死的因素，这死的因素即由活的因素发展转化而来，即生物体中所呈现的新陈代谢作用，不是新的把旧的完全消灭，而是新的扬弃着旧的。其否定阶段，不一定拘于某种历史旧例。如英国的大宪章运动与法国的流血革命都能达到封建制到民主的目的。可见辩证法不是机械的固定的方法，而是客观现象变化之一种说明。

【沉默。

卞　从　周　（看酒）这是……

夏　小　山　女儿红。

时　任　道　听懂了吗？

卞　从　周　　对哲学，我无甚研究。

夏　小　山　　他说的是：人固有一死，或因感染某种病原菌而死，或被敌机炸死，不能因为有人被敌机炸死，就认为你也一定会被炸死。

卞　从　周　　懂了。

夏　小　山　　时夫人呢？

时　任　道　　出去买菜了。今天留你们吃晚饭。

夏　小　山　　留我们吃晚饭？

卞　从　周　　我要帮他做一件简单中含有困难因素的事。

夏　小　山　　什么事？对了，你输了。

卞　从　周　　三十晚上在蒋公面前提一提时先生的藏书。

夏　小　山　　你还是要去赴宴？

卞　从　周　　时先生的藏书可能会在桂林散失，看看蒋公能不能帮忙运到重庆来。

夏　小　山　　你不愿给蒋公个面子，却愿意受蒋公的人情。

时　任　道　　我不去求，便不是我受他的人情。

夏　小　山　　实际上是一样的。

时　任　道　　真际上不一样。

卞　从　周　　你不是不承认冯友兰的理论吗？

时　任　道　　我还能有什么办法？

夏　小　山　　好办，把书卖给桂林的图书馆。

时　任　道　　开什么玩笑！

夏　小　山　　或者赴宴，你自己跟蒋介石说。

时　任　道　　我已经找到第三种方法了。炒米糖开水，吃吗？

夏　小　山　　吃。

卞　从　周　　你不才吃过抄手吗？

夏　小　山　　米花也不填肚的。你也来一碗？

　　　　　　　【卞从周摆手不要。时任道下。

夏　小　山　　这人。

卞　从　周　　既然想让我帮他说话，在茶馆就应该说点好听的。

夏　小　山　　你们不是一路人。

卞　从　周　　你们也不是。

【时任道拿着碗和一个水壶上。

夏 小 山　记得前几年暑假，每天十时必放警报。一放警报，就到附近民家
　　　　　租麻将，在竹林里摆下雀战。直战到不知蚊虫肆虐，不知警报解
　　　　　除矣。

卞 从 周　时先生，您就坚持您的哲学观点一定是正确的吗？

时 任 道　我并没有说马克思的观点是绝对正确的，我只是说辩证法是一
　　　　　种说明，而不是一种公式。

卞 从 周　可是您完全是站在他的观点正确的这个角度上来讨论的。

时 任 道　我认为他的观点是科学的，你如果反对，我欢迎指正。

卞 从 周　我认为您太迷信科学了。科学不等于正确，科学也不是适用于
　　　　　一切。

时 任 道　科学不等于正确，但是科学是中国所迫切需要的，这绝对正确。

卞 从 周　没有绝对的正确，尤其是哲学。

时 任 道　我解释过。绝对和相对是一种矛盾统一。

夏 小 山　我们不是来讨论科学的。

卞 从 周　您一直在鼓吹辩证法，可您的态度恰恰是不辩证的。

夏 小 山　你们再说哲学我就走。

时 任 道　哪里不辩证？

卞 从 周　你把辩证法作为唯一正确的对客观现象之说明，这就是不辩证
　　　　　的。在我看来，哲学是哲学，科学是科学。并不存在所谓科学的
　　　　　哲学。哲学与神学相近，是无法求证的。

时 任 道　据你对辩证法的理解，这个世界就可以为所欲为了。以为一切
　　　　　都是辩证的，都是既对也错。这是唯心论。

卞 从 周　也许吧，你不要太迷信你那个唯物主义，这个世界原本就是既对
　　　　　也错。

时 任 道　辩证法并不是静止的，生物体内的转化也并不是固定的，总有一
　　　　　方压倒另一方。

夏 小 山　是啊，是你的藏书压倒你的面子，还是你的面子压倒你的藏书。

时 任 道　不是面子。

卞 从 周　我们的哲学观点不同，争论也不会有结果的。

时 任 道　那哲学议论还有什么意义？

夏　小　山　　够了！我们是来打麻将的。

卞　从　周　　是否赴宴这件事真的这么严重吗？

时　任　道　　我不可能和老蒋坐在一起！

卞　从　周　　为什么？

时　任　道　　大学是自由的。独裁者做校长真是笑话！

卞　从　周　　集权有时候是必要的。若没有一个强有力的中央，军阀割据的中国怎么能够团结起来，打赢这场民族战争？民主也是要一步步来的。

时　任　道　　恐怕蒋不是这么想的。

卞　从　周　　既然您以与独裁者同桌吃饭为耻，那为什么就要我去呢？您是为了突出您的清高吗？还是用您的清高来鄙夷我的谄媚？

时　任　道　　你又不是第一次陪老蒋吃饭。

卞　从　周　　我去不去是我的自由不是吗？这次我不想去，我也想清高一次。除非您请我替您去见老蒋。

时　任　道　　愿赌服输。

卞　从　周　　我们说好"我帮你做一件事"，却并没有说明，一定要做某件事。我会帮你做另一件事，比如，买你的字，借钱给你救急。

时　任　道　　时任道一生饿死不向人借钱。

卞　从　周　　可我不会赴宴，除非您请我帮您说话。

时　任　道　　不送。

卞　从　周　　留步。

夏　小　山　　（拦住卞从周）你走了谁陪我打麻将？

卞　从　周　　我最受不了这个。把我当什么？传声筒，政府的喉舌？所有的政府都需要宣传，难道我帮助政府就成了没有独立人格的人了，就成了以学问为晋身之阶的人了？难道学人就不能通过政治实现自己对国家的期望吗？现在的人，天天说政府不好，似乎只要骂两声腐败，便是个进步人士了。

时　任　道　　还不该骂吗？中国政府腐败已是国际闻名了。美国红十字捐送奎宁极多，却全存在中国银行库里，不给伤兵使用，只为出售获利，这等不顾国难之举竟无人拦阻。以致该会已不肯再捐药品。国耻，国耻！骂两声"腐败"，总比呼三声"万岁"强得多。

夏	小	山	（慢悠悠地背诵）"独对古人称后死，岂知亡国在官邪。"啧啧。
卞	从	周	对政府不满就去延安好了，可是延安连电灯都没有，去了干什么？
时	任	道	政治连民主自由都没有，还要它干什么？
卞	从	周	延安就有民主自由吗？
时	任	道	总比这里民主自由。
卞	从	周	我只听说它有民主集中，没听说它有民主自由。都说自由，那《中央日报》也有造谣的自由。
时	任	道	现在还有人看《中央日报》吗？
卞	从	周	你看，这就是自由的坏处。
时	任	道	这是滥用自由的坏处。你不是说政府在进步吗？宪政吵了这么多年，也没见政府有一点要行宪政的迹象。
卞	从	周	进步不是一条直线。行宪政是将来必然会实现的。这两年，政府的所作所为令人不满，并不意味着政治就不再进步了。以前学生游行，政府只知镇压。
时	任	道	别提学生游行，我的学生就死于游行。就在南京国民政府旁的珍珠桥，学生要求抗日救国有什么错！
卞	从	周	那也不能连蔡元培都打。
时	任	道	就算行为不当，政府也不能命令军警用刺刀对付手无寸铁的学生。
卞	从	周	所以，如今政府机构最怕学生游行。
时	任	道	也没好到哪里去，为什么政府机构只有在学生游行之后才想要有所作为？
卞	从	周	比无所作为、为所欲为要进步吧。
时	任	道	你怎么不横向比较呢？
夏	小	山	书！书！
卞	从	周	你要你的书，就自己去说，或者让夏先生去说。反正我这次是顾不上蒋公的面子了，我也要顾一顾自己的面子。
夏	小	山	好了。你有多少书在桂林？
时	任	道	九箱。元明珍本，还有清人手稿，其中有鱼山先生的真迹。我那本《文选纂注评林》是初刻原版……

夏　小　山　我去说。

时　任　道　你去？

夏　小　山　我等的藏书都是损之又损、去之又去，十存一二。当然要保下来。（对卞从周）彦先，留下来，你走了，这麻将也打不成。（对时任道）有酒杯吗？

　　　　　　【时任道下。

夏　小　山　人情还是我来做吧。

卞　从　周　他不是特殊党派吧？

夏　小　山　不是，绝对不是。他以前是进德会会员，立志不入任何党派。

　　　　　　【时任道拿着三个杯子上。

夏　小　山　你太太什么时候回来？

时　任　道　不知道。

夏　小　山　麻将、桥牌皆需四人，象棋、围棋仅需二人。也就喝酒这种消遣，不限人数。三个人可以尽兴。来，春风送暖入屠苏。

　　　　　　【三人干杯。时太太拎着篮子上。

时　太　太　夏先生，卞先生。

卞　从　周　时太太。

夏　小　山　正好，我们正说三缺一呢。

时　太　太　我收拾一下。

　　　　　　【时太太下。

夏　小　山　终于可以安心打麻将了。谁也不要再提蒋中正，今天就是玩。

　　　　　　【时太太脱下外套，上。

时　太　太　抱歉，家里乱得不成样子，见不得人。

夏　小　山　哪里，你是没见我家里的样子。时太太，你可是我们的救星，没有你，我们一天也凑不成一桌麻将。

时　任　道　买了些什么？

时　太　太　买了条江鱼，再做个鸡蛋羹，炒两个素菜，别嫌弃。

卞　从　周　今天为难时太太了。在美国，不提前告知太太就留客吃饭，太太可是会告离婚的。

时　太　太　我若是有气性，早就离了。家中实在没有像样的东西，不像个请客的样子。

夏 小 山	能将豆腐青菜烧出佳肴才见功力。再者,若是一桌盛馔,我等也不敢下箸啊。
时 太 太	夏先生不嫌弃就好。
卞 从 周	时太太怨气不小啊。
时 太 太	我哪敢有怨气。
夏 小 山	(对时任道)你若是像卞彦先这样,时太太也不会有怨气了。
卞 从 周	人哪有没怨气的时候。用辩证法来说,每一个婚姻内都有离婚的因素,夫妻之间又爱又怨,或爱多于怨,或怨多于爱。看似和平的婚姻,底下也是暗流汹涌。幸好,我夫人虽然怨我,却还不至革命的地步。
时 太 太	卞先生是个婚姻学家。
卞 从 周	现在都在谈科学。思想要科学化,建筑要科学化,一并连绘画、音乐都要科学化。我也追赶潮流,研究研究婚姻的科学化。
夏 小 山	我哪天也研究研究麻将的科学化。
时 任 道	……
时 太 太	我做庄。任道回来说要在家里打麻将,我还吃了一惊。
夏 小 山	瘾犯了,是我们逼得他。如果不是楼之初走了,我们也不会来叨扰。
时 太 太	是,任道早上就白跑了一趟。原本是想找楼先生商量……
时 任 道	抓牌抓牌。
卞 从 周	这么说时先生早就找过楼先生一趟了?
时 太 太	是啊。
卞 从 周	时先生知道楼先生去成都了?
时 任 道	我都忘了。
卞 从 周	怪不得时先生要跟我赌!
夏 小 山	坐回来打麻将。
卞 从 周	你诈胡。
时 任 道	我没有。
卞 从 周	(笑)真是峰回路转。夏先生,他玩诈胡,你也不必故意给他点炮。大家都想要和牌,管他是清一色还是碰碰胡。尔爱其羊,我爱其礼。我们上了牌桌,自顾自即可,不要再操心别人是缺幺鸡

　　　　　还是四条。你若同意，我们就玩起来；若不同意，三缺一，你失恋
　　　　　去吧。

夏　小　山　任道，书的事，你自己去说吧。

时　任　道　小山！

夏　小　山　你诈胡。

时　任　道　玩笑而已。

卞　从　周　玩笑而已？咄咄逼人，真是玩笑。

时　任　道　不管你信不信，我当时忘了楼之初不在，后来才想起来。

卞　从　周　别再开玩笑了。

时　太　太　怎么了？

夏　小　山　一点误会。

时　太　太　什么误会？怎么又有误会？

时　任　道　该去准备晚饭了。

时　太　太　你又管不住臭脾气了。卞先生，您多担待着。

时　任　道　他担待什么！

卞　从　周　时太太，这次可不是我不帮忙，是他不让我帮啊。

时　太　太　卞先生！

卞　从　周　问问夏先生？

时　太　太　夏先生。

夏　小　山　这么多年，怎么他还是这脾气。

时　太　太　我劝他多少次了，完全是白费唾沫。夏先生，您帮了他，就是救
　　　　　了他的命了。

时　任　道　胡说什么呢？

夏　小　山　这么严重。

时　太　太　他这人一根筋，您是知道的。

夏　小　山　你今天为什么去茶馆？

时　任　道　你去我就不能去？

夏　小　山　是找我吧，还说是约了楼之初。你早说不就行了吗？

时　太　太　您答应了。

夏　小　山　你真该听听他在茶馆是怎么说话的，哪有一点找人帮忙的样子。

时　太　太　我就知道。我从昨天到今天，嘱咐他多少遍了，他就支支吾吾

			的。我知道，他是担心您还记仇。
时	任	道	行了，做饭去吧。
夏	小	山	我和他的书没仇。
时	太	太	哎，太谢谢您了。我做饭去。（下）
夏	小	山	麻将又打不成。
卞	从	周	本来就打不成。
夏	小	山	你这人，在茶馆怎么一句都不提呢？宁可逼着彦先也不肯问我一声？
时	任	道	绝交书都写了，我怎么知道你……这么痛快。
夏	小	山	问一声会死吗？好了，事情解决了。彦先，你也赴宴去吧。玩笑嘛，都过去了。
卞	从	周	不是玩笑！是玩我。
夏	小	山	算了。跟蒋院长说说，把请帖上的"校长"二字改成"院长"，再给我一份吧。
卞	从	周	不干。
夏	小	山	给我个面子。
卞	从	周	我给您面子，相当于给他面子。
时	任	道	你不用给我面子。
夏	小	山	改一个称呼而已。
卞	从	周	您不就是想吃那道菜吗？改不改请帖，那道菜还在。什么都不耽误。
夏	小	山	我不和蒋校长吃饭。
卞	从	周	那正好，都不去。
夏	小	山	只要他改请帖，我就去。
卞	从	周	改，好！三人一起去。省得我帮别人忙，还落得个媚上的名声。
时	任	道	我不去。
夏	小	山	不就是陪老蒋吃饭吗，有那么难吗？
时	任	道	我宁愿书尽被变卖，也不会去陪独裁者吃饭。
卞	从	周	民族危亡之际，民族主义不能暂时高于民主主义吗？
时	任	道	这和民族主义有什么关系？
卞	从	周	你可以把蒋介石当作民族抗战的领袖，而不是独裁者。

时　任　道　　即使他是抗战的领袖还是独裁者。

卞　从　周　　所以我说民族主义暂时高于民主主义。

时　任　道　　他是以校长的名义请客，又不是抗战英雄。

卞　从　周　　既然他是以新校长的名义请客，那你还计较什么独裁不独裁？

时　任　道　　他不配当校长。

卞　从　周　　你能赶他走吗？

时　任　道　　不能赶他走，也要非暴力不合作。

卞　从　周　　你去听听他的治校思想再决定不行吗？

时　任　道　　（冷笑，嘀咕）治校思想……蒋？

卞　从　周　　蒋公不是傻子，他既然提出要长中大，自然有他的想法。你不问
　　　　　　　事实，全凭臆断，似乎不是唯物主义的做法吧。

时　任　道　　……

卞　从　周　　再说，面子是虚，书是实；声名是虚，本事是实。何必意气用事？

时　任　道　　……

卞　从　周　　堂堂七尺男儿，战乱时期，若是只事虚荣，不务实事，哪还有脸谈
　　　　　　　面子！

时　任　道　　他杀过我的学生！身上多处刺伤，脾脏出血，从三楼跳下，摔断
　　　　　　　了五根肋骨。从东北流亡到关内，家里的独子，还不到二十岁！
　　　　　　　就为了在珍珠桥要求政府抗日。多好的学生啊！要我和老蒋坐
　　　　　　　在一起，这辈子也别想。

卞　从　周　　你这是私怨。

时　任　道　　私怨？

夏　小　山　　你到席上去骂老蒋岂不更痛快？去扫扫他的面子。

时　任　道　　你明知道不可能。

夏　小　山　　为什么？

时　任　道　　当然不可能。

夏　小　山　　民国十六年，安徽大学校长刘文典和北伐军总司令蒋介石打了
　　　　　　　一架，才被关了七天。你骂他两句能怎么样？他以抗战领袖的
　　　　　　　身份请你，你去不去？让蒋把请帖上的“校长”改成“委员长”。

时　任　道　　你不就是想吃那道菜吗？

夏　小　山　　什么？

时	任	道	你昨天在学生面前把大话说出去了,今天觉得一个人去太尴尬,就劝我一起去。
夏	小	山	我不是……
时	任	道	你每次都是,每次你都想说服我。
夏	小	山	哪有。
时	任	道	在女高师、在金大、在中大,甚至在梅庵先生家里,一直都是这样。
夏	小	山	我们之间的讨论怎么能说成是我要说服你? 难道讨论不就是互相说服对方吗?
时	任	道	我们不是平等的讨论,你总是以师兄教训师弟的态度说话。
夏	小	山	不可能。
时	任	道	你总表现得像个渔父,似乎是个世外高人。
夏	小	山	我只是没你那么偏执。
时	任	道	我偏执? 好,我偏执,难道你就不偏执?
夏	小	山	我也偏执?
时	任	道	比如,你当年执意要改变金大的校章。
夏	小	山	这是十几年前的老皇历了,还翻出来。而且金大校章本来就应该改。
时	任	道	金大校章改不改自有常委会定,为什么怨我?
夏	小	山	你是校务常委。你信誓旦旦,承诺要帮我。
时	任	道	我当时是校务常委,可常委又不止我一个。我已经尽力帮你了。
夏	小	山	你投的是反对票。
时	任	道	胡说,我……
夏	小	山	我知道你投的是反对票。
时	任	道	你怎么知道的?
卞	从	周	这世上就没有不透风的墙。
时	任	道	校章不能因为你一个人的困难就随意更改。
夏	小	山	那不叫随意更改,它既然和我的情况有冲突,就说明它本身有问题。
时	任	道	是你执意要兼课。
夏	小	山	教师为什么不能兼课?

时　任　道　　既然你两个学校的课无法兼顾，就不要兼课。

夏　小　山　　如果不是校章太死板，我完全可以兼顾。

时　任　道　　我并不认为校章死板。不能因为你一个人，改变学校的时间表。

夏　小　山　　你并不认为校章死板，那你就应该直说，而不是出尔反尔、言而无信。

时　任　道　　我不想破坏我们的交情。

夏　小　山　　不想破坏我们的交情？你认为一个校章就能破坏交情？

时　任　道　　事实是它已经破坏了，如果不是那个该死的校章，你也不会写绝交书，我们也不会十几年不通音信。

夏　小　山　　我写绝交书是由于你"与友交而无信"，而不是你支持校章规定。

时　任　道　　你可以骂我一顿，也不用一言不发，直接送一张绝交书。

夏　小　山　　你不也是一声不响就离开金大。

时　任　道　　那件事之后你叫我怎么和你共事？

夏　小　山　　你反应过度了，绝交书而已。

时　任　道　　而已！

夏　小　山　　我可以再写一封复交书嘛。不过是校章的分歧。

时　任　道　　不仅是校章，你还在学生面前批我的文章。

夏　小　山　　你的文章写得有错误。

时　任　道　　有错误，指出错误即可。你是完全否定我的文章，否定我的学术。

夏　小　山　　我没有否定你的学术。

时　任　道　　你说我所谓的研究是新瓶装旧酒。

夏　小　山　　我说过？

时　任　道　　还说我的文章是"一斤酒，十斤水"。

夏　小　山　　我不记得。

时　任　道　　你是这么说的，学生都跟我说了。

卞　从　周　　这世上就没有不透风的墙。

夏　小　山　　你的文章是写得太多了。

时　任　道　　像你这样惜字如金，学术界又如何知晓你的研究？

夏　小　山　　一篇错误百出的文章还不如没有。

时　任　道　　我的文章错误百出吗？

夏 小 山　嘉兴前辈学者非有真知灼见，不轻落笔，往往博洽群书，不著
　　　　　　一字。

时 任 道　都像你一样不著一字，那么学术岂不是要断绝了？

夏 小 山　我们还有学生。

时 任 道　学生总是有限的。

夏 小 山　文章应该写，可是你也太过了一些。

时 任 道　哪里太过了？

夏 小 山　你拿到一个新理论不由分说就套。

时 任 道　我都是经过深思熟虑的。你是中规中矩，可都是些坟墓里东西，
　　　　　　毫无新意。

夏 小 山　做学问不是为了追求新意。我最恨北方学派这点，为了所谓的
　　　　　　新意，牵强附会、造作吹求。看到一个西方的新东西就生搬硬
　　　　　　套，什么尼采、马克思，也不管合不合适。

时 任 道　那只是少数，难道要所有学人都一身遗老遗少气？

卞 从 周　胡编乱造、鱼目混珠就是新文化了？我也见过几个北大的毕业
　　　　　　生。浮躁得很，还颇自高。有一个还跟我说他《皇清经解》都读
　　　　　　过了。《皇清经解》一千四百余卷都读过了！笑话，北大做派。

时 任 道　你见到的是哪届北大毕业生？

卞 从 周　没有诋毁先生母校的意思。

时 任 道　你一向看不上北大。

卞 从 周　可我一向敬重先生……直到今天为止！

夏 小 山　学术上的分歧是难免的，不破坏交情。

时 任 道　是啊，一个校章就令你反对我，一篇文章也令你反对我，现在更
　　　　　　好，一只火腿就能令你反对我。还有什么不能破坏我们的交情？

夏 小 山　够了，我没有反对你。

时 任 道　你这还不叫反对我？

夏 小 山　不是为了一只火腿。

时 任 道　那你为什么去？

夏 小 山　我为了帮你。

时 任 道　我不需要你帮！

　　　　　　【沉默。

卞　从　周　就是想吃火腿又如何？

夏　小　山　我不是为了火腿。

时　任　道　说我咄咄逼人，你倒循循善诱。你不就是想将所有人拉到你主子面前奉承吗？

【卞从周拿麻将砸时任道，时任道也拿麻将砸卞从周。

夏　小　山　住手！住手！

【时太太跑上。

时　太　太　怎么了？干什么呀？

时　任　道　滚出去！

时　太　太　干吗呀！抱歉。

夏　小　山　都消消气。

卞　从　周　夏先生，我这就去请他把请帖上的"校长"改掉，改成"院长"还是"委员长"随你的意。我们都去，都去。你就是为了火腿，我就是去奉承奉承蒋公，听听他的治校思想。您是中文研究所主任啊。

夏　小　山　好啦。

卞　从　周　哈，好啊，席上谁都不提时先生的藏书。

时　太　太　卞先生！

卞　从　周　时先生，你的书转手，未必不是好事。"人亡弓，人得之，又胡足道！"哈！时太太你不用捡，我们一桌麻将打不起来，扔着玩呢。

时　太　太　卞先生，哪有扔麻将玩的。到底怎么了？好好的，怎么又吵起来了？

卞　从　周　我们就爱听麻将的响。

时　任　道　（把麻将抹下桌子）你听够了，可以滚了。

时　太　太　任道！

卞　从　周　也要等我把麻将都收起来吧。（蹲下身慢慢捡）这可是象骨的。时太太，不用，我自己捡。

夏　小　山　看来我们又绝交了。

时　太　太　这是怎么说的？

时　任　道　做晚饭去，今天就是绝交宴了。

时　太　太　夏先生。

夏　小　山　我是帮不上忙了。

时　太　太　夏先生!

夏　小　山　其实也很简单。

时　太　太　怎么做?

夏　小　山　让任道自己去赴宴。

时任道和时太太　不可能。

卞　从　周　世上就没有不可能的事。

夏　小　山　国共早统一阵线了,你还别扭什么?

卞　从　周　是啊。蒋介石杀了你一个学生。他杀了多少共产党? 西安事
　　　　　　变,共产党也没杀了他。你还记什么仇?

时　任　道　政治家自有政治家的做法,我又不是搞政治的。

卞　从　周　不搞政治,你鼓动学生上街游行啊?

时　任　道　学生上街游行是要求政府抗日。

卞　从　周　你那个学生的死,你有没有责任?

时　任　道　是蒋介石杀了他,又不是我。

卞　从　周　那让老蒋去忏悔,让老蒋去赎罪啊。你老惦记什么啊?

夏　小　山　书比面子重要。就这一次,把书运回来,你也安心了。

时　太　太　就是,我早就这么说。不就是一顿饭吗? 又不是你一个人去。
　　　　　　与其这么吃不下睡不着,还不如咬咬牙豁出去。

卞　从　周　政界和学界难道有高下之分吗? 搞政治的就不干净,搞学术的
　　　　　　人格就高尚了? 我支持政府,也是对得起良心的。我并没有从
　　　　　　中谋求利禄啊。

时　任　道　你谋的还少啊!

时　太　太　任道!(对卞从周)抱歉。

卞　从　周　我谋的话,也只是为学校谋了些实际的好处。不管怎么说,这个
　　　　　　政府是我们能倚靠的唯一的政府,我们要拥护它,再推动它
　　　　　　进步。

夏　小　山　和蒋介石吃饭也不是什么丢人的事。你看他难受,就看菜好了。
　　　　　　不想听他训话,就东耳进西耳出。熬几个小时就过去了。

时　任　道　你当然能熬,桌上只要有盘好菜,你就什么都听不见了。

夏　小　山　你书不要了?

时　任　道　大不了我卖给桂林图书馆。

时　太　太　好,那你就不要再想那些废纸了! 要你自己去做点事,怎么这么
　　　　　　　难呢? 这次说定了,既然这些书卖了,就好好吃饭睡觉,不要把
　　　　　　　自己折腾得要死要活。你自己不要命可以,也想想我啊!

时　任　道　……

时　太　太　有本事就把书弄回来,没本事就别想。你不想,可能吗? 我都不
　　　　　　　信。我看你是成心跟我过不去。什么事都是我来操心,你万事
　　　　　　　不问。你的面子是面子,我的面子就不是面子? 我在外面摆摊
　　　　　　　卖早点,去典当铺,去问邻居借钱……

时　任　道　借钱?

时　太　太　就差借钱了! 面子早就没有了。我倒是想去和蒋介石吃饭,他
　　　　　　　不请我,我也没办法。这日子真是没法过了。
　　　　　　　【时太太把桌上的麻将牌掀掉,下。沉默。

夏　小　山　我们先告辞?
　　　　　　　【时太太上,手里拿着一封信。她把信交给时任道。

时　太　太　你看着办。（下）

时　任　道　（看信）混账!
　　　　　　　【时任道捶桌顿足。夏、卞二人不知所措。

时　任　道　去! 吃火腿。
　　　　　　　【老年时、夏、卞三人上。时任道家灯暗。

老年卞从周　桂林来信,说你的书都已经进了当铺,你一咬牙就同意去了。

老年时任道　一派胡言。

老年夏小山　那人不是我,肯定不是我。

老年卞从周　就是你。

老年时任道　我没去。我永远不会和老蒋坐在一张桌子上。

老年夏小山　你绝对是记错了。

老年时任道　我警告你,你别乱咬人。

老年卞从周　不信问你老伴。（顿,有些尴尬）抱歉,我忘了……

老年时任道　你还有脸提我老伴! 景园就是你害死的。

老年卞从周　你这是什么道理!

老年时任道　你的揭发大字报贴上墙,当天夜里景园就……

老年卞从周　那不是揭发! 是交代! 交代!

老年时任道　交代？你交代你自己跟蒋该死吃饭就行了，为什么捏造事实，说
　　　　　　　我也去了？

老年卞从周　你是去了……可能你老伴知道我说的是真话，才……

　　　　　　　【老年时任道扑上去厮打。

老年夏小山　要文斗，不要武斗。造反派还没打起来呢，我们牛鬼蛇神先打起
　　　　　　　来了。

　　　　　　　【老年卞、时二人愣住。老年卞从周走到门口开门。

老年夏小山　你去哪儿？

老年卞从周　回家。

老年夏小山　你真的走？

老年卞从周　我不能和他待在一个屋里。

老年时任道　你走！

老年卞从周　我本来就要走。（对老年夏小山）你走不走？

老年夏小山　还是您先请吧。

　　　　　　　【二人在门槛前犹豫。

老年时任道　言而无信。

老年卞从周　此话怎讲。

老年时任道　是谁说过要留下来陪我？

老年卞从周　你不是嫌我是历史反革命吗？

老年时任道　你不是说你没有戴过帽子吗？

老年卞从周　（对夏小山）那你先回？帮我给家里捎个信。就说我还好，革命
　　　　　　　小将不武斗，饭尽饱吃，就是药快没了。

老年夏小山　（颓然坐下）还是再等等看吧……

　　　　　　　【沉默。

老年夏小山　我们三人好像确实在一起打过一次麻将。

老年时任道　是吧。

老年卞从周　我们为什么在一起打麻将？

老年夏小山　不记得。

老年时任道　再想。

老年夏小山　我都七十多了，你不能指望我什么都记得。

　　　　　　　【时任道家灯亮。麻将牌都收拾到了盒子里。桌子上摆着几瓶

酒。三人都微醺。

时 任 道	十年骑马上京华，银烛歌楼人似花。今日江头黄篾舫，满天风雨听琵琶。
夏 小 山	你还记得！
时 任 道	好诗。
夏 小 山	不觉已二十余载。
时 任 道	那时梅庵先生尚在。
夏 小 山	忆往年与王伯沆、黄季刚诸人或坐豁蒙楼茗话，或泛舟玄武湖，吹笛拍曲，陶然忘忧。如今家国破碎，故人离散，旧境如梦矣。
卞 从 周	楼之初似乎有出国的意思。
时 任 道	他出国？他出国能做什么？
夏 小 山	教外国人说中国话。
时 任 道	他那一口浙江官话，中国学生都听不懂，还去教外国人。
卞 从 周	学了一辈子中文，连外国人都教不了，不是很讽刺吗？
时 任 道	我研究了半辈子《史记》，仍看不清今日之乱象，研究有什么用呢？
卞 从 周	做一物质上的乞丐，精神上的贵族。
夏 小 山	你是物质上的乞丐，我等岂不是物质上的饿殍？
卞 从 周	我家那个样子，和乞丐窝没两样。我太太做的菜。那真是，太下饭了。不把卖盐的打死誓不罢休。
夏 小 山	我就没听你说过你太太一句好话。
卞 从 周	好话是留在家里说的。
夏 小 山	任道，这点你应该向彦先学学。
时 任 道	吵惯了，说好话反而怪。
卞 从 周	时太太的手艺真不错。我以前只知道时太太的伊府面做得好，没想到青菜豆腐也能做得如此不俗。你有口福。
时 任 道	你听谁说她会做伊府面的？
卞 从 周	我吃过。上次时太太送了不少，还剩一些存着没吃完呢。
时 任 道	景园！

【时太太上。

| 时 任 道 | 下次也给小山送点伊府面。 |

时　太　太　怎么？

夏　小　山　我还没吃过呢，时太太，不能只便宜了卞彦先啊。

时　太　太　夏先生什么没吃过，明天我做一些给您送去。

时　任　道　你怎么只给卞家送面呢？

时　太　太　卞太太平时帮了我们家许多忙，我做点面谢谢人家。

时　任　道　是吗？

卞　从　周　谢什么，应该的。

时　任　道　我都很久没吃了，你也不留点给我。

时　太　太　你不是不喜欢吃吗？

时　任　道　我什么时候说不喜欢吃了。

夏　小　山　明天时太太做了，一半给我，一半留给任道不就是了。

卞　从　周　吃了人家的面，可是要帮人家忙的。

夏　小　山　有了面，要帮什么忙只管说。只要不向我借钱。

卞　从　周　还真是借钱。

时　太　太　卞先生！

时　任　道　借钱？

卞　从　周　（笑）开个玩笑。

时　任　道　（对时太太）你借钱了？你向他借钱了？

卞　从　周　几块钱应应急的。

时　任　道　借过多少？

时　太　太　没有多少。

卞　从　周　都还了。

时　任　道　拿面还的？

时　太　太　你说拿什么还？

时　任　道　你……

时　太　太　就是今天这顿饭的钱，还是从卞家借的呢。

时　任　道　景园，你还有什么事瞒着我？

　　　　　　【沉默。

夏　小　山　（对时任道）当年我们在女高师教课的时候，你准备回东南大学。
　　　　　　一天，你过来找我，说："三年来，我很少还乡，家中妻子，未及兼
　　　　　　顾。近日东南大学寄来聘书，我考虑再三，踌躇不决。继思何不

　　　　　　　效古人记妻寄子法。"我大吃一惊，以为你要将妻子托付于我，我
　　　　　　　想我们虽然都是从两江师范学堂毕业，可相识才一年，你就将妻
　　　　　　　子托付于我，我如何担当得起。后来才知道你是要将女高师的
　　　　　　　学生托付给我，要我替你给她们上课。哈哈哈……

卞　从　周　这也是一段佳话呀，人就应互帮互助。内人愚拙，以后还要多向
　　　　　　　时太太讨教。

时　任　道　卞先生还帮了你什么忙？今天一并说了，我日后也好还他的
　　　　　　　人情。

卞　从　周　时先生，等书运过来，可不能藏着，我们都要赏看的。

时　任　道　（对时太太）这封信是不是他在我之前已经读过了？

卞　从　周　没有。

时　太　太　是的。

时　任　道　我明白了。

时　太　太　我不能一直看着你这个样子啊。我什么办法都想过了。

时　任　道　你上了人家的当了，我们上了人家的当了。你诈胡！

卞　从　周　我也是为了帮你。

时　任　道　帮我还是帮老蒋！

卞　从　周　我希望与时先生结交，希望蒋校长为中大谋利，有错吗？

时　任　道　我不想和你结交。我一个人也耽误不了老蒋为中大谋利。

卞　从　周　可是能帮你把书保住。

夏　小　山　这就是你的不是了。你既然吃了人家的伊府面，想帮他，就帮到
　　　　　　　底，何必逼他赴宴？你明知道任道反蒋。

卞　从　周　就因为他反蒋，我才更希望他们接触接触。

时　任　道　那对小山呢？为了把他拉去赴宴，还在席上安排什么金华火腿。

卞　从　周　不是我安排的。谁不知道他好吃？

夏　小　山　我不是为了吃火腿。

卞　从　周　不是为了吃火腿？蒋校长、蒋院长、蒋委员长、蒋总裁、蒋总司
　　　　　　　令，有区别吗？你一不是政府高官，二不是前线将领，他请你吃
　　　　　　　饭干什么？

夏　小　山　我不承认他是校长。

时　任　道　就因为你放出话来，说"不承认蒋介石是校长"，后来想去吃火

腿，又怕没面子，才说什么如果院长、委员长请客就去的话。

夏　小　山　　怎么都冲着我来了？我又没得罪你们。

时　太　太　　到此为止吧，都喝多了。

卞　从　周　　（对时任道）你还说我们好面子。你是这里最好面子的。你不给
蒋公面子，蒋公就不给你面子！世道就是这样，要做成事就要豁
得出面子。

时　任　道　　我还就不给他面子了。你们都顾及自己的面子，我为什么不能
顾及我的面子。我的面子比天大。我的书，你们谁能弄过来就
归谁。我不要了。人亡弓，人得之，何足道！何足道！

夏　小　山　　他是真的？

卞　从　周　　真的假的？

时　太　太　　他开玩笑的。

　　　　　　　【时任道家灯暗。老年夏、时、卞上。

老年时任道　　天真热。

老年卞从周　　比昨天还热。

老年时任道　　是啊，越来越热。

　　　　　　　（时任道家灯亮。夏小山站着清唱昆曲《长生殿·弹词》中的
〔一枝花〕。

夏　小　山　　（唱）不提防余年值乱离，逼拶得歧路遭穷败。

老年夏小山　　（唱）受奔波风尘颜面黑，叹雕残霜雪鬓须白。今日个流落天涯，
只留得琵琶在！

　　　　　　　　　　　　　　　　　　　　　　　　　　——剧终

资本主义悲剧·买四送一

刘天涯

刘天涯　1991 年出生于江苏徐州，2009 年考入南京大学文学院戏文专业，2012 年，剧本《谋杀歌谣》由韩国在读戏剧学博士生张姬宰执导，于校内黑匣子剧场演出，2013 年以剧本《资本主义的悲剧·买四送一》毕业，同年考入台北艺术大学剧场艺术创作研究所读研，2017 年以话剧《米奇去哪里》毕业，并获硕士学位。现为台湾盗火剧团团长、制作人、驻团剧作家。代表作品还有《练习曲：东东（和他朋友们）的假期》《雪姬来的那一夜》《幽灵晚餐》《银色异梦》《姊妹》《那边的我们》《美丽小巴黎》等。

《资本主义的悲剧·买四送一》发表于《戏剧与影视评论》杂志 2020 年第 2期，2014 年由台湾盗火剧团首演，谢东宁导演。

首演资料

《买四送一》2014 年 4 月 3 日首演于台湾台北华山 1914 文创园区果酒礼堂二楼,由财团法人国家文化艺术基金会以及台北市文化局赞助,【盗火剧团】制作。

编剧:刘天涯

(演出版第五场文本,系与演员陈以恩、导演谢东宁共同完成。)

导演:谢东宁

艺术顾问:钟永丰

舞台设计:林仕伦

灯光设计:吴柏宽

音乐设计:郑各均(音速死马 Sonic Deadhorse)

影像设计:曾馨莹

造型设计:朱璐

舞台监督:林嘉柔

排练助理:戴嘉慧

制作人:林玉珮

执行制作:戴嘉慧

制作助理:叶冠莹

首演演出人员及角色:

老太太/赖佩霞

科学家/陈文彬

家庭主妇/陈忻

银行理财专员/杨宣哲

高中生/陈以恩

人物

老太太,65 岁,美容整形医院董事长

科学家,43 岁

家庭主妇,42 岁

银行理财专员,32 岁

高中生,17 岁

【开场前,舞台上传来噪音声响效果。】

第一场

【暗场,新闻播报声。

新闻播报:欢迎收看整点新闻,北市惊传一 17 岁少女疑似自杀事件! 该女生成绩优异,家境优渥,是同学们公认的美少女,前不久,更在某大型综艺节目里,赢得"最卡哇伊千金小姐"的称号。3 日晚间,大型视频网站 Youtube 上,突然出现了一段长达十分钟的录影,记录该女生的自杀心声,引发社会哗然,短短几小时内,累积高达一万三千点击率。

新党台北市议员 13 日指出,民国九十七年累计至今,台北市平均每两周就有 1 名学生自杀,为此他质疑,学校相关单位并未做好关怀、辅导等预防工作……目前,警方正积极追查该女生下落。

【新闻播报声渐弱。

【灯亮,舞台上有两把椅子,一个老太太站在舞台上,她微笑着环顾四周,开始对观众说话。

老太太 （从观众席上）谢谢,欢迎。（舞台灯亮）亲爱的小姐女士! My dear ladies,welcome,欢迎大家参加我们"好美丽,就是你"会员招募分享会。您的光临证明了你和我一样,都是完美主义、百里挑一的聪明女人。我们是一家专门为女性量身打造的医学美容中心,Just for Women! 多年来,我们不断引进最新的技术,就是要让我们亲爱的女性会员拥有最贴心、最完善的服务。

（顿）为什么我们只服务女性呢? 很简单,我们的目标,就是要为台湾社会营造一种崭新的女性文化，让每一个女人都能拥有最完美的外貌和体态，建立起一个两性平权的美丽新世界。

我们都知道，一直以来我们读到的都是一部由男性主导的历史。他们说，上帝把权柄交给男人，让他们管理空中的鸟、海里的鱼、地上的动物，而女人只是他们一根肋骨、一个帮手，甚至沦落为一部为他们生养孩子的机器。但是，事实真是这样吗？（顿，笑）My dear ladies，他们太不了解女人了。天下所有的男人都是女人生、女人养、女人教的，女人怎么会不知道，男人脑袋里的那些小把戏呢？

既然这样，那女人为什么会变成弱者呢？你那布满皱纹的脸蛋、走了样的身材，就是你失去一切最大的杀手！不过，不用害怕，今天，历史要在这里还给女人一个公道。透过我们"好美丽，就是你"，上帝要亲自用他的手，来延长女人青春无敌的保鲜期。二十一世纪的女人要觉醒，要善用上帝的美意，为自己打造一个完美无瑕、青青春永驻的 Beauty。

你知道"Beauty"对女人有多重要吗？去年年底，我们委托一家全球最有公信力的研究机构 BSING，针对台湾女性上班族做了职场调查，结果显示，只要你的美丽指数，Beauty Quotient 升高，你 interview 被录取的机会就会提高22％。不只是台湾地区，在美国，长得漂亮的人的收入要比长相普通的人的收入高出12％，在挪威，即使是罪犯，漂亮的人被判刑程度也要比普通人足足轻了24％……See？没有什么比这些数据更残酷了！

有人说，定期做做护肤保养，学学彩妆美容，找个有名的发型设计师做个头发，穿穿当季的名牌流行服饰不就够了吗？（笑，摇摇头）No！我在东京、纽约当过发型设计师，在巴黎时尚杂志担任过服装造型，回台湾地区后，也做过很多当红女明星的彩妆顾问，我看透了女人午夜梦回、失去青春的悲哀！为了拯救这些女人，我决定把先夫留给我的诊所，扩大成这家具有国际规模的医学美容中心。

My dear ladies，不要再做 20 世纪做过的事了，买什么遮瑕膏？礼服里还塞什么水饺垫？当衣服从小号、中号、大号向特大号攀升，当粉底没有办法再遮盖你脸上的皱纹和老人斑时，你该怎么办呢？

（坐下）我常常坐在我们医院大厅，等着看那些从丑小鸭变天鹅的女人。每次诊疗室门一打开……（看客户走出来）哇！这是谁？我都认不出来，短短几个小时，变瘦，变美，变年轻，变得超性感。（学客户们走出来的样子）我们的医生简直像神一样，不但赋予她们新的美貌，还给她们从来不曾拥有过的自信与骄傲呢！

【老太太向后走，大荧幕上出现一只只鼻子的慢速影像。

来，各位跟我来。这是我们年度最受欢迎鼻子排行榜，看看你要选哪个？（对左手边）你，5 号，啊！这是我们最擅长的希腊鼻，人称"维纳斯的鼻子"，是天然鼻型中最难能可贵的美鼻代表。（对右手边）你，3 号，亲爱的，水滴鼻也是上上之选。你看，鼻孔和中线刚好是 45 度，上唇和人中是 105 度，这可是亚洲女性最完美的黄金比例。（对左前方）你呢？宋慧乔？有，你呢？林志玲，有，你呢？成龙？……哈哈哈，有有有，你要什么都有！（对正前方）你呢？还没选好，没问题，如果你真的不知道要怎么搭配自己的五官，我们还有当代艺术雕塑大师，为你做一对一的设计，直到你满意为止。对，不要再等了。今天"好美丽，就是你"，魅力大放送！在场的每个朋友都可以免费加入会员，终身享受八五折的优惠。（大荧幕影像收）

【灯光变化，坐在椅子上，模拟跟自己的朋友讲话。

怎么样？连我都快要相信自己讲的话了……真的，现代人一点主见也没有，一窝蜂只想学别人。前几天，一个年轻小姐兴致勃勃，一屁股坐在我面前说："对！我要这个！Angelababy 的鼻子！我男朋友最喜欢她了！"我看她眼睛圆圆大大，身材瘦瘦小小，我好像看到我孙女儿以后长大的样子……我忍不住想说，不要吧，不要再选她了，已经有二三十个人选她的鼻子了！每个人的鼻子都一模一样，人家出门怕撞衫，你出门不怕撞鼻喔？况且，你真的以为你的男朋友会因为你的鼻子变尖就更爱你吗？

（顿）没有，我什么都没说。（顿）我怎么可以讲？讲了，对其他二三十只鼻子不是很不公平？这可是职业道德……对啊，我怎么能心软？不可以心软。人有自由选择的权利，爱顶什么鼻子，就让她顶吧。

【深吸一口气，起身。

女人，空有一张漂亮脸蛋是不够的，就爱情来说，完美的体态太重要了。我三十三岁生日那天，特地飞到首尔去做大腿抽脂手术，回来第二个礼拜，就跑去看一个摄影展。走着走着，我看到那个摄影师就站在我前面不远的地方。（作看到摄影师状，抛媚眼，来回走）那天我穿了一条迷你短裙，脚上穿了一双露出白皙脚趾头的高跟鞋，（继续走）他盯着我的腿，我知道，他对我有兴趣了。他很有眼光，这可不是普通的腿，这可是韩国最著名的塑身大师为我亲手打造的！（转身，走向他）嗨，你好，你是 Jason？这些都是你的作品吗？……嗯，我好喜欢喔，看来你对人体艺术很有研究，你一定很了解女人……（摸自己的腿）喔，你说我的腿？谢谢……没有啦，这是遗传我妈妈的。What？做你的 model？（笑、点头，得意地跑到舞台中央）Yes！Yes！See？就这样，他就变成了我第三任丈夫！他年纪比小我很多，到今天他还搞不清楚到底小我几岁。第二年……我们就生了个白白胖胖、好可爱的儿子，就是我的小儿子。你看，这一切都归功于我这双整形后光滑、洁白又匀称的腿。

【顿、灯光变化，转向后面椅子，模拟跟自己的摄影师前夫讲话。

你看看你那个儿子，跟你一模一样，这就是为什么离婚之后，我说什么都不让他去找你。你们一个样子啦，都是标准的 loser，真是丢人现眼。我实在搞不懂，像我自我要求这么高的人，怎么会生出他这种儿子！他为什么不能像他哥哥一样，帮我多争一口气啊？……又失业了……昨天又打电话来跟我诉苦，说他没钱。这一次我是死了心，再也不要理他了。我要跟他断绝关系。我实在没有办法忍受家里有这种失败的瘟疫……loser！loser 就要被淘汰，在这个现实残酷的世界里，胜者为王，败者为寇，你们两个最好赶快醒醒，不要一天到晚只跟我要钱。更重要的是——

【灯光变化，往前。老太太变得温柔。

更重要的是——只要你肯跟我们合作，让我们帮你塑造新的五官跟身材，保证你有机会进入上流社会变凤凰。有一个房仲业务员，自从来我们这里做了自体隆乳手术，就摇身一变，成了东区的阔太太。我们上海开幕的时候碰到她，她特地跑来跟我说，（极细的声音、做作地）哎呀！董事长，真是太感激您了！你知道吗，我老公最喜欢跟我……那个了！他说，只要一碰我的身体，就像在抚摸一辆拥有超级完美线条的蓝宝基尼！我听了脸都红了！

看看人家成功的例子！只是一念之差，你就可以跟她一样扭转自己的命运！想想看，下半辈子你每天都可以参加各式各样的晚宴，星期三是终结非洲饥饿的募款餐会，星期四是爱心基金会的颁奖典礼，星期五是流浪动物之家的拍卖会，星期六是拯救地球的环保电影欣赏。会后还有香槟、红酒，鱼子酱、鹅肝酱、醺鲑鱼……你看，这人生多么有意义呀……

【音乐响起，老太太跳舞，定格。

我们家大媳妇啊？谁知道她都在干吗？看她每天打扮漂漂亮亮，只会到处跑趴……是呀，人家天生命好，要不是她那张漂亮的脸蛋，我才不会那么轻易让她进我们家大门。（得意地）你说说看，我们家老大是留美生物科技专家，年纪轻轻，就进了瑞士制药厂的研发中心。我当时就想，儿子这么聪明，帮他娶个漂亮老婆，将来的后代一定能够传承我优良的家族血统！……不过，要是她肯听我的话，再把眼角的那几条细纹弄掉，就太完美了……

【回定格的位置，音乐起，她又开始跳舞。

【跳着跳着，她走回到舞台中央。

从这个月开始，我们会推出"tea-time 微整形"专案，"整形就像喝下午茶"。只要花一个午觉的时间、二十分钟，脸上的细纹就通通消失不见！我一个好姊妹，为了去除法令纹，定期就会来打玻尿酸，效果非常好。朋友看到她都说，（变成朋友）啊，姚太太，侬保养的真好！真的呀，你每天都吃胶原蛋白，天然的喔？啥地方买的？对对对，侬说得对，那都不重要，心情好，人就漂亮了。

你真的不能随便相信，自己眼睛看到的。

哎，那个姚太太，才五十岁，脸皮绷得像木头人一样。起先，说来动个小手术，很顺利的。三十分钟，两颊变得光滑又饱满，效果非常好。走出来的时候抬头挺胸，很有精神，超有精神的……真的蛮有精神的……（顿）后来，她每个月都这样搞，把我吓坏了，聚会只要一有她，我就赶快随便找个理由开溜……不能这样，那东西可不像广告说的，是什么上帝用来制造夏娃的黏土。这可不是开玩笑，再这样搞下去……会出人命的……有一次她在厕所碰到我，一把抓着我，（变成姚太太）你看看这里，还有这边，……你看，你看到细纹了没有？（变回自己）没有，亲爱的，放心，你的脸像剥了壳的鸡蛋一样光滑。（变成姚太太）你骗我，我都看得出来，你怎么会看不到？哼，我知道了，一定是你们偷工减料，把分量打少了，是不是？你说！（变回自己，严厉地）话可不能这么讲！我们可是有国际专业认证的医学美容中心，可是有法律顾问的。（变成姚太太）喔，也对，对不起，对不起……是我糊涂了。唉，真是岁月不饶人。啊，我知道了，我应该更常去你们那里才对……

我真想直接跟她说，你需要的不是整形医生，是心理医生……唉，可是我怎么好意思这么说……我又不想失去一个忠诚度这么高的客户，更不想失去一个朋友……（顿）况且，谁又会承认自己有病？姚太太，要不你明天来一趟，我拿我们最新的产品，再帮你补几针，限量的喔！

【灯光变化，老太太向后走，坐在椅子上。

我想退休了，想搬回乡下去，过那种可以呼吸新鲜空气的生活。住在海边，每天看日出日落，好舒服，好逍遥……不过，在我退休之前，我还有一个心愿未了。就是我的宝贝孙女儿。我想把我一生对美的钻研，当作奶奶最珍贵的礼物送给她。（慢慢站起来）我要她用高耸的鼻梁呼吸，用粉红饱满的嘴唇喝红酒，用整齐洁白的牙齿享受美食，用匀称的双腿展露女人的魅力，用 0.39 公分的双眼皮看世界。我要她嫁入豪门，生几个女娃娃，传承我优良的血统。我要让"好美丽，就是你"，在我小孙女身上，实践我对 Beauty 的理想。

（笑，向前一步）宝贝，你选好要用哪一只鼻子了吗？

【灯暗。

第二场

【暗场，传来新闻播报声。

新闻播报：……该失踪女生的父亲，在接受采访时一度哽咽，表示自己真的"很后悔"。

林父：没想到会发生这种事，作为一个父亲，没能尽自己的义务，照顾好女儿，真的很对不起她，（哽咽）在这个艰困的时候，我们全家人应该更团结，携手渡过这个难关……

新闻播报：……据同班好友透露，林姓女生之前曾于脸书 PO 文说，不想活了，朋友打电话表示关心，该女生却说自己只是开开玩笑。好友认为，如果真的是自杀，极有可能是感情受挫所致……

【新闻播报声渐弱。

【灯光微亮，舞台中央站着一个身着正装的男人，正在调试麦克风。

男人：喂？喂？blablabla，test，test，one，two，three，test。OK，可以了。

【突然彩色灯光亮起，传来巨大的鼓掌声、欢呼声。影像收，聚光灯照射在男人身上，男人露出微笑。

Ladies and gentlemen，各位女士、各位先生，非常感谢各位今天出席本公司所主办的"新药研发成果发表会"。接下来，我将为各位展示这颗富有前瞻性的药丸、一个新世纪的伟大产物！经过去年一整年的努力，我们 DCKNO.4 研发团队所有成员，终于在今年 2 月 1 日的 21 点 11 分完成了最后一轮生物实验！它，正式诞生了！让我们为它命名为"Mydollar NO1"，"买得乐第一代"，简称为——M1！（欢呼、掌声）

M1 的相关资料已经被列为最高商业机密。也就是说，除了在场各位外，它绝对不会以任何商业管道流通到一般消费市场上。我们基于安全的考量，M1 必须被严格控管。而这里所谓的安全，是为了维护市场的安全，也是维护社会秩序的安全。

我们都知道，今天是一个全球化的世纪，是一个合作的世纪！如果没有了 M1，谁会相信这个社会还有公平正义，人人都有钱赚？如果没有了 M1，谁会相信，昔日的竞争对手，怎么可能摇身一变，成为今日亲密的合作伙伴呢？如果没有了 M1，谁会相信，今天的可口可乐和百事可乐，Apple 和 Samsung，GUCCI 和 PRADA，HTC 和小米机的 CEO 们，竟然可以同时坐在台下！这一切，都是拜 M1 所赐！M1 再次证明了——"科学，真的可以改变人类！科学，真的可以再造世界！"

这颗药丸，日后将由在座各位所合资的"蓝豹国际股份有限公司"，向顶级的消费群贩售。经由长达一个月的会议讨论，我们终于选定蓝色作为 M1 的代表色。蓝色，代表了永不放弃的冷静；蓝色，也表现出严谨、理智的科学精神。我们之所以采用蓝色，也是为了向现场高贵的各位致敬。我们还邀请了来自世界各地知名的数学家、建筑师以及设计师，为 M1 量身打造出完美的长度及弧形边缘。每一个角度都是经过精心计算，使 M1 外观更具有尊贵的视觉效果。M1 无论是在外壳，还是内部的药物填充，均采用特殊纳米分子科技，以及本团队精心研发的机密配方。因此，M1 可以用极快的速度溶解，并且轻易地让消费者服用、习惯、上瘾。这是一次商业的革命，也是一个促进人类世界进步的伟大发明！Bravo！M1，它将改写人类的历史，它是一座伟大的里程碑啊！

【欢呼，掌声响起。

【灯光变化，男人放下麦克风，拿起一个节拍器。

【男人把它放在桌上，端详它。

小的时候，我学过钢琴。这是我的第一个节拍器，最慢每分钟 40 拍，最快是 120 拍。因为老旧的关系，拍子已经无法精准，But I don't care。我不愿意买新的节拍器来替代它，我已经习惯了它的声音。现在不管我走到哪里，都会带着它，即使连短程旅途都不例外。

记得有一天，六岁的嘉嘉，突然跑来问我说，（女童声）爸爸，今天老师问我们长大以后想做什么。（男声）喔？那嘉嘉怎么说的？（女童声）我说，我想当一个旅行家，去环游世界！……那你呢，爸爸，你从小就想当科学家吗？（男声)是的，嘉嘉。爸爸从小就想当一名科学家！（停顿）我在骗她！

【男人伸出手，作空中弹钢琴状，优美的琴声响起。

现在，已经很少人知道，我曾经弹过钢琴。不知道是因为太久没练，还是实验做太多的关系，我的手指开始变笨，开始渐渐忘记弹奏那些音符的感觉。我忘不了那个漫长又短暂的童年时光，坐在落地窗前弹着钢琴的午后。小小的我，大大的钢琴，日本进口的 YAMAHA，还有这只节拍器摆动时发出的嘀嗒响声……我一直到今天都还清楚记得，手指触碰到琴键表面，细腻波纹的感觉。我常会自己一个人练习整个下午，从不感觉到疲倦过……（钢琴声停）

其实，我想当一个艺术家。可是我不敢这样讲（节拍器停），甚至连我自己都会觉得好笑。

后来，妈妈带我来到了台北，钢琴就留在老房子里，跟记忆一起慢慢积满灰尘。随着岁月逐渐推进，那些回忆和声音，就像过度曝光的电影画面，慢慢开始变得不真实……再后来，我忘了从什么时候开始，只有听着节拍器的声响，弹着想象中的钢琴，我才能够入睡……

我常常想，为什么自己不再像小时候那样快乐？大家都说，我有一个幸福的家……但究竟什么才是构成一个家的要素呢？一个母亲？一个妻子？一个孩子？难道这就是构成一个家的全部吗？大家不都这么说吗？而我也这么做了……30 岁那年我结婚了。我有一个孩子……我是我妻子的丈夫，是我女儿的父亲，是我弟弟的哥哥。可是……我却一点也不快乐……

是的，我有个弟弟……他是我继父的儿子。我永远忘不了那一年，妈妈带着他到台北家里来的情景，（作看到某人状）那是我第一次见到他。他是如此的瘦小，脸上总是带着惊慌呆滞的表情，几乎毫无存在感。在他面前，我总有一种优越感，总觉得自己是受过良好教育的人……（顿，作吃饭状，嘲笑的孩子声）那个是餐巾，餐巾要打开，放在腿上，像这样！……你吃过这个东西吗？这叫 Pasta！意大利面！刀叉要这样用……奇怪，他爸爸不是摄影师？不是艺术家吗？他怎么连刀叉都不会用呢？

可是后来，随着年龄增长，我居然开始羡慕起他来。

在我小时候，爸妈就离婚了。我和妈妈一起生活，她最常说的一句话是："一分耕耘一分收获，天下没有白吃的午餐"。我必须事事顺着她的心意，就连结婚也不例外。我的老婆，她只会花钱买东西，我不爱她，我们很少说话，和她做爱，就像是和一个塑胶芭比做爱一样……至于我的女儿，我的女儿……（停顿，男人发怒）爸爸每个月给你这么多零用钱，还请这么好的家教老师来帮你补习，你还不满意？你还想怎样？不好好读书，给我偷偷谈恋爱，整天跟那些奇奇怪怪的人在一起，NO！你会学坏的。从现在开始，放学以后，我派司机去接你，你给我好好待在家里！在没考上台大之前，不——许——出——门！

这就是一个幸福的家庭吗？

所以，我羡慕我弟弟，他没有妻子，没有孩子，没有钱，没有希望，当然也不会有失望，妈妈不喜欢他，我觉得他根本是个失败主义者，可是他居然可以很快乐……而我，却只能像现在这样，每天晚上，弹着想象中的钢琴，紧紧抓住童年仅存的那一点点美好记忆。在安静的夜里，拨弄着节拍器，单调嘀嗒声响中，暂时忘记现在的一切，重新回到记忆中那个美好的下午……

【钢琴声停，掌声欢呼声出现，男人回到发布会现场。

是的，M1 的主要成分，是名为"氨基苯巴定"的物质，此种药物进入人体后，可以成功"控制下视脑"的"激素释放"，让服用的人们产生购物的欲望。没错，消费，是可以通过科学来控制的。去年 12 月，我们选取了 100 名 20—50 岁的健康实验者，在他们不知情的情况下，请一半的实验者每天饮用一罐含有 M1 的提神饮料，其他一半，则饮用不含 M1 的普通饮料。经过一个月后，我们派人查验服用 M1 实验者的信用卡账单。结果显示——他们的消费力，比不服用 M1 的实验者，足足高了 30 倍！30 倍！这是多么惊人的数字！相信 M1 的世纪诞生，一定是在座各位 CEO 们最大的心灵慰藉。

M1 是刺激消费的合理新手段，M1 是拯救疲软市场的救星！（欢呼声，男人笑）

最后，我谨代表本药厂，感谢今天出席此次发表会的各位董事们，还有协助本人进行实验的团队成员。在前方出口处，有为各位来宾准备的 Party，请大家 Relax 你的心情、享用美食！最后，让我们再次感谢各位嘉宾的光临！谢谢各位！谢谢！

【灯光变化，男人穿上白色研究服，躲到阴暗处。

他们半年不许我走出研究室。我被禁足，重复单调的实验。到了最后生物实验的阶段，每天都跟一堆毫无希望的死老鼠混在一起，我最受不了的就是这个气味。我第一次开始想念妻子和女儿来，想念家庭生活……可是他们不给我任何碰面的机会……直到后来，一个小小的数据错误都会让我整夜、整夜地失眠，连节拍器也无法安慰我。但是试验必须继续，他们投入了那么大一笔钱,他们不会善罢甘休的……为什么要选我? 为什么要选我? ——(音效出现奇怪的声响)我知道那些人在想什么……他们就像一只又一只巨大的甲虫,彼此在土里慢慢蠕动着,他们在黑暗中碰到彼此,触角对着触角,翅膀叠着翅膀,慢慢地变成了一只更大的怪物……后来,他们就开始逼迫我成为他们的同类……

【男人痛苦地大叫,从大叫突然变成狂笑。

不过,M1给我带来了整整五千万的报酬。五千万啊!

有一天,他们告诉我,你可以回家了。(男人脱下自己的白色实验服,丢在角落,快步跑出角落,到舞台中央)那天的天气很好,晴空万里。我看到马路对面,一台熟悉的车,安静地停在那里。(作对女儿和老婆说话状)是你们啊? 你们怎么来了? 司机呢? 喔? 对吼,犯人出狱了……(对女儿)嗯,嘉嘉,爸爸很想你,怎么样,功课有没有进步? 有没有再跟那些朋友鬼混了嘛? 真不愧是我女儿……(对妻子,沉默,笑)老婆,这么久来,辛苦你了。

那个晚上,我们一起共进晚餐,虽然老婆还是在不断唠叨她如何 shopping 的成绩,但我发现她说的每个字,我竟然都有认真在听……嘉嘉呢? 嘉嘉,虽然她还是和从前一样沉默,什么话也不讲。可是就在她放下筷子,离开餐桌的时候,她突然停住转过头对我说:"爸爸,晚安。"

她对我说晚安,我的女儿,她对我说晚安!

不知道为什么,就在那一瞬间,我脑中突然闪出一个念头。一切将会重新开始,这世界要开始变好了。我会爱我的老婆,她也会爱我,嘉嘉会像她六岁一样听话,妈妈会爱弟弟,而我,也会爱弟弟。对! 我们大家会住在一起……我会变得很快乐,我们大家都会变得很快乐的……(发出奇怪的笑声)

那天晚上,我第一次不用节拍器,就沉入了深深的睡眠里。

(看节拍器)亲爱的老朋友,我想,你可以退休了!

【男人一把握住节拍器,大笑,节拍器的音效却越来越大声。

【灯暗。

第三场

【黑暗中传来新闻播报中的嘈杂人声和林母声。

嘈杂的提问声:林妈妈,林妈妈你还好吗? 有没有怎么样? 你现在有什么感觉？会不会很难过？……

女孩母亲：（哭）对不起，对不起，求求你们，可不可以不要拍了，对不起，对不起……

嘈杂的提问声：林妈妈，您觉得是谁把您女儿的录影放上网的？

女孩母亲：我不知道，我不知道……嘉嘉她一直都是个很听话的乖小孩……她一直都很听话……不要问我了，对不起，不要再拍了……

【新闻播报声渐弱。

【灯亮，舞台上的沙滩椅上，躺着一个女人。

女人：现在所有人都喜欢度假！可是选择度假的地点，却是让人头痛的一件事！随便打开一个旅游网页，人气景点、当地美食、饭店评选……密密麻麻的文字、花花绿绿的图片都会让你眼花缭乱。可是，任何人都应该培养出自己的一点点特殊爱好，不然，生活怎么会有乐趣呢？在头痛的同时，要学会享受某种优越感——在执行选择权利时的特殊优越感。

马来西亚，西班牙，天使之城曼谷，OH！荷兰天体海滩！哥斯达黎加瑜伽训练营，巴厘岛 SPA 浴池，OH！Las Vegas 猛男秀，到澳门的赌场试试你的运气，快来沙乌地阿拉伯杜拜购物节，尊荣卡会员可以享受最优惠的购物折扣！

（顿）最后，因为阳光的关系，我选择了夏威夷。在城市里很难享受到阳光，可是这里可以从日出晒到日落，想晒多久就晒多久。网络上还说，夏威夷的阳光角度，是专为亚洲女性的皮肤所设计的。

（起身）Amy！麻烦把那条毛巾给我……还有，把我包包里的小说拿给我，放这就好了……啊，帮我调一下阳伞好吗，往左边一点，再左边一点，再右边一点，噢！打到我了啦！小心一点好不好！再左边一点，……停！好，可以了，谢谢你。去吧。

（重躺下）真是够累的，这些年轻人啊就是不行，我真不明白出来度假还要带一个这样笨手笨脚的助理干吗，可是我老公说什么，怕我一个人无聊啊，怕我在国外不会照顾自己啊，非要给我请一个……我看他根本就是派人来监视我！还不如我家的珍妮呢。

说到我们家这个珍妮啊，她可是我在一长串的候选 list 里选中的，我一个月给她的薪水，比他们全家人一年挣得还多。要是她现在还待在菲律宾老家，生活不会这么轻松。我是个开通的女主人，垃圾晚倒了一两天，抹布挂在碗架上，忘记藏在柜子里，衬衫没有叠整齐，这些事情我通通不会计较。后来，她开始每周向我要一天假期,出去和其他外佣们聚会……哼,对呀,她们现在也学会喝下午茶了。聚会前她通常都要烤蛋糕,我也会同意把烤箱借给她啊,Why not? 多认识一些朋友很好啊,我一点也不反对,一个人孤孤单单离乡背井,也蛮不容易的……至于聚会做什么,我从来没问过,我猜她们一定会聊到自己的雇主……(笑)想也知道珍妮会怎么说,像我这么好的雇主去哪里找? 不是我要求太高,可是这个助理真的是……哎唷……

（突然起身）Charles! Charles! Amy! 快点! 他跑到海里去了! 快把他带回来……小傻瓜,你为什么乱跑? 妈妈快被你吓死了……坐好! 来,握手! 换手! 换手换手! ……哎唷哈哈,你最乖了,来,妈妈喂你吃一个饼干啊。（对Amy）Amy,你要把他看好,别让他跑太远……人生地不熟,跑丢了怎么办……（对狗）喔! 还要啊,来,再吃一个,妈妈最爱你了,你最帅了!（对 Amy）好了,Amy,去吧去吧,带他去玩吧。

你看,连条狗都照顾不好。换成珍妮啊,我根本就不用多操心。

这可不是一条普通的狗,这是巨蟹座 A 型的贵宾狗,Prince Charles,查理斯王子,是我的宝贝儿子! 他可是在 Manhattan 的专业狗学校受过两周的训练,每周,我都要带他去做毛发护理,每一年,都会给他做全面的健康检查,周末无论是打高尔夫球、骑马,还是去美容中心,他都会陪着我,我跟他共处的时间,比跟任何一个家人都要久……他真的很贴心……

【沉默片刻,又开始。

从前的我不是这样过生活的,那时候,我在巴黎念服装设计,我的梦想,是让世界各地的 model 们穿着我设计的服装,在伸展台上走秀……那时候,我跟同班的法国男生在一起,Sebastian,他是个温柔甜蜜的绅士,常常参加组织罢课的抗议活动……那时候,他带我读卢梭、狄德罗、卡缪、傅柯,看法国大革命的纪录片,一起上街游行,抗议汽车公司裁员、滥用农药和核电威胁……他还教我面对镇暴警察的时候,用什么姿势抵抗最有效……

现在回想起来,像是 20 世纪的事了。

后来,Sebastian 的名字开始出现在报纸和杂志上,他替《解放报》写专栏,他请我帮他设计服装造型,参加各式各样的广播节目和电视秀。再后来,他开始出书、接广告,开始出入上流社交圈。最后,竟然还代表他以前最反对的政党参加下一次的议会选举……

自由和理想,让他如愿以偿地出了名。

【顿，控制情绪，无奈地笑。

那是在巴黎几年来，我第一次开始想家。

我办了休学手续，从 Sebastian 的公寓里搬了出去，订了回台湾的机票。忘记一切，调整自己，嫁人生子，当一个安安分分的好太太。重新规划人生。那时候，我是这样对自己说的，我也这么做了——

回国后的一次 party 上，我认识了现在的老公，他刚拿到宾州大学硕士学位，在一家私立研究所工作。他是个沉默寡言的老实人，跟 Sebastian 简直是天壤之别，好吧，我想，既然不见得会遇到更好的，那么就是他吧。接下来，就是恋爱和约会。（年轻俏皮的女孩声）亲爱的，我们明天去吃情人节晚餐，好吗？（男声）好的，我没意见。（年轻俏皮的女孩声）亲爱的，周末跟你弟弟我们一起去爬山吧。（男声）好的，我没意见。（年轻俏皮的女孩声）亲爱的，下周五晚上我们去麦当劳吃肯德基吧？（男声）好的，我没意见。

（顿）就这样，我们结婚了。一开始，我偶尔还会帮杂志的平面 model 做做设计，几年后生了女儿，这个家，就成了我生活的全部。我辞去所有工作，当了全职家庭主妇。人生就这样一路下去，也不坏。

可是，事情慢慢变得不对劲了。我丈夫进了瑞士制药公司的实验中心，薪水越来越高，回家的次数却越来越少……我开始把所有的重心转移到嘉嘉身上……我的女儿，她在学校过得开心吗？课业会不会太重？有没有交到新朋友？……她幸福吗？快乐吗？她喜欢这个家吗？她……她到底爱不爱我这个妈妈？我真的好想知道她在想什么，可她常常对我露出厌烦的表情，还总是把自己锁在屋子里……我开始不敢跟她讲话，甚至开始怕她……

就像电影的慢镜头一样，我感觉，我的家人开始离我越来越远，越来越远……我不敢去参加姐妹们的聚会，她们最爱谈的，就是老公和小孩……可是我呢？我根本插不上话，我常常是自己孤单一个人，守着许多空空荡荡的房间，这里还是我的家吗？这就是我想要的生活吗？究竟是哪个地方出了错？

Amy！Amy！去帮我买一瓶饮料。是的，老样子，diet coke。哎，推车带 Charles 一起去！啊，为什么？废话！你让 Charles 走路，跌倒了怎么办？推车比较安全啊，去去！

所以，任何人都应该培养出自己的一点点特殊爱好，不然，生活怎么会有乐趣呢？就像所有的童话故事写的那样，我找到了让自己快乐的方法。有一次，我在脸书看到 Ella 又贴了她 shopping 到的东西，她就是这样，前一秒钟买到的东西,后一秒钟她就迫不及待地贴上去,换到之前,我都会直接把它滑走,我还能不知道她们这些贵妇们在干吗?可是这次,我认真地看了这个贴文——(作认真看状)Ella Lin,"今天新入手悬挂式狗食盆,节省家居空间,还可以根据宝贝的身高调整,有哆啦A梦和Hello Kitty的形状可以选喔!因为是限量版,不知道会不会抢光光了呢。刚刚我家的Lucky已试用,她是真的很爱。订购专线……"(想到自己的狗狗)Charles……

(打电话)喂,您好,我想要一个悬挂式狗食盆,对,一个就好了,不不,哆啦A梦,我家的是男生……啊,什么?再加699附赠煮蛋器?请问可以调节温度吗?因为我不喜欢吃全熟的……可以喔?好的!请给我一个……我也可以选喔?那我当然要Hello Kitty啦……对,货到付款,谢谢!

【满足地放下电话。

第二天下午,我就收到了快递,我拆开包裹,哆啦A梦狗食盆和Kitty煮蛋器正静静地躺在里面,一种从未有过的满足感突然出现,没想到,只是简单地买东西,竟然也会给人这样美好的感觉……尤其是当我看到Charles在狗食盆旁开心地摇尾巴,吃着狗饼干的时候,我就在想……这世界上有什么比不用出门就能买到一个称心如意的狗食盆,让人更感到幸福和满足的呢?

【向后走,转身,笑。

当然有。

不久前,我家附近开了一家装潢得很漂亮的珠宝专卖店,本来我对珠宝没那么热衷,偶尔路过这里,也只是随便看上几眼。我会进到店里,完全是因为有一天,我在回家的路上,遇到了一场突如其来的大雨……

【雨声,女人慌乱地推门、进店。

正在手忙脚乱的时候,我看到一个穿着黑色制服的男生从柜台那边走了过来,在我身旁站定,微笑着,递给我一条白色的毛巾。

【女人变Nick,递毛巾状。

【女人有点讶异,笑,接过,擦头发。

谢谢。

(女人变成Nick)不用客气,这场雨来得可真是出人意料呀……小姐,您看起来很面熟。不不,我一定在哪里见过您……等一下,您是不是就住在附近?我想起来了,我有看到您从店门口路过,对,差不多这个时候。当然,每天都有无数的人从玻璃窗外走来走去,但是您的气质很特殊,所以我一眼就能认出您来。（掏名片）您好，我是 Nick……没有，我说的都是实话……如果小姐您不赶时间的话，就在沙发上休息一下，我给您倒杯热茶，等雨停了，您再回去。

【变回自己，笑。

Nick 的温柔体贴，让我想到 Sebastian，我的法国男友，想到我们在大学里一同度过的那些甜蜜时光……结婚以来，这是我第一次觉得，有人在真正关心我。那天，我在店里待到很晚才回家，我在他负责的专柜一口气买了三条 Tiffany 的宝石项链。

现在，我常常都会去那家珠宝店，有最新的珠宝款式，Nick 也都会先打电话给我……后来呢？后来……我在其他店认识了更多的 Nick，我买了全套健身器材，添置了一整套高级厨房设备，我买了高传真音响，可是我既不会唱歌，也不爱听音乐……我买了不锈钢的马刺，为了和男生们一起参加马术俱乐部，我就重金请来私人教练。他们帮我从美国订购了全套的高尔夫球杆。但是我球技很烂，所以我就去上高尔夫球课……

列购物单，填会员表，拆各式各样的包裹，参加各种不同类型的课程，为 Nick 们买生日礼物，或是周年庆的时候送上花篮，这些事情让我忙得喘不过气……有一天，我在去高尔夫球场的路上突然意识到，我已经好久没认真和我的丈夫和女儿讲话了，他们似乎渐渐淡出了我的生活，变成了陌生人……（硬撑）不过，没关系，我已经不太在意了，我已经找到了一个新的自己，A newself，the better one。我现在很快乐，很幸福，而且，我终于不用害怕寂寞了。

【顿，女人作看见 Amy 状。

什么？没有 diet coke？算了，没关系……我说没关系，去吧，去陪我的儿子玩吧……（打电话）喂？Nick 吗？哎呀，我知道你叫 Kai，可是我就是爱叫你 Nick 嘛，Nick，一小时后我要一盘恺撒沙拉送到我房间……什么？……那就换成田园沙拉吧……那我儿子呢？南瓜烩羊肉？……嗯，Good enough。Thankyou，Nick，bye！（看到 Amy）哎？你怎么还在这儿啊？什么？喔！你放心吧……我老公不会因为这点小事扣你薪水的……哎哎哎！Amy！你哭什么？哭能解决问题吗？你真应该来我家看看珍妮是怎么做事的，人家年纪跟你差不多大……她才不会像你这样……（作握 Amy 的手状）别觉得我太严格，这都是为了你的将来好。人笨没有关系，重要的是能勤能补拙，加油！Go Go Go，嗯？快去，把我的阳伞收起来，我要再晒一会儿，在背上涂点油，我的背，不是你的！……哎呀……来来来，涂油……对，这里多涂一点，还有这里，这里……上面一点……

【灯暗。

第四场

【灯亮，舞台上站着一个男人，大约三十五岁，身着正装，打领带。

【男人唱歌，走进光区。

男人：2012年12月21日，传说中经过科学认证的世界末日。这个话题我想大家应该不会陌生吧，那个红极一时的玛雅人预言。一夕之间凭空消失的神秘民族，为我们留下了一个如此精确的死亡日期。20121221。

不知道大家还记不记得世界末日当晚，自己在干吗？我嘛，那天，我记得很清楚，我在加班，忙着整理客户资料和各个公司的财政报表。时针指向九点整，再过三个小时，末日谣言就会"叭"地成为一个大笑话。在熟悉的男厕所倒数第二个小便池里撒了世界末日前的最后一泡尿后，我接到了她打来的电话，她，我的女朋友，让我下班后搭计程车，以最快的速度回家。（变成打电话的女友）你知不知道今天是世界末日！（变回自己）哎哟，那都是骗人的啦！（变成打电话的女友）可是在最后一秒钟之前，谁知道会发生什么事呢？快回来！我希望在世界末日之前你陪在我旁边！（回到自己）喔好啦我知道啦，我马上回家。她详细列出了所有可能瞬间发生的可怕场景——太阳辐射、核灾、火山爆发、地震、海啸、哥斯拉、明天过后、彗星撞地球……真是电影看太多了……哈哈，好可爱喔……她这个人啊，相信因果，她说，物有本末，事有始终，玛雅人预测了人类灭亡的时间，却忘记预测我们灭亡的方式，实在是不可思议。

至于我呢？我从来就不相信这种无稽之谈，世界末日不过是现代社会里，无聊的人们又想出了一个恐吓自己的小把戏罢了。

不过，我低估了玛雅人的预言能力。五分钟后，世界末日真的降临了——

【闪电、雷声。

Fire我——！！为什么？经理，我的业绩都有达标啊，是客户不满意投诉我吗……不是啦，经理，我也不是……这件事情……其实是这样子的……对不起，经理，我是真的急用钱，只是暂时挪一下，客户不会发现的！我业绩这么好，下个月一定补回来啦，我可以handle的！我们大家不是都这样吗？（换无所谓口气）干，为什么是我？你咧？你除了打打嘴炮，做做形象以外还干了什么？你只在乎银行赚了多少手续费，出了问题还不是要我来扛……（换恳求口气）经理，我的冰箱、汽车、电视都是分期付款，我还要去牙医诊所换假牙，明年我就要和女朋友结婚了，她说过，你看啊老板，你看……（变成女友的声音）Honey，我希望在 W.Hotel 办四十桌酒席！最好能去京都拍四组婚纱！和服四套，婚纱四套，机票酒店食宿交通、友情价八折总共……四十万！Honey，只要四十万！是不是很划算呢？经理，你有没有听到？我婚都还没有结已经要花四十万了！（换无所谓口气）啧啧，妈的，欸，绿色西装配橘色领带，完全不搭，丑到极点，低俗，恶心，烂！妈的，这么没品位，有什么资格 fire 我……（换恳求口气）拜托，经理，再给我一次机会啦……所以是没得商量了？……算了，反正教育训练的时候说过了嘛，干理专这一行最重要的，就是要有抗压性嘛，哈哈，我天生就有这种特质……所以，您还是确定要 fire 我？……

【男人在地上撒娇状扭动。

呜呜呜……不要嘛！再给人家一次机会嘛……

【男人恢复正常。

哼，Who cares？又不是第一次了。我这个人嘛，从来都没算过命，我不需要算命，我就是那种可以掌握自己命运的男人，反正就是 loser 嘛，我习惯了。我，大学念财经的，毕业后做过会计、银行柜台，卖过保险，干过房中，还跟几个朋友合伙开了复合式早餐店，不到一年就倒了。也当过几个月的街头艺人，（唱一首歌）谢谢，谢谢，谢谢大家，这边有我们自制的 CD，一张只要 200 块，钱投在前面就好了，谢谢，谢谢……我很喜欢这份工作，可惜赚不到什么钱，……最后，我在一个饭局认识了一个做理专的，年薪数百万，一身全名牌，光鲜亮丽的师奶杀手，好吧，理专，这不就是我的本科吗？我两个月内就考了八张证照，很快就被录取，成了这家银行的理财专员，可是你看现在呢？我还是被 fire 了，还是一个 loser。

我身边的人，没有一个比我更撸的了，我看，我就是个 Loser 里的王者，I'm the king of loser！Loser winner. 一路撸到底，我还有什么可怕的呢？还会有什么比现在更惨呢？

（顿）妈的，还真的有。

【男人进翼幕，滚出来。

哎呀！你讲就讲，干吗用踢的啊！

【男人摸口袋。

唉，钱包放在家里。

你们大家知道的嘛，被 fire 以后，我听她的话，搭计程车回家，我进了家门……哎，有信啊，明信片，Hawaii……（作把明信片放进口袋状）我走进厨房，打开冰箱门，拿了一瓶饮料，我知道一定是 diet coke，我讨厌 diet coke，可她只喝低卡路里的饮品，而我又不能决定冰箱里可以放什么，Loser 没这个权利。（喝可乐，打嗝）这些个饮料商真是丧心病狂，连减肥人的生意都不肯放过。（打开信，看账单，喷可乐）我操，她上个月刷那么多？（女朋友撒娇的女声）Honey，你回来了！（变回自己）嗨，宝贝！我回来了！（女朋友撒娇的女声）都这么晚了！还好没过十二点钟，世界末日还没到……欸，我今天去吃英式下午茶了，顺便买了一件洋装搭配我的牛皮靴，对了！你看，我买了牛肉狗饼干，明天我要去 Joanna 家，给她家狗狗 Boobi 过七岁生日。（变回自己）对不起亲爱的，上星期有个朋友跟我调钱周转，卡可以先不要刷得那么快吗？（变成女朋友）哎呀，没关系啊，你妈妈可以帮你还啊！（变回自己）亲爱的，我老实跟你讲吧，我妈妈她不会帮我还钱的，等一下……你先不要讲话，听我讲完，还有更糟的，我被 fire 了，我失业了，我们的婚礼要推迟了，从明天开始我就没有钱还卡债了……但是，你知道的嘛，我能力很好的啊我一定可以……（女朋友啪地打耳光）我再也不要见到你了！给我滚出去！

【男人滚出去。

哎呀！你讲就讲，干吗用踢的！唉……钱包放在家里。

不过，我不怪她，我一点也不生气，恰恰相反……我爱她，我喜欢她的笑容，喜欢她做的消夜，喜欢她用严谨的逻辑，就像是电视剧里面，律师帮被告辩护那样跟我吵架……我喜欢看她花一整个下午的时间尝试不同颜色的指甲油，虽然我赚得不多，但我喜欢她花我的钱，我从小就喜欢看我妈妈花钱，就像爸爸喜欢看妈妈花钱一样，看她们花钱我就有一种莫名的愉悦感，快感。我竭尽全力，只是为了让我们彼此满足。就像我在书里面看到的一句话：消费，就是为了填补个人的缺陷。可是，妈的，偏偏我就是个 loser。

（看表）十二点已经过了，哈哈哈……九点的时候我还说世界末日会变成一个笑话！现在我就成了这个笑话了！啊哈哈哈哈！尽管笑吧，I don't fucking care！我现在真想到 pub 喝一杯，让酒精和音乐轰炸我的脑袋，说不定可以让我暂时忘记我现在的处境……（在身上找，口袋空空）妈的，一毛钱也没有……

【他在裤子口袋翻到照片。

喔，对了，大嫂从夏威夷寄来的明信片，今天刚刚收到的，和她的贵宾狗在椰子树下的合照，旁边站着的不是 Amy 吗，她不是我哥的助理吗，她凭什么也跑去夏威夷啊？（读背后的字）"阳光真棒，Enjoy Your Day"。（萨克斯风音乐响起）哼，为什么其他人的生活都无忧无虑，唯独我要背负末日的命运？为什么在所有人庆祝重生的时刻，我却口袋空空地被女朋友赶到大街上？为什么唯独我是个 loser？这不公平！……你你你，我说的就你，把这该死的音乐给我停掉！停掉！我最讨厌你们这些街头艺人了，不识相！

【萨克斯风音乐骤停。男人顿了顿，想到自己之前也做过街头艺人。

（指萨克斯风声音处）哈哈，你们看，这就是一个标准 loser 会做的事情，大家千万不要效仿。

没错啦，我是个 loser，从小就是。我妈妈老是拿我跟哥哥做比较，虽然她不说，但我感觉得到，她打从心里就觉得我是个 loser。她结过两次婚，我不记得爸爸长什么样子，不过我脑子里还保留着关于他的一点点印象，就是我从门缝里看着他端着一台照相机，疯狂地拍着一丝不挂躺在床上的、我妈妈的印象，房间里传来奇怪的香味。（激烈的男声）Yeah，好，很好，头抬高一点抬高一点！对就这样不要动……（回到自己的声音）深色口红的妈妈披着长发，露着两只饱满的乳房。气氛非常怪异，但我无法把我的视线移开……拍着拍着，爸爸会突然丢下相机扑上去，咬妈妈的乳房，就像我小时候常常做的那样，床上那个女人发出尖锐的大笑。（激烈的男声）把你的照片拿来做杂志的封面，怎么样？要不然就放在性爱专栏？我敢说你一定喜欢得不得了吧，嗯?！（女声）哈哈，Jason，你真是越来越调皮了！（回到自己的声音）这种场景几乎每隔一段时间就要重复一次，真是一场噩梦！童年遇上这种事情，真他妈倒霉透了。

不过现在偶尔想起这些事，不知道为什么，总会有种特殊的感觉，有什么东西在逼迫我回到那些场景……到后来，我甚至开始嫉妒起我的爸爸……我不知道……

离婚后，妈妈带我到台北，从此她绝口不提这段婚姻，她说她要回归正常的生活，这时候，我才知道原来她在台北还有另外一个家，房子里住着一个同母异父的哥哥，一个优秀的兄长。很明显地，妈妈很疼他……而我呢？从此她都不会再多看我一眼……对，我知道，我就是烂，我就是没用，可是如果你当初多关心我一点，我怎么会变成今天这个样子啊？你可不可以把给哥哥十分之一的爱给我啊？

（顿）我那个哥哥啊，唉，自从他进了瑞士制药公司的实验中心，就变得越来越孤僻了，前阵子因为新药的关系，还做出了半年不回家的决定。他总是躲着我，他打从心里就觉得我是个 loser 嘛，他就是看不起我嘛……不过大嫂倒是经常约我去骑马，或是让我开着高尔夫球车，载着她在草场上来回穿梭……在我心中，她是一个完美的女人，我不明白为什么哥哥总是让她独守空闺。（顿）至于我最爱的老妈……她现在成了整形医院董事长，生意发达，财源广进。很多人都会问，既然如此，你为什么还要担心钱的问题呢？你不是应该在夏威夷的游艇甲板上喝香槟吗？

这就是一个标准 loser 会问的问题！你会问这样，就是因为你没有过过这种生活，你才会幻想那样的场景嘛！我告诉你，这是个成功的家族，而我是家族里唯一的一个 loser，那块甲板上没有我的位置……！当然，我不是说他们对我不好，完全没有这个意思，刚好相反，他们对我彬彬有礼，客气地握手寒暄，可每次跟他们待在一起，我就觉得浑身不舒服，就好像我是个陌生人……一开始，我还是会回家吃年夜饭，后来渐渐地，我连电话也很少打了……

对，是我自己选择远离这个家，跟其他人没有关系。

不过，我倒是跟我的小侄女很好，去年她过生日，我送了她一台 DV 做礼物，我跟她说，用这台 DV 记录下你的美丽人生，不用管别人说什么……鼓起勇气做你想做的事，爱你想爱的人，只要你快乐，就够了。

【手机响。

唉，谁啊。

（接电话）喂？干吗？对啊，我被 fire 了，全世界都知道了。我？我……我很好啊！……外快？什么外快？……药物实验？那是什么东西，提神饮料，有没有搞错？实验一共四期，一期三天，每期可领取营养费……三万？（自言自语）四期共十二万，（抬头）这也太多了吧，有没有搞错啊！（继续讲电话）我当然没问题啊，顶多十二天不睡觉，还能把我怎么样？所以我直接去就可以喔？好好！谢啦！

【男人挂电话。

我想，这就是所谓的末日重生吧！我有一种预感，loser 的阴霾再次渐渐从我的命运中退去，虽然这样的优渥待遇真是有点夸张……可是，科学家都是疯子，谁知道他们会做出什么样的决定呢？看看我的哥哥就知道了，半年不和家人见面？（不屑地）哼！

（看表）现在是凌晨两点，在这个末日重生的日子里，我看还有谁敢说我是个笑话。

【灯暗。

【在一片黑暗中，传来新闻播报声。

新闻播报：……该名失踪女生的叔叔，正是不久前盗刷前客户高达四百万新台币，涉及诈欺、伪造文书等罪嫌而遭起诉的林姓男子。该名男子的律师表示，被告患有严重的精神躁郁症，目前正在接受医生的检查和治疗……

【传来医生的声音。

医生：……患者心率达每分钟 160 次，也有明显的神经功能兴奋症状发生，目前状况稳定，我们会尽全力，来救治患者……

【新闻播报声渐弱。

第五场（演出版）

【演员倾向于写实表演。

【噪音声响出现，灯光微亮，场上很久没有动静。

【嘉嘉进门，她环视了这个空间，摸了摸沙发和墙壁。

【嘉嘉很快又出门，她从门外把摄像机拿进来，摆好。

【嘉嘉走到门口，打开门。

嘉嘉：爸爸？爸？妈妈？

【没有回应，嘉嘉把门锁住。

【嘉嘉躺在地上，放松情绪。

【嘉嘉调整了摄影机的角度，按下录影键，坐在沙发上。

【嘉嘉又回到摄影机前，关掉机器，回放，确定刚刚录影机录到了自己。

【嘉嘉再次按下录影键，坐在沙发上。

（紧张地）嗨……爸爸，妈妈，奶奶，叔叔，我……我不知道要说什么……我今天没去学校……我……喔，你们留给我的晚餐，我放在微波炉里热好吃过了……我……唉，对不起……我真的有点不知道要怎么……

【嘉嘉把摄影机关掉，她捂住脸。

【嘉嘉拍打自己的脸，嘉嘉哭，并且做出种种肢体动作来放松自己的情绪。

【嘉嘉安静下来，她按下摄影键，第三次坐在沙发上。

（开心地）嗨！奶奶！爸爸！妈妈！叔叔！嗨大家，是我！我是嘉嘉，你们大家都在吧，你们一定会一起坐着看我的录影吧。我刚刚放学回来，可是你们都不在……只有我一个人……

哎！奶奶，你看我的鼻子，现在有没有比较上镜？有吗？我近一点给你拍好了，（嘉嘉凑近摄影机）怎么样？能看到吗？我觉得现在是还不错啦，医生说我只要固定擦药就好了，不用再去复诊了。可是我的脸还是有点肉肉的喔，没办法，没遗传到你嘛……

妈妈，刚刚有个男生，是 Nick 还是 Kevin 的，我忘记了，他打电话来说你上礼拜预约的那个水晶指甲，要记得去做，我在这里提醒你一下，不要忘了。

爸爸，爸爸……我……我不知道对你说什么。

哎对了叔叔，你知道吗，这是我用你送我的那台 DV 拍的，我要怎么让你知道这是你送我的这台 DV 呢……（嘉嘉在摄影机前摆弄半天，可是摄影机当然没办法拍到本体）唉算了！反正等到你看到这个录影就会知道，这是我用你送我的那台拍的了……可是你干吗要送我 DV 啊，现在谁还送 DV 啊真过时……

然后……现在，现在说什么呢……这样好了，我让你们看看我在什么地方。

【嘉嘉拿起摄影机开始拍整个空间。

我们看到了很漂亮的墙纸……可是脏脏的……啊，这是我刚刚坐的沙发，啊破掉了，珍妮要倒霉了……好，很漂亮的水晶灯，可是歪歪的……（拍到舞台边缘）啊，这里有一条白色的线，白色的线上面是……我的影子……

【嘉嘉开始拍观众，她拍着拍着，变得有些惊恐。

【嘉嘉把摄影机放回去，她坐回到沙发上。

奶奶，我要跟你说抱歉，我没办法去做下周的那个丰胸手术了，可能还要拜托你帮我取消，不好意思让你约了这么久……还有，我很怕痛，虽然每次你跟我说打麻药不会痛什么的，可是还是很痛，你不要再骗人了。

妈妈，我刚刚跟你说了那个水晶指甲嘛，对不对，别忘记去做。

爸爸……爸爸，晚安！早安！明天晚安，明天早安！后天晚安后天早安，大后天晚安，大大后天早安……我一下全说完因为我怕之后我没机会跟你说了。（嘉嘉开始流泪）

对了！叔叔，你知道吗，那天我有偷听到你在厕所唱歌……叔叔我觉得你超酷的，我觉得你最酷了……我觉得我应该最想念的就是你了吧……（哭）骗你的啦！你一定在那边偷偷得意对吧，我怎么会想你呢！（哭）我的眼泪是假的是假的啦！（哭）我觉得你们下次，真的可以像我这样坐在沙发里，只要静静地坐着就好，仔细听听外面的声音。你们有多久没有安安静静地听外面的声音了呢？

好了好了，我说完了！我不要说了，（强忍泪水，笑）拜拜！大家拜拜！

【嘉嘉关掉录影机，开始哭。她突然想到什么，又打开录影机，回去坐好。

我可以拜托你们一件事吗？最后的一件事……可以把这段录像给小凡看吗？爸爸，拜托，你们没有说话我就当你们全部都答应了……

小凡，我爱你……好好照顾自己，我先走了喔。

拜拜，拜拜，大家拜拜。

【嘉嘉关掉录影机，准备离开，在离开舞台的瞬间，她突然停住脚步。

对不起，我忘记脱麦克风了。

【嘉嘉脱掉麦克风，变回演员。

我准备好了。

【演员从剧场的出口处离开。

【灯暗。

——剧终

第五场（文本版）

灵感来源：瓦吉·穆阿瓦德（Wajdi Mouawad）的独幕剧《约翰》（*John*）

【灯光微亮，舞台上有一只高大的衣柜，一架穿衣镜，一张床，床旁有一只椅子。

【场上很久没有动静。

【五分钟后，衣柜里传来窸窸窣窣的响动，有手电筒的亮光，穿过衣柜的空隙透出来。可以听到女孩的声音。

女孩的声音： 胡迪？胡迪？

【手电筒被关掉。

【大衣柜被打开，女孩藏在大衣柜里。衣柜里乱七八糟堆满了衣服。

【女孩从衣服堆里钻出来,她穿着蓝色家居裤,宽松白色 T 袖和圆点袜子,长发。她拿着一个大包。

【她让大衣柜门开着。

【女孩把包包放到地上,面朝观众坐下。

【她作出打开电视的动作。

【她目光呆滞,一动不动地盯着电视。

【欢快的进场乐声响起,电视播报声响起。

主持人:一切都准备好了吗? 女孩们?

女孩们:我准备好了!

主持人:所有的一切! 都准备好了吗?

女孩们:我准备好了!

主持人:好的! 让我们来吧! Three! Two! One! OOOH——YEAH! 欢迎收看本期的"台北甜心小公主"真人实境秀! 我是 Daniel! WOW! 电视机前的观众朋友们! 现在我们看到了! 台上那十七个十七岁的女孩! 只有一个可以通过最严酷的考验! 她们会使出浑身解数! 争夺"甜心小公主"的头衔! 就在今晚! 她们吃定你了! 暖黄色的摄影棚光线里,这些女孩们之间的争斗就要开始了!

Finally! We will get a winner! Finally! We will have a little sweet princess!

女孩们:那个 Princess! 一定就是我喔!

【电视播报声渐弱,仍然隐约可闻。

【女孩起身走到床前。

【她从枕头下拿起一只梳子。

【她对着穿衣镜开始梳头发。

【女孩梳好头,把梳子放回原处。

【她依次脱下自己的裤子、T 袖,只剩袜子、内衣和内裤。

【她把脱下的衣服丢进大衣柜的衣服堆里。

【她开始在衣服堆里翻找衣服。

【她找出两件连衣裙。

【电视播报声渐大。

主持人:想要成为真正的"甜心小公主",不仅要有精湛的化妆技术,而且还要会穿搭美丽的衣服喔！快拿起你的手机，键入她的号码，传简讯给我们！为你心目中的小公主，累积宝贵的一票喔！

参赛女孩甲：今天我选择了肩膀小镂空的洋装，有细致的四种蕾丝，织在舒服的白棉上，今晚我想当个从法国南部来的女孩！喔！是时间去参加女生节的 Party 了喔！晚上七点到九点，要锁定我喔！

【女孩拿起两件连衣裙，在穿衣镜前轮流比较着。

【女孩选中了蓝色的一件，她把另一件丢进衣服堆。

参赛女孩乙：我穿了这件蓝白色的格子 T 恤，领口有像音符一样的小小蝴蝶结，具有疗愈的力量呢！要穿这一件去和好朋友吃晚餐了喔！明天同一时间，要来收看我喔！

【女孩穿上了她选中的连衣裙。

参赛女孩丙：黑色点点连衣裙，灵感源自日本艺术家"点点女王"草间弥生，让你生活中所呼吸到的空气都飘散着淡淡的艺术香氛。明天早上八点整，和我一起，便享用果酱吐司，边等待着心爱的王子光临吧！那个王子，会是你吗？

【女孩从床下拿出一双褐色皮鞋，她穿上它。

【电视播报声渐弱，仍然隐约可闻。

【女孩从地上拿起大包。

【她站着。

【女孩从大包里拿出摄影机。

【女孩拿出了脚架和线材。

【她把脚架支好，仔细调整。

【女孩把摄影机装上脚架，摄影机的镜头面对观众席。

【女孩把摄影机接上电源线。

【女孩把衣柜旁的椅子拿过来，放到摄影机的镜头前。

【女孩打开摄影机。

【大荧幕上出现摄影机实况拍摄的镜头。

【女孩看着大荧幕上的画面，开始调整镜头。

【她把镜头调整到自己坐在椅子上时，刚好能够拍到脸的角度。

【女孩按下录影键，摄影机发出"叮咚"的声音。

【她确认红灯已经亮起。

【女孩坐在椅子上,面对着摄影机。

女孩:喂? 喂? blablabla,test,test,one,two,three,test。

【女孩站起来倒带。

【她按下 PLAY 键。

【大荧幕上出现她刚刚试音所说的话。

【女孩重新倒带。

【她重新按下录影键。

【她重回椅子,面对摄影机。

【电视播报声响起。

主持人:这些女孩,很多都是第一次参加真人秀节目! 接下来,我们即将要看到的这位就会向我们呈现她的处女秀! Virgin show! 哈哈! 欢迎我们的四号选手 Rita! ……WOW,观众朋友们,看看她,粉嫩的蛋糕裙搭配彩带小礼帽,闪亮亮的眼睛,真是可爱极了! 你好,Rita!

Rita:嗨! 你好!

主持人:你是第一次参加真人秀吗?

Rita:喔,是的。

主持人:你会紧张吗? 你能够受的了摄影棚刺眼的灯光,还有你面前的这架摄影机吗?

Rita:虽然现在一时还不行,可是我会学着去适应。公主就是要时时刻刻暴露在镜头前面,经受着大家的考验,难道不是吗?

主持人:Bravo! Bravo! 多么聪明的女孩! 又是多么勇敢! 祝你好运气! 祝你能够从电视机前那些挑剔严苛的观众们那里顺利获得通过,进入下一关! 现在 Rita,请对准这里,开始说吧!

【电视播报声戛然而止。

【一片死的寂静中,女孩开始说话。

女孩:(颤抖的声音)爸爸,妈妈……是我……我是嘉嘉。

(深深吸气)我知道你们觉得这样很奇怪……只是……我……我试过像别人那样用笔写……我不知道……我一个字都写不出来……可是……这就是我要对你们……其实我不想……你们……

【女孩猛地起立。

【她关掉摄影机,开始哭。

【她继续哭泣。

【她用手臂抹掉眼泪，理好衣服。

【女孩开始四处张望，寻找什么。

胡迪？胡迪？

【女孩继续找。

【她开始在舞台上大肆翻找。

【她终于在床底下找到了一只玩具熊。

（笑）胡迪。

【女孩把胡迪放在摄影机上方，让自己看到它。

【她把摄影机开关打开。

【她坐回到椅子上。

【她看上去好多了。

（镇定地）胡迪，我是嘉嘉。

胡迪，不知道从什么时候开始，我只能跟你讲话了。

可是，我经常找不到你，就像刚刚那样。你总是会躲在某个角落里，嗯？对吗？胡迪？如果没有你的话，我真不知道怎么办……不过以后，我也不会再有这种困扰了……

我不知道，我不知道……

（深深吸气）胡迪，昨天，车子开过漫长狭窄的街道，我坐在车里，车旁走过我的同学们……我不能像他们一样用我的两条腿走路回家，因为我在同意书上签了字，他们写的同意书，用国家科学研究所的公文纸印出来的狗屎东西，他们想逃避责任，因为有我的签名，我同意了他们在回家的路上监视我……我根本看不懂上面写了什么，对我来说那张纸简直是天书，因为他们用了所有他们所能找到的法律术语……他们试图让我落网……

大路旁有一座核能发电厂，有一些汽车，一些大卡车，一些汽车，一些公车，一些大卡车……妈妈说我们家的这台车值七百五十万，不过我想让它被撞得稀巴烂……撞成扁扁的一片废铁……为什么它们不来撞我？为什么不向我的车子冲过来？来撞我吧，我不会有感觉的！……

我见过车祸，我亲眼见过，就在二号公路附近……车祸现场散发着咸鱼干的味道……里面的驾驶员被挤成了圆柱形的肉块，衣服和皮肤黏在一起，头不见了，看起来像另一种生物，胡迪，真是滑稽！……

我想过要跳车……可是车门是被反锁的……如果我说我要尿尿,司机就会在路边停下,从后车厢里拿出一只便携小便桶递给我……我的车座上方有一个小小的圆圆的东西,像只眼睛盯着我……事实上那玩意儿就是他们的眼睛,我能想象他们坐在监控屏幕后面看我时候的表情,很得意吧,你们以为你们赢了吗?

【女孩的脸上带着一种得胜的快意。

胡迪,我想象他们坐在电视机前,他们坐在一起。就像很久以前,我还很小的时候,他们会轮流抱我,把我放在他们的腿上……大家都觉得这是个模范家庭,就像他们想象中的所有模范家庭,周末晚上全家在一起看电视,无聊的肥皂剧录影带,妈的! 我他妈的受够了!

(沉默,深深吸气)我知道,他们一定会用电视放我这段录影,他们喜欢用电视放录影……胡迪……想想看,他们坐在沙发上,而我却跑到了电视屏幕里……还是蛮好玩的……

【女孩想象可能发生的场景,她笑出声。

【她很快又严肃了。

阿豪……他向我道歉……他说我变成现在这样,被关在家里哪里也出不去,都是因为他……我曾经觉得他那么了解我,当我们第一次在宾馆洁白的床上做爱的时候,我曾经觉得和他离得那么近……我想让他跟我一起自杀,我告诉他说我们死掉以后就自由了……可是他不肯,他说一切都会过去的! 忍耐一下! ……他也劝我去做心理治疗……那个心理医生……那个白痴……他给我看各种各样的图片,让我在纸上画画……他的房间里播放着轻音乐,我面前还有杯橘子水,墙壁是令人愉快的浅蓝色。可是我感觉糟透了……我不想去,可妈妈总是逼我……她让司机把我塞进车后座……每周我都要到同样的房间里去,画一栋房子或是画一棵树,这太蠢了! 我觉得你们把我当成一个三岁小孩一样来羞辱……不过,几个小时后看到这段录像,你们总算应该知道,你们这些人在做什么样的蠢事……

(顿)昨天,我和阿豪分手了……(突然爆发)你们别他妈的得意! 我们仔仔细细地谈过,不管怎样……是我自己的决定! 是我想要和他分手! 我觉得我们没办法再这样下去……我的死与阿豪无关,我不是为他死,我不想让新闻报道说我是个因为失恋而自杀的白痴……我不为任何人死,只是为了我自己……胡迪,我不知道……反正我已经自杀了,这一点也不严重……对吧? 很多人很快就忘了，阿豪也会忘记的……谁在乎我是死了还是活着？明明什么也改变不了……

【女孩啜泣起来。

【她带着怒火吞下眼泪。

胡迪，我边坐在这里边对自己说，嘉嘉，你到底为什么非得去死，你才十七岁，你还没真正开始你的人生……妈妈说有钱就有了一切……你到底还想要些什么呢？妈妈吗？没关系，我根本就不需要她，我厌倦了她和她的那些狗屁酒会，让我喘不过气来的酒会……（突然爆发）你一定觉得自己在我的国中毕业会上出尽风头吧，你听好，你那一套餐桌礼仪法语社交手腕优雅坐姿全都是假的！因为你根本就是个假人！恶心死了……爸爸呢？爸爸太久不回家，我已经快忘记爸爸长什么样子……你知道什么叫作父亲责任吗？你以为每个月给我两万块零花钱就是尽到父亲责任，派司机和珍妮陪我逛夜市就是尽到父亲责任，偷看我的日记发现我和阿豪在一起之后监视我，还把我禁足在家就是父亲责任……（顿）我知道，你要研究你的新药……就是你的新药害得叔叔受这么大的折磨！……我的叔叔，他对我这么好……他送我这台 DV 机的时候一定不知道，我会用它来录现在的这些东西……（郑重地）爸爸，听我说，我真希望你的研究所现在就爆炸，你和你的新药全部都炸得一干二净……外婆？……外婆说美丽很重要，她说，尤其是对于我来说……我必须美丽……因为我将来一定会嫁给一个有钱人，或是有钱人的儿子……阿豪也说我很漂亮……可是我真想把真相告诉他，告诉他我的鼻子是假的，里面填满了外婆亲手植入的 L 型硅胶……外婆说家族需要世世代代的累积才会变强……她说这是我的责任……

我真恨她，我恨她……我恨你们所有人……

【女孩的怒火渐渐消散。

【她低下头大声哽咽。

对不起，对不起……爸爸妈妈……外婆……对不起，大家……我不是故意要这样说……我没有要伤害你们的意思……我没有……可是我……我……

【女孩无法自制自己的哭泣。

【她录不下去了，起身关掉录影机。

【她坐到床上开始哭。

【电视播报声突然响起。

主持人：现在请工作人员把画面转给我们人气第一的 Joyce！是的！我们看到 Joyce 已经哭了！而身旁的好朋友正在安慰她！就在十分钟前，她刚刚被爆料，脸颊那两块为她无限加分的苹果肌，竟然是因为注射了玻尿酸！我们可以看到电子看板上，Joyce 的人气指数正在骤减！……喔！现在这里有了新画面！是 Joyce 的粉丝团，让我们看看他们会对 Joyce 说些什么！

【嘈杂的粉丝团的声音

男 A：Joyce 要坚强！Joyce 你永远是我们心目中的"甜心小公主"！

男 B：Joyce，没关系！

其他人：Joyce 加油！Joyce 我们爱你！Joyce 不要哭！

【女孩停止了哭泣。

【电视播报声戛然而止。

【一片静寂中，她整理好头发和衣服。

【她重新回到录影机前。

【女孩打开录影机。

【她坐回到椅子上。

女孩：如果阿豪知道我现在在做什么的话，我知道他会说什么……（沉默良久）阿豪……他会对我说，嘉嘉，一切都会过去的！忍耐一下！忍耐一下！忍耐一下！……

可是没有用……我什么都做不了……我无法忍耐……我无法忍耐自己竟然对着一台摄影机说话？……到底有什么意义？……除了自杀以外我什么也做不了……有的时候我觉得自己像是在黑暗的高地上，四周是冰冷的空气，我大叫着可是根本没有人听见，也根本没人愿意听见……没错，我只是想告诉你们我的生活有多么痛苦……我想不出来有什么办法可以重新开始……我的命运已经被决定了……

我想过别的法子，我想过要出走，再也不回来……离这个家越远越好，离这个可怕的世界越远越好……可是我怕，我怕！因为我知道自己根本没办法那样做！我知道到了那个时候，我一定又会想吃樱花寿司或者是牛扒……我会想念脚踩在毛毯上的感觉……甚至我还会想念自己穿得整整齐齐坐轿车去别人家赴晚宴的感觉……我害怕，我怕，因为那个时候我会恨我自己！所以我只有自杀！我只能自杀！我的家人们，我的阿豪，我在这里录影仅仅想要告诉你们我为什么杀了自己……因为我活着，拥有的除了痛苦，没有别的……因为伤害了我的，就是生命本身……

【女孩起身到床边去。

【她从床下拿出一条带钩子的绳子。

【她回到录影机前。

女孩：我现在就要在脖子上挂上绳子，我是不会在你们面前死的，不过我只是想要让你们知道，我是自愿结束自己的生命……再见。

【女孩按下了录影机停止键。

【大荧幕影像收。

【她抱起胡迪。

女孩：亲爱的胡迪，你的睡觉时间到了。

【女孩对着胡迪哼起 Silent Night 催眠曲的调子。

【她唱得慢极了。

【她边唱边哭。

【她坚持哼完整首曲子。

【她把胡迪放在自己的床上。

【女孩突然感到深深的恐惧。

【她把椅子搬到舞台中央。

【电视播报声突然响起。

主持人：电视机前的观众朋友们，现在我们的十七位可爱的女孩都来到了台上！面向全台湾的大众投票已经在两个小时前截止！是的！我们马上进入最后的揭晓时段！究竟是谁，能够获得"台北甜心小公主"的桂冠呢？

【电视播报声渐弱。

【女孩踏上椅子。

【她的恐惧上升，开始哭。

【灯全暗，电视声收。

【灯再亮，嘈杂的电视声又起。

【我们看到女孩正在努力地挂绳结。

主持人：……十七岁的她们，竟然承受了这样一次严峻的考验，这将在她们的人生里留下无法忘怀的回忆！曾经的亲密挚友！变成了今天可怕的劲敌！观众朋友们，只有你们是全知全能的上帝！你们看到过她们的甜蜜和笑容，也看到过背叛和告密……可是无论如何，在这一刻，请让我们原谅这些女孩！因为无论她们做什么，都是怀抱着同一个梦想，成为公主的梦想！……

【椅子太矮，女孩用尽全力，也没办法挂上去。

【她边努力，边歇斯底里地大哭。

女孩：妈的！妈的！

【灯全暗，电视声收。

【灯再亮时，嘈杂的电视声又起。

【我们看到女孩坐在椅子上，手捂着脸。

主持人：Jessica，对不起，亲爱的，你被淘汰了，是的，是的，我们会记住你的……Rita，这个真人秀的新鲜女孩，她完成了所有艰困的挑战！获得了第三名的优异成绩！你的妈妈会为你感到骄傲的！……

【女孩看着摄影机。

【电视播报声渐弱。

【她下了决心，起身，踏上椅子。

【她试着踏在椅背上去挂绳子。

【她成功了。

【她发出惊恐的、小声的呜咽。

【她看了看床的方向。

【她走下椅子。

【女孩把胡迪塞到枕头下。

【她不想让它看到自己死掉的样子。

【女孩第三次踏上椅子，把绳子套在脖子上。

【灯全暗。

【在黑暗中，我们听到了踢倒椅子的声音，挣扎声，急促的喘息声，接着是安静。

【电视播报声又响起。

主持人：Five！Four！Three！Two！One！

【灯亮，我们看到女孩吊死在半空中。

YEAH——！我们选出了今晚的"甜心小公主"！让我们为她欢呼吧！

……今晚，她的妈妈也来到了现场，我们看到母女正在拥抱，母亲的眼睛里涌出了激动的泪水！这位幸运的母亲，她的女儿即将获得两百万新台币的奖金！她将成为台湾著名时尚杂志 *Pop Teenager* 的签约封面女孩！Bravo！

我们为她欢呼吧……！感谢现场，以及电视机前各位亲爱的观众朋友们，下一期真人秀节目，我们再会！

【电视播报声渐弱，直至消失。

【一片寂静，女孩的尸体许久地摆荡着。

【灯暗。

——剧终

《人民公敌》事件（演出本）

吕效平　　李耿巍　　张玥珊

吕效平　　1955 年出生于江苏扬州。南京大学文学院教授。1978 年春考入南京大学中文系，1982 年毕业留校，后师从董健教授读研，1998 年获博士学位。专业方向为戏剧史论，讲授"舞台剧写作""戏剧评论写作""现代戏曲理论"等课程。2007 年创建南京大学艺术硕士剧团。戏剧代表作有《歌声遥远》（1993 年，编剧）、《罗密欧，还是奥瑟罗》（2003 年，编导）、《〈人民公敌〉事件》（2005 年，编导）、《实验戏剧：二零一一年九月》（2011 年，编导）、《蒋公的面子》（2012 年，导演）。

《〈人民公敌〉事件》由吕效平创意和主笔，并于 2005 年执导了地下室小剧场版，在读硕士生李耿巍参与了剧本写作。2006 年由中央戏剧学院在读硕士生张慧执导，中文系学生剧社演出了镜框式舞台版，张慧改编了这一版剧本。这里发表的，是 2014 年南京大学艺术硕士剧团演出版，由吕效平主笔，并以现实主义的风格导演了剧中现实生活的部分，德国剧场艺术家 Gerhard Dressel 以表现主义的风格导演了剧中"戏中戏"的部分，在读硕士生张玥珊参与了此版剧本改写。迄今，该剧已有全国二十多所大学的演出版本，大多数版本均对原作做了改编。

时间：2010 年暑假。

地点：淮河边某市一个废旧的仓库。

人物：

李　　想——医官托马斯·斯多克芒的扮演者，排演《人民公敌》的发起人。贫
　　　　　寒硕士生。单纯，倔强，充满理想。

赵梦儿——斯多克芒太太凯特的扮演者。硕士生，漂亮，做着明星梦。

博　　士——市长彼得·斯多克芒的扮演者，哲学系一个读了六年还没有毕业
　　　　　的老博士生。

马　　莎——女儿裴特拉的扮演者，污染源厂老板的女儿，本科二年级学生。目
　　　　　光永远追随李想的身影。

刘小乐——编辑霍夫斯达的扮演者，硕士生。想成为电视台的记者。

王　　笑——印刷所老板阿斯拉克森的扮演者，父亲看守仓库。很早就走上社
　　　　　会，李想的好哥们。

芳　　姐——女，雇佣舞者的领头人。名牌舞蹈学校毕业。

舞者甲——女

舞者乙——女

舞者丙——男

第一场

　　　　　［马莎从左侧台口上，在窗户的投影旁坐下。

　　　　　　谁收买了理想和勇气

　　　　　　谁遍体鳞伤战栗畏惧

　　　　　　谁苟延残喘不堪一击

　　　　　　欲望是牢笼我被捕获在这里

　　　　　　我们虚伪地高举正义伸出铁栏彼此干杯

　　　　　　贪婪是罗网我被驯化在这里

　　　　　　我们悲哀地践踏青春和他们一起胡作非为

　　　　　　胡作非为

　　　　　［王笑从舞台左侧上。

　　　　　［面光亮。新闻播放停止。幕布上出现大幅易卜生头像。

王	笑	（看幕布和投影）我去，哥们，太帅气了！这个再加上投影得多少钱？
李	想	小三万吧。
王	笑	这么多钱，你哪来的？我们的戏入选大学生戏剧节了！经费批下来啦！
李	想	早晚会批下来的。
王	笑	那你这投影？
李	想	我借钱买的。
王	笑	借钱？！你？！谁肯借给你这么多钱？我要有钱我都不会借你，你拿什么还？
李	想	我把我那间小破房子抵押了。
王	笑	小破房子？那可是你爸留给你的唯一财产，出国留学还指着它换机票呢！李想，我们从小穿一条裤子长大。你爸妈去世以后，我爸对你比对我还亲。我不像你，我没出息，考不上大学。我爸就希望你有出息，你可不能拿自己的前途开玩笑！
李	想	别担心，王笑，我还有个资助人。只要我把书读好，就不愁没钱。
王	笑	资助人？你说，他姓什么、叫什么，做什么的？高的、矮的、胖的、瘦的？你们从来没见过面！万一他破产了，万一他偷税漏税，嫖娼吸毒，酒驾撞人，违章搭建，兜售假证，偷看黄片，破坏军婚……天上人间，被人民警察捉奸在床人赃并获给逮进去了呢？
李	想	什么可能都有，但他不可能被逮进去。他从我初中开始就一直供我念书，还常常写信用理想主义鼓励我。他是个好人。
王	笑	好人？好人就不会犯错犯法了吗？
李	想	不说这个。对了，你爸把这个仓库借给我们用不会有事吧？
王	笑	没问题。我爸说了，万一有人来，我就把电闸一拉，大家别出声就行了。（走向马莎）马大小姐，你爸是白云造纸厂的老板，这个仓库是你家的，你跟你爸说说，把这仓库给我们用用不就得了！省得我们每天这么偷偷摸摸的！
马	莎	他是他，我是我！
李	想	你别为难人家小姑娘，（拉王至一边）你傻呀，我们这戏批的就是他爸！

王　　　笑　（对马莎）回去不许跟你爸讲。后果很严重！

　　　　　　〔赵梦儿和博士从舞台左侧同上。

赵　梦　儿　我来啦！

博　　　士　我们来了。

赵　梦　儿　哇！这么漂亮！（亲热地抱住李想）亲爱的，你真是太厉害了！
　　　　　　李想，你从哪搞的钱呀，中彩票啦？

李　　　想　我有我的办法！

赵　梦　儿　宝贝，太棒了，亲一个！（亲李脸颊，拥抱）

博　　　士　哎哎，公共场所，照顾照顾我们这些单身狗的感情。易卜生是个
　　　　　　现实主义作家，需要搞这种形式吗？我们要的是实景。

李　　　想　现实主义是一百年前的艺术了。上学期德国导演带我们做了表
　　　　　　现主义的戏剧，那才叫艺术！这个戏我要做个新的尝试。

博　　　士　你对现实主义和表现主义的理解是非辩证的，是形而上学的。

　　　　　　〔刘小乐扛摄像机和三脚架，一边唱歌一边从舞台左侧上。

刘　小　乐　（边唱边至舞台中央）"你是我的小呀小苹果，怎么爱你都不嫌
　　　　　　多，红红的小脸儿温暖我的心窝，点亮我生命的火，火火火
　　　　　　火火！"

　　　　　　〔刘小乐唱歌时，王笑接过三脚架，架在下舞台右侧的一角上。
　　　　　　众人围住刘小乐。

刘　小　乐　快来看！这可是我从电视台借来的专业设备！

　　　　　　〔此时，王笑从刘小乐手里拿过摄像机架在三脚架上。

赵　梦　儿　专业设备？人家淘汰的吧！

刘　小　乐　我和实习导师联名申请了一个项目，要把我们的演出拍成纪
　　　　　　录片。

李　　　想　电视台知道我们排什么戏啦？谈淮河污染播得出来？

刘　小　乐　我没敢说。我光说大学生演戏，纯艺术，还要争取上省台播，要
　　　　　　拿奖呢！（作播新闻状，王笑控制摄像机拍摄刘，刘播新闻状的
　　　　　　画面被同步到幕布上）观众朋友们，几天前，这里还是一间破仓
　　　　　　库，现在它已经安装了洁白的幕布和大流明投影，成了一个美轮
　　　　　　美奂的排练场，新表现主义戏剧《人民公敌》剧组即将在这里开
　　　　　　展排演。据悉，该剧将参加全省大学生戏剧节。而据料，本届大

学生戏剧节的最佳女演员也将从本地产生！

　　〔众人看着赵梦儿鼓掌。摄像机镜头移向赵梦儿，她的特写投映在幕布上。

赵　梦　儿　（夸张地表演"获奖感言"）是我吗，真的是我吗？我要感谢支持我的观众，感谢栽培我的导演，感谢我的父母，算你们有眼光！我为大家唱支歌——

刘　小　乐　（打断）本台将会全程直播演出盛况，敬请关注。（众人热烈鼓掌，被刘打断，示意大家安静）这是市电视台记者刘小乐，为您现场发回的报道。（众人笑骂）

李　　　想　（对王笑）芳姐呢，怎么还不来？

刘　小　乐　我看她们不靠谱，一个游走于建筑工地的准色情表演团，社会边缘人。

王　　　笑　（踢刘）怎么说话呢！芳姐可是名牌舞蹈学院毕业！要不是吃了那场官司，人家早就在台上大红大紫了！各有各的难处，各有各的活法。人家也是挣钱，职业道德比你那电视台的还好。

舞　者　丙　姐，到了！快点儿，快点儿。

　　〔芳姐舞蹈团一行四人从舞台左侧上。刘小乐操作摄像机，拍摄舞蹈团众人，投上幕布。

李　　　想　芳姐，你总算来了。

舞　者　乙　（指着摄像机）哎呀，电视台的呀？不行，不许录像。

舞　者　甲　别紧张，我们今天不脱，我们搞艺术！（对着镜头搔首弄姿）随便拍。

李　　　想　（对众人）好了，人都到了，大家准备开始！

博　　　士　哎呀，这么漂亮的姑娘你没看见呀？来，先跳一个！

舞　者　甲　行啊，（朝博士妩媚地伸手）拿钱来。

芳　　　姐　对，钱！（找李想）李想，钱的问题是不是该谈一下了。工资已经拖了一个星期，今天无论如何——

王　　　笑　（边说边拉芳姐至舞台左前侧）芳姐，这你放心，我们不是那些商业团体，我们是大学生剧社，我们绝对不会欠你的！

舞　者　乙　你大学生剧社？哎哟！你哪年考上的？你哪个大学啊？

舞　者　们　哎呀，他们没钱，不演了！不演了！

李	想	芳姐，我们申报大学生戏剧节的经费暂时还没有下来。等我们入选，钱一下来，第一个还你们的钱。
芳	姐	不行！
博	士	你就那么有把握能入选吗？
李	想	当然，就我们这个阵容，连芳姐都加盟了，我们不入选，谁还能入选？
博	士	可你选的是什么戏啊？
李	想	易卜生，社会问题剧！人道主义的良心作品！
博	士	社会问题剧。你认为我们的社会有问题吗？
李	想	当然！你看这淮河水黑的……
博	士	淮河水黑吗，淮河水黑吗？我怎么看不见？
李	想	难道你眼睛瞎了？
博	士	电视上有播吗，报纸上有报吗？不要想着往本地政府的脸上抹黑！重要的不是你认为有没有问题，而是剧协的人认为我们不是生活在易卜生的时代。
李	想	芳姐，请你信任我……
博	士	除了人民币，这世界上还有什么可信任的？
王	笑	芳姐，你看，（拉芳姐至舞台中央）这是我们新买的投影设备，李想把自己的房子都押出去了，要是没把握，他傻啊？你就相信我吧。
芳	姐	我不管，今天排完我一定要拿到钱，不然我们以后都不来了。
李	想	（对众人）好了好了，大家抓紧时间换衣服！

　　　　［除李想外，所有的人都下场换装。然后陆续上场，听李想说戏。实际上除了马莎谁也没有听，都在嬉皮笑脸地打闹，对李想的话毫无兴趣。

| 李 | 想 | 上次我们做得很好，但是在对戏的理解上还需要再加深。我们是要参加全省大学生戏剧节的，所以我要再跟你们啰唆几句。我们这个戏讲的是一百多年前，在挪威有一个叫斯多克芒的医官，发现家乡的浴场被污染了，他把这个事实揭露出来。市长，也就是他的哥哥，认为这是给政府抹黑，是断了当地人民的财路。（粤语）阻人揾食啦！一开始，人们把他当作科学的良心，很 |

快,开旅馆的反对他,开饭店的反对他,自由派和保守派的报纸都反对他。最后,他们开了个大会,一致选举他为本地的人民公敌! 可是如果没有斯多克芒,挪威的水就会永远是黑的,就像我们的淮河一样。我们都是住在淮河边上的人。大家看我们的淮河,工业废水和生活废水每天源源不断地排进河里,河水发臭、浑浊,鱼虾死绝! 为什么我们淮河边上就没有斯多克芒呢? 我们每一个人都可以是斯多克芒! 我们要通过易卜生的《人民公敌》把淮河被污染的事实揭露出来! 要让那些污染淮河的资本家产生罪恶感,要让政府意识到对环境的责任! 我们要像易卜生那样,用我们的戏唤起淮河两岸人民抵制污染、治理污染的觉悟! 大家加油!

〔只有马莎一人鼓掌,她突然意识到,快速奔下。灯暗。

李　　想　准备! 第一场,开始!

第二场

〔挪威的小镇浴场和斯多克芒的家。

〔灯渐亮,瓦格纳的音乐响起,幕布上播放一滴水落下的视频。演员们舒服地分散在舞台上或站或坐或躺,假想自己在挪威某海滨城市的一个温泉浴场里。

〔音乐骤高。四个舞者举起幕布走至台前再迅速跑回,放下幕布,同时,斯多克芒、阿斯拉克森、霍夫斯达走至幕前。

众　　人　(七嘴八舌)真舒服!

　　　　　真是太棒了!

　　　　　头发泡完像用了护发素似的!

〔舞者们也从幕后走出。阿斯拉克森将手中的盘子扔给大家跳探戈舞。众人欢呼,将盘子给其中一名舞者,该舞者又将盘子逐一扔还给大家,大家又逐一把盘子扔给斯多克芒。

斯多克芒　(接盘子)你们去泡过冰泉浴吗? 冰泉浴里可是有矿物质的!

Part 1

斯 多 克 芒　（拿着所有人的盘子）来吧，吃点儿，肉，不然可就没有了！

　　　　　　［斯多克芒太太从左侧台口上，端着一个放满刀叉的镜子。伴舞
　　　　　　人员迅速用小碎步集体往舞台右侧移动，同时眼睛紧紧盯着斯
　　　　　　多克芒太太。音乐起，斯多克芒太太扭转身体，将镜子上的刀叉
　　　　　　撒在地上。伴舞人员一拥而上，争抢刀叉。六人握着刀叉面对
　　　　　　斯多克芒太太排成两行斜排，"哈"的一声，同时做出悬空插下刀
　　　　　　叉的姿势。斯多克芒太太用手中的镜子逐一去照伴舞人员的
　　　　　　脸，被照到的人迅速转头用手臂遮挡。照射之后，六名伴舞慢慢
　　　　　　回身，轻轻一声"哈"，再次做出悬空插下刀叉的姿势。

Part 2

　　　　　　［市长从右侧台口上。六名伴舞皆转头看着市长。他们渐渐将
　　　　　　整个身体都转向市长，并收起刀叉。斯多克芒太太上前几步，用
　　　　　　镜子去照市长，然后渐渐退回。

斯 多 克 芒　啊！一个惊喜——我亲爱的哥哥。到这儿来，我正在请客呢。

霍 夫 斯 达　（弯下腰，谄媚地伸出手）市长大人，您好！（市长随意地握了一
　　　　　　下他的手）

阿斯拉克森　（奔至市长面前，弯下腰，谄媚地伸出手）市长大人，您好！（市长
　　　　　　轻碰了一下他的手）

市　　　长　你们好。我不会待很久，在这儿说几句话就走。

　　　　　　［斯多克芒兄弟对话，众人偷听。

斯 多 克 芒　你到这儿来吃些烤肉，再来点儿酒。

市　　　长　不，谢谢。吃烤肉不消化，再说我也从来不喝酒

斯 多 克 芒　还是留下来吧，哥哥，加入这些开通活泼、热爱自由、勤苦工作的
　　　　　　朋友们。

市　　　长　（厌恶的）你跟这帮人打交道，托马斯。那个尖嘴猴腮的霍夫斯
　　　　　　达，是急于成名的穷光蛋，旁边那个阿斯拉克森，是仇恨浴场外
　　　　　　来股东、做梦都想取而代之的野心家。

斯 多 克 芒　彼得，你虽然是个市长，可是你活得并不十分快乐。

市　　　长	是吗？我来是要告诉你一些重要的事。有这些人在你身边，你也别想快乐！你得留点神，早晚你会吃大亏。
斯多克芒	彼得，你简直疯了。你把事情完全看错了。
市　　　长	现在我提醒你了，听不听由你。再见吧。
斯多克芒	彼得，我要证明你是错的。

Part 3

太　　　太	（吃惊地）我从窗户看到他已经走了。出什么事了？
斯多克芒	他脾气太坏。
太　　　太	托马斯，你又把他怎么了？
斯多克芒	我，我能把他怎么样啊？

Part 4

　　　　　　〔裴特拉举着一封信从左侧台口上。

裴　特　拉	晚上好。爸，这儿有你一封信。（舞者：信！信！信！）
斯多克芒	（把信抢过来）快把信给我。（舞者：信！）对，对，一点不错！（舞者：信！）
太　　　太	托马斯，你急着追问的就是这封信吗？（舞者：信！）
斯多克芒	正是。（舞者：信！）好，好，失陪一会儿。（从舞台右侧下）（舞者：信——！）

Part 5

霍夫斯达	我倒是很好奇，这到底是一封什么样的信呢？
太　　　太	一定是医学上的事情，他等这封信都等了一个星期了。
霍夫斯达	（贪婪的）哈，要是今晚我能从这里带一条有趣的新闻发表在明天的报纸上那该多好。
裴　特　拉	你那张报纸和我们学校差不多。
霍夫斯达	没错，我们都是人类灵魂的工程师。
裴　特　拉	你难道还不明白——我们经常把一大堆自己都不信的话告诉孩子们？
太　　　太	裴特拉。

［停顿。

霍夫斯达　我很遗憾裴特拉小姐这样看待《人民先锋报》，我的办报方针是：事实和正义高于一切。（舞者：事实！事实！正义！正义！……）

阿斯拉克森　没有我们本地读者的支持，就靠你那个事实和正义，你的报纸一天也办不下去。

霍夫斯达　阿斯拉克森先生，就算你是人数众多的房主联合会的主席，可你还不是本地最有影响的人物。

阿斯拉克森　谁比我们本地的中小资产阶级更有影响？

舞　者　温泉浴场的董事会！

阿斯拉克森　哼，那些外来的暴发户！走着瞧吧。

Part 6

　　　　　　［斯多克芒从右侧台口上，手里举着一封拆开的信。

斯多克芒　（摇晃着那封信）新闻来了，地方上要热闹了！

　　　　　　［众人围住斯多克芒，伸手抢他的信。

霍夫斯达　真的有新闻了？

太　太　什么新闻？

斯多克芒　一个大发现，凯特！

霍夫斯达　真的吗？

太　太　又是你发现的？

斯多克芒　一点不错——是我发现的！

裴特拉　爸，快告诉我们到底是怎么回事吧。

斯多克芒　别忙，别忙，我会把事情全都告诉你们。可惜彼得不在这儿！这件事可以证明，我们发议论、下断语简直就是鼠目寸光——

霍夫斯达　您这话什么意思，斯多克芒大夫？

斯多克芒　是不是大家都说，咱们这城市新建的浴场是个极干净极卫生的地方？

霍夫斯达　当然，我记得有一次在庆祝大会上，我还夸这浴场是"咱们城市的活心脏"呢——

斯多克芒　可是你知道不知道，这座规模宏大、富丽堂皇、费用浩大、人人称赞的浴场究竟是什么东西？

阿斯拉克森　　（思考）一棵摇钱树

霍 夫 斯 达　　（思考）一件本地的支柱产业。

斯 多 克 芒　　（思考）它是——它是——传染病的窝儿。

众　　　　人　　（大受惊吓）什么？传染病的窝儿？传染病的窝儿？传染病的
　　　　　　　　窝儿？

斯 多 克 芒　　是的，它是传染病的窝！

裴　特　拉　　是浴场吗？

太　　　　太　　（同时）我们的浴场？

霍 夫 斯 达　　可是，斯多克芒大夫——！

斯 多 克 芒　　老实告诉你们，这个浴场像一座外头刷得雪白、里头埋着死人的
　　　　　　　　坟墓——肮脏到了极点！从磨坊沟流出来的那些臭气熏天的东
　　　　　　　　西把自来水管道里的水都弄脏了，并且这种害人的毒水还在海
　　　　　　　　滩上渗出来——

霍 夫 斯 达　　就在海滨浴场那儿？

斯 多 克 芒　　一点不错。

霍 夫 斯 达　　你怎么知道得这么清楚，斯多克芒大夫？

斯 多 克 芒　　我早就动过疑心。去年病人中间就发现过几种奇怪的病症，当
　　　　　　　　时我们还以为是疗养病人自己从别处把病带来的。可是过了几
　　　　　　　　个月——到了去年冬天——我才渐渐地觉得不是那么回事了。
　　　　　　　　所以我就动手化验浴场的水。

太　　　　太　　原来你一天到晚忙的就是这个！

斯 多 克 芒　　嗯，凯特，可是那时候我手里的科学仪器不够用，所以我就把咱
　　　　　　　　们这儿喝的水和海水都取了些样品，送到大学，请一位化学专家
　　　　　　　　仔细分析。

阿斯拉克森　　专家的化验报告你收到没有？

斯 多 克 芒　　（把信给阿斯拉克森看）这就是！这个报告确确实实证明了泉水
　　　　　　　　里含着腐烂性有机体——千千万万的细菌。这种水，不论是喝
　　　　　　　　下去或是外用，对于人的健康都有绝对的损害。

太　　　　太　　上帝！幸亏你发现得早。

霍 夫 斯 达　　现在你打算怎么办呢，斯多克芒大夫？

斯 多 克 芒　　那还用说，当然得动手整顿喽。

霍夫斯达　　你觉得有法子整顿吗？

斯多克芒　　无论如何，非整顿不可。要不然，整个儿这座浴场就没用了，就白糟蹋了。可是不用担心，我心里很有底，我知道该怎么着手。

太　　　太　　托马斯，可是你为什么把事情对家里人都瞒得这么紧？

斯多克芒　　在得到证实之前，谁都不能告诉。你们等着瞧这场热闹吧！你想，所有的水管子都得重新安装！

霍夫斯达　　所有的水管子——？

斯多克芒　　是的，当然。水管的入口太低了，一定得拆了重新安装得高高的。

裴　特　拉　　爸，你从前的话到底没说错。

斯多克芒　　是啊，裴特拉，你还记不记得？当初他们动工的时候，我就写文章反对他们不考虑到可能产生的污染。可是那时候，他们只想着节省投资，尽快开业赚钱，谁都不听我的话。现在我要对他们开火了——我已经给董事会写了个报告。

裴　特　拉　　爸，你看彼得伯伯看了信会有什么话说？

斯多克芒　　他有什么话可说？他知道了这么个重要发现一定很高兴。

霍夫斯达　　斯多克芒医生，《人民先锋报》应该在推进地方公益事业的方面扮演一个重要的角色，你能不能把你的发现和计划交给我们发表？

斯多克芒　　行！

霍夫斯达　　明天我就把它发表在报纸上。

斯多克芒　　谢谢！（两人握手）

阿斯拉克森　　应该叫那些既操纵浴场又不负责任的外来大股东走人！温泉是本地人民的资源。我代表本地房主联合会的全体会员，谢谢你，斯多克芒医生！

斯多克芒　　（和阿斯拉克森握手）谢谢！

阿斯拉克森　　我们这个人数众多的联合会是你结实的后盾！

霍夫斯达　　对，而且我提议地方上应该给斯多克芒大夫记一大功！

斯多克芒　　喔，哪儿的话！我不过尽我的本分罢了。

裴　特　拉　　（举杯）爸，敬你一杯！

斯多克芒　　谢谢你，宝贝。

霍夫斯达　　敬你一杯，斯多克芒大夫！

众　　人　（仰头对斯伸手示意）敬你一杯！

斯多克芒　多谢，多谢，诸位好朋友！我真是说不出的高兴！一个人给本乡、本地人尽了点力，心里真痛快！

太　　太　（对观众欢呼）托马斯！

　　　　　［音乐渐停。

第三场

　　　　　［仓库排练场。

　　　　　［灯光大亮。扮演斯多克芒的李想还站在桌上。

博　　士　停！

　　　　　［李想从桌上下来。众人脱戏装，换回自己的衣服。

博　　士　你把赵梦儿的戏都改成什么样了？易卜生的剧里有这面镜子吗？你把台词都删了，光让她拿镜子左照右照，她能拿到最佳女演员吗？

李　　想　我让凯特拿着镜子是为了让大家从镜子里看到自己的理想主义。

博　　士　一切镜子都只能使我看到自己肮脏的灵魂。斯多克芒这个角色你到底懂不懂？

李　　想　我怎么不懂？他揭露了地方的污染，政府反对他，资本家反对他，媒体反对他，全市人民都反对他，但是他坚持环保，坚持真相，是个顶天立地的英雄！

博　　士　易卜生死了有多少年了？在他以后，有过弗洛伊德，有过两次世界大战，有过希特勒，有过斯大林，有过柏林墙的树立，也有过柏林墙的倒掉，还有过"9·11"！这个世界早已就没有这样的英雄！

李　　想　我是导演。你那是虚无主义。

博　　士　虚无主义？导演？（抓起桌下的《人民公敌》剧中的道具刀叉往桌上一放）你这满台的刀呀叉的，伤了人怎么办，你给我们买保险了吗？

李　　想　等钱批下来大家都买上保险。

博　　士　钱批下来之前谁赔？保险公司是你家开的？

王　　笑　（冲上，抓着博士的衣领把他丢出去）你是来演戏的还是来找碴
　　　　　的？我第一天就他妈的看你不顺眼！

博　　士　这是个大学生剧社，你谁啊？

　　　　　〔王笑再欲冲上，被李想拽住。

博　　士　（对李想）我做这个剧社的时候你还在上初中呢，关键是戏不能
　　　　　这么演！梦儿是在中国，受的是现实主义的表演训练，你拿德国
　　　　　导演那些时髦玩意儿，戏剧节评委懂吗，他们能懂你这面镜子
　　　　　吗？梦儿，实话跟你说，照这样演，你就是上了大学生戏剧节，你
　　　　　也拿不了奖！

舞　者　丙　饿死了！饿死了！

舞　者　们　饿死了，饿死了，什么时候开饭啊！

刘　小　乐　姑娘们，姑娘们！我管饭！（打电话）喂，我刘小乐，我们的饭半
　　　　　个小时前就该来了……老规矩，先赊着嘛！……什么？哎呀，我
　　　　　们很快就有钱了，你再缓几天、缓几天，你要不送饭，我们欠账可
　　　　　就不给了啊！……什么？法院，法院？……哎，哎——（电话挂
　　　　　断）李想，他们说不还清欠债不送饭了。

舞　者　丙　芳姐，他们连吃饭的钱都没有了，那我们——

芳　　姐　李想，不然你赶快把钱结给我，我们还要赶场呢。一人一天两
　　　　　百，四人八百，排了一周，你得给我五千六。

李　　想　芳姐，我们有我们的难处，等下周我们的钱批下来，我立刻给你。

　　　　　〔刘小乐操控摄像机，把李想和芳姐投上大幕。

芳　　姐　当时不是说好的吗？一天一结，看你们是学生，又是做艺术的，
　　　　　我已经让你缓了一周，不能再缓了。

李　　想　什么？不是说演完一起结的吗？

芳　　姐　不可能，我从来都是一天一结的，这我当时都跟王笑说清楚了！

李　　想　可王笑跟我说——

王　　笑　（王笑拉过芳姐，满口袋掏钱，舞者丙凑上前）来来，芳姐，（拿出
　　　　　一堆零钱）我给你钱，这些你先拿着。

舞　者　丙　这点钱哪够啊！（收钱）

芳　　姐　李想，你不能这样。你看看这些姑娘，都长得好、跳得好，她们要
　　　　　是有钱一样上大学、一样搞艺术，谁都不比你们差！

李　　想　芳姐……

芳　　姐　谁有口饭吃会来干我们这行？（拉舞者乙）这个姑娘，她弟弟跟你一样也是个大学生，就等着钱交学费呢。

　　　　　〔芳姐示意舞者乙，舞者乙会意，跪倒在李想脚边大哭。

舞　者　丙　（拉过舞者甲）还有她，爸爸去世得早，妈妈长期住院，床位每天都是钱，就指着她一笔一笔地攒，你要有点良心的话，就不能拖我们的钱！

　　　　　〔舞者甲、乙在李想脚边大哭。李想扶了左边扶右边，但两人都不肯起。

博　　士　表现主义是很昂贵的，没钱玩什么表现主义。

王　　笑　（拉芳姐至舞台中央）芳姐，戏过了吧！我们一直把你当个艺术家，你可别把我们当成包工头呀！

芳　　姐　我现在还是个艺术家吗？

王　　笑　你曾经是个艺术家，你拿过那么多的奖！

芳　　姐　可我现在不是了！生活的难处谁都有……要不是看你们在做艺术，一个人一天两百这么低的价钱谁会愿意？芳姐也欠着债呢，我真的已经尽力了。算芳姐求你，就把钱结给我吧。行不行！

马　　莎　（把一叠现金递给芳姐）芳姐。

　　　　　〔停顿。大幕上是马莎的特写。主题曲响，"欲望是牢笼我被捕获在这里，我们虚伪地高举正义，伸出铁栏彼此干杯。贪婪是罗网我被驯化在这里，我们悲哀地践踏青春，和他们一起胡作非为"。

　　　　　〔芳姐看看钱，看看马莎，看看李想，李想逃避地蹲下。王笑接过钱，数了数。

王　　笑　（把钱塞给芳姐）芳姐，一万，下星期的也在里面了。

　　　　　〔芳姐接过钱，和其他舞者一起走向李想。

芳　　姐　谢谢。

　　　　　〔舞者甲向博士飞吻。舞蹈团下。全场沉默。

刘　小　乐　李想，我有事要先回台里一趟。

李　　想　行，今天就这样吧。

王　　笑　孟非今天还来你们台里吗？

刘　小　乐　来，肯定来。

王　　　笑　我能见见他吗？

刘　小　乐　没问题。

王　　　笑　能摸摸他的光头吗？

刘　小　乐　孟非，我哥们儿！想怎么摸就怎么摸。

　　　　　　　〔刘、王二人下。

赵　梦　儿　马莎，你怎么会有这么多现金？

马　　　莎　不是都闹了好几回了吗？再不备下点钱，眼看戏就排不成了。

李　　　想　哥，哥！我们这个剧社是你带出来的，你是我们的前辈，我们这
　　　　　　点东西一半是在课堂上跟老师学的，一半是在剧场跟你学的。
　　　　　　你有什么不满可以直接说出来。

博　　　士　你这个戏现在还做得出来吗？欠这么多债怎么还？

李　　　想　如果我们能入选大学生戏剧节，学校就会报销我们做戏的经费。
　　　　　　如果我们能在戏剧节上获奖，我们还能得到一笔奖金。

博　　　士　如果，如果，鸭子还在天上飞呢，你就等着这盘菜把客都请下啦？
　　　　　　我跟你讲，你不会入选。

李　　　想　怎么可能？我们是省内最好的学生戏剧团体。

博　　　士　幼稚！这个戏不会被接受的。

李　　　想　电视台都支持我们，刘小乐还要给我们拍纪录片，还要上省台
　　　　　　播呢！

博　　　士　电视台知道你们演什么吗？

李　　　想　环境保护本来就是我们国家的一项基本国策！

博　　　士　没那么简单。白云造纸厂是咱们市里的纳税大户，它要是关了，
　　　　　　政府要少收多少钱，多少人要丢饭碗？

李　　　想　我没想让它关门，但它的治污设备必须打开！不能只有在上级
　　　　　　检查时才开，没有检查就不开！

赵　梦　儿　李想！

博　　　士　你怎么知道人家不开？

李　　　想　马莎帮我拿到了他们污水处理车间的用电量。

博　　　士　你这个理想主义者怎么什么都做得出来啊！你知道治污设备开
　　　　　　一天要多少钱？每天要增加多少生产成本？别人都不开，只有

		它一家开，在利润至上的竞争市场里，它能办得下去吗？我就问你一句，在你和马莎他爸之间……
马	莎	你别提我！
博	士	你觉得市长会支持谁？我敢肯定，剧协不会选你，就算他们想选，市长也不会答应！
李	想	要是这样的话，那我就更要把这个戏做出来了！易卜生是怎么写的，"他们要是不让我用会场，我就借一面鼓，一边敲一边走，在街头巷尾朗读我的文章！"
博	士	市长比你更了解他的市民，"全城没有一个人会跟你走"。
李	想	梦儿，凯特是怎么说的？
赵 梦 儿		……
李	想	梦儿？
赵 梦 儿		"托马斯，别害怕，我叫两个孩子跟你走。"
李	想	你会吗？你会跟我站在一起吗？
赵 梦 儿		我不知道。
马	莎	（对赵梦儿）剧本不是这样的！"可我会站在窗口一直看着你和孩子们"。（停顿，对李）"可我会站在窗口一直看着你和孩子们"。
博	士	理想主义是最好的荷尔蒙啊！凭什么？凭什么别人都要为你的理想牺牲？你以为你有这个权力要求别人都为你的理想牺牲？赵梦儿的理想是当一个演员，一个女演员没有几年，她必须尽早被她的行业承认。你以为她参加你这个戏是因为爱你，爱你的理想？根本不够！你既不是她爱上的第一个人，也不会是她爱上的最后一个人。
赵 梦 儿		（冲博士）你神经病啊！
博	士	重要的是在戏剧节上拿奖！最佳女演员！她需要一个机会。（对赵梦儿）你自己说，是不是这样？如果这个戏不能入选戏剧节，你还参不参加？
李	想	照你说该怎么办呢？
博	士	照我说，演官方提供的本子！大学生村官，官家资助八十万！我来导演，你演主角，赵梦儿演女一号，保证参加戏剧节！不行你来当导演，我无所谓。只要我们把钱用在刀刃上，刀刃你懂吗？

保证获奖！

李　　想　博士，你今年到底多少岁了？

博　　士　这是个秘密。

李　　想　你才三十出头，怎么就和这个世界一样老朽了呢？

博　　士　梦儿，好好劝劝他。

赵　梦　儿　前年你排的《残疾英雄》，去年你排的《顶天立地》，有人看吗？一张票都卖不出去！我的同学没一个人愿意去看，最后还是向中学里借了八百个观众才演得成戏。你那个也好意思叫艺术？

博　　士　我这不叫艺术，他这个倒是可以叫艺术，但拿不到奖！

赵　梦　儿　奖是你发的？你怎么知道拿不到奖？

李　　想　博士，人各有志，我们分道扬镳吧。

博　　士　我还缺你和梦儿。"青青子衿，悠悠我心，但为君故，沉吟至今。"我可以等。

马　　莎　（冲上去对博士）我讨厌你！

　　　　　〔马莎下。快速收光。

第四场

　　　　　〔仓库排练场。

　　　　　〔音乐起，灯渐亮，赵梦儿和李想在幕布后，被王笑拍摄，投映在幕布上。

李　　想　梦儿，我会不会是你的最后一个？

赵　梦　儿　（笑）你也太老土了吧，这个问题重要吗？

李　　想　对我很重要！

赵　梦　儿　比你的戏，更重要？比你的理想，更重要？

李　　想　这不矛盾。

赵　梦　儿　李想，你会不会为了我……放弃你的《人民公敌》？

李　　想　这个问题是不存在的，我们有最强的大学生演出阵容，而且是易卜生啊！你不觉得易卜生这个戏就说的是我们中国吗？东方和西方的差异是不重要的，重要的是时代差异。我们正在走出中世纪！我们这个戏是形式上的表现主义，精神上的现实主义。

		我们是中国最好的!
赵 梦 儿		那我会是最佳女演员吗?
李 想		你对你自己有没有信心?
赵 梦 儿		我有,我当然有!说不定哪天,我的男神宁浩、娄烨会选中我;说不定哪天,李安伯伯也会请我演他的戏;说不定哪天,詹姆斯·卡梅隆会向我发出邀请哦!有一天夜里,我梦见,新街口、南京路、王府井全是我的巨幅海报!
李 想		梦儿,你也太老土了,应该是在时代广场,在香榭丽舍大街!
赵 梦 儿		今天,我以南大为荣,(李想同时:"明天,南大以你为荣")明日,南大以我为荣!
李 想		那时候,你还会再演我的戏吗?
赵 梦 儿		去跟我的经纪人谈吧。
李 想		梦儿,在成名和我之间,你选择谁?
赵 梦 儿		这不矛盾。
李 想		今天,我想让你选一次。
		〔赵梦儿吻李想。众人起哄上。
众 人		什么呀!
		少儿不宜啊!
		乡亲们闭眼啦!
		咱们这个戏没有床戏吧!
王 笑		(拿摄像机从幕后上)谁啊!谁啊!你们不能晚点上啊,你看,以下省略三百字了吧!
众 人		三百字哪够呀!
舞 者 乙		(学李想)梦儿!在成名和我之间,你选择谁?
舞 者 甲		(学赵梦儿)这不矛盾啊!
舞 者 乙		(学李想)今天,我想让你选一次!
		〔舞者甲、乙把舞者丙当作幕布,躲在她身后作接吻状。李想换好戏装上。
李 想		行了行了,都没见过啊!
众 人		没见过!
李 想		赶紧,排戏!排戏!我们今天的戏是关于斯多克芒兄弟的,一个

医生，一个市长。这段戏主要表现一个科学家是怎样被一个政客打败的。我们准备，开始！

［众人下。

第五场

［斯多克芒的家。

［斯多克芒和他的市长哥哥在争吵，舞者在他们之间穿梭，强化着他们语言和情绪的节奏。

市　　长　昨天下午，我收到了你写的一篇讨论浴场水质的文章。

斯多克芒　那你的看法是什么？

市　　长　（顿了一顿）你调查这些事儿，是不是非得瞒着我才行？

斯多克芒　是。因为没有绝对把握。我——

市　　长　你是说你现在有了绝对把握？

斯多克芒　你看了我那篇文章一定可以信得过我。

市　　长　你是不是打算把报告当作正式文件提交给浴场董事会？

斯多克芒　当然。这件事总得想个办法——而且越快越好。

市　　长　跟平常一样，你在报告里的措辞还是那么激烈。除了好些别的话，你还说，咱们浴场供给疗养病人的是一种慢性毒药。

斯多克芒　彼得，不这么说，应该怎么说？你想——浴场的水，不论是喝是用，全都有毒！

市　　长　今天早晨，我找了个借口去拜访市政工程师，并且半真半假地露了点口气，只说将来咱们可能考虑这些改建计划。

斯多克芒　将来！

市　　长　市政工程说，你那些说法纯粹是无谓的浪费。你知不知道这个工程要花多少钱？听工程师的口气，那笔费用说不定要好几个亿。最糟的是，这些工程至少得花两年功夫，至少两年。这两年里头咱们把浴场怎么办？是不是关门？恐怕除了关门没有别的办法。你想，要是大家知道水里有毒，谁还肯来？偏偏又凑到咱们浴场办得这么顺利的当口！那我们的买卖就完了，全城人民花了这么大本钱的买卖整个儿完了，那你就害了本地人啦。

斯 多 克 芒　我——我害了——！

市　　　长　是的。只有靠这浴场，咱们这地方将来才能有点指望。这一点你也不是不知道。

斯 多 克 芒　那你说该怎么办？

市　　　长　你的报告还不能让我相信浴场的情形真像你说的那么严重。

斯 多 克 芒　老实告诉你，也许比报告里说的更严重——到了夏天，天气一热，情形一定更严重。

市　　　长　我再说一遍，我觉得你把事情说得太过火。眼前的自来水设备是个既成事实，我们就应该把它当成既成事实处理。

斯 多 克 芒　你是让我帮着别人干这种欺骗的事吗？

市　　　长　欺骗？你觉得这是欺骗吗？

斯 多 克 芒　这种办法当然是欺骗——欺骗、撒谎，这是对于公众、对于整个社会的重大罪行！

市　　　长　刚才我已经说过了，我不相信眼前真有这么大的危险。

斯 多 克 芒　你不会不信！你不能不信！我的实验和论证非常清楚，使人不能不信。彼得，我总算看出来了，你心里非常明白，就是嘴里不肯承认你们当初犯下的这个大错误——这个荒唐的大错误！呸！你当我没有看透你的心眼儿？

市　　　长　就算是吧，又怎么样？就算我顾虑我自己的名誉，我也是为了公众的利益。没有道德威望，我就不能照着我认为对于公众有利的方式处理事情。因此——为了这个原因和许多别的原因——我绝不能让你把报告提交给董事会。为了公众的利益，你的报告绝不能提出来。过些时候，我再把问题提出来讨论，咱们可以私下想个最好的办法。但这件倒霉事绝不能传到大众耳朵里，一个字都提不得。

斯 多 克 芒　彼得，现在要人家不知道，已经不可能了。

市　　　长　这件事绝不能让别人知道。

斯 多 克 芒　不中用了，知道这件事的人已经太多了。

市　　　长　知道这件事的人？谁？不会是《人民先锋报》的那批人吧？

斯 多 克 芒　是他们，他们知道了。自由、独立的报纸要监督你尽你的职责。

市　　　长　（短暂停顿）你这个人太有想法，托马斯。你也不想想，这件事会在你自己身上发生什么后果？

斯多克芒　后果？我身上的后果？

市　　长　在你自己身上，在你们一家子身上。是的，不错。

斯多克芒　你这话是什么意思？

市　　长　我认为我一直在用一个兄长的方式对待你，我不是一向都愿意帮助你的吗？

斯多克芒　不错，我也很感激。

市　　长　我不是要你感激，我要你替我想一想：对于一个身居要职的官员来说，自己家里人一次又一次地连累他，真是痛苦。

斯多克芒　你说我连累你？

市　　长　太遗憾了，你干了些什么自己都不知道吗？你这个人太极端、太激进，没完没了。并且你还有一个很危险的毛病，就是要把每一个可能不可能的事都写下来。一旦有了一个想法，你马上就在报纸上发表文章，或者为了它写整整一本小册子。

斯多克芒　一个人发现周围有人在撒谎，他把事实的真相告诉公众，这难道不是公民的责任吗？

市　　长　公众用不着事实真相。公众只要有政府提供的说法，日子就可以过得挺不错。

斯多克芒　你敢公然这么说？

市　　长　是的，今天我就跟你直说。托马斯。你知不知道爱管闲事自己会吃多少亏？你满眼尽看些"皇帝的新装"，难道你这人永远都长不大？

斯多克芒　可是，为什么你们要撒谎呢？为什么你们不穿上一套真实的衣装遮好你们的屁股呢？

市　　长　我们希望，在进一步调查后，你必须对外声明浴场的情形并不像你最初看得那么严重，你的那篇报道纯属造谣。

斯多克芒　哦！你们希望我这么做？

市　　长　是的。

斯多克芒　我告诉你，我拒绝。我把我的真实确切的信念告诉你，我的信念是——

市　　长　作为一个公务员，你不配有个人的信念！

斯多克芒　(吃惊的)不配有——?

市　　　长　我说的是,作为一个公务员。如果你是一个普通人就另当别论。但是作为浴场的下级官员,你不配发表跟你上级相反的意见。

斯多克芒　(朝市长冲去,欲出拳打他)这太不像话了!我是个医生,是个科学家,我不配——(被众舞者推倒在地)?

市　　　长　你首先是个公务员,然后才是个科学家!(对斯多克芒伸出手)

斯多克芒　(犹豫要不要抓住市长哥哥伸出的手,最终还是自己爬了起来)不管我是什么,我都要说实话!

市　　　长　只要不牵涉浴场问题。在浴场问题上,我们不准你多嘴。

斯多克芒　你们不准——!你们!你们!一群(抬起拳头)——

市　　　长　我不准——我是你的上司。我的命令你不能不服从。

斯多克芒　(控制自己)彼得,要是你不是我哥哥——

裴　特　拉　爸,别忍这口气!

市　　　长　(掀开幕布,看见斯多克芒太太和裴特拉正站在幕后)哦!原来你们在外头偷听!

太　　　太　你们说得那么大声,想听不见都难。

裴　特　拉　我是成心在听的。

市　　　长　好,反正我也很乐意——

斯多克芒　刚才你对我说什么"不准",什么"服从"?

市　　　长　是你逼得我不得不那么说。

斯多克芒　难道你要我当着大家的面打自己的嘴巴?

市　　　长　我们认为你必须按照我刚才说的话发表个声明。

斯多克芒　要是我不照办呢?

市　　　长　那我们就自己发表个声明,好让大家安心。

斯多克芒　好,好,那我就写文章反驳你们。我要坚持我的意见,证明我是对的,你们是错的。那时候看你怎么办?

裴　特　拉　爸,你是对的,他们是错的!

太　　　太　裴特拉!

市　　　长　到那时候我就拦不住他们免你的职。

斯多克芒　什么——!

裴　特　拉　免职!

太　　太　免职！

市　　长　对，一点儿都不错，免掉你在浴场的职务。只要我想，我现在就可以正式通知你，从此以后浴场的事情你不能再过问。

斯多克芒　你真敢这么办！

市　　长　是你逼着我走这一步棋。

裴　特　拉　伯伯，你这么对我爸，简直丢人！

太　　太　少说话，裴特拉！

市　　长　（瞧着裴特拉）哦，咱们自己家里有人说话了？当然，当然！（走至斯多克芒太太身边，伸手碰她的肩，斯多克芒太太躲开）弟妹，我看你们一家子只有你最明白事理。（斯多克芒上前隔在他们之间）好好劝劝你丈夫，让他仔细想一想，这件事闹出来会连累他的家庭和——

斯多克芒　我的家庭是我自己的事！

市　　长　和他的家乡。

斯多克芒　哼！真正关心家乡的人是我！我要揭穿这件早晚要暴露的坏事。

市　　长　可你这是想切断繁荣本乡的根基！

斯多克芒　根基已经中毒了！咱们现在是靠着贩卖肮脏腐败的东西过日子！咱们这个繁荣的社会整个儿就建立在欺骗的基础上！

市　　长　这都是胡言乱语——也许还别有用心吧。像你这么个散播谣言来糟蹋本乡的人，就是人民的公敌。

斯多克芒　（冲上去欲打市长）你敢——！

太　　太　托马斯！

裴　特　拉　爸！

市　　长　我犯不上跟你动武。反正我警告过你了，仔细想想怎么才对得起你自己和你的家庭。再见。（下）

斯多克芒　（走至舞台中央）There is no right, left. And we have—

　　　　　〔霍夫斯达和阿斯拉克森用卷起的大幕，绞杀斯多克芒。

太　　太　住手！

裴　特　拉　爸！

　　　　　〔斯多克芒被逼到大幕后。

[灯暗,音乐起。白幕后亮起一束光,斯多克芒的身影被投射到白幕上。

[舞台被蓝光照亮,凯特、裴特拉、霍夫斯达、阿斯拉克森和众舞者在白幕前表演。

斯多克芒 他骂我是人民公敌! 他骂我! 我绝不甘休! 我绝不饶他们!

太　　太 托马斯,可是你哥哥他有权有势——

斯多克芒 他是有势力,但我告诉你,我有公理。

太　　太 是,公理,是吗? Oh, yes, right, left? 要是你没有势力,哪有什么公理?

裴　特　拉 喔,妈妈——你怎么说这种话?

斯多克芒 什么? 你说在自由社会里,没有公理? 太荒唐了,凯特! 再说,我不是还有自由独立的报纸给我打先锋,结实的多数派给我做后盾吗? 这点势力就足够!

太　　太 天啊,托马斯! 你的意思是——

斯多克芒 我的意思?

太　　太 你是不是想跟你哥哥作对?

斯多克芒 你不叫我坚持正义和真理,叫我干什么?

裴　特　拉 是啊,我也要问这句话。

太　　太 反正是白费劲儿。要是他们不愿意答应,就是不答应。

斯多克芒 哦,凯特! 给我点时间,看我怎样把这一仗打到底。

[裴特拉跪坐在舞台右侧发短信。白幕上出现短信内容:“他们跟我父亲说话的时候好像关心的只是公众的幸福。我责备那些跟我父亲作对的人是因为他们对我父亲的态度不老实,他们欺骗了我父亲,也欺骗了我。他们这些人里外不一致。这一点我永远不能饶恕他们。”

[同时:

太　　太 不错,打到人家免你的职,这才是必然的结果。

斯多克芒 我无论如何要对社会尽责任,对人民尽责任。对,就是我,一个被骂作人民公敌的人!

太　　太 可你要把家庭怎么办,托马斯? 你自己的家庭! 难道你这就算对老婆孩子尽责任吗?

裴　特　拉　喔，妈妈，别老把咱们的事情放在前头。

太　　　太　你说得倒容易，到时候你自己是可以设法应付。可是托马斯，你也该顾一顾孩子们，也该替你自己还有我想一想——

斯多克芒　凯特，你简直是在说疯话！要是我这么懦弱，在彼得那伙人面前低头不抵抗，往后我还能再过一天快活的日子吗？

　　　　　〔斯多克芒仍然站在白幕后，太太被投影在大幕上。白幕前，一个舞者用舞蹈表演着他的不屈服。

太　　　太　（对这个舞者）你会再次发现自己没有办法生存，没有固定的收入。在过去的日子里，那种滋味咱们已经尝够了！别忘了，托马斯，想想这意味着什么——的确，他们对付你的手段是卑鄙。可天知道，这世界上不公平的事多着呢。想想孩子们！托马斯，往后他们该怎么办呀？

斯多克芒　是啊，如果一个人没有足够的钱养家，那他最好不要坚持说真话——可是，将来孩子长大成人之后，我得有脸见他们——

　　　　　〔霍夫斯达、阿斯拉克森和众舞者一齐拿刀插向扮演斯多克芒的舞者。裴特拉冲过去将他们逐一推倒，她把刀猛地插在桌子上。

裴　特　拉　爸，你真是棒极了！（看自己的手，发现手上沾满血迹）

第六场

　　　　　〔仓库排练场。
　　　　　〔亮起日常光。倒在地上的演员爬起来。舞者收拾刀叉、整理白幕。

王　　　笑　（对马莎）好！好！演得真他妈好！

赵　梦　儿　王笑，你干吗呀，我的戏还没演完呢！

王　　　笑　有的人太能演，假惺惺得让人恶心！

李　　　想　王笑，你今天到底怎么回事，排练时心不在焉，现在又说这种阴阳怪气的话。

王　　　笑　我心不在焉？我就拉个破帘子，有什么好专心的？嫌我演不好别在我这儿排，你们现在就赶紧拿上东西走，我要拉电闸！

　　　　　〔王笑从左侧下，拉闸，灯暗。王笑上，马莎下。

李	想	王笑!
舞	者	呀,没电了!
芳	姐	李想,我们还要赶场,先回去了,你们自己的问题解决好了再给我打电话。
李	想	芳姐,你们不能走啊。

　　〔芳姐带舞者下。灯复亮。马莎上。

李	想	(对王)王笑,你这是什么意思?
王	笑	快走! 以后别来了!
李	想	我们戏排得好好的,你到底怎么了?
王	笑	今天是最后一天,以后都别来了!
马	莎	你别太过分!
王	笑	(对马莎)你他妈的给我闭嘴! 滚!
李	想	王笑,你吃错药了吧?
王	笑	今天早晨我就想告诉你了,但我实在开不了口。可刚看到她这恶心样——
马	莎	我怎么了? 我怎么了?
王	笑	我告诉你哥,实在对不住,今天是最后一次用这仓库了。
李	想	到底怎么啦?
王	笑	我爸被开除了!(开除通知单摔给李想)
赵 梦 儿		啊? 不会吧!
李	想	这到底怎么回事?
博	士	早晚的事。
王	笑	我们被人给卖了。马大老板知道我们在他家仓库里排戏,知道我们排什么戏,知道我们为什么排这个戏,我爸就下岗了。
博	士	我早就说过,你斗不过资本家。
刘 小 乐		我们能不能再找个地方排?
王	笑	好,赶紧去找!
赵 梦 儿		找到这地方很不容易了,再去哪儿找啊? 有钱付租金哪儿都能找到,没钱哪儿都找不到。
刘 小 乐		钱什么时候能下来?
赵 梦 儿		是啊,钱什么时候能下来?

李　　想　明天，剧协明天就会公布筛选结果，我们一定会入选的。

博　　士　"他们要是不让我用会场，我就借一面鼓，一边敲一边走，在街头巷尾念我的文章"。

李　　想　你非要说这种阴阳怪气的话吗！

　　　　　〔马莎欲下。

王　　笑　你干什么？

马　　莎　打电话给我爸！

王　　笑　怎么，你嫌我们赖着不走，再去告一状啊？

马　　莎　你不要小人之心！

王　　笑　我小人？我小人？谁才是小人！你要不是个女的，我早抽你了！

李　　想　事情还没搞清楚，你别冤枉人。

王　　笑　冤枉人？李想，这是哥们该说的话吗？我冤枉人？那你说，不是她，是谁告的密？

马　　莎　不是我！排戏的事我从来没跟我爸说起过。

王　　笑　谁信啊，我们排这个戏就是为了反对那些污染淮河的资本家，第一个就是你爸！你为什么参加我们？女版无间道啊！（马莎沉默）不是你是谁？是刘小乐？

刘　小　乐　不是我，不是我，真的不是我！

王　　笑　是赵梦儿？是博士？还是李想？总不会是我自己吧！

博　　士　做女儿的哪能不向着自己的爸爸呢？

马　　莎　闭嘴！你以为你是个博士什么都懂！

博　　士　博士生。读了六年还没毕业的博士生。

马　　莎　李想，真的不是我！

李　　想　王笑，说话总得有证据吧。

王　　笑　（对马莎）那你为什么参加我们，你为什么参加我们！给我一个理由！（看着马莎）

李　　想　马莎？

马　　莎　我喜欢跟（看一眼李想）……跟剧场在一起，我喜欢艺术，我喜欢易卜生的剧本！（绕着桌子与王笑对峙，王笑躲）海特维格、希尔达、富吕达、裴特拉……这些易卜生笔下的女儿你听说过吗？她们每个人我都恨不得演一遍！你懂什么！

王　　笑　你欺负我没读过书是吧？走，走！你们都给我走！

马　　莎　我有用不完的钱，都是靠污染淮河挣来的。我每年都要出国度假，我最喜欢欧洲，(再绕着桌子问王笑，王笑躲)苏黎世你知道吗，慕尼黑你知道吗，斯特拉斯堡你知道吗？我最喜欢莱茵河。莱茵河的水那么清澈，你可以看见深水的游鱼，水面的天鹅。看到莱茵河，我被大大地震撼了。从我记事的时候起，淮河水就是黑的，而且越来越黑，越来越稠，上面总是漂浮着死鱼。看了莱茵河我才意识到，我是有罪的，我们家族都有罪，不光是我爸一个人！我吃的每一顿饭，穿的每一件衣服，花的每一块钱都是通过污染淮河得来的！我也想做淮河边上的斯多克芒，我也劝过我爸，求他把治污设备打开，可他总告诉我，他为这座城市增加了多少 GDP，他每年纳了多少税，他的工厂养活了多少人……

王　　笑　谁信啊！

马　　莎　过去家里没钱的时候，爸爸天天在家里吃饭。现在呢，我一年也见不到他几次。他要陪客户，陪干部，陪……小三，也许还有其他女人……你们都知道不是吗！我知道你们都在嘲笑我，笑我虽然有钱却没有家！也许还同情我！……我希望他破产，我希望变得和你一样穷，我们一家干干净净地坐在一起吃饭，我不愿意总看见妈妈在饭桌上落泪……

　　　　　[场上沉默。

赵　梦　儿　(走到马莎身边)马莎是为李想来的，这个李想。(凝视马莎)你爱李想。

　　　　　[马莎欲下。

刘　小　乐　等一下！(停顿)不是她，是我说出去的。

王　　笑　刘小乐，怜香惜玉这里还轮不到你！

刘　小　乐　王笑，我对不起你。

王　　笑　昨天我们还一起在电视台玩的呀！

刘　小　乐　你走了以后，台长找我谈话了。说马莎他爸找到台里，要了解我纪录片的情况。马老板是台里最大的赞助商，台里得罪不起。台长说，如果我不说实话，就再也没有机会进电视台了。

　　　　　[王笑一脚将刘踢倒在地，刘小乐爬起逃，王笑追打。李想拦，

刘、王二人围着桌子追逐、对峙。王笑再次将刘小乐踢倒，将他按在地上打。李想和博士拉住王笑。

王　　笑　刘小乐，你简直是条狗！

刘　小　乐　（爬起，擦嘴角的血）重要的不在于是人还是狗，重要的是机会。只要能成功，谁管你是人还是狗？看看我，我比狗更有知识，我比狗更有才华！我上的是名牌大学，我是名牌大学的高才生！可是我有机会吗？没有！（站起）现在我有了，一个机会！我在电视台实习，他们让我拍一个纪录片，就是关于我们这个戏！可是也只有这一次。要是我丢了这次机会，我就真是条狗了，我比狗都不如！你们信不信，只要给我一个话筒，给我一个镜头，我可以做很多事！我可以替老百姓说话，我可以宣传公平与正义，我可以呼吁保护环境，呼吁善待留守儿童和妇女，我要揭露腐败与不公，揭露一切虚假和伪善！我要监督我们的政府，改造我们的社会，我要代表所有的媒体人不惜一切地说真话！我要从我自己做起，（拉起马莎的手，对马莎）省下买矿泉水的钱捐给希望小学，拒绝吃一切珍稀动物做成的食物，自带购物袋去超市买东西，销毁所有私藏的盗版影碟。（拉起王笑的手，对王笑）我会写一个中国富二代如何让家族产业崩盘败坏的研究报告，探究中国民营资本在原始积累后到底流向何处；（拉起博士的手，对博士）我要做一个脱口秀节目，邀请那些《人民日报》上"中国人民的老朋友"来谈他们对中国问题的看法；（拉起赵梦儿的手，对赵梦儿）我还要当一个志愿者，去摩洛哥去越南去冰岛去朝鲜去印度，看看那些国家的人民过得到底幸福不幸福！（拉起李想的手，对李想）终有一天，在我的努力下，你们会看到这样一个社会：（走回舞台中央，对观众）开发商不可能再用火烧死、用推土机压死那些不愿意拆迁的人践踏民生；警察不可能再随意拷打、刑讯逼供那些全然无辜的人制造冤案！你们会看到，（朝站在舞台右侧的人走去，大家往舞台左边躲）官员不敢再投资移民转移财产，博导不敢再性侵诱奸女学生，（朝左侧走，大家往右躲）邪教徒不敢再当街拿刀砍人！窨井盖不会再薄得像张纸，校车永远不会翻到马路边，高铁不会再从桥上栽下来！（朝右走，大家向左躲）我们不会因为在网上发帖就被拘留；不会毫不知情地被人冒名顶替上了大学；不会点开 facebook 却永远是正在加载；（朝左走，大家往右侧躲）不会花钱去了电影院却只能看被阉割的版本！（朝右侧追，大家惊恐地往白幕后逃去）我每天都在想，台湾人为什么说我们大便后不冲马桶？香港人为什么要占领中环？酒后驾车为什么会屡禁不止？（折回，在台上来回走动）太多了，问题太多了！（停顿。躲到幕后的人分别从白幕的左、右两侧伸出头来，净空地听刘小乐说话。）而我关心这一切只是因为我热爱生活，我没有办法不去听别人的痛哭和欢乐，可我又痛恨生活，恨它的不堪一击，恨它的畏畏缩缩！而良心是什么？（在舞台中央的桌后站定）良心永远只是懦夫的借口！昨晚回家之后，我躺在床上一夜没睡，我反复想、反复想，我出卖了朋友，出卖了最信任我的人，我这样做到底值不值？（站上桌）值，当然值！我今天做的这一件丧失良心的事，以后我会做一千件一万件有良心有才华的事把它捞回来！我盯着黑漆漆的天花板，我看到了我的未来！我穿着成套的高级西装，站在 APEC 的会议场上，我说的话、我的名字、我的样子，会通过成百上千架摄像机传到全世界，传到家家户户的电视上。我会成为孟非，成为白岩松，成为崔永元！不，这些都不够，我要向海伦·托马斯看齐，向普利策新闻奖迈进，向世界一流媒体人冲刺！总有一天，我可以和奥巴马喝咖啡，和默克尔一起看球，和普京散步遛狗。雅各布会竖起他的大拇指，"刘小乐是一位并非每个国家都拥有的世界级主持人"，我会被授勋为意大利共和国骑士，伊丽莎白女王会亲自授予我嘉德勋章，日本首相看见我？会绕着我走！哈佛、耶鲁、剑桥、牛津、普林斯顿……世界顶级学府纷纷邀我去演讲。我不仅要代表亚洲，还要代表世界。李想，你不是要治理环境吗？（跳下桌，往幕后追去，大家逃）我会从法国带回塞纳河的治理经验，从德国带回雾霾的解决方案，从英国带回城市净化的成功模式！我会关注大型技术统治集团是如何引起不可遏制的消费欲望，我会解答社会主义国家的命运，它的改革、它的法制、它的民主、它的公平（重新回到台中央的桌后）……环境是什么？

自然是什么？荒野是什么？人类是什么？这些都应该在一种跨国的环境中被重新提出和再次考虑！我会终身关注世界和平问题，为巴以冲突，为南海争端，为反恐行动，为南南合作，为解决跨国犯罪、毒品泛滥、移民偷渡、资源短缺、人口爆炸、生态失衡、信仰危机——贡献力量！（死去一般倒在桌上。）

［众人小心翼翼地从白幕后走出。

赵 梦 儿　刘小乐？

李　　想　小乐，你别吓我。

赵 梦 儿　王笑，你下那么重手干吗呀！

李　　想　你看你把人揍得！

马　　莎　王笑，你快过来看看啊！

［众人围至桌边。

王　　笑　小……小乐？

［博士给刘小乐做心脏复苏。

刘 小 乐　（第三次心脏复苏后，突然醒来）I have a dream today！（倒下，又起身）I have a dream！

李　　想　刘小乐，你走吧。

刘 小 乐　（一下坐起）不，我不走，我不离开你们！

王　　笑　你把我们都卖了，你还有脸待在这儿？

刘 小 乐　（翻身下桌）我爱这个戏，这个戏里也有我的梦想！

众　　人　（一齐指着刘）那你为什么还要出卖它？

刘 小 乐　（走至下舞台中央，面对观众跪下）除了梦想，除了梦想，我还有什么可以出卖的呢？

［主题曲的前奏响起，灯渐暗。

第七场

［仓库排练场。

［舞台上是昏暗的蓝光。

［白幕后一点光亮，李想坐在光亮中弹吉他，唱歌。

［仓库的大窗被投影在舞台地板一侧。

李　　想　（唱）向着都市走去　　向着雾霾走去

向着迷失走去　　向着罪恶走去

向着谎言走去　　向着浊流走去

向着腐朽走去　　向着死亡走去

谁编织着黑暗与空虚

谁收买了理想和勇气

谁遍体鳞伤战栗畏惧

谁苟延残喘不堪一击

欲望是牢笼我被捕获在这里

我们虚伪地高举正义伸出铁栏彼此干杯

贪婪是罗网我被驯化在这里

我们悲哀地践踏青春和他们一起胡作非为

胡作非为

王　　笑　（在幕后）当心,当心,拉着我的手。哎呀,姑奶奶,你踩哪儿呢!

马　　莎　对不起,对不起!

王　　笑　（从右侧上）马莎,没想到你还会翻窗啊!

马　　莎　小的时候我也是个穷孩子。

王　　笑　哎呀,真脏,真乱! 收拾下。

　　　　　［马莎、王笑收拾舞台。李想继续唱歌。

王　　笑　马莎,昨天我对不起你。

马　　莎　不,王笑,是我对不起你。

王　　笑　你有什么对不起我的啊?

马　　莎　我爸把你爸开除了。

王　　笑　你爸是你爸,你是你。

马　　莎　那你为什么这么恨我?

王　　笑　我没有恨你。

马　　莎　哼,我看你就是个小人,仇富心理!

王　　笑　我? 王笑? 小人? 我没那么小心眼儿吧?

马　　莎　王笑,你看你爸对你多好,对你妈多好!

王　　笑　北京和上海我都没去过,你整个世界都玩遍了。我做梦时想的
　　　　　都是怎么赚钱!

马　　莎　我做梦都想有一个像你爸那样的爸爸。

王　　笑　你就寒碜我吧！

马　　莎　你想挣钱的梦早晚会实现的,而我的梦,家里的钱越多,就越不可能实现。

王　　笑　其实吧,我觉得赵梦儿不适合李想,她太虚荣了。你跟李想吧……也不适合。

马　　莎　为什么?

王　　笑　李想心太大,他就是头驴！这次要是不能够参加戏剧节,他可怎么办呀！

　　　　　［李想歌声停。他从白幕后消失。

马　　莎　我妈妈也在帮我打听呢,结果今天就会出来了。

王　　笑　真的吗?

　　　　　［电话铃响。王笑接电话。

王　　笑　哦,李想,仓库的窗户我撬开了！……哎哟,我从小在仓库玩大的……马莎跟我在一起呢……哥们儿,芳姐那群姑娘一会儿爬窗户,你可得好好哄着。好,一会儿见！（挂断,从右侧下）

　　　　　［场外传来众人声音。

众　　人　哎呀,这窗户谁爬得了啊！

　　　　　我害怕！

　　　　　谁接着我一下！

　　　　　衣服都脏了！

　　　　　有路不走,非爬窗户！

李　　想　小心点,扶着我。注意脚下！

　　　　　［李想、博士、赵梦儿、刘小乐和芳姐一行四人从白幕的右侧后上。舞者带着几件脏浴袍。

李　　想　来,把脏浴袍发一下。

博　　士　脏浴袍? 怎么是脏浴袍?

李　　想　因为脏浴袍代表我们的浴场被污染了。

众　　人　（七嘴八舌）这脏浴袍要怎么穿啊！

李　　想　这是做旧的,为了表演需要。

　　　　　［关门声响起。

李	想	怎么啦?

李　　想　怎么啦?

王　　笑　我把大门给插上啦,谁也进不来!

李　　想　行,准备啊! 今天我们排市民大会那一场,就是宣布斯多克芒是
　　　　　人民公敌那一场。

　　　　　〔灯暗。众人下。

李　　想　来,准备——开始!

第八场

　　　　　〔挪威小镇的市民广场。正在举行市民大会。

　　　　　〔人声嘈杂。

　　　　　〔斯多克芒始终在被灯光照亮的白幕后走动和演说。白幕前,是
　　　　　挪威小镇的市长和市民们。灯光昏暗。有一个扮演斯多克芒的
　　　　　舞者,在反抗市民们的踩踏。

阿斯拉克森　安静,安静。市长先生要发言了。

市　　长　嗯,(阿斯拉克森和霍夫斯达鼓掌)今天晚上我本不打算在这儿
　　　　　说话。可是我是浴场董事会主席,并且我对地方上的重大利益
　　　　　负有责任,因此我不能不提个建议。我敢说,今晚到会的人没有
　　　　　一个会赞成用靠不住的夸张言论,把浴场和本市的卫生情形传
　　　　　出去。所以我建议:"今晚我们不允许听取浴场医官的那篇报
　　　　　告,也不允许发表议论。"

斯多克芒　(大怒)不允许——! 见鬼?

阿斯拉克森　医生,请注意你的言辞。

斯多克芒　我可以发言了吗?

群　　众　(朝四周做拒绝的手势)不行!

阿斯拉克森　请尊重市长的发言。

市　　长　我在《人民先锋报》上发表的声明已经把重要的事实说得清清楚
　　　　　楚了,凡是公正的市民都可以自己做出判断。从我那篇声明里,
　　　　　大家可以看出来,浴场医官的提议,除了攻击地方上的领导人之
　　　　　外,归根到底还是要在纳税人肩膀上增加不必要的额外支出,至
　　　　　少十个亿!

阿斯拉克森　我代表中小资产阶级感谢您,市长大人(向市长伸出手,市长不屑)。我们原先也差点受到了斯多克芒医生的蒙蔽。是市长先生不计前嫌,谅解我们,我非常感谢。(摆摆手)

霍夫斯达　非常感谢。(摆手)

阿斯拉克森　我支持您的说法! 斯多克芒医生鼓动这件事,背后另有用意,这话我完全同意。同胞们,斯多克芒医生虽然表面上谈的是浴场,但革命才是他的目的! 他除了想插手本镇事务之外,还能有什么意图? 浴场的损失将会影响到我们千家万户,他这完全是胡说八道。几年前,本地还是一个贫穷的小镇,浴场使本地繁荣起来,浴场是我们一件美丽的新衣。可是,听我说,在我们的邻国,当他们的国王好不容易穿上一件华丽的新衣时,有一个叫安徒生的不懂事的孩子,居然说国王没有穿衣服。这个缺乏家教的孩子难道不是别有用心地要羞辱国王吗? 等他长大了,他会成为一个可耻的无政府主义者!

霍夫斯达　我也要说明一下我的观点。我完全同意市长大人的意见,我的办报方针是事实和正义高于一切。有人说,我们报纸支持过斯多克芒医生,不! 这是谎言! 不错,虽然我和斯多克芒医生曾经是朋友,但是维护读者利益的责任难道不是比友情更重要吗?! 人民的福利就是本报为之奋斗的真理!

市　　长　好!

霍夫斯达　今晚,我要证明,《人民先锋报》不会辜负每一位订阅人。我在此郑重宣布,每一位自觉抵制斯多克芒医生谎言的公民今晚订报,可以得到五折的优惠!

斯多克芒　谎言?!

阿斯拉克森　现在我要对市长的建议进行表决。

斯多克芒　不必,今天晚上我不打算谈浴场那些肮脏东西。我不谈那个,我要谈的是完全另外一件事。

市　　长　你又要说什么?

斯多克芒　我能发言吗?

群　　众　(作拒绝姿势)不行!

阿斯拉克森　请。

群　　众　　唉！（姿势收回）

斯多克芒　　前几天我倒是很想看看是不是有人敢像今天晚上似的不许我说话！要是那样的话，我会像狮子一样跟他拼命，争取我的神圣权利！可是现在我不计较了，因为我有更重要的事情要告诉大家。我要报告一个重要发现，跟它比起来，自来水有毒，浴场地点不卫生，这些小问题就显得无足轻重了。

阿斯拉克森　　别提浴场的事！

斯多克芒　　我刚才说过，我要报告最近这几天的一个大发现，这个发现就是：咱们精神生活的根源整个中毒了，咱们整个社会都建立在害人的虚伪的基础上。

市　　长　　你在含沙射影！

斯多克芒　　明明是肮脏的——

阿斯拉克森　　不许提浴场！

斯多克芒　　明明是肮脏的澡堂子，你们偏偏夸它美丽；明明是在损害别人健康，你们却说它带来繁荣；像我哥哥彼得这样的人，你们称他为人民公仆；霍夫斯达那张号称"人民先锋"的报纸，它发表伪造的、无聊的、色情的东西越多，它的读者就越多，谁也不说穿它是在挂羊头卖狗肉，还有这些虚伪的多数派——

阿斯拉克森　　别提我！

斯多克芒　　我们习惯于听谎话，说谎话有多长时间了？

市　　长　　斯多克芒医生——我宣布，你是人民公敌！

斯多克芒　　这种虚伪的生活是全无价值的，我宁愿把它毁掉！

　　　　　　　［除了白幕前后的两个斯多克芒，其余的人都在台上逐渐堆积成一个尸堆。

市　　长　　（声嘶力竭）人民公敌！

　　　　　　　［舞者斯多克芒将白幕脚拉起，拽到尸堆上将所有人盖住。白幕下，尸身蠕动。

　　　　　　　［幕上打出易卜生的台词："这种虚伪的生活是全无价值的，我宁愿把它毁掉。"

　　　　　　　［扮演斯多克芒的舞者从幕后把斯多克芒拖出。两人格斗。舞者用浴巾绞住斯多克芒的脖子。

〔大幕上的那行字逐渐变成碎片滑落……

第九场

〔仓库排练场。

王　　笑　快让我起来！

　　　　〔灯亮。众人从幕布下爬出。李想拿着吉他上。众人纷纷夸
　　　　奖他。

舞　者　甲　李想，你真是我男神！

刘　小　乐　刚才效果真是太好了。

　　　　〔李想开始弹吉他。李想带着大家一起唱歌。

众　　人　（唱）向着都市走去　　向着雾霾走去

　　　　　　　向着迷失走去　　向着罪恶走去

　　　　　　　向着谎言走去　　向着浊流走去

　　　　　　　向着腐朽走去　　向着死亡走去

　　　　〔众人一边换戏装，一边跳舞，歌唱。十分欢乐。

众　　人　（唱）谁编织着黑暗与空虚

　　　　　　　谁收买了理想和勇气

　　　　　　　谁遍体鳞伤战栗畏惧

　　　　　　　谁苟延残喘不堪一击

　　　　　　　欲望是牢笼我被捕获在这里

　　　　　　　我们虚伪地高举正义伸出铁栏彼此干杯

　　　　　　　贪婪是罗网我被驯化在这里——

　　　　〔马莎拿着电话边喊，边冲上。

马　　莎　李想！李想！李想！

众　　人　（渐渐安静）……

马　　莎　李想，我们落选了！

　　　　〔停顿。

李　　想　什么？

马　　莎　戏剧节没有选我们。

李　　想　怎么可能？

[马莎把电话递给李想。李想接听,忙音。博士拿过电话拨号。

博　　士　（递给李想）戏剧节组委会。

李　　想　喂,是戏剧节组委会吗？我是李想,排易卜生戏剧的李想……我想问一下我们的戏可以参加大学生戏剧节吗？……什么,市里根本没有把我们的戏报上去？这不可能！那他们报的是什么戏？……《大学生村官》？……导演是谁？冯勉博士？……我明白了,谢谢。（挂断）

[众人沉默,都看着博士。博士欲向李想解释,被挥舞拳头的王笑挡住,吓得退了回去。他欲向其他人解释,所有人都不愿和他说话。

博　　士　（对众人）你们不要这样看着我,你们不要这样看着我,你们不要这样看着我！这不是我决定的,他们早就已经定好了！（对李想）我没有向你们撒谎,（对马莎、赵梦儿）我没有向你们撒谎！（对芳姐）芳姐,我真的没有撒谎！我向他们撒了谎！我说我们现在排的就是《大学生村官》,李想是主演,不然他们就要把这戏承包给社会上的人,再盗用学生剧社的名义去戏剧节演出。他们比我们更需要这个奖！八十万？做这个戏三十万就够了！

[停顿。

博　　士　我像你这么年轻的时候也做艺术！我做过《明天没有太阳》,我做过《毕业歌》,我做过《在那遥远的地方》！那时候我像你一样,以为自己是个大英雄,以为自己能够改造世界、改造艺术、改造人心！可世界还是一天比一天腐烂,艺术还是一天比一天腐烂！人心还是一天比一天腐烂！而我还是一文不名,活得像一只苍蝇,像一只蚂蚁！李想,不要做你的梦了,我们都是微不足道的！现在既然有人花钱给我们做戏,八十万啊！而且还能获奖,省级大奖,也许还是国家级的奖！（对李想）拿了奖你就可以出国深造,纽约大学、哥伦比亚大学、南加州大学、耶鲁,耶鲁怎么样？（对刘小乐）拿了奖你就可以进电视台,什么崔永元、白岩松全都不在话下！普利策奖在向你招手！（对马莎）马莎……哦,你想你爸破产！（对赵梦儿）梦儿,拿了奖你就一定会有片约,说不定有一天你就名满天下！只要有机会,谁说你不会成为周迅,不会

　　　　　　　成为汤唯？（把赵梦儿说哭了。）我们为什么不做呢？为什么！

李　　　想　　可你为什么不和我们公开地、公平地竞争呢？为什么要鬼鬼祟
　　　　　　　祟得像耗子一样在我们这里拱？你真让我恶心！

　　　　　　　〔博士欲向李想解释，被王笑啐了一口。博士从口袋里拿出纸巾
　　　　　　　擦脸。

博　　　士　　我跟你们说过，戏剧节上马的戏与我无关，是他们早就定好的！
　　　　　　　我唯一能做的，只是把这个机会抢过来给咱们自己！

李　　　想　　我们的戏已经排成了，参加戏剧节不是我们的目的！不管他们
　　　　　　　让不让我们参加戏剧节，我们都要把这戏演出来！

王　　　笑　　李想，那你的房子怎么办？这个投影仪和大幕能退了吗？能卖
　　　　　　　掉吗？赶紧把债还了，把房子拿回来！

刘　小　乐　　李想，我们的纪录片真的拍不成了吗？我怎么跟电视台交代啊？

博　　　士　　这个戏就是拍成了纪录片，你播得出来吗？

赵　梦　儿　　（哭）李想，你可是答应要让我做最佳女演员的！我不管，你答应
　　　　　　　过我，（抱住李想）你答应过我的！

　　　　　　　〔李想安慰了赵梦儿几下便不耐烦地将她推开。

博　　　士　　梦儿，我随时欢迎你和李想，还有在场的所有人加入我的戏。

赵　梦　儿　　李想？

李　　　想　　我李想要像易卜生一样顶天立地，我不会像你一样跪着演戏！
　　　　　　　易卜生的戏我一定要演出来！

博　　　士　　你已经债务缠身了。

李　　　想　　用不着你管！

博　　　士　　我可以给你五万，不，我给你十万买下你所有的设备，把你的饭
　　　　　　　钱、工钱通通还掉！

李　　　想　　噢，你想施舍我？

博　　　士　　我只是希望你能安心跟我做戏。

李　　　想　　你做梦！

王　　　笑　　（同时）先把房子赎回来再说！

刘小乐、马莎、赵梦儿　（同时）李想！

李　　　想　　"他们要是不让我用会场，我就借一面鼓，一边敲一边走，在街头
　　　　　　　巷尾读我的文章！"我们的戏已经排成了，易卜生的一个戏，抵得

上他们全部戏剧节！戏剧节开幕的那天，我们和它同时演，打擂台演！

博　士　在哪演？你连排练的地方都没有。

李　想　广场！市民广场！

赵梦儿　你在哪挂这个屏幕？

刘小乐　你从哪接电源放投影？

马　莎　我们连音响都没有！

王　笑　还有城管，城管会让你演吗？

舞者们　（七嘴八舌）城管会打人的！

李　想　我不管，我一定要把这个戏演下去。

博　士　你无权用你的理想主义绑架大家。

李　想　绑架？绑架？我们都是志同道合的理想主义者，难道不是吗？（将倒放在上舞台右侧的桌子搬起来重重地放到舞台中央）我无权强迫你们任何人留下来。之前我有什么不合适的地方，还请你们原谅。现在，请你们各自做个决定吧！谁愿意留下来和我把戏演下去的，站在我这边！跟他去演《大学生村官》的，站那边。

　　　　〔舞者甲跑向李想那边。

芳　姐　站住！回来！

　　　　〔舞者甲不情愿地回去。

赵梦儿　（惭愧）李想，戏演不下去了，我们俩也散了吧。（哭着走过去到博士那边。）

刘小乐　李想，以后用得着我的时候说一声。（深深鞠躬，走到博士那边。）

王　笑　李想，马莎已经答应帮我想办法了。我爸天天在家喝闷酒，我这心里急啊！（哭，李想安慰他，两人拥抱，李想理解地推开他，王笑走到博士那边，将博士打倒在地。）

　　　　〔舞者甲冲到李想一边，芳姐和她的同伴们要把她拉回，拉不动。

李　想　马莎，只剩下我们俩了。谢谢你。

马　莎　你一定要排这出戏吗？

李　想　是的。

马　　　莎　　不考虑任何后果？

李　　　想　　是的。

马　　　莎　　你会失去一切！

李　　　想　　我本来就没有什么。

马　　　莎　　可这个戏真的排不成了……

李　　　想　　你说过，你会让孩子们跟着我走上大街，你自己就站在窗口一直
　　　　　　看着我。

马　　　莎　　那不是我说的，是赵梦儿说的。

李　　　想　　不，是斯多克芒的妻子说的。

马　　　莎　　可我不是斯多克芒的妻子。

李　　　想　　但你可以选择做一个理想主义者的妻子。

赵　梦　儿　　李想，你也太下作了吧！

李　　　想　　这个戏一定要演出来！今天，谁能帮我把这个戏演出来，我就跟
　　　　　　谁在一起。（拉住马莎的手）
　　　　　　〔马莎扇李想一个耳光。断然走到博士的一边。

赵　梦　儿　　李想，你怎么能这样！

博　　　士　　所有的理想主义者最终都会走到自己的反面。好了，现在咱们
　　　　　　这场戏终于可以收场了。

李　　　想　　不，你们的戏可以收场了，但我的还要继续演下去。

刘　小　乐　　就靠你一个人？

王　　　笑　　把房子先赎回来！

博　　　士　　疯了！疯了！

马莎、赵梦儿　　李想！

李　　　想　　你们都不支持我，没关系，还有一个人支持我。

赵　梦　儿　　还会有谁？

李　　　想　　那个资助了我十二年的好心人，我相信他一定会支持我！我想
　　　　　　可能也只有他，才是永远站在我这边的！

马　　　莎　　可你都不知道他是谁。

李　　　想　　我这就去找他，我一定要找到他。

马　　　莎　　你怎么找？

李　　　想　　我写一个牌子举在手上，到大街小巷里去找。芳姐，等我找到

他,拿到钱,你们一定要帮助我把这个戏演下去。

舞　者　甲　一定的,一定的!

其他舞者　只要你有钱,没问题!

芳　　　姐　什么时候了,还闹!

马　　　莎　人家资助你是让你读书的——

李　　　想　读书读书,要是我连这出戏都排不出来,读完硕士,读到博士又能有什么用? ……我现在就去找他。(欲走)

马　　　莎　(拦)李想,你找不到他的。

李　　　想　我一定要找到他。

　　　　　　〔马莎拼命去拦李想,被他甩倒在地。李想正欲离开。

马　　　莎　那个人就是我爸爸!

李　　　想　你爸爸……马老板?

马　　　莎　是的,马老板。

李　　　想　那个每天把又臭又脏的黑水吐进淮河里的马老板? 那个欺骗社会、欺骗公众,不肯打开治污设备的马老板? 那个不让我们演易卜生的马老板?

马　　　莎　是的。可他就是我爸爸。

李　　　想　可写给我的那些信呢? 不,我收到的那些信绝不是他能写出来的!

马　　　莎　都是我替他写的。

李　　　想　你?

马　　　莎　他没读过书,写不出来,可是他和你一样喜欢我写的那些信。"给你参加奥赛夏令营的钱收到了吗? 记住,别为你的贫穷自卑,因为我也曾和你一样,贫穷不是你人生道路上最高的那堵墙。不要怕,不要畏惧! 我会成为那把凿子,帮助你看到墙外的光。"

　　　　　　"你的成绩单我收到了。你是好样的! 你理想的那所大学一定可以拿下! 看,美好的事情绝不只发生在电视剧里。我女儿说她要上你上的大学,做你的同学,在你上课的教室上课,在你读书的图书馆读书,在你吃饭的大食堂吃饭!"

　　　　　　"谁说孤儿不能和有钱人交朋友? 不能做学生代表? 不能出国

留学？心有多高，翅膀才能飞多高！不要相信任何人的非议，用自己的眼睛去看！（李想和她一起）如果眼睛被蒙上，就用耳朵去听！如果双耳被堵上，还有手掌还有心，就用你的手掌、你的心去摸索、去感受这个世界！"……

李　　想　马莎，你看你写得多好。要自信、要勇敢、要做自己。我是多么听你的话！可是你为什么要告诉我？即使你不能像你自己写的那样坚持到底，至少也应该把我骗到底啊！……太荒谬了！原来我一直听从的教导全是你的，原来我排戏要反对的人就是十二年来给我钱读书的人，我还一直以为我是干干净净的！原来这么多年，我用的钱都是靠污染淮河的生意挣来的，我和你一样，都是有罪的……我现在竟还指望用这笔钱去排一出戏，让他把治污设备打开？命运在最意想不到的时候羞辱了我！为什么，他为什么要资助我？

马　　莎　（温情的）我爸说，他喜欢李想这个名字，他说你和他年轻的时候一模一样。单纯、倔强，充满理想。

李　　想　那他现在呢？他现在还这样吗？

芳　　姐　我们早晚要放弃，二十岁不放弃，三十岁也会放弃；三十岁不放弃，四十岁还是得放弃。

李　　想　芳姐，难道就没有一个人能不放弃吗？我们才二十岁啊！我们什么都还没来得及做！不，戏还是要演下去！（拿起一件浴袍疯狂地塞给众人，众人排斥）小乐！……王笑！……博士！……梦儿！……（对舞者）姐！……（对芳姐跪下）芳姐！你一定要帮我把这个戏演下去！……（对马莎）马莎！

马　　莎　（扶李想，想拿走浴袍）这个戏排不成了！

李　　想　（抢浴袍）我不管，我一定要演！我一定要演出来！松手！松手！
　　　　　〔李想把马莎甩倒在地上。

李　　想　（走至桌前，背诵易卜生的台词）咱们精神生活的根源整个中毒了，咱们整个社会都建立在害人的虚伪的基础上。我们习惯于听谎话，说谎话有多长时间了？这种虚伪的生活是全无价值的，我宁愿把它毁掉！
　　　　　〔响起猛烈的敲门声。敲门的人粗暴地大声喊："开门，快开门！

里面的人把门打开！里面的人把门打开！"这是工厂的人来驱逐他们了。

〔同学们和芳姐的演员害怕地收拢，聚集到一起。

李　想　（继续背诵易卜生）正因为我非常爱我的家乡，与其看它靠着欺骗繁荣起来，我宁愿把它毁掉！

〔玻璃被敲碎的声音。场上的人感觉到洒下的碎玻璃。

李　想　（继续背诵易卜生）毁掉一个撒谎欺骗的城市算得了什么？把它踩成平地都没什么可惜！

〔又一次敲碎玻璃的声音。一片碎玻璃割伤了李想，他的头流血了。灯光变红。芳姐给李想包扎伤口。

马　莎　（继续李想，背诵易卜生）靠着欺骗过日子的人都应该像害虫似的被消灭干净！照你们这样干下去，全国都会中毒，总有一天国家也会灭亡。要是真有那么一天的话，我老实不客气地说，国家灭亡，人民灭亡，全都活该！

〔王笑走出来加入马莎念台词，接着刘小乐加入，赵梦儿加入，博士加入，三个舞者加入。大家一起朗诵这一段易卜生写下的话，但话音不同步。

〔敲门声再次响起，灯骤暗。众人齐声朗诵。追光在众人身上扫射。

众　人　（边背诵易卜生，边聚集到一起）咱们精神生活的根源整个中毒了，咱们整个社会都建立在害人的虚伪的基础上。我们习惯于听谎话，说谎话有多长时间了？这种虚伪的生活是全无价值的，我宁愿把它毁掉！

〔仓库的铁门轰然倒地，强光从舞台右侧照射进来。众人对光线不适应。又害怕，又坚定。

〔易卜生在用他的语言朗读这一段台词。他的头像出现在白幕上。

〔主题曲的音乐响起。

众　人　（唱）向着都市走去　　向着雾霾走去

　　　　　　向着迷失走去　　向着罪恶走去

　　　　　　向着谎言走去　　向着浊流走去

向着腐朽走去　　向着死亡走去

谁编织着黑暗与空虚

谁收买了理想和勇气

谁遍体鳞伤战栗畏惧

谁苟延残喘不堪一击

欲望是牢笼我被捕获在这里

我们虚伪地高举正义伸出铁栏彼此干杯

贪婪是罗网我被驯化在这里

我们悲哀地践踏青春和他们一起胡作非为

胡作非为

——剧终

国际饭庄

（南京大学艺术硕士剧团演出本）

巨云鹏

巨云鹏　1991 年出生于河北宁晋县，1997 年随父母移居南京。2010 年考入南京大学文学院戏文专业，2014 年本科毕业，继续读研，2017 年以剧本《国际饭庄》毕业，获艺术硕士学位。现供职于人民日报社。

《国际饭庄》剧本发表于《戏剧与影视评论》杂志 2018 年第 4 期。2018 年由南京大学 2017 级艺术硕士生班在校内首演，同年参加天津北方青年演艺展演暨天津青年戏剧节，导演赖倩仪。现为南京大学艺术硕士剧团保留剧目。

人　物

冯仙儿　南徐高速第三项目部食堂老板娘，一个安徽山区出身的女青年，美丽、机敏。出场时她人生的唯一愿景就是挣钱

刘　根　冯仙儿的丈夫，从同一个村子里出来，他的身体雄壮、肌肉发达，但懦弱

杨五四　南徐高速第三项目部办公室主任

龙经理　南徐高速第三项目部经理，是专门为工地处理一切干扰正常施工"麻烦事"的人

胡艳芳　工地上的女民工，东北人

冯国庆　胡艳芳的丈夫，男民工

虎　子　与胡艳芳、冯国庆是同乡，出来打工

小　静　与冯国庆等人也是同乡

水军甲　杨五四的手下，舆论工作者

水军乙　杨五四的手下，舆论工作者

田局长　南徐县公路局局长

秘　书　田局长秘书

李厅长　省交通厅副厅长

林董事长　省交通建设公司董事长

第一场

[故事发生在 2009 年左右，那个年头对我们所处的当下来说似乎还是在昨天。但事实上，就如已经过去的 80 年代、90 年代一样，那已经是存放在历史档案中的记忆。南徐高速是地处中部山区的南徐县自古以来最好的一条路，这条路承载着许多。它象征着一群地方官员的辉煌政绩，象征着这个县城可期的财富未来。但是修一条路很难，这种难早已不是缺乏钢筋混凝土、缺乏大型工程机械，而是每一个与这条路有关的人，都嗅到了这条路身上所散发出的金钱与权力的味道。这种味道之浓烈，盖住了一切。

[灯亮起的时候,舞台空荡荡的,只有正中放置着一把椅子。这是一部纪录片的拍摄现场,当每一个坐在椅子上的人对着观众说话的时候,他并不是在独白,而是在对着拍摄纪录片的导演说话。

[杨五四第一个走上来。他是南徐高速第三项目部办公室主任,常年在建筑工地上的生活、不规律的饮食和接连不断的应酬,让他拥有了典型的当代中年男子的丰满体态:四肢结实、脖子略粗,肚子尤其壮硕;他戴着一副黑框眼镜,肥大的 Polo 衫下摆塞进了裤子里。

[杨五四走到椅子边,大咧咧地坐下,掏出一支烟。他对这样的采访已经很熟悉了,并不畏惧镜头。

杨五四　小周,和天下,来一根? 不吸啊,那我也不跟你客气噢(点上烟,深吸一口)。我现在认识到了,老祖宗讲和为贵,一点儿都不错,我今天抽着这包和天下,真的是感触很深(又深吸一口)。我杨五四干工地干了也有十几年,什么样的情况没有遇见过? 要说这个打架嘛也是常有的事情,很多纠纷嘴上有时候说不清楚的,动动手也不是坏事,可最后为的是什么? 是皆大欢喜。可我真是从来没有见过这么……这么残酷、残忍、残暴的事情! (平复心情,又深吸一口)我跟你讲过,干工地以前,我是卖水泥黄沙的嘛,卖水泥黄沙的都是些啥子人? 全是地痞流氓,那冲突起来,也是打打杀杀的,但最终的目的,也是赚钱嘛,大家都有钱赚,有口饭吃,不至于要人命的。可昨天这个事情,真的是太恶劣了。(他站起来,激动地比画着)你能想象那个画面不?五辆金杯车一拉开,呼啦啦,跳下来几十个拿着砍刀的歹徒,漫山遍野地就冲过来了,啥都不说,照着人就砍! 那种场面,我真的是不愿意回忆。哎,我现在就感慨,醉卧沙场君莫笑,古来征战几人回呀!

[杨五四痛苦地又抽了口烟,此时民工刘根从旁边悠悠地走上来,他在阴影处靠近杨五四,以导演的口吻平静地问了一句,问完之后,他就恢复了刘根的身份,在台侧焦急地踱步。

刘　根　你当时在现场吗?

杨五四　噢,我当时换衣服换得慢了,没赶得上去,也是听别人讲的,但是我能想象得到。(话锋一转)小周,你来我们这个工地也有一年了吧,咱们第三项目部跟这个南徐县公路局,能有什么仇什么怨? 不就是为了点儿钱嘛,我也是一向主张以和为贵,何必跟人赌这口气呢? 要钱就给他嘛（做一个单手搓钱的姿势），幸会幸会、和谐社会嘛。现在好了，砍伤了我们八个人，噢不，七个人，都在医院里住着，手术、住院、挂水，还不都是公司出钱？而且（压低声音）你知道不，据我们得到的消息，这整个南徐县所有单位，特别是公检法，对这个事件已经通过气，定性了这次这个工地砍人的"9·10事件"，主要责任在我们，在第三项目部！现在好了，赔偿赔偿要不到，开工也开不了，这叫人为刀俎，我为鱼肉！

〔杨五四说完摇摇头，站起来走开，在他说完之前，民工刘根已经在旁边踱步了，工地上常年的风吹日晒让他有一副好身体，他是一个打桩工，做得最多的就是挥舞大锤，用人类手臂、肩膀的力量把石桩砸进地面。此时的他，神情木讷、心事重重。杨五四从座位上走开后，刘根顺势坐下，但他们并不在同一个时空里，这是另外一段采访。刘根坐下之后，低着头搓手，接着才抬起头。

刘　根　　周导演。昨天的事情，我是真的不想去回忆，哎（抱头），我们都是些打工的，就是有什么问题、什么矛盾，也不该照着我们上吧。你以前采访我的时候我就说过，我们为什么大老远、背井离乡到这个南徐县来修路，还不是为了赚点儿钱？你说我刘根，一个打桩工，抡几下锤头还可以，怎么会打架呢？龙经理他喊我们去的时候，也没说别人会动刀，要知道是这种场面，一个月的工钱不要了，我也不会去。我媳妇儿现在还在家躺着呢（哭了起来，哭了一阵子，止住眼泪），她倒是没被砍着，我一看人拿着刀，我拽起她就跑，谁承想她踩着一块石头，摔倒了……他们还算有人性，看她是个女的，也没下手，可谁知道，他们领头的，照着我媳妇儿的脸踩了一脚……真他妈的（又抱住头）。

〔同刚刚的刘根一样，龙经理从旁边悠悠地走上来，在阴影处靠近刘根，用导演的口吻向刘根问了一句，问完之后就走开了。

龙经理　　你当时怎么不回去拉她一下？

刘　根　　我媳妇儿从小就要强，在我们村那是长得最好看的，从来没受过一点儿气！我跟她好了两年多，结婚一年多了，从来都不敢跟她说一句重话……你说这照着她的脸踩一脚，比要她的命还难受啊，她现在就躺在床上，一声不吭，不吃不喝，我媳妇儿要是有个三长两短，我非得找他们拼命去！我要是有办法，我才不在这工地上打工，我就想回老家开个农家乐、要几个孩子,过消停日子……我当时是手上没有趁手的东西,要不然当时就跟他们拼了!

[说完,刘根气愤地站起来。龙经理是一个典型的南方人,个子小、精瘦,但是非常结实健壮,叼着一根牙签,穿着紧身裤子和擦得锃亮的尖头皮鞋。刘根从椅子上起来之后,龙经理就顺势坐下,但是同样,他们也不在一个时空里。

龙经理 我他妈一想这事儿就要骂脏话,你不要介意噢!老子从来没吃过昨天这种鸟亏,被他妈的追着砍,这口气谁咽得下去?我已经找好兄弟了,今天晚上就从四川出发,明天就到南徐县城,我姓龙的带着他们砍死这帮他妈的贪官污吏,我他妈的砍死他们!(醒悟过来)你在录像哦,刚刚讲的这些不好录,删掉删掉。从现在才开始,咳咳(清清嗓子),一定要删掉的噢!要说实话,我们也是个国企,省级单位,跟公路局按理说应该井水不犯河水。但是跟这个南徐公路局就是关系不好,可这种不好,是历史的一种必然嘛!你想想看,我们高速建成了,噢,大货车全从高速跑起来了,谁还跑县里的公路,他们罚谁去啊?断人财路,如杀人父母嘛,这道理我也懂,但是你有意见你去交通厅、去省里面闹嘛,跟我们施工方闹什么闹?不就是拉点儿渣土、运点儿机械嘛。天天来罚款、天天来扣车,我们这个工程,还要不要建设了?祖国的高速事业,都是被这种官僚毁掉的。我说错了,这不是官僚,这个公路局根本就是黑社会,不对,这整个县都是黑社会,砍伤了我们的人不说,现在下至公检法、上至县委县政府,全躲起来了。亏我们前两天还准备他们那个红歌大赛呢,想想就来气,惹毛了老子,老子带着全体民工去他们县委大院上访去,看他们怕不怕!

第二场

[龙经理话说到激烈处,一把举起了屁股下面的椅子,仿佛一个烈士。
[现在是"砍杀事件"发生之前,南徐县公路局田局长的办公室里,龙经理举着椅子走下去。可以看到田局长瘫软地坐在一张大工作椅上,他穿着白衬衫、黑裤子。他的秘书匆匆忙忙走进来。

秘　书 局长,局长,你醒着不?

田局长　（酒还未醒，摸着额头）这群韩国人，真他妈的能喝。

秘　书　怎么又骂上韩国人了？

田局长　（摆摆手）你说县里搞招商，县长他不找发改委、不找招商局，让我这个公路局局长去陪客，这是什么个意思吗？

秘　书　管招商比管公路好。

田局长　（笑）说吧，啥事儿？

秘　书　有一个记者，又说是个导演，在门口，说想采访你，带着个摄像机。

田局长　什么单位的？

秘　书　没单位，就光杆一人，说是什么独立电影，姓周。

田局长　想采访啥？

秘　书　说想问问您关于修高速的事儿……

田局长　滚蛋。

秘　书　局长？

田局长　我是说让他滚蛋。

　　　　〔秘书没走，田局长看看他。

田局长　还有啥事儿？

秘　书　（笑笑）说了怕您生气。

田局长　别叽叽歪歪的，说。

秘　书　今天早上，二大队长去那高速工地上执法了，发现他们这个超载的问题还是很严重。

田局长　把车扣了啊。

秘　书　扣了，当场就给他扣了，而且立即就开了罚单，提了整改要求，要求他们当即立刻迅速整改，保证安全保证建设，但是呢……没扣下来。

田局长　什么叫没扣下来？

秘　书　二大队长说，他们人太多……车没扣下来，他不敢来见您。

　　　　〔田局长沉默不响。

田局长　这次行动，你知不知道？

秘　书　知道，二大队长倒是给我打了个电话。

田局长　我是不是开会的时候专门说过，凡是涉及南徐高速这个项目的行动，都要有大局意识，有任何动作之前，都必须跟我汇报。

秘　书　说过……

田局长　为什么不汇报？

秘　书　您一大早就被王县长喊走了……

田局长　是我的问题？

秘　书　局长，我们咽不下这口气啊！咱们也是秉公执法，凭啥县里都向着他们……咱们局本来就受了屈，结果连正常执法都不行，也太憋屈了……这也有七八回了，回回执法都让人家给挡回来……你都没听见县里的其他单位是怎么说我们的。

　　　　〔田局长沉默。

秘　书　大家都知道，修这条高速最吃亏的就是咱们局。是，这是省里的建设任务，咱们底下的只能配合。可也不能骑在人脖子上拉屎吧，他们那些工程车辆，天天在国道上轧来轧去的，路都轧成啥模样了，凭啥一分钱罚款也不掏，高速是路，国道也是路，路还有贵贱之分略。

　　　　〔田局长沉默。

秘　书　其实这些，您心里比我们都明白得多，我也就是替咱们局里的同志们说说这个心里话。也没别的，大家就是憋着一口气，我也知道，都是没办法的事情，领导们让咱们配合，咱们也就配合……嗨，不说了，我走了。

田局长　给二大队长拨个电话过去。

　　　　〔秘书照办。

秘　书　通了。

田局长　（接过手机，一字一句，和刚刚的沉稳形成鲜明的对比）你、他、妈、的、怎、么、就、这、么、怂！把我姓田的脸都丢尽了！把我们公路局的脸都丢尽了！一大队三大队在干什么？还他妈的练歌呢，练个屁！都给我召集起来待命，准备出发，给我快点儿！

秘　书　局长，您别激动，是我说得太多了……咱们不能这么明着干，得注意影响……

田局长　（把手机扔给他）穿上制服，跟我去执法。

秘　书　（跟着田局长走下）局长，您要冷静啊，要有大局意识！门在这边。

第三场

［现在还是"砍杀事件"发生前。田局长带着秘书离开时，冯仙儿已经走上了台，她穿着一身绿色军装，向台中走去。冯仙儿站正立直，对着前方行了一个军礼，潇洒、帅气，仿佛是一个真正的女兵，但她脚上不合搭配的白色运动鞋出卖了她，但这也不影响她整个人看起来熠熠生辉、美丽亮眼。她盘腿坐下，对着摄影机，也就是观众的方向，歪着头。

冯仙儿　小周导演，我穿这身儿好看不好看哈？说说嘛，要是你说好看，我就接着坐在这儿让你采访，你要说不好看，那我可就要走咯（"扑哧"一笑）。还害羞个啥嘛，好好看看，好不好看？（又笑）好咯好咯，我说正经的。你问我咋样看这个红歌大赛，咋样看杨五四主任这个人……嗯，我一个女流，不懂得什么大道理，但是说，工地上来来回回就是这么几件事情，除了做工，就是睡觉，也蛮没意思的。有这么个比赛，大家热闹热闹也好，至于讲这个比赛有啥意义，那哪是我能晓得的……红歌也好，流行歌曲也好，就是唱个高兴嘛，人一高兴，做啥事都来劲，对不对？管它有啥意义呢，我没文化，都是瞎讲，你不要介意哈。至于杨五四这个人吧，都蛮好的，对我，对我们家刘根都挺照顾，我蛮感激他……小周导演，我也想问你一个问题，你可以不回答，但是我一定要问，其实我也是替别人问的……你觉得咱们工地的小静怎么样嘛，湖南幺妹，直爽得很哦。你可以考虑考虑嘛……我悄悄告诉你，我跟她俩人天天在一块儿洗澡，人家身材好得不得了！

［这一段采访结束了，杨五四跑上来，他已经换上了一身军装，还挂着勋带，像一个90年代末的军旅歌唱家，不合身的衣服包裹着他胖胖的身体，像要炸开一样。他一上来，手自然而然地搭在了冯仙儿的肩膀上。

杨五四　仙儿、仙儿，咱们再对对词儿吧？

冯仙儿　（躲开他）杨主任，其他人呢？

杨五四　（哂笑）这次这个红歌大赛，领导们很重视哦，一会儿董事长要亲自来检查的，咱俩是主持人、是门面，（轻轻地抚摸她的肩膀）仙儿，你肩上的责任很重大。

冯仙儿 （轻轻地躲开他）就这么个小比赛，能搞出什么名堂嘛。

杨五四 小比赛，仙儿啊，我就这么跟你说吧，当初的这个南徐县长还在这里当县长的时候，那第一届红歌大赛，是县里的电视台、报纸都来了；后来人调进了市里，是全市的电视台、报纸都来了；今年这个比赛，连北京的电视台、报纸都要来，你明白这意味着啥不？

冯仙儿 （捂着嘴笑）还北京呢，我的老杨主任，我就是个工地上做饭的。

杨五四 哎，我都说了多少次了，不要叫我老杨嘛，我现在这个样子虽然算不上小杨了，那也还只是个大杨，对吧。（整理衣服和帽子）你看，我穿这个军装，怎么样，潇洒不潇洒？好看不好看？

　　［冯仙儿"扑哧"一声笑出声，捂着嘴，故作娇羞的样子，杨五四呆愣在那里。冯仙儿稍稍走了两步，向着杨五四拽拽衣角，娇嗔。

冯仙儿 那大杨主任，那您说我穿这军装，好看不好看呢？

杨五四 （缓过神来，凑近她）好看、好看，太好看了！这叫什么，欲把西湖比西子，淡妆浓抹总相宜！

冯仙儿 又胡说八道，主任呀，我想跟你商量个事……

杨五四 真是春色满园关不住，一枝红杏出墙来。

冯仙儿 我呸，占了人家的便宜，还要骂人。

杨五四 哎哟，仙儿，我不是骂你，我是夸你好看被你迷住了，我想疼你还来不及呢。

冯仙儿 疼你个龟儿子，不唱了！

杨五四 仙儿，仙儿，别走别走，有话好说，有话好说嘛，我嘴欠，打自己一巴掌好不好？（打自己）你看，哎哟，真疼。

冯仙儿 哼！

杨五四 你看，我又打自己一巴掌，让你胡说八道，我再打自己一巴掌，让你狗嘴里吐不出象牙来，我再打自己一巴掌，让你放这没味的屁，我再打自己一巴掌，让你得罪我们好仙儿，我再打——

冯仙儿 行啦。

杨五四 我的好仙儿，我真的一颗红心——

冯仙儿 有一件事儿，你得答应我。

杨五四 答应、答应，什么事儿都答应！

冯仙儿　那可说话算话哦。工地的办公楼里我还要一间屋子。

杨五四　还要一间屋子？干啥用？你要扩建食堂啊？

冯仙儿　我再要一间屋，摆儿张麻将桌。

杨五四　开赌场？这可不行。

冯仙儿　什么赌场，就是个麻将馆嘛，有啥子关系。

杨五四　那是赌博，是违法的事情，警察要抓人的。

冯仙儿　我看大街上到处都是打麻将的，也没见谁被抓嘛。

杨五四　仙儿，别的事都好说，违法的事情，搞不得。

冯仙儿　你不是和这个县公安局很好的嘛，这点儿事情都搞不定？

杨五四　咱们建高速是一码事，开赌场，那是另外一码事。

冯仙儿　开什么赌场啦，都说了，就是个麻将馆子。你就把你藏汽油那屋给我
　　　　就行。

杨五四　这事儿真不行。

冯仙儿　（定定地看着他，突然开始抹眼泪）反正我就是这命。

杨五四　（靠近仙儿）仙儿——

冯仙儿　嫁了个男人是个憨货，在工地上给人抢大锤、出苦力，那也算了，无非
　　　　苦一点儿。结果又被你这么个人给缠上，成了个啥？真是不如死了
　　　　的好，反正被我们家那口子知道了，也是个死，不如现在就死（往台下
　　　　冲）。

杨五四　（拉住她）我的姑奶奶哟！

冯仙儿　松开，你让我死。

杨五四　我考虑考虑，你让我考虑考虑行吧。
　　　　〔冯仙儿靠在杨五四怀里抽泣，但这种抽泣与其说是在哭，不如说是
　　　　在娇嗔。

杨五四　你这女娃子，脾气怎么这么大呢，我又没说啥不是，消消气消消气。

冯仙儿　我不管，我就要开。

杨五四　好，开！那间房很危险哦，一定要把汽油清干净，那要是咱们开成了，
　　　　怎么样呢？
　　　　〔冯仙儿把头抬起来，靠近杨五四的耳朵，风情万种。

冯仙儿　你想怎么样，咱们就怎么样嘛。
　　　　〔这个时候，刘根也穿着一身军装和白色运动鞋走了上来，看见冯仙

儿在哭,赶忙上前去抱住她。

刘　根　仙儿,你这是咋了?咋哭成这样?

杨五四　我们正对那个主持词嘛,然后……就……这……

冯仙儿　杨主任给我讲了很多革命烈士的故事……我太感动了,一时忍不住就……

杨五四　哎,仙儿就是太感动了。

刘　根　(扶住冯仙儿的肩膀)仙儿,你这一哭,让我也想哭了。杨主任,要不你也给我讲讲?

杨五四　欸,刘根,你咋不戴帽子呢?我的给你。
　　　　〔刘根将帽子摔在地上,冯仙儿拾起帽子重新给他戴上。另外两男两女四个民工也走了过来,他们上身都穿着一样的绿色仿军装棉袄棉裤,脚下穿着白色运动鞋。除了冯仙儿和刘根之外,另外的这四个人分别是女民工胡艳芳和她老公冯国庆,还有两人,他们是小静和虎子。

杨五四　大家都到齐了,咱们先练歌,先练歌,好不好?

众　人　好……

杨五四　那列队,稍息!
　　　　〔合唱队应声而动,歪歪扭扭。

杨五四　立正!
　　　　〔合唱队应声而动,歪歪扭扭。

杨五四　很好,大家的精神头很足!要的是这种气势!这次这个南徐县红歌大赛是省精神文明建设的重要项目,啊,大家一定要重视、重视再重视!咱们第三项目部作为唯一一家外来单位,肩上的担子很重呀……各位是咱们第三项目部的文艺骨干,不能在比赛里给公司丢人、给董事长丢人,一定要拿到名次,一展风采!
　　　　〔合唱队哑然,杨五四示意跟着他喊。

杨五四　拿到名次,一展风采!

合唱队　(没精打采)拿到名次,一展风采!

杨五四　作为这次南徐高速公路工程第三项目部合唱队的总策划、总指挥、艺术总监,我杨五四在艺术上一定会对大家严格要求,但是同时作为办公室主任,在这个生活上,我也要照顾大家。我和董事长已经决定,

　　　　当然了，主要是我的决定，咱们合唱队的每个成员，每人发放演出费，人民币 200 元。

　　　　〔合唱队兴奋起来。

胡艳芳　杨主任，那我们唱这么多天歌，只有演出费，没有排练费呀？

冯国庆　别瞎闹。

胡艳芳　你闭嘴。

杨五四　艳芳啊，咱们不是还一人发了身衣服鞋子嘛，对不对，那就是排练费。

胡艳芳　这衣服平时咋穿呢？这鞋，走起路来，硌得脚丫子疼。

小　静　我也觉着，说起来还是名牌呢，穿着就是特别难受。

胡艳芳　特别就是后脚跟儿那。

小　静　对对对，胡姐，一样一样的，看来咱俩的脚型像。

杨五四　什么脚底板脚后跟的，咱们是精神文明建设，是唱红歌，把歌唱好，这才是第一位的！一会儿董事长还要亲自来视察，咱们的工人同志们，你们的思想觉悟很不够！

胡艳芳　唉，你……

冯仙儿　（走到他旁边）杨主任，咱们从主持词开始吧？

　　　　〔杨五四看了看她，清了清嗓子。假装握着一个麦克风，两人对着观众，后面的五人站好一队。

杨五四　看呐！那屹立人间的高楼大厦是多么的高！

冯仙儿　看呐！那贯穿南北的公路桥梁是多么的长！

杨五四　忆往昔，红色中国革命前辈们爬雪山、过草地，革命的精神源远流长！

冯仙儿　望今朝，南徐高速第三项目部铺大道、建通途，劳动的臂膀英姿飒爽！

两人合　下面请欣赏南徐高速第三项目部小合唱——

杨五四　《我的祖国》。

冯仙儿　《歌唱祖国》。

　　　　〔杨五四愣了一下，两人又一起说。

杨五四　《我的祖国》。

冯仙儿　《歌唱祖国》。

　　　　〔两人又同说。

杨五四　《歌唱祖国》。

冯仙儿　《歌唱祖国》。

［冯仙儿回队伍,杨五四转过身,背向观众开始指挥,他动作夸张又毫无章法,但看起来充满了感情,陶醉其中。

［冯仙儿与工友们歌唱。

［正唱歌中,龙经理走近合唱队,大力地鼓掌,打断了众人的表演。

龙经理　好!好!唱得太好啦!

杨五四　(懊恼)小龙,你打什么岔,我们正唱到高潮呢!

龙经理　哎,咱们这首歌唱得是真好,可惜就是不能亮相了。

杨五四　怎么不能亮相?

龙经理　刚刚董事长给我一个电话,说咱们不唱《我的祖国》了,换《国际歌》。

杨五四　董事长他人呢?

龙经理　来的路上接个电话,说公路局又到工地上来找碴儿,董事长亲自去处理了。他让我来同大家说一声,咱们项目部的曲目,换《国际歌》。

胡艳芳　龙经理,这么好听的歌,为啥要换呢?

龙经理　为啥换?因为公路局他妈的忒贼了,知道咱们是省级单位,也唱《我的祖国》,怕唱不过我们,就悄悄换了一首《国际歌》。董事长有指示,他们县里单位唱什么,咱们省里单位也唱什么,所以我们也唱《国际歌》。

胡艳芳　可龙经理,啥是个《国际歌》呀?

龙经理　《国际歌》你都不知道啊?

小　静　(得意地)我知道。(唱)起来,饥寒交迫的奴隶。起来,全世界受苦的人。满腔的热血已经沸腾,要为真理而斗争!

龙经理　走了。

小　静　哎哎哎,等等我呀!

第四场

［又回到了开场时对着采访的场景,龙经理带着合唱队的六个人离开了,杨五四一个人还留在台上,他解开衣服的扣子,脱下身上的军装,露出里面的 Polo 衫和短裤,他把上衣和裤子都整整齐齐地叠起,放在地上,自己坐在上面。

杨五四　现在想想,真是失策,小周啊,你那天怎么就去乡下了呢?你要是在,用你的录像机这么一拍，把事情经过都录下来，有了证据，我们也不至于像现在这么被动嘛。现在事情发生已经第三天，根据我们的情报，那些砍人的小青年早就跑出省了，警察连个锤子也抓不到，抓不到人，他们就是一个死不认账。你看，现在夜里三点钟，我为啥还不睡，就是怕他们还来报复啊，好端端一个工地，愣是搞成了一个阵地。（警觉地跳起来）是不是有狗叫？（聆听）哎，我也一把年纪的人了，现在连个觉都睡不踏实，你说可怜不可怜。我们在现场的民工，被砍伤了七个，冯仙儿，就是刘根他媳妇儿，脸上还被踩了一脚……现在想想，真该听我老婆的，在省城开个旅游公司，多好呀，不用蹚这种浑水。要我说，还是我们董事长跟省里的关系没有搞好，出了这种事，没有一家单位替我们说话，我们也是交通厅的嫡系部队呀，但是没办法，谁让董事长落后了，落后就要挨打，这叫什么？这叫一将无能，累死三军，我们只好自己想办法，文章我已经写了好几篇，今天晚上就会发在网络上面，不给这个南徐县施加点儿压力，不搞出点儿动静来，没有人搭理你的。

［杨五四站起来，把军装的上衣披在身上。水军甲、水军乙上，他们分别抱着一台笔记本电脑。他们在网上发帖，他们一边快速地打字，一边轮流高声叫嚷着，语速逐渐加快，像在进行一场战役，而杨五四就是指挥官。

杨五四　同志们，打好这场舆论战，最重要的是帖子要多、传播要广、力度要大，什么天涯网站、百度贴吧、乌有之乡、湖南红网，通通发上去，彻底实现全天候、立体化、全覆盖的宣传。

水军甲、乙　是，杨主任！

杨五四　战争要讲究技巧，射人先射马，擒贼先擒王！从他们局长开刀。

水军甲、乙　是，杨主任！

水军甲　第一帖：南徐县公路田局长，好一个今日山大王——振臂一呼无辜民工把命丧！

水军乙　第二帖：农村娃远行走他乡，颗颗红心为建设忙——飞来横祸无辜民工把命丧！

杨五四　好！

水军甲　第三帖：还来不及多看你一眼，挚爱的好工友，你就已经血染病床！

水军乙	第四帖：我真的不想与它分别，亲切的压路机，它却被人破肚开膛！
杨五四	非常好！
水军甲	第五帖：君不见工地上刀光剑影，南徐县血流成河！
水军乙	第六帖：君不见田地间惨绝人寰，高速旁尸横遍野！
水军甲	"尸横遍野"夸张了吧？没死人呢。
水军乙	人躺在医院里，死不死谁说得准？
杨五四	说得对！标题一定要惊悚！
水军甲	可要是逻辑不严密，让人抓住漏洞怎么办？
水军乙	逻辑个屁，兵不厌诈，咱们就是要瞒天过海！
杨五四	按我写的稿子发！
水军甲	（摇摇头，接着写）我的亲人们，他们的老人在家乡的田埂里望眼欲穿，他们的孩子在棚屋里嗷嗷待哺，哪承想却遭此横祸？民工张大宝，多么勤劳的、灵巧的、健壮的一双手被齐齐砍断，令人发指。
水军乙	民工王贱民，两条翻山越岭、承载着家庭希望的腿被凶狠的歹徒生生打折，谁来还他公道，谁来还他们公道？！
杨五四	这里要加照片，增强视觉冲击力！
水军乙	照片拍得不行，这样看伤口太浅，没有说服力。
杨五四	让在医院的人发特写过来！
水军甲	我已经P好了，你看，是不是山丹丹花开红艳艳！有人跟帖！
杨五四	说了什么？
水军甲	（念网页）楼主胡说八道，颠倒黑白，公路局秉公执法，依法办事，惨遭民工殴打。
水军乙	操！又有人跟帖！（念网页）顶楼上，我当时在现场，黑社会工程队暴力抗法，罪不可恕，公路局长英勇抵抗，却被打得遍体鳞伤。还配了图！
杨五四	他被打了吗？
水军乙	不可能啊，我们的人全跑了！
杨五四	妈的，给他骂回去！
水军乙	水军来得真快。
水军甲	南徐县官商勾结、蛇鼠一窝。
水军乙	遍地恶棍，满城土匪！

水军甲　杀人放火，谋财害命！

水军乙　偷拐抢骗，受贿贪污！

水军甲　当官的没一个好东西，都是流氓！

杨五四　放屁！

〔杨五四把身上的军装脱下一把扔在地上，两人呆住，带着电脑悄悄地走下去。杨五四懊恼地拿起地上的裤子穿上。舞台后部的灯亮起，龙经理大踏步走过来，手上拿着一把大菜刀，走到杨五四身边，举起。

杨五四　你这是干啥？我现在看见刀心里就发慌。

龙经理　我切了点儿香肠，去喝酒。

杨五四　不去，妈的，我们在网上发的帖子全都被删了。

龙经理　老杨，你这种老文青在网上叨叨叨叨有个屁用？我已经找好兄弟了，今天晚上就从四川出发，明天就到南徐县城，我姓龙的带着他们砍死这帮他妈的贪官污吏。

杨五四　这么个南徐县公路局，咋就能把整个网上的帖子都删掉呢？我写了那么长时间的帖子，妈的，没人看得到，想想就心酸。

龙经理　想什么想，你们文化人就是叽叽歪歪的，喝酒喝酒。

杨五四　我搞点儿创作容易嘛，没日没夜地写了整整两天，那是闻者伤心、见者流泪、字字滴血、千古奇冤……说没就没了，你说这，我找谁说理去！

龙经理　你那个舆论战不行，没有效果。董事长已经在省里活动了，他在上面使劲，我们在下面也得加把劲，不给南徐县这群人来点儿硬的，他们以为咱们公司好欺负。

杨五四　那你也不能带着人去砍县政府。

龙经理　谁他妈说要去砍县政府了？

杨五四　呐！（举起菜刀）

龙经理　砍人算什么本事，还有比砍人更硬的。

杨五四　是啥？

龙经理　我问你，当官儿最怕什么？

杨五四　董事长找到纪委去了？

龙经理　还不到那个地步。

杨五四　你倒是说呀，到底咋整？

龙经理　（拽住杨五四）走，喝完酒就告诉你。

第五场

[田局长背对观众席坐着，穿着路政的制服，一个戴着口罩的化妆师在给他的脸上妆。

化妆师　您把头抬起来。

田局长　你有没有看前面拍的那批照片？

化妆师　看到了，领导。

田局长　拍的什么玩意儿？

化妆师　领导，俺们影楼是咱县里最好的。闭眼。

田局长　弄完去把你们田总叫过来，我得问问他，怎么这么不专业。

化妆师　（拿起镜子）画好了，领导，你看看。

[田局长端详着镜子里的自己，他的额头和脸颊上青一块紫一块，他转过来问。

田局长　怎么跟上回一样？

化妆师　领导，这妆就是这么画的。

田局长　受伤第一天，跟受伤第十天，是一回事吗？

化妆师　领导，俺们培训的时候没教过这个，俺不知道。

田局长　你赶紧的，拿着东西回去，让田三给我过来。

[化妆师拿着东西，嘟囔着走了，田局长把脸上的化妆品擦淡，秘书拿着笔记本进来。

秘　书　局长，又来了好些电话。

田局长　都是谁啊？

秘　书　有发改委李主任、交通局李科长、宣传部李副部长、政法委李书记、运输局李局长、车管所李所长、应急办李主任、人民医院李院长、县工会李主席、县法院李庭长、公安局李副局长、文明办李秘书、交通局李主任，还有综合执法局的李局长……

田局长　停停停停停停停。

秘　书　我这姓李的还没念完呢。

田局长　　你就跟我说县长来电话没有。

秘　书　　县长秘书说：县长指示，坚决打击黑恶势力。

田局长　　然后呢？

秘　书　　就这一句。

田局长　　这是什么意思？

秘　书　　我也没明白。

田局长　　宣传部那边呢？

秘　书　　宣传部李副部长说，舆论战很成功，掌握了主动权，让你再多拍点儿照片，一定要突出这个受伤的严重性。

田局长　　真他妈的……那天你怎么就不拦着我点儿。

秘　书　　局长，我拦了，我跟你说要以大局为重，你不听我的。

田局长　　怎么就搞成这个样子了呢？糟心，你记住了，以后中午再不喝酒，凡是中午的饭，统统挡掉。

秘　书　　还不是他们工程队不识相？现在他们知道了，在南徐县这个地界，到底谁说话才算数。

田局长　　别放那没味的屁……我已经记不清了，你实话跟我说，我到底有没有动手？

秘　书　　局长，这事儿县里已经定了性了。是地方黑恶势力与流氓工程队之间的矛盾，责任主要在工程队。

田局长　　这是县里能定性的事儿吗？对方是什么级别的单位？跟我这么长时间，你就这点儿政治觉悟。（停顿）当时的情况，你再给我描述一遍，客观公正的那种。

秘　书　　九月十日下午，咱们局，也就是南徐县公路局根据群众举报，去南徐高速建设工地对超载车辆进行执法。到了现场，责任主体南徐高速第三项目部拒不配合，还打砸、巧夺公路局执法车辆，造成执法人员受伤的情况。然后，您，也就是南徐县公路局局长，打电话呼叫增援，这个时候，与这个第三项目部有长久矛盾的一伙地方黑恶势力突然出现，与他们起了冲突，咱们局就撤了。

田局长　　我打电话叫增援，叫来了黑社会，他们一砍人，我们就撤了。

秘　书　　听着是挺怪的啊。

田局长　　（捂脸）你能不能动动脑子，把这个逻辑理理通顺。公路局是执法，工程队和社会人员是黑吃黑,三码事儿,不要混为一谈,明白没有?回去写成一个文件,给我过目之后,抄送给咱们局所有在现场的人,一定要统一口径。

秘　书　我确实政治觉悟不够。

田局长　我回几个电话,你去看看田三来了没有。

　　　　〔秘书下场,田局长拨电话。

田局长　哎,亲爱的太太,东西准备好没有? 我一会儿回家,咱们就一块儿过去。现在不是小气的时候,就我说的那个数,一点儿也不能少,出了这么大的事儿,别人保我都是担着风险的。不要在这跟我闹啊,以后日子长着呢,还缺这点儿吗? 只要这个事过去了,我还能往招商局的位置上冲一冲,明不明白,别磨磨叽叽的,我一会儿就回来。

　　　　〔秘书回来。

秘　书　局长,可以准备开始拍了。

田局长　哎好,拍吧。

　　　　〔秘书下场,田局长摆出各种受伤痛苦的造型,闪光灯不断闪烁。

第六场

　　　　〔胡艳芳、冯国庆、虎子与小静围坐在工棚里,两个男人靠近抽着烟,两个女人在一起织毛衣。

冯国庆　这两天也没听见放炮。

虎　子　都停工了,还放啥炮。

冯国庆　上回我去放炮现场的时候,那个发信号的小兔崽子不吭声,"轰隆"一下子就炸了,吓得我腿都软了,(比画)结果这么大一块儿石头,就落我脚边上,我要是反应慢那么一点点儿,英勇就义。

胡艳芳　咋就没砸着你呢? 老天爷不开眼。

冯国庆　把你爷们儿砸死,守寡你就那么开心啊。

胡艳芳　守个屁寡,我赶紧再找个年轻的。

冯国庆　就你那样,还找……(打住)找去吧找去吧,爱找谁找谁。

虎　子　这帮孙子,真是杀人不眨眼,得亏咱们跑得快。

胡艳芳　跑得快有啥用,啥也捞不着。

小　静	欸，芳姐，我听说，冯仙儿跟那谁，有点儿那什么，是不是真的呀？
胡艳芳	也就瞎子看不出来。
虎　子	看出来啥呀？
冯国庆	虎子，你不懂。这两个女人凑一块儿，只会讲两件事，一是编排别人，二是哭诉自个儿。但是呢，这看上去是两件事，其实也是一件事，编排别人其实就是哭诉自个儿。
胡艳芳	放你妈的屁。
冯国庆	此言差矣，我只能放我自己的屁，怎么能放我妈的屁呢？只有我妈才能放我妈的屁。
胡艳芳	老娘大耳刮子扇你。

　　〔刘根上场，众人沉默。

冯国庆	龙经理找我们干啥？
虎　子	找我们几个，肯定还是唱歌的事。
小　静	唱歌多好，我就想唱歌，好好的红歌赛也唱不了了，真可惜。
胡艳芳	也不知道能赔他们多少钱。
小　静	怎么着一个人也得好几万。
胡艳芳	这买卖真值，挨一刀的事，大把的钱到手。
刘　根	你们去过医院没有？
虎　子	我昨天去看了看仓库的老张。
冯国庆	他咋样？
虎　子	背上这么长个口子，只能在床上趴着。
胡艳芳	他活该，非要在董事长面前显摆，拔了那局长的车钥匙，要我说，这事儿都赖他，工地上不开工，咱们的工钱咋办？他这小子被砍死都不冤。
冯国庆	留点儿口德，啊，都是工友。
胡艳芳	工友个屁，每回瞅我的时候，看他那个色眯眯的样，我都想把他眼珠子挖出来。
小　静	要说，还是董事长反应快，我前一眼看他还在那大声地骂人呢，后一眼他自己就没影了。
胡艳芳	根儿，今天早上见她，我都没认出来，那么一双勾魂的眼睛，现在都傻了，跟她说话像是没听见似的，光唱歌，一点儿神都没了。

冯国庆　不就是被那局长一脚踩的嘛。

胡艳芳　踩得好啊,踩一脚能拿好几万呢。

冯国庆　怎么没踩你脸上呢。

　　　　〔胡艳芳作势要揍他。

胡艳芳　根儿,你媳妇跟他们开口要多少钱?

刘　根　不知道。

胡艳芳　她那个伤情鉴定做得咋样?

刘　根　她没做。

冯国庆　咋没做呢?

刘　根　她不想做。

胡艳芳　这咋能不想做呢? 得做,还得往重里说,说得越重,赔得越多。

虎　子　就是,别看老张在床上趴着晕乎晕乎的,心里可就盘算好了,就是治好了伤,也得多趴半个月。

刘　根　她说她不想要钱。

胡艳芳　(冷笑)你媳妇儿不想要钱? 那还是你媳妇儿吗?

刘　根　都他妈那歌唱的,说不想当奴隶,要当主人,唱歌唱得都他妈不认识人民币了。

冯国庆　刘根啊,我跟你说,女人说要往东的时候,其实是要往西。

胡艳芳　放屁,老娘说要往东,那就要往东。

　　　　〔龙经理神色凝重地走进工棚,众人看见他,都站起来。

龙经理　大家都到了,好。你们坐,都坐。

　　　　〔冯国庆给龙经理点上一根烟,龙经理深吸一口。

龙经理　实话跟大家讲,今天把大家叫到这里,是有事相求。

冯国庆　龙经理,不用这么客气,大家都是老伙计了,啥事就直说。

龙经理　可能大家也知道,咱们第三项目部这回是遭了大难,七个兄弟住进了医院。我把大家招来这个工地上,就得对大家负责,是不是? 出了这种事情,一想到咱们七个兄弟遭难,我真是心如刀割。

胡艳芳　这事不能赖你嘛。

龙经理　我姓龙的,出来混了这么些年,虽然也没混出个什么眉目,但是这"义气"两个字,从来都放在心里的。对不对,虎子?

虎　子　(没想到喊自己)啊,对。

龙经理	当初你说想学挖掘机，我就把别人都挡住，让你去开挖掘机，是不是？
虎　子	是。
龙经理	老冯啊，你太太生二胎，要是我们工程队不把她藏下来，你能有儿子吗？小静啊，你说我姓龙的待你怎么样？我为啥这么做，因为你们都是我招来的人，我招来的人，那就是我的兄弟、我的姐妹、我的亲人。我的亲人遭难了，你说我能袖手旁观不？不能。
冯国庆	对，不能。
龙经理	现在这个南徐县整个把咱们第三项目部当作眼中钉肉中刺，不但不解决砍人这个事儿，还放话说，工程不让咱们干了，路不让咱们修了，让咱滚蛋。
胡艳芳	路不修了，那俺们去哪儿挣钱？
小　静	是啊，咋能说不修就不修了呢？
刘　根	龙经理，这个可得说清楚。
龙经理	那当然不行！这条路，一定要修，而且一定得是咱们修，但现在，修路已经不单单是修路了，这是一场战争，是咱们第三项目部和南徐县的一场战争！
胡艳芳	龙经理，你的意思是，俺们还得跟人干架？那可不成。
龙经理	当然不能打架，咱们不能跟他们一样，他们都是畜生，狗咬你一口，你能咬回去吗？不打架，咱们鸣冤。
冯国庆	怎么个鸣冤？
龙经理	我为啥找咱们合唱队的各位，因为咱们合唱队的歌声有力量，咱们要用歌声为咱们的工友们讨个公道，为咱们的工资讨个公道。咱们去他们县政府门口，唱歌去！
胡艳芳	就唱歌？
龙经理	就唱歌。
小　静	不动手？
龙经理	不动手。
虎　子	能把工钱要下来？
龙经理	能要下来！
冯国庆	好，那咱们就去！
龙经理	虎子？

虎　子　去。

龙经理　小静？

小　静　唱歌我乐意！

龙经理　胡大姐？

胡艳芳　去唱一曲儿！

　　　　〔龙经理转头望向刘根，刘根这里的话就像是呓语，好像一个孩子在跟妈妈说自己要到月亮上去，其他人都是起哄。

刘　根　我就一个想法，也是我媳妇儿的想法。

龙经理　你尽管说。

刘　根　我媳妇说了，她要在那个局长脸上也踩一脚（众人大笑），只要能达成这个心愿，啥事她都参加。

龙经理　没问题，踩他丫的！

刘　根　真的？

龙经理　真的，踩他丫的！

刘　根　那就行，那我们两口子都去。

龙经理　踩他丫的！

小　静　踩他丫的！

虎　子　踩他丫的！

　　　　〔众人异口同声地呼喊起来，语气里都是揶揄和调侃。

众　人　踩他丫的，踩他丫的，踩他丫的！

第七场

　　　　〔冯仙儿接受采访。她神情迷惘，对着镜头开始说话。

冯仙儿　不好意思，周导演，我现在实在是说不出来什么。我现在，只想练好歌。你要想拍，就拍我练歌吧。（唱）起来，饥寒交迫的奴隶；起来，全世界受苦的人……我一定要有钱，有了钱，别人都会尊敬你，爱戴你，走到哪儿都有人捧着你。（唱）不要说我们一无所有，我们要做天下的主人……我怎么觉得这首歌就是在唱我冯仙儿呢？我以前什么都不觉得，只知道挣了钱，就什么都有了，我满脑子想的就是挣钱、挣更多的钱。为了钱，我什么事都干过，什么苦都吃过，我一点儿也不在乎，有了钱，我可以改变生活、改变命运。有了钱，人都会尊敬你，都会爱戴你，走到哪里别人都捧着你，所以我一定要有钱。你说对不对，我想得多透彻啊！可是这几天，我怎么跟着了魔一样，怎么都迈不过这道坎儿……不就是踩了我一脚吗？有啥呢，我就当他是不小心，他滑倒了，他不是故意的。我的脸脏了，我洗洗干净，涂点儿化妆品，那还是一样的光滑，跟没发生过一样，对不对？您说我是不是该这样想，我要是能这样想多好，我还能用这事再要一笔钱，我把自己的伤鉴定得特别特别严重，我问他们要一大笔钱！我办得到的，那多简单，多开心啊。

我们那个村子穷，一个人剩下半亩地，吃饭都不够，家家户户出来打工。我从小就比别人早一步，别人还在念小学的时候，我已经上了初中，别人上了初中，我已经上高中了，到别人读高中的时候，我就已经在广州的饭店里给人端盘子了……我为什么要去端盘子，您不知道，我们这些学生坐在教室里，都穿着蓝白颜色的校服，看上去大家都一样。可我知道，我们不一样。那些富裕家庭的孩子们总是好的、对的、聪明的，因为他们的父母会给老师们送烟、送酒、送成片成片的腌猪肉，我是年纪最小的、学习成绩最好的，可班费丢了，所有人都会第一个想到我……就因为我是最穷的。周导演，你是上等人，你不会明白我刚开始在广州端盘子时的那种幸福感，我一个月可以赚两千块钱，那可是两千块钱，比我们家三口人的地里一年的收成还多，拿着第一个月的工资，我觉得自己是这个世界的主人，我可以主宰自己的命运了。我特别看不起村里那些上大学的孩子，他们怎么舍得上大学呢？我一个月赚两千块钱给父母，而他们一个月要花掉父母的两千块钱。那一天起我就告诉自己，人生只有三件大事：生下来、死掉了、挣钱，其他一切都是虚的。在广州的时候我明白了另一件事，一个女人，谁都想占你的便宜，占就占吧，我不在乎，除了这个身子和这张脸（她摸摸自己的脸）我还有什么可以利用的呢……

[灯光亮起，看到她身后跟着的人，是合唱队的成员与龙经理。龙经理也混在合唱队当中。他们满脸悲凉，义愤填膺。刘根走上前，接过冯仙儿手中的大旗，用力地挥舞起来，龙经理拿起一只电喇叭，准备发表演讲，电喇叭一打开，发出了声响（河南口音）："收废电脑、废冰

箱、废麻将桌、废电视、废空调了啊；收废电脑、废冰箱、废麻将桌、废
电视、废空调了啊；收废电脑、废冰箱、废麻将桌、废空调了啊……"

〔龙经理关掉声音，重新举起来喊

龙经理 县领导们，南徐县的父老乡亲们！俺们是多么的悲痛，俺们是多么的
冤屈！俺们背井离乡来到南徐，为南徐修建高速公路，为南徐的现代
化建设流汗流血！但是有谁能够想到，俺们这些修路工人在这里会
遇上这么大的灾难！上个星期二，就是那个无法忘怀的九月十日，俺
们安分守己，踏踏实实修着路，干着工作，没有一点点一丝丝的防备，
几十个人拿着砍刀就来了工地上，他们就是恶狼、是豺狗！

众民工 是恶狼、是豺狗！

龙经理 一句话不说对着俺们就砍！俺的兄弟被砍断了腿，俺的亲人被砍折
了膀子，俺的工友被砍破了胸膛，那是血流成河……

众民工 血流成河！

龙经理 惨不忍睹……

众民工 惨不忍睹！

龙经理 天怒人怨、人神共愤……

众民工 天怒人怨、人神共愤！

龙经理 可是直到今天，俺们的亲人们还躺在医院的病床上奄奄一息，无人问
津，而杀人凶手们却逍遥法外，俺们是走投无路了，俺们恳请南徐县
的青天大老爷们，严惩凶手，还我公道！严惩凶手，还我公道！

众民工 严惩凶手，还我公道！严惩凶手！还我公道！严惩凶手，还我公道！

〔空中传来巨大的声音，严厉、冷酷的声音。

声　音 民工们、民工们，请你们迅速解散，迅速解散，停止非法集会，停止非
法集会。

虎　子 俺弟弟还在医院里躺着哩！

小　静 俺姐夫的手指头都被砍折了！

胡艳芳 你们南徐县就是黑县，黑社会的老窝！

冯国庆 （向观众比画）他们拿的砍刀，有那么老长！

〔声音再度传来。

声　音 围堵政府大门是犯罪行为，立即解散！围堵政府大门是犯罪行为，立
即解散！否则将采取强制措施，否则将采取强制措施！

［刘根挥舞着大旗，龙经理招呼起大家站队。冯仙儿走上前，唱。

冯仙儿　起来，饥寒交迫的奴隶！

众民工　起来，全世界受苦的人！

满腔的热血已经沸腾，

要为真理而斗争！

旧世界打个落花流水，

奴隶们起来，起来！

不要说我们一无所有，我们要做天下的主人！

［众人唱的节奏越来越快，被歌曲的情绪感染，越来越高昂，灯光全灭，警报声响起，舞台上的诸人仿佛有了神性。

［他们接着唱，然而在歌声的映衬下，整个环境显得异常安静，合唱队也感受到了这种安静的可怕，他们一个一个停下歌唱，走下舞台。最后只剩下了冯仙儿一个人立在高处，在警笛声和警灯的闪耀中继续唱歌……

第八场

［杨五四穿着他开场时的那套衣服坐在舞台上，他跷着二郎腿。

杨五四　所以人家都说，秀才遇到兵，有理说不清嘛。（停顿了一下）你看，像我在网上跟人打口水仗，完全没有效果，还是龙经理水平高，堵住县政府，一曲《国际歌》，立竿见影——（倾身对观众的方向）领导们很生气，分管交通的副省长亲自打电话到了公司，过问这个事情。这下好了，啥都能解决了。厅里派了个副厅长来协调，明天晚上我们董事长、南徐公路局局长和这个厅长，三方会谈，让我整理一份赔偿金表格，住院费、误工费，再加上经济损失，林林总总加起来，一百零一万五千三百二十八。本来就一百万零三百二十八的，唉，我也给冯仙儿争取了一万五，再多也不可能了，她也没受什么伤嘛……可她非说让那个公路局局长（摇头）……那不是胡说八道嘛，哎，这个傻姑娘。昨天他们都被抓派出所去了，我把他们领回来的，其实他们唱歌的时候也受伤了，不过那是执法，没法要赔偿……哎，说到底，还是龙经理水平高。

［杨五四快说完的时候，胡艳芳已经站在了他旁边，杨五四说完自己站起来，摇晃着脑袋离开，胡艳芳一屁股坐下。

胡艳芳　周导演，我们为啥要跟着去唱歌？也是为了要工钱嘛。不过我不瞒你说，真是太丢人了（但是她眉飞色舞，丝毫没有觉得丢人的样子），我这辈子还没进过派出所呢，没想到派出所里是那个样……警察同志们对我们还挺好，一进去先问吃饭了没，说没吃，就一人发一桶方便面，然后问我们说领头的是谁，说出领头的来，其他人既往不咎。我心里盘算了一下，我们是龙经理组织来的，那领头的就是龙经理了呗。哎，其实我本来也不想说的，结果我一看墙上几个大字，"坦白从宽、抗拒从严"，我就指着龙经理说，是他。没想到警察同志不骗人，接着就不审我们，把龙经理自个儿带走了，我们临走的时候还一人发了二百块钱，这是咋回事呢？我是想不通这个理儿。国庆，你明白为啥不？

［胡艳芳在说话的时候，冯国庆已经拿了把椅子坐在了她旁边，在胡艳芳问他时，我们才可以看清楚他的样子。他愣了一下，回复。

冯国庆　这有啥不明白的，人都说了，坦白从宽、抗拒从严。你坦白，就从宽。从宽就是不打也不骂，给钱走人。

胡艳芳　你看着多好呀，咱们应该天天去唱歌，唱一回两百，唱一回两百，唱一个月，六千块钱到手了。多好呀，还不用干活。

冯国庆　傻娘们儿，这录像呢，别胡咧咧。那挨揍的又不是你，我们几个男的，每个人都挨了几棍子。

胡艳芳　挨几棍子挨几棍子呗，大老爷们儿怕个啥，我都不怕，挨那么两棍子，拿上二百块，比你在工地上抡一天大锤强得多。

冯国庆　那你咋不说那天砍人的时候挨两刀呢？那赔得更多。

胡艳芳　我早说了，你就该挨两刀，那估计得赔不少钱呢，想想就气，你咋就跑得那么快呢？

冯国庆　你这个疯娘们儿，我挨两刀是玩的吗？挨他妈两刀，我不少条胳膊也得少条腿，净胡说八道。

胡艳芳　我怎么胡说八道了？你想想看，啊，从那天起，工地上就停了工，咱们通通都不开支了，那这几个住了院的凭啥还有误工费呢？咱们不上班就没钱，他们不上班在医院里躺着还有工钱，这是个什么道理吗？

冯国庆　那行，我砍你一刀，你也去住院，也躺着。

胡艳芳　（站起来）冯国庆，你个瘪犊子，老娘跟你一块儿出来打工挣钱，风里来雨里去的，不容易吧，啊？结果你就盼着我死呢是吧？（打冯国庆）还看我，看老娘不打死你！（冯国庆站起来跑）你给我站住，不许跑！（脱鞋追打冯国庆）老虎不发飙，你还想骑在我脖子上拉屎。

冯国庆　这录像呢，录像呢，你注意点儿影响。

　　〔小静走过来，接过胡艳芳扔的鞋，递给冯国庆，看见这场闹剧，"扑哧"一声笑出来。

胡艳芳　你笑啥玩意儿？

　　〔小静走到她身边。

小　静　没笑、没笑，我来喊你们去吃饭。

胡艳芳　去哪吃？

小　静　去食堂呀。

冯国庆　谁做的呀？

小　静　冯仙儿。

胡艳芳　她怎么又烧上饭了？

小　静　我也不知道，不过就喊了咱们几个，说是请客。

冯国庆　那走着吧。

胡艳芳　走啥玩意儿，问清楚了再去。她为啥请客？

小　静　没说为啥，说咱们合唱队一起聚聚。

冯国庆　她不会还说那事儿吧？

胡艳芳　她脑袋有毛病，当个玩笑话听听呗，还能当真啊。周导演，我跟你说，我觉得这个冯仙儿脑子被踩出毛病来了。以前吧，我们都知道她好一个赚钱，一开始开个小卖部，后来又开台球室，再后来还开上食堂了。前几天，我听说她把杨主任藏公家汽油的那间屋子用来开赌场了，能干啥就干啥，在这工地上，她就差开个妓院了，忙得是团团转。结果这几天，嘿，她啥也不干了，食堂也不开了，就坐在那唱那个《国际歌》，哼哼来哼哼去的，干啥玩意儿呢？她再怎么样，比那些在医院里躺着的强多了吧？你说是不是，大丈夫能屈能伸。

冯国庆　她又不是个大丈夫，她是个女的。

胡艳芳　女的，那就根本不用伸。

冯国庆 人家请客吃饭,你还在背地里念叨啥,不去拉倒,我去。

胡艳芳 (气鼓鼓地站起来,紧紧跟着冯国庆)臭不要脸的。周导演,那我们去了啊,吃完饭我来找你,你接着采访我。

　　〔两人走下去,小静跟在他们背后,快下场的时候,转过来对着观众。

小　静 周大导演,回头你也采访采访我嘛,我也很有故事的。

第九场

　　〔冯仙儿在擦桌子,她的身体弯成了一张弓,紧绷着。她擦得很认真、很细致,从桌子的左上角开始,一寸一寸地擦到右上角,像是在写一张硬笔书法。她"写"完第一行,就开始"写"第二行,认真、专注、紧张。
　　〔刘根拎着啤酒瓶子坐在条凳上喝。
　　〔两个人互不理睬、各干各的,在冯仙儿擦第四遍时,刘根转头看向她。

刘　根 别擦了……

冯仙儿 ……

刘　根 别擦了……

冯仙儿 ……

刘　根 别擦了,你都擦一下午了,那桌子是干净的,还擦! 别擦了!
　　〔冯仙儿不理他,接着"写"她的硬笔书法。

刘　根 凡事咱们都要往前看,不能往后看。
　　〔冯仙儿还是不理他,继续"写"她的硬笔书法。

刘　根 日子还得接着过,要我说,这个食堂咱们还是接着开起来,啥事也不能耽误挣钱不是?

冯仙儿 嗯,开。

刘　根 (兴奋)对吧,能挣一点儿是一点儿。

冯仙儿 嗯,挣。

刘　根 (更兴奋)你看咱们出来打个工,工地上被黑社会打,大街上被公安局抓,过的这叫啥日子,咱们要是有钱了,还用受这种气? 想干啥就干啥,咱们就回老家开个农家乐、要几个孩子,过消停日子……

冯仙儿　刘根。

刘　根　啊！

冯仙儿　你说过的话算数吗？

刘　根　我说啥了？

冯仙儿　你说让我在那个局长脸上也踩一脚。

刘　根　（失望。犹豫地）算数！踩，一定得踩！

冯仙儿　好。（接着擦桌子）

　　　　〔刘根看着冯仙儿擦桌子的样子，从后面抱住她。

冯仙儿　躲开。

刘　根　这会儿没人。

冯仙儿　我没心情。

刘　根　我怕我明天就回不来了。

冯仙儿　又没让你杀人。

刘　根　我就想要。

　　　　〔冯仙儿挣扎着将刘根推倒在地。刘根就躺着。

冯仙儿　我现在一闭眼，就能看见一只皮鞋的底，鞋底的缝里全是泥，脚后跟
　　　　的地方还夹着一颗石子，石子上面沾着烟灰，灰色、白色、黑色……混
　　　　在一起，特别清楚。

　　　　〔停顿。

冯仙儿　你只要让我踩他一脚，你想咋样咱们就咋样。

　　　　〔冯仙儿接着擦桌子。

刘　根　仙儿，那个局长在哪里喝酒的事情，是杨主任告诉你的吧。

冯仙儿　你想说什么？

刘　根　我啥都知道。

冯仙儿　知道什么？

刘　根　仙儿，你不能这样对我。

冯仙儿　我替你开食堂、替你养活你妈、替你挣钱，我还能怎么对你？

刘　根　你宁愿跟那个老头子，也不愿意跟我。

　　　　〔冯仙儿停下手上的活。

冯仙儿　刘根，那天摔倒的时候，你没拉我一下，我一点儿也不惊讶。

刘　根　那别人是拿着刀冲上来，我手边没有趁手的东西，要是有个东西，我

当时就跟他们拼命。

冯仙儿　别说话了行吗？我听见就觉得恶心。

刘　根　仙儿，我多少次看到你和那个姓杨的干，我就不恶心？（冯仙儿扔掉抹布）你知道我在外面心里有多难受吗？

冯仙儿　你跟踪我？

刘　根　我是保护你，我怕你被人欺负……

冯仙儿　闭嘴吧，犯恶心。

刘　根　仙儿，我一直都不后悔娶了你，我跟你好的时候，没一个人支持我，都说你在外面打工的时候，就乱得很。可我就是喜欢你，就想跟你好，我不在乎那些，我一直等着你。我爹妈知道我要跟你结婚，气得要把我赶出家门，我都坚持过来了，我不指望你感谢我，就希望你能跟我好好地过，可你咋还这么对我呢？

冯仙儿　刘根，我谢谢你，谢谢你不嫌弃我。

刘　根　你看，你自己也说了，是不是？一点儿也不嫌弃你，一点儿也不在乎你的过去，你就这样在我眼前面跟那个姓杨的勾勾搭搭。

冯仙儿　没想到你记性也这么差。

刘　根　反正我在你眼里，没有一点儿好，你就是看我不顺眼。

冯仙儿　一年前，是谁让我去求杨五四，让我去求他找公安局通融通融？

刘　根　过去的事情我们不谈。

冯仙儿　又是谁让我去问杨五四把食堂盘下来的？啊？我不肯去，我在床上趴着哭，我说这个杨五四不怀好意，我说就是你进了监狱，我也一定会在外面好好地等你；我说我们穷就穷一点儿，我不怕，是谁跪在地上打着自己的脸说：不行，一定不能进监狱；不行，这个食堂咱们一定得拿下来，咱们得赚钱、得发展，不能打一辈子工……那是谁啊——刘根？

刘　根　那也是没有办法……

冯仙儿　你们男人都一样，都是毒蛇猛兽，不把人吃干抹净、骨头嚼碎是不会罢休的。

刘　根　仙儿，啥事都不能在心里记一辈子，钻牛角尖，脑袋会钻出毛病来的。

冯仙儿　什么都别说了，刘根，你要还算个男人，就满足你媳妇儿这个心愿，我现在不想当奴隶了，谁在我脸上踩一脚，我也得在他的脸上踩一脚。

刘　　根　踩一脚你就是主人了？仙儿，这事做不成的。

刘　　根　你刚刚一说这话，冯国庆他们几个连你的饭都不敢吃了，他们都觉得你脑袋有毛病。

冯仙儿　（笑）我脑袋有没有毛病？

刘　　根　我现在也觉得你脑袋有毛病，有精神病。

　　　　　〔冯仙儿慢慢走近刘根，拉起他的双手放在自己的胸上。刘根的欲望被挑动起来，激情地解着腰带。冯仙儿猛地扬手，给了刘根一巴掌。刘根愣住了。

冯仙儿　我就是有精神病。

　　　　　〔刘根提着裤子默默离开。冯仙儿追在他后面喊。

冯仙儿　你满足了我这个心愿，你想干什么、想怎么干，都遂你的愿。

第十场

　　　　　〔龙经理在接受采访，他坐在舞台上，和第一场刚刚出现的时候相比，他憔悴了一些，脸上还有一片血痕，但这不能遮盖他洋洋得意的神气。他手上拿着一份报纸。

龙经理　周兄弟啊，我是真的真的，从来没体会过被人出卖的感觉，我跟弟兄们打架的时候，谁被抓了，就是腿被打折，嘴里也不会吐半个字儿。结果他妈的这群民工，警察还没说话呢，先把我给卖了，真他娘的。不过怎么说呢？要是没有这一顿揍，事情也不会解决，我们把政府大院一堵，歌曲一唱，南徐县的这群王八蛋就不敢再躲了。董事长说，我立了大功，来年要把我调到市里去工作，其实工地上也挺有意思的，吃吃喝喝、走走逛逛，不要打卡不用报到，自由自在。不过经历了这回，我还是觉得回市里好，这天天打打杀杀的，吃不消吃不消。我儿子也上了小学，这种漂泊的日子我是过够了，不过想想就他妈的来气，出卖老子，总有一天老子带刀亲手削了他们。

　　　　　〔杨五四喝得半醉，从旁边走过来，龙经理从接受采访的状态中变换回来，拿起报纸在看。后方的演区里，田局长、李厅长、高速集团林董事长三人在推杯换盏，他们是在旁边的包间里，听得到前面的声响。

杨五四　欸，你怎么在外面坐着？再进去陪李厅长多喝两杯。

龙经理　你怎么找到这个地方的？真他妈的隐蔽。

杨五四　不是李厅长来了吗？省里的人，都谨慎得很。

龙经理　你们喝你们的，我歇一下。

杨五四　(指指里面)已经喝了五瓶茅台了，你放松点儿。

龙经理　现在里面又喝到什么题目了？

杨五四　董事长跟田局长正抱在一块儿哭呢。

龙经理　哭？哭个啥？

杨五四　不说不知道，一说吓一跳，董事长讲，她高中语文老师的儿子和田局
　　　　长的表舅堂哥家的女儿原来是夫妻，原来是夫妻，啊，虽然现在离了，
　　　　那也是攀得上的亲戚。田局长说，这就是大水冲了龙王庙，一家人认
　　　　不得一家人了嘛。

　　　　〔后方演区灯亮起，田局长和林董事长两人相拥在一起。

李厅长　什么叫不打不相识，这就叫不打不相识，来，菜都端上。

林董事长　田局长，我有一件事情特别的后悔，当着李厅的面，我一定要跟
　　　　你说。

田局长　林董，今天开始，你就是我姐姐，就是过命的交情，人生无悔，要说啥
　　　　咱就说啥，痛快！

林董事长　我就觉得，我这个高中语文老师的儿子不该跟你那侄女离婚，他瞎
　　　　了眼！

田局长　你错了！大错特错了！是我那侄女瞎了眼，人小伙好着呢，我太清
　　　　楚了！

李厅长　那咱们就敬瞎了眼？

田局长　敬瞎了眼！

林董事长　敬瞎了眼！

　　　　〔前方演区。

杨五四　田局长还说，看到咱们的工人们被黑社会追打、砍杀，受伤躺在医院
　　　　里，他的内心很悲痛。

龙经理　(笑)真他妈的，猫哭耗子。

杨五四　赔偿已经谈好了，我们再让这几个民工出一个免除刑事责任书，这事
　　　　儿就算完了，咱们该开工开工，该建设建设，南徐县全力配合，全力
　　　　支持。

龙经理　那这钱谁出？

杨五四　管他谁出，反正南徐县政府兜底，走，再进去喝两杯。

龙经理　你去吧，我看见他就烦。

杨五四　行，那你就在这吧。

　　　　〔杨五四晃晃悠悠地又回了包间，也就是后方的演区。

李厅长　杨主任，去这么久，先自罚一杯！

杨五四　敬三位领导，敬咱们团结友善的大好局面，我干了！

李厅长　杨主任是个不可多得的好同志，要重用！

林董事长　老杨，李厅很赞赏你哦！

杨五四　李厅，我这人不善言辞，有您的抬爱，我是受宠若惊，我再干了这杯！

田局长　（鼓掌）好！

　　　　〔前方演区，龙经理重新打开自己手中的报纸看，冯仙儿悄悄地走进
　　　　来，她穿得很性感，抱着个酒坛子，朝包间的门口走过去。龙经理看
　　　　见她，愣了一下。

龙经理　你怎么来了？

冯仙儿　（指指房间）杨主任让我来送个酒，原浆的。

龙经理　厅长只喝茅台，他们都喝差不多了。

冯仙儿　是在这个屋吧？

　　　　〔冯仙儿径直朝门口走，龙经理起身挡住她。

龙经理　冯仙儿，你来干什么的？

冯仙儿　我来给杨五四送个酒啊。

龙经理　这不是你来的地方吧。

冯仙儿　他喊的我。

龙经理　回去，回去，回去。

　　　　〔冯仙儿看看他，放弃了，转身离开。就快走出门的时候，龙经理放松
　　　　下来，冯仙儿突然像一只筋肉紧绷的豹子，朝包间的门口冲过去，龙
　　　　经理反应不及，没有拽住她，冯仙儿跑进了门内。

冯仙儿　（手指田局长）就是他！

　　　　〔后方演区里的人全部起身，看向冯仙儿和田局长。杨五四抓着冯仙
　　　　儿的手，把她拉出房间。

杨五四　你这是干啥？

冯仙儿　杨主任，我求你了，你让我进去。

杨五四　你咋这么不懂事呢！我是不是在帮你要赔偿，你还想怎么样？

冯仙儿　你让我进去，我要找他。

杨五四　龙经理，赶紧把她拖走。

　　　　［龙经理上前扭住她的胳膊，把她往外推。

冯仙儿　你让我打他一巴掌，打他一巴掌我就知足！

　　　　［杨五四紧张地看着包间的方向。

龙经理　别他妈喊了！

冯仙儿　你让他跟我道个歉……

　　　　［龙经理抬起手给了她一巴掌，冯仙儿瘫倒。

杨五四　（上前扶住她）下手怎么这么重？

冯仙儿　你让他出来跟我见一面就行……

龙经理　杨五四，你别他妈的儿女情长了。

杨五四　我去跟领导们解释，你赶紧的，把她拖走。

　　　　［龙经理拽住冯仙儿，把她往门口拖，冯仙儿瘫倒在地上，被拖着走。
　　　　龙经理拖的时候，杨五四紧张地走向包间的门。刘根像一根庄严的
　　　　铁塔，他拿着一把铁锹，出现在了门口，他一拳将龙经理打翻在地上，
　　　　扶住冯仙儿。

杨五四　我操。

刘　根　你们欺负人。

杨五四　（指着龙经理）是他，是他动的手。

　　　　［冯仙儿挣扎着站起身来。

冯仙儿　咱们进去找他，他就在里边儿。

杨五四　董事长在里面，省里来的领导也在里面。

冯仙儿　我们不找他们。

杨五四　仙儿，你不是说让田局长跟你见一面吗？我让他出来跟你见一面。

　　　　［冯仙儿不理他，刘根和她一起往前走。

杨五四　我让田局长跟你道歉，跟你道歉，好不好？让他跟你道歉，当面跟你
　　　　道歉！

　　　　［冯仙儿略微停顿了一下，接着往前走。

杨五四　你替董事长想一想，替工友们想一想。

冯仙儿　我要在他脸上踩一脚。

杨五四　他一个公路局的局长，你在他脸上踩一脚，他还怎么见人？你踩了
　　　　他，就破坏了咱们现在的大好局面啊，工地怎么办？

　　　　〔龙经理在刘根和冯仙儿背后，悄悄举起凳子，要砸向刘根。冯仙儿
　　　　从杨五四的神色中察觉不对，转身。

冯仙儿　（惊叫）刘根！

　　　　〔刘根举锹砸向龙经理。龙经理仓皇逃跑。

龙经理　你们等着！

　　　　〔冯仙儿往喝酒的屋内闯，被杨五四拉住手腕，刘根揪起杨五四的
　　　　衣领。

杨五四　刘根，你要是替她干成了这事儿，你就得坐牢、蹲监狱！你坐牢、蹲监
　　　　狱的时候，她天天晚上在谁的床上睡觉？

冯仙儿　（愤怒地拍打杨五四）杨五四！

杨五四　你要是愿意这样，你就进去，进去揍那个田局长，把他脸按在地上，让
　　　　她踩。

　　　　〔停顿。

杨五四　你不想这样，你不是想回老家开饭店吗，对不对？我进去谈，我给你
　　　　谈一个农家乐下来。

　　　　〔刘根缓缓放下杨五四。

冯仙儿　刘根！

刘　根　要是能有个三十万，差不多就够了……

杨五四　三十万，没问题，就三十万，我现在就去讲。

冯仙儿　我不要钱！

刘　根　仙儿，有个三十万就够了，咱们开个农家乐，你养鸡种菜，我下厨烧
　　　　饭，咱们再也不出来打工了，就在咱们老家能活得很好，对不对？

冯仙儿　我不要钱，我不要什么农家乐！

刘　根　我要。

　　　　〔冯仙儿给刘根一耳光。

　　　　〔林董事长、田局长和李厅长摇摇晃晃地从屋内走出来，刚好看见这
　　　　一耳光。冯仙儿要冲向田局长，被刘根一把搂住，她在他的怀里挣
　　　　扎、喊叫，刘根捂住她的嘴。

杨五四	哎哟,您三位怎么出来了?
冯仙儿	姓田的,你给我过来,姓田的……
李厅长	我在里边儿都听说了,(招招手,用胳膊拍田局长的肩)小田啊,这么一位大美女,你也下得去脚。
田局长	(谄媚地)李厅,看您说的,我也不是存心的。(招呼刘根)这个男同志,我跟你讲,有伤有国家赔偿,没有伤不好赔啊,也是国家的钱,对不? 你老婆也没受什么伤。
李厅长	小田啊,精神损失也可以赔偿嘛,女孩子,多赔就多赔一点儿嘛。
田局长	那给个痛快话,多少钱行?
刘　根	三十万……
冯仙儿	我不要钱!
刘　根	仙儿!
田局长	李厅啊,三十万呢,我公路上都没车跑了,去哪整这三十万啊?(停顿)但是! 既然咱们李厅发话了,那说多少,就是多少,公路局认。
刘　根	钱呢?
田局长	我给你写个条,条就是钱。

　　[田局长晃悠悠地从怀里掏出一个本子,撕了一张纸,看了看,发现没写字处,他冲着刘根挥挥手。

田局长	你过来。

　　[刘根放下瘫软的冯仙儿,走到田局长面前,田局长推转他。刘根弯下腰,让田局长写字条。

冯仙儿	(野兽般的嚎叫)刘根儿!(号啕大哭)

　　[刘根看看她,仍然静静地充当桌子。冯仙儿爬向地上放着的酒坛,抱起坛子,拔出坛口的塞子,把坛内的液体从自己的头顶浇下去。

李厅长	什么味儿?
杨五四	汽油!

　　[田局长和刘根都愣住了,田局长的纸笔掉在了地上,刘根站起,冯仙儿从口袋里掏出一个打火机。

刘　根	(喊叫)仙儿,你这是干啥,你放下!
李厅长	(从醉酒中惊醒)通通都不要动!

　　[冯仙儿把打火机举起。

冯仙儿　我就要一个公平。

杨五四　仙儿，有话好说，你把打火机收起来，这可不是闹着玩的……

李厅长　闭嘴！（对冯仙儿）这位女同志，我是省里来的人，你有什么冤屈，跟我讲，我保证给你公平。

冯仙儿　田局长，我想问问你，你为什么要踩我那一脚？

李厅长　（厉声）小田！你还不道歉！

田局长　冯仙儿同志，我跟你道歉。

冯仙儿　我就想问你，你为什么要在我脸上踩一脚？

　　　　〔田局长愣住，他不知道怎么回答这个问题。

李厅长　你说啊，为什么要这样侮辱人？

田局长　我、我哪知道啊，我踩了吗？是我踩的吗？

冯仙儿　你不说，好，你不知道。

　　　　〔冯仙儿点燃打火机。田局长吓得顺势跪下。

刘　根　（声嘶力竭地）仙儿、仙儿，快放下！

冯仙儿　你踩了我一脚，我也要踩你一脚。很公平。

李厅长　小田，你这是什么态度？好好回答，你到底有没有踩？

田局长　我那天真是喝多了，做了什么都记不清，但既然说有这事，我不逃避，我给你鞠躬。

李厅长　这位女同志，你看田局长也诚恳地道歉了，他怎么也是一个人、一个公民、一个国家干部，他是他妻子的丈夫、儿子的父亲，对不对？是有人格、有尊严的。你心里有不满、有委屈，咱们可以解决，不能用这种极端的、侮辱人的方式……

冯仙儿　你的鞋底上有痰、有泥，还有烟灰……

田局长　冯仙儿小姐，我再一次跟你道歉，我想起来了，是我不小心，我滑了一下，没注意，纯粹是不小心的。（谄媚地笑）我认账，我赔钱，你要多少我赔多少，我赔偿你的损失，我赔偿你的精神损失，你说个数目，说多少咱们就是多少……

冯仙儿　我不要钱，我只要踩一脚。

刘　根　仙儿，你踩一脚，三十万就没有了。

李厅长　小田啊，维稳才是大局啊。

冯仙儿　我原来活得很单纯，人生只不过三件事，生下来，死掉了，挣钱。（唱）

起来,饥寒交迫的奴隶。

起来,全世界受苦的人。

满腔的热血已经沸腾,

要为真理而斗争!

旧世界打得落花流水,

奴隶们起来,起来!

不要说我们一无所有,

我们要做天下的主人!

〔田局长看了看这周围站着的人们,在歌声中慢慢跪下,继而躺下,把脸转向观众席的方向,闭上眼睛。

〔冯仙儿走近躺在地上的田局长,定定地看着,身上的汽油滴在田局长的身上。冯仙儿久久地不动,仿佛时间停止了一样,忽然,她抬起一只脚,所有人都不再出声,瞪大眼睛。然而冯仙儿的脚悬在田局长脸上,没有落下。

〔冯仙儿犹豫着收回脚。突然,她又坚定地抬起脚来,仍然没有踩下去。

〔冯仙儿再一次犹豫着收回脚,又第三次抬起脚来,还是踩不下去。她扔掉打火机,放声大哭,跑下。所有在场的人都大松一口气。

第十一场

〔田局长一个人坐在椅子上,穿着囚服,开始捂着脸,然后抬头,接受采访,对着眼前的摄影机说话。

田局长　周导演,没想到,咱第一次见面就是在监狱里面。我知道你来都想找我问些什么。反正我都想开了,我都跟你说了。你知不知道我是怎么进来的? 我老婆送我进来的。那天,冯仙儿抬了三次脚,还是没有踩下来。你想想这脚要是踩下来,我在南徐县还怎么做人? 那天以后,我满脑袋想的都是《国际歌》,只要一闭上眼睛,就看到她的那只鞋底,你说她怎么就没踩下来呢? 她连三十万都不要,就要踩我这一脚,怎么就没踩下来呢? 善良! 还是劳动人民干净、善良。你想我就那么从地上爬起来,我在南徐县还怎么做人? 她不要这三十万,我不

能不给，我自掏腰包给了三十万。我老婆不答应了！非要说我跟她
有一腿。也是，你们只见给当官的送钱，没见给农民工送钱，除非给
女的，还漂亮。我老婆问，你要跟她没一腿，怎么会给她这钱？把我
给告了，这样我就进来了。周记者，你说这他妈也怪噢，我这辈子亏
心事没少做，越做越风光，偶尔做一回有点儿良心的事，我就穿上号
服了。你说也怪啊，我在这里面天天睡得好，也听不见《国际歌》了，
也看不见那只鞋底了。冯仙儿来看过我，她说她开了一家农家乐饭
庄，知道我有点儿手艺，请我出狱后，去他们那儿做大厨。

尾 声

〔欢快的音乐响起。冯国庆和虎子站在梯子上悬挂"热烈庆祝国际饭
庄开业"的大红条幅。然后，他们试放礼花炮，"嘭、嘭"两声把正在整
理花坛的胡艳芳吓了一跳。

胡艳芳　冯国庆，你个瘪犊子，还没到时辰就放炮，想吓死老娘啊！

冯国庆　今天大喜的日子，什么死不死的，呸呸呸！

〔冯仙儿上，看见站在梯子上的人。

冯仙儿　虎子、国庆，谢谢你们今天来帮忙啊，当心点儿啊，注意安全。

虎　子　放心吧，老板娘。

〔小静拿着摄像机，走近冯仙儿拍摄。

冯仙儿　小静啊，这么快你都学会摄像啦？你要好好谢谢我哦，导演太太。这
部电影呢，拍的是我跟我老公当年在外面打工的时候，一个工地上的
故事。工地上的事都过去了，现在我和我老公开了个农家乐。专做
徽菜，生意还不错。我这屋后面养了一窝鸡，天天下蛋，一会儿你们
可以去捡几个，土生土长，绝对健康。再后面呢，是一个鱼塘，可以钓
鱼，还可以划船，很好玩，欢迎大家带朋友来玩哈。

〔杨五四上。冯仙儿迎上去握手。

杨五四　仙儿，仙儿！

冯仙儿　（热情地）大杨主任！

杨五四　欸，不是跟你说了多少回，我现在开了家旅行社，自己当总经理。

冯仙儿　噢，大杨经理！

杨五四　仙儿……

　　　　〔杨五四亲热地拉起冯仙儿的手不肯放。

　　　　〔刘根扎着厨房的大围裙,手拿大饭勺上,看见杨五四摸冯仙儿的手。

刘　根　仙儿! 杨主任,你讲革命烈士的故事都讲到这儿来啦?

冯仙儿　根儿,杨经理给我们带客户来啦。

杨五四　根儿,一辆大巴,五十二个人,赶紧备菜,两个小时以后就到,全是城里的大老板,按八十块钱一个的标准。

根　儿　(兴奋地)好好好! (准备下)

　　　　〔冯仙儿拉住刘根,走向小静的摄像机镜头。

冯仙儿　这是我老公,大家认识的哈。我跟我老公现在,打算养个娃娃,男娃女娃都好,但最好是一儿一女,我就想当最幸福的人。

刘　根　俺妈说,还是男娃好。

　　　　〔龙经理举着他切香肠用的大菜刀上,杨五四见状夺刀。

胡艳芳　我的妈呀! 国庆,国庆……

杨五四　小龙啊,两年前的事情,都过去了,过去了。

胡艳芳　(躲在冯国庆背后)我的妈呀,都追到这来了,有本事你砍派出所去,来砍俺们干啥?

龙经理　我现在又揽了个大活儿,正四处招工,(对冯仙儿夫妇)匆忙之中,来不及备礼,这把切香肠的小刀就送给国际饭庄留个念想。

刘根、冯仙儿　(接过菜刀)谢谢! 谢谢!

龙经理　来,大伙儿都过来照个相。

胡艳芳　招工? 带不带俺们呀?

冯国庆、虎子　对啊,带不带俺们啊?

龙经理　带! 我招来的人,那就是我的兄弟、我的姐妹、我的亲人啊!

　　　　〔汽车鸣笛和刹车声。林董事长上。

林董事长　仙儿!

冯仙儿　董事长!

林董事长　(欢快地)上次厅长问你饭庄起的什么名,你说叫国际饭庄,厅长说这名儿起得好,他亲自给你们题了个匾,本来是跟我一起给送来的,刚出门给纪委带走了。国庆、虎子,你们去给我抬上来,就在车后备厢里。

〔冯国庆和虎子抬着"国际饭庄"匾额上。冯仙儿继续接受采访。

冯仙儿　我现在觉得人一辈子只有两件事情最重要：一个是生，一个是死。
　　　　〔停顿。

小　静　（对观众）大家安静，安静。欢迎朋友们来到国际饭庄，参加纪录片
　　　　《国际饭庄》首映式。（向不出场的周导演做手势）老公，开始吧！
　　　　〔杨五四开始讲他在剧中的第一段台词，然后，刘根、龙经理、冯仙儿、
　　　　胡艳芳逐个加入，讲自己在剧中的第一段台词。

杨五四　小周，和天下，来一根……

刘　根　周导演。昨天的事情我是真的不想去回忆……

龙经理　我他妈一想这事儿就要骂脏话……

冯仙儿　小周导演，我穿这身儿好看不好看哈……

胡艳芳　周导演，我们为啥要跟着去唱歌……
　　　　〔就在众声嘈杂的时候，响起《国际歌》声。众人安静下来，凝神倾听。
　　　　〔田局长头戴厨师帽，身着厨师装，手举炒锅上。

田局长　我来晚了！我来晚了！

所有人　田局长？
　　　　〔田局长向众人和观众亮出炒锅里藏的字幅："五年以后"。
　　　　〔剧终。

故　乡

高子文

高子文　1984 年出生于浙江萧山,2003 年考入南京大学中文系,2007 年本科毕业后读研,2012 年以论文《借用、想象与生成:美国先锋戏剧与中国文化》毕业,获博士学位。现任南京大学文学院教授,戏剧影视艺术系主任。讲授课程有"戏剧影视艺术概论""外国戏剧""20 世纪剧场新文本研究""戏剧创作案例"等。戏剧作品有《故乡》《污染与净化》《这里的白天与黑夜》等。

三幕剧《故乡》发表于《戏剧与影视评论》杂志 2022 年第 1 期,2021 年为纪念鲁迅小说《故乡》发表 100 周年,由南京大学艺术硕士剧团先后以小剧场和镜框舞台剧场两个版本,首演于"阿那亚戏剧节"和苏州湾大剧院。2019 年年底,曾以一个"表现主义"风格的舞台版本在校内恩玲剧场试演出,后因疫情终止。现有的几个舞台版本均由吕效平执导。该剧为南京大学艺术硕士剧团保留剧目。

【人物】

李承,33 岁

李新,30 岁

李菲菲,22 岁

李阿花,58 岁,李承、李新、李菲菲的姑妈

李继祖,55 岁,李新的父亲

李守根,50 岁,李菲菲的父亲

胡向军,50 岁

【时间】

当代

【地点】

南方一个小乡镇

1. 辉煌的宗祠

【辉煌的宗祠内,四壁都是富丽堂皇的装饰,透过窗户能看到一座簇新的七层琉璃高塔。宗祠内布置了两排玻璃展柜,华丽但粗糙。展柜内稀稀拉拉地放着一些印刷品,有一处陈列品用红布盖着。

【李新,30 岁,博士还没有毕业,穿一件浅色条纹毛衣,款式与料子都不错,但已经旧了,袖口处还有一些破损,在这个时节,显得过厚了。李菲菲,22 岁,读大四。

【春天的一个午后。

李　新　没想到你居然回来了。

李菲菲　你不是也回来了？昨天我爸给我电话,说爷爷就差一口气了。你也是因为爷爷才回来的吧？

李　新　（故作轻松地）我回来需要理由吗？（暂停）工作怎么样？签了？

李菲菲　黄了。

李　新　不是进"终面"了吗？

李菲菲　我那种学校啊,毕业等于失业。

李　新　　那你接下去准备怎么办?

李菲菲　　四处玩玩。

李　新　　四处玩玩,真是一个好主意。

李菲菲　　论文开题顺利吗?

李　新　　没开。

李菲菲　　没开? 你导师还是为难你?

李　新　　他啊……(笑着)忙着评"长江学者"呢,哪里有空为难我?! (不耐烦
　　　　　地看一下手机)停车要停这么久?

　　　　　【暂停。

　　　　　大哥带我们来这里看什么呢?

　　　　　【李新四处看。

　　　　　就这么个伪造的古迹,看点在哪儿呢? (发现李菲菲低着头,像是在
　　　　　想什么事,笑着说)爷爷随时可能死,不过,他已经活了整整一个世
　　　　　纪! 你想想! 他却好像还没活够。可是活着多累啊,我真想早点儿
　　　　　躺平!

李菲菲　　这样说不好吧?

李　新　　你干吗回来呢?

李菲菲　　总要回来的吧。

李　新　　总要回来的?

李菲菲　　总要回来把该做的事做了,把该了的事了了。

李　新　　所以,你都知道了?

李菲菲　　知道什么?

李　新　　知道你爸为什么叫你回来。

李菲菲　　我不知道……好吧,我知道,(微笑地)回来尽孝呗。你也知道?

李　新　　我? 我哪儿知道!

　　　　　【李承上,穿一件深蓝色工作服,微微发福。

李　承　　不好意思,不好意思,让你们久等了。我那个破车,车门半天关不上
　　　　　了。明天就换一辆劳斯莱斯。你们瞧瞧,家乡的变化大不大? 这李
　　　　　氏宗祠,没有胡伯伯和我们胡氏建筑集团,不可能! 没有建国书记的
　　　　　魄力,不可能! 没有赶上中华民族伟大复兴的好时代,就更不可能!
　　　　　你们看看这装修,看看这灵修宝塔!

　　　　　【停顿。

李　新　　大哥，这就是你要带我们看的？

李　承　　这只是"前戏"，"高潮"在后头。你们说说看，几年不见了，对故乡有
　　　　　没有什么新的感觉？

　　　　　【暂停。李新和李菲菲互看一眼，两人都没有回答。

李　新　　大哥，一路上，我一直都在想，小时候你带我去爬水塔。那水塔好
　　　　　高……

李　承　　水塔？早拆了！现在是工商银行！

李　新　　那水塔好高，我一站上去，脚就直哆嗦，你在下面扶着我。那时候你
　　　　　骂我："你还算个男子汉吗？往上爬呀！"记得吗？

　　　　　【李承略带尴尬地看着他。

　　　　　（陷入自己的思绪，但并不难过，而是怀着一种美好的情绪）我爬啊
　　　　　爬，我越爬越高。到中间实在太害怕了，你在底下喊："你只有两条
　　　　　路，要么爬上去，要么摔下来死掉。"的确是这样，要么爬上去，要么摔
　　　　　死。我常常梦见这个水塔，梦见自己爬到了塔顶，看着整个村子金黄
　　　　　色的麦地。有时候爬到中途突然一脚踩空——笃，砸到水泥地板上，
　　　　　我看见自己成了一摊烂泥。

　　　　　【暂停。

李　承　　（对李菲菲）一路上都在看手机，看什么呢，菲菲？

李菲菲　　没什么，一个小游戏，很弱智的。

李　承　　什么游戏？

李菲菲　　水果消消乐。

李　承　　啥？

李菲菲　　一个弱智的游戏。

李　承　　既然弱智，为什么要玩它呢？

李菲菲　　问得好，我也一直想知道答案呢。

　　　　　【李菲菲看了李新一眼，两人笑。

李　承　　你们这些大学生，我必须要提醒你们：国家的未来在你们手里！

李菲菲　　好好好。我关了，我关了。你说吧，带我们看什么？

　　　　　【李承指着展柜里的族谱，两人围过去看。

李　承　　见过没有？清代手抄本！李氏族谱！（知道他们没有耐心听，因此快

速地)你们说有没有这么巧的事——德法嬷嬷把那八箱子家谱翻出来准备烧掉，却正好被胡伯伯撞见。建国书记讲："胡向军可是抢救我们李氏族谱的大功臣！"新新，你是博士，在这方面绝对是专家。大哥认真地问你一个问题：这样子八箱清代传下来的手抄本族谱，值多少钱？

【李菲菲大笑。

笑什么？

李　新　我不是做"两古"的，我是学现当代的。

李　承　什么？鼓？两只敲的鼓？

李　新　"两古"指的是古代文学和古文献，我学的是现当代文学。

李　承　哦，那我明白了！现当代文学，有你感兴趣的！李氏宗族名人展，看！《寂寞空庭秋欲晚》，著名美女作家李晓桦。

李　新　啥？

李　承　电视剧《寂寞空庭春欲晚》看过吧？

李　新　怎么了？

李　承　她这个书叫"秋欲晚"，是续集，也是写乾隆皇帝。

李　新　佩服。

李　承　想不想认识一下？美女啊！看这边，我们还有院士！

李　新　院士？《论中国土壤优于美国土壤的原因及运用对策研究》，著名国家级研究院土壤研究所特聘研究员？

李　承　(仍然陶醉在自己的感动里)你们看看这根柱子，来，重点来了——这是我做的项目！大理石是我负责的，我们胡氏建筑集团出手全是大手笔。怎么样？美国的白宫有比它好吗？

李　新　罗马柱倒是有点儿接近了，但要配上这套中式横梁，美国人怕没这个水平。

李菲菲　这可以叫作"中西结合"。

李　新　也可以叫作"李镇特色"。

李　承　中西结合，李镇特色，古今融通，这正是我们的理念！你们再看这顶的设计，周围是二十四孝图，中间是敦煌的飞天，灵感来自哪儿，知道吗？茅台！飞天茅台！

【暂停。

爷爷随时可能走。不过，这个状态他已经保持三天了。你们不用着急……

【李新挠头，因为李承过于认真，听不出嘲讽，他感到有些不好意思。暂停。

李　新　大哥，我最近总是记起那片竹林。记起来夏天的晚上，你带我去戳田鸡，我负责背鱼篓……

李　承　是啊！（回忆过去，突然兴奋地）那地方现在是十四线了！六条道的大马路！

李　承　大哥，胡向军是什么人，你不知道吗？你怎么能……你难道忘了……

李菲菲　我们去看爷爷吧？

李　承　新新，你的这个认识不够全面。第一，胡伯伯是我们的表叔，正经的表叔。第二，他创下这么大的基业是他的本事。过去做流氓的人很多，但最后做大的，只有他一个。第三，村里老人每月领五百块钱补贴，谁发的？他发的。第四，投资几千万，建这个李氏宗祠，你说他图什么呢？第五……

李　新　我怎么知道他图什么。

李　承　他说了，不为名，不为利，只为替父亲赎罪。你知道我们的祠堂在"文革"时被烧毁过吧？当时干这事的就是胡总的父亲，也就是我们的舅公。

李　新　这样的舅公我可不敢认。好吧，为历史赎罪——他又赢了。第五呢？

李　承　第五？

李　新　不是还有第五吗？接着说。

李　承　不说了。

李　新　怎么不说了？你是胡氏集团的新闻发言人啊。

李　承　不说了。

李　新　有什么不能说的？你说呀！

李　承　你爸也在他那里工作。

【暂停。

就是这样，如果没有他，这里很多人都会没有工作。

【暂停。外面响起长号声，接着是一群女人带韵律的哭丧声。

李菲菲　你们来看，那边有人在出丧。

　　【李承走到窗口向外看。李新也跟过去,但是没有心情看外面。

李　承　那是小李店王家的李德水,前天走的,跟爷爷是一辈。

李菲菲　爷爷要是死了,我是不是也得这么哭?

　　【李承看着她笑,李菲菲也笑了。

李　新　我爸什么时候去的?

李　承　也有两三年了,帮厂里看大门。二叔很好的,你不用担心,有我在。你也怪他不得的,如果有别的路子,他不会去的。自从那年在石料场切断了手指,找工作就难了……

李　新　胡向军一个月给他多少钱?

李　承　这个……

　　【两兄弟谈话时,李菲菲走到角落去了。

李　新　大哥,你还记不记得河对岸那片竹林?

李　承　哪儿还有什么竹林?

李　新　我总是记起来那片竹林。记起来夏天的晚上,你带我去戳田鸡。我负责背鱼篓。你一手拿电筒,一手提渔枪。"唰"——你的动作那叫一个快,一下子就刺中了。然后你就把它放到我的鱼篓里,我感觉那田鸡在我的腰间蹦呀蹦呀!

李　承　那地方现在是十四线了。六条道的大马路,时代进步了。有一次,有个外地人想搞事,在厂门口拦住二叔,强讨一包烟抽。他也不看看我是谁!见着胡总,我可是叫伯伯的。二叔可是胡总的表哥!我就问他一句话:"你耳光想不想吃?"

李　新　我想起来小时候,你带我去爬水塔,那水塔真的好高。我们爬呀爬呀。感觉自己就要爬出去了,那种感觉真的是……我常常梦见这个水塔,梦见自己爬到了塔顶,看着整个村子金黄色的麦地。有一次一脚踩空,我看见自己成了一摊烂泥。

　　【出丧队进了塔里,上到二楼。又吹吹打打起来。

李　承　菲菲呢? 一转眼就不见了。

李　新　三叔以为把她骗回来就能让她听话了?

李　承　新房都装修好了,聘礼也送过去了。男孩子还不错,机场的保安。好日子定的是下周二。

李　新　什么? 下周二?

李　承　冲冲喜嘛！

李　新　啥？

李　承　爷爷啊。

李　新　怎么了？

李　承　这里的人相信，办一场喜事，能让老年人恢复健康。

李　新　恢复健康？九十五了啊！靠他去建设祖国吗？

李　承　三叔我也劝他的。但你知道，关键不在三叔，在三妈。三妈就没得劝
　　　　了。一辈子就想生个儿子，计划生育吃了多少苦……

李　新　菲菲她……她知道吗？

李　承　事情是知道的，但马上要结婚，估计不知道。

李　新　下周二结婚，自己不知道！

　　　　【李菲菲自远处上。

李　承　菲菲，过来，过来。马上毕业了，毕业就能回家了吧？

李菲菲　不可能。

李　承　那你去哪儿？

李菲菲　我找到工作了啊。

李　承　在哪儿？

李菲菲　一汽。

李　承　一汽？

李菲菲　第一汽车制造厂。

李　承　一汽？长春的那个汽车厂？

李菲菲　对啊。你的车不是坏了吗？送你一辆新的。

李　承　你要去东北？

李菲菲　对。

李　承　东北有我们这里好吗？

李菲菲　我不知道东北好不好，他们招人，我就去了。去哪里都一样。

李　新　没错，关键不是去哪里，而是不要在这里。

李　承　三叔知道吗？

李菲菲　重要吗？

李　承　他是你爸！菲菲，那个人我见过了，说实话，很好的。我从来没见过
　　　　比他脾气更好的人。工作也好的。而且，眼睛根本就不是问题，看不

出来的。小叔房子都盖好了，他……

李菲菲　他愿意盖，他自己住呗。

李　承　为什么呀？菲菲，为什么啊？

　　　　【李新笑。李菲菲也笑。

　　　　多少人挤破了头到我们这里来，而你们却要走？

　　　　【李菲菲和李新没有搭话。对面的塔里又开始奏起哀乐。

李　新　（看着窗外的塔）他们在塔里做什么？

李　承　放骨灰。

李　新　为什么放塔里？

李　承　你看，在"基层社会学"领域，你这个博士得请教我这个大哥吧？这是我们胡氏建筑集团下属的福寿陵园有限公司开发的新项目：伴你一生福寿灵修塔，送你一程丧葬一条龙。我一会儿带你们参观参观，比生态墓还环保，胡伯伯的天才创意！建国书记讲："这是要写进历史里去的。"

　　　　【暂停。

李　新　大哥，你现在可以告诉我们了吧，究竟带我们来看什么？

李　承　不好意思，我这个铺垫长了些，破坏了节奏。现在只能直奔高潮了。你们都过来，这样东西，作为李氏族人，是一定要看的。你们看这个。

　　　　【李承带大家到一处，上方红布遮住了某个陈列品。李承猛地掀开红布，露出两块牌匾。

　　　　"永世克孝，敬明其德。"

李　新　啥？

李　承　李氏宗族的祖训。

李　新　我们还有这么个祖训？

李　承　当然。而且是乾隆皇帝御赐的！

李　新　皇帝御赐的？

李　承　乾隆皇帝六下江南，一日来到此地，见人杰地灵、民风淳朴，御笔一挥，写下八字！

李　新　吾皇万岁万岁万万岁！

李　承　不好意思。这个碑，也是我做的。看看这字体——汉隶。

李　新　乾隆写过汉隶？

李　承　乾隆皇帝什么没写过？但是！这还不是关键，你们来。这边，凑近了看。注意看细节，看到了吗？

【李新和李菲菲并不情愿地凑近了看。李承从口袋里拿出放大镜。

菲菲，你也过来。看到了没有？看——我把我们的名字刻上去了。

你们看，李承、李新、李菲菲。紧靠着乾隆的名字！

【李新和李菲菲非常尴尬。

几百年后，人们会发现，原来是我李承做了这个碑！我还有个弟弟，叫李新，文学博士，有个漂亮的妹妹，叫李菲菲。他们肯定以为我永远只是村里送报纸的小瘪三！可建国书记说了，再做两年，就会考虑发展我。的确，我没读过几年书，小学没毕业就工作了。但是，我是李氏宗族的长孙，以后给祖宗上坟，所有人磕头都得跟在我的后面。

李　新　李氏宗族的人还得一起上坟？

李　承　建国书记说了，祠堂建起来以后，要慢慢恢复过去的优良传统，家族祭祖的仪式每年都要搞。

李　新　那也多半是大家跟着他李建国磕头。

李　承　不可能！（突然犹豫地）为什么？我是李氏长孙！

李　新　大哥，你在做梦吧？21世纪了！你只是……你只是胡向军建筑队的一个小工。

【暂停。感到李承受到了伤害，试图弥补。

大哥，今天一看到你，我就想起过去的很多事情。想起过去你总是带着我……我不知道。

李　承　遇上伟大的时代，建筑小工不可以有人生的理想吗？

【李新吸了一口气，鼓起勇气，下定决心。

李　新　大哥，我觉得我必须把心里话告诉你。因为我现在想，站在我面前的这个人，还是你——大哥。还是那个带着我爬水塔、戳田鸡的大哥。我觉得我有责任告诉你：你受骗了。这么个东西，你把它叫"祠堂"，对吧？把它叫一个"建筑"，我觉得都很吃力。你看不到自己掉到坑里了吗？你说胡向军亏本建祠堂，可能吗？但是不管信不信，你厕了。你的父亲死在他的厂里，现在，我的父亲也要死在他的厂里，而你、我，我们都是同样的年轻人，怎么也可以死在他的厂里？你太善良了，这片地方，多的是像你一样的人。善良，但是软弱，而且……

蠢啊!

【李承愣住,试图转移话题,开玩笑地对着李菲菲。

李　承　我看新新该找个女朋友了。

李　新　什么意思?

李　承　找个女朋友,过剩的精力就有地方散了,就会心平气和一些。

李　新　你是不是想说,我找不到女朋友?

李　承　不不不,不是。我的意思是,有了女朋友,你就不会像小孩一样说话了。

李　新　你们是不是都觉得我找不到女朋友? 我只是没有开始去找! 我必须把所有时间都花在专业上,我有一个宏大的计划,将会颠覆整个学术界——我要重新定义"人是什么"。我要研究"人"。(进入自己的思绪,独白似的)我开了两次题都没有过,这其实在我意料之中。我那导师的理解力,根本看不懂我这个题。但是,我不能受这种人影响,我必须看更多文献,做更多思考。最关键的是,我必须抓住这次出国的机会。芝加哥大学啊! 马上就是我博士的最后一年了,田鸡在我的腰间蹦啊蹦啊! 如果再不出去,我就永远没有机会了。(突然沮丧地)可是,我需要钱啊! 我得去赚钱,去给一些笨得要命的有钱人的孩子当家教。田鸡在我的腰间蹦啊蹦啊! 我是穷人啊! 穷人,天然地,在物质上、在时间上就被剥夺了公平竞争的权利。(突然愤怒地)这都是因为,我出生在这样一个地方,有一个如此"善良"的父亲……我诅咒这块土地,这是一块像腐肉一样散发着恶臭的土地。我为自己的出身感到沮丧,为自己的童年和青年一直生活在这个地方感到耻辱。我应该一懂事拔腿就跑,永远都不……

李　承　新新。

李　新　对不起,对不起。坐了一天的车,我有点儿头晕。也可能是因为……祠堂的这种装修风格……我得去找厕所,我的尿憋不住了。

　　　　【李新下。

李　承　什么情况? 新新这是……

李菲菲　他导师不给他开题,他喜欢的女孩去了美国,而他想出国,又根本不可能。

李　承　为什么不可能?

李菲菲　　因为没钱吧。

李　承　　要多少钱？

李菲菲　　我听他说，好像还缺五六万。

李　承　　五六万？那不多啊。

李菲菲　　新新哥其实也蛮可怜的。他那个学校，竞争压力太大了。他也没交到什么朋友。前阵子，他突然反反复复和我说一个女孩。说她扎一个马尾辫，说她准备去美国，说她讲话的时候也和自己一样前、后鼻音不分……乱七八糟的一大堆……

李　承　　哦……我明白了。他这是得了——相思病！好事啊！可是，跟祠堂的装修风格有关系吗？干吗要跟我们这个祠堂过不去啊？菲菲，你知道，无论你们做什么，大哥都会支持的。

　　　　　【李菲菲没有回答，开始唱歌。

　　　　　算了，走吧，去看爷爷。你知道，爷爷几年前就盼着祠堂建成了。前两天清醒的时候，他说，死后一定要把骨灰放到祠堂里，他是李氏宗族的族长，要和列祖列宗在一起。去年，我把我爸的骨灰从生态墓迁到灵修塔里了，几十年后，我的骨灰也会放在里面。我儿子的骨灰也会放在里面，我儿子的儿子……

李菲菲　　（微笑地）会装不下吧？

李　承　　当然会装不下。到那时候啊，肯定要再盖新的，更高、更大、更气派的。那时候，中国一定已经全方位超过了美国！菲菲，你说有没有可能？

李菲菲　　（微笑着附和）超过美国，那是一定的。

李　承　　（朝里喊）新新！新新！我们得走了。人呢？看到你了！小赤佬，撒泡尿撒这么老半天！

　　　　　【李新在角落出现，走向他们。

　　　　　你们跟我的车走！带你们看看河两岸新种的杨柳，那唐诗怎么说来着——"不知细叶谁裁出，二月春风似剪刀"。菲菲，知道是谁写的吗？贺知章，也是本地人。当然喽，他和我们祖上可没法比，那族谱上清清楚楚写着，我们的祖上可是一代"诗仙"李白。

　　　　　【第一幕完。

2. 社会主义新农村

【这是一座看上去非常豪华的小洋房的门口。透过一扇雕花大木门，可以看到堂屋。堂屋正中壁上挂一张十字绣，左侧绣"竹报三多"，右侧绣"梅开五福"，中间绣"家和万事兴"五个行书大字。十字绣上，盖了一个大红的喜字。中堂前放一张劣质的三夹板长条桌，长条桌上放两个空烛台。所有墙壁都是灰色水泥，有些地方尚未抹匀。门面的奢华与堂屋的简陋形成鲜明对比。

【正门口是三张老旧木板凳和一把竹椅。李继祖坐在木板凳上，穿一件和李承一样的深蓝色工作服。李阿花穿一件同款女式工作服，坐在竹椅上。李守根穿一件浅色旧衬衫，蹲在一个煤炉边，背对着观众。

【时间接上一幕。

李阿花　我们老爹这样子已经三天了，不吃不喝，就是不闭眼。我的亲老爹哦，这倔脾气到这会儿了都不改改。我看，就是等这一句话了。骨灰放不放灵修塔，放，还是不放，你们倒是拿个主意。我要是个做儿子的，老早就拍板了，还能让他这么活受罪？

李继祖　老大走的时候也是一个春天。从医院接回来，才两天，就走了。肺癌是没得救的。我记得大承那会儿读五年级，老大出事后，他就不读书了。我记得那个春天比今年还冷，新新还得穿毛衣。

李阿花　这是去年老爹把我们几个叫到一起分的金器。我当时也是昏了头了，也不知怎么就鬼迷心窍地拿了这个戒指。一回到家，老头子就骂我："一个嫁出去的姑娘，怎么有脸伸手来要娘家分家的东西！"我真的是老不要脸了。所以你们看，今天我把这戒指带来了。

【两兄弟看了一眼戒指，没有回应。

李继祖　那对父亲是一个很大的打击。老大一直是我们李家的顶梁柱，他一人可以背 200 斤化肥，单手可以抬起 300 斤的水泥预制板。可现在，顶梁柱不在了。

【暂停。

大承的意见是，爸的骨灰必须放到祠堂里去，而且要放到最高层。爸

　　之前的确也是这么说来着。我觉得，可以放，也可以不放。也可以不用放到最高层，毕竟上面要贵一些……

李阿花　小李店王家的李德水，当初只配给爸提鞋的，都放在顶上一层了，你让咱爸放下面？

李继祖　什么？李德水他还放顶层了？

李阿花　要放就放最顶层，要么不放。

李守根　我没有这个钱。买一个生态墓五千，放灵修塔五万。四家分，每家得一万多啊！

李阿花　四家？

李守根　人一死，放哪里不是放？你们想想看，我哪里还有这个钱？（接后面）

李阿花　老三是难的。

李守根　这个房子，毛坯立起来，45万，但是，光做好这个门脸就得花五万。你们算，墙上的瓷砖，一万，立柱上包这层花岗岩，一万，柳安木大门，两万。（突然兴奋地）怎么样？看着气派吧？还有这个花灯，八千八。五万出手，找回两千。

　　要是就我和菲菲她妈，我们住个茅坑都无所谓的。但要弄个儿子回来，难呀！说实话，我是不在意菲菲嫁出去的，但是菲菲她妈那年计划生育吃了亏，过不去这个坎啊！好在运气还是好的，菲菲她妈的三姑妈家老二的媳妇的表姐给我们看好了一个。家里爹妈都不在了，你说，哪里能有这么好的事情？书是没有读的，但是在机场做保安，穿的是警服。人模样也过得去，不算矮的，就是两个眼睛，有点儿——对上了，但不仔细看，看不出来。菲菲她妈很满意。对方同意孩子跟我们姓李，说搬过来住也没问题。所以，房子总该有的吧……

李阿花　老三，冲冲喜是很好的。（开心地）等菲菲一结婚，我们老爹说不定呀，能下床跑了。

李继祖　好日子是初六吧？那就是下周了。

李阿花　下周好。小心夜长梦多。

李守根　彩礼已经送过去了，八万八千八百八十八。我还在琢磨着，是不是缺个车？

李阿花　车当然是少不得的，房子里面的装修倒是可以慢慢做。所以我说，老三是难的。

李守根　亲姐哦，你这说的可是知心话。

李继祖　那男的，菲菲见过没有？

李守根　(突然生气地)轮不到她说话！宠坏了呀，二哥，我看你也一样。我们犯了同样的错。菲菲，我就不该送她去上大学，女孩子，连读高中都是多余的。初中毕业，去雨伞厂装雨伞，这会儿，我肯定抱上孙子了。读书，把脑子读坏了，爹妈也不理了，几年都不回家了！所以，这个事，不管她同意不同意，必须这么定了。我每天14个小时干活，为了盖个房子，欠一屁股债，为的是谁？(自我安慰地)不过，菲菲是乖的，从小到大，她一直都很听话，等她回来收收心，会懂的……

李继祖　(自言自语地)小孩子读书，是他们自己选的。

李阿花　那，那个男的见过菲菲没有？

李守根　有照片的呀。菲菲她妈老早就发过去了。

李阿花　弟妹没能给你生个儿子，现在给你找了个儿子，一样的，一样的。老三，我必须要说，弟妹真是好的，真是懂道理的。

【暂停。

那放骨灰的事情就这样定好了？不放了，是吧？你们谁去和爸说，反正我是开不了这个口。

李继祖　等大承回来，再听听他的意见吧。老大走了，大承毕竟是长孙。这会儿去接新新和菲菲了。他们堂兄弟感情深，几年没见了，估计要多说一会儿话。

李守根　你要问大承，那就肯定还是放。不是我说，大承这两年做的事，我看着不舒服。大哥是怎么死的，他不记得了？他怎么还能去给这姓胡的做事？我最近老是在想，我们这一家子，也算是风光过的吧？"铁算盘"李德仁的名号，谁没听过？像老大这样的人物，放在以前，镇上也能排上号吧？我们本本分分做人，怎么现在搞成这个样子？如果老大没有去胡向军那个整天呛死人的化工厂，他就不会得肺癌；如果他不得肺癌，就不会死；如果他不死，我们就用不着在这里讨论父亲的事。

李阿花　老三，胡向军还算讲情分的，说实话，大承要是没有胡向军，能盖得了房子，能讨得了老婆，能生得了儿子？

李守根　李继祖说什么呢！

李阿花　（突然小声地碎语）别人家背后说得难听呢，他们说，大承的这个儿子，是胡向军生的。

李继祖　这都谁说的啊？！

李阿花　化工厂里的人呀！

李继祖　这种事，瞎说干什么？！

李阿花　我再告诉你们一个真事，你们可不要在外面乱说。（小声地）胡向军已经亏空了，亏了几个亿。他修祠堂和灵修塔就是为了给政府做脸面，好从银行贷到款。外头都在传，那个帮他的市长，已经被反腐败反掉了。胡向军自己还失踪过一阵子！

李守根　胡向军，他的厂就应该倒闭。胡向军就应该抓去坐牢。

李继祖　那是假的，是谣言。

　　　　【暂停。

李阿花　大承还来不来了？我得去接孙子放学了。这是去年老爹把我们几个叫到一起分的金器。我当时也是昏了头了，也不知怎么就鬼迷心窍地拿了这个戒指。一回到家，老头子就骂我："一个嫁出去的姑娘，怎么有脸伸手来要娘家分家的东西！"我真的是老不要脸了。所以你们看，今天我把这戒指带来了。

　　　　【两兄弟看了一眼戒指，没有回应。

李守根　把父亲的骨灰盒摆到祠堂里，凭什么要付钱？如果还是当年爷爷当族长那会儿，骨灰摆进去，要不要付钱？"文化大革命""破四旧"的时候，胡向军的爹把祠堂砸了，他做儿子的就应该赔！他现在花钱建了祠堂了，凭什么还要找我们要钱？

李继祖　老三，你说这些没用的。

李守根　这道算术题我算不清。你们说，这个世道公平吗？老老实实做人却处处受罪，反倒是油腔滑调的人成了大老板。所以说，要么是这个世道错了，要么是老爹从小教我们的东西错了。

　　　　那年我16岁，老爹不让我去义乌。他说："木匠是门手艺，人靠手艺吃饭。"可哪儿知道有一天，我一个木匠盖个房子，大门还得去店里买！这样的柳安木料，这样的雕花大门，我这个木匠做得了吗？都得机器做啊！

【暂停。

　　胡向军倒是去了义乌。因为他老爹大字不识一个,没懂那么多道理。他16岁,还穿一双露脚趾的草鞋,衣服连扣子都没有,用一根麻绳这么一箍……

李阿花　现在进门出门都是奔驰六〇〇,还有劳斯莱斯。

李守根　我虽然穷,虽然欠了一屁股债,但我好歹顶着呀!我好歹没有像你们这样,要去胡向军的厂里干活。我好歹靠自己的手艺吃饭。

李阿花　老三,你做的那些木工活,也是胡向军厂里的。只是他外包给了别人。

李守根　不应该守本分,不应该什么"敬明其德",那是一种错误的观念,是"四旧"。应该"无恶不作""胡作非为"。

　　【大家都默不作声。

李守根　做人真没有意思。

李阿花　说这种话干什么?马上儿子也弄好了,又盖好了那么大的房子,好日子才开始呢。大承来了。

　　【李承上。

李　承　大姑,二叔,三叔。

李守根　菲菲呢?

李　承　菲菲和新新去看爷爷了。胡总跟我说,今天他要来看爷爷。

李守根　胡向军?他来干什么?

李　承　不知道。

李守根　我知道他来干什么。不就是为了摆骨灰的生意嘛!老爹是李氏宗族的族长,如果连他都不放到祠堂里去,那这生意就得黄了。不过,遇着了我,算他不走运。不管他多有钱有势,开什么车来——不放。我看他怎么办!

　　【暂停。李守根继续抽烟。

李继祖　大承,新新怎么样?

李　承　挺好的。

李继祖　没有什么不对的地方吧?

李　承　没有啊,挺好的。他说自己有个宏大的计划,要搞一个大研究。

李继祖　哦,大研究好啊,研究什么呢?

李　承	研究人。
李继祖	人？
李守根	人——他改学医了？
李　承	研究"人是什么"。
李继祖	（努力思考）哦，这个——瘦了还是胖了？
李　承	一会儿你就见到了。二叔，你得给他买点儿衣服穿。春天都快过去了，他还穿一毛衣，袖口都破了。在学校，穿成那副样子，怎么交女朋友啊？他的同学会以为是什么贫困地方出来的人！
李继祖	是啊，大承，我是该多给他点儿钱。
李守根	大承，我请教你一个问题，这"永世克孝"，这个"克"是什么意思？
李　承	"克"？克服？克服孝顺，好像不通。这得问新新。我只能算是基层的文化工作者。对了，你也可以问菲菲，菲菲肯定也知道的。
李守根	你见过菲菲了？
李　承	见过了。三叔……你是不是再想想？
李守根	什么？
李　承	菲菲的事啊。
李守根	有胆子和你三妈说？看她不打断你的腿！菲菲见到她妈了没有？
李　承	见到了。从爷爷那儿出来，我就见三妈正拉着菲菲走。
李守根	菲菲有没有和你说什么？
李　承	稍微说了点儿。
李守根	说了点儿什么？
李　承	其实也没什么。
李守根	她什么意见？
李　承	你想要什么意见？三叔……（暂停。犹豫着，终于还是说了）还能是什么意见？菲菲说，她已经找好了工作。她要去东北。
李守根	东北？
李　承	东北。长春。一汽。就是那个产"红旗"的第一汽车厂。
李守根	她怎么不说去俄罗斯？怎么不说去西伯利亚？去东北。
李　承	三叔，何苦非要这样呢？菲菲还小，可以再等一等嘛。
李守根	还要等什么？你没见你三妈那个样子……
李继祖	老三，不是我劝你，我看哪……

李守根　不要再说了,你们不懂的,你们这些生了儿子的都没法懂的。

　　　　【暂停。

李阿花　大承,知道你三叔的难处了,下周来吃喜酒,红包要包大一点儿!

李　承　大姑,那肯定没说的。

　　　　【暂停。

　　　　商量正事吧。爷爷这个样子,恐怕不会太久了。二叔,爷爷的骨灰放祠堂还是放生态墓,你看,你是什么意见?

李继祖　我没有什么意见。你们决定就好,该我出的钱,我出。

李　承　大姑,你什么意见?

李阿花　你们李家的事,我哪里敢有什么意见?时间有点儿晚了,我孙子要等我了。

李　承　三叔?

李守根　我再请教你一个问题。

李　承　嗯。

李守根　五万这个价,谁定的?

李　承　有公司的呀,胡氏集团福寿陵园有限公司——"伴你一生福寿灵修塔,送你一程丧葬一条龙"。

李守根　物价局审批过没有?

李　承　物价局?三叔,搞这些干什么?放还是不放,一句话的事。

李守根　我已经说过了。

　　　　【李承尴尬地叉腰站了一会儿。他翻看手机,找出公司的宣传词。

李　承　有这么一个老话,等一等啊。(看手机)《丧书》曰:'气感而应,鬼福及人。'"就是说,子孙后代好不好,全看祖宗埋在哪儿。不过,我不跟你们讲迷信的东西,政策现在也不允许了。但是,德仁老太爷的骨灰,居然埋到生态墓里去,我们做子孙的,出门要被人笑话的呀!

李守根　你这是替谁发表这个意见?

李　承　替谁?我自己啊。

李守根　我只感慨,我们李家的长孙,沦落到要去给别人家做吹鼓手。我只问你一句话:你爸怎么死的,你还记不记得?

李　承　这和我爸有什么关系?

李守根　有关系。你爸要是活着,这里没你说话的份。

李　承　好。我爸死了，我是孙子，一样没我说话的份，对吧？二叔，你排老二，现在你最大了。这事你定，你说怎么办就怎么办！

李继祖　我看我们还是讨论决定，讨论决定。

李　承　大姑，虽然你是嫁出去了，但爷爷从来没把你当女儿看吧，你一样有发言权。

李阿花　哦，我还有发言权啊？那我这个发言权，我主动放弃行不行？

李　承　要我给你们磕头吗？你们就忍心让子孙后代在清明节的时候，人挤人地去生态墓扫墓？一下雨，黄泥流一地，你们见过没有，墓碑都没地方找。搞不好啊，纸钱都烧给别人了。无论如何，爷爷要放在祠堂里。

李阿花　这，我本来，我本来就没有意见的嘛。

李继祖　是啊，是啊。

李　承　三叔！

　　　　【暂停。

李守根　你们看看自己穿的这身衣服。

　　　　【众人看自己衣服，不解。

　　　　一个个都穿得跟劳改犯一样。你们都趴下了，服软了，认怂了。过去的事情也都忘了，一个个舔着脸去给人当奴才。祠堂里放骨灰，哪里来的规矩？过去什么时候祠堂里放过骨灰了？放的那是牌位！人死了就应该入土为安。放那么高，干什么？等着鸟来吃吗？当爹的把祠堂砸了，当儿子的拿祠堂来赚钱，把李氏宗族全当傻子吗?!
　　　　我算想明白了，这就是彻头彻尾的诈骗！胡向军就是靠这种诈骗才富起来的。我虽然穷，欠一屁股债，但父亲出丧这点儿钱，还是出得起的。可是要把这钱给胡向军，办不到！

李阿花　入土为安这个讲法，老三有一定道理的。

李守根　大承，要记住，你是李氏宗族的长孙！给自己留点儿脸！也给你爹留点儿脸！胡向军不是你爹。你有爹！

李　承　我当然有爹。可我爹呢？在哪儿呢？（暂停）胡向军把我当什么人，我自己清楚。我爸怎么死的，我也记着。你们做长辈的，要是觉得可以不放，那就不放，我有什么不可以的？

李守根　那好。决定了，不放。二哥，你说呢？

李继祖　你们觉得不放好,那就不放吧。

李阿花　不放也好的。省得为这事再烦心了。只是一会儿向军过来,脸面上总不要太难看……

李守根　他不怕难看,我还怕难看?

【李守根下。

李阿花　这是去年老爹把我们几个叫到一起分的金器。我当时也是昏了头了,也不知怎么就鬼迷心窍地拿了这个戒指。一回到家,老头子就骂我:"一个嫁出去的姑娘,怎么有脸伸手来要娘家分家的东西!"我真的是老不要脸了。所以你们看,今天我把这戒指带来了。

　　　　不过,现在决定不放了……(犹豫了一下,很快想通了)那也挺好。我走了。

【李阿花下。李继祖把红包递给李承,李承打开看了看戒指,不置可否。

李继祖　你爷爷分她的戒指。

李　承　她不要了?

【李继祖没回答。

李继祖　其实放不放,又有什么关系呢? 一家人,何必为这样的事伤了和气。大承,我觉得刚才你说的话是对的,是我没有挑起这个家的担子来。就不说我手上的这个伤了,也不说你二妈这些年来的病。你爸还在的时候,我就从来没操过心。记得有一年冬天,我们兄弟三个被村里安排去挑河泥。挑河泥,你知道吗? 那是最苦的活了,我和你三叔才挑了两担,肩膀就肿起来了,你爸把我们三个人的活全干了。他从来就是我们家的顶梁柱,可现在,顶梁柱不在了。

　　　　你身上有你爸的影子,我能看到,有你爸的影子! 老三的想法是不对的,不可以看不得别人好。别人好,总是有原因的。我们没有本事,就过过自己的太平日子吧。我对生活总体上还是满意的,虽然小李店王的孙子,小时候和新新一起玩的,都生了两个儿子了,但这主要怪我自己,我没有赚到足够的钱为新新办婚事。2005 年,我的手就这样了。

【他举起自己断了指头的手。

　　　　鸡爪的指头还有三个呢,我只剩了两个。

李　承　二妈的病好一些了吗？

李继祖　老样子。

李　承　钱不够，跟我说。

李继祖　用用还够的。（犹豫地）就是能给新新的钱太少了点儿。大承，我给
　　　　你看一样东西。

　　　　【李继祖从口袋里掏出一个信封，抽出里面的一叠信纸，打开，交给
　　　　李承。

　　　　这是一份协议。新新寄给我的，找我借五万块钱。

李　承　借？借钱？他找你借钱？

李继祖　是啊，这不是借款协议嘛。突然一下要这么多钱，又不告诉我干什么
　　　　用，真是把我和你二妈急坏了。打他电话，又不接。给他发了不知道
　　　　多少信息，也就回一个字两个字的。还好今天终于回来了，你又见到
　　　　他没事，那真是太好了。你看看这份协议，后面特别有意思，他这里
　　　　写着，要给我们养老。（读协议）"乙方所享受之权利，条款四。乙
　　　　方"——也就是我和新新妈妈——"自 65 周岁起直至逝世，由甲
　　　　方……"

李　承　赡。

李继祖　"……赡养标准不得低于国家规定。此外，甲方自愿为乙方每年提供
　　　　体检一次，外出旅行一次，以及不低于一万元的额外补贴。"

李　承　写的都是什么啊？小赤佬！

李继祖　后面还有。"乙方所享受之权利，条款五。乙方逝世后，由甲方承担
　　　　丧葬事宜，甲方不得拒绝，不得延迟，不得委托他人办理。丧葬标准
　　　　不得低于居民平均水平……如甲方遇不可控外力因素无法履行职
　　　　责，以上条款自动作废。"

李　承　就为了借五万块钱，写这么多屁话？

　　　　【暂停。

李继祖　（微笑着）对，五万。我知道，他是不好意思再找我要钱了。

李　承　你不借他这个钱，他还不给你养老送终了？

李继祖　（沮丧地）五万块钱不多的，只是我真的是太没用了。

李　承　这前面还写了，一、二、三、四、五张！他这是在跟你算总账了。老子
　　　　和儿子，能这么算账吗？算得清吗？我早就发现了，新新好像真的读

书读傻了!

李继祖 他读书是苦的。他一直读,一直读,读到了今天,读到了 30 岁。很多人跟我说:"老二,你难的啊!"我就想,也就再读两年吧,还能没个尽头吗? 字总有认完的时候吧? 图书馆的书也总有读完的时候吧? 谁家的儿子,能读这么多书? 现在,他要去研究人了,研究我们全世界的人! 谁能做得了这样的研究呢!

(开心地)我已经三年没见到他了,这几天,知道他要回家,我是一夜一夜地睡不着,我总想起他刚出生时的模样。小脸儿跟个核桃似的,浑身上下像涂了一层粉,我抱着他坐在那个板凳上,他的小手从抱被里伸出来,握个小拳头,冲着我挥呀。我那时紧张得呀,一动不敢动,就担心屁股从板凳上滑下来。

(愈加兴奋地)那时候,人人都羡慕我。我住父亲给我们盖的二层楼房,我骑 28 寸凤凰牌自行车,我戴一块上海牌手表,我还用一个电热水壶呢! 那是新新妈妈的嫁妆。那时候,谁见过电热水壶呀!

时代变了。可我一点儿也不抱怨。这是最好的时代,只是不属于我们罢了。大承,我说多了,你看我,还没喝酒就开始说醉话了。

李 承 二叔,晚上我再陪你喝两盅。

李继祖 可是,新新,不知道长胖点儿没有呢? 晒黑了没有呢? 大承,你再跟我多讲点儿新新,他都跟你说什么了?

李 承 他说,田鸡。

李继祖 田鸡? 他不是研究人吗?

【第二幕完。

3. 猪圈边的人生

【平房门口。这间平房是 1949 年之前甚至更早前的老房子改造的。墙上的石灰已经开始剥落。原本盖瓦片的屋顶被拿掉,盖了一层水泥预制板。于是,就变成一个四四方方的盒子。平房边上是用矮一些的水泥砖砌成的猪圈,上面罩了一个蓝色的钢棚。能看到两扇拦猪圈的铁门,但看不到猪。

【一张破旧的长桌子横在中央,围着它的是几张旧板凳。李新站在猪

　　　　　圈边上看猪。李菲菲坐在板凳上。

　　　　　【时间接上一幕。

李　新　关于人，我突然有个顿悟。菲菲，你知道吗？我爸和我妈把我生下来，居然没有经过我的同意？！也就是说，我的存在先于我的选择！

李菲菲　爷爷住在这种地方？爷爷怎么可以住在这种地方？！

　　　　　【暂停。

李　新　一面大修祠堂，讲着文化复兴，一面却把自己的父亲扫地出门，跟一群猪养在一起。这就是我们的文化，人类历史一个有趣的片段。

李菲菲　爷爷原来是住在我家里的，爸爸要盖新房子，就把爷爷赶出来了。这个地方，是没有办法住人的。我刚才在里面，看到被子都发霉了。那么多的苍蝇，可是还没到 5 月。爸爸怎么可以这么做？

李　新　这并不是因为三叔特别坏，所以这么做。从人类历史看，人的道德水准和他的经济收入是成正比的。换成我爸，也会这么做。他本来可以把爷爷接到我家去，可是他显然也没有。

李菲菲　有时候我幻想去跳江。从长江大桥上跳下去，是不是很酷？

李　新　菲菲。

李菲菲　我才不想死，我只是想让这个世界以为我已经死了。然后，我再从江对岸爬起来，换上一身干净的衣服……

李　新　菲菲，你干吗回来呢？

李菲菲　小时候看你们抓鱼，我一直很好奇，为什么有的鱼游着游着，就游到网里去了……

李　新　和你爸妈再谈一谈，我和你一起去。

李菲菲　刚刚我被通知，下周二我要做那个机场保安的新娘了。

李　新　……

李菲菲　但是下周二，我已经约了室友去吃海底捞了。

李　新　海底捞？所以呢？

李菲菲　所以，我只好跟他们说抱歉了，当然是海底捞更重要。

　　　　　【李菲菲笑，李新跟着她笑。

李　新　（充满感情地）菲菲，我没有亲妹妹。我想起你刚出生的时候，躺在小床上，脸红扑扑的。我那会儿也就七八岁吧，三叔说："新新，来，这是你妹妹哦，让你亲一口。"

李菲菲　　我爸？我爸说的？

李　新　　对啊。

李菲菲　　他那时候是……开心的？

李　新　　对啊,他很开心啊。

李菲菲　　"这是你妹妹哦,让你亲一口。"

李　新　　这就好像发生在昨天。今年我已经三十了,我知道,我还是很幼稚
　　　　　　的、不成熟的。但是,我觉得,作为你的哥哥——

李菲菲　　"这是你妹妹哦,让你亲一口!"

李　新　　我无论如何应该做点儿什么!

李菲菲　　(微笑地)你可以给我报个游泳班!

　　　　　【李新走近她。李阿花和李承上。李阿花对李承说话。

李阿花　　胡向军的父亲是你奶奶的堂兄弟,所以胡向军跟我就是堂老表,他看
　　　　　　到我都是叫阿花姐、阿花姐。过去的时候亲戚之间走得勤,过年都还
　　　　　　来吃饭的。红、白喜事也都走动的。他这会儿要来看看你爷爷,说明
　　　　　　他很懂道理。胡向军的父亲在当年可是一个好角色,一个绝对的积
　　　　　　极分子。周围的庙都是他带头砸的,东岳庙、药王庙、白马寺,都是他
　　　　　　砸的。李氏宗祠也是他砸的。

　　　　　　(看到李新)啊呀,新新呀!这要不是因为爷爷,恐怕都等不到你回来
　　　　　　吧?这回能待几天?见过你爸了?你爸可想你哟!

李　新　　大姑。

李阿花　　这回书该读完了吧?我听大承说,你还要出国去!出国,我觉得就不
　　　　　　要出了,外面全部乱糟糟的,哪里还有什么地方能像中国这么好?不
　　　　　　要去了,听大姑的。那于丹怎么说来着——父母在,不旅游!

李　承　　父母在,不远游。

李阿花　　对,对!不远游。新新,于丹,你肯定知道的吧?厉害吧?老上电视
　　　　　　哦。我就一直盼呀盼呀,盼着我们家博士也能上电视。是不是这样?
　　　　　　你告诉大姑,大姑还得再等多久?

　　　　　【李继祖和李守根上。李守根拎着一把柴刀,偷看女儿一眼,李菲菲
　　　　　　一见父亲就故意进房了。李继祖高兴地走过来,摩挲着一根烟。

李　新　　爸。

李继祖　　脸晒黑了不少啊!

李　新　　你有没有收到我寄给你的……

李继祖　　快把毛衣脱掉,快脱掉! 都快5月了,要热出痱子来的!

　　　　　【李继祖脱掉李新的毛衣放在桌上。

　　　　　衬衫要扎进裤子里。衬衫里面穿汗衫最舒服了,对不对? 你从小就
　　　　　喜欢这么穿。回来太好了,我正好给你买了两件汗衫,白色的,不花
　　　　　哨,你妈说要买中号,我跟她说:"错了,应该买大号,你连儿子穿多大
　　　　　都不知道吗?"(看到儿子一脸嫌弃的表情,截住话头)看过爷爷了?

李阿花　　老三,你拎着个柴刀,慌兮兮地干啥啊?!

李守根　　砍点儿柴烧。

李阿花　　这儿哪有柴?

李守根　　老爹的棺材板就堆在猪圈后面。反正不用了,砍柴烧掉。

　　　　　【李守根下。

李阿花　　作孽哦! 老爹的这副寿材,快有20年了吧? 当初可是找了最好的师
　　　　　傅,选了最好的木料,上了七道漆呢! 砍柴烧掉!

李　承　　留着说不定就成文化遗产了。

李阿花　　那肯定是文化遗产啊! 现在谁还能做得了那样一副寿材! 没有人再
　　　　　有这个福分睡它了。

　　　　　【暂停。

　　　　　天气越来越热了,味道太重了,大承,你闻到了吗?

李　承　　(四处闻)我有鼻炎,一到春天就犯。

李守根　　胡向军到底来不来? 我们到底还等不等他?

李阿花　　(自言自语地)骨灰不放到祠堂里,其实也没什么的。过去那么些年,
　　　　　连祠堂都没有了,祖宗的牌位都烧掉了,我们不是也活得好好的? 对
　　　　　不对?

　　　　　【无人回答。

　　　　　看看咱们老爹去。

　　　　　【李阿花走进房间,李承跟着她进房。场上只留下李继祖和李新。

李继祖　　新新,你运动吗?

李　新　　啥?

李继祖　　篮球呀! 你小时候最喜欢打篮球的,还打吗?

李　新　　不打了。

李继祖　为什么呀？要锻炼呀！身体是革命的本钱。

李　新　行了。

李继祖　来,过来我看看。我看看……你这胳膊……瘦了……

　　　　【李新很不情愿地走近父亲。李继祖摸着儿子的胳膊,盯着他的脸
　　　　看。李新闻到他身上的酒气。

　　　　看这两只眼睛红红的,是晚上看书看太晚了吧?

李　新　喝酒了?在下午三点?

李继祖　这个点我是绝对不喝的!午饭的时候,大承劝了劝。

李　新　(愤怒地)要想多活几年就少喝点儿!不然就等不到我出人头地了!

李继祖　(自言自语地)古时候讲"十年寒窗",读书要读十年。现在哪里还止
　　　　十年?从小学算起吧,六年,初中三年,高中三年,大学四年,研究生
　　　　三年,博士生三年,六加六得十二,四加六得十,十二加十,二十二年。
　　　　现在培养一个人要二十二年,一般的家庭,哪里承受得了呢?

李　新　什么意思?你是想说,家里穷,是被我读书读穷的?

李继祖　我没有怪你!我只是随便说说,我说的是一个普遍现象,现在社会上
　　　　的一个普遍现象。家里穷,肯定是因为我没用。

李　新　协议收到没有?

李继祖　收到了。

李　新　可以签字吗?

李继祖　我还没看完呢!

李　新　一个星期了,五张纸还没看完?中央领导也没你这么忙吧?!

李继祖　有的地方我没完全看明白。

李　新　哪条不明白?

李继祖　就算签了字,我也没有钱给你。

李　新　6月份之前给我就可以。

李继祖　两个月我也赚不了那么多钱啊!

李　新　我知道你赚不了,我又没有让你去赚。

李继祖　那难道让我去偷?去抢?

李　新　你在这儿活了50年,就凑不了五万块钱?

　　　　【暂停。

　　　　我这是找你借,我还你的。我一工作,第一笔工资就拿来还你,协议

　　　　里面，清清楚楚写上了。你没有仔细看看吗？

李继祖　我看了。

　　　　【暂停。

　　　　你怎么不找老师，找同学去借？

李　新　找同学借？丢不丢脸啊！欠了别人钱，在学校里，还活不活了？！

李继祖　你去借钱嫌丢脸，我去借就不嫌丢脸？

　　　　【暂停。

　　　　拿钱干什么，我可以问吧？

李　新　你可以问，但我可以不回答。你不知道，反而更好。

李继祖　那我作为一个投资人，总要知道我的钱投到哪里去了。

　　　　【暂停。

　　　　其实，我知道你拿钱要干什么。大承告诉我了。本科、硕士、博士、留
　　　　学，这一路过关斩将，是到最后一关了嘛。

　　　　新新，实际上，我和你妈，只盼着你能好好的。外面如果学得不开心，
　　　　如果学得太辛苦了，就回来吧。回家乡难道就做不成事了吗？你看
　　　　看小李店王的曾孙子，小时候你们叫他痢痢头的，不是也过得很
　　　　好吗？

李　新　哪里好？

李继祖　他给我们厂里副总当司机，一年有八万，我看工作也不累的，大部分
　　　　时间都在我们传达室里打牌。小儿子都已经这么高了。

李　新　你看这两头猪，过得就很好。它们现在这么懒洋洋地躺着，晒晒太
　　　　阳，多惬意啊！（动情地）确实，你应该后悔的，应该后悔送我去读书，
　　　　后悔我居然还那么听话地把书读进去了。然后，突然有一天发现，啊
　　　　呀，不好了，我成了一头猪了！然后抬起头看别人，全成了猪。满教
　　　　室，满大街，满坑满谷，都是猪。都这么觍着脸在找食吃，往这个粪堆
　　　　里拱一拱，往那个粪堆里拱一拱，往这个粪堆里拱一拱，往那个粪堆
　　　　里拱一拱……

　　　　【李新正低头学猪拱，胡向军上。他身材魁梧，一身名牌西装，头发油
　　　　油的，一律往后梳。

李继祖　向军，你来了。（朝里喊）大承，胡总来了。

胡向军　二哥。

【李阿花和李承从房里快步走出来。

李阿花　向军,你真是懂道理,这么忙,还记得来看你大姨夫。

胡向军　哎哟!都在嘛!找这么个地方把姨夫藏起来,亏你们想得出!害我找了一圈。

李　承　胡伯伯,我告诉过你地方的呀。

【李守根扛着棺材板从后台上,把板卸下。

胡向军　这是准备搞什么?农家乐吗?

【胡向军一边说,一边给李继祖、李承分烟,李继祖看一看香烟的牌子。

李继祖　哟,这个烟⋯⋯嗯,这烟一根能抵我一包了。

【胡向军给李守根递烟,李守根没接,烟掉在地上。

李守根　(面无表情地继续砍柴)这棺材板必须得处理一下。

李阿花　(惋惜地)他这是要砍了当柴烧。

胡向军　哦。我说呢,怎么这阵仗!我刚从小哥家过来,新房子盖得气派呀。

【李守根自顾自劈柴。

　　　　　这就是老二家那个书读得很好的小子吧?一表人才!我们镇上有谁读到博士?很少的。我儿子现在虽然在哈佛,可他已经跟我说了,他是考不上博士的。二哥,你这个儿子养得好啊。我多说一句,千万不要着急催他赚钱。钱只是生活的一小部分,读书可是一辈子的事情。二哥,我们小时候要是能有机会多读几本书,就不是现在这样的生活了。

李　新　哈佛?美国的哈佛?

胡向军　中国也有哈佛吗?

李继祖　新新,叫胡伯伯呀!

胡向军　这小子一年花我十万——美金。学的什么公共管理,这我就完全没概念了。新新,今天正好遇到你这样的大博士,向你请教:这公共管理,学的到底是什么?是不是还有什么"婆婆管理"?

李　新　公共管理,就是对国家和社会的公共事物的管理。

胡向军　哦!公共管理,管理国家和社会的公共事务,这好呀!这不就是建国书记做的事吗?这小子,早跟我说是这么个专业,我肯定支持呀!大博士就是大博士,你这么一说,我就完完全全明白了。可我那小子,

　　　　　 从来没有耐心跟我解释，他给我的短信，全是一个字的。"好""行"
　　　　　 "知""没""不"，当然还有最重要的一个字——"钱"……惜字如金啊。
　　　　　 他非常鄙视我。
李继祖　 不会的，不会的！
胡向军　 真的，二哥。以前我们讲"养儿防老"，那是做梦了。到那时候，他们
　　　　　 还能有空来理我们？我看，等我们老了，都得进养老院。
　　　　　 姨夫怎么样了？病了这几年，我也没时间过来看他。不过，你们放
　　　　　 心，我已经安排好了，灵修塔里最好的位子已经给姨夫空出来了！绝
　　　　　 对是最高的，朝南的正位。
　　　　　 【大家沉默。李守根劈柴。
李阿花　 老三，老三，你不是有话对胡总说嘛！
李守根　 这棺材板真硬！好木头！
胡向军　 怎么了？
李阿花　 向军啊，这事是这样的——老二，你来说说。
李继祖　 关于这个事情，向军，我们讨论了很久了。我们讨论来讨论去，终于
　　　　　 有了一个结论。这个结论就是说，一开始，我们讨论的想法是不太合
　　　　　 适的。那么怎么样才是合适的呢？就是我们现在讨论出来的这个结
　　　　　 论，可以说是合适的了，是比较合适的了。大承，是不是这样？
　　　　　 【李新厌恶地走开了。
李　承　 胡伯伯，他们的意思是，爷爷的骨灰不放祠堂里了，要让他入土为安。
　　　　　 埋到生态墓里去。
胡向军　 哦。谁的意思？
　　　　　 【暂停。李守根停下劈柴。
李守根　 我的意思。
胡向军　 好。你们家的事，你们自己定。我先看看姨夫去。
李阿花　 我带你进去。向军，你真是好，记得来看看姨夫，懂道理哦！
　　　　　 【李承看了一眼李新，苦笑一下。
李　新　 我已经很多年没有见过胡向军了。我只记得和你一起去看他打王二
　　　　　 麻子。我只记得他眯着眼，对王二麻子说："在这个镇上，只有我说的
　　　　　 话，才算道理。"对了，还有一次，是在大伯去世的时候，他来送钱。我
　　　　　 记得那包钱用红塑料袋装着，在你家的桌上，一直就那么放着。

可是,刚才看到他,我突然想起一个事。那时候我差不多十岁吧,去
杂货店买零食,正好遇到胡向军。他问我:"新新,学校里老婆找好没
有啊?"我说:"没有。"他说:"还没有啊? 要找了的。你看看这边架子
上,想要的随便挑,胡伯伯买单。"我不知道那会儿他为什么认得我。

李继祖　都是亲戚,过年都要串门的,怎么会不认得呢? 你小时候,他很喜欢
　　　　你的,只是你忘了。

李　新　亲戚怎么了?

李继祖　亲戚之间就是断了骨还连着筋的。

李　新　(不自觉地愤怒)所以呢?

李继祖　所以,见面就要客客气气,要有礼貌,要懂道理。

李　新　什么道理?

李继祖　道理就是道理。老底子传下来的⋯⋯

李　新　所以说,一个家族里面的人就一定都是好人了? 让你去看大门,就算
　　　　是亲戚了? 他一个月挣多少钱? 你一个月拿他多少钱? 就算没上过
　　　　中学,马克思主义总知道的吧?"剩余价值"知不知道? 估计不知道。
　　　　那"剥削"这个词总听说过吧? 听过没有?
　　　　我问你呢,听过没有?"剥削"听过没有?

李继祖　听过的。人民公社忆苦思甜的时候天天讲。

李　新　你们给他打工,这就叫"剥削",而你们,就是被剥削。

　　　　【李继祖和李承很尴尬,互相看一眼,走进了平房。李菲菲从里面出
　　　　来。她看到父亲在门口,想离开。

李守根　菲菲! 你还想躲到哪里去?

李菲菲　没有啊,我就是出来散散步。

李守根　菲菲,这不是在闹着玩。

李菲菲　怎么了?

李守根　你这么做,考虑过你妈没有? 她多么不容易,为这事,她已经准备了
　　　　三年了! 你看看她,比以前瘦了 20 斤,头发都白了。

李菲菲　怎么才三年,不是我一生下来,她就开始在准备了吗?

李守根　你们母女俩真是一个性格,都这么偏! 就不能退一步吗?

李菲菲　其实我很想知道⋯⋯算了,算了。都算了吧。

李守根　什么算了? 你知不知道,对你妈来说,你这么做会有什么后果?

李菲菲　我不知道。我只知道，如果我不这么做，我会有什么后果。

李守根　你的婚事现在已经是你妈唯一的……

李菲菲　爸，你别再一直说我妈我妈的了。是的，我妈，我知道，她因为没有给你生个儿子，一生下我就得了抑郁症。"爷爷喜欢孙子。"她说。"你爸想要个儿子。"她说。"你大妈、二妈都生了儿子。"她说。我活了 22 年，就看她痛苦了这 22 年。可是，爸，我不想再管她了，也没办法再管她了。我现在想知道的是，你是怎么想的。你也和我妈一样，只想要儿子吗？是吗？自打我生下来，就没有一刻让你开心过吗？

李守根　说这些干什么呢？至少现在，我跟你妈的想法是一致的，而且我们都觉得，这是为你好！

李菲菲　（爆发地）跟你说了不要再提我妈！我现在就问你一句话。而且，我就只问一遍：在我的个人幸福和你要一个儿子之间，你到底选哪个？

　　　　【李守根犹豫着。

李守根　你妈她是个病人呀！

李菲菲　爸……

李守根　我个人其实真是无所谓的……

李菲菲　爸！

李守根　你妈她是个病人！

李菲菲　你还是没听懂我问的。

李守根　是你没听懂我说的。

　　　　【暂停。

李菲菲　我想，我想现在我听懂了。

　　　　【李菲菲哭着跑下。胡向军出来，李继祖、李承、李新、李阿花跟着走出来。李阿花请胡向军坐在中间朝南的位子上。李守根仍旧劈柴。

李阿花　里面太闷了，空气不好。来，向军，你坐这里，坐朝南嘛……你应该坐朝南的呀。

　　　　【胡向军没有坐，而是绕着房子走了一圈，停在猪圈边上。

胡向军　这，是个猪圈吧？现在还有人养猪？

李阿花　哎，老三养了几只猪，也是抓点儿收入，老三不容易哦……

　　　　【胡向军走到舞台中间，在朝南的位子上坐定。

胡向军　阿花姐，我实话跟你说，我刚才在姨夫跟前，已经很生气了。看了这几只猪,我的气,现在已经到这儿了。你是嫁出去的女儿,这事怪不了你。你看到姨夫的被子了? 你看看,他都住在什么地方? 姨夫要不是住在这么个猪圈边上,我敢说,他还能多活十年! 你们这些个不孝东西! 宗法制传到了你们这一代人手里,已经成了垃圾,纯粹的垃圾了。你们只保留宗法制最糟糕的糟粕,却把所有优秀的道德,所有的中华美德,所有的仁、义、礼、智、信,统统丢掉了。你们丢掉了祖宗传给你们的所有好东西,你们连基本的孝道也丢掉了。你们活得简直跟畜生一样! 你们把自己的父亲放在这么个猪圈边上,因为你们内心里,已经把自己看得跟一头猪没有什么两样! 我怎么会有你们这群老表?! 我在这土地上还没见过像你们这样的人。

【李继祖、李守根、李承和李新都被他突然的愤怒震住了,一瞬间,都感到非常羞愧。

李阿花　向军,这个不好这样讲。老三的新房子,不好在里面死人的呀。我们老爹但凡身体稍微好些,绝不会让他住在外面的。这种情况下,老二也不好接手。你看你,你……这话说得重了。

【李守根往自己的手上吐一口唾沫。

李守根　还跟我较劲,我劈的就是你这块棺材板!

胡向军　阿花姐,我是说过头了,我道歉。各位老表,我向你们道歉。

【胡向军合上手打一个拱。

小哥,我知道你对我有意见。我完全接受。我承认,我做得是不好。老大、老二我都收在厂里了,只有你,我们是老同学,我们是最好的关系……但你要知道我为什么没有这么做。因为我一直都很看重你,我觉得你是我们这帮老表里面最有能耐的。你做木匠那会儿,我那个崇拜啊! 我也想学木匠,可惜我爹没有姨夫的地位和魄力。我们又是外姓,谁肯收留呢?! 我没学成木匠。歪打正着,做了点儿小买卖。我一直以为你过得很好。何况,三姐还帮你把儿子都找好了。真的,我一直都这么以为的。直到那天听大承说你借了高利贷,我大吃一惊。小哥到了要去借高利贷,这世道! 不过,什么都不用说了,我知道了。我只跟你讲这么一句:你的问题,我胡向军知道了。

【大家看着李守根。

李守根　你知道个屁! 你以为有钱就能摆平一切吗? 我的问题……要是钱能

解决的问题，还能算什么问题！好木头，再吃我一刀！哈！

【胡向军挥挥手，罢了。又分一圈烟。

胡向军 时候不早了，我得走了。临走还有几句话，听不听由你们。老太爷在此地是什么地位？族长。族长是什么？李氏宗族的掌门人！他的骨灰，必须放到祠堂里去，而且是放到最高层。这回重修祠堂，我学到了八个字，叫作"敬明其德，永世克孝"。这可是你们李家的祖训！我知道你们各有各的难处，所以，我个人出两万。就当是给姨夫的最后一份寿礼。

李继祖 向军，怎么好让你来出……

李阿花 哎呀，向军，你真是好哦！

李 承 胡伯伯，让你出钱不合适。这样子，大姑、二叔、三叔，我作为李氏宗族的长孙，今天就拍一次板——爷爷的骨灰，不管多少钱，不管怎么分，我们放、放最顶层。我们李氏长房得为整个李氏宗族做好表率！

李阿花 大承这话我同意。真是太好了！（快乐地）我去告诉爸。

【李阿花快步走了进去。

李 新 （大声地）等一下！

【众人吃惊地看着他。

所以，往祠堂里面放骨灰还得付钱？

李 承 怎么了？

李 新 多少钱？

李 承 不多的。

李 新 多少呢？

李 承 有三种价格：底下三层两万，中间三层四万，最顶上一层五万。

李 新 天哪，我竟然以为是免费的！真是太幼稚、太天真了！所以，把爷爷的骨灰放到灵修塔顶上，要五万？他出两万，你们就觉得赚了？你们怎么不想想，另外那三万进了谁的腰包？

李继祖 新新，那是你胡伯伯！不许乱说！

李 新 我一直都想不明白为什么要重修祠堂，难道真的是有人怀念祖宗，孝心"爆棚"了？还是，真的有人会为过去砸祠堂的事忏悔？

李继祖 （突然激动，脸涨得通红）你……还要再说？

李 新 怎么？这个时候你准备拿出当爹的威风了？

李继祖　（突然泄气，对着胡向军）向军，你不要当真，小孩子不懂事。

胡向军　你让他说。

李　新　把一个人的骨灰放到灵修塔里，底下三层是两万，中间三层是四万，最顶上一层是五万。每层能放多少个，你们去看过没有？今天我倒是有幸参观过了，每一层排得密密麻麻，跟个蜜蜂窝似的。就算一千个吧，那第一层就是两千万，底下三层是六千万，中间三层是一亿两千万。最顶层是五千万。加起来是多少？两个亿！而你们却为自己省下这两万块钱，高兴成这样？

李继祖　（暴怒地）新新，你再敢说一个字！

李　新　你想怎么样？

李继祖　我……我！

【举起他只剩两根手指的手。

李　新　来呀，往这儿打。不是胡向军雇你看门的吗？打呀！今天你要有能耐打我，我就给你跪下。要是不打，你就是我儿子！

【李继祖举起的手，重重地打在自己的脸上。

李继祖　我怎么养出这种儿子！

【胡向军鼓掌。众人都看着他。

胡向军　接着说嘛。说完了？这账算得好，很好。可惜，从根子上算错了。我一个民营企业家跟你的区别，一个是暂时有钱，一个是暂时没钱。看上去区别很大，实质上没有区别。我一个普通老百姓，能做放骨灰的生意？新新，你是博士，你倒是说说看，我有这么大能耐吗？我可以不投资吗？我没得选呀！我是本镇最大的企业家，不安在我头上，安在谁头上？我要是有得选，畜生才干这种生意。

　各位老表，我刚才说出两万，是我的不对。我错了，行吗？我以为，李家的老太爷下葬，我一个姓胡的，要是把钱全出了，还怕你们不高兴。这样子，五万块，我全包下了。我一会儿打一个电话，大承，你直接去会计那里拿钱。

李继祖　向军，使不得。不好当真的！今天这事，真是难为情……

李守根　二哥，（大声地、重重地）没有难为情！没有难为情！我一直想不通，我们是在中国最有钱的地方，而且一分钟都没有偷懒，为什么还那么缺钱？为什么日子还那么难过？都是有钱人给拱起来的，人拱人。

你盖三层楼，我就盖四层；你买电视机，我就买汽车；你要是买汽车，我就买飞机。你们看着吧，买飞机，有那么一天的！我彻底想通了，一切都是假的，什么祠堂啦，灵修塔啦，新楼房啦，上门的儿子啦，都是假的！假的！我们全都陷在坑里了！陷在一个烂泥坑里，出不去了！

【突然，李阿花在里面叫："爸爸，爸爸，我是阿花呀！爸爸，爸爸！"众人拥入房间，李新正准备进去，胡向军叫住他。

胡向军　新新，你等一等。胡伯伯和你说几句。年轻人有年轻人的想法，非常好，我不怪你。你大概知道，化工，我早就不做了。要么伤天害理，要么没钱赚，没法做了。现在我主要做的是外贸，跟非洲人做生意。我只相信一条：能读书的，就是聪明人，聪明人做什么都行；不聪明的人，做什么都不行。而我，只给聪明人机会！有没有可能，或者是未来吧，到我这里来帮帮我？30 万起薪，奖金另算。

学校里老婆找了没有啊？要找的啊！哈哈哈……

你肯定想不到，我还记得你的一个事呢。那年你才五六岁，德仁老太爷主持"祝福"，李家的人全跪在下面给祖宗磕头，就你直直地盯着墙上的画像。你说："那画像上，老祖宗的脸，被虫子咬了一个疤。"哈哈哈，"咬了一个疤"。你到处就只看见被虫子咬的疤，胡伯伯是不是也是一个疤？哈哈哈……

【准备离开。

30 万起薪，奖金另算。你爸在我这里很好的，你放心。

【胡向军下。李阿花、李承、李守根上。

李阿花　我的妈呀，刚刚真是……心脏病都要发了。还好是虚惊一场！我们老爹，这是听到好消息，兴奋过度！所以要这么撅两下子。他啊，我早就说，还能再活十年的！

李　承　胡伯伯呢？

李　新　走了。

李阿花　哎哟，要送一送的！

【李阿花、李承下。

李　新　三叔。

【李守根继续劈木头。

三叔,你刚刚说的那些话真好。你和我爸不一样,你甚至和大哥都不一样。所以,我想和你谈一谈,谈一谈……菲菲的事。

【李守根停下,听他说。

李守根　菲菲怎么了?

李　新　三叔,我知道,你爱菲菲。没有人比你更爱她了。可是,这么说吧,你不能因为自己投入的爱,而感到女儿就欠了你什么,那只是幻觉。你投入越多,你的幻觉就越严重。但是,从精神的本质上看,父亲和儿子,父亲和女儿,这些所谓的"亲情关系",完全是偶然的。每个人都是独立的个体,每个人都应该有绝对的自由去追求自己的生活。你不能仅仅劈了这口物质的棺材,你还应该把你精神的棺材一起劈掉。你现在所感受到的这些痛苦,都是因为我们人类还处在一种非常幼稚的文明之中。这种文明在物质上好像已经很现代了,但在精神上却仍然徘徊在中世纪……

李守根　中世纪? 什么是中世纪?

【李守根没有听懂李新说的话,他捆上木条背着,下。

李　新　(自言自语地)中世纪,就是个人被礼教所压制的世纪……

【李承上。

李　承　过来,小赤佬!

李　新　大哥! 我爸呢? 回家了?

李　承　回家了。他说,他就不见你了,让我把这个给你。

【李承把信递给李新,李新打开看。

李　新　什么意思?

李　承　不是你要的协议吗? 他签了字了。

李　新　啊! 那……钱呢?

【李承掏出用红色塑料袋装着的钱给李新。李新看钱,李承打了他一巴掌。

李　新　你打吧,你打吧。最好你能打死我,让我从水塔上掉下去吧。你只要在后面轻轻一推,就让我砸死在水泥地上吧! ……大哥,我一直都记得,记得你带着我,去那片竹林戳田鸡……我背着一个小鱼篓,紧紧地跟着你……

李　承　少来这一套! 我现在代表借款方来和你谈协议。

李　新　　什么？

李　承　　借款方要求加上一个新条款："乙方享受之权利，条款六。"写："甲方
　　　　　自出生之日起为乙方儿子，乙方自甲方出生之日起即为甲方父母。"

李　新　　这还需要约定吗？

李　承　　写！"甲方自出生之日起直至逝世，叫乙方爸爸和妈妈。甲、乙双方
　　　　　无论遇到何种不可抗拒之外力影响，无论生前还是死后，此条款仍然
　　　　　有效。"

　　　　　【李新写完交给李承。李承看协议。

　　　　　有件事情差点儿忘了，按照合同的习惯，你是债务人，应该写成乙方，
　　　　　你爸才是甲方。

　　　　　【李承欲下。

李　新　　大哥。

李　承　　说！

李　新　　（笑着）别再劝我爸喝酒。

李　承　　小赤佬！

　　　　　【李承下。李守根急匆匆地上，神色慌张。

李守根　　新新，看到菲菲没有，看到没有?！她在不在里面？菲菲，菲菲！
　　　　　菲菲！

　　　　　【李守根下。李新看着手上的钱。李菲菲上。

李　新　　你爸在找你。

李菲菲　　我知道。我知道他在找我。

李　新　　你看！大哥把钱借给我了。我终于，我终于可以去美国了！

李菲菲　　那真好！

李　新　　芝加哥大学，想想看！等我学成回国，一定要把我的成果狠狠地摔在
　　　　　导师的脸上！我要重写文学史，我要重写中国史。不，我要重写整个
　　　　　人类的历史……我会回来的，总有一天，我会改变这一切的……

李菲菲　　我走不掉了。

李　新　　为什么？

李菲菲　　我妈上吊了。

李　新　　死了？

李菲菲　　没有，绳子断了。

【暂停。

李 　新　你们家就没有一根结实一点儿的绳子?!

李菲菲　人摔下来,腿断了。

　　　　【兄妹俩破涕为笑。

李 　新　菲菲,我从美国给你寄明信片。

　　　　【双手捂着自己的脸,痛苦地喘气。但在手拿开的一瞬间,突然又兴
　　　　奋起来,开心地。

　　　　我得和这里说再见了。永远地说再见了。(抒情地)菲菲,再见了。
　　　　再见了,水塔。再见了,竹林。再见了,池塘。再见了,我的可爱的、
　　　　养了两头猪的猪圈。再见了,故乡。

　　　　【他学了几声猪叫,然后学着猪的样子四处拱食,下。

　　　　【平房里传来带韵律的哭丧声。接着,吹吹打打的声音响起。

　　　　【李菲菲沮丧地进了房间。门被重重地关上了。

　　　　【吹吹打打声、哭丧声、猪叫声混为一体。所有声音都渐渐低了下去,
　　　　只留下猪的哼哼声。

　　　　【两只猪从铁门缝里钻出来,犹豫着向前走。它们嗅着地,慢慢走过
　　　　空舞台。

　　　　【剧终。

新年到来前的二十四小时
我们对生活感到厌倦

韩　菁

韩菁　1999 年出生于黑龙江省牡丹江市,后随父母移居广西。2018 年考入南京大学文学院戏文专业,2022 年本科毕业保送读研。本科毕业作品为喜剧《子虚先生在乌托邦》。

剧本《新年到来前的二十四小时我们对生活感到厌倦》是韩菁的本科"学年论文",获第五届"全球泛华青年剧本创作竞赛"第三名奖。

题记

一代过去，一代又来，

地却永远长存。

日头出来，日头落下，

急归所出之地。

风往南刮，又向北转，

不住地旋转，而且返回转行原道。

江河都往海里流，海却不满；

江河从何处流，仍归还何处。

万物满有厌倦，

人不能说尽。

　　　　　　　　　　　　　　　——《旧约·传道书》1:4-8

人物

大姐，冬英

二姐，笑红

三姐，云凡

四弟，家民

大姐夫，高升

二姐夫，石东

三姐夫，华山

大姐子，文文

大姐女，芃芃

二姐女，天天

四弟女，佳佳

1. 遗传机器

外婆死了三年，死前精神崩溃了五年。二十年前她从北方搬到南方，四十年前生了我妈妈，五十年前她从中原搬到关东。在荒原挨饿，在雪地挨冻，最后死于南方酷暑。她死前有半年时间没洗澡，骨瘦嶙峋，精神恍惚。她死于阿尔兹海默病，重度抑郁，双向情感障碍，Ⅱ型糖尿病，脑血栓，过敏性鼻炎并发哮喘。死的时候，四个儿女都大松了一口气。外婆死前和唯一的儿子住在一起，替他买房，照顾他起居。小舅辍学结婚生子离婚。三十岁做生意把钱赔光了，四十岁还在还债。没钱吃饭，无处可去。现在他就坐在门前的小院子里抽自己耳光。每抽一下他就说——

小　舅　我是废物。我失败。我眼看奔五了还在家啃老。我一事无成。我喝太多酒会痛风。我有脂肪肝和八倍的Ⅱ型糖尿病风险。我女儿也是废物。她活了十五年却像从没存在过。有整整一年了她就待在房间里不肯出门不肯跟人说话，不肯下楼不肯上学。连灯都不肯开。

佳佳从前每年送我一幅画

平房、绿地、田字窗

有整整两年自从离开家以后

我再没见过她

六年前我从天津给她带了一枚

泥人张

他们都说这孩子毁了

到哪儿去了？

摔碎了吗？

他说话的时候，我爸和我妈来了

妈　　　家里窗关了？

爸　　　啊？

妈　　　又在刮风。

爸　　　关了。

妈　　　有点儿冷。

爸　　你开玩笑吧。

妈　　上次这么冷是什么时候？

爸　　你说冷？现在？

妈　　对。

爸　　根本不冷。

妈　　我冻得要命。

爸　　穿少了。

妈　　穿了纤儿裤和羊毛衫。

爸　　我这会儿出汗呢。

妈　　你不会发烧了吧？

爸　　胡扯。

妈　　只要一想我心里就难受。看看我们俩，真悲哀。

爸　　你说街上真能停车？

妈　　以前过年他们都还小，围着我们吵啊闹啊，现在他们都长大了。老大都生二胎了，算起来她嫁人也有五年了。现在她是有家室的人，回不回来过年说了不算。老二在国外，他当时怎么说的？
　　　　我说："妈、爸，学业太忙，今年不回家啦。"
　　　　但我其实想说："妈、爸，最近一百年之内我都不想回家啦。"

妈　　我只要一想，心里就难受。快六十岁的人了，还眼巴巴盼着团圆。

爸　　可是去年过年有交警在这儿抄牌，违停的都被拉走了。

妈　　不过咱们家向来幸福美满，比大多数人都好。就比如说我的弟妹。

爸　　你说的对。

妈　　老大嫁的多是时候啊，没耽误学业也没耽误家庭，正是一个姑娘该成家的时候。婚后第一年就生头胎，多难得？更不用说今年又生了个胖小子。
　　　　姐姐给我头上戴花，葡萄紫，鲜粉红，天蓝，绯红，苔绿。宝贝，我的小宝贝。我亲爱的小男孩。金属夹子戳疼了我的头。姐姐亲我的脸，搂我在怀里，放在她乳房之间。我的小男朋友，我的小芭比，我亲爱的弟弟。

爸　　我看还是把车开进来比较好。

妈　　你看笑红，嫁了个窝囊废，一辈子都毁了。她家女儿天天，书读得倒

　　　　　是不错工作也体面,可眼看要三十了连个对象都没谈过。小民的女
　　　　　儿几乎废了,十五岁了只知道闷在家里连书也不读。

爸　　　小民!

小　舅　哎,大姐、大姐夫。

爸　　　小民,你快去把我的新车开进来,就开进院子里。车刚从上海调过
　　　　　来,我昨天才提的。上海临时牌照,沪字头,整条街就这一辆。德国
　　　　　人的机器,美国人的车架,玻璃装的是最贵的。车厂最新款,红木内
　　　　　饰和真皮座椅。你开进来时千万小心,调头倒车记得给油。你之前
　　　　　给我当司机的时候就爱原地打舵,机器容易磨损。

小　舅　姐夫我这就去。

　　　　　*我爸和我妈走进屋里。他们进去的时候,二姨坐在沙发上捧着《圣
　　　　　经》,因为得过肺结核,瘦得像一具骷髅。她前年拜佛,去年信萨满,
　　　　　今年是基督徒。三姨站在客厅另一边。看见我爸妈,她们就说:大
　　　　　姐、姐夫,你们来啦。*

妈　　　笑红,你怎么又在看这些?

二　姨　姐,我最近睡不好。

妈　　　你应该多锻炼。我现在每天和你姐夫到楼下去散步一小时,回家之
　　　　　后还要拉划船机半小时。划船机是芃芃买的,能提升心肺功能。你
　　　　　看我的腿以前肿的上不了楼,现在能一口气走好久。

二　姨　姐,我神经衰弱越来越厉害。

三　姨　你为什么不告诉天天?

二　姨　我怕她忙。

妈　　　过年为什么不回家?

三　姨　是不是交男朋友了?

　　　　　二姨叹了一口气。
　　　　　我爸走进隔壁房间,二姨夫和三姨夫坐在麻将机旁边。
　　　　　三姨夫十年前瘫痪了所以他坐轮椅。
　　　　　他们看到我爸就说:大姐夫,你来啦。

爸　　　等小民回来咱们就开战吧。我那辆新车停在路边不放心。

二姨夫　姐夫你新车提回来了?

爸　　　对,我的车昨天就提回来了。华山你脸色看着不好。

三姨夫　　姐夫,我没事。今天早上和云凡吵了一架,你们也看见了她一天从早到晚就是坐在那儿忙工作发白日梦。没人煮饭,没人管我,没人给我换尿袋。当年我们在部队她就是这样不管不顾。

二姨夫　　姐夫,你新车开起来特有劲儿吧?

爸　　　当然了,我新车是双排气筒。

小舅从门外走进来

过去夜晚我的舅舅他多半在做爱

现如今他是一座坍塌的砖窑

从废墟里生出许多妄想

没人知道

小　舅　大姐,二姐,三姐。

妈　　　小民你先别走。有几件事我们商量一下。

小　舅　你说吧姐。

妈　　　大前年妈走了以后我就把房子挂到中介公司,三年了一点动静也没有。

三　姨　我怎么记得有看房的?

小　舅　嫌阴气太重。

三　姨　真能胡说八道。

二　姨　这都是上帝的安排。

妈　　　房子太老又遇上疫情,想卖只会更难。我提议要么翻修房子,要么降价。你们怎么看?

三　姨　降价了卖得快,可是各家分的就少了。

小　舅　翻修耗时太长,整栋楼造价也高,不划算。

妈　　　笑红,你怎么看?

二　姨　还是别卖了,这是上帝要咱们相聚在一起。

妈　　　这个问题早就说过了,就算房子卖了,咱们还在一起过年。

三　姨　再等等看吧。

小　舅　对,不着急。

妈　　　可是总得做决定。

二　姨　让上帝做决定。

妈　　　笑红,我已经忍你很久现在别说这些。

二　姨　（含泪的笑）姐，我们就算在苦难里也要忍耐。

妈　　　小民，这房子一直是你住着，你拿个主意吧。

三姨夫　（从隔壁喊）小民！我们要开战了。

三　姨　小民，你们今天不许打到半夜，你三姐夫身体受不了。

二　姨　（念《圣经》）忍耐生老练，老练生盼望，盼望才不至于羞耻……

二姨夫　（从隔壁喊）小民！你磨蹭什么啊。

妈　　　小民，给爸妈烧的纸你买了吧？

爸　　　（从隔壁喊）小民！你进来的时候顺便给我泡点茶吧。

　　　　　现在他们被拴在

　　　　　一根线上

　　　　　一根链条

　　　　　独占鳌头的生殖能力

　　　　　系统性暴力

　　　　　以家庭为单位

　　　　　天色渐渐暗了

二　姨　姐，你的身体还好吗？

妈　　　人老了身体总会出问题。我上回体检血糖高得吓人。去年有一只耳朵聋了，因为血管堵塞。人老了就会这样。

二　姨　姐，我身体也不好。

三　姨　我给你们买了祛湿茶。

妈　　　但别看我和你姐夫上了年纪，生活倒是越来越舒心了。老大成家了，老二也快毕业了。等他拿了学位，想做什么不行呢？从小到大我们从不逼他，可他总是那么用功，那么懂事。现在眼看他就要毕业了，马上会有自己的事业，最重要的是——

　　　　　不，不，不，不要。

妈　　　是找个好女孩成家。可话说回来，着什么急呢？他如今也才二十出头，年轻有为，未来想找什么样的女孩不行？去年放假回家的时候，他就整天闷在屋里学啊学啊，连觉都不睡了。我有时真担心他的身体。

　　　　　去年放假回家的时候，我就整天闷在屋里想着死。

三　姨　是呀。文文一直这么优秀。

二　姨　是呀。

三　姨　天也不早了，我上楼做饭。

　　　　我妈给墙上挂的遗照上香。

　　　　二姨哭了起来

　　　　你看到了吧历史

　　　　就被锁在小小的相框里

　　　　多么渺小微不足道

妈　　笑红，你这又是做什么？我从小最受不了就是妈这副样子。每次为这个生气心脏就怦怦怦跳得厉害，就像要跳出来揍谁一顿似的。现在我胸闷得要命。我最恨就是不好好说话。有什么困难就说，没有就高兴些。我搞不懂这到底有什么难？

二　姨　姐，我每天都好辛苦。

妈　　我真看不出来有什么辛苦。最辛苦的时候不是早就过去了吗？你想想我们还在北方，一家人挤在工厂的小房子里，冬天一睡觉头上就结冰。

二　姨　是，你说的没错。

妈　　况且谁活在世上不辛苦？想想云凡，每年有三个月因为类风湿痛得下不了床。华山瘫痪也有十年了。夫妻俩连养老送终的人都没有。

二　姨　但是姐你听我说。今天凌晨我梦见妈从遗照里走下来了，她就站在我面前像面镜子。她讨厌我所以我也讨厌我自己，而且我也讨厌她因为她也讨厌她自己。

妈　　你别再说这些了笑红。不会有这样的事。

　　　　但是妈你听我说你不必说服自己

　　　　感到不幸这是家族遗传病

　　　　感到不幸这是二零二零

　　　　妈你是在一个北方的冬天把我生下来

　　　　那时候

　　　　日子是盖在天上的雾

　　　　灰蒙蒙的帆布

　　　　兜住了江水

　　　　夜是掀开它的风

那位荒原上来的老国王

梦里有上个世纪的迷墙

烧砖窑是堂皇的殿

推车是天马

火一样的红砖热了他

青黄的面颊

巨人脚步踏出窑外

他苍茫的白色花园里有

冰雕的宇宙

而王后

一台吭哧作响的大机器

风沙是金绣的旗袍

每次弯腰是

二十八斤的湿砖坯

八小时面朝大地

穿过墙缝的风吹干她的眼睛

尘埃在抽泣

另一台机器碾过她儿子的身体

妈世界上总有说不清的事你不明白

因为我们是

再规矩不过的人家

一个正常人

那些稀奇古怪的事和你沾不上边

拜托了,拜托了

你从来不相信那些歪门邪道

拜托了,拜托了

二　姨　可是姐你看我们长着一张脸。我和妈,高颧骨塌鼻梁厚嘴唇。丑得
　　　　不能再丑,我们女人丑极了。

妈　　可是你并不丑呀。从技校毕业的时候,你记得吗? 星探找上门说你
　　　　像女明星。你长得很漂亮。

二　姨　你不明白,姐因为你长得像爸,所以妈向来喜欢你。你和小民长得都

像爸,像家里的男人。妈喜欢男人。

妈　　妈老糊涂了,她死之前谁也不记得。

二　姨　可她总是格外的讨厌我。

妈　　天也不早了,我上楼帮云凡做饭。

　　　　二姨一个人给遗像上香

　　　　十年前她到学校接我

　　　　同学说真漂亮你妈妈

　　　　我说这不是我妈妈

　　　　躺在床上叹气

　　　　快乐悲哀

　　　　一个人能不能有两个影子

　　　　一个家庭要埋葬多少秘密才免于孤独

　　　　拿起一副面具又戴上另一副

　　　　以一种性别出生并向往另一种

　　　　我会变成最美丽的天使吗

　　　　她上香的时候三姨夫进来了

三姨夫　二姐。

二　姨　华山。

三姨夫　二姐真不好意思,我出来换尿袋。

二　姨　你换吧,我这就上楼去。

三姨夫　二姐,你看起来像病了。

二　姨　我没事。

三姨夫　天天还好吗?

二　姨　她挺好。

三姨夫　二姐为了卖房子的事我向你道歉,我不是故意和二姐夫过不去。但他确实不应该背着我们和卖家谈条件,因为房子毕竟是我们大家的。

二　姨　你别和石东一般见识。

三姨夫　二姐你真的像病了。

二　姨　我没事。

三姨夫　天天在医院加班吗?

二　姨　对,她今年回不来。

三姨夫　她是好样的。

二　姨　当然。

三姨夫　二姐，你这身裙子显年轻。

二　姨　这是老三的裙子。

三姨夫　哦，是吗？

二　姨　三年前她送给我了。

三姨夫　二姐。

二　姨　我该上楼了。

三姨夫　二姐，天冷了要提醒天天注意保暖。

二　姨　她三十岁了。

三姨夫　尤其要保护眼睛。天一刮风，我的眼睛就疼得厉害。

二　姨　你上医院去看看吧。

三姨夫　老毛病了。

二　姨　我该上楼了。

　　　　［麻将房］

爸　　　从摸一颗牌到把它打出去，我大约只需要三秒。

二姨夫　有人却需要三十分钟。

爸　　　军人速度。

　　　　［他们笑起来］

爸　　　小民，你是赢是输？

小　舅　姐夫，我不输不赢。

爸　　　石东，你是赢是输？

二姨夫　姐夫，我输个零头。

爸　　　看来华山是大输。

二姨夫　华山出牌速度要是有输钱一半快就好了。

爸　　　华山出牌的功夫够我喝两壶。小民壶里又没水了。

小　舅　姐夫，我这就去烧。

　　　　这时候，妈走进来对他们说：

　　　　"别打了吃饭吧。"

　　　　他们就聚到厅里来

　　　　这是年三十的第一顿饭

　　　　　　第二顿是吃饺子

　　　　　　五锅饺子里有一枚硬币叫幸运或者不幸

　　　　　　真相藏在谁嘴里

妈　　　　小民,你把佳佳喊下来。

小　舅　　她不下来。

妈　　　　你把她喊下来。

小　舅　　姐,她不下来。

妈　　　　为什么?

小　舅　　不知道。

　　　　　　[爸站起来]

爸　　　　咱们能年年聚在这儿,真是挺不容易的一件事。妈去世刚满三周年,
　　　　　　按中原习俗叫"谭祭"要行释服礼。喝一杯敬爸妈在天之灵。除此之
　　　　　　外,我想说说"迁徙"。拿我举例子……

妈　　　　好了,咱们吃饭。

　　　　　　年夜饭后他们到院子里烧纸

　　　　　　没有宗族的工人的子女

　　　　　　在他们父母烧了许多砖后

　　　　　　许多年后

　　　　　　从南方的沙地遥望故土

　　　　　　他们的子女无须衰老就感到孤独

　　　　　　等待被酷暑葬送

二　姨　　今年有点儿冷了。

三　姨　　不比往年更冷。

妈　　　　是吗?

二　姨　　你们不觉得冷?

小　舅　　还行。

妈　　　　南方谈不上什么冷不冷的。

三　姨　　就是潮。

二　姨　　江上结冰,反而不冷。海上不结冰。

小　舅　　一冷我就犯鼻炎。今年没犯。

三　姨　　对门的狗又叫了。

二　姨　还是那条吗？

小　舅　老死了。这条是儿子。

妈　　　死狗。咬伤过妈。

三　姨　是只串串。

二　姨　像咱们家以前养的那只。

三　姨　哪只？

二　姨　三姐结婚前两年，三姐夫领来的。

小　舅　那是条狼狗。

三　姨　我都忘了。

小　舅　那不是串串。毛特亮，特精神。

妈　　　见人就吠。

小　舅　爸喊它黄泡子。

三　姨　它跟小民特别好。

小　民　也奇怪，它见了我不叫。

妈　　　味儿太大了，吃得又多。

三　姨　后来哪儿去了？

妈　　　被邻居药死了。

　　　　我领回家的那条流浪狗，妈不喜欢，妈喜欢干干净净的东西。那条狗好像也知道，她一到家，它就小心翼翼地凑上去，围着她的脚转圈。它睡在阳台上。有一回台风天，它害怕了。它扒拉着门想进屋。它的呜咽消散在风里了。妈把它送走了。

妈　　　火灭了，今天风大。

小　舅　没灭，纸钱压住了。

三　姨　所有孩子里我记得，天天最反对烧纸。

二　姨　（念《圣经》）当孝敬父母使你的日子在耶和华你神所赐的地上得以长久……

妈　　　芃芃也反对烧纸，不过文文说他会烧。我们从没要求过，但文文是个很传统的孩子。

三　姨　佳佳还不肯出门吗？

二　姨　兴许只是叛逆期。

妈　　　去看心理医生。

小　舅　算了，我已经放弃。这个女儿全当不存在。如果她想死，就让她去死
　　　　好了，我真是受够了。这么多孩子里妈只带过她一个，可是你们看她
　　　　现在变成什么样子？上一次我见到她那张脸，你们猜我想到什么？
　　　　一个三陪。算了。

妈　　　小民，你不许说这样的话。都只是暂时的，长大了就会找到方向。

三　姨　芊芊小时候还把大姐气进医院呢。

二　姨　天天现在也不愿意多和我说话，有时这就是天意。

小　民　二姐，你为天天操太多心。

三　姨　感情问题不能急。

妈　　　年轻人有自己的打算，就随他们去好了。这样的事你不能强求，因为
　　　　到了最后他们一定会朝着好的方向。文文小时候喜欢和学校里的坏
　　　　孩子玩儿，我那时就是管得太多，他们反而越走越近。但无论如何，
　　　　他现在不是很优秀吗？事情一定会变好。再过几年你就看着吧，那
　　　　时候他和天天、佳佳都会接二连三成家了。那时候你就会想起过去
　　　　没完没了的担心没有必要。

　　　　我是个懒惰鬼妈妈，妈妈

　　　　你还会爱我吗如果我告诉你

　　　　必须面对现实那就是我不正常

　　　　我不是个正常人

　　　　不能像正常人一样

　　　　太容易绝望

　　　　绝望时每个细胞都难以忍受

　　　　我太沉闷

　　　　我像娘炮

　　　　我长得矮

　　　　我讨厌我的生殖器

　　　　事情一定会变好吗如果我告诉你

　　　　如果我告诉你？

　　　　午夜来临之际电话陆续打来

　　　　——妈，新年快乐。我很好，孩子很好，只是老二还太小，明年一定带
　　　　他们回家。妈，我身体恢复得很好，哮喘犯的也少了。妈，告诉爸我

年前又接了两个案子，这会儿已经着手处理了，他不必担心我的工作。妈，文文没有回我邮件，如果他给你打电话帮我转告他，寄来的礼物都收到了，谢谢他，我爱他一如既往。

我给她写信给我的小外甥女寄去一套简·奥斯汀。我给她寄了《简·爱》还有《呼啸山庄》，到了夜里你记得念给她听。众所周知，有钱的单身汉总要娶位好太太。要长大要变成一个窈窕淑女，像一朵山花。要长成一个漂漂亮亮的大姑娘，毕竟这世界是为你准备的呀。我的小外甥我当然忘不了他一个小小的男子汉，我给他寄去一套毛边手栽的《荷马史诗》，等他再长大一些，请记得让他诵读那位机敏的英雄奥德修，等他长大以后，姐姐，他要变成一个健健康康的男子汉，堂堂正正的男子汉。

——妈，新年快乐。我在医院值夜班，这是院里规定所有医生必须轮值。我这儿疫情不严重，你不必担心。

和我同病相怜的人她也不愿意回家，性格孤僻、成绩优异、全家人的希望

通过冰冷的尸体了解生命，这就是她每天的日常

究竟是谁第一次感到厌倦？

谁是第一个基因突变的黑猩猩？

冬天出生的人也怕冷吗？

　［妈走进麻将房］

妈　　高升，儿子给你打电话了吗？

爸　　没有。

妈　　真奇怪。

爸　　算了吧，时区不同他多半是忘了。

　［妈回到厅里］

三　姨　姐别担心，男孩儿不就是这样吗？

妈　　你说的对，我一定是想多了。文文一向心很细，有时候简直比他姐姐心还细，所以我想，我总以为他不会忘不过这也不算什么。或许他把时差搞错了以为新年是明天，或者后天。

二　姨　姐你坐下来歇会吧，你看着很累了。

妈　　我挺好，真的，精力充沛。

三　姨　午夜一过你就睡吧,姐心脏不好别熬夜。

妈　　　我想还是再等一会儿,说不定文文会打进来呢。

午夜过后他们谈起鬼魂

我的衰老的妈妈们终于心力交瘁

二姨说有一年在北方去往工厂的荒路上她看见

高草丛中飞奔而过的小鬼

像烧砖工人一样通红的脸

哭着,笑着,赤色的四肢到处摇荡

半勃起的阴茎在两股间甩动

最后这句她没说出口

三姨说在南方军区一个晚上

无法入睡于是沿着家属区低矮的房檐

沿着长满垃圾的河流

沿着臭气熏天的柏油路走上山岗

路上就看见漂流的白雾

在河面在林间

伸出一只只拳头

一拳一拳击打在树干上震耳欲聋

树上熟透的木菠萝轰然落地

这很奇怪啊

因为那天根本没下雨绝不是雷声

妈说怀上我的那最初几个月总看见蜘蛛

公寓楼隔壁死了

一个二十岁的男青年

从八楼跳下来摔碎在临街的水泥路

于是每天夜里蜘蛛就倒吊在屋顶

像黑夜的裂痕或一抹乌云

像毛茸茸胖乎乎的大婴儿

妈说从那时起她每天拜观音到如今也有二十年了

说到这儿小舅走出来

问她们神神秘秘地聊些什么

　　　　　"怪事，"二姨说，"小民你也讲讲吧。"

　　　　　于是小舅开口说三年前有一回他出去喝酒直到午夜

　　　　　天下大雨

　　　　　对面楼上的疯子还没死

　　　　　扒着窗口又吼又叫

　　　　　他就看见一个黑黢黢的影子差不多有两米高

　　　　　站在雨里敲咱家的门

　　　　　咚咚咚——咚咚咚——

　　　　　妈房间里的灯亮了她走下楼来

　　　　　咚咚咚——咚咚咚——

　　　　　他一下子明白了那是要收外婆的命

　　　　　他就大喊"妈别开门啊你别开门"

　　　　　人影回过脸

　　　　　脖子上长个牛头

　　　　　冲他哭诉"小民小民我的小儿子啊"

　　　　　一愣神的工夫就不见踪影

三　姨　那是咱爸？

二　姨　那是咱爸。

妈　　　那不是咱爸。

小　舅　我看见他浑身黑，就像咱爸穿的黑棉袄。

妈　　　可是你们想想在南方，夏天简直不是人待的地方，尤其下雨。小民你
　　　　无论如何是喝了酒呀。

三　姨　这事儿你告诉妈了？

小　舅　我没告诉过妈。

二　姨　我看妈是知道的。

小　舅　三个星期之后妈就走啦。

　　　　　二姨接着说那只小鬼

　　　　　现在想来必定是魔鬼在人世间行走

　　　　　喝人的经血

　　　　　她说从那时起上帝关照她这个凡人

　　　　　关照她这年幼又软弱的罪人

替她安排苦难替她施洗

那天回家她看见双腿间的第一抹血

看见外婆青黑色的脸

"丢人,丢人"

说到这儿二姨就又开始哭泣

没有任何答案或秘密是别人能给你的

快乐的日子总是太短、太短

我知道你读过《会饮篇》

我怀疑,我怀疑,我怀疑你是否会爱我

神圣我在疯人院的母亲

你是否见过湖里像军舰一样长长的鲇鱼

神圣我外祖父们的阴茎

那个可怜的灵魂整整一夜站在我身旁

我倒下了激战围绕着我那裸露的尸体,赫克托耳夺走了我的铠甲

不要学那个悲痛的英雄不要学我

双手抓起地上发黑的泥土撒到自己头上涂抹自己的脸

大声悲恸

不要学那个风流的帕里斯他的欲望害死了哥哥

不要学那个羸弱的丢了他父亲脸的帕特洛克罗斯

我的小小的男子汉

请你念一念那些男人的故事

你也会变成一个堂堂正正的男人

外婆从遗像里走下来

我就是复活我就是生命

她说的时候只用山东口音

妈　　　到了夜里就开始冷了。

二　姨　北方在下雪吧?

三　姨　有暖气。

妈　　　国外也在下雪吧。

二　姨　冬天越来越短了。

三　姨　跟北方的夏天一样。

妈　　什么声音？

三　姨　窗没关。

二　姨　是佳佳的房间。

妈　　起风了。

三　姨　明天会下雨吗？

二　姨　刮风时不撒种，下雨时不收割。

妈　　长大了。

　　　　——妈，新年快乐。现在是太平洋时区早八点，我躺在床上给你打电话。你跟我爸都还好吧，总之我很好。我通过疼痛和疾病了解自己，不，我是说通过健康和快乐。通过规律作息和自我克制，通过两性关系和合理膳食。我好极了并向你们保证在该严肃的时候一丝不苟，在社交场合偶尔地开玩笑。我做一个正常人该做的，我再正常不过。没人从我脸上发现恐惧疑虑或不体面的欲望。教授们喜欢我，顺利毕业毫无问题。我和另一个留学生打得火热并且打算尽快安排你们见面。前途光明。愿你们高兴。

　　　　她的指尖摩擦我的脸

　　　　我爱你我爱你，就算爸妈比起我更喜欢你，可我爱你，我打心眼里爱你

　　　　寄给我一张明信片从大洋彼岸从我从没到过的地方，给我寄迪士尼的画册、莎士比亚的小像，有一天夜里我哭了，她柔声细语地对我说话。可你为什么要嫁给他？你也要吻他吗？你也要给他寄明信片，把你最喜欢的发夹夹在他头上？你也把他搂在怀里吗？

　　　　给我寄领带、昂贵的皮书包，偶尔还有一只玫瑰色的小手链。男士香水还有"战争史"，有一回她给我寄来一本《约会指南》。阿莫多瓦，我克制地谈论他。她以为我喜欢海明威，所以给我寄来那本《没有女人的男人》。莎士比亚是我们唯一的共识，因为她知道他娶了两任妻子但没读过他的十四行诗。

　　　　姐姐，你总是在说，总是在说，有时候我真怕你变得跟妈一样。你给我寄的那些运动套装我真恨它们，我真恨你总是装模作样跟我提起班里的女同学，我怕她们怕得快要疯了，可你再也不会把我搂在怀里了。

请你成为一个丈夫一个父亲

请你成为一个妻子一个母亲

请你永远识时务

才出生就长大

未成人已老去

请你对生活充满希望

——妈，新年快乐。现在是太平洋时区早八点，我之所以还躺在床上是因为前一晚喝得烂醉。我并不好。我对过分美好的事物充满质疑。我通过疼痛和疾病了解自己，通过昼夜颠倒和自我放纵。通过错误的性关系和不定期的暴食或断食。男人与女人的社交场合令我恐惧。我害怕女人。我是一只不知餍足的臭虫。我该到下水道生活。一到午夜我就感到耻辱。不正常的废物。我将一事无成。

你再也听不见我哭了。我不敢告诉你我学会吸烟了，有时候躲在什么地方抽个没完。到了白天我要跟你谈些女孩谈她们应当被男孩谈起的东西，可是姐姐我不敢告诉你我夜里看的是什么。我真想念那些山花，你戴在我头上的葡萄酒一样的紫色发夹。一只，两只，三只……戴满了我小小的幻想。那是我的小小的王冠。那是爱神为我加冕。匹克梅梁你愿不愿意为我雕刻一位爱人，他会在静谧中走下神坛和我相拥，他是我每每望向月亮时一颗怦怦跳动的心。我真想当一朵小小的小小的山花。姐姐我还是那个没长大的孩子啊。你要祝愿我长成一个男人吗？姐姐你会朝我扔石头吗，如果我不按你愿望的那样去生活？现在你是不是担心我成了那个蒙住你孩子们眼睛的东西？可我爱他们跟我是谁并不矛盾啊，我爱他们两只小猪仔我爱他们，就像你曾经爱我那样，即使我知道比起我，你爱他们更多了。

——可你在说些什么呀？

——我说不出口。

——你到底在说什么呀？

——我说不出口。

［沉默］

——我说不出口

2. SO DARK THE CON OF MAN

他们又在说卖房子的事了。十年前文文还在上小学的时候,他们就在说卖房子的事了。一楼堆的是姥爷的尿布,有一些发霉了。回南天的时候,木头败坏了。在南方是海鱼和沙虫,北方是豆角和茄子。日复一日,他们又在说天气了。她们又在劝人结婚了。他们又在麻将桌上吵起来了。她们又哭了。这是家。

妈	天黑了。
三　姨	天黑得越来越快。
小　舅	房子采光不好。
爸	东西向的房子都这样。
三姨夫	潮。
三　姨	小民刚捅了个老鼠窝。
小　舅	水泵又坏了。
三　姨	上回刮台风,三楼小阳台漏雨,水就哗哗啦啦往里灌,把一楼淹了。
爸	这房子无论如何我们得把它卖了。
小　舅	对,姐夫说的对。
妈	房子卖了你住哪?
小　舅	姐,我自己想办法。
妈	人总得有个家。
妈	再说房子卖了,我们到哪儿去过年呢?
三　姨	这倒不算什么。去谁家不行?
妈	你家第一个不行。
三姨夫	为什么?
妈	你们通宵的打麻将,夜里云帆怎么睡呢?
三　姨	姐,我倒没事儿。
爸	我家倒可以。
妈	不行。
爸	怎么不行?两层呢。
妈	两个小的回来怎么办?

爸　　　还没回来。

妈　　　总要回来。

三　姨　这房子我还愿意留着。

三姨夫　蟑螂成灾了。

三　姨　可是我们从前都住这儿。

三姨夫　去年光除蟑螂就花了大几千。

三　姨　二姐和二姐夫住一楼,妈和小民还有佳佳住二楼,空出来的三楼就留给咱们俩。

三姨夫　总之这房子不好。

　　　　他又在说买房子的事了。十六年前还在读大学的时候,他就在说买房子的事了。客厅堆的是他的尿布,有一些发霉了。小区除虫的时候不能出门。在南方是蟑螂和白蚁,北方是饿死的虎。度日如年。他又在还信用卡了。她又闹着出门了。他又拉了。这是家。

妈　　　天黑了。

三　姨　二姐怎么还不来?

妈　　　笑红身体不舒服。

三　姨　神经衰弱。

妈　　　没办法。

三　姨　是啊。

妈　　　天天眼看三十了,她着急也正常。

三　姨　以前邻居季娟家大女儿二十五岁不结婚,街坊那些小孩儿一见她就围上去笑话。

妈　　　她和你二姐还是好朋友。

爸　　　怎么搞的?

小　舅　二姐怎么说的?

妈　　　早上来电话说不舒服。

三姨夫　她和二姐夫不来啦?

妈　　　她说要来的。

爸　　　天都黑了!

小　舅　我去给二姐夫打个电话……

妈　　　你们魔怔了?

三　姨　再等等吧。

妈　　谁的《圣经》？

三　姨　还能是谁的？

妈　　你二姐也魔怔了。

三　姨　二姐说话我听着害怕。

妈　　她又说什么了？

三　姨　说上帝惩罚她。

妈　　胡扯。

三　姨　还有以前那些事儿。

妈　　她记恨妈呢。

三　姨　妈当年确实不应该把二姐赶出去。

妈　　是啊。

三　姨　妈干吗要那么干？

妈　　你不懂。

三　姨　因为二姐跟二姐夫结婚头几年没生孩子。

妈　　不完全是。

三　姨　可我也没生孩子啊。

妈　　因为华山出事了。

三　姨　出事之前我们也没生。

妈　　总之不完全是为了这个。

三　姨　她干吗那么恨二姐？

妈　　女朋友怎样了？

小　舅　哪个？

妈　　哪个？

小　舅　姐，我哪来的女朋友。

妈　　那就找一个。

小　舅　我暂时不想那些了。

妈　　后半辈子打光棍吗？

小　舅　我累了。

妈　　妈当年把所有积蓄都给你买新房了，她要是活着还会这么干。

小　舅　是啊姐，所以我想不如就把房子卖了吧。

妈　　　你年纪不小了,要分清楚过日子和做梦有区别。

小　舅　姐,房子卖了,钱都分给你和二姐、三姐。

妈　　　现在我们还要钱做什么?

小　舅　姐,这是你们应得的。

妈　　　这叫什么话。

小　舅　你们吃了不少苦。

妈　　　这话跟你二姐说吧。

小　舅　都是因为我。

妈　　　可你现在连自己都照顾不好。

小　舅　姐,你们趁早别再管我。

妈　　　你说的什么话?

小　舅　我是说你们别再操我的心,让我就这么得了。

妈　　　让你露宿街头吗?

小　舅　姐,你别说啦。

　　　　现在年纪最小的男人充满了这个家。

　　　　三十年前爸调到南方工作,每次回家前垂头丧气,离开时兴致勃勃。

　　　　十七年前我们都搬到南方,小舅离婚了,生意赔钱了、欠债了,生活过不下去了。

　　　　三年前弟弟到国外去了,他寄来的书再也放不下了,可他还是寄啊寄啊,像着了魔一样。

　　　　一年前有人把 Y 放进我身体,于是就生下了这个小怪物。

　　　　掠夺者。吞噬一切的罪魁祸首。他从今往后要成为什么样的人我不知道,但他将把我叫作——妈妈。他将要厌倦、欺骗、嗤之以鼻的人。与他的男子气概、他的自尊和他的虚荣心对立的人。与我分离的那一天他就成了男人。想到这张漂亮干净的脸上将长出胡子,变得粗粝,声音沙哑。想到就不寒而栗。从我双腿中诞生是为了要加入另一阵营。一份协议。自动放弃民事权利。由经血和阴道和这世界签订。这个男人的世界。现在我面对这个家里最小的男人,就像我妈面对她曾经的家里那个最小的男人。他的身份是他的特权。他们为此剥夺他人的生活,因而也为此付出代价。

小　舅　我发胖,浑身发臭,接连一个星期忘了洗澡。因为弄坏了洗衣机,内裤只能泡在水池里，脸也没法洗。吃隔夜的剩菜，喝自来水得急性胃炎。脾气越变越差，无法和女儿交流。毕生的积蓄买不起一套自己的公寓。妈为我提供吃住养育子女洗衣做饭，而我只需要做一个男人。只需要负责带把儿出生。每当我装模作样地走进厨房，她就数落我说"围着灶台转的男人没出息"。我高大英勇曾经女人都为我疯狂，而我把她们一个一个抛在脑后。现在我几乎无法生活。这就是男子气概。

爸　什么时候吃饭？

妈　老三在做了。

爸　大过年的总该早点吃饭。

妈　我现在去帮她。

爸　昨晚你鱼做咸了，今早起来我牙龈又肿了。年纪大了得注意身体。年前体检我血脂太高，血稠又加重了。我爸你爸都是因为脑血栓死的，我们得多加小心。

妈　是啊，我这几年总犯心脏病。

爸　内脏脂肪量太高，因为基础代谢差。人上了年纪就是这样，胃病头疼咽炎痔疮全没落下。

妈　文文经常头疼但不肯去医院检查。

爸　记得提醒我过完年到医院去把假牙粘上。

妈　芄芄生完孩子鼻炎犯的厉害，已经连吃了几个月激素。

爸　她回律所上班了吗？

妈　她要在家哺乳。

爸　她太胖了，得让她减肥。我天天锻炼。

妈　生完孩子容易胖。

爸　我上次见她整个人像个气球，走起路来都晃。

妈　我就是生完文文才胖起来。

小　舅　二姐和二姐夫来了。

　　　爸/嗯？/爸？/什么？爸/你可以说了/爸/怎么回事/爸/考上了吗？/爸/你说/爸/考上了/爸/我就知道你是我们的骄傲/爸/你向来有自己的主意我知道，总有一天你能成功/爸/你有主意，虽然跟你弟弟比还差一些，但放到别人家去你都是最好的。这个世界属于你。哪怕你是个女孩/爸/我们要庆祝/爸/我听着呢/爸我觉得喘不上气/或许你该减肥/爸,不是你想的那样/要上医院看看吗? /您知道我要说什么? /好消息/您不觉得我有什么不开心/试试跑步吧/我不行/让我来告诉你一个秘密。人和人之间的距离保证了我们的好心情/亲人也是吗? /也是的/爱怎么办? /你说什么? /爸/你到底要说什么? /爸,我不快乐/难道我对你不公平? 你的事自己说了算。从没有不公平。我没让你把什么机会让给弟弟。没打过你。我尽量好好跟你说话/爸/我不想听下去了/爸/你没考上/爸/你没考上/爸/不过也没关系你还是我们的孩子/爸/或许你可以考虑结婚吧。生孩子。教育他们/爸/也许你只是不擅长。那么就做你擅长的事吧。

二　姨　姐。

妈　　笑红,你怎么了?

二　姨　姐,我挺好。

妈　　你又睡不着觉了?

二　姨　晚上梦多。

妈　　天天好吗?

二　姨　挺好的。

妈　　那还有什么不开心的?

二　姨　姐,芃芃好吗?

妈　　好啊。

二　姨　两个孩子都好?

妈　　都好。

二　姨　老二生下来还没出过门吧?

妈　　不敢出门。

二　姨　一个男孩儿!

妈　　一个男孩儿。

二　姨　真好。这样真好。
　　　　整天整天地躺在那儿流泪不愿意起来
　　　　两颗牙为怀孕而坏死整晚的疼
　　　　吃不下任何东西只是恶心,恶心,恶心
　　　　小便失禁

胃溃疡
身体不再性感或神圣，它变成了一只寄生虫的
培养皿
为了成为一个母亲
它死去
我曾在泰晤士河畔坐下
一想到诗歌就哭泣

妈　　　你真该多笑一笑。

二　姨　姐，文文还好吗？

妈　　　好，很好。可我最近老是在想他。

二　姨　文文有一年没回过家了吧？

妈　　　一年多了。他不怎么来电话。

二　姨　男孩儿就是这样。

妈　　　最近我老是想到他出生那天。

二　姨　那天我们都在。

妈　　　那年我已经三十七岁了。一个男孩儿。

二　姨　一个男孩儿。

妈　　　干干净净的，一双大眼睛。

二　姨　他一生下来就那么漂亮，像个包装好的礼物。

妈　　　他好的简直有点儿让我害怕。

二　姨　姐，你只是太幸福了。

妈　　　是啊，你说的对。我只是太幸福了。

你出生的那个早上雪/雨停了，世界开始围着你旋转。
熟睡中微微变形的脸上有两个浅浅的酒窝
你长高了会在床上翻跟头仰着头冲我笑
你喊我姐姐/妈妈
从我身边偷偷溜开
马桶、砧板和灯
"这，这，这……"
有一天你最喜欢的汽车玩具掉进床缝里
你安静下来，盯着那儿发呆

于是从这一天起你开始理解世界
你变瘦了，骨骼从皮肉底下露出痕迹
日子短了夜长了
你开始学会用沉默抗拒青菜
每当作业和电视互相敌视
现实和幻想之间
是一道床缝的距离
现实无法阻止我恨你
幻想无法阻止我爱你

小　　舅　二姐怎么了？
二姨夫　犯病了。
　　　　〔爸笑起来〕
三姨夫　到底怎么了？
二姨夫　闹着回山东。
爸　　　回哪？
二姨夫　山东。说要去种地。
爸　　　可她不是在东北出生的吗？
小　　舅　可能是听妈提过。
爸　　　妈在山东还有亲戚？
小　　舅　还有个妹妹，妈走之前那两年老提。
三姨夫　心里难受就想家了。
爸　　　可她哪知道山东是什么样？
小　　舅　她小时候跟妈回去过一趟。
三姨夫　带她回去看看吧。
　　　　〔爸笑起来〕
二姨夫　胡闹呢。
　　　　在隔壁是这个家里的所有男人
　　　　一个油滑的利己主义者
　　　　一个骗子
　　　　一个爱家暴的酒鬼
　　　　一个彻头彻尾的废物

组合起来就能统治地球

通过发表政见他们得以逃避

懦弱的天性

生活性无能以及

搞砸了一切的事实

最好立刻向他们提问因为他们已经准备就绪

请描述关键词"吹哨人"

爸　公众永远幼稚且亟须引导，像一群缺乏远见的中年妇女。随时准备受各方愚弄，从不自我反省。吹哨人是英雄因为现实应验了他们的预言，另一种情形里他们就因为说错了话被钉上耻辱柱。现实里没有英雄只有政治。凡事有两面，这是唯物主义辩证法。

他热衷于谈论政治是因为

长得太矮

二十岁他想当警察是为了

至少在腰上别一把枪

后来他发现官位才是屡试不爽的避风港

躲进权力的伞下幻想安逸的子宫

现在请描述关键词"特朗普"

二姨夫　我总是在想打牌，但这不是精神胜利法。顾上家防下家盯对家，这是聪明人的战场。没人和和牌过不去，这是市场法则。我们就是这么被生下来，在一架绝妙仪器里排列组合。一百四十三张玻璃牌，九百八十多亿种可能。

他热衷于投机是因为懒惰

曾在婚前谎报积蓄

酒后到邻居家偷鸡

从劳资科干部到下岗工人

全家人吃一碗泡面的时候

他谈的是数学和经济

请描述关键词"香港"

三姨夫　一九九七年我就跟着第一批驻港部队到香港去，如今想来居然是二十三年前的事了。征服同类最过瘾。我们是原始力量当世界陷入

混乱,我们就是最高权柄。那些自不量力的年轻人,最好祈祷我们别
插手。

他热衷于征服是因为

迟钝且秃顶

无法吸引雌性

殖民者在丛林里称王

发明巨大的词汇并沉浸于毫无意义的较量

库尔茨先生的终极幻想是

一只好斗的公鸡征服世界

美国一只失智的大猪猡/没被欺负过的脸上叫新冠狠狠踹了一脚/英
国佬炸掉信号塔立即重返中世纪/德国这头蠢驴还有他强暴过的欧
洲邻居/生出了畸形/一头骡子/他们管这叫自由/你们等着瞧吧这么
一群大猪猡正齐齐迈向猪肉生活/韩国财团将要把人民变成僵尸他
们逃过一劫纯属侥幸/日本人在磕头/你到澳大利亚去吧那可是野蛮
人的天堂/灯塔/笑话/灯塔/笑话

笑口常开有助恢复产后抑郁

纯粹中式幽默

接下来进入自由辩论环节

三姨夫　卖房的事我看还是交给大姐,论经验谁也比不上她。再说小民这毕
　　　　竟是你们家四姐弟的房子,我们几个连襟最好还是不要插手。

二姨夫　这话什么意思?

三姨夫　没什么意思,二姐夫。我只是陈述事实。三筒。

二姨夫　碰。

爸　　　照现在局势我看这两年房子难卖,有合适的咱们也不妨各退一步。

三姨夫　买家还是要找靠谱的。二条。

二姨夫　碰。

小　舅　姐夫你今晚手气真好。

爸　　　和牌讲求天时地利人和。

三姨夫　我牌运向来不好,不过这一局上听很快。九饼。

二姨夫　碰。

爸　　　我又胡啦。

三姨夫　可是二姐夫我不明白你为什么要拆牌锁我。

二姨夫　出牌前自己想清楚。

三姨夫　但是锁我的目的究竟是什么，这样连你自己也没法胡啦。

二姨夫　每次出牌你光坐在那儿想，就够我们再打一轮啦。

三姨夫　这话是什么意思？

二姨夫　没什么意思，我只是想提醒假如是你小心眼就别把屎盆子扣在别人
　　　　头上，不然大家都没劲。

爸　　　还中了两颗码，这局我赢大啦。

　　　　吃年夜饭以前他们不欢而散，像一群闹矛盾的小学生。

　　　　为了缓和气氛我爸就开始讲故事。他说你们见过"大马猴"吗？小时
候他们都用这玩意儿吓人。年轻时有一回在照相馆我弄反了显影剂
和定影剂，一个星期的底片统统报废。夜里我就梦见空白的相纸上
一张蓝色的猴脸蜷缩着啃馒头，因为吃了太多它胃痛起来倒在地上
打滚。我看见它住的棚屋里全是大字写的造反。

　　　　妈说怀上第四个孩子的时候，她就再没勇气进医院了。一只冰冷的
阴茎，然后是冰冷的铁刮勺，轮番在身体里搅拌。一种可怕的酷刑。
妈说打那时起她就总是梦见一幅景象，她躺在手术台上生产，手术台
架在老式的歌厅里。舞女们围着她用白话唱歌。爸在舞池里大把大
把地揪下头发送人并大叫着"别生啊求你别生"。她看见自己的魂儿
从身体里脱壳，就像肢解后再遭受一次漫长的拼合。

　　　　二姨说跟二姨夫分房后的第三年她就开始梦见一个男人长了两个脑
袋。一个脑袋有眼睛，一个脑袋只是骨肉。男人一旦出现就坐在她
床边拨弄自己的脑袋三百六十度的打转，就像小婴儿玩的拨浪鼓。
每当她神经衰弱得太厉害，就听见男人低声嘀咕"丢人！丢人！"

　　　　三姨说在军区她生过一场大病。邻居家老妈子来了说鬼上了你家掌
柜的身啊。三姨听了就害怕，想到每天夜里华山喝完酒像条死狗被
人拖回家里。打那时候起她就总到郊外听人传法。传法会上他们关
灯冥想，她在黑暗中那一颗颗脑袋上方就看见一股白烟飘啊飘啊，她
一眼就认出那是大哥。她问"大哥你要到哪儿去？你去做什么？"他
就回答"我要去你家，我要杀了华山"。说到这儿，她就无可奈何地笑
起来：我从没见过死去的大哥啊。

　　　　　临近午夜他们到院子里烧纸

三　姨　真奇怪,天还没黑你们居然结束了。

小　舅　二姐夫和三姐夫闹矛盾。

妈　　　又为了房子的事吗?

小　舅　是啊,三姐夫说别人不要插手。

二　姨　真是作孽,石东一天到晚地惹人嫌。

三　姨　华山也是的,我早就叫他别管闲事。

妈　　　你大姐夫说什么了?

小　舅　大姐夫装糊涂呢。

三　姨　华山脾气越来越怪,我真不知道未来要变成什么样。

妈　　　你还是多谦让,毕竟他是个病人。

三　姨　我知道。再说我们没有孩子,他到老了心里有个结。

小　舅　实在想要就抱一个养吧。

三　姨　这个年纪了,我看还是算了。

二　姨　芃芃这次生个儿子,亲家是不是高兴坏了?

妈　　　高兴坏了。

二　姨　小民妈当初生你的时候,可把她高兴坏了。

小　舅　二姐我知道。

三　姨　妈去世之前谁也不认识,就只认识你。

小　舅　三姐,我知道。

妈　　　小民这房子要是卖了,你找好地方住了吗?

小　舅　还没呢,大姐。

妈　　　小民,你要好好把佳佳带大,除了你之外,她就是老妈最惦记的人了。你年纪不小了,要分清楚过日子和做梦有区别。你之前的那几个女朋友我们都不赞同,就是为了这个。你总是想找漂亮的爱玩儿的每天打扮得花枝招展,可这样的人怎么肯照顾你生活呢? 你还是要找一个勤俭持家的,样貌如何别太在意。

小　舅　大姐,我现在不想那些了。

妈　　　你终归还是要结婚的,没有婚姻到老了只会惹人嫌。想想你自己身体不是越来越差吗? 你这副样子还要持续多久? 一个生活体面的人当然要有一个完整的家庭,就算你不为自己考虑也要为孩子考虑。

妈/哎/妈/你说吧/妈/你病了？/妈/你哮喘又犯了/妈/撑得住吗如
果不吃药的话？/妈/可是孩子怎么办呐？/妈/你把药吃进他肚子里
了这可怎么办呐？/妈/我到药店去了我问了可他们说孕妇不能吃这
是激素你知道吗？/妈/你想想孩子该怎么办呐？/妈/咖啡也最好不
要再喝了/妈/忍一忍就过去了。你想想往后。你应该庆幸因为一个
女人最大的幸福就是成为母亲。/妈，不是你想的那样/你想想往后/
妈，我喘不上气了/躺下来，来，躺到我腿上，嘘，静下来就好了/妈，我
心里不舒服/为什么？你一向能把自己的事处理好/妈我是说，我不
快乐/妈以前对你不好吗？妈有时脾气太暴躁了。可我们都爱你呀/
妈，你爱我还是爱弟弟？/我爱你们两个/你爱我还是爱我的孩子？/
这算什么问题呢？我爱他们，你爸爸也爱他们，弟弟也爱他们，你也
爱他们，加倍地爱/可我怎么办呢？/你到底在说什么呀/妈/我不明
白到底为什么不快乐，现在你生活里的一切都由你自己做主了/妈/
你们买了第二套房子，现在要有第二个小宝宝了/妈/即使我和你爸
爸不算太完美，可我们也不至于太坏，我们都尽我们所能地爱你/妈/
我不明白你为什么不快乐/妈/你还想要什么呢？/妈/你要的太
多了。

我的人生被毁了一次一次又一次因为

父亲、兄弟、丈夫和儿子

我的丈夫他今年三十出头已经习惯了

发表看法

每一天发表对一切的看法所以你最好立刻

把聚光灯对准他

十年或二十年之后他将会变成我父亲

所以现在

我丈夫是一只自以为是的猪

我父亲是一台官场机器

我弟弟因为

受不了父亲拒绝成为男性

受不了母亲拒绝女性

所以他最后成了一个冷漠的纨绔子弟

所以我的儿子你将变成什么？

可你将成为什么与我无关，因为这不是

我的世界

我坐船渡过太平洋到过最遥远的国度

我跟渡轮上的陌生人聊一场莫须有的演出

我在卢浮宫和岩间的抹大拉面对面

男人的欺骗如此黑暗

我见过日界线边缘紫蓝色的云烟像一场梦

现在我的英语用于双语教育

我父亲他相信念更多的书于事无补

他喜好喝茶、跑步、写回忆录

和家庭保持微妙距离

他爱所有像母亲一样的女人

所以他不爱我

爸爸你给文文打电话成小时地聊那些"男人间的话题"

可你不知道那是他最痛恨的事

他是一个艺术家爸你相信吗？

你相信

你相信我也是吗？

我也写下过诗，可它们被丢进了生活的废墟

在法国我听过街头艺人演奏 Gérard Darmon

"得奖者是生活，得奖者是爱情"

一个喜欢读诗的法学学生应有的德性

在荷兰，性爱博物馆，在硕大的阴茎雕塑间徘徊

日本章鱼大受欢迎

为插入式性行为绘制详细图解现在已无人观看

我亲爱的妈妈她年轻时不使用安全套

在北欧我见过雪白的河马狂奔过街

还有圣诞老人和他性冷淡的广袤故土

在爱尔兰，我给弟弟写信，祝愿他有一段美满的婚姻。

他回复"姐姐我身上被写满黑字；在加拿大，课本上都画着彩虹"。

我说是啊加拿大，被一群蓝色分子占领，一座现代 sodomy

义人领着他们的孩子正在出逃

打那以后他就再也不愿同我讲话

我真想告诉他这个世界只会不断死去

我们只会不断死去

不必为你的精子待价而沽啊它们毕竟大量而廉价

午夜来临时只有一人打来电话

——妈，新年快乐。我在国外过得不错，就是钱花光了。这个月底能
不能再打点生活费？替我向爸问好，如果没什么特别的事我就先
挂啦。

我从不相信完成了的句子

我不相信任何人嘴里关于人生的教育

我从不认输不按世俗成见生活

一个自由主义分子

愤世嫉俗的性格我为它骄傲

我是不婚主义和丁克的同僚

我拥护女性

我曾经想过在这个世界上占有一席之地

直到有一天我发现原来这不是

我的世界

所以弟弟请不要选择成为异类

那个出头的笨鸟总会最先灭亡

当个正常人别浪费

老天爷给你的机会因为这是

你的世界

我没有听从爸的话

"不要到国外去"

"不要浪费一大笔置业费"

"不要错过一份体面的工作"

我没有听他的话，可事实证明他说的有道理

现在我只能用婚姻挽回我失败的人生

这就是最可怕的地方

弟弟你总有一天会发现，他们说的其实有道理

——文文新年快乐，往年我总是圣诞节才给你写信，但你为什么不回复我的邮件？文文，你还好吗？你像他们口中说的那么快乐吗？究竟为什么你不愿意同我说话了？你忘了在我的小房间里，我给你穿裙子亲你把你抱在怀里吗？我们一起看电影。是因为那件事你只对我说过一次而我的答复毁了你，对吗？是因为你突然发现除了爱你，我也会嫉妒，对吗？生完头一个孩子的那天下午，文文你还记得吗？你走进房间，你问我：姐，你还好吗？我没有回答。我冲你笑。然后我哭了。现在我回答你：我不好。这样说会让你难受吗？我不好。我不是为了做姐姐而生。我不是为了做母亲而生。

假如我在意自己的外貌我就是一个不知羞耻的花瓶

假如我不在意自己的外貌我就是一个不配被凝视的失败者

假如我生孩子我就失去自我

假如我不生孩子我就失去了人生最大的快乐

假如我有家庭我的家庭诅咒我

假如我没有家庭那是因为神诅咒我

但神从不过问我的生活

——为什么不给家里打电话？

——不想。

——你没听见孩子在哭吗？

——不想。

——你不爱他吗？

——我不知道。

——你讨厌他吗？

——我不知道。但是我想是的，没错我讨厌他。我恨他。

3. 上帝爱你

神的创造

有一天神来到三只黑猩猩面前。有一只在睡觉，另一只在求偶，剩下的一只无所事事。神就把闲着的那个叫作"人"。神说：我要赐福给你。我要把光、水、空气、果蔬、鸟兽、游鱼、花园都送给你。我要让你的后裔多得像星星。我要让你离开本地、本族、本家，往我要指示你的地去。我又要诅咒你。我要你的寄人篱下。我要你的后裔服侍别处的人。别处的人要苦待你们永无止境。我要趁你夜行时袭击你。我要在汹涌时逼你沉默，在静谧时逼你开口。我要和你立约。我要你毁约。我要惩罚你。然后说我爱你。我要你世世代代跟我玩游戏。因为一连六天我的工作结束了，现在只剩休息。

爸　天亮了好一会儿。
妈　我知道。
爸　你不起来吗？
妈　等一会儿。
爸　你不要吃点儿东西吗？
妈　等一会儿。
爸　我要吃东西。
妈　随你。
妈　今天会下雨吗？
爸　不会。只刮风。
爸　午饭之前我们出发。
妈　到哪儿去？
爸　到咱妈那儿。
妈　妈已经死了。
爸　各家聚一聚。
妈　到哪儿聚？
爸　到咱妈那儿。

妈　　　妈回山东了。

爸　　　我要吃肉。

妈　　　你不能吃肉。

爸　　　谁规定的？

妈　　　医生。

爸　　　哪个医生？

妈　　　天天。

爸　　　天天给你钱了吗？

妈　　　给了。

爸　　　多少？

妈　　　一万。

爸　　　什么时候？

妈　　　今天早上。

爸　　　打电话了？

妈　　　没有。只有钱。

妈　　　有贼。

爸　　　什么？

妈　　　昨晚有贼。

爸　　　你又做梦。

妈　　　我没有。

爸　　　贼在哪儿？

妈　　　在我房间。

爸　　　我什么也没听见。

妈　　　他没进你房间。

爸　　　她见了吗？

妈　　　谁？

爸　　　芃芃介绍的那个。

妈　　　她没说。

爸　　　她应该见一见。

妈　　　你去跟她说。

爸　　　她想买房子，得有两家人掏腰包。

妈　　你去跟她说啊。

爸　　年后我要回北方避暑。

妈　　嗯。

爸　　没给我钱。

妈　　等会儿给你。

爸　　房子的事怎么说？

妈　　跟我无关。

爸　　房子也有我们一份。

妈　　那是小民的房子。

爸　　也是我们的。

妈　　跟我无关。

　　　已经连续一个星期了，在发热门诊上班并且持续腹泻。每日工作将近十二小时接待患者。防护服是注满盐水的养殖场。胸闷，间歇眩晕，过敏性结膜炎频发，免疫力低下，缺乏欲望，无法交流。但所有这些加在一起也抵不上和我妈相处的万分之一可怕。三十年了，我忍受她不能靠正常逻辑理解的情绪变化。三十年了，我忍受一个人不停掠夺我本就不多的快乐和同理心。她为什么不能像正常人一样？不朽的双螺旋带来不朽的忧郁。一段错乱染色体。你是细胞你是蛋白质你是顺反子你是复制因子，但你没有悲伤的灵魂。戒掉痴心妄想。你祖先只是漂浮在原始汤里的大分子。

吗哪和鹌鹑

小　舅　　今晚吃什么？

大　姨　　鱼汤、虾和花蟹。

三　姨　　还有沙虫和扇贝，用蒜蓉蒸一下。

大　姨　　还有拌鸡丝。

三　姨　　二姐去市场买海参了。

大　姨　　笑红还带了咸鸭蛋。

爸　　　　没肉菜？

三　姨　　这都是肉菜。

大姨夫　　弄一点儿大酱吧。

大　姨　也行。

小　舅　我有点儿想妈烙的糖饼了。

三　姨　吃多了不好。

爸　　饺子什么馅儿的？

三　姨　虾仁。

小　舅　这年过得越来越素啦。

大　姨　到了这个年纪得懂得爱惜身体。

爸　　有时候受不了这些南蛮菜。

大　姨　受不了你自己做吧。

大　姨　笑红到市场去好一会儿了。

三　姨　她说要挑一条最大的石斑鱼。

大姨夫　天天也没回来？

三　姨　是啊。

大　姨　这些孩子像商量好似的。

三　姨　天天有两年没回来过年了，我看二姐心里挺难受。

大　姨　你二姐神神道道地惹孩子嫌。

三　姨　天天知道吗？二姐挺憔悴。

三　姨　陆续好长时间了，她给我打电话哭诉说想回老家，说这里的生活她过
　　　　不下去。她对你说过吗？姐有些话怪吓人的，什么魔鬼来找过她
　　　　之类。

大　姨　越来越像妈。
　　　　急性脑功能下降
　　　　老年谵妄症表征：
　　　　涂抹排泄物并且心神不宁
　　　　半夜站在窗口大喊"救火"
　　　　看见死去的熟人
　　　　看见无常鬼
　　　　健忘且常常愤怒
　　　　控告她的儿子强奸她的孙女因为忘记他们是父女关系
　　　　控告她的女儿勾引她的儿子因为忘记了他们是姐弟关系
　　　　在公共场合号啕大哭

認为三个女儿都克死丈夫

认为两个儿子都活着或者都死了

朝人吐痰

等等，等等

三　姨　我看二姐心里揣了一个什么事。

大　姨　翻来覆去就是那回事。

三　姨　不，我说的不是天天的婚事。我是说还有别的事。

大　姨　她神经衰弱。

三　姨　她想家了。

大　姨　她家就在这儿。我们在这儿生活了快三十年。

三　姨　姐，我是说……

大　姨　南方的气候对她身体也好。

三　姨　我知道，姐，但有时候我还是会想。

大　姨　想什么？

三　姨　以前妈蒸的花卷儿。

拿撒勒人厌弃耶稣

爸　　　那人要来。

大姨夫　看房的？

爸　　　对。

大　姨　什么时候？

爸　　　年后吧。

小　舅　我看他不会买。

爸　　　怎么？

小　舅　东北人，像传销的。

三　姨　现在还有传销的？

小　舅　传销的喜欢在海边买房。

大　姨　人是你联系的？

爸　　　对。

大　姨　你们怎么认识的？

爸　　　一个朋友。

大　姨	你们打牌认识的？
爸	不是。我现在不打牌了。
大　姨	你让他别来了。
爸	为什么？
大　姨	如果要卖房子，我来联系。
爸	联系了三年了。
大　姨	我是说，如果有需要，我会联系。
爸	不是你们说要卖房子吗？
大　姨	笑红，你们缺钱用吗？
妈	姐，我们不缺。
爸	但这房子早晚得卖。
小　舅	得啦姐夫，咱还打牌呢。
大　姨	他拿回扣了。
三　姨	姐，你别生气。
大　姨	他一定是拿回扣了。
三　姨	可能只是想帮忙。
大　姨	他？
三　姨	二姐夫生病这几年人好了不少。
大　姨	江山易改本性难移。
三　姨	他对二姐也挺好。
大　姨	你看看笑红那副样子。
三　姨	他们现在不吵架了。
大　姨	你看看他把笑红折磨成什么样。
三　姨	姐。
大　姨	她当初干吗跟他结婚？
三　姨	二姐夫学历高。
大　姨	他就住在咱们家隔壁，他家里什么人全厂都知道。
三　姨	他那时候挺像样的。
大　姨	赌博，赌博，赌博，把工作赔了。
三　姨	二姐结婚确实挺匆忙的。
大　姨	他是个烂人。

三　姨　不过，大姐。

大　姨　嗯？

三　姨　确实是咱们说的要卖房子呀。

　　　　我的父亲，一个理想主义家庭里的叛徒

　　　　一群干部间的小丑

　　　　心甘情愿成为市井之徒

　　　　你看他松垮的裤腰和永远填不满的胃口

　　　　从一万条体征中挑不出一条来使他配得上我母亲

　　　　二十岁他是家里唯一的高中生

　　　　在北方城郊在工厂区

　　　　一个伟大学历却毫不珍惜

　　　　二十五岁他在羊毛厂劳资科当干部

　　　　总是打牌

　　　　第二年转团支部

　　　　牌品太差

　　　　第三年下车间巡逻

　　　　加倍地打牌

　　　　第三年半成了普通工人

　　　　干脆辞职不干

　　　　一个一以贯之的一元论者

　　　　用实用主义态度面对一切

大　姨　确实是我们要卖房子。

三　姨　所以姐你也别生气了。

大　姨　不光是为了这个。

三　姨　毕竟我原来也以为华山不是现在这样。

大　姨　是因为他的腿。

三　姨　不大姐，不是的。

大　姨　你有时候太倔了。

三　姨　我知道，不过没关系啦。

大　姨　你们现在挺好的。

三　姨　我是挺好的。

大　姨　他还喝酒吗?

三　姨　不喝啦。

大　姨　他还打过你吗?

三　姨　没有。他现在打不过我了。

大　姨　他也不是什么坏人。

三　姨　真的没关系啦。姐,我这辈子过得挺快乐。真的。

大沉默

现在我妈一个人待着

她在遗像底下的大沙发上坐了一会儿,并且拿起桌上的《圣经》读

起来

读了一会儿,她放下书并且心神不宁

给遗像上香。祷告。

祷告是一种神经官能症

你们能听见她说:

神啊求你按你的慈爱怜悯我我向你犯了罪我是在罪孽里生的在我母

亲怀胎的时候就有了罪

她在麦田里踩中了一只大脚印

她在梦里骑了一匹马

有一台冒着火光的锅炉把她压在灶台上

夜里她把贼认成了天使

我们是生存机器

我们是放大了的细胞壁

我们是瓦特离心调速器

我们唯一的罪

大　姨　笑红,你怎么又在看这些?

妈　　姐,我想是上帝,一定是他在惩罚我。

大　姨　胡说。

妈　　姐,你记得吗?结婚之后好几年,我才怀上天天。妈每天青着脸差点

要把我从家里赶出去。我想着只要能生,让我做什么都行。一定是

魔鬼给了我一个孩子。现在上帝为了我的过错,就要惩罚我的孩子。

大　姨　你说这些话可不要当着云凡的面。

妈　　　我当初不该嫁给石东。

大　姨　现在后悔也没什么必要，你们俩眼看就过五十岁了。

妈　　　我当初或许不该怀天天。

大　姨　你应该庆幸，因为一个女人最大的幸福是成为母亲。
　　　　　根据概率计算宇宙间存在其他高等生命形式的可能性为百分之一百
　　　　　祂们也是猩猩吗？
　　　　　两颗星球上的猩猩之间存在多少基因相似性
　　　　　构成祂们的是分子吗？
　　　　　分子何时初次进化？
　　　　　在它学会了复制自己的时候

妈　　　姐，她现在不愿意跟我说话。

大　姨　你想得太多了。

妈　　　是真的，我想她一定恨我把她生下来。

大　姨　她这样说？

妈　　　她没说过。

大　姨　想想如果没有她，你现在会是什么样。

妈　　　我一个人或许过得更好。

大　姨　实话告诉你，如果没有芃芃和文文，我真不知道活着有什么意思。

妈　　　姐，我知道。

大　姨　文文念大学的时候，我和你姐夫已经上了年纪。你能想象吗？一个
　　　　　年轻人。在你家里。对你说话。侥幸多活了几十年。多幸福。那是
　　　　　老天爷的礼物。
　　　　　一个培养了艺术家的家庭是最不幸的家庭
　　　　　因为他们的手口不由自主
　　　　　进化论的逆子
　　　　　阴沟里的病夫
　　　　　有一回他突然说
　　　　　"我究竟是怎么了？"
　　　　　我回答
　　　　　"那是黑猩猩的事。"

　　　　　不善于说话,缺乏雄竞能力,对生殖器官抱有悲观态度,对过早死亡

　　　　　抱有幻想

　　　　　这是直立原人亚洲支系的基因

　　　　　未发育完全的发声道

　　　　　不善于作战(被智人吃掉)

　　　　　缺少表现生殖崇拜的考古发现

　　　　　平均寿命不到四十岁

　　　　　他大笑起来"所以这一切不是我的错"

　　　　　当然了,你没什么错你只是一条

　　　　　游错了缸的金鱼

　　　　　就像我一样

　　　　　我和死神的使者摔跤

　　　　　我的生命纬度在另一个世界

　　　　　孕育我的卵子吞噬了一颗漫游的行星

妈　　　姐,可我不愿意我的孩子像我一样。

大　姨　你是什么样?

妈　　　就是现在这样。

大　姨　像你有什么不好?

妈　　　一切像我的都不好。

大　姨　可这不就是生孩子的原因吗?

妈　　　姐,有时候,我觉得我和妈一模一样。

大　姨　芃芃长得像我,性格也像我,这没什么不好。我爱她。

妈　　　是的,姐,你爱他们两个。可你不是更喜欢文文吗?

大　姨　胡说。胡说八道。

　　　　　她的哮喘是一种过敏

　　　　　来自遗传

　　　　　她的婚姻也是如此

　　　　　我们一起度过的整个童年

　　　　　现在已经分道扬镳

　　　　　她的言语里有刺

　　　　　来自遗传

她现在圆滑了许多

来自遗传

她正在学习用一种欺骗的方式看待世界并且做得不错

我正好相反

当然了，我们都没什么错只是

更多的金鱼游错了鱼缸

拔示巴

小　舅　二姐。

妈　　　小民。

小　舅　二姐，你还好吗？

妈　　　我挺好的。

小　舅　大姐呢？

妈　　　大姐去给芃芃打电话了。

小　舅　三姐呢？

妈　　　收拾厨房呢。

小　舅　该去烧纸了。

妈　　　小民。

小　舅　嗯？

妈　　　一个人能过下去吗？

小　舅　勉强可以。

妈　　　很孤单吧。

小　舅　还有佳佳。

妈　　　她肯说话吗？

小　舅　有时候。

妈　　　找个人陪你吧。

小　舅　找不到呀。

小　舅　二姐，你记得三姐结婚的时候吗？

妈　　　记得。

小　舅　那时候多快乐啊。

妈　　　但是爸不大高兴。

小 舅	我记得,他嫌三姐夫秃顶。
妈	爸不喜欢他。
小 舅	可爸那天也高兴。
妈	他们总以为老三嫁不出去呢。
小 舅	三姐一点儿也不在意。
妈	真羡慕她。
妈	小民,你记得你结婚那时候吗?
小 舅	记得。
妈	妈那时候多开心。
小 舅	二姐你别说了。
妈	真的,从小到大没见过妈那么高兴。
小 舅	对不起二姐。
妈	不是你的错。
小 舅	我没想过妈会那样。
妈	你没想过吗?
小 舅	如果我知道。
妈	家里只剩一间空屋子了。
小 舅	我说了我不要。
妈	可你要住哪里呢?
小 舅	无论如何都不要。
小 舅	二姐。
妈	嗯?
小 舅	这一辈子你开心过吗?
妈	有。
小 舅	什么时候?
妈	有一天早上。
小 舅	哪年?
妈	九零年。
小 舅	哦!
妈	你记得?
小 舅	三姐夫把黄泡子送咱了!

一日，太阳平西，她从床上起来，在老家的院子里洗脸。水冻成冰了。
她在那儿等着。

小　舅	二姐。
妈	小民。
小　舅	二姐你干吗呢？
妈	我在等日出。
小　舅	二姐，那个人要走了。
妈	谁啊？
小　舅	大姐夫介绍的那个。
妈	谁？
小　舅	那个当兵的。
妈	哦。
小　舅	二姐，你今天起得真早。
妈	我睡不着。
小　舅	为什么啊？
妈	我想看日出。
小　舅	二姐。
妈	嗯？
小　舅	你看那人怎么样？
妈	谁？
小　舅	那个当兵的。
妈	你看呢？（小舅摇头）为什么？
小　舅	是个秃老亮。
妈	他说话挺有礼貌的。
小　舅	太磨叽了，一个大男人。
妈	他小时候老挨他爸的揍，跟你一样。
小　舅	你怎么知道？
妈	妈说的。还说他爸妈离婚了。
小　舅	为什么？
妈	因为他爸打人呀，谁都打。
小　舅	跟咱爸一个样。

妈　　他哥读过大学,他妹妹做生意发财了。就剩他。

小　舅　一个穷当兵的!

妈　　可是说话挺有礼貌的。

小　舅　他那只狗挺好。

妈　　是军犬。

小　舅　他个儿不高,狗倒挺大一只。

妈　　我觉得他不快乐。

小　舅　啊?

妈　　你觉得呢?

小　舅　他挺爱笑。

妈　　但他不快乐。

小　舅　你怎么知道?

妈　　因为我也是。

撒拉为什么暗笑?

现在我妈一个人站在遗像面前哭

严重的社会心理事件或压力源:女性羞耻

慢性病:陈旧性肺结核或钙化灶

抑郁症家族史:母系单传

能力丧失:性行为

吃年夜饭的时候她情绪低落到了极点

大　姨　今天我们聚在这儿过年就像往常一样。这个习惯已经保持了十几
年,我希望未来也能一直保持下去。我们靠感情维系在一起。爸妈
也一定想看到我们始终这样互相扶持直至下一代。现在我们年纪都
已经不小了,我和高升眼看就快六十岁,笑红和云凡也快了,小民,鬓
角上长的都是白头发。但这并不是坏事,因为我们的生活过得挺好。
就拿我来说吧,过去我们家里有这样那样的矛盾,可现在一切都好
了。生活会变好,我们要抱有希望。现在举杯敬爸妈在天之灵吧。

三　姨　现在回想起小时候的日子,好像只记得快乐的事。爸那时候虽然总
是发脾气打人,可他闲下来很爱冲着我们笑。为了什么事生气,过一
会儿就忘了。他偷偷地教我们打牌被妈发现之后,还要狡辩说是我
们求他在先。华山的牌怎么也没我打得好,就是因为小时候爸爸教

给我们的那些招式。

大姨夫　像你们这样年年相聚真是少有。

三　姨　二姐，你记不记得以前咱家门前种了一棵樱桃树结出来的果子又大又红？你最爱爬到树上去摘樱桃。

大　姨　笑红，突然之间你又一声不吭了，是不是身体不舒服？

妈　　　不是的，我只是难受。

大　姨　笑红，你不必难受，爸妈如今都去了另一个世界，而我们就算剩不下多少时间，也总能看着下一代长大。他们未来一片光明，这就是我们最大的安慰。

三　姨　二姐，我们活得应该快乐一些，更快乐一些。

妈　　　可假如，我们过去那样快乐，未来也那样快乐，为什么现在我只是感到悲伤？

爸　　　你昨晚又没睡好。

大姨夫　笑红，你该听天天的话到医院去做个检查。

妈　　　我现在一闭眼就看见妈坐在我身边，她对我失望透顶，因为结婚整整两年，我和石东却没有生出一个孩子。

三姨夫　但是二姐，现在天天都已经三十岁了，你不必再为了这个难受。

三　姨　是啊二姐，我记得你和二姐夫到了第三年就怀上啦。那一年，我和华山也正好结婚。爸说那是双喜临门。

大　姨　笑红，你应该学学云凡，她向来不为了改变不了的事烦恼。

妈　　　云凡，我的确对不起你。我犯过错，如今这就是一种惩罚。

三　姨　二姐，你又瞎说什么呀。

大　姨　笑红，你如果实在难受就上楼休息。

　　　　这一切必然有遗传学上的根据

　　　　量子力学证明我们如此相近

　　　　电磁波可以探测情绪

　　　　实在论证明存在爱情

　　　　如果她曾经有过

　　　　这样一种东西

　　　　为什么不教我

　　　　我为什么学不会

现在我妈她看见外婆从遗像上走下来

开口说话时是一个男人的声音

外婆说你们要与你们的母亲大大争辩

叫她除掉脸上的淫象

和胸间的淫态

免得我剥她的衣服

使她赤体与才生的时候一样

使她如旷野如干旱之地因渴而死

我必不怜悯她的儿女

因为他们是从淫乱而生的

怀他们的母做了可羞耻的事

当然这话别人听不见只有我妈一个人听见

适量服用锂盐可缓解状况

下面这句话她将和我一起说

为什么我总是感到孤单？

倭黑猩猩违背命令

倭黑猩猩是一种很容易感到满足的动物。

某个心理学家在森林里发现了一只落单的倭黑猩猩。他们望着彼此出神，像亲人。

最初她常常抱她亲吻它的脸，陪它在河边一待就是好几天。她给它好吃的，依着它的愿望。有一天它朝这位心理学家咧开嘴，它在微笑。

最初她要它做得很少，捡一些树枝或者围着草垛手舞足蹈。绕着树跑。或者捞河里的水玩儿。只是有一天她把它叫到跟前对它说：现在你玩儿够了，我们要离开这里。我们要到更好的地方去。我要给你更大的幸福，叫你的名字被后人记住。

她就领它离开那片树林去了一个古怪的地方。她仍然提供食物，但每一次她要在一张大白纸上画钩。它毛茸茸的四肢在那里无处安放。它不明白为什么日和夜被割成了四方形。头顶那颗白炽的火闹得它睡不着觉。她开始用它理解不了的语言对它说话。一连几天时间他们待在那儿，它开始想念树林里的野花香。有一天它打翻了一架机器，余下的时候她没再抱它。

她决定教它语言和符号。她教它阅读，保持好奇，学习游戏，使用工具。现在它的生活规律了许多。它了解这间屋子的规矩，并且懂得如何获得更多。可得到拥抱和吻越来越难。它想念河流。代表森林的三角形不奏效了。无论它在地上画出多少个三角形，她无动于衷。它尝试微笑，或者发出乞求的动静，心理学家视而不见。它郁郁寡欢地坐在窗台上。她不爱我了吗？它想。有时候连食物也没有了，除非它对角落里那台无数只蚂蚁爬动的大箱子表现出兴趣。它的任务是握住箱子上的红头小把手，操控一只蚂蚁吃掉其他。她管这叫游戏，它只是觉得残忍。

它明白了墙上的圆圈跟日和夜有关系。跟肚子饿有关系。跟心理学家的到来有关系。随后它明白了一切是井井有条的。或者说是预定好的。它哭了。

它用剪刀划伤了自己。心理学家觉得莫名其妙。原先的游戏暂停了。它身上是无数条连接了小箱子的长长的线。祂们对我干了什么？它感到羞耻。

但它不明白它的感觉是什么。羞耻是心理学家取的名字。它不明白阳光、森林、野花、河流为什么渐渐变成同一种东西。在那之后，它学得越快，掌握的符号更多，食物也更多。它甚至能够常常到户外散步，跟以前一样。但它对一切都厌倦了。

它于是失去了扮演人的资格。

巴别塔

现在天已经完全黑了，他们吃完饭就到院子里烧纸
我妈在二楼房间里休息
大姨夫站在麻将房里喝茶
三姨夫在厅里抽烟
我爸不知所谓置身事外
直到三姨夫说他该上去看看我妈
现在这个家里尚未失去理智的人就开始讲故事

大姨夫说九三年因为工作调动,我只身去往南方就像新西部的拓荒人

这座城市早期最繁华的地段就是一条街道窄小狭长不能通车

北部是海,南部是海,西部是海,东部泥沙漫天

牛群在沙地上疯跑,实心的假菠萝四处疯长

后来银湾大酒店建起来了

海岸线上别墅区建起来了

六车道的康庄路

官潮钱海涌进来

钢筋水泥从沙层下破土而出

这栋房子在当时实属中心地段

我那位从北方慕名而来的老友买下它

当作投资公司的第一个基地

在他的梦里将有

一百家分公司遍布各地

但后来海风变了方向

大酒店失火

牛群又回来了

在成片的烂尾楼间继续疯跑

还不起贷款的投机者的尸骨随风消散

我的好友他销声匿迹至今仍不见踪影

临走前把这栋房子托付给我

现如今在另一片土地上史诗又在上演

但有朝一日也注定被吹散在风里

大姨接着说道,这栋楼里一度还供着

姨夫老友的父母

两只牌位

在三楼小隔间里

外婆锁上那间房不许人入内

她临死前总是说那个房间那个房间

一个地方有一个地方的苦难

一个人有一个人的命

外婆说有一回她不小心打开了房门

一阵邪风把她吹倒在地

说到这儿，大姨叹了口气：

只是台风啊，只是台风而已

三姨说这些年自打我渐渐上了年纪

总梦见六岁那年在家门口看见的疯子

烫了卷发，若有所思

在梦里我上前问他你究竟在这儿找谁啊

他说找我死去的恋人

我又问你的恋人为什么死去

他说生活啊是因为生活

因为经济腾飞经济衰落

因为工厂停业城市殒殁

背井离乡流离失所

生活让她死去了

脸不再红

心不再跳

我的恋人啊她曾是时代女郎

会用俄语唱《山楂树》

穿喇叭裤

口红鲜艳

在大街上吸烟

说到这儿那个男人哭了起来

在梦里我也哭了

三姨讲完这话又笑起来

真是个荒唐的梦啊

三姨夫听到这儿就背过脸去不再看她

他的视力如今越来越差

到了晚上就几乎无法直视这世界

因为褥疮频发不适合手术

我无法为他治疗

他张口想说话但那该死的白内障

击垮了一个消瘦的军人

一个父亲

如今他像一根疲软的生殖器

长久的停顿之后他终于开口了

前年的这个时候我浑身溃烂发着高烧

在急诊室里奄奄一息时梦见故乡

看见孤烟中矗立的瓦房

院里的狗

点着煤油灯的耳房

就是在那里遇见了我的喀秋莎

北方的雪夜我们在热炕上

整宿地做爱就好像天永远不会亮

好像院子里除了我们无人居住

我的烧砖工啊她这样叫我

我的猎人我漂亮的赤色大马

在病床上我以为

死期将近

我梦见我们在黎明哭着告别

好像已经厮守了成百上千年

现如今我的眼睛不忍再看见她

现如今我的心已经停止跳动了很久很久

现如今他说我早就是个彻头彻尾的烂人了

说到这儿,三姨夫背过身去擦干眼泪

他随后也笑起来:

这梦真荒唐

巴比伦倾倒

爸   回家了。

妈   你们结束了?

爸	结束了。
妈	我现在起来。
爸	好了吗?
妈	我想再躺一会儿。
爸	回家躺。
妈	这儿就是我的家。
爸	天天来电话了?
妈	没。
爸	她在医院呢?
妈	对。
爸	你给她打个电话吧。
妈	我一会儿就打。
爸	你告诉她,过年了无论如何要给家里来个电话。
妈	我告诉她。
爸	你告诉她这个家还是她的家,她应该回来。
妈	我告诉她。
爸	你告诉她我们为她付出了很多。
妈	我告诉她。
爸	你告诉她那年海燕来的时候,我怎么把她背到医院去。
妈	我告诉她。
爸	你告诉她你神经衰弱得厉害,你需要人陪着。
妈	我告诉她。
爸	你告诉她她得为这个家付出点儿什么。
妈	我告诉她。
爸	你告诉她我是她爸,她眼里不能没有我。
妈	我告诉她。
爸	你告诉她他不能轻视我。
妈	我告诉她。
爸	你告诉她我是个身正不怕影子斜的男子汉。
妈	我告诉她。
爸	你告诉她她该嫁人了。

妈	我告诉她。
爸	你告诉她我们该抱孙子了。
妈	我告诉她。
爸	你告诉她我的胃癌不知道还有多少时间。
妈	我告诉她。
爸	你告诉她我是他爸爸。
妈	我告诉她。
爸	我是她爸爸。你是她妈妈。
妈	她知道。
爸	她不能把我们当成空气。
妈	她知道。
爸	那她到底是为什么不回家？
妈	她在医院值班。

　　　人在床上被惩治

　　　骨头中不住地疼痛

　　　以致她的口厌弃食物

　　　心厌恶美味

　　　缸里的金鱼被惩治

　　　它的眼被扭曲

　　　搜寻一种万能定律

　　　用模型看待世界

　　　我们是否孤独地生存在这浩瀚宇宙之中？

　　　有人在我眼前死去

　　　有人的生命近于灭命

　　　撒拉在草垛中看见火

　　　那就是我

　　　一种史前病毒

　　　耶稣在幻觉里注视着她

　　　脸庞冷如岩石

　　　基因演算法是可以理解的

　　　RNA 单链是可以理解的

医学术语是可以理解的
理智自制是可以理解的
爱情是不可理解的
婚姻是不可理解的
希望是不可理解的
生活是不可理解的
如果他真的如你所说那样爱我
为什么我还是感到孤单？

4. 我知道这不是真的

现在我决定离开这儿。

——几点了？

——不知道。

——天亮了吗？

——天已经黑了。

——可上一回我醒过来天就是黑的。

——什么时候？

——不知道。

——我们在这儿待了多久？

——一星期？一月？一年？

——外婆去哪了？

——不知道。

——你总知道天什么时候亮过吧？

——我怎么会知道？

——你是眼睛。

——可你强迫我闭上。

今天起床像往常一样空气令人窒息。从前这个时候她总来烦我催我起床替我把早餐端到门口。楼下小厨房里的洗菜声持续几个钟头。南方的青菜她吃了怕闹肚子。她不用洗衣机。她的一生都在水里度过。天黑以后，她躲在灯里缝鞋垫。紫红，深蓝，墨绿，脚掌正中有两条漂亮的小鱼。她踩缝纫机的声音像一个鼓手踩锤。她的手指尖除了针眼就是密密的裂口。她不习惯南方的冬天。她经常说你不知道吧，你那个八岁的大爷要是还活着年纪也不小了。要是他还活着我就给他做棉裤，我就再把这房子卖了替他娶老婆，用山东运来的上好的棉花我一点点弹出一大床棉被铺他的婚床。夜里雷声响个没完，她冲着窗外吐唾沫一口接一口，她边吐边骂

——现在那些声音都消失了。没有人会来打搅你。

现在从早到晚一整天都静悄悄的。窗框坏了半边，一到夜里它吱呀吱呀地响。有一张惊奇的脸趴在窗边我知道。对面住的疯子不久前也死了。他的狗也死了。他被什么附了身啊？她不肯告诉我。楼下厨房的动静。有人把碗打碎了。是老鼠？

——几点了？

——大约已经六点了。

泥人张在窗台上，我住最顶楼的房间门是漏缝的那里有一双眼睛。她说那是没人烧纸的小鬼真是可怜。文文哥在阁楼上吹口琴，他吹得还行。他谈恋爱了吗？有一首歌我记得很清楚，我还能哼出来但那首歌究竟叫什么？他出国以前真该问问。

——你爱她吗？

——不，我不爱她我谁也不爱。

——可她把你带大。

——我从没要求过。

——但无论如何你听不见她的声音了。

——不。

——什么？

——我能听见。

起来做点儿什么吧但不是今天。今天他们全来了吵吵闹闹让人受不了。但愿别来打搅我让我一个人待着。她说她年轻的时候只有四五岁吧，她妈妈一到下雪天就从村头哭到村尾。她越来越瘦了简直像一具骷髅，说话的时候只有下巴一开一合地动。

威马逊来的时候水电停了整整一个星期。一宿一宿地刮风，海面上哗哗啦啦的浪冲进屋里。风把雨吹进来，她成宿成宿地等在窗边，一

栋老房子的七八扇窗前五颜六色的蓄水盆有一些冲厕所，有一些洗内裤。她手洗我染红的那些床单。夜里我惊醒过来"房子塌了要塌了"——她板着一张脸，手指紧紧压在嘴上"嘘，别把神仙吵醒了"。然后她掖好被子在门前那道缝里，我看见她的脚步来来去去来来去去。

——爸到哪儿去了？

——爸要到你门口来。

——为什么？

——是他的脚步声。

我活在一个赝品里。

他会说：

起床。

吃饭了。

不舒服吗？

你一星期没露面了。

什么时候回学校？

比猪还懒。

你去死吧。

A 跟一个比她大十岁的男人结婚了

B 高中辍学去了工厂

C 当爸爸了

D 尝试自杀

我的朋友有挺多都在过那种成年人的生活

A 不再跟我联系了，主要是因为她总在谈那些奇怪的性关系

B 认为我太过无所事事地生活对他来说是一种冒犯

C 和 A 一样

而 D 从早到晚的唠叨和二姑实在太像

所以只剩我一个人了

——他来了他来了他来了他来了他来了

——闭嘴

楼下有人敲门

他走了
接下来会是川流不息的招呼
大姐大姐夫二姐二姐夫三姐三姐夫
小民小民小民小民小民小民
——谁先来?
——猜中有奖。
——三姑。
他们会说:

三　姑　我买的房子涨价了。
三姑父　我想打麻将。
三　姑　你的退休金要领一下。
三姑父　什么时候吃饭?
三　姑　从家里步行到这儿可以省十二块钱。
三姑父　你去给我妈打个电话。
三　姑　我这件衣服是芃芃高中穿的,我穿着挺合适。
三姑父　你去给我爸打个电话。
三　姑　小民,你剪头发了真精神。
三姑父　小民,他们都到了吗?
　　　　——谁是第二?
　　　　——大姑。
　　　　他们会说:

大　姑　文文又拿奖学金了。
大姑父　我下乡主持工作。
大　姑　芃芃生二胎了。
大姑父　我每天锻炼。
大　姑　文文毕业了要留校当教授。
大姑父　我想吃大头菜馅儿的饺子。
大　姑　芃芃一边带孩子,一边上班。
大姑父　我写了一首新诗。
大　姑　小民,你瘦了。
大姑父　抽一支吧?

　　　　　　——最后是二姑。

　　　　　　他们会说：

二　姑　佳佳还不去学校。

二姑父　我要上厕所。

二　姑　佳佳不学习怎么行呢？

二姑父　你别多管闲事。

二　姑　天天学习向来很好。

二姑父　今晚我们要打通宵。

二　姑　不学习怎么会有出路呢？

二姑父　昨晚梦见发大水了，能赢。

二　姑　小民，我给佳佳带了一盒红糖。

二姑父　打牌！

　　　　　　接下来是川流不息的聊天，主要话题有：事业有成、家庭美满的小孩（包括文文哥、芃芃姐、天天姐）；我的母亲（涉及一些出轨情节，涉及不称职的母亲形象，以及针对她道德缺陷的人身攻击）；我的父亲（涉及他的再婚事宜，涉及他糟糕的生活习惯，以及对我缺乏管教）；我（涉及休学、童年阴影、心理障碍、怜悯、恨铁不成钢）。

　　　　　　十二点了，我一天之中最讨厌的时候。温度很高，水蒸干了。濒死体验是热。她死后，他们从不提她。有一些奇怪的声音，一开始只是嗡鸣。但随后它变成了某种我不得不注意的东西。它和耳膜、视网膜，以及三叉神经连在一起。我一天之中有三分之二的时间注视着手机屏幕。

　　　　　　——动动脑子，让他们说话。

大　姑　你爸是个废物。

二　姑　你爸是个废物。

三　姑　你爸是个废物。

　　　　　　——你不反驳一下吗？

　　　　　　——这是事实。

　　　　　　——你是废物吗？

　　　　　　——希望吧。

　　　　　　他给大姑夫开车。他给二姑夫打掩护。他负责把三姑夫背上六楼。他把钱借给大姑装修新房。他骑电动车到十公里外帮文文哥停汽车。他学微博和网购。他成宿地不睡觉在那儿读历史书。他有时穿花衬衫和西装背心。他的白头发看起来像故意染的。他有痛风。他没钱。他离婚。

大　姑　我的婚姻是利益联盟。

二　姑　我的婚姻是敷衍了事。

三　姑　我的婚姻形同虚设。

爸　　　我的婚姻是一次失败的尝试。

大姑父　我是一只鹰。

二姑父　我是一只狐狸。

三姑父　我是一只狼。

爸　　　我是一只笼中鸟

　　　　现在我决定离开这儿。

　　　　——你走啊。

　　　　——光说不练。

　　　　——她走不成。

　　　　——为什么？

　　　　——腿麻了，躺得太久。

　　　　——你怎么知道？

　　　　——我就是她的腿。

有好多年他没再打过架了。整整五年时间，他喂姥姥吃药，照顾她起居并给她勤换内衣以免皮肤感染，定期消毒毛巾因为她忘记如何使用手纸。日复一日日复一日。现在躺在床上的人换成我。他累了。

　　　　——你打算到哪儿去？

　　　　——有人愿意说话的地方。

　　　　——是你不愿意说话。

　　　　——所以我想到有人愿意说话的地方。

　　　　——他们都在说话。

　　　　——我听见了。

　　　　——有人上来了。

二　姑　佳佳你起来吃饭吧。佳佳你睡觉了吗？这个时候不要睡觉啦，还是起来吃饭吧。佳佳你这样下去怎么行呢？就算不读书，饭总是要吃呀。佳佳你要体谅你爸爸，他一个人生活不容易。再说你想想，姥姥她从小把你带大希望看到你这样吗？你上小学的时候二姑也带过你，你那时候还是个好孩子啊。不论如何今天你至少起来吃顿年夜饭吧，你大姑三姑也都来了。今年家里孩子就剩你一个，总该下来陪陪我们吧？佳佳，你听见了吗？

我会回答：

好的，现在就来。

等一下。

滚开。

让我一个人待着。

我是替代品吗？

你觉得我他妈的像个替代品吗？

我谁也不是。

不要再道德绑架

难道姥姥希望看到你们这样吗？

二姑，你难道不知道自己讨人厌吗？她们都说你太脆弱神经质，你忘了你小时候大姑和三姑从不带你玩吗？你老公人品卑劣，你女儿三十了还不结婚真是全家的耻辱。再说你可千万别再提姥姥，以前她最讨厌的就是你。你这个超级人生大输家就别他妈来烦我啦。

——她走啦？

——你听见了？

——没有脚步声。

——静悄悄的。

——她哭了。

——她是现在唯一关心你的人。

——你对得起她吗？

——我对一切的一切事实都他妈的厌倦透了。

等天色再暗一点儿，我就要到海边去。

——我不舒服。

——谁？

——我是你的秘密。

——我不认识你。

——你当然认识我。

——你要干吗？

——我要流血。

——你很丑。

——我是你的渴望。

——没什么渴望。

——在梦里。

文文哥对我说"你画得很好继续画下去"。文文哥对我说"你这个小屁孩在学校还好吗"。他喜欢笑。他写诗。他一个人静静地待着，像我一样。他也对生活失望吗？

——你认为最痛苦的是什么？

——和姥姥分开。

——你认为最痛苦的是什么？

——冬天不下雪。

——如果你可以改变你的家庭一件事，那会是什么？

——别搬到南方。

——如果你可以改变你的家庭一件事，那会是什么？

——别生我。

——你最希望成为像谁一样的人？

——文文哥。

——你最想成为谁？

——狗。

——你使用过的最多的词是什么？

——等等我。

——你使用过的最多的词是什么？

——……

有人在楼下把什么打翻了。

爸冲我发火踹门骂人这样的事有时候一天要发生很多次。他说"出来"，我说"不"。不仅如此，我把手边能抓到的随便什么东西朝门上扔并警告他不要烦我。他这时被激怒了，狠狠地踹门并且嚷着要揍死我就像往常一样。他骂我是白眼狼、拖油瓶，并叫我立刻去死。晚些时候他就来跟我道歉。说他做错了，说我是他剩下的唯一的东西了。像我这么大的时候他预料到有这一天吗？姥姥会像抱着我一样抱他吗？

——小民帮我把车子开进来。

——小民推我出去换个尿袋。

——小民烧壶水泡茶。

——小民去给爸妈烧纸。

——小民去把佳佳叫下来。

——小民你不懂怎么管教她。

——小民桌上的五百块钱是我今天赢的你拿去吧。

——小民你的生活太粗糙了。

——小民你别再喝酒了。

——小民你给我们买点儿酒来吧。

——他们在吵架。

——真的吗？

——我听见了。

——他们吵什么？

——卖房子。

——不是，这回不是。

——嘘。

是爸他终于忍不住了吗？

别怜悯我。

把你的钱收起来。

滚开。

别管我。

关你屁事。

我跟你们不一样。

我不打女人。

对，我离婚了但我不怪任何人。

她选择了更好的生活，这有什么大不了的。

别他妈再拿我当反面教材了。

你算什么东西,一个大男人拿老婆工作的钱去避暑。

你连孩子都没有,拿什么来教我带孩子。

把你的破钱收起来。

别他妈在我面前摆官架子。

就算你是处级干部,成千上万的人还在受苦。

别再做梦了二姐,你害怕的都是真的——这个世界就是你想的那样。

大姐你这一辈子把所有事都做得太他妈好了,你真的一点儿也不累吗?

三姐,你睁开眼看看你眼前这个人,他把你拖累成什么鬼样子了?

去你妈的傲慢。

对,我就是白眼狼,你们他妈的都滚吧。

滚出去这是妈的房子。

谁也别想卖妈的房子。

对面楼里住的人搬走了,他们家里的那个疯子现在怎么样了?那条狗死了。他还没长大。这个年没法再过下去了。夜深了他又去喝酒了。喝完他就来到我房间门口。

爸　我弄不明白你为什么这样对我,明明你姥姥死前我们不是相处得很好吗?你为什么恨我,为什么不能好好听话?现在全家都把我踩在脚底下,你就不能争点气吗?你就不能好好说话,像个正常人去上学好好读书长点出息吗?你也要像我这样混吃等死到老了还要被呼来喝去,你想要这样对吗?我们都完蛋了,我告诉你我们都完蛋了。

我在屋里回答他:

是的,没错,我们都完蛋了。二〇二〇就是世界末日,人人都不想活了

外面是海吗?我听见潮水声我们都漂浮在海洋上。水一直往上涨,整座城市都被淹没了。二〇一四年七月最强台风。有史以来最大日降雨量。十四级大风。房屋倒塌一千零二十二户。许多已死的魂灵从地底重生,行走在人间,因为脚踝卡在陌生的雨算子里痛得骂娘。长着狗头的盘古伸着两万光年长的手臂却碰不到他曾经开辟的穹顶,伏羲兄妹的老爸撑着金刚钻打造的渔船却砸不动天神的凡门,朴

父夫妻肥胖而淫荡的裸体蹚过罪恶的人流却发觉如同浑浊的江水无法治理。水拥抱这个世界就像她抱着我。

别离开我

雪很美吧

南方的夏天太长了

等一等

我要跟不上了

我要从方舟上飞出去了

5. X

[地点是天地楼外的小院子里。时间是傍晚。家民坐在院子里。邻居家的狗跑过来，他就和狗玩儿。现在大姐冬英和她的丈夫高升从不远处走过来。]

冬　英　今年的天气真好，要是芃芃和文文也在就更好了。

高　升　往后你得习惯，他们回来的时间只会越来越少。

冬　英　一到冬天我就格外地想他们姐弟俩。

高　升　为什么？

冬　英　因为他们都是冬天出生的呀。你这都忘了？

高　升　没反应过来。

冬　英　你永远只想着自己，从来不考虑别人。

高　升　但这么多年咱俩不也过来了吗？

冬　英　这倒是实话。

高　升　不过话说回来，今年的天气真是格外好。刚才一路上三角梅都开起来了，树上抽绿芽。以前在北方哪能见到这种景象？

冬　英　你上回不是还说天气热，过年没气氛吗？

高　升　人老了吧。

[他们走到院子前]

冬　英　小民，你怎么在这儿坐着？

家　民　大姐、大姐夫，我出来晒太阳。

高　升　挺有诗意嘛。

家　民　姐夫，你别笑话我了。

高　升　抽一支？

家　民　好。

冬　英　你们老烟民在这儿会晤吧，我先进去了。

家　民　唉对了大姐，三姐让我提醒你一声，二姐今天心情不大好。

冬　英　哦，我知道了。

　　　　［院子里的灯灭，屋里的灯亮。冬英走进一楼的客厅里。客厅的墙上
　　　　挂着一幅遗像。遗像下面是一张供桌，此外还有长沙发、饭桌以及堆
　　　　在角落里的几只箱子。其他东西都搬空了。她进屋的时候二姐笑红
　　　　坐在那儿读《圣经》，三姐云凡在旁边哼歌。］

冬　英　年初二，买房的要来。

云　凡　谁？

冬　英　一个老乡。

笑　红　大过年的？

冬　英　他们急着搬。

云　凡　什么时候交房？

冬　英　说是越快越好。

云　凡　家具都留下吗？

冬　英　留着吧，要不然放哪儿？

笑　红　妈的缝纫机我带走。

云　凡　算了二姐，买个新的吧。

冬　英　妈那台缝纫机太旧了。又沉。

笑　红　留下来要被扔掉的。

　　　　［高升和家民走进来］

高　升　……总之情况就是这样。你想想看这是多不容易的一件事，他们到
　　　　底把车从上海调来了。明天或者后天你一定上手开一趟。车子来了
　　　　两天还没拉过高速，咱们就到城郊找个没人的地方试试。

家　民　好啊姐夫，不过我先去把啤酒拿下来。三姐夫和二姐夫肯定急死啦。

　　　　［高升到隔壁］

冬　英　小民，东西收拾好了？

家　民　姐，都收拾好了。

笑　红　佳佳呢？

家　民　楼上睡觉呢。

笑　红　搬走的事你告诉她了？

家　民　她没意见。

冬　英　总之你们先住到我家那套小户型去吧。小是小了一点儿，东西都全的。

家　民　姐，我知道了。

　　　　〔家民上楼〕

冬　英　有时候我真搞不懂他们，一把年纪了聚在一起还像小孩。

笑　红　最好小民今年能赶紧结婚。自打他离婚以后，妈为这个操了不少心。

冬　英　上回他谈了一个女朋友带回来我们都不大赞成，他就好像闹脾气似的再也不跟我们提了。我想下次还是多鼓励为好。

笑　红　小民也是打着灯笼都找不着的老好人。可惜就是太爱玩，没个正形。

云　凡　我看呀他就是怎么也长不大。

冬　英　妈走以前最放心不下的就是他。

笑　红　现在已经整整三年了，妈却好像从来没走过。有时我甚至能听见她在阁楼里踩缝纫机的声音。

云　凡　可我们永远不知道明天会发生什么，这就是生活的常态。

笑　红　妈去世前几年我还记忆犹新。她就像变了个人，成天的给咱们找麻烦。保姆请了一个又一个，可谁也不愿意留下，加多少钱都不愿意。可是你想想看她过去多善良，从不伤害别人，从不给任何人添麻烦。以前在下乜河她是出了名的老好人。

云　凡　那时候季娟的爸爸被打成造反派，妈成天给她家送米面，咱家都不够吃啦。

笑　红　云凡，我想一定是这儿的天气太热了。妈去世以前就成天闹着要回山东，她唯一记得的只剩老家。可你想想我们对那个地方向来就没有什么印象，所以没有一个人能理解她。如果爸还在或许能理解吧。可我们听烦了就只是训斥要她别再说了。

冬　英　文文小的时候我就常常问他，你还记得吗过去我们住在北方？一到冬天水泵结冰了就只能到老远的地方打水。高升晚上跑出去打牌，路上老是掉进菜窖里。要到第二天，大家才想起来去救他。我问文文还记不记得，但他总是摇头说一丁点儿印象也没了。我们的孩子他们的身体已经融进南方的空气里了。他们感受不到悲伤这是没办法的事，就像我们也感受不到妈。

笑　红　真希望时间停下来好让我们把事情都想想清楚。

云　凡　有些事还是不必想得太清楚吧。可是无论如何别再说这些了，你们瞧外面的天气多好啊。

冬　英　云凡你在哼什么呀？

云　凡　妈以前哼的儿歌呀。

笑　红　你大点声让我们也听见吧。

云　凡　(用山东话)柳树柳，槐树槐，槐树底下搭戏台；人家的闺女都来了，俺家的闺女还不来？说着说着就来了，骑着驴，打着伞，穿着花鞋挽着纂……

〔客厅的灯灭，隔壁麻将房的灯亮。高升、华山、石东和家民正在码牌。〕

高　升　今天我手气不错，连胡三把了。

华　山　姐夫你毕竟身经百战嘛。

石　东　我目前不输不赢。

高　升　小民，你什么时候搬走？

家　民　姐夫，我明天就搬。

高　升　那我把车留给你吧。

石　东　大姐夫，我听云凡说你还住在单位。

高　升　今年格外忙，跑农村搞防疫。

华　山　天天是不是留在医院了？

石　东　她值班。

华　山　真是好样的。

石　东　我还是希望她能回家休息。

华　山　看形势这病闹不了多久了。

石　东　呦，小民那儿什么时候摸了个杠……

家　民　文文在国外得多加小心。

高　升　国家的实力凭这次疫情就都展现出来了，形势只会越来越好。

华　山　总会好的。

高　升　等火神山建起来这病就没什么可怕的了，我看最多到二月底就能控制住。

华　山　我看还用不了那么久呢。

家　民　早要是公开会不会更好？

高　升　一月中旬启动的一级应急响应，这算是快的。

华　山　这一点点考验算得了什么呢？咱们都把心揣回肚子里吧。

家　民　哎，我胡了。

石　东　差一点儿就是我啦。

　　　　［两个片警在院子里敲窗户。家民把窗户打开。］

片　警　怎么回事？

高　升　我们都是一家人。

片　警　为什么不戴口罩？

华　山　我们都是一家的呀。

片　警　你们别给国家添乱好不好？什么时候了还聚着打牌？赶紧把口罩戴
　　　　好，麻将收掉，各回各家。

家　民　好吧，我们不打了。

片　警　我们还会回来。你们要是还敢继续，就跟我们回局里接受思想教育。

　　　　［冬英在院子里，家民走出来抽烟。］

冬　英　你们怎么不打了？

家　民　警察来了。

冬　英　早知道你们这么听话，以前过年就该把警察叫来。

家　民　过年嘛。

冬　英　打一宿的牌身体受不了。

家　民　姐，我们不打了。

冬　英　二楼不是有个空房间吗？

家　民　嗯？

冬　英　你们把麻将桌搬上去不就好了。

家　民　算了，姐夫也说不打了。

冬　英　为什么？

家　民　说有点儿累，上楼睡一会儿。

冬　英　等他醒了你们打吧，今晚我们都住这儿。

家　民　姐。

冬　英　我记得以前过年的时候，爸就带我们到市区去买饼干吃。

家　民　爸还把我驮在脖子上。

冬　英　有一回你病了,爸带我一个人去。他的手抓着我,又大又厚,像一双棉手套。

家　民　姐,咱们俩的手跟爸一模一样。

冬　英　他买了一袋,又买了一袋。然后他把我领到路边坐下来。他打开袋子,跟我说,"你吃吧"。我说,"爸,我不吃。拿回家一起吃吧"。他说,"你先吃吧"。我说,"不,拿回家给弟弟妹妹吃吧"。他说,"从小到大你什么都让给别人,现在你吃吧,这一袋是给你买的"。他说,"你记得,等你结了婚也要记得,留点儿东西给自己,别像你妈一样"。

［客厅］

云　凡　仔细看看,这房子也没那么不好。

笑　红　我们不一定非得卖了它。

云　凡　主要是留着也没什么用。

笑　红　小民和佳佳可以住在这儿。

云　凡　他们两个人,住这么大的房子,收拾起来也麻烦。

笑　红　妈呢?

云　凡　妈的遗像让小民带走吧。

笑　红　我们把妈接到南方来的时候,她待在屋里不愿意走。

云　凡　我都记不得了。

笑　红　那时候你跟华山在驻港部队。妈不愿意上车,她把家里能带的东西都带出来了,洗脸盆、针线包、菜板、铁锅,总共装了十大箱子。大姐一样一样拣出来扔了。妈恋旧。

云　凡　我倒挺喜欢到处跑。

笑　红　我想带妈回老家看看。

云　凡　好啊,我们一块儿去。

笑　红　什么时候呢?

云　凡　总有一天。

笑　红　工厂的房子都不在了吧。

云　凡　城市里哪还有什么工厂,都是居民楼了。

笑　红　我有好多好多年没回去过了。

云　凡　我也是。总有一天我们一块儿回去。

笑　红　什么时候呢？

云　凡　总有一天。

　　　　［麻将房灯灭，客厅灯亮。大家围着吃年夜饭。］

冬　英　虽然今年孩子们都没回来，但我们终归还是聚在一起了，这是最可贵
　　　　的。外面的世界无论多乱，只要我们相互扶持总能渡过难关。在家
　　　　里也是一样。现在我们先举杯敬爸妈。（所有人举杯）我还想说爸妈
　　　　应当放下心了，咱们的生活并不总是一帆风顺，但大部分时候都过得
　　　　不错。

众　人　是啊，是啊……

笑　红　只是偶尔叫人不能忍受，因为想起过去……

冬　英　虽然这房子我们要卖了，但不代表我们这个家就散了。往后我们还
　　　　要常常见面，一起过年。

高　升　明年大概不行了，我们答应要到芃芃那儿去。

云　凡　我也得跟华山回一趟军区。他这两年老是长褥疮，那边的医院更好
　　　　一点儿。

冬　英　你们在军区还有房子吗？

华　山　有，我们打算在那儿住段时间。

家　民　没关系，也只不过是离开一年。

笑　红　把妈接过来的时候，我们也是这么跟她说的。

云　凡　小民，佳佳怎么不下来吃饭呀？

家　民　算啦。

笑　红　我还是去叫叫她吧。

　　　　［笑红上楼］

高　升　我们也不必那么伤感，日子还长着呢。

冬　英　再说，咱们的儿女也都会很好。即使现在还不算太好的，以后也会
　　　　变好。

家　民　外面放起烟花来啦。

冬　英　孩子们长大以后，咱们就再也没放过烟花了。

石　东　姐夫你最后赢了多少？

高　升　赢了有三百多。

石　东　小民你呢？

家　民　没算呢。

石　东　下次咱们还是一把五块吧。

　　　　〔笑红下楼〕

冬　英　不肯下来吗?

笑　红　好像是睡着了。

冬　英　不如我再去叫一回吧。

小　民　姐,你们就别管啦。

云　凡　一会儿我去叫她,明天我带她去看电影。

笑　红　她舍不得这儿呢。

云　凡　我记得以前在北方,他们在广场上放电影。有一回放的是一部苏联的片子,里面的歌儿真好听。那些女兵还画着口红呢。当时砖厂里我是最早会化妆的。当时我的第一支口红,是隔壁林叔家的大儿子送的。

冬　英　你还会说几句俄语吧?

云　凡　我们那时候上学,学的就是俄语。《山楂树》《喀秋莎》《雪球花》……我都会唱。

华　山　林叔家的大儿子是哪个?

家　民　三姐夫还吃上醋了。

云　凡　二姐怎么哭上了?

笑　红　我心里的滋味说不出来。一想到天天一个人在外地生活,我就担心得厉害。

冬　英　你又来了。

笑　红　有好长时间了,她好像不愿意跟我们说话。

云　凡　二姐,你给天天打个电话吧。

笑　红　可你们想想,她一个孤零零的,往后该怎么办啊?

冬　英　你不要再担心孩子们的事了。

笑　红　他们也要像我们这样一直漂泊吗?

云　凡　二姐,现在的孩子都愿意到处去看一看。

笑　红　大姐,我想把妈的骨灰带到山东去。

冬　英　折腾什么呢?

笑　红　妈想回去,那是她老家。她一直想回去。

云　凡　可我们在那儿一个认识的人也没有。

笑　红　在这儿不也一样吗？

石　东　行了，你别再瞎说了。

笑　红　我们都要跟这个世界告别的呀。

冬　英　大过年的，别说这些。

云　凡　二姐，只是时间而已，只是时间。

家　民　咱们到院子里去看烟花吧。爸妈还在的时候，我们不是经常到院子里放烟花吗？

冬　英　外面下起雨了。楼上的窗户都关了吧？

家　民　关了，都关了。

云　凡　佳佳的房间里是不是有一扇窗坏了？

家　民　我拿纸糊上啦，跟妈学的。

笑　红　以前在北方，下雪的时候，整个屋子到处都在漏水。

云　凡　我们应当快乐一些，更快乐一些。

冬　英　对，我们没什么理由不快乐。这是在做梦吧？一定是在做梦吧。但这一切无论如何都会越变越好。我们像候鸟一样在这片土地上常年的迁徙，而我们的孩子，他们不会被任何东西束缚。他们的未来一定充满希望。我们不如现在就把这世界交到他们手上吧。在很多很多年以前，在我还像他们一样大的时候，我就已经在幻想这一天了。烟花又放起来啦，让我们就坐在这儿看下去吧。别吵醒我们了，别吵醒我们了。

　　　　［灯灭］

家　民　现在是公元二〇二一年。饭吃完了，烟花放完了。大姐和大姐夫还是决定回自己家休息。二姐给天天打了电话，可天天没接。她心里难受，躲到楼上哭去了。三姐和三姐夫又陪我待了一会儿，后来也回家了。今年我们没烧纸，因为卖纸钱的铺子都关门了。我给妈和爸上了香，走到院子里去。我在那儿抽了一根烟。雨顺着房檐一滴一滴地流下来。除了雨声，再没有别的什么了。哦，对了，还有——黑龙江结冰了。她是结冰期最长的河流，长达六个月。江北面某个亮着灯的房子，那是我以前的家。

　　　　　　　　　　　　　　　　　　　　　　　　——全剧终

亲爱的安东

林　婷

　　林婷　1974 年出生于福建闽侯,2000 年考入南京大学中文系,师从董健教授攻读博士学位,2003 年以论文《1980 年代探索戏剧的"对话性"》毕业,获博士学位,现为福建师范大学文学院教授。

　　剧本《亲爱的安东》2022 年 6 月 5 日首演于福建师范大学仓山校区科学会堂,导演:田亚东,徐敏杰。

出场人物

契诃夫（1860—1904）：俄罗斯作家、医生

丽卡（米齐洛娃）（1870—1939）：契诃夫女友

玛丽雅（1863—1957）：契诃夫妹妹

克妮碧尔（奥尔加）（1868—1959）：莫斯科艺术剧院演员，契诃夫妻子

契诃夫母亲：首次出场六十几岁

菲尔斯：契诃夫家男用人，首次出场六十几岁

苏沃林（1834—1912）：俄罗斯《新时报》老板，契诃夫好友

列维坦（1860—1900）：画家，契诃夫好友

蒲宁（1870—1953）：作家，契诃夫好友

高尔基（1868—1936）：作家，契诃夫好友

丹钦科（1858—1943）：莫斯科艺术剧院导演

斯坦尼斯拉夫斯基（1863—1938）：莫斯科艺术剧院导演

柯罗连科（1853—1921）：作家，1900 年与契诃夫同时当选为俄罗斯科学院名誉院士

莫斯科艺术剧院演员们

说　明

一、二、三、四，某种意义上对应于生命的春夏秋冬，色彩有所区别。

一

1

时间：1892 年

地点：梅里霍沃庄园契诃夫家

契　诃　夫　1890 年 7 月到 10 月间，我在萨哈林岛度过了 13 个星期，也就是
　　　　　　3 个月零 3 天，当时，那里流放了一万多名苦役犯。我印制了一

万份表格,做了人口普查,约谈了无数的苦役犯和他们的亲属,那些不识字的妇女、年轻的同居者、妓女、被鞭打或被拴在独轮车上的犯人,那些可怜的手艺人、像奴隶一样在矿井干活的苦役犯……你会发现,流放和服刑并没有让这些人变好,一切反而更糟糕。

从萨哈林岛回来之后,我就发现身体不行了,头痛难忍、咳嗽发作、浑身乏力、心跳过速,我还经常做噩梦,梦见死亡与酷刑。我有咳血的旧症,但我不认为我得了肺病,如果那样,早就一命呜呼了。这次,症状来得更严重些,我好像触到了死神冰凉的额头。苏沃林父子邀请我去欧洲旅行,说可以预支给我稿酬,我就跟着去了。我们到了意大利的维也纳、威尼斯、波伦亚、佛罗伦萨、罗马;然后到法国,在蒙特卡罗,我还赌了一把,输了 500 法郎。我逛了巴黎,在五光十色的街头景象中度过 6 个星期,然后回到俄罗斯。

在萨哈林岛,我看到人间地狱,在欧洲,我见过天国奇观,而回到莫斯科,我好像处于这两个极端的中间,在这个时候,我遇到了丽卡,我的地狱般的美人,你们知道,她对我意味着什么吗?

丽　　卡　我是丽卡,22 岁,比安东小 10 岁,先是玛丽雅的朋友,后来成了他们全家的朋友。安东这个人,我有点捉摸不透(丽卡点烟、抽烟),比如,他会在信中对我使用各种各样亲昵的称呼,说出各种各样甜蜜的话语,有时也会教训教训我。光看这些,你会觉得我们的关系像恋人,但见了面,又好像不是那么回事。我在想,他对其他女人,大概也是这样吧。

〔丽卡坐到契诃夫家的餐桌旁,和契诃夫的妹妹玛丽雅一边玩牌,一边说笑。契母在做针线,整理杂物。

丽　　卡　安东写信请我来,自己又躲起来不见人。

玛　丽　雅　丽卡,安东灵感来的时候就放不下笔,等他写完很快就会下楼来的。

丽　　卡　他未必都在写吧,我看他宁愿一个人待着,也不愿意下来和我们闲谈。

玛　丽　雅　他有时是一个人呆坐,但并没有闲着,我都能听到他的脑子在嘎嘎作响。丽卡，相信我，只有你来，才能让他完全放松下来。

契	母	（笑道）丽卡，经常来，把这里当成自己的家，安东怠慢你的地方，我替他向你赔礼。

丽　　　卡　（搂住契母的脖子，贴住她的脸）妈妈，您最好了。玛丽雅，替我摆个卦吧。

玛　丽　雅　好。（用纸牌摆卦）

丽　　　卡　（探头看，欣喜地）看，这卦是通的。

玛　丽　雅　不，这卦通不了。你看，这个八盖着黑桃二呢。丽卡，你算的是——？

丽　　　卡　（掩饰）没什么，一点小事而已。（停顿）要不是安东说今天是玛丽雅生日，我就不会来了，你们不知道他在信上把我骂得多狠！

玛　丽　雅　（好奇地）他说了什么？

契　诃　夫　（声音）"您把翻译剧本的工作交给了一个德国女人？我料到会是这样的，您完全没有干正经工作的欲望，您闷闷不乐、叫苦连天，所有像您这样的姑娘，只会教点无聊的小课，学点无用的学问。我给您写了一封骂您的小信，但没有把它寄出去。为什么？因为它不会让您脑子清醒，而只会让您神经衰弱。"

契　　　母　亲爱的丽卡，不要生他的气，他那是喜欢你。你也不要把他的口气想得多严肃，那些话多半都是开玩笑的。

玛　丽　雅　对啊，安东说话就是这样，一半认真，一半玩笑。相信我，丽卡，他对你是最温柔的。

丽　　　卡　我希望他以后不要再写那样的信了，我真的很生气。你们看，（丽卡站起来）我是不是瘦了点？就是被他气瘦的。（大声）除了他，谁敢这样骂我！

　　　　　　〔契母和玛丽雅都笑了。

契　诃　夫　（从楼上下来，在楼梯上停了一会儿，凝视丽卡，继续走下）哦，丽卡，我不用打电话了，附近的朋友一会儿肯定都会来，你的大嗓门已经告诉他们你到我家来了。

丽　　　卡　（将烟熄灭，站起）你又在讽刺我，亲爱的安东！你要我把嗓门关小一点吗？我怕你会不习惯的。（附到他耳边，说了一句什么话。）

契 诃 夫 你说什么？

玛 丽 雅 安东，你被丽卡捉弄了。

〔丽卡得意地大笑，契母笑呵呵地望着他们。

契 诃 夫 （把手里的剪刀和镊子放在桌上）丽卡，你有一副好嗓子，我们都知道。可是你不应该把它浪费在大呼小叫上。保护好你的嗓子，你会成为一名大歌唱家的。（转向契母）妈妈，我可以喝点酒吗？

契 母 （笑）喝吧，玛丽雅和我都不喝酒，只有丽卡能陪你喝。

〔契诃夫为丽卡和自己倒酒。

契 诃 夫 （举杯）丽卡，做笔交易怎么样？我请你喝酒，你为我们唱歌。

丽 卡 （一饮而尽）说吧，要听什么？

契 诃 夫 来一段布拉加的《天使小夜曲》。

丽 卡 （丽卡酝酿片刻，用美声唱出）

落日余晖照耀着森林，

户外花香在晚风中飘送。

远处，男人们边走边唱，

近处，姑娘们正在跳舞。

落日、歌声、村庄、森林，

这一切都令我陶醉。

亲爱的安托沙，

你可记得、记得，

我们在一起的时光。

啦……

玛 丽 雅 丽卡，你把去年我们在一起度夏的情景编成歌，这可太棒了！

契 诃 夫 丽卡，现在你来我们家唱歌，我只能请你在家里用餐，要是以后你能请我们去剧院听你演唱，我一定请你去餐厅用餐。

丽 卡 亲爱的安东·巴甫洛维奇，能够为您唱歌，我已经心满意足。（停顿）要是我做不成歌唱家，一直在你家吃下去，你欢迎吗？

契 诃 夫 丽卡，你太没志气了。

玛 丽 雅 丽卡，我们都巴不得你天天在这里，不要回去了，就住我们家吧。

契 母 对啊，我可以专门为你收拾一个房间，就在玛丽雅卧室的隔壁。

丽	卡	就怕安东不是这样想的。

　　〔玛丽雅向母亲做了个手势，二人退下。

　　〔契诃夫为丽卡倒酒，二人举杯，契诃夫抿了一口，丽卡一饮而尽。

契 诃 夫	老虎啊，丽卡！
丽　　卡	你说什么？
契 诃 夫	你胃口好，能吃能喝，你肺部也好，能唱花腔女高音（学丽卡唱歌，继之咳嗽），你强壮得像头老虎，当然，是头漂亮的母老虎。
丽　　卡	你取笑我？
契 诃 夫	不，我羡慕你！
丽　　卡	我看你是害怕我。
契 诃 夫	我怕你什么？
丽　　卡	你怕我吃了你。
契 诃 夫	那我就躲开你，离你远一点。
丽　　卡	你不怕我掉头走了？
契 诃 夫	我会用我的热情召唤你。（跪下，用做戏的口气）"我等着您，期盼着您的来临，就如同沙漠中的居民期盼甘霖。"

　　〔丽卡收敛笑容，眼帘耷拉下来。

契 诃 夫	怎么了？丽卡。
丽　　卡	没什么。这话你已经在信上说了一遍，说得比这要好。

　　〔停顿。

契 诃 夫	丽卡，走吧，跟我到花园去，把玫瑰花枝修剪一下。我可以付给你工钱，中午允许你多喝一碗肉汤，怎么样？
丽　　卡	（笑）我是来做客的，你却这样指使我。冲着阳光这么好，我愿意给你打个下手，不过你可要记得，我走的时候，你要送我一束玫瑰花。
契 诃 夫	玫瑰正在含苞，还没开放呢。再说，你为什么喜欢剪下来的玫瑰花？那活不过三天的。如果你喜欢，我可以送你玫瑰花枝，你带回去种在小花园里，这样就可以享受一整个季节的花香了。
丽　　卡	我不像你那样有耐心，花到我手里，会死掉的。
契 诃 夫	丽卡，你这么美，要让你的耐心配得上你的美丽。

丽　　　卡　算了,安东,你的要求太高了。"人的一切都要美,从衣裳到容貌到心灵。"达到你的要求可真难啊,不知道你以后会娶个什么样的太太?

契　诃　夫　太太? 我只要月亮。

丽　　　卡　什么意思?

契　诃　夫　偶尔出现,不要整天在我面前晃来晃去。

丽　　　卡　安东,你可真自私,要太太,却不要人家整天出现。

契　诃　夫　所以,我还在犹豫要不要太太。

　　　　　　〔窗外鸟声啁啾。

契　诃　夫　听,春天的声音!

　　　　　　〔二人倾听鸟叫声。

契　诃　夫　(拿起剪子和镊子)走,丽卡,干活去!

　　　　　　〔二人下。

2

时间:同一天

地点:契诃夫家

　　　　　　〔玛丽雅和列维坦上,后者肘下夹着一幅画。

玛　丽　雅　亲爱的列维坦,您好久没来看我们了。

列　维　坦　(吻玛丽雅的手,深情地)玛丽雅,我没来,可我的心始终在这儿。

玛　丽　雅　(回避他的眼睛)听说您在莫斯科的生活很有趣,许多女人为您倾倒。

列　维　坦　自从你拒绝我后,我的心始终有一个地方是空的。

玛　丽　雅　我是不会结婚的。

列　维　坦　你为什么不结婚?

玛　丽　雅　女人一定要结婚吗? 我觉得我这样挺好。

列　维　坦　我不相信这是你的真实想法,说不定是你那个作家哥哥暗示给你的。

玛　丽　雅　不要这么说,安东没有暗示我什么。

列　维　坦　我不相信。(激动起来,抓住她的手)我们明明那样聊得来,简直是情投意合，我不相信你对我没有感情。

玛　丽　雅　　别这样，列维坦。（抽回手）我们聊得来，仅仅因为我热爱画画，
　　　　　　　而您又是个画家。我一直把您当作哥哥来尊敬。

列　维　坦　　（冷笑）你们这一家子可真奇怪，哥哥不结婚，妹妹也不结婚，不
　　　　　　　知道是怎么回事！

玛　丽　雅　　（低头沉默，一会儿之后，笑了笑）您和丽卡的关系到底怎样？之
　　　　　　　前听说你们两个很要好。

列　维　坦　　丽卡，（顿了一下）哦，她很好，我们两个不适合。玛丽雅，跟我说
　　　　　　　说你的近况吧。

玛　丽　雅　　我吗？没有什么新鲜的事可说。

列　维　坦　　我听说有个年轻英俊的小伙子，叫什么斯玛金的，向你求婚？

玛　丽　雅　　（吃惊）您这是从哪里听说的？

列　维　坦　　大家都这么说。

玛　丽　雅　　天啦，在这个小地方什么事情都能闹个满城风雨。

列　维　坦　　那么，这事是真的？

玛　丽　雅　　我说过，我不会结婚的。

列　维　坦　　肯定又是你那个哥哥在作怪。

玛　丽　雅　　别说了。（转过身，打开列维坦带来的画，欣喜地）“干草垛”，这
　　　　　　　是真正的斯拉夫风景，我喜欢。

列　维　坦　　你真的喜欢？那可太好了。（喃喃地）干草垛，像妈妈的怀抱一
　　　　　　　样温暖。

玛　丽　雅　　（笑着说）安东说您更适合三四十岁的女人，看来是有道理的。

列　维　坦　　哦？这也是他给你灌输的？难怪——

玛　丽　雅　　亲爱的列维坦，您不要生气，安东喜欢开玩笑，这不过是他的一
　　　　　　　句玩笑话。

列　维　坦　　玩笑话？我还听说，他最近写了一篇小说，叫什么《跳来跳去的
　　　　　　　女人》，把我也给写进去了。

玛　丽　雅　　（惊）您千万不要这么想，您知道，创作是不可能抄袭生活的，安
　　　　　　　东绝没有那个意思。

列　维　坦　　现在全莫斯科都在议论这件事，说得有鼻子有眼，说我就是里面
　　　　　　　那个年轻画家，说得我都不好意思出去见人了。

玛　丽　雅　那么,您的事情是真的?

列　维　坦　什么事?

玛　丽　雅　和医生太太的事。

　　　　　　　〔停顿

列　维　坦　不管我们之间的事情是真是假,安东就是不应该把我们写进去。

玛　丽　雅　相信我,安东绝对不会用小说来故意隐射您,这不是他的个性。
　　　　　　他只是根据对人的理解,编了这样一个故事。

列　维　坦　编怎么可能那么巧合? 我不相信这完全是编的,这根本就是安
　　　　　　东在报复。

　　　　　　　〔列维坦越说越激动,他有点难以控制自己了,走来走去,像一头
　　　　　　困兽。

玛　丽　雅　(不安地看着列维坦)

　　　　　　　〔契诃夫与丽卡边说边笑地上。

契　诃　夫　(热情地冲着列维坦打招呼)亲爱的列维坦,我终于把你盼来了,
　　　　　　你现在可是稀而又稀的客人啊。

　　　　　　　〔丽卡和列维坦对望了一眼,沉默地走到旁边去,整理自己的裙
　　　　　　裙和头发。

列　维　坦　安东! (梗着脖子,憋出话)你好啊,最近创作很顺利吧?

契　诃　夫　托您的福,一如既往。

列　维　坦　丽卡,你好! (向丽卡伸出手)

　　　　　　　〔丽卡没有面对他,手在编自己的发辫,侧着身子微微欠了一下

列　维　坦　(收回手)天气很好,你们也很好吧!

契　诃　夫　(把手里的工具放在桌上)列维坦,你说话很奇怪!

列　维　坦　不是我奇怪,是你奇怪。(停顿)请你说清楚,你那篇《跳来跳去
　　　　　　的女人》是不是在隐射我?

契　诃　夫　(皱起眉头)你怎么会这么说?

列　维　坦　全莫斯科人都在议论这件事,你让我怎么出去见人?

契　诃　夫　亲爱的列维坦,你这是夸大其词吧? 我不相信,凭着想象虚构出
　　　　　　来的一个故事,会让全莫斯科人都以为我在说你?

列　维　坦　看来你和我们交往都是别有用心的。表面上看你对每个朋友都
　　　　　　热情周到,让我们都喜欢到你家里来聚会,但我们不过是你创作

　　　　　　　的肥料罢了，一不小心就会沦为你笔下的牺牲品。

契　诃　夫　列维坦，请你冷静一点。我真的不是在编排你，一个创作者不需
　　　　　　　要把他身边的人照搬到作品中去。

列　维　坦　你以为你写的是真实的吗？你以为你了解感情吗？你以为你真
　　　　　　　的懂女人吗？还跳来跳去的，哼！

契　诃　夫　……

列　维　坦　你是故意的，（看了丽卡一眼）你一定是故意的。我要报复，我会
　　　　　　　让你后悔的。

契　诃　夫　你，你不要冲动……

列　维　坦　放心，我不会找你决斗。但我会让你接受更可怕的惩罚，我要和
　　　　　　　你绝交，我们的友谊到此结束！（欲走又回头）你是个小人，比我
　　　　　　　来之前想的还要卑鄙！（下）

契　诃　夫　（茫然地望着列维坦的背影，怔了一会儿，慢慢上楼去。）

丽　　　卡　这是怎么回事？玛丽雅。

玛　丽　雅　哥哥最近写了一篇小说，叫《跳来跳去的女人》，里面有个画家，
　　　　　　　他和有夫之妇在一起。那个女人的丈夫是个医生，后来这个医
　　　　　　　生死了，那个女人很后悔。列维坦刚好在莫斯科也和一个医生
　　　　　　　的太太有来往，就是这么回事。

丽　　　卡　哦。列维坦身边是不能缺少女人的。

玛　丽　雅　丽卡，不要这样说他。

丽　　　卡　哼，但他跟哪个女人都不会长久。因为，女人很快就会受不
　　　　　　　了他。

玛　丽　雅　你怎么这样说？

丽　　　卡　他需要的是一个妈，而不是一个女人。

玛　丽　雅　列维坦确实有点情绪化，容易激动，但他人是好的，很纯真。我
　　　　　　　看安东很伤心，你要不要上去安慰他一下？

丽　　　卡　我怕我安慰不了他。

　　　　　　　〔契诃夫下楼。

契　诃　夫　亲爱的丽卡，我刚才接到电话，一个农夫家里出现了急症病人，
　　　　　　　我得赶紧过去看一下。

玛　丽　雅　安东，你今天还是不要去了吧，我看你脸色不好。

契 诃 夫　我已经答应人家了,一定要去的。

玛 丽 雅　一会儿还有客人要来,你不在,大家都会很扫兴的。

契 诃 夫　(对着丽卡)丽卡,拜托你帮我先招待一下客人,我会尽快赶回
　　　　　来的。

丽　　卡　今天可是玛丽雅生日啊! 上次你也说要尽快赶回,一去就到
　　　　　深夜。

契 诃 夫　丽卡,我是医生,这是我的职责。

丽　　卡　(垂下眼睛,黯然)你去吧。

契 诃 夫　丽卡,帮我招待好客人。(下)

玛 丽 雅　对不起,丽卡,你一定觉得很扫兴。

丽　　卡　我确实心情很不好。

玛 丽 雅　(搂住丽卡)我理解。

丽　　卡　我不知道一会儿客人来了,我是不是可以笑脸相迎,如果他们让
　　　　　我唱歌,我也不知道能不能唱得出来。

玛 丽 雅　丽卡,没关系的,你要是不愿意见客人,就到楼上我的房间休息
　　　　　一下,我和客人说,你已经走了。

丽　　卡　那不是欺骗人家吗? 我看,我还是先走吧。安东回来时,你就告
　　　　　诉他,我有事先走了。

玛 丽 雅　丽卡,不要这样,安东会很伤心的。

丽　　卡　我真的提不起精神,我怕我很难让任何人开心的。玛丽雅,对不
　　　　　起,我先走了。

　　　　　(丽卡下)

玛 丽 雅　(茫然地站着,灯暗)
　　　　　[灯光亮,玛丽雅独自坐在桌边读书或做杂活,桌上有一盏灯,还
　　　　　有剩下的蛋糕,契诃夫背着药箱回来,满脸疲惫。

契 诃 夫　大家都走了? 今天玩得高兴吗?

玛 丽 雅　丽卡很早就走了,看来她心情很不好。客人来了,也没什么兴
　　　　　致,坐了一会儿,就都走了。安东,你一定很饿了,吃点蛋糕吧,
　　　　　今天的蛋糕还剩很多。(打了个哈欠)

契 诃 夫　不用了,我不饿。你先去睡吧,我坐一会儿。(玛丽雅转身要走)
　　　　　等等,玛丽雅,你很困吗?

玛　丽　雅　　还好。

契　诃　夫　　你可以陪我坐一会儿吗？（玛丽雅坐下）

契　诃　夫　　玛莎，你今天很不开心吧？

玛　丽　雅　　今天，（停顿）很不凑巧，大家都有点情绪。

契　诃　夫　　你的生日，却弄成这样，我觉得很抱歉。

玛　丽　雅　　不要这么说，那不怪你。

契　诃　夫　　玛丽雅，你对自己满意吗？

玛　丽　雅　　嗯？什么？

契　诃　夫　　哦，没什么，我只是随便问一下。

玛　丽　雅　　安东，你怎么了？

契　诃　夫　　病人死了。

玛　丽　雅　　哦？

契　诃　夫　　我给他打了针，喂了药，但无济于事。

玛　丽　雅　　安东，这不是你的过错。

契　诃　夫　　我怀疑我是否真的有资格做医生。

玛　丽　雅　　安东，别这样想。

契　诃　夫　　他的女儿用那样的眼神看我，好像是因为我没本事，她父亲才死
　　　　　　　去的。

玛　丽　雅　　（把桌上的蛋糕推给契诃夫）吃点蛋糕吧，也许会好受点。（契诃夫
　　　　　　　不动）

　　　　　　　［钟敲了三下，玛丽雅打了个呵欠。

契　诃　夫　　玛莎，去睡吧。

玛　丽　雅　　你也去睡吧，安东，今天够累的了。

契　诃　夫　　我再坐会儿。

　　　　　　　［玛丽雅离去。契诃夫沉默地坐着。

契　诃　夫　　很冷，丽卡，很糟。

3

时间：1896 年

地点：圣彼得堡皇家剧院，梅里霍沃庄园契诃夫家

玛　丽　雅　　丽卡后来跟作家帕塔宾科好上，跟他去了巴黎，还为他生下一个
　　　　　　　女儿。再后来，帕塔宾科离开丽卡，回到他妻子身边，丽卡的女
　　　　　　　儿也在两岁多夭折了。1896 年，安东的《海鸥》在圣彼得堡皇家
　　　　　　　剧院上演，但演出失败了。

　　　　　　　［剧场嘘声四起。

甲（声音）　　这演的是什么玩意儿啊！

乙（声音）　　还是写他的短篇小说去吧！

丙（声音）　　听到没有？逃跑了！听说是直接上车站，到莫斯科去的。

丁（声音）　　穿着燕尾服吗？还准备出来谢幕呢！

　　　　　　　［众笑：哈哈哈……

契　诃　夫　　（声音）我的老友，亲爱的苏沃林，即使再活 700 年，我也不会再
　　　　　　　写一个剧本了。

　　　　　　　［契诃夫在楼上房间的书桌前奋笔疾书，这一场形象始终如此。

　　　　　　　［玛丽雅和契母坐在桌边，玛丽雅手边摆有算盘和账本，契母在
　　　　　　　做杂活。

玛　丽　雅　　妈妈，哥哥的《海鸥》在圣彼得堡皇家剧院首演失败了，但他说，
　　　　　　　这件事并没有让他特别伤心，他对此有思想准备，他的情绪并不
　　　　　　　十分糟糕。我想他准是为了安慰我们才这么说的。可怜的安
　　　　　　　东，我能体会他现在的情绪有多糟糕。

契　　　母　　玛丽雅，你们兄妹两个最要好，你一定要好好安慰安东，让他很
　　　　　　　快恢复过来。我怕他身体会受不了的，要是他的老毛病又犯了，
　　　　　　　那可怎么得了啊。

玛　丽　雅　　妈妈，我也担心呀，我们只能向上帝祈祷，但愿安东快快从这阴
　　　　　　　影中走出来。他只有写，不断地写，才能抵消得了失败带给他的
　　　　　　　伤害。

　　　　　　　［玛丽雅翻开账本，打起算盘。

　　　　　　　［男仆菲尔斯上，嘴里不断呻吟着。

契　　　母　菲尔斯，你这是怎么了？

菲　尔　斯　太太、小姐，我这腰挺不起来啊，痛。还有我的腿，风湿病，一到
　　　　　　这季节，就受不了。

契　　　母　你坐着歇会儿吧，等会儿让安东给你看看。

　　　〔玛丽雅让他坐下，菲尔斯不肯坐。

菲　尔　斯　太太、小姐，家里的活实在太多了，我一个人忙不过来，再雇个年
　　　　　　轻的男人来帮我吧。

玛　丽　雅　菲尔斯，要是我们雇得起，早就雇了。

契　　　母　对啊，菲尔斯，要是雇得起，我们都不用这么忙了。

菲　尔　斯　那我可要累死了，太太。

玛　丽　雅　菲尔斯，不要这样说，安东不是一有空就会帮你吗？我也是，手
　　　　　　上一得空，就会到花园帮忙的。

菲　尔　斯　不行啊，我们还有一大片树林要照料，没有一个壮劳力，哪里忙
　　　　　　得过来啊，哎……

契　　　母　菲尔斯，要是觉得累了，你就歇会儿吧，没人整天盯着你干活的。

菲　尔　斯　太太，我是真的累了。今天早晨，卡什坦这只老狗躺在地上，它
　　　　　　的样子就像再也醒不过来一样，我想，哪天晚上我睡下，也许就
　　　　　　再也醒不过来了。每天早晨醒过来我都奇怪，我怎么还活着呢？

玛　丽　雅　（有点不耐烦）好了，菲尔斯，你去躺会儿吧，等我把手上的账单
　　　　　　核对好，就到花园去修剪花枝。

契　　　母　菲尔斯，去躺会儿吧。我到厨房熬点草药给你喝，治风湿的，我
　　　　　　自己也常喝。

菲　尔　斯　哪有用人动不动就躺下的，那不合身份啊！太太、小姐，你们都
　　　　　　是好人，可我真的是太累了。（唠叨着下）

　　　〔玛丽雅目送菲尔斯下，支起手，按住太阳穴，苦恼的样子。

玛　丽　雅　妈妈，我们为什么活得这么辛苦啊！

契　　　母　玛丽雅，人活着都是辛苦的，没有为什么。你累的时候就想想安
　　　　　　东吧，把他的成就看成你的功劳，这样就不会太难受了。

　　　〔玛丽雅拿起手中的账单继续对账，契母继续做着手里的杂活。
　　　　灯光转暗。

　　　〔丽卡上。

丽　　卡　安东,你写的妮娜是我吗?你认为我跟帕塔宾科好是因为羡慕
　　　　　他的名声吗?不,你错了。真正促成我跟帕塔宾科好上的原因
　　　　　是你,你一直对我又远又近,若即若离,这让我很痛苦。我捉摸
　　　　　不透你,可我又不敢恨你,我怎么敢恨你呢?帕塔宾科,他不过
　　　　　是你的一个影子,他是作家,也有点名气,我在他身上寻找你,当
　　　　　然,我也用他来气气你。我跟他好上了,那是因为我无法跟你好
　　　　　啊。我跟他到了巴黎,怀了他的孩子,他后来又回到他妻子身
　　　　　边,事实上,他从来没有和他妻子断绝过关系。但我不恨他,很
　　　　　奇怪吧,我并不恨他,可有的时候,安东,我真有点怨你啊。要是
　　　　　你对我的态度再明朗一点,要是你能够好好爱我,我就不至于走
　　　　　到这一步。(满脸泪痕)安东,现在孩子也没了,她大概知道在这
　　　　　世上不受人怜爱,所以早早就离开了。我现在一无所有了,我还
　　　　　能有什么?可是一无所有也好啊,我可以重新做回过去的丽卡。
　　　　　我们,可以重新开始吗?

契　诃　夫　(声音)丽卡,春天何时来临?这后边一个问题,请你按字面理
　　　　　解,其中并无他意。呜呼,我已经是个苍老的年轻人,我的爱情
　　　　　不是太阳,无论是对于我本人,还是对于我爱着的小鸟,都成不
　　　　　了春天的气候!丽卡,我热烈爱着的,不是你,在你身上我爱着
　　　　　我过去的痛苦和逝去的青春。
　　　　　〔苏沃林上。

苏　沃　林　我是苏沃林,俄罗斯最大的报纸——《新时报》的老板。从1886
　　　　　到1892年,契诃夫很多作品都在我的报纸上发表,我以最快的
　　　　　速度给他发,不断给他涨稿酬,让他的生活逐渐好转,他很感谢
　　　　　我。我比他大26岁,足够当他的父亲,但我们是好朋友。他毫
　　　　　无保留地信任我,我则毫无保留地欣赏他,我们无话不谈,即使
　　　　　不在一起,也会经常写信,事无巨细地聊。1892年之后,他嫌我
　　　　　的报纸太保守转移了发表阵地,再后来,又发生了很多不愉快的
　　　　　事,但我们的友谊还是延续了一段时间,毕竟,过去的一切太难
　　　　　忘了。在这个世界上,我是最了解他的人,(停顿)相信我。
　　　　　〔苏沃林走到契诃夫身边,二人并不实际接触,有点像幻想中的
　　　　　对话,下同。

苏 沃 林　安东，你觉得这样对待丽卡公平吗？

契 诃 夫　公平，什么公平？

苏 沃 林　丽卡一直对你抱有期待，你应该知道。

契 诃 夫　我知道，很多女人都对我抱有期待，我总不能跟所有的女人说，我不能跟你们结婚吧？

苏 沃 林　可是，你仍然和她们交往，很暧昧。

契 诃 夫　我和她们交往，是把她们当作"人"来对待，没有刻意暧昧，就是很自然的态度。

苏 沃 林　你很享受她们对你的崇拜，或者说，亲昵？

契 诃 夫　她们很可爱，每个女人都有她的可爱之处，她们也愿意和我交往。

苏 沃 林　很多女人都说，你很了解她们。

契 诃 夫　我是作家。

苏 沃 林　托尔斯泰也是作家，但女人显然更喜欢和你交往。

契 诃 夫　可能我更了解她们的心理，这个是建立在尊重基础上。你知道，托尔斯泰有时候很轻视女性。

苏 沃 林　安东，你有没有想过，你会让她们误会，以为你爱上了她们。我听说，有些女人好几年了都对你难以忘怀。

契 诃 夫　这我就没办法了，你不能怪到我头上。

苏 沃 林　我听说，你把一个女人送你的装饰表随手就转送给另一个女人，人家表上写的可是："要是你需要我的生命，那就随时来把它拿走吧。"这，就是你对女人的尊重？

契 诃 夫　（沉默）

苏 沃 林　安东，你到底要干什么呀！

契 诃 夫　（喃喃地）我到底要干什么？

苏 沃 林　你为什么不结婚？

契 诃 夫　（沉默）

苏 沃 林　因为穷？

契 诃 夫　（沉默）

苏 沃 林　因为身体不好？

契 诃 夫　（沉默）

苏 沃 林	担心彼此厌倦？
契 诃 夫	（沉默）
苏 沃 林	害怕婚姻里的背叛？
契 诃 夫	（沉默）
苏 沃 林	安东,对女人,你又想体验,又不想搞事情,你总是适可而止。你大概把世间一切都当成戏剧了吧,演一演、看一看,不用太认真,你有没想过——这会害人的,丽卡就是最大的受害者。
契 诃 夫	（生气）我没有欺骗丽卡,从头到尾都没有。丽卡的命运是她自己造成的,你不要算到我的账上！
苏 沃 林	有时候,我觉得你对女人还不如列维坦,起码他付出了十成的真意,虽然并不持久。
契 诃 夫	糟老头,我没法和你说话,滚！
苏 沃 林	你终于发飙了,看来你对丽卡还是怀有一点歉意,尽管你一心想推脱责任。
契 诃 夫	我再强调一遍,丽卡的命运是她自己造成的。
苏 沃 林	向上帝忏悔吧,你这个低调的花花公子！安东！
	［苏沃林隐去,契诃夫重重放下手中的笔,余怒未息,一会儿焦灼地起身踱步,复又坐下,抱头沉思。

二

时间:1900 年

地点:雅尔塔契诃夫家

1

    ［契诃夫家客厅。

玛 丽 雅	妈妈,今天您可要露一手了,给大家做最爱吃的馅饼吧！
契 母	我已经发好面,也剁好馅了。
玛 丽 雅	您又是起了个大早吧？
契 母	没事,我习惯了。安东高兴就好,他开心,我就开心了。
玛 丽 雅	我们卖掉了梅里霍沃庄园,搬到雅尔塔,这里的气候比莫斯科好

多了。

契	母	就是有点偏僻，什么都没有，买个像样点的东西都要走好远，哪像莫斯科，到处都是商店。
玛 丽 雅		（笑）妈妈，您可别让安东听到这话。
契	母	（笑）我老了，不重要，只要你们兄妹过得好，我就放心了。要是安东的身体再健康一点就好了，（忧虑地）我经常听到他咳嗽。
玛 丽 雅		但他的精神是愉快的，简直兴高采烈。
契	母	今年年初，安东当选为科学院名誉院士，朋友们都来向他祝贺，我们家的门槛都快被踏破了。
玛 丽 雅		但这也给哥哥的写作带来干扰，他有时要躲开到外面去散步，留着我们给他做挡箭牌。
契	母	要是你父亲在世就好了，他可是很喜欢这种场面。他是农奴的儿子，一辈子都难得受到尊重，更不用说得到这样的荣誉了。
玛 丽 雅		安东的剧作也演成功了！
契	母	感谢上帝！莫斯科艺术剧院的这些朋友对他多好啊，他们专门带着他的《海鸥》《万尼亚舅舅》来雅尔塔演出，连我这个老太婆都被请去剧院看戏。要知道，这是我这辈子最风光的一件事。
玛 丽 雅		妈妈，您应该感谢上帝把克妮碧尔带到他身边。您难道看不出来吗？他们正在恋爱。
契	母	是啊，我是瞧见他们很要好。
玛 丽 雅		克妮碧尔还是我介绍给哥哥认识的呢。我到莫斯科看戏，人家介绍我们俩认识，虽然我们的生活很不一样，性格也不一样，但还是成为好朋友。（停顿）克妮碧尔很漂亮！
契	母	（微笑）而且见过世面。
玛 丽 雅		和她一比，我们都成乡巴佬了。
契	母	不要这么说，玛丽雅，你也很讨人喜欢。
玛 丽 雅		我常想，要是她能经常来我们这儿做做客，该多好！
契	母	要是她做了你的嫂嫂，你就更高兴了。
玛 丽 雅		妈妈，（停顿）您觉得安东真的适合结婚吗？
契	母	结不结婚，要看他自己。他不想结婚，谁也说服不了他，他要想结婚，谁也拦不住他。

玛　丽　雅　您说得没错,可是我想,哥哥还是不要结婚的好。您想想,克妮碧尔是个演员,她那么有事业心,肯定离不开舞台,哥哥的身体又不能长住莫斯科,那不是让彼此都很痛苦吗? 他现在很快乐,可是一旦结婚,就会很痛苦的。安东的身体怎么可能承受得起这种痛苦。

契　　　母　那要看他自己是怎么决定的,我们谁也说服不了他呀。

玛　丽　雅　不,我还是要和安东谈一谈。

　　　　　　〔克妮碧尔手捧大束新鲜玫瑰上。

玛　丽　雅　(愣了一下)亲爱的奥尔加,我们家从来不插花的呀。

克 妮 碧 尔　我刚才在花园征求了安东的意见,他说可以剪些玫瑰来插。

玛　丽　雅　你要欣赏玫瑰,可以到花园里去,这样剪下来的玫瑰过不了几天就会干枯的。

克 妮 碧 尔　玛丽雅,我又不是天天都去剪玫瑰来插,今天是因为有很多客人来,安东不是让我们一起把客人招待好吗?

契　　　母　好好好,我们一起把客人招待好。这玫瑰真的是很漂亮,客人一定会喜欢的。

玛　丽　雅　我们家也没有这么大的花瓶可以插花呀。

克 妮 碧 尔　这你就不用担心了,我从莫斯科带了一个花瓶来。你等着,我去拿。(转身下)

玛　丽　雅　妈妈,看来我们家的秩序要改写了。

契　　　母　不用担心,玛丽雅,我看奥尔加也是为我们好,而且她很能干。

玛　丽　雅　但愿安东不会因此而受苦。

克 妮 碧 尔　(手拿花瓶上,将大束玫瑰插进花瓶)看,是不是很美?

契　词　夫　(上,看见插着玫瑰的花瓶)这个花瓶不错,哪里来的?

克 妮 碧 尔　我从莫斯科带来的。

契　词　夫　我就想,本地没有这种东西。

玛　丽　雅　安东,现在对你来说,只要是莫斯科来的就是好的。

契　词　夫　玛丽雅,今天早上你的面包加了酸奶酪吗?

玛　丽　雅　没有。我倒是看到你的面包沾了太多蜜。

契　词　夫　哦,我们都有点反常了。

玛　丽　雅　我陪妈妈去厨房准备中午吃的东西。(与契母下)

克 妮 碧 尔　安东，我觉得玛丽雅对我不太友好。

契　诃　夫　别这样想。玛丽雅很善良，她不会对你不好的。

　　　　　　〔蒲宁、高尔基上。

契　诃　夫　亲爱的蒲宁！亲爱的高尔基！（拥抱）你们能早来，我真是太高
　　　　　　兴了。

　　　　　　〔克妮碧尔分别与蒲宁及高尔基拥抱、亲吻。

蒲　　　宁　亲家的安东，我们这么早来，没有打扰到您吧？（看了克妮碧尔
　　　　　　一眼。）

克 妮 碧 尔　蒲宁先生，安东显然更愿意和您二位在一起，你们总有说不完
　　　　　　的话。

　　　　　　〔众笑。

蒲　　　宁　玛丽雅和妈妈呢？

契　诃　夫　她们在厨房里。

蒲　　　宁　我又可以一饱口福了。

契　诃　夫　待会儿您可以多夸夸妈妈的厨艺，您不知道她被您夸奖之后是
　　　　　　多么地心满意足！

高　尔　基　蒲宁先生，看来不只安东喜欢您，全家人都喜欢您。

契　诃　夫　今天面包加酸奶酪的可不止玛丽雅一个人。

　　　　　　〔众笑。

蒲　　　宁　（看墙上挂的画）这是列维坦画的？

契　诃　夫　不是，列维坦画的挂在壁炉那边。这是玛丽雅画的。

蒲　　　宁　不仔细看，还以为是列维坦的。玛丽雅画得真好。

克 妮 碧 尔　玛丽雅送我的画挂在我家里，来的客人都说好。

蒲　　　宁　玛丽雅的技巧要是再熟练一些，会成为很好的画家。

契　诃　夫　列维坦也这么说。我跟玛丽雅说过，要送她去专门的学校进修，
　　　　　　她说家里有很多事，还要教书，分不出时间。

高　尔　基　安东，听说列维坦病得很重。

契　诃　夫　是的，（停顿）肺结核，和尼古拉一样的病。我准备下个月去莫斯
　　　　　　科看列维坦，玛丽雅和我一起去。

高　尔　基　尼古拉是谁？

契　诃　夫　我的二哥，已经过世了。尼古拉原本也可以成为和列维坦一样

优秀的画家，要是他不酗酒的话，他仅仅活了三十一岁啊。当然，列维坦原本还可以有更高的成就，如果他不是把过多的热情耗在谈恋爱这件事上。

　　　　［玛丽雅端樱桃干上。

玛　丽　雅　这是我亲手做的，请随便尝尝，别客气。

高　尔　基　应该请蒲宁先生先尝尝，他最有发言权。

蒲　　　宁　只要是玛丽雅做的，就是好的。

克 妮 碧 尔　蒲宁先生，您这话可比樱桃干还要甜！

蒲　　　宁　克妮碧尔小姐，您这话怎么有点酸酸的？

　　　　［众笑，开始吃樱桃干。

克 妮 碧 尔　安东，不许吃。

玛　丽　雅　（有点吃惊）亲爱的奥尔加，樱桃干可是安东最爱吃的呀。

克 妮 碧 尔　吃甜食对牙齿不好，安东要是再吃，半夜三更又该闹牙疼了。（停顿）我猜的。

高　尔　基　这样吧，我陪安东就吃一颗，我也会牙疼。

契　诃　夫　哦，我不吃了。今天克妮碧尔小姐是这里的总管，我得听她的，她要是罢工了，一切都会乱套的。

玛　丽　雅　安东，招待好客人，别忘了你是主人。我去厨房给妈妈打下手。（下）

　　　　［停顿。

高　尔　基　安东，很多人都喜欢到您家里来做客。

契　诃　夫　哦，是吗？有些人到我这里来，是把我当作名人来结识，有些人来纯粹是为了消磨时间，也有些人来是为了要一个答案，您知道我最害怕哪种人？

高　尔　基　哪种人？

蒲　　　宁　要答案的。

高　尔　基　（看了蒲宁一眼）哦，这很正常啊！我们到安东这儿来也总能得到很多启发。

契　诃　夫　（正色）高尔基先生，您不够诚实。

高　尔　基　（辩解）我说的是实话。

蒲　　　宁　安东最讨厌说教了。

契 诃 夫　他们以为我们是作家就什么都懂。但我们真的懂吗？我们像盲
　　　　　人一样拿着棍子在探路，但谁能保证我们探的路不是虚假的、错
　　　　　误的？再说，就算我们懂得一点道理，难道我们在生活中不会犯
　　　　　同样的错误？就比如说我是医生，懂得甜食对牙齿不好，可我还
　　　　　是忍不住要吃。同样，一个作家可以在作品中对他人指指点点，
　　　　　轮到他自己，照样过不好生活。在生活面前，我们都是病人，作
　　　　　家尤其是。可总有人觉得我们像医生，有能力教导他们该怎样
　　　　　活着，这真让人受不了。（停顿）每次高谈阔论完，我总想吃点东
　　　　　西。（伸手想去拿樱桃干，即刻又缩手）克妮碧尔总管不答应！
　　　　　〔众笑。

高 尔 基　很多人跟我说，他们喜欢到您这儿来，是因为您让他们感受到平
　　　　　等和尊重。

契 诃 夫　有时候我觉得我像个妓女！

高 尔 基　（吃惊）您怎么这样说？

契 诃 夫　不断地接客、送客，还要尽量让人满意。
　　　　　〔众大笑。

蒲　　宁　这个妙！我要把它记下来，用在我的小说里。
　　　　　〔玛丽雅陪同斯坦尼斯拉夫斯基、丹钦科和艺术剧院的演员们进
　　　　　来。演员们穿得奇奇怪怪，这是一个狂欢性质的 Party，他们结
　　　　　对子从后场向前场走来，到了前场再分开走向两边。
　　　　　〔克妮碧尔忙着斟酒，招待客人。

演 员 甲　昨天我们去逛雅尔塔公园，看到一棵枯死多年又复活的老树，真
　　　　　是神奇。

高 尔 基　哦，真有这样的树？改天我也要去看看。

演 员 甲　蒲宁先生，您怎么看这棵复活的树？

蒲　　宁　活久见。

演 员 甲　什么意思？

蒲　　宁　活得够久，什么奇奇怪怪的事都会见到。

演 员 甲　我想一定是安东给这棵枯树带来了生机和活力。安东今年被选
　　　　　为俄罗斯科学院荣誉院士，这棵树就复活了，这不就是古人所说
　　　　　的"征兆"吗？

契 诃 夫　我没有那么大的能量能使枯树复活,我看您倒是有!(比画着对方壮硕的身躯)

　　　　　〔众笑。

丹 钦 科　蒲宁先生,听说您有表演的天赋,给我们来一段吧。

蒲　　宁　哦,我不知道要演什么,再说我也不习惯当众表演。

斯 坦 尼　蒲宁先生,请不要客气,就当作玩票吧,随便演什么。

契 诃 夫　蒲宁,劳您大驾,来一段吧。

高 尔 基　来一段吧,蒲宁先生。

蒲　　宁　这样吧,刚好你们演过《海鸥》,我也熟读过剧本,还看过你们的演出,里面有一段戏我很喜欢。

契 诃 夫　哪一段?

蒲　　宁　就是特里果林翻书翻到妮娜指定的 121 面第 11—12 行,上面写着"当我的生命对你有任何用途的时候,来——拿去吧"。阿尔卡基娜催他离开,他万般不舍,却不得不听从那个老女人的意思。

契 诃 夫　哦,那一段。(低头咕咕地笑了起来)

蒲　　宁　克妮碧尔小姐,您愿意和我搭档吗?您可是在舞台上扮演过阿尔卡基娜的。

克 妮 碧 尔　非常荣幸。

蒲　　宁　安东,我有个请求。

契 诃 夫　请说。

蒲　　宁　我想请克妮碧尔小姐配合我,演得尽量夸张,像丑角一样,因为我想大家要的就是一个乐子。请您不要生气!

契 诃 夫　哦,蒲宁,您只管演,我也是看热闹的。

蒲　　宁　斯坦尼先生,容我僭越了,特里果林原来是属于您的。

斯 坦 尼　蒲宁先生,我很高兴您承担了这个角色,要知道,安东并不满意我的表演。

契 诃 夫　呵呵,斯坦尼先生,我顶多在背后嘀咕嘀咕,说到底,特里果林属于您而不属于我,因为绝大多数观众是不会去看剧本的。

斯 坦 尼　现在特里果林既不属于您,也不属于我,他属于蒲宁先生。

　　　　　〔众笑。

蒲　　宁　　克妮碧尔小姐，请您演的时候不要顾忌形象，尽量把阿尔卡基娜演成一个女丑。我呢，更差劲，顶多就是您的一个玩物，或者说，提线木偶。您看可以吗？

克妮碧尔　　我们试试看！

　　　　　　［蒲宁要求一个穿着花背心的演员脱下背心给他穿，又从另一个演员那里借了一个奇怪的帽子。克妮碧尔从一个女演员那里借了夸张的羽毛帽子和一个扇子。二人穿戴完毕，看起来有点喜剧的气息了。

　　　　　　［以下为《海鸥》片段。

阿尔卡基娜　　亲爱的，我知道你为什么想要待下来，不过请你理性一点，你有点晕头了，请理智。

特里果林　　我请你也理智。我请你宽容，我请求你做我真正的朋友，（握她的手）你是可以牺牲的……做我的朋友吧，给我自由……

阿尔卡基娜　　（激怒）你已经陷那么深了吗？

特里果林　　嗯，我已经深深地被她吸引了！或许这就是我所需要的……

阿尔卡基娜　　你需要的？你需要一个乡下丫头的爱？你太不了解你自己！

特里果林　　你知道半夜起来梦游的感觉吗？我现在就是这种感觉，我正在跟你说着话，可我脑子里正在梦着她，甜蜜的梦、美妙的梦，给我自由吧。

阿尔卡基娜　　（浑身颤抖）哦，不，不……我只是一个平凡的女人，你不能跟我这样说话，你不要这样折磨我，哦，特里果林，我害怕……

特里果林　　可是，你也可以做一个不平凡的女人，你想想看，一个少女的爱，纯朴的、诗意的，她把我带入那个梦幻的世界，这个世界上还有比这更伟大的事吗？我这一辈子都没有碰过这样的爱，年轻的时候，我忙着创作，苦苦等待发表作品，我都没时间谈恋爱……现在它来了，这种爱情终于来临了。它召唤着我，我有什么理由逃避它呢？

阿尔卡基娜　　（大怒）你疯了！

特里果林　　如果是，又怎样？

阿尔卡基娜　　你们今天是合起伙来整我是吧！（泪如雨下）

特里果林　　（两手抱着头）她不想去了解啊！她不想去了解啊！

阿尔卡基娜　你们今天是合起伙来整我是吧！难道我已经这么老这么丑,到你可以在我面前任意谈论其他女人而不感到难为情的地步吗?(紧抱住他,吻他)不不不! 我的宝贝,我的 darling,我最亲爱的,你是我生命的最后一章!(跪下)我的喜悦,我的骄傲,我的福气……(紧抱住他的膝盖)如果没有你,我连一分钟也活不下去,我会失去理智的,我伟大的、永恒的主人!

特里果林　你不要这样,有人会来的。(扶她起来)

阿尔卡基娜　那就让他来吧,我才不怕难为情呢。(吻他的两手)我的宝贝,你为什么要做这么疯狂的事,你的行为已经反常了。我不愿意看到你这样,我不会让你这样的,你是我的,我的……啊,这个头是我的,这眼睛是我的,这美丽而柔软的头发也是我的,全都是我的。你是如此有才华,如此聪明,你是全国最伟大的现代作家,你是俄罗斯唯一的希望,你的内心充满真诚、纯洁、清新、健康的幽默,你一挥笔,就可以表现出任何一个人物,或者地点最有特色的地方,你的角色都是那么富有诗意,我读你的小说就心生喜悦。你以为我在夸大你,在谄媚你吗? 你看着我的眼睛,你看啦,你看啦,我这个样子像是在说谎吗? 我的宝贝,只有我知道怎么欣赏你,只有我才会对你讲真话,你不会离开我的,你会跟我走的,对吗?

特里果林　我已经没有主意了,我一向没有,我总是软软的,总是被征服。奇怪,怎么会有女人喜欢我这样的男人?

阿尔卡基娜　现在我把他逮住了。

特里果林　现在你把我带走吧,我求求你绑架我,永远都不要离开我。

阿尔卡基娜　不过,如果你要的话,你是可以留下来的。我一个人先走,过一阵子你再来找我汇合好了,多待一个礼拜吧,干吗那么急?

特里果林　不,我们一起走。

阿尔卡基娜　随你的意,如果你是真的想走,我们就一起走。

　　　　　　[静场。

　　　　　　[莫斯科艺术剧院的演员们疯狂鼓掌。

契诃夫　哦,蒲宁,哦,克妮碧尔,我无话可说!(大笑起来)

高尔基　安东,我好像明白了您说的——您写的是喜剧。

契 诃 夫　他们更疯狂，简直演成闹剧了。（笑）

斯 坦 尼　今天这是聚会，逗逗乐可以，但上舞台是不可能这样演的，要知
　　　　　道，阿尔卡基娜是著名的女演员，特里果林是优秀的作家，他们
　　　　　怎么可能这么没风度？我们演每一个人，都要合乎他的身份和
　　　　　地位，共情他的心理，尽量演得逼真、准确、感人。

高 尔 基　您说得有道理。

契 诃 夫　高尔基先生，您刚才是怎么说的？

　　　　　〔高尔基不好意思地笑了。

丹 钦 科　蒲宁先生，来我们剧院吧，您会成为伟大的演员的。

蒲 　 宁　算了吧，就我这形象，瘦得像个鬼，成不了大演员的，我还是和安
　　　　　东为伍吧。

丹 钦 科　亲爱的安东，您一定要为我们艺术剧院继续写戏，哪怕仅仅是为
　　　　　克妮碧尔写，您不觉得，她会帮您和观众之间架起一道最美丽的
　　　　　桥梁吗？

契 诃 夫　呵呵，丹钦科，您又在施展您卓越的演说才华了。

克妮碧尔　（招呼大家）我们到花园去吧，那里更宽敞，玫瑰花开得可好呢！

　　　　　〔众人随克妮碧尔从通往花园的门下，幕布后面隐约可见欢乐的
　　　　　场面，听得到音乐的声音。

　　　　　〔高尔基、丹钦科陪契诃夫仍坐在室内。

契 诃 夫　尊敬的丹钦科先生，我向您郑重地推荐，你们剧院应该上演高尔
　　　　　基的作品，他会给你们带来另一个世界。

丹 钦 科　我们当然欢迎，热烈欢迎高尔基先生为我们剧院写戏。您现在
　　　　　手头有什么写出来的剧本吗？

高 尔 基　有一个，但是还不成熟。

丹 钦 科　哦，您写的是什么？

高 尔 基　一个小市民的家庭。等改好了，我就寄给您看。

丹 钦 科　（握住高尔基的手）一言为定。亲爱的安东，这次来雅尔塔演出，
　　　　　真是太棒了。大海、青春、诗歌、艺术，要是我们每年至少来一次
　　　　　雅尔塔，这里很快就会成为另一个文化圣地，当然，不是因为我
　　　　　们剧院，而是因为您，是您的魅力将大家吸引到了这里。

高 尔 基　是的，亲爱的安东（吻契诃夫的手），我们是多么喜爱您和您的作

品啊。

契 词 夫 我已经老朽了,半截入土,是你们的到来让我这个行将就木的老
头子重新焕发生机。高尔基,我多么羡慕您有如此强壮的身体,
丹钦科,您比我还大两岁,可是您看起来那样年轻。虽然我才40
岁,可我感觉已经60岁了。(咳嗽)青春啊青春,为什么你如此
嫌弃我,难道就因为我曾经不拿你当回事?

[丹钦科与高尔基望着契诃夫憔悴的脸,有些伤感。

契 词 夫 (突然笑了)我刚才是开玩笑,你们听不出吗?(停顿)这屋里冷
得很,我们到花园去吧!

[收光。

2

[同一天,契诃夫家客厅。

玛 丽 雅 蒲宁先生把特里果林演成一个小丑,一个被阿尔卡基娜控制的
小丑,当然,阿尔卡基娜自己也成了小丑。你们难道没有觉得蒲
宁先生对克妮碧尔有点看法吗?但安东不是特里果林,他写得
出特里果林,自己就不会成为特里果林,就像我,我也不是安东
笔下的宝贝儿。

蒲 宁 (上)亲爱的玛丽雅,您找我?

玛 丽 雅 (将手中系着淡蓝色丝带的一卷画递给蒲宁)这是我画的,画得
不好,但希望您能喜欢。

蒲 宁 (展开欣赏)不,您画得太好了! 要是您有更多的时间用在绘画
上,我想您会成为杰出的画家。

玛 丽 雅 (微笑)画画只是我的兴趣,我并没有要成为画家的野心。

蒲 宁 玛丽雅,您的谦虚常常让我很感动。

玛 丽 雅 哦,是吗?(停顿)蒲宁先生,您读过安东写的《宝贝儿》吗?

蒲 宁 读过。

玛 丽 雅 您知道吗? 托尔斯泰很喜欢这部小说,一连读了四遍,还朗诵给
家人听。他说,他很感动,安东写出了他心目中的理想女性。

蒲 宁 哦?

玛 丽 雅 您觉得呢?

蒲　　宁	我好像没有那么感动，我觉得宝贝儿并不是安东心目中的理想女性。
玛丽雅	哦，您是这样认为的？
蒲　　宁	玛丽雅，您怎么看宝贝儿？
玛丽雅	我？（停顿）您知道吗？安东写这篇小说时，跟我讨论过宝贝儿。
蒲　　宁	哦。
玛丽雅	他经常跟我讨论他要写的小说。
蒲　　宁	这是很幸福的事，我想，他很多小说应该都有您的意见在里面。
玛丽雅	我不敢这么说。但和他讨论正在写作的小说，确实是件很快乐的事。他问过我，如果是我，在宝贝儿的处境下，会不会成为宝贝儿？
蒲　　宁	您会吗？
玛丽雅	（沉默了片刻）我说不好。
蒲　　宁	玛丽雅，您好像有点犹豫，您在想什么？
玛丽雅	我有点担心，不，应该说是很担心。
蒲　　宁	担心什么？
玛丽雅	我害怕成为安东眼中的宝贝儿，只会重复别人的声音，一点儿自己的见解都没有。
蒲　　宁	玛丽雅，您不是那样的人，您有自己的生活、兴趣、爱好，您受过良好的教育。
玛丽雅	安东显然在嘲笑宝贝儿只会重复丈夫的言论。她嫁了一次又一次，每换一个丈夫，眼里就只有那个丈夫，她过的是她丈夫的生活，虽然她有爱心，但她完全失去了自己。
蒲　　宁	玛丽雅，您也担心失去自己？
玛丽雅	我有时候在想，我是不是受安东影响太大了。
蒲　　宁	您和宝贝儿不一样，别那样想。
玛丽雅	有时我会问自己，我是否可以离开安东，过自己的生活？
蒲　　宁	您要结婚吗？
玛丽雅	不一定是结婚，但也有可能结婚。
蒲　　宁	如果您结婚，会选择什么样的人？
玛丽雅	首先是我要爱他。

蒲　　宁　　那当然。

玛　丽　雅　　其次,家境要好一点,不需要每天为生计而发愁。

蒲　　宁　　嗯,这倒是。

玛　丽　雅　　如果是个文学家、艺术家,那就更好了,我们可以聊很多话题。当然,人还要老实一点。

蒲　　宁　　(笑起来)您知道,这样的人不好找。

玛　丽　雅　　(也笑起来)我也知道难找。(停顿)蒲宁先生,如果您觉得有合适的人,要记得帮我留意下。

蒲　　宁　　呵呵,这样的男人,全俄罗斯女人都在抢。

玛　丽　雅　　找不到就继续单身吧。

蒲　　宁　　玛丽雅,您很爱安东?

玛　丽　雅　　是的。

蒲　　宁　　我冒昧问您一个问题,(停顿)您爱过其他男人吗?

玛　丽　雅　　(沉默片刻)爱过,也许吧。

蒲　　宁　　如果您结婚,会全心全意爱您的丈夫吗?

玛　丽　雅　　我会的。

蒲　　宁　　以他的事业为重?

玛　丽　雅　　(有点迷茫)也许是。

蒲　　宁　　如果您有许多孩子,要做许多家务,您会放弃您喜欢的画画吗?

玛　丽　雅　　(停顿)我想我会的。

蒲　　宁　　放弃您的社交生活?

玛　丽　雅　　是的。

蒲　　宁　　您会关心丈夫的喜怒哀乐,胜过您自己?

玛　丽　雅　　是的。

蒲　　宁　　玛丽雅,您觉得您是宝贝儿吗?

玛　丽　雅　　(一惊)不,我想我不是。

蒲　　宁　　为什么?

玛　丽　雅　　因为——我多半不会结婚。

蒲　　宁　　您会一直照顾安东?

玛　丽　雅　　是的。

蒲　　宁　　以安东的事业为事业?

玛　丽　雅　是的。

蒲　　　宁　您不觉得您在牺牲吗？

玛　丽　雅　蒲宁先生，您觉得哪一种牺牲更有价值呢？

　　　　　　［停顿。

玛　丽　雅　别人看安东的小说，看到的只是一篇小说，我看安东的小说，看
　　　　　　到了它被写出的整个过程。别人看安东，看到的是一个作家，我
　　　　　　看安东，看到他如何艰苦地成为一名作家。安东要买房子，我去
　　　　　　找地方，安东要建学校，我帮忙做监工，安东要创作，我给他提供
　　　　　　最好的环境。没有我做的这些，也许他就不是现在这个样子，因
　　　　　　为创作，或者作家，并不仅仅只是别人看到的那一点点东西。每
　　　　　　当想到这一点，我就不觉得我做的事情没有意义，我不觉得我失
　　　　　　去了价值。（稍停）安东有许多朋友，这些人大多也是我的朋友，
　　　　　　他们很喜欢我。我跟他们聊天，学到了很多东西，我在学校里教
　　　　　　书，把这些东西教给我的学生，他们觉得我有见识，很尊敬我。
　　　　　　蒲宁先生，我觉得我过得有意义，您觉得呢？

蒲　　　宁　（没有回答，只是点头）

玛　丽　雅　如果硬要讲，那我也应该是宝贝，而不是宝贝儿。您知道二者的
　　　　　　区别吗？

蒲　　　宁　什么？

玛　丽　雅　宝贝儿，没有灵魂的玩意儿，而宝贝，不是玩意儿。（说完，微微
　　　　　　喘气，双眼发亮）

蒲　　　宁　玛丽雅——

玛　丽　雅　嗯？

蒲　　　宁　我在想，您可能用不着结婚的。

玛　丽　雅　为什么？

蒲　　　宁　因为，在俄罗斯，男人们要的是宝贝儿，而不是宝贝。

玛　丽　雅　您也是这样的吗？

　　　　　　［一阵咳嗽声，契诃夫进。

契　诃　夫　外面有点冷。

玛　丽　雅　夜深了，你要穿上外套。（起身拿起一件外套，披在契诃夫
　　　　　　身上。）

蒲　　宁　他们还在喝酒？

契　诃　夫　还在喝。

玛　丽　雅　你们聊吧，我出去看看。

〔二人目送玛丽雅出。

蒲　　宁　安东，您喜欢这样的场面吗？

契　诃　夫　偶尔一两次可以。

蒲　　宁　天天这样，会倾家荡产的。

契　诃　夫　是啊，天天这样，不用写作，那怎么不会倾家荡产呢？

蒲　　宁　莫斯科艺术剧院的女演员太迷人了！

契　诃　夫　足以让人倾家荡产。

〔二人笑。

蒲　　宁　最漂亮迷人的还是克妮碧尔。

契　诃　夫　（微笑）也不一定。

蒲　　宁　至少在您眼里是。

〔静默。

契　诃　夫　将来您会怎么写我的回忆录？

蒲　　宁　怎么知道不是由您来写我呢？

契　诃　夫　您这么有活力，会活一百岁的。

蒲　　宁　您也会活得很长的。

契　诃　夫　不可能。您还是准备好怎么写我的回忆录吧。

蒲　　宁　安东，您心情不好？

契　诃　夫　不，我心情很好，但这是事实。

蒲　　宁　（沉默）

契　诃　夫　走吧，我们出去。（从衣架上拿起帽子戴上，二人出。）

3

〔同一天深夜，契诃夫家花园。

〔灯光亮，契诃夫穿着外套，戴着帽子，满脸疲倦，间或咳嗽。克妮碧尔穿着薄薄的晚礼服，容光焕发。

克 妮 碧 尔　亲爱的安东，今天您可累坏了。

〔契诃夫微笑，不语。

克妮碧尔　今天大家玩得都很尽兴。

契　诃　夫　（深情地看着克妮碧尔）谢谢你，我可爱的女管家。

克妮碧尔　您还满意吗？

契　诃　夫　无与伦比。

克妮碧尔　很多人都喝醉了，高尔基穿错了蒲宁的外套，斯坦尼斯拉夫斯基的领结没地方找了，丹钦科一直在朗诵普希金和叶赛宁的诗歌。

契　诃　夫　（微笑）男人们一个个都需要女人扶着才上得了马车。

克妮碧尔　这就是俄罗斯人，当他们开心的时候，会把每根汗毛的能量都释放出来。

契　诃　夫　是的。

克妮碧尔　安东，有时我觉得您不太像俄罗斯人。

契　诃　夫　怎么说？

克妮碧尔　我们在玩的时候，您在旁边看着，好像我们都是一群小孩子。

契　诃　夫　我也想喝酒，也想玩闹，但我的身体不允许。

克妮碧尔　如果您的身体允许，您会像我们一样吗？

契　诃　夫　当然。（沉默片刻）奥尔加，刚才你唱的那首歌能不能再唱一遍？

克妮碧尔　您说的是《田野静悄悄》？

契　诃　夫　对。

克妮碧尔　（唱）田野静悄悄　四周没有声响

　　　　　　　　只有忧郁的歌声在远处荡漾

　　　　　　　　牧童在歌唱　声音多悠扬

　　　　　　　　歌儿里回忆起心爱的姑娘

　　　　　（契诃夫加入，二人一起唱）

　　　　　　　　我是多么不幸　痛苦又悲伤

　　　　　　　　黑眼睛的姑娘她把我遗忘

　　　　　（二人依偎。）

克妮碧尔　您刚才看到蒲宁和玛丽雅在一起吗？

契　诃　夫　是的，蒲宁对我们一家人都很友好。

克妮碧尔　您不觉得蒲宁和玛丽雅很适合吗？

契　诃　夫　你想到哪里去了？玛丽雅比蒲宁大了整整七岁。

克妮碧尔　（微笑）

契　诃　夫	玛丽雅要是跟蒲宁在一起,她就会被别人看成阿尔卡基娜,但她又不是阿尔卡基娜那种性格,那她就会很痛苦,再说。蒲宁也没有那个意思。
克妮碧尔	哦,您怎么知道?
契　诃　夫	我太了解蒲宁了。(停顿)玛丽雅是不会结婚的。
克妮碧尔	是吗?
契　诃　夫	我没见过比她更不想结婚的女人。
克妮碧尔	那么您呢?
契　诃　夫	我?(停顿)我已经过惯这种生活了。
克妮碧尔	您愿意聘我继续担任您的管家吗?
契　诃　夫	我怎么敢,丹钦科会杀了我的,你可是他的台柱子。
克妮碧尔	我越来越觉得离不开这儿,离不开您了。安东,我们结婚吧。
契　诃　夫	(沉默)
克妮碧尔	您怎么不说话?
契　诃　夫	我想你在这段时间已经看到了,我身体的衰老程度远远超过我的年龄。我怕你结了婚得到的不是一个丈夫,而是一个爷爷。
克妮碧尔	您胡说些什么?谁说您已经老了,您的精神无比年轻,谁也没有您这么年轻。我爱您,安东。
契　诃　夫	亲爱的奥尔加,为什么一定要结婚呢?我们这样相爱,不是挺好的吗?何必用婚姻束缚住自己呢?你的前途不可限量,不必为了一个老头做出牺牲。
克妮碧尔	谁说我是牺牲?自从认识您,我觉得自己变得比以前更加勇敢了。和您在一起生活用不着害怕,也不会为难,因为您是这样善于把一切障碍、一切琐事、一切干扰和损害生活本质的东西全都置于脑后。
契　诃　夫	奥尔加,我觉得你在作诗,一首很美的诗。而我只是散文,没有韵律,很平淡,像生活本身。
克妮碧尔	您是如此有才华,如此聪明,您是全国最伟大的现代作家,您是俄罗斯唯一的希望,您的内心充满真诚、纯洁、清新、健康的幽默,您一挥笔,就可以表现出任何一个人物,或者最有特色的地方,您的角色都是那么富有诗意,我读您的小说就心生喜悦。

契　诃　夫　（尴尬）这是阿尔卡基娜说的。

克妮碧尔　也是我的心声。我们结婚吧，安东。我不想再这样偷偷摸摸了，
　　　　　他们都知道，却装作都不知道，这让我很难受。我不想每天天不
　　　　　亮，就从您的房间里偷偷溜走。再说，结婚根本不会妨碍我们什
　　　　　么，只会让我们变得更美好、更快乐。

契　诃　夫　奥尔加，你是夏天，而我已经是秋天了，我们之间整整差了一个
　　　　　季节。

克妮碧尔　不要这样说，我爱您。（停顿）您呢，您对我是什么感情？告
　　　　　诉我。

契　诃　夫　我可爱的、非凡的女演员，这还用问吗？年岁越大，生命的脉搏
　　　　　在我身上跳动得就越加有力，那都是因为你，亲爱的奥尔加。
　　　　　〔灯光转暗，片刻亮起，苏沃林出现。

苏　沃　林　安东，你现在又结交了很多新朋友，大概已经把我这个老家伙忘
　　　　　得一干二净了吧？

契　诃　夫　我写信邀请你来雅尔塔，是你自己不来，连信都没有回。

苏　沃　林　（笑笑）我来干什么？你的这些朋友未必能跟我说得来，像高尔
　　　　　基这种狂徒，他就在报刊上骂过我。我到你这里来，碰上这些
　　　　　人，不是自讨没趣？

契　诃　夫　近年来你的言行越来越保守了，不管是德雷福斯案，还是"学生
　　　　　罢课事件"，我都明确表示过不赞成你的立场和做法，可你根本
　　　　　不听我的。

苏　沃　林　安东，你指责我很容易，如果你处在我的位置，未必可以这么轻
　　　　　巧地说话。

契　诃　夫　你已经过惯好生活了。
　　　　　〔停顿。

苏　沃　林　你为什么要那么急地把版权卖给马克斯，为什么不等等？我不
　　　　　是答应了帮你出全集吗？我可以付比马克斯高得多的版税。

契　诃　夫　你只能一集一集出，我只能一点一点拿钱，可能等我死了，还看
　　　　　不到全集出版。而马克斯答应付给我全款，虽然全部版权，除了
　　　　　剧本之外，已发表、未发表的加起来只有 75 000 卢布，但这可以
　　　　　解决很长一段时间钱的问题，我也不知道我能活多久，如果我活

不了几年,这个价格并不吃亏。

苏　沃　林　你为什么需要那么多钱?

契　诃　夫　我自己并不需要多少钱,但要花钱的地方太多了。建学校要钱,
　　　　　　修路要钱,种树要钱,接待朋友要钱,除了让我的母亲、妹妹,也
　　　　　　许还有妻子,过上一份体面的生活,我还要接济几个兄弟,这些
　　　　　　都要钱。我自己可以过僧侣一样的生活,但我不能没有钱。我
　　　　　　不想整天再为缺钱而发愁了,那会干扰我写作的。

苏　沃　林　我想除了这个原因,你可能还不想跟我合作了。在某个阵营里,
　　　　　　我的名声很不好,你怕我连累你,辱没了你的好名誉。

契　诃　夫　随你怎么想。

　　　　　　〔停顿。

苏　沃　林　你要和克妮碧尔结婚?

契　诃　夫　我还没想好。

苏　沃　林　你害怕失去自由?

契　诃　夫　我这一辈子都没有碰过这样的爱,年轻的时候,我忙着创作,苦
　　　　　　苦等待作品发表,我都没时间谈恋爱……现在它来了,这种爱情
　　　　　　终于来临了。它召唤着我,我有什么理由逃避它呢?

苏　沃　林　这是特里果林的话,看来这次你是来真的。(停顿)你不怕被
　　　　　　控制?

契　诃　夫　什么意思?

苏　沃　林　特里果林不就被阿尔卡基娜控制了吗?

契　诃　夫　那跟我有什么关系?

苏　沃　林　你害怕被控制,所以你写了特里果林。

契　诃　林　你的想象力未免太丰富。

苏　沃　林　阿尔卡基娜和克妮碧尔一样都是女演员,特里果林和你一样都
　　　　　　是作家,这也太像了吧?

契　诃　夫　荒唐!我写《海鸥》的时候,根本不认识克妮碧尔。

苏　沃　林　这不是问题的关键。好作家都是先知,他们会在作品中预演自
　　　　　　己的人生。你等着瞧吧,克妮碧尔的戏码不会比阿尔卡基娜少。

契　诃　夫　那也不是这样的戏!

苏　沃　林　都差不多,控制与反控制,永恒的戏码。你不想被物质生活所控

制，但你忘了，还有性！

契 诃 夫　我和克妮碧尔不是只有性。

苏 沃 林　那更可怕，性加政治。

契 诃 夫　什么政治意思？

苏 沃 林　你迟早会明白。

契 诃 夫　你还是早点给我说清楚。

苏 沃 林　特里果林可以放弃妮娜，回到阿尔卡基娜身边；你可以放弃丽卡，却逃不过现在的克妮碧尔。你知道为什么吗？

契 诃 夫　为什么？

苏 沃 林　因为，不论是阿尔卡基娜，还是克妮碧尔，她们身边都有一批人，这批人会联合起来控制你。你和克妮碧尔的戏会比特里果林和阿尔卡基娜的更精彩，等着瞧吧！（大笑下）

三

时间：1901—1904 年

地点：雅尔塔、莫斯科

1

〔玛丽雅与契母坐于餐桌前。

〔契诃夫与克妮碧尔各自在书桌前写信。

玛 丽 雅　真不明白，哥哥为什么一定要结婚。我跟他说，如果她爱你，那她就会一直在你身边，为什么一定要结婚呢？他就是不听我的劝。现在，他们两地分居，哥哥去不了莫斯科，医生说，那里的寒冷会杀死他，克妮碧尔也来不了雅尔塔，她舍不得她的舞台。我看，安东的心情比以前差多了。

契 诃 夫　我亲爱的小狗，雅尔塔天气很温暖，但有雾；莫干比山就隐藏在雾中，大雁有两只，飞过去了。花园很好看，菊花开了，玫瑰花也开了，一句话，生活很美好。但一想到你离我那么遥远，雅尔塔就成了流放之地，我在这儿简直度日如年。

契 　 母　可怜的安东。

玛　丽　雅	妈妈,克妮碧尔肯定在背后说了我什么,安东在我面前变得沉默了,以前他可是什么话都跟我说的呀。
契　　母	不要多心,孩子,即使克妮碧尔说了什么,安东也会处理好的。安东可是很爱你的呀,不要多心。
玛　丽　雅	妈妈,我有时想,还不如找一个富有而老实的人嫁掉算了,省得每天都要精打细算地过日子,还要疑神疑鬼、猜来猜去。妈妈,我真的很累了。 ［停顿
契　　母	玛丽雅,以前你不想结婚是为了安东吗?
玛　丽　雅	我也说不好。(停顿)斯玛金向我求婚时,我问过哥哥的意思。
契　　母	他怎么说?
玛　丽　雅	他始终没有回答。
契　　母	哎……
玛　丽　雅	安东没有回答,我想我是不能撇下这个家的。
契　　母	玛丽雅,现在安东结婚了,如果有合适的人,你也结婚吧。
玛　丽　雅	妈妈,克妮碧尔在遥远的莫斯科,这个家仍然没有女主人。您觉得我能走得开吗?
契　　母	玛丽雅,有我呢,我会照顾好安东的。
玛　丽　雅	我们有那么多朋友要招待,花园里还有很多事情要打理,您这把年纪,哪里忙得过来啊。再说,我已经 38 岁了……算了,不去想那么多了,我也习惯了这样的生活。
克妮碧尔	你妹妹写信来跟我说,"只有你一个人把我的哥哥弄昏了头,你突然间成了《三姐妹》里的恶嫂嫂"。你知道这话是多么伤我的心吗?大概在你家里,没有一个人会有一句话来念记我吧?大家都不说,好像是忌讳谈论一个伤疤。
契　诃　夫	奥尔加,亲爱的,你在信里说,玛莎永远不会接纳你,等等,这全是瞎话!你一直在夸大其词,说些蠢话,我怕你如果与玛莎吵架会有什么结果。杜西雅,听话,做个聪明的女人!
克妮碧尔	是的,听话,做个聪明的女人!可是安东,这很难呀!(下场)
契　　母	一个天南,一个地北,到底还是不像一对真正的夫妻。他们到现在也不能有个一男半女,但这话,我是不会对安东说的。

玛　丽　雅　妈妈，我怀疑，克妮碧尔并不真想要孩子，要是有了孩子，她的女演员生活不就彻底被改变了吗？这么多年来，我们努力地保护安东，尽量帮他减少不必要的伤害，可是妈妈，我害怕我们的努力都白费了，我真的很害怕。

契　　母　玛丽雅，我们祈祷吧，向上帝祈祷，这是我们唯一能做的事。

克妮碧尔　（上场，脱下外衣，挂在衣帽架上）你知道今晚我碰到谁了吗？丽卡。她喝得醉醺醺的，缠着我，要我同她一起喝交杯酒。但我不愿意，我不了解她，觉得她很古怪，我对她不感兴趣。听说，不久之后，她将要和我们剧院的经理亚历山大·萨宁结婚。

契　诃　夫　我很久以前认识丽卡，不管怎样，她是个好姑娘，聪明、善良。她与萨宁不会合得来，她不会爱他……一年以后，她或许会有一个胖娃娃，再过一年半，她就要开始欺骗丈夫。总之，这一切都是命运问题。

　　　　［克妮碧尔倒了一杯酒，边喝边沉吟，然后开始写信。

　　　　［契诃夫看信，放下信后，来回踱步。

玛　丽　雅　妈妈，您知道吗？克妮碧尔在莫斯科一点都不寂寞，她经常到外面参加聚会，还喝酒，深夜才回来。

契　　母　她是女演员，和我们的生活确实不一样。

玛　丽　雅　但她结了婚就该收敛收敛，否则，我怕哥哥的名声都会受到影响。

契　　母　不知道安东是怎么想的。

玛　丽　雅　以哥哥的性格，自然不会直接表达不满，但我想，哥哥也不是完全不介意的。我听说克妮碧尔最近跟安东要了一笔数额很大的款子。

契　　母　哦？

玛　丽　雅　听说有 7 000 卢布。

契　　母　这么多！安东没有说过这事啊，再说，家里的钱不都是你在管吗？

玛　丽　雅　她是从剧院付给安东的稿酬中直接支走的。

契　　母　你怎么知道？

玛　丽　雅　有人告诉我了。

契	母	她要这么多钱干什么？
玛 丽 雅		还债。
契	母	怎么会欠那么多债？
玛 丽 雅		不清楚。我只知道克妮碧尔现在的穿衣打扮越来越讲究了，在莫斯科，她可是个大明星！
契	母	穿衣服不至于花那么多钱吧？
玛 丽 雅		妈妈，您不知道，她的衣服都是从巴黎进口的，一套要好几百卢布呢！哪像您这样，几个卢布可以穿好几年。
契	母	哎，我们买梅里霍沃庄园才花了 13 000 卢布呀。
玛 丽 雅		可能还有其他什么债务我们不知道。
契	母	她的生活真不是我们能够理解的。
		［契诃夫下楼。
契 诃 夫		妈妈，我想出去走走。
契	母	哦，记得早点回来吃晚饭。
玛 丽 雅		安东，穿上风衣，戴好帽子和围巾，天开始冷了。
契 诃 夫		玛丽雅，你帮我上楼拿一下。
		［玛丽雅上楼。
契 诃 夫		妈妈，玛丽雅刚才是不是跟您说了什么？
契	母	哦，没有，我们就是聊闲天。
契 诃 夫		要是玛丽雅说了克妮碧尔什么，您只要听听，不要发表意见。她说的有可能不是真的。
契	母	你不相信玛丽雅？
契 诃 夫		不是不相信，而是，流言蜚语太多了。
契	母	安东，听说克妮碧尔在莫斯科花销很大？
契 诃 夫		（沉默片刻）妈妈，听我说——
		［玛丽雅拿着风衣、帽子、围巾下来，契诃夫穿戴好。
玛 丽 雅		安东，天快暗了，不要走太远。
		［契诃夫答应着出去了。
玛 丽 雅		妈妈，安东刚才说了什么？
契	母	哦，没说什么。
玛 丽 雅		我猜得出，安东一定又是护着克妮碧尔，让您不要相信我说的。

| 契 | 母 | 没有的事。（停顿）安东就是让我们不要听信流言蜚语。 |

　　〔大雁叫声。契诃夫在舞台深处行走。

| 契 诃 夫 | 我亲爱的小狗，我现在非常希望你生一个有一半日耳曼血统的小孩，他能让你开心，能充实你的生活。需要这样，我的杜西雅，你怎么想？ |

| 克 妮 碧 尔 | 安东卡！我心里七上八下，斗争起来。好了，我想好了，来吧，安东，到莫斯科来吧。我要有滋有味地吻你，长时间地、由浅入深地吻你，……你尽管对我粗野，尽管…… |

　　〔音乐起，契诃夫与克妮碧尔相会、拥抱、缠绵，之后是依依不舍地告别。

| 契 | 母 | 玛丽雅，昨晚狗一直在叫，今天早上，茶炉呜呜地响，我心里七上八下的。 |

| 玛 丽 雅 | 妈妈，安东又要说你迷信了。 |

　　〔不祥乐音起，灯光聚焦到克妮碧尔脸上，四周皆暗，克妮碧尔的脸像浮雕。

| 克 妮 碧 尔 | 当你离开的时候，我还想着给你生个小契诃夫，但我一点也不能肯定。在我感到不舒服的时候，我以为是胃有毛病，同伴们替我找来了医生，后来，我开始猜到这是怎么回事，我失去了小契诃夫！ |

| 契 | 母 | 奥尔加，你不该这样大意。 |

| 玛 丽 雅 | 她根本就没把安东放在心里，这就是证明。 |

| 契 诃 夫 | 我出去走走，中午不用等我吃饭了，晚上，也不用。 |

　　〔契诃夫低头枯坐于长椅上，灯光渐暗。

2

　　〔以下场景中，玛丽雅与母亲一直坐在餐桌边

| 苏 沃 林 | （幸灾乐祸地）俄罗斯科学院文学部决定除去高尔基的院士荣誉，因为他有犯罪记录。 |

| 柯 罗 连 科 | 亲爱的安东，您对当局滥用权力这种丑行有什么看法？ |

　　〔契诃夫挂着拐杖，走进光圈。以下甲乙丙丁不出现形象，只用光束和声音表示。

甲	安东,你终于来了。
契 诃 夫	我想来听听你们的意见。
乙	我觉得您可以用辞去院士头衔的方式来表示抗议。
丙	我觉得,在这件事上,安东·巴甫洛维奇,您不宜有任何表示。
丁	听说托尔斯泰直接就回避了这个问题,他说他根本就没把自己当成院士。
契 诃 夫	玛丽雅,你怎么看这事?
玛 丽 雅	安东,不管你做什么决定,我都支持你。
契 诃 夫	妈妈,您呢?
契 母	院士荣誉很难得,但我更不愿意你失去高尔基这个朋友。
柯 罗 连 科	亲爱的安东,我已经决定辞去荣誉院士的头衔以表示抗议,附上我写给科学院主席维谢洛夫斯基的信。
契 诃 夫	亲爱的柯罗连科,我妻子正在发高烧,她卧床不起,日渐消瘦。我特别想与您见面,交流意见。您能到雅尔塔来吗?(沉默片刻)柯罗连科先生,您给维谢洛夫斯基信中表达的意见,我完全赞同。
苏 沃 林	你真的要做出这种决定?看,你还在观望,你还没有公开声明。
契 诃 夫	(对观众)科学院屈从于上面的命令,宣布自由选举无效,我的良心不能同意,也不能接受这种做法。经过深思熟虑,我只能得出一个结论,一个十分痛苦和令人遗憾的结论,这就是请撤销我名誉院士的头衔。(停顿)亲爱的奥尔加,你的丈夫现在已经不是院士了。
苏 沃 林	安东,你为什么要做这样的声明?你为什么不学学托尔斯泰?他的话说得多高明:"我根本没把自己当成院士。"
契 诃 夫	狮子跳得过的地方,狐狸如果学步,会摔死的。
苏 沃 林	假如柯罗连科不给你写那封信,你会辞去院士头衔吗?
契 诃 夫	这种事情没法假设。
苏 沃 林	你不会。
契 诃 夫	你太小看人!
苏 沃 林	我太了解你。安东,你不是斗士。
契 诃 夫	但我至少不那么虚伪!

〔苏沃林隐去。

契　诃　夫　（对观众）其实，当初我给科学院推荐名誉院士人选时，并没有推
　　　　　　荐高尔基。因为以我对科学院的了解，高尔基是不可能获得批
　　　　　　准的。要是选上名誉院士就拥有这样的权利：他来到任何一座
　　　　　　城市，都可以在任何时间要求给他演讲的场地，想想，当局怎么
　　　　　　可能把这样的权力交给高尔基？但高尔基没有被批准却使我激
　　　　　　动起来，这不仅仅因为高尔基是我的好朋友，更重要的是——我
　　　　　　曾经在他面前表现过我最好的一面，不这样做，我怕我会变成一
　　　　　　个小丑……

克妮碧尔　安东，你没有问过我的意见。

契　诃　夫　奥尔加，我写信告诉你了呀。

克妮碧尔　你只是把决定告诉我。

契　诃　夫　我知道你肯定会同意的。

克妮碧尔　但你就是没征求我的意见。

契　诃　夫　这有什么不同？

克妮碧尔　你问过玛丽雅和妈妈的意见吗？

契　诃　夫　（沉默）

克妮碧尔　所以在你心目中，我和她们还是不一样，你根本就没有把我当成
　　　　　　这个家庭中的一员。

契　诃　夫　奥尔加，你怎么这样说！

克妮碧尔　我们的孩子没了，安东，你是不是觉得我永远都成不了你的
　　　　　　亲人？

契　诃　夫　妈妈、玛丽雅，我决定明天动身去莫斯科。

玛　丽　雅　失去"小契诃夫"对安东打击很大，但他在我们面前什么都没说。
　　　　　　克妮碧尔因为这个生了很长时间的病，安东去莫斯科照顾她，要
　　　　　　知道，安东自己也是个病人啊。

　　　　　　〔丽卡出现在背景处，一个人默默行走，走走停停。

克妮碧尔　（身穿睡衣）玛丽雅和妈妈准是串通好了，把你从我身边叫走的，
　　　　　　她们不许你再花时间照料一个病人了。当然，我生了这么久的
　　　　　　病，一定也使你厌烦了，你巴不得早点逃开我。

玛　丽　雅　奥尔加，安东可是个病人啊。

契 诃 夫　我根本没有要逃开你,这是不可能的,绝不可能。亲爱的我不再说了,我不喜欢责怪人。

克妮碧尔　你肯定是不愿意回莫斯科,愿意一直待在雅尔塔,那里有你的亲人,还有无数崇拜着你的男人和女人,他们会给你带来温暖和快乐。

契 诃 夫　谁跟你说我不愿回莫斯科?我已经给你写过信,用准确的俄语清清楚楚地告诉你:我肯定在 9 月回来,并且和你一起待到 12 月。我怀疑是不是有个什么人给你讲过什么话,使你这样怀疑我的一切言行。如果真是这样的话,我还能做些什么?完全无能为力了。

玛 丽 雅　安东可是个病人啊!

克妮碧尔　我这个人脾气坏透了!我真想跪在你的面前,求你原谅。请你转告玛丽,我焦急地等待她回到莫斯科,而且我已经在房间里摆好了鲜花。最后,告诉你一件事,(脱掉睡衣,正式着装)医生认为我已经完全康复,你高兴吗?我准备明年给你生一个漂亮的小宝宝。

契 诃 夫　我心爱的小狗,你一定会有孩子的,医生们都这么说。《樱桃园》正在写,别催我,要写完的时候,我会告诉你的,吻你一千次。
　　　　　〔丽卡在舞台深处的长椅上坐下来。

克妮碧尔　你知道谁来我们剧院应聘了?丽卡·米奇诺娃。丹钦科让他读了《万尼亚舅舅》第三幕里叶琳娜的独白……她耍着小聪明,完全是在模仿我,剧院招聘委员会一致否决了她。

契 诃 夫　亲爱的,不要再谈论别人了,关心关心你可怜的丈夫吧。快把我从这里领走,我是多么寂寞呀,多么想见到你,多么想把你一口吞了,我已经受不了了……到莫斯科去,到莫斯科去,到莫斯科去……

玛 丽 雅　安东,你可是个病人啊!

克妮碧尔　当我们在一起时,你对我沉默寡言,甚至一言不发,我有时觉得自己是个多余的人。对你来说,我是个陌生人。

契 诃 夫　哪怕你能在节日期间过来一天,这也让人无比高兴啊,随你便吧。你总是参加各种宴会和庆典——杜西雅,我放荡的妻子,哪怕你待在家里一星期也好呀。

克妮碧尔　我算什么妻子，既然我嫁了人，就应该忘记我的个人生活，就只
　　　　　当你的妻子。如果我要上舞台演戏，我就应该做个单身女人，不
　　　　　去折磨任何人。

契　诃　夫　亲爱的，别用你的内疚来折磨我。我早就明白我娶了一位演员，
　　　　　换句话说，在结婚的时候，我就完全知道冬天你必须留在莫斯科
　　　　　演戏。我一点儿也不认为我受到了什么损害和欺骗，相反，我觉
　　　　　得一切都很好，就像所应该的那样。（回到书桌前，继续写作，时
　　　　　而咳嗽。）

克妮碧尔　我也这样想，要是我不工作，天天待在你身边，用不了多长时间，
　　　　　你就会对我冷漠的，像对待桌子和凳子那样。

　　　　　〔丽卡起身，慢慢离去。

玛　丽　雅　安东，天冷了，你的咳嗽加重了，去歇歇吧，不要再写了。

契　诃　夫　没法儿歇，他们一直在催。

克妮碧尔　再说一遍，我们整个剧院都在盼望着剧本的到来，你要是再不把
　　　　　《樱桃园》寄给我，我就会跟你离婚的。

契　诃　夫　乌拉，我亲爱的小狗，我们长时期的苦难终于有了尽头，《樱桃
　　　　　园》写完了，真正写完了。得感谢你这个冷酷的监工，让我无法
　　　　　偷懒，哪怕我头晕、咳嗽、没睡好、肠胃痛，也得每天把自己绑在
　　　　　书桌前不停地写，虽然一拖再拖，但现在终于写完了，终于……

克妮碧尔　《樱桃园》终于来了！我亲爱的丈夫，我替剧院所有的演员热烈
　　　　　地亲吻你！乌拉！

契　诃　夫　我太疲倦了！

玛　丽　雅　安东，《樱桃园》写完了，你该好好休养一段时间了。

契　诃　夫　我想去莫斯科。

玛　丽　雅　（惊）冬天马上就要来了。

契　　母　是啊，安东，等来年春天不那么冷的时候再去吧。

契　诃　夫　《樱桃园》正在排演，我想到现场看看。

玛　丽　雅　以前你的戏排演，也没见你非要到现场去看啊。

契　诃　夫　（看了玛丽雅一眼，对契母）妈妈，我在莫斯科不会到处乱跑的，
　　　　　我们住的屋子有暖气，我不会着凉的。

契　　母		那和待在雅尔塔有什么区别呢？
契　诃　夫		莫斯科有许多朋友，他们可以经常来看我。
玛　丽　雅		克妮碧尔应酬不断，喝酒要喝到深夜才回，你以为你待在莫斯科真的会开心吗？
契　诃　夫		那是她的生活方式，我早就接受了。
		〔沉默。
玛　丽　雅		妈妈，我也要回学校去待一段时间，期末还有很多事情要处理。
契　　母		你们都走啦？就剩我一个人了。哦，一个人也挺好的，没事。（停顿）夜深了，我先去睡了。
		〔契母蹒跚着下。
玛　丽　雅		安东，我想问你一个问题。
契　诃　夫		嗯？
玛　丽　雅		你为什么要结婚？
契　诃　夫		（沉默）
玛　丽　雅		回答我。
契　诃　夫		我不想像没有活过一样。
玛　丽　雅		那么我呢？我原本是不是也应该结婚的？
契　诃　夫		（沉默）
		〔灯光渐暗，玛丽雅下。
		〔苏沃林上。
苏　沃　林		安东，我一直想知道，你是因为克妮碧尔而选择戏剧，还是因为戏剧而选择克妮碧尔？
契　诃　夫		我很早就对戏剧感兴趣。
苏　沃　林		以前你只是玩票，现在你却把创作重心，不，整个生命，都投到戏剧中了。
契　诃　夫		你说得没错，（停顿）整个生命。
苏　沃　林		戏剧到底对你有什么吸引力？
契　诃　夫		它让我感觉活着。
苏　沃　林		活着？
契　诃　夫		一个小说家，写得再多、再好，也只是一个纸面的世界。而戏剧，你写出一个纸面的世界，会有许许多多的人一起帮助你把纸面

的世界变成活生生的，这个活生生的世界在剧场中上演，观众的哭声、笑声、掌声、嘘声，一起检验了这个世界是否真实。通过戏剧，你感觉到自己和生活是真实地联系在一起，而不是虚假的。对，活着。

苏　沃　林　说吧，把你的需要告诉我，我可以帮助你。

契　诃　夫　你可以帮助我什么？

苏　沃　林　我可以帮你在莫斯科找到最好的房子，我可以帮你联系最好的医生，我可以帮你打点各种关系，你会成为全俄罗斯最成功的剧作家。

契　诃　夫　你太狂妄了。

苏　沃　林　你真的不需要我了？

契　诃　夫　我想我以后不会再见到你了。

苏　沃　林　哈哈哈，你终于可以摆脱我了。你自由了，祝贺你，安东！（狂笑下）

3

〔夜晚，契母一个人坐在桌边做针线，桌上一盏灯，菲尔斯立在旁边。

菲　尔　斯　太太，家里的马该换马掌了。

契　　母　那就去换吧，菲尔斯。

菲　尔　斯　太太，家里的钟也坏了。

契　　母　安东不在家，玛丽雅也不在家，没人拿去修。（停顿）不知道现在几点了。

菲　尔　斯　我想该有十点了。

契　　母　来，菲尔斯，坐下，我们聊聊天。

菲　尔　斯　（不敢坐）

契　　母　有什么关系呢？他们都走了，就剩我们两个老家伙留在这儿看家。

菲　尔　斯　（坐下）太太，卡什坦死了，今天早晨它躺在我房间的地上，我用脚踢它，想招呼它跟我一起去花园，但它已经死了。

契　　　母　你把它埋了吗？

菲　尔　斯　是的，埋到树林里。太太，卡什坦死了，我觉得我的死期也快
　　　　　　到了。

契　　　母　它是它，你是你，你还会活很久的。（停顿）安东在家的时候，我
　　　　　　每天都觉得睡不够，随时要准备招待客人。他不在家，我闲下
　　　　　　来，反倒睡不着了。

菲　尔　斯　太太，我晚上也睡不好，腿痛，我这条老腿啊，到了该锯掉的时
　　　　　　候了。

契　　　母　我头晕，经常晕得快要摔倒在地上。

菲　尔　斯　我的眼睛不好，越来越不好了，我常常看不到玫瑰花枝上的
　　　　　　虫子。

契　　　母　我的手不好使了，你看，针脚越来越难看。

菲　尔　斯　我还咳嗽，咳起来整夜整夜睡不着。

契　　　母　我是心脏不好，心跳起来那个难受啊，就像要蹦出胸膛一样。

菲　尔　斯　上帝把我们遗忘了，它的恩宠我享受不到。

契　　　母　菲尔斯，不要这样说，你心里装着上帝，上帝就会赐给你恩宠。

菲　尔　斯　太太，我经常会忘记上帝，只记得自己的痛苦。

契　　　母　我们祈祷吧，菲尔斯，愿主和我们同在。

菲　尔　斯　老爷在的时候，可是个虔诚的教徒啊，我没见过比他更虔诚的。

契　　　母　是啊，在这一点上，安东真不像他。

菲　尔　斯　少爷是不信教的。我偶尔做一下祷告，他就取笑我，菲尔斯，今
　　　　　　天是你负责接待上帝吗？

契　　　母　哎，安东就是这样。在信教这件事上，他好像是刻意要跟他的父
　　　　　　亲对着干。

菲　尔　斯　少爷有他自己的上帝吧！

契　　　母　他的上帝难道和我们的上帝不是同一个？

菲　尔　斯　太太，我想不是，不然，人和人的命运怎么会那样不同！（停顿）
　　　　　　莫斯科，要是这辈子我能去一趟就好了。

契　　　母　菲尔斯，你从来没有去过莫斯科？

菲　尔　斯　没有，从来没有。

契　　　母　安东去莫斯科也不见得是享福，他的身体不适合住莫斯科，可他

就是爱往莫斯科跑，这次去的时间最长，快三个月了还不回来。安东不在家，玛丽雅教书很忙，回来的次数也少了，他们大概都把我这个老太婆给忘了。有时我想，哪天要是去见上帝了，他们是不是都不会在我身边。

菲 尔 斯　上帝忘记我们了。

契　　母　菲尔斯，上帝没有忘记我们，没有，你说这话有罪。

菲 尔 斯　太太，我是有罪。要不然，为什么我这么老了，还不能过上安生日子。

契　　母　菲尔斯，我们干活吧，只有干活，不停地干活，上帝才能赦免我们的罪。

〔契母继续做针线，灯光渐暗。

四

时间：1904 年

地点：莫斯科、德国

〔克妮碧尔、玛丽雅身穿黑色衣服立于舞台后区。

契 诃 夫　（坐在椅子上）我的脑袋里还有那么多的构思，可是我没有精力把它们写出来了。有时我强迫自己在书桌前坐上几个小时，却一个字都写不出来。要是我没有把它们写出来，那么我死后，这些构思会到哪里去了呢？这是一个有趣的问题，一个关于死后灵魂和思想的去处问题，谁也无法回答的问题。世间有许多问题是找不到答案的，比如，有些人，和我一样的年纪，他们还可以再活三十年、四十年、五十年，他们每天只要吃吃喝喝，不需要为这个世界增加任何一点新的东西，却可以活那么久。而我呢，每天都被创作这条狗追逐着，不写出点像样的东西，好像就对不起谁似的，但上帝根本不管这些，他要早早地把我这条命拿走，由不得我反抗。（苦笑）我的病无药可治了，陶贝医生建议我应该到德国去，我将死在那里。（从椅子上站起，开始绕场走。）

玛 丽 雅　安东喜欢写信，他一生中的最后一封信是写给我的。

玛 丽 雅　（一边走，一边读信）亲爱的玛莎，柏林居民的生活很富足，吃得好,物美价廉,马也长得很壮实,街道整洁、秩序井然。但是没有一个穿戴得体的德国女人,没有格调,真让人沮丧。

玛　丽　雅　这里的酷暑弄得我手足无措,因为身边只有冬天穿的衣服,我有点喘不过气来了。想着离开此地,但是到哪里去呢?

玛　丽　雅　我吃得很好,但吃得不多,常闹胃病。这里的油我吃不得。显然我的胃已经不可救药,除了素食之外别无他法,但吃素等于什么都不吃。而防治哮喘的唯一良药是静止不动。

玛　丽　雅　祝你健康和快乐!问候妈妈、万尼亚、菲尔斯、老大娘和其他所有的人。玛莎,帮助穷人。爱护母亲。全家和睦。来信。吻你,握手。

克妮碧尔　安东临终前,是我陪伴在他身边。临终前几个小时,他还给我讲了一个笑话,是一群大腹便便的人等着开饭,厨师却开溜的故事。虽然我已经在惊恐不安、备受折磨中度过好几天,但还是被他的笑话逗乐了。上半夜,他醒来,平生第一次叫我派人去请医生,医生来之后让我倒一杯香槟酒,是安东要喝,他从床上坐起,对医生说,"我要死了",然后端起杯子,脸上带着笑容,对我说,"我好久没喝香槟了"。他慢慢喝光香槟,静静地向左边侧身躺下。不久之后,就永远沉默了。1904 年 7 月 15 日,俄历 7 月 2 日,凌晨 3 时。

[丽卡出现,手里拿着白玫瑰,眼睛望向空茫的远方,伫立良久,下场。

[灯光暗,再亮时,契诃夫已经站在聚光灯下,显得年轻,充满活力。

克妮碧尔　安东的灵柩运回俄罗斯时,车厢上写的是"牡蛎"。

玛　丽　雅　当灵柩到达莫斯科站时,还奏起了军乐。

克妮碧尔　因为这个列车上还有一位将军的遗体。

玛　丽　雅　军乐陪安东走了一段路程,等他们弄明白之后,就原路返回了。

契　诃　夫　哈哈哈,太好玩了,超乎我的想象力,我对一切超乎我想象的东西总是格外感兴趣。亲爱的高尔基,你说你不能原谅这节写着"运输牡蛎"的车厢。这有什么?凭什么让所有的人都要对我毕恭毕敬?再说,没有灵魂的躯壳跟牡蛎有什么不同?你们不要写文章纪念我，我巴不得被人早早忘掉，事实上，人们也会很快忘掉我的。过自己的生活吧，生活是第一位的。天气这么热，还得劳驾这么多人来参加我的葬礼，快点结束吧，把我扔进那个土坑，填上土就拉倒。看那个胖子，他被太阳晒得快成一摊肥油了。搞什么祭礼？真是太烦琐了。妈妈、妈妈，我看见您了，还有玛丽雅、高尔基、库普林，我都看见了。克妮碧尔，你太辛苦了，陪了我这么久，瞧你现在和玛丽雅一起搀着妈妈，我们真的是一家人啊。秩序有点乱了，有人撞倒了十字架，有人挤翻了栅栏，有人踩坏了花草，有人咒骂，有人埋怨，天啦，怎么成了这个样子！（蒙住脸）快点结束，快点回家去吧。（倾听）听，安魂歌响起来了，我喜欢，它会让灵魂得到安宁的。妈妈、妈妈，您不要那么悲伤，您说什么？——"天哪！这一不幸的事情对我们是多么大的损失啊！安托沙与我们永别了！"不要这样说，妈妈，我没有离开你们，我会一直陪伴在您身边，一直。（灯光聚焦到契诃夫脸上）我的灵魂是如此自由！

——剧终

陶片放逐法

王翊朵

王翊朵　2002 年生于浙江温州,现为南京大学文学院戏文专业在读本科生。

人物

阿勒蒙——雅典人

柯珀若斯——阿勒蒙的朋友

特尔果多斯——雅典的智者

歌队——五百人议事会成员

道理甲——thinking

道理乙——feeling

诗人

反思者

中立者

日神

记者

众公民

时间

陶片放逐法被废除（前 417 年）的五十年后

一　开　场

场景

阿勒蒙家的院子

人物

阿勒蒙

柯珀若斯

　　　　　〔阿勒蒙在院子里做木工活，他身边摆放着许多木材和工具，地上洒满木屑和刨花。他非常吃力，时不时停下来休息和喘气。
　　　　　〔柯珀若斯上。

柯 珀 若 斯　你在做什么啊，我的好阿勒蒙？这样满头大汗，这样气喘吁吁。

阿　勒　蒙　显而易见，我在做木工活。现在正要把这个楔子打进孔里去。

柯珀若斯　可是这是一个方形的楔子。

阿　勒　蒙　嗯,是一个方形的楔子。

柯珀若斯　可是这是一个圆形的孔。

阿　勒　蒙　一点不错,是个圆孔,规规整整的正圆,绝对符合美丽的圆周率。

柯珀若斯　阿勒蒙,这是一个方形的楔子,这是一个圆形的孔。

阿　勒　蒙　柯珀若斯,你怎么了,为什么同样的话你要说两遍?你没有看见我正忙着吗?这个该死的楔子无论如何都没有办法打进孔里,我费了好一番工夫,没有一点进展。

柯珀若斯　你在想什么呢?方形的楔子当然没有办法敲进圆形的孔!

阿　勒　蒙　我知道,但是我没有圆形的楔子或者方形的孔。我的邻居家或许有,可是我觉得他们应该不愿意借给我,我正因为和他们交恶的事烦心呢。

柯珀若斯　但是你可以把圆形的孔凿成方形,或者把方形的楔子再磨成圆形,用不着上你的邻居家去,你也有的是别的办法,何必这样固执……好了,这都不重要,我正是为了你同你邻居们的事来的。

阿　勒　蒙　我扪心自问,觉得自己一点错处也没有,但我不明白,为什么最后反倒成了我的不是来。

柯珀若斯　这到底是怎么一回事呢?

阿　勒　蒙　我三言两语也说不清楚。我现在回过头来想想,要是那天我吃多了蜂蜜,黏住了我的嗓子叫我说不了话,也不会落到今天这个处境。要是我从小没有和其他的人一样学习雅典的法律,不要参加陪审法庭,当一个不认识字的老农该有多么好,可是城邦的公民不能不学习法律。或者再换一样,我提前一天在驾马车的时候一头撞死在城墙上,也好过现在在这里受苦。再不济我的老母在大着肚子方便的时候,叫我掉到便桶里溺死,也不用我白白遭一辈子的罪……不,我想明白了,所有问题的症结就在于我那父母,生下我来叫我做一个文明的雅典人!

柯珀若斯　我好好同你来正经商量事情,你怎么说起胡话来了?你生下来就在雅典城邦里,你的父亲是城邦的公民,你自然也就是城邦的公民,只因你的爷爷也是城邦的公民,你的祖祖辈辈都是城邦的公民。以后你要是有了儿子,也会是城邦的公民,你的子子孙孙，如果不是犯罪或者脱离城邦，都会是公民。

阿　勒　蒙　得了吧，我可不愿意我的儿子再同我一样受罪。我是天生的城邦的公民，却又不是天生的城邦公民。

柯珀若斯　你这话说得很怪，怎么既是城邦的公民，又不是城邦的公民呢？

阿　勒　蒙　我由我父母生下来，就是城邦的公民，可是我不适于做一个公民，我的想法、我的德行总是和你们这些文明的公民相去甚远。在这个城邦里，我是一天也住不下去了，我真想背上行囊，半夜翻过城墙偷跑出去，在山里找一个山洞度过余生。

柯珀若斯　阿勒蒙你还是这样的爱开玩笑。

阿　勒　蒙　我以为我是一个严肃的人，过于严肃而近乎有几分惹人讨厌。这次的麻烦不也正是我的这种脾性而惹下的吗？我的一位邻居喜欢借钱，向住在周围的人都开口讨要过，虽然借的不多，只有几个银币，但再也没有还回到我们手上。其他人说，再这样下去应该对他提起诉讼，我也深以为然。因为他不良的习惯害得我很不舒服。如果身边生活着这样的人，那我宁愿住在原始的野地里，也不愿意住在文明人的宫殿里。

柯珀若斯　这可真是一个麻烦的邻居。可是我觉得不应该让你去住到野地里，应当是这些有问题的人离开才对。

阿　勒　蒙　你也这么觉得对吗？于是我就敲响了他家的门，告诉他我们一致决定对他提起诉讼，叫他做好准备。

柯珀若斯　你……我全能的雅典娜啊……阿勒蒙，你有没有想过其他人只是开玩笑呢？

阿　勒　蒙　可惜我的性格叫我把他们的玩笑当了真！他的行为无论怎样说都不能算作一件正确的事。我觉得我对于他的处置并没有不妥当的地方，但是现在所有人都觉得我做错了，认为我是一个给大家造成事端的告密者，造成了邻里的不和谐。可是驱逐也好，诉讼也好，明明当初都是他们自己说的。现在倒好，再没有人觉得这个厚脸皮的家伙有问题了。柯珀若斯，我的朋友，你也觉得这件事是我的问题吗？柯珀若斯，你还是我的朋友吧？

柯珀若斯　我当然是你的朋友……

阿　勒　蒙　那我的朋友，你也觉得这件事是我的问题吗？

柯珀若斯 严格意义上说，你什么都没有做错。可是，我总觉得有些古怪……

阿　勒　蒙 古怪就对了，这个城邦的人都变得很古怪，他们全都以好人自居，所以要处处忍让恶人，最后这些恶人全都骑到我们头上作威作福来了。我发现我并不能居住在这个城邦里，我要背起行囊去流浪，我要去克里特岛上的迷宫探险，去吹爱琴海上的狂风，去寻找这个城邦之外能让我平静生活的地方。如果最后我发现这个地方在奥利匹斯山上，我也会爬上去，给狄俄倪索斯当一个搬运葡萄酒的仆人。

柯珀若斯 我很理解你，也很同情你，也有些认可你。像这样给其他人添麻烦的家伙，应该不只有你的邻居一个，但是我做陪审法庭的陪审员几十年，从来没有听过这样的案子。世界上不止有法律，还有一些被大家默认的规则，或许你可以包容一下这些人，或许他们也并非无药可救，或许他们也真的有难言之隐，这样也能让大家生活得更和平。

阿　勒　蒙 你不用再劝我了，我已经忍受了太久也思考了太久。犯错就是要受到惩罚，我认为这才是真正的规则，我们为什么要堕落到现有的坏现状里去呢？

柯珀若斯 你是一个……执着的人，不然你也不会坚持一天的时间把方形的楔子打进圆形的孔。这是一项美德，是不可多得的品质，只是他还有另一个不那么好的极端。可是只一样你要答应我，不要离开城邦，因为这是城邦里最恶的人才该受到的最严重的刑罚。

阿　勒　蒙 我的好柯珀若斯，我不会的，因为我想到了一个极妙的主意，只要我把这个极妙的办法变成真，我这个可怜人就从此有救了。

柯珀若斯 什么主意，可不可以让我知晓呢？并不是我不相信你的判断，我只是想通过第二个人的智力为你上双重的保险。

阿　勒　蒙 你要相信，先民的智慧是无穷的，雅典人的祖先创造了辉煌的文明。在我们这个历史悠久的城邦，曾经有过这样的伟大法律，用以驱逐危害他人的坏蛋，保护我们这些遵纪守法的好公民。只是不知道为什么，这样一个富于智慧的法律竟然在五十年前被废止了。

柯珀若斯　这是什么法律？

阿　勒　蒙　你听说过《陶片放逐法》吗？

柯珀若斯　什么？

阿　勒　蒙　伟大的克里斯提尼在一百多年前创立了它，每个居民都可以把危害城邦的人的名字写在一张陶片上，通过投票将这些人强制驱逐出城邦。

柯珀若斯　真是残忍的法律。

阿　勒　蒙　残忍吗？这难道不是他们应得的惩罚？只是我不知道该怎样立法，我真恨不得今天晚上这条法律就能刻在卫城门口的石板上，明天就将坏人放逐，后天我们就过上了平静的生活。

柯珀若斯　我知道一个地方住着一位智者，在五百人议事会乃至十将军当中都很有威望，他一定能解答你的疑惑，或许也会告诉你这条法律是否可行。

阿　勒　蒙　我一定得去，如果我还在这里犹豫不决，还在这里蹉跎光阴，都是对我自己的辜负。

二　进　场

场景
特尔果多斯的家

人物
特尔果多斯
门童
阿勒蒙

　　　　　　[场地中间有一只巨大的地球仪，特尔果多斯戴着一副镜片很厚的眼镜，坐在地球仪边上，眼镜挡住了他的上半张脸。他时不时转动着地球仪，像是很认真地研究什么。
　　　　　　[阿勒蒙在景后叫喊。

阿　勒　蒙　这里是智者特尔果多斯的住所吗？鄙人阿勒蒙前来拜访。

[门童上。

门　　　童	是谁啊？在这里大吵大闹，扰人清梦。
阿　勒　蒙	我，雅典的公民阿勒蒙。
门　　　童	原来是你啊，你想来做什么？你知不知道这里是智者特尔果多斯的住所？
阿　勒　蒙	我知道，我正是因为这个才来的，我有一件不明白的事，想要请智者赐教呢！
门　　　童	你？
阿　勒　蒙	怎么了，有什么问题吗？
门　　　童	特尔果多斯是雅典的智者。
阿　勒　蒙	是啊，我知道。
门　　　童	他是雅典的智者。每天早上他醒来，第一件事情是看报纸，《雅典日报》《希腊新闻》《环爱琴海时报》都要送到他的床前，特尔果多斯先生要在第一时间知道城邦内外发生的大小事。
阿　勒　蒙	这可真是了不起。
门　　　童	在用过早餐后，他会草拟一份政治建议书，今天写的是《关于推动雅典国际化进程的一百条纲领》，这是写给执政官的。你也知道，如果雅典是一艘巨大的船，你只是一个小小的水手，甚至可能只是负责给其他水手倒尿壶，而执政官是伟大的船长，他决定了我们将要向哪边行驶。
阿　勒　蒙	哇，那现在的雅典有什么政策是出自特尔果多斯先生之手呢？
门　　　童	呃，这个没有。你不要打断我！特尔果多斯先生还是一位伟大的悲剧诗人，每年都会参与酒神节的竞演，还是索福克勒斯的亲传弟子。索福克勒斯知道吧？28岁就在酒神节上击败了鼎鼎有名的埃斯库罗斯，在他的一生中总共创作了123部悲剧诗。他广为人知的诗篇《俄狄浦斯王》写得多么好，多么感人，多么像一首诗。
阿　勒　蒙	特尔果多斯是从什么时候开始师从索福克勒斯的呢？
门　　　童	四十年以前，在他还是一个早慧的孩子的时候。
阿　勒　蒙	可是那时候索福克勒斯不是已经死了吗？
门　　　童	这不重要，你为什么这样多嘴？

阿　勒　蒙　那么可以让我见索福……呃不，特尔果多斯先生了吗？

门　　　童　我说了这么多，你还是没有明白我的意思？我是说，你的小事不值得劳烦特尔果多斯先生。

特尔果多斯　是谁这样吵吵嚷嚷？

门　　　童　抱歉，老师。是一个不值一提的家伙，一个没有大智慧的小市民。

特尔果多斯　让他进来，有时候我们需要下来听一听个体的普通人的声音，要体会他们心里的焦虑和苦痛。

　　　　　　〔门童下。

阿　勒　蒙　您是特尔果多斯先生？

特尔果多斯　如果你看到我是，那么我大概就是。（把眼镜拉下来，从镜片上方打量阿勒蒙）

阿　勒　蒙　您在做什么？

特尔果多斯　我正在为远方的哭声忧心，总有人对这些声音充耳不闻。

阿　勒　蒙　我的听力没有您这样好，我听不到那么远。我自己都过不好，我想先关心自己。那么这哭声是从哪里传来的呢？

特尔果多斯　从许多年之后，从被罗马军团征服了的骄傲的高卢人那里传来。恺撒是一个暴君，高卢人是了不起的英雄。

阿　勒　蒙　高卢在哪里？罗马又在哪里？

特尔果多斯　（转动地球仪，指着南美洲）在这里。

阿　勒　蒙　那雅典在哪里呢？

特尔果多斯　（转动地球仪）我不确定，再看看。应该在这里，不对，这里。

阿　勒　蒙　这里我认识，这里应当是特洛伊。

特尔果多斯　是这里，我弄错了。

阿　勒　蒙　我觉得这里是色雷斯？

特尔果多斯　我的年纪大了，年轻人，你看看。

阿　勒　蒙　我认为是这里，在伯罗奔尼撒的旁边。

特尔果多斯　你是对的，跟我料想的一样。

阿　勒　蒙　那么高卢和雅典不是很远吗？高卢人同雅典人有什么关系呢？我差点忘记了正事，不要管什么高卢和罗马了，智慧的特尔果多斯，我想要行使雅典公民的权利，我想要为城邦增加一条有用的法律呢。

特尔果多斯　那你应当去找五百人议事会,他们会审核你的立法提案,如果被
　　　　　他们认可,你的法律就要写入法典了。

阿　勒　蒙　但是我既没有立过法,也没有写过立法提案,辩论的能力也普普
　　　　　通通。

特尔果多斯　算了吧,正巧他们今天要来拜访我,我们就一起听一听你的诉
　　　　　求。这正是我对你的慈悲。
　　　　　〔一个五百人议事会议员上。

阿　勒　蒙　这位是?

特尔果多斯　雅典农业的半壁江山。在雅典大范围推行土豆种植,并发展了
　　　　　沙漠片区的喷灌、滴灌技术。

阿　勒　蒙　可是雅典没有沙漠。

特尔果多斯　未雨绸缪,防患于未然,不明白?
　　　　　〔又一位议员上。

阿　勒　蒙　这位先生真是仪表堂堂,一看就有很多学识。

特尔果多斯　他是一位哲人,米德卡阿学园的创立者。他在学园内对门徒进
　　　　　行数字化管理,第一个吃螃蟹的人,可敬。

阿　勒　蒙　什么是数字化管理?

特尔果多斯　你不知道吗? 给门徒编号,一二三四,他有一位优秀的门徒
　　　　　叫007。
　　　　　〔又一位议员上。

阿　勒　蒙　真是群英荟萃,萝卜开会。

特尔果多斯　从来没有见过这样的场面吧。这位更是一般见不着的大人物,
　　　　　主管城邦的外交,他从政多年,做出了卓越的贡献,最重要的外
　　　　　交成果是和斯巴达签订了和平条约以及撕毁了和斯巴达的和平
　　　　　条约。
　　　　　〔歌队上。

阿　勒　蒙　这些人都来了!

特尔果多斯　远航的商人、年轻有为的议员、资深的陪审法官、神庙的侍卫
　　　　　长……你们好,英明的五百人议事会,我的朋友们。

歌　队　长　正是我们。我们是正确的。

歌　队　1　中肯的。

歌　队　2　雅致的。

歌　队　3　客观的。

歌　队　4　完整的。

歌　队　5　立体的。

歌　队　6　全面的。

歌　队　7　辩证的。

歌　队　8　形而上学的。

歌　队　9　雅俗共赏的。

歌　队　10　一针见血的。

歌　队　11　直击要害的。

歌　队　12　五百人议事会。

歌　队　长　向您敬礼，德高望重的特尔果多斯。祝愿您健康长寿，雅典的繁荣一天也离不开您。今天我们又来拜访您，聆听您富于智慧的谆谆教诲，如果您有什么要达成的事情，我们也听候您的差遣。

特尔果多斯　我没有什么事情，只是这里有一个年轻的公民，他倒是有事相求，你们不妨听一听。

第一场

场景
特尔果多斯家的客厅，客厅内的陈设更像是一个会议室

人物
阿勒蒙
特尔果多斯
歌队

　　[一张横贯舞台的长桌，阿勒蒙坐在长桌中间，特尔果多斯坐在他右手边，歌队在他们的同一侧一字排开，看起来像《最后的晚餐》。长桌上堆满了书籍、纸卷。

阿　勒　蒙　我只是一个普通的公民,而你们都是雅典有智慧的人物,坐在这个位置让我有点诚惶诚恐呢。

特尔果多斯　有什么关系呢。你是头一次来拜访我的客人,理应把你当作最尊贵的。

阿　勒　蒙　说实话,我是有一点害怕,我们坐成这样的一排,我总疑心有人要背叛我呢。

歌　队　长　伟大的雅典城邦,我们称颂你,民主的摇篮,智慧的故乡。你是所有雅典人的母亲,我们是你的儿女。热爱城邦吧,这是我们从出生起就听到的诫命,犯我雅典者,虽远必诛。开始工作吧,今天的政务还是这样有许多,大大小小的事情全都写在这张卷轴上。

[歌队长展开卷轴,卷轴的底端立刻滚到地上。

歌　队　长　(向阿勒蒙)这里有一沓文件,我们每解决一件事情,劳烦你在上面敲一个章。第一样,阿提卡人送来了今年新成熟的橄榄,是照原价付钱,还是压一压他们的价呢?

歌　　　队　压一压价吧,今年的经济并不好。

[阿勒蒙敲章。

歌　队　长　第二样,雅典北部的居民抱怨今年小麦收成不好,没有足够的面包。

歌　　　队　没有面包,就叫他们去吃蛋糕。

[阿勒蒙敲章。

歌　队　长　第三样,神庙里雅典娜神像的小脚趾缝上长了杂草,杂草是自然的造物,我们要保护环境,可是神像又要维持它的庄严。哎呀哎呀,真是难办。

歌　　　队　抱过一只兔子来,让兔子去吃掉杂草,这就不会成为我们的罪过。

[阿勒蒙敲章。

歌　队　长　总算处理好了几件要紧事。(向阿勒蒙)年轻人,你在这里站了许久也没有不耐烦,还平白帮我们做事,可见你是一个谦逊的好公民。大胆地说吧,我们可以替你做什么事情?只要你是一个好公民,那么在雅典,你没有什么事情是办不成的。

阿　勒　蒙　可敬的五百人议事会，我只有一件事情想请求你们，希望你们耐心地听了，不要嫌我啰唆。

歌　队　长　你尽管开口吧，看在你是一个好公民的份上。你是城邦的主人，而我们为你们服务，只要你不做出不敬神和背叛城邦的事情，我们不会叫你心灰意冷地离开。

阿　勒　蒙　我想要提案创立一项法律。
　　　　　　〔舞台上所有声音都停下，片刻后歌队开始窃窃私语。

歌　队　长　好了好了，都静一静。年轻人，你说这样的话可要留点神。创立一项法律，不是吃下一颗葡萄，法律关系着雅典的安定。如果你经过了充分的考虑，那么请你把你想说的话说出来吧，我们或许不赞同你说的话，但我们誓死捍卫你说话的权利。

阿　勒　蒙　我经过了仔细的思考，在我短暂的几十年生命中，我遇到的许多事、我看到的许多事都时刻盘桓在我的脑海里，他们就像一群飞来飞去的蜜蜂，在我这个大脑壳里嗡嗡嗡地飞舞了许多年，直到现在，我才真正想明白这群辛劳的蜜蜂想要告诉我的流淌着奶和蜜的地方在哪里。让我复兴《陶片放逐法》吧，我相信这是解救我自己的唯一途径，也是改变城邦现状的唯一道路。

歌　队　长　特尔果多斯，你知道这位年轻人想要说什么吗？《陶片放逐法》是怎样一种东西？

特尔果多斯　我想我需要思考一下，我活了太久，许多的知识都像仓库里压箱底的货物一样落满了灰，但他们大抵都在我的脑子里。

歌　队　长　您想想吧，我们相信您的智慧。
　　　　　　〔特尔果多斯做思考状。

歌　队　长　您想到了吗？

特尔果多斯　我不正低着头沉思吗？

歌　队　长　那么您想到什么了呢？

特尔果多斯　我想到……我想到我们应该翻阅一下书籍。

歌　队　长　您说得一点不错。
　　　　　　〔歌队开始翻阅桌上的书籍。

歌　队　长　我找到了。（举起一本书）这本书上写得很清楚，你们传阅着看一看，这样关于《陶片放逐法》的知识就会进入你们的脑海中。

［歌队传阅书籍。

歌　队　长　这样的事情真是闻所未闻、见所未见，自雅典创立城邦以来从来没有这样复兴一条死去法律的先例。

阿　勒　蒙　是法律禁止我这么做吗？

歌　队　长　好像并没有法律禁止这样的事情。

阿　勒　蒙　那我是不是就可以递交立法提案呢？

歌　队　长　唔，这种事情还没有过先例……

阿　勒　蒙　没有先例就不能做吗？

特尔果多斯　请等一等。年轻人，我们现在都明白这是怎么一回事了，既然他出自英明的克里斯提尼，那么我们也相信这条法律有过存在的道理。但是我们想提前告诉你，这项法律在五十年之前被废止，因为它在被放逐的人身上造成过不幸的命运。现在你要复兴这一条法律，也同样要给出可以信服的、让它再次存在的道理。

歌　队　长　说得不错，智者特尔果多斯。（向阿勒蒙）请让我们知道事情究竟是怎么一回事吧，我们洗干净耳朵，正准备听你的议论。

阿　勒　蒙　我倒是没有什么长篇大论，因为我本就不是一个善于言辞的人。我只是想用这一条法律给那些坏人们一些惩罚，叫他们不要骑到好人的头上，现在的城邦里好人总是因为自己的好而对坏人的坏无可奈何。

歌　队　长　你讲的这番话像是天空上飘着的云，又像是河水里阿尔特弥斯的倒影，叫人稀里糊涂，没法明白。

阿　勒　蒙　难道你们从来没有发现，我们已经渐渐地失去了手段去处置和防范坏人吗？我借了钱给我的邻居，可是他再也不准备把我的血汗钱还给我，我拿他一点办法也没有，甚至其他人都叫我忍让他。但是今天忍让了几个钱币，明天或许就是我的马车，后天就是我的房屋，面对一个欲望没有边际的人，只怕我会把我的灵魂也乖乖交给他的。

特尔果多斯　你为什么不用同我们申辩的工夫去同借债人辩论呢？

阿　勒　蒙　是他同我借了钱，不是我同他借了钱。我只想用《陶片放逐法》铺出一条把我从恶人手里解救出来的生路。

特尔果多斯　那你应当向他提起诉讼才对。

阿　勒　蒙		他不止借了我的钱，他的债主加起来说不定比他借款的数目还多呢！他只借了我几个银币，远远没有达到诉讼的最低标准，而其他人并不想要因为两个银币造成超过它价值的事端。
特尔果多斯		那你为什么不像他们一样想呢？
阿　勒　蒙		这就是我和他们不一样的地方！您以为我只是想要讨回这两个银币吗？这个城邦病了。我好像一头老牛，老老实实地站在田地里吃草，吃完草再产奶。但是这些人就好像是恶魔的使者，会站着走路的老山羊，他们用一根细细的草绳拴着我，就可以牵着我的鼻子走了。可怜了我这遵纪守法的公民，我要让人们的想法都转变过来，好彻底地向那些老鼠屎开战，将他们一个不留地赶出城邦去。没有了他们，雅典才可以变成一个更好的雅典。
特尔果多斯		法律是一件严肃的事情，或许你把一件小事想得太大了。我常常说，做人需要一些慈悲心肠。年轻人，或许你还是太过于年轻了，听一听老人的智慧，或许能治好你的精神内耗。
阿　勒　蒙		如果您认为我这么办不妥当，我还有一个解决问题的方法。
特尔果多斯		什么办法？
阿　勒　蒙		把城邦的居民集中到郊外的运动场上，发给他们每人一把刀，叫他们只管用刀去砍他们认为有问题的人。我还是有自信我可以身中数刀、浑身是血地从运动场的大门爬出去。虽然我不一定活，但这个城邦的恶人一定死。
歌　队　长		这太可怕了！温良的雅典人不能做这样的事情，文明的雅典城邦不能发生这样的事情。（向阿勒蒙）年轻人，你的话并不十分有道理，却也不是全无道理。但我们是最有公允的五百人议事会，我在这里告诉你立法的流程，如果你走完了这样一套程序，那么你的法律将会被写在石碑上了。
阿　勒　蒙		您说吧，我会牢牢记住的！
歌　队　长		首先你要去卫城的政务大厅领取一份表格，然后你要把你的立法提案写在表格上，然后你要去政务大厅备份，然后你要找到两位有资格的智者为你的提案做公证，然后你要去政务大厅加盖我们雅典城邦的印章，然后提交给五百人议事会确保你的提案没有程序性问题，然后还要去政务大厅备份，然后你的提案会向

全体公民公示,然后你要带着你的提案去公民大会答辩,然后全体公民将进行现场投票,如果三分之二多数通过,你的法律就会被通过了。

阿　勒　蒙　好的。

歌　队　长　还有一件事,法律在公民大会上通过之后你要再去一次政务大厅,工作人员会协助你雕刻石碑。

阿　勒　蒙　好的。

歌　队　长　还有一件事,不要忘了进出政务大厅需要登记。都听明白了吗?

阿　勒　蒙　我全部明白了,我两只耳朵都听到了。

歌　队　长　去吧,五百人议事会全体成员祝福你。

歌队的演唱一:

连绵不绝的山岭旁,波涛汹涌的海边上,耸立着,繁荣富饶的雅典城邦。

百年历史长又长,不承想,今日却要翻风浪。

年轻人,你命运的道路在何方? 雅典啊,你未来的处境会怎样?

第二场

场景
雅典卫城的办事处

人物
道理甲
道理乙
阿勒蒙
歌队

　　　　〔舞台的中间摆着一张桌子,阿勒蒙正在那里伏案写字。
　　　　〔道理甲和道理乙上。道理甲带着一对犄角,道理乙背着一双翅膀。他们一左一右站定在阿勒蒙的后方。

道　理　甲　你这臭东西,为什么还上这儿来丢人现眼?

道　理　乙　你怎么可以这样同我说话？

道　理　甲　我为什么这样同你说话？因为你全无用处，只是祸害别人。

道　理　乙　我是一个道理。

道　理　甲　你算是什么道理？听信你的人都是放弃了理智的蠢货。

道　理　乙　你不可以这样武断。

道　理　甲　我不是武断的，只有你，才是凭着那边没有章法、没有逻辑的感
　　　　　　受行事。

道　理　乙　如果人不懂得慈悲，那文明也不成其为文明，人和野兽有什么区
　　　　　　别呢？

道　理　甲　拜你所赐，现在城邦里全是被你蛊惑的人。没有人来管教那些
　　　　　　破坏城邦规则的人，他们只是原谅他，原谅一切！温良的雅典人
　　　　　　不擅长撕破脸皮，最后使得城邦里已经没有任何规矩和秩序可
　　　　　　言了，混乱的城邦才更像野兽的居所。

道　理　乙　（双手相扣在胸前）可是犯错的人也同我们是一样的公民，如果
　　　　　　我们单方面对他们动用惩罚，那么我们也将堕落成坏人。我相
　　　　　　信爱就是秩序，只要人人都献出一点爱，雅典将变成美好的
　　　　　　人间。

道　理　甲　如果你说的爱就是对一切不合理的事情都忍气吞声，做一只把
　　　　　　头低到地里的鹌鹑，那你只管去爱吧！别死在我家门口就行。
　　　　　　是时候让正常的人给雅典树立起标杆了，不然你眼眶里那两个
　　　　　　没有瞳孔的玻璃珠子永远不会看到美好的人间，只会看到一只
　　　　　　只野猪撅着屁股在人行走的街道上横行霸道、撞来撞去，原本是
　　　　　　人的家伙也有样学样——匍匐在地上，两瓣屁股耸来耸去。

道　理　乙　你说话真恶毒！你就是一台没有感情的机器。

道　理　甲　你是一只猴子，一天到晚都在哭。流了再多眼泪，只在你毛茸茸
　　　　　　的脸上留下两条泪沟，不能让你的脸变得光溜溜。

道　理　乙　你是一个暴君。

道　理　甲　你是一个小丑！

道　理　乙　你为什么不能更包容一些呢？

道　理　甲　像你一样吗？我可做不到！

道　理　乙　为什么不试试呢？我相信每个人呱呱坠地的那一刻都是落入凡

　　　　　　尘的天使，多么可爱，多么童真。我愿意相信善良。

道　理　甲　我却觉得每个人生来就是恶棍，需要用法律去斧正，用道德去
　　　　　　约束。

道　理　乙　你说到道德，很对，我提议用高尚的道德去做一个好人。

道　理　甲　可别吧！你的道德尽是一些虚伪的道德，没有任何标准，只听从
　　　　　　你那颗软得像一泡屎的心去行动。你道德的终点，就是割下自
　　　　　　己的肉去喂给你的狗。

道　理　乙　你这个彻头彻尾的疯子，我没有想过你会这样的残忍。我认为
　　　　　　人确实是对其他动物负有责任，因为人是理性的动物，在我们吃
　　　　　　他们、役使他们之前，我们都要用理性思考一下该不该这么做。

道　理　甲　不，你用不着这样思考，因为你本就是不理性的。

道　理　乙　谁给你的权力来质疑别人的理性？

　　　　　　［歌队上。

歌　队　长　不要做无谓的争吵，文明的雅典人喜好辩论，虽然都是用言语来
　　　　　　代替你的刀剑和盾牌，这两者可谓大相径庭。

道　理　甲　我们大可以辩一辩，我可以随时随地驳倒你，证明你百无一用。

道　理　乙　好吧。就凭我是一个有良知、有心的人，我不信我会输给你这只
　　　　　　在程序上行走的机器。

道　理　甲　假如一个强盗挟持了你的女儿，说要杀掉这个年幼的孩子，只有
　　　　　　一个法子可以救她，那就是用你的命来交换，你换不换？

歌　队　长　大抵是要换的，因为尊老爱幼是雅典人的传统美德。

道　理　乙　我换，就凭我爱我的女儿。

道　理　甲　那么强盗就杀掉了你，随后杀掉了你那手无缚鸡之力的女儿，因
　　　　　　为没有人保护她，强盗捏着她纤细的脖子就像捏着一只白兔儿。

道　理　乙　那我应该怎么做？

道　理　甲　你应当杀掉那个强盗，这样你们就都可以得救。

道　理　乙　（尖叫起来）我的父母从来没有教过我杀人！就没有更温和的方
　　　　　　法吗？譬如我去说服强盗。

道　理　甲　你说服了他，于是他又拿起刀去杀别人。

道　理　乙　哦不。

歌　队　长　看来对强盗应当采取一些强硬的手段。

道　理　甲　　换一个问题，如果你眼前有两条羊肠小道，周围都是悬崖，你驾
　　　　　　　着车只能从这两条道路之一上经过，一边的道路上绑着五个人，
　　　　　　　另一边的道路上只绑着一个人，你要怎么走？

歌　队　长　　应当走一个人那边，因为无论如何，五个比一个多。

道　理　乙　　我不可以为了五个人碾死另外一个人，他也有家人，也有朋友，
　　　　　　　他也是一条生命。（向歌队）你们觉得应当碾死那一个人吗？他
　　　　　　　是那么无辜，或许有一天无辜牺牲的会是你们自己。

歌　队　长　　你说得对，这太可怕了。

道　理　甲　　那你要碾死五个人吗？

歌　队　长　　多么残忍，他要杀死五个人。

道　理　乙　　你不要歪曲我的意思。我只是说那一个人的生命同样值得看
　　　　　　　重，不能把他的牺牲当作理所应当。

道　理　甲　　那你既不碾死这五个人，也不碾死那一个人？

歌　队　长　　（向道理乙）可见你并没有回答这个问题。

道　理　乙　　这就是我的回答，我只是批评像他这样脑袋空空的人，仅仅凭着
　　　　　　　一道三岁孩子都知道的比大小的数学问题，就决定了一个人的
　　　　　　　生死。

道　理　甲　　你就是没有回答这个问题。我可以听从你的建议，我心怀善意、
　　　　　　　充满感恩，一边为那一个人做着祷告，一边从他身上驶过——轻
　　　　　　　轻撞死，没错吧。

道　理　乙　　你这个人面兽心的恶魔。

歌　队　长　　（向道理乙）如果你认为他说得不对，那就快快说出你的选择，不
　　　　　　　要再吊我们胃口。

道　理　乙　　呃……

道　理　甲　　白痴，承认吧，你根本没有做选择！你未免把自己看得太高了。
　　　　　　　你别以为只有你知道生命的贵重，你们只不过连滚带爬地抢先
　　　　　　　占领了道德的山顶，跷着二郎腿忽悠还在下面攀爬的人罢了。
　　　　　　　你这个空想家，一个伪君子，一个满口谎话的瞎子，一个卑劣的
　　　　　　　懦夫，一个行动上的矮子，一个假扮的普罗米修斯。像你一样温

良的雅典人都是蠢驴，为自己的胆小怕事寻找到一个冠冕堂皇的借口。你们并非愿意忍让，只是不想抗争罢了！如果哪天波斯人的军队开到了雅典，你们要么抱头鼠窜，要么指着卫城的方向对波斯将军说"这边请"。像洒水一样到处分发你们少得可怜又无关痛痒的善心，无非是为了满足你们自己的内心，就像你夜里爬上你妻子的床，想要满足你右腿的左边、左腿的右边那个东西一样。

歌　队　长　（向着观众）我还以为他（指着道理乙）能为自己辩解几句，看来已经被这一通雄辩说得哑口无言了。

道　理　甲　（看着阿勒蒙）年轻人在做一件了不起的事情，在他身上我看到死去并沉寂多时的克里斯提尼的精神正在复活。他要用自己的智慧和理性，而不是空有一张美丽面孔之下的所谓善心和慈悲去为城邦树立崭新的秩序了。看啊，伟大的《陶片放逐法》又要在这一张看似平平无奇的单薄纸上苏生了！（向道理乙）你这个老混蛋还不快滚！不要让我发起火来捏碎你那棉花捏的心肠。

道　理　乙　我算是彻彻底底地失败了。（解开自己背上的翅膀丢下）真是生命不可承受的天使翅膀之重啊！

阿　勒　蒙　我总算是完成了！

歌　队　长　请让我们看一看你的提案表。

阿　勒　蒙　请您过目吧。

歌　队　长　好，好极了。在我看来没有一点问题。把它拿到公民大会上去吧，它理当接受人们的欢呼和掌声。

阿　勒　蒙　可是我还有一个担忧。

歌　队　长　什么？

阿　勒　蒙　我是为了改变公民们的意志才要创制《陶片放逐法》的，现在的公民们或许不会认同我。

歌　队　长　过来，告诉你个秘密。

　　　　　　[阿勒蒙把耳朵凑到歌队长嘴边。

歌　队　长　雅典的公民就像鸽子一样，只要有一只往右飞，其余鸽子就会跟着往右飞，只要有一只往左飞，其余鸽子也就会跟着往左飞。

第三场

场景
雅典市政广场

人物
阿勒蒙
柯珀若斯
诗人
反思者
中立者
日神
歌队
众公民

〔公民大会会场的布置模仿联合国大会堂，墙壁向内侧倾斜。只
不过墙壁和座位的建材都是雅典式雕刻的大理石。
〔阿勒蒙和柯珀若斯上，站在角落里。

阿　勒　蒙　说实话，我对于今天要做的事情并不十分有底气。

柯珀若斯　我的朋友，你都已经走到了今天这一步，总不能半途而废吧。

阿　勒　蒙　你说得很对。

柯珀若斯　只管去做吧。

阿　勒　蒙　那我就要去了。

柯珀若斯　去吧，就像出行的游子一样，有人正期待着你旅途的见闻；去吧，
就像远征的勇士一样，有人正期待着你的凯旋；去吧，就像出海
的商人一样，有人正期待着你满载而归。
〔阿勒蒙走到中央。

歌　队　长　（敲一柄审判槌）肃——静。我的同胞们，我可敬的雅典的公民
们，今天我们在这里召开第 123 届全体雅典公民大会，会议的主

题是"加强立法创新，共建法治雅典"，会议的主要内容是针对公民阿勒蒙提案的《陶片放逐法》进行表决。大会共分四项议程，奏唱雅典城邦之歌、提案人陈述、法案答辩和现场表决。下面进行第一项议程，全体起立。

〔场上所有人起立。音乐起。

歌　　队　雅典，雅典，高于一切

高于世间所有万物。

无论何时，为了民主和自由，

兄弟们永远站在一起。

雅典的妇女，雅典的文明，

雅典的美酒，雅典的戏剧；

遍及世界，却永远保持

他们古老而高贵的名声；

激励我们从事高尚的事业，

即便要用去我们的一生。

绽放吧，雅典！

在繁荣昌盛的光芒中绽放，

绽放吧，雅典！

歌　队　长　礼毕，请坐。下面，有请本次会议的立法提案人阿勒蒙发言。

〔众人鼓掌。阿勒蒙踏着正步上台。

阿　勒　蒙　诸位好。今天我之所以站在这里，是为了向大家介绍我提案的法律——《陶片放逐法》。它并不是一项崭新的法律，它曾经也在雅典辉煌的政治历史上，留下过绚丽多姿的一笔，但是到现在，《陶片放逐法》已经整整沉寂了 50 年。对于这一项凝聚了先人政治智慧的法律，每一位有良知的雅典公民，都不应当容忍明珠蒙尘。

早在 140 年前左右，伟大的执政官克里斯提尼在领导雅典人民推翻僭主独裁统治、建立民主政治的过程中创立了《陶片放逐法》。在《陶片放逐法》存续的将近一百年间，它为无数公民创造了表达政治意见的机会，约束了尸位素餐的政府官员，放逐了危害雅典城邦的蛀虫。每一个被《陶片放逐法》逐出城邦的人，都是雅典人的败类！如果没有《陶片放逐法》，我们今天就不能像这样坐在漂亮的行政广场上，堂堂正正地开会，行使我们作为雅典主人的权力。

你，可能会在田地里和老牛一起耕种，老牛"哞哞"地叫，你就"吭哧吭哧"地埋头苦干。你，可能会在水井边打水，还不能把甘甜清凉的井水送进自己干渴难耐的口唇，得先端到君王或者将军的嘴边。你，可能会被勒令去修筑城墙，但没有人赞美你精巧的工匠手艺，只有鞭子落在你的肩上、背上，催促你快快干活……是雅典的民主，让我们免于愚昧的君主和异邦人的奴役；是《陶片放逐法》，让雅典的民主免于分崩离析。

但是就在我们失去《陶片放逐法》的五十年间，雅典城邦已经发生了可悲的变化。如果不及时挽回这个错误，我们还将失去更多，雅典的民主将毁于一旦。因为没有了《陶片放逐法》，许多理当被放逐的人还混迹在我们当中。法律没有办法惩戒他们，因为他们往往善于伪装，披上一床棉被就藏起黑色的狼尾，而装作一只无害的小羊。

他们可能是你的亲戚，游手好闲、好吃懒做，但为了那一点少得可怜的血缘的缘故，你要白白地养着一个有手有脚的健全人。可是你只能眼睁睁地看着他把你的钱送进赛马场和酒馆，你还不能唾骂他，因为这样长辈会哭着哀求你可怜可怜你的兄弟，你身边的人也会说你是一个冷血无情的恶人。

他们可能是你的邻居，总是瞪着一双猫头鹰的眼睛盯着你的生活，他的目光流连过你晒在屋外的衣服、养在院子里的鸡鸭，乃至你吐在路边的一口痰，随时准备张着嘴和其他人去说，像是你已经死去的老妈子复活，连你半夜里被褥间的那档子事都要管。可是你阻止不了他，你控诉他，还有人说你不懂得别人的关心。

他们可能是雅典的权贵，仗着一点点钱财就可以在这个城邦里横行霸道，花钱打通所有你曾经艰难通过的关卡，一出生就站在了你梦寐以求的终点。年幼的你觉得这是不公平的，可是你的父母只会告诉你世道就是这样，然后你学着接受，在你儿女问你同样问题的时候，你再告诉他们同样的答案。可我们是雅典的公民，不是一茬一茬的韭菜，我们不应该接受。

他们可能是城邦的官员，为了保住自己的乌纱帽，从来不管他治下的公民，甚至贪污你们的钱财，赚得脑满肠肥。你会不会奇怪，明明大家都知道一件事情是错的，它却可以安然无恙地，像房间里的大象一样存在。

我相信这样的例子你们还能举出许多。来，你说！

公　民　1　我在哲学学院的老师值得被放逐，他喜好打骂学生，但因为他莫名其妙坐到了老师的位子，我们畏惧不敬老师的恶名不能反抗他。

阿　勒　蒙　来，你也说！

公　民　2　俺认识的一个异邦人要被放逐，他总是要求得到优待，如果稍稍不合他的意，他就会鬼扯我们雅典人歧视他。放屁！你一个阿尔戈斯佬什么时候配爬到俺们雅典人头上！

阿　勒　蒙　你！

公　民　3　我家附近住着的精神病该滚出城邦！他动不动就上吊自杀，弄得所有人都心惊胆战，但是他明显只是做个样子玩玩，他把他自己像达摩克利斯之剑一样悬在我们头上大半辈子了！

阿　勒　蒙　我们都在奇怪为什么这个城邦里好像有时候错的才是对的，对的反而错了。这像是一个只有坏人才能生活得更好的世界。再这样下去，我们这些好公民总有一日会被排挤出本属于我们的城邦，文明的国度里将不再有我们的容身之处。我相信你们肯定不愿意看到自由的自己成为奴仆，不想看到自己的父老失去尊严，不想看到自己的妻儿受人欺凌。

是时候站起来了，是时候行动起来了！让《陶片放逐法》再次伟大！（Make Ostracism Great Again!）

［歌队欢呼。

歌　队　长　真是激动人心的演讲，阿勒蒙先生。

阿　勒　蒙　谢谢，我自己都不知道我有这样的演讲天赋。

歌　队　长　下一项议程是针对《陶片放逐法》法案的答辩，请有问题的公民举手，我们会将话筒递给您。

［诗人上。

诗　　　人　啊，雅典城邦啊，我用诗歌称颂你。

阿　勒　蒙　您有话要对我说吗？

诗　　　人　我的话不止说给一个人听，要说给现在的所有人听，说给未来的
　　　　　　人和过去的人听。

阿　勒　蒙　那么，你要说什么呢？

诗　　　人　我的愿望是每一位雅典人的心里都可以有诗。

阿　勒　蒙　诗不能解决问题。

诗　　　人　好的诗提出问题，但把答案留给观众；坏的诗试图把答案塞给观
　　　　　　众。您是哪一种？

阿　勒　蒙　您觉得我是哪一种？

诗　　　人　我认为您……

阿　勒　蒙　不必说了，我已经提出问题了，难道您要把答案试图塞给大
　　　　　　家吗？

诗　　　人　好吧，那我没有话说了。

　　　　　　〔诗人下。反思者上。

反　思　者　阿勒蒙先生。

阿　勒　蒙　做什么？

反　思　者　您为什么不反思一下呢？我认为雅典人需要的是反思。

阿　勒　蒙　我需要反思什么，雅典人需要反思什么？

反　思　者　为什么这些坏人只是伤害你，而不伤害别人呢？

阿　勒　蒙　这和他们是应该被驱逐的坏人有什么关系？

反　思　者　我认为发生了这样的事情，您需要反思。

阿　勒　蒙　你有没有反思过自己？为什么偏偏只有您有问题要问，而不是
　　　　　　别人呢？

反　思　者　我……

阿　勒　蒙　你有吗？如果没有，那么你是时候反思一下自己了。

　　　　　　〔反思者下。中立者上。

中　立　者　我没有态度，我总是不偏不倚，这样好让我和所有人交朋友，所
　　　　　　以我和可能被逐出城邦的人也是朋友，他们真的应该被逐出城
　　　　　　邦吗？

阿　勒　蒙　那你和我也是朋友了？

中　立　者　　是的。

阿　勒　蒙　　那么要被放逐的人知道您和我是朋友，他们还会和您做朋友吗？

中　立　者　　我不知道，也许会，也许不会……他们是自由的。

阿　勒　蒙　　记住没有立场就是最坏的立场，看似两边都不得罪，实则两边都
　　　　　　　不讨好。我知道您和被放逐者是朋友，所以我不愿和您做朋友。
　　　　　　　两边伸出来的手并不是要同你握手，而是要打你的巴掌呢。
　　　　　　　〔中立者下。日神上。

日　　　神　　我从光的方向来。

阿　勒　蒙　　你又是谁？

日　　　神　　我是太阳之神，奥林匹斯十二神之一，宙斯的儿子。
　　　　　　　〔众人窃窃私语，不敢直视日神。

阿　勒　蒙　　您远道而来是为了什么呢？

日　　　神　　你的《陶片放逐法》实在是倒行逆施，我从奥林匹斯山上传来旨
　　　　　　　意，命令你们到此为止。

阿　勒　蒙　　劳您费心了，奥林匹斯山上的情况如何？神与神之间相安无
　　　　　　　事吗？

日　　　神　　你们怎么敢管奥林匹斯山众神？

阿　勒　蒙　　我只是略表一下关心。如果雅典人不能管奥林匹斯神，那么奥
　　　　　　　林匹斯神管雅典人的根据又在哪里呢？有这样的法条写在石板
　　　　　　　上吗？

日　　　神　　我、我没有见过，可是历来如此不是吗？

阿　勒　蒙　　历来如此，便对吗？我看这就是神比人有缺陷的地方，因为人的
　　　　　　　生命有限，我们会不断地改正自己的错误，而神却一直停留在他
　　　　　　　们出生的那一刻。这样看来，不应该是神高于人，而是人高于
　　　　　　　神了。

日　　　神　　好一个尖牙利齿的阿勒蒙。

阿　勒　蒙　　如果人高于神，或许您也可以在这一趟雅典之行里学到许
　　　　　　　多——譬如我们的《陶片放逐法》。您细细想一想，是不是您的
　　　　　　　两位姐姐阿尔特弥斯和雅典娜更讨您父亲的喜欢呢？明明您什
　　　　　　　么也没有做错，却要比她们矮上一头……我和您同病相怜啊。

日　　　神　　你、你不要再说了！

阿　勒　蒙　　看啊，他的心事被我说穿了。想不到神居然和我们凡人并没有
　　　　　　　　什么不同，甚至心思比凡人还要简单。或许他并不是真正的神，
　　　　　　　　居然有人胆敢冒充神明，我们应当将他打出去才是。
　　　　　　　　〔日神被拖走。
歌　队　长　　是时候进行第四项议程了。现在开始表决，请赞同《陶片放逐
　　　　　　　　法》的公民举手。
　　　　　　　　〔众人举手。
歌　队　长　　请反对《陶片放逐法》的公民举手。
　　　　　　　　〔无人举手。
歌　队　长　　请弃权的公民举手。
　　　　　　　　〔无人举手。
歌　队　长　　《陶片放逐法》正式通过！（落下审判槌）
　　　　　　　　〔众人高呼"让《陶片放逐法》再次伟大！"
歌队的演唱二：
希腊文明的光芒，雅典公民的脊梁。
人们要求得信仰，人们要求得希望，就像树木要求得雨露阳光。
兴致勃勃，群情激昂；
但愿这信仰是真信仰，希望是真希望。

第四场

场景
雅典卫城门口

人物
道理甲
道理乙
歌队

　　　　　　　　〔卫城门口立着一块形似《汉穆拉比法典》的巨型大理石碑，上面
　　　　　　　　雕刻着密密麻麻的雅典法律条文。

〔道理甲正在石碑上雕刻。道理乙上。

道　理　甲　你又来了！你这冥顽不灵的家伙，就像厕所里的石头一样又臭又硬！

道　理　乙　我上一次确实是输给了你。但是用你的话说，城邦的法律并没有禁止我来，却不允许你赶我走。因为每个公民都享有参与城邦政治的权利和义务，这一点不容他人妨害。

道　理　甲　噢……那你待在这儿吧。我警告你，不要打搅我的工作，《陶片放逐法》必须一字不差地雕刻在这块神圣的石碑上，也不要试图在这块石碑上动什么手脚。

道　理　乙　我不会的，因为从更大程度上说，我还是一个好的公民。

道　理　甲　既然我们的争辩结束了，那我也要平心静气地好好同你说几句话。因为我与你的冲突只因为我认为你的观点愚不可及，而与你这个人没有丝毫的关系。

道　理　乙　你要说什么？请尽管开口吧。我总是可以接受人们对我的批评，因为我包容他们。

道　理　甲　我并不要批评你。我要摸着我这颗像钟表一样精确跳动的心说，你是一个好公民，比这个城邦里许多人要好许多。

道　理　乙　噢，那么，谢谢。

道　理　甲　但是……

道　理　乙　嗯，还有“但是”。

道　理　甲　但是你没有边际的好，在这个城邦里堕落成了坏。

道　理　乙　我不明白，为什么好可以变成坏，善可以变成恶？我从来不像一个纵火犯一样把火苗扔进新收成的庄稼，害得城邦爆发饥荒，也不像一个窃贼一样偷走穷苦人家仅剩的钱粮，叫他们哭断了心肠，也从不像一个不敬神者，用自己凡人的躯体去藐视神的尊严。反而，我会在火光冲天时抱着自己装水的陶罐救火，会施舍自己的财物给贫民使他们免于流浪，会在天神动怒的时候献上自己的山羊。

道　理　甲　错了，全都错了。

道　理　乙　我错在什么地方？

道　理　甲　你是放火的人吗？

道　理　乙　不是。

道　理　甲　那你为什么要救火？

道　理　乙　因为如果不救火，赫菲斯托斯就会吞掉我的财产，如果更坏一点，整个城邦的财产都要被吞噬。

道　理　甲　那么纵火犯这时候在哪呢？

道　理　乙　（略加思索）我不知道。

道　理　甲　为什么纵火犯不救火，明明是他放的火，为什么他不救火呢？

道　理　乙　多么奇怪啊！纵火犯和救火，一个处在天平的这一端，一个处在天平的那一端！

道　理　甲　你还是不能明白我，想要改变你的脑子真是难如登天。

道　理　乙　你可以再说几句，因为你相信你的大脑和里面装着的理性是无所不能的。

道　理　甲　那么你是不敬神的人吗？

道　理　乙　不是。

道　理　甲　那么为什么要你为天神送上祭品呢？

道　理　乙　如果不这么做，天神就要动怒，给城邦送来瘟疫或者洪水。

道　理　甲　那不敬神的人在做什么呢？不应该让他献上祭品吗？

道　理　乙　愈发奇怪了！不敬神的人为什么会给神祭祀呢？你说的话就像一个战士用自己的矛去击打自己的盾。

道　理　甲　如果不敬神的人没有受到惩罚，那么他们就不会改悔自己的错误。从今往后他每一次触怒天神，都要你们为天神送上更多的香火。

道　理　乙　我好像明白一点。

道　理　甲　那么你是偷盗的人吗？

道　理　乙　我当然不是。

道　理　甲　那你为什么要施舍被偷盗的人呢？

道　理　乙　为了避免他们饿死。

道　理　甲　那么盗贼这时候在哪呢？

道　理　乙　我也想知道盗贼在哪！我想也给他施舍一点，这样他就不用再行偷盗。

道　理　甲　雅典娜女神啊，分享一点智慧给我眼前的人吧！你为什么不叫盗贼把赃款还给人家呢!

道　理　乙　盗贼既然是盗贼,怎么会把钱还给人家?

道　理　甲　你说了一句聪明话。我要说的道理就是这样,盗贼是不会把钱
　　　　　　交还出去的。他们是既败坏了道德,又没法控制贪欲的恶棍,如
　　　　　　果你给了他一块钱,他下次就会向你索要两块,再下一次或许就
　　　　　　是十块,直到把你的财产掏空。对待他们不该有过多的善良,否
　　　　　　则他们会利用你的善心,将他们的脚架在你的头上。

道　理　乙　那依你看要怎么办?

道　理　甲　依我看,应该让纵火犯去救火以挽回他罪行带来的损失,让不敬
　　　　　　神者去为天神祭祀弥补他闯下的祸事,让盗贼去赔偿他偷走的
　　　　　　金钱以向受害者赎罪。这样城邦的道德才会得到匡正,法律才
　　　　　　会得到规范。不能总是让没有作恶的人付出代价,自作自受的
　　　　　　道理就是这么简单。

道　理　乙　你讲的话都很正确,但根本没有办法在城邦里推行。等你让纵
　　　　　　火犯救火的时候,火势或许已经蔓延到了整个城邦;等你让不敬
　　　　　　神者祭祀的时候,城邦或许已经陷入了天神的怒火;等你让盗贼
　　　　　　成为富于良心并能约束自己的好人时,宏伟的卫城或许都已经
　　　　　　在时间的长河里颓圮。有时候,人们不一定会选择真理和正确,
　　　　　　历史的河流往往并不直奔大海,蜿蜒的山岭很可能让它曲折
　　　　　　回环。

道　理　甲　所以你就要放任不管,让好变成坏?你的好总有一天要把雅典
　　　　　　拉进地狱,因为你让雅典变成了纵火犯、盗贼和不敬神者的快乐
　　　　　　老家,在这里他们做错了事情自有人为此付出代价,就像平白添
　　　　　　了许多个妈。

　　　　　　〔歌队上。

歌　队　长　让我们来看看,把《陶片放逐法》刻上石碑的工作进行到了哪
　　　　　　一步。

道　理　甲　已经完成了大半,只差最后几个字眼。

歌　队　长　等你雕完了最后几个字,《陶片放逐法》就要正式生效了。

道　理　乙　那你不妨慢一点,好好儿雕刻,细细地雕刻,务必要把这条法律
　　　　　　雕刻得尽善尽美才好。如果有必要,可能还要推倒了重来才好。

歌　队　长　这又是什么意思？难道你对这条法律又生出新的意见来，要把
　　　　　　　它推翻了才好？

道　理　甲　这不行，因为法律不容许随意篡改，不然你就把法律精神踩在了
　　　　　　　脚下。

道　理　乙　我只不过想要同你继续说说话，等听完了我的这番话，你再决定
　　　　　　　要不要继续做你的活吧。

道　理　甲　你说吧，反正这剩下来的几个字，只要我专心致志地工作一阵
　　　　　　　子，准能完成得飞快。

道　理　乙　你方才说好会变成坏，对吧？

道　理　甲　我是这么说了。

道　理　乙　那善也会变成恶。

道　理　甲　没错，因为这就是你做的事。

道　理　乙　那少也会变成多。

道　理　甲　Less is more，这就是极简主义的艺术。其实世界上任何东西都
　　　　　　　是这样的道理，这叫作对立统一。

道　理　乙　那如果我要说吃亏是福呢？

道　理　甲　什么屁话，每个温良的雅典人都会这么教育他们的子女，才会一
　　　　　　　刻不停地生出像你这样的人来。

道　理　乙　这不也是好就是坏的道理吗？

道　理　甲　你这是诡辩。

道　理　乙　你相信你是有理性的吗？

道　理　甲　我当然相信我的理性，因为它比你要明智得多。

道　理　乙　那么你相信你的理性吗？

道　理　甲　是的，我相信，而且它将帮助我将一切匡扶回归正道上。

道　理　乙　你相信你的理性无所不能，比起天神你更信仰它。

道　理　甲　是的。

道　理　乙　可是信仰本身就是不理性的。你的绝对理性同感性有什么区
　　　　　　　别？或许你追求的秩序也会带来混乱，你探寻的真理也会变成
　　　　　　　谬误，或许你就是我，我也是你。看看你头上这一对犄角吧！

道　理　甲　不要动它，上面顶着人类的智慧！

道　理　乙　你看看吧，你的背后已经要长出你最厌恶的翅膀来了。事到如

今，如果你还想要继续雕刻你的《陶片放逐法》，那就只管做吧！

歌队的演唱三：

年轻人总是怀抱着浪漫的理想和宏伟的志向，他把这个世界想得很坏但又想得太好。他以为凭借自己细瘦的胳膊可以抵挡坐着一城邦人的战车，他今天挂着笑脸或许明天就要带上哭腔。他拿着一杆标枪，像阿瑞斯一样摩拳擦掌，想要把它投到对面的山头，去击落一颗苹果，解解夏日的暑热，可是他的脚边就有清泉一汪。不过还是请求我们的天神保佑他，至少叫他抵达他一早儿锚定的地方。

第五场

场景
雅典市政广场

人物
阿勒蒙
记者
歌队
众公民

[市政广场的外观还是和召开公民大会时一样，唯一的区别是这一次场地的中央放着一个巨大的陶罐。

[歌队每个人都戴着红色的鸭舌帽，帽子上写着"MOGA"。有的人佩戴着橄榄枝，有的人脸上涂着猫头鹰的图案等雅典城邦的标志。他们组成了游行队伍，一边呼喊着"让《陶片放逐法》再次伟大！"一边走进会场。

[记者上，周围有摄影师举着话筒和各项摄影器材。

记　者　各位观众朋友们大家好，我是雅典卫视的记者。我们正在《陶片放逐法》投票大会的现场，这里已经聚集了大量的雅典城邦公民，还有许许多多的公民正在从城邦的各个地方赶来。雅典城

邦著名的智者特尔果多斯和《陶片放逐法》的立法提案人阿勒蒙
也抵达了现场,麻烦摄影师给一个镜头。下面就让我来带领大
家见证《陶片放逐法》复兴后的第一场属于文明和秩序的盛
会吧!

歌　队　长　今天是《陶片放逐法》复兴后的第一次投票,每一位坐在这里的
公民都将会分到一枚陶片,将你们认为应当被放逐的人的名字
写在上面,我们公正的计票员会对这些陶片进行统计。今天,将
有一个人被永久的放逐。不过前提是他的得票需要超过法律规
定的最低人数,也就是 1 000 人。请大家看向我。（捧起陶罐）
　　　　　　［歌队看向陶罐。

歌　队　长　敬《陶片放逐法》。

歌　　　队　敬《陶片放逐法》。
　　　　　　［歌队长摔碎陶罐。众人疯抢陶片,再一齐低着头在陶片上写写
　　　　　　画画。

记　　　者　让我们来采访一下抵达现场的公民们。您好,我想请问一下您
写了谁的名字,又是为什么呢?

公　民　1　这是我的隐私吧! 我为什么要告诉你,没人跟你说过个人隐私
是不容侵犯的吗? 小心我对你提起诉讼!

记　　　者　抱歉抱歉,我们不打扰您了。（向观众）那我们去寻找下一位采
访对象吧,就比如……（四下张望）这边的这位。您好,请问我们
可以采访您吗?

公　民　2　啊,可以可以。

记　　　者　那么我想请问一下,您写了谁的名字?

公　民　2　（展示陶片）我写的是我朋友的名字,当然现在也不是朋友了。
因为他打着朋友的旗号在我家蹭吃蹭喝,甚至偷鸡摸狗。所以
我要叫他被赶出城邦去,如果他在城邦外无法生活,如果他要被
暴民杀死,如果他要被野兽吃掉,那都没有什么关系。

记　　　者　那祝你能够成功。

公　民　2　谢谢你。

记　　　者　那么,有请下一位……您好,我是雅典卫视的记者……

公　民　3　雅典卫视的记者,好,好,非常高兴能接受你们的采访。

记　　者		请问您写的是谁的名字，又是为什么要写他呢？
公　民	3	这是城邦里有名的流氓，他总是在饭店赊账、调戏城邦的妇女，就连路过的狗也要被他踢一脚，我相信任何有眼睛的雅典人都能看出他的可恶，他的存在和雅典的文明相互冲突……
公　民	4	卫城办事处的官员才更有问题吧！办事的态度非常恶劣，甚至斥骂来办理公务的公民，对老年人没有耐心，对年轻人敷衍了事。雅典不需要这样的官员，我们要驱逐他，让他看看谁才是雅典的主人！
记　　者		请您等一等，先让这位先生说完，我们会来采访您的……
公　民	3	让我说！
公　民	2	我也要说！
记　　者		对不起各位先生们，看来我们的采访要告一段落了。大家是时候把陶片交给五百人议事会的议长，让他来统计今天的得票了。
歌　队　长		（敲审判槌）肃——静。现在开始计票了。请大家稍事休息，我们很快会将结果告知大家。
记　　者		今天每一位与会的公民都热情高涨，刚刚的一段采访，我们也充分感受到了雅典公民参政议政的热情。在这里摆放着经过一轮投票收集到的陶片，真是蔚为可观呐，看来统计得票情况会是一个艰巨的工程。不过五百人议事会的进展非常快，没有统计的陶片已经没有剩下多少了。下面就要到紧张刺激的公布得票情况的环节了，看看是谁将不幸地离开我们的城邦呢……
歌　队　长		（敲审判槌）肃——静。现在得票的情况已经在我手里了，现在我将要向大家公布，今天没有人将被城邦放逐。
记　　者		天啊，电视机前的观众朋友你们听到了吗？真是令人大吃一惊的消息，如果不是亲眼所见我根本不会相信所发生的一切，居然没有人被放逐。
公　民	1	啊？怎么会呢！明明每一个公民都投了票。
公　民	2	是不是有人动用了一些卑鄙的手段，想要苟活在城邦里？这是想要让这一项伟大的法律变成笑话吗？
公　民	3	我今天一定要看到有人滚出城邦！

歌　队　长	肃——静。因为每一个被提名放逐的人，他的得票都没有达到最低标准，所以按照现行的《陶片放逐法》，没有人将被放逐。
公　民　1	我不同意！
公　民　2	我所票选的人是雅典城邦邪恶的蛀虫，只要有他在一日，雅典就永无安宁，我请愿一定要将他放逐出去。
公　民　3	我所票选的人哪怕连一秒也不能再留在城邦里。
歌　队　长	你们要清楚，今天只有一个人要被放逐，请各位尊敬的公民商量决定吧！
公　民　2	听我的，我所提案的人一定要被放逐。
公　民　3	得了吧，你们这些不识好歹的愚人。
公　民　4	你们到底懂不懂法律，我看你们才是要被放逐的人呢！雅典城邦不需要无能的公民。
	［阿勒蒙起身抢过歌队长的审判槌。
记　　　者	阿勒蒙先生发话了！他将会说出什么一鸣惊人的话语呢，毕竟他的言语是那么有力，在之前的公民大会上征服了整个城邦。
阿　勒　蒙	肃——静。作为《陶片放逐法》的提案人我想我有必要说两句。《陶片放逐法》的目的在于驱逐坏人，捍卫好人的生存权利。如果这一项法律长久地存在，那么总有一天我们可以将坏人驱赶殆尽，而不用急于一时。
记　　　者	不愧是阿勒蒙先生！现在来让我向他提问。（向阿勒蒙）阿勒蒙先生，那么您觉得今天应该放逐谁呢？是不是要按照先后顺序，把最邪恶的恶棍率先驱逐呢？
阿　勒　蒙	大抵是这样的。
记　　　者	那么谁是最应该被放逐的恶棍呢？
公　民　1	我认为我票选的家伙就是最应该放逐的人，无出其右！
公　民　2	你说的算什么？
阿　勒　蒙	肃——静。《陶片放逐法》的目的是维持城邦严谨公正的秩序和解决现存的矛盾，我们要把最危及秩序的人放逐，把最能挑起矛盾的人放逐。大家细细想想吧。
	［众人陷入思考，一片安静。
记　　　者	阿勒蒙先生。

阿　勒　蒙　你想到人选了吗？

记　　　者　如果您说最危及秩序的人和最能挑起矛盾的人，那好像是您？

阿　勒　蒙　什么？

记　　　者　因为在复兴《陶片放逐法》之前，雅典城邦也非常有秩序地运转着，每一位公民都各司其职。种田的人种田，放牧的人放牧，经商的人经商，做官的人做官，偷盗的人偷盗，乞讨的人乞讨……

阿　勒　蒙　这算是什么秩序？

记　　　者　在复兴《陶片放逐法》之前，雅典人也没有什么矛盾。种田的人会容忍放牧的人让牛羊践踏他的田地，放牧的人会容忍经商的人贱卖他的牛羊，经商的人会容忍做官的人收取他的赋税，做官的人也会容忍偷盗的人盗取他的财物，偷盗的人也会容忍乞讨的人总在半夜目击他行窃，乞讨的人也会容忍种田的人将他从土地上赶走……

阿　勒　蒙　这样也算没有矛盾？

记　　　者　怎么不算呢？正是您的《陶片放逐法》引起了争端，破坏了雅典的平静，要我说，尖刻的《陶片放逐法》是同雅典人温良的秉性相对立的。您毁掉了一个多么好的城邦啊！

阿　勒　蒙　给我住嘴，正是你们这些惯会搬弄口舌的记者搅得雅典永无宁日，我要把你放逐出去。有智慧的公民不会容忍这样的秩序和忽视这样的矛盾。

记　　　者　您的秩序和矛盾，并不是雅典城邦的秩序和矛盾，要知道世界上不止有一套秩序和一种矛盾。

阿　勒　蒙　我正是为了重新建立秩序而来的！

记　　　者　您要重新建立秩序的第一步竟然是破坏秩序，您说出这话不觉得可笑吗？最应该放逐的人是您啊！

歌　队　长　真让人怀念啊，往日那平静的生活，看着从前整饬有序的行政广场变得这样乌烟瘴气，我的眼泪简直要落下来。让我们完成今天的程序吧，因为这是城邦的法律规定的。今天是《陶片放逐法》新生的日子，也是它再度尘封的日子。

　　　　　　〔众人低下头重写陶片，再逐一交给歌队长。

歌　队　长　为了公平公开的原则，我要说出每一张陶片上的名字。

第一张，阿勒蒙。

阿勒蒙。

阿勒蒙。

阿勒蒙。

阿勒蒙。

……

［歌队长机械地重复着阿勒蒙的名字。

歌　队　长　一共有999张陶片写着阿勒蒙先生的名字，其余为零。阿勒蒙
　　　　　　　先生距离放逐的最低标准就差最后一张。还有人没有投票吗？

公　民　1　我……

歌　队　长　您要投给谁？

公　民　1　阿……克太翁。我的，邻，邻居。抱，抱歉，我有些结巴。

歌　队　长　还有吗？

公　民　2　我有话要说。

歌　队　长　请说？

公　民　2　我瞅着这陶片挺好，可以给我一片拿回家垫桌角吗？

歌　队　长　好的，其实这话你可以留到会后再说。还有吗？

公　民　3　阿……阿……阿……

歌　队　长　奇怪，今天居然有这样多的结巴。

公　民　3　阿嚏！

歌　队　长　真是皆大欢喜，并没有人要离开雅典城邦。（向阿勒蒙）虽然您
　　　　　　　给我们带来了许多困扰，也差点让雅典的文明毁于一旦，但是我
　　　　　　　相信所有温良的雅典人都愿意接纳您、包容您，因为这全部的陶
　　　　　　　片就是我们给您的回答。

阿　勒　蒙　不，并不是全部。

歌　队　长　什么？

阿　勒　蒙　我这里还有一张陶片。

歌　队　长　噢，没有关系，这也无伤大雅，还是欢迎您重回雅典母亲的怀抱。

阿　勒　蒙　你仔细看一看吧，这一张陶片可是至关重要。

歌　队　长　上面写的是……阿勒蒙？

退　场

场景
雅典城门外

人物
阿勒蒙
柯珀若斯

柯 珀 若 斯　我很懊悔。

阿 　勒 　蒙　懊悔什么？

柯 珀 若 斯　懊悔我没有一开始就阻止你，叫你不要去创立那该死的《陶片放逐法》。你一开始答应得非常痛快，说你不会脱离城邦。你终于还是背弃了你的诺言。

阿 　勒 　蒙　我没有脱离城邦，因为我是被放逐出去的。

柯 珀 若 斯　不要以为我不知道，你自己投了最后一票。

阿 　勒 　蒙　但是如果没有前面的 999 票，我这一票比羽毛还要轻，比丢失了锁的钥匙还要无用。

柯 珀 若 斯　你行李收拾得很快，只留了一个半天和你的朋友道别。

阿 　勒 　蒙　因为我一早就打点好了自己的全部家当。

柯 珀 若 斯　真是一场史诗般的失败。

阿 　勒 　蒙　可我却觉得这是一场喜剧式的成功。

歌队最后的演唱：

连绵不绝的山岭旁，
波涛汹涌的海边上，
我雅典繁荣又安康。
百年历史深远悠长，
千秋万代无风无浪。
命运的道路在前方，
城邦未来胜利在望。

——剧终